Alex Marshall
Blut aus Silber

Alex Marshall

BLUT AUS SILBER

Roman

Aus dem Amerikanischen von
Andreas Decker

PIPER
München Berlin Zürich

Die englische Originalausgabe erschien 2015 unter dem Titel
»A Crown for Cold Silver« bei Orbit, London.

ISBN 978-3-492-70361-1

Satz: Fotosatz Amann, Memmingen
Druck und Bindung: CPI books GmbH, Leck
Printed in Germany

Für alle meine Mitbarbaren

TEIL I

VON DEN WÜNSCHEN DER STERBLICHEN

»Die Freundschaft ist eine Tochter der Tugend. Schurken können wohl Kumpane sein, aber niemals Freunde.«

Francisco Goya
Untertitel von:
¡Quién lo creyera!
In Los Caprichos (1799)

KAPITEL 1

Alles verlief so schön nach Plan. Jedenfalls bis zu dem Massaker.

Sir Hjortts Kavallerie aus zweihundert Speeren schwärmte in dem kleinen Dorf aus. Die Männer nahmen auf den unebenen Wegen, die nur der nachsichtigste Landvermesser als »Straße« bezeichnet hätte, zwischen den Holzhäusern ihre Stellungen ein. Die Schlachtrösser verlangsamten ihr Tempo und hielten dann in einer ordentlichen Annäherung an den Gleichschritt an. Ihre Reiter saßen so aufrecht und steif wie die Lanzen, die sie in den Steigbügel gestemmt hatten. Es war ein Nachmittag im Herbst, für die Jahreszeit so unverhältnismäßig warm, dass Reiter wie Pferde nach dem Ritt aus dem Tal hinauf vor Schweiß troffen. Dennoch nahm nicht ein einziger Mann seine Messinghaube vom Kopf. Waffen, Rüstungen und Zaumzeug funkelten im grellen Sonnenlicht der Berge, das stumpfe Braun der Umhänge verdeckte die unvermeidlichen Schweißflecken. Die Kavallerie schien geradewegs aus einer Geschichte oder einem der Wandteppiche im Haus des Bürgermeisters galoppiert zu sein.

Zumindest musste es den Dorfbewohnern, die durch die Schlagläden ihrer Fenster spähten, so erschienen sein. Auf ihren Oberst Sir Hjortt machten die Reiter den Eindruck gedungener Mörder im Sattel, die größtenteils kaum genug Verstand hatten, um ihre Befehle ordentlich auszuführen. Hätte der Ritter Kriegshunde zu Reittieren abrichten können, er hätte sie der Fünfzehnten Kavallerie vorgezogen, so viel Zuversicht setzte er in diesen Haufen. Also, mit anderen Worten: nicht viel, eigentlich gar keine.

Für Hunde hatte er ebenfalls nichts übrig, aber ein Hund war wenigstens verlässlich, selbst wenn es nur darum ging, sich die Eier zu lecken.

Auf dem letzten Rest Grasland, bevor zwei steile Berge mit kargen Gipfeln ineinander übergingen, breitete sich das Dorf aus. Dichter Wald umgab es an allen Seiten wie eine Falle, die auf einen unvorsichtigen Reisenden wartete. Also ein typisches Bergdorf in den Kutumban-Bergen mit nur einer hohen, verstärkten Steinmauer, die die Wölfe genauso fernhalten sollte wie die lächerlichen Lawinen, die die Berghänge der Umgebung zurzeit der Schneeschmelze auf die Siedlung losließen.

Sir Hjortt hatte seine Truppe gezielt durch das offene Tor in der Mauer und dann den Hauptweg zum größten Haus des Dorfes entlanggeführt … wenn man es denn so bezeichnen wollte. Eingezäunt von dürren Rosenbüschen und mit einer Höhe von nicht einmal zweieinhalb Stockwerken wies die fensterlose, rote Ziegelfassade ein Gitter aus schwarzen stützenden Holzbalken auf. Das moosbewachsene Strohdach stieg wie ein Hexenhut in die Höhe, und genau in der Mitte gab es eine hohe Flügeltür, die an einen Mund erinnerte und breit genug war, dass zwei Reiter nebeneinander durchreiten konnten, ohne die Helme abnehmen zu müssen. Als Sir Hjortt die Lücke in der Hecke vor dem Haus erreichte, sah er, dass einer der eichenen Türflügel geöffnet war. Aber genau in diesem Augenblick schloss sich die Tür.

Sir Hjortt lächelte schmal, zügelte das Pferd vor den Rosenbüschen und rief mit seiner tiefsten Stimme: »Ich bin Sir Efrain Hjortt von Azgaroth, Fünfzehnter Oberst des Scharlachroten Imperiums, und möchte mit der Frau des Bürgermeisters sprechen. Ich bin eurem Bürgermeister auf der Straße begegnet, und während er sich in meinem Lager ausruht …«

Da musste jemand hinter ihm leise kichern, aber als sich Sir Hjortt im Sattel umdrehte, konnte er den Schuldigen nicht ausmachen. Möglicherweise war es einer der beiden Vertreter der Kette gewesen, die als seine persönlichen Leibwächter fungierten und die Pferde an den Rand der dornigen Hecke gelenkt hatten. Er schenkte ihnen und den Reitern in ihrer unmittelbaren Nähe genau die Art von vernichtendem Blick, die sein Vater mit solcher Begeisterung auszuteilen pflegte. Das hier war kein Spaß, was die Art und Weise, wie er mit dem Bauerntrampel von Bürgermeister, der zu diesem Scheißhaufen von Dorf gehörte, umgesprungen war, eigentlich jedem unmissverständlich hätte klarmachen müssen.

»Hmm.« Sir Hjortt wandte sich wieder dem Gebäude zu und fing von vorn an. »Während sich euer Bürgermeister in meinem Lager ausruht, bringe ich Nachrichten von großer Bedeutung. Ich muss sofort mit der Frau des Bürgermeisters sprechen.«

Gab es eine Reaktion? Nein. Das ganze Dorf blieb stumm; er vermochte in seinen schmerzenden Oberschenkeln förmlich zu spüren, wie man ihn furchtsam aus der Deckung beobachtete. Aber nicht *einer* wagte sich ins Tageslicht, um ihm zu begegnen oder ihm zu helfen. Bauern – welch ein trauriger Haufen!

»Ich sage es noch einmal!«, rief Sir Hjortt, trieb seinen Hengst auf den Hof des Bürgermeisters und näherte sich der Flügeltür. »Als Oberst des Scharlachroten Imperiums und Ritter von Azgaroth wird mich die Familie eures Bürgermeisters willkommen heißen, oder …«

Beide Türhälften flogen auf, und eine Horde großer zotteliger Bestien strömte ins Sonnenlicht hinaus. Sie hatten den azgarothischen Ritter erreicht, bevor er das Pferd herumreißen oder das Schwert ziehen konnte. Gedämpftes Glockengeläut ertönte, offensichtlich war dies das Signal, dass nun der Hinterhalt begann. Und dann war da das hungrige Grunzen des Rudels und …

Das Vieh trabte um ihn herum und beschnupperte den Hengst mit breiten, rotzfeuchten Nasen. Aber da es nun der Enge des Gebäudes entkommen war, zeigte es keine Anzeichen weiterer wilder Taten.

»Es tut mir sehr leid, Herr«, sagte eine Stimme mit dem schweren Akzent der Bergvölker aus der näheren Umgebung. Und dann erschien eine kleine, bleiche Hand und winkte inmitten der Rinderwoge, als wäre es der letzte verzweifelte Rettungsversuch eines Ertrinkenden, der nach einem Stück Treibholz greift. Die Hand packte schwarzes Fell, und ein blonder Junge von zehn oder zwölf Jahren schwang sich anmutig in Sicht und landete auf dem breiten Rücken einer Bergkuh, um das Tier nun so mühelos in Sir Hjortts Richtung zu lenken, wie der Azgarother sein Schlachtross beherrschte. Die zur Schau gestellte Gewandtheit und das Können beeindruckten den Ritter trotzdem nicht.

»Die Frau des Bürgermeisters«, sagte Sir Hjortt. »Ich muss sie sprechen. Jetzt gleich. Ist sie da?«

»Ich glaube schon«, antwortete der Junge nach einem Blick über die Schulter – zweifellos überprüfte er den Stand der Sonne gegen den Windschatten der Berge, die das Dorf überragten. »Ich muss mich wirklich noch einmal wegen meiner Kühe entschuldigen. Sie sind äußerst munter, Herr. Musste sie früher unterbringen, weil man ein paar Täler weiter einen Hornwolf gesehen hat. Und, äh, ich habe das Scheunentor nicht so verriegelt, wie ich es hätte tun sollen.«

»Spionierst uns aus, was?«, meinte Sir Hjortt. Der Junge grinste. »Vielleicht lasse ich dir das durchgehen, wenn du jetzt deine Herrin holst.«

»Die Bürgermeisterin ist oben in ihrem Haus, Herr, aber da darf ich wegen meines schlechten Benehmens nicht mehr rein«, gab der Junge mit offensichtlichem Stolz zurück.

»Das da ist nicht ihr Haus?« Hjortt musterte das Gebäude misstrauisch.

»Nein, Herr. Das ist die Scheune.«

Wieder ertönte ein Kichern aus den Reihen seiner treulosen Soldaten, aber Sir Hjortt gab dem Urheber nicht zum zweiten Mal die Befriedigung, sich umzudrehen. Er würde den Schuldigen finden, nachdem das Tagwerk erledigt war, und dann würden sie schon sehen, welcher Preis dafür zu zahlen war, auf Kosten seines Befehlshabers zu lachen. Wie der Rest des Fünfzehnten Regiments hielt auch die Kavallerie ihren neuen Oberst für einen grünen Jungen, weil er nicht einmal zwanzig Jahre alt war. Aber er würde ihnen bald zeigen, dass jung und grün zu sein keinesfalls das Gleiche bedeutete.

Nachdem sich jetzt ihr Champion, der Kuhhirt, den Invasoren entgegengestellt hatte, öffneten sich bunt bemalte Türen. Die Mutigeren unter den Bauern schlurften aus ihren Häusern und starrten die imperialen Soldaten in ihrer Mitte offensichtlich ehrfurchtsvoll an. Sir Hjortt grunzte zufrieden – im Dorf war es so still gewesen, dass er sich schon gefragt hatte, ob man seine Bewohner vor ihrem Kommen irgendwie gewarnt haben mochte, damit sie sich in die Berge verdrücken konnten.

»Und wo steht das Bürgermeisterhaus?«, wollte er wissen. Die Zügel quietschten in seinen Panzerhandschuhen, während er den Jungen finster anstarrte.

»Seht Ihr den Weg dort?« Der Junge zeigte nach Osten. Der Ritter folgte der Richtung des Fingers ein Stück – vorbei an einem langen Haus zu einem kleinen Tor in der Dorfmauer, hinter dem sich ein nur undeutlich zu erkennender Pfad anschloss, der zu dem grasigen Fuß des steilsten Hügels im Tal führte.

»Portolés, mein Falkenglas«, befahl Sir Hjortt, und seine Leibwächterin trieb ihr Pferd an seine Seite. Dem Ritter war völlig klar, dass – sollte er diesen unbezahlbaren Gegenstand in seiner eigenen Satteltasche transportieren – einer seiner diebischen Soldaten aller Voraussicht nach eine Möglichkeit finden würde, ihn zu stehlen. Aber keiner von ihnen würde sich trauen, einen solchen Scheiß bei der stämmigen Kriegsnonne zu versuchen. Sie reichte es ihm, und er zog das schwere Fernrohr aus seinem Lederbehälter; es war das einzige Geschenk seines Vaters, bei dem es sich nicht um irgendeine Waffe gehandelt hatte, und er genoss jeden Vorwand, es irgendwie zu benutzen. Das Instrument vergrößerte den Pfad, und er verfolgte ihn die Wiese hinauf bis zu der Stelle, an der er im Wald verschwand. Dort unterbrach ein Hain sich gelb verfärbender Zitterpappeln den Bestand aus Kiefern und Tannen. Der Ritter hob das Falkenglas und entdeckte, dass diese Goldader den ansonsten vollständig mit Immergrün bewachsenen Berg hinaufführte.

»Seht Ihr?«, fragte der Kuhhirt. »Sie wohnen dort oben. Es ist nicht weit.«

Sir Hjortt erreichte einen Felsvorsprung und lehnte sich gegen einen Baum. Der dünne Stamm gab unter seinem Gewicht nach, die kupferfarbenen Blätter raschelten bei seiner Berührung, die weiße Rinde staubte auf seinen Umhang. Der zickzackförmige Pfad, der sich in den ständig steiler werdenden Berg gegraben hatte, war für die Pferde zu trügerisch geworden, also erklommen Sir Hjortt und seine beiden Leibwächter, Bruder Iqbal und Schwester Portolés, das aus dem Erdreich ragende Felsgestein zu Fuß. Der Ritter hatte die Möglichkeit einer Falle noch nicht ausgeschlossen, aber bis jetzt hatte sich nichts Feindlicheres als ein Kolibri gezeigt, und da sich seine Augen mittlerweile an das seltsam düstere Licht dieses letzten Hains gewöhnt hatten, zeigten sie ihm ein bescheidenes Haus mit einem frischen weißen Anstrich, das am Rand des nächsten Felsvorsprungs kauerte. Mehrere Hundert Fuß über ihnen.

Bruder Iqbal lachte, während Schwester Portolés fluchte, aber ihr Ausbruch drückte mehr Belustigung aus als der seine. Sie passierten die Bäume und begaben sich an den letzten Aufstieg.

»Warum …?«, keuchte Iqbal. Der zu einem anderen Zweck

umfunktionierte Hafersack, den er sich über die stämmige Schulter geschlungen hatte, machte seinen bereits mühsamen Schritt noch langsamer. »Bei allen … Teufeln von Emeritus … warum sollte ein Bürgermeister … so weit … von seinem Dorf entfernt wohnen?«

»Da fallen mir schon ein paar Gründe ein«, sagte Portolés, stemmte den Kopf ihres schweren Kriegshammers auf den steinigen Pfad und stützte sich auf den langen Schaft. »Seht mal zurück.«

Sir Hjortt blieb stehen. Er selbst war einer Pause nicht abgeneigt – auch mit seiner vergleichsweise leichten Reitrüstung war das eine wirklich scheußliche Wanderung. Er drehte sich um und stieß einen bewundernden Pfiff aus. Sie waren schnell nach oben gestiegen, und nun breitete sich unter ihnen am Fuß der Berge das Dorf aus – wie auf einem großartigen Gemälde. Hinter der schmalen Linie seiner Mauer verschwand das üppige Tal in der Ferne. Ein gewundener Bach teilte den nördlichen Kamm vom südlichen. Sir Hjortt war wirklich kein sturer, blutdurstiger Rohling, und er konnte es gut nachvollziehen, hoch über seinen Untertanen leben zu wollen, umgeben von der atemberaubenden Schönheit der Schöpfung. Vielleicht würde er das Bürgermeisterhaus zur Jagdhütte umgestalten, sobald dieser unglückselige Auftrag erledigt war. Dann mochte er seine Sommer in der sauberen Hochlandluft mit Jagd und Zerstreuung verbringen.

»Bester Aussichtspunkt im Tal«, sagte Portolés. »Gibt dem Anführer genug Zeit, sich entscheiden zu können, wie er die Gäste begrüßen will.«

»Ob sie wohl einen Kessel für uns aufgesetzt hat?«, fragte Iqbal hoffnungsfroh. »Ich könnte eine Tasse Jägertee vertragen.«

»Was diese Mission angeht, Oberst …« Portolés sah Sir Hjortt an, mied aber seinen Blick. Seit er sie darüber in Kenntnis gesetzt hatte, was hier getan werden musste, hatte sie ihr Unbehagen nur schlecht überspielt – mit vorgetäuschter Zuversicht. Und der Ritter konnte sich genau vorstellen, was nun kam. »Ich frage mich, ob der Befehl …«

»Und ich frage mich, ob deine Kirchenoberen mir zwei von euch Anathemas zur Verfügung gestellt haben, damit ihr meine Befehle bei jeder Gelegenheit infrage stellt und zaudert, statt meine Stellung als Oberst des Imperiums zu respektieren«, sagte Sir Hjortt, was Flecken in der Farbe von Blutergüssen auf die Wangen der großen Frau zauberte. »Azgaroth ist seit beinahe einem Jahrhundert ein stolzer und treuer Diener der Könige und Königinnen von Samoth, wohingegen eure Päpste an jedem zweiten Feiertag zu revoltieren scheinen. Also helft mir doch noch einmal auf die Sprünge: Warum genau brauche ich deinen Rat?«

Portolés murmelte eine Entschuldigung, Iqbal fummelte an dem feuchten Sack herum, den er trug.

»Glaubt ihr, ich genieße, was wir tun müssen? Glaubt ihr wirklich, ich würde das meine Soldaten durchmachen lassen, wenn ich die Wahl hätte? Warum sollte ich einen derartigen Befehl geben, falls das alles vermeidbar wäre? Warum …?« Sir Hjortt hatte sich gerade für seinen Vortrag erwärmt, da zuckte ein scharfer Schmerz durch seinen Schädel. So intensiv und unangenehm das Gefühl auch war, es verschwand bereits im nächsten Augenblick wieder, was dazu führte, dass er die beiden Hexengeborenen nervös musterte. Mochte einer von ihnen den Schmerz irgendwie mit den teuflischen Fähigkeiten ihrer Art verursacht haben?

»Kommt schon«, sagte er. Er wollte die Sache einfach auf sich beruhen lassen. Selbst wenn seine Leibwächter Vorbehalte hatten, diese Mission würde als Musterbeispiel dafür dienen, unumgängliche unerfreuliche Dinge schnell hinter sich zu bringen, statt zu zaudern und jede hässliche Einzelheit zu Tode zu analysieren. »Bringen wir es hinter uns. Da dieser Weg so schlecht ist, möchte ich bei Einbruch der Dunkelheit wieder im Tal sein.«

Sie folgten der Haarnadelkurve des steilen Pfades, dann wurden sie von primitiv in den Boden gehauenen Stufen zum nächsten Plateau und dem Haus des Bürgermeisters geführt. Von der Bauart ähnelte es den Häusern im Dorf, aber es gab eine Terrasse, die über den Klippenrand hinausragte, und einen niedrigen weißen Zaun. Ganz nett, dachte Sir Hjortt, wenn man von der Tatsache absah, dass der Zaun aus Knochen gefertigt war. Jede nach außen gebogene Elchrippe wurde vom Schädel eines anderen Tieres gekrönt. Zwischen Murmeltierschädeln und Bergfuchsschädeln ragten die Schädel von Eulenfledermäusen hervor, und über der Haustür ruhte ein gewaltiger Schädel, bei dem es sich nur um einen Hornwolf handeln konnte. Als der Dorfjunge davon gesprochen hatte, dass eine dieser Bestien in der Gegend gesehen worden war, hatte Sir Hjortt angenommen, dass sein Kopf lediglich mit dem gefüllt war, was seine Kühe fallen ließen, aber vielleicht streiften ja doch noch ein paar von ihnen durch die einsamen Berge. Wie aufregend es wohl sein würde, nach einem so seltenen Wild auf die Jagd zu gehen! Dann öffnete sich quietschend die Tür unter dem Schädel, und eine Gestalt verharrte auf der Schwelle.

»Willkommen, Freunde, ihr seid einen weiten Weg gekommen«, begrüßte sie die Frau. Sie war stämmig, wenn auch nicht so groß wie Portolés, und ihre Züge waren so hart wie der Aufstieg zu ihrem Haus. Einst mochte sie auf diese ländliche Weise durchaus attraktiv gewesen sein, als ihr langes silbergraues Haar noch blond, schwarz oder rot und auf die Weise zu Zöpfen geflochten gewesen war, die Hjortt gefiel. Aber jetzt war sie einfach nur noch eine alte Frau von mindestens fünfzig Wintern. Und nach den ineinander verkeilten Knochenfetischen zu urteilen, die von den Ästen des einsamen Baumes baumelten, der innerhalb des Zauns stand – eine hohe Zitterpappel mit schwarzer Rinde und Blättern, die genauso verbraucht aussahen wie die Frau selbst –, war sie möglicherweise auch eine Zauberin.

Iqbal erwiderte den Gruß. »Auch wir grüßen dich, Mütterchen. Ich darf dir Sir Hjortt von Azgaroth vorstellen, Fünfzehnter Oberst des Scharlachroten Imperiums.« Der Anathema warf seinem Vorgesetzten einen Blick zu, aber als der Ritter nicht die geringsten Anstalten machte, sich der potenziellen Hexe zu nähern, murmelte er: »Sie ist einfach nur eine alte Krähe, Herr, nichts weswegen man sich Sorgen machen müsste.«

»Alte Krähe oder Küken, ich würde meine Hand nicht blindlings ins Nest einer Eulenfledermaus stecken«, meinte Portolés und trat an Sir Hjortt und Iqbal vorbei, um die alte Frau auf Scharlachrot anzusprechen. »Im Namen der Päpstin des Westens und der Königin vom Rest, ich befehle dir, ins Licht zu treten, Frau.«

»Die Königin vom Rest?« Die Frau gehorchte Portolés und schritt die ächzenden Terrassenstufen herunter. Dann näherte sie sich dem Zaun. Für die Frau eines Bürgermeisters war ihr kariertes Dirndl so schlicht wie das eines jeden Dorfmädchens. »Und die Päpstin des Westens? Der letzte Händler, der uns besuchte, brachte die Nachricht, dass Papst Shanatus Krieg nicht so gut lief, aber inzwischen hat sich wohl viel geändert. Handelt es sich bei dieser Herrscherin vom Rest, gesegnet soll sie sein, noch immer um Königin Indsorith? Und bedeutet das, dass ein Frieden ausgehandelt wurde?«

»Dieses Vögelchen da hört ja eine Menge auf seinem Baum«, murmelte Sir Hjortt und sprach die Frau dann an. »Bist du tatsächlich die Frau des Bürgermeisters?«

»Ich bin Bürgermeisterin Vivi, die Frau von Leib«, erwiderte sie. »Und respektvoll stelle ich noch einmal die Frage, an wen ich meine Gebete richten soll, wenn ich das nächste Mal …«

»Die gerechte Herrschaft von Königin Indsorith, gesegnet sei ihr Name, wird fortgeführt«, sagte Sir Hjortt. »Papst Shanatu, gesegnet sei *sein* Name, erhielt von allerhöchster Stelle die Botschaft, dass seine Zeit als Hirte von Samoth zu einem Ende gekommen ist. Also ist der Krieg vorbei. Seine Nichte Jirella, gesegnet sei *ihr* Name, ist zu ihrem rechtmäßigen Platz auf der Onyxkanzel aufgestiegen, und ist nun Päpstin Y'Homa III., Mutter der Mitternacht, Hirtin der Verlorenen.«

»Ich verstehe«, sagte die Bürgermeisterin. »Und unsere geliebte Indsorith, möge ihre Herrlichkeit lange währen, hat nicht nur den Rücktritt eines Rebellenpapstes und die Beförderung seiner Verwandten in dieselbe erlauchte Stellung akzeptiert, sondern auch ihre edlen Titel eingetauscht? ›Königin von Samoth, Herz des Sterns, Juwel des Diadems, Hüterin des Scharlachroten Imperiums‹ für, äh, ›Königin vom Rest‹?« Die Falten im Gesicht der Frau vertieften sich, als sie lächelte, und Portolés erwiderte das Lächeln verschmitzt.

»Verwechsel nicht den seltsamen Sinn meiner Untergebenen für Humor mit einer Änderung der Politik – an den Ehrentiteln der Königin hat sich nichts verändert«, sagte Sir Hjortt. Er grübelte darüber nach, wie man Portolés am besten disziplinieren konnte. Falls sie glaubte, ihr befehlshabender Oberst würde derartige Dinge ignorieren, nur weil kein höherrangiger Kleriker Zeuge ihres ehrlosen Geredes war, würde sich die hexengeborene Missgeburt noch wundern. Beinahe wünschte er sich, sie möge sich weigern, seinen Befehl auszuführen, denn dann hätte er einen Vorwand gehabt, sie endgültig loszuwerden. Auf Hochazgarothisch sagte er: »Portolés, kehr ins Dorf zurück und gib den Befehl. In der Zeit, die du für den Abstieg brauchst, habe ich mein Anliegen deutlich gemacht.«

Portolés versteifte sich und widmete Sir Hjortt ein armseliges Stirnrunzeln, das ihm verriet, dass sie immer noch gehofft hatte, er würde es sich anders überlegen. Wohl kaum, verflucht noch mal! Die Kriegsnonne erwiderte ebenfalls auf Hochazgarothisch: »Ich … ich muss einen Blick ins Haus werfen, bevor ich gehe. Mich vergewissern, dass es keine Bedrohungen gibt, Oberst Hjortt.«

»Ihr seid willkommen, Schwester Portolés, tretet nur ein«, sagte die ältere Frau ebenfalls in der uralten und ehrenhaften

Sprache von Sir Hjortts Vorfahren. Das kam unerwartet, andererseits war der Stern eine andere Welt gewesen, als diese alte Kuh in vollem Saft gestanden hatte, und möglicherweise hatte sie ja noch anderes als nur ihre einsamen Berge gesehen. Aus der Nähe erkannte der Ritter nun, dass ihre Wangen mehr Narben als Falten aufwiesen, die an ihrem Kinn war sogar recht wulstig. Zum ersten Mal seit Ankunft der Fremden flackerte so etwas wie Besorgnis über die verwitterte Landschaft ihres Gesichts. Sehr gut. »In der Küche schläft ein alter Hund, den Ihr seinen Träumen überlassen solltet, falls Ihr so nett wärt. Davon abgesehen bin ich allein. Aber mein guter Oberst, Leib sollte doch heute Morgen an der Kreuzung stehen.«

Sir Hjortt ignorierte die Frau und folgte Portolés durch die Pforte auf dem Weg aus glatten bunten Steinplatten, der über den Hof führte. Sie waren primitiv arrangiert; als Allererstes würde er die Steinmetzin beauftragen müssen, die die Badezimmer seines Familienanwesens in Cockspar renoviert hatte, oder vielleicht den Lehrling der Frau, falls die hochnäsige Künstlerin keine Lust hatte, Hunderte von Meilen in die Wildnis zu reisen, um einen Weg neu zu fliesen. Ein Mosaik mit kleinen Tieren wäre nett, vielleicht auch indigoblaue Fliesen, die einen Bach imitierten. Allerdings hatten sie auf dem Weg aus dem Dorf ein Bächlein überquert, also warum nicht seine Quelle herausfinden und seinen Lauf umleiten, damit ein echter Bach durch den Hof plätscherte? So schwer konnte es doch wohl nicht sein, ihn dort oben zwischen die Bäume zu führen und dann neben der Terrasse über die Klippe zu lenken, um einen Miniaturwasserfall zu schaffen, der …

»Leer«, meldete Portolés. Sie kam aus dem Haus. Sir Hjortt hatte sich in seinen Gedanken verloren – es war ein steiler Weg hierherauf gewesen und zuvor schon ein langer Ritt. Portolés trat lautlos hinter die Frau, die zwischen Sir Hjortt und ihrem Haus auf dem Pfad stand. Die Matrone wirkte jetzt nervös. Wie schön!

»Mein Ehemann Leib, Oberst Hjortt. Seid Ihr ihm an der Kreuzung begegnet?« Ihre Stimme klang nun leiser, übertönte kaum das Rauschen der Zitterpappeln. Es musste schön sein, nach einer anstrengenden Jagd im Bett zu liegen und dem Rascheln der goldenen Blätter direkt unter dem Fenster zu lauschen.

»Neuer Plan«, verkündete Sir Hjortt. Er machte sich nicht länger die Mühe mit dem formelleren Azgarothisch, da die Matrone es ja verstand. »Eigentlich ist er genauso wie der vorherige, aber statt vor Einbruch der Dunkelheit zu reiten biwakieren wir hier für die Nacht.« Er lächelte die alte Frau an. »Keine Sorge, Frau Bürgermeister, keine Sorge. Ich werde meine Soldaten nicht in deiner Stadt unterbringen, das versichere ich dir. Wenn sie fertig sind, sollen sie vor der Mauer lagern. Wir reiten dann beim ersten …« Ihm war eingefallen, dass er in einem richtigen Bett schlafen konnte. »Mittag. Wir reiten morgen Mittag. Erstatte mir Bericht, wenn alles erledigt ist.«

»Was auch immer Ihr plant, Herr, lasst uns darüber sprechen, bevor Ihr eine Entscheidung trefft«, sagte die Bürgermeisterfrau. Sie schien die Nervosität abzuschütteln, die die Ankunft der Imperialen zunächst ausgelöst hatte. Hjortt war sich nicht sicher, ob ihm ihre strenge Miene gefiel. »Eure Offizierin hat doch gewiss ein paar Minuten Zeit, bevor sie Eure Befehle überbringt, erst recht, wenn wir Euch heute Nacht zu Gast haben. Unterhalten wir uns, und ganz gleich, welche Befehle Ihr geben wollt, wie dringend Eure Sache auch sein mag, ich sorge dafür, dass Ihr die Zeit zum Zuhören nicht bereut.«

Portolés' hündischer Blick über die Schulter der Frau drehte Sir Hjortt den Magen um. Wenigstens hatte Iqbal den Anstand, seinen selbstgefälligen Blick nicht von der Alten zu nehmen.

»Ob Schwester Portolés nun warten könnte oder nicht, sie wird es *nicht* tun«, verkündete Sir Hjortt knapp. »Du und ich, wir unterhalten uns, und zwar von Angesicht zu Angesicht.

Aber ich sehe keinen Grund, warum ich meine Untergebene aufhalten sollte.«

Die alte Frau sah an Portolés vorbei zur offenen Tür ihres Hauses und zuckte dann mit den Schultern. Als hätte sie Einfluss darauf, wie das hier ablaufen würde. Sie schenkte dem Ritter ein zutiefst falsches Lächeln. »Wie Ihr wollt, edler Herr. Ich dachte nur, Ihr würdet die Schwester vielleicht brauchen, während wir uns unterhalten. Denn das wird eine Weile dauern.«

Bei der Gefallenen Mutter, glaubte denn jeder besser zu wissen, was er wann wie tun sollte? Das war inakzeptabel.

»Gute Frau«, gab Sir Hjortt zurück, »es scheint, als hätten wir über mehr zu reden, als ich ursprünglich dachte. Aber Schwester Portolés' Angelegenheiten dulden keinen Aufschub, und so muss sie gehen, während wir mit dieser ausführlichen Unterhaltung beginnen, die du so sehr wünschst. Aber keine Angst, die Bedingungen des Bittgesuchs, die uns dein Mann bei der Kreuzung erklärt hat, werden gewürdigt werden, da sie zweifellos recht vernünftig sind. Los, los, Portolés!«

Die Kriegsnonne salutierte sardonisch hinter der Schulter der alten Frau und stolzierte dann vom Hof. Dabei sah sie so bockig aus, wie er sie noch nie zuvor gesehen hatte. Iqbal flüsterte ihr etwas zu, während er ihr den Weg zum Zauntor frei machte, reagierte aber nicht schnell genug, als sie nach ihm schlug. Sie traf das missgestaltete Ohr, das wie das äußere Blatt eines überreifen Salatkopfes aus seiner hellen Tonsur ragte, und der Zorn ließ ihr Gesicht noch hässlicher erscheinen, falls das überhaupt möglich war. Iqbal schlug zur Erwiderung mit dem schweren Sack nach ihr. Portolés wich dem Hieb aus, und so verfehlte der Sack ihr Gesicht, aber sein dunkel verfärbter Boden besprühte sie mit roten Tröpfchen. Falls die Schwester das Blut auf ihrer Haut wahrnahm, schien es sie nicht zu stören, während sie über den trügerischen Pfad schlich, den Kriegshammer über eine gekrümmte Schulter gelegt.

»Mein Mann«, flüsterte die Matrone. Sir Hjortt wandte sich

ihr wieder zu und sah, wie der Blick ihrer weit aufgerissenen Augen Iqbals tropfenden Sack nicht loslassen wollte.

»Am besten reden wir drinnen«, sagte er, zwinkerte Iqbal zu und drängte die Frau in Richtung Tür. »Kommt schon, ich habe eine wirklich großartige Idee, wie du und deine Leute bei den Kriegsanstrengungen helfen könntet. Ich würde das gern bei einer Tasse Tee besprechen.«

»Ihr habt doch gesagt, dass der Krieg zu Ende ist«, erwiderte die Frau benommen. Sie starrte den Sack noch immer an.

»Sicher, sicher, ist er auch«, meinte der Ritter. »Aber es erfordert *Anstrengungen*, dafür zu sorgen, dass er nicht wieder ausbricht. Was hast du denn, um den Durst der von der Front heimgekehrten Diener des Imperiums zu stillen?«

Die Frau sträubte sich, aber ihr blieb kein Ausweg, also führte sie Sir Hjortt und Bruder Iqbal ins Haus. Abgesehen von den Bäumen und dem Klappern der Knochenfetische, wenn der Wind über die stoppelige Wange des Berges strich, herrschte völlige Stille auf dem Hof. Die Schreie ertönten erst, nachdem Schwester Portolés ins Dorf zurückgekehrt war, und dort unten war man so beschäftigt, dass man das Echo aus dem Haus des Bürgermeisters überhörte.

KAPITEL 2

Alles war so schrecklich *langweilig*, bis sich die Prinzessin von der schier endlosen Zeremonie der Tagundnachtgleiche im Herbstpalast fortschlich und auf den Kürbisfeldern, die den Tempel des Pentakels umgaben, nach Dämonen suchte.

Eigentlich war Ji-hyeon Bong nicht *die* Prinzessin, sondern nur *eine* Prinzessin. Zu Hause in ihrem Familienschloss auf Hwabun war sie eine von dreien, und dann auch noch die mittlere. Und hier in der Hauptstadt musste es am versammelten Hof mehr Prinzessinnen als Sterne am Himmel geben. Man hatte sie alle in eine Vielzahl von Ballsälen gestopft. Aber obwohl Prinzessin Ji-hyeon nicht die einzige Prinzessin im Palast war, hatte sich die Flucht als schwierig erwiesen, da sie unter anderem auch angereist war, um ihren Verlobten formell kennenzulernen. Prinz Byeong-gu von Othean, der vierte Sohn von Kaiserin Ryuki, der Hüterin der Makellosen Inseln, schien genauso steif zu sein, wie sein Titel erahnen ließ.

Also hatte Ji-hyeon beschlossen, dem allen um jeden Preis zu entfliehen. Aber ohne die Hilfe ihrer Wächter (insbesondere ihres Geistwächters, Bruder Mikal, der sich anfangs so vehement gegen den Plan gesträubt hatte) hätte sie es nie geschafft. Jetzt schlich die Fünfzehnjährige unter einem Mond – so fett wie die Kürbisse zu ihren Füssen – über zusammengeringelte Schlingpflanzen, und der Lärm innerhalb der Palastmauern hatte sich auf ein dumpfes Dröhnen reduziert, das noch leiser als das Rascheln der über ihr Seidengewand streichenden Blätter war.

»Euer Hoheit«, rief Bruder Mikal von einem der Pfade herüber, die das Feld in geraden Linien durchschnitten. Dort stand er zusammen mit Keun-ju, dem Tugendwächter der Prinzessin. »Ich frage mich, ob Ihr nicht lieber mit uns gehen würdet, hier zwischen den Reihen, als querfeldein? Keun-ju macht sich Sorgen um Euer Gewand.«

»Falls Keun-ju mein Gewand lieber tragen würde, damit ihm nichts geschieht, hätte ich auch nichts dagegen, an einem so angenehmen Abend nackt zu gehen«, erwiderte Ji-hyeon. Der unartikulierte Laut, den der reservierte Junge zur Antwort gab, erfreute sie. Unter vier Augen in ihren Gemächern hatte er kein Problem mit solchen Witzen, aber vor Bruder Mikal und Choi war das eine andere Sache.

»Bei allem gebotenen Ernst, Prinzessin, ich frage mich, ob er da vielleicht nicht recht …«, begann Mikal, aber Ji-hyeon schnitt ihm das Wort ab.

»Das braucht Ihr Euch nicht länger zu fragen, denn ich ziehe meine Vorgehensweise vor«, sagte sie. Doch die Schlagfertigkeit dieser Erwiderung verdarb in ihrer Wirkung, als sie über einen Kürbis stolperte. Hätte Choi nicht sogleich ihren Arm geschnappt, wäre sie gestürzt. Ji-hyeon grinste ihre Kampfwächterin an, und Choi ließ ihre Haifischzähne freundlich aufblitzen. Ohne ihre winzigen Hörner wäre Choi als Mensch durchgegangen, sogar als Prinzessin. Davon abgesehen sah sie so entspannt wie ein Hummer am Topfrand aus und war genauso gesprächig. Ji-hyeon mochte die Wildgeborene lieber, wenn sie entspannt genug war, um ihren täuschend kleinen, mit Reißzähnen gefüllten Mund zu öffnen; angeblich hielten Gäste in ihrem Zuhause auf Hwabun die Frau manchmal für stumm, so selten war sie entspannt.

»Glaubst du, wir finden einen?«, fragte Ji-hyeon aufgeregt.

»Der Mond ist voll, und die Tagundnachtgleiche ist nah«, sagte Choi mit ihrer barschen, leisen Stimme. »Tätet Ihr es nicht, würde mich das überraschen, in dieser Nähe zu einem hungrigen Mund.«

Ji-hyeon gefielen Chois scharfe Zähne, ihre tiefschwarzen Hörner und ihre gelegentlich furchteinflößende Schnelligkeit. Selbst ihren Unterricht im Schwertkampf, so erschöpfend er auch sein mochte. Aber vor allem gefiel der Prinzessin die Weise, auf die Choi Dinge mit den falschen Worten bezeichnete. Das lag nie am mangelnden Vokabular, wie Ji-hyeon nur zu genau wusste, sondern an der Überzeugung der Wildgeborenen, dass selbst die Bewohner der Inseln ihre Sprache – die Sprache der Makellosen – oft falsch anwandten. Bei ihr war also jede Katze in Wirklichkeit ein Problem, jedes Schwert ein Stoßzahn, jeder Pfeil eine Schande … und jedes der *Tore* ein hungriger Mund. Ji-hyeon warf einen Blick auf die hohen perlmuttfarbenen Mauern des Tempels des Pentakels, die wie ein Leuchtturm über einem Pflanzenmeer funkelten, und erbebte vor Entzücken. Sie genoss es, Angst zu haben, zumindest ein bisschen, was ebenfalls ein Grund war, warum sie Choi so sehr liebte.

Sie liebte sie *alle* so sehr, die drei ergänzten einander so gut, wie sie ihren Schützling ergänzten. Choi wirkte ernst, aber Mikal war für einen älteren ausländischen Mann so witzig und charmant und gut aussehend. Und Keun-ju, nun, Keun-ju war Keun-ju, seit aller Ewigkeit ihr bester Freund. Oder zumindest so gut wie. Ihr Tugendwächter war fast so attraktiv wie Mikal und im Schwertkampf beinahe so gut wie Choi. Davon abgesehen war er ein besserer Schneider als sie beide zusammen, was Ji-hyeon noch mehr gefiel als das Fechten.

Nach ihrer Heirat mit Prinz Langweiler würde sie sie alle zurücklassen und die neuen Leibwächter akzeptieren müssen, die ihr Gemahl ihr gab. Bei dem Gedanken daran wurde ihr schwer ums Herz, und sie sperrte ihn aus, so widerwillig sie das auch geschehen ließ, da sie doch gerade den Mann kennengelernt hatte, der ihr die engsten Freunde wegnehmen würde. Auch keiner der anderen erwähnte es; ihre gezählten Tage waren der sprichwörtliche Hecht im Karpfenteich.

»Können wir noch etwas tun?«, fragte Ji-hyeon. »Statt bloß rumzulaufen und zu hoffen, dass wir Glück haben?«

»Glück ist eine Ausrede«, sagte Choi. »Würdet Ihr besser aufpassen, hättet Ihr bereits Erfolg gehabt. Ich habe bis jetzt drei gesehen.«

»Ne-ee!«, imitierte Ji-hyeon die Imitation ihrer jüngeren Schwester einer noch jüngeren Kusine. »Choi! Warum hast du es mir nicht gezeigt?«

Selbst im Mondschein, der an ein Leichentuch erinnerte, blitzten Chois Augen wie Rubine. Sie zeigte auf die Früchte zu ihren Füßen. »Haltet sorgfältiger Ausschau.«

»Mikal!«, rief Ji-hyeon bedeutend lauter als nötig, denn sie wusste genau, wie sehr Choi übermäßige Lautstärke verabscheute … eigentlich verabscheute sie jedes Übermaß. Abgesehen von Wachsamkeit. »Mikal, kannst du etwas tun, damit sie erscheinen?«

»Ji-hyeon, die Funktion des Bruders ist das genaue *Gegenteil*, und das wisst Ihr ganz genau«, sagte Keun-ju eingeschnappt. »Hört auf, ihn in Schwierigkeiten bringen zu wollen.«

»Wenn meine Eltern herausfinden, dass er die Palastwachen bestochen hat, um mich vom Fest zu schmuggeln, wird das viel mehr Verlegenheit auslösen, als wenn er nur den Herzenswunsch einer geliebten Tochter erfüllt«, behauptete Ji-hyeon. »Glaubst du nicht?«

»Prinzessin, meint Ihr, ich erlaube mir mit Euch einen Scherz, wenn ich behaupte, nichts über die Geister Eures Landes zu wissen?« Der Pfad, dem Mikal und Keun-ju folgten, führte sie von Ji-hyeon und Choi weg, also trampelten sie wieder zu ihrem adligen Schützling hinüber. »Ich würde nur ungern irgendwelche Vermutungen über ihren Charakter anstellen, oder wie es ihnen gefällt, von einem Fremden angesprochen zu werden, was das angeht. Warum kehren wir nicht in den Palast zurück und fragen eine Eurer Priesterinnen …«

»Hätte ich mit den Nonnen sprechen wollen, wäre ich auf

der Feier geblieben!«, sagte Ji-hyeon. Hätte doch nur jede Nacht so wunderbar sein können. Nur sie und ihre Wächter, die sich im Vollmondschein auf ein Abenteuer begaben. »Ich will einen Ernteteufel sehen.«

»Dann schließt den Mund und schärft Eure Aufmerksamkeit«, sagte Choi.

»Ich bin schon aufmerksam, ich bin nur … oh!« Ji-hyeon erstarrte, ihr Herz schien in Eiswasser getaucht zu werden, als hätte sie eine Schlange am Boden entdeckt; ihr schlammiger Schuh verharrte über einem Knäuel schwarzer Schlingpflanzen. Der runde Kürbis in seiner Mitte rollte in seinem Nest zurück und enthüllte die dreieckigen Augen und den gezackten Mund seines Gesichts – ein schwacher gelber Schein glomm irgendwo in der Frucht auf, strömte aus Rachen und Augen und beleuchtete den goldenen Saum von Ji-hyeons samtschwarzem Gewand, ließ die Silberschnalle ihres Schuhs funkeln wie auch die Perlmutteinlage ihrer Schwertscheide. Dann verblich das gelbliche Licht so schnell, wie es die Prinzessin entdeckt hatte, Augen und Mund schlossen sich. Wieder lag dort nur ein Kürbis.

Ji-hyeon quietschte vor Entzücken und schaute auf, um zu sehen, ob die anderen es ebenfalls beobachtet hatten … nur um aufzukeuchen und sprachlos zurückzustolpern, weil sich vor ihr etwas knirschend, wirbelnd und sinnverwirrend zwanzig Fuß in die Höhe schob.

»Zurück in den Palast, Prinzessin«, zischte Choi und sprang zwischen Ji-hyeon und den Monolith aus Schlingpflanzen und einem hämisch grinsenden Kürbiskopf, der wie eine Kobra pendelte und aus dem fruchtbaren Erdreich des Tempelfeldes hervorgebrochen war. »Sofort!«

KAPITEL 3

Während das Wasser im Kupferkessel allmählich kochte, bestand Sir Hjortt auf einer Besichtigung des Hauses. Nicht schlecht. Das Innere würde nicht viel Arbeit benötigen; es neu auszustatten würde reichen (die kitschigen alten Wandteppiche mussten verschwinden, und zwar schnell). Allerdings würde man die Wand zwischen der Küche und dem Wohnzimmer einreißen müssen, damit das Erdgeschoss mehr wie ein Saal aussah. Der Bürgermeister und seine Frau besaßen eine überraschend beeindruckende Bibliothek; nicht weniger als fünfzig Bücher waren in ein kunstfertig hergestelltes Regal aus Tanne gestopft, also gab es erfreulicherweise nicht nur irgendwelchen Krimskrams. Auf dem Kaminsims drängten sich geschnitzte Tubâq-Pfeifen und Rosshaarkeramiken. Er würde eine hübsche Pfeife für seine Tante Lupitera und eine Vase für seinen Vater aussuchen müssen. Der Rest konnte in den Müll.

Sobald die Kräuter oder Wurzeln – oder woraus auch immer der Tee gekocht worden war – lange genug gezogen und Bruder Iqbal ihn als zum Verzehr unbedenklich erklärt hatte, trank ihn der hexengeborene Fettarsch draußen auf der Terrasse, von der aus man ins Tal schauen konnte, während es sich Sir Hjortt und die Bürgermeisterin am Küchentisch bequem machten. Unter dem schweren Tisch aus Haselnussholz döste ein schlanker Rüde, der so alt wie die Frau aussah und eher einem Kojoten oder einem bärtigen Schakal ähnelte als einem Hund. Durch die geöffneten Schlagladen raunten die Zitterpappeln einander zu, ihr unverständliches Geflüster war so entspannend wie starke Finger, die die Knoten aus Sir Hjortts Hinterteil massierten, das vom Sattel malträtiert worden war.

»Ich wünschte, Ihr würdet offen mit mir sprechen, Herr«, sagte die Alte jetzt völlig geschäftsmäßig, nachdem der Tee eingeschenkt und sie wieder in ihrem häuslichen Element war. Nicht einmal der blutige Hafersack neben dem Teller mit Gebäck, das sie geholt hatte, vermochte die harte alte Kuh zu erschüttern. »Diese ganze Hinhaltetaktik geht mir langsam auf die Nerven.«

»Tatsächlich?«, erwiderte Sir Hjortt, betrachtete seinen Tee stirnrunzelnd und stellte die Terrakottatasse auf den Unterteller zurück. Er roch bitter; was auch immer sie in den Topf gekippt haben mochte, es vertrug sich nicht mit seinem Geruchssinn. Also keinen Tee. Wie ärgerlich!

»Ist das … ist das mein Mann da in dem Sack?«

»Nein, das ist nicht dein Mann.« Es ärgerte Sir Hjortt, dass sie zu solchen Schlüssen kam und ihm das Vergnügen verdarb. Um die Situation wieder unter Kontrolle zu bekommen, fiel ihm nichts Besseres ein, als abrupt aufzustehen, nach dem Sack zu greifen und den Inhalt vor ihr auf den Tisch zu kippen. Er fiel heraus, und die Wirkung war sogar noch besser als erwartet, denn er hüpfte von der Tischplatte genau auf ihren Schoß. »Es ist nur sein Kopf.«

Statt aufzuschreien, wie Sir Hjortt gehofft hatte, oder zumindest in verständlichem Ekel zurückzuschrecken, schienen ihre breiten Schultern in ihrem Körper zu versinken, während ihre schwieligen Finger nach dem abgetrennten Kopf griffen und ihn drehten, damit sie das Gesicht ihres Mannes betrachten konnte. Mit ansehen zu müssen, wie die alte Krähe das widerlich verklebte Haar streichelte und liebevoll in die weit aufgerissenen, schreckerstarrten Augen eines Toten blickte, entsprach der Wirkung eines kalten Luftzugs. Der Ritt an dem warmen Tag hatte den Geruch stark werden lassen, und er drehte Sir Hjortt den Magen um.

»Nun mach schon und weine, falls du musst«, sagte der Ritter in der Hoffnung, der Alten eine angemessenere Reaktion entlocken zu können. »Das wäre völlig verständlich, unter diesen … nun, offensichtlich.«

Die Frau sah ihn an, und zufrieden entdeckte er, dass in ihren wässrigen blauen Augen starke Gefühle funkelten. Vermutlich Hass, aber das war besser als nichts. »Für Tränen ist noch genug Zeit, Oberst«, sagte sie so leise, dass er sie kaum verstand.

Sie legte den Kopf zurück auf den Tisch, in die Falten des Sacks, damit er nicht wieder herunterrollen konnte, und stand langsam auf. Sie war einen halben Fuß kleiner als der Ritter und mindestens doppelt so alt, trotzdem überkam Sir Hjortt beim Anblick des Zorns auf ihrer Miene ein Frösteln.

Ein lautes Bellen auf Höhe seines Unterleibs ließ ihn zusammenzucken, aber statt seine Schamkapsel anzugreifen schob der Köter die Schnauze unter dem Tisch hervor und stieß mit der Nase gegen die bloße Handfläche des Ritters. Für den Tee hatte er den Handschuh natürlich ausgezogen. Er war eine Katzenperson, aber was sollte man machen, wenn man mit den bettelnden, feuchten Augen eines uralten Hundes konfrontiert wurde, der verzweifelt gern gestreichelt werden wollte? Hjortt grub die Finger hinter ein Schlappohr und entlockte dem Hund ein zufriedenes Wimmern. Dabei behielt er aber die ganze Zeit die Witwe des Bürgermeisters im Auge, nur für den Fall, dass sie mit der Teekanne oder dem Buttermesser etwas Dummes versuchte.

Sie sah zu, wie er den Hund streichelte, und anscheinend war ihr die enorme Tragweite der Situation endlich richtig bewusst geworden, denn plötzlich verlor ihr Gesicht jede Farbe. Blankes Entsetzen trat an die Stelle des tiefen Zorns.

Sir Hjortt gab sich keinerlei Mühe, sein hämisches Grinsen zu verbergen, und hörte erst auf, dem Tier seine Aufmerksamkeit zu schenken, nachdem es seine Finger geleckt hatte und glücklich davontrottete. Es lief zu der alten Frau, doch sie machte keinerlei Anstalten, es zu streicheln. Stattdessen wechselte ihr Blick mit einem so verzerrten Gesicht zwischen dem Köter und dem Ritter hin und her, dass sich Sir Hjortt unwillkürlich fragte, ob sie wohl auf der Stelle einen Herzinfarkt erlitt.

Dann wandte der Hund den Kopf und *lächelte* ihn an. Seine Lefzen enthüllten schwarze, faulige Zähne und eine Zunge so weiß wie Haferschleim. Der seltsame, beunruhigende Ausdruck der Hundeschnauze bereitete Sir Hjortt Unbehagen, dann ging der Hund um die zitternde Frau herum und trottete mit wedelndem Schwanz durch die Küchentür. Hjortt wischte sich den mittlerweile kalten Sabber von der Hand. Er hörte, wie das Tier die Haustür mit der Nase öffnete, und er schwor der weitaus weniger beunruhigenden Katzenrasse erneut stumme Treue und kam dabei zu dem Schluss, dass diese Angelegenheit in die Länge zu ziehen doch nicht so vergnüglich war wie gedacht.

»Wie wir deinem Mann schon gesagt hatten«, begann er und zeigte auf den Bürgermeisterkopf, »die Bedingungen …«

»Was hast du getan?«, flüsterte die Frau. Ihre Augen waren mit einer solch lodernden Intensität auf die Küchentür gerichtet, dass Sir Hjortt einen Blick darauf warf, um sich zu vergewissern, dass sich von dort niemand an ihn anschlich. »Du dummer, erbärmlicher, närrischer Junge, was hast du getan?«

»Ich bin kein Junge«, erwiderte Sir Hjortt und hasste sie für die trotzigen Worte, die sie seinem Mund abgerungen hatte. »Ich bin ein Ritter des Imperiums, und ich verlange den nötigen …«

»Ins Dorf.« Sie richtete einen wilden Blick auf ihren Gast. Die Furcht auf ihrem Gesicht wurde von etwas bedeutend Schlimmerem vertrieben. »Bei den sechs Teufeln, die ich band, welchen Befehl gabst du deiner Kettenhexe, Junge? Was hast du ihr befohlen, was soll sie meinem Dorf antun?«

»Die Schwestern der Schwarzen Kette sind *keine* Hexen«, empörte sich Sir Hjortt, den das dauernde *Junge* und die plötzlich vertrauliche Anrede in eine sehr gereizte Stimmung versetzt hatten. Die alte Krähe würde gleich auf die harte Weise lernen, die ihr Höhergestellten zu respektieren. »Was meine Befehle anging, die drehen sich um die zweihundert Lanzen, die ich in deiner Stadt positioniert habe, bevor ich zu dieser Bruchbude heraufsteigen musste.«

In diesem Augenblick trug der Wind einen fernen Schrei heran. Der Augenblick war so großartig, dass sich Sir Hjortt fragte, ob Bruder Iqbal ihre Unterhaltung belauschte und Schwester Portolés irgendwie ein Zeichen gegeben hatte. Falls dem so war, würden ein paar Belobigungen fällig werden!

Enttäuscht wurde er sich bewusst, dass er vergessen hatte, sich von Portolés sein Falkenglas zurückgeben zu lassen, bevor er sie ins Dorf hinuntergeschickt hatte. Wie sollte er von hier oben ohne jede Hilfe sehen können? Sie hätte wissen müssen, dass er es brauchen würde, und ihn daran erinnern sollen, es zu behalten. Es hätte ihn nicht überrascht, wenn sie es nur mitgenommen hatte, um ihm eins auszuwischen. Na ja, selbst wenn er das Geschehen im Dorf nicht verfolgen konnte, konnte er sich noch immer etwas mit der alten Krähe vergnügen.

Statt die Matrone aufzuregen, hatte der ferne Schrei ein böses Grinsen auf ihre aufgesprungenen Lippen gebracht, was ihre bereits holzschnittartigen Züge zu der Grimasse eines besonders knorrigen Astloches verzerrte. Sie wandte sich der offenen Tür zur Terrasse zu, auf der Sir Hjortt das Wappen der von einer Kette umgebenen Krone des kürzlich wiedervereinigten Scharlachroten Imperiums sehen konnte – es leuchtete auf dem Rücken von Bruder Iqbals Umhang. Der Hexengeborene blickte über das Geländer zu dem Dorf, das tief unter ihnen lag, hinunter, und die Bürgermeisterwitwe trat hinaus und gesellte sich zu ihm. Dabei waren ihre Beine der einzige Teil von ihr, der nicht wie eine gezupfte Geigensaite bebte.

»Wie ich deinem Mann bereits gesagt hatte, bevor ich ihn hinrichten ließ …«, begann Sir Hjortt in der sicheren Annahme, damit wieder ihre Aufmerksamkeit zu erregen. Das gelang zwar nicht, aber er fuhr trotzdem fort und folgte ihr bis zur Tür, während sie langsam weiter auf das Geländer zuging. »Ich glaube, die Bedingungen, die dein Mann unserer Armee so *großzügig* anbot, entsprachen genau denen, die er mit Papst Shanatus Truppen ausgehandelt hatte, als dieses Land während des Bürgerkriegs unter dessen Herrschaft fiel. An einem festgelegten Tag liefert euer Bürgermeister in Friedenszeiten ungefähr ein Fünftel eures jährlichen Ertrags an Wurzelwein, Käse und Murmeltieröl an die Kreuzung unterhalb eures Tals, und in Kriegszeiten die Hälfte. Dafür soll keiner eurer Einwohner zum Militär gepresst werden, eure Kinder sollen nicht versklavt werden, und eure Grenzen sollen verteidigt werden. Hab ich was ausgelassen?«

»Nein.« Ihre Stimme war nicht lauter als der Wind, der durch die Bäume strich, während sie die Hände auf das schmale Holzgeländer legte und in die Tiefe blickte. Bruder Iqbal warf der Frau neben sich einen mitleidsvollen Blick zu.

»Gerechte Bedingungen, Mütterchen«, sagte er. »Wirklich gerecht.«

»Warum?«, fragte sie und schaute noch immer nicht weg, obwohl sie von hier oben unmöglich viel von dem sehen konnte, was dort unten geschah. Die fernen Schreie und der Lärm waren allerdings lauter geworden. »Im Namen der sechs Teufel, die ich band, *warum*?«

Ihre seltsame Verwünschung schien Iqbal zu verwirren. Die schneemetweißen Lippen des Mannes formten sie lautlos nach, während er die Frau anstarrte. Sir Hjortt hatte schon an einem langweiligen Tag am Hof seltsamere Flüche gehört. Er blieb an der Türschwelle stehen und rief ihr nach: »Ich schulde dir keine Antworten, Frau. Außerdem bin ich fest davon überzeugt, dass deine so gebildete Klappe sie selbst weiß.«

»Vielleicht«, erwiderte sie leise und packte die Brüstung so fest, dass die Knöchel weiß hervortraten.

»Die Auswahl ist recht groß, nicht wahr? Vielleicht, weil die der Päpstin und Königin zustehenden Lehenspflichten *nicht* von den Bergkreaturen entschieden werden, die sie bezahlen. Oder vielleicht, weil die Bewohner dieses Dorfes mit Papst Shanatus Rebellenarmee Vorräte getauscht haben, wie dein Mann selbst zugegeben hat, was deine Leute zu Verrätern an der Krone macht. Und vielleicht muss ein Exempel statuiert werden, und zwar für all die anderen hinterwäldlerischen Scheißhaufen, die gegen die rechtmäßige Herrscherin des Scharlachroten Imperiums die Waffen erhoben haben. Da hatte dein Mann eben Pech, dass er mit dem Tribut für die Verliererseite an der Kreuzung wartete, als unsere Späher ihn entdeckten.«

»Vor diesem letzten Krieg übergaben wir unsere jährlichen Abgaben immer den Beamten der Königin. Wir betreiben einen Tauschhandel mit Lebensmitteln, und zwar mit jedem, der sie verlangt, ganz egal welches Banner er führt – es nicht zu tun würde einen Angriff provozieren, dem wir niemals widerstehen könnten. Also plündert ihr ein Dorf, das sich keines größeren Verbrechens als gesundem Menschenverstand und … und … des *Pechs* schuldig gemacht hat?« Sie blickte zu Sir Hjortt zurück, ihre kobaltblauen Augen wirkten so wild wie das Bittermeer. »Ihr zerstört alles, was diese Unschuldigen besitzen, nur um ein *Exempel* zu statuieren?«

»Im Großen und Ganzen, ja«, sagte Sir Hjortt, der am Türrahmen lehnte. Seit die dumme Ziege angefangen hatte, ihm ihr *warum-warum-warum* entgegenzublöken, hatte sich hinter seinen Augen ein Schmerz gebildet, und diese Kopfschmerzen wurden ständig schlimmer. »Aber mach dir keine Sorgen, Frau, die Bedingungen werden haargenau eingehalten. Eure Grenzen sind ziemlich sicher, und meine Soldaten haben den strikten Befehl von mir erhalten, mit keiner Dorfbewohnerin zu schäkern, ganz gleich, wie hübsch sie auch sein möge. Und auch keinen eurer fetten kleinen Bälger in Ketten zu legen, selbst wenn sie auf den Märkten Ihrer Gnaden einen noch so guten Preis erzielen würden.«

»Nein?« Da lag ein gar köstlicher Hauch Hoffnung in ihrer verzweifelten Stimme.

»Nein«, sagte Sir Hjortt, erfreut darüber, dass sie ihm die Vorlage geliefert hatte, die er sich so sehr wünschte. Und jetzt kam die Pointe. »Jeder einzelne deiner Nachbarn wird hingerichtet. Keine Ausnahmen. Bis auf dich natürlich. Dich lassen wir leben.«

»Tatsächlich?« Sie verzog keine Miene – die Alte war so kalt wie die Königin von Samoth.

»Du erhältst eine Aufgabe anvertraut, die für Krone und Kette von äußerster Bedeutung ist«, sagte Sir Hjortt. In seinem Bauch entstand ein Grollen, das seinen Kopfschmerzen Gesellschaft leistete. Vermutlich hatte sein Magen noch mit dem Gebäck zu kämpfen. »Erklär es ihr, Iqbal.«

»Der gute Oberst Hjortt und ich haben auf dem Spaziergang zu deinem hübschen Haus hinauf über deine Zukunft gesprochen«, sagte Iqbal leutselig, während Sir Hjortt zum Küchentisch zurückkehrte. »Und wir einigten uns auf Bedingungen, die für Kette, Krone und natürlich auch für dich äußerst angemessen sein werden.«

Die Frau murmelte etwas, das Sir Hjortt nicht genau verstehen konnte, aber es musste frech gewesen sein, denn Bruder Iqbal täuschte ein Lachen vor, bevor er fortfuhr.

»Unsere Päpstin liebt dich, Mütterchen, so wie sie alle diese würdigen Märtyrer dort unten liebt. Als ihr einziger Repräsentant auf dieser bezaubernden Terrasse biete ich dir an, ach was, *ehre* ich dich mit dem Auftrag, eine ihrer Apostel zu werden. Du wirst eine Bettelzeugin werden, die von Stadt zu Stadt reist, um deine heutige Erfahrung hier zu bezeugen und …«

Sir Hjortt biss eben in ein fluffiges Honigplätzchen, als Iqbal aufschrie, und blickte gerade noch rechtzeitig von seinem Naschwerk auf, um zu sehen, wie der Hexengeborene über die

Brüstung flog. Iqbal verschwand aus der Sicht, abrupt verstummte sein schriller Schrei. Die alte Frau richtete sich aus der geduckten Stellung auf, die sie eingenommen hatte, um den Bruder in die Tiefe zu werfen. Überrascht lachte Sir Hjortt auf und pustete Krümel in die Luft – war dieser fette Narr tatsächlich von einer Witwe ermordet worden, die alt genug war, seine Mutter zu sein? Das würde zu Hause in Cockspar eine großartige Geschichte abgeben!

Was für ein Tag, dachte Sir Hjortt, lutschte an dem süßen Gebäck, das ihm noch immer zwischen den Zähnen klebte, zog das Schwert und kehrte mit mehr Enthusiasmus, als er auf dem ganzen Feldzug verspürt hatte, auf die Terrasse zurück. Was für ein absurder, wunderbarer Tag!

KAPITEL 4

Die Ältesten von Griesgrams Clan machten viel Qualm darum, dass man seinen ersten Teufel niemals vergaß. Im Leben eines Hornwolfes gebe es eine strenge Trennung zwischen dem namenlosen Welpen, der zu den Füßen eines Geschichtenerzähler saß und sich von seinen Geschichten verzaubern ließ, und dem Erwachsenen, der die Legenden *lebte*, statt von ihnen zu träumen. Das behaupteten sie. Der Wendepunkt vom Welpen zum würdigen Clanmitglied entspreche nicht der ersten Schlacht, in der man kämpfe, oder dem ersten Mann, den man töte, nicht einmal dem Augenblick der Namensgebung, sondern dem ersten Teufel, den man dabei ertappe, wie er einen in der Dunkelheit beobachte. Das erste Mal, dass man ein Tier ansah und *wusste*, dass es alles andere als alltäglich war. Bevor man sich einem Teufel gestellt und ihn niedergestarrt hatte, hatte man kein Recht, sich Angehöriger des Clans der Hornwölfe zu nennen.

Dieser Initiationsritus war natürlich wesentlich einfacher gewesen, als es auf dem Stern nur so von Teufeln gewimmelt hatte. Heutzutage waren sie dagegen beinahe so selten wie das Totemtier des Clans. Einst konnte man sich seinen Platz am Feuer auf verschiedene Weise verdienen, indem man einen Teufel fand oder gegen einen Hornwolf kämpfte, aber in diesen modernen Zeiten schienen solche großen Taten so gut wie unmöglich zu sein. Da es kaum noch Ungeheuer auf der Welt gab – der Wahren Göttin sei Dank –, musste man gezwungenermaßen ordentlich in der nebelverhangenen Tundra außerhalb des Dorfes herumstochern, um seinem Volk zu beweisen, dass man ein Mann war. Unterkühlung oder Hunger ließen die Jungen unweigerlich wirr im Kopf werden, also kamen sie zurück ins Dorf gestolpert und behaupteten, alle möglichen bösen Wesenheiten mit Fledermausflügeln gesehen zu haben, die zwischen den Ästen der letzten noch übrig gebliebenen Kletteneichen der Kalten Savanne kauerten. Ihre Eltern peitschten sie dann aus, weil sie alberne Geschichten erzählten, und das war es dann auch schon – so gut wie jeder unter fünfzig murrte, dass die Ältesten Teufelssichtungen nur deshalb mit einer vorrangigen Ehre bedachten, weil sie die jüngeren Stammesmitglieder daran hindern wollten, in den Herrscherrat aufgenommen zu werden.

Griesgram vermochte nicht mehr zu sagen, wann er seinen ersten Teufel gesehen hatte, denn in seiner Erinnerung waren sie schon immer da gewesen und hatten ihn beobachtet. Nicht die aus Fleisch und Blut – das waren *die, die zählten*, wenn man den Ältesten Glauben schenken wollte –, sondern vage, fantasmagorische Kreaturen, die ständig am Rand seines Sichtfeldes vorbeihuschten und nur dann Konturen annahmen, wenn er einschlief. In der Sprache der Makellosen, die ihn seine Mutter gezwungen hatte zu lernen, damit er mit den fremden Händlern reden konnte, nannte man diese immateriellen Ungeheuer *Geister*, aber Griesgram wusste, dass sie die Teufel aus den Heldenliedern waren, die lediglich keinen lebenden Körper an sich gerissen hatten.

Großvater behauptete, Griesgram könne die Teufel sehen, die sonst niemand wahrzunehmen vermochte, weil er mit den Augen eines Schneelöwen geboren worden sei. Und das eine Mal, dass Griesgram die Clangesetze gebrochen hatte, die unter anderem besagten, dass man nicht das eigene Spiegelbild betrachten durfte, damit die bösen Vorfahren daran gehindert wurden, von einem Besitz zu ergreifen, hatte er gesehen, dass der alte Mann damit recht hatte. Im Gegensatz zum Rest seines

Clans – hier kamen die Augen in allerlei Variationen von Braun und Grün vor, waren aber sämtlich menschlich – erschienen Griesgrams Pupillen wie Schlitze in Augen, die von dem satten Blau der Gletscher in der Nähe der Küste waren, an der die Makellosen mit ihren Schiffen anlegten. Der verstohlene Blick in einen Teich hatte ihm einen Schrecken eingejagt, weil ihm ein Ungeheuer entgegengesehen hatte, und von diesem Tag an verstand er besser, warum ihn sein Clan auf die Weise betrachtete, auf die er es nun einmal tat.

Griesgram gab sich alle Mühe, nicht an sein Gebrechen zu denken, wie es seine Mutter genannt hatte, denn die Teufel störten ihn nicht … aber sein Großvater, den man vor Jahren aus dem Rat geworfen hatte, nachdem er mit dem Giftorakel in Streit geraten war, beharrte darauf, dass Griesgram zu seiner Zeit ein großer Schamane geworden wäre, da ihn die Götter so gezeichnet hatten.

»Von den Teufeln gezeichnet, meinst du wohl.« Griesgrams Mutter erschauderte und schlug das Zeichen der Kette, während sie ihre Schalen mit Reis und Cassava-Haferbrei leerten. »Mein armer, armer Junge. Ich gebe nicht dir die Schuld, Griesgram, das weißt du.«

Mit zehn Jahren war Griesgram größer gewesen als jeder andere Welpe im Dorf, und mit zwanzig war er der größte, breitschultrigste Hornwolf des ganzen Stammes. Er konnte für fünf arbeiten (tat es auch oft), und als der Esel vom Alten Salz mitten beim Säen tot umgekippt war, hatte Griesgram das Geschirr angelegt und das Feld fertig gepflügt. Er bemühte sich stets, sich seine große Kraft nicht zu Kopf steigen zu lassen, und gab sich große Mühe, jenen zu helfen, die körperlich weniger gesegnet waren als er selbst. Trotz seiner Kraft war Griesgram ein sanfter, einfühlsamer Junge.

Und mit Ausnahme seiner Mutter und seines Großvaters hasste ihn jede einzelne Person seines Clans und wünschte ihm den Tod. Er war von den Teufeln gezeichnet.

»Ich *meinte* von den Göttern gezeichnet!«, knurrte Griesgrams Großvater seine Tochter an und schleuderte die leere Schale auf den Erdboden der Hütte. Griesgram hob sie auf, damit seine Mutter das nicht tun musste. »Wir nennen uns Hornwölfe, aber hier haben wir einen echten Wolf, einen Auserwählten der Vergangenheit, und alle verabscheuen ihn! Ein Junge mit dem Blut von Schamanen wird wie ein Eidbrecher behandelt, da könnte man ...«

»Ich habe dir schon beim letzten Mal gesagt, dass wir nicht mehr darüber sprechen«, sagte Griesgrams Mutter in ihrem gefährlichsten, nüchternsten Tonfall. »Unsere Sitten sind die einzigen Sitten, und der Rat war gnädig mit ihm. Mit euch beiden.«

»*Unsere* Sitten?«, wiederholte Großvater höhnisch. »Unsere Sitten sind *tot*, Kind, und zwar seit diese zahnlosen Graupelze entschieden haben, dass wir uns vor einem samothischen Teufel verneigen müssen. Ich kenne diese Leute nicht einmal mehr. Wieso holt sich ein Haufen schlaffhörniger Kettenanbeter einen darauf runter ...«

»Alter Mann, ich warne dich nicht noch einmal – erweise mir mehr Respekt!«, sagte Griesgrams Mutter und stand mit dem unheilverkündenden Ernst eines nahenden Sturms vom Boden auf. »Hätte ich mich nicht selbst beschämt, indem ich dich wieder in meiner Hütte aufgenommen hab, hätte ich mittlerweile einen anderen Ehemann nehmen können. Und würde ich dich rauswerfen, wer würde dich schon aufnehmen? Euch beide?«

»Schon gut, Opa.« Griesgram schob sich zwischen die beiden, um den Rest der Essensmatte aufzuräumen. »Es ist nur eine Prüfung, das ist alles. Die Gefallene Mutter prüft uns alle.«

»Die Gefallene Mutter ist eine Lüge«, zischte Großvater später in der Nacht, als selbst die Scheite im Herd zu schlafen versuchten. »Eine *Lüge*, die sich die Imperialen ausgedacht haben, um uns die Zähne zu ziehen. Was für eine Göttin zeigt sich ihrem Volk nicht, hm? Wenn uns die Alten Wächter prüfen wollten, haben sie uns ein verfluchtes Ungeheuer in den Weg gestellt, um zu sehen, wie gut wir kämpfen! Da ist keiner mit den Händen in den Taschen rumgelaufen und hat für diese hinterhältigen kleinen Hyänen den Amboss gespielt!«

»Ich wurde schon seit Jahren nicht mehr geschlagen«, erwiderte Griesgram. Er hatte vergessen, dass er sich laut dem Willen seiner Mutter schlafend stellen sollte, wenn ihr Vater mit einer seiner häretischen Tiraden anfing. »Nicht seit ich vor vielen Sommern bei Kursabweicher die Geduld verlor.«

Kursabweicher nannte man heute wegen Griesgrams aufbrausendem Temperament Einarm. Damals war Griesgram vierzehn gewesen und Kursabweicher dreiundzwanzig. Griesgram konnte sich nicht einmal mehr daran erinnern, was geschehen war, nachdem ihn Kursabweicher auf den Permafrost gedrückt und angefangen hatte, sein Gesicht mit Schlägen zu bearbeiten; danach war ihm alles so verschwommen erschienen wie die Teufel, die am Rande seines Sichtfelds tanzten. Kursabweicher erinnerte sich allerdings noch gut daran, und seine Familie behauptete, dass er in manchen Nächten noch immer schreiend aufwachte und mit der ihm verbliebenen Hand nach dem unregelmäßigen Narbengewebe griff.

»Dafür hat man dich fast umgebracht«, sagte Großvater. »Obwohl du dich nur verteidigt hast, hätten sie dich garantiert umgebracht, hättest du nur ein Haar mehr am Sack gehabt oder dieser Schläger ein Haar weniger am Bart. Wenn du das nächste Mal für dich eintrittst, Junge, wird man dich zweimal umbringen, nur um sicherzugehen.«

»Geht schon in Ordnung, Opa.« Griesgram drehte sich zur dunklen Wand herum.

»Nichts ist in Ordnung, bis du dich wie ein verfluchter Hornwolf benimmst und diesen Heiden den Rücken kehrst«, sagte Großvater. »Als ich so alt war wie du, haben wir nicht mit dem Makellosen gehandelt, wir haben sie überfallen! Jetzt bauen wir nicht einmal mehr Boote und sind zu weit vom Meer weggezogen, um die Lieder des Tiefen Volkes hören zu können. Hornwölfe, die Felder bestellen und Kirchen bauen wie die Roten Imperialen. Ich wünschte, sie hätten den Anstand gehabt, mich lebendig zu verbrennen, damit ich solche Dinge nicht mehr erleben muss. Hasenfuß wusste, was kam. Ich habe ihn jede Morgendämmerung und jede Abenddämmerung dafür verflucht, dass er uns auf diese Weise verließ, aber jetzt wünschte ich, er wäre zurückgekehrt, um mich zu holen. Er hätte mich auf den Rücken schnallen und hier wegtragen können – Hornwölfe, Scheiße, wir sind heute doch nichts anderes als ein Haufen Schafe.«

»Glaubst du, Onkel ist noch am Leben?« Griesgram vergaß, dass er schlafen wollte, und rollte sich wieder auf der unbequemen Pritsche herum, die sie alle teilten, um seinen zänkischen Großvater ansehen zu können.

»Könnte sein, könnte sein«, sagte Großvater, als zöge er diese Möglichkeit zum ersten Mal in Betracht. Griesgrams Mutter schnaubte im Schlaf, und Großvater sagte noch leiser als zuvor: »Wenn ich einen Mann nicht sterben gesehen habe, gehe ich auch nicht davon aus, dass er tot ist. Als wir ihn das letzte Mal sahen, war er durchaus lebendig. Daran erinnerst du dich ja hoffentlich noch.«

Natürlich erinnerte sich Griesgram an den Tag, an dem Onkel Hasenfuß sie im Stich gelassen hatte, und zwar deutlicher, als ihm lieb war. Der Tag, an dem Griesgrams Vater gestorben war, war zugleich der Tag gewesen, an dem er seinen ersten Kampf gegen einen rivalisierenden Stamm ausgefochten hatte. Der Tag, an dem er das erste Mal getötet hatte. Er erinnerte sich daran, wie gut die Luft geschmeckt hatte, bevor der Kampf begann; es war das einzige Mal gewesen, dass er nahe genug am Bittermeer gewesen war, um zu riechen, wie sich Salz und Sand mit dem Geruch frisch gefallenen Schnees vermengten. Er erinnerte sich daran, dass er so getan hatte, als würde er in einem der Heldenlieder an der Seite seiner Vorfahren kämpfen, und wie er geglaubt hatte, dass der Alte Schwarz sie vor ihren Feinden beschützen würde. Er erinnerte sich daran, wie das Sonnenlicht auf der Klinge gefunkelt hatte, die das Herz seines Vaters durchbohrte, und wie das Blut das Schwert in schwarzes Eis zu verwandeln schien, als es aus seiner Brust gezogen wurde. Er erinnerte sich daran, wie gewichtslos sich sein Arm angefühlt hatte, als er sein Sonnenmesser zog, und wie schwer er geworden war, als er zusah, wie sich seine Waffe in die Hüfte eines Mannes bohrte und ihn zu Boden stürzen ließ, damit er in dem Chaos zertrampelt wurde. Er erinnerte sich daran, wie die Schakalleute im Kampf gelacht hatten, und noch lauter gelacht hatten, als sie verloren. Sie hatten so lange gelacht, bis der Letzte von ihnen auf dem vom Blut aufgeweichten Schlachtfeld niedergemacht wurde. Er erinnerte sich ebenfalls daran, wie traurig und voller Furcht er gewesen war, erinnerte sich daran, als wäre es erst gestern gewesen.

Er erinnerte sich ebenfalls an das, was danach passiert war, würde sich bis zu seinem Todestag daran erinnern. An die toten Augen seines Vaters, der an seinem schluchzenden Sohn vorbei in das Weiß gestarrt hatte. Die funkelnden Augen der Schneelöwen, die sich heranschlichen, um die Toten zu fressen, noch bevor sich die siegreichen Hornwölfe vom Schlachtfeld zurückgezogen hatten. Augen, die genau wie Griesgrams waren. An Großvater, der schreiend in der blutbesudelten Tundra lag, weil ein mit Pfeffer beschmiertes Schwert sein Steißbein zerhackt hatte. Und an die Rücken der eigenen Leute, denn die Hornwölfe eilten nach Hause, und seine Mutter, Onkel Hasenfuß und der Rest des Clans überließen seinen verwundeten Großvater den Sitten zufolge den Aasfressern. Genau wie ihn, weil er sich nicht von der Seite des alten Mannes rührte.

Griesgram war acht Tauzeiten alt gewesen. In dieser Nacht hatte er seinen ersten Schneelöwen getötet und angefangen, seinen Großvater zurück ins Dorf zu schleifen. Das hatte sechs

Tage in Anspruch genommen. Morgens hatte er für ihre Trinkschläuche Schnee gesammelt und Frosttermiten fürs Frühstück. Als sie es zurückgeschafft hatten und von den ungläubigen finsteren Mienen ihres Clans empfangen worden waren, war Onkel Hasenfuß schon lange weg gewesen. Wieder einmal.

»Aber du sagtest doch …« Griesgram verstummte, als sich seine Mutter neben ihm umdrehte. Er war so aufgeregt, dass er die Stimme nur mühsam zu einem Flüstern dämpfen konnte. »Du sagtest, man hätte ihn keine Woche weit entfernt überfallen und umgebracht, um dafür zu sorgen, dass er unserem Volk nie wieder Schande bereiten konnte.«

»Wunschdenken eines wütenden Vaters. Hätten diese Zwerge, die ihm der Rat hinterhergejagt hatte, den Jungen wirklich erwischt, hätten sie bei ihrer Heimkehr Lieder darüber gesungen, statt so übertrieben wild davon zu erzählen. Nein, mein Junge kann unmöglich toter als der kalte Kabeljau sein, den wir hier haben«, sagte Großvater wehmütig. »Ich hätte nicht übel Lust zu sehen, ob ich ihn aufspüren kann, bevor ich mein Schicksal finde oder es mich. Ihm zu gestehen, dass es schlau von ihm gewesen ist zu gehen, dass er ein Narr war, überhaupt jemals zurückzukehren, und dass es noch klüger war, erneut abzuhauen. Ihm zu sagen … ihm zu sagen, dass sein Vater nicht verstanden hat, warum er das alles getan hat, aber dass er endlich bereit ist zuzuhören.«

Der Wind pfiff durch das Stroh ihrer Hütte, und in der Dunkelheit musste Griesgram die Augen zusammenkneifen, um die geisterhaften Teufel sehen zu können, die über seinem Bett ihre Kapriolen trieben. Kein Wolf, der seine Hörner wert war, würde sein Rudel verlassen, ganz gleich wie wertlos es auch sein mochte. Ein echter Hornwolf würde sie in Form peitschen oder bei dem Versuch sterben, aber nicht einfach abhauen. Wie oft hatte Großvater das wohl gesagt?

Also konnte dies nicht das Gleiche sein, wie die Flucht zu ergreifen. Großvater wollte nur Onkel Hasenfuß finden, um dann zurückzukehren. Eigentlich das Gleiche wie bei Onkel Hasenfuß, der als namenloser Junge verschwunden war, nur um eine Tauzeit oder drei vor Griesgrams Geburt zurückzukehren, um bis zu dem finsteren Tag dieser Schlacht als anständiger Hornwolf zu leben. Obwohl Onkel Hasenfuß schon beim ersten Mal die Gesetze gebrochen hatte, weil er einfach abgehauen war, hatte ihn der Clan bei seiner Rückkehr willkommen geheißen. Dass Onkel Hasenfuß ein paar Jahre später wieder weggelaufen war und der Clan seinen Namen jetzt mehr verfluchte als jeden Teufel, war nicht so wichtig, denn nach ihrer Rückkehr würden Griesgram und Großvater nicht noch einmal gehen.

Für Griesgram würde das eine Suche sein, auf der er seine Ehre finden konnte, so ähnlich wie in den Liedern über Höllenstürmer oder in der Saga vom Alten Schwarz. Er kannte ihre Geschichten auswendig, kannte die Helden der Vergangenheit auf eine Weise, auf die er die Hornwölfe, an deren Seite er großgeworden war, nie verstanden hatte. Er hatte sich immer nach einem eigenen Abenteuer gesehnt, aber die waren in der Kalten Savanne rar gesät.

Der Gedanke, seinem Onkel gegenüberzustehen, eine Erklärung von ihm zu verlangen, warum er den Clan im Stich gelassen hatte, obwohl er ihn und Großvater den Regeln zufolge auf dem Schlachtfeld im Stich gelassen hatte, entfachte in Griesgram einen seltsamen und mächtigen Hunger. Keinen kleinen Hunger, nein, das fühlte sich eher an, als hätte er nach dem Mittwinterfasten gerade ein dickes Stück Gerstenbrot gerochen, das dick mit dem Fufu seiner Mutter bestrichen und einem Stück gebeiztem Kabeljau belegt war. Er konnte Großvater und Onkel Hasenfuß ihre Unterhaltung führen lassen, dann konnte er mit ihm sprechen, und dann konnten sie alle drei nach Hause zurückkehren. Er würde die Schätze mitbringen, die er auf dem Weg eingesammelt hatte und wegen denen ihn der Clan lieben musste … oder zumindest etwas respektieren. Es war ja nicht so, als würde man ihn und Großvater schrecklich vermissen – vermutlich würden sie sogar wieder zu Hause sein, bevor man ihr Fehlen überhaupt bemerkte. Ihr Lied würde es wert sein gesungen zu werden, selbst wenn er bloß allein für sich sang, wenn er sich sicher sein konnte, allein zu sein.

Griesgram sah zwischen seiner schnarchenden Mutter und seinem gespannten Großvater hin und her und traf eine Entscheidung. Würde es seiner Mutter das Herz brechen, wenn sie aufwachte und sowohl ihr Vater als auch ihr Sohn wären verschwunden? Oder würde sie insgeheim erleichtert sein? Griesgram vermochte es nicht zu sagen, und wie immer machte der Umstand, etwas nicht zu wissen, alles nur viel schlimmer.

KAPITEL 5

Was für ein absurder, entsetzlicher Tag!

Ergreif die Initiative, pflegte sein Vater zu sagen wie der Chor in der Tragödie, die Sir Hjortts Leben war, *um der Liebe deiner Vorfahren willen, setz deinen fetten Arsch in Bewegung und ergreif die Initiative.* Und das eine Mal, dass er diesen Rat befolgte, das eine verfluchte Mal, wohin brachte ihn das? Anscheinend – verflucht noch mal – genau hierher. Vielen herzlichen Dank, Vater!

Sir Hjortt hockte rittlings auf einem schmerzhaften Zwiespalt, hin- und hergerissen zwischen Hass auf den – vermutlich verschiedenen – Bruder Iqbal, weil der die Hexenkraft der alten Frau nicht entdeckt hatte, und gutem altmodischem Selbstmitleid. Der Bürgermeisterin stand offensichtlich die Hilfe von Teufeln zur Verfügung, denn sie war seinem Schwert mit der Schnelligkeit eines Wasserwiesels ausgewichen und hatte dann seinen Arm mit der Kraft eines Ochsen gebrochen. Eines wütenden Ochsens. Die Stahlkachel, die seinen Ellbogen bedeckt hatte, war bei ihrem Angriff mit den bloßen Händen zerbrochen und baumelte jetzt so nutzlos herunter wie der Arm, den sie nicht hatte schützen können.

Der Ritter hatte an genug Gefechten teilgenommen – nun ja, zumindest an einem oder zweien –, aber der Schmerz des nach hinten gerissenen Arms war schier unglaublich gewesen. Als sich sein Verstand endlich von dem Schock erholt hatte, hatte ihn die alte Hexe zurück in ihre Küche geschleift. Sein einziger Versuch, weiter Widerstand zu leisten, hatte ihm einen Stoß mit dem Fingerknöchel ins Auge eingebracht, danach hatte sie seinen gebrochenen Arm verdreht, bis er vor Schmerzen würgte. Dann tat er, was man ihm sagte, und ließ sich mit einem dicken Seil an einen Stuhl fesseln. Das Beste an der Situation war, dass er seine Kopfschmerzen kaum noch wahrnahm.

Jetzt trampelte sie in der oberen Etage herum, und Sir Hjortts Gedanken krochen langsam in Richtung Rationalität zurück – sie hatte Iqbal und ihn ausgeschaltet, zweifellos mithilfe irgendeiner Zauberei, und nun war er ihr Gefangener. Selbst wenn Schwester Portolés sofort zurückkehrte, nachdem sie den Befehl, das Dorf auszulöschen, überbracht hatte, war es ein langer Weg den Berg hinauf. Er würde eine Weile mit der alten Frau allein sein und sollte besser dafür sorgen, dass sie wusste, was für ein beträchtliches Lösegeld er einbrächte, bevor sie etwas tat, das man bedauern musste. Nun ja, *noch mehr* bedauern musste.

Schritte ertönten auf den Stufen im anderen Zimmer, dann eilte sie zurück in die Küche und legte einen Stapel Kleidung auf den Tisch. Sie hielt inne, schnappte sich ein Leinenhemd und bedeckte damit den Kopf ihres Mannes und das Gebäck. Dann zog sie das Dirndl über den Kopf, und obwohl sie keine zusätzliche Brust zu haben schien, an der ihre Hausgeister nuckeln konnten – oder andere hexenartige Deformitäten –, gefiel ihrem Gefangenen die Entblößung überhaupt nicht.

Ihr Kopf schoss in seine Richtung, und Sir Hjortt wurde sich entsetzt bewusst, dass er seinen Unmut unbewusst durch ein Stöhnen deutlich gemacht haben musste. Er versuchte es zu überspielen, ließ den Kopf rollen und starrte auf seinen gebrochenen Arm, während er erneut aufstöhnte. Sie kam herüber und schlug ihm den Handrücken ins Gesicht, was völlig unangebracht war und allem widersprach, was die akzeptable Behandlung adliger Kriegsgefangenen anging. Das wusste er genau, denn er hatte die betreffenden Seiten des Scharlachroten Kodexes auswendig gelernt, nur für den Fall, dass es jemals nötig sein sollte, sich zu ergeben statt einen leicht vermeidbaren Tod auf irgendeinem fernen Schlachtfeld zu erleiden.

»Du hättest mich reden lassen sollen.« Sie hielt ihm das Gesicht vor die Nase. Ihr Atem stank wie der schreckliche Tee. »Du hättest mich meinen Teil sagen lassen sollen, statt deine Kettenhexe nach unten zu schicken, um meine Nachbarn zu ermorden. Dann würdest du jetzt Münzen zählen. Und zwar eine ganze Menge. Natürlich wäre ich dir gefolgt und hätte dich für das getötet, was du mit Leib gemacht hast, aber ich hätte dir Wochen Zeit gelassen, diesen Ort hinter dir zu lassen – keiner sollte auf das Motiv kommen und nach Kypck zurückkehren. Du hättest diese Tage des angenehmen Lebens vermutlich genossen.«

»Dieser ›Leib‹ ist Euer Mann«, sagte Sir Hjortt stirnrunzelnd, dessen Gesicht noch immer von ihrem Schlag brannte. »Kypck ist Euer Dorf.«

»Leib war mein Mann, dann hast du ihn umgebracht. Und Kypck war mein Dorf, bevor du auch das ausgelöscht hast. Wenn du nicht auf einem Schlachtfeld bist, solltest du versuchen, die Namen derjenigen zu erfahren, die du umbringst, und wenn auch nur, um rachsüchtige Verfolger zu verhöhnen.«

»Der weise General verlässt vom ersten bis zum letzten Atemzug niemals das Schlachtfeld«, sagte Sir Hjortt weise. »Nur so erzielt man den Frieden.«

»Igitt!« Die Hexe rümpfte die Nase. »Hämmert man dem Scharlachroten Kommando noch immer Lord Freudlos' *Eisenfaust* ein? Kein Wunder, dass du so ein schamloser Bastard bist, wenn du diese Hundescheiße geschluckt hast.«

»Ihr habt es gelesen?«, fragte Sir Hjortt überrascht.

»Schlechte Strategien sollte man genauso studieren wie gute, denn Generäle handeln des Öfteren nach dem Ersteren als nach dem Letzteren. Weißt du, wer das gesagt hat?« Die nackte alte Zauberin beugte sich noch immer über ihn, und nachdem eine der Schmerzwellen abgeebbt war und wieder hinaus aufs

Meer rollte, begriff er, dass sie tatsächlich eine Antwort erwartete. Er schüttelte den Kopf. »Ji-un Park.«

»Sie lehren uns die Taktik der Makellosen genauso wenig wie die Listen von Eichhörnchen«, sagte Sir Hjortt. »Aber ich glaube, es ist höchste Zeit, über Lösegeld zu sprechen, meine Lady, denn …«

»Jetzt heißt es *meine Lady*?« Sie schnaubte. »Du hättest besser die Eichhörnchen studiert statt Lord Freudlos – die haben wenigstens genug Verstand, sich von Bienenstöcken fernzuhalten, selbst wenn sie mit Honig gefüllt sind.«

»Ich … äh.« Die unzüchtige Art und Weise, auf die ihm die Matrone ihre Worte ins Gesicht hauchte, ließ die Hitze aus seinem gebrochenen Arm in seine Wangen schießen, und er wandte den Blick von ihrer Blöße ab. Bei allen Teufeln und Diakonen der Schwarzen Kette, was würde sie nur tun? Einen Zauber sprechen?

Aber statt ihn zu verzaubern, wandte sich die Frau ab und begab sich wieder zu dem Kleiderstapel auf dem Tisch. Sie fischte eine braune Hose heraus, quetschte sich mit einem Grunzen hinein und befestigte dann ein Leder… dings über ihrem Busen. Darüber kam ein Hemd oder eine Tunika – Sir Hjortt hatte seine Aufmerksamkeit darauf gerichtet, seine Knöchel zu befreien und sich einen Vorteil zu verschaffen. Aber sie hatte seine Beine gründlich an den Stuhl gebunden, darum konnte er nichts weiter tun, als hilflos auf dem Stuhl herumzurutschen.

Die Frau verließ den Raum, trampelte im Haus herum und kam mit einem stabilen, einhändigen Kriegshammer und einem nicht gespannten Bogen zurück. Sie legte die Waffen auf den Kleiderstapel und verschwand wieder. Nervös starrte Sir Hjortt den Hammer an. Sie kam mit einem bereits aufgeblähten Rucksack zurück und stopfte die Kleidung hinein. Abgesehen von dem Hemd, das den Kopf ihres Mannes bedeckte.

»Meine Lady«, sagte Sir Hjortt, doch sie ignorierte ihn. Also versuchte er es erneut. Es war wie der Versuch, vernünftig mit seinem Vater sprechen zu wollen, nur noch schlimmer. Bis zu diesem Augenblick hatte er sich nicht vorstellen können, dass so etwas tatsächlich möglich war. »Frau Bürgermeisterin, dürfte ich …«

»Du darfst deinen Mund zumachen, bevor ich mich entschließe, dir die Zunge rauszuschneiden – schließlich könntest du an deinem eigenen Blut ersticken. Soweit ich weiß, ist deine Schwester Portolés schon wieder den halben Berg hinaufgestiegen, und ich beabsichtige auf keinen Fall, noch hier zu sein, wenn sie die Überreste deines anderen zahmen Hexers findet.«

»Ihr seid hier die einzige Hexe«, erwiderte Sir Hjortt. Obwohl … jetzt, da sie es erwähnt hatte, fragte er sich, ob Portolés Iqbals Tod irgendwie gespürt hatte, ob sie in diesem Augenblick den Berg hinaufrannte, um – verfluchte Scheiße, die alte Vettel war schon wieder mit seinem gebrochenen Arm zugange!

»Du kannst dir nicht vorstellen, wie ich es hasse, so genannt zu werden.« Sie strich mit der Hand über seinen pochenden Arm, dann hielt sie eine Bogensehne vor sein Gesicht, damit er sie genau betrachten konnte. »Aber du wirst schon bald herausfinden, wie sich das anfühlt, wenn Narren einen für etwas anderes halten, als man in Wirklichkeit ist. Wenn sie die Leistungen anderer Leute der Zauberei zuschreiben. Man wird dich als Zauberer bezeichnen, ist dir das klar?«

»Was macht Ihr da … nein, nicht!« Sir Hjortt spürte, wie ihre knochigen Fingern seinen gefühllosen Daumen packten, dann schnitt die Bogensehne tief in den Ansatz des Fingergliedes. In dem nicht zugeschwollenen Auge bildete sich eine Träne, weil der Daumen augenblicklich noch lauter sang als der gebrochene Arm.

»Natürlich wird man sich irren, aber das wird nichts ändern – Oberst Hjortt von Azgaroth: Dämonologe. Vielleicht auch Diabologe, aber das läuft auf das Gleiche hinaus. Oberst

Hjortt, Beschwörer von Teufeln, die man am besten in der Hölle lassen sollte. Nicht schlecht für einen jungen adligen Arsch, was?«

»Das ist nicht meine Schuld«, jaulte Sir Hjortt über die Schulter. »Ich bin ein anständiger Mann, ich wollte nicht zum Militär, ich würde doch nie ... ich bin kein übler Kerl, nur ... ich habe bloß ...«

»Getan, was man dir gesagt hat?« Sie hielt in ihrer Arbeit inne und sprach nun ganz leise. »Befehle ausgeführt?«

»Ja, genau!«, erwiderte Sir Hjortt eifrig, um ihr das zu sagen, was sie hören wollte, egal was es sein mochte. Nur damit sie aufhörte. »Befehle! Das war nicht meine Idee! Niemals!«

»Du schienst es in der Tat nicht eilig zu haben, sie auszuführen.« Ihr Tonfall verhärtete sich, als sie die Bogensehne um den Daumen an seinem guten Arm schlang und festzurrte. Energisch band sie einen Knoten, und nun waren beide Daumen von einem schrecklichen Pochen erfüllt, als wären sie von etwas äußerst Giftigem gestochen worden. Die Frau richtete sich auf, ging zu dem erkaltenden Kessel und nahm ein Küchenmesser, das sie daneben auf dem Ofen erwärmt hatte.

»Bitte«, stieß Sir Hjortt hervor. Sein Kopf pochte nun im Gleichklang mit seinem Arm und, was noch schlimmer war, seinen Daumen. Er bemühte sich ruhig zu bleiben, aber sie hatte sie so fest abgebunden, dass das Gefühl auch dann unerträglich gewesen wäre, wenn er nicht geahnt hätte, was sie eigentlich vorhatte. »Bitte, es gibt wirklich keinen Grund ...«

»Keinen Grund?« Die Hexe kam wieder zurück. Die Gefallene Mutter errette ihn, die schwarze Klinge des Messers in ihrer Hand *qualmte* doch tatsächlich. »Schließlich kennen wir beide die Strafe, die man in deiner Heimat für Diebstahl vorsieht, nicht wahr, Oberst? Du hast mir meinen Mann gestohlen, auch meine Freunde, meine *Familie*! Also sollte das nun wirklich keine Überraschung sein. Die Aderpressen werden verhindern, dass du zu stark blutest.«

»Bitte, ich hatte doch keine Wahl, ich …« Aber die Hexe ging hinter dem Stuhl in die Hocke, und obwohl er sich auf dem Stuhl bereits wild herumwarf, machte sie kurzen Prozess. Der Druck im Daumen seines gebrochenen Arms verschwand zuerst, dann bekam er viel deutlicher mit, wie sein anderer Daumen mit mehreren energischen Schnitten durchgesägt wurde. Aber der Knochen bot ihr einigen Widerstand, und sie brach ihn ab. Hjortt kreischte auf. Als er seine Umgebung wieder wahrnahm, stand seine Foltermeisterin vor ihm und wischte das blutige Messer am Kragen seines Umhangs ab.

»Du sagtest, du hättest keine andere Wahl gehabt«, meinte die Hexe, steckte den Bogen in eine Hülle an der Seite ihres Rucksacks und schob sich die Riemen über die Schultern. »Ich glaube dir, Junge – du bist doch bloß ein braves kleines Hündchen, das tut, was man ihm befiehlt, nicht wahr? Ein unschuldiger Bursche, der vom Pech verfolgt wird?«

»Du bist eine böse, böse Frau«, winselte Sir Hjortt. Das Feuer an den Stellen, wo seine Daumen gewesen waren, breitete sich nun in seine Hände aus. »Ich bin Oberst der verfluchten Königin von Samoth! Sie finden dich, mein Vater, Schwester Portolés, die Königin, die Päpstin, sie finden dich und dann …«

»Und was dann, Junge? Was dann?« Sie nahm den Hammer vom Tisch und kam auf ihn zu. »Du kapierst gar nichts, nicht *eine* einzige von allen Teufeln verdammte Sache kapierst du, oder? Was könnten sie mir antun, hm? Was könnten sie mir nehmen, das du nicht schon längst gestohlen hättest?«

»Du bist tot!« Sir Hjortt wusste, dass er erbärmlich war, dass er nur weitere Qualen herausforderte, aber er konnte sich nicht zurückhalten. »Du hast mich verkrüppelt! Wie soll ich ohne meine *Hände* zurechtkommen, du Ungeheuer! Es wäre eine Gnade, wenn du mich stattdessen töten würdest!«

»Gnade. Also das ist ein Teufel, mit dem ich nichts zu schaffen habe, von heute bis zum Tag meines Todes«, erwiderte sie, schob den Kriegshammer aber durch eine Schlaufe an der Seite ihres Rucksacks, statt Sir Hjortt mit der Waffe zu bearbeiten. Dann ging sie zum Tisch und riss das Hemd vom Kopf ihres Mannes. Nach kurzem Innehalten nahm sie den Schädel bei den Haaren und verstaute ihn wieder in seinem Sack, den sie dann über die Schulter schwang und befestigte. Er wollte so gar nicht zu dem Rucksack passen, und als sie den Blick wieder auf Sir Hjortt richtete und er in diese funkelnden blauen Augen sah, wurde ihm klar, was ihm eigentlich vom ersten Augenblick an hätte klar sein müssen – er war fertig, er war völlig und unwiderruflich im Arsch.

»Was solltest du schon tun können?«, sagte er mit brechender Stimme. »Was willst du denn ausrichten? Wo kannst du hin? Man wird dich finden und dann ein Exempel …«

Die Hexe nickte. »Ein Exempel statuieren. Das werde ich machen, gleich ein paar Exempel werde ich statuieren. Wollen wir doch mal sehen, was aus dem Exempel geworden ist, das du für mich machen wolltest.«

Sie trat hinter ihn, ergriff den Stuhl mit beiden Händen und zerrte ihn auf die Terrasse hinaus. Die Stuhlbeine quietschten laut. Wie konnte Iqbal nur eine so offensichtliche Hexenkraft übersehen haben, ein ergrautes Mütterchen, das in der Lage war, einen Ritter in voller Rüstung zu ziehen? Wozu sich überhaupt mit hexengeborenen Leibwächtern umgeben, wenn sie nicht einmal ihre bösen Artgenossen erkennen konnten? Aber es fiel Hjortt schwer zu denken, zumal die pulsierenden Qualen in seinen Händen alles andere fraßen. Das Blut, das eigentlich durch sie hätte hindurchströmen sollen, staute sich stattdessen in seinem Kopf und überschwemmte seinen Verstand mit einer Schmerzensflut.

Es kostete ein paar Flüche und Grunzen, aber schließlich hatte die Frau den Stuhl so zurechtgeschoben, dass Hjortt ins Tal blicken konnte. Dort stieg viel Rauch in den Himmel, aber sonst war kaum etwas zu sehen. Das spöttische Flüstern der Zitterpappeln machte ihn schwindelig, und wäre er nicht festgebunden gewesen, wäre er zusammengebrochen. Für ihre Taubheit sollte die Gefallene Mutter verflucht sein.

»Keine Sorge, Oberst Hjortt«, sagte die Hexe, die noch immer neben ihm stand. »Falls deine Andersgeborene, die Nonne, nur halb so schlau ist, wie ich glaube, wird man dich retten, lange bevor dich das Feuer erreicht. Und wenn nicht, na dann, hoffentlich brennt der Strick zuerst und du kommst leicht angesengt davon. Ich weiß, dass in Azgaroth Masken in Mode sind, vor allem in Cockspar. Jedenfalls früher war das so.«

Er wollte sprechen, vielleicht um zu betteln, vielleicht auch um zu drohen, aber seine Zunge war so schwer wie Messing.

»Du hast mir großmütig erlaubt zu weinen, sollte ich das nötig haben«, hauchte die Verrückte Sir Hjortt ins Ohr. »Aber ich glaube, ich werde noch damit warten. Ich möchte nicht für all diese ehrlichen, unschuldigen Leute dort unten weinen, sosehr ich einige von ihnen auch liebe, und sosehr ich auch die meisten anderen mag. Ich werde nicht einmal um meinen Mann weinen.«

Sie zerzauste sein Haar, ihre Lippen berührten nun sein Ohrläppchen. »Das Einzige, um das ich weinen werde, wirst du sein, guter Ritter, und meine Tränen werden erst in dem Augenblick fließen, wenn wir wieder vereint sind. Das ist richtig, Junge, sobald man sich um jede einzelne Person gekümmert hat, die für diese Travestie verantwortlich ist, sobald jedem *Einzelnen* von ihnen ein Besuch abgestattet wurde, finde ich dich, ganz gleich, wohin du auch gehst, wo auch immer du dich versteckst, und ich werde mich in aller Ruhe um dich kümmern. Und dann, o tapferer Hjortt von Azgaroth, Fünfzehnter Oberst des Scharlachroten Imperiums, wenn du endgültig meiner Vergeltung entkommen bist, ob nun durch Wahnsinn oder Tod, *dann* werde ich weinen, aber auch nur, weil ich dich dann nicht länger quälen kann.«

»Verfluchte Scheiße!«, schaffte es Sir Hjortt hervorzustoßen, bevor der erste Schluchzer seine adlige Brust erbeben ließ. Er kam von den Schmerzen, ja. Und zweifellos von dem Schock, zum Krüppel gemacht worden zu sein. Aber die wahre Quelle seines Leides, das, was ihn beinahe hoffen ließ, dass das Feuer, das sie im Haus entzündete, bevor sie in die Berge floh, die Terrasse verschlingen werde, bevor ihn Schwester Portolés retten konnte, war eine schlichte Tatsache: Er glaubte ihr jedes einzelne Wort.

KAPITEL 6

Maroto setzte sich an den Rand der Schlucht, lehnte seinen Kriegshammer an einen Stein und zog die Sandalen wieder an. Auf seinen nackten Beinen fühlte sich der Sandstein warm an, obwohl die verdammte Sonne kaum über das zerklüftete Plateau lugte. In wenigen Stunden würde der Felsen, an den er sich anlehnte, brütend heiß sein. Auch wenn der Tagesanbruch die Pantera-Wüste mit einem Bouquet aus Rosen, Hyazinth und Flieder veredelte, sah es von hier oben noch schlimmer aus als in dem Labyrinth aus Gräben und Schluchten, das die Wüste durchschnitt. Unten in den schattenverhüllten Hohlwegen gab es Kakteen und verkrüppelte Zedern, gelegentlich auch eine von Rohrkolben und verkümmerten Weiden umgebene Quelle. Aber auf diesen den Elementen ausgelieferten Ebenen und Felskämmen befand sich außer Grasbüscheln, elfenbeinfarbenen Flechten und zerklüfteten schwarzen Felsformationen nichts. Zweifellos hätte Maroto seine Gruppe auch an einen schlimmeren Ort führen können, aber das hätte weit mehr Arbeit erfordert, als er ohne zusätzliche Bezahlung zu investieren bereit war.

Unter ihm war es noch immer zu dunkel, um viel sehen zu können. Sie hatten ein Kochfeuer brennen, also hatte die Karawane ihre Wagen endlich so gut im Kreis aufgestellt, wie das in dem engen Hohlweg überhaupt möglich war – der paradiesbunte Konvoi erinnerte ihn an einen Tausendfüßler, der sich nachts durch die schwelende Wüste wand und dann in irgendeinem Loch zusammenrollte, wenn die Morgendämmerung drohte. Ein Kochfeuer – in der Wüste! Maroto konnte sich nicht entscheiden, was den absurden Wohlstand seiner Gruppe besser zur Schau stellte: dass sie darauf bestanden, jeden Abend ein halbes Dutzend heißer Gerichte zu sich zu nehmen, oder dass sie zwischendurch Sorbets und andere gefrorene Süßigkeiten naschten. Ob es nun Hexenkraft war oder nicht, den Eiswagen gekühlt zu halten musste sie ein kleines Fürstentum kosten. Vermutlich genauso viel wie den Aquari-Wagen.

Aber die Bezahlung war gut, also war er hier. Nein, die Bezahlung war sogar großartig, fürstlich, sonst hätte er den Auftrag niemals übernommen. *Wiederhole das Mantra.* Als könnte Geld je etwas anderes sein als ein teuflisches …

Er hätte sich wirklich wieder an den Abstieg machen sollen, bevor es zu heiß wurde, vor allem da er sich jetzt davon überzeugt hatte, dass sich am Horizont keine Schwarmwolken zeigten und der Himmel keine Gewitterwolken aufwies. Doch die Vorstellung, sofort gehen zu müssen, flößte ihm einen tiefen Widerwillen ein. Er konnte Schlachten und Krönungsfeiern, Orgien und Belagerungen verschlafen (und hatte das auch schon getan), aber etwas an dem schrillen Gekicher seiner Schützlinge hielt ihn noch lange nach Tagesanbruch auf den Beinen, und zwar jeden Morgen. Darüber hinaus hatte ihm der Aufstieg aus dem Hohlweg, bei dem jeder zweite Haltepunkt unter seinem Gewicht zerbröckelt war, einen trockenen Hals sowie wunde Finger und Zehen beschert, und der Abstieg war immer viel schlimmer als der Aufstieg.

Die meisten Leute, seine Gruppe eingeschlossen, verdünnten ihre Puma-Milch mit Wasser, andererseits waren die meisten Leute – und vor allem seine Gruppe – schlicht und ergreifend schwach. Als er einen Schluck aus seinem Trinkschlauch nahm, brannte das Gebräu so, wie es sollte. Nur wenige Dinge konnten die Perspektive eines Mannes so zurechtrücken wie ein Schluck der lakritzsüßen Lava, die diese pertnessischen Alchimisten zusammenbrauten. Maroto erinnerte sich gern an die Kneipenschlägerei im Alten Slair, bei der ein Kerl mit einer brennenden

Fackel auf ihn eingeschlagen und er seine Flasche dazu benutzt hatte, dem Mann Feuer ins Gesicht zu pusten. Dass er dabei die eigenen Dreadlocks in Brand gesetzt hatte, gab der Geschichte nur noch zusätzliche Würze – bei allen vergessenen Göttern seiner heidnischen Vorfahren, was hatte er sich nur dabei gedacht, seine Haare zu diesen Stricken zu knüpfen? Warum nicht einfach einen Griff am Helm anbringen, damit einen die Leute packen und herumschleudern …

Steine prasselten in die Schlucht, während unter seinen Absätzen ein Grunzen ertönte. Jemand kam heraufgeklettert, und er war fast oben. Von all den leerschädeligen Dingen, die diese Lordlinge getan hatten, musste dies eines der dümmsten sein. Am ersten Morgen nach ihrem Aufbruch hatte er Sir Kittis erlaubt, ihn nach oben zu begleiten, und der dumme Sack war keine zwanzig Fuß die sandige Felsnadel hinauf abgerutscht, hatte sich die Handflächen aufgerissen und einen Knöchel verstaucht, bevor er unter dem höhnischen Gejohle seiner Kameraden in einem Haufen aus zerrissenem Satin und Seide wieder auf dem Boden gelandet war. Danach hatte sich Maroto ganz deutlich ausgedrückt: Überlasst das Kundschaften dem Kundschafter. Bis zu diesem Haltepunkt hatten sie auf ihn gehört, aber die Gören wurden mit jeder Nacht mürrischer, denn die Durchquerung der Wüste erwies sich in jeder Hinsicht als genauso schreckliche Plackerei, wie man sie bei dem Namen dieses Ortes hätte erwarten sollen. Sie behaupteten, Abenteuer erleben zu wollen, Lady Opeth war sogar so weit gegangen, einen Riesenskorpion zu verlangen, gegen den sie kämpfen konnte. Dennoch kreischten sie wie Kinder, wenn sie nach einem schweren – zur Nacht gemachten – Tag mit Trinken, Rauschgift und Glücksspiel am Lagerfeuer Vertreter der kleinen Sorte in ihren Schuhen fanden. Es kostete Maroto seine ganze Willenskraft, keinen dieser Stiefel-Skorpione mit bloßer Hand zu ergreifen und sich in das gesegnete Nichts stechen zu lassen.

Eine weiche und blutige Handfläche klatschte auf den Boden,

manikürte Finger gruben sich in den sandigen Klippenrand, und Maroto schoss nach vorn. Er schnappte sich das Handgelenk des Idioten, bevor er noch mehr Gewicht auf den zweifelhaften Untergrund legen konnte. Und vor allem bevor er darüber nachdenken konnte, ob er den Schwachkopf nicht besser in den Tod stürzen lassen sollte, um dem Rest als Beispiel dienen zu können. Der Adlige schrie auf, als ihn Maroto über den Klippenrand zog. Das zierliche Lordlein baumelte an den kräftigen Händen. Es handelte sich um Tapai Purna, denn selbstverständlich konnte es nur Purna sein.

Sogar nach Wochen in der Wüste hatte Maroto nicht die geringste Ahnung, ob dieser Stutzer Mann, Frau oder keines davon war. Der größte Teil der Gruppe kam aus dem Schlangenkreis, und in der alten und dann wieder neuen und nun wieder alten Hauptstadt des Scharlachroten Imperiums benutzte man noch immer offensichtliche Titel wie *Herzog* und *Herzogin*, *Zir* und *Sir*, also fiel es nicht besonders schwer, eine allgemeine Vorstellung davon zu bekommen, wie man jemanden besser anzusprechen hatte. Der ugrakarische Ehrentitel *Tapai* wiederum konnte für beide Geschlechter zutreffen, und Maroto wusste nicht mehr genug von seinen Feldzügen auf dieser Seite des Sterns, um sich daran zu erinnern, ob der Name *Purna* in eine besondere Richtung führte. Bei den meisten Stutzern gab es gewisse unvermeidbare körperliche Unterschiede, die die Dinge einfach machten. Aber Purna Antimgran, Neununddreißigster Tapai von Ugrakar, zählte zu den Ausnahmen. Obwohl der Adlige ungefähr dreißig Jahre alt aussah, enthüllte er – der Einfachheit halber ging Maroto meistens von einem Mann aus – nicht genug an Brust oder Schultern, Arsch oder Hüften, um einen soliden Hinweis zu geben. Tapai Purna mochte ja aus einer ungewöhnlichen Heimat kommen, aber er hatte den Schlangenstil der restlichen Adligen mit Begeisterung angenommen.

Das ohnehin androgyne – wenn auch ansehnliche – Gesicht

war unter der Bleigrundierung und himmelblauem Lippenstift begraben, und die gepuderte Perücke verschleierte die Angelegenheit nur zusätzlich. Purnas Kleidungsstil war ebenso verwirrend wie der der anderen; trotz der Witterung bestand die populärste Kleidung aus aufgeplustertem Spitzenkragen, gewaltigen Schleifen und mehreren Schichten aus bestickten Hemden und Westen, die in rüschenbesetzte cremefarbene Pluderhosen gesteckt wurden. Diese kurzen Hosen hätten schon als Unterwäsche schlimm genug ausgesehen, aber außen getragen waren sie noch schlimmer. Der Rest von Purnas zugegeben wohlgeformten Beinen steckte in einer zur Hälfte bunten Strumpfhose und wurde von zierlichen Schuhen mit schwarzen Schnallen vervollständigt.

Und das alles war jetzt zerrissen und zerkratzt, voller Flecken oder tropfte vor Schweiß, als Maroto die Lordschaft auf dem zerklüfteten Schluchtrand absetzte. Harlekintränen landeten platschend auf dem Stein, da der Schweiß tiefe Furchen in Purnas Schminke grub. Die grellbunte Gesichtsfarbe des Stutzers erinnerte Maroto an eine Diva, mit der er damals in der schlechten alten Zeit ein paarmal zusammen aufgetreten war, nur dass Carla Rossis ordinäre Transvestitennummer bedeutend unterhaltsamer gewesen war als alles, das er bis jetzt bei den Adligen beobachtet hatte.

»Das habt Ihr in einer guten Zeit geschafft«, dachte Maroto laut und sah sich von dem Lordlein beinahe beeindruckt. Aber auch nur beinahe. »Habt Ihr es eilig?«

»Ich …«, keuchte Purna, schüttelte den Kopf und richtete die feuchte Perücke, die zur Seite gerutscht war, » … verdammt!«

»Ja.« Maroto ließ den nach Luft schnappenden Adligen in die Tiefe starren. »Kommen hier noch mehr von euch herauf?«

»Nein«, erwiderte Purna. »Wasser.«

»So bittet Ihr um etwas?« Maroto reichte ihm seine Pumamilch. Der Alkohol ließ den Adligen husten, was ihn grinsen machte, und dann schalt er sich, weil Purna einen Mundvoll ausspuckte – er hätte wirklich nichts von seinem guten Tropfen an seine Schützlinge verschwenden sollen. »Ach, ich gab Euch den falschen Trinkschlauch – hier, Tapai. Mein Fehler.«

»Vielen Dank, Barbar«, sagte Purna, nachdem er sich ausreichend erholt hatte, um wieder richtig sprechen zu können. »Ich hätte selbst etwas mitbringen müssen. Deine erste Regel.«

»Wieso denn das?«

»Du hattest uns doch gesagt, die erste Regel in der Wüste laute, das Lager niemals ohne Wasser zu verlassen.«

»Zur Hälfte ist das auch richtig«, erwiderte Maroto, der sich jetzt wieder erinnerte. »Ich sagte, die erste Regel bestehe darin, das Lager niemals zu verlassen, aber wenn ihr es schon müsst, dann gilt: niemals ohne Wasser gehen. Ein guter Rat. Ich weiß, wovon ich rede.«

»Natürlich weißt du das«, sagte Purna. Der Adlige knöpfte ein Samtrechteck los und tupfte sich damit den Schmutz und die verlaufene Wimperntusche aus den Augen, die so bernsteinfarben wie eine Wabe Traumhonig waren. Diese Stutzer hatten doch immer etwas im Ärmel, und wenn es nur ein weiteres Taschentuch war. »Du bist sogar besser, als wir erwartet hatten.«

Maroto seufzte. Es war also mal wieder so weit. Von der ersten Nacht an hatten diese dreckigen Lordschaften versucht ihn zu verführen, was ihm ursprünglich sogar geschmeichelt hatte. Zumindest bis er Herzog Rackcleffs höfliche Einladung in dessen Vergnügungswagen abgelehnt hatte, woraufhin der zurückgewiesene Trottel ihn – eingeschnappt wie er war – darüber informiert hatte, dass sein Angebot allein dem hohen Wetteinsatz geschuldet war, auf den sich die Gruppe geeinigt hatte. Wer würde der Erste sein, der den Barbaren ins Bett bekam? Von all seinen Schützlingen war Purna nicht einmal annähernd der am schlechtesten Aussehendste, aber selbst wenn da nicht diese Sache mit dem Stolz gewesen wäre, hätte Maroto trotzdem zweimal darüber nachgedacht, sich mit dem Stutzer im Sand zu wälzen. Seiner Erfahrung nach war es bei Adligen doppelt so wahrscheinlich wie bei einer Prostituierten, sich die Syphilis zu holen. Und sie waren nur halb so oft dazu geneigt, einen noch zum Höhepunkt zu bringen, wenn sie als Erste kamen.

»Also bin ich beeindruckend, stimmt das?« Maroto musterte den abgerissenen Ugrakari. »Ihr seid so beeindruckt, dass Ihr heraufgekommen seid, um mir die Schultern zu reiben und mir vielleicht ein Zeichen Eurer Zuneigung zu schenken?«

»Entschuldigung?« Zweifellos war dieser Adlige ein guter Lügner – Purna schien wirklich nicht zu verstehen.

»Ich weiß über die Wette Bescheid, und ich fürchte, keiner von euch wird von meinem Schwanz profitieren. Maroto ist weder eine Hure noch das Spielzeug eines reichen Lords«, sagte Maroto. Sorgsam hielt er seine Gedanken von jenen finsteren Tagen der Vergangenheit fern, an denen er so tief in den Bienenstock gestürzt war, dass er sich nicht einmal mehr daran erinnern konnte, was er getan hatte, um an seinen nächsten Stich zu kommen.

»Was? *Widerlich*!«, rief Purna. »Damit habe ich *nichts* zu tun, und mir ist vollkommen egal, wie viel Geld sie in das Schatzkästchen gesteckt haben. Das ist ja so widerlich!«

»Ja, nun …«, erwiderte Maroto. Möglicherweise sprach Purna nicht nur vom ethischen Standpunkt einer solchen Wette, und das ließ ihn innerlich etwas zusammenzucken. »Warum folgt Ihr mir dann? So ein Aufstieg ist nicht die richtige Tätigkeit für einen, äh, für eine junge Person. Von hohem Ruf.«

»Oh!«, sagte der Adlige, und aus Abscheu wurde Eifer. »Diggelby ließ mich sein Falkenglas benutzen, und ein ganzes Stück, äh, südlich von uns gab es diese riesige Echse, die sich auf einem Felsen sonnte. Ich dachte, wir könnten sie jagen!«

»Eine riesige Echse?« Der Schweiß auf Marotos Haut gefror. »Auf diesem Felskamm?«

»Von der Stelle aus, an der du hochgeklettert bist, schien das direkt hinter diesem – wie nennst du das noch mal? – *Steilhang* zu sein. Ich meine diese Felsen dort, ein kleines Stück über – ah!« Purna schrie auf, als er oder sie bemerkte, dass er oder sie tatsächlich direkt auf einen Gottguan zeigte. Die pferdegroße Echse beobachtete sie keine zwanzig Meter entfernt oben von einem Felsvorsprung aus. Drei Sprünge dieser gewaltigen gestreiften Beine konnten sie zu ihnen bringen. »Da ist er ja!«

»Ich sehe *sie*«, flüsterte Maroto und erwiderte den schwarzen Blick des Menschenfressers, statt nach der Stelle zu sehen, an der sein Kriegshammer am Felsen lehnte. Er wusste genau, wo sich seine Waffe befand, konnte sie sich schnappen, ohne hinsehen zu müssen. Aber er hätte seine beiden kleinen Finger dafür gegeben, sie nicht benutzen zu müssen. Gottguan-Weibchen wurden größer, konnten einem mit ihren gekrümmten Krallen den Bauch aufschlitzen oder einen mit ihrem giftigen Biss vergiften, aber sie waren auch weniger territorial als die Männchen, also musterte sie sie vielleicht nur, und wenn sie zu dem Schluss gekommen war, dass ihr niemand …

»Schnappen wir sie uns!«, heulte Purna auf und stürmte an ihm vorbei auf den Gottguan zu. Maroto verschwendete keinen Atem für einen Fluch, als er einen Seitenschritt auf seinen Hammer zumachte. In dem Augenblick, da seine Finger ins Leere griffen, fand ihn sein Blick. Purna. Der Adlige hielt ihn hoch erhoben und rannte direkt auf eine Kreatur zu, die anzugreifen ein halbes Dutzend erfahrener Jäger sich gesträubt hätte, und die ganze Zeit stieß er ein Heulen aus.

Es wäre besser gewesen, die Klippe hinunterzufliehen und darauf zu vertrauen, dass die Kreatur Purna in Ruhe fraß, während er davonkam. Aber dieser Kriegshammer bedeutete Maroto viel. Purna verringerte die Distanz über den rauen Untergrund, seine eleganten Schuhe eilten mit überraschender Schnelligkeit über den Steinboden. Der Gottguan zischte und stieg auf die Hinterbeine, und selbst auf diese Entfernung ließ der Gestank aus seinem Rachen Marotos Augen tränen, während er einen melonengroßen Stein aufhob.

Das Ungeheuer sprang vom Felsvorsprung gezielt auf den angreifenden Stutzer. Maroto schleuderte den Stein. Purna wurde von einer der Klauen des Gottguans zu Boden gerissen, dann traf Marotos Geschoss das linke Auge der Kreatur mit einer solchen Kraft, dass der Sandstein zu einer Staubwolke explodierte. Der Echsenkopf neigte sich durch den Treffer ruckartig zur Seite, aber das hielt nicht lange vor. Der lange, mit schwarzen Schuppen besetzte Rachen reckte sich wieder nach vorn, und die Bestie musterte Maroto. Das eine Knopfauge funkelte wie immer, das andere war eine blutende Wunde. Die Echse spannte die Krallen an, der Echsenfuß zerteilte Stoff und Haut, und Purna stöhnte. Maroto hoffte, dass der idiotische Adlige noch so lange lebte, bis er dieses Ungeheuer getötet hatte, damit er sich danach die Befriedigung gönnen konnte, Purna in die Schlucht zu werfen.

Offensichtlich hatte der Stein die Aufmerksamkeit der Kreatur erregt; sie stürzte sich direkt auf den Barbaren. Kleinere Gottguane hatten einen fast schon albernen Gang, ihr breitbeiniger Sprint wirkte alles andere als anmutig. An dem ausgewachsenen Weibchen, das da auf ihn zukam, war allerdings überhaupt nichts albern. Jeder Schritt überbrückte ein Dutzend Fuß. Maroto riss den Dolch aus dem Gürtel. Der Gottguan tauchte vor ihm auf. Er machte sich bereit. Der Rachen zuckte vor, und der Barbar wich zur Seite aus und stürzte sich auf den stachelbewehrten Hals. Mit der freien Hand nahm er den Gottguan mühsam in den Schwitzkasten und wurde vom Boden gerissen, weil das Tier sich aufbäumte.

Die Schreckensechse versuchte ihn abzuschütteln, doch er klammerte sich an ihr fest, ihre Krallen verfehlten knapp seine angezogenen Beine, während er den Kopf gegen ihre Haut drückte. Dabei geriet sein Bürstenhaar in ihren zuschnappenden Rachen, und er fühlte den Zug an seiner Kopfhaut. Der aus dem Echsenschlund wogende Gestank entsprach fast schon einer religiösen Erfahrung. Und die ganze Zeit rammte Maroto seinen Dolch immer wieder in die harten Schuppen zwischen die Schultern der Kreatur und schnitt sich dabei selbst an ihrem Stachelkamm. Blut strömte seinen Arm herunter, mit dem er die Kreatur weiterhin hielt.

Das war eine erprobte Methode, und sie wäre auch vom Glück belohnt worden, hätte das Pech nicht zuvor in Form eines Felsvorsprungs auf Maroto geschissen – eines Felsvorsprungs, auf den ihn der Gottguan rammte. Nur einen Augenblick lang versiegten seine Kräfte, und dann hatte sich sein Griff von der Echse gelöst, darum lag er wie ein Menschenopfer auf dem Felsen, während sich das blutverschmierte, tobende Ungeheuer aufbäumte. Und da kam es auch schon und krachte wie ein Hammer auf eine widerspenstige Walnuss. Maroto wollte sich zur Seite rollen und wusste sofort, dass er zu langsam war und zu lange gebraucht hatte, um wieder zu Atem zu kommen. Und jetzt traf ihn das volle Gewicht der Echse und nagelte ihn fest. Ufff! So viel zu Maroto, seine Eingeweide würden aus dem anderen Ende gequetscht werden und …

Dann war der Gottguan wieder von ihm herunter und zischte lauter als je zuvor; der Schwanz peitschte um Haaresbreite an seinem Kinn vorbei gegen die Felsenkante. Der Sandsteinrand splitterte ab, und Maroto stürzte ihm hinterher. Geduckt landete er und bereitete sich auf die Klauen oder den Biss vor, der nun sicherlich kam. Den Dolch hatte er irgendwann verloren, und zum ersten Mal seit Jahren sah er doppelt. Das war's also. Er war unweigerlich im Arsch.

Aber die in der Morgendämmerung schimmernden Echsen wandten ihm ihre Rücken zu, und als sich seine Sicht wieder klärte, sah er, dass eines ihrer Hinterbeine an der Hüfte weit aufklaffte; aus einer Masse knotiger Muskeln und zerfetzter Schuppen strömte Blut das nutzlose Glied herunter. Purna humpelte gerade aus der Reichweite des verletzten Gottguans und wehrte seinen zuschnappenden Rachen mit Marotos Kriegshammer ab, statt einen weiteren soliden Schlag zu riskieren. Der Adlige sah mindestens genauso mitgenommen aus wie die Echse, seine linke Seite erschien nun von der fehlenden Perücke bis zu den Pluderhosen rot getränkt, die unbezahlbare Ausstattung war von der Echsenklaue bis auf die Haut zerfetzt worden, und – Augenblick mal, hallo? – unter dem Blut und den Stofffetzen war eine hübsche kleine, aber entschieden weibliche Brust zu sehen.

Während Maroto das alles registrierte, bückte er sich bereits, um ein weiteres Geschoss aufzuheben, das die Echse benommen machte, als es auf ihrem Hinterkopf explodierte. Purna besiegelte den Handel nicht so, wie sie hätte sollen, sondern nutzte die Gelegenheit, mehr Abstand zwischen sich und das Ungeheuer zu legen, also griff Maroto nach dem nächsten Stein. Er hatte gerade einen passenden gefunden, da gab der Gottguan den Kampf auf und jagte eine Blutspur hinterlassend über einen schmalen Felsvorsprung davon. Doch bevor er den Schutz eines höheren Felsens erreicht hatte, traf ihn der dritte Stein direkt über dem Schwanz am Rücken. Das Ungeheuer taumelte und flog über den Klippenrand.

»Uff«, machte Maroto und hinkte zurück, um sich gegen den Felsen zu lehnen, der um ein Haar zu seinem Grabstein geworden wäre. Welch ein Desaster! »Seid Ihr in Ordnung, Tapai?«

Purna schwenkte den Kriegshammer, dann sackten ihre Schultern nach vorn, und sie bewegte sich mit schleppenden Schritten auf Maroto zu. Ihr fehlte ein Schuh, ihre Strümpfe waren dreckig und voller Laufmaschen. Maroto wollte sie noch immer von der Klippe werfen, aber da sie ihm das Leben gerettet hatte, wäre das sehr unfein gewesen, also beschränkte er sich darauf, ihr ein paar deutliche Wahrheiten zu sagen.

»Das war das Dämlichste, das einer von euch Goldpokalen je gebracht hat«, knurrte Maroto. »Und einen verfluchten Fischtank mit in die Wüste zu bringen ist da eingeschlossen.«

Tatsächlich hatte er Prinzessin von Yungs Aquari-Wagen beim ersten Anblick ziemlich beeindruckend gefunden, aber nachdem er erfahren hatte, dass keiner der bunten Fische essbar war, hatte sich seine Ansicht in dieser Angelegenheit beträchtlich ins Negative gekehrt.

»Das war …« Purna schüttelte den Kopf, offensichtlich den Tränen nahe. Als Maroto sah, wie tief die Schnitte in ihrer Brust waren und wie dunkel die Verfärbung auf ihrer aufgeschlagenen Wange wurde, verrauchte seine Wut. Bis sie sagte: »Das war das Beste. Scheiße, einfach unglaublich. Ich hab dir deinen *Arsch* gerettet, Barbar! Wooh!«

»Ihr habt mir den Arsch gerettet?« Maroto glaubte seinen verfluchten Ohren nicht zu trauen. »Mädchen, wenn Ihr Euren Kopf das nächste Mal in einen Brennofen steckt, um den Teufeln beim Tanz zuzusehen, lasse ich Euch so lange zusehen, wie Ihr wollt, statt ihn rauszuziehen. Ihr habt uns beiden beinahe den Tod gebracht!«

»Hattest du Angst?«, wollte Purna wissen. »Ist schon in Ordnung. Ich hatte auch Angst. Ein bisschen.«

»Angst?« Marotos Wangen röteten sich, dann stieg in seinem Inneren ein Zorn auf, der den Fesseln in seinem Blut nur bei seltener Gelegenheit entkam. Aber ehe die Adlige ihn die Beherrschung kostete, ließ sich Purna auf einen Felsen sacken und den Kriegshammer fallen, bevor sie den Kopf in den Händen begrub. Maroto sah lange genug zu, wie sie am ganzen Körper bebte, bis er sicher war, dass sie ihn nicht auslachte. Und nachdem er zur anderen Seite der Klippe gegangen war, um sich zu vergewissern, dass die Bestie auch wirklich tot war, holte er seine Puma-Milch, um ihre Wunden damit auszuspülen. Keiner von ihnen hatte einen Biss davongetragen, aber die Krallen eines Gottguans waren auch so schon bösartig genug, um neun verschiedene Arten der Pest zu übertragen.

Als er zurückkam, saß Purna aufrecht da. Der Kriegshammer lehnte an ihrem Knie. Maroto gab sich alle Mühe, nicht allzu offensichtlich zu starren, während er ihre Wunden mit dem Alkohol auswusch. Da die rechtschaffene Dreieinigkeit aus Blut, Schweiß und Tränen die Farbe von ihrem Gesicht gespült hatte, die alberne Perücke verschwunden war und das kurz geschnittene schwarze Haar durch Echsensabber in die Höhe stach, sah Purna beträchtlich besser aus. Nicht, dass Maroto etwas anderes als Verachtung für die aufgeblasene kleine Stutzerin verspürt hätte. Aber nur wenige Leute sahen mit Blut auf den Titten und einer Waffe in der Hand nicht gut aus.

Diese Vorstellung konnte die Teufel erfreuen. Maroto ergänzte seine Gedanken. Es war nicht die Vorstellung einer verletzten Frau, die ihm gefiel, ihr Götter, nein! Aber Krieger sahen blutig immer besser aus als sauber, und Krieger sahen immer besser aus als alle anderen. Es war nichts Verkehrtes daran, die Wahrheit zu denken.

»Ich glaube, du hast das ganz gut gemacht.« Purna stand auf, und Maroto erkannte, dass er mit seinem in Absinth getränkten Fetzen vielleicht etwas zu gewissenhaft gewesen sein mochte. »Komm schon, kümmern wir uns darum, dass du dich waschen kannst, dann können wir hinter der Echse her.«

»Hinterher?« Maroto bearbeitete sein Handgelenk mit dem Fetzen und zuckte zusammen. Sich an den rauen Echsenhals zu klammern, hatte es beinahe bis zu den Schlagadern aufgeschürft. »Ich habe nachgesehen, das Ding liegt fünfzig Fuß tiefer auf einem Felskamm. Und selbst wenn es das nicht täte, man folgt keinem verletzten Tier, solange das nicht unbedingt notwendig ist. Wenn Ihr glaubt, dieses Ungeheuer hätte sich gewehrt, dann solltet Ihr mal sehen, was es erst täte, wenn es in die Enge getrieben würde.«

»Sicher, sicher.« Purna fummelte an ihrer zerfetzten Weste herum, bis sie einen Streifen davon am Kragen festbinden konnte, was ihr die Schicklichkeit eines Bettlers verlieh. »Ich will nur ihren Kopf. Um ihn an die Wand zu hängen, verstehst du? Allein aus diesem Grund sind wir doch hier draußen, oder etwa nicht? Warum sollte man gegen Ungeheuer kämpfen, wenn man keine Trophäe mitnehmen kann?«

»Kommt.« Maroto stand auf. »Wir kehren zurück, bevor hier noch jemand auftaucht.«

»Ohne meine Trophäe gehe ich nicht«, beharrte Purna. »Wenn du nicht dort hinuntersteigst und sie holst, tue ich das.«

»Schön. Dann viel Glück. Ich würde ja sagen, ich sehe Euch später im Lager, aber das wird vermutlich nicht passieren, weil Ihr ausrutschen und Euch einen Knöchel brechen und dann heulend auf irgendeinem Felsvorsprung herumliegen werdet, bis irgendwas vorbeikommt und Euch frisst.«

»Was ist dein Preis, Barbar?« Purna klang zugleich so gelangweilt und verärgert wie ein Adliger, der sein ungehorsames Kind aus irgendwelchem Ärger freikaufte. »Was würde es mich kosten, den Kopf zu bekommen?«

»Mehr, als Ihr wert seid«, sagte Maroto. Dennoch verspürte er ein Jucken in demjenigen seiner Organe, das am wenigsten ehrenhaft erschien: seinem Geldbeutel. Zu der Echse hinunterzuklettern war nicht allzu schwer erschienen. »Zehntausend Dinar.«

»Sagen wir zwölf«, erwiderte Purna mit einem Lächeln, und so säuberte Maroto seinen Kriegshammer, den er beinahe zusammen mit seinem Leben verloren hatte, und stieg zu dem Gottguan hinab. Die Morgenhitze hatte angefangen die Echse zu kochen, und der Gestank ließ ihn würgen, während er sich einen Weg durch den Stachelkamm und die darunterliegenden Knochen bahnte. Dabei zermatschte er die Schultern zu Reptilienpaste. Mit einer Axt wäre ihm das leichtergefallen als mit dem zweifelhaften Duo aus Streitkolben und Dolch, andererseits wäre es noch einfacher gewesen, Purna zu sagen, wo sie sich ihre zwölftausend Dinar hinstecken konnte. Als er sich wieder zu ihr auf das Plateau gesellte, war er selbst halbgar und musste entdecken, dass sie sein ganzes Wasser getrunken hatte, während er ihre Drecksarbeit erledigte. Doch nicht einmal die Erkenntnis, dass er sie, um sie beide sicher nach unten zu schaffen, auf dem Rücken tragen musste, kam der Frustration gleich, die er während sie endlich wieder unten auf dem Weg waren und zur Karawane zurückkehrten, verspürte, als sie sagte: »Also zwölftausend Dinar, das wird eine Weile in Anspruch nehmen, aber mir ist die perfekte Lösung eingefallen, während wir geklettert sind.«

»Während *wir* geklettert sind?« Maroto versuchte seine Stimme ruhig zu halten; ihr Angst einzujagen, bevor er das Geld in der Hand hielt, würde nicht hilfreich sein. »Ihr habt mir etwas versprochen, das Ihr nicht bezahlen könnt, Tapai Purna? Ich glaubte, Ihr Adlige würdet Eure Schulden immer so verlässlich bezahlen.«

»Dann würde es viel weniger von uns geben«, erwiderte Purna. »Meine Schulter tut wirklich weh, bist du sicher, dass damit alles in Ordnung ist?«

»Ich flicke Euch im Lager wieder zusammen. Aber erst nachdem ich bezahlt wurde.«

»Ah, ja. Aber du musst wissen, ich habe das Geld noch nicht.«

»Wann denn? Ich persönlich würde mich schnell darum bemühen. Das solltet Ihr möglichst bald nähen lassen.«

»Das liegt an dir«, sagte Purna. »Wir könnten es schon morgen haben.«

»Das liegt an mir?«, wiederholte Maroto. Er verspürte ein unangenehmes Gefühl in der Magengrube.

»Wie schon gesagt, ich wollte nichts mit ihrer widerlichen kleinen Wette zu tun haben. Nicht das Geringste. Igitt!« Purna streckte die Zunge heraus. »Aber ich kann noch einsteigen und behaupten, dass ich mich nach unserem heutigen Abenteuer für die Bestie erwärmt und entschieden habe, den Versuch zu unternehmen, sie selbst zu verführen.«

»*Sie* zu verführen? Die *Bestie*?«

»Ja, so nennen sie dich. Ich aber nicht. Ich nenne dich immer nur den Barbaren.«

Eine echte Verbesserung. »Also macht Ihr Euren Wetteinsatz, dann suchen wir uns später am Tag oder am Morgen ein stilles Eckchen und ficken, und dann …«

»Nein, nein, nein«, sagte Purna. »Wofür hältst du mich? Ich setze das Geld, dann schleichen wir uns davon und *tun so*, als würden wir ficken, am besten in einer dieser Schluchten, aus der die anderen das Echo auch hören können, damit kein Zweifel aufkommt. Dann werde ich bezahlt, und du wirst auch bezahlt.«

»Auf gar keinen Fall«, sagte Maroto. »Unter gar keinen Umständen. Ich habe meinen Stolz, Mädchen, ein Wort, das euch sogenannten zivilisierten Leuten unbekannt ist, das mir aber so viel bedeutet wie der wahre Name eines jeden Teufels.«

»Wie du willst«, sagte Purna. »Ich glaube, der Pot steht bei ungefähr zwanzigtausend, also wäre ich bereit, dir fünfzehn zu geben und bescheidene fünf für die Schädigung meines Rufes zu behalten. Aber wenn du lieber silberlos und stolz sein möchtest …«

»Die ganzen zwanzig!« Maroto ließ den abgetrennten Echsenkopf in den Sand fallen. Die Wagen waren in Sicht. »Die zwanzig, und Ihr müsst den anderen sagen, dass Ihr mich davon überzeugt habt, dass Ihr nicht bei der Wette mitmacht, bevor ich bereit war, Euch zu ficken. Ich lasse nicht zu, dass man von mir sagt, ich wäre eine Hure oder das Spielzeug eines reichen Lords.«

»Siebzehn, und ich bin mit deinen Bedingungen einverstanden«, sagte Purna, bückte sich und hob den Echsenkopf auf. Ihre Arme zitterten, aber sie schaffte es. »Mein letztes Angebot.«

»Achtzehn.«

»Siebzehnfünf, und du bist keine Hure oder das Spielzeug eines reichen Mädchens.«

»Einverstanden«, sagte Maroto, auch wenn er sich nicht mehr so sicher war, ob das Letzere überhaupt noch stimmte. Sie kehrten zum Lagerfeuer zurück, und die Clique aus Lackaffen johlte und kreischte über ihr abgerissenes Aussehen und Purnas Trophäe. So widerwärtig die Szene auch war, immerhin gab Kōshaku Közs Leibdienerin zu, sowohl über die Tasche eines Baders als auch über dessen Wissen zu verfügen. Natürlich behandelte man Purna zuerst, während Maroto die Forderungen der anderen abwehrte, sie bei Sonnenuntergang auf Drachenjagd zu führen. Später hörte Maroto Purnas Version der Ereignisse, die bei Branntwein und Zigarren zum Besten gegeben wurde, während man seine beträchtlich schwereren Wunden behandelte. Er sagte sich, dass es ein Sieg gewesen war, das Angebot der Dienerin abzulehnen, ihm vor Beginn der Behandlung einen Tausendfüßler zu geben – wenn auch nur ein bescheidener. Aber jeder Nadelstich und ebenso der Zug des Fadens erinnerten ihn an seine Schwäche. Hier saß ein Mann, der sich nicht einmal darauf einlassen konnte, etwas gegen die Schmerzen zu nehmen, bevor er zusammengeflickt wurde, nur um nicht wieder in seine alten Gewohnheiten zu verfallen. Und nach dem Tag, den er gehabt hatte, war alles, worauf er sich freuen konnte, ein vorgetäuschtes Stelldichein am nächsten Tag.

Es hatte eine Zeit gegeben, in der Maroto die Pantera-Wüste nicht einmal für das weitaus lukrativere und vergnüglichere Angebot betreten hätte, eine derartige Gruppe reicher Narren zu überfallen, eine Zeit, in der er jedem, der auch nur angedeutet hätte, er würde irgendwann für einen Haufen zweitklassiger Stutzer den großen Barbarenjäger spielen, ins Gesicht gelacht hätte. Eine Zeit, in der Maroto auf seine unbezahlbare Rüstung gezeigt hätte, auf seine von Hexen berührten Waffen, seine Länder und Titel und Besitztümer, ganz zu schweigen von dem verdammten Teufel, der seinem Willen diente – hier war ein Mann, der alles hatte, was man mit Geld kaufen konnte, und noch viele andere Dinge, bei denen das unmöglich war.

Wenn Maroto in die Vergangenheit spähte, konnte er diesen Mann beinahe durch den Nebel der von Käfern und Alkohol durchtränkten Erinnerungen und zusehends schlechteren Entscheidungen erkennen. Das affektierte Gekicher der Adligen dauerte bis in die frühen Abendstunden hinein, und der Schlaf floh Maroto genauso wie die Würde, während er auf seiner viel zu weichen Pritsche in seinem zu hübschen Wagen lag und die Zukunft ebenso sehr fürchtete, wie er die Vergangenheit verabscheute. Er nahm sich vor, sich nie wieder so zu erniedrigen, wenn sie erst aus der Wüste heraus waren … aber dieses Versprechen hatte er auch zuvor schon oft gebrochen, und so traurig das auch war, er würde es wieder brechen.

KAPITEL 7

Lefzenschlecker holte Zosia lange nach Mitternacht im Hochland ein. Als sie ihn durch den niedrigen Kreis aus herabgefallenen Zweigen krachen hörte, den sie um ihr Lager aufgeschichtet hatte, zog sie sich zwischen die Wacholder in die Dunkelheit zurück und damit in den konzentrierten Zorn, der das Einzige war, das ihrem aufgewühlten Verstand Ruhe brachte … Und als der elende Aasfresser im Feuerschein erschien, spannte sie die Bogensehne noch weiter und schoss ihren Pfeil direkt auf seine Schnauze ab. Das Geschoss wich plötzlich von seiner Bahn ab und verschwand – genauso wie sie es geahnt hatte – in der Nacht. Trotzdem legte sie den nächsten Pfeil ein und stürmte aus den Schatten auf ihn zu.

»Warum?« Zosias Stimme brach, und sie spannte den Bogen wieder und zielte auf die Bestie auf der anderen Seite des kleinen Feuers. »Sei verflucht, warum hast du den Handel nicht akzeptiert? Du hättest es tun können, das weiß ich ganz genau, ein Kinderspiel wäre es für dich gewesen, meine Bedingungen zu akzeptieren. Also *warum*?«

Lefzenschlecker winselte sie an und hielt den wedelnden Schwanz tief am Boden, so wie er es immer tat, wenn er wusste, dass er in Schwierigkeiten steckte. Auf diese Art hatte er sie immer schon eingelullt, damit sie glaubte, zwischen ihnen sei alles in Ordnung; mit dieser grotesken Scharade hatte er sie davon überzeugt, nichts von ihm befürchten zu müssen. Dass sie Freunde waren. Und dann hatte er Leib so gut wie ermordet.

Beinahe schoss Zosia ihren zweiten Pfeil ab, aber dann bemerkte sie, dass er nicht allein zurückgekehrt war. Die Arme eines Kindes schlangen sich um seinen pelzigen Hals; der blutige Körper lag schlaff auf seinem Rücken. Selbst nach seinem kürzlichen Mahl musste es den alten Bettler einige Mühe gekostet haben, eine Leiche den Berg hinaufzuschleifen – und das nur, um es ihr unter die Nase zu reiben.

Zosia entspannte den Bogen und warf ihn auf ihr Bettzeug. Dann stolzierte sie um das Feuer herum, um ihn mit bloßen Händen in Stücke zu reißen. Da glitt das Kind von ihm herunter und stieß ein Stöhnen aus, als es auf dem kalten, moosbewachsenen Boden landete. Fluchend eilte sie zu dem Jungen und rollte ihn auf die Seite. Der Feuerschein ließ sein blutiges Gewand wie geschmolzenes Gold aussehen. Sie riss den Stoff zur Seite und tastete die Wunde ab, eine tiefe und zerfetzte Stichwunde, die sein Rückgrat nur gerade eben verfehlt hatte.

»Bürgermeisterin.« Die Stimme des Jungen war rauer als das Rauschen des Wacholders in dem kalten Wind, der in dieser Höhe wehte. »Es tut weh.«

Zosia seufzte und ließ so viel von ihrem Zorn und ihrer Qual heraus, wie nur möglich war. Sie würden sie jetzt bloß ablenken, und nach den Geschehnissen dieses Tages war es ja schließlich nicht so, als stünde sie in Gefahr, ihren Vorrat davon noch in diesem Leben zu erschöpfen. Sie biss sich in die Wange und konzentrierte sich so gut sie konnte. Die Wunde war tief und stammte zweifellos von einem Speer, und der lange, unruhige Ritt in die Berge war bestimmt auch nicht hilfreich gewesen. Der Junge wäre besser niemals erwacht, Lefzenschlecker hätte ihn lieber in ein Gebüsch zerren und ihm die Kehle herausreissen sollen, statt ihn zu ihr zu bringen. Aber vermutlich war das der Grund, nahm sie an. Er sabberte laut, und sie starrte den Hund finster an. Er leckte dem Jungen übers Gesicht und klatschte sein Haar damit nach hinten. Hätte das verletzte Kind die Ablenkung von seinen Schmerzen nicht so offensichtlich willkommen geheißen, hätte sie das Tier auf der Stelle hier und jetzt umgebracht. Oder es zumindest versucht.

»Du kommst schon wieder in Ordnung«, sagte Zosia und richtete sich auf. Sie hatte den Jungen erkannt – was auch immer es ihr nützen würde, seinen Namen zu kennen. »In meiner Tasche habe ich etwas, das dich heilen wird, Pao Kuhhirt, mach also einfach keinen Ärger, während ich es hole. Lieg ganz still.«

»Ja, gnädige Frau«, flüsterte Pao. Er versuchte Lefzenschlecker von sich zu schieben. »Es tut mir leid, gnädige Frau.«

»Das sollte es auch«, sagte Zosia, und um ein Haar wäre ihre Stimme gebrochen. Sie war weich geworden, keine Frage – der Stein befand sich noch immer irgendwo in ihr, aber die Jahre mühelosen Glücks hatten ihn so tief begraben, dass sie ihn anscheinend einfach nicht finden konnte. Ein schwer verletztes Kind zu behandeln war nicht der richtige Augenblick, um Mitleid oder Trauer oder etwa Zweifel zu empfinden, und einst hätte sie diese Dinge auch ersticken können, falls sie sie überhaupt verspürt hätte … einst. Das war schon Jahrzehnte her. Jetzt brodelten in der tiefen Kälte in ihr hundert verschiedene Gedanken, die sich aufbäumten, Erinnerungen und Gefühle, und sie vermochte die Gelassenheit, die einst so natürlich wie das Atmen gewesen war, einfach nicht zu finden.

Sie wühlte in ihrem Rucksack herum, zog ein Wollhemd heraus und nahm es mit zurück zu dem Jungen, schnitt mit ihrem Hirschmesser hinein, während sie in die Hocke ging. Er war bereits so bleich wie eine Leiche und versuchte mit aller Kraft, nicht zu weinen. »Den Schwanz einer Ziegenmutter abzubinden ist ein finsteres Werk, Junge, grausam, grausam, grausam – du erinnerst dich, was ich dir gesagt habe, was ich mit dir mache, falls ich dich noch einmal hier oben erwische?«

»Ihr sagtet, Ihr … würdet die Teufel aus mir rausprügeln.« Selbst halb tot grinste sie der Junge noch an. Zwischen seinen

Zähnen glitzerte Blut im Feuerschein. »Ist nicht meine Schuld, gnädige Frau. Euer Hund ... er hat mich hierherauf geschleppt.«

»Tja, dann geht das wohl in Ordnung«, erwiderte Zosia und drehte den Jungen ein Stück weiter herum, um die Wunde zu untersuchen, bevor sie sie stopfte. Es schien so gut wie sinnlos zu sein, aber er redete noch immer, also bestand vielleicht doch noch Hoffnung. »Das tut jetzt weh, aber es muss gemacht werden. Dann stopfe ich die Wunde, und bevor du es bemerkst, wirst du wieder völlig in Ordnung sein.«

»Mir ist schlecht, ich ...« Was auch immer der Junge hatte sagen wollen, es blieb unausgesprochen, denn seine Stimme verwandelte sich in ein keuchendes Schluchzen. Zosia hatte die weiche Kruste abgezogen, die sich über der Wunde gebildet hatte, und den Zeigefinger hineingesteckt, um sich zu vergewissern, dass dort drin kein abgebrochener Pfeil oder eine Speerspitze steckte. Ihre Fingerspitze traf auf etwas Hartes und Scharfes, aber sie vermochte nicht zu sagen, ob es sich um den Rest einer Waffe oder um Knochen handelte – es war zu lange her, dass sie das letzte Mal in einem Körper herumgewühlt hatte. Außerdem konnte sie ohnehin nichts dagegen tun, steckte es doch dort fest und sie waren allein in den dunklen Bergen. Der Junge schnappte keuchend wie ein Fisch nach Luft; sein Körper war schweißgebadet. Zosia zog den Finger heraus.

Sollte er die Nacht überleben, würde sie die Wunde am Morgen reinigen und kauterisieren, aber diese Tortur wollte sie ihm im Augenblick ersparen. Sie drehte einen Hemdfetzen zu einem Stopfen, den sie schnell in die Wunde steckte. Der Junge fand genug Luft, um ein Winseln auszustoßen, dann verstummte er völlig. Sie band die Wollstreifen fest. Der Junge erbebte, als sie seine Hüfte nach oben stemmte, um den Verband um seine Taille zu bekommen. Sie verknotete ihn und musterte sein verzerrtes Gesicht, fragte sich, ob es das gewesen war? Hatte sie ihn getötet?

Nein. Sein Gesicht blieb verzerrt, aber sein flacher Atem wurde gleichmäßiger, sein kaum hörbares Wimmern wurde lauter, während der Rest von ihm schwächer wurde. Zosia richtete sich wieder auf. Die Hast, mit der sie ins Hochland geeilt war, nachdem sie sich um Sir Hjortt gekümmert und das Haus in Brand gesteckt hatte, holte sie nun mit einer Reihe schmerzhafter Stiche ein. Bei allen Teufeln unten und oben, ihr linkes Knie war wirklich wütend auf sie. Sie wollte sich das klebrige Blut von den Händen spülen, aber da sie wusste, dass sie vor Ende dieser Nacht vermutlich wieder genauso blutig sein würden, entschied sie sich, ihr Wasser lieber noch nicht zu verschwenden. Also hielt sie die Hände über das ersterbende Feuer, und das trocknende Blut sah schwarz aus. Ihre Finger zitterten nach wie vor. In den kommenden Nächten würden sie noch oft zittern, der Wind, der ins Feuer fuhr, kündigte bereits den Winter an.

»Ich habe Durst«, rief Pao kräftiger als erwartet. Er hatte sich zusammengekrümmt, obwohl es sehr schmerzhaft gewesen sein musste, die Knie zur Brust zu führen. Sie brachte ihm ihren Wasserschlauch und die Flasche Enzian. Der Schluck Wasser ließ ihn noch mehr husten als der bittere Alkohol. »Diese Soldaten … sie haben jeden umgebracht.«

»Das habe ich mir gedacht«, erwiderte Zosia und nahm selbst einen Schluck Enzian. Sie gab es auf, das Unvermeidliche fernzuhalten, und erlaubte sich die Erinnerung, wie sie zusammen mit Leib die Kräuter geerntet hatte. Während sie die Wurzeln aus dem steinigen Bergboden gegraben hatte, hatte sich ihr Mann vor der harten Arbeit gedrückt und die kleinen, stark riechenden Kronen von den gelben Blumen gezogen. Der Geruch von Erde und Wurzeln, das Gefühl kalter Hände, die sich unter den Rücken ihrer Bluse schoben, um ein Kreischen zu provozieren. Sie nahm noch ein aromatisches Schlückchen und dachte an die weiterhin brodelnde Destille in ihrer Hütte hinter dem lang gezogenen Versammlungshaus des Dorfes. Sie fragte sich, ob sich die mörderischen imperialen Soldaten in diesem Augenblick mit den erbeuteten Flaschen zuprosteten. Falls sie jetzt aufbrach, konnte sie kurz vor der Morgendämmerung dort sein, wenn sich selbst die Wachposten im Niemandsland zwischen Suff und Kater befanden …

Der Junge – Pao, rügte sie sich, sein Name war Pao Kuhhirt, obwohl sie den Schlingel in der Vergangenheit mit ganz anderen Namen bedacht hatte – fing wieder zu weinen an. Sie zwang ihm einen weiteren Schluck in den Mund, dann versiegelte sie Flasche und Wasserschlauch und holte ihren Kriegshammer. Sie ließ ihn in der Hand umherwirbeln, und das faustgroße Ende und die eisnadeldünne Spitze verwandelten sich in ein stählernes Windrad, das sowohl die Aufmerksamkeit des Jungen als auch die Lefzenschleckers erregte.

»Werde ich … sterbe ich?«, fragte der Junge. Fragte Pao, fragte Pao Kuhhirt.

Ja.

»Nein.« Zosia ließ den wirbelnden Hammer los und fing ihn mit der anderen Hand. Das vertraute Stechen des gegen ihre Handfläche schlagenden Griffs ließ sie das Gesicht verziehen. »Ich bin eine Hexe – so oft, wie du mich so genannt hast, sollte man eigentlich davon ausgehen, dass du das auch geglaubt haben wirst! Und Enzian ist eine Medizin, nicht wahr, also wärst du bereits auf dem Weg zur Besserung, selbst wenn ich nicht über finstere Mächte befehlen würde. Du wirst leben, Junge, du wirst leben, und dann wirst du dich um die Männer kümmern, die dir das angetan haben.«

»Ich habe Angst«, sagte Pao und fröstelte.

»Nur weil du ein grüner Junge bist«, erwiderte Zosia. Dabei war sie ihrer Erinnerung nach noch jünger als er gewesen, als sie das erste Mal zur Waffe gegriffen hatte. »Auch ich war einst grün, aber das lernst du noch. Glaube nicht, dass wir sie schon morgen verfolgen werden! Wir müssen dich an der Klinge ausbilden, am Hammer, am Bogen. An allem, worum du mich und

Leib gelöchert hast, dass wir es dir beibringen sollen. Wir müssen dich zu einem Krieger machen!«

Das würde ihn aufmuntern, da war sie sich sicher, aber er starrte nur in die Dunkelheit zwischen den Wacholderblättern, den Rücken dem Feuer zugewandt. Der Verband war bereits durchgeblutet. Ein Blick auf Lefzenschlecker verriet ihr, dass die Bestie jeden Funken ihrer Selbstkontrolle brauchte, um nicht an der nassen Wolle zu lecken.

»Du bist etwas ganz Besonderes, Pao Kuhhirt«, sagte Zosia. »Du bist so, wie sonst keiner auf der ganzen weiten Welt ist. Du bist auserwählt, Junge, dazu auserwählt, derjenige zu sein, der die Dinge verändert, der diesen Stern zu einem besseren Ort macht. Und du wirst es mit einem Schwert tun. Einem magischen Schwert. Das ist deine Bestimmung.«

Dies erregte seine Aufmerksamkeit. Der Junge wandte ihr den Kopf zu und zuckte dann zusammen; die verzweifelte Hoffnung auf seinem von Schatten bedrängten Gesicht war geradezu abstoßend. »Ein magisches Schwert? Meine Bestimmung?«

»Das ist richtig.« Zosia spürte Lefzenschleckers gierigen Blick, weigerte sich aber, die Bestie anzusehen. »Warum, glaubst du, hast du überlebt, hm? Warum hat dich Lefzenschlecker wohl zu mir gebracht? Du bist ein ganz besonderes Kind, Pao, und dein Vater hat sich mir anvertraut, damit ich auf dich aufpasse, bis du alt genug bist. Dann unterrichte ich dich in der Schwertkunst. Um bei deiner Ausbildung zu helfen, damit du die Welt von Teufeln befreien kannst, damit du den Frieden wiederherstellst … und den ganzen Mist.«

»Mein Vater«, flüsterte Pao. »Aber Ihr sagtet doch immer, er sei ein betrunkenes Arschloch und … meine Mama hätte ihn darum aus dem Dorf gejagt.«

»Natürlich habe ich das gesagt«, meinte Zosia. In den dicken Brauen des Jungen und seiner breiten Nase war deutlich die Ähnlichkeit mit seinem wertlosen Vater zu erkennen. Erwachsen hätte er genauso wie dieser Mann ausgesehen. Möglicherweise wird er es noch, dachte sie, konnte es aber nicht so richtig glauben. »Ich habe versucht, dir mit dieser Geschichte etwas Demut beizubringen. Was auch immer das genützt haben mag. Ich konnte dir ja schlecht sagen, dass er in Wahrheit ein großer Ritter war und ich dich eines Tages auf die Suche mitnehmen werde, um sein ganz besonderes Schwert zurückzuholen, nicht wahr? Du hast mir doch ohnehin schon wenig Frieden gelassen, ich kann mir gar nicht vorstellen, wie unerträglich du gewesen wärst, hätten wir dir die Wahrheit gesagt.«

»Ich konnte nicht …« Paos Augen waren zur Hälfte geschlossen. Der Junge versank in einer dunklen Tiefe, und nur die Zeit würde erweisen, ob es der Schlaf oder der Tod wäre. »Mama …«

Der Wind schürte das Feuer und ließ die Scheite pulsieren. Zosia schob den Hammer durch die Schlaufe am Rucksack und legte Holz nach. Pao fror auf dem felsigen Boden, die Augen genauso fest zugekniffen, wie er auch die Zähne zusammenbiss. Sie hatte nur die eine Bettrolle, und wenn sie sie ihm überließ, würde am Morgen zweifellos alles blutverschmiert sein. Lefzenschlecker erhob sich von seinem Platz neben dem Feuer und kam an ihre Seite, seine stets durstige Zunge suchte die Hand, die schlaff an ihrer Seite hing. Wie benommen ließ sie ihn das Blut ablecken und starrte dabei auf den Jungen. Als er fertig war, bot sie ihm die andere Hand.

»Und da habe ich all die Jahre geglaubt, du hättest mich nicht verlassen, weil du mich magst«, sagte sie traurig, erwiderte den Blick seiner Hundeaugen und versuchte sich davon zu überzeugen, dass das alles seine Schuld war – und nicht ihre. »Aber ich schätze, keiner ist ein solcher Narr wie ein alter Narr. Leg dich neben ihn, es sei denn, du möchtest um jeden Preis herausfinden, wie viel ich von deiner Schlechtigkeit an einem Tag ertragen kann. Nicht viel mehr, Teufel, wirklich nicht viel mehr, das verspreche ich dir.«

Das Ding, das vorgab ein Hund zu sein, trottete zu Pao.

Selbst im unruhig flackernden Licht des Lagerfeuers konnte Zosia sehen, dass an seinem Fell kein graues Haar mehr zu finden war, dass seine Zähne nicht länger schwarz waren und er so jung aussah wie an dem Tag, da sie den Unhold das erste Mal erblickt hatte. Er brauchte nicht viel zum Leben, wirklich nicht, aber sein Hunger würde nie gestillt sein, nicht so lange, wie Sonne und Mond um die Welt herumtanzten. Vielleicht nicht einmal, nachdem sie stehen geblieben waren.

Zosia verließ das Lager, ließ die Wacholderbäume hinter sich und stolperte die nächtliche Landschaft aus Büschen und Steinen oberhalb der Baumgrenze hinauf, bis ihr Lagerfeuer ein fernes Teufelsauge unter ihr war und über ihr tausend weitere brannten, nur silbern statt rot, aber genauso weit entfernt und ebenso kalt. Sich die Hände reibend drehte sie sich um und blickte den Berg an und das von den Sternen erhellte Tal bis hinunter zu den Hügeln, zu der Welt, die sie hinter sich zurückgelassen hatte … der Welt, die ihrer Spur selbst bis zu diesem fernen Versteck gefolgt war.

Also hatte Lefzenschlecker ihr Angebot in Wahrheit gar nicht angenommen. In ihrem ganzen Leben hatte sie noch nie davon gehört, dass ein gebundener Teufel seine Freiheit ablehnte, aber da sie es nun selbst erlebt hatte, musste sie es glauben. Keinesfalls hielt sie sich für eine solche Expertin für Ungeheuer, wie es ein paar ihrer alten Bekannten gewesen waren. Aber im Grunde war es ganz einfach. Man band einen Teufel, und er musste einen beschützen, und wenn man ihm anbot, ihn wieder freizulassen, gewährte er einem jeden Wunsch. Jeden verfluchten Wunsch. Die Heldenlieder waren voller schlauer Sterblicher, die für die Freilassung eines Teufels ganze Imperien erhielten. Und sie hatte lediglich ein Imperium hinter sich lassen wollen.

»Sorge nur für unsere Sicherheit.« In der Dunkelheit wiederholte sie ihren Wunsch, und die Worte hallten aus ihrem gebrochenen Herzen – zwanzig Jahre, nachdem sie ihnen das erste Mal eine Stimme verliehen hatte. »Ich will nur zusammen mit Leib alt werden, damit wir beide ein sicheres, langweiliges Leben führen können, bis uns schließlich das Alter holt. Deine Freiheit für unsere Sicherheit.«

Alles war Lefzenschleckers Schuld.

Als würde allein eine Sache zu wollen sie schon zur Realität machen – bewies diese ganze scheußliche Tragödie nicht, dass es nicht ausreichte, sich etwas zu wünschen? Nein, in Wahrheit war es nicht Lefzenschleckers Schuld. Sie selbst war schuld. Nach allem, was sie als Anführerin der Kobaltblauen Kompanie gesehen und getan hatte, vertraute sie ihre Zukunft trotzdem einem Teufel an? Vertraute das Leben ihres Ehemannes einem Ungeheuer an, mit dem sich nicht einmal der verrückteste Zauberer auf dem Stern hätte abgeben wollen? Zosia hatte die Karneolkrone von Samoth erobert, hatte das ganze verfluchte Scharlachrote Imperium kontrolliert, hatte gegen die verschlagensten Köpfe auf dem Stern Intrigen geschmiedet, um ihre Ziele zu erreichen, und doch hatte sie den größten vorstellbaren Amateurfehler begangen – sie hatte aufgehört, ihren Rücken im Auge zu behalten.

Selbst als die verfluchten Imperialen an diesem Morgen vor ihrer Schwelle aufgetaucht waren, hatte sie es einfach nicht glauben können und gehofft, dass Lefzenschlecker ihre Probleme auf magische Weise lösen werde. Hätte sie Hjortt und seine beiden hexengeborenen Wächter angegriffen, bevor der Mordbefehl für Kypck erfolgt war, wären vielleicht all jene Leute noch am Leben, die ihr etwas bedeutet hatten.

Stattdessen war sie so unerschütterlich davon überzeugt gewesen, dass ihr ein Teufel einen Wunsch gewährt hatte, dass sie einfach auf ihrem fetten alten Arsch sitzen geblieben war und die vorstellbar schrecklichste Sache vor ihrer Nase geschehen ließ. Lefzenschlecker verdiente einen Teil der Schuld, o ja, und ob er das verflucht noch mal tat! Aber sie verdiente noch viel mehr davon.

Allerdings – und das war ein geradezu riesiges Allerdings –

hatten weder sie noch ihr Teufel Leib geköpft. In ihren zwanzig dort verbrachten Jahren hatte keiner von ihnen auch nur einem einzigen Bürger von Kypck etwas angetan. Irgendwann würde sie wie auch Lefzenschlecker für ihre Verbrechen bezahlen. Doch es gab andere, die ihren Anteil an dieser Verantwortung trugen, und bis dahin würden Schuldgefühle Zosia nur von einigen sehr wichtigen Angelegenheiten ablenken. Sollte jeder der dafür Verantwortlichen von einem Teufel verdammt werden … aber natürlich interessierte die Teufel so etwas nicht, also blieb es an ihr hängen, für die Verdammnis zu sorgen.

Sie hätte Oberst Hjortt töten sollen, statt ihn für später aufzusparen, das war ihr bewusst, und sie hätte im Haus lauern sollen, bis diese Schwester Portolés zurückkehrte, um sie dann auch umzubringen. Die Dinge auf diese Weise zu hinterlassen war unfassbar schlampig gewesen. Allerdings schienen sie ihren richtigen Namen nicht gekannt zu haben, und sie hatte das Haus mit all seinen Beweisen niedergebrannt. Wenn sie also eine Weile abwartete, bevor sie die Jagd auf die Soldaten eröffnete, die die Dorfbewohner massakriert hatten, bestand durchaus die Hoffnung, dass dieser Zwischenfall nicht die ungeteilte Aufmerksamkeit jener erregte, die sie möglicherweise identifizieren konnten.

Bevor dies hier vorbei war, würde man wissen, wer sie war, das mit Sicherheit. Aber je länger man brauchte, die Einzelteile zusammenzusetzen, umso weniger würden die betreffenden Personen auf ihre Vergeltung vorbereitet sein.

Nur dass es kein dummer Zufall sein konnte, oder? Auf dem Stern verhielt sich jedes Dorf so wie Kypck und betrieb mit jedem Interessenten Tauschhandel. Und doch hatte man sich von allen abgelegenen Dörfern des Imperiums ausgerechnet ihres ausgesucht, um ein Exempel zu statuieren? Man hatte ihr nicht einmal einen würdigen Gegner geschickt, sondern nur einen nicht einmal erwachsenen Niemand von Adligen, einen

Botenjungen, der ihr eine unmissverständliche Botschaft ausrichten sollte … und Zosia hatte eine ziemlich genaue Vorstellung davon, wer da ganz oben die Befehle gegeben hatte.

Die Erkenntnis, dass Königin Indsorith dahinterstecken musste, fühlte sich schon beinahe wieder gut an, was Zosia hasste. Lefzenschlecker war nicht das einzige Ungeheuer gewesen, mit dem sie einen Handel abgeschlossen hatte, und je länger sie darüber nachdachte, umso offensichtlicher schien es, dass die Scharlachrote Königin den ganzen Angriff orchestriert hatte. Jetzt, da alles vorbei war, erkannte Zosia, wie unvermeidbar es gewesen war – ihrer Nachfolgerin auf dem Scharlachroten Thron zu vertrauen hatte sie zu einer noch größeren Närrin gemacht, als ihrem Teufel zu vertrauen.

So schnell die Erkenntnis und die damit verbundene Aufregung auch aufgeblitzt waren, waren sie auch schon wieder verschwunden und ließen Zosia kalt und melancholisch zurück. Den Herrscher des Scharlachroten Imperiums anzugreifen hatte schon harte Arbeit bedeutet, als sie noch viel jünger gewesen war und noch ihre Fünf Schurken und den Rest der Kobaltblauen Kompanie hinter sich gehabt hatte. Aber jetzt? Jetzt hatte sie überhaupt nichts. Sogar noch weniger.

Der Junge wäre genau richtig gewesen. Wie viele Heldenlieder hatte sie gehört, die genau auf diese Weise begannen? Der einzige Überlebende eines Stammes, der von seinem Rachedurst angetrieben wurde und dessen ganze Kraft noch vor ihm lag, der jung genug war, um zu lernen und sich vorzubereiten. Sich anzupassen. Jung genug, um Erfolg zu haben. Es hätte dieser Junge sein sollen, der nichts Schlimmeres als eine ordentliche Tracht Prügel für seine häufigen Vergehen verdient hätte.

Dieser Junge war wie dafür bestimmt. Wäre sie eine Hexe gewesen, wie dieser idiotische Oberst geglaubt hatte, hätte sie ihr Leben für ihn geben können …

Und so verlässlich wie eine Wasseruhr kam da Lefzenschlecker zwischen den Weidensträuchern herangetrottet, die dort wuchsen, wo alle anderen Bäume zurückwichen. Ein Lächeln zupfte an Zosias Mundwinkeln. *Mein Leben für seines*, mehr musste sie gar nicht sagen, und dann würde es erledigt sein, nicht wahr? Ein unschuldiges Kind im Austausch für ihr schwarzes Herz würde jeden Teufel in Hörweite zu einem Handel verführen, erst recht einen, der sie so sehr verabscheute, wie es bei Lefzenschlecker der Fall sein musste, da er sich ihr zuvor verweigert hatte. Die Augen des Schakals funkelten wie Sterne. *Mein Leben für seines.*

Vielleicht würde ein solcher Schwur dieses Mal funktionieren, aber vielleicht würde er auch nur ein Laut auf dem vom Wind gepeitschten Berghang sein. Zosia ging kein Risiko ein. Das konnte sie sich nicht leisten, nicht bis sie ihre Vergeltung geübt hatte. Sie schluckte die Sentimentalität hinunter und versetzte Lefzenschlecker einen Schlag auf den Hinterkopf, während sie zum Lager zurückkehrte. Er schnappte nach ihr, wusste es aber besser, als sie zu beißen, so wie sie es besser gewusst hatte, als ihn so hart zu schlagen, wie sie es am liebsten getan hätte. Zumindest für eine kleine Weile würden sie noch zusammenarbeiten.

Der Schlaf kam nie, trotzdem lag sie in der Dunkelheit und ließ ihren Körper sich ausruhen, selbst wenn ihr Geist das Angebot verschmähte.

Am Morgen war der Junge tot, und ihr einziges Bettzeug war mit seinem gefrorenen Schweiß und Blut verkrustet. Sie trug ihn zum Rand des Kamms und legte ihn für die Tiere zurecht. Nachdem sie zu seinem Kopf und seinen Füßen mit Steinen kleine Mahnmale errichtet hatte, holte sie den abgetrennten Kopf ihres Ehemannes aus dem Sack und legte ihn so neben Pao Kuhhirt, dass sich ihre kalten Brauen berührten. Zosia sprach keine Gebete, sondern nur Flüche, dann wandte sie sich ab und ging in die Wolken hinein, die die oberen Gipfel der Kutumban einhüllten.

Es war Zeit, mit ihrem letzten blutigen Werk zu beginnen. Am meisten hasste sie dabei, mit welcher Wärme sie die Vorstellung erfüllte. Lefzenschlecker würde ein reichhaltiges Mahl erhalten, bevor alles vorbei war. Das galt für alle Teufel.

KAPITEL 8

Zwei Tage, nachdem Griesgram sein Zuhause mit wenig mehr als seinen Waffen, seiner Kleidung und seinem Großvater auf dem Rücken verlassen hatte, griff man ihn an. Es wäre eine Sache gewesen, hätte es sich um die Angreifer eines rivalisierenden Stammes gehandelt, vielleicht um diese verrückten rosahäutigen Trolllöwen aus der Grauen Savanne oder um die Schakalleute, die zu den Erzfeinden seines Clans gehörten. Aber die traurige Tatsache war nun einmal, dass Griesgram von den eigenen Leuten überfallen wurde. Wie beschämend!

Der Angriff geschah am Fliegenweg, der Hängebrücke über die Agharta-Schlucht. Seine Stammesbrüder hatten sich auf der anderen Seite der zerklüfteten Schlucht verborgen, die das Territorium der Hornwölfe von dem des Falkenstammes trennte, und sich sich auf ihn gestürzt, sobald Griesgram die Brücke verlassen hatte. Dank der historischen Popularität von Hinterhalten an dieser Stelle hatte man auf gut hundert Metern die dicken, moosbewachsenen Bäume an beiden Seiten des Übergangs gefällt, und so hatte Griesgram gerade genug Zeit, um zu begreifen, was hier geschah, während fünf mit Namen geehrte Wölfe und zwei Welpen über das Baumstumpffeld auf ihn zugerannt kamen.

»Ich bin es!«, verkündete Griesgram, hielt Speer und Sonnenmesser in einer freundlichen Geste in die Höhe, hoffte aber trotz allem, dass es sich um ein Missverständnis handelte. Das war es nicht, wie das Sonnenmesser bewies, das Antilopenjäger auf den letzten paar Dutzend Metern in seine Richtung schleuderte. Griesgram trat dem mehrklingigen Geschoss aus dem Weg und ließ den Speer ehrlich gesagt reflexartig herumwirbeln, um dem Angriff zu begegnen. Die Waffe traf die Achselhöhle des Gegners, was beinahe wie das Spalten eines Übungsholzscheites klang; der Mann wurde aufgespießt, die Axt flog aus seinen Fingern. Die anderen sechs Hornwölfe blieben ruckartig stehen und bildeten einen Halbkreis um Griesgram und den Abgrund, der sich hinter ihm befand. Die Jagdgruppe stand geduckt da, die Speere, Äxte und Wurfmesser waren bereit.

Großvater rief aus seinem Geschirr in Griesgrams Rücken hinein: »Ihr wolltet doch schon seit Jahren, dass der Junge verschwindet, und jetzt kämpft ihr, wo er es versucht?«

Griesgram wusste, dass Großvater ihm nur helfen wollte, aber er errötete trotzdem. Er konnte seine eigenen Schlachten schlagen.

»Es tut mir leid«, sagte er. Schließlich hatte er viel Übung darin, unnötige Entschuldigungen zu äußern, um den Frieden zu bewahren. »Ich verlasse den Clan nicht. Ich muss lediglich Großvater auf eine Suche tragen, dann komme ich zurück. Und ich wollte dich nicht verletzen, Antilopenjäger.«

Antilopenjäger äußerte sich von der Stelle, an der er zu Griesgrams Füßen auf dem moosigen Boden lag, nicht dazu, ob er die Entschuldigung akzeptierte oder nicht. Vermutlich lag das daran, dass er noch toter war als Eselsscheiße; der Bruder von Einarm lag auf der Seite, und sein Blut floss Griesgrams Zehen entgegen. Griesgram zog seinen Speer ruckartig heraus und trat einen Schritt von der von ihm angerichteten Sauerei zurück. Und er hätte noch einen weiteren gemacht, wäre ihm nicht wieder der Abgrund hinter sich eingefallen. Die Brücke befand sich direkt links von ihm, wäre er an Schneller Speer vorbeigekommen. Aber die beiden Welpen hatten hinter ihrem älteren Bruder Aufstellung genommen, und Griesgram wollte die namenlosen Jugendlichen wirklich nicht umbringen. Und selbst wenn er es irgendwie auf die andere Seite schaffen sollte, was dann? Dann war er wieder an dem einen Ort, von dem er genau wusste, dass sich sein Onkel dort nicht aufhielt – in seiner Heimat, wo ihn niemand haben wollte. Als keiner seiner Clanbrüder das Schweigen brach oder ihn angriff, versuchte er es erneut zu erklären.

»Ich haue nicht ab, so wie es Onkel Hasenfuß getan hat. Ich kehre zurück«, sagte er, aber als er so darüber nachdachte, wurde ihm klar, dass sich sein Onkel beim ersten Mal genauso verhalten hatte, und das hatte den Rat so wütend gemacht. Ohne Erlaubnis hatte er den Clan verlassen und war dann ohne Einladung zurückgekehrt. Ein Blick auf die finsteren Mienen seiner Brüder verriet ihm: Sie hatten wohl kein Problem damit, dass er den Schritten seines Onkels aus dem Nordöstlichen Zacken des Sterns hinausfolgte. Sie wollten nur sichergehen, dass er nicht zurückkehrte.

Aber worauf warteten sie dann? Da Antilopenjäger nun tot war, würde Weises Auge die Anführerin sein. Aber sie verlagerte lediglich das Gewicht von einem nackten Fuß auf den anderen und warf den Speer von Hand zu Hand. Griesgram sagte sich, dass sie nur darum zögerte, weil sie wirklich nicht gegen ihn kämpfen wollte. Dass Antilopenjäger alle dazu angestiftet hatte. Dass jeder von ihnen nicht einfach nur darum zögerte, ihn als Ersten anzugreifen oder sein Sonnenmesser beim Wurf zu verlieren, weil er direkt am Rand der Schlucht stand. Noch konnte er es ihnen ausreden, ihnen eine Ansprache halten, wie es der Alte Schwarz in einer der Balladen bei den Nachtstreifern getan hatte, als er diese Ungeheuer dazu überredet hatte, ihn während des Schlimmen Winters nicht zu fressen …

Das konnte er schaffen. Er räusperte sich. »Ihr habt geglaubt, ich würde einfach weglaufen und den Clan beschämen, aber so ist das nicht! Das schwöre ich bei meinem Namen! Ich werde herausfinden, warum uns Onkel Hasenfuß auf diese Weise entehrt hat! Ich werde ihm eine würdige Antwort entringen oder ihn zurückbringen, damit er sich dem Urteil des Rates stellt! Das schwöre ich beim Namen meiner sämtlichen Vorfahren!«

Weises Auge entspannte die Schultern etwas, und Griesgram entging nicht, dass Schneller Speer sie fragend ansah. Flinker Mund nickte nachdenklich und erkannte den Rhythmus von Griesgrams Schwur aus den Geschichten wieder, die er dem Jungen selbst vorgesungen hatte, bevor sich dieser von seinem Volk entfremdet hatte. Sie hörten ihm zu!

»Ich schwöre bei meinen Eltern, dass ich die Regeln nie auf jene Weise brechen wollte, auf die ich es tat«, fuhr Griesgram fort, »und ich will auch nicht noch jemanden verletzen. Also warum gehen wir nicht einfach zusammen …«

»Bring sie alle um!«, kreischte Großvater, und Griesgram stolperte zur Seite, als der auf seinen Rücken geschnallte Alte eines seiner Sonnenmesser nach Weises Auge schleuderte. Sie versuchte auszuweichen, aber Großvater wusste, was er da tat, und zwei der gebogenen Spitzen der Waffe trafen sie direkt in den Bauch. Sie brach zusammen, und die andere Frau und die beiden Männer griffen an. Die Welpen warfen Messer in ihre Richtung. Und Griesgram gehorchte dem wortlosen Impuls seiner Panik – er rannte auf geradem Weg los und stieß Flinker Mund mit dem Speer so hart aus dem Weg, dass er in Richtung Baumlinie flog.

Jemand schnitt mit etwas in seine Seite.

Großvater knuffte ihm gegen die Ohren und befahl ihm umzukehren und zu kämpfen.

Ein Sonnenmesser schrammte an seiner Kopfhaut vorbei, was wie eine Frostbiene stach.

Bis auf den von den Wurzeln uneben gemachten Boden ignorierte Griesgram alles, überquerte das Stumpffeld und erreichte den Schutz des Waldes. Um ihn herum prallten Sonnenmesser von den Bäumen ab oder bohrten sich zwischen seinen pumpenden Beinen in den Erdboden. Griesgram bahnte sich seinen Weg durch die Kiefernäste, überquerte den Pfad durch den Raubvogelwald, ignorierte ihn und warf sich zwischen die dichten Bäume; Unterholz krallte nach seinen Schenkeln, Äste peitschten in sein Gesicht.

Ihm dicht auf den Fersen stießen seine Stammesbrüder schrille Schreie aus, dann wurde die Neigung des Bodens plötzlich beträchtlich schräger. Griesgram schlug einen rechten Winkel ein, um das Gleichgewicht nicht zu verlieren, trotzdem begann er den Hang hinunterzurutschen und konnte sich nur aufrecht halten, indem er mit der freien Hand nach Ästen griff. Und noch immer wurde der Untergrund steiler, zur Hälfte stürzte Griesgram jetzt die bewaldete Bergseite nach unten, sein Schritt wurde mit jedem Atemzug größer, als trüge er die verzauberten Sandalen aus der Ballade der Flinken Finger. Plötzlich blockierte ein umgestürzter Baum den Weg – aber er setzte darüber hinweg und landete dreißig Fuß weiter mit einer solchen Gewalt auf dem Hang, dass seine Knochen bis ins Mark erschüttert wurden.

Wieder waren schrille Schreie auf dem Weg zu hören, den er zurückgelegt hatte, und inzwischen klang es entfernter. Aber er wusste, dass sich damit nur die Zurückgebliebenen meldeten, bis ihn die führenden Wölfe erwischt hatten. So hatte er sich den Morgen nun wirklich nicht vorgestellt. Großvater fauchte ihn an, als ihn ein Ast im Nacken traf. Daraufhin grunzte er eine Entschuldigung und konnte sich über dem Lärm des eigenen Keuchens kaum selbst hören. Um ein Haar wäre er auf ein aufgeschrecktes Gürteltier getreten, zerfetzte ein paar klebrige Spinnennetze, wechselte abrupt die Richtung und bahnte sich schließlich seinen Weg den Hügel wieder hinauf. Der Raubvogelwald war für ihn ein völlig neues Terrain; hier standen die Bäume viel dichter als auf den nur leicht bewaldeten Steppen auf der anderen Seite der Aghartha-Schlucht. Außerdem gab es hier viel mehr zerklüftete zehenbrechende Steine als in der Savanne, in der sein Dorf stand. Andererseits behaupteten sämtliche Sänger, ein Hornwolf sei in jedem Wald zu Hause.

»Es reicht«, sagte Großvater, nachdem sie ein halbes Dutzend weiterer Hügel erklommen und wieder hinuntergelaufen waren, ohne etwas von ihren Verfolgern zu sehen. »Ruh dich einen Moment lang aus, verflucht sei deine Fratze, ruh dich aus und lass mich nachdenken.«

»In Ordnung«, sagte Griesgram, ging direkt hinter dem Kamm des nächsten Hügels in die Hocke und schnappte mit tiefen Atemzügen nach Luft. Mit plötzlich aufsteigender Übelkeit erkannte er, dass der Krampf in seiner Seite, den er bis jetzt beharrlich ignoriert hatte, in Wirklichkeit eine Furche war, die sauber durch sein Hanfhemd in das Fleisch seiner Rippen ging. Der ganze untere Teil des Kleidungsstücks tropfte rot. Er tastete die Wunde ab und fragte sich, woher er sie haben mochte. Vermutlich hatte Schneller Speer seinem Namen wieder einmal alle Ehre gemacht.

»Das musst du verbinden, bevor wir weitergehen«, sagte Großvater, der den Schaden über Griesgrams Schulter hinweg betrachtete. »So schnell du kannst, Junge, die stürzen sich auf dich wie Termiten auf einen saftigen Scheit, und das hier ist kein Ort, an dem man sich verteidigen kann. Das wäre nie passiert, hättest du dich vorhin nicht verjagen lassen.«

»Warum haben sie …?« Griesgram versuchte seine Gedanken zu sammeln, während Großvater in den Taschen des Geschirrs herumkramte, das ihn an seinem Enkel festband. »Warum haben sie nicht … warum hast du … warum?«

»*Warum?*«, äffte ihn Großvater nach, und die Imitation verletzte Griesgram tiefer als die Wunde in seiner Seite. »*Warum nur?* Weil sie keine Wölfe sind, sondern Hunde, darum. Hunde ihrer fremden Herrscher.«

Das schien aber keine vernünftige Erklärung für alles zu sein. »Antilopenjäger hatte es immer auf mich abgesehen, aber Weises Auge schien meist nett zu sein, und Flinker Mund hat mir jedes Lied beigebracht, das ich kenne. Warum haben sie die Verfolgung so schnell aufgenommen? Halten sie uns für Feiglinge? Dass wir den Clan entehren?«

»Dafür kannst du dich bei deinem Onkel bedanken, wenn wir ihn finden. Als er zurückkehrte, fand man dank der Schätze, die er für die Ältesten mitgebracht hatte, ein paar Entschuldigungen für ihn. Aber als er dann das zweite Mal verschwand, brachte das den Rat nur noch mehr in Verlegenheit. Einen tollwütigen Hund lässt man nicht fliehen, nicht wenn man Gelegenheit hatte, ihn zu töten. Und da wir alle dasselbe Blut teilen, sind sie eben vom Schlimmsten ausgegangen. Wenn man einen Wolf einmal hereinlegt und der ganze Unsinn …«

Großvater entrollte eine Decke, biss in den Stoff hinein und riss daran. Er reichte den breiten Streifen Griesgram und verstaute den Rest. »Und jetzt hör endlich auf zu schmollen, ich habe nie gesagt, dass du verrückt bist – sie sind die Verrückten, nicht wir. Sie haben an der Scharlachroten Titte genuckelt, und die Milch hat ihnen geschmeckt. Eigentlich sollte ein Welpe wie du über das Ausmaß der Verderbtheit entsetzt sein, zu der eine Seele fähig ist, nachdem sie dem Heidentum ausgesetzt war. Aber das überrascht mich wirklich nicht, wie ich leider sagen muss. Ehrlich gesagt hat mich nur überrascht, dass sie gewartet haben, bis wir auf der anderen Seite waren, bevor sie aus dem Hinterhalt kamen.«

»Ich bin bereit.« Griesgram zog den Verband fester. Er hatte zwar etwas Moos hineingeschoben, aber der Stoff verdunkelte sich bereits über der Wunde. »Halt dich fest, ich laufe schneller.«

»Genau das wirst du nicht tun.« Großvater zog an Griesgrams Haaren wie an einem Sattelhorn. »Jetzt ist Schluss damit, sich wie eine Antilope zu benehmen, Kleiner. Es ist Zeit, der Hornwolf zu sein, der du – wie ich weiß – bist. Mühelos werden sie deiner Spur folgen, egal wie schnell du auch bist, also mach langsamer, bis wir die geeignete Stelle gefunden haben, uns auf sie zu stürzen.«

»Wir sollen uns auf sie stürzen?« Griesgram warf nervöse Blicke um sich, aber nirgendwo auf dem Hang war eine Bewegung auszumachen. Großvater machte ihn mit seinem Gerede nur nervös. »Nee, Opa, ich kann sie hinter mir lassen, dann müssen sie umkehren …«

Großvater versetzte ihm einen Schlag aufs Ohr, und sein Altermänneratem überwältigte den Geruch von Blut und abgerissenem Moos. »Ich hab es dir doch gesagt, Junge, man lässt keinen tollwütigen Hund laufen, nicht wenn man es verhindern kann – wenn man ihn daran hindern kann, sein Gift zu verbreiten.«

»Tollwütiger Hund«, wiederholte Griesgram. Wie oft war er schon so genannt worden? Trotzdem versetzte ihn die Vorstellung, seine ehemaligen Clanbrüder zu töten, in eine finstere Stimmung. In keinem der Lieder, die er gehört und gesungen hatte, hatte auch nur ein Held seinem eigenen Volk so etwas angetan. Vielleicht konnte er doch noch ein anständiger Hornwolf sein, wenn er nur so lange hasste, wie es unbedingt nötig war …

»Du findest ein schönes Nest für mich, in dem ich warten kann, dann bauen wir die Falle. Glaubst du, ein Wolfskönig wie du wird mit ein paar tollwütigen Schakalen fertig, Kleiner?«

Griesgram dachte an die vielen Gelegenheiten zurück, bei denen er kaum die Tränen hatte zurückhalten können – immer, wenn man ihn quälte. Dachte an die vielen Lieder, die er für sich erfunden hatte, die Balladen, in denen er den anderen eine blutige Lektion dafür erteilt hatte, weil sie so gemein zu ihm gewesen waren. Er dachte darüber nach, was es bedeuten würde, eine Falle für eine Jagdgruppe der Hornwölfe aufzubauen, statt sich nur zu wehren, wenn sie ihn in die Enge trieben. Er biss die Zähne zusammen, dann bereitete er sich auf das Schwerste vor, das er je hatte tun wollen. Von dem er nie gedacht hätte, dass es jemals dazu käme. Es würde wehtun, aber er sah keine andere Möglichkeit.

»Ich … es tut mir leid, Opa, aber ich kann es unmöglich mit ihnen aufnehmen. Ich will ja, aber ich habe eben einen Ast auf den Kopf bekommen, und es fällt mir schon schwer, gerade zu laufen. Vergiss den Kampf, schon bei dem Versuch würde ich einfach umkippen und uns beiden den Tod bringen.« Griesgram konnte nicht glauben, dass er seinen Großvater tatsächlich angelogen hatte und nun tatsächlich etwas schwankte und so tat, als wäre ihm schwindelig, um das Lied zu verkaufen. Dass Großvater ihm sein albernes Schauspiel tatsächlich abnehmen würde und ernsthaft glaubte, in dieser Angelegenheit eine Wahl zu haben. Großvater schwieg auf die Weise, auf die er das zu tun pflegte, wenn er richtig wütend war. Aber dann strich die Hand des alten Mannes sanft über Griesgrams dichtes, nach allen Seiten abstehendes Haar, das eine Kugel zu bilden schien.

»Schon gut, Griesgram«, sagte er leise. »Wenn du sagst, dass du es nicht kannst, dann glaube ich dir.«

Das schmerzte am schlimmsten, und zwar so sehr, dass Griesgram um ein Haar die Wahrheit gestanden hätte. Aber dann fiel ihm wieder ein, wie ängstlich diese Welpen geschaut hatten, nachdem er Antilopenjäger getötet hatte. Er wollte diese Kinder nicht aus dem Hinterhalt angreifen. Er hatte stets etwas für die namenlosen Welpen des Clans übrig gehabt, vielleicht weil ihn die Erwachsenen so lange gehasst hatten, wie er denken konnte. In seiner Jugend hatte er tatsächlich ein paar Freunde gehabt, bevor sie alle zu Männern geworden waren. Er war sogar naiv genug gewesen zu glauben, dass Wohlbeleibt möglicherweise eines Tages seine Frau werden würde, denn schließlich waren sie als Halbwüchsige so gut miteinander ausgekommen. Aber nachdem sie sich ihren Namen verdient hatte, hatte sie – genauso wie der Rest – nichts mehr mit ihm zu tun haben wollen. Kein Wunder, dass seine Hände schweißfeucht und zittrig wurden, sobald er sich vorstellte, die Kinder zu verletzen und ihnen das Gleiche zuzufügen, das er durchgemacht hatte.

»Wenn wir wirklich weglaufen wollen, statt das Richtige zu tun, sollten wir jetzt besser los«, sagte Großvater. »Erwischen sie uns, bringen sie uns um, und dann kann ich dir sagen, dass ich es dir ja gesagt hatte.«

»Die erwischen uns nicht.« Griesgram lächelte, denn er wurde die Ahnung nicht los, dass Großvater seine Lüge erkannt hatte und ihn trotzdem damit durchkommen ließ. Der Alte liebte ihn so sehr, und bei der nächsten Gelegenheit, die sich ihm bieten würde, ihn zu beeindrucken, würde er das auch tun. Aber jetzt musste er wie Graf Rabe laufen, als man ihn aus dem Siebten Nichts verjagt hatte, damals, bevor das Eis die Kalte Savanne überzog und Griesgrams Vorfahren so schnell wie Geparden hatten rennen müssen, damit die schwarze Erde ihre Füße nicht verkohlte. Wenn er so schnell lief, würde ihn kein gewöhnlicher Hornwolf je einholen.

Keiner von ihnen kam auch nur in seine Nähe.

Der nächste Tag war beträchtlich ruhiger, und am dritten verließen sie den Raubvogelwald und standen auf einem Hügel, von dem aus sich die verdorrte Ebene überblicken ließ, die die Grenze zum Scharlachroten Imperium markierte. Hier war Griesgrams Onkel zweimal verschwunden. Im Kopf summte er einen Vers von Höllenstürmer und schwor sich, Onkel Hasenfuß' Spur nur so weit zu folgen, wie sie ihn auf den Stern führte, um dann wieder nach Hause zu gehen. Und nach seiner Rückkehr würde er nie wieder auch nur einen Fuß in diese Richtung setzen. Wäre Onkel Hasenfuß nicht das zweite Mal weggelaufen, hätte er sein Zuhause nicht einmal das erste Mal verlassen müssen.

KAPITEL 9

Der Winter im Norden hatte es so an sich, jeden zu einem mürrischen Panther zu machen, und das galt auch für diejenigen, die das Glück hatten, ein Dach über dem Kopf und einen Ofen zu haben, die Schnee, Kälte und Wind abhielten. Aber für jene, die im Windschatten der Felsen und uralten Bäume Schutz suchten, während der Schneeregen ihnen mitten ins Gesicht wehte und jede Hoffnung auf ein Lagerfeuer zunichtemachte, war er beträchtlich schlimmer. Die Höhle, die Zosia zwei Jahrzehnte zuvor für einen genauso traurigen Anlass mit Ausrüstung ausgestattet hatte, war in der Zwischenzeit offensichtlich von irgendeinem Reisenden in diesem abgelegenen Hochland entdeckt und ausgeräumt worden. Obwohl sie den schlimmsten Teil der Jahreszeit vor dem ständigen Sturm geschützt verbrachte, war es ein frostiger und dürftiger Zufluchtsort. Sie war in den eingeschneiten Wochen damit beschäftigt, ihren Mann und ihr Dorf zu betrauern, ihre Rache zu planen, mit sich selbst und Lefzenschlecker zu reden und einen Körper zu stählen, den Alter und Bequemlichkeit hatten schlaff werden lassen. Als der schlimmste Teil des Winters vorüber war und sie ihre Reise fortsetzen konnte, traten ihre Muskeln nicht nur durch die ungewollt erduldete Fastenzeit aus der straffen Haut hervor.

Angesichts all dessen schien Zosias miese Stimmung wahrlich verdient, als sie endlich die Grenze der Makellosen Inseln erreichte.

Das Meer war noch immer meilenweit entfernt, aber die

Hartnäckigkeit der Makellosen hatte ihnen in den vergangenen Dekaden ein ordentliches Stück der Küstenlinie eingebracht. Der innenpolitische Streit der letzten Jahre hatte die fähigsten Streitkräfte des Scharlachroten Imperiums in sein Herz abgezogen, und die Makellosen waren ins Landesinnere vorgedrungen. Man konnte mühelos sehen, wie weit sie gekommen waren; den halben Weg den Hügel hinunter entdeckte Zosia eine verflucht riesige Mauer. Die dunkle Steinschlange zog sich durch ihr ganzes Blickfeld, und man brauchte kein Taktiker oder Gelehrter zu sein, um erahnen zu können, dass sie sich von dem einen Ende der nordwestlichen Halbinsel zum anderen erstreckte. Gut gemacht.

Zosias Annahme, dass die Mauer um Linkenstern herum erbaut worden war, erwies sich um weniger als die eine Meile falsch, die die (vermutlich ehemalige) imperiale Stadt auf der anderen Seite des Befestigungswerks lag. *Wirklich* gut gemacht. Dieser Teil der Mauer musste zuerst errichtet worden sein, denn hier wurde nicht länger gebaut – so wie weiter im Osten. Eine Reihe dicker eiserner Fallgitter versperrte den Tunnel durch die Mauer, und im Kontrast zu der breiten, uralten Straße wirkte das Tor geradezu absurd schmal. Eine solide Verteidigung, keine Frage, aber auch ein hoch erhobener Stinkefinger für die imperialen Händler, die es den Makellosen einst so schwer gemacht hatten.

Als Zosia zwischen den Büschen hervortrat und die Stiefel seit Verlassen Kypcks wieder auf die erste richtige Straße setzte, nahm sie an, dass das Karawanenlager auf dieser Torseite eine feste Einrichtung des imperialen Handels mit den Makellosen darstellte.

»Benimm dich ja anständig, sonst verkaufe ich dich an den ersten Händler, der mir ein Angebot macht«, ermahnte sie Lefzenschlecker. »Die Imperialen essen gern Hundefleisch, und ich bezweifle, dass sich die Gourmets der Makellosen dagegen sträuben würden, eine neue Delikatesse auszuprobieren.«

Da sie davon ausging, noch genug Zeit zur Erforschung des Karawanenlagers zu haben, falls man sie nicht beim ersten Versuch durch das Tor ließ, hielt Zosia direkt auf das Wachhaus zu. Wie sich jedoch herausstellte, gab es gar keins. Dafür senkte sich der Wall weit über das Tor hinaus, und sobald sie den letzten finster dreinblickenden Händler auf seinem Kutschbock am Straßenrand hinter sich gelassen hatte, hob eine Wächterin den Kopf über den Rand. Sie konnte nicht älter als fünfundzwanzig Jahre alt sein, hatte aber den zugleich müden und hochmütigen Ausdruck einer genervten Herrscherin.

»Vorsprechen direkt nach Sonnenaufgang« rief die Wächterin auf Scharlachrot hinunter. »Kommt dann wieder.«

»*Hallo, geehrte Freundin*«, sagte Zosia in der Sprache des Nordwestens. Während der langen Monate in den Bergen hatte sie ihr Makellos zwar aufgefrischt, da sie aber mit niemandem hatte üben können, wusste allein Lefzenschlecker, wie viel davon überhaupt in Ordnung gewesen war. Doch er verriet es nicht. Allerdings – sich an einen höflichen Gruß zu erinnern fiel nicht schwer, und möglicherweise würde sie auch nicht mehr brauchen, um einen Fuß ins Tor setzen zu können.

»*Hallo, geehrte Freundin*«, erwiderte die Wächterin reflexartig, runzelte dann die Stirn und verfiel sofort wieder auf Scharlachrot. »Hinter Euch befindet sich eine Schlange, und ein paar dieser Ratten warten schon seit Wochen. Wenn Ihr Euch morgen eine Audienz versprecht, müsst Ihr einen von ihnen bestechen, und zwar fürstlich.«

»Und wenn ich Euch jetzt besteche?« Zosia lächelte zu der Frau hinauf. »Und zwar fürstlich?«

»Wenn es doch nur so einfach wäre«, erwiderte die Frau betrübt. »Dann wären wir beide glücklicher, was? Bestecht doch Eure eigenen Leute.«

»Diese Betrüger und Schurken sind nicht meine Leute!« Zosia war sich durchaus bewusst, dass sie, um oben auf der Mauer gehört werden zu können, so laut rufen musste, dass die

Händler am Anfang der Reihe sie ebenfalls gut verstehen konnten. »Ich komme aufgrund der persönlichen Bitte eines Eurer Höflinge, und es wird ihn nicht sehr erfreuen, wenn man mich aufhält.«

»Oooh, ein Adliger? Nun, das ändert alles!« Die Frau beugte sich tiefer über die Mauer, und ihre von der Schuppenrüstung verhüllten Arme legten sich auf die Brüstung. »Schwester, ich bin von Adel, und das gilt auch für meinen Hauptmann und seinen Vorgesetzten und tausend Leibdienerinnen und Hausjungen auf hundert verschiedenen Inseln. Ich nehme nicht an, dass dieser Adlige wichtig genug ist, Euch eine abgestempelte Einladung gegeben zu haben, die wir sehen könnten?«

»Er gab mir den Auftrag, bevor diese Mauer erbaut wurde«, erwiderte Zosia. »Ich bin Handwerkerin, die zwei Jahrzehnte damit verbracht hat, eine Bruyere-Pfeife für Lord Kang-ho von Hwabun reifen zu lassen, und nicht irgendeine Knopfverkäuferin, die Linkenstern betreten will.«

»Kang-ho, der *Herr* von Hwabun?«, fragte die Wächterin. Ihr Ton schien von kess zu mildem Interesse gewechselt zu haben. »Eine Bruyere-Pfeife? Gibt ihm sein Gemahl genug Taschengeld für solchen Luxus?«

»Lord Kang-ho bezahlte im Voraus.« Dieses eine Mal war Zosia froh über die Neigung zum Klatsch, die auf den Makellosen Inseln so weit verbreitet war. Steckte man auch nur zwei Adlige zusammen, war die Gerüchteküche stundenlang beschäftigt; gab man eine ganze Nation dazu, würde sie bis zu dem Tag beschäftigt sein, an dem das Versunkene Königreich wieder aus der Tiefe emporstieg. »Also versteht Ihr, warum er mich garantiert sofort sehen will.«

Die Wächterin nickte nachdenklich. »Vielleicht. Der Blumentopf braucht ein paar gute Nachrichten. Ich sage Euch was, werft diesen T'ongbo wieder herauf, den ich fallen ließ, und ich frage meinen Hauptmann.«

Zosia kramte in ihrem Geldbeutel herum und fischte die

kleinste Münze heraus, die sie besaß. »Für eine Mauerwächterin sind Eure Augen nicht gerade gut – es ist eine Scharlachrote Krone.«

»Stimmt«, erwiderte die Frau und fing sie mit ihrer behandschuhten Hand auf. »Mein Hauptmann wird den Namen einer Pfeifenmacherin wissen wollen, die so erhaben ist, dass sie dem Meister von Hwabuns Gemahl ihre Aufwartung macht.«

»Moor Clell«, verwendete Zosia einen Decknamen, den sie seit dem Brakett-Zwischenfall vor ungefähr dreißig Jahren nicht mehr benutzt hatte. Das war auch so ein scheußliches Desaster gewesen. Sie hatte ihr blaues Haar oft vermisst, aber jetzt, da sie inkognito reisen musste, dankte sie der Alchemie des Alters, die das Kobaltblau in ein unschuldiges Silbergrau verwandelt hatte.

»Macht es Euch bequem, Frau Clell«, sagte die Wächterin. Dann verschwand sie aus der Sicht.

Also war Kang-ho noch am Leben. Er hatte schon immer Glück gehabt, und Zosia hatte gehofft, dass es von den Fünf Schurken wenigstens noch ihn gab. Darum war sie auch zuerst zu den Makellosen Inseln gereist. Schön zu wissen, dass sie ihre Zeit nicht völlig verschwendet hatte, aber als sich die Sonne langsam hinter die Mauer schob, nahm sie an, dass die Reise noch nicht zu Ende war. Bürokratie versetzte sie stets in schlechte Laune, egal ob im Imperium oder in Raniputri, Usba oder bei den Makellosen. Das war der eigentliche Anlass gewesen, aus dem sie einst alles hinter sich gelassen hatte. Selbst die Stämme des Feuersteinlandes ergaben sich angeblich der Verlockung von Pomp und Heuchelei, obwohl zumindest sie den Anstand hatten, das Durch-die-Reifen-springen-Müssen mit einer gelegentlichen Prise von ultragewalttätigem rituellem Kampf zu würzen. Sie stellte sich vor, Leib würde neben ihr sitzen und ihre schlechte Laune mit seinem mühelosen Witz ganz langsam bezwingen. Aber der Geist seiner Erinnerung verfinsterte ihre Stimmung nur noch mehr.

»Die kommt nicht zurück.« Der Händler an der Spitze des Lagers war von seinem bunt bemalten Wagen gestiegen und kam auf Zosia zu, die mit Lefzenschlecker am Straßenrand im Gras saß. Der bestickte Sarong des Händlers wies ihn als Usbaner oder als einen dunkelhäutigen Bekehrten der Zehn Götter von Trve aus. Ihm mangelte es an dem Schmerbauch, für den Händler berüchtigt waren, und sein Gesicht – das mittleren Alters war – wäre durchaus nett anzusehen gewesen, hätte es da nicht dieses ständige spöttische Grinsen gegeben. »Ich habe dieser Schurkin oder vielleicht auch einer anderen von ihnen einen Kupfertael zugeworfen, und sie hat genau das Gleiche gesagt. Wartet hier. Das war vor einer Woche, und ich warte noch immer. Zwar habe ich den Anfang der Schlange eine Münze ärmer und weiser erreicht, aber darum nicht schneller, wie ich fürchte.«

»Was für eine Geschichte!« Zosia gähnte. »Ihr habt ein Talent zum Geschichtenerzählen, Freund.«

»Und doch scheint Ihr die Moral nicht verstanden zu haben«, erwiderte der Händler. »Während Ihr Euch im Staub gewälzt und darauf gewartet habt, dass die Krähe, die Ihr gefüttert habt, mit einem Jadering zurückkehrt, ist am Ende der Schlange ein weiterer Zug eingetroffen. Der Versuch, Euren Eintritt zu beschleunigen, hat ihn nur weiter verzögert.«

»Und die Geschichten nehmen kein Ende«, sagte Zosia. »Ich danke Euch für Eure Anteilnahme, aber wenn es Euch nicht stört, warte ich noch eine Weile.«

»Es stört mich in der Tat.« Der Händler verschränkte die kräftigen Arme vor der Brust. »Und es wird auch das Dutzend Reisende hinter mir stören, von denen keiner darüber erfreut sein wird, wenn Ihr in der Morgendämmerung noch immer an der Spitze der Schlange sitzt. Ich habe fünf kräftige Schwertträger, die Euch nur zu gern nach hinten begleiten werden, solltet Ihr weiterhin auf dieser eklatanten Missachtung der Höflichkeit bestehen.«

»Oder?« Zosia war nicht beeindruckt. »Ihr hättet Eure Muskelmänner mitgebracht, wäre das Eure erste Idee gewesen, also worum geht es?«

»Meine erste Idee ist wie immer die Höflichkeit, die ich auch erwähnt habe, die Euch aber so fremd erscheint. Aber meine zweite ist ein schlichter Vorschlag, denn Ihr müsst wissen, dass ich bei meiner Ankunft nur drei Schwertträger bei mir hatte. Die anderen beiden entdeckte ich ein paar Räder hinter mir in der Schlange.«

»Aha!« Zosia betrachtete die dunkle Mauer. Die Sonne war dahinter versunken, aber oben entzündete man keine Fackeln. »Wie viel verdient ein Söldner auf Eurem Wagen, und was sollte mich davon abhalten, hinter dem Tor einfach zu gehen?«

»Nichts hindert Euch daran, Eure eigenen Wege zu gehen, sobald wir die Makellosen Inseln betreten haben«, sagte der Händler, und sein spöttisches Grinsen grenzte nun an Freundlichkeit, da sie die Verhandlung aufgenommen hatten. »Aber wie ich hörte, ist es heutzutage schwer, ohne Eskorte weit zu kommen. Was die Bezahlung angeht, so fürchte ich, dass ich einen etwas höheren Preis verlangen muss als bei den beiden Männern, die ich bereits eingestellt habe. Da Eure Dienstzeit offensichtlich so viel kürzer sein wird als die ihre.«

»Hmhm.« Zosia kam auf die Beine. Obwohl sie während ihrer Reise durch die Berge versucht hatte, sich wieder in Form zu bringen, fühlte sie sich noch immer so ausgezehrt und mitgenommen wie das Pony eines fetten Mönches nach der Pilgerreise zur Geheimen Stadt des Schneeleoparden. »Wie viel?«

»Hey!« Die Stimme der Wächterin durchdrang das Zwielicht. »Anscheinend dürft Ihr rein, Moor Clell. Tretet an das Fallgitter, damit die Wächter einen genauen Blick auf Euch werfen können.«

»Was soll das!«, rief der Händler, während zwei Wächter mit roten Papierlaternen durch kleine Tore kamen, wie sie in jedes

Fallgitter eingebaut waren. »Ich habe Euch vor einer Woche bezahlt!«

»Ach, Ihr seid das«, gab die Wächterin zurück. »Keine Sorge, es hat etwas gedauert, aber ich habe alles erledigt, damit Ihr morgen früh als Erster reinkommen dürft.«

»Möge Eure Freundlichkeit im nächsten Leben belohnt werden und hoffentlich auch schon in diesem«, rief der Händler nach oben und richtete sein gezwungenes Lächeln dann auf Zosia, während die letzte Tür vor ihnen geöffnet wurde. »Ich nehme nicht an, Ihr und Euer Hund werdet ein Schwert für Eure gefährliche Reise durch den Makellosen Zoll benötigen? Andernfalls könnte ich Euch einen unschlagbaren Preis bieten.«

Einst hätte ihm Zosia ins Gesicht gelacht, ihm möglicherweise sogar einen leichten Klaps ins Gesicht gegeben. Früher einmal war sie ein wirklich unangenehmes, aufgeblasenes Balg gewesen. Jetzt dachte sie an die Weisheit ihres geliebten Leibs, dass man an einem unerwarteten Ort besser einem freundlichen Gesicht begegnete als einem Feind, von dem man längst nicht mehr wusste, dass man ihn sich überhaupt geschaffen hatte. Also streckte sie die Hand aus.

»Ich wollte, ich könnte, Freund, aber wir wissen beide, dass es dieses Mal nicht dazu kommen wird.« Zosia deutete mit dem Kopf auf den Eingang im letzten Fallgitter, den die beiden Wächter nicht nebeneinander passieren konnten. »Es sei denn, Euer Wagen passt durch diese Tür? Übrigens bin ich Moor Clell, eine Pfeifenmacherin.«

»Mein Wagen hat viele wunderbare Eigenschaften, aber diese gehört nicht dazu«, sagte der Händler, während er ihren Unterarm ergriff und schüttelte. »Ardeth Karnov dankt Euch allerdings für den Gedanken. Vielleicht begegnen wir uns ja später einmal wieder, Moor Clell, ob nun in Linkenstern, Kleiner Himmel oder auf noch seltsameren Märkten. Unter meinen Schätzen befindet sich der feinste Latakia, also können wir ja vielleicht die Waren des jeweils anderen probieren.«

»Das täte ich gern«. Bei dem Gedanken an den bitteren, nach Lagerfeuer schmeckenden Tubãq aus Usba lief Zosia das Wasser im Mund zusammen. Sie hatte den Rest ihres Latakia auf dem Weg geraucht und besaß nun nur noch rauchgetrockneten Vergin und staubige Hirschzunge. Sie hätte auf der Stelle um einen Kauf gefeilscht, hätten sie die Wächter nicht angebrüllt, sich gefälligst zu beeilen. »Ich wünsche Euch eine sichere Reise, Ardeth Karnov.«

»Das wünsche ich Euch auch«, erwiderte der Händler und ging zu seinem Wagen zurück.

Da besteht keine große Hoffnung, dachte Zosia, während sie den Wächtern gestattete, sie zu den Makellosen Inseln zu eskortieren. Lefzenschlecker folgte ihnen schwanzwedelnd.

KAPITEL 10

Natürlich machte Maroto bei Purnas Plan mit.

Sie einigten sich darauf, ein paar Tage mit der Ausführung zu warten, damit niemand Verdacht schöpfte. Während der langen Nachtfahrten durch die Wüste versuchte er vergeblich die Art Wild zu finden, das die Adligen jagen konnten, ohne von ihm getötet zu werden. Dabei ließ er sich mehrere Szenarien durch den Kopf gehen, in denen ihn Purna tatsächlich ficken wollte. Was ihn prinzipiell gesehen zu einer Hure machen mochte, aber er hatte im Laufe der Jahre schrecklich viele Huren kennengelernt und hielt sie im Großen und Ganzen für gute Menschen. Außerdem war man besser eine Hure als das Spielzeug eines reichen Mädchens, und sie wäre kaum der erste oder übelste Kunde gewesen, mit dem er es je zu tun gehabt hätte.

Die langen Nächte und schlaflosen heißen Tage schienen durch diese Gedanken, die wie gefangene Frostbienen durch seinen Kopf summten, noch länger zu werden, vor allem während der lang dauernden Zwielichtstunden, in denen die Stutzer unter ihren Pavillons kicherten und johlten. Maroto tat sein Bestes, sie zu ignorieren, und nutzte jede Gelegenheit, sich von ihrem Essen und Trinken zu bedienen, ohne sie in eine Unterhaltung zu verwickeln. Sich als der stoische, schweigsame Typ auszugeben war gewissermaßen eine Meisterleistung gewesen. Aber als sich die Nächte in Wochen verwandelt hatten, war ihre Geduld mit seiner Einsilbigkeit geschwunden. Wenn er schon nicht für Abenteuer sorgen konnte, sollte er sie doch verflucht noch mal mit Geschichten darüber unterhalten. Aber auch darin war Maroto nicht besonders gut. Geschichten, wie er sie erlebt hatte, waren kaum für ihresgleichen geeignet.

An einem dieser Morgen stand Maroto im Schatten eines zerlegbaren Pavillons, bediente sich an einem Tisch mit kaltem Neunaugenkaviar und belegten Moaeiern und trank dabei blutroten Mar-am aus einer vergoldeten Teetasse, da schlenderten Pascha Diggelby und Graf Hassan heran und bauten sich rechts und links von ihm auf.

»Was denn, Hassan, anscheinend hat unser furchtloser Anführer ein monströses Nest entdeckt!«, höhnte Diggelby. In der Hitze hing sein Schnauzbart traurig herunter, und der weißhaarige Schoßhund mit seiner Weste, den er im Arm hielt, sah sogar noch lächerlicher aus als sein Herrchen. »Sag, was für ein schreckliches Ungeheuer mag wohl diese Eier gelegt haben? Und wolltest du die Kreatur auf uns hetzen, indem du ihre Brut stiehlst, damit wir wenigstens einen Hauch des Jagdvergnügens erhaschen, das du versprochen hast?«

»Hm«, machte Maroto. Eigentlich sagte er gar nichts, sondern gab nur Geräusche von sich und ließ zur Hälfte gekauten Kaviar aus dem Mund fallen, während er in der Hoffnung sprach, diese Narren vertreiben zu können, damit sie ihn in Ruhe ließen. »Hmra mrupha hm.«

Es gelang nicht. Hassan stützte sich auf seinen Kamelziemer, den er als Stöckchen benutzte, stellte sich auf die Spitzen seiner Wildlederstiefel und tupfte Marotos Kinn mit einer Seidenserviette ab. »Offenbar hat unser erfahrener Jäger seine Manieren oben am Schluchtrand zurückgelassen, wo er für Purna eine Privatjagd organisiert hat. Sei ehrlich, o Veteran von hundert Kriegen, war es die Wahrheit, als sie davon erzählte, wie du unter die Drachenklauen geraten bist und sie dich aus seinen Krallen gerettet hat?«

»War kein Drache«, erwiderte Maroto und rief sich viel zu spät ins Gedächtnis, dass er gar nicht mit ihnen hatte sprechen wollen. »Nur ein Gottguan.«

»Ein *Gottguan*!«, sagte Diggelby. »Das klingt sogar noch viel besser. Und wann können wir einen zur Strecke bringen?«

Der Gedanke, die beiden – Hassan mit seiner Toga und seinem vergoldeten Lorbeerkranz und Diggelby mit seinen ausladenden Pluderhosen und seinem bestenfalls bissgroßen Hund – vor eine Todesechse zu führen, die von ihrem Territorialverhalten getrieben wird, diese Vorstellung brachte ein seit Langem vermisstes Lächeln auf Marotos Lippen. Scheiß auf diese bekloppten Adligen – wenn sie sich so sehr danach verzehrten, würde er es ihnen nur zu gern ermöglichen. »Sofort. Sobald ihr eure Waffen und Wasserschläuche geholt habt, klettern wir die Klippe dort hinten hinauf. Die Schlingpflanzen werden den Aufstieg erleichtern, sofern ihr gute Handschuhe habt. Aber sagt den anderen nichts, wir verjagen nur unsere Beute, wenn wir zu viele sind.«

Hassan und Diggelby betrachteten besagte Klippe skeptisch. Sie bestand aus zweihundert Fuß vertikalem Felsen, der vermutlich zu einem falschen Gipfel führte. Jetzt hatten die beiden Idioten nicht mehr viel zu sagen, oder?

»Wer will hier klettern?« Tapai Purna bog um die Ecke des Pavillons. Sie erlaubte Hassans steifem raniputrischem Diener, ihr eine schäumende Flöte blutroten Mar-am einzuschenken. Maroto leerte seine Teetasse und fragte sich, wo sie bei der Ersten Finsternis das richtige Glas für ihr Getränk gefunden hatten – immer wenn er nach einem Glas fragte, egal ob Sektglas, Flöte, Weinbrandschwenker oder Bierkrug, brachten ihm diese ständig in der Nähe herumlungernden Diener eine Teetasse. Vermutlich war das ein weiterer dummer Streich der Stutzer – auf seine Kosten. »Ihr beiden wollt doch wohl nicht zur Jagd aufbrechen, bevor sich unser Führer den Horizont angesehen hat? Das wäre ein schöner Schlamassel, wenn ihr es bis nach oben schafftet, nur um von einem Glassturm oder – noch besser – von einem Schwarm erwischt zu werden!«

»Ja, selbstverständlich wollten wir nicht sofort aufbrechen«, sagte Hassan. Hastig wich er von dem Tisch zurück, Diggelby an seiner Seite. »Schließlich haben wir noch nicht einmal gefrühstückt.«

»Du spähst das Firmament aus, Barbar, und wenn du wieder unten bist, können wir rauf«, sagte Diggelby. »Tata.«

»Vielen Dank«, sagte Maroto. »Jetzt kann ich zweimal da raufklettern, falls sie sich nicht drücken.«

»Nichts zu danken.« Purna zog mit den schlanken, behandschuhten Fingern die leere Teetasse von seinem dicken kleinen Finger. »Keine Sorge, wir geben ihnen genug Zeit, etwas Mut zu finden. Aber zuerst kümmern wir uns darum, dass du bezahlt wirst. Sollen wir?«

Es machte nicht den geringsten Spaß, mit dieser durchtriebenen Adligen in einem schmalen Hohlweg in die Höhe zu klettern, um sie dann zurückzulassen, damit sie ein falsches Liebesnest bauen kann, während er den ständig steiler werdenden Hang hinaufmuss. Der klare Himmel verbesserte seine Stimmung etwas, und bei seiner Rückkehr zu entdecken, dass sie mehrere Flaschen funkelnden evyindischen Wein, einen etwas zerdrückten Keil stark riechenden, grünadrigen Käse und einen Krug Oliven mitgebracht hatte, verbesserte sie noch mehr. Maroto hätte sich selbst niemals mit dem Wort »pubertär« beschrieben, aber es hatte etwas unbestreitbar Amüsantes, auf dem Sandsteinplateau über dem Lager zu sitzen und zwischen ein paar Bissen lustvoll aufzubrüllen. Purnas spitze Schreie und ihr Stöhnen hätten einen unerfahreneren Burschen erröten lassen, aber ein vorgetäuschter Orgasmus konnte Maroto schon lange nicht mehr erschüttern. Zwischen ein paar Bissen gab er ihr Anweisungen – und wie die meisten Jungmimen übertrieb sie es.

Es war keine schlechte Weise, sich die Zeit des Morgens zu vertreiben. Es brachte glückliche Erinnerungen an seine viel zu kurze Karriere als Schauspieler zurück, bei der er überhaupt erst gelernt hatte, wie sich Barbaren nach der Meinung der

Imperialen zu verhalten hatten. Das war in jenen Tagen gewesen, als er mit Kiki, Carla, Zwei-Augen-Jaques und all den anderen von einem Zacken des Sterns zum nächsten gereist war, lange bevor er jemals etwas von der Kobaltblauen Kompanie gehört, geschweige denn mit ihr zu tun bekommen hatte … Lange bevor er dumm genug gewesen war zu glauben, er könnte die Welt verbessern. Lange auch, bevor er dumm genug gewesen war, sich zu verlieben.

Wie immer kühlten sich warme Erinnerungen in seiner Brust schnell ab, und er stieß ein lautes, höhepunktmäßiges Brüllen aus, um sich auf seine derzeitige Aufgabe zu konzentrieren, die bedeutend angenehmer war, als in dem üblichen Selbstmitleid zu schmoren. Natürlich nicht so angenehm, als tatsächlich zu ficken, aber das verstand sich von selbst. Andererseits hatte sich Purna wieder mit ihrer üblichen Leichenfarbe eingekleistert; blaue Muster kreisten um Augen und Mund. Bei diesen Bedingungen – sowie bei dem unlösbaren Rätsel ihrer steifen Unterröcke – bezweifelte er ohnehin, es hinbekommen zu haben, selbst wenn sie in Stimmung gewesen wäre. Als wollte man einen liebesbedürftigen Ghul ficken, nachdem man ihn in einen Teppich gewickelt hatte.

Er leerte die letzte Flasche bis zur Neige und stand auf. Die Hitze hatte ihn benommener gemacht als der Alkohol, und er streckte Purna die Hand entgegen. »Das sollte mehr als reichen. Sehen wir zu, dass wir nach unten kommen, bevor die Felsen zu heiß zum Klettern werden.«

»Ein letztes Detail noch«, sagte Purna, ergriff seine Hand und zog sich auf die Beine. Dann sprang sie ihn mit der Schnelligkeit eines Teufels an, schlang die Beine um seine Taille und die Arme um seinen Nacken und küsste wild seinen Hals. Überrascht hätte er sie um ein Haar von sich gestoßen, aber dann erwärmte er sich für den leidenschaftlichen Angriff. Behutsam senkte er sie beide zurück auf den schrägen, sandigen Boden – wer konnte schon wissen, ob ein geiler Ghul in einem Teppich nicht vielleicht doch besser war als die eigene Hand? Man musste es versuchen. Während er sich auf Händen und Knien über das Mädchen beugte, bewegten sich ihre Lippen von seinem Hals zu seinem Mund, und der Geschmack der hübschen kleinen Adligen entlockte ihm ein echtes Stöhnen, ganz gleich, wie verschandelt ihr Gesicht auch sein mochte.

Dann knabberte sie an seinem Ohr, während seine Finger unbeholfen die Schichten aus Walknochen kneteten, die ihre Brust gürteten, und er strich von ihrem unzugänglichen Oberkörper zu dem gut eingepackten Unterkörper und wieder zurück.

»Reiß es auf«, hauchte sie. Der salzige Duft aus Wein und Oliven war nicht unbedingt sinnlich zu nennen, aber es reichte. Doch sobald er die Finger in den Stoff grub und eine Handvoll Spitze, Schleifen und Bänder hielt, stieß sie ein leises Quietschen aus und löste Arme und Beine von seinem Körper. Um ein Haar hätte er sich entschuldigt, aber dann schob sie sich nach unten, und ihre Hände und danach auch ihr Kopf drückten gegen das anschwellende Pulsieren in seiner kurzen Hose.

Sie rutschte unter seinen Beinen hervor und ließ ihn auf einem Staubengel hocken, der wie ein Mädchen geformt war. Ihre etwas atemlose – aber keineswegs leidenschaftliche – Stimme machte ihn so schnell wieder schrumpfen, als hätte ihn ein Wiedergänger berührt. »Ausgezeichnet! Jetzt wird keiner unsere Geschichte bezweifeln.«

Maroto kam auf die Beine und musste zugeben, dass sie beide … zerzaust aussahen. Verdrossen versuchte er, ihre Schminke aus seinem Schritt zu wischen, verteilte sie aber nur noch mehr. Toll. Purna strahlte ihn an, während sie wieder die Handschuhe anzog. Er blickte sie nur stirnrunzelnd an, wusste er doch genau, was das kleine Miststück brauchte – und hatte nicht übel Lust, es ihr hier und jetzt zu geben. Und zu den Teufeln mit den Konsequenzen!

Warum eigentlich nicht? Sie hatte es schließlich nicht anders verdient, da bestand nicht der geringste Zweifel, und besser er erledigte es jetzt sofort, solange der Rest der Adligen noch in weiter Ferne war. Eine strenge Lektion würde ihr wirklich guttun, o ja, das würde sie.

Natürlich wusste er genau: Das kleine Balg würde nie die Beine für ihn breitmachen, wenn er sie belehrte. Aber der alte Teufel Stolz ergriff die Kontrolle über seinen Mund.

»Es ist eine Sache, gern zu schäkern, Tapai Purna«, sagte er und drohte mit dem Finger, »aber niemand lässt sich mit Freuden zum Narren halten. Jemandem etwas vorzumachen ist eine hässliche Sache. Wenn man einen Kerl oder eine Dame oder was auch immer nicht leiden kann, ist das ebenso in Ordnung wie ein guter Wein, aber so wie Ihr mit ihm zu spielen pflegt – um sich auf seine Kosten ordentlich zu amüsieren –, das ist so ziemlich das Allerletzte. Und wenn Ihr wirklich Spaß an solchem Verhalten habt, na ja. Von Euren Freunden erwarte ich durchaus ein solches Benehmen, aber von Euch …«

»Ach was, Unsinn. Hätte ich gefragt, hättest du das nie getan. Aber es war nötig.« Purna zog an ihrer Perücke, damit sie schief saß, bevor sie den Sonnenhut mit der breiten Krempe aufsetzte. »Wir können uns glücklich schätzen, wenn mich Herzogin Din nicht auf deinen Saft untersuchen will, bevor sie bezahlt.«

»Ugh!« Diese Adligen waren noch verrückter als gedacht. Andererseits hatten sie sich viel zu viel Mühe gemacht, um die Wette jetzt noch zu riskieren. »Ich meine, wenn Ihr glaubt, sie könnte …«

»Falls sie damit ankommt, behaupte ich einfach, du hättest mir in den Mund gespritzt«, sagte Purna, wandte ihm den im Korsett steckenden Rücken zu und betrachtete den Abstieg. »Natürlich nachdem du mir eine Vielzahl transzendenter Orgasmen verschafft hast. Ich weiß, dass du an deinen Ruf denken musst.«

Maroto versuchte sich mit der Vorstellung von dem aufzumuntern, was einen Orgasmus wohl transzendent machen mochte, gab es aber bald wieder auf. Es war einfach zu verdammt heiß für solche Gedanken – ganz zu schweigen für derartige Aktivitäten. Er schüttelte den weingeschwängerten Kopf und stieg die Klippe hinunter.

Der Plan ging auf. Sie akzeptierten die Täuschung. Was war Maroto doch für ein Narr!

Davor hatte er Unmengen jener einen Währung besessen, die diesen erbärmlichen Parasiten fehlte: Ehre. Und jetzt hatte er sie für einen Almosen ihrer materiellen Reichtümer fortgegeben. Zugegeben, vielleicht war er gar nicht so respektabel gewesen, aber sie hatten zweifellos viel von ihm gehalten, und er war ohnehin wertvoller als sie gewesen, schon weil er ihre kleinen Spielchen nicht mitgemacht hatte.

Nun ja, abgesehen von dem Spiel, sie auf ein gefährliches Abenteuer zu führen, von dem einige von ihnen möglicherweise niemals zurückkehrten. Für *dieses* kleine Spiel hatte er ohne zu zögern unterschrieben, und zwar für nicht viel mehr, als er gerade von Purna bekommen hatte.

Trotzdem erschien jetzt alles anders, und zwar keineswegs besser. Zuvor hatte er so getan, als wäre ihm völlig gleich, dass die Lackaffen ständig flüsterten, mit dem Finger auf ihn zeigten und kicherten, wenn er in der Nähe war, aber jetzt hörte er den höhnischen Ton ihrer Aufmerksamkeit viel deutlicher. Nicht nur war er das Spielzeug eines reichen Mädchens, er war auch der Gegenstand adligen Spotts, der Witz, den ein zweiter Sohn darstellte, die Pointe eines Zirs. Er war nicht einfach nur ein Tier, sondern ein dressiertes Tier, wie zum Beispiel ein Zirkusbär, dem man beigebracht hatte, für sein Frühstück zu betteln. Wenn die Zuschauer solche erbärmlichen Kreaturen verhöhnten, träumten diese Geschöpfe dann von der Flucht in irgendeine tiefe, dunkle Höhle in den Schwarzen Bergen, weit entfernt von den grellen Lichtern und der grausamen Aufmerksamkeit? Oder gar davon, ihre Krallen wiederzuhaben – und dass die abgeschliffenen Zähne wieder scharf waren und die Kette um ihren Hals zerbrach? Fantasierte ein Tier von der Rache an seinen Herren, so wie es vielleicht ein Barbar täte, ein Hexengeborener aber mit Sicherheit? Maroto wusste, dass sich die Letzteren blitzschnell gegen ihre Peiniger wandten.

»Ho, da kommt ja der edle Hengst!«

Es war Mitternacht und mehrere Tage nach der Veranstaltung, die Maroto von nun an die »Schande« nannte. Er hatte sein Dromedar in der Hoffnung, dass sich Hauptmann Gilleland und seine Männer als eine bessere Gesellschaft als die reichen Arschlöcher erwiesen, an die Spitze der Karawane gelenkt. Anscheinend war das ein Irrtum gewesen. Der Hauptmann selbst hatte die Bemerkung gemacht, und das Dutzend Chevaleressen, Söldner und Leibwächter lachten über den Scherz ihres Anführers. Im Gegensatz zu den nichtssagenden niederen Adligen, von denen Maroto noch nie zuvor gehört hatte, hatte er einige der angeheuerten Krieger erkannt, wenn auch nur anhand ihres Rufs. Und der widerstrebende Respekt, mit dem sie ihm begegnet waren, hatte ihm verraten, dass sogar sie seine Geschichte kannten, die durchaus eine Legende wert war.

Jetzt lachten auch sie über ihn.

»Hast du irgendwelche wunderbare Höhlen gefunden, die wir plündern könnten, Hengst?«

Bei den Adligen war es unwahrscheinlich, dass er wieder in ihrem Ansehen stieg. Sie hatten ihn für ein Abenteuer bezahlt, was das verflucht noch mal auch immer bedeuten sollte, und er hatte nichts von dem erwarteten Ruhm oder der Aufregung geliefert – nur gefährliche Hitze und hässliche Landschaft. Das war schon schlimm genug gewesen. Aber indem er sich auf Tapai Purnas Seite geschlagen hatte – zuerst mit der augenscheinlich privaten Gottguan-Jagd und dann mit der augenscheinlich sexuellen Verschwörung –, hatte er sich dem Haufen noch weiter entfremdet, weil er jemanden bevorzugt hatte, und dann auch noch eine Ugrakari.

»So stumm wie jeder Hengst, was?«

Aber noch war Zeit, die Dinge zumindest mit den rauen Burschen wieder zu bereinigen – ihre anzüglichen Bemerkungen einfach hinzunehmen, einen Scherz auf die eigenen Kosten zu machen. Mitzuspielen. Wenn sich die Welt nicht bis zur Unkenntlichkeit verändert hatte, war es keine Schande, eine hübsche junge Adlige zu vögeln. Wenn überhaupt, dann würde ihn das in den Augen dieser harten Burschen nur menschlicher erscheinen lassen, die Legende auf ihr Niveau herunterbringen, ihn zu einem von ihnen machen. Wie lange war es her, dass er mit harten Burschen geritten war, die ihn als ebenbürtig und nicht als etwas Besseres betrachteten oder, wie es in der letzten Zeit so oft der Fall war, als jemanden, der ihnen nicht das Wasser reichen konnte? Maroto setzte sich auf seinem Dromedar aufrechter hin und schenkte den schwer bewaffneten Reitern seinen härtesten Blick.

»Jetzt weiß ich, warum sie ihn angeheuert haben – so wie er das Scharlachrote Imperium gefickt hat, hielten sie ihn für die beste Hure des Sterns!«

Aber, und das war ein ziemlich wichtiges Aber: *Fick diese verdammten Arschlöcher in ihre verdammten Fratzen!* Maroto hatte Teufel niedergestarrt, mächtige Königreiche zu Fall gebracht, und jetzt wagten sie es, auf diese Weise mit ihm zu sprechen? Er riss sein Dromedar herum, denn er wusste ganz genau, dass – sollte er den Mund aufmachen und etwas sagen – es nur damit enden konnte, dass sie ihre Pferde zügelten und ihn um der Ehre willen auf der Stelle zum Kampf herausforderten. Ein jüngerer Maroto wäre blindlings in diese Falle getappt, aber er war kein hörnerloser Welpe mehr – er würde warten, bis sie sich schlafen gelegt hatten, die Wachen ermorden und ihnen einem nach dem anderen die Kehle durchschneiden. Er würde mit den Wächtern anfangen und sich dann durch die Adligen arbeiten, bis er in der Wüste allein war.

Obwohl … natürlich würde er das nicht tun. Der Gedanke

half ihm, sich aus der feindseligen Situation zurückzuziehen, ohne dass ihn sein Mundwerk in ein namenloses Grab brachte. Aber sobald er in den Schatten zwischen den Vergnügungswagen sicher angekommen war, ließ er die feige Idee in die heiße Nachtluft entschweben. Stattdessen würde er bis zu ihrer Ankunft in Niles warten, die Stutzer und die stutzerhaften Wächter in eine Schenke führen und eine epische Kneipenschlägerei vom Zaun brechen. Das würde ihm Gelegenheit geben, Hauptmann Gilleland die Zähne einzuschlagen und ein paar Stutzern auch – wenn er schon einmal dabei war. Aber die Stadtmiliz würde nicht zulassen, dass ihn ein Dutzend Leibwächter kaltblütig niedermachten. Jedenfalls vermutete er das. Wie dem auch sei, Niles war nur ein paar Nachtritte entfernt, und dort wollte er diesen Hochgeborenen und ihren Hunden ein paar Manieren einbläuen.

Aber natürlich tat er es nicht. Noch bevor sie in der Karawanserei in Niles die Wagen losgeschirrt und ihre Halskrausen aufgeknöpft hatten, eilte Maroto in die Stadt am Rand der Hölle und stieß Purna zur Seite, die hinter ihm herrannte und ihn dazu zu überreden versuchte, zu der Gruppe zurückzukehren.

»Du bist eingestellt worden, uns hierher und *zurück* zu bringen«, sagte Purna, die den Stoß viel schneller abschüttelte als erwartet. »Du bekommst kein Geld, wenn du uns durch die Wüste führst, aber nicht wieder nach Hause bringst. Vermutlich zwingt man dich dazu, sie wegen Vertragsbruch zu bezahlen, und auch noch für Essen und Trinken, ganz zu schweigen von den Unannehmlichkeiten.«

»Hier.« Maroto riss den Geldbeutel heraus, den sie ihm gegeben hatte, und warf ihn ihr vor die Füße. Er bedauerte es bereits, bevor der Beutel auf dem festgebackenen schwarzen Sand der Straße gelandet war. »Ich bin lieber ein armer Mann als ein reicher Hund.«

»Du solltest das alles wirklich nicht so ernst nehmen«,

meinte Purna, machte aber keinerlei Anstalten, den Geldbeutel aufzuheben. Mehr als ein verschleierter Passant ging langsamer, um den Streit zu beobachten. »Wenn du möchtest, versuche ich sie davon abzubringen, dich so hart ranzunehmen. Sicher wäre es hilfreich, wenn du etwas finden würdest, wogegen sie kämpfen könnten; ich habe mich viel besser gefühlt, seit du und ich diesen Drachen …«

»Echse!«, bellte Maroto. »Es war nur eine verdammte große Echse, nichts weiter, und wenn es nach mir ginge, würde ich euch alle an die Gottguane verfüttern!«

»Also kann ich nichts tun, um dich zur Rückkehr zu bewegen?« Ihre funkelnden Lippen schmollten. Der Vortrag, den er ihr gehalten hatte, war offensichtlich reine Zeitverschwendung gewesen. »Nenn mir deinen Preis, und ich sehe, was ich aufbringen kann. Ich … respektiere dich wirklich, Maroto. Sogar sehr.«

»Ihr sprecht mit demselben Atemzug von *Respekt*, mit dem Ihr nach meinem Preis fragt? Es gibt keinen verdammten Preis! Ich bin mit der Wüste *fertig* – ich setze nie wieder auch nur einen Fuß in sie hinein. *Nie wieder*. Und was Euch angeht, so würde ich eher auf einem Floß aus Fleisch durch das Teufelsmeer treiben, als mit Euren Stutzern und ihren Schlägern auf einem Ponton über die Teiche in den Gärten von Othean zu segeln. Ihr seid alle gleich, und ich bin mit euch fertig. Für alle Ewigkeit.«

»Da hätte ich dich für bedeutend klüger gehalten«, sagte Purna traurig und hob ihren Geldbeutel auf. »Was hier drin ist, deckt nicht einmal annähernd das, was die Anwälte für diesen groben Vertragsbruch verlangen werden. Sie werden sich ihr Silber holen.«

»Ja, nun, da müssen sie mich zuerst einmal finden.« Maroto wünschte sich, ihm wäre etwas Originelleres eingefallen, während sie ihm den Rücken zuwandte. Was der Gipfel der Unhöflichkeit war, da schließlich *er* davongestürmt war, und doch ging sie und beraubte ihn selbst eines anständigen Abgangs. Die kleine Menge aus usbanischen Reisenden, die sich versammelt hatte, löste sich schon wieder auf und ließ Maroto allein mitten auf der bevölkerten Straße zurück. Er wünschte sich, er hätte wenigstens nicht den größten Teil seines Geldes in einer keineswegs gewürdigten Geste weggeworfen.

Die kargen Mittel, über die er noch verfügte, vertrank er in der ersten miesen Schenke, die seinen Weg kreuzte, in einem großen Adobehaus nur ein paar Blocks von der Karawanserei entfernt. Schnell hatte er genug in sich hineingeschüttet, um sich selbst davon zu überzeugen, dass das alles in allem gar kein so schlechtes Ergebnis war, genau wie alles andere auch, das zu diesem Augenblick in seinem Leben geführt hatte. Nun konnte er sich weiter nach Usba wenden, dann zur Honigsüßen Küste bei Trve reisen, um auf einem Schiff anzuheuern, dessen Ziel … nun, alles nur nicht dieser Ort hier war. Für einen echten Feuersteinländer herrschte auf dem Südzacken einfach eine zu große Teufelshitze.

Der Wirt war offensichtlich ein Geminideaner. Er bediente zwei mit Ketten umwickelte Pilgerinnen, die kürzlich aus dem Scharlachroten Imperium eingetroffen waren und allerlei Gerüchte aus der Heimat weitererzählten. Zuerst schenkte Maroto den tonsierten Frauen keinerlei Beachtung, aber dann drang doch eine Stimme in seinen von der Sonne gekochten Schädel.

» … mehr als nur ein paar Rebellen. Man hält sie für Leute, die in diesem Handwerk erfahren sind, weil sie sich als so effektiv erweisen, vielleicht ist es eine Söldnerhorde, die die Raniputri oder Makellosen bezahlen, um für Aufruhr zu sorgen.«

Daran war nichts Aufregendes, aber dann sagte die andere Pilgerin: »Das müsst Ihr hören – sie werden von einer Generalin mit blauen Haaren angeführt, deren Helmvisier wie ein Teufelshund gestaltet ist. Und zumindest einer ihrer Hauptmänner trägt den Helm eines der Schurken. Muss ich Euch sagen, welche Farbe ihr Banner hat?«

Zum ersten Mal seit langer Zeit geriet Maroto durch etwas anderes als Alkohol ins Schwanken, und er klammerte sich an der Basalttheke fest.

»Die Geschichte ist doch älter als meine Erstgeborene«, meinte der Wirt und deutete mit dem Kopf auf die Magd, die am anderen Ende des Raumes Becher mit Kumis servierte. »Allerdings habe ich sie schon ewig nicht mehr gehört. Gut zu wissen, dass sie wieder die Runde macht. Wäre auch eine Schande, wenn die Leute sie nicht mehr erzählten.«

»Ich habe es ihr ja gesagt«, meinte die erste Pilgerin.

»Das hat mir meine Schwester berichtet, und die hatte es von ihrem Kirchenoberen«, hielt die zweite dagegen. »Das sind heilige Frauen, keine Liedersänger, die ihr Publikum anlocken wollen. Vor nicht mal einem Monat überfiel die Kompanie eine Garnison vor Agalloch.«

»Wenn es keine Erfindung ist, dann wollen sich durchtriebene Betrüger eine Legende zunutze machen, statt sich einen Ruf zu erarbeiten«, sagte der Wirt. »Oder glaubt Ihr an Geister, Schwester?«

»Keiner weiß, was nach der Hinrichtung der Königin aus den Schurken geworden ist«, erwiderte die erste Pilgerin. »Vielleicht ist ja der Hauptmann echt und die Anführerin eine Fälschung. Dann hättet ihr beide recht.«

»Ich habe nie behauptet, dass sie es meiner Meinung nach tatsächlich ist«, verteidigte sich die zweite Pilgerin. »Lediglich, dass vor Agalloch Söldner gesehen wurden, die die kobaltblaue Flagge schwenkten. Im Gegensatz zu anderen, deren Namen ich nicht nenne, wiederhole ich lieber Fakten, selbst wenn die Details dieser Fakten zugegebenerweise dürftig sind.«

Vielleicht ergab die Unterhaltung noch mehr, aber das bekam Maroto nicht mehr mit, weil er aus der Schenke taumelte. An der Karawanserei fand er schnell die Spur der Stutzer. Er folgte ihrem blechernen Geschnatter durch die drückend heißen Straßen und prallte gelegentlich gegen die Wände der eng beieinanderstehenden Häuser, die so heiß wie die Auflaufform eines Currygerichts waren. Schließlich holte er sie in einem Etablissement von entschieden besserer Klasse ein, als es das gewesen war, in dem er getrunken hatte.

Purna hatte die anderen noch nicht über seine Fahnenflucht informieren können, und so erschien alles genauso, wie es bei seinem Aufbruch gewesen war. Innerhalb einer Stunde schlief er zufrieden auf den kühlen Fliesen unter einer der vornehmen Bänke der Schenke, und zwei Sonnenuntergänge später rollten sie in die Wüste zurück, nachdem er die gereizten Adligen erfolgreich davon überzeugt hatte, einen wirklich heißen Tipp für ein »echtes Abenteuer« auf der Straße der Verzweiflung zu haben. Das war die direkteste und darum gefährlichste Route zurück durch die Pantera-Wüste.

KAPITEL 11

Als Zosia in dem Zollhaus auf der anderen Seite der Mauer ihre Sachen wieder einpackte, spazierte die Wächterin, die ihren Eintritt organisiert hatte, in den hellerleuchteten Raum hinein. Verglichen mit der aufpolierten, einwandfrei in Schuss gehaltenen Rüstung der Makellosen sah Zosias alte Abenteureraufmachung richtiggehend schäbig aus. Schwanzwedelnd trottete Lefzenschlecker auf die junge Soldatin zu und zog seine Masche mit dem alten Hund ab, der ein paar Streicheleinheiten brauchte. Die Frau kraulte ihn hinter den Ohren und säuselte dem widerwärtigen Ungeheuer etwas zu.

»Noch einmal vielen Dank«, sagte Zosia, zog die Schnur fest zu und drehte sich um, um das gewaltige Bündel vom Tisch auf ihre schmerzenden Schultern zu manövrieren. Mittlerweile war es ganz und gar dunkel draußen, da sich der Zoll seine Zeit gelassen hatte, und sie musste noch immer eine Schenke oder eine Absteige in Linkenstern finden. »Könnt Ihr etwas Billiges und Sauberes in der Stadt empfehlen?«

»Klar«, sagte die Wächterin, tätschelte Lefzenschlecker ein letztes Mal und richtete sich wieder auf. Der Unhold aus der Hölle wimmerte, weil sie die Hand wegnahm. »Gehen wir, dann könnt Ihr mir erklären, ob Ihr eine Mahlzeit, etwas zu trinken, Männer oder Frauen oder etwas anderes – Ähnliches – meint. Oder einfach nur ein Bett.«

»Seid Ihr meine Aufpasserin?« Früher hatte man auf vielen der Inseln auf Begleiter für Besucher bestanden, aber an der Küste konnten Ausländer nach Belieben kommen und gehen.

»Bang Lin«, stellte sich die Wächterin vor. Sie deutete eine Verneigung an; dabei krümmte sich ihr Rücken kaum. »Solltet Ihr eine Spionin oder Attentäterin sein, wird man meinen Kopf fordern. Ich habe dem Hauptmann gesagt, dass Ihr einen freundlichen Eindruck macht, also darf ich die Anstandsdame spielen, bis Ihr beweist, dass ich recht hatte. Oder mich geirrt habe.«

»Das schulde ich Euch dann wohl.« Je nachdem, wie es mit Kang-ho ausging, konnte es auf beiderlei Weise enden, aber Zosia hoffte um ihrer aller willen, dass sie Bang Lin recht geben würde. Davon abgesehen gab es schlimmere Reisegefährten als hübsche junge Frauen … Doch in der Sekunde, in der ihre Gedanken den Pfad zu einem Einzelzimmer statt zu einem Gemeinschaftsraum einschlugen, drängten sich sowohl das Gewicht, das der abgetrennte Kopf ihres Mannes in der Hand gewogen hatte, als auch der Schlachthausgestank seiner Haare in ihre Erinnerung.

Der Weg durch die Berge war so kalt und einsam gewesen, dass sie tatsächlich in Betracht gezogen hatte, Lefzenschlecker sich beim Schlafen an sie schmiegen zu lassen, aber alles war noch immer zu frisch, um überhaupt an Gesellschaft zu denken. Schon zuvor hatte sie Geliebte verloren, tatsächlich sogar eine ganze Menge. Aber das hier war etwas anderes – der Schmerz war im Laufe der Zeit nur schlimmer geworden, und auch wenn ihr der Gedanke, dass sie Lefzenschlecker nur mästen würde, den Magen umdrehte, konnte sie doch nichts tun, um die Qualen zu mindern. Nicht bevor sie eine Möglichkeit gefunden hatte, an die Verantwortlichen für das Geschehen heranzukommen.

»Solange Ihr keinen Ärger macht, sind wir quitt«, sagte Bang. »Wie heißt Euer Hund? Er ist süß.«

Lefzenschlecker bellte zustimmend und schob den Kopf zurück unter Bangs baumelnde Hand. Die Soldatin war entzückt. Zosia verzog das Gesicht.

»Ich nenne ihn vieles, aber bestimmt nicht süß. Die dumme Töle kommt an, egal was man sagt.«

»Solange Ihr ihn nicht zu spät zum Abendessen ruft, stimmt's?«

»Stimmt.« Unwillkürlich erinnerte sich Zosia an den Lefzenschlecker auf den Feldzügen vor ungefähr zwanzig Jahren. Wie er sich von den Qualen der Toten und Sterbenden genährt hatte, bis sein Bauch auf dem Boden schleifte. Es hätte komisch sein können, wie etwas, das man auf dem samothischen Holzschnitt einer halb vergessenen Fabel sah, aber Zeuge einer derart schamlosen Unersättlichkeit zu werden und erleben zu müssen, wie sich das Fleisch der Kreatur verformte, um sich ihrem Appetit zu beugen … daran war nichts Komisches. »Ein Bad, etwas zu essen und zu trinken, dann etwas zu rauchen und ein Bett. In genau dieser Reihenfolge.«

»Das ist machbar«, sagte Bang. Sie drängte Zosia aus der Tür. »Aber Linkenstern ist vermutlich anders, als Ihr in Erinnerung haben werdet. Und es hat sich nicht unbedingt zu seinem Vorteil verändert.«

»Ich habe es als ein richtiges Scheißloch in Erinnerung«, meinte Zosia und trat in die kalte Nacht hinaus.

»Dann hat es sich vielleicht doch nicht so sehr verändert«, erwiderte Bang. Beim Herausgehen salutierte sie dem Zolloffizier, der auf einer Bank an der Tür saß.

Das war einst Ackerland gewesen, aber sämtliche Bauernhöfe der Gegend waren inzwischen abgerissen worden, um Mannschaftsunterkünften zu weichen. Eine Reihe rosafarbener Papierlaternen an Pfählen führten zum Tor zurück, und vor ihnen hingen die Lampen von Zwergkiefern und Pflaumenbäumen herab, die die Straße auf ein paar von Unkraut überwucherten Feldern säumten. Am Ende der Laternenreihe funkelte die Stadt, die größte Laterne von allen.

Der Einfluss der Makellosen auf Linkenstern war stets über ein paar Nudelhäuser und Brötchenkarren hinausgegangen, die eine Abwechslung zu den typischen Wurst-und-Bier-Lokalen des Scharlachroten Imperiums boten. Außerdem gab es mehr nordwestliche Huren, als man in den üblichen, nicht auf Spezialitäten ausgerichteten Bordellen im Herzen des Sterns oder Etévale fand. Die Stadt trug ihre Herkunft als Grenzstadt stolz zur Schau. Da waren die zur Hälfte aus Holz gebauten Kirchen, die Pagoden und Stupa nachempfunden waren und von Giebeln gekrönt wurden, die über die schmalen Straßen ragten, und dann die Steildächer der im imperialen Stil erbauten Reihenhäuser, deren Dachziegel an die geschwungenen Bögen der Makellosen-Architektur angrenzten. Ganz im Gegensatz zu einigen anderen Städten auf dem Stern, wo man sich nie des Eindrucks erwehren konnte, dass zwei Kulturen notgedrungen zusammengepfercht worden waren – Orte, an denen Menschen und Architektur in ihren eigenen Stadtteilen blieben –, bot einem Linkenstern das Gefühl, die Stadt sei in harmonischer Zusammenarbeit entstanden.

Dafür gab es einen einfachen Grund: So war es nämlich tatsächlich geschehen. Ein paar Jahrhunderte zuvor hatte ein Brand den Ort in Schutt und Asche gelegt, und ein großer Konsens aus Interessen sowohl der Imperialen wie auch der Makellosen hatte ihn wieder aufgebaut. Die Stadt erhob sich als ein Testament des Potenzials zweier Völker, die zusammengekommen waren und eine gemeinsame Zukunft errichtet hatten.

Außerdem war die Stadt eine Kloake. Die einzige Ausnahme bot das Handelsviertel, das umsichtigerweise vom Rest Linkensterns durch eine Mauer abgetrennt worden war und nur zu einem verabredeten Termin betreten werden durfte. Der Rest der Stadt war heruntergekommen und von kleineren sowie auch gewalttätigen Verbrechen verseucht. Ein Gegensatz zu der kultivierten Korruption, die unter den herrschenden Kaufleuten herrschte. Das Einzige, das noch schlimmer war als eine königliche Stadt, war eine Freistadt, in der sich die herrschende Elite nur selten von den nötigen Mitteln für die Abwasserentsorgung oder eine anständige städtische Miliz trennte.

Bei Betreten der Stadt erkannte Zosia auf den ersten Blick, wie sehr sich die Dinge verändert hatten. Sie kamen in den Bezirk Schwarze Erde, der sich dem am anderen Stadtende befindlichen Handelsviertel genau gegenüber befand. Aber auf den Straßen lagen so gut wie kein Müll oder etwa Scheiße, und an den meisten Kreuzungen standen zwei uniformierte Milizbüttel. Brennende Laternen und Lampenpfosten waren eher die Regel als die Ausnahme, und nach vier Blocks hatte Zosia noch immer keinen Betrunkenen – oder Toten – auf der viel zu sauberen Straße liegen sehen.

»Ihr hattet recht«, sagte sie, »die Dinge *haben* sich verändert.«

»Ich habe gehört, dass es hier vor unserer Eingliederung bedeutend vergnüglicher gewesen sein soll«, sagte Bang wehmütig. »Jetzt ist es nur noch die heruntergekommene Version einer Makellosen Stadt.«

»Haben sich eine Menge Händler aus dem Staub gemacht? Die Eroberung wird sie wohl kaum gefreut haben.«

»Ach, sie hassen die Übernahme aus ganzem Herzen, aber schließlich blieben ihnen ja nicht viele Möglichkeiten – kennt Ihr noch andere Freistädte auf dem nordwestlichen Zacken? Ich auch nicht. Also blieben die meisten dieser Schurken und versuchten, das Beste daraus zu machen. Von Makellosen überwacht zwielichtige Geschäfte zu tätigen ist ebenso hart wie eine Muschelbrust, aber eine harte Titte ist besser als gar keine, nicht wahr?«

»Darum warten die Karawanen tagelang in Schlangen vor der Mauer.« Zosia war nicht einmal einen Tag lang wieder hier und hatte bereits genug von der Politik auf dem Stern.

»Tage oder Wochen, kommt darauf an, mit wem sie Geschäfte machen wollen«, sagte Bang. »Die Händler, die der Übernahme etwas … zugänglicher gegenüberstehen, erhalten Einladungen, damit ihre Gäste mit einem städtischen Pass mühelos durch den Zoll kommen und nicht in einer Schlange warten müssen. Die Händler, die für die Aufseher der Makellosen nicht so zugänglich sind, na ja, ihre Waren brauchen eben etwas länger, um durch die Mauer zu kommen.«

»Und die armen Trottel, die darauf warten, dass die Händler für Medizin oder Vorräte sorgen, haben eben Pech gehabt, oder?« Die so vertraute Zankerei, bei der das einfache Volk zwischen zwei Fronten stand, brachte einen bitteren Geschmack in Zosias Mund.

»Für einige ist es Pech, für andere bedeutet es aber ein Glück«, meinte Bang. »Händler, die sich mit der alten Elite Linkensterns entzweit hatten, haben die Entdeckung gemacht, dass es ihnen viel besser geht, weil sie nun neue Schuhe zum Küssen gefunden haben.«

»Schön für sie. Und jetzt ein Bad, etwas zu essen und zu trinken, etwas zu rauchen und ein Bett«, sagte Zosia und gähnte einen Milizionär an, der sie musterte. »Sorgen wir dafür.«

Zosia hatte schöne Erinnerungen an die Badehäuser der Makellosen in Linkenstern lange vor der Übernahme, aber sie konnte sich nicht entsinnen, jemals in einem gewesen zu sein, das so sauber gewesen wäre wie das, in das Bang sie führte. Jadefliesen funkelten im Kerzenlicht, die breiten, mit Stufen versehenen Becken dampften wie Suppenkessel. Ein Dutzend weiterer Badender lag in den Wannen oder räkelte sich auf den warmen Fliesen, und als sich Zosia in das heiße Wasser herabsenkte, fühlte sie zum ersten Mal, seit man sie auf den Weg gezwungen hatte, den sie nun beschritt, wahre Zufriedenheit. Bang machte es sich neben ihr bequem, und da sie sie nun ohne Uniform sah, nahm ihr Interesse an dem Mädchen beträchtlich zu. Die flirtenden Blicke der jüngeren Frau und das Angebot, ihr den Rücken zu waschen, ließen sie innerlich lächeln … aber das Lächeln verkümmerte, sobald es da war. Zosia tauchte unter und blieb dort, solange sie konnte. Es war fast so, als könnte sie sich dort für immer vor ihrer Vergangenheit und ihren schlichten

Gelüsten verstecken. Als könnten warmes Wasser und ein grober Schwamm alles abwaschen, was mit ihr nicht stimmte.

In einer erfrischend schäbigen Schenke abseits der Hauptstraße servierte man Zosia und Bang ein dampfendes Abendessen voller lange vermisster Gewürze. Sie aßen am anderen Ende der Theke und füllten ihre Teller aus der großen, angeschlagenen Schüssel zwischen ihnen. Zosia nahm sich Reis, gebratene Wachteleier, pfeffrige Misopaste und gedünsteten Rettich und gab das angebrannte Wild, Quark und Sauerkraut an Bang weiter – es war Jahrzehnte her, dass sie die unverfälschte Makellosenküche genossen hatte, und sie wollte die Erfahrung auf keinen Fall mit diesen Konzessionen an den imperialen Geschmack verderben. Davon abgesehen hatte sie auf der Reise so gut wie nichts anderes als Trockenfleisch gegessen. Sie aß ohne Unterbrechung und warf Lefzenschlecker nicht einmal etwas zu, als er so lange winselte, dass sich das Eigelb rot verfärbte und die schmelzenden Gesichter der Menschen, die Zosia getötet hatte, in den Reis liefen. Sie hob die Schale an die Lippen und schaufelte alles in sich hinein, während sie sich die neuen Opfer vorstellte, mit denen Lefzenschlecker sie quälen würde, sobald ihr Werk erst richtig in Schwung gekommen war.

Zosia trank gern, rauchte ebenso gern, und am besten war es, wenn sie beides zusammen genießen konnte. Sobald Bang einen Eindruck von den Vorlieben ihres Schützlings hatte, gingen sie durch Linkenstern. Sie passierten die hohen, schiefen Kaldi-Häuser (hier gab es außerdem nur Haschisch und Saam) und die flatternden Seidenwände der Stechhäuser (Insekten, Spinnentiere und gelegentlich mal eine Entführung), bis sie in ihrer der Sattheit geschuldeten Trägheit endlich ein Langhaus fanden, das nach saurem Bier, saurem Schweiß und – der erhabenste Duft für Zosias Nase – bitterem Tubãq stank. Trotz der frühen Jahreszeit hatte man die Schiebewände aus Reispapier aufgeschoben, und der große Kamin in der Raummitte und das Dutzend kleiner Öfen, an denen die Gäste pafften, nahmen der Luft ihre Kühle. Man kaufte dem Betreiber billige Tonpfeifen ab. Das war ein dünner alter Herr aus dem fernen Vasarat, dessen langjährige Ergebenheit seiner braunen Geliebten gegenüber den schwieligen Lippen, verdreckten Zähnen sowie dem gelben Finger abzulesen war, mit dem er in der Nase herumstocherte wie in einem hartnäckigen Pfeifenkopf, der den Tabaksrest nicht preisgeben wollte.

Zosia, der zwar die Ausrüstung, aber nicht die erforderlichen Mittel zur Verfügung standen, drängte sich zur Theke und ließ das Bündel von den Schultern gleiten, während sie beinahe gegen einen krausköpfigen Barbaren stieß, der eine Jägerpfeife mit Porzellankopf in Brand hielt. Auf seinen Armen und dem Hals rangen geschlängelte indigoblaue Tätowierungen mit gezackten weißen Narben; sein Umhang aus Löwenfell stank nach feuchtem Schmutz und altem Blut, während seine Pfeife den süßlichen Gestank von Lavendel verbreitete. Einst hätte sie den Riesen zum Duell gefordert, weil er sein penetrantes Kraut in ihrer Riechweite qualmte. Einst – das war lange her. Sie stieß den breitkrempigen Hut in den Nacken, machte es sich auf einem Hocker bequem und knallte ihren kleinsten Geldbeutel auf die lackierte Theke.

»Hallo, geehrte Freundin«, sagte der Betreiber in einem Makellos, das noch schlimmer war als ihres.

»Euch auch«, erwiderte Zosia auf Scharlachrot, während sie die Schnallen ihres gewaltigen Rucksacks öffnete. Sie holte einen Beutel hervor, der kleiner und doch bedeutend kostbarer war als der Geldbeutel vor ihr, und entnahm ihm eine Pfeife im Seemannspfeifenstil, deren geringfügig gekrümmter, aus einem Geweih geschnitzter Holm die Länge ihrer Hand aufwies und deren glatter Bruyérekopf so leicht nach vorn geneigt war wie ein beschwipster Matrose, der am Mast lehnte. Unten aus dem

Kopf ragten zwei winzige Sporne, die es der Pfeife erlaubten, aufrecht auf der Theke zu stehen. »Die hier fülle ich mit Eurem feinsten Verginflake, meinen Becher mit Eurem dunkelsten Starkbier, dazu ein Zwergenglas Eures geschmeidigsten Roggenfeuers und ein Einzelzimmer. In dieser Reihenfolge.«

Es waren die Zwergengläser mit dem Roggenfeuer, die sie fertigmachten. Zuerst hielt Bang Becher für Becher und Glas für Glas mit; die hübsche Soldatin machte ihrem Regiment alle Ehre. Nach einem Blick auf Zosias Pfeife wandte sich die Unterhaltung sodann dem sicheren Fahrwasser des stürmischen Meers und der maritimen Kämpfe zu, von denen Zosia in ihrer Jugend mehr als genug erlebt hatte. Bang hatte offensichtlich Salzwasser in den Adern, und als die Nacht dem frühen Morgen wich, genoss Zosia die Gesellschaft der eifrigen jungen Närrin tatsächlich – das Mädchen schien es darauf abgesehen zu haben, in ein frühes Grab gespült zu werden, und es schien eine Schande zu sein, sie aufs Meer hinauszuschicken, ohne dass sie etwas mehr Sand unter die Nägel bekam.

»Ihr hättet früher etwas sagen sollen, es wäre leicht gewesen, eine Bettgefährtin zu organisieren«, sagte Bang, als sie vor der Zimmertür Zosias Arm auswich. »Ich könnte noch immer jemanden finden und raufschicken?«

»Nee, ich habe schon so lange nicht mehr dafür gezahlt, dass ich mich heute gar nicht mit der Etikette auskenne«, versuchte Zosia ihre Verlegenheit durch Prahlerei zu überspielen. So wie sie gewusst hatte, dass der letzte Roggenfeuer ein Fehler gewesen war, erkannte sie jetzt, dass sie die Situation völlig falsch eingeschätzt und Anständigkeit sowie ein paar unverfängliche Blicke mit mehr verwechselt hatte. »Ich bin nur freundlich, das ist alles.«

»Ich *fühle* mich geehrt«, sagte Bang. »Im Ernst. Gute Nacht, Freundin!«

»Klar«, erwiderte Zosia. »Nacht!«

Sie schloss hinter sich die Tür und warf Lefzenschlecker einen Blick zu. Er hatte den Papierschirm zur Seite geschoben und stützte sich mit den Vorderpfoten auf der Fensterbank ab, um in die dunkle Stadt zu blicken. Sosehr sie es auch verabscheute, ihr Zimmer mit ihm zu teilen, die Alternative bestand allein darin, ihn auf die Straßen von Linkenstern loszulassen.

Oder sie konnte ihm ein für alle Mal die Freiheit schenken – im Austausch für die Vergeltung an allen Verantwortlichen. Das würde die Last von ihren alten Schultern nehmen und sicherstellen, dass niemand seiner Schuld entkam. Sie würde keinen weiteren Schritt in Richtung der Makellosen Inseln machen müssen und es auch nicht nötig haben, ihre ohnehin schon schmale Erfolgschance auf hunderttausend Variablen zu setzen – hierherzukommen hatte sie bereits eine Jahreszeit gekostet, wie lange würde sie nun brauchen, um ihr Ziel zu erreichen? Warum nicht einfach das Ungeheuer tun lassen, was Ungeheuer nun mal am besten konnten?

»Im Leben nicht«, murmelte Zosia und legte sich auf die Matte. Frostfalle hatte behauptet, Teufel könnten nur mit den Schlafenden und den Toten sprechen, aber Zosia wusste es besser, als den Worten eines Hexers Glauben zu schenken. Sie hatte sich oft gefragt, ob einem die Höllenkreaturen nicht Gedanken in den Kopf pflanzen konnten, und zwar so unauffällig, dass man glaubte, von selbst auf die Idee gekommen zu sein. Das würde zweifellos erklären, wieso sie so oft in Betracht zog, Lefzenschlecker von der Leine zu lassen, obwohl er ihr Angebot, ihm die Freiheit zu geben, zuvor ausgeschlagen hatte.

Und warum sie versuchen sollte, die erste verfügbare Person flachzulegen, wo Leib doch noch nicht einmal ein halbes Jahr tot war. Sie erinnerte sich an das Blinzeln und den Klaps auf den Po, den er ihr gegeben hatte, bevor er das letzte Mal zur Kreuzung geritten war. Gerade noch rechtzeitig schaffte sie es zum Nachttopf. Als sie sich sicher war, ihre Innereien ausgekotzt zu haben, wischte sie sich den Mund ab und sah zu Lefzenschlecker hinüber, der sich unter dem Fenster zusammengerollt hatte und so tat, als würde er schlafen.

Wären doch die Teufel nur für unsere Schwächen verantwortlich, dachte sie, während sie zu ihrer Matte zurückkroch. Hätte sie doch nur jemand anderen, irgendetwas, *egal was*, für ihr Los verantwortlich machen können. Am Morgen würde sie viele aussichtsreiche Kandidaten finden, und Königin Indsorith von Samoth würde die Spitze der Liste einnehmen, aber wo sie jetzt in den grellen Schein der Schlaflosigkeit spähte, konnte sie sich nur tiefer in sich selbst und in ihre Verantwortung für den Tod Leibs und seines Dorfes vergraben.

»Mein Dorf«, flüsterte sie in die Dunkelheit hinein, »*mein* Dorf.« Aber richtig glauben konnte sie es eigentlich nicht.

KAPITEL 12

Gegen Ende des Frühlings holte Schwester Portolés' Verfehlung im Dorf Kypck sie endgültig ein.

Nachdem sie die Kavallerie ins Tal zurückgeführt und sich der Hauptstreitmacht des Fünfzehnten Regiments wieder angeschlossen hatte – Sir Hjortts verkohlte Leiche, die sie aus den Überresten des Bürgermeisterhauses geborgen hatte, war auf sein Pferd gebunden gewesen –, hatte Vater Eddison sie ausgepeitscht. Damit hatte sie schon gerechnet. Nachdem ihr klerikaler Vorgesetzter mit ihr fertig gewesen war, war sie erneut von dem stellvertretenden Oberst des Regiments ausgepeitscht worden, was sie ebenfalls sowohl erwartet als auch willkommen geheißen hatte. Dann hatte sie sich an jedem Neumond zur Buße selbst gepeitscht, aber sie hatte auch inbrünstig gebetet, dass keine gründlichere Untersuchung der Einzelheiten des unrühmlichen Todes dieses Adligen in einem abgelegenen Bergdorf stattfand. Doch anscheinend konnte kein junger Oberst mit Beziehungen verbrennen, während er unter dem Schutz einer Kriegsnonne stand, ohne dass eine genaue Untersuchung stattfand.

Die Vorladung kam eine Woche, nachdem sie endlich in ihre Zelle im Quadranten des zentralen Kettenhauses zurückgekehrt war, das in Diadem als die *Höhle* bekannt war. Die Gefallene Mutter durchschaute Schwester Portolés' Selbstsucht, und darum kam auch die Vorladung. Die Anathema las den Brief im Zwielicht ihrer Zelle und nickte beifällig. Das hatte sie verdient, so wie es Sir Hjortt verdient hatte, im Feuer zu sterben.

So wie Portolés über ihn geurteilt hatte, würde man nun auch über sie urteilen. Alles fügte sich. Nicht, weil es dafür einen Grund gab, denn die Gefallene Mutter stand weit über jeder Rechtfertigung, aber dennoch – alles fügte sich.

Schwester Portolés legte die Vorladung auf ihre Gebetsbank und bereitete sich darauf vor, den Scharlachroten Thronsaal von Diadem zu betreten. Ihre Waschung nahm den größten Teil des Tages in Anspruch, das gesamte Körperhaar wurde entfernt und gelegentlich auch ein Stück Haut, wenn die Rasierklinge auf Widerstand stieß. Besser etwas Fleisch zu verlieren, als eine Spur von dem zu hinterlassen, was sie vor diesem Tag gewesen war. Vor Ihre Gnaden zu treten hieß wiedergeboren zu werden, und welches Baby trat bereits in Fell gekleidet vor seine Mutter? Ein Baby, das nur den Scheiterhaufen wert war und nicht die Zitze.

Zu spät fiel ihr ein, Bruder Wan Bescheid zu geben; vielleicht hätte man ihn ja dazu überreden können, ein letztes Mal so wie früher mit ihr zu sündigen, aber das war der Gedanke von Portolés, Anathema und Sünderin. Darum schlug sich die bußfertige Nonne, die nackt in der Zelle kauerte, selbst ins Gesicht. Kräftig. Und noch einmal. Und jetzt wollte sie Bruder Wan erst recht sehen, also streckte sie die Zunge heraus und kniff hinein, grub die Finger in den Narbenwulst, der aufzeigte, wo die Kirche sie fast zu einem richtigen Menschen gemacht hatte, als sie nicht mehr als ein ganz kleines Ungeheuer gewesen war. Portolés konnte sich nicht mehr an den Geschmack des Windes und der Nacht erinnern, aber sie erinnerte sich noch gut an den von Blut und Hanf, während die päpstlichen Bader ihre gespaltene Zunge zusammengenäht hatten.

Es klopfte an ihrer Tür. Also war es so weit. Sie erhob sich und warf die schwarze Kutte zusammen mit der Vorladung über die stämmige Gestalt und stellte sich ihrem Schicksal. Aber statt der Eskorte zu ihrer Verurteilung war es ein weit willkommenerer Besucher.

»Oh, Portolés.« Bruder Wan musterte sie von der Schwelle aus. Der mit Löchern versehene Fleischknubbel, der sich dort befand, wo sich eigentlich Nase und Oberlippe hätten befinden sollen, wo sich früher einmal sein Schnabel befunden hatte, bebte vor Gefühlen. »Ich wäre ja gekommen, sobald ich von der Vorladung gehört hatte, aber dann dachte ich … du würdest vielleicht zu mir kommen wollen. Soll ich gehen? Ich gehe!«

»Versuchung«, knurrte Portolés. Wer hatte ihr dieses vorletzte Hindernis in den Weg gelegt, die Gefallene Mutter oder doch der Täuscher? Aber ihr war egal, was nun zutraf. Sie küsste ihren Kettenbruder direkt im Korridor der Höhle, bis ihre stumpfgefeilten Zähne gegen die Holzzähne stießen, die ihm die Kirche zur Verfügung gestellt hatte, dann zog sie ihn in ihre Zelle. Sie stolperten über ihre Gebetsbank, und zum vermutlich letzten Mal fuhren ihre Hände unter das Gewand des anderen. Nun stöhnten sie zwischen Küssen Gebete hervor, während sie einander gegenseitig zur verbotenen Wonne verhalfen.

Nur die Hände zu benutzen verriet nicht den Buchstaben des Gesetzes, das war richtig, aber wie ihr Bruder Wan stets zu sagen pflegte, wenn sie fertig waren und er seine Schwäche bereute, verstießen ihre Handlungen fraglos gegen seinen Geist. Eine geringfügige Sünde war trotzdem eine Sünde, womit er recht hatte. Aber das hatte Portolés nur zu dem Gegenargument veranlasst, dies sei erst recht ein Grund, die größere Untat zu vollziehen, nach der ihre Körper gierten. Alles fügt sich, pflegte sie in der schwülen Dunkelheit zu raunen, aber er brachte sie immer zum Schweigen, bevor sie sie beide verdammen konnte.

Als sie zusammen in der *Höhle* aufgewachsen waren, war er für Portolés immer ein Vorbild gewesen, dem sie nacheiferte, und seine Fähigkeit, ihr Herz besser zu kennen, als sie es selbst tat, hatte sie zweifellos vor vielen ernsthafteren Sünden bewahrt. Seit er vor mehreren Jahren Attaché von Kardinal Diamont geworden war, war seine Frömmigkeit in so luftige Höhen gestiegen, dass er jeden ihrer Vorschläge, ihre diskreten Treffen wieder aufzunehmen, energisch zurückgewiesen hatte. Dass er nun ein letztes Mal zu ihr gekommen war, erfüllte Portolés mit der kribbelnden Ekstase, die sie immer nur durch das Begehen einer weiteren Sünde zu erzielen schien. Was sagte es über sie aus, dass sie es jetzt, wo Wan bedeutend heiliger war, wesentlich aufregender fand, ihm einen runterzuholen?

»Was ist dort *geschehen*?«, flüsterte Wan, als sie danach nebeneinanderlagen und Portolés ihre Finger sauber leckte. »Die Schreiber erzählen alle möglichen schrecklichen Dinge, und Kardinal Diamont …«

»Bete für mich, Bruder«, sagte Schwester Portolés, küsste ihren Mitanathema auf die Wange und glättete ihre Kutte. Sie musste jetzt gehen, oder sie würde ihm alles erzählen. Und er bedeutete ihr zu viel, um ihm noch mehr von ihren Sünden aufzubürden. »Das haben wir immer danach getan.«

Sie schenkte Bruder Wan ein letztes, trauriges Lächeln und brach auf, um vor ihre Königin zu treten – und vor ihre Päpstin, die noch heiliger war.

Schwester Portolés war nur einmal im Juwel des Diadems gewesen, da hatte ihre Oberin sie zu ihrer Einberufung zum imperialen Militär gerufen. Bei dieser Gelegenheit war sie zusammen mit eintausend weiteren Novizen auf dem Paradeplatz auf der untersten Ebene gewesen. Jetzt schritt sie die gewundenen Stufen, die man in den versteinerten Kadaver des toten Vulkans geschnitten hatte, der Diadem beherbergte, allein hinauf – ganz allein, wie es alle Sterblichen in den Augen der Allmächtigen Oberin sind. Stieg von der Stadt, die unten lag, zum Schloss hinauf. Es wäre auch schon eine beängstigende Reise gewesen, wäre sie nur vor ihre Päpstin getreten, aber das Wissen, dass auch die Scharlachrote Königin anwesend sein würde, erfüllte Portolés mit Entsetzen.

Es war nicht allein Königin Indsoriths Ruf, grausam zu sein, der Portolés ängstigte; die Nervosität wurde von der Unsicherheit erzeugt, nicht genau zu wissen, wie fest der Boden unter ihren Füßen sein mochte, nachdem er nach der letzten politischen Erschütterung wieder zur Ruhe gekommen war. Den größten Teil ihres Lebens hatte man Portolés beigebracht, dass Königin Indsorith in den Augen der Gefallenen Mutter direkt hinter Papst Shanatu kam, und nach dem Gebet an den Schwarzen Papst richtete jeder Novize das Gebet an die Scharlachrote Königin und ihr königliches Schloss in der alten Hauptstadt des Schlangenkreises.

Aber dann hatte die Schwarze Kette Königin Indsorith zur Verräterin an der Gefallenen Mutter erklärt, und in dem darauf folgenden Bürgerkrieg hatte Portolés gegen die Streitkräfte einer Frau gekämpft, die sie einst angebetet hatte … nur damit Papst Shanatu einen Waffenstillstand verkündete, die Königin im Rat von Diadem wieder in alle Ehren einsetzte und dann sofort von seinem Amt zurücktrat, während seine Nichte seine Nachfolgerin als Schwarze Päpstin wurde. Und als wären die Dinge nicht längst schon turbulent genug gewesen, hatte Königin Indsorith nach der Versöhnung den Hof zurück nach Diadem verlegt und herrschte nun zum ersten Mal seit fast zwanzig Jahren vom Scharlachroten Thronsaal aus. Die alte Königin und die neue Päpstin leiteten ihre Einflusssphären aus demselben Gemach. Portolés hatte bei der Schlacht von Brockie Imperiale getötet, nur um wenige Monate später als die persönliche Leibwächterin eines ihrer Obersten zu dienen … eine Position, für die sie sich als beklagenswert ungeeignet erwiesen hatte.

Kein Wunder, dass eine unbedeutende Anathema bereits vor dem Vorfall in Kypck – wie es die Vorladung genannt hatte – mit ihrem Glauben gerungen hatte. Wie jeder andere aus ihrer monströsen Brut war Portolés zur Sünde geboren, und nur die Intervention der Schwarzen Kette hatte ihr schwarzes Herz mit Tugend erfüllt. Sie konnte nicht begreifen, wie jemand, selbst die Scharlachrote Königin, im einen Jahr von der Kirche exkommuniziert werden konnte, nur um dann für genauso göttlich wie der Schwarze Papst erklärt zu werden, nachdem der Krieg für die Kette schlecht verlaufen war. Bruder Wan hatte sie streng ermahnt, keine Fragen zu stellen, die jenseits ihres Verstandes liegen könnten, aber Schwester Portolés konnte nichts daran ändern. Sie wollte, dass die Welt wieder einen Sinn ergab, so wie es in ihrer Jugend gewesen war. Bedauerlicherweise verlor sie den Krieg, den sie mit ihrer eigenen teuflischen Natur ausfocht, und jetzt, da sie Oberst Hjortt im Grunde genommen ermordet hatte, war sie nicht mehr zu retten. Die beiden heiligsten Frauen der Welt würden sie sofort durchschauen, und sie wusste, dass sie niemals in die *Höhle* zurückkehren würde, das einzige Zuhause, das sie je gekannt hatte.

Nachdem man sie durch ein Dutzend Tore von sich ständig verringernder Breite und sich ständig vergrößernder Wachmannschaft geschleust hatte, überreichte man ihr eine schwarze Kerze von der Dicke ihres Handgelenks. Mithilfe eines blinden Offizianten zerschmolz sie das untere Ende über ihrem rasierten Schädel, bis die Kerze dort befestigt werden konnte. Erst als sie tatsächlich fest mit ihrer verbrannten Kopfhaut verschmolzen war, erlaubte man ihr, die nicht erleuchteten Korridore von Schloss Diadem weiter emporzusteigen. Ihr Schritt war quälend langsam, damit die Flamme nicht erlosch. Von jedem Torbogen und Sims starrten Gargoylen auf sie herab, und die sich mit ihren Tränen vermischenden Wachstropfen hinterließen eine Spur, die sie wieder hinausführen würde, falls sie nach der Audienz denn überhaupt gehen durfte. Der Wille der Gefallenen Mutter eröffnete ihr den Weg, kanalisiert durch das reine Herz der Schwarzen Päpstin, die zusammen mit der Scharlachroten Königin wartete …

Jedenfalls hatte dies die Vorladung behauptet, aber Portolés wurde lediglich von dem phosphoreszierendem Schleim auf den Bodenfliesen geleitet, der sie immer weiter nach oben brachte. Vielleicht wusste man ja, dass ihre Sünde so groß war und sie darum die Berührung des Göttlichen nicht länger wahrnehmen konnte. Darum hatte man wohl für eine andere Möglichkeit gesorgt, den Weg zu finden.

Eine Stunde verging, vielleicht auch zwei, eine Treppe nach der anderen, Rampe um Rampe.

Alles fügte sich, trotzdem hatte Schwester Portolés zu kämpfen. Der Nachhall von Bruder Wans Fingern zwischen ihren Beinen erschien ihr nun kalt, und sie hätte ihre Schwäche verflucht, hätte sie ihren Atem nicht dazu gebraucht, ihre Hymne mit einer vernünftigen Lautstärke zu singen. Es stand den Unreinen nicht zu, über andere zu urteilen, ausschließlich über sich selbst – wie oft hatte Äbtissin Cradofil sie das wiederholen lassen? Und trotzdem hatte Schwester Portolés über Sir Hjortt geurteilt, und jetzt würde man über sie urteilen. Die Gefallene Mutter liebte sie, und eine vom Krieg zermürbte Schwester sollte mit hoch erhobenem Kopf gehen, selbst eine Anathema. Aber das auf Nase und Wangen tropfende Wachs machte ihre Schande öffentlich. Jeder Mut, den sie in ihrer Zelle verspürt hatte, war hier in diesem Haus, das die Allmächtige Mutter für ihre Hierophanten geschaffen hatte, verflogen.

Sobald Schwester Portolés die Vorzimmer des Thronsaals erreicht hatte, verbesserte sich zwar die Beleuchtung, doch ihre Stimmung blieb finster. Kronleuchter tauchten einen vornehmen alten Mann in ihr Licht, der in das hellgrüne Ornat von Cockspar gekleidet war. Er wartete auf einer Bank, und Äbtissin Cradofil saß neben ihm. Beide standen auf, als Schwester Portolés durch den letzten schattenverhüllten Korridor schlurfte. Keiner von beiden schien erfreut, sie zu sehen.

»Schwester Portolés«, sagte Äbtissin Cradofil, deren Lippen so glitschig und angeschwollen wie zwei Kaulquappen waren. »Ich stelle dir Baron Domingo Hjortt von Azgaroth vor, den Fünfzehnten Oberst des Scharlachroten Imperiums im Ruhestand.«

»Herr.« Schwester Portolés verneigte sich, so gut es ging, ohne ihre Kerze einem Risiko auszusetzen. Wachs strömte zwar über ihr Auge, doch sie gab keinen Laut von sich. Der alte Gockel sah genauso aufgeblasen aus wie sein gegrilltes Küken.

»Bringen wir das hinter uns«, sagte Baron Hjortt zu Äbtissin Cradofil. »Ich habe kein Verlangen, mit dieser Kreatur zu sprechen.«

»Aber vielleicht hat Schwester Portolés Euch etwas von Eurem Sohn auszurichten«, meinte die Äbtissin, deren tote Augen Schwester Portolés in ihre Einzelteile zu zerlegen schienen. »Oder etwa nicht?«

»Ich beklage den Tod von Sir Hjortt«, sagte Portolés, aber bevor sie sich zusammenreißen konnte, strömten die Worte wie von selbst aus ihrem Mund. »Ich glaube, Ihr hättet bestimmt gewollt, dass er als Held stirbt und nicht als Feigling. Möge ihm die Allmutter vergeben.«

Nun, das war die Wahrheit, aber der entsetzte Gesichtsausdruck des Adligen bestätigte, dass er keineswegs für eine solche Einsicht in die letzten Augenblicke von Sir Efrain Hjortt in die Hauptstadt des Imperiums gekommen war. Äbtissin Cradofils schleimiger Mund wurde verkniffen, und Schwester Portolés entschuldigte sich stumm für das Ungestüm ihrer von Teufeln besessenen Zunge. Vielleicht wäre es besser gewesen, man hätte sie ihr ganz entfernt, so wie es die Äbtissin immer gesagt hatte.

»Ich sehe dich brennen, bevor der nächste Mond aufgeht«, knurrte Baron Hjortt, und Portolés ging davon aus, dass er recht hatte. Sie erinnerte sich an den Ausdruck im Gesicht seines Sohnes, als sie sich nicht auf die brennende Terrasse gewagt hatte, um ihn zu retten, an den Hass und die Furcht und die Verwirrung. Die Familienähnlichkeit war unverkennbar. Sie fragte sich, ob sie wohl aufrechter sterben würde. Etwas Schlimmeres war eigentlich nicht möglich.

»So dankst du mir also, was ich alles für dich getan habe«, murmelte Äbtissin Cradofil, während sie Schwester Portolés durch die große weiße Eichenholztür drängte. Hier standen keine Wächter. Die Königin hatte befohlen, jeder Attentäter solle die gleiche Chance auf den Thron haben wie früher einmal sie selbst. In den zwanzig Jahren ihrer Herrschaft hatten siebenundvierzig Anwärter dieses letzte Portal überwunden, und auf dem Torbogen reihten sich sechsundvierzig Totenschädel aneinander und starrten höhnisch auf den Adligen, die Äbtissin und die Anathema herab. Der eine fehlende Schädel gehörte angeblich einem Mann, der den Tod durch die Klinge der Königin nicht wert gewesen war, einem Taugenichts, den man herausgeworfen hatte, damit er sich eine passende Gruft unter den aasfressenden Teufeln des Sterns suchen konnte. »Die Gefallene Mutter steh mir bei, Portolés, wenn du so frei vor unserer Päpstin sprichst, breche ich dir selbst das Genick.«

»Ich preise Eure Gnade, Oberin, aber das akzeptiere ich nicht«, hörte sich Portolés antworten und staunte darüber, dass sie anscheinend nun schon reflexartig sündigte. Hatte das Teufelswerk, das sie ihr ganzes Leben lang bekämpft hatte, seine Fesseln abgeschüttelt, nachdem sie Sir Hjortt hatte sterben lassen? Wiegelte die Verdorbenheit des Täuschers diese Meuterei in ihrer Brust auf? Hätte sie doch nur jemand anderen dafür verantwortlich machen können – aber tief in ihrer Seele wusste Portolés, dass ihre Liebe zur Sünde nichts Neues war, dass – so hart sie auch gegen ihre niederträchtige Natur gekämpft hatte – ihr Verfehlungen mehr Beistand leisteten, als es Gehorsam je geschafft hatte.

Der Scharlachrote Thronsaal war in den Rand des erloschenen Vulkans gebaut worden. Der dachlose Halbmond aus poliertem rotem Feuerglas endete an einer Kante, die zweitausend Fuß in die Tiefe abstürzte – zu den Giebeln und Kuppeln der unter dem Schloss errichteten Stadt. In Liedern verkündete man, dass die Sterne hier heißer als sonst wo auf der ganzen Welt loderten, selbst bei Vollmond wie in dieser Nacht, und außer Schwester Portolés' Kerze störte kein irdisches Licht den

Raum. Aber vermutlich wäre der Raum so hell wie die ersten Strahlen der Morgendämmerung erschienen, hätte sie über Augen verfügt, die von der Sünde unbefleckt geblieben waren.

Die Königin von Samoth, Hüterin des Scharlachroten Imperiums, räkelte sich auf einem prachtvoll geschnitzten Thron aus rotem Feuerglas, der aus dem Obsidianboden in die Höhe schoss; die fließenden Linien und steilen Wirbel des Sitzes schienen Ihre Majestät auf einer Blutfontäne schweben zu lassen. Die Schwarze Päpstin, Hirtin der Verlorenen, saß steif neben ihrer Königin auf einem kleineren, bescheideneren Onyxthron, der mit Intarsien aus dicken silbernen Ketten versehen war. Hinter den drei Besuchern schlugen die Flügeltüren ins Schloss, und Schwester Portolés' Kerze erlosch. Drei Paar Knie landeten auf dem Steinboden, drei Köpfe verneigten sich tief.

»Euer Majestät und Euer Gnaden«, begann Äbtissin Cradofil. »Ich präsentiere euch diesen ehrenwerten Pilger, Sir Domingo Hjortt, Baron von Azgaroth, Fünfzehnter Oberst des Scharlachroten Imperiums im Ruhestand, sowie die Schwester, die ihr sehen wolltet, eine Anathema, die wir rehabilitierten und der wir den Namen Portolés verliehen, nach dem heiligen …«

»Rehabilitiert, sagt Ihr?«, ertönte eine überraschend hohe Stimme, und Schwester Portolés spähte mit einem Auge verstohlen in die Höhe, weil das andere von dem Wachs verklebt war, das sie nicht wegzuwischen wagte. Sie wollte sehen, ob da ihre Königin oder ihre Päpstin sprach. Es war Päpstin Y'Homa III., die Stimme der Allmutter, die hoch aufgerichtet dort saß und deren kegelförmiger Hut beinahe so hoch wie die gezackte Karneolkrone der sitzenden Königin war, wenn auch nicht ganz. »Diese von einem Teufel in die Welt gesetzte Hexe hatte *einen* Zweck in dem Leben, das wir für sie erschufen, und Ihr wagt zu behaupten, dass sie reformiert ist, nach allem, was ihrem Schützling zugestoßen ist? Kein Wunder, dass mir meine

Kardinäle raten, die *Höhle* zu schleifen und Eurem verblendetem Vorhaben ein Ende zu machen.«

»Euer Gnaden, eine einzige Missetäterin …«

»Ich habe Euch nicht zu einer theologischen Debatte hergerufen.« Das bleiche höhnische Grinsen der Schwarzen Päpstin stach durch Schwester Portolés' Kutte und traf eine tief in ihrer Brust verborgene Empfindsamkeit, von deren Existenz sie nichts geahnt hatte. Freimütig gab sie zu, eine Sünderin zu sein, und erflehte eine Bestrafung, aber hören zu müssen, dass ihre Taten möglicherweise auf alle ihre zur Verdammnis verurteilten Geschwister abfärbte, war Gift für ihre Nerven, eine Fackel, die ihre Seele selbst versengte. »Ihr habt mir und meinem Onkel vor mir versichert, dass ein Anathema nur einem einzigen Zweck diene: sich zwischen die Gefahr und die Rechtschaffenen zu werfen. Als Schild zu dienen, ganz gleich, wie beschmutzt er auch sein mag. Die Reinen zu beschützen. Und doch haben wir hier ein Ungeheuer, das es wagt, nicht mit dem lebenden Reingeborenen zurückzukehren, dem es zu dienen geschworen hatte, sondern mit seinen verkohlten Knochen! Und wäre eine solche Travestie nicht schon Verbrechen genug, trägt es auch noch das Gewand, das ich ihm gab, und verhöhnt dieses Amt. Und Ihr wollt mich über den Unterschied zwischen einem einzigen Wesen … und einer Legion belehren?«

»Euer Gnaden, ich wollte niemals andeuten …«, begann Äbtissin Cradofil, wurde aber von der Päpstin zum Schweigen gebracht.

»Ich kenne den Unterschied zwischen einem einzigen Teufel und einer ganzen Armee von ihnen allzu gut, Cradofil – Letztere genießen zur Zeit jede Bequemlichkeit Diadems, während überall auf dem Stern die gläubigen Reingeborenen hungern und frieren müssen. Und das einzelne Wesen hat in unserer Königin einen solchen Abscheu entfacht, dass es hergebracht wurde, um den heiligsten Raum des ganzen Imperiums zu beschmutzen, während wir über die Bestrafung beraten.«

Die Worte rissen viel tiefere Striemen in Schwester Portolés, als es die selbst beigebrachten Peitschenhiebe je vermocht hätten. Stumm weinte sie. Der Zweifel war ihr Teufel, der sie ständig lockte, und sie hatte die Bestie so eifrig wie ein ungehorsames Kind gefüttert, das einem verbotenen Haustier die Reste vom Teller fütterte. Sie hatte an Sir Hjortt gezweifelt, und dieser Zweifel hatte das Gefühl in ihr entfacht, sich zu beschmutzen, während sie den Befehl erteilte, das Dorf auszulöschen. Und sie war sich noch beschmutzter vorgekommen, als sie die fünf Kavalleristen, die sich dem Willen ihres Oberst widersetzt hatten, persönlich hingerichtet hatte. Nach dem Massaker war es wieder ihr Zweifel gewesen, der sie beim Bürgermeisterhaus am Rand der Flammen hatte verharren lassen, und es hatte sich gut und gerecht angefühlt, dabei zuzusehen, wie Hjortt bei lebendigem Leib für das verbrannte, was er Portolés und der Fünfzehnten Kavallerie zu tun befohlen hatte …

Seit Kypck hatte sie sich selbst etwas vorgemacht, sich eingeredet, dass die Hinrichtung der Dorfbewohner das wahre Verbrechen und Hjortt der wahre Kriminelle gewesen war und sie als der rächende Engel der Gefallenen Mutter gehandelt hatte. Aber jetzt erkannte sie, wie verblendet sie doch gewesen war. Ihre angeborene Verderbtheit hatte die Wahrheit schon immer pervertiert, die Sünde schmeckte am süßesten auf ihrer Zunge, Rechtschaffenheit aber nur nach Asche und Lauge. Darum hatte sie ihn auch sterben lassen, und darum hatte sie auch niemandem erzählt, was an diesem Tag tatsächlich geschehen war. Bei jeder Beichte nach dem Vorfall hatte sie seinen Tod nicht als das Resultat ihrer Tatenlosigkeit dargestellt, sondern als den unergründlichen Willen der Gefallenen Mutter. Sie hatte sich sogar beinahe selbst davon überzeugt, dass das nicht als Lüge gelten konnte. Aber natürlich tat es das doch, und natürlich war die einzige an diesem Tag begangene Sünde ihre Weigerung, dem reingeborenen Oberst die Hilfe zu gewähren, die er brauchte.

Sie erinnerte sich wieder daran, wie sich Sir Hjortt auf dem Stuhl aufbäumte, an den man ihn gefesselt hatte, während die Terrasse des Bürgermeisterhauses um ihn herum in Flammen aufging, wie er ihr Beleidigungen, Versprechungen und Stoßgebete entgegenschleuderte, während sie einfach dabei zusah, wie er briet. Aus dem Augenwinkel sah sie, wie Baron Hjortt vor stummem Gelächter oder kaum unterdrückten Gefühlen über das Urteil erbebte, das die Päpstin über Portolés' gefällt hatte, und sie hätte dem trauernden Vater eine Entschuldigung zugeflüstert, hätte sie nicht befürchten müssen, ihr werde stattdessen ein Aufschrei entfahren.

»Das ist alles etwas dick aufgetragen, nicht wahr?«

Schwester Portolés' Herz blieb stehen, ein zur Hälfte geborenes Schluchzen erstarrte in ihrer Kehle. Die Königin hatte gesprochen. Doch sie klang müde, ihre nackten Füße baumelten noch immer vom Rand des Throns, auf dem sie sich räkelte.

»Schwester Portolés, ich frage mich, ob wir aus deinem Mund hören könnten, was sich in Kypck zutrug und wie Baron Hjortts Sohn dort sein Ende fand.« Königin Indsorith funkelte im himmlischen Licht … oder sah zumindest durch die Linse von Schwester Portolés' Tränen so aus. »Meine Befrager haben Dutzende Kavalleristen des verstorbenen Generals befragt, also habe ich eine gewisse Abfolge der Ereignisse rekonstruieren können, aber ich möchte, dass du uns mit deinem Bericht erleuchtest. Mutter Cradofil hat uns zwar in groben Zügen über deine letzte Beichte unterrichtet, aber ich bin an einer ausführlicheren Darstellung interessiert.«

Schwester Portolés schluckte und zwang ihre giftige Zunge durch reine Willenskraft das zu tun, was ihre Königin verlangte. Schließlich schaffte sie es hervorzustoßen: »Wenn es Ihrer Gnaden gefällt?«

»Hier in meinem Thronsaal, meiner Hauptstadt, meiner Provinz und meinem Imperium ist es nicht von Bedeutung, ob es Y'Homa gefällt oder nicht.« Königin Indsorith schmiegte sich noch mehr an die ebenholzschwarzen Seewolffelle, die ihren Thron polsterten. »Welche Stellung du vor deinem Eintritt in den Dienst der Imperiumsarmee auch immer bekleidet haben magst, du wirst mir gehorchen. Es sei denn, du widersprichst mir?«

Portolés war sich nicht sicher, ob die letzten Worte an sie oder die Päpstin gerichtet waren, aber da Päpstin Y'Homa keinen Widerspruch einlegte, fasste sie sich, begann mit ihrer Beichte und ließ keine Einzelheit ihres Versagens aus. Diesmal würde sie die ganze Wahrheit enthüllen. Und das tat sie auch: Sie sprach von ihrer Anmaßung und ihrem respektlosen Tonfall, ihrem Zögern, die Befehle ihres Obersten auszuführen, ihren Schuldgefühlen und dem Selbsthass, als sie die Köpfe der Soldaten einschlug, die bei dem Töten nicht hatten mitmachen wollen. Und schließlich von ihren ursprünglichen Zweifeln daran, ob es rechtschaffen war, die Dorfbewohner überhaupt niederzumachen. Als sie sich jedoch dem Höhepunkt näherte, wie sie aus dem zerstörten Dorf kam und das Haus der Bürgermeisterin in Flammen vorfand und der gefangene Sir Hjortt um Hilfe flehte, ihr Herz für seine Bitten aber taub blieb, da unterbrach die Königin sie.

»Und bei deiner Rückkehr stand das Haus des Bürgermeisters bereits in Flammen und Sir Hjortt ebenfalls. So habe ich das von den Männern gehört, die sich unter dem Kommando von Sir Hjortt befanden und denen du das zuvor gebeichtet hast. Erleuchtet mich doch bitte, Euer Gnaden, was genau bei Schwester Portolés' treuer Ausführung der von Sir Hjortt gegebenen Befehle sich als Aufruhr oder gar« – die Königin keuchte dramatisch auf – »als Teufelswerk qualifiziert?«

Niemand im Scharlachroten Thronsaal sprach ein Wort, dann räusperte sich Baron Hjortt. Als keiner reagierte, versuchte er es erneut, und diesmal fauchte ihn die Königin an. »Was habt Ihr für Euren närrischen Sohn zu sagen, Baron? Bevor ich Euch die Erlaubnis gab, Euer Kommando an Euren

Jungen weiterzugeben, machtet Ihr immer den Eindruck eines würdigen Oberst auf mich, der sich gut im Scharlachroten Kodex auskennt. Ich gehe davon aus, dass Ihr ihm beigebracht habt, wie man meine Kriegsgesetze aufrechterhält. Oder tatet Ihr das nicht?«

Baron Hjortt fehlten offensichtlich die Worte. Die Königin fuhr fort und beugte sich schließlich auf ihrem Thron nach vorn, während sie den im Ruhestand befindlichen Oberst zurechtwies.

»Jeder in meiner Armee – vom Sklaven bis zum Oberst – weiß es besser, als auch nur eine einzige Hütte ohne meinen ausdrücklichen Befehl zu brandschatzen, ganz zu schweigen von einem ganzen Dorf, also was könnte den lieben verstorbenen Sir Hjortt dazu getrieben haben, eine solche Gräueltat zu begehen? Habt Ihr ihn aus Versehen in den Gepflogenheiten der Barbaren unterrichtet statt in denen des Imperiums? Als Ihr ihm Euren Befehl übergabt, habt Ihr da vergessen, die Gebote seiner Königin zu erwähnen, Gesetze, die schon alt gewesen sind, bevor er zur Welt kam?«

»Euer Majestät!«, stieß Baron Hjortt schließlich hervor, dann versuchte er sichtlich Zeit zu erkaufen, indem er wiederholte: »Euer Majestät!«

»Vielleicht hat ihn diese Kreatur ja mit einem Bann belegt«, meinte Päpstin Y'Homa und warf Schwester Portolés einen finsteren Blick zu. »Das würde mit Sicherheit erklären, wie eine *alte Vettel* – so wortgewandt hat sich die Anathema ausgedrückt – sowohl einen erfahrenen Kriegsmönch als auch einen Ritter von Azgaroth ermorden konnte. Das wäre in der Tat ein netter Trick gewesen, Oberst Hjortt erst eine so böse Tat begehen zu lassen und sich dann – nachdem das Verbrechen vollbracht war – seiner Person und ihres Kettenbruders zu entledigen.«

»Nein!« Schwester Portolés überraschte sogar sich selbst mit diesem Ausbruch. »Niemals! Ich … ich bin nicht rein, ich war *niemals* rein, das ist wahr … Aber ich bemühe mich immerhin, so gut zu sein, wie es mir die Allmutter erlaubt! Ich bin keine Hexe und auch keine Verschwörerin – ich stehe loyal zu Euch! Zu Euch, meiner Päpstin! Zu Euch, meiner Königin!«

»Du verhältst dich zu uns beiden loyal?«, fragte die Königin. Sie tauschte mit der Päpstin ein seltsames Lächeln aus, was Schwester Portolés über ihre eigene Dummheit erröten ließ. »Sagt mir, Euer Gnaden, glaubt Ihr tatsächlich, dass diese Jammergestalt die Wahrheit sagt, oder glaubt Ihr noch immer, dass sich der Rost der Sündhaftigkeit so tief in die Kette gefressen hat, dass selbst die heiligen Soldaten, die Ihr meinem Dienst überstellt, davon betroffen sind?«

Der Wind frischte auf, brüllte über den hohen Rand des Vulkans hinweg und blies die langen kastanienbraunen Haare der Königin in ihr hochmütiges Gesicht. Wieder sagte eine Weile niemand etwas. Die beiden Frauen starrten einander an, dann warf die Päpstin die Hände in die Höhe. Es war eine seltsam trotzige Geste, und zum ersten Mal wurde sich Schwester Portolés ernsthaft dessen bewusst, dass die Stimme der Gefallenen Mutter Jahrzehnte jünger als die Königin war. Wenn überhaupt, war die Päpstin sechzehn Jahre alt.

»Ich überlasse ihr Schicksal Euren fähigen Händen, Euer Majestät.« Die Schwarze Päpstin stand von ihrem Thron auf. »Ich muss nun gehen und mich mit der Äbtissin und meinen Kardinälen beraten, aber wie immer sind wir – Ihr und ich – uns einig, was das Urteil angeht.«

»Wie immer«, erwiderte die Königin und ließ sich wieder in ihren hohen Sitz zurücksacken. »Nehmt den alten Mann mit, bevor ich entscheide, dass das ausgesprochen schlechte Urteilsvermögen seines Sohnes einer schlechten Erziehung zu schulden ist. Seid versichert, Baron, wäre Schwester Portolés rechtzeitig zurückgekehrt, um Euren Sprössling zu retten, ich ließe ihn noch in dieser Minute auf dem Platz von Diadem auspeitschen. Seine Handlungen haben bereits unsere Beziehungen mit einem Dutzend entlegener Provinzen vergiftet. Ich lasse nicht zu, dass das Imperium erneut in die wilde Grausamkeit vergangener Tage zurückfällt. Ich hätte Euch niemals in den Ruhestand gehen lassen, hätte ich geahnt, dass Euer Sohn sich als eine derart traurige Imitation seines Vaters erweist.«

»Euer Majestät«, schaffte es der Baron ein drittes Mal auszustoßen, dann zog er sich aber wieder schnell rückwärts zu dem Säulengang zurück, während die Päpstin näher kam.

Äbtissin Cradofil blieb knien, bis Y'Homa vor ihr stand und die mit schwarzen Ringen übersäte Hand ausstreckte, damit die Oberin sie küssen konnte. Zu Schwester Portolés' Verblüffung und Entzücken hielt die Päpstin ihre Hand dann auch der knienden Anathema hin. Sie küsste den Ring mit mehr Liebe und Zärtlichkeit, als sie Bruder Wan jemals geküsst hatte, dann schritt die Schwarze Päpstin aus dem Saal. Baron Hjortt stolperte hinter ihr her, und Äbtissin Cradofil eilte ihnen nach.

Quietschend schloss sich hinter ihnen die Tür und ließ Schwester Portolés mit ihrer Königin im Scharlachroten Thronsaal allein zurück, und nur die Sterne, der Mond und der kalte Wind wurden Zeuge von dem, was nun geschah.

KAPITEL 13

Von Linkenstern war es eine lange und holperige Kutschfahrt bis zur Küste. Als sie schließlich das Ende der nordwestlichen Halbinsel erreicht hatten, folgte erst der schlimmste Teil der Reise. Zosia, Lefzenschlecker und Bang mussten sich in eine Rikscha quetschen und wurden meilenweit über die übelkeiterregend hohen Plankenwege gezogen, die die naheste der Makellosen Inseln mit dem Festland verbanden. Als ihnen die Holzstraßen ausgingen, mieteten sie ein Boot, und schließlich lieferte Bang Zosia auf Hwabun ab, der letzten Insel vor dem Heimgesuchten Meer und Familiensitz des alten Verbündeten Kang-ho.

Kleiner und höher als seine Nachbarn, ähnelte Hwabun in der Tat dem Blumentopf, nach dem es benannt war. Graue, von Pink durchzogene Steinklippen stiegen Hunderte Fuß über die Wellen, bevor sie in ein Plateau mit üppiger Vegetation übergingen. Bang steuerte das kleine Boot direkt auf die Insel zu, und erst als sie sich schnell den Felsen näherten, entdeckte Zosia die Höhle, die Hwabuns bescheidenen Hafen beherbergte. Im Licht eines gewaltigen Tranleuchters, der an der Decke der unterirdischen Bucht hing, manövrierte Bang das Boot zu den Docks, wo bereits ein Dutzend Fahrzeuge von verschiedener Größe und Bauart festgemacht waren.

Eine alte Frau im weißen Gewand half ihnen beim Anlegen, und nach einem schnellen Wortwechsel auf Makellos führte die Hafenmeisterin sie zunächst die Anlegestelle entlang und dann eine breite Treppe an der Höhlenwand hinauf. Sie passierten einen Tunnel und betraten einen Pavillon, wo sie ein weiterer Diener in Weiß in Begleitung zweier Wächter begrüßte. Alle Bediensteten trugen das gleiche helle Weiß wie die Hafenmeisterin. Zosia konnte sich nicht erinnern, ob Weiß bei den Makellosen die offizielle Farbe der Trauer, des Todes oder der öffentlichen Schande war, aber keine dieser Möglichkeiten versprach etwas Gutes. Man führte sie auf einen schwarzen Kiespfad hinaus und brachte sie durch die Gärten zum Haupthaus.

Kang-ho hatte viel erreicht – er hatte Zosia ausführlich von dem traurigen Zustand erzählt, in dem sich das Anwesen seiner Vorfahren bei seinem Aufbruch befunden hatte, und von den Verbesserungen, die er durchführen wollte, sollte er jemals zurückkehren. Wie die meisten unterwegs gesehenen neueren Gebäude der Makellosen verschmolz das Haus traditionelle Inselarchitektur mit fremden Bauweisen. Im Gegensatz zu vielen anderen dieser Versuche wirkte im Schloss die Mischung aus gotischem Scharlachrot, klassischem Makellos und modernem Raniputri stimmig … auch wenn die Zwiebeltürme aus Usba auf den Außengebäuden möglicherweise etwas zu viel waren. Wenigstens entsprachen die Windspiele dem Ugrakari der alten Schule und sangen in der Seeluft süße Lieder über kommende bessere Tage.

Zwei Diener schoben die massiven Bambusschiebetüren des Eingangs auf, und ein stämmiger Mann in einem gestärkten weißen Mantel eilte die breiten Walnussstufen hinunter, um Zosia, Bang und Lefzenschlecker abzufangen. Dann – ein weiterer Stakkatoaustausch auf Makellos, während Zosia Bang ihren Decknamen »Moor Clell« nicht weniger als dreimal sagen hörte. Der Mann musste Hwabuns Haushofmeister sein, um sich bei Gästen einen so herablassenden Tonfall erlauben zu können. Der Haushofmeister deutete energisch auf Zosia, die sich nach einem Blick auf ihre abgerissene Kleidung eingestand, dass es eine gute Idee gewesen wäre, während der Fahrt passendere Kleidung zu kaufen, statt ihre ganze Freizeit damit zu verbringen, sich wieder mit getorftem Reiswein, seltenen Tubãqmischungen und scharf eingelegtem Kohl bekannt zu machen. Der Haushofmeister fuhr auf dem Absatz herum, wobei sein Umhang Bangs Kinn traf, und eilte wieder hinein.

»Das hätte besser laufen können«, bemerkte Bang. »Aber ich glaube, er wird Eure Bitte Meister Jun-hwans Gemahl überbringen. Ihr habt wirklich Glück, dass ich die Familiennamen so weit draußen kenne; die meisten Makellosen scheinen heutzutage der Ansicht zu sein, dass die Inseln bei Othean enden.«

»Für mich war er immer nur Kang-ho«, sagte Zosia, aber wenn sie ehrlich war, hatte sie vermutlich früher einmal seinen vollen Namen gekannt. Machte sich das Alter auf diese Weise bemerkbar? War dies die plötzliche, beschämende Erkenntnis, dass man sich nicht länger an die kleinen, störenden Dinge erinnerte, wie zum Beispiel die Namen seiner engsten Freunde?

»Dann wollen wir nur hoffen, dass er sich an Euren Namen erinnert.« Müßig trat Bang gegen den Kies. »Aber ich hätte da eine Idee – wenn er es nicht tut und sie uns rauswerfen, was haltet Ihr von einem kleinen Abstecher, bevor ich Euch nach Linkenstern zurückbringe? Es ist eine schöne Fahrt zu den Tintenfischinseln, wo meine Familie herkommt, und es ergibt keinen Sinn, zur Mauer zurückzueilen, wo wir hier gerade ein Boot …«

»Das hat ja nicht lange gedauert.« Zosia entging das beinahe ehrliche Lächeln des Haushofmeisters keineswegs, der wieder herauskam.

»Hwabun heißt Frau Moor Clell willkommen«, sagte der Mann mit einer Verbeugung. Sein Scharlachrot war besser als Zosias. »Mein Meister, Seine Anmut Jun-hwan Bong lädt Euch und Eure Wächterin Bang Lin herzlich dazu ein, auf dem Nebelbalkon mit seiner Familie den Kaldi zu nehmen. Euren Hund lasse ich von einem Diener bis zu Eurer Abreise in den Zwinger bringen.«

»Glaubt mir, mein guter Knecht, Ihr wollt ihn gar nicht in der Nähe Eurer Hunde oder Eurer Diener haben.« Zosia klopfte dem Haushofmeister auf die Schultern und stieg gefolgt von Lefzenschlecker die Stufen hinauf. »Aber keine Sorge, seine Pfoten sind sauber, und ich lasse ihn nicht aus den Augen.«

So kosmopolitisch das Schlossäußere auch anmutete, innen entpuppte es sich als strikt Makellos. Das Foyer war nicht mehr als die Kreuzung dreier spärlich möblierter Korridore. Bevor der Haushofmeister sie eingeholt hatte, vernahm Zosia schnelle Schritte auf dem polierten Hartholzboden des Mittelkorridors. Kang-ho blieb abrupt mit weit aufgerissenen Augen vor ihr stehen, und sie versuchte vergeblich ein Lächeln zu unterdrücken.

Der Zweite Gemahl von Hwabun sah bedeutend besser aus, als sie erwartet hatte. Seine Wangen hingen etwas, und sein Haar wurde vielleicht dünner, aber ansonsten war es derselbe Kang-ho wie vor zwanzig Jahren. Seiner ständigen Jammerei zum Trotz – darüber, wie schlecht er in der Tracht der Makellosen aussah – machte er in dem Seidengewand und mit dem rechteckigen Hut eine schneidige Figur; die auf den Schultern aufgestickten schwarzen Rosen und die Eulenfledermaus auf der Brust waren offensichtlich von seinen Tätowierungen kopiert worden. Es fehlte nur Bestienflügel, aber so wie sie Kang-ho kannte, verbarg sich der Teufel unter dem Hut.

»Du bist es wirklich«, hauchte Kang-ho. Er blickte von Zosia zu Lefzenschlecker und wieder zurück. »Du lebst!«

Seine Augen füllten sich mit Tränen, und Zosia verspürte einen unerwarteten Kloß im Hals. Die Anwesenheit von Bang und dem Haushofmeister halfen ihr schnell, das unbehagliche Gefühl zu unterdrücken, und dann sagte sie sofort: »Ja, nun … ich weiß, dass sich nach dem Brand in meinem Lagerhaus schnell das Gerücht verbreitet hat, ich sei tot, aber ich hätte nicht damit gerechnet, dass es sogar bis zum Haus meines alten Kunden vordringt. Keine Angst, ehrwürdiger Herr, die Pfeife, die Ihr vor so vielen Jahren in Auftrag gegeben habt, ist so sicher, wie ich es bin.«

»Natürlich«, erwiderte Kang-ho. Ein gewinnendes Lächeln breitete sich auf seinem Gesicht aus, und er blinzelte ein paarmal. »Moor Clell, so wahr ich lebe und atme. Ziehen wir uns zurück, damit wir die Sache in Ruhe besprechen können.«

»Seine Anmut sprach eine Einladung für unsere Gäste aus – zum Kaldi – und erwartet uns auf der Stelle«, sagte der Haushofmeister auf Scharlachrot statt auf Makellos. »Und da Euer jährliches Taschengeld schon kurz nach Neujahr erschöpft war, Herr, gehe ich davon aus, dass er bei allen Gesprächen über neue Anschaffungen zwischen Euch und dieser Händlerin dabei sein möchte.«

Falls es Kang-ho störte, dass ihn sein Diener auf diese Weise vor einem Gast bloßstellte, ließ er es sich nicht anmerken. »Aber diese Bestellung wurde viele Jahre vor unserer Heirat im Voraus bezahlt, darum wird es meinen Gemahl kaum oder gar nicht interessieren – ist das richtig, Frau Clell?«

»Stimmt«, sagte Zosia.

»Hyori hat in letzter Zeit alle möglichen militärischen Geschichten gelesen, also könnte vielleicht Frau Clells Wächterin die Familie beim Kaldi unterhalten«, sagte Kang-ho und verneigte sich vor Bang. »Meine jüngste Tochter wäre entzückt, wenn Ihr sie beschäftigen könntet, meine Dame. Ich versichere Euch, dass Euer Schützling in meiner Gesellschaft durchaus sicher sein wird.«

»Es wäre mir ein Privileg.« Bang erwiderte die Verneigung. »Es ehrt mich, Gast in Eurem Haus zu sein. Die Worte über Hwabuns Schönheit sind nicht mehr als das: Worte. Wie poetisch Worte auch gewählt sein mögen, sie können doch niemals hoffen, der Pracht der Sache zu entsprechen.«

Der Haushofmeister verdrehte die Augen, eskortierte Bang Lin aber dennoch ins Haus, während Kang-ho Zosia hinaus und quer durch den Garten zu einem grünen Hügel brachte, der beinahe die Höhe des niedrigsten Turms des Anwesens erreichte. Auf dem Kamm stand eine Bank, die den Blick über die Insel und das Meer bot, und nicht einmal die immerwährende Gewitterwolkensäule im Norden, die das Grab des Versunkenen Königreichs markierte, konnte einen Schatten auf den Frieden der Umgebung werfen. Solange sich die untergegangene Insel nicht diesen Tag aussuchte, um die verrückten Prophezeiungen der Schwarzen Kette zu erfüllen und aus dem Heimgesuchten Meer aufzusteigen, würde es ein entzückender Nachmittag werden.

Während sie es sich auf der Bank bequem machten, eilte ihnen eine Schar Diener mit Tabletts voller Speisen und Getränken sowie einem kleinen Tisch hinterher. Während das Personal den Tisch aufbaute und darauf die Sandschüssel für den Kaldi zurechtrückte, plauderten Kang-ho und Zosia über ihre Überfahrt von Linkenstern, wobei jeder von ihnen sich bemühte, nicht wieder blöde zu grinsen. Als sich die Diener schließlich zum Fuß des Hügels zurückzogen, prostete Kang-ho Zosia mit einem Becher zu. »Hast du ›Moor Clell‹ nicht in Brakett verwendet, kurz bevor alles zu den Teufeln ging?«

»Stimmt. Du hast ein besseres Gedächtnis als ich, Bruder, ich konnte mich nicht einmal mehr an deinen Familiennamen erinnern. Hwabun ist nur hängen geblieben, weil du so panisch ausgesehen hast, als du es mal aus Versehen erwähntest.«

»Das mit meinem Namen könnte sein, weil ich ihn keinem von euch je genannt hab«, sagte Kang-ho. »Falls es jemals nötig geworden wäre, die Bande zu verraten, wollte ich es euch nicht zu leicht machen, mich zu finden.«

»Oh, ich hätte dich schon gefunden«, erwiderte Zosia, die den Ausblick bewunderte. »Du magst am Ende der Welt leben, aber das ist nicht weit genug, um sich vor mir zu verbergen.«

»Wegen dir machte ich mir auch keine Sorgen! Die anderen hätte ich durchaus verraten, wenn ich es wirklich gemusst hätte, aber ich wäre nie so verrückt gewesen, mich auch gegen dich zu wenden. Sehe ich aus, als wollte ich sterben?«

»Nicht mehr als gewöhnlich«, sagte Zosia, beugte sich vor und wühlte in dem Rucksack herum, den sie den Dienern, die ihn unbedingt hatten tragen wollen, nicht überlassen hatte. »Hast du einen Kohlenstab? Meiner ist in den Bergen verreckt, und in dieser verflucht erfrischenden Seebrise werde ich nie ein Streichholz entzünden können.«

»Das ist alles dort in dem Jadekästchen, zusammen mit meiner derzeitigen Lieblingsmischung. Ich nenne sie den ›Donner Makelloser Hufe‹.«

»Das ist ein schrecklicher Name, egal was er bezeichnet, aber erst recht für eine Tubãqmischung.«

»Was bedeutet schon ein Name! Hauptsache es raucht sich gut. Die Mischung ähnelt einer aus Orientine, und der verwendete Tubãq ist so alt wie wir – Azmirblätter, Vergin und usbanischer Lat aus der Zeit vor der Revolution. Da kommt man nur noch schwer dran, erst recht seit Linkenstern von meinem geliebten Bevormundungsstaat übernommen wurde. Wenn du schon dabei bist, warum gibst du mir nicht meine – danke, Zosia.«

Es war das erste Mal seit zwanzig Jahren, dass ihr wahrer Name von jemand anderem als ihrem Ehemann ausgesprochen wurde, und selbst Leib hatte ihn nur in der Dunkelheit ihres Schlafzimmers geflüstert, wenn sie sich liebten. Gut, dort und in der Küche und auf der Terrasse und in dem Wildblumenbeet über dem Haus und an all den anderen Orten, an denen sie Zeit füreinander gefunden hatten …

Zosias Hände zitterten, als sie die langstielige Pfeife, die sie vor einem Vierteljahrhundert für Kang-ho geschnitzt hatte, aus dem mit Samt ausgekleideten Kästchen nahm und ihm gab. »Du warst immer der Cleverste, Bruder, also sag mir – warum bin ich hier, was glaubst du?«

»Der klügste der Fünf Schurken? Das ist wahrlich ein spärliches Lob, Schwester, und davon abgesehen ist Frostfalle klüger als wir beide zusammen gewesen.«

»Ich sagte auch nicht klug, ich sagte clever«, hielt Zosia dagegen. »Und diese alte Schlange zu kennen heißt, auch den Unterschied zu kennen. Also Schluss mit dem Ausweichen – verrate mir deine Theorie, während ich meine Pfeife stopfe, und dann verrate ich dir, wie nahe dran du bist.«

»Also gut.« Kang-ho fing sofort damit an, während er zusah, wie sie ihre Pfeife aus dem Terrakottakrug mit Tubãq stopfte. »Du hast deinen eigenen Tod vorgetäuscht, weil dein Leben in solcher Gefahr schwebte, dass dir keine andere Möglichkeit einfiel, deinen Feinden zu entgehen. Es jemandem zu sagen, selbst deinen engsten Freunden, barg ein zu großes Risiko für dich – und auch für uns. Also hast du uns alle hereingelegt. Teufelsmagie muss eine Rolle gespielt haben, denn tausend Zeugen sahen dich stürzen, und ich war einer davon. Nachdem du zwanzig Jahre unter einem angenommenen Namen in einem Versteck gelebt hast, gibt es die Bedrohung für deine Person nicht länger, also kehrst du zurück … bin ich nahe dran?«

»Das Offensichtliche hast du getroffen«, sagte Zosia. »Beim Rest liegst du falsch.«

»Gib mir einen kleinen Hinweis, Frau. Schließlich bin ich kein Wildgeborener, der in deinen hässlichen Schädel blicken kann! Ich war mir nicht einmal sicher, dass ich mit deinem vorgetäuschten Tod richtiglag – warum solltest du diesen Weg beschreiten, solange du deinen Hund noch hast? Warum nicht seine Freiheit für eine weniger drastische Maßnahme eintauschen, statt deinem Volk zu entsagen und deine Freunde im Stich zu lassen?«

»Er hatte seine Chance, die Freiheit zu gewinnen.« Zosia starrte Lefzenschlecker an, der sich ein Stück den Hügel hinunter im Gras wälzte und die Diener zu provozieren versuchte, mit ihm zu spielen. »Jetzt wird er niemals frei sein, ganz gleich, wie groß meine Not auch werden mag. Eher würde ich sterben. Und es war niemals mein Volk – sie waren froh, mich los zu sein.«

»Nun ja …« Grinsend kratzte sich Kang-ho am Kopf. »Das Volk weiß nicht immer, was am besten für es ist.«

Zosia schnaubte. »Ich war vieles, aber für niemanden war ich das Beste. Doch eines kannst du mir glauben, Kang-ho, ich habe meine Freunde niemals aufgegeben – wäre es sicher gewesen, mit euch Kontakt aufzunehmen, hätte ich das getan.«

»Also bin ich näher dran gewesen, als du gesagt hast. Dann raus mit der ganzen Geschichte.«

»Ich …« Zosia wollte ihm alles sagen: warum sie dem Scharlachroten Thron entsagt hatte, wie sie die Täuschung zustande gebracht hatte, auf die der ganze Stern hereingefallen war, und was danach aus ihr geworden war … aber indem sie seine Miene betrachtete, während er die Pfeife stopfte, entdeckte sie, dass sie es nicht konnte. Zumindest noch nicht. »Du wirst die ganze Geschichte erfahren, Bruder, aber nicht jetzt. Die Einzelheiten zu diesem Zeitpunkt zu kennen wäre nicht gut für dich; es könnte dir sogar schaden.«

»Eine vorsichtige Erwiderung für ein herzliches Willkommen.« Kang-hos vertrautes Schmollen erwärmte ihr Herz. Bei den sechs Teufeln, die sie gebunden hatte, sie hatte ihren Freund doch vermisst. »Ich frage mich, wann ich diese Geschichte wohl zu hören bekomme? Vielleicht nachdem ich dir gegeben habe, worum auch immer du mich bitten wirst?«

»Ich bat um gar nichts«, sagte Zosia und wartete, bis seine Pfeife brannte, bevor sie hinzufügte: »Aber da du es gerade erwähnst …«

Kang-ho reichte ihr den kleinen, mit Leder umwickelten Stab, den er an einer Kerze erhitzt hatte, und sie drückte das glimmende Ende des Kohlenstabs in ihre Pfeife. Sie paffte, stopfte mit dem Messingstempel am anderen Ende, entzündete sie erneut und beobachtete Kang-ho dabei aus dem Augenwinkel. Sein Lächeln war zurückgekehrt.

»So ist es schon besser«, sagte er, nachdem sie eine Weile schweigend geraucht hatten. »Guter Tubãq an einem warmen

Frühlingstag, alte Freunde, die sich wiedersehen, unter uns das Meer und über uns der Himmel. Alles ist gut auf der Welt.«

»Nein, das ist es keineswegs.« Und da es wirklich sinnlos geworden war, es noch länger herauszuzögern, sagte sie: »Ich brauche deine Hilfe, Bruder. Werde ich sie bekommen?«

»Natürlich.« Kang-ho klang beleidigt, dass sie überhaupt fragte. »Ich schwor doch einen Eid, nicht wahr?«

»Und ich entließ dich aus diesem Eid.«

»Das heißt aber nicht, dass ich das auch akzeptiert habe.« Kang-hos Freundlichkeit zupfte an einer Wunde in ihrem Herzen, die niemals heilen würde. Sie blickte nicht in Lefzenschleckers Richtung, war sich aber bewusst, dass er sie beobachten musste. »Andererseits schwor ich diesen Eid einer Frau, die man die Kobaltblaue Zosia nannte, weil sie kobaltblaues Haar hatte und ein feuriges Temperament. Und weil sie ihren Feinden gegenüber so eiskalt wie die Kalte Savanne war. Sie war die größte Kriegerin, die mir je begegnet ist, und zugleich die erste, die nach hundert Jahren die Karneolkrone von Samoth aus eigener Kraft an sich riss – und die erste, die sich gleichzeitig den Rest des Scharlachroten Imperiums nahm. Ich habe gesehen, wie diese Frau in ihren Tod stürzte, Moor Clell, und falls ich keine Erklärung zu hören bekomme, aus welchem Grund sich eine bescheidene Pfeifenmacherin wie du für meine tote Freundin und meinen Hauptmann ausgeben sollte …«

»Sagen wir einfach, ich bin durchgebrannt«, sagte Zosia. Die Pfeife in ihrer Hand überhitzte, weil sie viel zu wild paffte. Durchgebrannt lag nahe genug dran.

»Und wer war der glückliche Bursche?«

»Leib.« Zosia flüsterte den Namen allerdings nur, denn sie fürchtete, ihn lauter zu sagen werde sie nur erneut in Trauer stürzen. »Leib Kalmah.«

»Leib«, wiederholte Kang-ho und rauchte, bis es ihm einfiel. »Doch nicht der blonde Grünschnabel, der in diesem schicken Bordell gearbeitet hat? Das in Rawg, wo wir immer haltmachten, wenn wir aus dem Verlorenen Königreich zurück nach Westen kamen?«

»Ja, genau der«, erwiderte Zosia, und der beste Tubãq, den sie seit zwanzig Jahren geraucht hatte, verwandelte sich auf ihrer Zunge in ein bitteres Gemisch. »Ein Junge aus den Bergen, der weglief, um im Imperium Abenteuer zu erleben und stattdessen mich fand. Der beste Liebhaber, den ich je hatte, ob nun gekauft oder sonst wie. Und der beste Freund, der mir je zufällig über den Weg lief.«

»Du erwartest von mir, dass ich glaube, du habest alles aufgegeben, dein ganzes, mit großer Mühe gewonnenes Imperium, und zwar für einen Strichjungen, den du in deinem Schloss hättest unterbringen können?«

»Es war die einzige Chance auf Frieden«, behauptete Zosia und erinnerte sich, mit welch tiefer, ernsthafter Überzeugung sie das geglaubt hatte. »Ich war eine Närrin, Kang-ho, das erkenne ich jetzt. Ich habe mehr Fehler gemacht, als es Inseln im Makellosen Meer gibt, aber keiner davon war schlimmer als die Annahme, ich könnte nach all den Dingen, die ich tat, einfach gehen und alles hinter mir lassen.«

»Meinst du die Dinge, die *wir* alle taten.« Kang-ho klopfte ihr auf die Schulter. »Du bist zu schlau, um etwas zu bereuen. Wir beide wissen, dass es auf dem Stern nur eine Wahrheit gibt. Man besitzt lediglich das, was man sich nimmt und was einem gegeben wird. Einige sind gesegnet genug, um sich auf Geschenke verlassen zu können, aber was den Rest von uns angeht, nun, dazu haben uns die Teufel den Stahl gegeben.«

»Die Ugrakari behaupten, dass die Teufel niemals wollten, dass wir ihn bekommen, dass wir ihnen das Geheimnis des Schwertschmiedens geraubt haben«, sagte Zosia. »Bei ihnen erzählt man sich die Geschichte, wie sich eine Sterbliche in die Erste Finsternis schlich und einem Teufel die Pflugschar stahl, und als der Unhold ihn sich wiederholen wollte, zeigte sie ihm eine andere Verwendung für das Werkzeug.«

»Die Ugrakari essen ihre Toten. Wie sehr vertraust du den Mythen von Kannibalen? Und ich frage dich das, obwohl ich einen von ihnen geheiratet habe.«

»Ungefähr so viel wie den Rechtfertigungen eines Kriegsherren, der sich zur Ruhe gesetzt hat und diese wunderschöne Insel auch dann geerbt hätte, wenn er kein Bandit geworden wäre.«

»Hätte ich nicht den Mann geheiratet, den meine Eltern für mich aussuchten, so hätte ich gar nichts geerbt«, erwiderte Kang-ho. »Warum habe ich mein Zuhause überhaupt verlassen, was glaubst du? Was barbarische Sitten betrifft, mein eigenes Schicksal zu schmieden sagte mir etwas mehr zu als eine arrangierte Ehe.«

»Und doch bist du hier.«

»Hier bin ich.«

»Was geschah, nachdem ich fort war? Nachdem jeder glaubte, mich durch die Hand dieses Mädchens sterben gesehen zu haben? Wie ging es weiter?«

»Wir Fünf verdankten unsere Titel dir, aber eigentlich waren sie nur ein Mittel, den Traum zu verlängern, und nach deinem Tod sind wir aufgewacht. Einige schneller als andere. Für Samoth und den Rest des Imperiums war es schlimm, so schlimm wie zuvor. Zuerst brachte dein Tod eine Menge Fraktionen zusammen – genau wie du geargwöhnt hattest, sind Eroberer nicht bei allen so sonderlich populär. Aber jede Allianz war nur kurzlebig. Trotz deiner Ankündigung vor dem Duell und trotz Indsoriths Popularität beim Volk, nachdem sie dich zu Fall gebracht hatte, sind viele im Imperium der Meinung gewesen, sie hätten einen stärkeren Anspruch auf die Krone als irgendein Emporkömmling, von dem sie nie zuvor gehört hatten.

Ob sie nun deine Wünsche respektierten oder aus Eigennutz, Frostfalle und Singh halfen jedenfalls Indsorith, ihre Herrschaft zu festigen, Fennec aber schlug sich auf die Seite von Papst Shanatu. Nach ein paar Jahren Bürgerkrieg hatten dann sowohl Fennec als auch Singh genug Kapital verloren – oder ausreichend Einsicht gewonnen –, um sich nach grüneren Weiden umzusehen. Frostfalle hielt länger durch, aber wie ich letztens gehört habe, hat auch er Samoth hinter sich gelassen, vielleicht sogar das Imperium. Maroto wollte Vergeltung, aber er war zu betrunken oder verrückt, um das richtig anzustellen, und statt eine Rebellion mit den Truppen zu beginnen, die du ihm überlassen hattest, versuchte der blöde Hund, es ganz allein mit der Schreckenswache von Diadem aufzunehmen. Hat es sogar an ihr vorbei geschafft bis zum Thronsaal, aber dann hat ihm Indsorith einfach gezeigt, wie sie dir die Krone wegnahm.«

»Maroto ist tot?« Die Neuigkeit war zwar kaum überraschend, aber der Stich in ihrer Brust und der plötzliche Kloß in ihrem Hals überraschte Zosia dann doch.

»Mittlerweile vielleicht schon. Das Duell hat er überlebt, aber ich bin mir nicht sicher, wie er davonschlüpfen konnte, nachdem ihn die neue Königin verprügelt hatte. Als ich ihn das letzte Mal sah, befand er sich jedenfalls in einem schlimmen Zustand. Wenn ich raten sollte, welches Gift er vorzieht, würde ich sagen: Käfer.«

Das war besser als tot zu sein, jedenfalls vielleicht, und kaum überraschender. Maroto würde es gut gehen, falls er es jemals geschafft hatte, sich zusammenzureißen. »Und du?«

»Ich ging an dem Tag, an dem ich deine Leiche auf der Straße landen sah.« Kang-ho fuhr sich mit dem Pfeifenstiel quer über den Hals. »Mit mehr Beute, als meine Familie jemals gesehen hat. Ich hätte es klüger anstellen sollen, hätte das Imperium ganz und gar ausplündern sollen, aber keiner wusste, wie es weitergehen würde, also hielt ich mich zurück, solange man das noch mühelos machen konnte. Bei meiner Rückkehr entdeckte ich, dass meine Mutter tot war – und mein Vater bei schlechter Gesundheit. Und ehe ich michs versah, wurde ich von dem Hengst verführt, mit dem mich meine Eltern als Kind verlobt hatten. Vielleicht verführte ich auch ihn, aber das Endergebnis ist das Gleiche – ein neuer Herrscher mit einem neuen Namen auf Hwabun, den niemand mit einem gewissen legendären Schurken in Verbindung bringen würde, der den Stern so viele Jahre lang terrorisiert hat.«

»Wie geht das denn?«, wollte Zosia wissen. »Wenn dein Gemahl ein Ugrakari ist und du als reicher Mann zurückgekehrt bist, bevor du ihn geheiratet hast, warum ist er dann der König von Hwabun? Ich war der Ansicht, die Insel hätte seit Generationen im Besitz deiner Familie gestanden? Ich fälle hier kein Urteil, aber hat dein Haushofmeister eben nicht von deinem *Taschengeld* gesprochen?«

»Das ist eine lange und noch dazu langweilige Geschichte«, erwiderte Kang-ho mürrisch. »Die Kurzversion lautet, ich kam reich zurück, aber Jun-hwan war *reich*. Reich genug, um hier alles wieder aufzurichten, die Familie aufzubauen und mir trotzdem noch meinen Scharlachroten Sparstrumpf für andere Investitionen zu überlassen … Investitionen, die dank der völlig illegalen Eroberung Linkensterns durch meine Heimat vollständig verdorrt sind, aber das ist ein Magengeschwür für einen anderen Tag. Wie dem auch sei, ich hatte auf jeden Fall nichts dagegen, dass er die Aufgabe des Königs von Hwabun übernommen hatte, ganz im Gegenteil – selbst wenn das Königreich klein genug ist, um einen Pfeil von einem zum anderen Ende schießen zu können, der Regent zu sein bedeutet weit mehr Ärger, als es das wert ist.«

»Das brauchst du mir nicht zu sagen. Ha. Kang-ho lebt glücklich und zufrieden als Hausgemahl.« Zosia betrachtete den Garten und das malerische Meer im Süden, das mit hohen grünen Inseln gesprenkelt war, die wie die Jadezähne eines Seeungeheuers mit einzelnen Gipfeln aus ihm hervorragten. Aus dieser Entfernung sah sogar der ewige Sturm, der im Norden über dem Heimgesuchten Meer tobte, hübsch aus. »Irgendwie scheint das nicht dein Stil zu sein.«

»Warum all die Dinge tun, die wir getan haben, wenn man sich nicht eines Tages zurücklehnen und vergnügen kann? Bequem und ruhig zu leben, mir jede Laune zu erfüllen und eine Familie großzuziehen, das ist gar nicht mal schlecht. Auf jeden Fall ist es besser, als bei irgendeiner völlig sinnlosen Kneipenschlägerei abgestochen zu werden oder weil man einen Zauberer um seinen Schatz erleichtern will und beim Erklettern seines Turmes in den Tod stürzt.«

»Und der Reiz des Kampfes? Die Aufregung eines Abenteuers?«

»Sind nur nachteilig für die Körpersäfte – ich habe ohnehin schon zu viel Galle.«

»Wir hatten immer viel gemeinsam, nicht wahr?«, sagte Zosia, stellte sich vor, wie Leib zwischen ihnen auf der Bank saß, stellte sich diese Wiedervereinigung vor, die es niemals geben würde, die es aber hätte geben sollen. Sie hatten geglaubt, es sei sicherer, im Verborgenen zu leben, aber Kang-ho saß hier versteckt in aller Öffentlichkeit und genoss seinen Ruhestand. Oder hatte ihn zumindest bis zu ihrer Ankunft genossen – je länger sie mit ihm rauchte, umso mehr machte sie sich wieder mit seinen alten Verhaltensweisen vertraut. Es war offensichtlich, dass sich am Rand seiner Stimmung eine tief sitzende Nervosität regte. Was nicht verwunderlich war, denn was sollte ihre Rückkehr in sein Leben schon Gutes bringen? Fast tat er ihr schon wieder leid, aber er konnte ja ablehnen, wenn er nicht wollte. »Falls mich zu unterstützen für dich bedeuten würde, dieses Leben, das du für dich gewonnen hast, aufzugeben, würdest du das tun?«

»Vielleicht«, antwortete er. »Ich stehe tief in deiner Schuld, das ist gar keine Frage. Welche Art Hilfe erwartest du?«

»Krieg mit Samoth«, sagte Zosia. »Ich brauche eine Armee und das Überraschungselement, und die Makellosen Inseln können mir beides geben. Wenn mir jemand die Inseln geben kann, dann bist du es.«

»Ach, ist das alles?« Kang-ho legte den Kopf schief und dachte nach. »Warum?«

»Leib ist tot.« Zosia wünschte sich, ihre Stimme würde zusammen mit ihrem Herzen brechen, als sie ihm alles erzählte, was geschehen war, nachdem die Soldaten des Imperiums nach Kypck gekommen waren. Aber sie fühlte nur ihre Begierde, seine Antwort zu hören. Tief unter ihnen krachten die Wellen gegen den Blumentopf.

»Ich verstehe«, sagte Kang-ho schließlich. »Aber wenn du recht hast und Königin Indsorith dahintersteckt, warum dann einen Krieg führen? Warum nicht einfach die Königin ermorden und uns allen ein weiteres finsteres Zeitalter ersparen?«

»Damit sich die Schwarze Kette darauf stürzt und das Vakuum ausfüllt, das ich hinterlasse? Klingt *das* nach einem guten Plan?« Die Grimasse, die diese Vorstellung bei ihrem Freund auslöste, erfüllte sie mit Freude.

»Autsch! Nein, nein, das gewiss nicht. Aber du kannst einen Glauben nicht bekämpfen, Zosia.«

»Das wirst du dann sehen.«

»Verdammt, Mädchen!« Kang-ho schüttelte den Kopf. »Also willst du nur die Scharlachrote Königin *und* die Schwarze Päpstin töten.«

»Sag mir, dass sie es nicht verdient haben, und ich überlege es mir vielleicht anders.«

»Die Frage ist nicht, wer etwas verdient hat. Dies hier ist der erste Frieden seit langer Zeit, und wenn du anfängst, Samoth zu verwüsten und an der Kette zu rütteln, wird sich der Rest des Imperiums dafür interessieren. Und dann wird sich auch noch der Rest des *Sterns* dafür interessieren. Und dann sind wir wieder genau da, wo wir angefangen haben, bevor wir gegen König Kaldruut in den Krieg zogen, bevor wir einen einzigen Verbündeten gewonnen hatten und – bevor wir auch nur eine Schlacht gewonnen hatten. Nur davon abgesehen, dass wir alle dreißig Jahre älter sind.«

»Dreißig Jahre weiser.«

»Dreißig Jahre fetter und langsamer. Du hast Kaldruut vor beinahe einem *Vierteljahrhundert* getötet, denk mal darüber nach! Bei allen Höllen, erzähl mir bitte nicht, dass du dich nicht schon vor *zwanzig* Jahren bei deinem inszenierten Verschwinden alt gefühlt hast. Ich nämlich durchaus, und ich fühle mich jetzt nicht jünger. Wir kämpften für den Frieden, Zosia, und Frieden ist nun endlich da, also vielleicht …«

»Du hast für Silber gekämpft, Kang-ho, Silber und Gold und Ruhm und Macht, genau wie ich«, erwiderte Zosia wütender, als sie über seine fairen und vernünftigen Argumente hätte sein sollen. »Erst später brachten wir Frieden, Wohlstand und eine bessere Zukunft mit in die Rechnung ein, denn wir fingen an, die Jahre zu spüren, und erkannten, dass wir möglicherweise die Chance hatten, nach einem Leben voller Schlechtigkeit zumindest etwas Gutes zu tun.«

»Besser spät als nie?«

»Verflucht richtig. Und jeder Frieden, den sie kennen, ist ein Frieden, den ich ihnen gegeben habe, und sie verrieten mich. Samoth nennt sich die Hauptstadt des Scharlachroten Imperiums, und nun – es ist Zeit, dass ich sie daran erinnere, wie das Imperium diesen Namen einmal gewonnen hat. Das haben sie sich selbst zuzuschreiben.«

»*Sie* haben gar nichts getan«, sagte Kang-ho. Der verfluchte versöhnliche Tonfall ging ihr auf die Nerven. »Falls die Königin dich tatsächlich verriet und den Befehl zur Ermordung deiner Leute gab, muss man ihr die Schuld geben, keine Frage, und die Soldaten, die die Tat begangen haben, haben Blut an ihren Händen, das bestreitet keiner … Aber warum das ganze Imperium ins Chaos stürzen? Den ganzen verdammten *Stern*?«

»Weil es nicht reicht, Blut mit Blut zu bezahlen.« Während Zosia sprach, lag in dem Rauch, der aus ihrer vernachlässigten Pfeife aufstieg, ein Hauch Eisen. »Weil wer auch immer unser Nachfolger sein wird, wissen muss, was es bedeutet, rechtschaffen zu sein – nicht nur die nächste Provinz, die versucht, das Imperium zu kontrollieren, sondern der ganze verdammte Stern, wie du gesagt hast. Die ganze Welt wird lernen, was ein gebrochener Schwur zur Folge hat. Als ich vor diesen vielen Jahren auf diese Weise ging, habe ich einen Fehler gemacht, und ich bin zurückgekehrt, um die Dinge zu richten. Ich habe für meine Verbrechen bezahlt, und ich bezahle noch immer dafür – dazu bin ich bereit. Ich habe es verdient. Aber ich fahre nicht allein zur Hölle, und ich werde jeden verdammen, der mir unter die Augen kommt, bevor ich den Stern einfach so weitermachen lasse, als wäre nichts geschehen. Der Frieden wurde mit einem Preis erkauft, Kang-ho, und da Samoth sich entschieden hat, sein Wort zu brechen, fürchte ich, dass sie ein anderes Mittel zum Zweck finden müssen.«

»Du würdest jeden Zacken des Sterns an der Seite des Imperiums brennen sehen, nur damit du deine Rache bekommst?« Stirnrunzelnd betrachtete Kang-ho seine erloschene Pfeife. »Zumindest in einer Hinsicht hast du mich beruhigt.«

»In welcher?«

»Du bist auf jeden Fall die echte Zosia.«

Das war sie in der Tat, auch wenn sie sich in den vergangenen zwanzig Jahren sehr bemüht hatte, so zu tun, als wäre sie es nicht. Fraglos spürte sie diese Jahre, und die Ansprache auf leeren Magen und nur mit einer fetten Portion Tubãq machte sie etwas schwindelig. Glücklicherweise galt es nur noch eine Frage zu stellen.

»Also hilfst du mir?«

»Und als Gegenleistung bekomme ich meine Tochter zurück, ist es das?« Kang-ho klang dabei nicht gereizt, sondern nur traurig. »Das ist selbst für dich ein kaltes Spiel.«

»Deine Tochter?« Die Worte rollten verschwommen und dick sowohl über Zosias Zunge als auch durch ihren Verstand, und sie versuchte aufzustehen. Fiel auf die Knie, stieß den Kalditisch um. Ein subtiles Gift, sie hatte lediglich das angenehme

Kribbeln des starken Tubãqs gespürt, und dann lag sie schon im Gras. Kang-hos Verrat war weniger überraschend als der von Lefzenschlecker – Tausende Male hatte der Teufel sie nicht nur vor Gefahren gewarnt, sondern auch aktiv beschützt, aber jetzt ließ er sie ohne auch nur ein Bellen untergehen. Der Teufel trottete den Hügel hinauf, um ihr die schneeweißen Zähne vor das Gesicht zu halten, während sie den Griff um die wache Welt endgültig verlor und in sein Reich trieb.

KAPITEL 14

Die Straße der Verzweiflung führte viel tiefer und geradliniger in die Pantera-Wüste hinein als jeder andere Weg, folglich wimmelte es hier von Gefahren. Dort lauerten nur dann keine Banditen, wenn sie von etwas Schlimmerem überfallen worden waren, das ihren Platz in den Höhlen eingenommen hatte, die die Zufahrten an den nördlichen und südlichen Wüstenrändern überblickten. Die schmaleren, schattigeren Schluchten der Straße der Verzweiflung schreckten die meisten Gottguane ab, aber die weit schlimmeren Dünenkrokodile zogen die kühleren Sandrutschen und Schieferhalden vor, die den Weg häufig blockierten. Wüstenwespen bauten ihre scheunengroßen Nester, wo nur die kleinste Quelle aus dem Gestein sickerte.

Selbst wenn einen keiner ausraubte, fraß oder mit Larven schwängerte – falls man nicht einem noch schlimmeren Schicksal zum Opfer fiel –, benötigte man von beiden Enden der Wüste jeweils eine Woche langer Nachtfahrten zu der einzigen Raststätte der Straße, dem Schrein des Hungrigen Sandes. Die Aussätzigen, die ihn betrieben, bestanden darauf, dass Reisende abgesehen von dem hohen – zu zahlenden – Wegezoll eine Reihe absurder, gefährlicher und häretischer Rituale absolvierten, bevor sie ihr Tor passieren durften. Maroto hatte die Straße der Verzweiflung vor dreißig Jahren einmal bereist und erinnerte sich nun deutlich daran, sich geschworen zu haben, nie wieder auch nur einen Fuß in die Wüste zu setzen, wenn es sich irgendwie vermeiden ließ – und selbst in diesem Fall unter gar keinen Umständen diese Route zu nehmen.

Maroto war recht gut darin, Versprechen an andere zu halten, tatsächlich sogar überdurchschnittlich zuverlässig ... warum war er dann nur so inkonsequent, wenn es um sich selbst ging?

Wenigstens waren die Adligen wieder in bester Stimmung. Als er die Straße der Verzweiflung in der Schenke in Niles vorgeschlagen hatte, hatte es auf des Messers Schneide gestanden. Die Stutzer ließen sich nicht mehr so leicht vom Rat ihres Kundschafters überzeugen. Aber dann hatten sich Hauptmann Gilleland und mehrere andere Leibwächter energisch und unverblümt gegen diese Route ausgesprochen und darauf bestanden, dass das viel zu gefährlich für ihre Schützlinge sei. Und das war es dann auch gewesen. Als sie aus der Karawanserei rollten, hatte sich die Gruppe selbst mit einem Einundzwanzig-Korken-Salut salutiert.

In der ersten Nacht hatten sie einen ganzen Proviantwagen verloren, weil ein Trichterpython das Kamelgespann in seine konische Grube gezerrt hatte, und während ihres ersten Tages wurden vier Leibwächter von ihren Wachtposten verschleppt, vermutlich von dem gleichen Kannibalenkult, der schon das Südende der Wüste heimsuchte. Natürlich war auch möglich, dass sie etwas Schlimmeres erwischt hatte. Hier draußen konnte es immer etwas Schlimmeres sein. Aber Marotos Laune war noch nie besser gewesen – nicht in Gesellschaft seiner Stutzer und auch nicht in der Wüste.

Falls Banditen sie überfallen wollten, wäre das vermutlich schon längst geschehen. Kein Räuber war verrückt genug, der Straße der Verzweiflung eine karge Existenz abzuringen, so selten sie in diesen erleuchteten Tagen benutzt wurde, da man doch schließlich zu einem Bruchteil der Kosten und Risiken nach Usba segeln konnte. Nein, ein vernünftiger Bandit hätte eine Übereinkunft mit jemandem in der Karawanserei getroffen, um informiert zu werden, wenn eine gute Beute aufbrach, damit er sie überfallen konnte, bevor sie die menschenfeindliche Wüste betrat. Es hatte Gerüchte gegeben, der lokale Kannibalenkult sei einst eine einfache Räuberbande gewesen, die einfach zu lange in der Wüste gelebt hatte. Aber für solche Spekulationen hatte Maroto nicht viel übrig.

Zusätzlich zu der typischen Zufriedenheit, die man verspürt, wenn man nicht ausgeraubt wird, hob sich Marotos Stimmung im gleichen Maße, wie die gute Laune der Gecken sank – ungefähr so, als würde man sich auf einer Wippe gegenübersitzen. Nun, fraglos hatten die Adligen gute Gründe, ordentlich zu schmollen; die klammen, nach Schwefel stinkenden Schluchtwände, die sie ständig enger umschlossen, hätten jedem den Wind aus den Segeln genommen. Davon abgesehen hatte sich die Stimmung der Gesellschaft nie ganz von dem Schock erholt, mit ansehen zu müssen, wie Lady Opeth bei dem heroischen Versuch, die letzte Kiste Pastete von dem versinkenden Proviantwagen zu retten, kreischend in die Grube des Trichterpythons gezerrt wurde. Nach den starren Blicken zu urteilen, die die Adligen auf die Stelle des wirbelnden Sandes richteten, an der sie verschwunden war, ging Maroto davon aus, dass der Anblick ihrer im Boden verschwindenden Perücke sie für den Rest ihrer Tage heimsuchen werde. Zumindest hoffte er das.

Lasst uns ein Abenteuer in der Pantera-Wüste erleben!

Ja, ja, machen wir das! Abgesehen von der unmittelbaren Erleichterung, einen Tag gut durchschlafen zu können, da die Gruppe keine Lust zu haben schien, in der beständig dämmrigen, stehenden und unerklärlicherweise sumpffeuchten Hitze der Straße der Verzweiflung die Würfel rollen zu lassen und zu kichern und zu johlen, war da noch das Schenkengespräch, das Maroto angelockt hatte. *Ein blauhaariger weiblicher Hauptmann mit einer Teufelshundmaske.* Begleitet von einem der Fünf Schurken, wenn nicht sogar mehr, die die alte Flagge zeigten. Jedes Mal, wenn er sich die Stimme der Pilgerin ins Gedächtnis zurückrief, fröstelte er von den Zehen bis zu den

Ellbogen. Tief in seinem Inneren hatte Maroto trotz allem immer zu hoffen gewagt … und was noch seltsamer war, in seinem Hinterkopf schwelte ein beunruhigendes Gefühl, das Ähnlichkeit mit einem fast vergessenen Traum hatte – oder einem beinahe erinnerten. Dieses Gefühl sagte ihm, dass er das schon immer gewusst – und die ganze Zeit nur darauf gewartet hatte.

Dass sie ihn nicht gesucht hatte, bevor sie wieder in das alte Geschäft eingestiegen war, störte ihn nicht besonders. Gut, vielleicht *etwas*, schließlich war er auch nur ein Mensch, bei allen Heiligen, aber nicht *übermäßig*. Bestimmt hatte man ihn zu finden versucht, aber das konnte ziemlich schwierig sein. Bestimmt. Vielleicht hatte sie ihn sogar für tot gehalten – er hatte geglaubt, sie wäre abgestürzt, also warum sollte sie anders von ihm gedacht haben? Es sähe Kang-hos traurigem Arsch ähnlich, ihr einreden zu wollen, Maroto wäre tot, nur um irgendeinen kranken Witz zu machen. Na, die Wahrheit würde ihnen bald klar sein, wenn er …

»Tier, ich rede mit dir!«, sagte Graf Hassan und warf eine Traube auf Marotos Nase. Die Adligen saßen mit ihm um ein fröhlich flackerndes Feuer, während die Diener das Abendessen servierten und die verbliebenen Wächter ihre Posten am Lagerrand einnahmen. Auf der Straße der Verzweiflung hielt die Morgendämmerung länger an, also hatten sie in der zweiten Nacht nach dem Aufbruch in Niles später als gewöhnlich für den Tag angehalten; jeder hatte eine Entschuldigung, sich ausgelaugt und mürrisch zu fühlen. Trotzdem, Maroto mit Essen zu bewerfen war ein Fehler, den kein Bauer oder Prinzlein mehr als einmal machte. »Ich sagte …«

»Tut Ihr das noch ein einziges Mal, verschaffe ich Euch das Abenteuer Eures Lebens, Euer Lordschaft«, sagte Maroto so leise, dass ihn der junge Adlige möglicherweise nicht hörte. Vielleicht hatte Hassan die Drohung auch als eine Art Herausforderung verstanden. Was nun sogar zutraf, denn eine weitere

Traube prallte von Marotos Wange ab. Die dritte fiel aus Graf Hassans Fingern, Maroto hob ihn nämlich an seinem dürren Hals vom Diwan auf, nachdem er mit einer wilden, unerwarteten Bewegung über das Feuer gesprungen war. Es fühlte sich verdammt gut an, wieder einen Mann an seinem Hals in die Höhe zu stemmen, und Maroto sprach laut genug, damit alle hier Versammelten es hören konnten. Und zwar deutlich.

»Noch nie zuvor ist mir ein solcher Haufen mittelmäßiger, feiger Schwätzer begegnet, und ich habe eine Saison oder zwei am Hof von Diadem verbracht. In euren Wagen – oder wenn ich nicht dabei bin – könnt ihr Kümmerlinge machen, was ihr wollt – ficken, euch gegenseitig betrügen, beleidigen, von mir aus auch umbringen. Aber von jetzt an gibt es einen neuen König im Lager, und dieser König verlangt Respekt!«

Stille. Gesegnete, rechtschaffene Stille. Abgesehen von Hassans Röcheln. Er klammerte sich an Marotos Handgelenk und versuchte etwas von dem Druck auf seinen Hals zu nehmen. Aber je mehr er kämpfte, umso stärker griffen die Finger des Barbaren zu. Alte Gewohnheiten und so weiter. Er würde den Adligen gleich loslassen, aber zuerst wollte er sichergehen, dass seine Feststellung einen unerschütterlichen Eindruck hinterlassen hatte. Nach einem Blick in die Runde um das Feuer herum nahm er an, dass er dem näherkam.

Pascha Diggelby hatte sich nicht von seinem Rattanthron erhoben, aber er hatte das Weinglas entsetzt fallen lassen und achtete nicht darauf, dass die himmelblaue Flüssigkeit durch seine Strumpfhose sickerte. Prinzessin von Yung war auf ihrem Sitz erstarrt, das auf eine Gabel gespießte Stück Melone schwebte vor ihren geschwungenen Lippen. Koshaku Köz war auf die Füße gesprungen, schien sich aber unsicher zu sein, was er jetzt tun sollte, da er als Einziger stand; aufgebracht paffte er an seiner Zigarre, als könnte er sich hinter einer Rauchwand verstecken. Herzogin Din fächelte ihrem Mann Denize Luft zu, denn anscheinend war er in Ohnmacht gesunken. Zir Mana, der endlos über die Kompetenz dieses Fechtlehrers oder jenes Kampfausbilders geschwafelt hatte, hielt einen Puddinglöffel in Verteidigungsstellung hoch, während seine Ohrringe klirrten, weil der Trottel vor Angst zitterte. Sogar Tapai Purna erschien von Marotos Darbietung eingeschüchtert; das Mädchen klammerte sich an einem Silberteller fest, obwohl sie sich zur Flucht bereits zusammenduckte. Jenseits der Adligen warteten die meisten Diener ab und sahen zu, aber Maroto beruhigte sich genug, um zu ahnen, dass mehr als einer von ihnen zu den Wächtern unterwegs war. Also entschied er sich, die Sache am besten schnell zu einem Ende zu bringen, bevor es zu unerwarteten Wendungen kam.

»Ihr wollt Abenteuer, ihr billigen Adligen? Der König sorgt dafür!« Endlich ließ Maroto Hassan los, der so grün wie die modische Patina auf seinem Lorberkranz geworden war. Keuchend brach der zweite Sohn eines Adligen auf seinem Diwan zusammen, während der Barbar der Gruppe mit dem Finger drohte. »König Maroto wird für die Unterhaltung sorgen, die ihr euch wünscht, Ladys, Lords und Speichellecker, ihr braucht nur zu fragen. Und solange keiner von euch feigen, ehrlosen Kötern den Mumm aufbringt, den König zu stürzen, ist mein Wort Gesetz. Nennen wir euer Abenteuer eine ›Portion deines eigenen Bösen‹ und warten ab, ob euch aufgeblasenen, herausgeputzten, kleinen Verlierern der Geschmack zusagt.«

Endlich fand ein einzelner Strahl des morgendlichen Sonnenlichts seinen Weg in die schmale Schlucht, und obwohl er Maroto direkt ins Auge stach, stand er trotzdem in der Hoffnung still da, dass er seine ständig schweißbedeckte Stirn wie eine Lichterkrone funkeln ließ. Maroto vermochte nicht zu entscheiden, was seltsamer war, die Tatsache, dass bis jetzt noch keine Wächter erschienen waren, um sich auf ihn zu stürzen, oder dass keiner der Adligen geschrien hatte. Mit zusammengekniffenen Augen starrte er durch das Licht und erkannte, dass die meisten der mit Schminke zugekleisterten Gesichter nicht ganz den von ihm erwarteten Ausdruck zeigten.

Sie schienen keine Angst mehr vor ihm zu haben. Sie wirkten … angewidert. Oder im Fall von Zir Mana und Prinzessin von Yung wütend. Gut. Zur Hölle mit diesen Armleuchtern! Maroto schnappte sich eine geöffnete Flasche Schampus aus dem Eiskübel, der in Hassans Diwan eingebaut war, und wandte ihnen den Rücken zu – falls es die Teufel für richtig hielten, ihm im Augenblick Prügel oder Schlimmeres von den Leibwächtern zu ersparen, würde er das Hochgefühl, diesen Parasiten die Meinung gesagt zu haben, so lange genießen wie möglich.

Graf Hassan stieß ein lautes Kreischen aus und landete auf Marotos Rücken, seine Arme schlossen sich um den Stiernacken des größeren Barbaren, während sich seine Beine um die Rippen klammerten. Es erinnerte Maroto daran, wie sich Purna bei ihrer vorgetäuschten Affäre auf ihn gestürzt hatte, nur eben weniger wirkungsvoll – wo Hassan jetzt an seinem Ziel klebte, schien er nicht zu wissen, wie es weitergehen sollte. Maroto ignorierte seinen schrillen Passagier und setzte die Flasche an, gurgelte das Prickelwasser herunter, während Hassan ihm die Kehle zusammenzudrücken versuchte. Die Flasche enthielt nicht so viel wie gehofft, also schlug er mit dem geleerten Gefäß seelenruhig nach hinten und traf Hassans Birne. Etwas krachte, und während der Adlige zu Boden stürzte, hielt Maroto die Flasche in die Höhe, um sich zu vergewissern, dass es das Glas und nicht der Schädel des Jungen gewesen war. Bei allen Teufeln, er hatte ihn nicht ermorden wollen, und um der Wahrheit die Ehre zu geben: Er war sogar ein kleines bisschen beeindruckt, dass das Lordlein …

Ein spitzer Lederschuh bohrte sich hinten in das weiche Gewebe von Marotos linkem Knie, aber das hätte nicht ausgereicht, um ihn zu Boden zu schicken, hätte Purna dem Tritt nicht sofort einen Schlag mit dem Silberteller in die andere Kniekehle folgen lassen. Seine Knie landeten auf dem groben

Sand, und der unwahrscheinliche Anblick ließ ihn die Augen aufreißen. Mit den Leibwächtern hatte er gerechnet, und sogar ein Banditenhinterhalt hätte Sinn ergeben, aber das?

»Schnappt euch den König!«

Die Adligen stürzten sich auf ihn, und er war gerade wieder auf die Beine gekommen, als eine Woge aus Satin und Samt über ihm zusammenschlug. Kōshaku Köz' Zigarre brannte sich in seine Wange, Herzogin Dins Platinfächer schlug gegen seine Nase. Maroto stieß sie mit den Handflächen zurück, was sie stolpern ließ. Pascha Diggelby schleuderte einen Kartentisch, der gegen seine Schulter krachte. Prinzessin von Yung kam mit einem Buttermesser auf ihn zu. Zir Mana warf sich auf ein Bein. Maroto fing den Ritter mit einem Tritt – und die Prinzessin mit einem Hieb – gegen den Kiefer ab, aber dann rammte ihm Purna einen Stuhl ins Kreuz.

Maroto taumelte, die zu Boden gegangenen Stutzer standen wieder auf, während andere noch zurückstolperten, und wieder ertönte der Aufschrei.

»Schnappt euch den König!«

Es waren viele von ihnen – das war das Problem. Und einige waren besser als erwartet, wie er zugeben musste. Herzogin Din wollte ihm den Kopf zwischen die Beine stoßen, aber er tänzelte über sie hinweg. Ein Schlag verfehlte Diggelbys spitzenbesetzten Hals um einen Zoll, und als Maroto den Ellbogen für den nächsten Versuch zurückriss, landete er genau in Kōshaku Köz' geschminktem Mund. Zähne lockerten sich, Blut floss, und Maroto ließ einen zweiten Ellbogen folgen, der Köz' Schläfe traf und ihn mitten in die Gruppe seiner Kameraden schleuderte. Jemand versuchte einen Hassan und landete mit raschelnder Seide auf seinem Rücken. Er warf sich nach hinten und ließ seinen Reiter den Sturz abfedern, als sie in einen Tisch krachten. Schüsseln kippten und Teller zerbrachen, dann blieb Prinzessin von Yung stöhnend auf der Tischplatte liegen, während sich Maroto wieder ins Getümmel stürzte.

Die Schläge, die ihn trafen, rangierten von erbärmlich bis zu überraschend schmerzhaft, und im Handumdrehen war sein Hemd in Fetzen und blutig, nämlich von den Ringen, die die landenden Fäuste schmückten. Zweifellos würde es einige gebrochene Finger geben. Ein Hieb in den Magen raubte Purna die Luft, aber als er die Faust zurücknahm, schnappte sich Herzogin Din sein Handgelenk, und Zir Mana umklammerte den anderen Arm. Sie hielten ihn gerade lange genug fest, dass ihm ein derangierter Pascha Diggelby Alkohol ins Gesicht schütten konnte. Das blendete ihn und brannte in den Augen; er heulte auf, und die Stutzer, die sich an seine Arme klammerten, wurden in die Luft gestemmt – diese Mistkerle hatten ihn gerade mit pertnessischem Feuerwasser getränkt, und bei dem geringsten Funken würde er wie einer ihrer flambierten Singvögel auflodern.

Davor war Maroto einfach zu amüsiert gewesen, um den Kampf ganz ernst zu nehmen. Als sein Aufbäumen die eine Adlige jetzt zur Seite fliegen ließ, während sich die andere verbissen an ihm festklammerte und mit einer Gabel auf ihn einstach, erkannte er, dass die Dinge vielleicht doch nicht so eindeutig waren wie gedacht. Seit Wochen hatten diese Bastarde darauf bestanden, etwas jagen zu wollen, es zu fangen und zu töten. Doch er hatte für ihre Ambitionen nur Spott übrig gehabt. Damit war jetzt Schluss; er kämpfte blind und schmutzig, riss Perücken herunter und Körperschmuck heraus, während die Stutzer wütend wie nasse Katzen heulten und zischten. Was, wenn ihn einer von denen mit einer Laterne schlug oder er ins Feuer stolperte? Vor wenigen Jahren noch hätte er jeden dieser Schurken mit nur einem Schlag endgültig zu Boden geschickt, aber seine Schläge trafen nicht mehr so heftig, wie sie es hätten tun sollen. Zu viele alte Muskeln hatten sich in Fett verwandelt, und trotz seiner Angriffe hetzten ihn die Stutzer so gnadenlos wie Jagdhunde einen Bären.

Maroto blinzelte, um ein Auge von der brennenden Flüssigkeit zu befreien, während er Purna und Mana von sich wegprügelte. Dabei erkannte er, dass Diggelbys Angriff mit dem Schnaps genau geplant gewesen war; der dreckige Mistkerl kam gerade mit einem brennenden Scheit vom Feuer zurück. Sie wollten ihn bei lebendigem Leibe verbrennen! Und das nach allem, was er für sie getan hatte.

Herzogin Din schlich sich von der Seite an Maroto heran, um seine Konzentration auf Purna, Mana und Diggelby auszunutzen, aber die hinterhältige Schlampe entging seiner Aufmerksamkeit nicht, und er machte seinen Zug. Bevor Din überhaupt registriert hatte, dass sie entdeckt worden war, packte er sie an dem mit Juwelen besetzten Gürtel ihres Gewandes, stemmte sie über den Kopf und schleuderte die kreischende Frau auf Diggelby. Beide stürzten schwer zu Boden, und Maroto stieß einen Triumphschrei aus, weil der Scheit aus Diggelbys Hand flog …

… und zwar genau gegen die Zeltwand des Kochpavillons, der sofort Feuer fing. Maroto eilte darauf zu, um es zu löschen, schlug Purna und Mana, die ihn von den Flanken angreifen wollten, dabei brutal zur Seite, blieb dann aber plötzlich stehen. Er schmeckte Lakritz auf den Lippen. Sich in die Nähe des wachsenden Infernos zu begeben würde selbstmörderisch sein. Er sah zurück zu den Adligen und wollte den offensichtlichen Befehl geben, dass sie ihren Kampf lange genug aussetzten, um den Brand einzudämmen, bevor er sich auf die Wagen ausbreitete. Da wurde ihm endlich die Größenordnung dessen bewusst, was er gerade getan hatte. Es war schlicht idiotisch, und dann gab es das hier …

Die Lagermitte war ein Schlachtfeld, überall ragten zerbrochene Möbel schiefen Palisaden gleich aus dem Sand; zersplittertes Glas, Geschirr und umherfliegendes Essen waren in den Boden getreten worden. Und wohin Maroto auch blickte, überall lagen Körper, Körper und immer wieder Körper. In Seide gekleidete Körper lagen quer über den Tischen. In Satin gekleidete Körper lagen am Boden. In Samt gekleidete Körper starrten ihn von der Erde aus an, während das Blut aus ihren schlaffen Mündern sickerte. *Oh, Scheiße*!

Hände packten ihn, die anscheinend lange verhinderten Leibwächter waren endlich eingetroffen, um das mit ihm zu machen, was er schon mit ihren Arbeitgebern gemacht hatte … aber nein, es waren die Diener, die ihn in seinem vom Kampf benebelten Zustand aus dem Weg drängten, damit sie den brennenden Pavillon löschen konnten.

Als er sich erneut dem Gemetzel zuwandte und die Diener so gut sie konnten auf das lodernde Zelt einschlagen ließ, sah er, dass sich die meisten der Adligen wieder rührten. Weitere Diener kamen aus ihren Verstecken und machten einen großen Bogen um ihn, während sie zu ihren gestürzten Herren eilten, um sich um sie zu kümmern. Hinter einem zerstörten Diwan erhob sich eine schlaffe Hand, und Maroto sah, dass Graf Hassan mit einem blutigen Taschentuch wedelte, das weiß gewesen sein musste, bevor alles außer Kontrolle geraten war.

»Schurkerei!« Hauptmann Gilleland trat zwischen den beiden Wagen hervor, die Maroto am nächsten standen, gefolgt von vier seiner schwersten Schwergewichte und Prinzessin von Yungs Dienerin. Die Muskelmänner hielten Waffen in den Händen, und die Dienerin zeigte unnötigerweise auf Maroto. Sein Blick glitt zu der Stelle, an der er seinen Kriegshammer abgestellt hatte – auf der anderen Seite des Feuers neben seinem verlassenen Teller. Da die Wachhunde endlich zurückgekehrt waren, ging die Jammerei der Adligen los. Die Ruhe vor dem Kampf hatte sich zusammen mit dem Kochpavillon in Luft aufgelöst. Maroto trat noch einen Schritt weiter von dem lodernden Inferno zurück, aber selbst diese unschuldige Bewegung reichte einem unbemerkt gebliebenen Wächter auf der anderen Seite des Wagenkreises, um seine Armbrust abzuschießen. Der Bolzen peitschte unter der Hand vorbei, die Maroto zur friedlichen Zurschaustellung seiner Unschuld gehoben hatte, und zwar so dicht, dass die Befiederung seine Haut berührte.

»Moment mal!«, knurrte er. »Wollen wir uns mal zu nichts hinreißen lassen. Das ist nicht das, wonach es aussieht.«

»Hauptmann Gilleland«, schaffte es Hassan auszustoßen, während ihn zwei Diener so weit aufrichten konnten, um ihn gegen seinen kaputten Diwan zu lehnen. »Hauptmann, besorgt ihm …«

»Die haben angefangen«, verkündete Maroto. Als hätte die Wahrheit einem zum Untergang verurteilten Mann jemals genutzt.

»Das habe ich gehört.« Der Hauptmann brachte Maroto mit einer Bewegung seines Breitschwertes zum Schweigen. Die Klinge funkelte im Licht des brennenden Zeltes. »Das ist wohl kaum das Ende, das du dir gewünscht hast, was, du Held? Du hättest deinen Stolz hinunterschlucken sollen, was auch immer er dir gebracht hat. Glaubst du, die Barden erinnern sich daran, dass wir dich niedergemacht haben, oder ist die Ballade besser, wenn sie uns unterschlagen und die Reichen hier den Ruhm für sich in Anspruch nehmen? Hauptmann Maroto Teufelshäuter, Schurke des Nordostzackens, von unbewaffneten Stutzern ins Grab gebracht!«

»Noch bin ich nicht in meinem Grab«, erwiderte Maroto leise. Ein Wächter schlich sich hinter ihm an – den konnte er mit drei schnellen Schritten herumwirbeln, um einen menschlichen Schutzschild für die Armbrüste zu haben. »Wenn du in einem Lied vorkommen willst, Gilleland, musst du nur darum bitten.«

»Hauptmann, besorgt diesem Mann …« Hassan hielt inne, um einen Zahn auszuspucken. »Puh!«

»Ist schon klar.« Hauptmann Gilleland war kein hässlicher Mann, aber niemand hätte je den Fehler begangen, ihn als hübsch zu bezeichnen. Für gewöhnlich sah er aus, als würde er sich hämisch über etwas freuen, und in Augenblicken wie diesen, in denen das tatsächlich der Fall war, war die Auswirkung auf seine Miene bemerkenswert abstoßend. »Warten wir einfach ab, über wen sie singen werden, du verweichlichtes altes Fossil. Ich habe schon lange darauf gewartet …«

»*Hauptmann Gilleland!*« Nach einem kräftigen Schluck aus der Glasflöte, die ein Diener hielt, und einem kräftigen Zug von der Zigarre, die ihm ein anderer Lakai an die Lippen gehalten hatte, hatte sich Graf Hassans Stimme etwas gekräftigt. »Hauptmann, besorgt diesem Mann *etwas zu trinken*!«

Maroto hatte einen Fuß zurückgesetzt, um nach hinten wirbeln und sich den Anschleicher schnappen zu können, aber Hassans heiserer Ruf überraschte ihn so sehr, dass er bei der Drehung beinahe gegen Purna gestoßen wäre. Sie hatte sich an ihn angeschlichen, kein Wächter war es gewesen. In der einen Hand hielt sie einen langen, gekrümmten Dolch, und in der anderen eine Flasche. Bevor sich der Barbar entscheiden konnte, ob er sie in den Schwitzkasten nehmen sollte, um sie als Fleischschild zu benutzen, streckte ihm die kleine Adelige die Flasche entgegen, den Hals zuerst, um den Korken dann mit ihrer Klinge zu entfernen. Kalter Schampus spritzte ihm ins Gesicht und drang in seine Nase, aber zumindest wusch der Schaumwein den pertnessischen Branntwein ab.

»Hurra!«, rief Purna. »Einen Schluck für den König!«

Schwer zu sagen, wer überraschter war – Maroto oder Hauptmann Gilleland –, als der Rest der Stutzer diesen Ruf aufgriff. Der Barbar wischte sich den klebrigen Wein aus dem Gesicht und sah, dass ihm abgesehen von Herzogin Din und Kōshaku Köz jeder von der Stelle aus zujubelte, wo sie im Sand saßen oder von ihren Dienern gestützt wurden. Und wären Din und Köz bei Bewusstsein gewesen, wären sie vielleicht auch mit eingefallen. Maroto grinste Purna an, dann schenkte er dem Hauptmann ein noch breiteres Grinsen.

»Lang lebe der König, was, Hauptmann?«, sagte er und leckte

sich den besten prickelnden Schaumwein von den Lippen, den er je getrunken hatte.

»Oder auch nicht«, erwiderte Hauptmann Gilleland, und das schmale hämische Lächeln auf den Lippen des Mannes, der sich gerade abwandte, gefiel Maroto gar nicht. Kein bisschen.

KAPITEL 15

Zosia erwachte mit Schmerzen, wie so oft in letzter Zeit. Doch nicht die vertrauten Schmerzen in Knien und Gelenken waren es, sondern ein Meißel, der sich direkt zwischen ihre Augen bohrte. Im Laufe der Jahre war jeder Kater von einer Mücke zu einem Drachen geworden, aber das hier war ein völlig anderer Scheiß, den sie glücklicherweise schon lange nicht mehr erlebt hatte. Die Nachwirkungen einer Vergiftung. Die undeutlichen Echos monströser Visionen hallten durch ihren Schädel, aber die Halluzinationen oder Albträume oder was zum Teufel es auch gewesen sein mochte, verblichen bereits, und das schnell. Sie hatte sich nicht bemüht, sie festzuhalten. Sie ließ sie so schnell hinter sich, wie sie nur konnte.

Dann öffnete sie die Augen und entdeckte, dass sie in einem geräumigen Schlafzimmer lag. Lefzenschlecker ruhte neben ihr, aber die Bestie hatte genug Verstand, sich auf dem Boden auszustrecken, statt ihr Bett zu teilen. Kerzenlicht zeigte die Silhouetten zweier sitzender Gestalten, die sie beobachteten. Ihre Schatten reichten zur halben Höhe der Wand hinter ihnen. Kang-ho und ein attraktiver älterer Mann in einem prächtigen Seidengewand aus Ugrakari, dessen rotes Haar zu einem halben Dutzend kleiner Zöpfe geflochten war.

»Seid Ihr der König von Hwabun?«, fragte Zosia. Verbissen bemühte sie sich, den schrecklichen Geschmack in ihrem Mund zu ignorieren. »Jun-hwan?«

Der Herr des winzigsten der souveränen Staaten des Sterns nickte. »Frau Clell, ich freue mich, Eure Bekanntschaft zu machen, und ich entschuldige mich für jedes Missverständnis, das sich heute Nachmittag ergeben hat. Von Eurem Ohnmachtsanfall habt Ihr Euch hoffentlich erholt?«

»Hm.« Zosia schloss die Augen und zwang den Schmerz mit Willenskraft zu verschwinden. Einst hatte sie so etwas tatsächlich geschafft, aber jetzt lachte der Ärger in ihrem Schädel nur über ihre Anmaßung. »Danke für Eure Besorgnis.«

»Nun, ich habe noch andere Gäste, um die ich mich kümmern muss, also spreche ich offen mit Euch und erwarte von Euch, dass Ihr diese Höflichkeit erwidert. Verstehen wir uns?«

»Absolut.« Sie setzte sich auf dem Laken auf und musterte ihre Umgebung genauer. Abgesehen von dem Teufel, der neben ihr lag, war keines ihrer Besitztümer zu sehen. Kang-ho machte einen nervösen Eindruck, was nur vernünftig war – bei der Dreistigkeit des Mannes, sie an seinen Gemahl auszuliefern.

»Wir haben uns bereits ganz offen unterhalten, Ihr und ich, während Ihr unter dem Einfluss des Hyänenfischgiftes standet. Erinnert Ihr Euch, wovon wir sprachen?« Was auch immer für ein Ausdruck in Zosias Gesicht trat, er musste Jun-hwan erfreut haben, denn er lächelte noch breiter. »Frau Clell, ich versichere Euch, dass alles, was Ihr enthüllt habt, unser Geheimnis bleiben wird. Nicht einmal mein Gemahl hat an dieser Diskussion teilgenommen.«

»Nein?« Was bei allen Teufeln hatte dieser Mistkerl nur vor?

»Mich hat tief betrübt, vom Tod Eures Mannes zu hören, Frau Clell. Sollte Kang-ho etwas zustoßen, würde ich mit Sicherheit ebenfalls nach Gerechtigkeit verlangen, selbst wenn dieser Weg nicht unbedingt vernünftig wäre.«

Zosia seufzte und legte sich wieder hin. So viel zum Überraschungsmoment. Sie starrte an die schwarz getäfelte Decke. »Ihr sagtet, wir würden offen sprechen, also bringen wir es hinter uns. Was geschieht jetzt?«

»Das liegt ganz bei Euch«, sagte Jun-hwan. »Wie bereits erwähnt stehe ich Eurer Notlage nicht völlig verständnislos gegenüber. Tatsächlich kann ich Euch sogar viel besser verstehen, als Ihr ahnt. Ihr müsst wissen, unsere Tochter Ji-hyeon …«

Kang-ho warf etwas auf Makellos ein, aber ein scharfer Blick Jun-Hwans ließ ihn verstummen. Das Stirnrunzeln des Zweiten Gemahls wurde stärker, doch er unterbrach Jun-hwan nicht erneut.

»Unsere Tochter, Prinzessin Ji-hyeon, wird seit über einem Monat vermisst. Wir haben Grund zu der Annahme, dass Agenten von Samoth sie entführt haben. Bei der Geschichte, die Ihr mit meinem Gemahl teilt und die das Scharlachrote Imperium betrifft, finde ich es sehr interessant, dass sowohl Eure Familie als auch die seine vor so kurzer Zeit ins Ziel seiner Interessen geraten seid, wenn auch auf unterschiedliche Weise.«

»Hm.« Zosia hätte ihre Kopfschmerzen beinahe eine Sekunde lang vergessen. Beinahe. »Eine entführte Prinzessin? Das ist offensichtlich viel schlimmer als der Mord an ein paar Hundert Bauern, aber ich kann wohl verstehen, wie Ihr zu dem Vergleich kommt. Ich fühle mich wahrhaft geschmeichelt.«

»Ich habe kein Interesse daran, meine Trauer gegen Eure aufzurechnen, gute Frau, ich stelle lediglich die Fakten fest.«

»Und Tatsache ist, wir wissen nicht genau, ob sie Agenten des Imperiums entführt haben«, sagte Kang-ho unbehaglich. »Soweit wir wissen …«

»Soweit wir wissen, war es einfach nur einer der lieben Freunde meines lieben Gemahls, der einen schönen Profit aus dem Lösegeld schlagen will«, sagte Jun-hwan. »Als das letzte Mal einer seiner *Kriegskameraden* zu Besuch kam, verloren wir unsere Tochter Ji-hyeon, also könnt Ihr mein Interesse an Euch verstehen, als man mich informierte, ein weiterer unangekündigter Gast behaupte, ein alter Vertrauter von Kang-ho zu sein.«

»Wie war das?« Zosia warf Kang-ho einen genauso scharfen Blick zu wie sein Mann. »Und … wer?«

»Er stellte sich uns als Bruder Mikal vor«, sagte Jun-hwan.

»Angeblich ein Missionar der Schwarzen Kette, und aus mir unverständlichen Gründen bestand mein Gemahl darauf, ihn als Lehrer für die Mädchen aufzunehmen. Da ich ihre Ausbildung Kang-ho anvertraute, dachte ich mir nichts dabei, so lange, bis es zu spät war. Dass mein Gefährte zu erwähnen vergaß, dass er diesen Bruder Mikal gut kannte, wenn auch unter einem anderen Namen, war eine ausgesprochen enttäuschende Enthüllung.«

»Frostfalle?«, fragte Zosia und richtete den Blick auf Kang-ho. »Du hast ihn in die Nähe deiner Kinder gelassen?«

»Nein, Fennec«, beeilte sich Kang-ho zu sagen, denn sein Ehemann verfolgte diesen Austausch mit sichtlichem Interesse. »Wahre Teufel und falsche Götter wissen, dass ich einen Zauberer niemals auch nur einen Fuß auf diese Insel setzen ließe, ganz zu schweigen von meinem Haus!«

»Fennec?« Lächeln tat weh, aber es ließ sich nicht vermeiden. »Du hast *Fennec* eine Anstellung in deinem Haus gegeben? Das ist ja noch schlimmer als Frostfalle! Ich hoffe, ihr setzt keinen hohen Wert in die Keuschheit eurer Prinzessinnen.«

»Das ist nicht unsere hauptsächliche Sorge«, sagte Jun-hwan, der nicht besonders glücklich über seinen Gemahl zu sein schien. »Aber seitdem habe ich alles erfahren, was es über den Charakter dieses Schurken zu wissen gibt, und ich kann Euch versichern, dass ich von dem Urteilsvermögen meines Mannes in dieser Angelegenheit nicht sonderlich beeindruckt bin.«

»Ich bezweifle, dass Ihr alles erfahren habt, was es über ihn zu wissen gibt«, sagte Zosia hilfreich, während sich Kang-ho wand. »Hat er Euch zum Beispiel erzählt, wie er diese Abtissin aus Usba verführt hat, die mit dem …«

»Er hat mich dazu erpresst, ihm diese Stellung zu geben«, sagte Kang-ho. »Hat geschworen, er bräuchte bloß einen Platz zum Untertauchen für ein Jahr oder zwei, bis sich irgendein Sturm verzogen habe, den er sich eingebrockt hatte. Ich lehnte ab, natürlich tat ich das, aber dann wurde es hässlich. Er gab mir sein Wort, er würde nur die Rolle des Geistwächters spielen und nichts weiter. Und wir haben uns immer auf die Schwüre der anderen verlassen können, nicht wahr? Außerdem ließ er mir am Ende keine Wahl – ich konnte es mir nicht leisten, ihn wegzuschicken.«

»*Darüber* ließe sich spekulieren«, sagte Jun-hwan scharf. »Im Gegensatz zu der Tatsache, dass er vor einem Monat verschwunden ist, und zwar mit Ji-hyeon und einem ihrer anderen Wächter.«

»Wer ist dieser Wächter?«, wollte Zosia wissen.

»Choi«, sagte Jun-hwan, »die Kampfwächterin meiner Tochter. Sie war schon viele Jahre lang in unserem Haus gewesen, bevor dieser Bruder Mikal aufgetaucht ist. Was entweder auf eine seit langer Zeit vorbereitete Verschwörung hinweist – um meine Tochter zu entführen – oder aber man hat Chois Leiche einfach noch nicht gefunden. Um ihretwegen hoffe ich, es ist das Letztere.«

»Also hieltet Ihr mich für eine Komplizin, als ich auftauchte? Die vielleicht den Lösegeldbrief abliefert?« Dieser Bursche gestand den Freunden seines Mannes nicht viel zu, wenn er glaubte, sie würden einen Mitverschwörer zu den Verhandlungen schicken, statt die Bedingungen aus einer sicheren Entfernung heraus zu vereinbaren. »Schlecht fürs Geschäft, eine Familie so lange warten zu lassen, ohne überhaupt etwas zu schicken – seid Ihr sicher, dass sie die Entführung nicht vorgetäuscht hat? Prinzessinnen sollen so etwas bekanntlich tun.«

»Es gab einen Zeugen«, sagte Kang-ho, obwohl ihn sein Mann wieder mit offensichtlicher Skepsis ansah. »Ihr Tugendwächter Keun-ju hat gesehen, wie Fennec und Choi sie forttrugen. Als er sie aber aufhalten wollte, warfen sie ihn in die Bucht. Er wäre beinahe ertrunken.«

»Gut, dass er das nicht ist, sonst hätte keiner erzählen können, was passiert ist«, meinte Zosia.

»Er wird Euch auf Eurer Reise genau Bericht erstatten.« Jun-hwan stand auf. Er schaute auf sie herunter und machte damit einen eindrucksvollen Eindruck. »Ich will, dass Ihr meine Tochter findet, Frau Clell, und sie nach Hause bringt. Dann helfe ich Euch, so gut ich kann, bei Eurem Vorhaben, Samoth zur Verantwortung zu ziehen.«

»Eine Prinzessin für ein Heer?« Zosia dröhnte der Schädel, was jedes Gefühl verdarb, das dieses Angebot in ihr hätte entfachen können. Sie wollte nichts als ihr Gesicht in ein kühles Kissen drücken, den ganzen nächsten Tag oder so. »Und woher wollt Ihr wissen, ob ich nicht tatsächlich mit Fennec unter einer Decke stecke, dass wir Euch auf diese Weise kein Lösegeld in Form von Kriegsanstrengungen entlocken? Vielleicht haben wir sie ja in irgendeinem Stechhaus in Linkenstern versteckt, und ich bin in der nächsten Woche mit der Prinzessin zurück, um eine Bezahlung zu erhalten?«

»Wie ich schon sagte, Ihr und ich, wir haben uns unterhalten, während Ihr mit den Hyänenfischen geschwommen seid, und in diesen Tiefen können nur die wenigsten überzeugend die Wahrheit sagen, geschweige denn eine überzeugende Lüge«, sagte Jun-hwan. Er deutete mit dem Kopf auf Lefzenschlecker. »Und hätte ich irgendwelche Zweifel gehabt, so hat mich schließlich Euer Gefährte davon befreit. Offensichtlich haltet Ihr immer Euer Wort.«

»Tatsächlich?« Zosia versuchte das Eiswasser abzuschütteln, das ihr den Nacken hinunterrann. Die Makellosen gingen auf eine beunruhigend unbekümmerte Art und Weise mit Geistern, Hexengeborenen und allen anderen Arten von Schrecken um. Aber es war allgemein bekannt, dass nur die Eingeweihten der Schwarzen Künste mit Teufeln sprechen konnten. Sie gegen ihren Willen unter Rauschgift zu setzen und zu verhören, war die eine Sache, freundlich mit ihrem Unhold zu plaudern aber eine ganz andere. »Lefzenschlecker hat also ein gutes Wort für mich eingelegt?«

»*Lefzenschlecker?*« Jun-hwan sah entsetzt aus. »Ihr solltet ein solches Wesen mit mehr Ehrfurcht behandeln, Frau Clell.«

»Ja, ich wette, das hat er auch gesagt.« Mühsam trat sie die Decke in Lefzenschleckers Richtung. »Und trotzdem wusste es der Arsch besser, als in mein Bett zu kriechen, nicht wahr?«

Lefzenschlecker stieß ein leises Knurren aus, was Zosia endgültig dazu brachte, sich richtig aufzusetzen, aber nur, um ihm eins auf die Nase zu geben. Genau das fehlte ihr noch, dass sich das alte Ungeheuer Dinge anmaßte, nur weil ein bekloppter Makelloser mit seiner finsteren Seele reden konnte. Jun-hwan stieß die Luft zwischen den Zähnen aus, enthielt sich aber jeder Bemerkung über Zosias Behandlung ihres Teufels, und Lefzenschlecker winselte sie vorwurfsvoll an. Wieder hob sie die Hand, schlug aber nicht zu. Aufrecht zu sitzen kostete sie ihre ganze Energie.

Jun-hwan bückte sich und streichelte Lefzenschlecker, ohne Zosia dabei aus den Augen zu lassen. »Es heißt, dass der Große Finstere König der Schwarzen Länder Licht für seine Untertanen ersehnte und darum zwei Flammenhunde durch das *Tor* des Versunkenen Königreichs in unsere Welt entsandte. Die eine Hündin versuchte, die Sonne zurückzubringen, und die andere den Mond. Aber die Sonne verbrannte der ersten die Zunge, und sie ließ sie fallen. Der Mond aber ließ die Zähne der anderen gefrieren, und sie ließ ihn fallen. Da die beiden Flammenhunde aber wussten, wie der Große Finstere König auf jegliches Versagen reagierte, versuchten die beiden immer wieder, unser Sternenlicht fortzutragen, und das werden sie auch weiterhin so lange tun, wie Sonne und Mond über dem Stern aufgehen.«

»Mond- und Sonnenfinsternis, nicht wahr?« Zosia erinnerte sich an das Lied, das ihr Kang-ho vor beinahe dreißig Jahren vorgesungen hatte, als sie sich die religiöse Hysterie, die ganz Yennek erfasst hatte, zunutze machten, um sich in Schloss Illictus einzuschleichen und es völlig auszurauben. »Eurer Ansicht nach ist er ein sonnenfressender Flammenhund? Hättet Ihr gesehen, welche Probleme er mit seinem eigenen Hinterteil hat, wenn er dort herumnagt, würdet Ihr ihm nicht so viel zutrauen!«

»Ich bin nicht dafür, die alten Mythen wortwörtlich zu nehmen, aber ich weiß doch, dass sie aus einem Zeitalter stammen, in dem Sterbliche nicht so allein auf dem Stern waren, wie wir es heute zu sein glauben«, sagte Jun-hwan. »In allen Kulturen gibt es Legenden über schwarze Hunde, und auch wenn sich diese Lieder stark voneinander unterscheiden, es ist doch eine universelle Wahrheit, dass diesen Wesen Ehrerbietung zusteht.« Er widmete der Bestie ein weiteres respektvolles Nicken.

»Ihr solltet die Finger vom Fischöl lassen«, sagte Zosia, obwohl die Legenden des Mannes alle möglichen seltsamen Erinnerungen an ihren Hyänenfischtraum an die Oberfläche beförderten, Erinnerungen, die wieder in öliger Finsternis versanken, bevor sie sich darauf konzentrieren konnte. Von gewaltigen, sich windenden Ungeheuern, die lediglich Flöhe auf größeren Nachtmaren waren, Leviathane, die das dunkle Zentrum aller Dinge aufwühlten …

»Wie dem auch sei«, sagte Kang-ho, »unser geehrter Gast wollte gerade gehen, nicht wahr?«

»Keun-ju begleitet Euch«, sagte Jun-hwan. Als ihm sein Gemahl einen boshaften Blick zuwarf, zuckte der König mit den Schultern. »Seit der Entführung will er verzweifelt hinter Ji-hyeon herrennen, aber welche Verwendung haben wir für einen dritten Tugendwächter, wo wir hier doch nur zwei Kinder haben?«

»Zosia braucht keinen unserer Diener, der hinter ihr herspioniert!«

»Frau Clell«, korrigierte ihn Jun-hwan. »Auch wenn man nicht vergessen darf, dass Keun-ju falls nötig als ihr Dolmetscher fungieren und jeden an uns übersandten Bericht bestätigen könnte.«

»Ich habe bereits eine Dolmetscherin«, sagte Zosia, »dieses Soldatenbalg, Bang, sie kommt mit mir. Sonst brauche und will ich keinen Begleiter.«

»Keun-ju begleitet Euch«, sagte Jun-hwan. »Falls Ihr zusätzlich auch noch die Dienste von Leutnant Bang Lin braucht, so schreibe ich gern ihrem Kommandanten in Linkenstern und erkläre ihm, dass sie Urlaub bekommen soll, weil ich sie für eine persönliche Angelegenheit benötige. Kang-ho, ich kann mich darauf verlassen, dass du ein Freistellungsentgelt an das Hauptquartier auf dem Festland schickst?«

Streitereien unter Makellosen wirkten genauso wie bei allen anderen – ermüdend. Also kam Zosia unbeholfen auf die Füße, um sich von ihrem Wortwechsel abzulenken. Bei ihren ersten schwankenden Schritten erhob sich Lefzenschlecker und blickte mit seinen hungrigen schwarzen Augen zu ihr auf. Sie legte eine Hand auf seinen pelzigen Kopf, aber nur um sich zu stützen. Eine Prinzessinenjagd. Igitt! Aber niemand hatte je behauptet, einen Privatkrieg zu finanzieren sei einfach.

Am Abend fühlte sich Zosia etwas besser, aber sobald sie zu ihrem Kopfkissen zurückkehrte, versank sie darin und plätscherte vergeblich in ihrem Bettzeug herum, bevor sie unterging. Die ganze Nacht schwebte sie höher und höher in die vom Mond eingefetteten Wolken und trieb die Hüfte einer Monstrosität hinauf, die größer als jede Stadt, jeder Berg, jede Idee oder jedes Ideal war, und der Mond hinter ihren vielen Köpfen glühte wie eine silberne Krone … abgesehen von den lebhaften Albträumen schien die Entgiftung aber milder abzulaufen als bei ihren vorherigen Vergiftungen. Dass Kang-ho und sie in einer wilden Nacht in Thao absichtlich Hyänenfischöl geraucht hatten, war völlig verrückt.

Am nächsten Morgen brachen sie auf. Das gab Zosia neue Kraft, und wenn auch nur, um diese Insel zu verlassen. Seine Anmut Jun-hwan ließ sich nicht sehen, weil er sich um seine unsichtbaren Gäste kümmern musste, aber Kang-ho begleitete sie nach Othean, das Ausländern als Kleiner Himmel bekannt war, die Hauptstadt der Makellosen Inseln. Nach einigem Gefeilsche durften sie im Nordhafen der riesigen Insel einlaufen. Soldaten in weißen Uniformen hielten sie von dem Augenblick an unter Beobachtung, in dem sie ihr kleines Schiff verließen, und zwar bis sie die Mauern des Herbstpalastes erreichten, und dann wurden sie von noch mehr harten Blicken verfolgt – von den Zinnen auf der Terrakottastraße bis zu den toten Feldern, die den Tempel der Pentakel umgaben. So langsam fühlte es sich wieder wie in den alten Zeiten an, da man allein durch einen Spaziergang so viel feindselige Aufmerksamkeit der Einheimischen auf sich ziehen konnte.

»Hier griff uns der Geist an«, sagte Keun-ju, der Tugendwächter des vermissten Mädchens. Jung, hübsch und klug kam der Junge vermutlich von einer Insel niederer Klasse, vielleicht sogar vom Festland.

»Dabei bin ich immer der Ansicht gewesen, ihr Makellosen könntet so gut mit Teufeln umgehen«, sagte Zosia. »Wer hätte gedacht, dass einer von ihnen versuchen würde, eine Prinzessin runterzuschlingen?«

»Etwas zu respektieren ist nicht das Gleiche, als es für sicher zu halten«, belehrte Kang-ho sie. »Ganz im Gegenteil. Man lebt nicht auf dem Meer, ohne diese Lektion zu lernen.«

»Wenn ihn ein Hausdiener, ein paar weitere Diener und eine junge Prinzessin niedermachen können, dann kann es sich ja wohl kaum um eine wirklich schreckliche Bestie gehandelt haben, eh?«, sagte Bang, die mit Lefzenschlecker an der Seite die Nachhut bildete.

Weder Keun-ju noch Kang-ho schienen der Soldatin antworten zu wollen, aber Zosia lächelte. »Also hatte sie sich zum ersten Mal davongeschlichen? Ausgerechnet neben einem *Tor* auf Teufelsjagd zu gehen … Ich frage mich, wer ihr diesen Floh ins Ohr gesetzt hat.«

»Keun-ju?«, fragte Kang-ho und blies verärgert die Wangen auf, weil der Tugendwächter mit den hübschen Augen stur auf die vertrockneten Schlingpflanzen starrte. »Da sie jetzt weg ist, werde ich dich wohl kaum auspeitschen lassen, also red schon – mir fallen ein paar Gelegenheiten ein, bei denen Ji-hyeon nicht dort war, wo sie hätte sein sollen. Also was?«

»Er hat es immer sehr geschickt gemacht, aber ich fand, dass Bruder Mikal bei Prinzessin Ji-hyeons kleinen Fantasien etwas zu übertrieben protestiert hat«, sagte Keun-ju bitter. »Ja, er hat sich gegen gewisse Tätigkeiten ausgesprochen, aber immer auf die verführerischste Weise. Das war in dieser Nacht nicht anders, und ohne ihn hätten wir den Palast nicht heimlich verlassen können. Da wir alle in Gefahr zu sein schienen und vor allem wenn man bedenkt, dass wir diesen Ernteteufel zusammen überwältigt hatten, hätte ich ihn keines Verrates für fähig gehalten. Bis es zu spät war. Jetzt frage ich mich, ob er das Ungeheuer selbst mit irgendeiner Kettenhexerei beschworen haben mag, um die Prinzessin noch mehr ins Vertrauen zu ziehen.«

»Und die andere, ihre Kampfwächterin, ist sie dir je komisch vorgekommen?«, wollte Bang wissen, die jetzt weitaus mehr Interesse an der Verschwörung zeigte als zuvor.

»Choi erschien über jeden Verdacht erhaben«, schniefte Keun-ju. »Bis zu dem Augenblick, in dem sie mich ins Meer warf, weil ich sie davon abhalten wollte, meine Prinzessin zu verschleppen.«

»Nicht so schnell«, sagte Zosia. »Zurück zu dem Augenblick, als ihr vier während des Festes … was geschah eigentlich genau? Ihr schleicht euch raus, steht plötzlich dem Teufel gegenüber, der sich aus dem *Tor* geschlichen hat, prügelt ihn nieder und kehrt mit Kürbis verdreckt auf das Fest zurück – das war es?«

»Der Gesichtsausdruck ihres Vaters, als Ji-hyeon mit Kürbisinnereien im Haar hereinplatzte …« Kang-ho lächelte traurig.

»Es war das letzte Fest, an dem sie teilgenommen hat. Das war im Herbst, und sie verschwand kurz vor dem Wintermondball. Fennec und Choi stießen das Boot aufs Wasser zurück, nachdem sie im Schutz der Dunkelheit hier gelandet waren, aber ein Wächter entdeckte es schließlich. Man fand Spuren von der Küste bis hierher zum Tempel. Selbst mit Hilfe von Ji-hyeons Verlobtem konnten wir nicht mehr entdecken – die Spur wurde am *Tor* kalt.«

»Jede Wette«, sagte Zosia, die ihren Schritt noch mehr verlangsamte. Die Pfade durch die Felder erstreckten sich speichengleich von dem fünfseitigen Tempel, dem sie sich näherten, einem schwarzen Steinbauwerk, das die Luft um sich herum und selbst das Sonnenlicht zu dämpfen schien. Zosia hatte die *Tore* auf drei verschiedenen Zacken des Sterns gesehen, war aber selbst noch nie auf das Makellose *Tor* zugegangen. Wie immer verspürte sie die Anziehung in ihrem Blut, wie sich die Härchen auf ihren Armen in seine Richtung streckten … »Verlobter?«

»Habe ich nicht erwähnt, dass sie mit Kaiserin Ryukis zweitem Sohn verlobt ist?«, fragte Kang-ho. »Keun-ju, Bang, ihr beiden wartet hier, während Frau Clell und ich unser Gespräch etwas näher am Tempel fortsetzen.«

»Was immer Ihr sagt, Herr«, erwiderte Bang, pflanzte ihren Speer in den Boden und lehnte sich dagegen, während sich Keun-ju die Stirn mit dem Ärmel abwischte.

»Prinz Byeong-gu, Ji-hyeons zukünftiger Gemahl, ist außer sich«, sagte Kang-ho, als sie ein Stück entfernt waren. »Unser Haus trägt nicht als einziges die vergangenen Monate weiß. Darum haben wir auch niemanden nach ihr auf die Suche geschickt. Ji-hyeons Zukünftiger hat ihnen bereits ein Dutzend Soldaten durch das *Tor* nachgeschickt, und jetzt ist er persönlich nach Süden gesegelt, um im Imperium nach ihr zu suchen.«

»Er hat Menschen *durch* das *Tor* geschickt?« Zosia erschauderte. Diese von den Göttern verdammten gruseligen Makellosen. »Lass mich raten – sie kamen nie zurück.«

»Das war, kurz nachdem Fennec und Choi sie hindurchtrugen. Also – wenn die Soldaten alle irgendwo anders auf dem Stern herauskamen, könnte es lange dauern, eine Nachricht nach Hause zu schicken, ob nun über Land oder Wasser.«

»Oder sie treiben alle mit dem Rest des Versunkenen Königreichs auf dem Grund des Ozeans. Oooh, oder sie sind bei den Bürgern von Emeritus, wo auch immer diese armen Schweine gelandet sein mögen. Oder in einer noch schlimmeren Hölle. Hast du je gehört, dass jemand eines dieser Dinger erfolgreich benutzt hat?«

»Fennec würde niemals in eins reinspringen, gäbe es da auch nur das geringste Risiko für seine Person, nicht wenn er einfach in einem Boot abhauen könnte.« Kang-ho klang beinahe überzeugt davon. Beinahe. »Sie kamen mit einer Absicht her, das war kein letzter Ausweg. Was bedeutet, dass Fennec weiß, wie man sie benutzt.«

»Oder er glaubt es zumindest.« Zosia betrachtete den Tempel. Bei allen Teufeln unter der Erde, es war ein zu kalter Anblick, um über die Finsternis jenseits dieser mächtigen *Tore* nachzudenken. An jeder der fünf Ecken des Bauwerks standen Kaiserliche Wächter, was Kang-ho zufolge nach Ji-hyeons Entführung eine neue Maßnahme war. Davor hatte jeder benebelte Makellose einfach hineinspazieren können, sobald ihm der Sinn danach stand … um auf dieser Welt nie wieder gesehen zu werden. Aber was war, falls Fennec tatsächlich auf das Geheimnis gestoßen war, mithilfe der *Tore* beliebig auf dem Stern zu reisen, einfach diesen Tempel zu betreten und tausend Meilen entfernt einen anderen zu verlassen, genauso wie es die Legenden beschrieben? »Ich frage mich, ob Fleischnester etwas damit zu tun hat.«

»Daran habe ich auch schon gedacht«, sagte Kang-ho. »Ich habe seinen Teufel nicht einmal während seines Aufenthalts bei uns gesehen, also nahm ich an, dass er sie schon vor langer Zeit hat gehen lassen. Natürlich kann sich eine Fliege überall verstecken, darum hatte er sie vielleicht ja noch immer … Aber warum eine so kostbare Sache wie die Gunst eines Teufels für die Benutzung eines *Tores* verschwenden, wenn man auch einfach mit einem Boot fliehen könnte und sich den Teufel für einen Notfall aufspart?«

»Das ist es.« Zosia war sich sicher – kein schlechter Schachzug, Fennec, wirklich nicht schlecht. »Warum einen Teufel für eine einmalige Reise über den Stern freigeben, wenn man ihn dazu bringen kann, einen die Kunst zu lehren, es selbst zu tun? Ich wette, er hat ihn im Austausch für das Geheimnis der Torbenutzung freigelassen.«

»Glaubst du, sie können einem eine solche Macht geben?« Kang-ho sah Lefzenschlecker zweifelnd an, der ein Stück vorausgetrottet war und nun im Staub saß, um den Tempel anzustarren.

»Das weiß man nicht, bevor man gefragt hat, eh?« Sie runzelte die Stirn, denn sie fragte sich, was sie bei dem Versuch, ihren Teufel freizugeben, falsch gemacht haben mochte, und dann auch noch für einen letztlich so kleinen Wunsch. »Mir ist natürlich aufgefallen, dass sich Bestienflügel nicht hat sehen lassen. Sag mir nicht, dass du deinen Teufel für eine nie erlöschende Pfeife oder eine einzige Nacht mit einer strahlenden Schönheit hast gehen lassen. Ich habe gehört, dass sie einem eine Idee so tief in den Kopf pflanzen können, dass man nie auf den Verdacht käme, sie wäre nicht auf dem eigenen Mist gewachsen – hast du dir so deinen Gemahl geschnappt, indem du *ihn* dazu brachtest zu glauben, dass er *dich* begehre?«

»Ich schenkte ihr vor Jahren schon die Freiheit, nachdem du mir die Freiheit gegeben hattest, und zwar ohne Gegenleistung«, erwiderte Kang-ho. Doch entweder log er jetzt schlechter als früher, oder Zosias lange Abwesenheit von dem subtilen Geruch von Schwachsinn hatte sie für seinen Duft sensibler gemacht. »Es ist falsch, sie zu binden, und es ist auch falsch, die Freiheit eines Teufels von einem Wunsch abhängig zu machen. Will man mit solchen Mächten verkehren, dann im gegenseitigen Austausch, nicht mit Folter und Fesseln.«

»Tatsächlich?« Sie fragte sich, ob er da möglicherweise nicht sogar auf etwas gestoßen war. Vielleicht hatte sie es ja völlig falsch angefasst, vielleicht war es allein ihr Fehler gewesen, dass Lefzenschlecker ihr Angebot nicht angenommen hatte. Vielleicht, aber wahrscheinlich war es nicht – er war nur ein Ungeheuer wie jeder andere Teufel auch. »Du bist im Umgang mit ihnen immer etwas zimperlich gewesen, selbst bei deiner Eulenfledermaus.«

»Sie hat mir nie gehört.« Kang-ho musterte Lefzenschlecker noch immer. »Wir sind nur eine Weile auf derselben Straße gegangen.«

»Ja, schön und gut, so poetisch das auch sein mag, ich und Lefzenschlecker haben da eine etwas andere Übereinkunft. Er tut nicht, was ich ihm sage, und ich tue nicht, was er will«, sagte Zosia, ohne ihren Teufel dabei aus den Augen zu lassen. Er wandte sich nicht von dem Tempel ab, obwohl sie seinen Namen sagte, aber das festigte nur ihre Gewissheit, dass er lauschte. »Nehmen wir mal einen Augenblick lang an, ich würde nicht nicht glauben, dass du die ganze Sache mit Fennec zusammen geplant hast, um irgendeinen Betrug an deinem Gemahl und der Kaiserfamilie abzuziehen …«

Kang-ho packte ihren Mantel und riss sie mit hervortretenden Augen und roten Wangen an sich, während er eine Faust ballte und den Arm hob. »Sag das noch mal, Zosia, und ich werfe dich durch das verfluchte *Tor*! Ich schwöre bei den Teufeln, die wir befreit haben, das tue ich!«

»Beruhige dich, alter Mann«, erwiderte Zosia und gab ihm einen Klaps auf die Wange, während sie sich aus seinem Griff befreite. »Ich sagte doch, dass ich es *nicht* glaube, oder? Und da ich das nicht tue, was ist deiner Meinung nach für Fennec drin?

Eine Bezahlung vom Verlobten deines Kindes liegt auf der Hand, da sie in den Hochadel einheiratet. Ist dieser Prinz Byeong …«

»Byeong-*gu*.«

»Genau der. Wenn er eine Lösegeldforderung erhielte, hätte er dir das doch sicher mitgeteilt, was glaubst du? Oder würde er versuchen, die Sache selbst zu regeln? Vielleicht Jagd auf die Entführer zu machen, statt sie zu bezahlen?«

»Warum sollte er das tun?«, fragte Kang-ho zumindest etwas ruhiger.

»Scheiße, das weiß ich doch nicht – vielleicht wegen der Ehre?« Zosia zuckte mit den Schultern.

»Ich glaube kaum, dass dem Prinz dieses Wort etwas sagt«, erwiderte Kang-ho. »Hätte die Kaiserfamilie eine Forderung für Ji-hyeons sichere Rückkehr erhalten, hätte sie sich augenblicklich mit uns in Verbindung gesetzt, und wenn auch nur deswegen, um höflich vorzuschlagen, dass wir einen Teil des Lösegeldes bezahlen.«

»Vielleicht hatte man ja geplant, deine Kleine zu entführen und Lösegeld zu verlangen, aber dann ging etwas schief, weswegen sie sich auch nicht gemeldet haben.« Sie wurde sich der finsteren Schlussfolgerungen ihrer Worte erst bewusst, nachdem sie ihren Mund bereits verlassen hatten. Nun, so etwas war nicht neu.

»Als würden sie in ein *Tor* springen und nie zurückkehren«, erwiderte Kang-ho düster. »Diese Möglichkeit ist niemandem entgangen.«

»Na ja, sagen wir, so schlimm ist es nicht. Warum sollte Fennec deine Tochter entführen, lässt man mal ein Lösegeld außer acht?«

»Ich weiß es wirklich nicht, Zosia, und das macht mir Angst.« Kang-ho schob die Hände in die Ärmel und schaute zum Himmel. Falls er dort nach Omen suchte, so konnten die sich versammelnden Regenwolken bestimmt kein großartiges Omen bedeuten. »Ji-hyeon ist … sie ist ein ganz besonderes

Mädchen. Ihre Schwestern werden genauso geliebt, wirklich, aber im Guten wie im Schlechten finde ich mich in meinem zweiten Kind am meisten wieder. Vielleicht arbeitet Fennec für einen meiner Handelsrivalen, einen Clan, der eine Verbindung zwischen den Bongs und der Kaiserfamilie verhindern will. Vielleicht ist das auch eine schon lange vor sich hin köchelnde Rache aus Samoth für meine alten Sünden, so wie der Angriff auf dein Dorf. Vielleicht hatte Fennec auch eigene Gründe, mir Ärger zu bereiten. Du kennst ihn besser als ich, was könnte er deiner Meinung nach wollen?«

»Das will ich herausfinden.« Sie blickte wieder zu den Templtoren zurück. Einfach hindurchgehen zu können in was für ein Reich auch immer und am anderen Ende wieder aus einem der anderen fünf *Tore* herauszutreten, in den Domänen von Raniputri oder dem Feuersteinland oder gar in Diadem selbst, nur einen Steinwurf von dem Schloss entfernt, in dem das Ziel ihrer Rache geduldig ihre Aufmerksamkeit erwartete. Konnte es ein größeres Geschenk der Teufel geben als die Benutzung ihrer *Tore*? Falls Fennecs Teufel ihm eine Möglichkeit eröffnet hatte, mit mehreren Gefährten zu reisen, würde ihr die Freilassung Lefzenschleckers die Möglichkeit gewähren, eine ganze Legion hindurchzuführen – welche Verteidigung war schon möglich, wenn plötzlich ein Heer im Herzen von Samoths Hauptstadt auftauchte? Sie würde nicht einmal eine große Streitmacht brauchen – statt mit Feldzügen und Belagerungen konnte sie das Imperium mit einem einzigen Angriff auf die Knie zwingen, das Werk einer einzigen blutigen Nacht …

Lefzenschlecker bellte fröhlich, kam auf die Füße und wandte sich endlich vom Tempel ab. Mit wedelndem Schwanz trottete er zu ihr zurück und stieß mit seiner feuchten Schnauze aufgeregt gegen ihre baumelnde Hand. Sie schnippte den Sabber von den Fingern und wischte sie dann am Mantelärmel ab. »Warum sollte ich so etwas tun, wenn ich doch einfach Fennec aufspüren und ihn dazu bringen kann, das für mich zu machen?«

»Was?«, fragte Kang-ho, aber weder Zosia noch Lefzenschlecker gaben ihm eine Antwort, sondern wandten dem Tempel der Pentakel den Rücken zu und kehrten zum Hafen zurück. Wo auch immer sie nun steckte, es war offensichtlich, dass sich diese Prinzessin nicht von selbst finden ließe.

KAPITEL 16

Nach der Schlacht des abgespreizten kleinen Fingers, wie sie die Stutzer nannten, fand sich Maroto überraschenderweise so gut wie von den Adligen adoptiert. Es konnte keine Rede davon sein, dass er etwas dringend benötigten Verstand in sie hineingeprügelt hätte, denn sie erschienen ebenso albern wie zuvor, wenn es nicht sogar noch schlimmer war. Es konnte auch keine Rede davon sein, dass er sich ihnen entgegengestellt hatte, denn wer brauchte schon einen aufmüpfigen Diener? Ernsthaft! Es konnte nicht einmal die Rede davon sein, dass er den Tag gerettet hatte, als die Gruppe einen Zusammenstoß mit den aussätzigen Mönchen hatte, die den Schrein des Hungrigen Sandes in der Mitte der Straße der Verzweiflung betrieben, denn er hatte sie nur angebrüllt, die Beine in die Hand zu nehmen und zu rennen, was sie ohnehin schon getan hatten. Nein, es schien nur darum zu gehen, dass er ihnen die verzweifelt ersehnte Unterhaltung – und damit endlich eine Geschichte – geliefert hatte, mit der sie ihre Freunde zu Hause beeindrucken konnten. Sie hatten gegen Hauptmann Maroto gekämpft, den Fünften Schurken höchstpersönlich, hatten in einem brutalen Kampf gegen ihn gekämpft und überlebt, um davon Kunde zu tun.

Für diejenigen von ihnen, die der Härte seiner Schläge entkommen waren, indem sie in einen Wagen flohen oder eine Gehirnerschütterung vortäuschten, war das ja schön und gut, aber Maroto hatte damit gerechnet, dass zumindest Graf Hassan wegen seiner gebrochenen Nase einen Groll gegen ihn hegte.

Dann war da Herzogin Dins zerfetztes Ohrläppchen, weil Maroto ihr den dicken Türkisstecker ausgerissen hatte. Dennoch waren die Stutzer, die er am schlimmsten zugerichtet hatte, die freundlichsten und plötzlich respektvollsten, was ihm völlig rätselhaft blieb, bis ihn Tapai Purna auf dem mit Satinkissen gepolsterten Kutschbock ihres Vergnügungswagens diesbezüglich einweihte. Maroto fuhr, und seine riesigen Sandalen nahmen neben ihren zierlichen Schuhen den größten Teil der Fußstütze ein.

»Narben, Barbar, Narben.« Sie klang eifersüchtig, während sie an ihrem fast schon wieder verschwundenen blauen Auge herumtastete und dabei zusammenzuckte. »Ihr habt ihnen Schätze gegeben, die sie nie hätten kaufen können, nicht mit all ihrem Reichtum oder aufgrund ihrer Stellung.«

»Seht Ihr, da befindet Ihr Euch im Irrtum«, rülpste Maroto und reichte ihr die Karaffe mit dem Branntwein, aus der sie abwechselnd tranken. Ihr Wagen führte die Karawane in der voraussichtlich letzten heißen Nacht auf der Straße der Verzweiflung an. »Für die richtige Summe gebe ich Euch Narben, die wesentlich beeindruckender sind.«

»Aber das wäre nicht dasselbe«, meinte Purna sehnsüchtig. »Jeder kann einen Barbaren bezahlen, um sich zusammenschlagen zu lassen, aber Ihr seid kein beliebiger Schläger, und Ihr habt es auch nicht für Geld gemacht. Ihr habt ihnen wirklich alles gegeben, was Ihr hattet, habt mit Eurer ganzen Kraft gegen sie gekämpft. Das verleiht ihren Wunden etwas Besonderes.«

Um ein Haar hätte sich Maroto an seinem Bognac verschluckt, aber er wusste es besser, als sie zu korrigieren. Wie anders hätte das Ergebnis ausgesehen, hätte er sich nur ein kleines bisschen mehr bemüht – der Gedanke ließ ihn erschaudern. Er war froh, es nicht getan zu haben. Was Stutzer anging, war dieser Haufen gar nicht so schlimm, da gab es noch schlimmere. Tatsächlich hatte er sogar Gewissensbisse, weil er sie dazu gebracht hatte, diese Straße zu nehmen, vor allem wenn er in Betracht zog, was mit Pascha Diggelby und seinen Leibwächtern im Schrein des Hungrigen Sandes geschehen war. Dass der Pascha selbst der Situation so gut wie unbeschadet entkommen war, betrachtete Maroto als großen Sieg, und das trotz des Schicksals der Möchtegernbeschützer des Burschen. Aber es war nun einmal nichts daran zu ändern; falls das Gerücht stimmte und Zosia lebte, durfte man keinen Tag verlieren, weil man die längere Route nahm …

»Ihr habt Euch gut geschlagen«, sagte er und fühlte sich dabei nachsichtiger als … eigentlich als seit Jahren. »Der Rest hätte keine Chance gehabt, hättet Ihr Euch nicht sofort auf mich gestürzt und ihnen eine Öffnung verschafft. Und davor mit dem Gottguan und dann wieder bei den Aussätzigen im Tempel – wegen der Frage, ob Novizen wirklich konvertieren wollen. Ich hätte nicht einen von euch eine Katzenkralle in einem Tigerkampf für wert gehalten, aber da habt Ihr mich eines Besseren belehrt. Das muss ich zugeben.«

Purna erbebte – was an mehr als der schlechten Straße lag, die die Federn unter der Kutschbank hüpfen ließ. Er hatte ihr nicht mehr geben wollen, als ihr zustand, aber er bezweifelte, dass sie noch stolzer dort hätte sitzen können, hätte er es absichtlich versucht. Doch sie spielte es sofort herunter, steckte ihren leeren Bognacschwenker in den Halter aus Golddraht, der an dem Kutschbock angebracht war, und nahm genauso wie er einen Schluck aus der Karaffe. Dann redete sie wieder schwach daher. *Kinder.*

»Ihr seid auch besser, als ich erwartet hatte. Ihr müsst wissen, es war meine Idee, Euch für die Expedition einzustellen. Alle sagten, Ihr wärt ein Wrack, selbst wenn Ihr vor langer, langer Zeit ein harter Bursche gewesen seid. Und in der ersten Woche hier draußen habe ich mich im Stillen gefragt, ob sie wohl recht hatten, ob Ihr Eure Form verloren habt. Ob Ihr auch nur die Hälfte der Dinge getan habt, von denen man singt.«

Autsch! Nicht unbegründet, aber autsch!

»Ich habe mich geirrt, das muss ich zugeben. Ich gebe es zu.« Purna überließ ihm wieder die Karaffe. Auf dem Kutschbock wurde es still, aber Maroto war angeschwipst genug, um das Schweigen als Herausforderung zu begreifen. Er war der Wahrheit lange genug ausgewichen, und warum führte er diese Idioten denn auf dem schwersten Weg zurück durch die Wüste und riskierte aussätzige Schreinhüter und noch Schlimmeres, wenn nicht um sich der Vergangenheit zu stellen?

»Vermutlich habe ich in Wahrheit nicht einmal ein Viertel der Dinge getan, über die man singt. Die Sachen, die ich getan habe, sind kein Stoff für gute Lieder.« Da schluchzte die Geige aber etwas zu stark, oder? Offensichtlich suchte dieses Mädchen nach einem Vorbild, und bedachte man die Leute, mit denen sie sich umgab, hätte sie es beträchtlich schlechter als ihn treffen können, also warum auf ihr Feuer pissen? »Aber ein Teil entspricht zweifellos der Wahrheit. Doch was aus diesen vielen Geschichten brachte Euch auf den Gedanken, mich für ein großes Abenteuer anzuheuern?«

»Ihr seid der Fünfte Schurke!«, erwiderte Purna. »Welche Geschichten habe ich nicht gehört? Ihr seid mit der Geplagten Königin geritten, da war sie kaum mehr als ein Banditenhauptmann, und aus dem Haufen der Halsabschneider und Söldner habt Ihr ein Heer geschmiedet. Ihr habt Sterbliche besiegt, Ihr habt Ungeheuer besiegt, Ihr habt es mit dem ganzen verfluchten Scharlachroten Imperium aufgenommen und es Euch einfach genommen. Ihr habt Teufel gejagt und sie Eurem Willen unterworfen, Ihr habt an den Säulen des Himmels selbst gerüttelt und …«

»Und pfui.« Maroto streckte die Zunge heraus und prustete. »Genau das, was ich dachte. Ein Haufen Scheiße. Erstens nennt Ihr Königin Zosia bei ihrem Namen, oder Ihr erwähnt sie gar nicht. Außerdem war sie keine Banditin, sie war immer eine, wie nannte sie es doch gleich? Eine *Revolutionärin*. Und die

Kobaltblaue Kompanie setzte sich nicht aus Halsabschneidern zusammen. Jedenfalls nicht ausschließlich. Und viertens oder drittens haben wir nie Teufel gejagt. Zumindest ich nicht, obwohl sie Lieder sang, so etwas ganz allein getan zu haben. Im Kern sind das gute Geschichten, das gebe ich gern zu, aber Zosias Gesang klang immer nur wie ein verstopfter Hund, der nach Erleichterung heulte. Was die Teufel angeht, die unterwarfen wir unserem Willen, genau wie Ihr sagtet, aber wir suchten nicht nach ihnen – sie kamen zu uns.«

Maroto verstummte wieder und ertappte sich dabei, in der Brusttasche seiner Tunika nach der Pfeife zu suchen, die er schon vor Jahren verloren hatte. Alte Angewohnheiten, die einem Mann die Schamesröte ins Gesicht treiben konnten. Diese Bruyérepfeife vermisste er mehr als seinen Teufel. Was würde diese Kleine wohl von ihm denken, wenn sie die ganze schreckliche Wahrheit erfuhr?

»Fahrt fort!«, sagte Purna.

»Zündet mir eine Zigarre an, dann tu ich das.«

»Ihr seid ein solcher *Schnorrer*, Schnoroto.«

»Einem klugen Mädchen wie Euch dürfte wohl etwas Besseres als das einfallen. Aber wenn Ihr das tut, gibt's eine dicke Lippe.«

»Versprochen?« Punra fischte zwei der schwarzen Madros, die sie immer greifbar hatte, aus der Tasche. Während sie sich umdrehte und die Abdeckung von der schaukelnden Laterne zog, die über ihnen an einem Haken hing, um die Zigarren zu entzünden, fragte sie: »Von allen Einzelheiten hätte ich das mit den Teufeln auf jeden Fall für Ausschmückungen gehalten.«

»Und warum?« Maroto nahm die süßliche Zigarre nach einem Zug aus dem Mund und bedachte die vertraute und doch unerwartete Süße mit einem Stirnrunzeln. Dann kam er zu dem Schluss, dass es der funkelnde Lippenstift der Kleinen war, der sich aus Papaya, Ananas und anderen Früchten zusammensetzte, die niemals im Umkreis von tausend Meilen um diesen

Ort wachsen würden. Da er jetzt die Ursache kannte, steckte er sie sofort zurück in den Mund. »Glaubt Ihr nicht an Teufel?«

»Natürlich tue ich das«, entgegnete Purna und versuchte einen Rauchring zu blasen, so wie er es ihr beigebracht hatte. Aber hier, in der Nähe des Wüstenrandes, wehte endlich eine gesegnete Brise durch die Schluchten und zerriss ihr rauchiges Gebilde, sobald es ihre Lippen verlassen hatte. »Und doch sind sie nicht mehr als Tiere. Seltene Tiere, keine Frage, aber einfach nur ein Teil der Welt – Menschen nennen Kreaturen, für die sie keinen anderen Namen haben, Ungeheuer und Teufel. Nur Bauern, Barbaren und religiöse Spinner halten sie für mehr.«

»Ihr habt gerade den größten Teil des Sterns und das ganze Imperium in drei kleine Töpfe gesteckt«, sagte Maroto, inhalierte leicht und wünschte sich sofort, es gelassen zu haben. Es brannte wie ein Zug von einem getrockneten Tausendfüßler, nur ohne die Taubheit, die er beim Ausatmen hinterließ. »Mich eingeschlossen.«

»Da gibt es diesen wunderbaren neuen Trend, man nennt es auch ›Bildung‹. Ich glaube, Ihr würdet das interessant finden.« Purna nutzte eine Pause des sanften Windes, um einen grauen Ring zu dem Sonnendach über ihrem Sitz zu blasen. »Der Rest des Sterns entdeckt, was die Makellosen schon immer gewusst haben. Teufel unterscheiden sich gar nicht so sehr von anderen Tieren. Sie als Teufel zu bezeichnen und ihnen eine höllische Herkunft zuzuschreiben zeigt doch nur, wie verängstigte Menschen das Unerklärbare erklären. Genau wie bei den Göttern.«

»Also eigensinnig *und* eine Häretikerin.« Maroto versuchte sich selbst an einem Rauchring und scheiterte. »Ich wusste doch, dass mir etwas an Euch gefällt. Wollen wir eines deutlich klarstellen, Purna, Teufel sind echt. Ich weiß es, weil ich sie gesehen habe, und sie sind nicht einfach nur eine andere Art von Tier. Was die Makellosen angeht und wie sie die Teufel betrachten, da sprecht Ihr von einem Problem der Übersetzung – sie nennen sie *Geister* und behaupten, sie seien harmlos, weil sie den größten Teil der Zeit so ziemlich beides sind. Immateriell, meine ich, und größtenteils unsichtbar.«

»Aha! Und warum genau sind sie noch einmal gefährliche Unholde aus der Hölle?«

Zuerst hatte Purnas Skepsis Maroto geärgert, aber da er sich mittlerweile an die Göre gewöhnt hatte, gefiel ihm das ehrlich gesagt irgendwie. Einer wissbegierigen jungen Frau Wissen zu vermitteln fühlte sich seltsam bereichernd an. Ein altes Bedauern stieg in ihm auf; wie anders wäre doch sein Leben verlaufen, wenn er sich gegen seinen Clan gestellt und seinen Neffen hätte retten können? Wenn er so lange dortgeblieben wäre, bis sein Vater den Geist aufgab, und sich den Jungen dann auf die Schulter geladen und weggebracht hätte? Vielleicht hätte er die Rauschgiftsucht ja anderthalb Jahrzehnte früher abgeschüttelt und wäre ohne diese zusätzliche Schuld, die ihn in die Stechhäuser getrieben hatte, nicht so heruntergekommen gewesen. Vielleicht hätte er dem noch namenlosen Jungen einen Namen gegeben, und sie hätten Zeit miteinander verbringen können …

Aber nein, tot war tot, also ignorierte er das vertraute Pulsieren in dem Narbengewebe, das sein Herz umgab. Solche Dinge zu unterdrücken, was das betraf, hatte er Erfahrung. Der Schlüssel bestand darin, niemals einen Blick zurück zuzulassen, es sei denn natürlich, ein Verfolger war einem auf den Fersen. Und selbst dann war es für gewöhnlich besser, wenn man nicht wusste, wie nahe er schon war.

»Hallo, Maroto?« Purna fuchtelte ihm mit der Hand vor dem Gesicht herum. »Seid Ihr in der Geisterwelt oder wo?«

»Was sagte ich gerade?«

»Irgendetwas über Teufel und Übersetzungen aus dem Makellosen, glaube ich, aber das habt Ihr ziemlich schlecht gemacht.«

»Es gibt da diese wunderbare Sache namens Bildung, Purna, Ihr solltet sie unbedingt ausprobieren.« Sich auf eine Weise räuspernd, die er für akademisch hielt, fuhr er fort. »Also ja, die Makellosen bezeichnen Teufel als *Geister*, weil sie nicht auf die gleiche Weise real sind wie Ihr oder ich. Aber wir meinen damit alle die gleichen Ungeheuer. Und das Problem mit den Teufeln besteht darin, dass sie einen berühren *wollen*, es aber nicht können ... bis sie von etwas Realem Besitz ergreifen, vorzugsweise von etwas Lebendigem. Die richtig starken Teufel schaffen das allein, jedenfalls unter besonderen Umständen. Da ich kein verfluchter Diabologe bin, weiß ich auch nicht, wie diese Umstände aussehen. Aber egal, wenn sie in etwas eingefahren sind, ob es nun ein Tier oder eine Pflanze ist, oder von mir aus dürfen es auch ein paar Steine sein, können sie uns Sterblichen allen möglichen Ärger bereiten. Aber von etwas Besitz zu ergreifen, kann sie auch in unserer Welt gefangen nehmen, sodass sie nicht zurück in die Hölle flüchten können, aus der sie auch immer kamen. So bindet man Teufel – beschwört man einen aus der Ersten Finsternis, kann man ihm ein lebendes Tier als Gefäß anbieten. Und wenn er den Köder schluckt, ist der arme Scheißkerl an einen gebunden. Er kann so lange nicht wieder nach Hause, bis man ihn gehen lässt.«

Maroto hatte angenommen, dass sie das verstummen ließe, aber da hatte er Pech gehabt. »Also sagt Ihr, dass Teufel selbst keine Tiere sind, sondern etwas ... nicht Greifbares, etwas Unfassbares, das irgendwie in eine normale Kreatur eindringt und die Kontrolle über ihren Körper übernimmt. Und in diesem Körper kann der Teufel dann tun, was er will. Ungefähr richtig?«

»Was ich gerade erklärt habe, oder? Jedenfalls zur Hälfte. Das Fleisch, das sie tragen, gibt ihnen die Freiheit, sich in unserer Welt zu bewegen, das stimmt. Aber es ist auch ihr Gefängnis: Sie sind in dem Tier gefangen, das gerade zur Hand war, als man sie beschwor.«

Purna nahm die Zigarre aus den geschürzten Lippen und klopfte nachdenklich die Asche ab. »Seid Ihr mit der raniputrischen Medizin vertraut? Der Seuchentheorie?«

»Ja, klar.« Im Laufe der Jahre und Kämpfe war Maroto in allen Domänen genäht, mit duftenden Salben beschmiert und sogar mit heißen Glaskugeln geschröpft worden, aber darum ging es hier nicht. »Habt Ihr überhaupt zugehört?«

»Krankheiten können sich so verhalten, wie Eure Beschreibung eines Teufels. Etwas Unsichtbares dringt in einen ein, macht einen von innen heraus krank. Befällt alle Organe, das Gehirn eingeschlossen, aber nicht zufällig, sondern absichtlich. Es ist interessant, wenn man sich die Pestilenz als lebendes Geschöpf vorstellt und nicht als der Zorn der Gefallenen Mutter oder der Hügelkönige oder was auch immer. Es ergibt einen Sinn, vor allem wenn man darüber nachdenkt, wie sich Krankheiten in Gemeinden weiterverbreiten und sich auf Handelsrouten von einer Gegend in die nächste ausbreiten.«

»Ihr seid nahe dran!« Nur zu gut erinnerte sich Maroto an Frostfalles Seuchenteufel Lungenfüller. Natürlich war es nicht so, dass er ihn gesehen hätte, wenn man von dem Augenblick absah, in dem sie die Unholde gebunden hatten und ihre wahre Gestalt enthüllt worden war, bevor sie in die sterblichen Gefäße eingefahren waren, die die Kobaltblaue Kompanie für sie vorbereitet hatte. »Ein Teufel kann sich in etwas Kleineres quetschen, als es die Wimper eines Schmetterlings ist. Kennt Ihr Frostfalle den Berührer, den Dritten Schurken aus den Liedern? Er hielt einen in einer Flasche, der war so klein, dass man ihn nicht sehen konnte. Aber wenn Frostfalle ihn dort herausließ, brachte er jedem, der ihn einatmete, den Tod und Schlimmeres. Ein bösartiges Ding.«

»Seht Ihr?«, sagte Purna. »Ihr habt mich gerade bestätigt. Teufel ist nur der Begriff für Tiere, die man nicht versteht, so wie eine Krankheit. Sie kommen nicht aus irgendwelchen Höllen unter der Erde, sie haben keine mystischen Kräfte, sie können weder die Zukunft vorhersagen noch Wünsche gewähren.«

»Da irrt Ihr Euch.« Der Reiz, die Unwissenden zu erleuchten, schwand langsam dahin. Er hatte Teufel mit den eigenen

Augen gesehen, hatte zwei Jahrzehnte lang stets einen in Armeslänge bei sich gehabt, und diese Welpe wollte ihn belehren? »Teufel sind Realität, und sie sind mächtiger, als ein Kind wie Ihr es Euch auch nur vorstellen könnt.«

»Und das wisst Ihr, weil Ihr einen gebunden habt, nicht wahr? Das erzählt das Lied, ihr habt ihn gejagt und …«

»Ich sagte bereits, wir haben nicht nach ihnen gesucht. Ich bin zwar dumm, aber nicht verrückt. Sie kamen zu uns. Verfolgten uns von einem Schlachtfeld zum nächsten. Fraßen.«

»So wie ein Rudel Hyänen Löwen folgt und sich ihre Beute holt, sobald die Katzen ihr Werk vollbracht haben.«

»Nicht mal annähernd«, erwiderte Maroto. Die Erinnerung ließ den Alkohol in seinem Magen sauer aufsteigen. »Sie fraßen nicht das Fleisch. Es war etwas anderes. Schmerzen, Zorn, Trauer … Ich habe viele Theorien gehört, aber ich denke nicht gern darüber nach. Sie nährten sich nicht nur an den Toten und den Sterbenden, Purna, sie nährten sich an *uns*. Hatten wir gesiegt und feierten diesen Sieg, so schlichen sie durch die Schatten und tranken ihren Anteil aus unseren schwarzen Herzen. Hätte unser Zauberer keinen Verdacht gehabt, hätten wir überhaupt nicht gewusst, dass sie dort sind. Aber Frostfalle wusste es, bei allen Höllen, möglicherweise hat er sie sogar beschworen. Aber sie hielten sich verborgen und waren unsichtbar, bis wir sie banden.«

»Wie?«

»Spielt keine Rolle.« Die Zigarre schmeckte plötzlich bitter. Niemals würde er auch nur ein Wort über die Geschehnisse in der Nacht des Rituals verlieren, doch selbst nach dieser langen Zeit verfolgte ihn das, was er gesehen hatte – und vor allem das, was er getan hatte –, hartnäckiger, als es jeder Teufel vermocht hätte. Wie hatten sie sich nur von Frostfalle dazu überreden lassen können? Oder war es Zosia gewesen, die als Erste den Vorschlag gemacht hatte, ein weiterer fataler Schachzug der blauhaarigen Generalin, die so skrupellos gewesen war, dass ihre eigenen Truppen sie am Ende die Eiskalte Kobaltblaue genannt hatten? Bei allem, was danach geschehen war, waren die Ereignisse, die zu dem Ritual geführt hatten, seiner Erinnerung größtenteils entfallen.

»Also habt ihr die Teufel gebunden«, sagte Purna. »Klar, ich habe viel über solche Dinge gelesen.«

»Habt Ihr das?« Und wenn die Kleine irgendein Amateur-Diabologe war? Nach einem Blick auf ihren heißen pinkfarbenen Kragen und die hellgrüne Weste mit den herzförmigen Messingpailletten erschien Maroto das unwahrscheinlich. Nicht ganz unmöglich, doch unwahrscheinlich.

»Ja, ja, ja. Aber geht es bei der Bindung nicht allein darum, sie zu allem zwingen zu können, was man will? Darum, einen zu einem seit langer Zeit in Vergessenheit geratenen verborgenen Schatz zu führen, die Formel niederzuschreiben, dank der aus Kohle Diamanten hergestellt werden können? Oder einem Wünsche zu erfüllen?«

»Sie erfüllen einem nur dann einen Wunsch, wenn man ihnen die Freiheit gibt«, sagte Maroto leise. »Davon abgesehen neigen sie dazu, ziemlich sauer auf die Person zu sein, die sie gebunden hat. Aber da es einem Teufel vermutlich schlecht ergeht, dessen Meister stirbt, ohne dass dieser ihn zuvor in die Freiheit entlassen hatte, versuchen sie einen auf jede ihnen mögliche Weise vor Schaden zu bewahren, selbst wenn sie einen hassen. Ich kann Euch nicht sagen, wie sie das schaffen, aber es ist garantiert nichts Natürliches. Ich habe Klingen auf meinen Hals zurasen sehen, die ihr Ziel plötzlich weit verfehlten, und vergiftetes Ale schäumte aus dem Becher, als ich trinken wollte.«

»Und der Teufel, den Ihr gebunden habt – was ist er?« Purna klang auf einmal richtig respektvoll. »Eine Seuche wie bei diesem Frostfalle, mit dem Ihr geritten seid? Die Heldenlieder sind sich da nicht einig.«

»Krümelfänger«, antwortete Maroto lächelnd. Er glaubte

seinen Teufel wieder auf den Schultern zu spüren, wie der mit der Schnauze in dem lang gewachsenen Haar stocherte, das an dieser Stelle einst kurz geschnitten gewesen war, als er sich noch dafür interessiert hatte, einen respektablen Haarschnitt zu haben. Der Teufel hatte es geliebt, mit den Pfoten das M nachzuzeichnen, das Zosia ihm in die Kopfseite rasiert hatte. »Eine graue Ratte. Kleiner, als Ihr glaubt.«

»Darf ich ihn sehen?«

»Ich ließ ihn gehen.« Nur allzu deutlich erinnerte er sich an das Entsetzen, als er wieder zu Sinnen gekommen war und erkannt hatte, dass er den Unhold von der Leine gelassen hatte. Die überhängenden schwarzen Klippen der Schlucht, durch die ihr Wagen rollte, hätten genauso gut die Wände vieler Stechhäuser sein können. Und er war zu berauscht, um sich von der Pritsche zu erheben, während ihm die Welt aus den Fingern glitt. »Vor einer Ewigkeit.«

»Also habt Ihr Euren Teufel freigelassen.«

»Sagte ich doch.« Maroto warf die Zigarre weg, obwohl noch viel Leben darin war. So schlimm der Geschmack seiner Erinnerungen auch sein konnte, es war die Bitterkeit sämtlicher so gut wie vergessener Scheiße, die er gebaut hatte, die in ihr Ende gesickert und ihren Geschmack vergiftet hatte – statt nach dem Lippenstift eines Mädchens oder starkem Tubãq schmeckte sie nach abgestandenem Hornissengift, das am Morgen danach aus seinen angeschwollenen Lippen sickerte.

»Versteht Ihr jetzt, warum ich skeptisch bin, dass Teufel tatsächlich übernatürliche Kräfte haben?«, fragte Purna.

»Nein«, erwiderte Maroto mürrisch. »Ihr habt nicht einmal gefragt, was ich mir gewünscht habe.«

»Falls es nicht darum ging, dass Ihr am Ende so pleite und verzweifelt seid, dass Ihr den miesen Auftrag annehmt, Leute, die Ihr verachtet, durch ein Land zu führen, das Ihr hasst, kann ich mir nicht vorstellen, dass Euer Teufel ihn Euch erfüllt hat. Ihr scheint nicht gerade zu der Sorte zu gehören, die das Geschenk eines einmaligen Wunsches für etwas wie das perfekt belegte Brot verschwendet. Also ist das der Beweis – hättet Ihr Euren Herzenswunsch erfüllt bekommen, wärt Ihr kein so trauriger Fall, oder?«

»Ich … wartet.« Nach Jahren der Unsicherheit und der ängstlichen Zweifel wurde Maroto endlich klar, was er sich in diesem Stechhaus gewünscht hatte, in dem er beinahe mehrmals gestorben wäre, in dem er oft Wochen verloren und sein Leben vermutlich um Jahre verkürzt hatte. Als er schließlich nüchtern genug geworden war, um zu begreifen, dass sein Teufel fort war und er selbst ihn weggewünscht hatte, waren die Möglichkeiten unendlich und größtenteils schrecklich erschienen, sofern man bedachte, dass Wünsche für ihre Empfänger oft irgendwie eher schlecht ausgingen. Die Erkenntnis, dass er einen Teufel befreit hatte und sich nicht einmal mehr an den Grund erinnern konnte, war der absolute Tiefpunkt eines mittleren Alters voller Schlaglöcher gewesen und hatte ihn so verstört, dass er die Insekten nie wieder angerührt hatte.

Jetzt, nachdem er ein gutes Jahr von den Käfern runter war, kam ihm die Einsicht, dass er im Rausch schlicht darum gebeten haben musste, von der Abhängigkeit von dem Zeug befreit zu werden. Beim Alten Schwarz, wenn er irgendetwas Entwürdigendes tat, um an einen weiteren Tausendfüßler zu kommen oder sich von der Völlerei mit Eisbienen löste, hatte er sich oft genug gewünscht, sich von der Sucht befreien zu können. Und als er es sich das letzte Mal gewünscht hatte, musste Krümelfänger sein Gebet gehört haben. Er hätte wissen müssen, dass ihn nicht allein seine eiserne Willenkraft dazu befähigt hatte, dieses letzte Stechhaus zu verlassen und nach ein paar harten Wochen des Entzugs sein Leben neu zu beginnen.

Was auch immer ihm das genutzt hatte. Weder hatte es ihm den Reichtum zurückgebracht, den er verloren oder eingetauscht hatte, noch geliebte Menschen, die gestorben waren. Und auch keine verlorene Würde. Er hatte sich ein neues Leben gewünscht, und Überraschung. Doch es war genauso beschissen wie das alte, nur dass ihm das jetzt viel deutlicher zu Bewusstsein kam. Und was noch besser war, es würde sich ein elendes Jahr nach dem anderen erstrecken, statt plötzlich mit einer schmerzlosen Überdosis zu enden. Das war der Wunsch eines Teufels, keine Frage – nichts war grausamer als den Leuten das zu geben, worum sie baten. Warum sich nicht ein paar Feuerflügel besorgen, wenn er die Karawane in Agalloch abgeliefert hatte, und herausfinden, ob ihm der gute, alte Krümelfänger wenigstens die Fähigkeit verliehen hatte, das Zeug nehmen zu können, ohne wieder danach süchtig zu werden? Das war doch mal etwas, auf das man sich freuen konnte.

»Alles in Ordnung, großer Häuptling?«, fragte Purna. Doch Maroto schüttelte den Kopf, denn er hatte sich in seinen Gedanken verloren. »Ich wollte nicht neugierig sein.«

»Wart Ihr aber, doch das spielt keine Rolle«, erwiderte Maroto. Vermutlich machte es die Kleine an, mit einer Legende zu sprechen, auch wenn die gerade schwere Zeiten durchmachte. Aber die Wahrheit war, dass es sich gut anfühlte, ein interessiertes Ohr zur Verfügung zu haben. »Krümelfänger hat mir meinen Wunsch erfüllt, Purna, auch wenn ich lange gebraucht habe, das zu begreifen. So jung Ihr auch seid, Ihr solltet nicht einfach darum etwas anzweifeln, nur weil Ihr es nicht völlig versteht. Noch nicht. Teufel gibt es wirklich. Alles, was Ihr darüber gehört habt, ist wahr. Und wie.«

Wenn die Kobaltblaue tatsächlich noch am Leben ist, wenn wir sie und den Rest finden, werdet Ihr das mit eigenen Augen sehen, hätte Maroto beinahe hinzugefügt. Aber er tat es nicht. Purna von seinem Ziel zu erzählen, von seinem wahren Motiv für die Rückkehr zur Karawane, würde sie sicher in Aufregung versetzen. Aber es widerstrebte ihm einfach, das Gerücht zu wiederholen, denn er wollte es nicht in ein Hirngespinst verwandeln, indem er es laut aussprach. Ein Geheimnis der Götter oder Teufel, das man ihm anvertraut hatte, und zwar nur ihm allein. Gut, ihm und den Pilgern, von denen er es gehört hatte, und der Schwester oder von wem auch immer *sie* es gehört hatte, und so weiter, aber trotzdem: man zählte keine Pelze ungefangener Katzen.

Purna gab ihm eine freche Antwort, und er wollte ihr die Frage stellen, wofür sie eigentlich die *Tore* hielt, wenn nicht für Brunnen, die direkt in die Hölle führten. Doch in diesem Augenblick erregte etwas auf der Straße vor ihm seine Aufmerksamkeit. *Darum* hatte er darauf bestanden, den ersten Wagen zu lenken, und etwas anderes kam für ihn auch nicht infrage. Sie hatten die Wüste fast verlassen, der sich vor der Morgendämmerung grau verfärbende Streifen Himmel verbreiterte sich zusammen mit der Schlucht, und in seinem fahlen Licht entdeckte er, dass Hauptmann Gilleland und seine beiden Reiter auf einen großen Karren oder Wagen gestoßen waren, der mitten auf der Straße stand. Die drei Wächter saßen noch im Sattel und sprachen zu einer kleinen Ansammlung von Silhouetten. Von all den elenden Tritten in die Eier, die das Schicksal austeilen konnte …

Maroto griff nach den Zügeln und hielt die Kamele an. Er zuckte zusammen, als eines der Tiere sein Missvergnügen laut kundtat. Die Tiere, die die Wagen hinter ihrem zogen, blieben mit ähnlichem Protestgeschrei stehen, und die Karawane saß in der Schlucht fest. »Ein Hinterhalt. Die Laternen löschen und alle zum Kampf bereit machen. Holt die Nachhut, sagt ihr Bescheid. Schnell.«

»Was ist …?«

»Sofort, Mädchen. Diese elenden, guanefickenden Banditen konnten uns nicht überraschen, als wir die Wüste betraten, nein, wir müssen an der Stelle auf sie stoßen, wo wir sie verlassen haben. Weckt diese Penner, mittlerweile übertrifft die Kichersammlung die Zahl unserer noch verhandenen Wächter. Wir stecken bereits in ihrer Tötungszone, also wird jeder, der leben will, kämpfen müssen, und zwar schmutzig. Diese Geier sind wesentlich schlimmer als eine Echse oder ein paar Aussätzige.«

Man musste Purna zugestehen, dass sie nicht anzweifelte, was er sagte. Sie glitten auf gegenüberliegenden Seiten vom Kutschbock. Maroto hielt inne, um sich sein Kettenhemd zu schnappen, das hinter dem Sitz lag. Das war zwar nicht seine Lieblingsrüstung, aber er konnte sie relativ schnell überstreifen, und sobald die Rüstung richtig saß, trommelte er mit den Fingern auf die beiden Griffe, die aus der Wagenausbuchtung ragten. Er entschied sich für die Axt, da er damit schneller war, und davon abgesehen verdiente sowieso kein räudiger Wüstenbandit den Geschmack seines Kriegshammers. Hätte er doch nur noch eines seiner Sternmesser zum Werfen gehabt, aber die Letzten, die er nicht verloren hatte, hatte er vor Ewigkeiten versetzt. Falls er hier lebend herauskam, würde er in ein paar neue investieren müssen, doch im Augenblick, nun, es war nie gut, eine Arbeit vor sich herzuschieben, nur weil man besseres Werkzeug haben wollte. So lautete eines von Zosias Lieblingsmantras, das immer dann zum Einsatz kam, wenn ihre Schurken über die schlechten Chancen jammerten, mit denen sie sie konfrontierte.

Wenn sie die Kobaltblauen endlich eingeholt hatten, was würde Zosia wohl von seiner neuer Begleiterin halten? Und was das betraf, was würde Purna nach all den Liedern, die sie über Zosia gehört hatte, von ihr halten? Zosia würde eine geringere Enttäuschung darstellen – im Vergleich zu der, als die er sich erwiesen hatte!

Seine Vergangenheit und seine Gegenwart rasten aufeinander zu, und in dem Moment, wenn sie aufeinanderprallten, würde der ganze Stern vor dem zweiten Aufmarsch der Kobaltblauen Kompanie erzittern. Stumm dankte er Krümelfänger, ihn rechtzeitig von seiner Käfersucht befreit zu haben, um von Zosias Rückkehr zu hören und ihre Spur aufzunehmen; wie tragisch wäre es gewesen, wäre sie zurückgekehrt, ohne dass er es erfahren hätte, nur weil er ihren Verlust in irgendeinem Stechhaus betrauerte?

Natürlich immer unter der Vorraussetzung, dass tatsächlich Zosia diese Söldner anführte, dass die Gerüchte der Pilger mehr als nur Gerede waren. Aber nein, in den kommenden Tagen würde noch genug Zeit für Zweifel sein, aber im Augenblick musste er Vertrauen haben. Sie *musste* es sein. Falls jemand den Tod so betrügen konnte, dann seine alte Generalin; nicht einmal ein Teufel konnte die Toten zurückbringen, aber es paßte zu Zosia, einen Weg aus der Hölle zu finden.

Doch wenn er sie noch einmal wiedersehen wollte, wenn er sie seiner neuen Freundin Purna vorstellen und den Rest der alten Bande wiedersehen wollte, um sich später mit ihr davonzustehlen, damit er sie in die Arme nehmen und ihren schlechten, alkoholgeschwängerten Atem riechen und sich vergewissern konnte, dass sie es auch wirklich war, wenn er das alles tun wollte, dann musste er zuerst an den selbstmörderischen Narren vorbei, die ihm den Weg versperrten.

Es fühlte sich gut an, mit der über die Schulter gelegten Axt die Schlucht zu verlassen. Genau wie in den alten Zeiten. In der Morgenröte sah er, dass Hauptmann Gilleland und seine Männer abgestiegen waren, diese Dummköpfe, und dann kam ihm in den Sinn, dass trotz seiner Fantasien, sich wieder mit Zosia zu vereinigen, jede einzelne Person, die er in diese Schlucht geführt hatte, möglicherweise in fünf Minuten tot sein würde. Er eingeschlossen.

Dann kam ihm ein noch finsterer Gedanke: Selbst wenn man sie nicht abschlachtete und jeder die Wüste ohne einen Kratzer verließ – abgesehen von denen, die er ihnen zugefügt hatte –, gab es da noch immer Tapai Purna, die zweite Tochter eines ugrakarischen Adelshauses, von dem er nie zuvor gehört hatte. Sogar wenn das Mädchen die Nacht lebend überstand, es wäre nur wegen ihm gestorben – er hatte ihr Leben aus seiner bequemen Bahn geworfen, lange bevor sie sich kennengelernt hatten. Er hatte den Ehrgeiz in ihr entfacht, den Ruhm zu ernten, den man nicht am Spieltisch, sondern allein auf dem Schlachtfeld fand. Nicht nur weil sie die Heldenlieder über ihn kannte, sondern weil sie ihre Wahrhaftigkeit anzweifelte und ihn trotzdem aufgespürt hatte – sie wollte keine Geschichten hören, sie wollte sie erleben und selbst herausfinden, was die Wahrheit war. Diese junge Frau wollte auch keine Rolle in einem Schauspiel spielen, sie wollte die Hauptdarstellerin an der Front sein, und wenn der Tod nach ihr griff, würde es allein Marotos Schuld sein.

Gut für sie und gut für ihn. Ein barbarischer Gedanke, der seine Vorfahren in der Met-Halle des Alten Schwarz mit Stolz erfüllt hätte. Gut für sie und gut auch für ihn. Davon abgesehen, wenn es darum ging, jemandem die Schuld zu geben, schien sie sowieso immer bei ihm zu landen.

Maroto begab sich direkt in den Banditenhinterhalt, hinter sich eine Narrenkarawane, und irgendwo weit voraus war die eiskalte Frau mit den kobaltblauen Haaren. Die Geplagte Königin. Zosia. Zee.

KAPITEL 17

Griesgram und Großvater saßen am Lagerfeuer und teilten sich eine dicke Bidi – den zerbröselten alten Saam hatten sie in ein getrocknetes Tubãqblatt gedreht. Da trat der Hexer aus der Dunkelheit. Keiner der hellhörigen Wölfe hatte gehört, wie er sich angeschlichen hatte. Der riesenhafte Greis trat aus dem Rauch wie der Täuscher in einer Geschichte des neuen Glaubens oder ein wahrsagender Geist in einer Ballade der Vergangenheit. Einer der wiedergeborenen Heiden, die Griesgram im Raubvogelwald niedergemacht hatte, wäre zweifellos aufgesprungen und hätte Beschwörungen der Gefallenen Mutter gebrüllt, um den Eindringling auszutreiben, aber Griesgram und Großvater waren keine Heiden und wussten gut, dass nie etwas ohne Grund geschah. Es war besser, sich anzuhören, was der Reisende wollte, wie dubios er auch immer sein mochte, bevor man sich für eine Vorgehensweise entschied. Davon abgesehen waren sie beide völlig berauscht, und bevor Großvater das Wort ergriff, war sich Griesgram nicht einmal sicher, ob es den großen Mann überhaupt gab.

»Die Nacht ist kalt, unser Feuer ist warm, und Freunde macht man sich gerade so leicht wie Feinde«, sagte Großvater. Und genau wie in einer Fabel erwiderte ihr Gast den uralten Gruß.

»Die Nacht ist kalt, euer Feuer ist warm, und ich hätte lieber Freunde vor mir als Feinde hinter mir.« Der große Kerl war so weiß wie ein von der Sonne gebleichter Knochen, so weiß wie Mondlicht auf poliertem Elfenbein, so weiß wie der Verrat.

Dennoch machte diese grinsende, verwitterte Visage seltsamerweise keinen besonderen Eindruck auf Griesgram. Er hatte Brüder und Schwestern getötet, die er sein ganzes Leben lang gekannt hatte, also – was konnte ihm eine fremde Leiche da schon antun, selbst wenn sie umherwandelte und sprach? Zumindest dachte er so, bis der uralte Widerling weitersprach. »Ihr Welpen seid weit von eurem Rudel entfernt, und dieses Land wird von Dingen heimgesucht, die selbst ein Hornwolf fürchten sollte.«

Griesgram wollte den Fremden niederbrüllen, um seinen Großvater und auch sich selbst zu beeindrucken; vor allem aber, um diesem Scheißkerl klarzumachen, dass sie weder Hexen noch Teufel fürchteten … aber ihm fiel nichts Vernünftiges ein, und Großvater hatte ihm beigebracht, dass – wenn man nichts zu sagen hatte – man am besten den Mund hielt. Großvater hingegen bewahrte seine Pfiffigkeit immer ganz in der Nähe seiner Zunge auf.

»Ich sehe im Licht meines Feuers nur einen müden Pilger, der noch mehr Ernten als ich auf dem Rücken trägt. Der klug beraten wäre, nicht den Zorn seiner Gastgeber zu wecken, damit sie ihm nicht sein hinterhältiges Maul einschlagen, um wieder das ehrlichere Prasseln des Feuers genießen zu können.« Seine Ankündigung ließ Großvater ziemlich selbstzufrieden dreinschauen, wozu er auch allen Grund hatte. Sie war wirklich solide. Griesgram verspürte ein Schaudern, das bis ins Mark ging, denn plötzlich fand er sich mitten in einem gerade entstehenden Heldenlied wieder.

»Hornwölfe«, sagte der Fremde und ließ ein in einem Weidenkorsett steckendes Bündel von beeindruckender Größe von den Schultern gleiten; der Rucksack reichte ihm bis zur Brust, nachdem er ihn im Gras zu seinen Füßen abgestellt hatte. Zog man in Betracht, wie groß der Mann war, war das kein alltägliches Bündel. »Verratet mir, jagen sie noch immer in der Savanne, oder wurden sie ausgerottet, nur damit ihr euch in

Umhänge hüllen könnt, die nicht einmal so warm sind wie das Fell des ebenfalls mit Hörnern versehenen Schafbocks?«

»Abgesehen vom Schaf trage ich keine Felle«, antwortete Großvater. Das stimmte; Griesgram erinnerte sich daran, wie man ihn gezwungen hatte zuzusehen, wie Großvater an jenem Tag, an dem der Rat die Entscheidung getroffen hatte, die Gefallene Mutter anzunehmen und die Alten Wächter zu verstoßen, die Felle sämtlicher von ihm erlegten Hornwölfe verbrennen musste. »Du kannst dich setzen und dich wie ein Gast an einem Feuer benehmen, der es selbst nicht entfacht hat, oder du kannst weiter nur leeres Geschwätz von dir geben und sehen, was passiert.«

Die Bidi war bis auf Griesgrams dicke Finger niedergebrannt und versengte sie; schnell steckte er das Ende in den Mund und zog so lange daran, bis sie wieder glühte und sich der ranzige Geschmack des Grases erneut mit dem des scharfen, wenn auch erdigen Tubāqblattes vermengte. Als er sie an Großvater weiterreichte, entdeckte er, dass seine Hand zitterte. Der alte Fremde hatte sich nicht gesetzt, aber er erzählte auch keinen Unfug mehr, sondern betrachtete sie mit diesem unheilverkündenden Lächeln auf seinem verschrumpelten Apfelgesicht. Aber Großvater schien sich keine Sorgen zu machen, also versuchte Griesgram es ihm nachzutun. Falls große Taten vollbracht werden mussten, würden sie sich zweifellos vorher ankündigen.

»Gilt das für euch beide oder nur für den Jungen?«, fragte der Alte. »Marotos Blut?«

Griesgram dröhnte der Schädel von der Schwere der Aufgabe, dieses Gewäsch genau durchdenken zu müssen. Was im Namen der Ersten Feuer war ein Maroto? Er warf Großvater einen Blick zu, der an einem Felsblock lehnte und die Beine auf die Weise unter den Körper gezogen hatte, die den Anschein erweckte, er könnte jederzeit aufstehen, wenn er nur wollte. Der gerade genommene Zug von der Bidi ließ Großvater husten, und er drückte sie am Boden aus und setzte sich stirnrunzelnd aufrechter hin.

»Du hast eine großartige Nase, wenn du uns wittern kannst«, sagte er dann.

»Meine Nase ist scharf, ja, aber nicht so scharf wie die Augen dieses Jungen«, sagte der Fremde. »Als ich näher kam, sah ich sie im Feuerlicht funkeln, und sie jagten mir richtig Angst ein – da ist ein Schneelöwe den ganzen Weg bis ins Imperium gekommen, dachte ich bei mir! Da ich euch jetzt beide aus der Nähe sehen kann, weiß ich, dass ich nichts zu fürchten habe. Oder?«

»Griesgram, wenn du diese Kreatur töten musst, dann schlage ihr auf jeden Fall den Kopf ab«, knurrte Großvater. »Verbrenne alles. Und sollten die Schlangen und Spinnen den Flammen entfliehen wollen, wirf sie zurück in die Glut.«

Das goss Wasser auf den Herd des Burschen, keine Frage, und sobald die Worte zu Griesgram durchgedrungen waren, entdeckte er, dass sich seine Füße bereits aufgestellt hatten, sein Körper angespannt dort hockte und bereit war, über das Lagerfeuer auf den Fremden zu springen. In einer der Heldentaten von Kühner Gang hatte ein von dem Schamanenkönig des Höllenschlundes geschickter Attentäter sie an genau so einem Lagerfeuer verhext. Griesgram würde nicht zulassen, dass ihm und Großvater ein derartiges Schicksal widerfuhr.

»Friede, Hornwölfe, Friede!« Der riesige Mann hob eine tätowierte Handfläche. »Maroto und ich sind Freunde, alte Freunde, also suche ich keinen Streit mit seiner Familie. Das ist ein Versehen, nichts weiter – ich habe meinen Verbündeten gesucht, fand aber stattdessen euch. So etwas passiert halt. Ich versichere euch, dass meine Nase so normal ist wie die eure, wenn nicht sogar normaler, und auch wenn man mir schon Schlimmeres als ›Kreatur‹ zugerufen hat, bin ich doch nur ein ganz einfacher Mensch, genau wie ihr auch.«

»Dann bist du ein Hexer?«, verlangte Großvater zu wissen.

»Oder sollen wir ernsthaft glauben, dass du von all den Feuern, die heute Nacht auf dem Stern brennen, ausgerechnet zufällig auf unseres gestoßen bist und die Familienähnlichkeit erkannt hast?«

»Ich erinnere mich noch an eine Zeit, so wie du bestimmt auch, in der jene, die in beiden Welten wandelten, nicht immer so verflucht waren«, bemerkte der Fremde und klang etwas wehmütig. »Jetzt liegen die Hornwölfe neben den Scharlachroten Lämmern und kehren der Welt um sie herum für eine nach dem Tod versprochene Welt den Rücken zu. Die Dinge haben sich so grundlegend verändert, dass ich kürzlich einen Reisenden die Verbrennung eines Wildgeborenen als ›barbarischen Exorzismus‹ bezeichnen hörte. Wer hätte je gedacht, dass ich einen solchen Niedergang noch erleben muss … Maroto hat mir immer zugestimmt, und ich hatte gehofft, sein Blut würde es ebenfalls tun. Wirklich schade.«

Griesgram hätte sich auf den Mann gestürzt, schließlich hatte Großvater diesen Hexer bereits gewarnt, noch weiter so schwach zu reden, aber in diesem Augenblick breitete sich in dem Nebel seines Schädels eine Erkenntnis aus. Onkel Hasenfuß musste sich nach Verlassen des Dorfes »Maroto« genannt haben. Großvater hatte ihm erzählt, im Imperium gäbe es so viele Hasenfüße, dass sich ihr Verwandter möglicherweise einen neuen Namen verliehen hatte, um aus der Menge hervorzustechen. Sie müssten einfach nach einem langgliedrigen Wanderer mit rotbrauner Haut und der Tätowierung eines Hornwolfes auf dem Bizeps fragen. Davon musste es im Imperium weniger geben als Hasenfüße. Trotzdem, bei allen von Sängern und Bestien gesungenen Liedern, was war ein Maroto, und wie war Onkel Hasenfuß nur auf einen so seltsamen Namen gekommen?

Großvater sprach wieder und erinnerte Griesgram daran, dass er den Hexer hatte angreifen wollen, bevor der sie verfluchte. Aber Großvaters Worten nach zu urteilen war es in

Ordnung, dass er den Augenblick in seinem Saamrausch verpasst hatte. »Soll man mir doch die Zähne abschleifen, aber es ist wahr, dass man heute kaum noch auf den Respekt, den deine Art gebieten sollte, trifft. Wie du eben sagtest, die Dinge ändern sich, aber wann wäre eine Veränderung jemals gut gewesen? Das ist doch nur ein anderes Wort für Fäulnis und Zerstörung. Doch zu keiner Zeit hätte ich einen bleichen Fremdländer an meinem Feuer willkommen geheißen, ohne ihn seinen Namen verkünden zu lassen, und ich hätte niemals davor zurückgeschreckt, einen Schamanen zu verbrennen, der mir schaden will.«

»Frostfalle der Berührer«, sagte der Fremde mit einer Verbeugung, die seine Lederrüstung näher in den Feuerschein rückte. Griesgram entdeckte, dass sie mit eingearbeiteten Edelsteinen und Amuletten funkelte, die fremde Konstellationen aus Symbolen und Sigilen bildeten. »Und darf ich fragen, wessen Feuer ich in dieser Nacht teile? Verwandte von Maroto, ja, aber Vater oder Onkel, Sohn oder Neffe? Wie soll ich euch ansprechen?«

»Du kannst uns beide ›Herr‹ nennen«, sagte Großvater. »Sehe ich so grün aus, dass ich einem von deiner Art meinen Namen verriete, ob wir dich nun Schamane oder Hexer, Schlammfrau oder Zauberer nennen?«

Frostfalles Lächeln erschien zunehmend bemühter, während Großvaters Weisheit Griesgram unwillkürlich nicken ließ. Falls dem Alten etwas zustieß, konnte er sich nicht vorstellen, auch nur einen Tag auf diesem gefallenen Stern zu überleben, auf dem nichts so war, wie es hätte sein sollen. Vom ersten Schritt an, der ihn aus dem Land seiner Vorfahren getragen hatte, war alles im Chaos versunken; Clanbrüder wollten ihn töten, und jetzt versuchte sie ein Hexer mit Worten zu verderben … Falls sich das hier tatsächlich gerade abspielte. Griesgram war sich wirklich nicht sicher, was hier eigentlich gerade geschah, mal abgesehen davon, dass sein Mund ganz trocken war und er vor einem viel zu heißen Feuer kauerte – und überfragt war, ob er in ein Heldenepos oder in einen zu langen Witz hineinstolperte.

»Wenn ihr nicht einmal bereit seid, eure Namen mit mir zu teilen, wie wollen wir dann auf der Straße, die wir doch teilen müssen, miteinander auskommen?« *Das* klang nicht so, als verhieße es Gutes. »Ich habe euch gesagt, dass ich Maroto gesucht habe und er ein Freund war. Das entspricht beides der Wahrheit. Ihr beiden sucht ihn ebenfalls, also erscheint es doch vernünftig, dass wir gemeinsam auf die Suche gehen … aber jetzt frage ich mich, ob das ein kluger Weg ist.«

»Das solltest du auch«, erwiderte Großvater misstrauisch. »Ich weiß zwar nicht, ob sich der Junge und ich den Weg mit einem Schamanen teilen sollten, der sich selbst den ›Berührer‹ nennt. Ich sage dir aber geradeheraus: Für meinen Geschmack ist das ein viel zu eigenartiger Beiname – ich mag es grundsätzlich nicht, berührt zu werden.«

»Also sucht ihr ihn.« Frostfalle nickte. »Ihr müsst euch zwischen mir und Maroto befinden, und wegen eures Blutes und unseres gemeinsamen Ziels und weil ihr näher dran seid, darum muss er das als brauchbaren Ersatz betrachtet haben. Er ist jung und dumm. Ich werde wohl einen anderen fragen müssen.«

Wieder überlegte Griesgram, ob er lediglich im Stehen gedöst hatte oder ob die Bidi stärker als gedacht gewesen war – die Worte dieses Hexers ergaben noch weniger Sinn als das Geblöke von Vieh. Bevor er Großvater aber einen fragenden Blick zuwerfen konnte, riss sich direkt hinter seinem Ohr ein Stück Nacht los und trieb an ihm vorbei über das Feuer, um auf der ausgestreckten Hand des Hexers zu landen.

Es war eine große Eulenfledermaus, deren ebenholzschwarzer Pelz und dunkle Federn im Mondlicht wie frisch vergossenes Blut schimmerten. Ein so reines und tiefgründiges Staunen erschütterte Griesgram derart, dass er auf den Hintern kippte. Es schien ihn zugleich nüchtern und stark betrunken zu machen. Noch nie zuvor hatte er einen echten Teufel gesehen, jedenfalls nicht aus dieser Nähe, und auch wenn er größtenteils wie eine ganz gewöhnliche Kreatur aussah, wusste Griesgram doch, dass es sich tatsächlich um einen handelte, denn der Anblick ließ Großvater einen Fluch ausstoßen. Griesgram gehörte nicht zu der Sorte von Jungen, die die Welt in Kategorien wie Schönheit und Hässlichkeit, vollkommen und makelbehaftet einteilten, aber in diesem Augenblick erkannte er, dass er noch nie zuvor einer so vortrefflichen Vollkommenheit begegnet war.

Doch es war mehr als das. Heldenlieder und Sagen waren nicht nur zusammengesponnene Geschichten, wie es Großvater manchmal andeutete. Es gab weit mehr im Leben als Dreck und Blut, Liebe und Trauer. Teufel waren wirklich da, also was war sonst noch möglich? Einfach alles, lautete die offensichtliche Antwort.

Und da gab es tatsächlich noch mehr. Betrachtete er da einen echten Teufel, was ihm sicher so zu sein schien, dann hatte er etwas geleistet, das seit einer Generation kein Hornwolf mehr vollbracht hatte. Er hatte die letzte Prüfung des Rates bestanden, ohne es überhaupt gewollt zu haben. Er sah einen in Fleisch gekleideten Teufel, er sah die Kreatur im Schatten und *wusste*, dass es sich um mehr als nur um ein Tier handelte. Und das war von *Bedeutung*. Griesgram sah zu, wie der Teufel über die Knöchel des alten Hexers kroch, und darum steckte ihm ein Kloß im Hals; er wünschte sich, seine Mutter könnte jetzt sehen, dass ihr Sohn mehr als nur eine Missgeburt war, dass er es verdiente, dem Clan anzugehören. Er war kein Kind mehr … und dennoch erfüllte ihn der Anblick des Teufels mit kindhaftem Staunen und Entzücken. Sein erster Teufel …

Aber bevor er sich seiner Gefühle richtig klar werden konnte, packte Frostfalle der Berührer den Teufel und steckte seinen Kopf in den Mund, um dann mit einem übelkeiterregenden

Knirschen zuzubeißen. Der Teufel zwischen seinen Fingern zuckte, und die gefangenen Flügel kämpften gegen ihre Umklammerung. Dunkles Blut spritzte ins Feuer und ließ regenbogenfarbenen Qualm in die Höhe steigen. Der Unterkiefer des Hexers klappte wie der einer Grubenviper nach unten, um den Rest der Mahlzeit aufnehmen zu können. Der widerwärtige Anblick verschlug selbst Großvater die Sprache, darum hallte nur das brüchige Kauen einer lebenden Kreatur durch die Nacht, gefolgt von einer Reihe würgender Schlucklaute. Als Frostfalle die beiden Männer wieder anlächelte, waren seine Zähne so schwarz wie sein tropfendes Kinn.

»Sie nützen einem immer was, selbst wenn sie nicht tun, was man ihnen befiehlt«, sagte der Hexer und schmatzte.

»Der erste Teufel, den ich in zwanzig Tauzeiten gesehen habe, und du ...« Großvaters Stimme hatte diese gefährliche Leisigkeit, die Griesgram in seinem Leben nur ein paarmal gehört hatte, und er befürchtete, der Alte werde auf dem Bauch durchs Feuer kriechen, um sich dieses Ungeheuer vorzuknöpfen.

»Wenn du deinen Verwandten findest, wirst du noch genug von ihnen zu sehen bekommen«, meinte Frostfalle höhnisch. »Aber keine Angst, selbst wenn du nicht lange genug leben solltest, um den Mann kennenzulernen, zu dem euer Maroto wurde, kann ich dir trotzdem zeigen, was du suchst. Für deinesgleichen verlieren sie an Leuchtkraft, alter Wolf, aber ich versichere dir, es gibt sie noch immer im Überfluss. Sie lauern ganz in unserer Nähe, nähren sich an jeder Bewegung und dem geringsten deiner Gefühle. Wenn ihr lediglich ein Publikum haben wollt, zünde ich euch gern die Kerzen an, damit ihr jenseits des Schleiers blicken ...«

»Töte ihn!«, bellte Großvater mit brechender Stimme, und die Verzweiflung, die darin mitschwang, ließ Griesgram mehr frösteln als alles andere, was er in dieser Nacht erlebt hatte. »Töte ihn auf der Stelle!«

Griesgram versuchte es, aber er war zu langsam. Vielleicht lag es am gerauchten Saam, vielleicht war es auch eine innere Schwäche oder doch nur der Wille der Alten Wächter, aber als er endlich stand und sich auf Frostfalle stürzte, war es zu spät. Wie Kühner Gang vor ihm hatte er zu lange in der Gegenwart eines Hexers verweilt, und sein Lied war zu Ende gesungen, bevor er einen Vers hatte beitragen können.

Der Schamane wischte sich den Teufelssaft vom Gesicht und stimmte einen unverständlichen Satz an, der in den Ohren schmerzte, während er mit den blutigen Fingern schnippte. Die Spitze eines jeden Grashalms im Umkreis von fünfzig Metern flammte auf. Ein Buschfeuer hätte Griesgram nicht erstarren lassen, nicht einmal eines, das durch solche Hexerei entzündet worden war – Feuer sind dazu geschaffen, ausgetreten zu werden. Nein, das, was der Hornwolf in diesem plötzlich grellen Schein *sah*, nagelte ihn so plötzlich an Ort und Stelle fest, dass er umkippte. Die ganze Kraft, die er eingesetzt hatte, um sich auf Frostfalle zu stürzen, verließ ihn mitten im Sprung. Dort lag er dann für den Rest der Nacht, viel zu ängstlich, um selbst die Augen zu schließen. Und nur der Zufall hatte ihn davor bewahrt, mitten in den Flammen zu landen.

Sie rasten über und um ihn herum und sogar durch ihn hindurch; ein paar hatten fast die Gestalt von Tieren, andere übertrafen selbst die Vorstellungskraft der Sänger. In den Tiefen seiner lähmenden Furcht erkannte Griesgram, dass die Teufel, die schon immer seine Träume heimgesucht und sich am Rand seines Sichtfelds herumgetrieben hatten, nichts als Küken waren – im Vergleich zu den großen und schrecklichen Entitäten, die jenseits dieser Welt existierten, unablässig auf der Lauer lagen, beobachteten und nie aufhörten zu fressen.

Alles, was ihm Großvater über solche Dinge erzählt hatte, war falsch gewesen, das begriff er jetzt. Und wenn nicht falsch, dann unvollständig. Naiv.

Großvater und Frostfalle waren schon weit entfernt, und

selbst der grasige Boden, der gegen seine Wange drückte, löste sich in Wohlgefallen auf. Je länger er zusah, umso mehr bemerkte er. Die Teufel fielen vom Himmel und stiegen aus dem Boden auf, um ihre Schnäbel, Kiefer und Rüssel in sein Opferfleisch zu versenken. Und doch spürte er nichts von diesen Bissen, spürte nichts als ein überwältigendes Entsetzen darüber, dass sein Lied auf diese Weise endete und die Saga von Griesgram nicht mehr als eine Warnung war, sich auf keinen Fall von seinem Rudel zu entfernen, wenn man nicht die ganze Ewigkeit damit verbringen wollte, von Ungeheuern gefressen zu werden …

Bis die ersten Sonnenstrahlen der Morgendämmerung die brennenden Grasspitzen löschten, dann waren sie verschwunden und ließen Griesgram verkrampft, wund und halb verrückt zurück. Zuerst glaubte er es nicht, konnte es nicht glauben – die Teufel waren geflohen, und er war noch am Leben. Oder zumindest halbwegs: durchsichtige Flüssigkeit rann aus hundert tauben Wunden, die sich öffneten und schlossen, ihm zublinzelten … also hörte er auf, sie anzusehen. Sie waren nicht wirklich da, oder zumindest nicht auf eine Weise, die ihn beeinträchtigen konnte.

»Neuer Plan«, krächzte Großvater, nachdem sie sich beide ausreichend erholt hatten, um aufzusehen und einen Blick zu wechseln. Ihre Augenwinkel waren blutverkrustet. »Wir werden deinen Onkel weitersuchen, aber zuerst jagen wir diesen Hexer und machen einen *barbarischen Exorzismus* mit ihm.«

Aber als die Sonne des Spätfrühlings hoch genug am Himmel stand, damit sie den von nackten Füßen hinterlassenen Spuren des Hexers folgen konnten, führten sie nur ein kurzes Stück in die angesengte Prärie, bevor sie in einem breiten Kreis aus stinkendem grauem Teer endeten. Die faule Absonderung bedeckte Gras und Erde, und allein der Anblick ließ Griesgram in Schweiß ausbrechen und seine Augen pulsieren.

Großvater fluchte, um die Vorfahren zu beeindrucken, und

nicht nur den üblichen Haufen aus Helden und Jägern, sondern vor allem die bösartigen. Zu seiner Schande war Griesgram erleichtert, dass man die Spur nicht verfolgen konnte. Es war kaum ein heldenhafter Gedanke, der eines Liedes würdig gewesen wäre, aber er wünschte sich, wieder zu Hause in der Savanne zu sein, wo ihm zumindest ein Blick verriet, wer ihm schaden wollte, und wo die Teufel Abstand hielten.

KAPITEL 18

Als sich die Gruppe der gut Bewaffneten vor dem liegen gebliebenen Wagen zu ihm umdrehte, fühlte sich die Axt auf Marotos Schulter leichter an als seit Langem. Ein bleicher junger Bursche mit spärlichem Bart führte die fünf Neuankömmlinge an, die alle sandfarbene Umhänge und Klingen am Gürtel trugen. Der nervöse Blick, den dieser kleine Arsch Hauptmann Gilleland zuwarf, sagte Maroto sofort alles. Der Verrat machte ihn keineswegs nervös, sondern beruhigte ihn – da Gilleland die Falle aufgebaut hatte, würden sie tollkühn sein. Vielleicht waren sie sogar äußerst tollkühn, da sie sich alle hier unten befanden, wo er an sie herankam, statt mit Bögen und Arkebusen in den Felsen über ihnen zu lauern. Zumindest würde es ihm Gelegenheit geben, Hauptmann Gilleland endlich den Schädel einschlagen zu können, bevor ihn diese Banditen schreiend in die Hölle schickten, die die Teufel nur für ihn reserviert hatten.

»Hey, Barbar!«, sagte der Hauptmann. Im Gegensatz zu den Banditen, die offensichtlich unerfahren genug waren zu glauben, noch nicht aufgeflogen zu sein, zogen der Söldner und seine beiden hartgesottenen Begleiter die Klingen. Gilleland gestikulierte jovial mit seinem Kavalleriesäbel. »Genau der Mann, den ich zu sehen hoffte. Nur, ich muss sagen, das Kettenhemd kann in dieser Hitze unmöglich bequem sein!«

Das war es auch nicht; die Rüstung saß etwas enger, als Maroto in Erinnerung hatte, vor allem am Bauch. »Zerbrich dir meinetwegen nicht den Kopf«, erwiderte er, »ich werde sie nicht lange tragen. Gibt es hier irgendein Problem?«

»Nichts, das du nicht regeln kannst, da bin ich mir sicher. Diese Pilger hier glauben eine gebrochene Achse zu haben; wärst du so nett, unter den Wagen zu kriechen und einen Blick darauf zu werfen?«

»Aber klar doch«, sagte Maroto und zählte die Schritte zwischen ihm und Gilleland, achtete auf die lose Wagenplane, hinter der ihn mindestens ein Bogenschütze beobachtete. Jeder Schritt reduzierte die Möglichkeit, erschossen zu werden, bevor er etwas erreichen konnte. »Ich helfe einem Pilger immer gern, an sein Ziel zu kommen. Mal sehen, ob ich das alles richtig zusammenbekomme – diese Wächter, die deiner Aussage zufolge in der ersten Nacht von Kannibalen verschleppt wurden. Du hast ihnen die Kehlen durchgeschnitten und sie in einen Graben gerollt?«

Gillelands Lächeln wurde breiter, und als Milchbart die Hand auf den Schwertgriff legte, taten es die anderen vier Rabauken auch. Das war gut so. Maroto war zwei gute Sprünge von Gilleland entfernt und hatte einen solchen Winkel eingeschlagen, dem zufolge der Hauptmann und seine beiden Schläger nun genau zwischen ihm und dem Wagen standen, was jeden Schuss von dort verderben musste. Zwar nicht den Schuss von jemanden, der sich zwischen den Felsen versteckte, aber man konnte nicht erwarten, dass im Leben alles leicht war.

»Barbar, ich sage dir etwas«, meinte Gilleland. »Du bleibst genau da stehen, dann reden wir.«

Maroto tat ihm den Gefallen. Er war nahe genug. »Und am Schrein des Hungrigen Sandes, da hast du die Aussätzigen vielleicht auf die Idee gebracht, dass Diggelby und seine Ritter an einer religiösen Erfahrung interessiert sind?«

»Nur Zir Sisoruen und Chevaleresse Halfort«, sagte Gilleland. »Der junge Diggleby kam in einem unpassenden Augenblick dazwischen, also magst du dir meine Erleichterung vorstellen, dass er nicht verletzt wurde. Du bist schlauer als dein Ruf, Maroto. Ich frage mich, wie schlau genau.«

»Vater, was …«, setzte Milchbart an, aber Hauptmann Gillelands abruptes Stirnrunzeln brachte den Jungen zum Verstummen. Oh, das hier wurde langsam richtig gut, keine Frage – je heller der Morgen erschien, umso weicher sahen diese Banditen aus. Sie waren rot vor Sonnenbrand, nicht dunkel gebräunt. Vermutlich befanden sie sich noch keine Woche in der Wüste. Zum ersten Mal, seit Maroto seine höhnisch grinsende Bekanntschaft gemacht hatte, sah Hauptmann Gilleland etwas nervös aus.

»Schlau genug jedenfalls, um zu begreifen, dass wir unterwegs jeden verloren haben, der loyal zu seinem Schützling stehen würde, statt bei deinem Plan mitzumachen«, fuhr Maroto fort.

»Und doch erscheinst du hier mit unversehrter Kehle, und das trotz deines Mundwerks«, meinte der Hauptmann. »Das ist der Vorteil, wenn man umgeben von Dienern im Wagen einer Adligen schläft, statt auf Wachtposten zu stehen wie der in Ungnade gefallene Kundschafter, den sie einzustellen glaubten.«

»Ich habe mich schon gefragt, wie die rote Sandspinne in den Wagen kam. Gut, dass ich mein Bettzeug immer überprüfe. Krabbelzeug hatte noch nie eine Chance gegen Maroto den Schurken – wie viel Gift sie auch in sich tragen mögen, eine Sandale zerquetscht sie doch.« In Wahrheit hatte es einiges an Willenskraft gekostet, vorher nicht auszuprobieren, ob ihm die Spinne wohl einen Rausch verschaffen konnte.

»Wild erkennt Wild, Maroto«, sagte Gilleland. »Das ist der einzige Grund, weswegen wir uns unterhalten.«

Der Barbar schnaubte. Es war schon schlimm genug, wenn sich Fremdländer des Slangs des Feuersteinlandes bedienten, aber für gewöhnlich verhunzten sie auch noch die Bedeutung. In der Kalten Savanne meinten Jäger eine ganz andere Art von Wild, wenn sie diesen Spruch bemühten – selbst ein furchterfüllter Hase kannte den Unterschied zwischen einer Maus und dem Wolf, der auf sie beide Jagd machte. Das war gemeint.

»Wie hättest du sie auf diesen Weg gebracht, hätte ich das nicht erledigt?« Er erinnerte sich noch deutlich daran, wie energisch sich der Hauptmann gegen seinen Vorschlag mit der Straße der Verzweiflung ausgesprochen hatte, als er ihn in der Schenke vorgebracht hatte – so kühl wie Schneemet aus dem Eiswagen, keine Frage. »Dein Welpe hätte hier völlig umsonst warten können.«

»Um Adlige dazu zu bringen, das zu tun, was man will, muss man ihnen einfach sagen, dass sie das auf gar keinen Fall tun können«, sagte Gilleland selbstgefällig. »Die Morgendämmerung bricht herein, also bringen wir es zu Ende. Ich kenne dich, Maroto, und ehrlich gesagt bist du zu diesem letzten Gelage nicht eingeladen. Als Zeichen der Hochachtung vor deinen vielen heroischen Taten während der Scharlachroten Kriege geben wir dir einen Vorsprung von hundert Herzschlägen. In dieser Zeit kannst du dir aus der Karawane nehmen, was du tragen kannst, und dich dann eine respektvolle Spanne weit von ihr entfernen. Eine Stunde nach unserem Aufbruch darfst du uns folgen und die Wüste in der Richtung verlassen, für die du dich entscheidest. Einfache Bedingungen, aber großzügig.«

»Einfach trifft es genau«, stimmte ihm Maroto zu. »Und wenn ich die Gelegenheit nutze, die Truppen um mich zu scharen?«

»Die Nachhut, die zu uns gehört, oder die Stutzer? Das nimmt beides kein gutes Ende für dich.«

»Und wie endet es für sie?« Marotos Blick schweifte über die Schluchtwände, die langsam besser zu erkennen waren. Bis jetzt funkelte kein Sonnenlicht auf Pfeilspitzen oder Gewehrläufen. »Lösegeld?«

»*Lösegeld*? Diese Trottel?« Der Hauptmann schüttelte den Kopf. »Leider ist der Ärger die ganze Mühe nicht wert. Sie haben genug dabei, damit das einen ordentlichen Gewinn gibt, ohne dass man gierig werden muss und die Dinge nur verkompliziert.«

»Das ist wahr.« Maroto überdachte seine Möglichkeiten. Das Angebot war gar nicht so übel, und es würde sich für alle Beteiligten durchaus auszahlen. Gut, die Stutzer mal ausgenommen. Hauptmann Gilleland war gar nicht so dumm. In einer Minute würde Maroto in der Karawane genug Beute an sich raffen können, um in seinem eigenen Vergnügungswagen bis nach Agalloch fahren zu können. Davon abgesehen hatte er sich keine großen Gedanken darüber gemacht, wie es mit den Adligen nach Durchquerung der Wüste weitergehen mochte – was sollte er tun, diese johlenden Trottel quer über den Stern zu Zosia und der Kobaltblauen Kompanie führen?

Ihm blieben hier nur zwei Möglichkeiten. Die fünf Grünschnäbel und drei hartgesottenen Wächter in dem Wissen angreifen, dass es mit Sicherheit noch mehr von ihnen geben würde, während er jede verlässliche Unterstützung von den Nutznießern eines so selbstmörderischen Vorgehens vergessen konnte? Oder Hauptmann Gillelands Angebot annehmen? Es würde etwas mehr Blut an seinen Händen kleben – und wenn schon. Die waren längst so dreckig, dass er die neue Schicht gar nicht bemerken würde. Hatte er nicht gewusst, dass vermutlich genau dies passieren würde, wenn er die Kichertruppe auf die Straße der Verzweiflung führte? Hatten sie nicht sogar danach *verlangt*, nach einem kernigen Abenteuer in der realen Welt?

Kämpft um euer Leben, Stutzer, Maroto tut es bestimmt nicht!

Beim Alten Schwarz, der alte Maroto hätte den Handel schon längst angenommen. Vermutlich hätte er den Verrat selbst geplant. Vielleicht war es dumm, aber er war kein Narr.

»Tapai Purna kommt mit mir«, entschied er.

»Auf gar keinen Fall«, erwiderte Gilleland. »Dein Wort bedeutet nichts, ihres möglicherweise schon. Und wenn sie sich mit den Familien ihrer unglückseligen Freunde in Verbindung setzt, die gleich in einem Schwarmsturm untergehen? Komm schon, Maroto, wir wissen doch beide, dass das hier nicht funktioniert, wenn sie verschwinden kann.«

»Ja, das sehe ich ein.« Ihn konnte nichts daran hindern, das Angebot anzunehmen, sich auf dem Rückweg durch die Karawane Purna trotzdem zu schnappen und mit ihr wegzureiten. Hatten die restlichen Stutzer eben Pech gehabt, genau wie Gilleland, falls er versuchen wollte, sie zu verfolgen. Wenn man es genau durchdachte, war das der einzig vernünftige Weg – alles andere schien Wahnsinn zu sein, und wann hätte er sich je vom Wahnsinn übermannen lassen, außer hier und jetzt?

»Gut. Deine Minute fängt jetzt an. Es war ein echtes Vergnügen, ich hoffe, wir können das irgendwann wiederholen.« Gilleland verscheuchte Maroto mit der Schwertspitze, und die angespannten Knöchel seines Sohnes entspannten sich am Schwertgriff. Milchbart glaubte, der gute, alte Papa hätte alles erledigt. Nun, erledigt würde es gewiss bald sein.

»Neue Bedingungen«, sagte Maroto und verpflichtete sich seiner Entscheidung. »Aber ich fürchte, ich kann dir keine ganze Minute für die Antwort geben, sondern nur zehn Schläge deines feigen Herzens. Ihr werft die Waffen weg und geht, oder ich hacke euch alle mit meiner Axt in zwei Hälften. Wenn dir deine eigene Haut schon nichts wert ist, Gilleland, denk an deinen Sohn.«

Milchbart trat einen Schritt zurück und stieß gegen einen seiner Kumpane, aber der Hauptmann blieb unbeeindruckt. »Ich bezweifle stark, dass der mächtige Maroto selbst in seiner besten Zeit acht kräftige Kämpfer getötet hätte, bevor einer von ihnen …«

»*In zwei Hälften hacken!*« Vergeblich versuchte Maroto das Grinsen zu unterdrücken, das sich auf sein Gesicht stahl. Die Axt schwebte beinahe von seiner Schulter. »Ich habe nicht gesagt, ich würde euch töten, ich sagte vielmehr, ich würde euch in zwei Hälften hacken. Mit meiner Axt.«

»Hätten wir die nötige Zeit, dann würde ich tatsächlich *gern* sehen, wie du versuchst …«, begann Hauptmann Gilleland, aber der harte Mann konnte seinen Satz nie vollenden, weil ihn Maroto beim Wort nahm.

Der Barbar hatte schon von Gilleland gehört, bevor sie sich zu Beginn dieser unseligen Mission kennengelernt hatten. Der drahtige Rotschopf hatte sich bei der Belagerung des Alten Slair einen Namen gemacht. Falls Maroto da nichts durcheinanderbrachte, war er es nämlich gewesen, der den Überlebenden des ersten Monats beigebracht hatte, die Ratten und Geier zu fangen, die sich auf die Toten des Schlosses gestürzt hatten, damit die Belagerten etwas anderes als ihre Kameraden zu essen bekämen. Hätten sie sich nicht so angestellt und ihre Gefallenen verspeist, hätten sie vielleicht auch die nötige Kraft gehabt, um an dem Tag, an dem das Tor schließlich fiel, den Sieg davonzutragen, statt sich von den Usbanern in die halb verhungerten Ärsche treten zu lassen. Wie dem auch sei, der verräterische Veteran würde jetzt entdecken, dass es bedeutend größere Vorbereitungen erforderte, einen Bär in die Falle zu locken, als Ratten zu fangen.

Hauptmann Gilleland hatte genug Verstand, um die Doppelaxt nicht parieren zu wollen. Stattdessen warf er sich zur Seite und stach mit dem Säbel nach dem angreifenden Barbaren. Vielleicht hätte es sogar funktioniert, wäre ihm sein Sohn nicht in den Weg geraten. Milchbart verdarb den Versuch seines Vaters und ließ ihn nicht so weit wie beabsichtigt aus der Schadenszone entkommen, weil er gegen seinen Jungen prallte. Und dann bewies Maroto, wie er zu seinem Wort stand.

Die Säbelspitze verfehlte die Seite des Angreifers um gute sechs Zoll. Marotos Axt hackte schräg in das Schlüsselbein des kleineren Mannes. Die Waffe durchtrennte Fleisch und Knochen und blieb auf der anderen Seite ein Stück vor der Achselhöhle ruckartig in Gillelands Rippen stecken. Für einen unerfahrenen Beobachter hätte es vielleicht so aussehen können, dass Maroto sein Versprechen nicht wahr gemacht hatte, aber dann rüttelte er mit beiden Händen kräftig am Schaft und hebelte Hauptmann Gillelands Kopf, Arm und Schulter von dem zerstörten Körper. Allein die unbeschädigte Seite der Lederuniform verhinderte, dass sich die beiden Teile voneinander lösten. Dann klappte die obere Hälfte des zweigeteilten Mannes an dem als Scharnier fungierenden Rüstungstück zur Seite.

Leider gab es keinen Augenblick ehrfurchtsvollen Staunens, in dem jeder sein Kunststück bewunderte, sosehr Maroto eine kurze Pause auch zu schätzen gewusst hätte, um sein Werk zu würdigen. Nein, der Kampf war in vollem Gange, Gillelands beide Leute hatten sich bereits auf ihn gestürzt. Der harte Mann und die noch härter wirkende Frau hatten ihn in die Mitte genommen, und selbst eine Meisterin des Makellosen Balletts hätte große Mühe gehabt, um ihre blitzenden Klingen herumzutänzeln.

Man hätte es ihm nicht angesehen, aber Maroto war ein teuflisch guter Tänzer, und während seine beiden neuen Tanzpartner ihn angriffen, riss er die Axt aus Gillelands schwankendem Körper, bevor ihn seine Füße umherwirbeln ließen. Der Kadaver des Hauptmanns war noch nicht auf den Boden aufgeschlagen, da fuhr die Schwertspitze des Mannes bereits über seine Wange, während die Klinge der Frau Hose und Oberschenkel aufschlitzte. Außerdem hatte er sich direkt in das Rudel stolpernder Möchtegernbanditen befördert. Und während die beiden Schwergewichte ihren Vorteil nutzten, stieß er die Grünschnäbel zwischen sich und die richtige Gefahr. Er tänzelte durch den Haufen junger Burschen, bevor diese ihre Schwerter überhaupt gezogen hatten. »Schnappt ihn euch, schnappt ihn euch!«, brüllten die beiden Söldner die Jungs an.

Leichter gesagt als getan. Eine einzige Klinge brachte es fertig, Marotos Rücken zu treffen, um von dem Kettenhemd abzuprallen. So schnell er den Rückzug angetreten hatte, blieb er wieder stehen und warf sich erneut nach vorn; die Axt an seiner Seite wirkte da wie ein grauer Schemen. Auf dem Weg zu ihrem wahren Ziel berührte sie die Seite eines stoppelbärtigen, von der Sonne verbrannten Jungen. Während sich das volle Gewicht der Waffe in die Hüfte von Gillelands Mann grub, prallte der von der Schneide berührte Junge gegen seine Kumpane. Aus dem bescheidenen Schnitt in seinem Hemd purzelten Eingeweide. Maroto sorgte stets dafür, dass seine Axt *scharf* war.

Aus acht Gegnern waren fünf geworden, und im Grunde konzentrierte sich der Barbar sogar nur auf einen davon. Aber er hatte die Überraschung nicht länger auf seiner Seite, und eine Salve Gewehrfeuer aus der Richtung der angehaltenen Karawane deutete an, dass die vier anderen verräterischen Wachen die Stutzer mit aller gebotenen Hast exekutierten und jeden Augenblick angeritten kommen konnten. Gillelands Söldnerin hatte den Verstand, Marotos Beispiel zu folgen und sich hinter den vier noch aufrecht stehenden Banditen zu verschanzen, von denen es keiner eilig zu haben schien, sich als Erster auf den Barbaren zu stürzen, der blitzschnell aus der Klingenreichweite zurückgewichen war. Da war die Atempause, die er sich gewünscht hatte, nachdem er den Hauptmann entzweigehauen hatte. Es war ein Augenblick, um sich an dem zu erfreuen, was er angerichtet hatte – so faul er die letzten paar Jahre auch gewesen war, hatte er sein Können doch nicht verloren!

Aus dem Augenwinkel sah er, wie sich mehrere Reiter von der Karawane lösten. Besser, er kümmerte sich schnell um diesen Haufen, bevor …

Maroto schwankte zur Seite und fragte sich, wie es einer dieser Pisser geschafft haben konnte, ihn so unvorbereitet zu treffen. Der Schmerz an der Seite seines Kopfes steigerte sich schnell von schlimmer zu glühend heißer, entsetzlicher Qual. Der Pfeil vibrierte noch immer durch den Aufprall auf seinem Kopf und schickte schwindelerregende Wogen Schrecklichkeit in das taube Fleisch von Marotos dröhnendem Ohr. Die Grünschnäbel und die harte Frau stürzten sich auf ihn.

Milchbart führte mit einem Säbel, der offensichtlich dem

seines Vaters nachempfunden war, und Maroto zog sich an den Ort zurück, den er während eines harten Kampfes stets aufzusuchen pflegte. Der Ort, von dem man sich nicht zurückzog, bis der letzte Gegner gefallen war. Seine Sicht klärte sich, der Herzschlag verlangsamte sich, die Gedanken wurden schärfer, während die Kirchenglocke, die in seinem Ohr dröhnte, zu einem leisen Bimmeln verblich. Er hatte diesen Männern ein Versprechen gegeben, und vielleicht würde er nicht dazu imstande sein, das zu halten, was er sich selbst versprach, aber Versprechen an seine Feinde hielt er immer.

Hauptmann Gillelands Sohn wurde in einer Blutwolke zerfetzt. Marotos Axt raste weiter in den Grünschnabel hinter Milchbart und zerteilte auch den armen Burschen. Der Lärm der Welt wich einer Stille, sah man einmal von dem Getöse ab, das seine Komplizen veranstalteten – da ertönte ein Grunzen und ein Stöhnen, ein sich in den Staub bohrender Stiefelabsatz war auszumachen. Selbst auf einem Ohr taub hörte Maroto alles so deutlich, dass er genauso gut die Augen hätte schließen und sie aufgrund ihrer Geräusche niedermachen können.

Vielleicht. Er verspürte nicht die Absicht, diese Theorie im Augenblick einer Prüfung zu unterziehen.

Maroto tanzte mit den Banditen und mit seiner Axt, mit den Klingen, die aus allen Richtungen auf ihn einhieben.

Hacken. Da spaltete sich eine Hand genau in der Mitte bis zum Gelenk.

Schritt. Da glitt eine Klinge über seine Brust, die vom Kettenhemd geschützt wurde.

Hacken. Da flog ein Arm durch die Luft.

Schritt. Da ging ein von der Sonne verbrannter Rabauke zu Boden, der zwischen Maroto und der harten Frau herbeistolperte.

Hacken. Da wirbelte die obere Hälfte eines Kopfes zur Seite.

Schritt. Da sprudelte es, und Maroto brachte der vertrockneten Erde einen roten Regen.

Hacken. Da ging Maroto zu Boden, bevor ihn die Klinge der Söldnerin erneut treffen konnte. Der Schnitt an seinen Knöcheln hätte nicht ausreichen dürfen, um ihm die Axt zu entreißen, aber da lag sie auf dem Boden zwischen den ausgebreiteten Beinen getöteter Narren. Maroto rollte sich noch weiter von ihr weg. Er hatte genug Platz zwischen sich und seine Angreifer gebracht, um wieder aufzuspringen. Aber als er die Rolle vollendete, grub sich der Pfeil in seinem Ohr in den Boden. Das Gefühl riss dem Barbaren förmlich die Beine unter dem Leib weg. Es fühlte sich wie der Blitz eines Zauberers an; sein Körper verweigerte jede Bewegung, und seine Gedanken waren so durchgerüttelt wie sein Fleisch. Bebend lag er gerade lange genug im Sand, damit sich die harte Frau über ihm aufbauen konnte und das lange Schwert auf ihn hinunterraste …

Zuerst kam ein Blitz aus dem Nichts, jetzt ein Donnerschlag vor seiner Gewitterwolke; die Ordnung der Welt lief rückwärts. Die harte Frau brach auf Maroto zusammen, während sie von einer Wolke pfeffrigen Mündungsqualms eingehüllt wurde. Ineinander verschlungen wie Liebhaber lagen sie da, und der Inhalt des aufgeplatzten Schädels der Söldnerin ergoss sich in Marotos verblüfftes Gesicht. Die Wolke löste sich schnell auf, aber der Barbar konnte sich nicht vom Gewicht der Toten befreien. Entweder steckte der Pfeil tiefer in seinem Kopf, als er gedacht hatte, oder der erste Schnitt an seinem Bein ließ ihn ausbluten. Was nun auch zutraf …

»Ho, Hauptmann, soll ich Euch und Eurer neuen Freundin etwas Privatsphäre schenken?« Purnas Stimme kam aus ganz weiter Entfernung, aber sie beugte sich mit einer Steinschlosspistole in der einen und einem Kakuri-Dolch in der anderen Hand über ihn. Rauch quoll aus der Mündung der filigran verzierten Pistole, Blut floss die bogenförmige Krümmung des langen Messers entlang und tropfte von der Spitze. Offensichtlich hatte sie sich die Zeit genommen, sich mehrere schwarze und orangefarbene Streifen unter die Augen zu schminken, bevor sie den Rest der Stutzer für das große Abenteuer zusammenrief. Sie wischte das Blut der Klinge am Rücken ihres Opfers ab, dann schob sie die Waffen zurück in die schwarzen Lederholster an ihrem weißen Gürtel, der mit Nieten besetzt war. »Ihr gebt ein hübsches Pärchen ab.«

»Ey«, sagte Maroto. Seine Stimme schien von irgendwo weit über ihm zu kommen. »Helft mir auf.«

»Aber sicher, ich – *igitt*, steckt das *in* Euch?« Purna riss die angebotene Hand zurück und zeigte auf ihr Ohr. »Sterbt Ihr? Hat sich das in Euer *Gehirn* gebohrt?«

»Helft mir auf, dann verrate ich es Euch«, sagte Maroto, und seine Stimme war dabei noch ferner. Das musste er jetzt schnell hinter sich bringen, bevor er das Bewusstsein verlor. »Aber langsam.«

Purna tat ihm den Gefallen, stemmte die tote Söldnerin mit dem Fuß von ihm herunter und half ihm auf. Sofort stieß er sie zurück, landete schwer im Sand und gab sich alle Mühe, nicht zu kotzen. Aufzustehen war doch keine so gute Idee gewesen.

Ihre Stimme klang ein weiteres Mal entfernter, während sie weiterplapperte. »Die Nachhut gehörte zu ihnen, wisst Ihr das? Sie glaubten geschickt zu sein, befahlen uns die Wagen zu verlassen, ohne uns vorher anzukleiden. Wie gut, dass ich bereits jeden geweckt und angewiesen hatte, die Waffen bereitzuhalten, bevor ich die Wächter holte, denn wer weiß, was sonst geschehen wäre! Es gefiel ihnen gar nicht, als wir mit gespannten Waffen herauskamen, und das gaben sie uns auch deutlich zu verstehen. Aber da warf ich gerade rechtzeitig einen Blick durch Diggelbys Falkenglas, um zu sehen, wie Ihr auf Gilleland einschlugt. Ich gab den Befehl, und wir schossen sie nieder.«

Purna holte tief Luft, bevor sie ihren Bericht zu Ende brachte. Vermutlich konnte sie ihren Atem unter Wasser minutenlang anhalten, dachte Maroto.

»Also schnappten wir uns ihre Kamele und ritten los, um Euch zu helfen. Diggelby, Din und Hassan verfolgten die beiden, die entkommen waren – sie versteckten sich mit Armbrüsten in diesem Fallenwagen, aber da haben wir es ihnen gegeben. Kaum Verluste … abgesehen von Euch.«

»Wunderbar«, stöhnte Maroto. Selbst flach auf dem Boden liegend kam er sich vor, als balancierte er in einem Wirbelsturm auf dem Bug eines Ruderbootes und verließe sich allein auf das Schicksal, um nicht über Bord zu gehen. »Kleine, als Helferin seid Ihr ganz in Ordnung.«

»Helferin?« Purna zog die aufgemalten Brauen hoch. »Habt Ihr eigentlich *jemals* ein Heldenlied gehört, Maroto? Ich bin die ungestüme junge Heldin, und Ihr seid der müde alte Meister, den ich überreden muss, mich zu unterrichten.«

»Klingt schrecklich.« Plötzlich fragte sich Maroto, ob er sterben werde. Er blickte an seinem tauben Körper entlang und sah, dass das linke Bein der Länge nach in Rot getaucht war. »Heißt das, Ihr tut, was ich Euch sage?«

»Klar, bis Ihr sterbt«, sagte Purna, und ihre leise Stimme ließ die unsichtbare See unter Marotos Rücken noch stärker schwanken. »Vor dem Ende müsst Ihr Euch vermutlich opfern, um mich zu retten.«

»Darauf würde ich mich nicht verlassen.« Die heiße Luft schmeckte nach Blut und Eisen.

»Warten wir ab, ob Ihr den Tag übersteht – möglicherweise seid Ihr ja schon zu dem Teil des Liedes vorausgesprungen.«

Das war doch mal ein von den Teufeln gesegneter Gedanke. Die Möglichkeit verbesserte seine Perspektive kaum. »Ihr wollt mein Protege sein?«

»Mehr als alles andere.« Purna ergriff mit beiden Händen eine seiner Pranken. »Wenn der Augenblick kommt, dann räche ich Euch, Maroto, das schwöre ich.«

»Na toll«, erwiderte dieser. »Seid doch in der Zwischenzeit so nett und helft mir, diese Leichen zu zerstückeln.«

»Entschuldigung?« Purna ließ seine Hand los. Mit dem Gewicht eines Streitkolbens donnerte sie auf seine Brust.

»In zwei Hälften. Jede von ihnen.« Plötzlich schien ein Nickerchen eine großartige Idee zu sein. Warum machte er nicht öfter mal eins? Die Teufel wussten, dass er sie sich verdient hatte.

»Seid Ihr sicher, dass Ihr nicht die Dienste von Köz' Dienerin braucht?«, fragte Purna skeptisch, und bevor Maroto sie darauf hinweisen konnte, dass er niemals behauptet hatte, keinen Feldscher zu brauchen, stürzte sich die Dunkelheit, die für alle Ewigkeit hinter den Augen der Sterblichen lauerte, auf ihn, um ihn zu umarmen. *Ich habe dich auch vermisst*, dachte Maroto, während er auf dem Sand das Bewusstsein verlor, einen Pfeil im Ohr und ein blutverschmiertes Grinsen im Gesicht. Er konnte es noch immer.

KAPITEL 19

Die Schlangen vor den öffentlichen Beichtstühlen waren ein typisches Merkmal von Diadem. Jeden Morgen stellten sich Aberhunderte Bürger an, die Reihe der Sünder erstreckte sich von der Wand aus Türen des Unteren Kettenhauses und die Wendeltreppe hinunter bis zu der Straße, die tief darunter lag. Nach einem Fest oder Feiertag zählten die Schlangen Zehntausende von Bürgern, die den ganzen Tag und die ganze Nacht für fünf Minuten allein im Beichtstuhl warteten.

Angehörige des Klerus und Adels hatten ihre eigenen Beichtstühle in dem Mittleren Kettenhaus, dort wartete man selten länger als eine Stunde. Als Schwester Portolés das Ende der Schlange erreichte und sich ein Beichtstuhl öffnete, wartete sie nicht die übliche Kühlzeit ab, bevor sie eintrat. Der alte Priester, der den Kasten verließ, hatte kaum seine schmale, flackernde Kerze unter der Sitzbank entfernt, da steckte Schwester Portolés auch schon ihre breitere Talgkerze in die Nische und betrat die enge Kabine. Die Eisenbeschläge des Sitzes waren von der Beichte des Priesters noch warm.

»Mutter vergebt mir, denn ich bin unrein.«

Portolés sprach nie so deutlich wie im Beichtstuhl. In allen Ecken des Sterns und in allen Gemächern der Kirche fühlte sie sich nirgendwo mehr zu Hause … mit Ausnahme ihrer Bußbank direkt nach der Beichte. In Erwartung ihrer Strafe hatte sie die Unterwäsche, die sie für gewöhnlich vor der Kutte aus grober Wolle schützte, gegen ein Büßerhemd mit Kragen eingetauscht; Gebetskränze aus scharfen Glassplittern umschlossen wie enge Strumpfbänder ihre Beine. Jeder der viertausend Schritte von ihrer Zelle bis zur Beichthalle war eine persönliche Hölle aus kratzendem Scheuern gewesen. Mit dem ersten Schweißtropfen hatte sich das Haar ihrer Weste in Stahlwolle verwandelt, und trotz der Panzerung aus schwieliger Haut bluteten ihre mitgenommenen Brustwarzen und narbigen Oberschenkel bei der Ankunft an der Schlange.

»Wie lange ist es her, seit du dich das letzte Mal von deinen Sünden gereinigt hast?« Das Gitter, das Büßer und Beichtmutter voneinander trennte, war als die sich vorwölbende, eiserne Reproduktion eines Gesichts gestaltet. Portolés hatte gehört, dass das Gitter dazu gedacht war, den Unschuldigen das gütige Antlitz der Gefallenen Mutter, der Erlöserin der Menschheit, sehen zu lassen, während die Schuldigen das inhumane Gesicht ihres Bruder-Gemahls erblickten, des Schöpfers der Welt, des Täuschers der Engel und Sterblichen zugleich. Portolés sah stets nur das eine, aber sie hatte die Kabine ja auch noch nie frei von Sünde betreten.

»Beinahe vierundzwanzig Stunden«, antwortete Portolés. Erstaunlich, wie sehr sich die Welt in dieser kurzen Zeitspanne verändert hatte.

»Wie viel Sünde kann eine von den Göttern Auserwählte in so wenigen Stunden auf sich laden?«, fragte die Beichtmutter, und Portolés wand sich mit pochendem Herzen auf dem Sitz, der sich schnell erhitzte. Vor Kypck hatte ihr größtes Verlangen darin bestanden, herzukommen und ihre Sündhaftigkeit zu gestehen, damit man sie von ihrer Teufelei befreite, und sei es auch nur in den Augenblicken, in denen der Sitz Streifen in ihr Gewand und das darunter befindliche Fleisch sengte. Oder später, wenn die Geißel über Rücken und Brüste züngelte, wenn die Stachelkrone ihre Stirn küsste. Jetzt kämpfte ihre Gier nach Buße mit Königin Indsoriths Befehlen, und trotz des Vertrauens der Königin in ihren neuen Schützling rang Portolés darum, wie sie weitermachen sollte.

»Ich habe meinen Tempel besudelt«, setzte sie an, denn wenn sie mit dem Anfang des vorigen Tages begann, fiel ihr ein sicherer Pfad zum Ende hin möglicherweise leichter. »Wieder einmal.«

Aus dem Gitter ertönte ein schwerer Seufzer, der Portolés annehmen ließ, dass Mutter Kylesa auf der anderen Seite saß. »Wie oft hast du diese böse Tat schon vollbracht, Schwester, und wie oft hast du dafür gebüßt?«

»Ich … ich bin mir nicht sicher. Oft, möge die Gefallene Mutter mir vergeben.«

»Sie vergibt dem, der seine Taten bereut und darum ringt, sein Verhalten zu verbessern.« Selbst durch das verformte Gitter gedämpft trug die Stimme der Beichtmutter einen bissigen Unterton. »Es ist schon eine ernste Sache, wenn eine niedrige Bäuerin immer wieder sündigt, weil sie glaubt, tun und lassen zu können, was sie will, solange sie danach die Beichte ablegt. Dass sich eine Schwester so abstoßend verhält ist eine ganz andere Sache.«

»Das ist wahr.« Portolés rutschte auf der Bank herum, obwohl sie das eigentlich nicht wollte. Die Beschläge, die von der Sitzfläche ihre verzehrende Hitze ausstrahlten, machten es unmöglich still zu sitzen, so sehr sie die Schmerzen auch verdiente. »Trotz Eurer und meiner Anstrengungen sündige ich immer wieder. Ich kann der Versuchung widerstehen, das kann ich schon, und das tue ich auch, sogar meistens mit Erfolg … aber manchmal bin ich doch schwach, und ich glaube, ich tue gar nicht so etwas Böses, solange ich danach mit einem ehrlichen Herzen herkomme.«

»Du begehst die größte Sünde von allen.« In der Hitze der Kammer schien das Antlitz des Täuschers zu atmen. Schweiß brannte in Portolés' Augen. Das Licht der Kerze unter ihrem Sitz warf zuckende Schatten an die Wände, als griffen Flammen nach ihr. »Du sündigst nicht aus Unkenntnis, nicht einmal aus Leidenschaft. Du fällst auch der Versuchung nicht zum Opfer.

Du triffst eine Entscheidung, Schwester, du entscheidest dich zu schmutzigen Taten, die deinem Schöpfer zuwider sind. Du tust das, obwohl du ein Beispiel für deine Standesgenossen und den Laienstand geben solltest, trotz unserer vielen, vielen Gespräche über diese Angelegenheit. Ja, vielleicht ist ›Trotz‹ der einzig passende Begriff dafür, denn warum sonst solltest du das weiterhin jenen antun, die dich lieben?«

»Trotz?« Portolés wäre nie darauf gekommen, dass es von ihren vielen Schwächen ausgerechnet diese sein sollte. Sie hatte rebellische Neigungen, ja, aber sie glaubte von ganzem Herzen an die Güte der Gefallenen Mutter. »Mutter, ich schwöre, dass ich diese Taten nicht aus Böswilligkeit begehe.«

»Nein? Und wem schadest du mit deinen Handlungen? Doch nicht nur dir selber, oder? Du verführst deine Mitanathemas, dann kommst du Sünde nach Sünde her und zwingst uns Schwestern, die wir weit über solche Sündhaftigkeiten erhaben sind, das Publikum für deine Verbrechen zu spielen. Ich frage mich, was dir mehr Vergnügen bereitet, die Sünde selbst oder sie mir unter die Nase zu reiben?«

»Es tut mir leid«, flüsterte Portolés, legte die Arme gegen die sich erwärmenden Wände der schmalen Kabine und drückte sich fest auf die Sitzbank. Wie immer brachte der dringend benötigte Schmerz Klarheit. Die Beichtmutter hatte völlig recht. Sosehr sie sich auch bemühte, Reue zu empfinden, verspürte sie doch nur das Verlangen nach weiterer Buße. »Ich versuche es, Mutter, das tue ich wirklich, aber Ihr habt recht. Ich bin falsch, verdorben und bösartig. Es ist das, was ich bin.«

»Ausreden«, zischte der Täuscher, sein Gittergesicht beugte sich Portolés entgegen, als wollte er ihr ins Ohr flüstern oder einen Kuss stehlen. »Es ist so leicht, deine Natur dafür verantwortlich zu machen, nicht wahr? Sämtliche Fehler dem Vorfahren zu Füßen zu legen, der sich einem Teufel hingab? Dich selbst und andere zu missbrauchen, um deine verbrecherischen Gelüste zu befriedigen, um dann mit den Schultern zu zucken und zu behaupten, es sei ein Geburtsfehler? Die Gefallene Mutter für deine Schwäche verantwortlich zu machen?«

»Ja!«, wimmerte Portolés. Ihr Oberkörper kämpfte mit dem Rumpf, um ihre Schenkel weiter auf die Bank zu drücken. Sie konnte den Dampf riechen, der von der verschwitzten Wolle ihrer Kutte aufstieg, die Rauchschwaden auf ihrer vernarbten Zunge schmecken. Sie drückte sich nur noch fester auf den Sitz, denn nichts von alledem war schon das Schlimmste. Das würde erst kommen, wenn sie von der Bank aufstehen musste. »Ja, ja, ja!«

»Natürlich.« Der Atem des Täuschers stank nach ihrem moschusartigen Schweiß, wenn sie neben Bruder Wan lag und sich besudelte. »Du unterscheidest dich gar nicht so stark von den Reingeborenen, Schwester Portolés, sosehr du das auch in deinem Herzen abstreitest, sosehr sie es auch mit ihren Zungen abstreiten. Jeder sucht nach einer Entschuldigung für seine schlechten Entscheidungen, seine selbstsüchtigen Begierden. Jeder will vorgeben, dass er nicht anders kann. Jeder will dem Täuscher die Schuld dafür geben, dass Er sie mit einer Seele erschuf, in der das Böse bereits eitert, statt der Mutter dafür zu danken, dass Sie ihnen sowohl die Selbsterkenntnis gab, die eigenen Sünden zu erkennen, als auch die Kraft, gegen sie zu kämpfen.«

Zu erregt für Worte nickte Portolés und weinte. Das alles traf zu. Ihre linke Hand war auf dem Weg nach unten, um die Kutte hochzuziehen, aber sie brachte sie unter Kontrolle und schob sich die Faust in den Mund, biss in den Knöchel, bis sie ihr eigenes bitteres Blut schmeckte. Trotzdem war da noch immer dieses Pulsieren, und sie quetschte die Oberschenkel zusammen, um die Gebetskränze tiefer zu reiben, wobei sie das verbrannte Fleisch von der Bank hob. Das bescherte ihr einen schwindelerregenden Rausch, der großartiger als alles war, was sie mit den Fingern zustande bringen konnte – die Berührung des Göttlichen in ihrer erbärmlichen Gestalt.

Als Portolés eben am verwundbarsten gewesen war, hatte ihre Beichtmutter darauf beharrt, dass die Gier der Hexengeborenen nach Sünde vom Täuscher kam. Dass sie für die niedersten Vergnügungen sündigte, ihre Götter lästern wollte. Doch ihre Beichtmutter irrte sich. Jetzt, da die Kerze ihres Glaubens sämtliche Ablenkungen wegbrannte, erkannte sie das wahre Motiv für ihr zwanghaftes Sündigen: Sie suchte nach ihrer Erlöserin.

Guten und frommen Anathemas wie Bruder Wan musste der Glaube mühelos in den Schoß fallen, aber Portolés erfuhr während ihrer Gebete oder der Messe nie die Gegenwart der Gefallenen Mutter; nicht einmal bei der Ausführung ihrer heiligen Pflichten. Sie hatte ihre Göttin zu jagen, und nach einem Leben des Gehorsams im Dienst der Schwarzen Kette fand sie sie nur, wenn sie es wagte, die heiligen Gesetze zu verletzen, indem sie ihre Seele riskierte, um die Aufmerksamkeit ihrer Schöpferin zu erregen. Die Berührung der Gefallenen Mutter gab Portolés den Mut zu sündigen, und ihre Berührung erlöste sie auch von den Qualen der Beichte. Wenn Portolés' Sünden Akte der Rebellion waren – worauf ihre Oberen beharrten –, dann war es die Rebellion gegen die Kette und nicht ihre Schöpferin. Sosehr sie auch an sich selbst und ihren monströsen Artgenossen zweifeln mochte, selbst an ihrer Kirche mit all ihren Widersprüchen und Grausamkeiten, so zweifelte sie doch niemals an ihrer schwer fassbaren Erlöserin.

Blitzartig kam es Portolés, dann sackte sie wieder völlig leer auf ihre Bank zurück, so verwirrt und verängstigt wie immer, nachdem sie eine weitere Beichte überstanden hatte. Sie fröstelte und begriff, dass sich der Sitz unter ihr abgekühlt hatte und es in der Kabine dunkler geworden war. Ihre Kerze musste tiefer gebrannt sein als je zuvor. Sie wischte sich den Schweiß vom Gesicht und erwiderte nervös den stummen Blick des Täuschers – hatte sie aufgeschrien?

»Du wirst die Krone der Mutter tragen, die Ihr eifersüchtiger

Bruder-Gemahl ihr auf die Stirn gezwungen hatte, bevor Er sie aus dem Himmel verstieß«, rezitierte ihre Beichtmutter mit klarer Stimme. Der Täuscher war wieder nur ein kunstvoll geschmiedetes Gitter. »Und du sollst dich mit der Geißel der Engel peitschen, so wie Sie, die von den Anathemas gepeitscht wurde, die loyal zu Ihm standen, der die Welt mit Seinem Wort erschuf. Statt zu Ihr, die die Welt mit Ihren Worten infrage stellte. Vierzig und sechs Schläge und die Krone, bis dich einer deiner Oberen das nächste Mal aus der *Höhle* ruft. Vielleicht wirst du ja doch noch zu einem Beispiel.«

Sechsundvierzig Schläge. Portolés brachte nicht einmal den rituellen Dank zustande. Ihre vernarbte Zunge klebte hinter ihren zurechtgefeilten Zähnen. *Sechsundvierzig.* Von einer derartigen Buße hatte sie noch nie zuvor gehört. Das Höchste, was ihr einmal aufgetragen worden war, waren zwanzig Schläge gewesen, und die hatten sie schon fast umgebracht. Bruder Wan hatte sie während ihrer langen Genesung gepflegt. Kein Reingeborener konnte sich einer solchen Tortur unterziehen und überleben, und Portolés bezweifelte, dass jemand ihrer Art es vermochte.

»Bevor du jetzt gehst und Buße tust, müssen wir noch eine andere Sache besprechen. Möglicherweise lässt sich bei deinem Urteil nachträglich Milde walten, auch für zukünftige Verstöße. Dazu musst du nur die Wahrheit über die Geschehnisse der vergangenen Nacht sagen und darfst nichts verschweigen, was gesagt oder getan wurde.«

Was sollte das jetzt? Kein Wunder, dass Mutter Kylesa sie vor der Urteilsverkündung nicht einmal gefragt hatte, ob es noch mehr zu beichten gab – die tödliche Buße hatte von Anfang an festgestanden. Die Königin hatte Portolés gewarnt, ihre Oberen würden sie nach der Privataudienz in der vergangenen Nacht aushorchen, aber sie hatte geglaubt, man werde sie einfach fragen. Mit einem so miesen Trick hätte sie niemals gerechnet, und es verhärtete ihr Herz. Hätte Mutter Kylesa sie zuvor einfach geradeheraus gefragt, während sie ihre redlich verdienten Qualen durchlitt, hätte sie möglicherweise die Befehle ihrer Königin ignoriert und ihnen alles gesagt, was es zu sagen gab. Sie hätte die erste Person verraten, die ihr je absolutes Vertrauen geschenkt hatte, obwohl der Königin dabei klar gewesen sein musste, dass – sollte die Schwester ihr Geheimnis einer Beichtmutter wiederholen – sie dies ihren Thron kosten konnte.

Aber jetzt, da man sie bedrohte, statt zu fragen, war sie mehr als bereit, Königin Indsoriths Angebot der Absolution anzunehmen. Die Scharlachrote Königin von Samoth hatte ebenso wie die Schwarze Päpstin die Macht, einen spirituellen Dispens zu gewähren – das war während des Rates von Diadem, der großen Zusammenkunft, die den Bürgerkrieg beendet hatte, eine der hauptsächlichen Konzessionen der Kette an das Imperium gewesen. Noch nie zuvor war Portolés in einer so heiklen Position gewesen, musste sie doch eine Entscheidung treffen, die nicht nur den Rest ihres Lebens, sondern zweifellos auch das Schicksal ihrer unsterblichen Seele beeinflussen würde. Das war eine Prüfung der Gefallenen Mutter, eine Prüfung, die in ihrer Grässlichkeit den Prüfungen in den Lobgesängen der Kette kaum nachstand. Und bis zu diesem Augenblick hatte Portolés nicht gewusst, welchen Weg sie einschlagen würde.

Einer Beichtmutter der Schwarzen Kette den Gehorsam zu verweigern war eine so schwere Sünde, dass Portolés sie nicht einmal in ihren kühnsten Träumen in Betracht gezogen hätte. Aber jetzt musste sie entdecken, dass sie ihr – genau wie alle anderen ihrer Verstöße – so natürlich schien wie das Atmen.

»Mutter, wovon sprecht Ihr?«, sagte Portolés. »Ich kann nicht glauben, dass Ihr mich dazu drängen wollt, etwas zu enthüllen, das unsere Königin mir womöglich unter vier Augen mitgeteilt hat. Sicherlich kommt es dem Hochverrat gleich, das Vertrauen unserer Herrscherin zu verraten.«

»Ein Verbrechen gegen den Staat ist nichts im Vergleich mit einem Verbrechen gegen die Kirche, selbst wenn darauf der

Tod steht. Einmal angenommen, deine sterbliche Gestalt erträgt die Last der dir auferlegten Buße, Schwester, so erschaudere ich deinetwegen bei dem Gedanken, welchen Tribut du dir noch aufladen wirst, wenn du dich auf diese eklatante Weise gegen den Willen deiner Erlöserin stellst.«

»Natürlich«, sagte Portolés. »Ich verstehe, was Ihr meint, Mutter.«

»Das erleichtert mich«, erwiderte die Beichtmutter. »Ich bin bereit mir anzuhören, worüber gesprochen wurde.«

»Dann müsst Ihr Euch noch eine Weile gedulden«, sagte Portolés. Das Vergnügen, das ihr diese Worte bereiteten, erfüllte sie mit Scham. Beinahe fühlte sich das sogar noch besser an, als das versengte Hinterteil von der Bank zu heben, um sich mit der Stirn gegen das Antlitz des Täuschers zu drücken. Dabei riss ein kleines Stück Haut von ihrem Oberschenkel ab, als wäre es an kaltem Eisen festgefroren gewesen.

»Ich erhielt von unserer Herrscherin ein Dekret, das mich von allen alten Sünden losspricht«, zischte Portolés in das Gitter. »Und von neuen, die ich bei der Ausführung ihrer Befehle möglicherweise anhäufe. Falls Ihr wissen wollt, was die Königin und ich besprochen haben, schlage ich vor, dass Ihr sie selbst fragt oder so lange wartet, bis ich alles erledigt habe und aus eigenem Willen zurückkehre.«

Die Beichtmutter schwieg. Portolés legte gerade die zitternde Hand auf die Klinke der Kabine, da sprach die Frau dann doch. »Wir zählen Stolz zu den Tugenden, denn Stolz gab unserer geliebten Allmutter die Kraft, sich von Ihrem Bruder-Gemahl abzuwenden, als er Sie grausam im Stich ließ. Stolz gab Ihr ebenso den Mut, ihr Gefängnis in ein Paradies zu verwandeln, um das, was Er als Hölle erschuf, in den Himmel zu transformieren. Stolz gab uns diese Welt und das Versprechen der späteren Erlösung. Aber wie alle anderen Tugenden auch kann der Stolz gefährlich sein, kleine Schwester, wenn man ihm nämlich erlaubt, über alle Würde hinauszuwachsen. Du kamst nicht her, um zu beichten, du kamst, um dich mit etwas zu brüsten, und dieser Drang sollte dir zu denken geben. Welch süßere Frucht könnte es für den Täuscher geben, als dass eines Seiner Kinder jenen ins Gesicht lacht, die es retten wollen? Welch größeren Lohn als eine eigensinnige Närrin, deren Verletzlichkeit genau die Stärke ist, die ihr die Gefallene Mutter gewährte?«

»Ich werde für uns beide beten, Mutter«, sagte Portolés und drückte die Klinke nach unten. »Aber im Augenblick habe ich noch eine andere Verabredung, und danach bin ich außerhalb der Reichweite von Diadem, fürchte ich.«

»Ach, Kind«, erwiderte die Beichtmutter, bei der sich Portolés längst nicht mehr sicher war, ob es sich tatsächlich um Mutter Kylesa handelte. »Ganz egal, wie weit du auf Hufen, Tatzen oder Füßen laufen kannst, du wirst *niemals* außerhalb unserer Reichweite sein. Mögen dich sichere Wege an Ihre Brust führen.«

»Und möge eine sichere Zuflucht dir Frieden gewähren«, vervollständigte Portolés das Gebet des Exodus und eilte aus dem Beichtstuhl, bevor ihre verfluchte Zunge sie noch mehr verraten konnte. Die Königin hatte ausdrücklich betont, wie wichtig es war, ihre sofortige Abreise geheim zu halten, und was tat sie bei der ersten Gelegenheit, die sich bot? Armselig.

Die Worte der Beichtmutter verfolgten Portolés, während sie in ihre Zelle zurückkehrte und in eine nicht verbrannte Tracht schlüpfte. Die alte kam in die Kleidersammlung der *Höhle*, wo man ein Flickengewand für eine Novizin oder eine Waise aus ihr machen würde. Die Vorstellung, eine elende Jammergestalt wie sie besäße Stolz, war ihr zwar zuerst völlig lächerlich erschienen, aber je länger Portolés darüber nachgrübelte, umso mehr Sinn ergab die Beschuldigung.

Natürlich würde das toxische Tabernakel ihres missgestalteten Körpers jede natürliche Tugend korrumpieren und Stärke in Gift verwandeln. Wäre sie wirklich davon überzeugt gewesen, dass ihre Königin über die nötige Macht verfügte, ihr die

Absolution zu gewähren, warum hätte sie dann zur Beichte gehen sollen? Und falls sie Zweifel an der Autorität der Königin hegte, wie konnte sie es dann wagen, den Befehl ihrer Beichtmutter zu verweigern? Glaubte sie denn ernsthaft, sie würde damit durchkommen, sich immer der Macht zuzuwenden, die ihr gerade den Kopf tätschelte? Glaubte sie wirklich, die Allmutter werde ihr vergeben, das, was als Buße gedacht war, als Quelle eines widerwärtigen Vergnügens zu benutzen? Portolés schmierte die zweifach gesegnete Salbe auf ihre Verbrennungen, was sie erschaudern ließ. Also massierte sie sie noch härter ein, um sich den Zweck der Buße in Erinnerung zu rufen.

Es war die Wahrheit: Portolés fühlte sich dem Göttlichen niemals so nahe, als wenn man sie gewaltsam an ihre Sterblichkeit erinnerte. An ihre Wertlosigkeit.

»Klopf, klopf«, sagte Bruder Wan. Er öffnete die Tür ohne Schloss, um sie auf der Büßerbank knien zu sehen, das Gewand bis zur Taille geschürzt. »Kann ich dir dabei helfen, Schwester?«

»Würde uns die Gefallene Mutter doch nur diese Zeit gewähren, Bruder«, erwiderte Portolés, wischte sich die überschüssige Salbe von der Hüfte und ließ die Kutte fallen, während sie aufstand.

»Wie viele? Für mich waren es fünf.« Bruder Wan erschauderte. Er betrachtete Buße eher auf die gewöhnliche Weise. »Ich dachte, wir könnten einander überwachen und Hilfe holen, falls sich einer von uns zu eifrig entschuldigt. Als ich dich das letzte Mal fand, glaubte ich, du wärst … ich glaubte, du wärst nach Hause gerufen worden.«

Stumpfe Zähne gruben sich in Portolés' Lippe, als sie sich vorstellte, wie sie mit einem bis zur Taille hochgerafften Gewand auf der Bank kniete und mit beiden Händen die Geißel hielt, um sie nicht vor Furcht fallen zu lassen, während Bruder Wan über ihr stand und zusah. Der Gedanke ließ die Verbrennungen auf ihrem Hintern pulsieren und ein paar andere Dinge auch noch. Sechsundvierzig Hiebe würden sie mit Sicherheit nach Hause bringen und ihr ersparen, in den undurchdringlichen Gewässern navigieren zu müssen, in denen sie da plötzlich trieb. Sie würde bei der Ausübung der Buße sterben, und sie würde die Geheimnisse der Königin mit ins Jenseits nehmen – sollte sie dieses Opfer bringen, so konnten weder Krone noch Kette ihre geteilte Loyalität verurteilen. Warum denn dem ewigen Zaudern kein Ende bereiten, bevor die Verdammnis eintrat? Vielleicht würde sie eine solche Gabe sogar auf den Weg zur Erlösung bringen …

Fürwahr, hätte die Königin sie nicht um ihre Hilfe gebeten, hätte sie sich auf der Stelle selbst zu Tode geprügelt. Aber Königin Indsorith, das Herz des Sterns, das Juwel von Diadem, hatte sie gebeten, diese Mission zu übernehmen und auszuführen, ganz gleich, was dazu auch nötig war. Sie hatte es ihr nicht befohlen, hatte keinen Gehorsam gefordert – sie hatte nur höflich gebeten, das war der Unterschied. Die sechsundvierzig Hiebe würden bei Portolés' Rückkehr auf sie warten. Falls sie zurückkehrte.

»Es ist, als wärst du bereits fort«, sagte Bruder Wan. Er wischte sich mit dem Ärmel über den Mund, um den Speichel aufzufangen, der von dem stets freigelegten Zahnfleisch tropfte. Der Gedanke, ihn zu verlassen, wo er doch gerade erst angefangen hatte sie wieder zu besuchen, ließ Portolés' Herz schmerzen, aber dann verhärtete es sich erneut. Falls er wirklich in ihr Herz und die vielen darin verborgenen Geheimnisse blicken konnte, so brachte er womöglich sein Leben in Gefahr, falls er …

»Raus«, sagte sie. Sie würde ihr Leben und ihre Seele riskieren, aber ihren unschuldigen Bruder konnte sie nicht riskieren. Also zeigte sie zur Tür. »Sofort, Wan. Du wirst mich nicht wiedersehen, bis es vollbracht ist.«

»Ich spioniere dir nicht nach, Portolés, ich mache mir nur Sorgen«, protestierte Wan und streckte eine seiner hageren

Hände nach ihr aus. Die Fingerränder wiesen harte Kanten auf, wo man die Schwimmhäute aufgeschnitten hatte. »Du lässt niemals jemanden helfen. Lass mich doch versuchen …«

Portolés packte den Kragen seines Gewandes und riss ihn zu sich, ihre Teufelszunge schob sich an der Barriere seiner Holzzähne vorbei, und sie füllte ihre Gedanken mit Erinnerungen an ihre Stelldicheins. Er erwiderte den Kuss, dann löste sie sich von ihm und stieß ihn sanft aus der Tür. »Ich habe dich genug befleckt, Bruder. Mögen dich sichere Wege an Ihre Brust führen.«

»Und möge eine sichere Zuflucht dir Frieden gewähren«, erwiderte Bruder Wan, dann verneigte er sich vor ihr und eilte durch den Korridor. Noch hätte Portolés ihm zurufen können, doch zurückzukehren – schließlich hatte ihr die Königin einen Erlass mitgegeben, mit dem sie jeden, dem sie vertraute, ihrer Mission zuteilen konnte. Bruder Wan hatte die *Höhle* niemals verlassen, und da er für die oberen Ebenen der Kettenbürokratie anscheinend unentbehrlich war, erschien es unwahrscheinlich, dass er je einen Fuß hinaussetzen würde, falls sie ihn jetzt nicht mitnahm. *Was auch immer dazu nötig sein sollte …*

Würde es nicht eine ehrenvolle Prüfung für sie beide sein, zusammen weit entfernt von den stets achtsamen Blicken Diadems zu reisen? Und da die Königin sie von sämtlichen Sünden freisprechen würde, die sie möglicherweise auf sich luden, würde es niemals sicherer sein, der Versuchung nachzugeben. Nach den Jahren flüchtigen, aufstachelnden Kontakts sein Fleisch richtig kennenzulernen – und er konnte dann das ihre … Aber die Königin hatte gesagt, dass Portolés nur nehmen sollte, wem sie blind vertrauen konnte, und durfte man wirklich einem Geliebten vertrauen, der die Gabe hatte, in sein Inneres zu blicken?

Am Ende sagte sich Portolés, dass sie Bruder Wan zurückließ, um seine Seele vor ihrem verderblichen Einfluss zu retten. In dem Steinkorridor blickte der Mönch kurz zurück und winkte traurig, bevor er hinter einer Biegung verschwand. Wieder war sie allein. Aber noch nie zuvor war sie *so* allein gewesen.

KAPITEL 20

Zu ihrer Zeit hatte Zosia jedes Meer des Sterns abgesegelt, doch den Goldenen Kessel hatte sie immer am meisten geliebt. Aber mit Kang-hos Schiff *Kranichschnabel* in Hwabun abzulegen und an den Inseln entlangzusegeln war für sie eine neue Erfahrung; die von ihr bemannten Schaluppen und Galeeren waren immer von der Linkensternbucht nach Westen aufgebrochen und dann sofort nach Süden zu den Raniputri-Domänen gesegelt, um den Zollschiffen der Makellosen zu entgehen, die im Grunde nichts anderes als vom Staat sanktionierte Piraten waren. Ein- oder zweimal war sie auf Schiffen aus dem Bittergolf gefahren und hatte sich durch die schmale Meeresstraße zwischen Hwabun und dem sogenannten Heimgesuchten Meer geschlichen, auf dem es über dem Versunkenen Königreich ununterbrochen stürmte. Aber sie waren regelmäßig weit nach Westen geeilt, bevor es nach Süden in den Kessel ging. Diese Passage war nicht so malerisch wie diese hier und sorgte für beträchlich mehr Anspannung. Sollte man Zosia getrost für abergläubisch halten, aber etwas an der von Blitzen durchzuckten Nebelmauer, die das nasse Grab einer ganzen Zivilisation markierte, machte ihr zu schaffen; nicht einmal die Verlorenen Gewässer oder das Teufelsmeer verschafften ihr die gleiche Gänsehaut.

Nachdem sie die Inseln umfahren und Hwabun und das Heimgesuchte Meer zurückgelassen hatten, entspannte sich Zosia endlich und genoss es, wieder auf einem Schiff arbeiten zu können – nach Zygnema war es eine lange Fahrt. Dort würde sie mit der Suche nach Prinzessin Ji-hyeon beginnen. Die fabelhafte Domäne beherbergte das *Tor* des Südwestens, darum erschien sie als der vernünftigste Startpunkt – das nächstbeste *Tor* stand in Diadem, und dieser Stadt würde Zosia erst dann einen Besuch abstatten, wenn sie ein Heer im Rücken hatte. Dann gab es auch noch das auf dem Nordostzacken, von dem Maroto immer behauptet hatte, es sei von verrückten Kultisten besetzt. Also erschien es unwahrscheinlich, dass Fennec das Mädchen dorthin bringen würde. Sollte sich Zygnema als Sackgasse erweisen, hatten sie Jun-hwans und Kang-hos Erlaubnis, zum *Tor* des Südens in Usba zu segeln, und wenn die Entführer dieses nicht benutzt hatten, blieb immer noch Emeritus übrig … aber Zosia konnte sich nicht vorstellen, dass es Fennec riskieren würde, dieses *Tor* zu nehmen, nicht nach allem, was dort beim letzten Mal passiert war.

Tatsächlich war es befreiend, auf einem Schiff festzusitzen, die Tage mit ehrlicher Arbeit zu verbringen und zu fühlen, wie jeder Aufstieg ins Krähennest ihre Kräfte zurückbrachte. Hätten sie den Bal-Amon-Riffen ausweichen müssen, wäre das möglicherweise anders gewesen, aber im Goldenen Kessel würde gewiss nicht viel schiefgehen. Abgesehen von einem Seeungeheuer. Die konnte es überall geben, auch wenn sie für gewöhnlich kühlere Gewässer vorzogen. Oder eine Meuterei? Aber es war nie gut, über die schlimmsten Möglichkeiten zu brüten – darüber konnte man sich noch immer Sorgen machen, wenn das Pech tatsächlich zuschlug.

Was es tat.

Die beiden Bestien, die *Kranichschnabel* bedrohten, kamen in der Nacht des Neumonds, also war es unmöglich festzustellen, wie sie aussahen. Breite, klebrige Schneckenspuren überzogen das Deck an der Stelle, an der die Ungeheuer offensichtlich an Bord gekommen waren und sich auf dem Schiff herumgetrieben hatten, bevor jemand Alarm schlug. Als Zosia und der Rest der Mannschaft nach oben stürmten, um sie abzuwehren, sprangen sie ins Meer zurück. Im Sternenlicht blitzten ihre Schuppen schwärzer als die Wellen, während sie über die Wasseroberfläche glitten. Niemand wollte darüber spekulieren, ob das wilde Gelächter, das während ihres Aufbruchs ertönte, von den Kreaturen ausgestoßen wurde oder von den drei Leuten der Nachtwache, die sie verschleppt hatten.

Aber solche Dinge kamen auf See nun einmal vor, also ärgerte sich Zosia nicht besonders, bis ein Sturm sie eine Woche später vom Kurs abbrachte und dann die Hälfte der Mannschaft meuterte. Es geschah mitten in der Nacht, wie üblich bei solchen Dingen, und Zosia, Bang und Keun-ju hatten Wache. Das Chaos brach unter Deck aus und breitete sich in wenigen Augenblicken aus, unterbrach Bangs gegröltes Seemannslied und zwang die drei, im Licht des Halbmondes um ihr Leben zu kämpfen. Es wäre auch dann ein verzweifelter Kampf gewesen, wäre Zosia nüchtern gewesen. Aber sie und Bang hatten sich ihre letzte Flasche Zuckerrohrfeuer geteilt, als der Kampf ausbrach, und bevor das Töten vorbei war, ließ sie ihren Kriegshammer ein- oder zweimal fallen. Lefzenschlecker musste die ganze Zeit in ihrer Hängematte gedöst haben, denn zwei Meuterer drängten Zosia in den Bug und hätten sie beinahe aufgeschlitzt, bevor Bang den einen in den Rücken stach und Zosia den anderen mit einem Hieb über Bord beförderte. Schwer zu sagen, wer überraschter aussah, der Seemann, den Bang angriff, oder Zosia, der ein Blick quer über das Deck verriet, dass Keun-ju gleich drei Angreifer in Schach hielt.

Der Tugendwächter hatte ein paar beeindruckende Bewegungen drauf und besaß noch beeindruckenderen Stahl, um sie durchzuführen – was Zosia in seiner schmucklosen Scheide für ein schlichtes Tigerschwert gehalten hatte, erwies sich nämlich als ein Drei-Tiger-Schwert. Die in die dunkle Klinge eingeprägten Zeichen leuchteten im Mondlicht. Einen beeindruckten Blick austauschend rannten ihm Zosia und Bang zu Hilfe –

eigentlich schwankten sie –, und gemeinsam kehrten sie den Fluss der Meuterei um. Für Kapitän En-rang war es allerdings zu spät. Er war noch vor Beginn des Kampfes in seiner Koje ermordet worden. Seine beiden Maate waren im Gedränge über Bord gegangen.

Nun ja, solche Dinge kamen auf See nun einmal vor. Es gab noch genug Matrosen, um sie nach Zygnema zu bringen, und Bang wurde prompt zum stellvertretenden Kapitän gewählt. Also hatte sie auf dem ganzen Weg zum Kessel etwas zu grinsen. Es gab Zosia ein verdammt gutes Gefühl, dass die rechthaberische Kleine sich so schnell den Respekt der erfahrenen Mannschaft verdient hatte – ehrlich gesagt erinnerte es Zosia ein bisschen an sich selbst zu der Zeit, als sie in diesem Alter gewesen war. Bei all der Angeberei, die das Mädchen in Linkenstern und den Inseln von sich gegeben hatte, war Zosia davon ausgegangen, dass sie schwer übertrieben hatte, aber Bang kannte sich tatsächlich auf einem Schiff aus. Und soweit es Schiffskapitäne betraf, war sie auf jeden Fall bedeutend angenehmer als der kürzlich verstorbene Kapitän En-rang; sie verdreifachte die Rohrzuckerfeuer-Rationen und machte gelegentlich einen Singwettbewerb mit der kleinen Mannschaft, nachdem das Tagwerk getan war. Als die Nordküste Raniputris in Sicht gekommen war, gab es ein Fest, nach der erfolgreichen Umschiffung des Horns des Rhinozerusses ebenfalls, und als man sich schließlich Zygnema an der Südseite des Südwestlichen Zackens näherte, setzte man sich ein letztes Mal zusammen.

Während sich das Schiff dem Stadtstaat näherte, in dem Fennec möglicherweise mit Prinzessin Ji-hyeon und ihrer verräterischen Kampfwächterin Choi Zuflucht gesucht hatte, hatten die gemeinsamen Erlebnisse Zosia, Bang und sogar Keunju etwas nähergebracht, und nun waren sie sich nicht mehr ganz so fremd. Vier der kräftigsten Matrosen ruderten ein Beiboot zu Zygnemas Anlegestellen. Die *Kranichschnabel* ankerte draußen in der Bucht. Lefzenschlecker lag unter einer Ruderbank, Zosia, Bang und Keun-ju saßen dicht zusammengedrängt im Bug.

Von Bord zu gehen hatte in Zosia eine unerwartete Melancholie aufsteigen lassen; falls sie hier keine Spur fand, würde sie schon bald wieder auf dem Schiff sein, aber dass sie beinahe hoffte, dass sich die Domänen von Raniputri als Sackgasse erwiesen, damit sie mehr Tage und Nächte mit der Fahrt zum nächsten *Tor* in Usba verbringen konnte, sagte einiges über ihre Einstellung aus. Nach einer so langen Zeit auf See hätte ihr auf den Nägeln brennen sollen, ihre alten Schurken aufzuspüren und ihre Vergeltung zu planen. Stattdessen bedauerte sie es, dass sich die Nächte, in denen sie mit Bang flirtete und trank, möglicherweise ihrem Ende näherten – in Augenblicken wie diesen musste sie sich eingestehen, dass sie von ziemlich niederträchtiger Gesinnung war. Die Gewissheit, Leib hätte gewollt, dass sie nach Glück und Ablenkung suchte, bereitete ihr nur Übelkeit.

Zosia nahm einen tiefen Zug der salzigen Hafenluft und versuchte den Kopf freizubekommen. Sie musste die Prinzessin finden, und der Schlüssel lag womöglich hier in Zygnema genau vor ihrer Nase. Das Morgenlicht ließ Keun-jus Schwertknauf funkeln und blendete sie kurz. Aus dieser Nähe sah die Verzierung des Griffs noch schöner aus. Wenn sie es richtig in Erinnerung hatte, konnten Drei-Tiger-Schwerter nur an drei bestimmten Tagen eines alle dreizehn Jahre wiederkehrenden Zyklus geschmiedet werden, am dritten Tag des dritten Monats der Jahre Tiger, Samjok-o und Pulgasiri. Ließ man einmal die Feinheiten der Makellosen Waffenschmiedekunst beiseite, trug dieser bessere Diener eine fürstliche Waffe und führte sie mit mehr Geschick als die meisten der gelangweilten Reichen, die sich so etwas leisten konnten. Entweder waren Kang-ho und sein Gemahl ihren Dienern auf erstaunliche Weise zugetan oder jemand anders. Interessant.

»Seht mal da«, sagte einer der Ruderer und deutete mit dem Kopf über den Bootsrand.

»Du hast keinen Unsinn erzählt«, meinte Zosia, denn das mit geringem Tiefgang ausgestattete Gefährt fuhr über eine gewaltige Kette, die sich direkt unter den sanften Wellen erstreckte. »Die würde jedes größere Boot zu Kleinholz verarbeiten. Und ich dachte schon, auf dem Stern herrsche Frieden.«

»Vielleicht im Imperium«, sagte Bang und kratzte sich unter dem Taschentuch, das sie sich um den Kopf gebunden hatte. »Aber bestimmt nicht auf dem Südwestzacken. Zygnema führt schon seit über einem Jahr mit zwei benachbarten Domänen Krieg. Wenn man also Handel treiben will, muss man Geduld mitbringen.«

»Das letzte Mal konnten wir zwei Tage lang warten«, bemerkte eine der Teerjacken an den Rudern. »Der Zoll fing uns am Pier ab, wir mussten die Leute dort schmieren. Dann hatten wir ihnen in ihre Stube zu folgen, wo wir noch andere schmierten. Dann mussten wir sie schmieren, um das Boot aus dem Hafenverwahrhof freizubekommen, wo sie es hingebracht hatten, während wir in der Zollstube waren. Dann mussten wir die Beamten die Fracht inspizieren lassen, was, du wirst es schon geahnt haben, noch mehr Bestechungsgeld kostete. Und danach mussten wir sie zurück an Land bringen, wo das Anlegen wieder Geld kostete. Und dann? Mussten wir trotzdem noch anderthalb Tage warten, bis sie die Kette für uns senkten, damit wir einlaufen konnten. Alles nur für ein paar kleine Fische. Als hätten wir nicht schon genug Ärger, seit Linkenstern Makellos wurde!«

»Fisch, was?« Zosia warf einen Blick zurück zur *Kranichschnabel.* Der Name musste sich gut in einem Hafenmanifest direkt neben der Kennzeichnung »Fischerboot« machen, aber jeder, der sie betrachtete, erkannte auf den ersten Blick, dass man sie für zwei Dinge gebaut hatte. Für die Wendigkeit im

Kampf und für eine schnelle Flucht, falls der Kampf nicht gut verlief.

»Braunmakrelen«, sagte Bang und tippte sich an die Nase.

»Also ist es in den Domänen von Raniputri zwar eine Sünde, Fisch zu essen, ihn an Ausländer zu verkaufen aber nicht?«, fragte Keun-ju mit der hochnäsigen Überlegenheit einer Person, die ihre Heimat noch nie verlassen hatte. »Heuchler.«

Die beiden vordersten Ruderer kicherten, was der Tugendwächter offensichtlich mit Zustimmung verwechselte. Zosia entschied, ihn aufzuklären statt die Witzfigur sein zu lassen.

»Braunmakrelen, das ist eine ganz seltene Sorte Fisch, Keun-ju. Die findet man nur im Wasser, wenn ein Zollboot ein Schiff einholt, das nicht erwischt werden will. Das muss heutzutage ein gefährlicher Fang sein, da Linkenstern unter Aufsicht der Makellosen steht.«

»Warum das denn?« Keun-ju sah Zosia an, als wäre sie hier die Begriffsstutzige, und die Ruderer lachten wieder.

»Was auch immer Kang-ho aus Zygnema importiert – und wie man ihn kennt, könnte das alles sein –, es gehört garantiert nicht zu der Sorte Ware, die er unbedingt von einem Beamten untersuchen lassen will, weder hier noch zu Hause«, sagte Zosia. Und als Keun-ju es noch immer nicht begriff, schnaubte Bang und hieb ihm auf den Rücken.

»Frau Clell ist übertrieben höflich«, sagte die Soldatin. »Schmuggel, Mann, Schmuggel.«

»Das ist absurd!«, verkündete Keun-ju im unverkennbaren Tonfall fehlgeleiteter Sicherheit in seine Welt. »König Jun-hwan würde niemals erlauben, dass sich sein Gemahl an solchen Tätigkeiten beteiligt.«

»Sei nicht so naiv«, meinte Bang. Verschwörerisch legte sie einen Arm um seine Schultern. »Wir sind doch jetzt alle Bukaniere mit blutigen Händen, oder nicht? Schließlich habe ich gesehen, wie du diese hundsgemeinen Seebären niedergemacht hast, und ein einsamer Pirat wird immer einen fitten Jungen brauchen können – hast du keine Lust, dich der Mannschaft von Bang der Bösen anzuschließen?«

Noch mehr Gelächter kam von Zosia und den Ruderern, während Keun-ju in dem engen Bug versuchte, sich Bang zu entwinden. Falls es dieses Mädchen irgendwie schaffen würde, sich aus der imperialen Armee herauszuschwindeln, konnte sie eines Tages ein echter Kapitän werden, und zwar ein guter. Sie trat fast jedem freundlich entgegen, aber hinter dieser Freundlichkeit lauerte auch immer das Verlangen, den Blick eines jeden zu brechen, der sie herausfordern und niederstarren wollte. Es war genau das Verhalten, das einen jungen und talentierten harten Burschen zu einer jungen und talentierten Leiche machen konnte. Andererseits hatte Zosia ihre turbulenten Zwanziger überlebt, dann schaffte Bang das vielleicht auch.

»Ah, da sind wir schon«, sagte Bang, als sie gegen die Mitte eines Piers prallten, der eine Meile lang war. Es war einer von einem ganzen Dutzend, die wie die Arme eines Teufelsfischs auf der Suche nach tieferem Wasser in den Hafen von Zygnema griffen. »Schnell, schnell, diese Zollbeamten kommen den Kai herauf, und ich möchte, dass unsere Freunde hier zurück zur *Kranichschnabel* rudern, bevor uns diese Langfinger ausnehmen können. Ich habe mit dem Bootsmann auch schon ein Signal ausgemacht, wann man uns wieder abholen kann.«

Zosia war als Erste an Land und wickelte das Tau des Bootes um einen Poller, damit es nicht abtrieb. Keun-ju folgte ihr anmutig, und Bang reichte ihnen ihre Taschen. Lefzenschlecker ließ sich dazu herab, sich von einem der Matrosen hochheben und auf dem Pier absetzen zu lassen. Das Ungeheuer leckte dem Mann die Hand und bellte seinen neuen Freund mit heller Freude an. Zosia fragte sich, welche Gräueltaten dieser freundliche Seemann wohl in der Vergangenheit angerichtet haben mochte, um sich Lefzenschleckers Anerkennung zu verdienen. Aber vielleicht hatte der Mann ihn auch nur heimlich mit Salzfisch gefüttert. Bei dem Teufel war beides möglich.

Die Zollbeamten eilten über den Pier, mussten aber noch ein paar Planken zurücklegen. Als Bang Keun-ju das letzte Bündel reichte, blickte die Soldatin in ihre Richtung und riss die Augen weit auf. »Da sollen doch die Teufel lachen, ist das der, für den ich ihn halte?«

»Wer?« Zosia beschattete die Stirn, um die Sonne von Raniputri auszusperren, während sie mit zusammengekniffenen Augen in die Richtung der Beamten spähte. Ihrer Gestalt nach zu urteilen konnte das jeder sein, und sie glaubte nicht, dass ihre pinken Saris nicht der regulären Uniform entsprachen. Hinter ihr spritzten eintauchende Ruder das Wasser, und sie ließ die Hand fallen.

Wie eine von allen Teufeln verfluchte Amateurin. Es kostete einige Willenskraft, aber sie drehte sich nicht auf dem Absatz herum, um eine Szene und sich damit zu einer noch größeren Närrin zu machen. Keun-ju spähte nach wie vor den Zollbeamten entgegen, aber Zosia wandte sich wieder dem Boot zu, das natürlich doppelt so weit von dem Pier entfernt war, wie sie selbst zu ihrer besten Zeit hätte springen können. Das Ende des durchgeschnittenen Taus baumelte schlaff von dem Poller. Bang salutierte vom Bug des Ruderbootes aus, und die Ruderer hielten nach ihrem Befehl inne und ließen sie langsam von den Gezeiten weitertreiben.

»Ihr seid doch viel schlauer, Bang«, rief Zosia. »Bleibt bei mir, helft mir, die vermisste Göre zu finden, und man belohnt Euch mit einem größeren Schiff als diesem Wrack. Und eine volle Mannschaft gibt es noch dazu. Darauf mein Wort.«

»Ich fürchte, das Wort einer Frau, die mir ihren wahren Namen nicht verrät, ist nicht viel wert«, erwiderte Bang fröhlich. »Eigentlich ganz schön albern, wenn man bedenkt, dass mir schon klar war, wer du bist, bevor wir Linkenstern verließen. Jeder weiß über die Taten Kang-hos des Schlauen und seiner alten Kommandantin Bescheid! Ich muss gestehen, du bist nicht das, was ich mir vorgestellt hatte.«

»Also wisst Ihr, dass ich Euch alles beschaffen kann, was Ihr wollt.«

»Das hast du schon getan«, erwiderte Bang und zeigte auf die *Kranichschnabel.* »Ich bin eine bescheidene Frau. Nicht alle von uns wollen Königin sein.«

»Leutnant Bang, Ihr habt Eide geschworen …«, fing Keun-ju an, aber Bang brüllte ihn nieder.

»Habe ich vergessen, euch zu erzählen, dass ich nur deshalb beim Dienst auf der Mauer gelandet bin, weil man mich aus der Makellosen Marine geworfen hat? Man beschuldigte mich des Eidbruchs, der Aufwiegelei und noch einiger schlimmerer Dinge, konnte mir aber nichts nachweisen. Das hätte ich vielleicht erwähnen sollen, bevor Ihr mir Euer Schiff anvertraut habt.«

»Das Meer ist nicht groß genug, um dich zu verstecken, sobald dieser Verrat in Hwabun bekannt wird«, rief Zosia. Ihr war klar, dass das fruchtlos war, sie musste aber trotzdem an diesem Ast schütteln. »Was glaubst du, wie wütend Jun-hwan und Kang-ho sein werden, wenn sie herausfinden, dass du ihr Schiff gestohlen und ihre Mannschaft zur Meuterei angestiftet hast?«

»Ungefähr so sauer wie du, wenn dir klar wird, dass ich deine Pfeife gestohlen habe«, sagte Bang, zog Zosias Pfeife aus ihrem Bandelier und schob sie sich in den Mundwinkel.

Um ein Haar wäre Zosia auf der Stelle ins Wasser gehechtet, aber sie beherrschte sich. »Das hättest du wirklich nicht tun sollen, Bang. Das Schiff zu stehlen ist eine Sache. Das kann ich respektieren. Du bist jung und dumm, also will ich dir das nachsehen. Aber wenn du diese Pfeife nimmst, jage ich dich bis ans Ende der Welt. Du weißt, wer ich bin, also weißt du auch, was ich getan habe und was ich tun kann!«

»Ich werde dir was sagen, Kobaltblaue Königin«, erwiderte Bang, nahm die Pfeife aus dem Mund und zeigte damit auf Zosia. »Erwischst du mich, dann küsse ich dich, wo immer du willst. Und deine Pfeife bekommst du auch zurück!«

»Wenn ich dich erwische, mach ich dich fertig!«, brüllte Zosia, damit sie auch auf dem sich entfernenden Beiboot gehört wurde. »Piraten sehen mit Augenklappe immer besser aus, also verschaff ich dir gleich zwei! Und auch Haken und Holzbeine!«

»Dabei haben dir meine Beine doch so gefallen!«

»Wir sehen uns wieder, Bang, verlass dich drauf! Ich werde deinen Arsch kielholen!«

»Dann bis wir uns wieder auf den Wellen begegnen, schöne Zosia!«, rief Bang und lüpfte einen imaginären Hut in Zosias Richtung, während die Ruderer weiterruderten. Die Sandalen der Zollbeamten ließen die Planken erzittern.

»Oder darunter«, knurrte Zosia und wandte sich von dem Boot ab, um sich auf den Zoll zu konzentrieren. Zuerst würde sie sich um die Beamten kümmern, dann würde sie Prinzessin Ji-hyeon aufspüren, dann würde ihr Kang-ho bei dem Krieg gegen das Imperium helfen. Und dann würde sie sich ihre Pfeife zurückholen. Aber eines nach dem anderen.

»Zosia?« Der Tugendwächter schien zum ersten Mal, seit er sie kennengelernt hatte, ernsthaft beeindruckt zu sein. »Zosia die Eiskalte, die Geplagte Königin?«

»Ich bin Moor Clell, eine Pfeifenmacherin, die ihre Waren hier anbieten möchte!«, verkündete Zosia laut auf Makellos in Richtung der Zollbeamten. In jeder Domäne gab es ein Dutzend lokaler Sprachen, von denen nur wenige mit dem Nachbarn geteilt wurden, also waren die meisten Raniputri mehrsprachig, und Makellos verstand man so gut wie überall an den Küsten des Sterns. Mit einem warnenden Blick auf den Tugendwächter sagte sie: »Moor Clell ist mein Name, und mein Lehrling hier ist Keun-ju. Richtig, Keun-ju?«

»Richtig«, sagte Keun-ju enthusiastisch. »Auf jeden Fall ihr Lehrling.«

»Dann seid ihr zwei verhaftet«, sagte der Anführer der Beamten, trat zurück und zog mit beiden Händen Schwerter. Die fünf anderen Beamten folgten seinem Beispiel, und Keun-jus Drei-Tiger-Klinge zerschnitt neben Zosia die Luft. Die Dinge hatten sich wirklich verändert, wenn sie die Einzige war, die in einer so schlimmen Situation einen kühlen Kopf bewahrte. Also, sie und Lefzenschlecker – er rollte sich auf den Rücken, um die feindlichen Neuankömmlinge zum Bauchreiben einzuladen. »Moor Clell, befiehl deinem Lehrling sofort, sein Schwert wegzustecken. Ihr steckt auch so schon in Schwierigkeiten.«

»Wie lautet die Anklage?«, fragte Zosia. Vermutlich hätten sie diese Beamten niedermachen können, aber sie wusste auch, dass sie sich am falschen Ende des Territoriums befanden, um damit anzufangen, Regierungsfunktionäre aufzuschlitzen. Es war eine Sache, einen Zollbeamten zu töten, wenn man danach über die Grenze flüchten konnte, aber eine ganz andere, wenn man das offene Meer im Rücken hatte und eine ganze Domäne durchqueren musste. »Und ja, steck das weg, Keun-ju. Du bist nicht hilfreich.«

Keun-ju warf ihr einen vernichtenden Blick zu, gehorchte dann aber, und die Zollbeamten entspannten sich sichtlich. Allerdings steckten sie die Waffen keineswegs weg, und der Anführer sagte: »Man wirft euch Schmuggel, Verschwörung und … geschlechtlichen Verkehr mit Tieren vor.«

»*Verkehr mit Tieren*?«, sagte Zosia. Lefzenschlecker schnaubte amüsiert, und sie gab ihm einen Tritt. »Soll das ein Witz sein?«

»Sehen wir wie Spaßmacher aus?«, fragte der Anführer. »Quäle deinen Hund noch einmal, und wir zeigen dir, welchen Lohn ein Tierschänder in Zygnema erhält.«

Lefzenschlecker verkündete mit einem Bellen, wie sehr er

diesen Plan unterstützte, während Zosia und Keun-ju den Zollbeamten erlaubten, sie über die lange Pier zu führen. Und Zosia flüsterte: »Warte nur, du Mistvieh, warte nur.«

KAPITEL 21

Ein namenloser Priester in schwarzer Kutte brachte Baron Domingo Hjortt zu den Beichtstühlen des Mittleren Kettenhauses, wo sie gemeinsam im Schatten einer mit Gargoylen gekränzten Säule darauf warteten, dass die Anathema, die seinen Sohn ermordet hatte, ihre Kabine verließ. Hier stand er nun mit seinen fünfundsechzig Jahren, Veteran eines halben Jahrhunderts gefährlicher Schlachten sowie auf dem weitaus tödlicheren Schlachtfeld imperialer Politik, und fühlte sich genauso nervös und unbehaglich wie an dem Tag, an dem ihn seine Mutter in der azgarothischen Militärakademie von Lemi abgeliefert hatte. Kaum älter als ein Junge an der Grenze zur Mannbarkeit, mit einer beeindruckenden militärischen Abstammung, die bewahrt werden musste. Jahre später hatte sich diese Szene wiederholt. Jedenfalls bis zu einem gewissen Punkt. *Er* hatte seine Ängste verborgen, was seine Mutter von ihm erwartet hatte, wie er nur zu genau wusste. Aber Efrain hatte seine Aufregung nur schlecht unterdrücken können, während sie vor dem Arbeitsgemach des Dekans warteten. Der Jüngling war von einem Fuß auf den anderen getreten, als könnte ihm das irgendwie dabei helfen, die Last des Schicksals zu tragen, die auf seinen schmalen Schultern lastete.

Damals hatte sich Domingo über die Schwäche seines Sohnes geärgert, aber jetzt machte er es dem ängstlichen kleinen Jungen nach, der sein Herz heimsuchte, und schaukelte in einem nicht zu unterdrückenden Reflex auf den Fersen. Als er sich dabei ertappte, fragte er sich, ob er diese Angewohnheit schon immer gehabt hatte, ob der junge Efrain seinen Vater von Anfang an nur nachgeahmt hatte und er das bis zu diesem Augenblick einfach nicht hatte erkennen können …

Schwarze Eiche quietschte, die Tür des Beichtstuhls öffnete sich, und die stämmige Anathema schob sich aus der schmalen Kabine. Als sie die Maske aufsetzte und aus dem höhlenartigen Gemach eilte, schienen ihre Knie nachgeben zu wollen. Domingo stellte sich vor, wie er ihr hinterherlief und das rechte Bein mit dem Kavalleriesäbel abhackte. Er wusste genau, welchen Laut es machen würde, wenn sein Stahl durch Fleisch und Sehnen schnitt, und als er ihn in Gedanken hörte, musste er lächeln. Er stellte sich vor, wie ihr lautes Flehen nach Gnade durch das Mittlere Kettenhaus hallte, wie sie alles gestand, wie die Wahrheit schwallartig aus ihr herauskam, passend zu dem Scharlachrot der Ausgehuniform ihres Henkers …

»Baron?« Domingo blinzelte den Priester an seiner Seite an, dann warf er einen letzten Blick in die Richtung der Anathema, die aus der Halle verschwand. Er fragte sich, ob sie wohl ihr Verbrechen gestanden hatte – ob es unnötig geworden war, diesen Plan fortzuführen. Zum ersten Mal in seinem Leben hätte er hier in Ihrem Haus beinahe ein Gebet an die Gefallene Mutter gerichtet. Aber er beherrschte sich wieder. Alles fügt sich, ganz gleich, was sich die Sterblichen erhoffen – zumindest darin waren sich die Schwarze Kette und der gottlose Baron völlig einig.

Der mit einer Kapuze versehene Priester reichte Domingo eine brennende dünne Kerze und führte ihn zu der Kabine. Als der Baron die Nische unter der Bank öffnete, entdeckte er, dass die bedeutend dickere Talgkerze der Anathema so gut wie niedergebrannt war, den engen Raum aber noch immer erhellte. Er warf seine Kerze einfach daneben und blies beide ohne das geringste Bedauern oder die Befürchtung aus, eine Gotteslästerung zu begehen, bevor er die Nische wieder schloss. Sein Schmerz war bedeutend schlimmer als ein heißer Hintern, und er hatte ihn in jeder von den Teufeln gelobten Minute eines jeden Tages verspürt, seit die Nachricht vom Tod seines einzigen Sohns Cockspar erreicht hatte. Er musste sein Elend nicht vergrößern, nur um für die Hirngespinste eines verrückten Propheten ein Lippenbekenntnis abzulegen, ganz egal, wie modisch diese Wahnvorstellung in den letzten Jahren auch geworden sein mochte.

Bevor er den Beichtstuhl betrat, öffnete er noch seinen Gürtel und nahm den Säbel ab, damit er wenigstens halbwegs bequem in dem schmalen Raum sitzen konnte. Er zerrte die Säbelhülle zwischen die Beine und nahm Platz. Die Bank war noch von der vorherigen Benutzerin warm; der Beichtstuhl erinnerte ihn an die Schwitzhütten Feuersteinlands, nur dass grausige, in die Wände gemeißelte Reliefs für zusätzlichen Schmuck sorgten. Aus dem Eisengitter starrte ihm ein Drahtgesicht entgegen, irgendwie ein Mittelding aus männlichen und weiblichen Zügen, Engel und Teufel, hinter dem sich ein Schatten bewegte. Nach einer peinlichen Stille seufzte Domingo laut genug auf, sodass es die Frau auf der anderen Seite hören konnte, aber da sie noch immer nicht das Wort ergriff, fügte er sich widerwillig.

»Mutter, vergebt mir, denn ich bin unrein.«

»Wie lange ist es her, seit du dich das letzte Mal von deinen Sünden gereinigt hast?«, fragte die Beichtmutter, und ihre Beharrlichkeit, mit dieser Farce fortzufahren, war wie ein Stück Schleifpapier, das über seinen bereits verletzten Stolz schliff.

»Das habe ich noch nie getan«, erwiderte er brüsk. Den richtigen Eröffnungssatz kannte er nur aus den Theateraufführungen im Iglesia Mendoza, Cockspars einzigem anständigem Theater, in das ihn seine Schwägerin Lupitera immer mitschleifte. Lupitera zufolge stellten Beichtszenen stets eine einfache Möglichkeit dar, das Publikum mit Einzelheiten zu versorgen. »Ich bin nicht gekommen, um hier den Altarjungen zu spielen, Euer Gnaden, also …«

Die Schwarze Päpstin zischte ihn durch das Gitter an, und Domingo riss sich zusammen. Was auch immer er von ihren heidnischen Gebräuchen halten mochte, sie war die Einzige gewesen, die ihm die Hand entgegengestreckt hatte, die Einzige, die ihm mehr als nur eine rote Kerze für Efrains Gruft angeboten hatte. Welcher Soldat vertrieb denn seine einzigen Verbündeten mit seiner Sturheit?

»Mutter, vergebt mir, denn ich bin unrein«, fing Domingo noch einmal leise von vorn an. »Ich komme als jemand, dem Eure Gebräuche fremd sind, als ein Sünder, der den Trost der Schwarzen Kette sucht. Vergebt einem Pilger seine Schwäche.«

»Es zu übertreiben ist eine noch größere Beleidigung, Baron«, sagte Päpstin Y'Homa III., aber sie klang dabei eher spitzbübisch als gereizt. »Ich habe Verständnis für Eure Schwäche, das hatte ich von Anfang an. Darum nahm ich Kontakt mit Euch auf – ein guter Mann von geringem Glauben ist bedeutend wertvoller als eine Angehörige der Geistlichkeit, die ihre Eide verrät.«

»Da sind wir einer Meinung«, erwiderte Domingo, auch wenn sich sein Gewissen kurz zu Wort meldete – wegen dem, was er an genau diesem Morgen im Namen der guten Sache getan hatte, und wozu er sich gerade verschwor. Nicht nur der Klerus konnte seine Eide großzügig auslegen. »Vielleicht interessiert es Euch, dass ich wieder Oberst des Scharlachroten Imperiums und Beauftragter der Königin im aktiven Dienst bin.«

»Hat sie deswegen viel Wind gemacht?« Es gefiel Domingo gar nicht, wie gierig die Päpstin nach Klatsch über ihre Königin war, aber es machte einem ihre Menschlichkeit bewusst – Y'Homa sprach nicht mit dem Selbstbewusstsein eines göttlichen Stellvertreters, sie klang eher wie eine Halbwüchsige, die nach Gerüchten hungerte. Was sie in Wirklichkeit ja auch war, aber das sollte man einer sogenannten zivilisierten Welt, die sie als Göttin verehrte, mal versuchen beizubringen.

»Mir wurden Fragen gestellt und Alternativen vorgeschlagen«, sagte er. »Aber der kluge General verlässt niemals das Schlachtfeld, und ich bin ein behender Fechter mit Säbel und Zunge. Davon abgesehen blieb ihr eigentlich keine Wahl, meinen Schwur anzunehmen. Das Fünfzehnte hat für das Imperium einen größeren Wert als jedes andere Regiment vom Schlangenkreis bis Nattop, und sie will, dass Azgaroths Soldaten etwas unternehmen und nicht Däumchen drehen, während die Suche nach einem neuen Oberst ewig viel Zeit in Anspruch nimmt.«

Weder hier noch im Thronsaal musste man erwähnen, dass sich die Kettenanbetung in Azgaroth wie ein schlimmer Ausschlag ausgebreitet hatte, und hätte Königin Indsorith Hjortts Angebot abgelehnt, sie hätte es am Ende möglicherweise mit einem wiedergeborenen Adligen als Anführer des Fünfzehnten zu tun bekommen statt mit einem anerkannten Häretiker. Und doch hockte er hier und verschwor sich mit der Schwarzen Päpstin. Es wäre beinahe zum Lachen gewesen. Beinahe.

»Hätte Euch mein Onkel dazu überreden können, Eure Eide früher zu brechen, hätte der Bürgerkrieg schneller enden können, und zwar mit einem weitaus glücklicheren Ausgang.«

»Ich habe keinen Eid gebrochen«, erwiderte Domingo gereizt. »Ich habe heute Morgen geschworen, das Scharlachrote Imperium zu beschützen, und denselben Eid schwor ich schon vor fünfzig Jahren, und diesen Eid schwor auch mein Sohn … diesen Eid schwor auch mein Sohn, als er im vergangenen Sommer den Befehl über das Fünfzehnte übernahm. Denselben Eid hatte bereits meine Mutter vor mir geschworen. In den hundert Jahren, die Azgaroth Teil des Scharlachroten Imperiums ist, verriet noch kein Oberst seine Pflichten der Krone gegenüber.«

»Nicht gegenüber der Krone, mag sein, nur der Närrin gegenüber, die sie trägt, was?« Y'Homas höhnischer Tonfall schmerzte beinahe so sehr wie die Wahrheit hinter der Beleidigung. »Wie ich mich erinnere, habt Ihr Euch mehr gegen die

Herrschaft der Geplagten Königin aufgebäumt als jedes andere Pony im Scharlachroten Stall.«

»Ich bezweifle, dass Ihr Euch daran erinnert, seid Ihr doch nur ein Funkeln im Auge eines Kardinals gewesen, als Indsorith die Thronräuberin stürzte. Ich legte die Eide vor König Kaldruut ab, lange bevor die Kobaltblaue Hexe überhaupt die Waffen gegen ihn erhob. Und ich wehrte ihren Abschaum an jedem Pass ab, bis sie sich nach Diadem schlich und den Weg zur Krone frei mordete. Aber ich bin nicht gekommen, um über ihre Geschichte zu debattieren; mich interessiert allein ihre Zukunft. Habt Ihr noch etwas aus Portolés herausbekommen? Ich sah sie den Beichtstuhl verlassen.«

»Nicht so viel wie erhofft, aber ihr Schweigen ist genauso vernichtend wie ein umfassendes Geständnis«, sagte Y'Homa. »Sie ist auf jeden Fall Indsoriths Doppelagentin. Davon bin ich jetzt überzeugt. Und sie verriet unabsichtlich, dass sie die Stadt verlassen soll … was nur bedeuten kann, dass die Königin ihr befohlen haben muss, den Auftrag zu vollenden, den Euer Sohn in den Bergen unvollendet ließ. Sie soll Zosia aufspüren und töten, bevor der Rest des Sterns entdeckt, dass die Geplagte Königin noch am Leben ist. Indsorith muss wollen, dass Zosia in aller Stille in ihrem Zelt umgebracht wird, statt sie vor zahllosen Zeugen ein zweites Mal auf einem Schlachtfeld zur Märtyrerin zu machen.«

Der verhasste Name ließ unwillkommene Bilder in Domingo aufsteigen. Verfluchte Erinnerungen an blutige Zeiten: die Schlappe bei Yennek, wo das Fünfzehnte eine Bauernhorde niedergeritten hatte und Hufe und Speere so rot wie die Standarten der Reiter gewesen waren; der Wald außerhalb von Eyvind, wo an jedem Baum die von den Kobaltblauen gefangen genommenen Soldaten baumelten; der Wahnsinn von Nattop, der sich nur durch Teufelswerk erklären ließ, und die noch viel schlimmere Geschichte von Windhand, von der er nur Gerüchte kannte – aber die waren schon schlimm genug gewesen.

Und jetzt war die eiskalte Kobaltblaue aus dem Grab auferstanden, um sein einziges Kind zu ermorden …

Vielleicht war es Vergeltung für all die Unbill, die Domingo im Kobaltblauen Krieg Zosias Bauernarmee zugefügt hatte, vielleicht war es aber auch einfach nur ein Zufall gewesen, dass Indsorith ausgerechnet Efrain nach Kypck geschickt hatte. Was nun zutreffen mochte, es war in keinem Fall von Bedeutung. Etwas anderes war viel wichtiger, und zwar bedeutend wichtiger als Efrains Ermordung oder dass Königin Indsorith diese Kettenhexe Portolés vor der Justiz bewahrte, sogar wichtiger als die Spielchen, die die Scharlachrote Königin und die Schwarze Päpstin miteinander spielten. Nämlich die schlichte Tatsache, dass falls Zosia tatsächlich zurückgekehrt war, das Scharlachrote Imperium in Gefahr schwebte.

»Haben Eure Spione Neuigkeiten gebracht?«, fragte Domingo.

»Meine *Informanten* stehen kurz vor einem Durchbruch«, sagte die Schwarze Päpstin. »Königin Indsorith hält die Karten so nahe an der Brust, dass sie eine davon in ihrem Ausschnitt verlieren könnte, aber sie hat keine Zeit mehr. Mittlerweile ist allgemein bekannt, dass sich dieses Rebellenheer, das den Süden terrorisiert, die Kobaltblaue Kompanie nennt. Und die Neuigkeit, dass Zosia selbst ihre Anführerin ist, zieht Kreise.«

»Ich kehre heute Abend nach Azgaroth zurück«, sagte Domingo. »Vor dem Ende des Sommers habe ich dafür gesorgt, dass das Fünfzehnte zum Ausrücken bereit ist, und dann jagen wir die Kobaltblaue Kompanie und richten jeden Einzelnen von ihnen hin. Der Zweite Kobaltblaue Krieg wird enden, bevor er überhaupt angefangen hat.«

»Wolltet Ihr nicht warten, bis Ihr mehr Beweise habt?«

»Betrachtet mich als überzeugt, dass man diese Rebellen unbedingt aufhalten muss«, erwiderte Domingo und war alles andere als erfreut, dass ihm dieses Mädchen die eigenen Worte wie ein Papagei entgegenhielt. »Ich hatte angenommen, die

Königin hätte absichtlich gezögert, die volle Macht des Imperiums gegen diese neue Kobaltblaue Kompanie zu richten. Und dass sie unsere Kräfte dafür aufgespart hat, den diebischen Makellosen Linkenstern wieder wegzunehmen. Diese Erklärung ergibt immer weniger Sinn, da die Angriffe der Kobaltblauen zunehmend unverschämter werden. Und die nördlichen Regimenter erhielten noch immer nicht den königlichen Befehl, Linkenstern zu befreien, bevor die Makellosen die Mauer vollendet haben.«

»Fangt nur nicht mit den Makellosen an«, sagte Y'Homa. »Ich habe den Bericht erhalten, dass einer unserer Missionare angeblich eine ihrer wichtigen Prinzessinnen entführt haben soll. Jede Insel am Nordwestlichen Zacken schäumt deswegen vor Wut. Ich muss erst noch herausfinden, ob sich Zosia das Mädchen geschnappt hat, um die Makellosen dazu zu bringen, ihre Rebellion zu unterstützen, oder ob Indsorith damit ihre eigenen Ziele verfolgt.«

Die dritte Möglichkeit bestand darin, dass Y'Homa die Adlige entführt hatte und dazu missbrauchen würde, die Makellosen für ihre Sache einzuspannen, falls die Schwarze Kette erneut nach der Karneolkrone griff. Aber das verstand sich von selbst. Die Schwarze Päpstin würde Domingo kaum über jeden ihrer Pläne in Kenntnis setzen; er steckte bereits viel tiefer in ihren Intrigen, als ihm lieb war. Der Fünfzehnte Oberst des Scharlachroten Imperiums konspirierte mit der Schwarzen Kette – was hätte nur seine Mutter zu einem solchen Skandal gesagt?

»Lassen wir die Makellosen mal beiseite, ich bin froh, dass wir über Euren Kurs einer Meinung sind«, erwiderte Y'Homa.

»Was für ein Vater wäre ich wohl, zöge ich Eure Informationen nicht in Betracht?« Wieder überfiel Domingo der Schmerz, den ihm die Nachricht zugefügt hatte, dass Efrain von keiner anderen als Zosia der Eiskalten umgebracht worden war und dass die Scharlachrote Königin, der der Vater wie auch der

Sohn so treu gedient hatten, das von Anfang an gewusst hatte. Das Scheinverhör von Schwester Portolés im Scharlachroten Thronsaal hatte die Wahrheit nur bestätigt – niemand wusste, wer Efrain den Befehl gegeben hatte, Zosias Dorf anzugreifen, weil der Befehl direkt von Königin Indsorith gekommen sein musste. Und die Königin würde das ganze Imperium aufs Spiel setzen, nur um das Geheimnis zu bewahren, dass Zosia in Wahrheit gar nicht gestorben war.

»Was für ein *Oberst* Ihr sein würdet?«, sagte Y'Homa offensichtlich in der Annahme, dass er genauso gefügig war, wie er bei erzwungenen Besuchen des Hofes immer vorgab zu sein. »Mithilfe der Waffe, die ich Euch anbiete, kann das Fünfzehnte die Kobaltblauen ganz allein vernichten, bevor seine Reihen noch weiter anschwellen. Und da das Neunte und Dritte Regiment den Rebellen bereits zusetzt, bezweifle ich, dass Ihr überhaupt Probleme haben werdet. Was könnte für den fortdauernden Frieden des Imperiums besser sein, als ein Banditenheer gnadenlos auszulöschen, statt darauf zu warten, dass die Machenschaften der Königin zu ihrem Sturz führen?«

Domingo dachte an all die Schlachten, an denen er im Laufe der Jahre teilgenommen hatte, und dann fielen ihm einige Dinge ein, die besser waren als der offene Kampf gegen gut bewaffnete, gut ausgebildete Rebellen, die von der verschlossensten Gegnerin angeführt wurden, der er je gegenübergestanden hatte. Aber er behielt sie für sich. Was auch immer die Schwarze Päpstin für Motive haben mochte, in einer Sache hatte sie recht. Die Kobaltblaue Kompanie hatte bereits Fässer des imperialen Bluts getrunken, und ihr Durst würde kaum nachlassen, während ihre Reihen und ihr Ruf wuchsen. Es war besser, sie so schnell wie möglich zum Wohl des Imperiums zu töten. Für die Befriedigung, die es ihm bringen würde, durch ihre Schreie taub zu werden, wenn das Fünfzehnte sie Zoll für Zoll auseinandernahm. Und falls sich alles so verhielt, wie es den Anschein hatte, wenn die Geplagte Königin diese neue Kobaltblaue Kompanie tatsächlich anführte, bestand die Chance – wie gering sie auch sein mochte –, ihr vor der Schlacht auf dem Feld persönlich gegenüberzutreten. Und falls das geschah, falls er die Gelegenheit bekam, seinen Sohn und seinen alten König und die zahllosen Träume des Scharlachroten Imperiums zu rächen, die Zosia vor ungefähr zwanzig Jahren in den Dreck gezogen hatte, nun, dann würde sein Eid, niemals vor dem offiziellen Angriffssignal auf einen Feind einzuschlagen, möglicherweise einen Augenblick lang in Vergessenheit geraten.

»Und was ist mit der Waffe, die Ihr mir versprochen hattet, Euer Gnaden?«, fragte Domingo. »Da ich Eure Bedingungen jetzt erfüllt habe, sollte doch der Augenblick gekommen sein, dass Ihr auch die meinen erfüllt.«

»Mit Vergnügen«, sagte die Schwarze Päpstin. »Stattet nach Verlassen des Beichtstuhls den Arbeitsgemächern von Kardinal Diamont einen Besuch ab. Er erwartet Euch, und dabei wird er Euch etwas weit Gefährlicheres als ein ganzes Heer übergeben. Doch bevor wir darin übereinkommen, dass Ihr und ich diese Unterhaltung niemals geführt haben – gibt es noch Fragen, die ich Euch beantworten kann?«

Wie oft hatte er sich gesagt, dass er in Efrains Alter genauso gewesen war? Etwas weich und verwöhnt vielleicht, und mehr als nur ein wenig zögerlich, in den Krieg zu reiten? Wie viele Nächte hatte er wach gelegen und sich versichert, dass sein Sohn seinen Titel und seine Stellung wert war? Dass er nicht irgendwie die Art von Oberst gezeugt hatte, über die einfache Soldaten ihre Spottlieder sangen, ein Adliger, der seine Orden mitbrachte, statt sie sich zu verdienen? Wie anders wäre ihr Leben verlaufen, hätte er Efrain das Kätzchen geschenkt, das er sich zu seinem zehnten Geburtstag gewünscht hatte, statt ein Schwert und eine Bücherei voller Kriegsphilosophie? Aber das waren keine Fragen, die ein geistesgestörtes Püppchen, das sich anmaßte, eine Göttin zu sein, beantworten konnte. Also sagte er: »Es ist schwer zu glauben, dass die Bauern die ganze Zeit über recht hatten, nicht wahr? Sie haben es gesungen, seit sie das erste Mal aus Diadems Thronsaal stürzte: *Zosia lebt.*«

»Nicht mehr lange, Oberst Hjortt«, sagte Päpstin Y'Homa III., die Hirtin der Verlorenen. »Ganz gewiss nicht mehr lange.«

KAPITEL 22

Niemandem gefällt es, ein Messer vor die Nase gehalten zu bekommen, und genau darum machte Maroto das, was er mit dem Kundschafter machte, den er gefangen genommen hatte. Der kleine, hamsterartige Mann – eigentlich war er kaum älter als ein Junge – lag auf dem Rücken und hechelte nach Luft, während der Barbar neben ihm an dem moosigen Stamm kauerte, seine Klinge gegen die Nasenscheidewand seines Gefangenen drückte und den Daumen auf seinem Nasenrücken ruhen ließ. Beide wussten, dass Maroto das zuckende, laufende Knorpelstück so einfach abschälen konnte wie ein Stück von einem seltsam geformten Käse, und trotzdem weigerte sich der Kundschafter zu plaudern. Als wüsste der Nichtsnutz von Marotos Schwur, als hätte ihm ein Blick verraten, dass sich der Barbar eher das eigene Gesicht abschneiden würde als einen vereidigten Diener von Samoth zu foltern.

Kaum ein Tag verging, an dem Maroto nicht bereute, Königin Indsorith geschworen zu haben, niemals wieder die Waffe gegen sie oder ihr Volk zu erheben, abgesehen von den Fällen, wenn es in Selbstverteidigung geschah. Unter den damaligen Umständen hatte er keine große Wahl in der Angelegenheit gehabt, trotzdem war es verdammt lästig, dass ihn eine vor zwanzig Jahren getroffene schlechte Entscheidung noch immer behinderte. Er wusste nach wie vor nicht, wie er seiner alten Generalin mit diesem nervigen Eid überhaupt nutzen sollte, sobald er sie endlich gefunden hatte. Aber diese Brücke würde er niederbrennen, wenn er davorstand – zuerst jedoch musste er Zosia erreichen. Da sie der Spur der Kobaltblauen Kompanie hier nach Myura gefolgt waren, konnte man ein hübsches Sümmchen darauf wetten, dass sie sich in dem Schloss verschanzt hatte, das ganz in der Nähe lag und von den Imperialen belagert wurde. Wenn er jetzt nur noch diesen verfluchten Kundschafter dazu bringen konnte, sich ihm zu öffnen, ohne dass er ihn selbst öffnen musste.

»Komm schon, Mann«, sagte er in der Hoffnung, dass das Messer seiner Drohung Gewicht verlieh. »Wenn ich sie abschneide, schreist du, und wenn du schreist, muss ich dir die Kehle durchschneiden. Wer will das schon?«

»Ich weiß nicht, wovon Ihr redet, ich schwöre es«, wiederholte der Kundschafter zu laut. Maroto seufzte. Er hasste die Vorstellung, von Menschen Stückchen abzuschneiden – wenn man schon schneiden musste, war es übel, nicht um des Tötens willen zu schneiden. Als würde er etwas anderes überhaupt können.

»Ich habe dir gesagt, ich würde dir zwei Chancen geben. Das war deine erste, die zweite dreht sich darum, ob geschrien wird oder nicht. Ohne Nase zu sein ist besser, als tot zu sein, also würde ich mir das Gebrüll verkneifen.«

Der Kundschafter wimmerte. Seine hervortretenden Augen waren so groß wie Gänseeier, aber er gestand noch immer nicht. Maroto war ratlos – solange er den Jungen nicht verletzte, bekamen sie nichts aus ihm heraus, aber er war nicht gerade scharf darauf zu entdecken, was geschah, wenn er einen Eid brach, den er im Namen seines Teufels abgelegt hatte.

»Maroto, warum …?« Das war Purna, die über ihnen auf dem Baum hockte, aber mit einem Zischen brachte er sie zum Schweigen.

»Küsst die Teufel auf den Mund, Mädchen, jetzt habt Ihr es geschafft«, sagte er, insgeheim erleichtert, dass sie ihm den Vorwand für einen letzten Bluff gegeben hatte. »Wie oft habe ich Euch schon gesagt, Ihr sollt meinen Namen nicht benutzen?

Ich hätte diesen Zwerg ohne Nase davonkommen lassen, aber jetzt … tut mir leid, Junge.«

»Maroto.« Der Kundschafter flüsterte den Namen so andächtig wie den eines Heiligen. »Ihr … seid Maroto der Eroberer?«

»Ja, ja«, gestand Maroto ein. »Und du bist Nasenlos, der auf ganz schreckliche Weise verreckende Kundschafter, wenn du nicht …«

»Die Kobaltblaue Hexe«, stieß der Kundschafter hervor. »Ihr sucht doch nach ihr, oder? Nach Eurer alten Königin.«

»Das ist auch deine alte Königin«, erinnerte der Barbar den Jungen und versuchte seine Aufregung darüber zu zügeln, dass der Kundschafter einen Beinamen benutzt hatte, den er seit Jahrzehnten nicht mehr gehört hatte. »Auch wenn du vermutlich noch nicht geboren warst, als sie … während sie … sie ist keine Hexe, das musst du verstehen. Kobaltblaue Zosia, das ist in Ordnung. Was gefiel ihr noch …?«

»Eiskalte Kobaltblaue«, rief Purna nach unten. »Ach ja, und ›Todesfee mit einer Klinge‹ ist der Titel von einer von Vuntwor von Nins besseren Balladen über sie – an ihrer Stelle würde ich das nehmen. Klingt stark.«

»Mir gefiel der Klang von ›Königin Zosia‹«, meinte Maroto nachdenklich. »Aber eigentlich ist jeder Beiname, der sie nicht verunglimpft, in Ordnung und hilft dabei, dass du im Moment deine Nase behältst.«

»Es ist wahr«, sagte der Kundschafter. Staunen schien einen Teil des blinden Entsetzens verscheucht zu haben, das er zeigte, seit der Barbar ihn geschnappt und zu Boden geworfen hatte. »Sie ist es wirklich, oder?«

»Die Teufel sollen deine Knochen ablecken, das frage ich *dich*«, sagte Maroto. »Die Söldnerkompanie, die deine Truppe in Myura gestellt hat, wer führt sie an?«

»Eine Frau, das ist alles, was ich mit Sicherheit weiß«, sagte der Kundschafter. »Die Offiziere müssen uns nicht alles gesagt haben – aus Angst, es könnte die Moral beeinflussen. Sie *muss* es sein.«

»Wie kommst du da drauf?« Maroto nahm etwas Druck von der Klinge.

»Ich habe sie nicht gesehen und bin auch nicht nahe genug gekommen, um ihre Haarfarbe zu erkennen, aber die Flagge, die sie im Schloss hochgezogen hat, ist blau, dunkelblau, mit einer zerbrochenen roten Krone in der Mitte, und fünf Silberpentakel umkreisen sie.« Der Kundschafter schluckte. »Einen für jeden Teufel, nicht wahr?«

»Das ist eine neue Heraldik, aber es klingt nach ihrem Stil«, sagte Maroto, versuchte nicht zu grinsen und scheiterte spektakulär. Fünf Pentakel auf ihrer Flagge! Sie hat ihn erwartet! »Diese Neuigkeit rettet dir die Nase, Kundschafter, wenn nicht dein Leben!«

»Kundschafter?«, sagte der Kundschafter. »Ich bin kein Kundschafter.«

»Ich hatte Euch doch gesagt, dass ich ihn nicht dafür halte«, meinte Purna. »Und von hier oben sehe ich nur andere Bäume. Kann ich wieder runter?«

»Nein«, sagte Maroto und lachte beinahe überzeugend. »Kein Kundschafter – was glaubt Ihr eigentlich, was ein Kundschafter sagen wird, wenn man ihn gefangen nimmt? Warum sollte er sonst in diesem Grenzwald herumschleichen, wenn unten in der Stadt eine Belagerung im Gange ist, und all die roten Sigile an seiner Rüstung sind geschwärzt? Kein Kundschafter!«

»Nein, Hauptmann Maroto, Herr, das bin ich nicht«, beharrte der Kundschafter. »Das wollte ich Euch doch sagen, als Ihr das Messer gezogen habt – ich bin kein Kundschafter und war auch nie einer. Ich habe das Rot auf meinem Wappenrock verdeckt, um im Wald nicht aufzufallen, das stimmt schon. Aber wäre ich ein echter Kundschafter, wäre ich doch nicht einfach in Euren Hinterhalt gestolpert, oder?«

»Vielleicht, vielleicht aber auch nicht.« Maroto dachte über den Jungen unter ihm nach. Kein Kundschafter? »Zu meiner Zeit habe ich viele Kundschafter gefangen genommen.«

»Und was sollte ich hier draußen im Wald auskundschaften, meilenweit von Myura entfernt, wo die Sonne gleich untergehen wird?«

»Ganz einfach«, erwiderte Maroto. Er fragte sich, wen er hier eigentlich überzeugen wollte. »Das Umland patrouillieren, um sicherzugehen, dass sich keine Verstärkung von hinten anschleicht, um die Belagerung aufzulösen oder Nachschub zu bringen.«

»Ja, das ergibt Sinn«, meinte der Kundschafter. »Daran hatte ich gar nicht gedacht. Aber *wenn* ich ein Kundschafter wäre, glaubt Ihr nicht, ich wüsste das und hätte eine bessere Ausrede parat?«

»Du sprichst in mein taubes Ohr«, sagte Maroto – diesen ausgelutschten Spruch so oft benutzen zu können, wie er Lust hatte, war das einzig Gute, das aus dem verdammten Pfeil im Kopf herausgekommen war.

»Was für ein Kundschafter würde wohl …?«

»Pst«, machte Maroto und drückte mit der Klinge fester zu. Selbst mit nur einem gesunden Ohr glaubte er gehört zu haben, wie …

»Da kommt jemand hinter uns den Hügel hinauf«, flüsterte Purna vom Ahornbaum herab. »Soll ich das Feuer eröffnen?«

Blätter raschelten unter den Schritten mehrerer Paar Stiefel, gefolgt vom hellen Klingeln eines Silberglöckchens und einem schrillen Kichern. Maroto zog das Angebot ernsthaft in Betracht. Die Hälfte ihrer Mannschaft war in die Hauptstadt – wenn nicht auf die Familiengüter – zurückgekehrt, noch bevor sein verletztes Ohr zu eitern aufgehört hatte. Die meisten Adligen hatten sich unterwegs auf der verstohlenen Reise vom Rand der Pantera-Wüste nach Agalloch, von Agalloch nach Geminides, von Geminides nach Katheli und schließlich von Katheli zu Schloss Myura abgesetzt, wo das lokale imperiale Regiment die schwer auffindbare Kobaltblaue Kompanie in die Enge getrieben hatte. Die übrig gebliebenen Stutzer waren jene, die sich zwar mit Inbrunst dem Abenteuer verschrieben hatten, aber nicht dem Befolgen von Befehlen, wie sich gerade zum x-ten Mal zeigte, als Graf Hassan, Herzogin Din und Pascha Diggelby aus dem Unterholz brachen.

Graf Hassan trug sein dramatisch durchsichtiges Fechtgewand und hielt eine mit einem Elfenbeingriff ausgestattete Machete in der einen und ein gewaltiges Trinkhorn in der anderen Hand; das überschwappende Gefäß war angeblich aus dem Zahn eines Megapotamus geschnitzt worden. Herzogin Dins bis zum Oberschenkel reichende magentafarbenen Stiefel waren ganz nach dem letzten Schrei mit Strumpfhaltern an dem funkelnden Kettenhemd befestigt; in der Vorderseite ihrer Perücke steckte ein goldener Armbrustbolzen, der im Kontrast zum matten Eichenholz des in ihrer gewaltigen Armbrust eingespannten Bolzens hell funkelte. Pascha Diggelby trug Lederweste- und Rock, die er nach Marotos Tracht gestaltet hatte; in einer knochigen Hand hielt er eine Wasserpfeife aus Kristall und in der anderen eine Leine. Am Ende dieser Leine befand sich der flauschige weiße Schoßhund, von dem er behauptete, dass es sich bei ihm um einen Teufel handelte, den ihm sein Vater von einem Diabolisten aus Usba gekauft hatte, der aber vermutlich nichts anderes war als ein ugrakarischer Spaniel. Das Glöckchen, das ihre Ankunft angekündigt hatte, baumelte nicht an dem mit Rubinen verzierten Halsband des Köters, sondern an dem seines Herrchens.

»Halloo!«, rief Diggelby. »Maroto hat uns was zum Essen gefangen.«

»Sieht zu dürr aus«, meinte die Herzogin. »Streng schmeckendes Wildbret esse ich ja noch zur Not, sehniges aber nicht.«

»Ach, Leute«, sagte Hassan, »ich weiß nicht, ob ich es ertrage, zuzusehen, wie Maroto seine Gelüste stillt, friedliche Waldkulisse hin oder her. Das ist alles viel zu brutal.«

»Hatten wir euch nicht gesagt, ihr solltet bei den Wagen warten?«, sagte Purna und stieg von ihrem Aussichtspunkt.

»*Wir*? Wir! Purna, meine Liebe, das ist ja absolut bezaubernd«, erwiderte Diggelby. »Sagt doch, wann ist die Hochzeit, und sollen wir an der Seite des Bräutigams sitzen oder an der der Braut?«

»Ich sollte wirklich Gnade walten lassen und dir sofort die Kehle durchschneiden«, sagte Maroto zu dem Kundschafter.

»Wer ist Euer neuer Spielgefährte?«, fragte Hassan, während Purna die letzten paar Fuß zum Boden sprang. »Er sieht ungefähr so alt aus wie Euer letzter Gegner. Wie gut, dass wir rechtzeitig kommen, um Euch die nächste Abreibung zu ersparen.«

»Mein Name ist Lukash«, sagte der Kundschafter. Er wollte sich unter Maroto herauswinden, erstarrte aber, als die Klinge des Barbaren gegen sein Gesicht tippte.

»Sein Name ist Nasenlos, der auf ganz schreckliche Weise verreckende Kundschafter«, sagte Maroto. Er stellte sich den Ausdruck auf den Gesichtern der Stutzer vor, wenn er den ersten schrecklichen Schnitt machte. Hätte er doch nur in der Zeit zurückgehen und seinen Schwur ungeschehen machen können. Sie brauchten dringend eine Erinnerung, dass dies hier kein Jux war. Es war Krieg, oder zumindest etwas Ähnliches, und dieser arme Kundschafter konnte den dringend nötigen …

»Ich bin kein Kundschafter«, sagte Lukash ziemlich verdrossen. Normalerweise waren solche verzweifelten Scheißkerle nicht so frech.

»Was bist du dann?«, wollte Purna wissen. Sie ging neben dem Barbaren in die Hocke und drückte einen von der Rinde klebrigen Daumen direkt an das linke Auge des Jungen, bevor er blinzeln konnte. »Raus damit, oder man nennt dich von jetzt an Lukash Einauge, den nasenlosen Trottel.«

»Ich bin … Deserteur«, sagte Lukash und schloss beschämt das andere Auge. »Ich bin Khymsari, Krieg zu führen verstößt gegen meinen Glauben. Seit mich das myuranische Regiment einzog, habe ich nach einer Gelegenheit gesucht, mich zu verdrücken.«

»Klar bist du das«, meinte Purna. »Schneidet ihm die verlogenen Lippen ab, Maroto.«

»Ach, lasst ihn doch aufstehen«, sagte Diggelby. Der Pascha beugte sich vor, um die Wasserpfeife an dem Streichholz anzuzünden, das Hassan für ihn entzündet hatte. »Das ist alles so wahnsinnig barbarisch.«

»Khymsari, hm?« Maroto zog dem Jungen die Stahlkappe vom Kopf, während die Pfeife des Stutzers im Hintergrund blubberte. In der sonst dichten schwarzen Mähne gab es in der Tat eine Krone aus geschorenen Rechtecken. Hätte sich Maroto nicht an seinen heiligen Eid gehalten, hätte er einen Pazifisten entstellt. Aber das wäre nicht das erste Mal gewesen. »Die Teufel seien uns gnädig ... lasst ihn aufstehen, Mädchen, er sagt die Wahrheit.«

»Bravo!« Herzogin Din fummelte ihre Armbrust unter den Arm, um die kochende Wasserpfeife von Hassan entgegenzunehmen. Der ranzige Rauch ließ Diggelby husten.

»Ihr lasst mich also gehen?«, fragte Lukash, wagte es aber nicht, sich aus seinem Bett aus verrottenden Blättern zu erheben.

»Sobald du uns alles über deinen Zug, die Belagerung von Schloss Myura und wie man sich an Ersterem vorbeischleichen kann, um ins Letzte zu kommen, erzählt hast. Na ja, vielleicht ...«, meinte Maroto. »Gehen wir zurück ins Lager. Ich habe Appetit auf Balut, und hier draußen finden wir bestimmt keine Eier.«

Die fröhliche Schar – die wenigen verbliebenen reichen Säcke schienen nämlich immer fröhlich zu sein, obwohl selbst die letzten ihrer Diener sie in den vergangenen Tagen im Stich gelassen hatten – suchte sich ihren Weg durch den herbstlichen Wald. Die herrlichen saphirblauen, amethystfarbenen und granatroten Blätter, die noch an den Ahornen, Eichen und wilden

Zwetschgen verblieben waren, verwandelten den Wald in ein botanisches Schatzkästchen. Die angenehme Kühle der Abendluft auf der verschwitzten Stirn erschien Maroto wie ein verspätetes Geschenk seit langer Zeit verschollener Götter. So summte er unterwegs ein altes Marschlied. Purna folgte ihm und befragte den Gefangenen, was Maroto eine Erholungspause von ihrem ständigen Gejammer verschaffte, und voraus stritten sich Diggelby, Din und Hassan über den Wortlaut eines Kirchenliedes, von dem er noch nie gehört hatte. Nichts konnte seine Laune beeinträchtigen, nicht in diesem Augenblick. Gewiss, nach Verlassen der Pantera-Wüste waren sie durch das ganze verfluchte Scharlachrote Imperium gereist, nur um wieder hier zu landen, kaum hundert Meilen von der Stelle entfernt, an der sie aus der Wüste gekommen waren. Aber so war die Welt nun einmal, oder etwa nicht? Endete man nicht immer da, wo man angefangen hatte? Es hatte eine Zeit gegeben, da hätte er diese Kurve schwer übel genommen, aber im Augenblick fiel es ihm schwer, sich darüber zu beschweren. Der Grund für seine ausgezeichnete Stimmung war ganz einfach der: Im Verlauf der vergangenen Monate hatten sie auf der Spur der blauhaarigen Söldnerführerin immer mehr Gerüchte aufgeschnappt, und am Ende hatte er sich endlich erlaubt, das Thekengeplauder, das er im vergangenen Sommer in Niles gehört hatte, zu glauben. Zosia lebte, und wenn ihn die vergangenen zwanzig Jahre in einem großen Kreis hatten wandern lassen, in einem Kreis, der so groß war wie der ganze Stern und noch größer, dann näherte er sich jetzt wieder dem Anfang. Näherte sich ihr.

Wie das möglich war? Sie musste gefangen genommen worden zu sein, und nicht getötet, wie alle behauptet hatten. Und jetzt war sie entkommen und rief ihr altes Heer zusammen, um sich das wiederzuholen, was ihr rechtmäßig zustand. So unmöglich dies auch erschien, seine Königin, seine Anführerin, seine einzige wahre Liebe lebte noch. Und sie war hier, direkt hinter diesen Hügeln, verschanzt in diesem Schloss, während die Streitkräfte ihrer ehemaligen Kerkermeister sie umzingelten.

Maroto konnte es nicht erwarten, sie dort zu befreien.

KAPITEL 23

»Heraus damit, Keun-ju«, sagte Zosia zum hundertsten Mal seit dem Aufbruch von den Makellosen Inseln und zum vierten oder fünften Mal, seit man sie im Hafen verhaftet hatte. »Du kannst mir vertrauen.«

»Da gibt es nichts zu sagen«, sagte Keun-ju, der das Gesicht der weißgetünchten Wand der sandigen Zelle zuwandte, in die sie die Zollbeamten gesperrt hatten. Zosia zermürbte ihn, das erkannte sie deutlich, und irgendwann würde er zusammenbrechen. »Warum könnt Ihr mich nicht in Ruhe lassen?«

»Nenn mich eine Romantikerin, aber ich will es wissen, bevor sie uns töten«, erwiderte Zosia. Das war ihr gerade eben eingefallen, und sie würde das weiterentwickeln. Der Tugendwächter wusste weniger über die raniputrische Kultur, als sie darüber wusste, wie man jemandes Tugend beschützte. »In diesem Teil der Welt steht auf die geschlechtliche Vereinigung mit Tieren die Todesstrafe. Man hält sich auch nicht mit Prozessen auf, also wenn die Wächter kommen, holen sie uns vermutlich zum *Tod durch Elefanten* – sie richten die Viecher dazu ab, sich dabei Zeit zu lassen, also werden wir eine Weile Qualen erleiden. Gern würde ich wissen, warum ich zu den Teufeln fahren muss.«

»Sie töten uns nicht und gewiss nicht mit *Elefanten.*« Aber Keun-ju klang nicht besonders überzeugt. »Und wie sollten sie auf die Idee kommen, dass Ihr es mit … igitt!«

»Offensichtlich ist es ein abgekartetes Spiel«, dachte Zosia laut. »Bang könnte irgendwie eine Nachricht geschickt haben, mit einem Albatros oder sonst wie. Zweifellos eine gute Möglichkeit, um sicherzugehen, dass wir sie nicht verfolgen.«

»Und warum ihnen dann nicht, Ihr wisst schon … ihnen Euren richtigen Namen geben statt dem Tarnnamen?« Die letzten Worte flüsterte Keun-ju, sollten die heidnischen Götter seines Volkes ihn segnen und behüten. »Warum ihnen sagen, nach Moor Clell Ausschau zu halten statt nach der Kobaltblauen Zosia?«

»Das ist eine gute Frage. Ich vermute mal, der oder die Schuldige glaubte, der Zoll würde eine solche Behauptung für unglaubwürdig halten. Schließlich bin ich ja angeblich seit zwanzig Jahren tot.«

»Oder wenn es die Ortsansässigen glauben, würden sie vermutlich eine große Sache daraus machen«, meinte Keun-ju. »Ein richtig großes Spektakel, falls sie schlau sind. Also warum verratet Ihr ihnen nicht, wer Ihr seid? Das könnte zumindest die Hinrichtung lange genug aufschieben, um ordentlich Werbung für die Veranstaltung zu machen.«

»Glaubst du, man würde mir das abnehmen?« Zosia schüttelte den Kopf. »Wir sind ohnehin im Arsch, Kleiner, also könntest du genausogut die königlichen Geheimnisse ausplaudern, es dir vor dem Tod von der Seele reden. Wir wissen doch beide, dass Ji-hyeon ihre Entführung nur vorgetäuscht hat. Was ich dabei nur nicht begreife: Warum hast du sie nicht begleitet, da du sie doch offensichtlich liebst?«

»Ach ja, tatsächlich?« Keun-ju wurde knallrot. »Das tue ich nicht. Ich meine, ja, das heißt nein … natürlich ist sie meine Herrin, also … äh.«

»Donnerwetter«, sagte Zosia. Dieses Gefühl erkannte sie sofort. »Dich hat es aber böse erwischt. Sie hat dir das Schwert gegeben, oder? So ein Drei-Tiger muss sie doch etwas mehr als das wöchentliche Taschengeld gekostet haben.«

»Es ist kein Drei-Tiger, es ist ein Vier-Tiger.« Er versuchte erst gar nicht, seinen Stolz zu verbergen. »Es befindet sich seit drei Generationen in ihrer Familie, und der Schwertbauer war ein Ugrakari, der seine Familie bis zum Versunkenen Königreich zurückverfolgen konnte. Er hinterließ keine Erben für seine Kunst, also gibt es auf der Welt vermutlich kein weiteres Schwert dieser Art. Und jetzt ist es in den Händen eines dreckigen Raniputri, vielen Dank übrigens.«

»Die Raniputri halten mehr vom Baden als Makellose, also würde ich mir das verkneifen, wenn ich du wäre. Und du lebst nur noch dank mir – hättest du diese Beamten getötet, hättest du den Hafen nicht lebend verlassen. Diese Leuchttürme, an denen wir vorbeikamen? Dort oben wachen die besten Bogenschützen der Domäne, die nur auf einen Vorwand warten, irgendeinen ausländischen Trottel erschießen zu können.«

»Besser mit ihrem Schwert in der Hand zu sterben, als dass es in irgendeiner Lade eingeschlossen ist!«

»Tja, ich muss zugeben, das Erstere gäbe den besseren Stoff für ein Lied«, meinte Zosia. »Ich kann gar nicht glauben, dass sie Lefzenschlecker mitgenommen haben. Diese Andeutung ist mehr als widerlich.«

»Wie kommt Ihr auf die Idee, dass Ji-hyeon weggelaufen ist und nicht geraubt wurde?« Zosia unterdrückte ihr Lächeln, bevor es sie verraten konnte. Vielleicht wollte er über etwas anderes reden als über das Verbrechen, das man ihr zur Last legte, aber sein leidender Unterton ließ sie vermuten, dass er ihr die Geschichte mit der unmittelbar bevorstehenden Hinrichtung durch Dickhäuter abgekauft hatte. Zugegeben, vielleicht würde man sie tatsächlich hinrichten, aber nicht aus den Gründen, die ihm vorschwebten, und vermutlich auch nicht mit einem Elefanten als Instrument – abgesehen von ein paar Domänen im Osten gab es die Tiere nur selten.

»Prinzen und Prinzessinnen täuschen doch dauernd ihre Entführung vor«, behauptete Zosia. »Scheint so, als käme sie nach ihrem Vater, und das wäre auf jeden Fall sein Stil. Bedenkt man die fehlende Lösegeldforderung, vermute ich mal, Fennec hat sie zur Flucht überredet. Du wirst ihn vermutlich als Bruder Mikal kennen. Bestimmt treiben sie es irgendwo wie die Karnickel, während wir auf einen grausigen Tod warten.«

Keun-ju zuckte zusammen. »Nein.«

»Nein? Mein lieber Keun-ju, glaub mir, davon hast du nicht die geringste Ahnung. Eine temperamentvolle junge Prinzessin, auf die eine arrangierte Ehe wartet, und dann kommt ein silberzüngiger Fuchs, der eine strahlende neue Zukunft weit entfernt in Usba oder im Imperium verspricht, oder an einem vielleicht noch exotischeren Ort? Mittlerweile hat er sie vermutlich bereits geschwängert und ist mit dem Geld, das sie in Hwabun gestohlen haben, schon längst über alle Berge. Ich wette, sie schämt sich einfach zu sehr, um nach Hause zu kommen und zugeben zu müssen, dass sie den Bastard ihres Lehrers im Bauch trägt.«

»Nein«, sagte Keun-ju diesmal energischer. »Ihr wisst gar nichts.«

»Ich kenne das menschliche Herz, Kleiner, und das lernt man nicht als Nählehrer eines notgeilen reichen Mädchens kennen.« Das war nun wirklich gemein, aber Zosia stand kurz davor, ihn zu rechtschaffener Ehrlichkeit zu reizen. Das konnte sie fühlen. »Ich bin fest davon überzeugt, dass du geglaubt hast, ihr wärt die besten Freunde und würdet alle Geheimnisse miteinander teilen, aber kein Adliger teilt alles mit einem Diener, erst recht nicht mit einem Tugendwächter, das ist nun mal so. Deinesgleichen sind berüchtigte Klatschmäuler, und …«

»Wir lieben uns.« Tränen strömten Keun-ju die Wangen hinunter, während er Zosia hasserfüllt anstarrte. »Eine kaltherzige alte Vettel wie Ihr wird das nicht verstehen, aber genau das tun wir.«

»Ach, die Liebe eines Prinzesschens für ihren Sklaven und eines Dieners für seine Herrin!« In diesem Moment ekelte sich Zosia ein bisschen vor sich selbst. Das war seltsam, Leute zu lenken hatte ihr noch nie das Geringste ausgemacht, aber aus irgendeinem Grund war sie über diesen Wortwechsel zutiefst unglücklich. Dennoch hatte sie sich für diesen Weg entschieden, also holte sie zum tödlichen Schlag aus. »Vermutlich hat sie dich längst schon vergessen, und du wirst gleich hingerichtet, und das alles für …«

»Wir sind ein Liebespaar«, sagte Keun-ju leise, wischte sich das Gesicht ab und starrte zu Boden. So schnell Zosia seinen Zorn entfacht hatte, so schnell hatte der Tugendwächter ihn wieder unter Kontrolle gebracht. »Ich würde für sie sterben, ob nun heute oder an einem anderen Tag, aber ich werde sie niemals anzweifeln. Sie hat mich nicht vergessen. Sie wird mich nie vergessen.«

»Ein Liebespaar?« *Das* kam unerwartet. »Aber … so etwas gibt es doch nicht, oder? Musstest du nicht irgendeinen verfluchten schwerwiegenden Eid schwören?«

»Eher würde ich tausend Eide brechen als Ji-hyeons Herz.« Keun-ju ließ sich gegen die Wand sacken. »Ich liebe sie, seit ich ihr diene, hätte aber nie zu träumen gewagt, dass es mehr sein könnte als … was Ihr gesagt habt. Die Zuneigung einer Herrin für einen Sklaven. Und dann bei der herbstlichen Tagundnachtgleiche, nachdem wir in diesem Kürbisfeld diesen riesigen Geist abgewehrt hatten, half ich ihr, sich für diese Nacht zu entkleiden, und …«

»Und *was*?«

»Und sie machte mir ihre Gefühle für mich unmissverständlich klar«, sagte Keun-ju prüde.

»Aha«, meinte Zosia. »Reiche Töchter reden schnell irgendetwas daher, Keun-ju. Ich sage es ja nur ungern, aber hättest du irgendetwas versucht, hätte sie schneller einen Rückzieher gemacht, als du sagen könntest, dass verbotene Früchte besser aussehen als sie schmecken.«

»Und hätte die junge Leutnant Bang ihren Ast für Euch tief genug gedrückt, dass Ihr dran kämt, hättet Ihr den Apfel vermutlich an Eurem Ärmel poliert, reingebissen und dann weggeworfen? Ich habe gesehen, wie Ihr sie auf der Reise mit den Augen verschlungen habt.«

»Und wir sehen ja, wie gut das für mich geklappt hat, nicht wahr?«

»Ji-hyeon liebt mich, Zosia, und ich liebe sie ebenso, und selbst wenn Ihr derart primitiv seid und glaubt, dass der fleischliche Vollzug erforderlich ist, nun … seid versichert, dass meine Eide fauligen Birnen gleich gefallen sind, die selbst jene verschmäht hätten, die …«

»Ich hab's verstanden«, sagte Zosia. »Wo kommt plötzlich die ganze Poesie her? Auf der langen Reise hast du nicht einmal ein Lied zur Nachtmusik beigetragen, und jetzt haben wir dich dazu gebracht, über die Prinzessin zu sprechen, und du kommst mir mit der klebrigsten Poesie auf dieser Seite der otheanischen Obstgärten.«

»Ich würde die Erinnerung an sie niemals durch die Teilnahme an etwas wie einer sogenannten Nachtmusik entehren«, sagte Keun-ju bitter. »Und ich werde in Gegenwart einer so scharfsinnigen Kritikerin wie Euch auf meine Ausdrucksweise achten. Doch um Eure Frage zu beantworten, ja, wir müssen geheiligte Eide schwören, bevor wir unsere Pflichten übernehmen, und ja, ich habe sie gebrochen, und nein, ich bin gar nicht stolz darauf. Aber …«

»Ja, schon gut.« Zosia dachte an die zahlreichen feierlichen Eide, die sie im Laufe ihrer vielseitgen Karriere gebeugt, erfindungsreich ausgelegt oder schlichtweg ignoriert hatte.

»Es ist so lächerlich, wisst Ihr?« Keun-ju klang ziemlich sauer, wozu er auch ein Recht hatte. »Wie viele Nächte sind Ji-hyeon und ich wach geblieben und haben uns flüsternd im Bett unterhalten, und wie oft kam das Thema dabei auf Euch – die Erzschurkin, die eine Frau auf dem Stern, die sich weigerte, sich mit dem zufriedenzugeben, was ihr die Welt bot, die das Leben zu ihren eigenen Bedingungen lebte und lieber starb, als sich einem Kompromiss zu beugen. Und jetzt finde ich heraus, dass Ihr in Wirklichkeit noch lebt, und dass ich uns für Freunde hielt – nach allem, was wir zusammen auf dem Schiff erlebt hatten … Aber Ihr habt keine Ähnlichkeit mit der Frau in den Geschichten. Ihr seid nur eine Art Laufbursche für Ji-hyeons Väter, ein Feigling, der lieber aufgibt, statt zu kämpfen, ein widerliches Weib, das im Geschlechtsleben von Fremden rumschnüffelt … Seid Ihr immer so erbärmlich gewesen? Waren denn alle Geschichten über Euch falsch? Seid Ihr jemals die Frau gewesen, zu der Euch alle gemacht haben?«

Zosia betrachtete ihre narbigen Knöchel. Die Seeluft hatte ihnen unterwegs schwer zugesetzt. Was in ihrem alten Leben in Kypck nur gelegentlich geschmerzt hatte, war jetzt zu einem täglichen Ärgernis arthritischer Krämpfe geworden. Sie verdiente alles, was der Kleine über sie gesagt hatte, trotzdem verspürte sie das impulsive Verlangen, ihn ordentlich zu verhauen. Doch sie biss die Zähne zusammen, bis es vergangen war, dann seufzte sie und setzte sich neben ihn.

»Das ist nur gerecht. Ich wollte dich so lange provozieren, bis du die Wahrheit verrätst, und jetzt habe ich weit mehr bekommen, als ich gewollt hatte. Es tut mir leid, Keun-ju.« Zosia war fest davon überzeugt, jedes Wort ernst zu meinen, aber als sie fortfuhr, musste sie sich fragen, ob das tatsächlich stimmte. »Da es vermutlich ein schlimmeres Verbrechen ist, eine Prinzessin zu deflorieren, als ihr beim Ausreißen zu helfen, warum erzählst du mir nicht den Rest? Mir war immer klar, dass du ihr geholfen hast, und jetzt kenne ich auch den Grund dafür. Also raus mit der ganzen Geschichte. Du sagst mir jetzt die Wahrheit, und ich sorge dafür, dass du wieder mit Ji-hyeon vereint wirst.«

»Will man uns nicht jeden Augenblick hinrichten?« Keun-ju lächelte unsicher. »Und sollt Ihr Ji-hyeon nicht nach Hwabun zurückbringen?«

»Ich bin schon manchmal in gefährlichere Situationen geraten und habe meine Kameraden durchgebracht«, sagte Zosia, obwohl sie im Augenblick keine Ideen hatte. »Und sie ihren Eltern zurückzubringen, das kommt immer noch darauf an, ob Fennec und sie mir ein besseres Angebot machen können. Solange ich mein Heer bekomme, ist es mir ziemlich egal, wer es bezahlt, und ich muss zugeben, dass ich eine romantische Ader habe.«

»O ja, Ihr seid schrecklich sentimental. *Es treiben wie die Karnickel.*«

»Du hast recht«, sagte Zosia und war plötzlich so ehrlich zu diesem traurigen Jungen wie zu einem Freund. »Ich verberge es besser als du, aber wir sind aus dem gleichen Grund hier. Mich verfolgt die Liebe, Keun-ju, die Liebe zu einem Mann, zu einem Mann und zu seinem Volk. Die Liebe zu all jenen, die ich nie wieder im Arm halten oder küssen – oder mit denen zusammen ich bei einem Bier lachen – werde.« Seine Miene verriet ihr, dass er ihr glaubte, was ihr das Gefühl gab, dass sie ihm jetzt etwas schuldete, und zwar mehr, als er jemals wissen würde. »Das ist meine Sache, und ich schwöre beim Grabmal meines Ehemannes, dass ich dein Geheimnis für mich behalten werde, bis mich die Teufel holen. Aber jetzt heraus damit, erzähl mir den Rest.«

Keun-ju schwieg eine Weile, dann erwiderte er ihren Blick – senkte ihn nicht. »Also gut. Ich sage Euch alles. Ji-hyeon …«

Draußen im Korridor knallte eine Tür gegen die Wand, und Zosia und Keun-ju kamen schnell auf die Füße. Ihre Zelle gehörte zu mehreren in einem schmalen Korridor im hinteren Teil des Zollgebäudes, und vier Gestalten marschierten zu ihrer Tür und blieben stehen. Das Licht des späten Nachmittags, das durch die Öffnungen in der Decke fiel, ließ die pinken Beamtensaris wie Feuerkorallen leuchten. Man legte Zosia und Keun-ju Augenbinden an und führte sie aus der Zelle.

Türen wurden geöffnet und geschlossen, dann befanden sie sich auf den Straßen der Stadt. Die lockenden Düfte des Stadtlebens konnten kaum mit dem Gestank der engen *Kranich-*

schnabel konkurrieren, aber der Lärm war weitaus nervtötender. Man führte sie Stufen hinauf und Rampen hinunter, vorbei am Qualm und Getöse einer Schenke oder eines Tubãqhauses, und dann durch eine weitere Tür. Hier war es bedeutend leiser, obwohl Zosia den Krach noch immer durch die Wand hören konnte, und nachdem sie auf dem viel zu nachgiebigen Boden gestolpert war, entfernte man endlich das dicke Tuch von ihren Augen.

Vom grün gefilterten Licht geblendet fuhr sie sich mit dem Handrücken über die Augen. Man hatte weder sie noch Keun-ju gefesselt, und sie hielt die Hand weiter vor das Gesicht, um zu verbergen, dass sie den großen Raum genau musterte und nach einem Ausgang Ausschau hielt, während ihr Sehvermögen allmählich zurückkehrte. Sie befanden sich in einem Stechhaus. Der Boden war mit Kissen übersät, in den Terrarien, die an den Wänden gestapelt waren, wimmelte es von Küchenschaben, Tausendfüßlern, Eisbienen und einem Dutzend weiterer berauschender Insekten. Zwischen den Glaskäfigen standen maskierte Raniputri-Frauen von bedeutend zwielichtigerem Charakter als die Zollbeamten, die sie hier abgeliefert hatten und jetzt schnell verschwanden.

»Ich habe es nicht geglaubt, als ich Kang-hos Brief erhielt, aber du bist es tatsächlich«, sagte eine vertraute Stimme. Darauf ließ Zosia die Hand fallen und starrte in den hinteren Teil des Raumes, wo eine Gestalt auf einem Diwan lag. Lefzenschlecker lag zu Füßen der Frau, und sie streichelte ihm den Kopf, während sie sich erhob. »Man wird einen neuen Namen für dich finden müssen, so etwas wie ›wandelnder Geist‹.«

»Singh«, sagte Zosia und musterte ihre alte Verbündete. Keun-ju klappte der Unterkiefer herunter, als er begriff, dass er sich in Gesellschaft einer weiteren Legende befand, der Zweiten Schurkin höchstpersönlich. »Es ist lange her, Chevaleresse.«

Wo Kang-ho schlaff geworden war, war Singh so hart wie eine Rüstung aus Leder, die von der Sonne gehärtet wurde. Auf ihrem schwarzen Sari funkelten goldene Monde und silberne Sonnen, und ihr Nasenstecker und die Reifen an den Handgelenken glitzerten im Schein der Terrarien. Doch trotz der zwanglosen Kleidung strahlte die Frau eine herrische Grausamkeit aus. Ihr Haar war so schwarz wie einst, aber zu zwei Zöpfen geflochten statt zum Knoten gebunden – Zosia fragte sich, ob Singh wohl verwitwet oder geschieden sein mochte. Ihr früher einmal so wilder, gewachster Schnurrbart war endlich gezähmt worden, der üppige Bart ragte nun aus Gewohnheit nach oben statt mithilfe des Zwangs. Die Chevaleresse war noch immer ansehnlich – wenn auch arrogant. Auf Kinn, Wangen und den nackten Füßen prangten neue Narben, und Zosia verspürte einen Kloß im Hals. Nach all den Jahren sah Singh noch immer verdammt gut aus.

»Die wüsteren Anklagen haben wir wohl dir zu verdanken?«, fragte Zosia, worauf sie einen Schritt auf Singh zumachte. Eine der Wächterinnen löste sich dann von der Wand und stellte sich zwischen sie und ihre alte Freundin.

»Ich dachte, das würde dir gefallen«, erwiderte Singh, pfiff die Wächterin aber zu Zosias Unmut nicht zurück. »Ich habe die ganze Woche auf dich gewartet. Kang-ho glaubte, du würdest schneller sein.«

»Seltsam, Kang-ho hat behauptet, er wüsste nicht, wo du steckst.«

»Das hat er dir gesagt? Typisch. Du hättest zuerst nach mir suchen sollen, Schwester, dann wären die Dinge ganz anders verlaufen.« Singh legte der Wächterin die Hand auf die Schulter, und sie trat zur Seite. Jetzt konnte Zosia zu den mit Kohl geschminkten Augen der größeren Frau aufblicken.

Zosia seufzte. Von Knöchellanze, der sich für gewöhnlich wie eine matte Schuppenkette um den Hals seiner Herrin schmiegte, war nichts zu sehen. Falls Singh ihren Teufel nicht länger hatte, war das verflucht noch mal endlich ein Vorteil. Aber hätte sie die Wahl gehabt, gegen welchen der Schurken sie im waffenlosen Kampf antreten wollte, so hätte sie gewiss jeden anderen genommen, nur nicht Singh. Den Heldenliedern zufolge war die Chevaleresse von Kindesbeinen an in den Kampfkünsten ausgebildet worden. Und nach Zosias Erfahrung war das eher eine Untertreibung als Ausschmückung. »Lass mich raten. Kang-ho hat dich nicht geschickt, um bei der Suche nach seiner Tochter zu helfen?«

»Ach, Zosia«, sagte Singh traurig. »Man hat mich geschickt, dich zu töten.«

»Ja, das passt«, erwiderte Zosia und sprach schnell, bevor die Chevaleresse handeln konnte. »Ich fordere dich zu einem ehrenhaften Duell heraus, Chevaleresse. Siege ich, nimmst du wieder meine Befehle entgegen und hilfst mir, die anderen aufzuspüren. Mit Fennec fangen wir an. Wir ziehen erneut in den Krieg.«

Singh legte den Kopf schräg, und Zosia dankte stumm dem verrückten Kodex der Ritter von Raniputri. »Und wenn du verlierst, Generalin, was machst du …«

Zosia schlug nach Singh. Der Überraschungsschlag würde sie zwar nicht weit bringen, aber mehr stand ihr nun einmal nicht zur Verfügung. Er brachte sie nicht annähernd weit genug.

KAPITEL 24

Griesgram und Großvater hatten gehofft, dass der Name, den Onkel Hasenfuß bei den Ausländern angenommen hatte, eine Fährte sein möge, der sie folgen konnten, aber so ergab es sich nicht. Da war es auch keine Hilfe, dass sie bestenfalls ein paar Flüche auf Scharlachrot kannten und keiner der Leute, die ihnen unterwegs begegneten, die Sprache der Savanne sprach. Also musste sich Griesgram meistens so lange durchfragen, bis er jemanden fand, der Makellos sprach. Wenn er sich Imperialen verständlich machen konnte, hatten die meisten von ihnen tatsächlich von einem mächtigen Krieger namens Maroto gehört. Aber jeder schickte sie in eine andere Richtung. Erkundigungen nach Frostfalle dem Berührer waren noch fruchtloser und hatten stets nur Nervosität oder blanke Feindseligkeit zur Folge.

Eine Spur führte sie zu den zyklopischen Türmen von Meshugg, die wie Muscheln an einem Schiffswrack an den schroffen Gipfeln der Schwarzen Kaskaden klebten. Eine andere führte sie bis nach Herzader, wo der Fluss in den Jucifuge-See mündete und die schwimmende Stadt des Schlangenkreises im ewigen Wirbel trieb. Es gab Abenteuer, Schädel wurden gespalten und mächtige Feinde vernichtet, aber hätte sich Griesgram mit diesem Mist auseinandersetzen wollen, er wäre in der Kalten Savanne geblieben. Und als der Sommer dem Herbst wich und seine Stimmung so tief wie der Bodennebel im Tempel der Schwarzen Nachtwache war, wo sie ihr Wild erneut vergeblich gesucht hatten, da stießen sie auf eine unerwartete Spur …

Während Großvater an eine umgestürzte Säule gelehnt döste, nachdem er die Mission als Fehlschlag bezeichnet hatte, wanderte Griesgram herum und sann darüber nach, warum dieser Ort nur so unheimlich war. Natürlich nannte man Emeritus nicht grundlos das Verlorene Reich, aber das tatsächliche Ausmaß dieses Ortes wollte ihm noch immer nicht so richtig in den Kopf. Zum Beispiel dieser Tempel. Sicherlich hatte es einen seltsamen Beigeschmack, dass er etwas geweiht war, das man als die Gesichtslose Herrin bezeichnete. Besonders bizarr war es nun allerdings auch wieder nicht. Schließlich betete der Clan der Hornwölfe heutzutage zur Gefallenen Mutter, was ähnlich genug klang, um die Frage zu erlauben, ob diese Gesichtslose Herrin dieselbe Göttin war, die man in Samoth und auf der Savanne kannte, nur eben unter einem anderen Namen. Den Missionaren zufolge, die die Schwarze Kette den Nordöstlichen Zacken hinaufgeschleppt hatten, geschah dergleichen ziemlich häufig – wie sich herausgestellt hatte, hatten die Hornwölfe die Gefallene Mutter vor ihrer Konvertierung schon lange Zeit angebetet; sie hatten sie nur als Silberauge bezeichnet und für eine Vorfahrin gehalten, die ein paar Riesen erschlagen hatte und schließlich in den Nachthimmel aufgestiegen war, um zum Mond zu werden – statt zur einen wahren Göttin aller Dinge.

Der neue Glaube hatte ein paar ganz gute Geschichten aufzuweisen, aber viele ergaben für Griesgram auch nicht den geringsten Sinn. Widersprüche und dergleichen mehr, eben schlichte Fehler, wie sie gelegentlich in jeder Geschichte auftauchten, so wie sich keiner darauf einigen konnte, ob die Alten Wachter nun Götter oder Teufel waren. Aber wenn er Vater Demut auf die Widersprüche aufmerksam gemacht hatte, hatte ihn der Priester einen Haufen Unsinn wiederholen und sich selbst geißeln lassen, bis sein Rücken blutete. Das war ein deutlicher Gegensatz zu der Art und Weise, auf die Großvater lange über die Einzelheiten irgendwelcher Heldenlieder mit ihm diskutierte, und danach hielt Griesgram seine Einwände von allen Ohren fern, ausgenommen die seines ältesten Verwandten.

Glaube war ohnehin eine wankelmütige Angelegenheit. Man konnte wie Griesgram sein, der der Ansicht war, dass Großvater mit seiner Behauptung, alle Geschichten würden zu gleichen Teilen Weisheit, Wahrheit und Schwachsinn enthalten, vermutlich recht hatte. Oder man konnte wie ein wahrer Gläubiger zu Ehren einer einzigen Legende ganze Imperien errichten, wie man es hier unten auf dem Südöstlichen Zacken getan hatte. Am Ende des Weges vermoderte ohnehin jeder in der Erde. Kein Wunder, dass der Alte Schwarz seine Met-Halle im Land unter dem Stern gebaut hatte, damit alle Helden, die es wert waren, eines Tages wieder vereint werden konnten. Die Kettenanbeter verkündeten, die Gefallene Mutter hause in einer wundersamen Höhle im Zentrum aller Dinge, und der Schakalstamm betete das *Tor* des Nordostens an, das Höllenstürmer errichtet hatte, nachdem er seinem höllischen Schwiegervater entkommen war. Offensichtliche Dinge waren das, und je mehr Geschichten man aufsaugte, umso offensichtlicher wurden sie.

Auf dem Weg nach Emeritus hatten sie ein paar Leuten Geschichten entlocken können, aber eigentlich hatten nur wenige darüber sprechen wollen. Was seltsam war, da Menschen einem für gewöhnlich gern allen möglichen Unsinn über ihre Nachbarn erzählten. Aber niemand wollte über das Verlorene Reich reden, oder aus welchem Grund es verloren gegangen war oder worum es bei ihrem Gott eigentlich ging. Am Vortag war die Angelegenheit sogar noch seltsamer geworden. Da waren Griesgram und Großvater auf eine riesige zerschmetterte Statue dieser Gesichtslosen Herrin gestoßen. Das zerstörte Monument lag zu felsgroßen Trümmern zerschmettert über ein Gebiet von vier Häuserblocks verstreut und schien aus Kohle gebaut zu sein. Es gab ein leises Summen von sich, das

Griesgram in den Zähnen spürte. Seltsam, aber keineswegs ungewöhnlich.

Noch seltsamer war, dass jedem Gebäude und jeder Straße die Farben entzogen waren; selbst die Blätter der Schmuckbäume waren so grau wie der Pelz eines alten Wolfes. Hätte Großvater nicht die gleichen Pigmente wie immer gezeigt, Griesgram hätte vermutet, dass etwas mit seinen Augen nicht stimmte. Die Krönung der seltsamen Dinge dieses Ortes war sein Ausmaß – man bezeichnete ihn als Tempel, dabei war er größer als die meisten der Fremdländerstädte, die Griesgram und Großvater besucht hatten. Ein Tempel von der Größe einer Hauptstadt, der völlig verlassen dalag.

An der südöstlichen Grenze des Imperiums und dem Emerituszacken musste ein übler Sumpf durchquert werden, und auf dem breiten, versteinerten Bretterweg zum Tempel der Schwarzen Nachtwache hatten ihnen ein paar Sumpfperlentaucher von ihrem Kanu aus zugewunken. Nachdem sie die leeren Gebäude und trostlosen Straßen eine Woche lang abgesucht hatten, gab es nicht den geringsten Zweifel, dass sie hier die einzigen Lebenden waren. Diese Metropole war weder von Bürgern noch von Hausbesetzern bewohnt, und es gab auch keine Tiere, Vögel oder Insekten. Es hätte unheimlich sein können, aber das hier war der erste Ort, an den Griesgram je einen Fuß gesetzt hatte, wo er kein Zeichen von den Teufeln sah, die ihn beharrlich verfolgten. Was an sich keine üble Sache war, vor allem nachdem er die Unholde dank des schrecklichen Hexers Frostfalle besser kennengelernt hatte.

Emeritus erinnerte ihn sogar ein wenig an sein Zuhause. Die ständige Kühle der in ewigen Schatten liegenden Straßen, was der helle, pastellfarbene Himmel und die rote Sonne des Hochsommers wieder wettmachte; da war die graue und hohle Welt, durch die er ging, und darüber das bunte Reich, nur ein kleines Stück außer Reichweite. Er fragte sich, ob es ihm vielleicht gelingen werde, Großvater dazu zu überreden, die Suche noch um eine Woche zu verlängern, um die an ein Grab erinnernde Tempelstadt ausführlicher zu erforschen.

Griesgram war besser erzogen worden, als dass er von den Toten gestohlen hätte, falls es tatsächlich der Tod gewesen war, der die hier lebenden Menschen heimgesucht hatte. Aber bestimmt würde niemand etwas dagegen haben, ihre zurückgelassenen Schätze zu bewundern. In den verlassenen Lagerhäusern, Speisesälen, Wohnungen, Palästen, Arbeitsgemächern und auf den Altären war alles an Ort und Stelle; frisch zubereitete Mahlzeiten lagen vor Schreinen und auf vielen Tischen. Der Duft konnte einen in den Wahnsinn treiben, vor allem der in einem bescheidenen Zuhause, wo eine warme Linsenspeise auf einem kalten Ofen stand. Das Aroma von Pfeffer und Berbere rief in Griesgram die Erinnerung an die Küche seiner Mutter wach … aber er war kein Dieb. Und sosehr sich die Berichte über den Untergang von Emeritus auch unterschieden, sie stimmten doch darin überein, dass die Bevölkerung vor ungefähr fünfhundert Jahren verschwunden war. Welche Absicht auch immer diese Linsen nach all diesen Jahren heiß und appetitlich hielt, Griesgram bezweifelte, dass es etwas mit seinem heimwehgeplagten Magen zu tun hatte. Dieses eine Mal stimmte ihm Großvater zu, und sie ernährten sich vom kalten Proviant der Imperialen, wagten es nicht einmal, mit dem hier gefundenen Brennmaterial ein Feuer zu entzünden.

Trotzdem nährte die Erforschung des Tempels Griesgram auf eine Weise, die er nicht in Worte zu fassen vermochte. Obwohl er sich jedes Besitztum der Menschen, die hier gelebt hatten, genau ansehen konnte, blieb ihm ihre Welt doch verschlossen, und er lag noch lange, nachdem ihn Großvater bei der Wache abgelöst hatte, schlaflos auf der staubigen Straße und grübelte über den Nutzen eines riesigen mechanischen Geräts oder die Symbolik eines lebensgroßen Gemäldes, das einen weinenden Lachs darstellte. Die so rätselhaft im Stich gelassenen Leben schienen Großvater anzuwidern, weshalb sich Griesgram auf die immer länger hinziehenden Nachmittagsschläfchen des alten Mannes freute.

An diesem Tag führte ihn seine Wanderung weiter und weiter von ihrem Lager in einem ordentlichen Park fort, dessen große graue Rasenflächen und bleichen Obstgärten sorgfältig gepflegt erschienen; in keinem einzigen einfarbigen Blumenbeet wucherte auch nur ein einziger Unkrauthalm. Nachdem er eine Stunde lang umherspaziert war, bog er in eine weitere unscheinbare Straße ein, die er und Großvater bis jetzt noch nicht erforscht hatten. Das wusste er genau, denn der leicht phosphoreszierende Staub, der jeden Zoll des Tempels der Schwarzen Nachtwache bedeckte, war von Fußspuren unberührt geblieben. Bevor er die Kreuzung erreichte, war ihm durchaus bewusst, dass auch diese neue Straße nur einen oder zwei Häuserblöcke entfernt an einer großen Mauer enden werde …

Hm. Er begab sich in die Straßenmitte und musterte die Sackgasse. Die Gebäude auf jeder Seite waren die gleichen schmucklosen weißen Reihenhäuser, die so gut wie jede Straße des Tempels säumten. Aber statt zu einer Mauer führte diese Straße zu einem hohen Torbogen, und jenseits des Bogens lag ein *Tor*. Doch vielleicht begann diese Straße ja auch an dem *Tor*, statt dort zu enden. Alles war eine Sache der Perspektive.

Dass es sich bei dem öligen Teich aus schwarzem Schlamm, der den von Mauern umgebenen Hof auf der anderen Seite des Durchgangs füllte, um ein *Tor* handelte, wusste Griesgram, weil er dessen Gegenstück einst als namenloser Welpe gesehen hatte. Als er Großvater von der Schlacht, die ihn seine Beine gekostet hatte, nach Hause geschleift hatte, waren sie eine oder zwei Meilen entfernt am Feuersteinland-*Tor* vorbeigekommen, einem Fleck am Horizont, der aus Finsternis bestand.

Der Krieg hatte angefangen, weil der Schakalstamm mehrere Hornwölfe gefangen genommen und geopfert hatte. Man hatte sie an den aufklaffenden Rachen im Erdboden verfüttert, den die Schakale den Hungrigen Gott nannten. Als Griesgram vier Nächte später in der Sicherheit seines eigenen Bettes gelegen hatte, hatten die Teufel so lange gewartet, bis er den Fehler begangen hatte zu träumen, dann hatten sie ihn zurück zum *Tor* gezerrt und bis zu einer an seinem Rand errichteten Säulenbasis gebracht, bevor er erwachte.

Hornwölfe waren keine verrückten Barbaren, die dem Glauben anhingen, dass man auch in Wirklichkeit starb, wenn einem im Traum der Tod ereilte, aber Griesgram wusste aus den Heldenliedern, dass Teufel einen im Schlaf verletzen konnten, falls sie einen Weg vorbei an den Amuletten fanden, die man über die Türen und Fenster hängte. Neun aufeinanderfolgende Nächte hatte er von dem *Tor* geträumt, und jede Nacht hatten ihn die Teufel immer näher an den zuckenden Rand des Abgrundes gebracht.

In der zehnten Nacht schließlich hatte er die Teufel vor dem Einschlafen gebeten, ihn nicht dorthin zu bringen. Als Zeichen, wie ernst es ihm war, hatte er die Krusten der Wunden abgekratzt, die er davongetragen hatte, als er Großvater in ihrer ersten Nacht in der Wildnis vor einem Gletscherlöwen beschützt hatte. Und als er eingeschlafen war, hatten sich die Teufel an seinen tropfenden Armen genährt. In dieser Nacht hatte er vom Fliegen geträumt, aber nicht vom *Tor*, und er hatte auch später niemals wieder davon geträumt. Seltsam, daran hatte er schon seit Jahren nicht mehr gedacht, nicht einmal nach dem Erlebnis mit Frostfalle in der Grassteppe.

Jetzt stand er vor einem zweiten *Tor* und erkannte, dass seine Visionen, seit langer Zeit begraben, die Wahrheit verkündet hatten. Denn dieses Portal in der Erde war das perfekte Spiegelbild dessen, von dem er als Junge, der die Kalte Savanne nie verlassen hatte, geträumt hatte. Und genau hier, im verwüsteten Emeritus, in das sich in vielen einsamen Jahrhunderten allein ein Hornwolf und sein Großvater gewagt hatten, stürmten plötzlich alle Teufel herbei, die er seit Betreten des Tempels nicht mehr gesehen hatte.

Die Teufel erschienen, obwohl Griesgram hellwach und von einem Hexer unbehelligt geblieben war, sie entschlüpften nicht dem *Tor*, sondern kamen als Staubwölkchen unter seinen abgenutzten Stiefeln zum Vorschein. Sie stiegen in die Höhe und wirbelten um ihn herum, das Wispern von Schuppen und Fell kitzelte seine Haut und die Muskeln und Knochen darunter, dann rasten sie in die Luft hinauf. Geflügelte Kröte und geflosste Schlange, insektenhaftes Nagetier und hundebeiniger Krebs, und hunderttausend andere flatternde, kriechende Schrecken. Die Teufel vereinigten sich zu einem Tornado, der sich wand und sich von den staubigen Pflastersteinen bis hoch in die Luft erstreckte.

»Ach, Kacke«, sagte Griesgram und machte sich keine großen Hoffnungen, was seine Aussichten betraf. Großvater irrte sich in einigen Dingen, ach was, er irrte sich in vielem, aber in einem hatte er recht behalten: *Wandere nicht in diesem Trümmerhaufen herum und lass dich umbringen, während ich ein Nickerchen mache.* Tut mir leid, Großvater.

Der Teufelszyklon zog sich weiter zusammen, verschmolz, aus den schrecklich anzusehenden Einzelteilen formte sich ein weitaus unheilvolleres Ganzes, bis sich eine humanoide Gestalt von der doppelten Größe der umgebenden Bauten über Griesgram auftürmte. Sie bückte sich nach ihm, dabei zuckte es unaufhörlich in ihren pendelnden Brüsten, dem konturlosen Gesicht und den ausgestreckten Fingern.

»Tu das nicht!«, rief Griesgram. Er streckte der albtraumhaften Riesin die Handflächen entgegen. »Ich möchte dir nichts tun!«

Er hatte noch nicht zu Ende gesprochen, da wurde ihm auch schon bewusst, das es ziemlich albern war, so etwas zu einem riesigen, aus Teufeln geborenen Ungeheuer zu sagen, und in der Tat hielt es die Entität nicht auf. Eine Hand so groß wie

Griesgram krachte gegen seine Seite, Finger so dick wie seine Beine schlossen sich um ihn. Der Boden unter ihm blieb zurück, und das wahre Ausmaß des Tempels kam in Sicht, denn man hob ihn mehrere Stockwerke in die Luft. Das *Tor* war nur noch ein kleiner Tümpel neben dem Fuß einer Riesin … nicht, dass Griesgram der Stadt, die sich unter ihm ausbreitete, viel Aufmerksamkeit schenkte. Nein, er konzentrierte sich auf das riesige Gesicht, zu dem ihn die Hand trug. Es war ein blankes Oval von der Dunkelheit des *Tores*.

Die einzigartige Erfahrung, so schnell so hoch gestemmt zu werden, bescherte ihm ein mulmiges Gefühl im Magen. Trotzdem sah er zu, wie sich die abgrundtiefe Finsternis des Gesichts nach unten auf den bebenden Hals ausbreitete. Sie strahlte auf die Brust und dann weiter zu den Schultern aus. Jeder Teufel erstarrte, wenn die Finsternis über ihn und durch ihn hindurchkroch; sie schob sich den Arm entlang, und die Teufel, aus denen er sich zusammensetzte, gerieten in helle Aufregung. Schnäbel und Widerhaken stachen verzweifelt gegen Griesgram. Als wollten die Teufel der Finsternis, die sich anschlich, verzweifelt entgehen und über ihn oder durch ihn hindurchkriechen, um ihr zu entkommen, wären aber gefangen und schwämmen in Kreisen um den Mann herum, den sie gepackt hielten. Waren sie – genau wie er – die Gefangenen von etwas weit Größerem?

»Ich werde … etwas tun. Irgendwas«, sagte er zu sich selbst, zu den Teufeln, die ihn hielten, und schließlich auch zu dem gewaltigen schwarzen Gesicht. Offensichtlich war dies die Gesichtslose Herrin, zu deren Ehren der Tempel erbaut worden war, der Gott der verschwundenen Menschen von Emeritus. Zumindest jedoch war es einer von ihnen.

»*Was wirst du tun*?« Griesgram hatte eigentlich keine Antwort erwartet. Als seine Ohren aber knackten und er hörte, wie seine eigene Stimme die Frage stellte, blühte in der schmierigen Tiefe des Riesengesichts eine ferne Sternenkonstellation auf.

Während diese Lichter wieder in der Dunkelheit verblichen, ertönte eine andere Frage, und erneut blitzten ferne Sterne auf. »*Was bietest du an?*«

Was konnte er anbieten? Das Wesen verfügte bereits über ihn, falls es das wollte, und er war nicht so dumm zu glauben, dass ein Gott seine paar Habseligkeiten begehrte. Großvater? Ein schäbiger Gedanke, und die Vorstellung, dass er Augenblicke, bevor er sich zu seinen Vorfahren gesellte, in Betracht gezogen hatte, den ihm liebsten Verwandten zu verkaufen – wenn es auch nur einen Moment gedauert hatte –, ließ ihn die Stirn runzeln. Was würden der Alte Schwarz oder Höllenstürmer in einer solchen Zwickmühle tun?

»Ich habe nicht viel«, erwiderte er weniger ängstlich als vielmehr … ehrfurchtsvoll? Von Ehrfurcht erfüllt, keine Frage, aber nicht so überwältigt, dass er nicht denken oder sprechen konnte. So gesehen war es wie ein Traum. »Was immer Ihr wollt, schätze ich.«

Griesgram kannte sich in den Beweggründen von Göttern genauso wenig aus wie in der Motivation von Teufeln, aber sobald er das gesagt hatte, wurde ihm klar, dass dies ein ziemlich dummes Angebot gewesen war. Diesmal jedoch schien er rein zufällig das Richtige gesagt zu haben, denn die Finsternis verharrte am Handgelenk des Arms, der ihn hielt, und die Teufel, die ihn ergriffen hatten, hielten plötzlich still. Der riesige Kopf näherte sich Griesgram, und ob es in der Oberfläche, die das Licht verschluckte, nun Augen gab oder nicht, ihm war doch klar, dass ihn die Gesichtslose Herrin einschätzte.

Dann blitzte im Herzen des Nichts ein fernes Funkeln auf. Es flackerte, wurde größer und knisterte schließlich vor Energie. Explodierte und breitete sich zum Rand der Finsternis aus. Dabei kam es Griesgram so nahe, dass er die Hitze spürte … und dann zog es sich wieder zusammen und saugte die Wärme so schnell in sich hinein, dass die entstehende Kälte die zur Hälfte aus seinen Poren geborenen Schweißperlen zu Eis erstarren ließ. Ein ebenholzschwarzer Berg breitete sich in seinem Blickfeld aus, aber genau wie bei der Stimme der Göttin vermochte er nicht zu sagen, ob es ihn wirklich gab oder ob die Erhebung nur in seinem plötzlich schmerzenden Schädel existierte.

Dieser dunkle Berg war ausgehöhlt wie ein Trinkhorn, und darin wimmelte es von Menschen. Er erinnerte Griesgram vor allem an einen der üblen Ameisenhaufen seiner Heimat, in denen ein bizarres Leben krabbelte. Während er den hohlen Berg betrachtete, sprudelte brennendes Öl aus seinen Tiefen, schoss durch Tunnel und zerschmolz ihre Wände, verbrannte sämtliche der unzähligen Bewohner und spritzte – von einer riesigen Wolke aus Asche und Rauch begleitet – aus der Spitze. Eine Stadt, noch größer als dieser Tempel und bevölkert von einer unüberschaubaren Zahl von Menschen, war völlig ausgelöscht worden.

»Nee, das mache ich nicht«, sagte Griesgram. »Kann ich auch gar nicht. Und selbst wenn ich es könnte, ich würde es nicht tun. Ich bin ein Hornwolf, kein Hexer und auch kein Teufel.«

»*Nein*«, sagten die funkelnden Sterne. »*Zosia wird das tun. Wenn du sie nicht daran hinderst.*«

Zosia. Auch wenn es einen Augenblick dauerte, erkannte Griesgram doch den Namen. Einigen unterwegs aufgeschnappten Liedern zufolge war es die alte Anführerin seines Onkels, als Hasenfuß sein Glück das erste Mal auf dem Stern gesucht hatte. Anderen zufolge war sie wiederum die Braut seines Onkels, die vor Griesgrams Geburt gestorben war. Aber alle waren sich darin einig gewesen, dass sie eine völlig skrupellose, diabolisch schlaue und unglaublich gefährliche Frau war, eine Königin von Samoth, die nicht einmal der Tod daran hatte hindern können, Wahnsinn und Leid zu säen, ein Phantom, das aus der Tiefe des Grabes zurückgekehrt war, um den ganzen Stern zu verwüsten.

»In Ordnung«, sagte Griesgram. »So etwas zu verhindern scheint vernünftig zu sein. Da sind schließlich auch Kinder und so. Wo ist sie?«

»*Du wirst ihr begegnen, sobald du deinen Onkel gefunden hast*«, sagte die Göttin. »*Unter dem Flattern der Kobaltblauen Fahne, im Scharlachroten Imperium.*«

»Oh«, sagte Griesgram. »Danke!«

Ein Ring aus Sternen flackerte einmal, als lächelte ein aus Licht geformter Mund in der Tiefe, und das Gesicht füllte Griesgrams ganze Welt aus, senkte sich, um ihn mit Haut und Haar zu verschlingen. Er schloss die Augen, aber statt des ewigen Vergessens erhielt er einen sanften Kuss. Ihre Lippen waren so klein und warm wie die von Wohlbeleibt, bevor das Mädchen seinen Namen erhalten hatte und nichts mehr mit ihm zu tun haben wollte. Wohlbeleibt war die einzige Frau, die ihn je geküsst hatte, und so hatte er nie Anlass gehabt, an ihrem Rat zu zweifeln, dass man seinen Partner immer ansehen sollte, wenn man in den Genuss einer solchen Zärtlichkeit kam. Er öffnete die Augen und starrte in die Unendlichkeit eines Gottes – und er erwiderte den Kuss. Es ging ihm durch Mark und Bein, bis hinunter in seine Weichteile, wie das eine Mal, bei dem Wohlbeleibt ihre Hand dort hingeschoben und ihn neun verschiedene Arten des Himmels hatte spüren lassen, denen zwölf verschiedene Arten der Verlegenheit folgten. Das hier waren neuntausend Arten des Himmels ohne die Überraschung oder die folgende Scham.

Und dann stürzte er in die Tiefe, weil die ihn haltenden Teufel von ihrem schwarzen Handgelenk abbrachen und sich in Luft auflösten. Einen Augenblick später landete er auf einem Steildach. Die Luft wurde ihm aus den Lungen getrieben. Über ihm erstarrte die Gesichtslose Herrin. Das Krachen von Eis ertönte, als löste sich ein Gletscher von einem Fjord. Und dann zerbrach sie mit einer Langsamkeit, die genauso unmöglich war wie der Rest von ihr. Der Arm, der Griesgram gehalten hatte, krachte gegen den Rand des Daches und schleuderte zersplitterte Schindeln in die Luft, aber der größte Teil von ihr kippte zurück und zerschmetterte das Gebäude auf der anderen Straßenseite. Staub und Trümmer hüllten den Tempel meilenweit ein, und als sich die Wolke auflöste, war nicht mehr von der Gesichtslosen Herrin übrig geblieben als eine weitere zerbrochene Statue. Griesgram starrte auf das Trümmerfeld herunter und fuhr sich mit dem Handrücken über den Mund. Er hinterließ einen dunklen Flecken.

»Bei allen Vorfahren und Ungeborenen, was ist mit dir geschehen?«, fragte Großvater bei Griesgrams Rückkehr. Es war das erste Mal, dass der alte Mann – nach seiner Erinnerung – um seine Sicherheit besorgt war. Diese neue Erfahrung ließ ihn sich eher schlechter als besser fühlen. »Sag schon, Junge, bist du in Ordnung?«

»Mir geht es gut, Großvater«, erwiderte Griesgram. Mit einem schnellen Blick kontrollierte er, ob er sich bei dem Abstieg weg von dem Haus nicht verletzt hatte. Es war doch nichts zu sehen, also – woher wusste Großvater, dass etwas geschehen war? »Hast du den … den Krawall gehört?«

»Den Krawall?« Großvater legte eine Hand an den Mund und starrte Griesgram weiter an. »Was bei allen … hast du etwa einen Königsteufel aufgeweckt, Bursche? Bist du wieder auf Frostfalle gestoßen? Was ist *passiert*?«

»Ich fand heraus, wo Onkel steckt«, sagte Griesgram in der Hoffnung, dass dies Großvater ablenken werde. Das tat es aber nicht. Also war es doch besser, es zu erzählen und hinter sich zu bringen. Wie würden seine Vorfahren diese Geschichte erzählt haben, nachdem sie ein solches Abenteuer erlebt hatten? Vermutlich mit vielen eindringlichen Worten und besonders geschickten Reimen. Aber seine Stärke lag eher darin, sich an Heldenlieder zu erinnern, und nicht darin, sie zu verfassen. Sollte jemand anders es schneidiger erzählen, falls sie es überhaupt eines Verses für wert hielten. »Und, äh …

ich bin einem Gott begegnet. Vielleicht war es auch eine Göttin?«

»Oh«, sagte Großvater. Dann lehnte er sich entspannt gegen seine Säule, als wäre die Angelegenheit damit erledigt. Er stutzte. »War sie nett?«

KAPITEL 25

»*Er ist kein Kundschafter, das sage ich Euch.*« Maroto grinste Purna höhnisch an und äffte den schnippischen Tonfall des Mädchens nach.

»Ich war es nicht, der ihn gehen ließ«, erwiderte sie. Dann trat sie gegen das fleckige Holz ihrer Kerkertür. Erfolglos. »*Er hat die Haare wie ein Khymsari geschnitten, also muss er ein Khymsari sein.*«

»Es ist eine ziemlich schreckliche Frisur«, meinte Maroto. »Ich habe mir nicht vorstellen können, dass es außer einem Kultisten jemanden gibt, der sich das freiwillig antut. Verlogener kleiner Scheißkerl.«

»Und jetzt?« Purna wandte sich von der Tür des kargen Raumes ab und sah Maroto an. Selbst in dem schlechten Licht war ersichtlich, dass ihr Gesicht den Höhepunkt der Schwellungen erreicht hatte. Die Lippe war gespalten, die Wangen voller Blutergüsse, ein Auge so gut wie zugeschwollen. Die Imperialen hatten sie wirklich heftig verprügelt, bevor sie zu Boden gegangen war, andererseits sah Maroto vermutlich noch schlimmer aus. Mit Sicherheit fühlte er sich schlimmer – dies hier war kein Wettstreit, um das mal festzuhalten, aber offensichtlich fühlte sie sich gut genug, um aufzustehen, in dem engen Gefängnis herumzulaufen und auf Dinge einzutreten, während er nicht beabsichtigte, sich in absehbarer Zeit von dem mit Heu bedeckten Boden zu erheben. »Warten wir einfach darauf, dass man uns hinrichtet?«

»Nein«, sagte Maroto. »Zuerst wird man uns mit Sicherheit

foltern, jede Information aus uns herausholen, die sie kriegen können. Mit mir werden sie versuchen, Zosia dazu zu bringen, das Schlosstor zu öffnen – also noch mehr Folter in der Öffentlichkeit, wo sie von den Zinnen aus zusehen kann. *Hexe, wir haben hier deinen Schurken – öffne das Tor, oder wir schlitzen ihn auf!*«

»Also?«

»Also schlitzen sie mir den Bauch auf, denn sie wird niemals so dumm sein, ihnen zu vertrauen – öffnet sie das Schloss, sind wir alle tot, nicht nur ich.«

»Nein, ich meine, was tun wir, wenn sie uns ohnehin foltern? Stürzen wir uns auf die Wächter, wenn sie uns holen, oder versuchen wir sie vorher in die Zelle zu locken? Ihr seht scheußlich genug aus, so sehr, dass ich sie vielleicht jetzt sofort holen könnte. Ich behaupte einfach, Ihr wärt abgekratzt und würdet die Luft verpesten. Dann brechen wir ihnen den Hals, stehlen ihre Uniformen und schleichen uns raus, um die anderen zu retten.«

»Toller Plan«, sagte Maroto trocken. »Einmal angenommen, Ihr würdet einen Hals richtig brechen können, was ich bezweifle, und wir kämen hier raus, was ziemlich unwahrscheinlich ist, was für einen besseren Plan könnte es geben, als alles auf eine Karte zu setzen, um diese wertlosen Hunde zu befreien, die sich beim Angriff der Imperialen nicht einmal gewehrt haben? Wir hätten eine reelle Chance gehabt, sie hätten sich nicht einfach gefangen nehmen lassen müssen.«

»Was habt Ihr denn erwartet, wir haben doch alle geschlafen! Außer Euch, Lord ›Ich übernehme die erste Wache!‹.« Purna unterstrich ihre Worte mit einem vernichtenden Blick auf ihren Mentor. »Und hätten wir nicht auf sie eingeschlagen, wir hätten das Ganze vielleicht vermeiden können, uns den Weg freikaufen oder lügen können, glaubt Ihr nicht?«

»Ich denke an wenig anderes.« Maroto entschied sich, die freche Göre nicht daran zu erinnern, dass sie den fatalen ersten

Schlag ausgeteilt hatte, nachdem die Imperialen sie geweckt hatten – da war er darüber froh gewesen, weil die Scharlachroten dann auf ihn losgingen, was bedeutete, dass er zurückschlagen konnte, ohne seinen Eid zu riskieren. Was auch immer ihnen das genützt hätte.

»Hätten wir mit kühlem Kopf gehandelt, wärt Ihr und wäre ich vermutlich zumindest zusammen mit Diggelby und den anderen eingesperrt worden. Wo auch immer sie stecken mögen, ich vermute mal, dass ihre Unterbringung großzügiger ausgefallen ist als der Abstellraum einer Schenke.«

»Da stecken wir drin?« Maroto spähte blinzelnd in das staubige Gemach. Das wenige Tageslicht kam von oben durch die Spalten im Stroh oder aus was immer das reparaturbedürftige Dach bestehen mochte. Vielleicht war das alles ja doch nicht so hoffnungslos …

»Ja, und nach den an den Wänden aufgehängten ausgestopften Fischen zu urteilen war es ein wirklich mieses Etablissement. Wie lange seid Ihr eigentlich ohnmächtig gewesen? Ich glaubte, Ihr würdet nur so tun, als ob, damit man Euch nicht auf der Stelle verhören kann.«

»Ja, das nennt man Schauspielkunst – das habe ich von ein paar wilden usbanischen Schauspielern gelernt, mit denen ich eine Weile unterwegs war. Ein Dutzend von der Truppe hat man im Laufe der Jahre gehängt. Sie hatten sich zu sehr in ihre Rollen vertieft. Sie sind keine Banditen oder Mörder, aber wenn sie Banditen oder Mörder *spielen*, dann …«

»Maroto, Konzentration!«

»Hört zu: Helft mir auf, lasst uns sehen, ob ich Euch zur Decke heben kann. Vielleicht kommen wir da raus. Haben sie hier das Kommando untergebracht?«

»Nein, es sah so aus, als arbeiteten alle wichtigen Leute in einem Tempel ein paar Blocks weiter. Die anderen gingen in die Richtung, aber uns hat man hier abgeliefert.« Purna starrte auf die Wand, als könnte sie durch Holz und Lehm sehen. »Ihr würdet diese Schenke wohl als Garnison bezeichnen. Überall sind Soldaten.«

»Hm.« Marotos gesundes Ohr konnte nichts hören. »Ist ja recht ruhig.«

»Vor wenigen Minuten war es eher laut – und klang, als hätten sie es eilig.«

»Besser wird das nicht«, sagte Maroto, ergriff ihre ausgestreckte Hand und zog sich hoch. Noch nicht auf die Füße, nur gerade genug, dass er sich gegen die Wand lehnen konnte. Aber das reichte schon aus, damit Sterne vor seinen Augen explodierten und in seiner Kehle ein Vulkan ausbrach. Bewusstlos geschlagen zu werden war kein Zuckerschlecken; wenn überhaupt wurde es schlimmer, je älter er wurde. Uff! Immerhin hatte er nichts von seinem Talent verloren, sich vollzukotzen.

»Igitt!« Purna ließ seine Hand los und tänzelte zurück, als ihm eine weitere Ladung hochkam. Sie packte den einzigen Gegenstand im Raum, einen Nachttopf, und stieß ihn ihm in die Hände. Es wäre sowieso zu spät gewesen, aber der überreife Inhalt des Topfes beschwor einen weiteren Teufel aus dem Bauch. So gefüllt, wie der Topf war, mussten sie schon eine Weile hier sein.

Die Augen fest vor der Welt verschlossen, die Kleidung von kaltem Schweiß durchtränkt, den Gestank von Pisse, Scheiße und Kotze in der Nase, eingesperrt in eine dreckige Zelle – ganz wie in den alten Zeiten. Maroto schwankte auf der Stelle, glaubte Krümelfänger unter seinem Gewand nach unten kriechen zu spüren, erkannte dann aber, dass das nur Erbrochenes war. Die schiere Erbärmlichkeit des Ganzen schien ihn in die Vergangenheit zu katapultieren, in das letzte Stechhaus, in das er gestolpert war, und eine schreckliche Erkenntnis breitete sich hinter seinen zusammengekniffenen Augen und den verstopften Windungen seines schmerzenden Schädels aus – *nichts davon war wirklich.*

Nicht Purna und auch nicht die anderen Stutzer oder dass

Zosia wieder lebte. Alles war nur der Traum eines alten Süchtigen. Er hatte Krümelfänger im Austausch gegen einen Wunsch die Freiheit gegeben, das ja, aber er hatte nicht von den Käfern befreit werden wollen, das nicht, sondern etwas noch Erbärmlicheres … und beinahe erinnerte er sich daran, konnte die Schnurrbarthaare der Ratte auf der Wange spüren, als sie ihn zum Abschied küsste, aber dann störte ihn Purna in seinem Elend.

»Einfach nur … igitt! Was habt Ihr denn? Seid Ihr krank?«

Maroto wischte sich Tränen von den Wangen. Er redete sich ein, es seien Freudentränen, weil er nach dem Aufwachen aus dem gerade erlittenen Albtraum wieder zurück in die ach so süße Realität kam, aber die traurige Wahrheit war nun einmal, dass er geweint hatte, bevor er wieder zu Sinnen gekommen war. Purna kauerte neben ihm und legte den Handrücken an seine Stirn. Als hätte das jemals etwas genützt.

»Besser«, nuschelte er, denn es war unbestreitbar besser, bohrende Kopfschmerzen und das Zittern zu erleiden, als bohrende Kopfschmerzen und das Zittern zu erleiden und zu kotzen, während der Rausch eines seit Langem vergangenem Spinnenbisses unangekündigt und unerwünscht wieder nach einem griff. Er versuchte den Nachttopf behutsam abzustellen, aber am Ende warf er ihn nur halbherzig zur Seite. Blöde taube Finger. »Mir ging es schon mal besser. Ging es aber auch schon schlechter. Gebt mir nur eine Sekunde.«

Es brauchte zwar mehr als ein paar Hundert, aber schließlich stand Maroto wieder auf den Beinen. Purna wirkte skeptisch, als er ihr befahl, an ihm nach oben zu klettern, aber sie bekamen nie die Gelegenheit herauszufinden, ob er es geschafft hätte, denn in genau diesem Augenblick hörten sie, wie draußen eine Tür aufgestoßen wurde und sich Stimmen ihrem Gefängnis näherten. Da kamen die Folterknechte. Vorher würde man ihnen bestimmt nichts zu essen geben, dachte Maroto missmutig.

»Macht Euch bereit«, zischte Purna und schnappte sich den Nachttopf. »Die Waffe bekomme ich, denn ich bin kleiner.«

»Sie gehört Euch«, sagte Maroto, rümpfte die Nase und schlich neben die Tür. So in den Tod gehen zu müssen – beschmiert mit der eigenen Kotze, von Schmerzen fast geblendet und nicht einmal mit einem halbgaren Plan. Er ließ sich alles schnell durch den Kopf gehen, dann flüsterte er: »Sie werden auf Widerstand gefasst sein, also schleudert ihnen den Topfinhalt ins Gesicht. Versucht sie zu blenden, bevor Ihr Euch auf sie stürzt, sonst machen sie uns nieder.«

So. Jetzt hatten sie einen halbgaren Plan, oder zumindest einen viertelgaren. Der rostige Riegel wurde zur Seite geschoben, und sie machten sich bereit. Die Tür flog auf. Es war so weit.

Auf der anderen Seite der Schwelle prallten Diggelby, Din und Hassan mit entsetzten Aufschreien zurück, als ihnen Purna den Inhalt des Nachttopfs in die Gesichter schleuderte. Din ließ ihre Armbrust fallen und krallte nach den Augen, die Waffe ging beim Aufprall auf dem Boden los. Der Bolzen raste zwischen Marotos Beinen hindurch und bohrte sich in die hintere Wand.

»Oh, Mist, tut mir leid!«, rief Purna. Sofort eilte sie los, um ihren würgenden Rettern zu helfen. Maroto folgte ihr aus der Zelle und rang selbst darum, sich nicht erneut zu übergeben. Jeder Schritt war ein hart erkämpfter Sieg. Ein Blick vorbei an ihren Gefährten verriet ihm, das der umfunktionierte Gemeinschaftsraum der Schenke – abgesehen von einem Dutzend Bettrollen und Bergen von Ausrüstung – leer war. Die Tische standen an der Seite aufgestapelt. Gedämpftes metallisches Klirren vor der Schenke ließ vermuten, dass die Soldaten ihr Quartier gerade noch rechtzeitig für irgendein Gefecht verlassen hatten.

»Ich habe euch doch gesagt, wir hätten sie zurücklassen sollen«, sagte Hassan zu dem sich erholenden Pascha und der Herzogin, riss seinen ruinierten Spitzenkragen ab und schleuderte ihn auf Purna. »Er hat auf seinem Posten geschlafen, und sie hat die Imperialen provoziert, nachdem wir bereits verloren hatten; sie sind ungefähr so nutzlos wie ein Eunuch bei einer Orgie.«

»Ich hatte nicht geschlafen, ich höre nur nicht mehr so gut«, erklärte Maroto. »Und wärt Ihr je auf einer Orgie gewesen, mein Sohn, so wüsstet Ihr, dass Eunuchen für tausendundeine Sache nützlich sind, wenn man sie höflich bittet. Trotzdem, danke, dass ihr uns rausgeholt habt – wie habt ihr das geschafft?«

»Oh, das war grässlich, einfach nur grässlich«, sagte Diggelby. Da der Dreck nun abgewischt oder in seine bereits in Mitleidenschaft gezogene feine Kleidung gedrungen war, kam Maroto zu dem Schluss, dass der alte Junge wegen mehr als bloß dem Affront von Purnas Angriff so bleich und zittrig sein musste. Sein Schoßhund Prinz wirkte genauso verängstigt und zitterte auf den Armen seines Herrchens. »Ich habe noch nie … und ich hoffe, ich werde auch nie wieder!«

»Einer Eurer alten Verbündeten hat uns besucht«, sagte Herzogin Din, während Purna ihr auf die Beine half. »Man brachte uns in den Kettentempel, damit uns die Kommandantin befragen konnte. Sie wollte alles über Euch wissen, und wir haben es ihr gesagt, aber dann … Ich vermag nicht genau zu erklären, was passiert ist. Teufelswerk.«

Bei diesem Wort erzitterte das ganze Gebäude, der Boden unter ihren Füßen geriet in Bewegung. Maroto konnte es ihm nicht verdenken. Aller Wahrscheinlichkeit nach war ein ordentliches Stück Mauerwerk von den Schlossmauern in die Tiefe gestürzt und ganz in der Nähe eingeschlagen. Aber als sich der Staub senkte und sich jeder entspannte, bebte der Barbar noch immer am ganzen Leib. *Ein alter Verbündeter*. Sie war hier!

»Was beim verfluchten Namen des Schöpfers geht dort draußen eigentlich vor?«, wollte Purna wissen, und plötzlich wurde sich Maroto bewusst, wie seltsam die Situation doch war – sie befanden sich vor dem belagerten Schloss in der Barackensiedlung, die wie Milben auf einer Rinde Schafskäse um seine Mauern in die Höhe geschossen war. Also warum sollte hier gekämpft werden, es sei denn …

»Sie haben das Schloss verlassen«, verkündete er. »Die Wölfin hat ihre Höhle verlassen und den Kampf zu den Hunden getragen, die sie in die Ecke trieben.«

»Wahnsinn«, sagte Purna.

»Ja.« Maroto nickte. »So ist sie.«

»Der Kundschafter hat behauptet, sie wäre zehn zu eins unterlegen, und nachdem ich das Lager gesehen habe, durch das man uns brachte, glaube ich das auch«, fuhr Purna fort. »Warum ihren einzigen Vorteil opfern?«

»Das ist wohl kaum ihr einziger Vorteil«, meinte Hassan. »Da ist ihr widerlicher …«

»Sagt so was noch einmal über sie, und ich bringe Euch Manieren bei, Hassan«, knurrte Maroto und zeigte mit dem Finger auf den Adligen. »Ihr habt Euch meinen Respekt schwer erarbeiten müssen, also verspielt ihn nicht wieder so schnell, jetzt, wo Ihr ihn besitzt.«

Herzogin Din runzelte die Stirn. »Aber wir meinen doch …«

»Einen alten Freund«, sagte da eine allzu vertraute Stimme. Eine gewaltige Gestalt trat aus dem Korridor in die hinteren Räume der Schenke; das riesige Bündel auf ihrem Rücken kratzte beim Betreten des Raumes über den Türrahmen. Unter der Kapuze der grauen Robe lauerte das verwitterte Gesicht einer Mumie. Die Unterarme, die aus dem Kleidungsstück ragten, zeigten beeindruckende Sehnen, die sich unter schimmelweißer Haut emporwölbten. Eine beeindruckende Hand packte einen Eichenstab, an dessen Spitze eine geschnitzte Eule ihren Flügel auf die Gefährten richtete; in der anderen baumelte Marotos Kriegshammer, als wöge das Tötungswerkzeug aus Stahl und Messing nicht mehr als der Hammer eines Zimmermanns.

»Scheiße, Scheiße, Scheiße, er ist uns gefolgt«, quiekte Diggelby und quetschte seinen wimmernden Hund an die Brust. »Hört zu, wir kennen den Barbaren eigentlich kaum, also …«

»*Reißt Euch zusammen, Digs*«, rief Din auf Falutin, der imperialen Adelssprache. Maroto verstand sie wie die meisten Dialekte des Sterns ausgezeichnet, ebenso wie das bleiche Ungeheuer, das ihn angrinste und dabei schwarzes Zahnfleisch entblößte. »*Warum sollte er die Imperialen töten und uns gehen lassen, wenn er Maroto etwas antun wollte*?«

»Wer …?« Purna befeuchtete die angeschwollenen Lippen, offensichtlich wider Willen eingeschüchtert. Dafür musste sie sich nicht schämen, das hier war ein Furcht einflößender Scheißkerl. »Wer ist das?«

»Ein Furcht einflößender Scheißkerl«, sagte Maroto. Ohne schwanken zu müssen weiterzugehen – das erforderte seine ganze Konzentration. Er durchquerte den Gemeinschaftsraum und hielt auf den schrecklichen alten Zauberer zu. »Frostfalle der Berührer, so wahr ich atme und lebe. Sie haben erzählt, dass ein stinkender alter Ziegenficker sie befreit hat, aber diese Beschreibung war noch viel zu freundlich, da wäre ich wirklich nicht auf dich gekommen.«

»Das haben wir auch nie gesagt«, rief Hassan. »Das schwöre ich beim Leben meiner Kameraden, *das haben wir nie gesagt*!«

»Maroto Teufelshäuter, der Barbar ohne Furcht«, sagte Frostfalle. Mit einer mühelosen Handbewegung schleuderte er Marotos Kriegshammer in die Luft. Einer der angebrachten Zacken grub sich laut in einen Balken, die schwere Waffe blieb an der Decke hängen. »Ich hatte schon gehört, dass du auf Käfer stehst, und ich bin ja so erleichtert, dass das nur ein Euphemismus war – dafür, dass du deine Körperöffnungen degenerierten Adligen zur Verfügung stellst. Hast du deiner Menagerie exotischer Schwanzpocken ein paar neue Exemplare hinzugefügt?«

»Tut mir leid, mein Freund – ich weiß ja, dass du den Ausfluss gern aufleckst, aber ich habe nichts für dich.« Maroto sah Frostfalle in die wässrigen Augen. Nicht viele Leute waren so groß wie Frostfalle, ganz zu schweigen von der Anzahl derer, die seinen Basiliskenblick erwidern konnten, aber Maroto war kein Durchschnittsmensch.

»Du siehst besser aus als erwartet«, meinte Frostfalle, schürzte die Lippen und nickte. »Ich sag dir was, Barbar. Um der alten Zeiten willen lasse ich dich an meinen Eiern lutschen. Irgendwas muss doch den Gestank aus deinem Maul versüßen.«

Maroto fiel auf Anhieb keine ordinärere Erwiderung ein – er machte die Gehirnerschütterung dafür verantwortlich –, also riss er den albtraumhaften Alten in eine Umarmung. Frostfalle bereitete ihm eine Gänsehaut, weil der Hexer jedem eine Gänsehaut bereitete, selbst den anderen Schurken, aber statt ihn wie die anderen auf Distanz zu halten, hatte er immer nur mit den Schultern gezuckt und ihn wie einen Kameraden behandelt. Sollte sich Frostfalle jemals gegen sie wenden, bedeutete das keineswegs, dass Nähe irgendjemanden rettete; ganz im Gegenteil, die einzige Hoffnung, die sie dann noch hatten, bestand darin, dass jemand – und *jemand* bedeutete immer *Maroto* – nahe genug an dem Bastard dran war, um ihn fertigzumachen, bevor er einen seiner Tricks durchziehen konnte.

Dazu war es nie gekommen, wofür man den Göttern danken musste, und dann hatte es diesen Zwischenfall in Emeritus gegeben, bei dem Maroto dem Zauberer den Hintern gerettet hatte, und Frostfalle hatte laut bei all seinen Teufeln geschworen, dass er dem Barbaren niemals das Leben nehmen werde, da er ihm doch seins verdanke. Manch einer hätte vielleicht angemerkt, dass ein solches Versprechen nicht unbedingt eine anständige Belohnung war, aber da Maroto Frostfalle so gut kannte, hatte er sich gern mit dem Schwur zufriedengegeben.

Und als der wilde alte Mann Marotos Umarmung nun mit rippenschmerzender Kraft erwiderte, entdeckte der Barbar, dass das, was früher einmal größtenteils Schein gewesen war, sich jetzt als echte Zuneigung entpuppte. Verflucht noch eins, es war wirklich schön, ein bekanntes Gesicht zu sehen, selbst wenn es so hässlich war.

»Frostfalle der Berührer?« Purna hatte sich angeschlichen, während sie miteinander redeten, und nachdem sie die Umarmung wieder gelöst hatten, verneigte sich das Mädchen vor dem Zauberer. »Es ist mir eine Ehre, Euch kennenzulernen, Herr.«

»Eine *Ehre*?« Frostfalle hob die schneeweißen Augenbrauen. »Das ist nicht der Willkommensgruß, den ich für gewöhnlich erhalte, wenn Fremde meinen Namen hören. Wo hast du die gefunden, Maroto, und welche Lügen hast du ihr erzählt?«

»Er hat mir gar nichts erzählt«, sagte Purna. Aber noch während Maroto zustimmend nicken wollte, fuhr sie fort, was ihn am Ende zusammenzucken ließ. »So gern er es auch getan hätte.«

»Sie gefällt mir«, sagte Frostfalle. »Sie scheint dir ähnlicher zu sein als die anderen drei. Ja, hallo, ich sehe, dass ihr euch wegschleichen wollt, aber glaubt mir, das ist keine gute Idee. Auf der Straße wird gekämpft, und ich rate dringend, nicht rauszugehen, bevor es vorbei ist.«

»Wir … wir …« Diggelby und die anderen waren vor der Tür erstarrt.

»Wir wollten abschließen, damit sich kein bedrängter Soldat hier verstecken kann«, behauptete Din und schenkte Diggelby ein verächtliches Stirnrunzeln. Sein Glöckchen hatte sie verraten. Hassan seufzte und legte unglücklich den dicken Balken vor. Dadurch waren sie alle in der Schenke eingesperrt.

»Dieser Plan ist doch noch größere Hühnerkacke, als je ein Mann oder ein Huhn ausgebrütet hat«, sagte Maroto. »Macht euch bereit, wir gehen jetzt da raus, um Zosia dabei zu helfen, diesen Tag zu gewinnen.«

»Das mag Hühnerkacke sein, mein lieber Maroto, aber dein Plan ist völliger Schwachsinn«, erklärte Frostfalle. »Du und deine Helferin, ihr könnt euch doch kaum auf den Füßen halten, und nachdem mein höflicher Versuch, mit dem imperialen Kommando zu verhandeln, den Weg des Versunkenen Königreichs genommen hat, muss auch ich eine Weile sitzen bleiben und was trinken und kann nicht ständig stehen und stehen.«

»Ich muss sie unbedingt finden«, sagte Maroto und stieg auf die Zehenspitzen, um den Schaft seines Kriegshammers zu erreichen. »Ich werde keinen weiteren Augenblick warten.«

Als Nächstes wurde sich Maroto bewusst, dass Frostfalle und Purna ihm in eine sitzende Position aufhalfen. Anscheinend hatte er die Prügel der hinterhältigen Imperialen noch immer nicht abgeschüttelt. Von jetzt an würde er jeden Kundschafter, den er gefangen nahm, auf der Stelle knebeln, bevor sie den Mund aufmachen konnten, um ihn dann an einen Baum gefesselt zurückzulassen – hätte er nicht diesen dämlichen Schwur geleistet, würde er ihnen einfach den Schädel eintreten. Aber wenn man bei seinem Teufel schwor, musste man sich an die Regeln halten. Sonst ging man das Risiko ein, dass der Alte Schwarz davon erfuhr. Ein Kundschafter stand auf der untersten Stufe des Kriegerlebens; berufsmäßige Feiglinge, die besser spionieren und abhauen konnten, als in der Lage waren, fair zu kämpfen.

»Keine Sorge, sie kommt bald«, sagte Frostfalle.

»Sie hat Euch geschickt, um uns zu retten?«, fragte Purna. »Königin Zosia?«

»Also ist sie für dich *Königin* Zosia, Mädchen? Und ich alberner alter Ziegenbock bin der festen Ansicht gewesen, dass sie gestorben ist, bevor du überhaupt auf der Welt warst!«

Purna schenkte Frostfalle daraufhin eine ihrer herrischen Proklamationen. »Selbst wenn sie nicht mehr am Leben wäre, eine Königin wie die Eiskalte würde ihre Krone auch noch im Grab tragen.«

»Ach, sie klingt ja genau wie du, Barbar, jetzt sag mir nicht, du hättest noch einen Erben gezeugt?«

»Nein, das tatsächlich nicht«, erwiderte Maroto. Als sich

sein Kopf um einen Funken klärte, fügte er hinzu: »Noch einen? Du kannst mich einen Narren nennen, Zauberer, aber nenn mich nicht Vater – dafür bin ich zu vorsichtig gewesen. Es sei denn, das Werk, das du mit meinen Lenden geschaffen hast und wofür ich dich bezahlt habe, war nichts als Mummenschanz? In diesem Fall habe ich mittlerweile vermutlich viele Erben. Und du hast dich für eine Menge zu verantworten.«

»Zerbrich dir darüber nicht deinen hübschen Kopf«, gab Frostfalle zurück. »Wie bei allen Göttern sind auch meine Werke für die Ewigkeit gedacht, solange der Glaube stark ist. Und wie gewöhnlich beantwortest du meine Fragen, ohne dass ich sie überhaupt stellen muss.«

»Und wie gewöhnlich beantwortest du jede Frage mit zwei oder drei weiteren«, erwiderte Maroto. »Also mal zur Abwechslung geradeheraus, bevor ich meine Geduld verliere – hat Zosia dich zu uns geschickt? Ist sie es wirklich?«

»Du weißt es nicht?«, fragte Frostfalle. Er half Maroto auf eine Bank, die die Stutzer von der Wand hergeschleppt hatten. Mit einer Handbewegung und ein paar gemurmelten Worten löste der Zauberer einen der Tische aus dem Stapel und ließ ihn über den Boden rutschen. Das im Weg stehende Bettzeug flog in alle Richtungen. Die Stutzer kreischten auf, und Purna schnappte nach Luft, aber Maroto war einfach froh, sich irgendwo abstützen zu können.

»Was weiß ich nicht, Hexer?«, sagte der Barbar. Er hatte Frostfalles Art schon jetzt satt. »Ich habe dich davor gewarnt, eine Frage mit einer Gegenfrage zu beantworten.«

»Das war ernst gemeint«, sagte Frostfalle. »Ich bin gerade erst selbst eingetroffen, bin deiner Spur gefolgt. Natürlich habe ich Gerüchte über die Rückkehr der Kobaltblauen Kompanie gehört, das hat doch jeder. Aber ich hatte angenommen, dass du sie eingeholt und es selbst gesehen hättest. Sag mir nicht, dass du von den Imperialen gefangen genommen wurdest, bevor du das Schloss erreicht hast!«

»Wir wurden überfallen«, sagte Purna. »Sie waren uns zehn zu eins überlegen.«

»Er sollte Wache halten«, sagte Hassan. Er und Diggelby waren damit beschäftigt, noch eine Bank zu holen, damit sie sich auf die andere Seite des Tisches setzen konnten. Din hatte bereits ihre Karten hervorgeholt und mischte sie am Tischende. »Maroto der Mächtige ließ diese Banditen einfach in unser Lager spazieren und uns überraschen.«

»Mein Gehör ist nicht mehr so gut wie früher«, murmelte Maroto. »Vor ein paar Monaten bekam ich einen Pfeil ins Ohr, während ich diese Undankbaren beschützte. Also hast du sie auch nicht gesehen?«

»Wie schon gesagt, ich bin auf der Suche nach dir gewesen, und das schon seit einer Ewigkeit. Unterwegs stieß ich zufällig auf die freundliche Gesellschaft von anderen, die ebenfalls nach dir auf der Suche sind, aber ich war wohl schneller als sie. Du da, gib mir auch Karten – ich habe kein großes Talent für solche Spiele, also mach es mir nicht allzu schwer.«

»Ich passe«, sagte Purna, während die anderen ihre Karten sortierten, dann stellte sie Marotos Fragen für ihn. »Wer sucht nach ihm? Freund oder Feind?«

»Keines davon? Beides? Wer vermag das schon zu sagen!«, bemerkte Frostfalle und zwinkerte Maroto zu. »Diese Überraschung sollte ich dir nicht verderben. Sie schienen … recht entschlossen zu sein, also holen sie dich früher oder später bestimmt ein.«

»Sollen mich die Teufel dafür küssen, dass ich deine Gesellschaft je vermisst habe«, sagte Maroto. »Warum hast du mich gesucht, worum geht es?«

»Das sehen wir bald genug. Du hast bereits die meisten der Fragen beantwortet, die ich an dich hatte, also schlage ich vor, wir vertreiben uns einfach die Zeit, bis unsere kobaltblaue Kommandantin eintrifft. Dann werden wir uns beide um ein paar Angelegenheiten kümmern müssen.«

»Eintrifft?«, fragte Purna. »Warum sollte sie denn herkommen, wenn sie die Männer draußen anführt?«

»Ja, hier einfach zu warten ist schlau«, sagte Maroto. »Wann immer wir eine Stadt erobert hatten, hat sie mit den Truppen eine Schenke nach der anderen besucht, die Fässer nach draußen gerollt und die Soldaten selbst bedient. Wenn sie es ist, dann kommt sie gewiss.«

»Ich rolle uns eins her, dann können wir schon einmal anfangen«, meinte Hassan. Er sprang auf und hielt auf die Tür zu, aus der Frostfalle gekommen war.

»Ich sollte lieber helfen.« Der Hexer tänzelte anmutig hinter ihm her. Ob Frostfalles seltsames Gebaren kultiviert oder echt war – Maroto konnte sich nicht entscheiden, welche Möglichkeit beunruhigender war. »Ich habe bei dem Wirt und seiner Familie bereits einen Deckel gemacht, also begleite ich dich besser.«

Sobald die beiden verschwunden waren, drangen die verbliebenen drei Adligen auf Maroto ein.

»Hauen wir ab«, sagte Diggelby, und Prinz kläffte zustimmend, aber vielleicht kläffte er auch nur, weil er ein verfluchter kläffender Spaniel war.

»Können wir ihm vertrauen?«, wollte Din wissen.

»Sollte ich ihm die Kehle durchschneiden, wenn ich die Gelegenheit dazu bekomme?« Als Maroto bei Purnas Frage schwankte, sagte sie schlicht: »Ich habe die Heldenlieder gehört. Ihr gebt mir ein Zeichen, und …«

Im hinteren Teil der Schenke ertönte ein Aufschrei, dann stolperte Hassan aus der Tür, bleicher als je eine Grundierung die Haut eines Mannes seiner Tönung hätte aufhellen können. Niemand eilte ihm zu Hilfe, obwohl sich die anderen nicht wie Maroto hinter der Absicht verstecken konnten, keine plötzlichen Bewegungen riskieren zu wollen.

»Was?«, fragte Din, aber Hassan schüttelte nur den Kopf und wankte zum Tisch. Vermutlich war Maroto der Einzige, dem auffiel, dass seine mit Quasten verzierten Schuhe dunkle, feuchte Abdrücke auf dem Teppich aus Bettzeug hinterließen.

»Du warst eine großartige Hilfe«, sagte Frostfalle, der ihm kurz darauf folgte. Hinter ihm schwebte ein Bierfass. Die meisten Zauberer behielten ihre Tricks für sich, statt damit zu prahlen, aber das galt nicht für Frostfalle. Hinter dem Fass tanzte eine Reihe Krüge durch die Luft, und während Purna und Diggelby mit offenen Mündern starrten, konzentrierte sich Din aufs Kartenmischen. »Welcher Einsatz? Ich spiele nur für einen echten Einsatz.«

Purna besorgte Maroto etwas zu trinken, während Frostfalle den erstarrten Stutzern irgendwelchen Schwachsinn erzählte. Das Ale war so sauer wie Apfelwein, kühlte aber seine wunde Kehle und die fiebrige Stirn. Während Maroto das Spiel beobachtete, holte Frostfalle die gebogene schwarze Pfeife hervor, die Zosia dem Zauberer vor langer Zeit auf dem endlosen Feldzug gegen König Kaldruut geschnitzt hatte, bevor sie dem Monarchen die Krone mit wenig mehr als etwas gewinnbringend eingesetztem Silber und einer Menge wütender Bauern gestohlen hatte.

Maroto fragte sich, was so eine Pfeife wohl wert sein mochte? Geschnitzt von der Geplagten Königin höchstpersönlich, bevor sie Samoth erobert hatte? Vermutlich eine ganze Teufelsladung mehr, als er beim Pfandleiher für seine Pfeife bekommen hatte, damals, als er an den honigsüßen Stechern genuckelt hatte – wie bei so vielem aus dieser Zeit konnte er sich nicht mehr daran erinnern, wie er sich davon getrennt hatte, sondern nur an den Tag, an dem er danach gegriffen hatte und sie nicht mehr da gewesen war. Also hatte er stattdessen nach einem weiteren Grabwurm oder Skorpion Ausschau gehalten.

Nach den vielen Monaten auf ihrer Spur quälte ihn noch immer eine gewisse Verstimmung darüber, nicht wieder in die Kompanie eingeladen worden zu sein. Und er hatte zahllose Szenarien erfunden, warum sie ihn nicht hatte finden können … aber wenn alle Karten auf dem Tisch lagen, konnte es durchaus möglich sein, dass sie einfach nur wusste, was für ein unbeständiger Sohn eines Tausendfüßlers er war, und dass sie mit seiner Abwesenheit besser dran war.

»Willst du dich bei meinem Tubaqsbeutel bedienen?«, fragte Frostfalle, und Maroto wurde sich bewusst, dass er die Pfeife des Zauberers voller Verlangen angestarrt haben musste.

»Ich brauche nichts.« Der Flake, den Frostfalle in seine Pfeife gestopft hatte, verbreitete eine Säule aus strengem, dunklem Rauch, der mehr nach Gift als nach Tubãq roch – und selbst wenn er seine alte Bruyerepfeife gehabt hätte, hätte er sie niemals mit dieser Scheußlichkeit gestopft. »Sieht so aus, als hätte dich die Herzogin geblufft, alter Mann. Du solltest besser aufpassen.«

»Selten ist das Spiel, das vergnüglicher ist, wenn es ernsthafter gespielt wird«, meinte Frostfalle. »Eine Philosophie, die ich auf buchstäblich sämtliche Aspekte meiner Existenz anwendbar fand. Ah, eine gute Ansage, Herzog Hassan, in der Tat eine gute Ansage!«

Viele Partien später rüttelte jemand an der Tür. Holz ächzte. Stahl grub sich hinein. Die Adligen starrten zusammen mit Maroto auf sie, aber Frostfalle lockte Hassan an den Tisch zurück, indem er den bereits beträchtlichen Pott um drei Taels erhöhte.

Dann gab die Tür nach. In der Schenke war es hell. Als die Sonne hinter den mit Öltüchern verhängten Fenstern untergegangen war, hatte Frostfalle die Lampen mit einer einzigen Handbewegung entzündet, aber draußen war es so dunkel wie im Keller eines Stechhauses. Die Frau, die vor einer Horde schwer bewaffneter Soldaten stand, zeichnete sich in der zersplitterten Tür als Silhouette ab.

Maroto stand weniger auf, vielmehr schwebte er in die Höhe; das Einzige, das die Agonie in seinem zerschlagenen Schädel vertreiben konnte, stand endlich vor ihm. Sein Blick schärfte sich, sein gutes Ohr kribbelte, jeder Zoll von ihm kribbelte auf die gleiche Weise wie in der Hitze der Schlacht, wenn sämtliche Ablenkungen verschwanden und allein der Kampf wichtig war.

Zosia.

Sie stolzierte so herrisch in den Raum hinein, wie es ihr gebührte, und hinter ihr folgte Fennec, der alte Schurke. Seine Fuchsmaske funkelte noch immer makellos nach diesen vielen Jahren, selbst nach all den Gefechten, die sie mitgemacht hatte, aber Marotos Blick glitt blinzelnd darüber hinweg, um sich auf Zosias Maske zu konzentrieren. Ihm stockte der Atem. Ein knurrender Teufelshund. Aus der Stahlmaske stiegen die gewundenen Ranken einer Silberkrone auf. Wie viele Stunden hatte er damit verbracht, ihr zu helfen, diese Zacken nach einer Schlacht wieder zurechtzubiegen, wie viele Spitzen hatte er nach der Begegnung mit einem Schwert, einer Axt oder einem Hammer geholfen zu ersetzen?

Zosia kam auf ihn zu, und Maroto trank ihren Anblick wie ein geläuterter Säufer, der nach einem Jahrzehnt der Abstinenz Soju probierte. Das war nicht die Zosia, an die er sich erinnern konnte, das war die Zosia aus den Portraits, für die sie widerstrebend im Scharlachroten Thronsaal Modell gesessen hatte … kurz bevor ihre Welt eingestürzt war.

Mitternachtsblaue Reitstiefel reichten bis zu den Knien; ihre Ränder waren mit Silber verziert. Dann folgte nackte, beschmutzte, makellose Haut, trotz der Kühle der Nacht schimmerte Schweiß auf ihren Oberschenkeln. Nur ein Lendentuch aus auf Hochglanz poliertem Kettengeflecht schützte sie vor Angriffen oder seinen Blicken. Es folgten ihr wunderschön geformter Nabel und die festen Flanken, dann ein weiterer Streifen silbriges Kettengeflecht. Ein kleines Stück Plattenrüstung bändigte kaum ihre Brüste. Abgesehen von ihrem Helm und diesem knappsten Schutz, dessen Bescheidenheit die Gefahren des Kampfes eher zu verhöhnen schienen, als echte Sicherheit zu gewährleisten, trug sie einen Umhang von dunkelstem Rot.

Kobaltblaues Haar ergoss sich auf das burgunderfarbene Tuch, der Helm war so gefertigt, dass er der wilden Mähne freie Bahn ließ – erneut ging es allein um die Wirkung, ihre Aufmachung trotzte lachend der Vorstellung, dass diese Frau etwas auf dem Stern zu befürchten hatte.

Das war die Zosia, wie sie sich Maroto zehntausendmal vorgestellt hatte, jene Zosia, die in seinen Träumen weitergelebt hatte, nachdem jedermann geschworen hatte, sie sei in Diadem zu Tode gekommen. Das war die Zosia, wie er sie immer gewollt hatte, wie er sie angefleht hatte zu sein.

Mit anderen Worten: Wer auch immer diese maskierte, halb nackte, blauhaarige Frau sein mochte, sie war definitiv nicht Zosia. All diese gesegneten letzten Monate hatte er sich eingeredet, dass seine Geliebte noch lebte, aber jetzt wusste er endgültig, dass sie tot war. Wie so viele andere auch war er einer Betrügerin auf den Leim gegangen, hatte sich von einem unmöglichen Traum vereinnahmen lassen. Maroto ließ sich vom Boden auffangen, wie er es schon so oft getan hatte.

KAPITEL 26

Diadem war erbaut worden, bevor das Heimgesuchte Meer das Versunkene Königreich verschluckt und Schatten Emeritus verschlungen hatten. Diadem war mehr als die Hauptstadt der Provinz Samoth oder der Sitz des ganzen Scharlachroten Imperiums und Anker der Schwarzen Kette, es war das letzte Bollwerk, das man vor dem Ende des Zeitalters der Wunder errichtet hatte, ein Monument für den Einfallsreichtum der Sterblichen und die Fähigkeiten der von ihnen gebundenen Teufel. Selbst wenn die ganze Welt der Finsternis zum Opfer fallen sollte, würde Diadems alles durchdringende Helligkeit auch weiterhin von der Krone des Sterns strahlen, ein Leuchtfeuer für die Sterblichen in jeder Ecke des Imperiums, in jedem Zacken und auf jeder Insel, und das für alle Ewigkeit.

Dies behaupteten zumindest die Lobgesänge der Kette. Schwester Portolés hatte Diadem mit erbitterter Gegenwehr betreten. Da war sie noch keine Anathema gewesen, sondern lediglich ein junges Ungeheuer, das verzweifelt der Erlösung bedurft hatte. Die hatte sie auch erhalten – der Gefallenen Mutter sei Dank. Aber selbst nachdem man sie fast in einen Menschen verwandelt hatte, sogar nachdem sie gelernt hatte, für ihre ausgerottete Familie zu beten, statt um sie zu weinen, hatte sie niemals viel von Diadem zu Gesicht bekommen – abgesehen von der *Höhle*, die man in die Wände des erloschenen Vulkans gebaut hatte, in dessen Krater die Stadt lag. Sogar als sie mit dem Fünfzehnten Regiment losgeritten war, hatten sie nur einen winzigen Teil der Stadt passiert.

Jetzt hatte sie die Erlaubnis, überall hinzugehen, wohin sie nur wollte, sie konnte sich alles ansehen, also hatte sie sich für eine Besichtigung entschieden, bevor sie die Hauptstadt für ihre Mission verließ. Die Möglichkeit, einfach ungestraft in Diadem umherspazieren zu dürfen, hatte sie mit genauso viel Schrecken wie mit Freude erfüllt, und vor allem die Aussicht auf einen Besuch im Haus der Antworten schnürte ihr erst recht die Kehle zu – aber die Königin hatte ausdrücklich vorgeschlagen, sich vor ihrem Aufbruch einmal ganz genau an diesem Ort umzusehen.

Dem Torwächter zufolge, der Portolés widerwillig die Richtung erklärte, führte einen der direkte Weg von den gehegeähnlichen Räumlichkeiten der *Höhle* zu den mit glatteren Wänden ausgestatteten, geordneteren Sälen des Hauses der Antworten durch das Tunnelsystem der Stadt; man musste steile Bogenbrücken über eisgesäumte Abwässerkanäle und Dämme überqueren, die sich tief in die Pilzgärten erstreckten. Nach dem Verlassen des Oberen Kettenhauses stieg man fünfhundertundeine Stufen in die Tiefe, und während man den Wald der Ewigen Sünde durchquerte, musste man nicht weniger als dreizehn der Kerzen ersetzen, die auf den zahllosen Stalaktiten zu Klümpchen niedergebrannt waren. Dem schloss sich ein Aufstieg von genau fünfhundert Stufen zu dem schwarzen Rattantor an, das das päpstliche Territorium von Schloss Diadem von dem imperialen trennte.

Bei der ersten Gelegenheit wich Schwester Portolés von diesem Weg ab und gab den Wächtern die erforderlichen Salute und Signale, damit man sie durch die Mauern und in die Stadt eintreten ließ. Dieser Austausch traditioneller Gesten war mehr oder weniger eine Formalität, denn die Wächter sollten Bürgern den Zugang zur Zitadelle verweigern, statt Offiziere der Kirche oder des Staates am Verlassen zu hindern. Das Tor nach draußen öffnete sich, und die belebte Stadt Diadem kam in Sicht.

Die fünfhundert Jahre alte Siedlung nahm die ganze Breite der Caldera ein und hatte sich schnell von ihrer Mitte über den ganzen Raum ausgebreitet, bis man nur noch in die Höhe hatte bauen können. Das war sowohl praktisch als auch sozial gesehen riskant gewesen – stieg man zu schnell zu hoch auf, sabotierten Nachbarn von besserer Geburt möglicherweise nachts die Fundamente.

Kein Wunder, dass sich selbst die wankelmütigen Leibeigenen der Stadt hinter die Geplagte Königin gestellt hatten, nachdem sie die trockenen, geräumigen Höhlen von Schloss Diadem der Öffentlichkeit zur Benutzung freigegeben hatte. Diese Reform hatte die zum Untergang verfluchte Despotin um genau eine Woche überlebt, bevor Königin Indsorith und Papst Shanatu sie zurück nach draußen in die zwielichtverhangene Stadt getrieben hatten. Die älteren Anathemas der *Höhle*, die diese turbulenten Zeiten erlebt hatten, erzählten gern, dass es Monate gedauert hatte, bis der Gestank falscher Hoffnungen und Armut endlich verflogen war.

Portolés stieg die schwarzen Stufen in den schwarzen Schlamm der Straßen hinunter und lächelte in den schwarzen Regen hinauf, der auf die schwarze Stoffmaske fiel, die Ihresgleichen im Umgang mit Reingeborenen trug. Zumindest in der Hauptstadt; ein paar Dutzend Meilen von Diadem entfernt hatte das Militär dieser Praxis sofort ein Ende gemacht – im Lager maskierte Gestalten herumlaufen zu lassen sorgte nur für Ärger.

Selbst nach den vielen geheiligten Jahrhunderten seit der Errichtung des ersten Baugerüsts bluteten die Wände eines jeden der hohen, schwankenden Gebäude im Regen schwarz. Die Asche dieses heiligen Bodens durchdrang jedes Stück Holz, jeden Ziegel und jede Dachpfanne. An diesem Ort sorgten allein die stahlblauen Fetzen der Sturmwolken, die Portolés durch die Lücken zwischen den dicht gedrängt stehenden Dachrinnen erspähen konnte, für eine andere Farbe. Von hier unten aus war es einem unmöglich, die farbenprächtige Kleidung zu sehen, die die Oberschicht angeblich trug, um dem grauen Himmel auf dem Weg über ihre überdachten Laufstege zu trotzen. Und die Bürger, die sich zusammengeduckt fortbewegten und sich in den schmalen Straßen drängten, durch die sich Portolés bewegte, hüllten sich in dunkles Wachstuch, das große Ähnlichkeit mit ihrer Kutte hatte. Sie allein trug die Maske der Hexengeborenen, und selbst auf den engsten Gassen zwischen den Reihenhäusern, die sich Hunderte Fuß weit in die Höhe hinein erstreckten und im heulenden Wind kaum merklich schwankten, machte man einen weiten Bogen um sie. Mitten am Tag unter dem offenen Himmel war es hier dunkler als selbst in den von Kerzen erhellten Nischen der *Höhle*.

Portolés spazierte durch die Gettos der Raniputri und Usbaner, kaufte am Karren eines Barbaners eine Plattfischpastete und aß sie, erwies einem Haufen gebrandmarkter konvertierter Makelloser, die sich der Beichte ergeben hatten, mit einem Nicken ihre Zustimmung. Sie hockten neben einer Schlange Sünder, die auf Einlass in die Westkathedrale warteten, im Schlamm und beteten.

Mit Asche vermischter Schlamm heftete sich an Portolés' mit Sandalen bekleidete Füße, bis sie Stiefeln ähnelten. Endlich fand sie, was sie gesucht hatte, geheftet an das Anzeigebrett auf der überdachten Veranda einer abbruchreifen Schenke. Ein auf ein graues Blatt Papier gedrucktes Flugblatt. Zwei Worte, die der Schwester zuerst einen kalten und dann einen heißen Schauder verschafften; von nervöser Schuld getrieben irrte ihr Blick durch die düstere Hintergasse, als wäre sie selbst diejenige gewesen, die das Blatt angeheftet hatte.

ZOSIA LEBT!

Auf der Veranda lagen mehrere dicht aneinander gedrängte Gestalten, und erst nachdem sich Portolés ganz sicher war, dass sie auch schliefen, griff sie nach dem Blatt. Dabei bebten ihre Finger, als könnte sie sich daran verbrennen. Es löste sich von dem weichen, nachgiebigen Holz wie eine beinahe reife Kruste unter einem hartnäckig kratzenden Fingernagel. Das zusammengefaltete Blatt schob sie in ihrer Kutte unter das Band, das ihre verschwitzte linke Brust hielt, und eilte weiter.

Genau das hatte ihr die Königin vorgeschlagen: sich eines davon im Haus der Antworten zu besorgen. Aber sie hatte selbst sehen wollen, ob die revolutionäre Propaganda tatsächlich so weit verbreitet war, wie Ihre Majestät gemeint hatte, bevor sie sich in das düstere Haus wagte. Und tatsächlich hatte sie nur eine Weile durch die Gegend laufen müssen, bis sie auf das Flugblatt gestoßen war. Die Suche war nicht annähernd so mühsam gewesen wie erwartet.

Nicht, dass Portolés Anlass gehabt hätte, Königin Indsorith in dieser oder einer anderen Sache nicht zu glauben, aber seit Kypck zog die Kriegsnonne buchstäblich alles und jeden in Zweifel, und sie konnte nichts dagegen tun. Nicht zuletzt war es diese tief sitzende Unsicherheit gewesen, die sie den Eid, den sie der Königin gegenüber geleistet hatte, denen ihrer Kirche hatte vorziehen lassen – allein Königin Indsorith hatte ihre Meinung geteilt, dass es eine Sünde gewesen war, die Dorfbewohner und die ungehorsamen Soldaten hinzurichten, ganz gleich, wer den Befehl auch gegeben hatte.

Vor dieser überraschend befreienden Bestätigung von Portolés' Schuld hatte sich jeder einzelne Obere, dem sie alles gebeichtet hatte, an erster Stelle darüber gesorgt, dass eine Anathema der Kette einen ihr anvertrauten imperialen Oberst hatte sterben lassen. Alles war auf den Kopf gestellt. Die Königin von Samoth grübelte still über spirituelle Dinge nach, während die Päpstin der Schwarzen Kette militärischer Fehler wegen tobte.

Am Ende waren es diese Zweifel gewesen, die Portolés zu ihren Entscheidungen getrieben hatten, Entscheidungen, die ihr in diesem Augenblick so leicht erschienen waren, ihr aber nun mit ihrer ungeheuerlichen Tragweite die Luft raubten.

Machte sie die Loyalität der Königin gegenüber zu einer Verräterin an ihrer Kirche? Oder gar an der Gefallenen Mutter?

Die Königin hatte sie dazu gedrängt, ihrer Intuition zu vertrauen, aber diese Erfahrung verunsicherte sie nur, denn schließlich hatte man ihr doch ihr ganzes Leben lang eingehämmert, dass jeder Antrieb nicht von ihr, sondern von jenem Täuscher komme, der ihre Seele einfangen wollte. Trotzdem hatte sie ihren ersten zögerlichen Schritt auf diesem Pfad getan und mit ihrer Suche hier auf diesen Straßen begonnen – statt dort, wo die Königin vorgeschlagen hatte. Und weil sie ihrem Instinkt gefolgt war, gab es jetzt einen Zweifel weniger, der ihr Kopfschmerzen bereitete. Anscheinend hatte Neugier ja doch ihren Nutzen, ganz egal, wie inbrünstig die Kette diese Sünde vor allen anderen auch verhöhnte.

Portolés hatte sich verirrt. Die anonymen Straßen boten keinen Hinweis, in welche Richtung sie marschierte, also blieb sie an einer schlammigen Kreuzung stehen. Aber als ihr die Panik, nicht zu wissen, wo sie war, die Brust zusammenschnürte, atmete sie sie einfach wie verbrauchte Luft aus – Diadem war ein Kreis, wenn auch ein unglaublich großer, und solange sie geradeaus ging, würde sie den Rückweg zum Schloss finden.

Da sie schon so weit gegangen war, brauchte sie eine Weile, um zurück an den Stadtrand zu kommen und das Schloss wieder zu betreten. Während sie immer höher in Diadems Flanke emporstieg, berührte sie mehrmals das Flugblatt, das auf ihrem Herzen ruhte. Immer wenn sie den Wächtern, die ihr so oft den Weg versperrten, den Erlass der Königin zeigte, befürchtete sie, ihnen stattdessen das Blatt zu geben. Sie konnte sich nicht entscheiden, ob die beiden gedruckten Worte einfach nur Verrat oder blanke Häresie darstellten.

Als man ihr schließlich den Einlass in die frei zugängliche Etage des Wahrheitssaals im Haus der Antworten gewährte, stockte ihr von den vielen Treppen strapazierter Atem endgültig beim Anblick der Dutzenden von Menschen, die man einer

Befragung unterzog. Bedachte man, dass es viel mehr auf Tragen und an Stühle geschnallte Individuen gab als Befrager, war das Haus im Augenblick offensichtlich etwas unterbesetzt.

»Wir haben in Unterleviathania eine Zelle gestürmt«, erklärte der verschwitzte junge Sekretär, den man Portolés als Aufpasser zugeteilt hatte. »Normalerweise stopfen wir sie nicht auf diese Weise hier rein, aber die Zellen quellen fast über, also improvisieren wir.«

Wie alle im Haus der Antworten war er während des Aufenthalts in dem erstickend warmen Wahrheitssaal nackt. Die Befrager hatten nichts vor ihren Gästen zu verbergen. Im Licht der mit himmelblauen Flammen brennenden Feuerbecken, das der polierte Boden aus Vulkanglas widerspiegelte, suchte Portolés an seinem Körper nach Anzeichen für Teufelswerk, obwohl sie genau wusste, dass Hexengeborene gar nicht im Haus der Antworten dienen durften. So funktionierte der Staat nicht. Portolés hatte einen echten Lauf, wenn es um ketzerische und verräterische Gedanken ging, also fragte sie sich kurz, ob das Haus wohl genauso denken mochte, wenn die Anathema, die in einen fremden Verstand spähen konnten, dies auch bei Fremden hätten tun können statt nur bei Leuten, die sie intim kannten.

Trotzdem schien in letzer Zeit jeder Portolés Gedanken vorhersagen zu können, was sie geradezu paranoid machte. Der Schrei einer alten Frau ließ sie zusammenzucken; abrupt endete er in einem Röcheln, als man ihr die Zunge mit einer Schwarzen Schere entfernte. Das Instrument wies eine große Ähnlichkeit mit denen auf, die die päpstlichen Bader zur Heilung der Hexengeborenen benutzten. Portolés musterte die anderen Instrumente, die gerade benutzt wurden oder auf den Tischen ausgebreitet lagen, betrachtete die dunkel kreisenden Ströme, die in zahlreiche Bodengitter flossen, und fand vieles, das sich mit dem Operationssaal vergleichen ließ, in dem man sie mit so viel Reinheit ausgestattet hatte, wie das der Kirche möglich gewesen war. Schreckliche Erinnerungen kamen in ihr hoch … aber vielleicht war das auch nur der Plattfisch, den sie verspeist hatte.

»Hat man sie alle auf frischer Tat erwischt?«, fragte sie.

»Ein paar Rädelsführer und eine Menge Leute, die nach einer einfachen Arbeit oder einem trockenen Bett suchten.« Der Sekretär seufzte. »Immer das Gleiche. Keine Sorge, Schwester, die meisten von ihnen wird man früh genug an Eure Leute übergeben.«

»Und das alles hier hat man in ihren Quartieren gefunden?« Portolés' Herz schlug gegen das Flugblatt, das auf ihm ruhte, während sie den Tisch musterte, auf dem stapelweise gleich aussehende Blätter und mehrere alte, verwitterte Folianten lagen. »Propaganda?«

»Das ist ein Wort dafür«, erwiderte der Sekretär. »Ich bin jedoch sicher, Ihr würdet es als etwas anderes bezeichnen. Können wir Euch auf der Suche nach etwas Bestimmten helfen? Selbst wenn es nicht hier sein sollte, können wir es Euch in wenigen Stunden bringen lassen, das versichere ich Euch.«

Portolés griff nach einem Folianten, blätterte ihn durch und nahm dann einen anderen. Unter der Maske, die lose über ihrem verschwitzten Gesicht hing, ließ nicht nur die hier herrschende Hitze ihre Wangen brennen. Auf jeder Seite stand der Name der Geplagten Königin, immer wieder. Die Verfasser mussten doch gewusst haben, dass ihre Worte sie möglicherweise an diesen Ort bringen würden, und dennoch sprach die Schrift von ihrer Furchtlosigkeit. Von Furchtlosigkeit oder von dem Bedürfnis, sie niederzuschreiben, ganz gleich, wie hoch der Preis auch war. Der Vellumfoliant in ihren Händen war nur zur Hälfte beschrieben und wartete darauf, in der engen, wenn auch präzisen Schrift vollendet zu werden – besaß die Verfasserin ihre Finger noch oder steckten sie bereits in einem Schraubstock?

»Ich nehme den hier«, sagte sie sowohl zu sich selbst wie

auch zu dem Sekretär. »Müsst Ihr das irgendwo eintragen, bevor ich gehe?«

»Verehrte Schwester, Ihr könnt doch nicht …«, begann der Sekretär, korrigierte sich aber, als sie von dem Buch aufblickte. »Das heißt, das Haus benötigt das sofort, nämlich aufgrund direkter Befehle der Königin. Ich kopiere Euch den Inhalt persönlich und …«

»Muss ich Euch meinen Erlass noch einmal zeigen?«, fragte Portolés. Die übertrieben selbstbewussten Worte ließen sie erneut erröten.

»Nein, verehrte Schwester.« Der Sekretär richtete den Blick auf die nackten Füße.

Das war das Ausmaß der Macht, die die Königin Portolés gewährt hatte. Sie war überwältigend. Vielleicht fand sie schon morgen den Tod, aber heute noch gebot sie, die Anathema, über eine Autorität, wie sie außer der Scharlachroten Königin oder der Schwarzen Päpstin niemand innehatte. Was dazu auch nötig sein mochte – das bedeutete nichts anderes als jedes Mittel, das sie wünschte, und den Reingeborenen, der ihren Willen infrage stellte, konnte man nur bedauern. Aus Gewohnheit versuchte sie ihr Lächeln zu unterdrücken, aber dann erinnerte sie sich daran, dass sie durchaus das Recht hatte, breit zu grinsen.

»Ich möchte auch mit dem Verfasser sprechen. Das hat doch einer von denen hier geschrieben, oder?«

»Das werden wir nie erfahren, solange man uns nicht erlaubt, das Buch bei unserer Befragung zu benutzen, nicht wahr?«, erwiderte der Sekretär bedeutend unverschämter, als Portolés erwartet hätte. Allerdings war das ein durchaus nachvollziehbares Argument.

»Ich bin es gewesen«, sagte ein junger Bursche, der auf eine Trage in der Nähe geschnallt war. Er hatte das Frettchengesicht eines geborenen Diebes und grinste Portolés anzüglich an. »Hat Euch mein Traktat gefallen, Hexennonne? Das ist die ehrliche Wahrheit der Gefallenen Mutter, jedes gesegnete Wort, und …«

»Das reicht«, erwiderte der Befrager, der sich leise mit der Frau auf dem benachbarten Stuhl unterhalten hatte. Er war ein dürrer Mann, dessen rasierte Genitalien von hellroten Tätowierungen in cascadianischer Schrift unscharf gemacht wurden. Mit seinem tropfenden dreizackigen Ermunterer stach er in die Richtung des Mannes auf der Trage. »Ich habe bereits ein paar Fragen an dich, es ergibt gar keinen Sinn, noch mehr Fragen aufzuwerfen, bevor wir überhaupt angefangen haben.«

»Glaubt!«, sagte der Junge. »Nehmt die Scheuklappen ab, die sie Eure Art zu tragen zwingen, Hexennonne, lest die Wahrheit und trefft dann Eure eigene Entscheidung!«

»Es tut mir sehr leid, wir müssen später weitermachen«, sagte der Befrager leise zu der Frau, die kaum noch bei Bewusstsein war. »Was dich angeht, junger Mann …«

»Was würde es denn schaden, wenn es falsch wäre?«, rief der Junge und richtete den Blick noch immer fest auf die Schlitze von Portolés' Maske. »Wann hat eine Lüge jemals solche Konsequenzen gehabt, beantwortet mir das!«

Portolés hatte im Haus der Antworten genausowenig Tiefgründigkeit erwartet wie Scharfsinn, aber das Argument des Jungen, das durchaus nicht von der Hand zu weisen war, berührte sie tief. In diesem Saal voller gefolterter Dissidenten und von der Krone bezahlter Befrager wusste nur sie allein, dass das Flugblatt die Wahrheit verkündete: Zosia lebte, und was noch viel wichtiger war, Portolés hatte ihr vermutlich in Kypck von Angesicht zu Angesicht gegenübergestanden.

In den zwanzig Jahren ihrer Herrschaft hatte Königin Indsorith niemandem von der Täuschung erzählt, die die Welt zum Narren gehalten hatte. Und sie hatte sich Portolés nur darum anvertraut, weil sie glaubte, auf diese Weise einen weiteren Krieg verhindern zu können. Diese Rebellen konnten unmöglich glauben, dass Zosia ihren zweitausend Fuß tiefen Sturz vom Scharlachroten Thronsaal überlebt und geduldig gewartet hatte, bis sie einen zweiten Kobaltblauen Krieg in Gang setzte. Ihr Ruf *Zosia lebt!* war nicht mehr als das, eine Hymne, die ihren Kameraden Hoffnung und ihren Feinden Hass einflößen sollte …

Aber genau wie der Junge gesagt hatte: Falls das Imperium wusste, dass ihr aufrührerisches Verhalten einer grundlosen Überzeugung entsprungen war, warum es dann so grausam unterdrücken? Die Königin wusste, dass ihre Botschaft einen Funken Wahrheit enthielt, und so ging sie damit um – auf die gleiche Weise, auf die auch die Schwarze Kette mit den Anathemas umsprang. Wieder regten sich Zweifel in Portolés' Herz, als ihr klar wurde, dass ihre neue Herrin genauso brutal sein konnte wie die alte, sofern sie sich bedroht fühlte. Königin Indsorith hatte behauptet, dass die Mission, die sie ihr anvertraute, auf dem ganzen Stern zahllose Leben retten würde, aber selbst wenn sich das als wahr erweisen würde, konnte sie keinen der armen, naiven Sünder in diesem Raum retten.

»Du scheinst da etwas durcheinanderzubringen, was die Etikette des höflichen Diskurses angeht«, sagte der Befrager zu dem freimütigen Gefangenen, beugte sich über dessen Trage und drückte die Spitzen seines Ermunterers sanft gegen den Hals des Jungen. »Ich *frage*, du *antwortest*, nicht umgekehrt. Aber da du dich ja unbedingt unterhalten willst, warum fangen wir nicht einfach an?«

Trotz seiner Schwadroniererei schloss der junge Mann die Augen und wimmerte. Bald würde er noch viel mehr Lärm machen. Portolés hatte geschrien und geschrien, als die Bader ihr die Sünde aus dem Leib geschnitten hatten, bis sie schließlich ihre gespaltene Zunge ergriffen und zusammengenäht hatten, während sie mit Blut gurgelte. Auch dieser Häretiker würde schreien, aber wie sollte der Befrager ohne die körperlichen Anzeichen der Verderbnis denn wissen, wann sein Werk vollendet war? Als das Licht der Kohlebecken auf dem stählernen Ermunterer funkelte, verspürte Portolés einen Nachhall dieser Furcht, der eine tiefe Erleichterung folgte, darüber dass jemand anders geschnitten werden würde und nicht sie. Im Kutumbangebirge hatte sie Männer und Frauen hingerichtet, die sich geweigert hatten, Bauern zu massakrieren, und danach hatte sie die Auslöschung Kypcks überwacht, um dann zuzusehen, wie ein imperialer Oberst bei lebendigem Leibe verbrannte – aber sie würde diesen Saal verlassen, und dieser Junge, der ein aufrührerisches Traktat verfasst hatte, würde das vermutlich nicht tun können. Vielleicht unterschied sich die Gerechtigkeit der Scharlachroten Königin doch nicht so sehr von der der Schwarzen Päpstin.

»Schwester?« Der Sekretär machte Anstalten, nach Portolés' Ellbogen zu greifen, entschied sich dann aber dagegen, sie zu berühren.

»Hm.« Portolés stellte sich Bruder Wan anstelle des festgeschnallten Häretikers vor, die Laute, die er gemacht haben musste, während man seinen zur Hälfte geformten Schnabel entfernte. Und so geschah es einfach – die Vorfreude auf die neue Sünde erwärmte ihr Inneres.

»Es ist besser, wir überlassen Befrager Vexovoid der Arbeit der Königin. Ich bringe Euch raus.«

»Gewiss.« Portolés nickte und genoss das Gefühl, es hinauszuzögern, bis es unerträglich wurde. »Sobald ihr den Häretiker losgeschnallt habt. Er begleitet mich.«

Von allen schien der Häretiker am meisten überrascht. Befrager Vexovoid knirschte so laut mit den Zähnen, dass Portolés es hören konnte, aber dann legte er seinen Ermunterer zur Seite und machte sich daran, den Jungen loszubinden. Der Sekretär starrte sie nur finster an. Als der Schock nachließ, kicherte der Häretiker nervös.

»Das ist nicht zum Lachen«, wies ihn der Befrager zurecht. »Du wirst dir noch wünschen, du hättest den Mund gehalten. Unsere Mutter, die Kirche, hat eine ganz andere Methodologie in der Wissensbeschaffung als diese Behörde.«

»Er meint, dass ich mich nicht ausziehen werde, bevor ich dich foltere.« Erfreut registrierte Portolés, dass Befrager Vexovoid jetzt eine genauso finstere Miene machte wie der Sekretär. Sie stellte ihre spontane Entscheidung bereits infrage, so wie sie es immer tat, wenn sie gesündigt hatte und ihr nur noch das Versprechen der Buße blieb. »Ich habe es eilig, also bitte etwas schneller.«

»Wollt Ihr ihn so haben, oder kann die Behörde noch etwas anderes für Euch tun, Schwester?«, fragte der Sekretär. Der Häretiker stieg von der Trage, und Befrager Vexovoid wandte sich ohne höflichen Abschied ab.

»Ich hätte gern eine Hose, falls das nicht zu viele Umstände macht«, sagte der Häretiker und legte die zitternden Hände vor den Unterleib.

»Eisen an Handgelenken und Fußgelenken, die miteinander und mit einem Kragen verbunden sind. Drei zusätzliche Schlösser. Derselbe Schlüssel für alle. Eine lange Kette, die am Kragen befestigt wird. Ein Knebel in seinem Maul und eine Augenbinde unter der Kapuze. Ein einfaches Gewand«, befahl Portolés großzügig. Sie würden eine Weile reiten. »Und Unterwäsche.«

Der Häretiker wäre möglicherweise von Nutzen. Selbst wenn er das Traktat nicht verfasst und nur gelogen hatte, um ihre Aufmerksamkeit zu erregen, wusste er doch mit Sicherheit mehr über die kultähnliche Verehrung der Geplagten Königin als Portolés; schließlich hatte man ihn in das Haus der Befrager gebracht. Sein Wissen konnte sich möglicherweise als nützlich erweisen, wenn sie sich auf die Suche nach der Frau begab, die aus Kypck entkommen war, jener Frau, die Königin Indsorith für die Kobaltblaue Zosia hielt. Und sollte sich der Mann doch als nutzlos entpuppen, konnte sie ihn immer noch umbringen. So groß war die Macht der Autorität, die die Scharlachrote Königin ihr verliehen hatte.

Das alles sagte sie sich zwar, aber diese Gedanken kamen ihr erst in den Sinn, nachdem sie ihn vor dem Haus der Befrager gerettet hatte.

Als sich Diadems Südtor zwei Stunden später für sie öffnete, war die Sonne bereits untergegangen, und es regnete noch immer. Dass sich das hundert Fuß hohe und zehn Fuß dicke Tor mit seinen Eisenbeschlägen allein für zwei Reiter und ein Lastpferd öffnete, hatte etwas erhaben Absurdes. Die tausend Soldaten, die an den Winden schufteten, hätten Portolés darin zweifellos zugestimmt – nicht umsonst wurde das Südtor normalerweise nur einmal am Tag geöffnet, um Reisenden während der Mittagsstunde den Zugang zu gewähren.

Der Häretiker musste seitlich auf dem Sattel sitzen, weil Portolés seine Fußkette nicht aufgeschlossen hatte, aber falls er sich deswegen beschwert hatte, waren die Laute nicht an dem Knebel vorbeigekommen. Ihr Weg wurde von den zuckenden saphirblauen Flammen brennenden Gases beleuchtet, das durch Alabasterrohre aus den Bergen kam und die Straße flankierte. Seit man diese Fackeln in der Morgendämmerung Diadems entzündet hatte, waren sie nie erloschen, nicht einmal im wütendsten Sturm.

Gegen Mitternacht hatten sie die letzte Fackel erreicht, und Portolés band die Tiere an dem Wegtempel neben dem letzten Leuchtfeuer an. Es handelte sich um einen zwar bescheidenen aber geräumigen Raum, den man in den Felsen gegraben hatte. Diese Zufluchtsorte an den imperialen Überlandstraßen waren allein dem Klerus vorbehalten, doch nach der eingetretenen Tür und den Exkrementen auf der zerstörten Bußbank zu urteilen hatten hier auch andere Schutz gesucht. In dieser Nacht hatten sie den Raum aber für sich, und da Portolés daran auch nichts ändern wollte, versperrte sie die Tür mit der entweihten Bußbank.

»Ich hätte sterben können!« Das waren die ersten Worte des Jungen, sobald sie ihm den Knebel abgenommen hatte. Er drohte mit den aneinandergeketteten Fäusten. »Ich bekomme schon sonst nicht gut Luft durch die Nase, fick die Teufel, mit einer durchnässten Haube über dem Gesicht aber erst recht nicht!«

»Sag noch einmal *fick die Teufel*, und ich setze sie dir wieder auf«, erwiderte Portolés, zog die eigene feuchte Maske vom Gesicht und warf sie gleichgültig auf ihr aufgestapeltes Gepäck. Sie wandte sich erneut dem Feuer zu, das sie in dem Kanonenofen entzündet hatte, bevor sie sich um ihren Gefangenen kümmerte. Das Holz stank stark nach Pisse, als es zu brennen anfing. »Mein Name ist Schwester Portolés. Du wirst mich mit dem Respekt ansprechen, den meine Stellung gebietet.«

»Ist klar, Schwester, mit dem Respekt, den Eure Stellung gebietet.« Der Häretiker rutschte mit klirrenden Ketten auf dem Hintern zum Feuer. »Nicht, dass Ihr gefragt hättet, aber ich heiße …«

»Ich werde dich Häretiker nennen«, sagte Portolés, die sehr unglücklich über den idiotischen Drang war, der sie veranlasst hatte, ihn mitzuschleppen. »Betrachte dich als gesegnet, dass ich dich überhaupt anders nennen kann, und nicht etwa ›Erinnerung an einen zum Untergang verurteilten Mann, den ich im Haus der Antworten zurückließ‹.«

»Was auch immer Ihr sagt«, erwiderte Häretiker, der sich die Hände wärmte. »Ihr seid die Herrin, ich bin der Häretiker. Verstanden.«

Häretiker hatte den Verstand, den Mund zu halten, während Portolés Wasser kochte, in das sie Seetang und Tofu tat, dann aßen sie schweigend und schlürften aus einfachen Holzschüsseln. Auf diese Weise zu lagern erinnerte Portolés an ihre Feldzüge, zuerst gegen die Imperialen, dann an ihrer Seite. Der größte Unterschied bestand darin, dass sich nur sie und eine einzige andere Seele für die Nacht bereit machten und nicht ein ganzes Regiment. Sie verspürte einen unerwarteten Funken der Einsamkeit. Natürlich war sie oft in ihrer Zelle allein, aber sie konnte sich an keinen Augenblick erinnern, in dem sich keine

Legionen anderer Leute in Rufweite befunden hatten, weder in Diadem noch auf einem Feldzug. Jetzt gab es im Umkreis von Meilen nur sie und einen überführten Kriminellen.

Nach dem Essen schlang sie Häretikers Kettenleine um das Fundament des Ofens, dann wieder zurück durch die Fesseln, und schließlich sicherte sie alles mit einem der zusätzlichen Schlösser. So zusammengekrümmt würde er es nicht bequem haben, aber doch zumindest warm.

»Das ist nicht nötig«, sagte Häretiker. »Wirklich nicht!«

»Je früher du der Hoffnung entsagst, dass ich eine Närrin bin, umso eher wirst du Frieden mit deinem Schicksal schließen«, erwiderte Portolés. Sie streckte sich auf der anderen Seite des Ofens aus. Vermutlich hielt er sie bereits für eine Närrin, da sie ihn in ihre Obhut genommen hatte. Als Königin Indsorith ihr die Erlaubnis gegeben hatte, jeden in Dienst zu nehmen, der ihr ihrer Meinung nach bei der Suche nach Zosia helfen konnte – solange sie die Natur ihrer Mission geheim hielt –, hatte Ihre Majestät damit ganz gewiss nicht diesen schlecht gewählten Rekruten gemeint, da hatte Portolés nicht den geringsten Zweifel. Dergleichen hatte ihr stets die schlimmste Buße eingebracht, eine verbotene Frucht zu pflücken, nur um zu sehen, wie sie schmeckte. Mutter Kylesa und Äbtissin Cradofil und sogar Bruder Wan hatten sie immer gewarnt, dass der Tag kommen werde, an dem sie zu tief stürzte, um wieder nach oben klettern zu können.

Um sich von den gnadenlosen Schuldgefühlen abzulenken, die ihr die Kehle zuschnürten, zog sie das Buch des Häretikers hervor. Ganz gleich, wie sehr sie in dem jeweiligen Augenblick auch von der Richtigkeit ihrer Handlungen überzeugt gewesen war, stets kam sie innerhalb weniger Stunden an diesen Ort und gierte dann noch heftiger nach Buße als zuvor schon nach der Verlockung, der sie sich ergeben hatte. Nur mit dem Unterschied, dass sie jetzt nicht einmal mehr die Aussicht auf eine Beichte hatte, die ihre Ängste hätte lindern können – Königin

Indsorith hatte sie davon überzeugt, dass es nach Verlassen Diadems unglaublich gefährlich für sie sein würde, die Gesellschaft anderer Kleriker zu suchen. Die Nachricht von ihrem Aufenthaltsort durfte die Schwarze Päpstin nicht erreichen und ihr Misstrauen wecken.

»Das habe ich wirklich nicht erwartet«, sagte Häretiker. »Man hört ja viele Geschichten, aber ich wäre niemals … wohin bringt Ihr mich eigentlich? Darf ich das erfahren? Wollt Ihr mich in irgendeiner trostlosen Ecke des Imperiums in der Öffentlichkeit hinrichten? So als Exempel?«

»Hm«, erwiderte Portolés. Sie überlegte, noch einen Scheit in den Ofen zu stecken, bevor sie sich mit dem Folianten beschäftigte.

»Nein, das ergibt keinen Sinn«, entschied Häretiker. »Vielleicht …«

»Häretiker«, erwiderte Portolés, lehnte sich auf ihrem Bettzeug zurück und starrte die verwahrloste Verkörperung ihrer sämtlichen fragwürdigen Entscheidungen finster an.

»Ja, Schwester Portolés?«

»Wenn du noch ein einziges ungefragtes Wort von dir gibst, stecke ich dir wieder den Knebel rein und lasse ihn dort die ganze Nacht.«

»Mhmm«, gab Häretiker mürrisch von sich, verstummte aber.

Als sich Portolés endlich auf das Geschriebene konzentrierte, verwandelte sich ein Teil ihrer Unruhe in Übermut. Das Lesen dieses Inhalts war offensichtlich ein Verbrechen sowohl gegen die Krone wie auch gegen die Kette, und sie durfte es genießen. Was hatte sie doch für ein paar unheilvolle Tage überstanden. Wer hätte je geahnt, dass diesen ekelhaften Oberst Hjortt verbrennen zu lassen ihr Leben auf so radikale Weise auf den Kopf stellen würde? Die Gefallene Mutter, keine Frage, und sicherlich auch der Täuscher, aber doch nicht sie, das stand fest. Sie schlug das Buch auf und las die ersten beiden Seiten, die einen noch ketzerischeren Eindruck machten, als sie sich hätte vorstellen können, dass das in so wenigen Zeilen überhaupt möglich war.

Aufgepasst! Zugehört! Horche! Dein Leben steht auf dem Spiel!

Hör zu, genau Du! Sieh mit Deinen eigenen Augen her! Und solltest Du blind sein, dann drück Dein Ohr an die Lippen der Weisen und hör zu! Hör genau zu! Egal, wie Du auf diese Wahrheit gestoßen bist, die Einzige Wahrheit in Diadem, sinne darüber nach und benutze dazu Deinen Verstand. Den Verstand, der Dir und nur Dir allein gehört. Fühle die Wahrheit mit Deinem Herzen, diesem Herzen, das allein Dir gehört.

Entscheide für Dich selbst. Du musst für Dich selbst entscheiden.

Du beugst Dich vor Königin und Päpstin. Du glaubst ihnen. Du opferst Dich ihnen, Du opferst ihnen Deine Kinder, Deine Lebensgefährten, Deine Tiere, all Deine irdischen Besitztümer. Sie behaupten, das sei der Preis. Wir aber fragen Dich, der Preis wofür? Für den Schutz Deines Körpers, den Schutz Deiner Seele, so lautet ihre Antwort. Das ist Die Lüge.

Das war nicht immer so. Die Schwarze Kette spricht von einem Täuscher im Himmel. Einen Täuscher gibt es, aber er befindet sich nicht im Himmel, sondern hier, auf dem Stern, in Diadem!

Die Schwarze Kette spricht von einer Erlöserin in der Hölle. Und das ist Die Lüge, *verborgen in* Der Wahrheit: *Unsere Erlöserin kam, um Diadem zu befreien, und es war die Schwarze Kette, die sie in den Abgrund stieß.*

Königin Zosia glaubte an ein Diadem ohne Ketten. Königin Zosia kämpfte gegen die Teufel, vor denen wir uns nun verneigen. Königin Zosia kämpfte darum, Uns zu befreien. Wenn wir die Freiheit wert sind, sollten wir das Joch einer korrupten Kirche und einer falschen Königin akzeptieren?

Wenn Du die Freiheit verdienst, wahre Freiheit, um zu leben, so wie Du es willst, warum trägst Du dann den Kragen Deiner Unterdrücker?

Die Antwort heißt Angst. Angst um Dich selbst. Angst um Deine Familie. Angst um Deine Seele.

Furcht ist das Schwert und das Zepter der Kirche und der Krone. Furcht sind die Fesseln an Deinen Gliedern. Furcht ist die Augenbinde, die Du trägst. Furcht ist das Gift in Deinem Haferbrei, das Dich krank macht. Dir den Tod bringt. Die Päpstin lacht, während Du weinst. Sie trinkt Deine Tränen. Die Königin schmatzt mit den Lippen, während Du Dich zu Tode schuftest. Sie trinkt Dein Blut.

Sie bringen uns nur den Krieg. Krieg gegen wen? Barbaren im Osten? Makellose im Westen? Die Domänen der Raniputri oder die Freistädte von Usba? Nein. Sie bringen den Krieg gegen uns selbst. Sie behaupten, endlich wurde der Frieden erkauft, aber wie viele ließ der kindische Zank zwischen Königin und Papst am Boden zurück? Du kennst die Unschuldigen, die in diesem Krieg starben, nicht wahr?

Du, der diese Wahrheit liest, diese Wahrheit hört, antworte ehrlich: Wie viele Deiner geliebten Menschen verendeten in einem vollständig sinnlosen Krieg? Du zahlst Deinen Zehnten und zahlst und zahlst, nur um einen Krieg gegen Deine eigene Familie zu bezahlen.

Das ist Die Lüge. *Dieselben Zungen, die* Die Lüge *verbreiten, behaupten auch, dass Königin Zosia seit zwanzig Jahren tot ist. Glaubst Du das? Vertraust Du den Lügnern, die Dich in den Staub treten? Glaubst Du, dass Königin Zosia und alles, wofür sie stand, jemals sterben kann?*

Es gibt jene, die glauben. Es gibt jene, die nicht glauben. Die Wahrheit ist nicht, dass die einen recht und die anderen unrecht haben. Die Wahrheit ist, dass Königin Zosia weiterlebt. Ihr Atem facht das Feuer der Freiheit an. Das Feuer, das sie entzündete, als sie den Thron eroberte, stirbt, aber es ist noch nicht ausgelöscht.

Lebt Zosia noch? Das fragt so mancher. Hat es sie je gegeben? Das fragen andere.

Das ist nicht Die Wahrheit. Die Wahrheit *ist, dass Sie mit uns ist, und wenn wir stark sind, wird Sie uns helfen. Aber wir müssen stark sein, bevor Sie zurückkehrt.*

Noch ist Zeit. Um unsere Stadt zu retten. Um unser Imperium zu retten. Um unsere Seelen zu retten.

Wehre Dich gegen die Dunkelheit. Kämpfe gegen die Dunkelheit. Wehre Dich gegen die Dunkelheit.

Hör zu! Hör zu, denke nach und bereite dich vor. Der Krieg naht, doch es ist nicht der Krieg, den sie wollten. Wir werden nicht ruhen, bis die Sache, für die unsere Eltern ihr Leben gaben, gerettet ist. Zosia existiert für alle Ewigkeit in Deinem Herzen – wirst Du sie befreien?

Portolés schloss das Buch und dachte lange über das Gelesene nach. Dann zog sie das Flugblatt hervor, das sie von der Schenkenmauer entfernt hatte, und entfaltete das schweißfeuchte Papier vorsichtig im schwachen Licht des sterbenden Feuers. Auf dem Tisch im Wahrheitssaal hatte sie Hunderte davon gesehen, trotzdem ließ der Anblick sie erschaudern. Selbst nach allem, was die Königin ihr gesagt hatte, sogar nachdem sie deutlich erkannt hatte, wie die Schliche des Täuschers in der Schrift, die sie gerade gelesen hatte, ihre Fühler ausstreckten, erfüllten diese beiden Worte sie mit einer aufwühlenden, brennenden Mischung aus Grauen und – die Allmutter vergebe ihr – Erregung.

Konnte es denn wahr sein?

Aber konnte es das nicht, wenn man bedachte, was sie jetzt wusste? Noch vor einer Woche hatte die Geplagte Königin Portolés nicht das Geringste bedeutet; sie war nichts weiter als ein Fleck gewesen, bei dem sich Krone und Kette einig gewesen waren, ihn aus der imperialen Geschichte zu wischen. Schwester Portolés wäre nie auf die Idee gekommen, dass sich die Bauern des ganzen Sterns offensichtlich an die Erinnerung an sie klammerten, sie als heiliges Symbol des Widerstandes priesen und dafür gefoltert wurden, falls man sie erwischte. Und das Unglaublichste daran war, dass diese Dissidenten recht hatten, und zwar mehr, als sie je geahnt hätten. Selbst als das Feuer ganz erstarb, schwebten die Worte des Flugblattes noch immer durch Portolés' Sichtfeld und tätowierten sich selbst in ihre Augen:

ZOSIA LEBT!

TEIL II

UND DEN TEUFELN, DIE SIE GEWÄHREN

Verlassen will ich diese Welt
Durch ihre natürliche Tür;
In meine Gruft aus grünen Blättern
Soll man mich tragen, damit ich sterben kann.
Legt mich nicht in die Dunkelheit,
Um dort wie ein Verräter zu sterben;
Ich bin ein anständiger Mensch, und wie alle anständigen Menschen
Möchte ich mit dem Gesicht der Sonne zugewandt sterben

José Martí
»A Morir« (Zu sterben) (1894)

KAPITEL 1

In dem vornehmen Hinterzimmer eines Stechhauses in Zygnema kämpfte Zosia gegen Chevaleresse Singh. Weder Keunju noch Singhs Mannschaft waren dumm genug, sich einzumischen. Der Tugendwächter und die maskierten Frauen traten falls nötig zur Seite, um Platz zu machen. Wäre es ein fairer Kampf gewesen, Zosia hätte kein Geld auf sich selbst gesetzt, aber wenn eine Kämpferin ihrer Gegnerin einen Teufel voraus war, nun, das veränderte die Dinge. Bei allen verfluchten Teufeln – milde ausgedrückt. Die Frage war natürlich, ob Singh Knöchellanze in den Jahrzehnten, in denen sie keinen Kontakt miteinander gehabt hatten, tatsächlich die Freiheit geschenkt hatte, so wie Zosia hoffte. Oder ob der Teufel der Frau irgendwo unter den Kissen, die überall im Raum herumlagen, darauf lauerte, ihr in die Wade zu beißen. Bei allem Pech, das man haben konnte, ausgerechnet mit einem Teufelsdingo geschlagen zu sein, wo sich deine Stellvertreterin eine Aasviper sichert …

Singh kämpfte wie ein Teufel, aber Zosia kämpfte wie eine Hexe, die einen Teufel binden wollte. Nachdem ihr hinterhältiger Schlag ins Leere gegangen war, versuchte Singh sie auf Distanz zu halten und prügelte mit größerer Reichweite auf die ältere Frau ein. Zosia war durch den Angriff in eine Raserei geraten und blockierte nun so viel sie konnte mit ihren muskelbepackten Unterarmen. Sie schüttelte das ab, dem sie nicht entgehen konnte. Nahe ging sie an die Gegnerin heran und eröffnete ein Trommelfeuer aus Schlägen auf Singhs

Bauch, Brust und Hals. Als würde man auf einen Schild eintrommeln, nur dass der nachgiebiger gewesen wäre.

Singh riss ihr Knie hoch und landete einen Aufwärtshaken auf Zosias linker Brust. Dann riss sie sie zu Boden, schlang Arme und Beine wie die gummiartigen Tentakel einer Trichterpython um sie und hielt sie fest. Ein Ellbogen schnürte Zosia die Luft ab, und sie warf durch tränenverschleierte Augen einen Blick in Lefzenschleckers Richtung. Das also war es gewesen. Ihr Teufel war nirgendwo in Sicht, und ganz gleich, wie sie sich auch verbog oder wie gemein sie auch mit den Ellbogen stieß, Singh verstärkte den Druck nur noch.

Panik stieg in Zosia auf. Diese Art von Ende war immer eine Möglichkeit gewesen, und sie hatte jederzeit geglaubt, sie würde ihm mit Würde begegnen, vielleicht eine letzte trockene Bemerkung an ihren Henker richten. Aber jetzt, wo es geschah, konnte sie nicht aus ihrer Haut heraus. Je mehr ihre Kräfte nachließen, umso angestrengter wütete sie, wobei sie sich die Luft selbst nur noch mehr abschnürte. Was für ein Tod – von einer seiner besten Freundinnen erwürgt zu werden, so sehr von allen verabscheut, dass selbst der an einen gebundene Teufel lieber die ewige Gefangenschaft am Grab erlitt, statt einzuschreiten und einen zu retten. Vielleicht wusste Lefzenschlecker, dass sie ihm niemals die Freiheit geben würde, selbst wenn er ihr jetzt geholfen hätte, und wollte es darum lieber hinter sich bringen, als das Unausweichliche hinauszuzögern …

Zosia erkannte, dass sie vor sich hin träumte und ihr Hals nicht länger brannte, dass sie allem davongeschwebt war – Singh, dem Stechhaus und dem Stern. Losgelöst trieb sie durch einen mondlosen, sternlosen Himmel … oder durch die Tiefen eines lichtlosen Meeres. Sobald ihr klar wurde, dass sie gerade starb oder vielleicht sogar bereits tot war, tauchte das *Tor* von Diadem vor ihr auf, und sein verzierter Alabasterbogen schimmerte selbst ohne die Hilfe des Mondes oder der Sterne. Jenseits der Rundung wogte eine noch tiefere Finsternis, und etwas Kälteres und noch Urzeitlicheres als selbst die Angst vor dem Tod füllte ihre Lungen und hielt ihr Herz an. Es ließ sie hilflos gegen das Nichts um sie herum treten und krallen, während sie unaufhaltsam auf das *Tor* zutrieb.

Singh weckte sie mit ein paar vergleichsweise sanften Ohrfeigen. »Aufstehen, Hoheit. Das hier ist nicht die Art von Märchen.«

Zosia krächzte etwas, setzte sich dann auf und zitterte. Sie befanden sich noch immer in dem Käferzimmer. Das unberechenbare An- und Abschwellen der Leuchtkraft der Feuerflügler in dem Terrarium über Zosias Kissenlager unterstrich die Falten von Singhs Gesicht. Keun-ju und die Leibwächter waren gegangen, aber Lefzenschlecker war noch immer da. Dieses zottelige Stück Scheiße lag auf der anderen Seite des Zimmers und beobachtete sie. Zosia spuckte ihm Blut entgegen. »Ich hätte es für unmöglich gehalten, dass du mich so sehr hasst, wie ich dich hasse«, sagte sie.

Singh folgte ihrem Blick. »Teufel sehen bedeutend weiter als Sterbliche, das solltest ausgerechnet du doch wissen. Er hätte nicht zugelassen, dass ich dich töte. So stur ist kein Teufel.«

»Das sagst du«, sagte Zosia, blinzelte, bis der Becher in Singhs Hand schärfere Konturen annahm, und ergriff ihn mit zitternden Fingern. Mit Honig gesüßtes Wasser. Wärmer, als sie es mochte, und das Schlucken tat weh, aber es linderte auch ihren rauen Hals. »Hast du je davon gehört, dass ein Teufel seine Freiheit ablehnt?«

»Noch nie«, erwiderte Singh. »Aber sie sind keine Götter, Zosia – wenn ein Teufel einen Wunsch nicht erfüllen kann, kann er ihn nicht erfüllen. Hast du mal darüber nachgedacht, warum das so war?«

»Wüsste ich das, wäre ich ihn schon längst losgeworden«, sagte Zosia finster mit erhobener Stimme, damit er es auch ja bemerkte. »Was auch immer er für Gründe hatte, ich glaube nicht, dass mein Wunsch so unerfüllbar war, bedenkt man, wie mächtig der Teufel laut Frostfalle ist. So langsam glaube ich, dass der Scheißkerl nur eine hohe Meinung von sich hat und auf eine Bitte wartet, die seiner Aufmerksamkeit würdig ist. Da hat er aber Pech gehabt, denn je länger ich darüber nachdenke, umso deutlicher komme ich zu dem Schluss, dass die eine Sache, die ich mir am meisten auf der Welt wünsche, darin besteht, ihm den ganzen Herzschmerz zurückzuzahlen, den er mir bereitet hat. Ich hoffe, er wird dabei sein, wenn ich abtreten muss, damit ich ihm in die Augen sehen kann, bevor ich sein räudiges Fell für alle Zeiten zurücklasse, damit er für alle Ewigkeit in der Hölle verrotten kann, die er selbst erschaffen hat.«

Nach dieser Erklärung zog sich die Stille hin, aber es war nicht länger eine angenehme Art von Stille. Singh brach sie, indem sie Zosia umarmte. »Ach Schwester, wie sehr ich dich doch vermisst habe. Nachdem ich von Leib und deinen Leuten hörte, trug ich eine Woche lang Rot, und dann habe ich ihnen in der Küche der Götter von meinen Söhnen ein Bankett zubereiten lassen. Ich bin überglücklich, dass du lebendig und gesund bist, hätte dich aber viel lieber für tot gehalten, solange du und die deinen zuvor ein glückliches Leben hätten führen können.«

»Danke«, sagte Zosia, richtete sich auf den Kissen auf und zuckte zusammen. Singh hatte ihre Titte ordentlich erwischt. »Es ist schön, vermisst zu werden, vor allem wenn es das Willkommen ist, das mir zuteilwird, wenn ich zu einem Besuch vorbeischaue.«

»Du hast mich geschlagen, Zosia, und das vor meinen Kindern – hätte ich es hinnehmen und mich bei dir bedanken sollen, um dann darum zu bitten, dir den Arsch zu küssen?« Singh stand auf und trat an eines der Terrarien, die in die Wand gebaut waren. »Ich besorge dir etwas gegen die Schmerzen.«

»Nein danke«, sagte Zosia. »Du hast gesagt, Kang-ho hätte dich geschickt, um mich zu töten. Was hätte ich denn tun sollen? Fang das nächste Mal mit ›Ich mach das nicht, aber darum geht es‹ an. Das erspart uns beiden blaue Flecken.«

»Ich habe keine blauen Flecken«, meinte Singh, zog einen langen Handschuh aus Kettengliedern über und öffnete einen Schieber über dem Glaskäfig. »Und ich hätte mir gewünscht, dass du mir vertraust. Nach allem, was wir zusammen durchgemacht haben. Ich schulde dir mein Leben, Generalin, und das dutzendfach.«

»Das tut Kang-ho auch, und er wollte mich trotzdem tot sehen. So wie er denkt, war er vielleicht der Ansicht, dass das nicht zählt, wenn er dich die Drecksarbeit erledigen lässt.« Sie musste Singh überreden, ihr zu helfen, Fennec und Prinzessin Ji-hyeon aufzuspüren, das Mädchen für Lösegeld an Hwabun zu übergeben, dabei Kang-ho gehörig zu ficken und dann Samoth und seine böse Königin mit allem zu treffen, worüber sie verfügte. In dieser Reihenfolge. Ach ja, und Bang – das Piratenmiststück musste auch noch ihr Fett wegkriegen. »Ich habe dir gesagt, dass ich keine Käfer will, Singh. Lass das hier nicht noch merkwürdiger werden.«

Singh hatte in das schmale Terrarium gegriffen, mit dem gepanzerten kleinen Finger auf die Blätter einer Nessel geklopft und ein bewegliches Insekt aus seinem Versteck an der Wurzel gelockt. Der Tausendfüßler schoss vorwärts, begrub den Kopf in den Kettenringen und wand sich um den kleinen Finger. Vorsichtig hob Singh die Hand aus dem Glaskäfig und führte den von dem Tausendfüßler umwundenen kleinen Finger an die geschürzten Lippen. Langsam rieb sie mit dem flaumigen Rücken der Kreatur über ihren Mund, und ihre Lippen schwollen mit einer hellen magentaroten Aufwallung an, während sie das Insekt in sein Gefängnis zurückbrachte und es sanft von seinem Sitzplatz klopfte. »Mmhh. Schon besser.«

»Ist Maroto nicht derjenige, der käfersüchtig geworden ist?«

»Bei den Göttern, Maroto! Das ist nun wirklich ein tragischer Fall – Kang-ho hat dir erzählt, was mit ihm passiert ist?«

»Nur dass er nicht bei der neuen Königin blieb.« Zosia staunte noch immer darüber, dass von all ihren Schurken ausgerechnet Maroto derjenige gewesen war, der ihren letzen Willen ignoriert hatte. »Kang-ho sagte, dass nur ihr – du und Frostfalle – in dieser Angelegenheit die Befehle befolgt habt.«

»Erinnere mich nicht daran«, entgegnete Singh, kam zu Zosia herübergeschwankt und ließ sich ihr gegenüber auf die Kissen fallen. Sie tastete herum und fand ein Kissen, das sich als dick gepolsterte Pfeifentasche entpuppte. »Willst du eine von meinen leihen? Ich habe deine Sachen mit deinem Jungen weggeschickt, und ich vermute mal, dass er nicht zuhören soll, wenn er Kang-ho gehört.«

»Ja. Also was die Pfeife angeht. Ich bin mir allerdings nicht sicher, ob der Junge für Kang-ho arbeitet. Was auch immer du rauchst, es ist in Ordnung – vermutlich wäre es zu viel der Hoffnung, dass du noch den Teufel hast, den ich dir geschnitzt habe?«

»Du meinst ›Keśi reitet‹?« Singh reichte Zosia die Pfeife, die sie während der Belagerung von Rondio für die Chevaleresse angefertigt hatte. Wo sich die meisten von Zosia erschaffenen Stücke um Schönheit bemühten, hatte Singh sie ausdrücklich gebeten, eine Scheußlichkeit zu schnitzen; eine hübsche Pfeife provozierte einerseits Stolz und weckte andererseits das Interesse von Dieben, ein hässliches Teil dagegen würde keine derartige Aufmerksamkeit auf sich ziehen. Zosia hatte der Chevaleresse den Wunsch erfüllt. Zuerst formte sie die feinste Billiard-Pfeife, die sie einem Stück Bruyereholz je hatte abringen können, dann aber hackte und kratzte sie an ihr herum, bis sie aussah, als hätte ein Tier darauf herumgekaut. Statt sie naturzubelassen oder traditionell einzufärben, färbte sie sie in einem kränklichen Gelb, aufgelockert von grünen und weißen Flecken. Die abschließende Note war ein kurzer, leicht gebogener

Holm aus dem Stoßzahn eines Teufelspferdes, das sie gemeinsam in dem säuretropfenden Dschungel des Verlassenen Reiches zur Strecke gebracht hatten.

»Ich habe den Kopf zu dünn gemacht«, meinte Zosia und musterte die Pfeife. »Die muss heißer rauchen als ein Teufelsfurz.«

»Erinnert mich daran, langsamer zu machen«, meinte Singh. Für sich holte sie eine hübsche Meerschaumpfeife aus dem Beutel. Der Kopf war aufwendig in Form eines Frauengesichts geschnitzt. Ein genauerer Blick verriet Zosia, dass es Singh zeigte, den Schnurrbart eingeschlossen. Häufiger Gebrauch hatte den weißen Ton gebräunt, sodass es einem gut gerösteten Weißbrot glich, was die Ähnlichkeit ungewöhnlich machte. So viel zu ritterlicher Demut. Singh fuchelte damit vor ihr herum. »Ausgefallen, was? Die Kinder haben sie für mich besorgt, als ich fünfzig wurde, und ich schäme mich zu sagen, dass ich mich in letzter Zeit darauf verlassen habe. Man muss ihr keine Pause geben wie einer Bruyere, also ist sie mir an solchen Tagen, da ich durchaus ein paar Pfeifen brauche, um sie überhaupt durchzustehen, eine willkommene Schwester.«

Singh schnitt von einem gelbbraunen Stück mit Palmenwein aufgegossenen Tubãq einige Scheiben ab und warf Zosia zwei davon zu, die sie zerrieb, bevor sie Kesi stopfte. Singh faltete ihre einfach in den Meerschaumkopf. Hätte Zosia mit einem der anderen Schurken geraucht, hätte sie nach dem Mist, den Kang-ho durchgezogen hatte, jetzt darauf bestanden, die Pfeifen zu tauschen. Aber Singh würde sich niemals zu einem solchen Verrat erniedrigen. Jedenfalls nicht, solange sie es nicht musste, und hätte sie Zosia unter Rauschgift setzten wollen, so hätte sie ihr während ihrer Besinnungslosigkeit Eisbienen in die Nase schieben können.

Dankbar nahm sie Glaslampe und Stopfholz entgegen, die Singh anbot, und sobald ihre Pfeifen brannten, ließen sie sich entspannt auf ihre Kissenstapel zurücksinken und rauchten in zufriedener Stille. Früher oder später würden sie auch anfangen zu reden, und möglicherweise würde Zosia nicht gefallen, was Singh zu sagen hatte, darum war es besser, dieses seltene Glück so lange wie möglich auszudehnen. In ihrem Hinterkopf drängten sich ein Dutzend Fragen und hundert Verdächtigungen, aber sie klammerte sie vorläufig aus, um sich wieder in dem kameradschaftlichen Schweigen zu aalen, das sie und Singh immer geteilt hatten. Nicht einmal der pulsierende Schmerz in ihrer Brust konnte sie von der Erfahrung ablenken. Als ihr Durst zu groß wurde, setzte sie sich auf, um ihre Gastgeberin zu bitten, etwas zu trinken kommen zu lassen. Singh schien ihre Gedanken gelesen zu haben und zog, noch bevor sie etwas sagen konnte, an einer Klingelschnur. Sie grinsten sich durch den würzigen Qualm an. Daraus wurde ein Wettstreit, wer zuerst nachgeben würde, aber Zosia war es, die die Stille brach, als eine Frau mit einem Turban ein niedriges Tischchen hereinbrachte. Ein barhäuptiger Mann mit Haarknoten folgte ihr. Er trug ein beladenes Teetablett.

»Ich danke euch beiden, wahrhaftig.« Sie blickte Singh an. »Deine?«

»Sriram, mein zweiter Sohn, und Udbala, meine dritte Tochter.«

»Ihr ehrt mich, Maharani Zosia«, sagten beide im Einklang und beugten jeweils das Knie.

»Deine Kinder, in der Tat«, sagte Zosia. »Schluss damit, ihr beiden, vor mir wird sich nicht verbeugt. Es sei denn, eure Mutter tut es zuerst.«

Der Sohn sah verwirrt aus, die Tochter beleidigt, aber Singh entließ sie mit einer Handbewegung. »Sorgt dafür, dass man sich um unseren anderen Gast kümmert. Und Udbala, wenn ich dich noch einmal dabei erwische, wie du in meinem Haus Betel kaust, mache ich diesen Mund richtig rot.«

Zosia wartete, bis die Kinder gegangen waren, dann sagte sie: »Ich fand, dass deine Zähne recht sauber aussahen.«

»Ich habe schon vor Jahren aufgehört, diesen Dreck zu kauen«, sagte Singh, goss den Chai ein und nahm sich wieder die Pfeife, die sie gegen das Tablett gelehnt hatte. »Aber selbst jetzt überkommt mich das Verlangen, wenn ich sie spucken sehe. Kaum zu glauben, dass ich mal mehr Spucknäpfe als Pfeifen hatte.«

»Gut aussehende Kinder – bei unserem Eintreffen waren hier vier Mädchen. Sind das alles deine?«

»Nur Udbala, die anderen drei sind Nichten. Meine Zwillinge reden im Augenblick nicht mit mir – ich wollte nämlich keinen Feldzug unterstützen, den sie gegen eine benachbarte Domäne führten – der war ohnehin zum Scheitern verurteilt. Obwohl ich versucht habe, es ihnen auszureden, machen sie mich für ihr Scheitern verantwortlich. Das ist einfach zu dumm.«

»Kostenloser Rat kann recht teuer sein, wenn man ihn nicht befolgt«, meinte Zosia.

»Hm.« Wieder entzündete Singh ihre Pfeife, während Zosia den gebutterten Tee trank. »Das klingt nach einem weisen Spruch, aber ich bin mir nicht sicher, ob er wirklich viel Sinn ergibt. Wie dem auch sei, abgesehen davon, dass die Mädchen Gören sind, sind sie ganz in Ordnung. Ich habe auch noch zwei Söhne, die in letzter Zeit nichts allzu Idiotisches angestellt haben. Masood, mein Ältester, entfacht eine Revolution in Thantifax, der Hauptstadt der übernächsten Domäne. Das ist noch ein Grund, warum Umhur und Urbar auf mich sauer sind. Sie glauben nämlich, ich bevorzuge ihn, indem ich ihn unterstütze und sie nicht. Ugh! Dieses Stechhaus gehört dem anderen, den du gerade kennengelernt hast, Sriram. Es ist eine Fassade, um für den Stumpfen Kriss Geld zu waschen, eine revolutionäre Fraktion, die wir von Zygnema wegsteuern, indem wir ihnen Anteile an Thantifax anbieten.«

»Ich schätze, die Nuss fällt nicht allzuweit vom Strauch.« Zosia biss in ein Plätzchen. »Fünf Kinder, das klingt nach einer Menge. Wie findest du die Zeit für die Arbeit?«

»Kompliziert wird es erst bei den Enkeln«, meinte Singh. »Als es nur meine Brut war, ist es leicht gewesen – ich ritt auf einem Elefanten in Daar ein, mit einem Zwilling an jeder Titte, und ihr Vater kümmerte sich um sie, als ich mich an der Seite abseilte, um eine Herausforderung des Raja zu akzeptieren, den wir aus seiner Stellung verjagten. Keine Frage, sich mit einem so großen Bauch und tropfenden und wunden Zitzen zu duellieren, das ist schrecklich aufwendig, aber immer noch besser, als mit einem gebrochenen Bein oder Arm zu kämpfen; das haben wir ja beide oft genug gemacht. Aber die Enkel, aus irgendeinem Grund werde ich in ihrer Nähe nervös, nervöser, als ich es bei meinen eigenen Kindern jemals war. Sie bleiben bei der Kinderfrau, statt mit uns in die Schlacht zu reiten, und die ganze Zeit sorge ich mich, was wohl zu Hause schieflaufen könnte – wenn die Kinderfrau die Milch nicht abkühlen lässt und solche Dinge. Hör auf zu lächeln, das ist peinlich!«

»Ich freue mich, dass du dir ein so gutes Leben aufbauen konntest«, sagte Zosia, und obwohl sie es auch von ganzem Herzen so meinte, folgte diesem Gedanken augenblicklich ein anderer, und zwar ein bedeutend dunklerer. Warum durften Singh und Kang-ho in aller Öffentlichkeit und mit den im Blutroten Imperium zusammengestohlenen Reichtümern wieder von vorn anfangen, wohingegen sie und Leib allem entsagt hatten, selbst ihrem Namen, und noch immer unaufhörlich bestraft wurden?

Das war keine rethorische Frage – keine solche Scheiße wie *die arme Zosia, gibt es auf dieser Welt denn gar keine Gerechtigkeit mehr*. Zosia war ein ganzes Jahr lang Königin gewesen, bevor ihre Ohnmacht sie so sehr deprimiert hatte, dass sie lieber den eigenen Tod vortäuschte statt noch länger zu herrschen. Also nein, sie würde die Teufel niemals für ihr Missgeschick verantwortlich machen oder einer alten Freundin ihren Erfolg missgönnen. Nein, die Frage, warum es Kang-ho und Singh so gut ging und sie unter ihren richtigen Namen lebten, verlangte nach einer Antwort. An Indsoriths Stelle hätte sie zuerst jeden der Fünf Schurken ins Visier genommen und alle zur Strecke gebracht, bevor sie sich um ihre Anführerin gekümmert hätte. Zum einen würden die Hauptmänner leichter zu finden sein, und falls der Mordanschlag auf ihre Generalin scheiterte – was ja auch passiert war –, würde sie ihre Schurken nicht um Hilfe bitten können.

Dieses Versehen war so offensichtlich, dass Zosia deshalb erst einmal stutzte, bis sie sich an das erinnerte, was Kang-ho über die Zeit nach ihrer Abdankung berichtet hatte – Singh und Frostfalle hatten Indsorith bei der Konsolidierung ihrer Herrschaft geholfen. Die Wahrscheinlichkeit war hoch, dass Kang-ho über seinen Anteil an Indsoriths Unterstützung nicht ganz ehrlich gewesen war.

»Kang-ho will mich tot sehen«, sagte Zosia. Die Vorstellung ließ sie das Gesicht verziehen. Wenn sie ihm nicht vertrauen konnte, wie sollte sie dann den anderen Schurken trauen? Von Maroto einmal abgesehen. Bei ihm hatte es sich so angehört, als hätte er den Glauben nicht verloren … aber selbst wenn er nicht vor die Hunde gegangen war, wie die anderen behaupteten, lieber hätte sie allein gearbeitet und einen großen Bogen um diesen Widerling gemacht. Andererseits, hätten Singh die gleichen Beweggründe wie Kang-ho angetrieben, wäre sie bereits tot. »Chevaleresse, gib mit dein Ehrenwort, dass du nicht für Königin Indsorith arbeitest.«

»Das gebe ich dir«, antwortete Singh. »Ich habe ihren Dienst vor fünfzehn Jahren verlassen, und ich bin auch nur so lange geblieben, wie ich es getan habe, weil das der letzte Wunsch meiner furchtlosen Anführerin gewesen ist. Schon vergessen?«

»Oh, ich erinnere mich nur zu gut«, sagte Zosia. »Aber Kang-ho arbeitet für sie, das scheint ja offensichtlich zu sein. Ich frage mich, ob er überhaupt eine Tochter hat – vielleicht hat mich auf Hwabun jeder reingelegt, selbst der Tugendwächter.«

»Zosia, Zosia, Zosia. Das klingt nach Verfolgungswahn. Die

Tochter gibt es, das versichere ich dir, auch wenn ich dich daran erinnern muss, dass ich dich vor wenigen Minuten davor gewarnt habe, dem Tugendwächter zu vertrauen. Was Kang-ho angeht, so hat er sich kurz nach deinem Sturz mit einem beträchtlichen Teil von Diadems Staatsschatz davongemacht – die Königin muss ihn noch mehr hassen als Fennec und Maroto. Ich kann mir auch nicht vorstellen, dass sie mit mir und Frostfalle so besonders zufrieden ist, wenn man bedenkt, wie wir ihr die Dinge hinterlassen haben. Also, die Königin fand heraus, dass du noch lebst und griff dich an – keine Frage, das ist übel, aber ich würde die Angelegenheit nicht noch schlimmer machen, indem ich mir irgendwelche Verschwörungen einbilde.«

»Also gut, Singh, hat dir Bruder Kang-ho einen anderen Grund für den Mordbefehl an mir gegeben?« Lefzenschlecker war aufgestanden und trottete herbei, um ein Plätzchen zu erbitten. Da konnte er lange betteln.

»Ich bin sicher, es hat etwas damit zu tun.« Singh sprang mit beneidenswerter Mühelosigkeit von den Kissen auf und holte ein großes Stück Papier aus einer Schublade des Schreibtisches. Sie schleuderte es durch die Luft, und Zosia fing es auf, als es in ihrer Nähe langsam nach unten schwebte. Beim Anblick der ersten beiden Worte verwandelte sich der Chai in ihrem Mund in bittere Jauche, und sie zerknüllte das Blatt.

»Was bei allen Teufeln ist das? Das hat Kang-ho geschickt?«

»Nein, das habe ich im Zollhaus gefunden – dort gibt es ein Anschlagbrett. In den Domänen findet sich so etwas eher selten, aber wie ich hörte, gibt es sie im Imperium an jeder Ecke.«

»Was soll das?« Zosia strich das Blatt wieder glatt, um sich zu vergewissern, dass sie nichts übersehen hatte. Hatte sie nicht – was bei zwei kleinen Worten auch schwer gewesen wäre. »Ich begreife es nicht. Die Königin ist die Einzige, die Bescheid weiß, also warum das hier? Sie würde sie doch nicht in Umlauf bringen, höchstens einen Steckbrief mit einem Kopfgeld. Wer kündigt meine Rückkehr an, und warum?«

»Ach, die sind schon seit Jahren im Umlauf«, erklärte Singh, während sie etwas auf dem Tisch suchte. »Du hast mitbekommen, dass Indsorith deinen Namen, dein Bild und alles andere verboten hat, oder? Wenn es sich gar nicht vermeiden lässt, von dir zu sprechen, bezeichnet man dich als die Geplagte Königin. Also war das für deine Anhänger eine populäre Losung, als Indsorith die Macht übernahm. Kleinlicher Trotz. Schmiereien an Wänden, weiter nichts. Aber im Verlauf des letzten Jahres ist daraus dann etwas ganz anderes geworden. Ein Schlachtruf.«

»Meine Anhänger«, sagte Zosia leise. Sie hatte sich nicht vorstellen können, dass man sie überhaupt vermisste. Aber während dieses letzten Jahres, bevor sie König Kaldruut entmachtet und sich selbst zur Letzten Königin von Samoth gekrönt hatte, mussten sie hunderttausend Bauern unterstützt haben, Menschen, die ihren Hof und ihr Handwerk verlassen hatten, um sich ihrer Sache anzuschließen – war es wirklich so überraschend, dass sie an sie geglaubt hatten? Einige von ihnen mussten verstanden haben, dass die von ihr versprochene imperiumsweite Gleichheit nicht an ihrer Selbstsucht oder Heuchelei gescheitert war, sondern durch das überwältigende Ausmaß dieser Aufgabe. Die rasiermesserscharfen Zahnrädchen der Imperiumsbürokratie hatten sämtliche ihrer Bemühungen behindert. Trotz ihrer Versprechen, obwohl sie um der Liebe des Täuschers willen die *verfluchte Königin* gewesen war, war jede Reform, die von ihr in Angriff genommen worden war, nach hinten losgegangen. Sabotage aus jeder Ecke mit Ausnahme der untersten Schichten hatte ihre wackelige Herrschaft weiter geschwächt – Adlige, Kaufleute und die Kette hatten sich gegen sie zusammengerottet, uralte Feinde hatten sich gegen eine gemeinsame Bedrohung vereint: Das war sie.

Und was war aus den Bauern geworden? Aus all diesen Leuten, die auf ihren Erfolg angewiesen gewesen waren, die alles auf ihre Sache gesetzt hatten, dieselben Bürger, die jetzt trotzig ihren Namen riefen, obwohl sie das möglicherweise das Leben kostete, obwohl sie gescheitert war. All diese Menschen, die sie im Stich gelassen hatte, um sich mit ihrem Lieblingsstricher in den Bergen verstecken zu können …

Zosia ließ sich zurück auf die Kissen fallen und starrte auf die geschnitzten insektenhaften Gestalten auf dem Türsturz. Und da hatte sie gerade geglaubt, sämtliche Gründe erschöpft zu haben, warum sie über sich enttäuscht sein sollte.

»Ich habe das nicht gemacht, um zur Märtyrerin zu werden«, sagte sie. »Ich tat es, weil ich ein Feigling bin.«

»Du bist vieles, Schwester, aber das nicht«, meinte Singh. »Da haben wir es ja. Wirf mal einen Blick hier rauf.«

»Was ist das?« Zosia setzte sich auf und nahm die Akte, die Singh ihr reichte. »Alles, was ich über den Stumpfen Kriss habe.« Singh klopfte die Reste aus ihrer Meerschaumpfeife und setzte sich wieder, um sie erneut zu stopfen. »Es ist alles da – wir haben die Waffen, wir haben die Hände, die sie schwingen, und wir haben zumindest für den Augenblick auch die Unterstützung mehrerer mächtiger Kulte. Aber wir haben nur einen einzigen Versuch, und wenn dieser Vorstoß scheitert, dauert es Jahre, bevor sich die Revolution ausreichend erholt, um es erneut zu versuchen. Vorausgesetzt, wir werden nicht alle erwischt und gehängt.«

»Klingt nach den guten, alten Zeiten.« Zosia fummelte an dem Band herum, das die Akte verschlossen hielt. »Kang-ho will mich aus Gründen tot sehen, die du mir nicht verraten wirst, aber du brauchst mich lebendig, damit ich dir bei der Planung deiner Revolution helfe.«

»Was Taktik betrifft, hast du den schärfsten Verstand, der mir je begegnet ist«, sagte Singh. »Schärfe den Stumpfen Kriss mit deinem Rat, und die Domänen werden wieder vereint sein. Wie nützlich würde es dir wohl sein, wenn ein ganzer Zacken des Sterns in deiner Schuld stünde, bevor du einen Angriff auf das Imperium beginnst?«

»Recht nützlich.« Zosia blickte von der Akte zu dem zerknüllten Flugblatt auf dem Boden. »Aber selbst die besten Pläne gehen manchmal schief.«

»Du hast mein Ehrenwort, dass ich dir auf jede Weise helfe, mit allem, was mir zur Verfügung steht, unabhängig vom Erfolg der Revolution.«

»Nun, das ist doch schon etwas«, meinte Zosia. »Aber da dir Kang-ho offensichtlich alles über meine Pläne erzählt hat, kannst du verstehen, warum es mich nervös macht, dass du mir nicht verraten willst, warum er dich mir auf den Hals gehetzt hat. Er hat mich auf seiner Insel betäubt – warum mich also nicht dort umbringen und es hinter sich bringen?«

»Ich vermute, Kang-ho und seine bessere Hälfte sind sich da nicht einig«, sagte Singh. »Wer von ihnen hat dich hinter Prinzessin Ji-hyeon hergeschickt?«

»Hm«, sagte Zosia. »Kang-ho will nicht, dass seine Tochter gefunden wird, nicht wahr? Das ganze Gerede auf Hwabun war nur für seinen Ehemann bestimmt – Jun-hwan weiß nicht, dass sein Gemahl ihrer Tochter beim Weglaufen geholfen hat, oder?«

»Täte er es, so würde das süße wohlhabende Familienleben unserem alten Freund beträchtlich sauer werden.«

»Also half Kang-ho seiner Tochter wegzulaufen, machte dafür aber Fennec verantwortlich.« Verstohlen war Lefzenschlecker näher an den niedrigen Tisch mit dem Tablett voller Gebäck herangerückt. Zosia hob einen Fuß auf seine Schultern und schob ihn einfach auf sichere Distanz zurück. »Wirklich schlau. Ich frage mich, ob der alte Fuchs überhaupt daran beteiligt war.«

»Auf jeden Fall. Ich habe mit beiden gesprochen, als sie hier eingetroffen sind.«

»Fennec und Kang-ho?«

»Fennec und Prinzessin Ji-hyeon. Da war noch eine dritte Person dabei, eine Wildgeborene. Sie wollten meine Hilfe, aber obwohl der Plan vertretbar erschien, bin ich – so wie jetzt auch – mit meinen eigenen Dingen beschäftigt gewesen.«

»Und was für ein Plan ist das?« Zosia entzündete ihre heruntergebrannte Pfeife neu und bekam für die Mühe ein paar glühende Krümel auf die Zunge. Das hatte man davon, wenn man sich mit dem Abfall zufriedengab.

»Ist das nicht offensichtlich?«, fragte Singh, während ihre ehemalige Generalin wegen einer Mundvoll heißer Asche husten musste. »Zosia lebt.«

KAPITEL 2

Alles verlief so schön nach Plan. Bis zur Belagerung von Myura – da mussten ein paar alte Freunde von Ji-hyeons zweitem Vater auftauchen und alles verkomplizieren.

Chois Strategie hatte ausgezeichnet funktioniert, das myuranische Regiment hätte nie damit gerechnet, dass Ji-hyeons Truppen aus dem Schloss ins Dorf stürmen würden. Die Roten Imperialen wurden mit heruntergelassenen Hosen erwischt und vernichtet, bevor sie überhaupt eine Chance hatten, sie wieder hochzuziehen. Ji-hyeons Stolz über einen weiteren entscheidenden Sieg rang mit einem gewissen Unbehagen darüber, wie gering die Gegenwehr der Myuraner gewesen war – sie hatten kaum ein Dutzend Soldaten niedergemacht, bevor der Rest floh. Es verstärkte sich beträchtlich, als sich Choi nach dem Sieg wieder zu ihr gesellte und darauf bestand, dass man sie durch die staubigen Straßen zu einem alten Tempel begleitete, in dem das imperiale Kommando residiert hatte.

Die Betonung lag auf *hatte.* Alles erschien in perfekter Ordnung, die Bänke aus Buchenholz waren ordentlich an die Wand geschoben worden, um in der Mitte Platz für zwei lange Tische zu schaffen. Darauf lagen Papiere, Karten, ein kleines Diorama von Schloss Myura und mehrere schwarze Flaschen. Allem Anschein nach war der Feind nicht mehr als einen oder zwei Tage davon entfernt gewesen, sich den Weg ins Schloss zu graben – die cleveren Bastarde hatten direkt unter einer flachen Stelle des Flusses, die an die Nordmauer der Festung grenzte, einen Tunnel angelegt.

Ji-hyeon trat über seltsam verbogene und zerbrochene Waffen hinweg, um einen besseren Blick auf die Uniformen und Stiefel werfen zu können, die überall im Tempel herumlagen. Klaffende Schnitte, seltsame Verbrennungen und dichte Ansammlungen zahlloser kleiner Löcher hatten den scharlachroten Stoff und das hellgraue Ziegenleder zerfetzt. Statt nach Weihrauch stank der Raum nach frisch aufgeworfener feuchter Erde aus der Tiefe des Bodens. Trotz der offensichtlichen Gewalt gab es keine Spur der vermissten Offiziere; was Ji-hyeon für einen einsamen Blutspritzer auf einer Bodenfliese gehalten hatte, erwies sich auf ihrem Fingernagel als Wachs.

Choi erschien genauso verwirrt wie alle anderen, und auch ohne den Rest hätte das Unbehagen, das ihre ansonsten unerschütterliche Wildgeborene zeigte, ausgereicht, um Ji-hyeon den Schweiß auf die Stirn zu treiben. Sie hätte wissen müssen, dass die Dinge viel zu gut gelaufen waren, um sich ewig so fortsetzen zu lassen.

»Was für ein Sieg! Zeit, um einen weiteren Vers für die Ballade …« Aber welches Lied sie auch immer mit ihren Taten verlängern wollten, es blieb titellos, denn Fennec trat ein und betrachtete den Zustand des feindlichen Kommandos. Wenn Choi schon am Rand des Abgrundes zu stehen schien, war Fennec bereits abgestürzt. Seine braunen Züge verloren sämtliche Farbe, beide Hände zitterten, als er nach oben griff und das Helmvisier schloss, als wollte er jede weitere Furcht aussperren. »Oh … oje.«

»Was ist hier passiert?«, fragte Ji-hyeon. Sie starrte auf eine leere Schwertscheide, die über einem Deckenbalken lag.

»Ich war … das heißt … äh.« Auch Fennec ließ sich nicht so leicht erschüttern. Und dass sowohl er wie auch Choi einen so unbehaglichen Eindruck machten, verhieß nichts Gutes. »Ich hatte die linke Flanke wie befohlen von den Zinnen aus überwacht, also habe ich … das hier noch nie zuvor gesehen.«

»Das habt Ihr wohl.« Ji-hyeon hatte gelernt, dass es weitaus nutzbringender war, die Lügen ihres ehemaligen Lehrers schonungslos aufzudecken, als zu versuchen, ihn auszumanövrieren. »Ihr habt so etwas schon zuvor gesehen, nicht wahr? Doch – wenn nicht hier, wo dann? Und bei wem?«

»Wartet noch.« Choi hielt eine Hand hoch, und da Ji-hyeon nur zu genau wusste, dass die Wildgeborene Fennec ohne guten Grund niemals ein unangenehmes Verhör ersparen würde, tat sie wie gebeten. Chois andere Hand legte sich auf den Schwertgriff, und dann bewegte sie sich schnell, aber vorsichtig über den Tempelboden, als hätte die Berührung einer falschen Bodenfliese ein Unglück zur Folge. Ji-hyeon gab Fennec ein Zeichen und folgte ihr.

Auf der Straße sog Choi mit ihren schmalen Nasenlöchern die Luft ein und führte sie sofort mehrere Blocks weit zu einem Gebäude, das ein Gasthaus oder eine Schenke zu sein schien. Die Tür war von innen verbarrikadiert, aber nicht für lange. Mit hundert ihrer besten Soldaten im Rücken borgte sich Ji-hyeon eine Axt und schlug die Tür ein.

Auf der anderen Seite befanden sich ein paar alte Vertraute ihres Vaters. Im ersten Augenblick glaubte Ji-hyeon, der alte Barbar wäre direkt vor ihren Füßen gestorben; der schmerbäuchige Rohling mit den hochstehenden Haaren stolperte von dem Tisch, an dem seine Kameraden saßen, und küsste dann direkt vor ihr den Boden. Er schien sich in einem bemitleidenswerten Zustand zu befinden, keine Frage. Sofort eilte eine kleine, aber kräftige Frau zu seiner Hilfe, deren Gesicht zu verprügelt schien, als dass man viel über sie hätte erfahren können, wenn man einmal von der Tatsache absah, dass sie keine dunkelhäutige Feuersteinländerin war, wie das für ihren Freund galt.

»Nun sieh mal einer an«, sagte ein anderer alter Bursche, der über die Schulter blickte und sein Kartenspiel nicht aufgeben wollte, obwohl die anderen drei Spieler alle aufgestanden und vom Tisch zurückgewichen waren. Die Leute waren jüngere, hart aussehende Gauner, die sich auf schlampige Weise wie imperiale Adlige gekleidet hatten. Einer von ihnen hatte sogar einen kleinen Hund, um die Scharade zu vervollständigen. Der sitzende Sprecher ähnelte einem aus Porzellan gefertigten Oger, nur war er größer, bleicher und hässlicher. »Fennec, alter Junge, wie immer eine Enttäuschung. Das hier ist so viel besser, als ich erwartet hätte!«

»Hauptmann Fennec hat hier nicht das Kommando«, sagte Ji-hyeon. Ihre Irritation darüber, von diesem alten Ziegenbock übergangen worden zu sein, überstieg jedes Unbehagen, das er zweifellos erzeugte. »Das habe ich.«

»Die Eiskalte Kobaltblaue«, hauchte die zusammengeschlagene Frau, die über dem gestürzten Barbaren kniete, mit weit aufgerissenen Augen. »Die Blaue Zosia, der Totengeist mit der Klinge – Ihr seid es tatsächlich!«

»Der Teufel bin ich«, erwiderte Ji-hyeon und riss den Helm herunter, aber statt sich einfach zu lösen, blieb er in ihrem blutverschmierten Haar hängen, und sie musste ihn erst daraus befreien. Das war wohl kaum der würdevolle Auftritt der zukünftigen Herrscherin des Scharlachroten Imperiums. Sie hasste diesen dämlichen Helm, und sie hasste Fennec, weil er darauf bestand, dass sie ihn trug. Dieser intrigante Fennec und seine … seine … *Intrigen.* »Ich bin Generalin Ji-hyeon, Kommandantin der Kobaltblauen Kompanie, Erbin des Ruhms und die nächste Königin von Samoth.«

Der runzelige Riese schnaubte, und alle anderen sahen einfach nur verblüfft aus. Auf Chois Flüstern hin stellten sich Ji-hyeons Nackenhaare auf. »Der da ist Gift. Lasst Euch nicht von ihm berühren.«

»Schön zu sehen, dass die Gerüchte deines Ablebens nur etwas übertrieben sind, Maroto«, sagte Fennec zu dem bewusstlosen Barbaren und ging an ihm vorbei auf den Oger zu. Ji-hyeon blinzelte und bemühte sich, den komatösen alten Mann auf dem Boden mit Maroto dem Mächtigen aus den Heldenliedern in Einklang zu bringen. »Aus welcher Bienenwabe du ihn auch immer ausgegraben haben magst, Frostfalle, ich fürchte, das war vergebliche Liebesmüh. Ich glaube, er hatte einen Herzinfarkt, aber selbst wenn er überleben sollte, was nützt einem schon ein alter Stechsüchtiger?«

»Er hat Euch gefunden, Schurke«, fauchte die Frau, die sich um Maroto kümmerte. »Wir haben Euch den ganzen Sommer lang verfolgt. Der Berührer hat uns erst heute eingeholt.«

»Frostfalle der Berührer!« Ji-hyeon erinnerte sich an die Geschichten ihres Vaters über den Zauberer. Geschichten, die er immer nur erzählt hatte, wenn seine Töchter ungehorsam waren und er sie erschrecken wollte, damit sie wieder brav wurden. Also hatten zwei der ursprünglichen Schurken nach ihr gesucht … aber warum? »Der Kommandotempel, war das Euer Werk?«

»Ach das, ja«, antwortete Frostfalle, als erinnerte er sich an eine lästige Arbeit, die er irgendwann vor einer Woche erledigt hatte. »Ihr habt meine Arbeit zu schätzen gewusst, nicht wahr?«

»Was habt Ihr mit ihnen gemacht?«, wollte Ji-hyeon wissen, und auf die Frage hin krümmte sich einer der im Hintergrund lauernden Kartenspieler zusammen und übergab sich auf den Boden.

»Aber, aber, Diggelby, so schlimm war das nun auch wieder nicht«, sagte Frostfalle zu dem Mann und erhob sich endlich von seinem Stuhl. Obwohl Fennec zwischen ihnen stand, überragte er Ji-hyeons ehemaligen Lehrer mühelos. Er starrte ihr in die Augen. Sein Blick verursachte ihr Übelkeit, aber sie erwiderte ihn und versicherte sich selbst, dass sie das tat, weil sie es so wollte – und nicht, weil sie in dieser Angelegenheit keine andere Wahl hatte. »Wollt Ihr das wirklich wissen, kleine Generalin? Ich würde es Euch zu gern zeigen …«

»Das will sie nicht«, sagte Choi, stellte sich vor Ji-hyeon hin und unterbrach den Blickkontakt. Obwohl sie von einem Dutzend ihrer besten – und bestbezahlten – Söldner umgeben war, die die Schenke nach ihr betreten hatten, beschlich Ji-hyeon das Gefühl, in ein schreckliches Duell hineingestolpert zu sein. Von all den Schurken musste sie sich ausgerechnet dem Zauberer stellen …

»Ich grüße dich, o hexengeborene Kriegerin«, sagte Frostfalle zu Choi. »Wenn du uns entschuldigen würdest, deine Herrin und ich unterhalten uns.«

»Nein«, sagte Fennec energisch. Offenbar hatte er etwas von dem Feuer wiedergefunden, das er im Tempel verloren haben musste. »Zuerst unterhalten wir beide uns. Wir sind entzückt, dass du uns heute Nachmittag geholfen hast, und würden erst über die Bedingungen für zukünftige …«

»Hauptmann Fennec, ich glaube, in der Aufregung über die Begegnung mit deinen alten Freunden habt Ihr Euch vergessen«, sagte Ji-hyeon. Jeden Tag wollte er sie mehr herumschubsen, und wenn sie ihn entscheiden ließ, wie mit seinen Kumpeln zu verfahren war, konnte sie sich genauso gut in der Zukunft mit allem abfinden, was er anordnete. Davon abgesehen, falls er diese Wiedervereinigung insgeheim geplant hatte, wollte sie es herausfinden, bevor die Schurken ihre Geschichten miteinander absprechen konnten. »Ich glaube, Ihr könnt Eure Zeit nutzbringender verwenden, wenn Ihr Euch mit Sasamaso und Chutter besprecht. Findet heraus, wie klein das Kontingent sein muss, das wir in Myura zurücklassen müssen, um das Schloss für eine annehmbare Zeit halten zu können, wenn die imperiale Verstärkung anrückt. Ich möchte, dass der Hauptteil unserer Streitmacht in zwei Tagen auf Lux marschiert.«

»Generalin«, fing Fennec an und schob das Fuchsvisier nach oben. Die neun Monate des harten Feldzugs hatten den größten Teil der Jovialität abgeschmirgelt, die er als Bruder Mikal zur Schau gestellt hatte – von dem Doppelkinn ganz zu schweigen. »Ich kann gar nicht betonen, wie wichtig es ist, dass zumindest wir – Ihr und ich – zuerst gewisse Einzelheiten besprechen.«

»Dann lasst es«, sagte Ji-hyeon. Da er die Bemerkung offensichtlich nicht verstand, seufzte sie und erklärte es ihm. »Wenn Ihr die Wichtigkeit nicht betonen könnt, dann lasst es eben, das war gemeint. Vergesst es einfach.«

»Ignoriert mich am besten«, sagte Frostfalle und stieß Maroto mit dem nackten Fuß an. »Das ganze Hin und Her schickt sich nicht für Befehlshaber, und ich glaube sowieso nicht, dass es etwas zu besprechen gibt, solange der hier nicht wieder auf den Beinen ist. Ich meinerseits freue mich immer, einem alten Freund helfen zu können oder auch der Familie eines alten Freundes – Ihr seid doch mit Kang-ho verwandt, Generalin?«

»Seine zweite Tochter«, antwortete Ji-hyeon, was Choi gereizt zischen ließ. Doch sie sah keinen Sinn darin, etwas abzustreiten, was der böse Zauberer bereits wusste. Stattdessen fügte sie noch einen guten Spruch hinzu, den sie schon seit einer Weile hatte benutzen wollen: »In einem anderen Leben war ich Prinzessin Ji-hyeon Bong, die Verlobte von Prinz Byeong-gu von Othean, dem vierten Sohn von Kaiserin Ryuki, der Hüterin der Makellosen Inseln. Aber ich schlug meinen eigenen Weg ein. Statt meine Hand einem anderen zu geben, balle ich sie zur Faust, um meine Feinde zu zerschmettern.«

»Hey, das tue ich auch!«, sagte die Frau, die Maroto zu Hilfe geeilt war. Sie war eine Kämpferin, daran bestand nicht der geringste Zweifel, obwohl sie dem Zustand ihres Gesichts nach zu urteilen keine besonders gute sein mochte. »Ich meine nur: eine zweite Tochter, die ihren eigenen Weg sucht. Natürlich nicht den Rest. Und das gilt auch für Diggelby, Din und Hassan dort drüben – kommt her, die Generalin ist genau wie wir!«

Das bezweifelte Ji-hyeon dann doch stark, aber sie hatte sich daran gewöhnt, sich um des übergeordneten Wohles willen auf die Zunge zu beißen. Sie nickte, als die drei wieselhaften Gauner um den Tisch herumkamen. Der Bursche, der sich bei ihrer Frage nach Frostfalles Aktivitäten im Tempel übergeben hatte, lupfte sein Kampfgewand zu einem artigen Knicks, und die anderen beiden verneigten sich bei der Vorstellung. Die verprügelte Frau, die über Maroto kniete, stand auf und gesellte sich zu ihren Gefährten; die nicht besonders tiefe Verneigung und die dabei angewinkelten Ellbogen identifizierten sie als eine Angehörige der ugrakarischen Adelskaste … was bedeutete, dass, wenn man nur weit genug zurückging, sie und Ji-hyeon womöglich über die Seite ihres ersten Vaters miteinander verwandt waren.

»Tapei Purna«, sagte die Ugrakari. »Und wie der Berührer bereits gesagt hat, der große Bursche hier ist Maroto – Ihr wisst schon, Maroto Teufelshäuter aus den alten Liedern. Er brachte uns her, weil er Euch für Königin Zosia hielt, aber eigentlich kleidet Ihr Euch nur wie sie, oder?«

»Ja«, erwiderte Ji-hyeon eisig. Legionen waren zu ihrem blauen Banner geeilt, genauso wie Fennec vorhergesagt hatte, aber mehr als nur ein paar waren sofort wieder desertiert, nachdem sie herausgefunden hatten, dass die Kobaltblaue Königin nicht aus ihrem Grab auferstanden war, um ihre alte Kompanie zu führen. Das war das schlimmste Gefühl dabei gewesen, diese schreckliche Enttäuschung sehen zu müssen, dass sie nicht jemand anders war. »Betrachtet mich als ihre Nachfolgerin.«

»Also wollt Ihr das Gleiche wie sie? Den Scharlachroten Thron zurückholen? Nun, in Eurem Fall natürlich nicht *zurückholen*, das ist klar, sondern ihn einfach erobern …«

»Ich werde dort Erfolg haben, wo Zosia gescheitert ist«, verkündete Ji-hyeon. Allmählich fühlte es sich an wie ein Theaterstück, die Worte waren Variationen von einem Dutzend Reden, die sie während des Feldzugs gehalten hatte. »Nieder mit der Kette, nieder mit dem Imperium. Ich werde die Karneolkrone nur so lange tragen, um sie zu vernichten, dann werden alle Menschen des Scharlachroten Imperiums die Freiheit erhalten.«

»Klingt wie ein ordentlicher Plan«, meinte Purna. »Aber

bevor ich Eurer Sache meine Treue schwöre, muss ich das erst mit Maroto besprechen. Doch ich bin mir sicher, dass das schon in Ordnung geht.«

»Äh«, sagte die Frau namens Din und rückte ihre schiefe Perücke zurecht. »Das derzeitige Regime zu stürzen ist ja schön und gut, dafür treten wir schließlich alle ein. Aber was ist mit dieser Vernichtung des Imperiums gemeint?«

»Din … das ist ein cascadianischer Name, nicht wahr?«, sagte Fennec, der sich nicht wie von Ji-hyeon befohlen verpisst hatte. »Ihr könnt versichert sein, meine Lady, jene, die der Generalin bei ihrer Aufgabe helfen, dem Stern Gerechtigkeit zu bringen, werden nicht in Vergessenheit geraten, sobald sie die Königin ist, ganz gleich welcher Herkunft sie sein mögen.«

»Nicht zu vergessen die belanglose Tatsache, dass ihr gerade genug mitbekommen habt, um dafür zu sorgen, dass man euch niemals aus ihrem Lager gehen lassen wird«, erklärte Frostfalle. »Und da wir jetzt alle auf ihrer Seite sind, Freunde, warum kommt ihr nicht wieder her, damit wir unsere Partie beenden können?«

»Das ist doch wohl nicht die Wahrheit?« Purna nahm die Schultern zurück, während sie Ji-hyeon musterte. »Ihr würdet uns doch nicht zu Gefangenen machen, falls wir gehen wollen? Nicht nachdem wir es einem Haufen Scharlachroter ordentlich gegeben haben, nur um Euch zu finden?«

»Nein, natürlich nicht«, antwortete Ji-hyeon, die plötzlich den starken Drang verspürte, sich irgendwo hinzulegen und zu schlafen. Seit zwei Tagen hatte sie nicht mehr geschlafen, und das Adrenalin, das ihr durch den heutigen Kampf geholfen hatte, war verflogen und hatte sie erschöpft und in dem gefürchtetsten aller Umstände zurückgelassen – der Konversation mit ausländischen Adligen. Gähnend winkte sie Fennec zu sich. »Uns fehlen die Möglichkeiten, sich vernünftig um Gefangene zu kümmern, also wird jeder, der sich gegen uns stellt oder desertiert, am nächsten Baum aufgehängt. Fennec, eskortiert mich zurück zum Schloss, damit wir miteinander reden können, und Choi, kümmert Euch darum, dass man sich gut um unsere neuen Rekruten kümmert. Sorgt dafür, dass an jedem Eingang ihrer Unterkunft ausreichend Wachen stehen, damit sich niemand reinschleichen und ihnen etwas antun kann. Eine gute Nacht, allen zusammen!«

Die meisten hielten respektvoll den Mund, aber Frostfalle schüttete sich aus vor Lachen. Ji-hyeon drehte sich auf dem Absatz um, und ihre stummen Soldaten machten ihr den Weg hinaus auf die Straße frei. So wenig Schutz ihr die Rüstung im Kampf gewährte, vor dem Nachtwind schützte sie sogar noch weniger, und die Prinzessin zog den Umhang enger, als sie zurück zu ihrer neuesten Eroberung marschierte. Fennec folgte ihr und gab ihr zur Abwechslung mal wohlüberlegte Ratschläge, statt sie für dies oder das zu schelten. Er behauptete keine Ahnung zu haben, warum die Schurken sie aufgesucht hatten. Abgesehen natürlich von der viel zu bequemen Erklärung, dass sie wie so viele andere auch den Gerüchten geglaubt hatten, ihre alte Anführerin sei aus dem Grab zurückgekehrt. Möglicherweise erklärte das, warum Maroto bei ihrem Auftritt in Ohnmacht gefallen war. Fennec hatte den Barbaren immer als eine sensible Seele beschrieben. Bei Erreichen von Ji-hyeons Gemach waren sie sich zumindest bei der wichtigsten Sache einig – Frostfalle durfte nicht als vertrauenswürdig gelten.

Fennec verließ sie zur Abwechslung mal ohne einen Annäherungsversuch, was eine weitere willkommene Entwicklung war, und mit einem glücklichen Stöhnen zog sie die verschwitzten Füße aus den hohen Stiefeln. Das Schlafzimmer des Herzogs von Myura verfügte über eine Waschkommode von der Länge einer Schenkentheke und wies mindestens genauso viele Flaschen auf. Bevor sich Ji-hyeon Ruhe gönnte, rief sie ein paar Zofen, die ihr zu baden halfen. Wäre sie eine brave kleine Prinzessin gewesen und hätte Prinz Byeong-gu geheiratet, wie es ihr erster Vater gewollt hatte, hätte sie mittlerweile ein Dutzend

Zofen und ein bedeutend luxuriöseres Schloss als Myura gehabt. Stattdessen gab es zwei staunende Gefolgsleute aus ihrem Lager, die sie in einem zugigen Steinhaufen am Arsch des Scharlachroten Imperiums mit schmutzigen Lappen und einem Eimer mit warmem Seifenwasser bedienten.

Sobald sie sich so erfrischt hatte, wie es ohne eine vernünftige Wanne möglich war, schickte sie den Jungen und das Mädchen fort und legte sich auf das riesige Bett, um eine dringend erforderliche Pause von der wachen Welt zu machen. Das erwies sich jedoch als schwerer als gedacht. Die Ankunft von zwei weiteren der ursprünglichen Schurken erschien ihr viel zu gelegen, um ein Zufall sein zu können, also bestand die einzige Frage darin, ob ihr Vater sie unabhängig von Fennec geschickt hatte oder ob der alte Fuchs log. Beide Möglichkeiten waren durchaus vorstellbar. Auch wenn Chevaleresse Singh ihre Einladung abgelehnt hatte, eine Schurkin in der neuen Kobaltblauen Kompanie sein zu wollen, wie lange würde es wohl dauern, bis die Kriegerin aus Raniputri in einem angebrachten Augenblick eintraf? Bald würden alle Fünf Schurken an ihrer Seite reiten, und dann würde es eigentlich keinen großen Unterschied mehr machen, ob die Frau, die sie anführte, blaue Haare hatte oder den richtigen Helm trug. Genauso gut konnten sie einen zahmen Marderhund auf ein Pferd setzen und ihn General Fettgesicht nennen – das Volk würde ihn trotzdem für Zosias Reinkarnation halten.

Nachdem sie sich eine Weile in dem vom Mondlicht erhellten Turmgemach im Bett hin und her geworfen hatte, zwang sie sich, nicht länger über die unkalkulierbaren Sorgen zu grübeln, und konzentrierte sich stattdessen auf das wesentlich schönere Thema der körperlichen Liebe. Bei allen Göttern, Geistern und Teufeln, wie sehr sie doch Keun-ju vermisste. Natürlich nicht nur deswegen, aber der Versuch, sich mit angenehmen Erinnerungen abzulenken, rief ihr nur in Erinnerung, wie lange es schon her war, dass sie ihren Tugendwächter das letzte Mal geküsst hatte. Vor gar nicht so langer Zeit hätte sie Choi als ihre Lieblingswächterin eingestuft, gefolgt von dem witzigen und charmanten Bruder Mikal. Und der steife Tugendwächter wäre auf dem letzten Platz gelandet. Aber dann war sie erwachsen geworden.

Mit Choi konnte sie sich nicht richtig unterhalten, nicht über Herzensdinge, und auch wenn sie Bruder Mikal als einen wunderbaren Zuhörer kennengelernt hatte, so hatte sie doch entdecken müssen, dass Fennec jedes Geheimnis zu seinem Vorteil benutzte. Hätte Keun-ju sie doch nur nicht verlassen, dann hätte sie jemanden gehabt, mit dem sie hätte reden, dem sie sich hätte anvertrauen und mit dem zusammen sie hätte lachen können. Abgesehen von anderen Dingen, die sie mit dem Mund tun konnte.

Das Leben einer Erzschurkin erschien ihr wahrhaft einsam.

KAPITEL 3

Der fischäugige Anathema glotzte Domingo über den üppig beladenen Klapptisch im Zelt des Obersts hinweg an; das entblößte blasse Zahnfleisch und die schmutzigen Holzzähne des Mönchs hätten selbst einem Ziegenbock das Frühstück verdorben.

Während jenes Winterfeldzuges vor, mal nachdenken, dreiundzwanzig Jahren hatte das Bauernheer der Kobaltblauen das Fünfzehnte auf einer Halbinsel, die in die giftigen Sümpfe an der Grenze zu Emeritus reichte, in die Enge getrieben, also hatten sie sich eingraben und darauf warten müssen, dass die Verstärkung die Belagerung beendete. Zwei Wochen lang hatte Domingo in dem stinkenden Pesthauch essen müssen. Schwarze Fliegen hatten das ganze Lager heimgesucht und eine besonders ansteckende Krankheit verbreitet. Der Wundbrand hatte im Regiment gewütet wie die Sackfäule in einem geminideanischen Bordell. Der Versuch, in dem erbärmlichen Sumpfland Latrinen zu graben hatte nur in brodelnden Schleimlöchern resultiert, die noch widerlicher stanken als die für sie bestimmte Fracht. Domingo hatte nicht viele gute Erinnerungen an diese widerliche Tortur, aber sie hatte seinen Magen ausreichend gestärkt, dass ihm vergleichsweise unbedeutende Ablenkungen wie ein abscheulich anzusehender hexengeborener Mönch nichts ausmachten. Also aß er sein Wildbret mit dem nur flüchtigen Wunsch, der Anathema möge tot umfallen. Vorzugsweise nach unbeschreiblichen Qualen.

»Ich danke Euch für die Einladung, mit Euch zu speisen,

Baron Hjortt«, sagte Bruder Wan, schnitt das weiche Fleisch in winzige Happen und schob sich einen davon mit der Messerspitze in den Mund. Nach seinem verzückten Ausdruck beim Kauen zu urteilen aßen die Lieblingsungeheuer der Päpstin in ihrer *Höhle* nicht so gut. Schön, dass wenigstens einer das Essen genoss – das Fleisch hatte einen bedeutend stärkeren Wildgeschmack, als Domingo mochte, aber sie waren noch immer zwei Tage von Cockspar und seinen Küchen entfernt. Vermutlich hätte er lieber versuchen sollen, sich wieder an eine schlichte Kost zu gewöhnen, denn sie würden lediglich so lange in der Hauptstadt sein, wie es dauerte, das Regiment zum Abmarsch vorzubereiten.

»Hier draußen heißt es Oberst, nicht Baron. Und sobald das Fünfzehnte marschiert, geht es nicht, dass du woanders isst als im Befehlszelt.« Das war doch mal eine erfreuliche Vorstellung, diese widerliche Parodie eines Menschen wochenlang anstarren zu müssen, während er die immer eintöniger werdende Kost runterwürgen musste. »Da sollten wir uns aneinander gewöhnen. Sorg dafür, dass deine … Untergebenen niemals ohne Erlaubnis eintreten und mich auch nicht direkt ansprechen. Ich weiß zwar, dass die Befehlskette des Regiments nicht die Art von Leine ist, an die deinesgleichen gewöhnt ist, aber sobald wir offiziell auf dem Weg sind, werde ich keine Übertretungen mehr dulden können.«

»Was auch richtig ist«, sagte Bruder Wan und lächelte. Oder vielleicht lächelte er auch nicht – durch die fehlende Oberlippe des Mannes war das so verdammt schwer zu sagen. »Aber die Kriegsnonnen und Kriegsmönche unter meinem Befehl besitzen weitaus größere militärische Erfahrung als ich, also versichere ich Euch, dass sie Euch nicht in Verlegenheit bringen werden.«

Einen solchen Brüller hatte Domingo ja noch nie gehört – drei Dutzend in Kutten gekleidete Diener der Kette, die man dem Fünfzehnten als Sonderabteilung zugeteilt hatte, größtenteils auch noch Anathemas, aber *ihm* sollte das nicht peinlich sein? Warum nicht gleich diese unerfahrene Missgeburt, die keine militärische Ausbildung genossen hatte, seinen Helm tragen und die Befehle auch noch selbst geben lassen? Für das Fünfzehnte Regiment würde es eine bittere Pille sein, dieselbe Eliteeinheit hexengeborener Kleriker am Hals zu haben, die sie auf vielen langen Feldzügen auf dem ganzen Stern bekämpft hatten, wann immer sich der alte Shanatu in den Kopf gesetzt hatte, dass sein brillanter Staatsstreich dieses Mal garantiert Erfolg haben werde.

Andererseits musste Domingo im Regiment der Einzige sein, der nicht an ihre Gegenwart gewöhnt war. Kurz nachdem er sein Kommando stolz an Efrain weitergegeben hatte, war wieder einmal ein Friedensvertrag geschlossen worden, und das Fünfzehnte hatte wie alle anderen imperialen Regimenter auch Vertreter der Kette aufgenommen. Domingo musste zugeben, dass sie vermutlich verflucht nützlich waren, wenn man in der Klemme steckte – bedachte man den Schaden, den sie als Feind angerichtet hatten, konnten ein paar mächtige Kriegsmönche und Kriegsnonnen jetzt, da sie Verbündete waren, durchaus von Nutzen sein.

Und dann war da noch die grauenhafte Waffe, die ihm Päpstin Y'Homa anvertraut hatte und die am Ende der Karawane in einem langen, geschlossenen Wagen fuhr. Auch wenn die Schwarze Päpstin behauptet hatte, sie wiege mehr als zehntausend Soldaten auf, war sie Domingo ziemlich banal erschienen, und er verstand schließlich wesentlich mehr vom Krieg als eine halbwüchsige Päpstin. Selbst wenn sie sich als so verheerend wie versprochen erwies, gefiel es Domingo nicht im Mindesten, dass er anscheinend Bruder Wan mitschleppen musste, um sie einsetzen zu können. Als Y'Homa ihm gesagt hatte, dass allein einer ihrer vertrauenswürdigsten Diener die Waffe zum Einsatz bringen konnte, war er davon ausgegangen, dass sie von einem Kriegspriester sprach, und zwar von einem Reingeborenen. Erst recht, wenn man bedachte, wie sehr sie doch die Anathemas verabscheute. Stattdessen erwies sich der Verbindungsmann als der monströse Assistent eines ihrer Kardinäle – anscheinend hätte sie lieber den Kardinal selbst geschickt, aber einen so hochrangigen Kirchenoberen einer Militäreinheit zuzuteilen hätte vermutlich nur die Aufmerksamkeit von Königin Indsoriths Spionen erregt. Statt einen menschlichen Fanatiker zu bekommen, der den einzigen Schlüssel zu einer Waffe besaß, die die ganze Kobaltblaue Kompanie mit einem Schlag auslöschen konnte, musste er sich mit einer abscheulichen Kreatur abplagen. Nun gut, solange sie tat, was sie sollte, und dem Fünfzehnten mit einem Minimum an Verlusten den Sieg ermöglichte, würde er sämtliche Geheimwaffen nehmen, die er bekommen konnte.

Aber Teufel wären in einem Krieg ebenfalls sehr nützlich gewesen, und abgesehen von den alten Verrückten der Kobaltblauen Kompanie schien niemand besonders scharf darauf zu sein, sie einzusetzen. Noch nicht. Wer vermochte schon zu sagen, was die Schwarze Päpstin als Nächstes versuchen würde, falls dieses Debakel damit endete, dass Königin Indsorith durch irgendeine päpstliche Marionette ersetzt wurde. Dieser Gedanke reichte wirklich aus, um Domingo den Appetit zu verderben, wo es der hässliche kleine Mönch nicht geschafft hatte.

»Sir!«, bellte eine Stimme jenseits des Zelteingangs, den Domingo verschnürt hatte, um den von den nordwestlichen Ausläufern der Kutumban pfeifenden Wind draußen zu halten. »Bitte eintreten zu dürfen, Oberst!«

»Gewährt, gewährt«, rief Domingo und schob den Teller zurück. »Einen Augenblick, Bruder Wan muss nur eben den Eingang öffnen.«

Bedeutete das Zusammenkneifen der Knopfaugen des Anathema eine Einladung zum Tanz? Domingo ging in Gedanken durch, wie er dem dürren Mistkerl den Tisch entgegenkippte und dann auf der Missgeburt auf und ab sprang, bis sie platt war …

»Oberst Hjortt, Sir.« Bruder Wan ließ Hauptmann Shea herein. Die schmalen Züge der jungen Frau erinnerten Domingo an das minderwertige Wild, das auf seinem Teller kalt wurde, und ihr grimmiger Ausdruck spiegelte die Einschätzung des Obersten wider, was seine Mahlzeit betraf. Ihr Salut war so schneidig wie die Form ihrer Nase, aber wenn man bedachte, dass Efrain sie während seiner kurzen Zeit als Verwalter des Fünfzehnten aus den Reihen befördert hatte, war Domingo nicht besonders zuversichtlich, was ihre Eignung betraf. Erst recht nicht bei dem geöffneten dritten Knopf ihrer Uniform, den sie aufklaffen ließ, als wäre sie eine Marinehure auf Landgang … »Sir?«

»Hm?« Sowohl Shea wie auch Wan standen einfach da und warteten ab, und Domingo räusperte sich und trieb sie mit einer Handbewegung an. »Berichtet, raus damit.«

»Wir haben …« Shea warf Wan einen Blick zu. Der betrachtete sie mit dem Interesse eines Geckos für eine Ameise, und sie korrigierte sich. »Das heißt, die hexengeborenen Vorhutreiter, die weiterritten, während wir das Lager aufschlugen?«

Bei den großen Teufeln der See, falls die Soldatin alles als Frage formulierte, konnte er sich auf diesem Feldzug auf noch größeren Ärger einstellen als den, den seine Hämorrhoiden machten.

»Sie haben in den Hügeln ein Lagerfeuer entdeckt, nördlich von der Straße? Und sie …« Irgendein Aufruhr näherte sich langsam dem Zelt, erhobene Stimmen und aufstampfende Füße, und Shea beeilte sich mit dem Rest. »Sie haben Gefangene gemacht, Sir. Kundschafter der Makellosen, die für den Krieg gekleidet sind.«

Nun, *das* war doch mal etwas! Bei dem Gedanken, dass feindliche Spione in seinem Lager herumstrichen, verspürte Domingo ein vertrautes Kribbeln, aber es trug sein Entzücken nicht bis auf die puddingweiche Oberfläche seiner Züge. Er dachte darüber nach und drängte seine unerfahrene Untergebene dann mit seiner Frage in die Defensive. »Bei allen Teufeln, warum sollte es hier draußen Kundschafter der Makellosen geben, Hauptmann?«

»Wir *sind* in einer nicht unerheblichen Nähe von Linkenstern und ihrer Mauer«, bemerkte Wan nachdenklich, als wäre Domingo diese Straße nicht schon tausend verfluchte Male zur Hauptstadt und wieder zurück geritten, und als wüsste der Baron von Azgaroth nicht, wo die nächste ausländische Stadt in Relation zu seinen mühsam eroberten Grenzen lag, beziehungsweise als würde ihm der Diebstahl von Linkenstern durch die Makellosen nicht immer noch fast genauso sehr im Magen liegen wie der Tod seines Sohnes.

»Ja, vielen Dank auch für diese brillante Schlussfolgerung«, höhnte Domingo. »Aber sprich das nächste Mal nicht, wenn du nicht gemeint bist – ich hatte Shea gefragt. Außerdem werden deine Gehilfen in Zukunft zuerst mit mir Rücksprache halten, bevor sie etwas Militärisches tun, Bruder Wan, ist das klar?«

»Wie Ihr befehlt, Sir«, sagte Wan. »Es ist nur …«

»Nur was?«

»Ihr hattet befohlen, dass meine Truppe mir Bericht erstatten soll, und dass ich dann jede relevante Information an Euch weiterleiten solle, Sir.« Da! Da lag definitiv ein leichtes Lächeln auf dem Gesicht des Ungeheuers; die Bewegung seiner Wangen verrieten es. Unbehagliches Schweigen trat ein, während sich Domingo einer weiteren gewalttätigen Fantasie hingab. Doch er riss sich zusammen, bevor er sich zu sehr darin verlor.

»Ich werde einen Mönch der Kette nicht über Semantik belehren, solange er mir keinen Rat über den Schwertkampf geben will. Was ist mit Euch, Hauptmann, wollt Ihr nicht dazu beitragen, dass der Mond im Osten aufgeht?«

»Ja, Sir?« Shea schaute zum Zelteingang zurück, der nun im Wind flatterte, weil Wan ihn nicht wieder verschlossen hatte. »Ich meine, nein, Sir. Ich meine, an der Mauer der Makellosen wird noch immer gearbeitet, also unternehmen sie vielleicht

Erkundungsmissionen, um sicherzugehen, dass wir uns nicht sammeln, um ihre Mauer zu erobern und die Stadt wieder in Besitz zu nehmen, bevor sie mit ihrer Befestigung fertig sind.«

»Nicht schlecht.« Domingo nickte. »Nicht die beste Theorie, aber nicht schlecht.«

»Es ist Zeit, unsere Theorien der Feuerprobe zu unterziehen«, bemerkte Wan. Das Stimmengewirr hatte inzwischen das Zelt erreicht. Dort draußen winselten auf jeden Fall Makellose, und Domingo stand notgedrungen auf, um sich die Gefangenen anzusehen. Dass Hauptmann Sheas Kompanie so weit geritten war, um ihren zurückkehrenden Oberst an der Grenze von Azgaroth zu treffen, nur um sich von diesen aufgeblasenen Anathemas die Butter vom Brot nehmen zu lassen, indem die ein paar Kundschafter festnahmen, das war ausgesprochen unglücklich. Aber wirklich unverzeihlich war, dass anscheinend keiner seiner ausgebildeten Offiziere oder Soldaten diesen Schlägern befohlen hatte, ihre Gefangene irgendwo anders festzusetzen, statt sie zum Befehlszelt zu bringen. Wem sollte man nun die Pferdepeitsche zu schmecken geben, das war immer die Frage … Domingo blickte von der peinlich berührten Hauptmann Shea zu dem reptilienhaften Bruder Wan und hatte die Qual der Wahl.

»Baron Domingo Hjortt«, rief die Anführerin der Kriegsnonnen durch den offenen Zelteingang. Ihre sonore Stimme passte so gar nicht zu ihrer schmalen Gestalt. »Wir haben drei Kundschafter der Makellosen gefangen genommen« – sofort erklang von den dunklen Silhouetten hinter der kleinen Frau Protest bei dem Wort *Kundschafter*. »Einer behauptet, ein Adliger mit einem Passierschein zu sein, also hielt ich es für das Beste, sie zu Euch zu bringen.«

Sie hielt es für das Beste, das Protokoll zu ignorieren? Diese Anathema hatte sich sofort den ersten Platz in der Pferdepeitschenreihe gesichert, aber zuerst galt es noch, sich um das belanglose Problem zu kümmern, dass eine bewaffnete Abteilung unter seinem Kommando offenbar einen ausländischen Würdenträger entführt hatte. »Bringt sie sofort rein!«

Die Kriegsnonne betrat das Zelt, gefolgt von zwei Frauen und einem Mann, denen drei weitere Anathemas folgten, was dazu führte, dass sich das eben noch so geräumige Befehlszelt so eng wie ein Beichtstuhl der Kette anfühlte. Sowohl die Makellosen als auch die Hexengeborenen sahen schlimm aus. Ihre Gesichter waren gerötet, die Rüstungen erschienen voller Dreck und Blut, aber die Anathemas trugen noch immer die Waffen in ihren Scheiden, während das einzige Eisen in Reichweite der Makellosen die Ketten um ihre Handgelenke war. So wie die beiden Frauen den jüngeren Mann instinktiv flankierten, benötigte man kein hellseherisches Ungeheuer, um darauf zu kommen, dass der hübsche Junge der Edelmann sein sollte.

»Baron Domingo Hjortt, richtig?«, fauchte der junge Makellose in steifem, aber präzisem Scharlachrot. Anscheinend zitterte er vor Wut und nicht vor Furcht. »Wie könnt Ihr es wagen, Sir, *wie könnt Ihr es wagen*!«

»Das weiß ich auch nicht so genau«, erwiderte Domingo langsam, »aber das haben wir bald herausgefunden. Und in diesem Zelt reicht *Oberst* Hjortt, Bursche.«

»Bursche? *Bursche*!« Das Gesicht des hübschen Jungen hatte die Farbe des angebrannten Wildbrets auf dem Tisch zwischen ihnen angenommen. »Ich bin Prinz Byeong-gu von Othean« – das gemeinsame Zusammenzucken der beiden Leibwächterinnen des Jungen ließ erahnen, dass seine Präsentation eine Gewohnheit war, die sie ihm vergeblich versucht hatten auszutreiben – »der vierte Sohn von Kaiserin Ryuki, der Hüterin der Makellosen Inseln, und Ihr wagt es, mich wie einen Eurer Hunde anzuketten! Ihr wagt es, wo ich einen von meiner Mutter gestempelten Passierschein habe! Ihr wagt es, Sir!«

Wenn es eine Sache gab, die noch schlimmer war als eine dumme Nuss wie Shea, die alles als Frage formulierte, dann war es ein aufgeblasener Trottel, der Fragen wie Bekanntmachungen verkündete. Dieser Prinz war wie ein theatralischer Schauspieler, der die Rolle des verdorbenen Stutzers zur Karikatur machte.

»Bei allem nötigen Respekt, Euer Hoheit, Ihr habt nicht die geringste Vorstellung davon, *was* ich wage, also würde ich an Eurer Stelle erst einmal tief Luft holen«, hielt Domingo dagegen. »Wenn es sich meine Gäste nun bequem machen würden, indem sie sich auf den Boden setzen, so können wir bestimmt aufklären, was meiner Meinung nach nur ein großes Missverständnis sein kann.«

»Sir«, sagte eine der Hexengeborenen im Hintergrund, während sich die Gefangenen widerstrebend setzten. »Wir fanden das hier in einer ihrer Taschen.«

»Ach? Das muss dieser Passierschein sein, von dem die Hoheit sprach.« Domingo ließ den Prinz nicht aus den Augen, während das zusammengefaltete Tuch von Kriegsmönch zu Nonne, von Nonne zu Bruder Wan und von Wan zu Hauptmann Shea gereicht wurde. Der kleine Trottel wand sich jetzt, und seine Leibwächterinnen spannten die Muskeln an. Hauptmann Shea entfaltete den Wimpel auf dem Tischrand. Eine blaue Flagge – eigentlich war es ein Kobaltblau – mit ziemlich offensichtlicher Heraldik. »Oh! Ich verstehe. Anscheinend kundschaftet Hoheit ein großes Stück nördlich vom Rest seiner Kompanie.«

»Ihr wagt es, die privaten Besitztümer eines Angehörigen der kaiserlichen Familie zu beflecken?« Der Junge hatte nun der Großteil seiner heißen Luft abgelassen, und jetzt sah er beinahe so besorgt aus wie seine beiden Lakaien. Und fast so besorgt, wie er hätte sein sollen. »Ihr habt die Unverschämtheit anzudeuten …«

»Schnauze!«, bellte Domingo, die Leibwächterinnen zuckten zusammen, der Junge zog den Kopf ein. Das war gut, sie waren alle nervös … vielleicht so nervös, dass ihnen entging, wie sehr Domingo aus der Fassung geraten war. Falls die Makellosen die

Kobaltblauen unterstützten, steckte das Scharlachrote Imperium in bedeutend größeren Schwierigkeiten, als Päpstin Y'Homa vermutete. »Wir erwischen euch, wie ihr *auf meinem Land* herumschleicht, mit der Flagge der Banditen, die das Imperium *terrorisieren*, und Ihr wagt es, mich von oben herab zu behandeln? Ich könnte euch alle als Spione hängen lassen, und Eure verhätschelnde Mutter könnte verflucht noch mal nicht das Geringste dagegen tun, ob sie nun die Anführerin der Unnahbaren Inseln ist oder nicht!«

»Wir haben in keiner Weise etwas mit den Kobaltblauen zu tun«, sagte der Prinz energisch, erwiderte Domingos finsteren Blick und machte keinerlei Anstalten, die Spucke wegzuwischen, die auf seiner in Mitleidenschaft gezogenen Wange gelandet war. »Wir sind weder Spione noch Kundschafter. Wir sind nach einer außerordentlich langen und erschöpfenden Reise über den ganzen Stern auf dem Rückweg zu den Inseln. Die Flagge ist … ein Beweis, den wir entdeckten, kein Zeichen unserer Sympathien.«

»Ein Beweis wofür?«, fragte Bruder Wan. Der Blick, den Domingo ihm zuwarf, hätte sein degeneriertes Herz anhalten oder ihm zumindest einhämmern sollen, wie wichtig es war, hier seinem Oberst das Reden zu überlassen.

»Ein Beweis für ein Verbrechen. Es ist eine Privatangelegenheit, die weder Azgaroth noch das Imperium etwas angeht.«

»Das werde ich wohl besser beurteilen können«, erwiderte Domingo. Als der Prinz zu Boden schaute, statt es näher zu erklären, riss der Oberst den Säbel mit einem stählernen Zischen aus der Scheide. Die linke Leibwächterin hüpfte behände von den Knien in die Hocke, aber bevor sie sich weiter bewegen konnte, klatschte die Speerklinge einer Hexengeborenen gegen ihren Hals, und sie erstarrte. Ein schmales Blutrinnsal rieselte an der Stelle von der Klinge herunter, wo sie sie geritzt hatte, und die andere Leibwächterin beugte sich an das Ohr des Prinzen und murmelte etwas Unverständliches im Adelsslang.

Domingo trat mit starr ausgestrecktem Säbel um den Tisch herum auf die Gefangenen zu, bis die Spitze einen Zoll vor dem linken Auge des Prinzen schwebte. Die flüsternde Leibwächterin verstummte, wich langsam zurück und spannte sich an, dabei starrte sie Domingo mit dem ganzen Hass, den ein Fuchs auf den ihn in die Enge treibenden Hund entwickelt, an. »Ich frage Euch aus Höflichkeit, Euer Hoheit – sagt Ihr es mir nicht freiwillig, lasse ich meinen Kettenhexer hier in Euer Gehirn schauen und die Wahrheit im Handumdrehen herausgraben.«

Bruder Wan räusperte sich, enthielt sich aber jedes weiteren Kommentars. Domingo hatte nicht die geringste Ahnung, ob die Schwarze Päpstin die Wahrheit gesagt hatte, als sie behauptete, dass der Anathema nur die Geheimnisse einer Person ergründen konnte, die er intim kannte. Aber wenn er sich schon nicht über das Ausmaß der Macht des Hexengeborenen im Klaren war, wie sollte es das Prinzlein dann wissen? Der stoische kleine Störenfried starrte finster zu Domingo hinauf, und der Oberst führte die Klingenspitze immer näher heran, ohne den Blickkontakt zu unterbrechen …

»Schon gut, schon gut!« Der Prinz hielt die Augen jetzt fest geschlossen, und Domingo wurde sich bewusst, dass er dem Lid des Jungen gerade einen Blutstropfen entlockt hatte. Er nahm den Säbel zurück und legte die gekrümmte Innenseite auf die Schulter. Sein ganzer Körper summte vor Anspannung darüber, wie nahe er daran gewesen war, dem kleinen Scheißkerl ein Auge auszustechen. »Falls der Hexengeborene meine Gedanken lesen kann, dann wird er auch bestätigen, dass ich die ganze Wahrheit sage, während die Worte über meine Lippen kommen. Und sobald ich Euch die Zusammenfassung meiner Erkenntnisse mitgeteilt habe, entlasst Ihr uns. Einverstanden?«

»Im Krieg gibt es einen gewissen Kodex, den alle wahren Soldaten befolgen«, sagte Domingo und lehnte sich gegen den Tisch, während er seine Gefangenen musterte. »Unwissende bezeichnen den Krieg als wild und chaotisch. Tatsächlich ist Krieg, nachdem er offiziell zwischen zwei Völkern erklärt wurde, eine Sache sorgfältigst eingehaltener Gesetze und absoluter Höflichkeit. Der Scharlachrote Kodex ist ein solches Handbuch, und die Lektüre Eures Ji-un Pak hat mir verraten, dass die Makellosen den Krieg ähnlich sehen. Ohne derartige Verhaltensregeln gibt es keinen Krieg, sondern nur Diebstahl, Brandstiftung und Mord in großem Stil. Das Imperium erkennt die Kobaltblaue Kompanie nicht als legales Heer an. Wenn Ihr also dazugehört, bin ich nicht an die üblichen Vorschriften gebunden, was Eure Behandlung angeht. Wenn Ihr hingegen nur die Makellosen Inseln repräsentiert, Prinz Byeong-gu, so muss ich gewisse Richtlinien einhalten, wie man in meinem Lager mit Euch umgeht. Und was noch viel bedeutsamer ist, wenn Ihr nicht für die Kobaltblauen arbeitet, werde ich keinen Grund haben, Euch festzuhalten.«

»Nun gut«, sagte der Prinz mit leiser Stimme und noch immer zu Boden gerichtetem Blick. »Meine Kampfwächterinnen und ich kamen im vergangenen Winter in das Scharlachrote Imperium, gleich nach Neujahr. Wir suchten nach meiner Verlobten, der Prinzessin Ji-hyeon Bong. Wir waren der Ansicht, ein Missionar der Schwarzen Kette hätte sie entführt.«

Domingo warf Bruder Wan einen Blick zu, wurde aus der Missgeburt aber nicht schlau. Im Beichtstuhl hatte die Schwarze Päpstin diese kaiserliche Entführung erwähnt, doch was hatte sie ihm alles verschwiegen? Falls Wan nicht nur das Vertrauen eines Kardinals, sondern auch das der Päpstin genoss, wie viel wusste der Anathema dann wirklich?

»Das wurde sie … nicht«, fuhr der Prinz fort. Domingo richtete wieder seine ganze Konzentration auf den Jungen und hatte den Eindruck, gleich werde seine Stimme brechen. »Wir suchten sie auf dem ganzen Stern. Zuerst hielten wir es für ein imperiales Komplott, dann für eines der Raniputri, bis sich ein immer häufiger aufgeschnapptes Gerücht nicht länger ignorieren ließ. Sie ist jetzt bei der Kompanie, darum besitzen wir diese Flagge – sie flatterte noch immer über der Stadt, als wir nach Katheli kamen, selbst nachdem die Kompanie abgerückt war, bevor Eure Heere sie erwischen konnten.«

»Sie haben eine Prinzessin als Geisel genommen …« Domingo ließ es sich durch den Kopf gehen – das konnte ein Göttergeschenk sein, falls es die Makellosen zu einem Krieg gegen die Kobaltblauen provozierte. Oder auch ein beschissenes Fiasko, falls es sie dazu brachte, den Krieg aussitzen zu wollen oder, noch schlimmer, für die Rückgabe ihrer Adligen die Rebellion zu unterstützen.

»Keine Geisel«, sagte der Prinz mit einer vor Trauer belegten Stimme. »Eine Generalin. Ich sprach mit Dutzenden Überlebenden, und viele erzählten die gleiche Geschichte – Ji-hyeon half bei der Führung des Angriffs auf Katheli. Derartige Lieder hatten wir schon zuvor gehört, je näher wir ihnen kamen. Aber danach konnte ich es nicht länger leugnen. Ich nahm die Flagge als … als ein Andenken. Nein, das ist nicht das richtige Wort. Auf Scharlachrot müsste ich sagen … als Erinnerung, als eine Erinnerung, vorsichtiger mit meinem Herzen zu sein. Nicht einfach die Wahrheit zu ignorieren, weil ich sie verabscheue.«

»Was ist mit Zosia?«, fragte Domingo unwillkürlich, obwohl die Erwähnung eines verbotenen Namen die Stirn eines jeden im Raum anwesenden Hexengeborenen in Falten legte. »Wenn Eure Prinzessin die Kobaltblauen als Generalin anführt, wo war dann Zosia?«

»Ah, das Phantom Eurer Geplagten Königin.« Der Prinz schüttelte den Kopf. »Ja, die ist auch da gewesen, wenn man den Worten einiger entsetzter Bauern Glauben schenken will, die jeden Eid schworen, sie gesehen zu haben. Ich war mehr daran interessiert, meine Verlobte zu finden, als mir Geistergeschichten anzuhören.«

Domingo versuchte sich seine Aufregung nicht anmerken zu lassen. Jede weitere Bestätigung von Zosias Rückkehr war gleichermaßen willkommen und beunruhigend, aber ein kluger Taktiker schlägt eine Schlacht nach der anderen. Prinz Byeonggus Geschichte war nicht nur wegen Zosias Erwähnung interessant.

»Und Ihr wollt mir weismachen, dass Ihr Euch einfach umgedreht habt und wieder nach Hause gelaufen seid, nachdem Ihr Eure Verlobte nach all dieser Zeit endlich gefunden hattet?« Der Prinz wich Domingos Blick nicht aus. »Ihr habt Eure geliebte Generalin nicht eingeholt und ein freundliches Schwätzchen über alte Zeiten gehalten? Vielleicht darüber spekuliert, wie sich die Beziehungen Eures Volkes zum Scharlachroten Imperium verbessern könnten, sobald eine Makellose der Kobaltblauen Kompanie geholfen hat, den Thron zu ergreifen?«

»*Nein.* Das tat ich nicht.« Der Prinz klang ungefähr so warm wie das Wasser der Trostlosen Meerenge. »Sie hätte meine Erste Frau sein können, aber sie rannte weg, um eine gemeine Kriminelle zu werden. Einer verlogenen, hinterhältigen Verräterin wie Ji-hyeon habe ich nichts zu sagen. Wir hätten auf meinen Onkel hören sollen, als er Mutter von der Verlobung abriet, aber Narr, der ich war, überzeugte ich sie davon, es zu erlauben. Die Tochter von Kang-ho Bong zu zähmen schien eine meiner Talente würdige Herausforderung, aber jetzt weiß ich …«

»Kang-ho?« Domingo erschauderte; er konnte es einfach nicht unterdrücken, wenn er sich vorstellte, diesen schmierigen Abschaum von einem Makellosen mit bloßen Händen zu zerfetzen. Es war eine Sache, einem Gegner auf dem Schlachtfeld gegenüberzustehen, um ihm danach im Frieden bei Hof gegenübersitzen zu müssen; das geschah mit Angehörigen des wankelmütigen Klerus andauernd. Aber Kang-ho, der hatte sich nicht mal die Mühe gemacht, seinem alten Feind mit Höflichkeit zu begegnen; er hatte höchstens einmal kurz damit aufgehört, hinter Domingos Rücken zu lachen – und zwar nur, um ihm ins Gesicht zu lachen. Immer tat er so, als hätte er Domingos Namen vergessen, was durch Wiederholung auch nicht witziger wurde. »Der *Erste Schurke* Kang-ho? Jeder weiß, dass er zurück auf die Inseln floh, aber – bei den heidnischen Höllen, an die Euer Volk glaubt – wie konnte dieser Verbrecher eine Prinzessin zeugen?«

»Als Kind Hwabuns ist er von Geburt adlig, und er heiratete in die Familie Bong ein, die über jeden Tadel erhaben ist.« Der Prinz schien erleichtert, dass sie jetzt eine Gemeinsamkeit hatten: Beide hassten sie Kang-ho mit der Wut von Teufeln. »Sein Ehemann ist König Jun-hwan Bong, und mit Hilfe einer Stillmutter haben sie … nun. Ji-hyeon nennt König Jun-hwan Bong ihren ersten Vater, da sie ihm eher ähnelt. Aber nach ihrem Verrat halte ich vielmehr das Blut Kang-hos für …«

»Ich weiß, wie man Kinder macht, Euer Hoheit«, sagte Domingo. Sein Verstand gebar eine glorreiche, wunderschöne Strategie, die sich wie ein blutroter Lotus entfaltete. »Kang-hos Tochter ist eine der Anführerinnen der Kobaltblauen, da seid Ihr Euch sicher?«

»Sicher genug, um jede Hoffnung aufzugeben, sie vor sich selbst retten zu können«, sagte der Prinz in verzweifeltem Ton. »Wir hätten im vergangenen Frühling verheiratet sein sollen, und jetzt könnte sie einen dicken Bauch haben mit unserem …«

»Aber auf den Inseln weiß niemand, was aus ihr wurde, wollt Ihr das damit sagen?« Domingo versuchte die Aufregung in seiner Stimme zu unterdrücken. »Ihr habt ihr Geheimnis aufgedeckt und reist nun nach Hause, um es allen zu erzählen, trifft das zu?«

Die Augen der noch immer auf den Knien hockenden Leibwächterin weiteten sich ein kaum merkliches Stück, aber der Prinz redete ahnungslos weiter. »Mittlerweile wird meine Botschaft Mutter erreicht haben. Ich bat sie darum, vor meiner Rückkehr das Weiß aus meinem Palast zu entfernen, denn es gibt keinen Grund mehr, meine Verlobte zu betrauern.«

»Sonst nichts? Bevor ich Euch gehen lasse, möchte ich jede

Einzelheit wissen – um der Sicherheit des Scharlachroten Imperiums willen. Was habt Ihr Kaiserin Ryuki noch über die Kobaltblauen berichtet?«

»Euer Hoheit!«, zischte die Leibwächterin, aber der Prinz brachte sie mit einer einzigen Handbewegung zum Schweigen; jetzt, da seine Geschichte beinahe erzählt war und seine Häscher von seiner Unschuld überzeugt waren, strotzte er förmlich vor Selbstbewusstsein.

»Ich sagte ihr alles – dass ich Ji-hyeon gefunden habe und sie gar nicht entführt wurde, sondern weggelaufen sein muss, um Generalin der Kompanie zu werden. Ach ja, und ich riet ihr, dass man Kang-ho über seine Rolle hinsichtlich ihres Verschwindens befragt. Es kann wohl kaum ein Zufall sein, dass sie sich einem Söldnerheer anschließt, das den Namen der alten Kompanie ihres Vaters trägt.« Der Prinz schürzte die Lippen und entschied sich, jetzt alles zu sagen. »Außerdem bat ich Mutter, Onkel zu fragen, ob die Heiratsvermittler nach Othean zurückgerufen werden könnten, da ich offensichtlich eine neue Verlobte brauche. Und das, Baron Hjortt, ist alles, was es zu wissen gibt – auf die Nachricht einer Eulenfledermaus passen nicht viele Zeichen des Hochmakellos, und Mutter besteht darauf, dass ich ihr niemals in einer der niederen Sprachen schreibe. Ich hoffe, dieses Wissen kann Euch helfen?«

Der Prinz lächelte zu Domingo hoch, und Domingo erwiderte das Lächeln. Dann ließ er den Säbel auf den Hals des Jungen niedersausen. Die hockende Leibwächterin schrie auf und versuchte sich noch vor ihren Herrn zu werfen, während die Hexengeborene, die einen Speer an ihren Hals gehalten hatte, die Klinge mit solcher Wucht führte, dass sie die Frau beinahe köpfte. Die sitzende Leibwächterin brüllte Domingo etwas zu, während der Oberst den Säbel aus dem Körper des ungläubigen Prinzen oberhalb des Schlüsselbeins heraushebelte und die andere Leibwächterin tot vor dessen Füße fiel. Dann schlug eine der Hexengeborenen der schreienden Frau mit der Axt den Schädel ein. Abgesehen von dem Laut, mit dem Prinz Byeong-gus Blut von dem Seidengewand auf das Gesicht der toten Leibwächterin unter ihm tropfte, war es sehr still im Befehlszelt. Im nächsten Augenblick kippte der Prinz um und gesellte sich zu seinen Landsleuten auf den Boden.

»Die Gefallene Mutter sei uns gnädig«, schaffte es Hauptmann Shea schließlich hervorzustoßen und starrte auf das Gemetzel. »Der Prinz … Ihr …«

»Ich habe gar nichts getan«, sagte Domingo. Es überraschte ihn kaum, dass jeder Hexengeborene im Raum das gleiche stoische Gesicht machte – ausgenommen Bruder Wan mit seiner Grimasse. Aber drückte diese Grimasse Zufriedenheit oder Unmut aus?

»Der Kriegskodex«, flüsterte Shea. »Ihr sagtet ihm …«

»Die Wahrheit.« Domingo schnappte sich Bruder Wans Serviette vom Tisch, um den Säbel sauber zu wischen. »Ich entschied mich, ihn beim Wort zu nehmen, dass er kein Vertrauter der Kobaltblauen Kompanie war und damit auch kein feindlicher Kämpfer, der alle diese komplizierten Statuten verdient, die den Scharlachroten Kodex verkomplizieren. Welch glücklicher Tag für das Imperium, dass wir seit vielen Jahren nicht mit den Makellosen Inseln im Krieg sind, trotz des kürzlichen Debakels von Linkenstern.«

»Und wir werden es sobald auch nicht sein«, sagte Bruder Wan. Seine scharfe blaugraue Zunge fuhr über die trockenen Holzstifte in seinem Oberkiefer, während er etwas in seiner Kutte suchte. Er zog einen langen Dolch mit schwarzem Knauf hervor und hielt ihn Domingo hin. »Wenn Ihr das nächste Mal einen Feind des Imperiums exekutieren müsst, Oberst, bitte benutzt dieses Geschenk der Kette.«

»Ich sagte dir bereits, Bruder Wan, belehre mich nicht darüber, was man mit einer Klinge macht, und ich belehre dich nicht über deine heidnischen Gebete.« Domingo schob den Säbel in die Scheide und winkte den angebotenen Dolch weg, dann richtete er seine volle Aufmerksamkeit auf die noch immer zitternde Hauptmann Shea. »Hauptmann!«

»Sir!« Das ließ sie Haltung annehmen, aber ihr Blick war weiterhin auf die Leichen gerichtet. »Sir?«

»Hauptmann, eigentlich versteht sich das von selbst, aber Ihr werdet niemandem von diesem … Verhör erzählen. *Niemandem*. Ist das klar?« Sie nickte, für Domingos Geschmack allerdings nicht schnell genug, also fügte er hinzu: »Da es sich hier um eine Angelegenheit imperialer Sicherheit handelt, werden diese Vertreter der Kette das Lager überwachen, um sicherzugehen, dass keine grundlosen Gerüchte umherschwirren. Da Ihr die ranghöchste Offizierin seid, bis wir auf den Rest des Fünfzehnten stoßen, gehört es zu Eurer Verantwortung, dass sämtliche Gerüchte im Keim erstickt werden, bevor sie die scharfen Ohren dieser Hexengeborenen oder eine weniger freundliche Gesellschaft erreichen. Es wird keine Gerüchte geben, da es keinen Zwischenfall gab – es wurden niemals Makellose ins Lager gebracht. Habe ich mich verständlich gemacht?«

»Ja, Sir!« Das war es, was Domingo brauchte – eine Aussage, keine Frage.

»Und jetzt lasst mich mit Bruder Wan und seinen Offizieren allein, damit wir hier sauber machen können.« Als Hauptmann Shea in ihrer Hast, verschwinden zu können, beinahe über die Leichen stolperte, schaute Domingo von der blauen Flagge auf dem schmutzigen Tisch auf und rief ihr hinterher: »Und schickt noch eine Portion von dem Wildbret. Ich glaube, ich habe endlich meinen Appetit wiedergefunden.«

KAPITEL 4

Ziegenkacke! Aber Großvater war wirklich wie ein Pickel am Arsch. Oder zumindest im Kreuz. So geschrumpft der Graubart auch sein mochte, ihn tagelang und dann Wochen und schließlich Monate über Stock und Stein zu schleppen, hatte Griesgrams Rücken eine schmerzende Stelle beschert, die ihm selbst dann noch zu schaffen machte, nachdem er den Alten abgesetzt und es sich auf dem Bergkamm bequem gemacht hatte. Die liebe Familie, was sollte man tun?

»Lass mich wie ein Tier im Schlamm sterben«, grunzte Großvater. Griesgram setzte ihn auf einen braunen Stein, der aus dem mit Flechten überwucherten Berg ragte. »Dazu wollten sie dich doch bringen. Wiedergeborene, die die Heiden spielen. Das reicht, um selbst einen Hornwolf kotzen zu lassen.«

»Ja, Großvater«, erwiderte Griesgram. Die mögliche Begegnung mit einem Heer wühlte in dem Alten Erinnerungen auf, das war ihm klar. »Bist du sicher, dass das weit genug vom Weg entfernt ist?«

»Das reicht.« Großvater schloss die Augen, während er keuchte. Als hätte er selbst Griesgram über den steilen, baumlosen Berg geschleppt. Beide Männer schauten zurück in die Richtung, aus der sie gekommen waren, auf die Reifschicht auf Steinen und Moos, die in der Morgendämmerung glitzerte. Tief unter ihnen durchschnitt eine Straße den immergrünen Bambus und die sich bräunlich verfärbenden Saamhaine, die in den Tälern dort unten wucherten. Eine Schleife aus nackter

Erde wand sich durch die Berge. »Die kommen durch den Pass und lagern auf diesen Wiesen dort hinten. Bäche sprudeln in die Tiefe, um Wasser für die Tiere zu geben, der Boden ist flach genug für Zelte – alles viel zu üppig, als dass Lämmchen wie sie daran vorbeigehen würden.«

»Ich finde noch immer, ich sollte zuerst allein gehen«, meinte Griesgram. Großvater warf seinem Enkel einen Blick zu, und Griesgram machte weiter, denn er wusste nur zu genau, dass ihn Vernunft bei dem sturen alten Wolf noch nie besonders weit gebracht hatte. »Ich bin schneller und leiser, und …«

»Und du weißt nicht, wie dein Onkel aussieht«, unterbrach ihn sein Großvater. »Und selbst wenn du ohne mich etwas schneller bist, was soll's? Wenn dich irgendein Trottel herumschleichen sieht und mit einem Feiglingsbogen Glück hat, was wird dann aus mir? Ich sitze oben auf einem verfluchten Berg und warte darauf, dass ein Geier meine Leber frisst oder welche Gnade die Alten Wächter mir zugestehen, weil ich einen Kampf aussitze. Wir bleiben bei den Bächen, die übertönen deinen Lärm, und falls sie uns erwischen, bevor wir deinen Onkel finden, dann kannst du mich doch immer noch auf den Feind werfen, um deine Flucht zu decken, wenn du dir schon solche Sorgen machst.«

»Das würde ich nie tun«, sagte Griesgram. In Emeritus hatte sich Großvater nach den ersten paar Worten über das Thema beharrlich geweigert, sich seinen Bericht über die Begegnung mit der Gesichtslosen Herrin anzuhören. Wenn ihn die Götter an Bord haben wollten, würden sie sich selbst bei ihm melden und nicht Griesgram schicken. Das war seine Rechtfertigung gewesen. Also hatte ihm Griesgram auch nicht mitgeteilt, dass er diese Zosia unbedingt davon abhalten musste, ein ganzes Volk auszulöschen, was eine bedeutend wichtigere Sache war, als Großvater wieder mit seinem Taugenichts von Sohn zu vereinen. Aber da diese Gesichtslose Herrin angedeutet hatte, dass sich die beiden im selben Lager aufhalten mussten, ergab es vielleicht mehr Sinn, Onkel Hasenfuß zuerst zu finden. »Vergiss es! Wir gehen zusammen.«

»Oh, ich hoffe, das passiert nicht, mein Junge«, sagte Großvater. »Ich hoffe, vor dir liegen noch mehr Tauzeiten als vor mir.«

»Nein, ich meinte … du weißt schon, was ich gemeint hab.«

»Oi, da sind sie – und keinen Atemzug zu früh! Ha!«

Großvaters Blick folgend entdeckte Griesgram ein fernes Funkeln, das möglicherweise Morgenlicht auf einem Haufen frühzeitigen Schnees im sterbenden Saamwald gewesen war. Es wackelte die Straße hinauf, verschwand eine Weile und tauchte dann wieder auf. Schließlich war es so nah, dass Griesgram erkannte, worum es sich handelte. Vier in dunkles Blau gekleidete Reiter; das gelegentliche Funkeln kam von ihren Zügeln, die das einzige Metall zu enthalten schienen, das nicht verhüllt worden war, um eine derartige Entdeckung zu vermeiden. Die Kundschafter ritten tief unter ihnen vorbei, und auch wenn Griesgram genau wusste, dass er und Großvater hier oben zwischen den Felsen unsichtbar sein mussten, drückte er sich trotzdem an den gefrorenen Boden.

Kurz darauf tauchte ein weiteres Funkeln auf, und als wären es zuerst nur ein paar Tropfen gewesen, die eine Sturzflut ankündigten, ergoss sich eine ganze Reihe aus reflektiertem Licht über die breite Straße. Die Karawane nahm kein Ende mehr. Griesgram konnte die Einzelnen bald nicht mehr zählen, dann die Wagen nicht mehr, und als er sich schließlich zwei Stunden später wieder Großvater zuwandte, schien der Strom noch immer kein Ende nehmen zu wollen.

»Hättest du gedacht, dass es so viele sein würden?«

»Ein guter Wolf ist tausend Schafe wert«, schnaubte Großvater, aber das wahre Ausmaß der Kobaltblauen Kompanie schien selbst ihn erschüttert zu haben.

Großvater hatte immer schon wie Großvater ausgesehen, aber nun, da das kalte Licht der Morgendämmerung seine verwitterten Züge und die wenigen verbliebenen Haare auf Kopf und Kinn beleuchtete, musste Griesgram es sich eingestehen: Großvater war … nun ja, *alt* geworden. Vielleicht lag es an der Ferne zur Savanne, daran, auf dem ganzen Stern Gerüchten und falschen Spuren hinterherjagen, sich mit verrückten Fremdländern herumprügeln und verlassene Ruinen erforschen zu müssen – Griesgram kam sich bereits fünf Jahre älter vor, also was musste diese Suche dann erst Großvater abgefordert haben?

Andererseits war nicht Großvater von einem Gott berührt worden. Der Alte schlief wie ein Baby, wenn er keine Wache hatte, und vermutlich manchmal auch dann – während Griesgram seit seiner Begegnung mit der Gesichtslosen Herrin keine Nacht mehr Ruhe gefunden hatte. Während der seitdem vergangenen Monate hatte er keine weiteren Einzelheiten über ihren Kult ermitteln können, die Religion des Verlorenen Reiches war genauso obskur wie sein Schicksal, dafür hatte er viel über die Frau erfahren, die er in ihrem Auftrag jagen sollte. Die Kobaltblaue Zosia. Man nannte sie jetzt die Geplagte Königin, aber zu ihrer Zeit hatte sie dieses Land in die Knie gezwungen und eine Bauernrebellion gegen das Scharlachrote Imperium geführt, um seine Königin zu werden, nur um durch die Hand ihrer Nachfolgerin Indsorith zu sterben. Aber jetzt war sie nach zwanzig Jahren aus dem Grab zurückgekehrt und führte wieder Krieg gegen die Herrschaft ihrer Mörderin.

Und Griesgram sollte – nur mit dem Speer seiner Mutter und den Messern seines Vaters bewaffnet – gegen eine Frau antreten, die nicht einmal der Tod hatte aufhalten können, und zwar im Auftrag einer seit langer Zeit vergessenen Göttin, zu der er nie gebetet hatte. Scheiterte er, würden mehr Menschen sterben, als er zu zählen in der Lage war. Das hätte jeden heruntergezogen.

Griesgram und Großvater wurden entdeckt, bevor sie die zweite Linie Wächter hinter sich gelassen hatten. Wäre es dunkler gewesen, hätten sie es weiter geschafft, aber die Kobaltblaue Kompanie hielt den Lagerrand hell erleuchtet und gut patrouilliert. Plötzlich fiel Feuerschein in den von Schatten verhüllten Bach, durch den Griesgram schlich, Rufe erschollen um ihn herum. Geblendet vom Licht nicht abgedeckter Laternen, das auf sein Gesicht gerichtet war, fuhr er herum und wollte schon im Bachbett zurücklaufen. Zwei Pfeile schlugen neben ihm im seichten Wasser ein.

»*Beweg dich* (bla, bla) *und du bist tot* (bla)!«, rief eine Stimme oben vom Ufer, und Griesgram dankte ihrer Suche nach Onkel Hasenfuß, dass sie so lange gedauert hatte – bei Verlassen der Savanne hatte er kein Wort Scharlachrot gesprochen, aber jetzt verstand er es gut genug, um zumindest den Sinn zu erfassen. Er rammte den Speer tief ins Bachbett und hob die leeren Hände, während dieselbe Stimme rief: »(Bla, bla) *mit deinem Rücken nicht in Ordnung?*«

»Sag ihnen, dass wir wegen Maroto gekommen sind«, seufzte Großvater. »Unsere einzige Hoffnung besteht darin, dass er bei diesen Fremdländern etwas zu sagen hat und nicht nur Befehle befolgen muss.«

»*Teufel*!«, rief ein weiterer unsichtbarer Wächter.

»*Nein!*«, erwiderte Griesgram in kindlichem Scharlachrot und zeigte auf Großvater. »*Kein Teufel! Großvater auf Rücken! Großvater nicht laufen können! Nicht Teufel! Hornwölfe! Suchen Maroto! Familie von Maroto!*«

»(Bla, bla) *typisch*«, sagte der erste Wächter. »(Bla, bla) *Maroto* (bla, bla)?«

»Ich sprechen etwas Scharlachrot«, radebrechte Griesgram und wünschte sich zum hundertsten Mal, die Imperialen würden genauso viel mit den Schiffen der Makellosen Handel treiben wie die Clans der Feuersteinländer – Makellos sprach er beinahe flüssig, aber das war im Imperium nicht so nützlich gewesen, wie er eigentlich erwartet hatte. »*Maroto hier, wir sprechen Maroto. Bring uns zu Maroto*. Äh, *bitte*?«

»*Wartet*«, sagte ein Wächter, also wartete Griesgram, obwohl das eiskalte Wasser seine tauben Knöchel umspülte. Durch die Kalte Savanne zu laufen war die eine Sache, in diesem Bergbach zu stehen aber etwas ganz anderes. Das Laternenlicht flackerte nicht und verschwand auch nicht aus seinem Gesicht, also schloss er die Augen und ignorierte Großvaters mürrisches Gemurmel darüber, dass er sich nicht einmal an eine taube Schildkröte anschleichen konnte. Ach, hätte ihn die Gesichtslose Herrin doch jetzt nur sehen können …

»Ich hab dir ja gesagt, wir hätten uns die erste Kundschafterin schnappen und ihr den Hals brechen sollen«, knurrte Großvater. »Mit ihrem Umhang hätten wir uns durch die Linien schleichen können.«

Griesgram antwortete nicht. Aber mal ehrlich, wie hätte das denn funktionieren sollen, wo Großvater doch auf seinen Schultern hockte? Höchstens, wenn sie sich in ein Lager voller Buckliger geschlichen hätten …

»Hornwölfe?«, sagte eine neue Stimme in der Verkehrssprache Feuersteinlands, von der die meisten Clans eine Abart sprachen. »Dann lasst mal ein paar Hörner sehen.«

Die Wahre Sprache zu hören fühlte sich so gut an, dass Griesgram breit lächelte und das geheime Handsignal seines Volkes zeigte. Sofort gab ihm Großvater eine Kopfnuss und flüsterte: »Das ist ein verfluchter Adler-Akzent, keine Verwandtschaft von uns.«

»Hier draußen im Imperium sind alle Barbaren miteinander verwandt, Cousins«, sagte die Stimme. Das grelle Licht ließ nach, und Griesgram öffnete wieder die Augen. Der Kreis aus Wächtern war dichter geworden, aber die Laternen waren jetzt weit genug zu Boden gerichtet, und Griesgram sah, dass die Frau noch immer den Federkopfschmuck der Kronenadler trug. Und den kobaltblauen Umhang. »Wie viele von euch sind noch hier im Hochland?«

»Nur wir«, sagte Griesgram. »Ich und Großvater sind Marotos Familie.«

»Maroto hat uns nicht befohlen, nach Angehörigen seines Clans Ausschau zu halten, die sich im Schutz der Nacht anschleichen«, sagte die Kronenadlerin. »Darf ich also fragen, was – bei der Heiligen Unzucht der Götter – ihr beiden hier zu suchen habt? Wenn ihr freundliche Absichten hegt, warum habt ihr unser Lager dann nicht am Tag betreten?«

Genau das hatte Griesgram ja auch machen wollen, nachdem sie die Kundschafter auf der Straße gesehen hatten, aber Großvater hatte nichts davon wissen wollen. Doch Griesgram würde das jetzt nicht vor Fremden breittreten. »Mein Scharlachrot ist schlecht, und die meisten Imperialen, die wir getroffen haben, sprechen nicht gut Makellos. Wir hielten das für den besseren Weg, meinen Onkel zu finden. Ich schwöre bei meinen Messern, dass wir ihm nichts tun wollen. Wir sind seine Familie.«

»Und wie können wir uns dessen sicher sein?«, fragte die Kronenadlerin.

»Wir reden mit Maroto, Küken«, antwortete Großvater. »Sag mir nicht, dass dieser Welpe heute einen Vogel schickt, um für ihn die Arbeit zu erledigen? Bring ihn her, dann hören wir ja, was er dazu zu sagen hat.«

»Großvater …«, begann Griesgram, aber Großvater war in einer gereizten Stimmung.

»Wenn er nicht Wolf genug ist, um sich seiner Familie zu stellen, drehen wir auf der Stelle um und haben nichts mehr mit ihm zu tun. Ich wollte ihm ja eine zweite Chance geben, aber wenn das sein Willkommen sein soll, na gut, dann können sie ihn gern behalten, und wir kehren nach Hause zurück.«

»Wir werden sehen, wie es sich verhält, wenn Maroto zurückkehrt«, sagte die Kronenadlerin. »Bis dahin geht ihr beiden nirgendwohin. Im Augenblick überprüfen ein Dutzend meiner besten Leute die Gegend. Falls ihr also ein paar eurer Clansbrüder vergessen habt zu erwähnen, die sich doch irgendwo verstecken, dann ist jetzt der Augenblick gekommen, das zu berichtigen.«

»Bezeichne uns noch einmal als Lügner, und ich stecke dir deinen Schnabel in die Kloake, und …«

»Wir sind allein.« Griesgram sprach schnell und laut, um Großvater zu übertönen. »Ihr geht nach Norden bis zum ersten Felsvorsprung, unsere Ausrüstung liegt unter der Gletscherspalte hinter ein paar Felsen. Es wäre äußerst zuvorkommend, wenn deine Leute sie uns bringen könnten.«

»Das ist einfach großartig«, knurrte Großvater, der jetzt vermutlich sauer auf ihn war. Mal wieder. »Dann bringt uns zu dem, der hier das Sagen hat, solange Maroto fort ist.«

Die Frau lachte. »Bis zu seiner Rückkehr habe ich den Befehl über euch, und dabei belassen wir es. Ich bin Chevaleresse Sasamaso, befehlshabender Hauptmann der Leibwache der Generalin.«

»Ich bin Griesgram«, sagte Griesgram. »Und mein Großvater ist Skrupellos.«

»Da steckt irgendwo bestimmt ein Witz drin«, meinte Chevaleresse Sasamaso. »Ich komme jetzt und nehme euch die Waffen ab, einverstanden?«

Griesgram hatte die Befürchtung, dass Großvater deswegen Ärger machen würde, aber als die Kronenadlerin den Speer und den Gurt mit den Messern nahm, verhielt sich der Alte ruhig. Hätte die Frau versucht, Großvater seinen Zahnstocher abzunehmen, hätte es womöglich Schwierigkeiten gegeben. Aber sie tat so, als würde sie die aus seinem Geschirr ragende Scheide nicht bemerken. Schließlich trat sie zurück und gab ihm ein Zeichen, den Bach verlassen zu dürfen. Auf seinen nassen Füßen fühlte sich die Nachtluft der Berge kälter als an das Wasser.

»Eine Chevaleresse ist hier draußen so etwas wie eine Kriegerin, oder?«, fragte Griesgram sie auf dem Weg ins Lager. Ein paar der Wächter begleiteten sie, die meisten jedoch verdeckten ihre Laternen und begaben sich wieder auf Patrouille. »Aber du bist eine Kronenadlerin.«

»Eine Chevaleresse ist mehr als eine Kriegerin«, sagte ihre freundliche Wächterin. »Das ist ein Titel, der sowohl in den Domänen der Raniputri als auch in den imperialen Provinzen eine so große Ehre genießt, wie man sie Fremdländern nur selten gewährt. Es bezeichnet einen noblen Geist sowie Geschick im Kampf.«

»Ist mein Onkel auch ein Chevaleresse?«

»Maroto? Nein, er ist kein Ritter. Obwohl man ihm das Privileg angeblich oft angeboten hat, lehnte er jedes Mal ab.«

»Warum?« Griesgram bemühte sich, nicht alles anzustarren, während man sie durch das dicht bevölkerte Lager führte. Majestätisch aussehende Leute in makellosen Eisenrüstungen saßen neben Soldaten mit nackten Oberkörpern am Feuer, die so dreckig aussahen, dass sie auch Bettler hätten sein können.

»Sie haben Regeln, nicht wahr?«, sagte Großvater. »Sich *Ritter* zu nennen bedeutet, nicht mehr schmutzig zu kämpfen, kein Lügen oder Betrügen, eh?«

»Das wären dann nur ein paar der Verhaltensregeln«, erwiderte Chevaleresse Sasamaso mit einem spöttischen Grinsen.

»Da hast du deine Antwort.« Großvater machte es sich wieder in seinen Gurten bequem. »Damit würde er nichts zu tun haben wollen, nicht unser Hasenfuß.«

»Hasenfuß?« Chevaleresse Sasamaso schien entzückt zu sein. »Ich wusste doch, dass Maroto kein Name der Hornwölfe ist. *Hasenfuß*. Sieh an!«

»Sind das die Spione?« Eine unbekannte Frau kam durch eine Lücke zwischen den Zelten auf sie zu. Zu Griesgrams Erleichterung sprach sie sie auf Makellos statt auf Scharlachrot an. Die Wächter, die sie flankierten, waren beeindruckend mit ihren an Krebse erinnernden Plattenrüstungen und den Helmen, die wie Hundeschädel gestaltet schienen. Aber als die Gefangenen im flackernden Licht eines Feuers stehen blieben, um die Frau zu treffen, und Griesgram sie darum besser sehen konnte, schnürte es ihm die Kehle zu, und seine Hände schwitzten.

Nicht ihre knappe Kleidung brachte ihn aus dem Gleichgewicht, obwohl das spärliche Kettenhemd durchaus seine Aufmerksamkeit erregte. Zwar war das Klima hier bedeutend wärmer als im Feuersteinland, dennoch packten sich die meisten Fremdländer in mehr erstickende Stoffschichten als ein Neugeborenes mit Lungenentzündung. Es war auch nicht ihre Schönheit, obwohl sie wirklich scharf aussah.

Nein, es war das lange blaue Haar, das ihr Gesicht einrahmte, der ungestüm geschnittene Pony, der ihre dunklen Augen in Schatten tauchte, die das Feuer dennoch nicht vertreiben konnten. Sie sah genauso aus, wie die Geschichten Zosia die Eiskalte beschrieben hatten, eine wilde Schwertkämpferin mit kobaltblauen Haaren, die Teufel und Heere anführte.

Griesgram musste sie aufhalten, bevor sie mit ihrer Hexenkraft ein Imperium vernichtete. Zosia. Und als wollte sie seine Erkenntnis noch unterstreichen, flatterte über ihnen eine kleine Eulenfledermaus mit den im Feuerlicht schwarz funkelnden Flügeln vorbei.

»Sehen wir wie Spione aus?«, fauchte Großvater, der Makellos trotz des ganzen Unsinns, den er immer über ihre Schiffsbauer, ihre Reisgeister und ihr ganzes Leben von sich gab, durchaus gut zu sprechen verstand. »Wir sind wegen Maroto hier.«

»Sie behaupten, mit ihm verwandt zu sein«, sagte Chevaleresse Sasamaso. »Ich glaube ihnen, was das auch bedeuten mag.« Sie wechselte auf Scharlachrot. »(Bla, bla) *dumm genug* (bla, bla).«

»Ich ziehe Maroto jederzeit dem Rest der alten Garde vor«,

sagte die blauhaarige Frau wieder auf Makellos. Dann verneigte sie sich erstaunlicherweise. »Willkommen in meinem Lager, Verwandte von Maroto! Ich bin Generalin Ji-hyeon Bong, Kommandantin der Kobaltblauen Kompanie.«

»Ich bin Griesgram«, sagte Griesgram, obwohl er sich im Augenblick alles andere als griesgrämig fühlte. Nein, er war glücklicher als seit Langem, weil er sich nicht auf diese Frau stürzen musste. Vor allem, da er fest davon überzeugt war, dass die über ihren Köpfen kreisende alte Fledermaus ein Teufel war, der auf sie aufpasste. Er war sich nicht sicher, woher er wusste, dass der Teufel an sie gebunden war, aber klar war, dass er es wusste. »Und mein Großvater heißt Skrupellos. Wir sind Hornwölfe. Oder waren es zumindest und sind es nicht mehr. Vielleicht werden wir eines Tages wieder welche sein. Kommt darauf an.« Griesgram war vieles, aber noch nie zuvor hatte er sich dabei erwischt, ein Plappermaul zu sein, also räusperte er sich und kam zu einem Ende. »Wie dem auch sei, wir kommen aus der Kalten Savanne.«

»Die Tundra vom Feuersteinland?«, fragte Ji-hyeon.

»Stottert er etwa?«, knurrte Großvater. »Man nennt es die Kalte Savanne, Mädchen, und du solltest ihr den Respekt erweisen, der ihr zusteht, indem du sie auch so nennst.«

Griesgram errötete, aber zu seiner Erleichterung lächelte Ji-hyeon über die Zurechtweisung. »Entschuldigt, Meister Skrupellos, ich wollte nicht respektlos sein. Ganz im Gegenteil, das ist ein allzu langer Weg, um ihn mit keinem anderen Reittier als Eurem Enkel zurückzulegen.«

Griesgrams Wangen brannten noch stärker, und er erklärte lahm: »Wölfe reiten nicht.«

»Ich würde deine Entschuldigung ja gern akzeptieren«, sagte Großvater. »Aber solange wir deine Gefangenen sind, werde ich das wohl nicht tun.«

»Alter Wolf, du solltest …«, begann Chevaleresse Sasamaso, während einer von Ji-hyeons Leibwächtern einen Schritt auf sie zumachte, aber Griesgram kam ihnen allen zuvor. Dafür würde er später noch bezahlen, vor allem da er es auf Makellos sagte. Aber die Worte waren ausgesprochen, bevor er sich zurückhalten konnte.

»Bei dem heidnischen Gott und den wahren Göttern, Großvater, bedank dich einfach! Sie haben uns erwischt, während wir uns wie Löwen anschlichen, die ein Baby rauben wollten, und du erwartest, dass sie nicht misstrauisch sind? Was würdest du denn tun, wenn du einen Schakalmann dabei erwischt hättest, der nachts durch dein Fenster einsteigt? Ihm einen Becher Schneemet anbieten?«

Großvater erstarrte auf Griesgrams Rücken, erwiderte aber kein Wort. Wieder lächelte Ji-hyeon. Der Wind fuhr durch das Feuer und fachte es an, und Griesgram vermochte ihre Augen besser zu erkennen und entdeckte dabei, dass sie gar nicht so dunkel waren, wie zuerst gedacht. Während diese funkelnden Edelsteine auf ihn gerichtet blieben, sprach sie Großvater an. »Skrupellos vom Stamm der Hornwölfe, wenn ich Euer Wort bekomme, dass Ihr und Euer Enkel keinen Schaden anrichtet, seid ihr willkommen, als Gäste zu bleiben – und nicht als Gefangene.«

»Betrachtet es als gegeben«, schniefte Großvater und entspannte sich etwas in seinem Geschirr. »Und ich akzeptiere Eure großzügige Entschuldigung von ganzem Herzen, Generalin.«

»Ausgezeichnet«, sagte Ji-hyeon. »Chevaleresse, sorgt dafür, dass man ein Zelt für sie errichtet. Wenn Maroto von seinem Auftrag zurückgekehrt ist, werde ich dafür sorgen, dass man ihn gleich zu euch schickt, dann könnt ihr euch entscheiden, ob ihr weiterziehen oder unserer Sache die Treue schwören wollt. Sosehr ich euch auch gern versorgen würde, der Winter naht doch schnell, und ich kann es mir nur leisten, die Leute meines Gefolges zu ernähren. Willkommen in meinem Lager, Ehrenhafte!«

Generalin Ji-hyeon nickte knapp und ging dann weiter; vermutlich hatte sie gar nicht nach ihnen Ausschau gehalten, sondern war zu einem anderen Ziel unterwegs gewesen, als sich ihre Wege gekreuzt hatten. Für Griesgram gab es kein Lächeln zum Abschied. Nicht, dass er eines erwartet hätte … trotzdem vermisste er sein Fehlen stark genug, um zu riskieren, sich wie ein Narr zu verhalten und auf dem Absatz umzudrehen.

»Wartet«, sagte er und fühlte sich zur Abwechslung mal recht selbstbewusst. Dieses Selbstbewusstsein verpuffte jedoch, als sich die Generalin wieder umdrehte und er ihre Verärgerung erblickte. »Ich, äh, wollte noch sagen, dass wir vielleicht mal eine rauchen sollten. Ihr und ich.«

Ihre Miene ließ das unwahrscheinlich erscheinen, und Großvater schnaubte hinter ihm nur, aber er machte einfach weiter und versuchte nicht so verzweifelt zu klingen, wie er sich in diesem Augenblick fühlte. »Ich sehe, dass Ihr eine viel beschäftigte Frau seid, also keine Eile. Wenn Ihr mal Zeit habt, nur wenn Ihr mal Zeit habt.«

»Ich rauche keinen Tubãq«, sagte Ji-hyeon. Griesgram war klar, dass sie im nächsten Augenblick fort sein würde, wenn er jetzt nichts Schlagfertiges sagte. Aber das war eben nicht seine Welt, also sagte er einfach die Wahrheit, so wie er es immer tat. Obwohl ihm das nie viel eingebracht hatte.

»Ich auch nicht, ekliges Zeug. Großvater rollt ihn manchmal, aber das ist mir zu stark. Ich bin doch keine Ziege, die von giftigen Kräutern lebt. Ich habe von Saam gesprochen, ja?« Und da war es! Ganz vorsichtig schlich es um die Mundwinkel der Generalin, wie eine misstrauische Füchsin, die die Luft vor ihrem Bau wittert. Nur die Andeutung eines Lächelns.

»Ich soll mit Euch zusammen Saam rauchen, bittet Ihr mich *darum*?« Das Lächeln war so schnell wieder verschwunden, wie er es entdeckt hatte. »Ich soll eine Pause vom Kriegführen machen, um mich mit Euch zusammen zu berauschen, Barbar?«

Chevaleresse Sasamaso bedeckte den Mund mit der Hand, die in einem Panzerhandschuh steckte, und Großvater schüttelte sich vor stummem Gelächter auf Griesgrams Rücken. Das war eine Katastrophe.

»Saam ist kein Rauschmittel, es ist Medizin«, meinte Griesgram lahm.

»Und welches Leiden behandelt es?«

»Schlechte Stimmung?« Noch nie zuvor hatte er über die praktische Anwendung nachgedacht, aber er wusste, dass Schlammarbeiter es nahmen. Trotzdem, dass er sie tatsächlich gerade gefragt hatte, ob sie sich zusammen mit ihm volldröhnen wollte, erschien ihm irgendwie erbärmlich.

»Meister Skrupellos, ich muss wegen Eures Enkels eine Bitte äußern«, sagte Ji-hyeon, und während das Beinahe-Lächeln wieder da war, schenkte sie jetzt Großvater ihre ganze Aufmerksamkeit. Diesmal war Griesgram wirklich voll ins Fettnäpfchen getreten.

»Er ist ein guter Junge, Generalin, nur einfach nicht daran gewöhnt, mit Kriegsherren zu sprechen«, bemerkte Großvater. »Solange Ihr ihn nicht für seine Unverschämtheit auspeitschen wollt, bläue ich ihm etwas Disziplin für seine Frechheit ein.«

»Gut«, sagte Ji-hyeon. »Mit Eurer Erlaubnis würde ich gern irgendwann in den nächsten Tagen den Kaldi mit ihm nehmen. Privat. Ich hoffe, ihr versteht?«

»Oh, ich verstehe«, sagte Großvater, was gut war, denn Griesgram tat es nicht. »Ich gebe Euch die Erlaubnis, mit dem Jungen zu reden, aber mehr auch nicht. Er ist noch Jungfrau, und ich möchte, dass er es auch bleibt – so groß und schlau er ist, wird er einen ordentlichen Bräutigamspreis erzielen, falls ich irgendwann eine Ehe arrangieren kann, ohne dass er …«

»Bei allen verfluchten Teufeln, Großvater, halt endlich dein verfluchtes Maul!« Griesgram wünschte sich, der Alte hätte ihn gleich ermordet, statt so eine Scheiße von sich zu geben. »Ich habe nicht vor … sie will nicht … bei allen verfluchten Teufeln!«

»Ich versichere Euch, dass seine Keuschheit unangetastet bleibt.« Ji-hyeon verneigte sich ein letztes Mal. Jetzt lächelte sie einmal richtig, aber Griesgram freute sich nicht mehr darüber. Der verfluchte Großvater, Mann …

KAPITEL 5

»Das ist doch Schwachsinn«, keuchte Herzogin Din und pflanzte ihren in Seide gehüllten Hintern auf einen Felsblock in der Nähe desjenigen, den Maroto und Purna besetzten. Der Pass hatte eine Breite von weniger als einem Dutzend Fuß, die schroffen Gipfel zu beiden Seiten ragten so steil in die Höhe, als wollten sie dem Himmel ins Auge stechen. Da der heulende Wind eine Mischung aus frühem Schnee und Felsstaub herantrug, war es kaum die ideale Stelle für ein Picknick. An den Enden des schmalen Bergsattels fielen unwegsame Hänge tausend Fuß steil in die Tiefe, bevor sie etwas abflachten, und wenn überhaupt, dann erschien die Seite, an der ihre Gruppe absteigen sollte, noch halsbrecherischer als die, die sie hinaufgestiegen waren.

»Legt Zeugnis ab, Schwester!«, sagte Purna, hob eine Faust und senkte den Kopf. »Hätte ich gewusst, dass uns diese Aufgabe erwartet, hätte ich mich von den Kobaltblauen als Verräterin hinrichten lassen. Hätte ich Murmeltier spielen wollen, dann hätte ich die Kutumbanberge nie verlassen.«

Hassan half dem laut schnaufenden Diggelby die letzte zerklüftete Erhebung hinauf; selbst die kleine Töle des Paschas hechelte, während sie vor ihnen die Felsen erklomm.

Dennoch verspürte Maroto eine tiefe Freude, was ihm schon seit Wochen nicht mehr passiert war, vielleicht sogar seit einem ganzen Monat nicht. Beim Alten Schwarz, vermutlich hatte er seit der Entdeckung, dass das blauhaarige Mädchen, das jedermann für Zosia hielt, nur Kang-hos Göre war und Fennec ihr treuer Puppenspieler, nicht mehr gelächelt. Aber jetzt war er wirklich glücklich und zufrieden.

Der Grund dafür lehnte an einem Felsen; die drei Kundschafter schienen sich in einen Windschutz zu drängen und waren nicht tot. Maroto war keineswegs so verdorben, dass ihn der Anblick irgendwelcher Leichen erfreute – bei allen Höllen, wäre er diese Art von Mann, er würde bei dem Leben, das er führte, gar nicht mehr aufhören zu lächeln. Nein, sein Vergnügen – das war wirklich das einzig passende Wort dafür: Vergnügen – lag darin begründet, dass er einen der Kundschafter erkannte, die Choi vor Einbruch der Morgendämmerung erledigt hatte, während er und die anderen sich noch auf dem Aufstieg zu dem nebelverhüllten Pass befunden hatten.

Es war Lukash, der beinahe nasenlose Kundschafter, dieser verlogene Scheißkerl, der seine Gnade damit vergolten hatte, ihnen vor Myura einen ganzen Zug Imperialer auf den Hals zu hetzen, kurz bevor sie endlich die Kompanie gefunden hatten. Maroto wünschte nur, er hätte Choi bei der Arbeit zusehen und ihr vielleicht ein paar Ratschläge geben können, wie sie es geschafft hätte, es ein bisschen langsamer angehen zu lassen. Sein oft bereuter Eid hinderte ihn daran, Angehörige des Scharlachroten Imperiums zu foltern, aber es gab keinen Grund, warum er bei solchen Aktivitäten keine professionellen Ratschläge geben sollte. Aus demselben Grund konnte er zwar eine Gruppe Kundschafter anführen, die die Imperialen ausspionieren mussten, aber sie durften eben keinen offenen Angriff gegen sie anführen – ein Mann musste seinen Feinden gegenüber sein Wort halten, wem denn sonst? Aber das war kein Grund, nicht kreativ zu werden wenn es um Interpretationen ging.

»Macht es euch nur nicht zu bequem«, rief er Diggelby und Hassan zu, die ein Stück vor dem unwegsamen braunen Kamm des Passes zusammenbrachen. »Sobald sich Choi zeigt, rücken wir ab, und zwar schnell. Hier sind wir zu ungeschützt.«

»Sie brauchen eine Pause, Maroto«, sagte Purna, deren

Gesicht schweißbedeckt und gerötet war. An den Morgen, die mit einem steilen Aufstieg in die Berge begannen, hatten die Stutzer gelernt, die Schminke im Kasten zu lassen. »Seht sie Euch an. Wenn Ihr glaubt, wir kämen langsam voran, dann wartet, bis sich einer den Knöchel bricht, weil Ihr sie zu sehr antreibt.«

»Beschwert Euch bei Choi«, erwiderte Maroto. Er betrachtete die Bergwiesen in der Tiefe, auf die der Hang seine Böschungen wie einen Wasserfall aus scharfen Steinen ergoss. Irgendwo dort unten schlich die Hexengeborene herum, und sobald sie ihr Signal erhielten, konnten sie …

»Bleibt bis zur Dunkelheit hier«, ertönte Chois Stimme ausgerechnet über ihnen. Abgesehen von ihren bescheidenen Hörnern sah die weißhaarige Hexengeborene wie eine ganz gewöhnliche Frau aus, die mit dem Rest der Mannschaft im Lager herumsaß … aber niemand, der ihr zusah, wie sie die letzten Dutzend Fuß von dem steilen Gipfel neben ihnen in die Tiefe glitt, konnte sie mit einem Menschen verwechseln. Zu schnell, zu trittsicher, und verdammt, auch viel zu teuflisch. »Auf der übernächsten Wiese lagert ein Regiment, und sie werden mehr Kundschafter dort unten haben, die den Abstieg von diesem Pass überwachen. Steigen wir jetzt runter, sieht man uns.«

Herzogin Din pfiff anerkennend. »So viel zu Marotos Einschätzung, dass die imperialen Obersten – wie war das noch mal? – ›zu blöd sind, ihre Front zu decken, geschweige denn ihren Arsch‹? Ich habe die Übersicht verloren, wie oft Ihr ihn zu einem Lügner gemacht habt, Choi.«

»Die Dinge haben sich verändert«, knurrte Maroto. Was auch stimmte, ob damit nun die besser gewordene imperiale Führung gemeint war oder er selbst, der durch Inaktivität schwer nachgelassen hatte. »Und zwar beträchtlich.«

»Ihr meint: seit den Tagen, in denen Ihr einer der besagten Obersten wart?«, fragte Purna, und obwohl Diggelby und Hassan zu weit entfernt waren, um ihre Worte mitzubekommen, kicherten die beiden so gegensätzlichen Bastarde wie aufs Stichwort. Andererseits verfügten sie über zwei gesunde Ohren, also hatten sie sie ja vielleicht doch gehört.

»Kommt dort runter, geht ein Stück zurück«, befahl Choi, passierte sie und ging am Passende in die Hocke, musterte den Weg, den sie gekommen waren. »Falls eine Wachabwechslung kommt, wollen wir nicht, dass sie uns sehen, bevor sie oben sind.«

Maroto fiel in Purnas und Dins theatralisches Stöhnen ein. Sie stiegen von ihrem sonnigen Sitz und begaben sich wieder auf die kalte Seite der Felsen. So schnell Marotos gute Laune wiederhergestellt worden war, so schnell verschwand sie auch wieder. Nach der Begegnung mit Generalin Ji-hyeon und Fennec in Myura hatte er sich wie ein Toter gefühlt und war wie ein unwillkommener Geist durch das Lager der Kobaltblauen gewandert; er war nicht bereit gewesen, den Treueid zu schwören, den die anderen sich förmlich überschlagen hatten zu leisten. Nun, er war weniger *nicht bereit* als vielmehr *nicht dazu fähig* gewesen – das war das Problem mit den Eiden, man schwörte einen, und plötzlich wurde es viel schwieriger, weitere zu schwören –, aber am Ende hatte er eine Art Kompromiss gefunden. Nicht aus einer lange Zeit begrabener Loyalität seinen alten Kameraden und ihren Nachkommen gegenüber, sondern allein weil Purna keine Ruhe gegeben hatte – sie wollte Generalin Ji-hyeon ihre Dienste anbieten, aber nicht, bevor Maroto eingewilligt hatte, es ebenfalls zu tun.

»Folgendes Problem«, hatte er ihr gesagt. »Gegen die Königin von Samoth kann ich kein Schwert erheben.«

»Waaas?«, hatte sie erwidert. »Warum das denn nicht? Ihr hasst das Scharlachrote Imperium, das habt Ihr schon hundertmal verkündet! Und Ihr habt uns auf der Suche nach diesem Heer quer über den ganzen Stern geschleift, einer Streitmacht, die sich offensichtlich mit dem Imperium im Krieg befindet! Und man kann ja wohl kaum Krieg gegen ein Imperium führen, ohne gleichzeitig mit seiner göttlich bestimmten Anführerin im Krieg zu sein, oder? ›Den guten Kampf zu kämpfen!‹, das habt Ihr tausendmal gesagt! Ich weiß, dass die Anführerin der Kobaltblauen Kompanie nicht die ist, die Ihr erwartet habt, aber wir sind hier, und wir können helfen, außerdem – was wollt Ihr sonst tun? Wieder Jagdgesellschaften in die Pantera-Wüste führen?«

»Ich habe einen Eid geschworen«, sagte Maroto so unglücklich über die Situation wie nie zuvor. »Vor langer Zeit, Königin Indsorith gegenüber, und ich breche keinen Eid, nicht einmal einen, den ich bedaure. Ich bin einem Traum nachgejagt, Purna, und jetzt ist es Zeit aufzuwachen.«

»Dann schwört einen neuen Eid«, meinte Purna. Sie kannte ihn gut genug, um nicht an Dingen zu rühren, an denen er nicht rühren wollte. »Um mir zu helfen! Wenn Ihr mich vor imperialen Schwertern beschützt, ist das kaum das Gleiche, als eine Klinge gegen die Königin zu erheben.«

»Hm«, hatte Maroto erwidert, nicht weil er die Absicht hatte, bei einem weiteren ihrer brillanten Pläne mitzumachen, sondern weil er sie gut genug kannte, um nicht sofort abzulehnen.

Und doch stand er jetzt hier, Wochen später bei einer von Generalin Ji-hyeon befohlenen Kundschaftermission. Marotos Wissen über das imperiale Militär machte ihn zu einer offensichtlich aussichtsreichen Wahlmöglichkeit, und wo er hinging, ging auch Purna hin, und wo Purna hinging, gingen Din, Hassan und Diggelby hin. Choi war ihnen zugeteilt worden, weil Generalin Ji-hyeon offenbar genug Verstand hatte, ihren neuen Rekruten nicht weiter zu vertrauen, als sie schießen konnten. Also erhielt die Hexengeborene den Befehl über ihre Gruppe. Maroto hätte nicht geglaubt, dass es etwas gab, dass die Adligen von einer fröhlichen Bande in eine stinknormale Gruppe verwandeln konnte, aber Choi mit den scharfen Zähnen wäre in der Lage gewesen, jedermann die Laune zu verhageln: kein Feuer, keine Gelage, keine Kämpfe, wenn es sich vermeiden ließ, und, das war von allem das Grausamste, kein Gesang. Es war ein langer, freudloser Gewaltmarsch durch Wälder, Sümpfe und jetzt auch über Berge gewesen, und obwohl sie etliche Informationen über die drei imperialen Regimenter gesammelt hatten, die versuchten, die Kobaltblaue Kompanie zu umzingeln, hatte sich Maroto seit dem Aufbruch in Myura nicht mehr ordentlich betrunken. Aber es gab schlimmere Dinge, als nicht trinken zu können – zum Beispiel konnte er sich kaum daran erinnern, wann er das letzte Mal gevögelt hatte. Irgendwann bevor er sich bei den Lordlingen verdungen hatte – bei den Vergnügungen der Teufel, was war nur aus Maroto dem Mächtigen geworden, dass er fast ein ganzes Jahr lang nicht mal mehr einen geblasen bekommen hatte? Alt zu werden war immer noch besser, als tot zu sein, aber nicht viel.

Und endlich hatten sie es fast zurück zu den Kobaltblauen geschafft, da musste das verfluchte Schicksal zuschlagen und sich ein anderes imperiales Regiment zwischen sie und einen ordentlichen Schluck drängen – und wenn Maroto Glück hatte, gab es auch noch eine Runde mit einer Lagerhure. Nicht, dass er heutzutage auch nur einen Funken Glück gehabt hätte …

»Seht doch, ein Ziegenbock!«, sagte Purna und verdarb Maroto das Nickerchen. Man hätte glauben sollen, dass eine Ugrakari längst über die neuartige Erfahrung hinausgewachsen sein sollte, Tieren gegenüberzustehen, die man im Allgemeinen für die zweitgrößten Arschlöcher der Berge hielt, aber anscheinend doch nicht. »Was für ein Bart! Er muss älter als Maroto sein!«

»Wenn auch nicht so notgeil«, meinte Hassan. Er ließ Diggelby und seinen Hund dösend auf dem kleineren, zerklüfteteren Felsen zurück und stieg die letzten paar Meter nach oben, um sich zu Maroto, Purna und Din zu gesellen, die auf der dem Wind abgewandten Seite der Felswände ausharrten. Jetzt, da das Schneegestöber aufgehört hatte, ließ die Helligkeit der nachmittäglichen Bergsonne Marotos Augen tränen, und jeder

Knochen in seinem Hintern schmerzte, als er sich aufrechter hinsetzte und den Sabber von seinem stoppeligen Kinn abwischte.

»Behält Choi die andere Passseite im Auge?«, erkundigte er sich. »Oder ist sie wieder weggelaufen, und ihr Hofnarren habt euch entschieden, dass wir keinen eigenen Wachtposten brauchen?«

»Wonach sollte man denn oben auf einem verfluchten Berg Ausschau halten?«, grummelte Din, während sie die kunstvoll gebogenen Spitzen ihrer Armbrustbolzen schärfte.

»Genau das haben vermutlich auch die letzten Kundschafter auf diesem Posten gedacht.« Ruckartig zeigte Maroto mit dem Daumen in die Richtung von Lukash, dem beinahe nasenlosen Kundschafter, und den anderen Leichen. »Nicht so viele Freiwillige auf einmal.«

»Junge, Junge, der alte Bock hält direkt auf Diggelby zu«, sagte Purna. »Fünf Taels darauf, dass er über ihm steht, bevor der Pascha aufwacht!«

»Ich sage sechs, dass Prinz zuerst aufwacht«, hielt Hassan dagegen.

»Kein Narr nähme diese Wette an«, meinte Din. »Der Hund wacht vor Diggelby auf, egal, was passiert … aber ich sehe Prinz aufwachen und sein Herrchen wecken, bevor die Ziege auf Spuckdistanz ist. Also nehme ich Eure Wette an, Purna.«

»Verdammt«, sagte Purna. »Den Hund hatte ich völlig vergessen. So weit eine Ziege spucken kann oder ein Mensch?«

»Wie wir in der Wüste festgestellt haben, können Dromedare ein ordentliches Stück weit spucken«, sagte Hassan. »Aber was die Reichweite von Ziegen angeht, da muss ich passen.«

»Wo ist eine Lawine, wenn man sie braucht?«, murmelte Maroto. Er erhob sich in die Hocke, da knackten seine Gelenke. »Also übernehme ich die erste Wache, dann …«

Zufällig sah er auf die Bergseite hinunter, die sie erklommen hatten, und sein Blick fiel auf die fragliche sogenannte Ziege.

Seine Eingeweide verwandelten sich in Eisen, und das Gewicht drohte sie aus seinem Damm zu stoßen. Er blinzelte, befeuchtete sich die Lippen und befahl seinen plötzlich zitternden Beinen mit reiner Willenskraft, sich nicht zu bewegen. Doch sie ignorierten ihn. Zum ersten Mal seit seinem Erwachen bemerkte er, dass der Wind völlig eingeschlafen war, und die Sonne hatte ihr Gesicht in einer Wolke vergraben. In der Stille musste sie sie gewittert haben, und im Schatten würden die Augen der Kreatur so scharf wie ihre Zähne sein. Sie befand sich nur hundert Meter den Steilhang hinunter und trabte direkt auf den schnarchenden Diggelby zu.

» … fünf für Hassan, dass er den Hund aus der Entfernung eines geübten menschlichen Spuckers aufweckt, und fünf für Din, dass es die Reichweite eines Kamels ist, bevor …«

»Haltet eure verfluchten Klappen«, sagte Maroto so ruhig, wie er nur in der Hitze der Schlacht und unter anderen beschissenen hochgefährlichen Umständen wurde. »Kriecht langsam die Felswand entlang. Sofort. Purna, Ihr schlitzt den Bauch eines der toten Kundschafter auf. Dann begebt ihr euch alle so leise wie ihr könnt die andere Seite herunter. Sofort.«

»Ist das Euer Ernst?«, fragte Din. »Ist das sein Ernst? Was ist denn los?«

»Scheiße, ab mit euch«, knurrte Maroto. »Ich krieche da runter und schnappe mir Diggelby. Dann komme ich hinter euch her.«

»Ist es Choi?« Purna sah in jede Richtung, nur nicht auf die Bestie, die seelenruhig den Berg heraufkam.

»Wonach suchen wir?«, fragte Hassan. »Ist es in der Nähe der Ziege?«

»Das ist keine Ziege, seid Ihr blind?« Maroto erschauderte. »Das ist ein Hornwolf.«

Die anderen drei verstummten, und Maroto schnappte sich einen ordentlichen Kieselstein vom Boden. Diggelby damit zu wecken würde sicherer sein, als ins offene Gelände zu kriechen, aber in dem Moment, in dem er sein Geschoss auf das Ziel schleuderte, prusteten Din und Hassan los. Der Stein verfehlte den Pascha und polterte lautstark über den Felsen. Ihr Gelächter würde weit tragen, das war Maroto klar, und der Hornwolf erstarrte und hob die Schnauze in die Luft.

»Ihr hättet mich beinahe reingelegt, Mar...«, begann Din, aber der Barbar war mit einem Satz hinter ihr und schlug ihr eine Hand vor den geschminkten Mund.

»Maroto, habt Ihr überhaupt schon mal eine Ziege gesehen?«, flüsterte Purna und zeigte auf die Kreatur. »Denn ich sage Euch, das ist eine Ziege.«

Ein Kläffen ließ alle zusammenzucken, aber dann kicherte Hassan schon wieder, weil alle begriffen, dass dies nur Prinz gewesen war. Diggelbys Hund schoss wie von einer Biene gestochen in einer Staubwolke hoch und kläffte jetzt ernsthaft. Sein Herr stöhnte und schlug nach ihm, stand aber nicht auf. Dann hörte Prinz auf zu kläffen, schnüffelte einmal in Richtung des Hornwolfs, wandte seinem Herrn und dem Ungeheuer den Rücken zu und jagte in die Höhe. Seine Leine schleifte hinter ihm über den Felsen.

»Prinz! Prinz!«, zischte Din, aber der Hund ignorierte sie, schoss an ihnen vorbei und verschwand auf der anderen Seite des Passes. Der Hornwolf war stehen geblieben, als Din und Hassan ihren Lärm gemacht hatten, und schien die ganze Zeit, die Prinz ihn angekläfft hatte, mit dem Berg verwurzelt gewesen zu sein. Aber jetzt war er wieder in Bewegung. Den Bauch dicht am Boden schob er sich inzwischen auf entschieden unziegenhafte Weise den Berg hinauf; seine Beine standen in rechten Winkeln ab, so wie die kriechenden Gliedmaßen einer Spinne. Das musste Din endlich den Ernst ihrer Situation vermittelt haben, denn sie legte den Bolzen, den sie geschärft hatte, sorgfältig zur Seite und fing an, ihre Armbrust mit der gleichen Behutsamkeit zu spannen.

Auch Purna hatte es offenbar begriffen, obwohl ihre Reaktion vorhersehbar war. »Oh, bei allen Teufeln, ja, schnappen wir uns dieses Biest! Sollen wir es flankieren oder …«

»Pst!«, flüsterte Maroto. »Ich sagte doch schon, wir hauen lieber ab. Er ist zu fett, um krank zu sein, und zu schnell, um alt zu sein, und das bedeutet, irgendwo in einer Höhle in der Nähe hat er ein Rudel. Wir verschwinden, jetzt und hoffen, dass die toten Kundschafter ihn glücklich machen.«

»Diggelby«, sagte Hassan. »Wir können ihn nicht zurücklassen.«

»Hättet ihr auf mich gehört, hätte ich ihn bereits auf meiner Schulter liegen«, sagte Maroto. Seine Eingeweide verknoteten sich, denn der Hornwolf glitt den steilen Berghang hinauf. Der dösende Adlige war auf keinen Fall noch rechtzeitig zu erreichen.

»Ein Opfer«, sagte Purna, was selbst Maroto für brutal hielt. »Keine Zeit für Diskussionen, kommt schon. Vertraut mir.«

Purna schob sich um die Ecke des Passes, Din und Hassan folgten ihr dichtauf. Der Hornwolf war jetzt nahe genug herangekommen, um sehen zu können, dass die Kreatur über zwei Paar Hörner verfügte. Eines ragte steil in die Höhe, das andere war gebogen und führte nach unten. Das war kein einfaches Tier, das war viel eher ein Ungeheuer aus den Legenden. Ein Opfer, hatte Purna gesagt, aber obwohl Maroto klar war, dass er Diggelby mindestens ein Dutzend Mal den Hintern gerettet hatte, seit er den unerfahrenen Hohlkopf kennengelernt hatte, vermochte er die Erinnerung dennoch nicht abzuschütteln, wie die Tür der Zelle aufgeflogen war, in die er und Purna in Myura eingesperrt gewesen waren. Und dieser Bursche hatte auf der anderen Seite der Schwelle gestanden …

Also war es vielleicht Dankbarkeit, die Maroto sich aufrichten ließ, vielleicht war es aber auch nur die tief sitzende Weigerung, diesem reichen Burschen den besten Tod zuzugestehen, um den ein Krieger bitten konnte, während er sich davonschlich, um ein minderwertigeres Ableben zu finden. Hasenfuß hatten sie ihn genannt, nachdem er nach seinen Abenteuern mit Zosia schuldbewusst zu seinem Clan zurückgekehrt war, und ein anderer Maroto hatte diesen Namen auch verdient … aber er war nicht länger die Sorte Hornwolf, die eher die Flucht ergriff, als dem Avatar seines Stammes die Zähne zu zeigen. Das war es also – für ihn war der Augenblick gekommen, nach Hause zurückzukehren. Es reichte aus, um Gletscherwasser in die Pospalte eines Mannes rieseln zu lassen; so weit er auch gereist war, von der Kalten Savanne und zurück, und dann wieder von dort fort bis hierher an den südwestlichen Rand des Scharlachroten Imperiums, am Ende lief es doch darauf hinaus, dass ein Hornwolf an einem ruhigen Tag seine Witterung aufnahm.

Einen Augenblick lang gab sich Maroto der Einbildung hin, dass dieses Ungeheuer sein Vater war, der in Gestalt der Alten Wächter von den Toten auferstanden sein musste, um seinen Sohn zu holen, der ihn zweimal im Stich gelassen hatte. Das erste Mal hatte er seinen Vater bereits als Junge allein gelassen, als ein Junge, der seine Schande, vor einem Hornwolf geflohen zu sein, so verzweifelt verbergen wollte, dass er nicht stehen geblieben war, bis er Samoth erreicht hatte. Das zweite Mal war noch bedeutend schlimmer gewesen, da hatte ihm sein kleiner Neffe hinterhergesehen …

Aber nein, die Vergangenheit ist eine Falle, so scharf wie die Zähne eines Hornwolfs, und Maroto schüttelte die Schuldgefühle ab, die ihn über die vielen Jahre verfolgt hatten. Die Rückkehr in die Kalte Savanne nach Zosias Tod war ein Fehler gewesen. Und er würde ihn nicht noch dadurch verschlimmern, dass er ihn sich ein weiteres Mal durch den Kopf gehen ließ. Am Ende würden alle Schulden bezahlt werden.

Er trat aus dem Schatten des Passes, und die große, weite Welt breitete sich aus, so weit das Auge reichte. Den Kriegshammer erhoben und den Kopf gesenkt, machte Maroto, so gut er konnte, seinen Frieden mit den unsichtbaren Ohren, die noch immer in seine Richtung gerichtet waren. Mochten sie nun göttlicher oder teuflischer Natur sein, wichtig war, dass sie zuhörten. Dann schürzte er die Lippen, um eine Herausforderung zu pfeifen. Doch Steingeprassel an der Seite ließ ihn herumfahren – die Rudelgefährten des Ungeheuers hatten ihn flankiert!

Nein, es waren Purna, Din und Hassan, die im Krebsgang durch den Pass schlichen und die Leiche von Lukash, dem beinahe nasenlosen Kundschafter, schleppten. Bevor Maroto ihnen helfen konnte, waren sie schon an ihm vorbeigestolpert, und mit einem gemurmelten »Werft« taten sie genau das, sie schleuderten die Leiche über den Rand. Sie landete ein kurzes Stück weiter mit einem Knirschen und einem Krachen, kam auf dem unebenen Boden aber rutschend zum Liegen, statt Schwung aufzunehmen und weiterzurollen. Der Hornwolf erstarrte und blickte nicht den leblosen Körper an, der kein Dutzend Schritte von der Stelle entfernt gelandet war, an der er sich duckte, sondern sah den Menschen entgegen, die ihm einen von ihrer Art zugeworfen hatten.

Auf dem Berg war es so still, dass sie das leise Röcheln aus dem Hals der Kreatur hören konnten, ebenso wie das Klatschen ihres Sabbers, wenn er auf dem Stein auftraf. Aus dieser Nähe war leicht zu verstehen, wieso Marotos heidnische Vorfahren diese Bestien für Teufel hatten halten können, wenn nicht sogar für Götter. Die hellen wolligen Schultern zeigten eine majestätische Haltung, die zwei Reihen schwarzer Zähne, die in dem albtraumhaft langen Rachen funkelten, sogar etwas Überirdisches. Schließlich wandten diese verstörend hellen Augen den Blick von den vier atemlosen Leuten, die über ihnen standen, glitten über den schlafenden Umriss ihres Kameraden und kamen schließlich auf dem Opfer zu ruhen. Die Bestie streckte eine scharfe Klaue nach der Leiche aus …

»Sei doch endlich still!«, nörgelte Diggelby und setzte sich auf seinem steinigen Bett auf. »Oh, eine Ziege!«

Mit sich sträubendem Nackenfell duckte sich der Hornwolf

wieder, knurrte leise tief in der Kehle und fixierte Diggelby. Marotos Erleichterung verwandelte sich in kalten Schweiß. Der Wind frischte wieder auf, jetzt, da er ihnen nicht mehr dabei helfen konnte, ihre Witterung zu verschleiern, und der Pascha kam auf idiotisch überhastete Weise auf die Beine.

»Was willst du von mir, Ziege? Ich habe keine alten Dosen, wenn …«, begann Diggelby gerade, aber da schnellte der Hornwolf bereits den Hang hinauf auf ihn zu, und das indignierte Geplapper endete in einem panischen Quieken.

Für gewöhnlich schien die Zeit nicht langsamer zu werden, um dann wie Honig zu erstarren, der auf dem Grund einer Tasse zur Ruhe kam, bevor Maroto mitten im Kampfgetümmel steckte und die ersten Hiebe bereits ausgetauscht waren. Diesmal jedoch war alles bereits ganz scharf umrissen, alles war bereits vom Schicksal bestimmt, bevor er die Waffe schwang. Purnas Hände zuckten in die Höhe, Pistole und Kakuri waren eine Sekunde davon entfernt, sich nützlich zu machen. Din ließ sich auf ein Knie sacken, bevor sie ihre Armbrust auslöste, aber ihr Fuß stand auf losem Geröll, und so würde sie einen Augenblick benötigen, um ihre Haltung vor dem Schuss zu stabilisieren. Hassans Säbel war zwar erhoben, da er jedoch einen weiten Bogen machte, um den Schüssen der Mädchen nicht in die Quere zu kommen, würde er Diggelby niemals rechtzeitig erreichen. Das schaffte keiner von ihnen. Aber Maroto sprang trotzdem und eilte mit großen Sätzen in die Tiefe. Seine einzige Hoffnung bestand darin, dass ihn die Bestie kommen sehen und ihren Angriff auf die größere Bedrohung ausrichten würde …

Das tat sie auch, aber die Bedrohung war gar nicht er. Wie ein Teufel in einem Beschwörungskreis tauchte Choi förmlich aus dem Nichts auf, glitt an Diggelby vorbei hangabwärts, um dem Angriff des Ungeheuers zu begegnen. Ihre Bewegungen erfolgten selbst für Marotos Blick zu schnell. Nicht aber zu schnell für den Hornwolf. Die Kreatur wich zur Seite, um ihrem zustechenden Schwert zu entgehen, und rammte ihr dann den

Schädel gegen die Beine. Eines der oberen Hörner bohrte sich in ihren Oberschenkel und stellte sie auf den Kopf, während sich der sabbernde Rachen um ihren Knöchel schloss. Die Bestie hatte Choi aus der Luft geschnappt und auf den Rücken geschleudert, als wäre sie ein raniputrischer Ringer und kein Tier.

Maroto roch Purnas Pulver, dann erschütterte die Entladung die Steine unter seinen dahinfliegenden Füßen. Ein winziges Büschel weißer Haare sträubte sich auf dem gebogenen Rücken der Kreatur, wo die Kugel sie streifte. Dins Geschoss zeigte mehr Erfolg. Der Bolzen fuhr in die Hüfte des Hornwolfs, der Choi gerade an ihrem blutverschmierten Stiefel wütend gegen die Felsen schmetterte. Die Bestie bemerkte den Bolzen, der in ihrem Fleisch steckte, nicht einmal, auch nicht, als Blut herausschoss und ihr Bein tränkte. Choi musste tot sein, etwas anderes war unmöglich, doch noch während Maroto zusah, wie ihr schlaffer Körper vom Boden zurückgeschleudert wurde, krümmte sie sich zusammen, als wollte sie nach ihren Zehen greifen, und stieß das noch immer umklammerte Schwert in die Nüstern der Kreatur. Die klatschte sie nur noch heftiger auf den Boden, und das Schwert klirrte den Berg hinunter.

Der Boden flog Maroto entgegen, und er machte seinen letzten Absprung von dem granitenen Untergrund; dieser letzte Sprung trug ihn direkt auf den Hornwolf … der plötzlich den riesigen Kopf herumriss und Choi aus seinen Fängen entließ. Er schleuderte die blutüberströmte Frau direkt in Marotos Weg. Einen Augenblick vor ihrem Zusammenstoß sah der Barbar, wie sich die Kreatur anspannte, dann kollidierten Choi und er. Die Landung auf der unnachgiebigen Böschung ließ etwas in seinem rechten Ellbogen knacken, und der Schmerz schärfte jeden seiner Sinne, während eine scharfe Felskante sein linkes Knie bis zum Knochen aufriss.

Zusammen taumelten sie ein Stück weiter, Choi in seine Arme verkeilt, den Kriegshammer losgelassen, damit er sie während ihres Sturzes nicht traf. Die Frau – oder war er es? –

stieß ein leises Wimmern aus; er vermochte wirklich nicht zu sagen, von wem es kam. Ein Knurren übertönte das Wimmern, und Maroto griff blindlings mit der Hand zu, die seinen Befehlen noch gehorchte, rammte die Finger in einen Bodenspalt, um ihre Rutschpartie zu beenden. Dabei verlor er ein paar Fingernägel.

Sein Plan war es, sich von Choi fortzurollen und die Aufmerksamkeit des Hornwolfs zu verwirren. Aber sie hatten noch nicht angehalten, da sprang die Frau auch schon von ihm fort. Scheiße, auch gut. Nur seinen überraschend schweren Kopf zu heben erforderte eine größere Anstrengung als erwartet, und als der schwankende Berg in seinem Sichtfeld wieder zur Ruhe kam, entdeckte er, dass weder Choi noch er in unmittelbarer Gefahr schwebten. Der Hornwolf war nach oben auf den Pass zu den Adligen gestürmt, statt ihnen den Berg hinunter zu folgen. Von seiner Position aus konnte Maroto lediglich den Rand des Kammes sehen und die Schreie hören. Das erklärte, warum sich der Hornwolf nicht sofort auf sie gestürzt hatte. Nur ein kleines Stück den Hang hinunter war nicht mehr viel von oben zu erkennen.

»Ihr könnt Euch bewegen«, verkündete Choi, die sich über ihn beugte. Es klang nicht wie eine Frage. Ein Blick auf die Wildgeborene zeigte ihm, dass ihr ganzes Gesicht aufgeschürft und blutig war, eines ihrer Hörner war an der Spitze abgebrochen, Blut und Mark liefen daran herunter. Ein Arm hing schlaff herab, während der andere Marotos gesunden Ellbogen ergriff und ihm auf die Beine half. Er belastete das aufgeschlitzte Knie und fühlte sich wacklig und furchtbar, und doch kippte er nicht um und verlor auch nicht das Bewusstsein, also war es wohl nicht zerschmettert. Hoffentlich. »Bewegt Euch!«

Und sie bewegten sich, wenn auch nicht annähernd so schnell, wie jeder von ihnen vermutlich wollte. Maroto griff sich seinen Hammer, benutzte ihn als einen zu kurz geratenen

Stock und humpelte hinter der hinkenden Hexengeborenen her. Sie erklommen den Hang das zweite Mal an diesem Tag und hinterließen blutige Spuren. Alle paar Schritte warf Maroto einen Blick zurück und dankte den alten Göttern und den neuen, dass er jedes Mal nichts als eine einsame Bergseite sah. Choi machte einen Abstecher zur Seite und holte ihr Schwert. Ein Dutzend Fuß unterhalb des Passes übertönte ein Heulen, das die Zähne erschütterte, die Schreie und das Ächzen der Adligen. Dann hörte es plötzlich wie abgeschnitten auf, und als es ganz verstummt war, war nicht einmal mehr das leise Stöhnen der Lordlinge zu hören. Choi und Maroto blieben wie angewurzelt stehen und bereiteten sich auf den unweigerlichen Angriff vor.

»Kein schlechter Tod«, meinte der Barbar, und auch wenn er sich nicht sicher war, ob er das wirklich laut gesagt hatte, schien ihn die Hexengeborene doch gehört zu haben.

»Das ist keiner von ihnen«, erwiderte sie, warf dem mitgenommenen Krieger einen Blick zu und grinste ihn trotz der blutenden Lücken im Gebiss, wo ihr die scharfen Zähne ausgeschlagen worden waren, an. Maroto salutierte ihr mit seinem Kriegshammer. Gewiss gab es schlechtere Arten zu gehen.

»Das ist *auf keinen Fall* eine Ziege!«, ertönte Diggelbys Stimme oben vom Pass.

»Maroto! Choi!« Purna erschien wie ein Engel der Schwarzen Kette und leuchtete aus der Höhe. »Sie leben!«

»Mehr, als man von mir sagen kann«, beklagte sich Hassan, taumelte heran und ließ schaudernd seinen blutigen Säbel fallen. »Ich glaube, es hat mich umgebracht.«

»Geht runter und helft ihnen«, sagte Din. Ausnahmsweise befolgte sie einmal den eigenen Rat und kletterte behände zu Choi herunter. »Sie haben das Schlimmste abbekommen.«

»Wo steckt Prinz?«, fragte Diggelby. »Prinz? Priinzz!«

»Haltet den Mund«, keuchte Maroto. Jedes Mal, wenn er

glaubte, endgültig erledigt zu sein, zu erschöpft, um auch nur noch eine Bewegung machen zu können, taten diese Adligen etwas so Idiotisches, dass ihn das mit nervöser Energie vollpumpte. Als die Stimme des Stutzers verhallte, stolperte der Barbar mit neu gefundener Kraft weiter. »Um der Teufel Liebe willen, haltet Eure verfluchten Klappen!«

»Keine Sorge, sie ist nicht davongekommen«, sagte Purna selbstgefällig und half ihm den Rest des Weges hinauf. Trotz ihres Mutes hatte der Hornwolf einen Bissen aus ihrem Unterarm genommen, ihr Lederhandschuh war wie ein Stück Seide zerfetzt worden, und ein hastig angelegter, dunkler Verband tropfte bereits. »Einfach eine ins Gehirn, genau wie Ihr immer sagt.«

»Es gibt keine …«, keuchte er. Trotz ihrer Unterstützung schwankte er am Rand des Kamms und brach dann oben zusammen. Er starrte auf den schlaffen Berg aus Fell und Hörnern, der in dem staubigen Pass lag. Blutströme flossen auf den Boden und bildeten eine große Pfütze. »Es gibt keine … keine …«

»Keine fleischfressende Ziege?«, sagte Hassan. »Bis zu unserem kleinen Fest mit diesem Burschen hätte ich da durchaus zugestimmt. Wir wissen zu schätzen, dass Ihr ihn für uns weichgekocht habt, Choi. Ohne Eure Eröffnungssalve hätte Diggelby ihn nicht erlegen können.«

»Das hätte ich sehr wohl!«, protestierte Diggelby. »Aber was viel wichtiger ist, wo ist mein Hund?«

»Auf der anderen Seite«, sagte Choi, die selbst nach dem Ringkampf mit einem Ungeheuer nicht zu bremsen war. »Geht und spioniert. Sofort. Die Imperialen werden Purnas Aufmerksamkeitskracher gehört haben.«

»Lauft« Maroto scheuchte sie los, bevor es zu spät war. »Geht. Die andere Seite runter. Schwingt die Hufe, ihr verfluchten Narren, schwingt die Hufe!«

»Aber das imperiale Lager …«, begann Hassan, als Din, die

Chois Befehl bereits befolgte, vom anderen Ende des Felsens herüberrief:

»Die kommen rauf, vielleicht ein Dutzend von ihnen! Sie sind gerade auf der Wiese, aber sobald wir einen Schritt nach unten machen, sehen sie uns.«

»Rückzug? Oder igeln wir uns ein?«, fragte Purna. »Aber wenn wir bleiben und diese Männer ausschalten, dann wird die Truppe doch trotzdem wissen, dass was nicht stimmt, oder?«

»Rückzug«, sagte Choi, die gebückt über einem Bündel stand und mit der gesunden Hand darin herumkramte. »Selbst verletzt sind wir wieder unten, bevor sie oben sein werden. Ihr helft mir eine Schlinge binden, und Ihr verbindet Marotos Knie. Dann ziehen wir uns zurück.«

»Aber was ist mit Prinz!«, protestierte Diggelby.

»Scheiß auf Euren blöden Köter«, sagte Hassan, hob seinen Säbel auf und wischte ihn am Rücken seines Freundes ab. »Packt alles zusammen, während ich mich um unsere verwundeten Helden kümmere.«

»Nein«, sagte Maroto, schüttelte den Kopf und fühlte, wie sein Gehirn im Kopf umherschwappte, als wäre sein Schädel so geschwollen, dass das graue Zeug mehr Platz zum Atmen hatte. »Direkt auf sie zu. Zwei von euch ziehen die Uniformen der Kundschafter an, das könnte uns etwas Zeit erkaufen, bis sie nah genug sind, um euch als Betrüger zu erkennen.«

»Warum …?« Ein Heulen in der Ferne ließ Purna verstummen. Dann ertönte noch eine, und noch eines. Gefolgt von einem weiteren Dutzend. Aus der Richtung, aus der sie ursprünglich gekommen waren. Weit entfernt, aber nicht annähernd weit genug.

»Es gibt keine einzelnen Hornwölfe«, sagte Maroto, ließ sich wieder auf die harten Steine sinken und starrte zu den Wolken hoch. Sie wiesen jetzt einen roten Schimmer auf, da die Sonne die weit entfernten Gipfel berührte. »Ein Rudel besteht aus einem Dutzend dieser Ungeheuer, vielleicht sogar aus zweien.

Und den ihr erlegt habt? Entweder ein Welpe oder ein unterentwickeltes Tier. Seine Eltern werden größer sein. Schneller, schlauer, gemeiner. Wir sind schon alle tot.«

Niemand hatte etwas zu sagen, was auch gut war – denn so konnte er das Heulen der Hornwölfe besser hören. Dann ging Purna neben ihm in die Hocke, klatschte einen Verband auf sein blutendes, mit Kies gespicktes Knie und wickelte ihn fest darum. Hassan kam mit einem von Dins Bolzen auf seine andere Seite, brach die Spitze ab und schiente damit seinen pochenden Ellbogen.

»Ich kümmere mich selbst um mich«, hörte er Choi zu Din sagen. »Ihr und Diggelby zieht die Uniformen dieser toten Frauen an. Schnell. Wir gehen runter.«

»Besser, wir beziehen hier Stellung«, sagte Maroto. Mühsam setzte er sich auf. »Ihr kennt Hornwölfe nicht, Hexengeborene. Die erwischen uns schneller …«

»Ihr Name ist Choi.« Purna verknotete den Verband so fest, dass es schmerzte. »Seid kein Arschloch, Maroto, Ihr wisst es doch besser, als sie mit etwas anderem als mit ihrem Namen anzusprechen. Na gut, wenn Ihr so weich wie ein erstgeborener Adliger sein und hier oben auf den einfachsten Tod warten wollt, den Ihr finden könnt, dann könnt Ihr das gern tun, aber der Rest von uns wird diesen Imperialen die Hölle zeigen, bevor wir abtreten. Ein Rudel angepisster Ziegen geradewegs zu ihrem Lager zu führen ist das Mindeste, das wir tun können.«

Maroto blickte sich in der Runde um. Choi nickte und leckte sich das Blut von den Lippen, lächelte ihn auf eine Weise an, die unbedingt wollte, das er aufstand, wenn auch nur, um näher bei einer starken Frau mit roten Streifen auf den Wangen und einem roten Schwert in der Hand zu sein. Die verfluchten Poseure, die er zweimal durch die schlimmste Wüste des Sterns geführt hatte, beobachteten ihn mit einem verrückten Grinsen auf ihren Gesichtern, die mit Schmutz und Blut beschmiert waren statt mit Schminke. Hassan schob eine Hand unter die

Achsel seines geschienten Arms, und Purna nahm die andere. Gemeinsam hievten sie ihn hoch.

»Also was soll es sein?«, fragte Purna, als wäre das überhaupt eine Frage.

Maroto legte den Kopf in den Nacken und heulte wie der Hornwolf, der er war.

»Schon besser«, schniefte Diggelby. »Jetzt lasst uns Prinz finden!«

KAPITEL 6

Zosia lebte, keine Frage, und zwar in Gestalt der wund gerittenen Stellen auf dem Oberschenkel eines jeden Reiters der imperialen Regimenter, die mit der Verfolgung der Kobaltblauen Kompanie beauftragt waren. Dem Zeitrahmen nach konnte es die Bürgermeisterin sein, die Schwester Portolés kennengelernt hatte; nur wenige Monate nach dem Massaker von Kypck waren die Kobaltblauen in Beschwerden und später dann in offiziellen Berichten aufgetaucht. Je nachdem, mit wem man sprach, handelte es sich bei ihnen um eine Söldnerbande, die man dafür bezahlt hatte, für Unruhe zu sorgen, um ungewöhnlich effektive Revolutionäre oder um Banditen, die sich organisiert hatten. Bedachte man, dass sie vom Überfall auf Außenposten und Grenzgarnisonen dazu übergegangen waren, ganze Schlösser zu plündern und Provinzen auszurauben, stellte die Kompanie eine ernste und unmittelbare Bedrohung für die gerade erst wiederhergestellte Ruhe im Scharlachroten Imperium dar, ganz gleich, wer ihre Anführerin nun sein mochte. Handelte es sich aber tatsächlich um die zurückgekehrte Geplagte Königin, nun, dann konnte ihnen die Gefallene Mutter nur gnädig sein.

Portolés tat ihr Bestes, sich auf diese praktischen, definitiven Probleme zu konzentrieren statt auf die schlüpfrigen Fragen, warum beispielsweise die Geschichte, die ihr Königin Indsorith im Thronsaal vorgesungen hatte, sich so massiv von allem unterschied, was man ihr zu glauben beigebracht hatte. Dass sie hatte schwören müssen, niemandem auch nur ein Sterbenswörtchen darüber zu verraten, wie die Kobaltblaue ihre Krone verloren hatte, nicht einmal ihren Kirchenoberen, konnte ihre Sorgen kaum lindern. Genauso wenig wie die vielen Einzelheiten in Häretikers Propaganda, die einiges von dem untermauerten, was die Königin ihr erzählt hatte. Ihren Gefährten dazu zu bringen, noch mehr Einzelheiten über die Blaue Zosia preiszugeben, erwies sich als einfach. Sie musste sich nur davon abhalten, ihn mit Prügeln zum Schweigen zu bringen, wann immer er den Mund aufmachte, was oft geschah.

»... was wirklich einen Sinn ergibt, wenn man alles zusammennimmt«, sagte er, während ihr Boot auf die funkelnden Klippen von Hwabun zuhielt. »Man kann eine Frau ermorden, aber damit macht man sie zur Märtyrerin. Aber eine Version der Geschehnisse zu ersinnen, in der sie Eurer Marionette in einem fairen Kampf entgegentritt und verliert, damit nimmt man ihr eine ihrer größten Stärken. Ihr Geschick im Kampf.«

»Also glaubst du nicht, dass es ein fairer Kampf war?«, stachelte ihn Portolés weiter an. »Was soll Indsorith denn getan haben, hat sie Zosia vor dem Kampf vergiftet?«

»Dass das Duell nicht einmal stattgefunden hat!«, sagte Häretiker. »Wessen Wort haben wir denn, dass das tatsächlich passiert ist? Die von Zosia unterschriebenen Briefe, die es bestätigen, sind nicht mehr als das: leicht zu fälschende Briefe. Öffnet Eure Augen, Schwester, man hat Euch reingelegt, genau wie den Rest der Kette, wie den Rest des ganzen Imperiums.«

Der Makellose, den man ihnen an der Grenze als Begleiter zugeteilt hatte, versuchte nicht einmal, sein Grinsen zu verbergen, während er zwei Matrosen anwies, sie in den Hafen von Hwabun zu bringen. Sollten Häretiker und dieser Ungläubige doch ruhig ihren Spaß haben. Portolés hatte die Entdeckung gemacht, dass sie einen bedeutend größeren Einblick in populäre Meinungen erhielt, wenn sie ihrem Stolz die Zügel anlegte. Das wäre ihr nie gelungen, hätte sie Häretikers Unverschämtheit Zügel angelegt. Mit etwas Glück würde sie bald viel mehr über die Geplagte Königin herausfinden.

Hwabun. Die Makellose Insel, auf die sich Kang-ho vor zwei Jahrzehnten geflüchtet hatte, war der erste vernünftige Zwischenstopp auf ihrer Suche. Laut Königin Indsorith waren sie und Zosia darin übereingekommen, dass der Plan nur dann funktionieren konnte, wenn keine andere Seele die Wahrheit erfuhr. Darum hatten selbst ihre vertrauenswürdigsten Hauptleute die Generalin für tot gehalten. Nachdem sie aus ihrem Versteck gekommen war, würde sie sich sicherlich ihren Fünf Schurken offenbaren, in der Hoffnung, ihre Hilfe zu bekommen – wenn niemand auch nur den Verdacht gehabt hatte, Zosia sei am Leben, wie hätte sie dann so schnell nach dem Angriff auf ihr Dorf ohne Hilfe ihrer alten Freunde ein Heer aufstellen können? Der Zeitrahmen war zu begrenzt, als dass Zosia alles auf eigene Faust hätte schaffen können.

Die meisten der Schurken würden nur schwer aufzuspüren sein, falls sie überhaupt noch am Leben waren. Chevaleresse Singh trieb sich irgendwo in den Domänen von Raniputri herum, und der Rest konnte überall sein. Kang-ho aber war leicht zu finden, da er sich hier niedergelassen hatte. Und wenn die Königin das wusste, konnte man mit Sicherheit davon ausgehen, dass dies auch für Zosia galt. Nicht, dass Portolés erwartete, von einem der Gefolgsleute der Geplagten Königin die Wahrheit zu erfahren, aber wenn man bedachte, dass die Kobaltblauen genauso schwer zu finden sein würden wie die anderen Schurken, konnte sie genauso gut in der Nähe der Heimat beginnen.

Immer vorausgesetzt, die Frau in Kypck war tatsächlich Zosia gewesen und dieselbe Frau führte die Söldnerkompanie an, die im Augenblick das südliche Ende des Imperiums terrorisierte. Aber Königin Indsorith war durch Portolés' Beschreibung der Frau und dem zeitgleichen Auftauchen der neuen Kobaltblauen überzeugt worden. Überzeugt genug, um ihren Thron aufs Spiel zu setzen, indem sie Portolés in ihr Vertrauen zog.

Als die Königin sie gefragt hatte, ob die alte Frau eine Narbe am Kinn gehabt hatte, hatte sich die Kriegsnonne ebenso lebhaft an dieses Detail erinnert, wie ihr auch das erste Mal ins Gedächtnis eingebrannt war, an dem sie Bruder Wan dazu überredet hatte, sie zu berühren. Aber jetzt nagte wieder der alte Wurm des Zweifels an ihr und ließ sie infrage stellen, ob sie sich wirklich an diese verräterische Narbe erinnert oder das nur geglaubt hatte – angetrieben von Königin Indsoriths offensichtlichem Bedürfnis, dass die alte Frau ein solches Kennzeichen gehabt hatte. Falls sie die Narbe und einen seltsamen Hund hatte und viel zu gebildet für eine einfache Landbürgermeisterin in den Kutumbanbergen gewesen war, dann war sie möglicherweise Zosia, und diese Möglichkeit war für die Königin zu schrecklich, um sie einfach ignorieren zu können.

Dass Portolés die einzige Person war, die Kypcks Bürgermeisterin auf einen Blick erkennen würde, machte sie zu der alleinigen Kandidatin, die sie jagen und finden konnte, bevor sich das Scharlachrote Imperium in einen zweiten Kobaltblauen Krieg verstrickt wiederfand.

Portolés würde bald herausfinden, ob es tatsächlich Zosia gewesen war. Oder sie würde zumindest mehr Anhaltspunkte als die Spekulationen einer einsamen Frau haben. Selbst wenn es sich bei der einsamen Frau um die Scharlachrote Königin handelte, eines der mächtigsten Individuen des Sterns, konnten ein paar erhärtende Beweise nicht schaden.

Ein Haufen Diener führte Portolés, Häretiker und ihren Führer über die Insel in ein Haus, und das Erste, das der Kriegsnonne auffiel, waren die weißen Wandbehänge und Kerzen – offenbar trauerte die Familie. Ihre Bitte um eine Audienz bei Kang-ho stieß auf weniger Überraschung und Verzögerung, als sie bei einem ausländischen Kleriker erwartet hätte, selbst unter Berücksichtigung ihrer Diplomatenpapiere. Aber der Edelmann, der sie schließlich begrüßte, trug die majestätische Tracht eines Ugrakari und nicht die eines Makellosen. Kang-hos Ehemann, König Jun-hwan Bong.

»Welchem Umstand haben wir das Vergnügen dieses Besuches zu verdanken?«, fragte er geradeheraus und nickte der von der Reise erschöpften Kriegsnonne und ihrem abgerissenen Begleiter zu. Die glänzenden Paradiesvogelfedern auf seinem Hut waren vermutlich kostbarer als die schweren Silberarmbänder an seinen Handgelenken. »Mein Gemahl hat sicher nicht mit Eurer Ankunft gerechnet, sonst stünde er zur Verfügung.«

»Mein Name ist Schwester Portolés, und ich erbitte eine Audienz bei Euch, König Jun-hwan«, sagte Portolés. Und da sie wusste, dass jede Lüge mit einem Tropfen Wahrheit besser runtergeht, fügte sie noch hinzu: »Euer Gemahl erwartet mich nicht.«

»Ich verstehe.« Die unabhängige Nation dieses Monarchen mochte nur eine einzige Insel sein, die beträchtlich kleiner war als das Sommerschloss der Königin von Samoth. Trotzdem war er ein König, und falls er sich entschied, sie wieder wegzuschicken, konnte Portolés nichts dagegen tun. »Sollen wir den Kaldi nehmen? Ich fürchte, ich bin heute Abend geschäftlich verpflichtet, aber mit Sicherheit kann ich eine Stunde für eine Repräsentantin unserer Freunde von der Kette entbehren.«

»Eine Stunde wäre großartig!« Portolés war bemüht, sich ihre Erleichterung nicht anmerken zu lassen. »Ich wäre Euch ausgesprochen dankbar, wenn sich Eure Diener um meinen Führer kümmern und ein Auge auf meinen Gefangenen hier haben könnten.«

Das hob viele Augenbrauen, und Häretiker lachte und schüttelte seine gefesselten Handgelenke. »Das ist richtig, ich bin ein verzweifelter Krimineller. Diese Eisen werden mich nicht lange halten können, also passt nur ja gut auf, oder ich plündere eure Taschen bis zu den Säumen.«

»Hier entlang, Schwester Portolés«, sagte Jun-hwan, und sie folgte ihm durch mehrere von Gobelins gesäumte Korridore, bis sie auf einen Balkon traten, der aufs Meer hinausschaute.

Hier oben klangen die sich brechenden Wellen so leise wie ein geflüsterter Kirchengesang, und weit im Norden entdeckte Portolés die geisterhafte Nebelbank, die den nächsten Ausläufer des Heimgesuchten Meeres markieren musste. Man musste sich das nur einmal vorstellen: Im Zeitalter der Wunder hätte sie von diesem Standort aus Jex Toth erblicken können, bevor es zum Versunkenen Königreich wurde. So distanziert sie sich im Augenblick der Kirche auch fühlte, für sie würden ihre Lehren stets an erster Stelle stehen, und der Anblick eines so heiligen Ortes ließ ein freudiges Zittern in ihr aufsteigen. Manche glaubten, im Herzen des Heimgesuchten Meeres gäbe es einen Mahlstrom, andere wiederum sprachen von einem schrecklichen Leviathan, der seine Tiefen patrouillierte. Beides erschien Portolés nicht außerhalb der Grenzen des Möglichen – wenn man in seinem Königreich schon Schwarze Magie und Teufelsanbetung umarmte, durfte man auch nicht überrascht sein, wenn einen der Ozean mit Haut und Haaren verschlang und nur weitere Finsternis hervorrülpste, wo einst sein Land gewesen war.

Doch selbst der widerwärtigste Höllenpfuhl konnte noch einen Samen des Guten nähren, so wie ein Rosenbusch aus einem Misthaufen erwuchs; wer wusste das besser als Portolés? Und so wie die Gefallene Mutter im verdorbenen Fleisch einer Anathema einen Halt gefunden hatte, würde sie auch das schändliche Versunkene Königreich in einen Garten der Gesegneten verwandeln, sobald sich der Stern dieser Ehre als würdig erwiesen hatte. Wenn dies geschah, würden die Stürme einschlafen und sich die Nebel lichten, und das Heimgesuchte Meer würde sich teilen, damit eine Engelsschaar das Versunkene Königreich zurück an die Oberfläche hob. Das heilige Land würde von seinen alten Sünden gereinigt werden und bereit sein, jene willkommen zu heißen, die seine Großzügigkeit verdient hatten. In den Lobgesängen der Kette stand geschrieben, dass an diesem Tag des Wandels die gläubigen Reingeborenen heimgerufen würden, die wenigen würdigen Anathemas mochten Heilung erfahren, während alle Sünder und Teufel den zerstörten Stern in Besitz nahmen. An diesem Tag konnte womöglich sogar ein Ungeheuer das Antlitz der Gefallenen Mutter erblicken, aber selbst wenn sich Portolés als unwürdig erweisen sollte, wusste sie jetzt, dass es einen Ort auf dem Stern gab, von dem die Verdammten auf die Behausung der Erretteten blicken und über ihr Schicksal nachsinnen konnten …

Andererseits sagte die Kette die Rückkehr des Versunkenen Königreichs bereits seit über hundert Jahren voraus, und hier durfte sich Portolés mit eigenen Augen davon überzeugen, dass es dort draußen nichts als raue See und schlechtes Wetter gab.

»Was glaubt die Kette, ist hier geschehen?«, fragte König Jun-hwan, der dem Blick der Schwester gefolgt war. »Hexerei? Ein schiefgegangenes Ritual? Der Zorn der Götter?«

»Etwas in der Art«, krächzte Portolés, deren Hochgefühl sich in Melancholie verwandelte. Sie wandte sich dem gedeckten Tisch zu. »Das Versunkene Königreich ist oft Gegenstand unserer Gebete. Und was sagen die Makellosen dazu?«

»Hexerei. Ein schiefgegangenes Ritual. Der Zorn der Götter.« Der König lächelte. »Aberglaube ist universell, Schwester.«

Portolés hasste das Wort »Aberglaube«, sie hasste daran vor allem, wie abfällig es das Wunderbare zurückwies und die Gläubigen zu Geistesschwachen machte. »Und was glaubt ein gebildeter Edelmann, der so nahe an der Stelle lebt, an der das alles geschah?«

»Eine Waffe jenseits unserer Vorstellungskraft«, sagte König Jun-hwan so leichthin, wie man über das Wetter sprach. »Es herrschte Krieg zwischen dem Versunkenen Königreich, das man damals Jex Toth genannt hatte, und dem Stern. Ich kann den Auslöser dieses Konfliktes nicht erahnen, aber was auch der Grund gewesen sein mag, beide Fraktionen haben verloren. Sie wollten das Unkontrollierbare zähmen. Das Versunkene

Königreich versank in den Wellen, und selbst aus dieser großen Entfernung zerrte es die Menschen von Emeritus noch mit sich. Das war ein Ende des Krieges, und ein Ende des Zeitalters der Wunder, und zwar um einen größeren Preis, als sich jeder Lebende oder Tote jemals hätte vorstellen können. Die Tragödie unserer Vorfahren.«

»Sagen die Makellosen nicht, die Zeit sei ein großes Mühlrad?« Portolés versuchte sich wieder zu konzentrieren – sie war gekommen, um Antworten über die Gegenwart zu erfahren, nicht über die Vergangenheit. »Was glaubt Ihr, was das für die gegenwärtigen Probleme des Imperiums bedeutet?«

»Noch eine Sache, die jenseits meines Verständnisses liegt«, sagte Jun-hwan, und Portolés begriff, dass von ihr erwartet wurde, als Erste Platz zu nehmen. Nun gut. Sie wählte einen Hocker und machte es sich bequem, während weitere Diener aus der Schiebetür strömten wie Drohnen aus einem Bienennest. Natürlich war Kaldi verboten, aber mit einem Erlass in der Tasche, der ihr sämtliche Sünden erließ, genoss sie dennoch den berauschenden Duft des Suds in ihrer Porzellanschale. Außerdem kam Unhöflichkeit nicht infrage.

»Übrigens habt Ihr Eure heidnischen Häresien durcheinandergebracht«, fuhr der König fort. »Die Ugrakari betrachten Zeit als Mühlrad. Die Makellosen stellen sie sich eher als einen reißenden Fluss vor, mit Wirbeln und Teichen und einer sehr starken Strömung.«

»Eure Armreife müssen mich durcheinandergebracht haben«, erwiderte Portolés. »Vermisst Ihr jemals die Berge Eurer Heimat?«

Jun-hwan lächelte und berührte die silberne Schlange, die ein schlankes Handgelenk beschützte. »Hier habe ich die Berge und das Meer. Außerdem wurde ich auf den Inseln geboren, mein Vater war ein Makelloser. Meine Mutter war Ugrakari. Die hier hat ihr gehört. Aber seid Ihr wirklich gekommen, um über Abstammung oder Theologie zu sprechen, Schwester?«

»Alles ist Theologie«, erwiderte Portolés. Sie trank ihren Kaldi mit kleinen Schlucken. Er schmeckte viel bitterer, als sie es nach dem Geruch erwartet hätte. »Ich kam her, weil ich versuche, einen weiteren Krieg zu verhindern. Ugrakari, Makellose oder Imperiale, sicherlich können wir uns darauf einigen, dass Krieg nur wenig Gutes bringt.«

»Das kommt wohl auf den Krieg an«, meinte der König und löffelte Sahne in seine Trinkschale.

»Gesprochen wie ein wahrer General«, sagte Portolés. »Nun, ich vermute, Generäle brauchen wir ebenso sehr wie Nonnen.«

»Mhm.« Mit Eleganz trank Jun-hwan seinen Kaldi.

»Ich will offen sprechen, König Jun-hwan.« Portolés setzte ihren Bluff ein. »Mich führt der ausdrückliche Befehl von Königin Indsorith hierher. Es interessiert sie, was sich aus der Begegnung Eures Gemahls mit einer Frau ergeben hat, die die Blaue Zosia zu sein behauptet, und ob sich Samoth deswegen Sorgen machen sollte.«

Die Hand, die die Schale des Königs hielt, versteifte sich leicht, ansonsten aber gab es keine weitere Spur eines Eingeständnisses. Es hatte ausgereicht, um Portolés davon zu überzeugen, dass sie einen Treffer gelandet hatte, da war sie sich sicher – Bruder Wan sprach stets davon, dass man nur aufmerksam genug sein musste, dann benötigte man nicht einmal die Zweite Sicht, um sagen zu können, ob Menschen logen. Jun-hwan wollte den Dummen spielen, aber dazu war es zu spät. »Ihr sprecht von der ehemaligen Befehlshaberin meines Ehemanns, einer Frau, die Eure Königin vor zwei Jahrzehnten persönlich hingerichtet hat?«

»Genau die meine ich«, erwiderte Portolés und entschied sich, ihre wilde Spekulation mit ein paar Details zu untermauern – solange sie es nicht übertrieb, hatte sie ihn an der Angel, das fühlte sie genau. »Ein Mann von Eurer Aufmerksamkeit, König Jun-hwan, Ihr habt doch sicherlich gefolgert, wer der Gast Eures Gemahls gewesen ist? Vergebt mir jede scheinbare

Impertinenz, aber wenn Ihr in dieser Angelegenheit ehrlich zu mir seid, wird das helfen, einen Zwischenfall zwischen den Nationen zu vermeiden. Wir wissen, dass sie sich mit Kang-ho getroffen hat, wir wissen nur nicht, welches Ergebnis diese Unterhaltung hatte. Dass der Mann selbst bei meinem Besuch abwesend ist, nun … gewiss versteht Ihr meine Besorgnis. Vor allem, wenn man in Betracht zieht, das Hwabun Diadem mit keinem Wort über Zosias Besuch unterrichtet hat. Das Scharlachrote Imperium hat die Makellosen Inseln stets als teure und treue Verbündete betrachtet, aber zuerst habt ihr unsere kürzlichen innenpolitischen Probleme ausgenutzt, um Linkenstern rechtswidrig an euch zu reißen, und jetzt dies hier … Der Hinweis möge genügen, dass Königin Indsorith neugierig ist, was genau sie getan haben mag, um euch so zu verärgern.«

»Und für eine so heikle diplomatische Mission schickt die Königin von Samoth eine einzelne wildgeborene Kriegsnonne als ihre Gesandte? Und diese Gesandte soll zuerst meinem Gemahl auf Hwabun einen Besuch abstatten, statt nach Othean zu reisen, um mit Kaiserin Ryuki zu sprechen?« Jun-hwan stellte seine Schale vorsichtig auf den Tisch zurück. »Schwester Portolés, Ihr fischt.«

So viel zu ihrer schlauen List. »Das tue ich. Und ich werde auch etwas fangen, entweder hier oder anderswo, aber ich habe auf keinen Fall die Absicht, hungrig nach Hause zu gehen.«

»Keiner soll behaupten, das Meer der Makellosen sei tot«, bemerkte der König. »Vielleicht lässt Euer Köder zu wünschen übrig, Schwester. Wie wäre es mit einem anderen?«

»Vergebt mir, König Jun-hwan, aber ich bin genausowenig ein Höfling, wie ich Fischerin bin. Sprecht in Rätseln, wenn Ihr müsst, aber erwartet von einer einfachen Nonne nicht, dass sie sie entschlüsselt.« Portolés leerte ihre Schale und stand in der Hoffnung auf, die Neugier des Mannes ausreichend geweckt zu haben, dass er versuchte, sie zum Bleiben zu überreden. Während der Kartenpartien, die Häretiker ihr am Lagerfeuer beigebracht hatte, hatte er sie stets gescholten, dass sie einem schlechten Bluff regelmäßig den nächsten folgen ließ, aber hier hatte sie keine anderen Strategien. »Man schickte mich her, um eine Frage zu stellen. Ihr gabt mir eine Antwort, und ich erwarte, von der Kaiserin der Makellosen Inseln eine andere zu erhalten, wenn ich ihr in zwei Tagen begegne. Beide werden der Königin übermittelt werden, und zwar ungefiltert durch den schlichten Verstand der Botin.«

Jun-hwan stand ebenfalls auf und war nicht annähernd so aufgebracht, wie es Portolés gefallen hätte. »Vielleicht habt Ihr mehr Glück, wenn Ihr Eure Angel in Othean auswerft. Der Herbstpalast hat viele Teiche, die Ihr ausloten könnt.«

»Solltet Ihr oder Euer Gemahl zufällig einer Toten begegnen, die sich Zosia nennt, lasst sie wissen, dass ich nach ihr suche«, sagte Portolés. »Es ist wichtig. Sagt ihr …«

Ihr was sagen? Dass Königin Indsorith nichts mit dem Massaker in Kypck zu tun hatte, dass das eine offensichtliche Intrige war, um Zosia auf das Scharlachrote Imperium zu hetzen? Dass Königin Indsorith den Verdacht hegte, dass die Schwarze Kette das mit Zosia herausgefunden und Oberst Hjortt geschickt hatte, um ihre Nachbarn zu ermorden, damit genau diese Situation geschaffen wurde, in der die Geplagte Königin an den Scharlachroten Vergeltung üben und die Kirche das Vakuum füllen würde, nachdem sie einander vernichtet hatten? Dass die Scharlachrote Königin eine Schwester geschickt hatte, um Zosia über das alles in Kenntnis zu setzen, damit ein weiterer überflüssiger Krieg vermieden werden konnte? Das Einzige, das noch verrückter war als die Wahrheit, war die Vorstellung, Jun-hwan noch mehr über die Angelegenheit zu verraten; sie hatte bereits viel zu viel preisgegeben. »Sagt ihr einfach, Schwester Portolés bräuchte eine Unterredung.«

»Ich muss es erneut bemerken, ich glaube, Ihr verwechselt da etwas, Schwester Portolés – ich kenne diese Frau nicht, von der Ihr sprecht.«

»Danke für den Kaldi.« Portolés warf noch einen Blick auf die ferne Nebelbank, und Jun-hwan trat um den Tisch herum. Dann sprach er leise, so leise, dass sie ihn kaum verstehen konnte.

»Es gibt jedoch andere, die Ihr fragen könnt, Schwester.«

»Ich sagte Euch doch, ich bin nicht gut, was Rätsel betrifft.« Sie erwiderte seinen Blick. Endlich war dort etwas mehr zu erkennen als ein undurchdringlicher Spiegel – ein starkes Verlangen.

»Die Schulen des Hyänenfisches schwimmen weiter und tiefer als jedes Geschöpf der Inseln«, erwiderte Jun-hwan, ließ eine verborgene Öffnung in der Mitte des Tisches aufklappen und holte ein winziges, mit einem pinkfarbenen Deckel verschlossenes Kännchen hervor. »Manch einer sagt, so tief wie das Versunkene Königreich. Jenen, die von ihrer Essenz trinken, wird eine tiefe Kommunion mit Freunden und Feinden gewährt, und mit noch weit seltsameren Leuten. Im Reich der Hyänenfische gibt es keine Täuschung – wir können alles miteinander teilen und wissen, dass unser Austausch ebenbürtig war.«

Portolés nahm die Miniaturkaraffe und öffnete den Verschluss mit dem Daumen. Das Öl darin schimmerte so schwarz wie das *Tor* in Diadem, in das alle Anathemas die teuflischen Abfälle schleudern mussten, die von den päpstlichen Badern aus ihren missgestalteten Körpern geschnitten worden waren, bevor sie die *Höhle* das erste Mal betreten durften. Es roch nach Tang, der auf einen einsamen Felsen angeschwemmt war, und dieser Geruch sang zu Portolés' vernarbter Zunge und reizte ihre abgeschliffenen Zähne.

»Aber würde ich mich hinterher auch nur an eine einzige verdammte Sache erinnern?« Lächelnd kippte sie das Hyänengift über die Balkonbrüstung in das tief unter ihnen liegende Meer. Der Versuchung zu widerstehen schmerzte so schön. »Ich habe von Eurer Teufelsmilch gehört, König Jun-hwan, und ich lehne die Einladung höflich ab.«

Zischend sog Jun-hwan die Luft ein; selbst für einen hochgeborenen Edelmann Hwabuns musste dieses Zeug ein Vermögen wert sein. »Ich hatte gehofft, jemand von Eurer Abstammung hätte eine etwas vorurteilsfreiere Einstellung.«

»Hoffnung ist wirklich kein verlässliches Terrain«, erwiderte Portolés und schüttelte die letzten Tropfen heraus, bevor sie das Keramikgefäß wieder vorsichtig auf den Tisch stellte. »Der Glaube, nun, darauf kann man immer zurückgreifen, wenn das mit der Hoffnung nicht glücken will.«

»Ein Krieg kommt, Schwester, aber es ist nicht der, den Ihr erwartet«, sagte Jun-hwan. Für Portolés' Geschmack war sein Lächeln einen Bruchteil zu wild. »Eure Oberen in der Kette sind in ihren Vorbereitungen so fleißig wie Müllwespen, selbst wenn sie ihre Pläne weit von den Ohren der Wildgeborenen fernhalten, die sie durch Verstümmelung bekehren. Oder vor der Königin verbergen. Ihr hättet viel erfahren können, hättet Ihr Eure Ohren nicht mit frommem Schlamm verstopft.«

»Frommer Schlamm?« Die Entscheidung, das Rauschmittel auszukippen, quälte sie bereits – die Sünden, auf die sie verzichtet hatte, bereute sie immer heftiger als die, denen sie sich hingegeben hatte. Aber sie konnte es nicht riskieren, die Waffe zu enthüllen, die ihr Königin Indsorith anvertraut hatte, nicht einmal für so etwas Verlockendes wie den Geschmack der schwarzen Brühe, die durch das Versunkene Königreich floss. »Schlamm ist ebenfalls verlässlich. Ich vertraue auf den Boden zu meinen Füßen, selbst wenn er weich ist. Ich mag nicht über dieses Geländer springen und *hoffen*, dass mir die Seeluft eher zusagt.«

»Ich wünsche Euch einen schönen Nachmittag, Schwester Portolés«, sagte König Jun-hwan, und zwei Diener sprangen aus der Tür wie Holzpuppen aus einer cascadianischen Kuckucksuhr. »Sorgt dafür, dass unser Gast und ihr, äh, Gefangener auf direktem Weg zu ihrem Schiff gebracht werden. Sie haben es eilig.«

»Noch einmal meinen Dank«, sagte Portolés, dann folgte sie den Dienern.

»Und meine Empfehlungen an Kaiserin Ryuki«, rief ihr Junhwan hinterher, was Portolés fast dazu veranlasst hätte, direkt zur Hauptstadt zu segeln – mit ihren Papieren würde sie vielleicht tatsächlich eine Audienz gewährt bekommen. Aber das hätte ihr nichts genützt und das Blatt der Königin nur noch deutlicher gezeigt, als Portolés es bereits aufgedeckt hatte. Nun gut, auch wenn sie sonst keinen Erfolg gehabt hatte, wenigstens hatte sie endlich einmal Kaldi probieren können, auch wenn das – im Hinblick auf Sünden – kaum zählte.

KAPITEL 7

Planung und Durchführung einer Revolution gehören nicht zu den Dingen, in die man sich blindlings hineinstürzt, aber bedachte man Zosias vorgegebenen engen Zeitplan, so hatte sie ihrer Meinung nach beeindruckende Arbeit geleistet. Und was noch besser war, sie konnte Zeit mit Singh verbringen und ihre Kinder kennenlernen. Ihre Wiedervereinigung hatte zur Folge, dass sie beinahe glücklich tagelang in die verflucht noch mal völlig falsche Richtung ritt, nämlich noch weiter südlich auf dem Südwestlichen Zacken als Zygnema. Aber nur beinahe. Die Revolution musste in der Domäne Thantifax in Schwung gebracht werden.

Aber jetzt war der Augenblick gekommen, um aus der Stadt zu entkommen und die Revolutionäre des Stumpfen Kriss die Drecksarbeit erledigen zu lassen. Wenn Zosia pedantisch sein wollte, war er sogar schon lange vorbei.

Auf Thantifax' schmalen Straßen waren die Kämpfe voll entbrannt, die Lehmmauern des Tempels erbebten, weil die nächste Explosion die Stadt erschütterte. Zosia zog noch einmal an der ihr so vertrauten Pfeife, die Singh für sie aufgetrieben hatte. Die schürhakenfömige Bruyerepfeife war von ihr akribisch rustiziert und gefärbt worden, damit sie einem Stück Frostkoralle aus dem Nordosten ähnelte. Das war jetzt ein Vierteljahrhundert her, und anscheinend war sie auf Singhs Pfeifenständer fast ein Jahrzehnt lang vollgestaubt.

Es schmerzte, dass Maroto die Pfeife versetzt hatte, in deren Herstellung sie so viele Stunden investiert hatte, aber es erleichterte sie auch, dass er wenigstens den Anstand besessen hatte, sie einem anderen der Schurken zu verkaufen. Sie klopfte den Kopf am Oberschenkel aus, um sicherzugehen, dass sie ihre Tasche nicht in Brand setzte, verstaute sie und schulterte ihr Bündel. Lefzenschlecker kratzte winselnd an dem hohlen Altar im hinteren Teil des Tempels, zweifellos verschnupft darüber, dass er von der Verzweiflung der versteckten Waisen, die Zosia und Singh hier untergebracht hatten, bevor die Revolution richtig losgegangen war, nicht mehr als eine Kostprobe nehmen durfte.

»Ich bleibe und helfe«, sagte Singh. Sie zog die Riemen ihres Brustpanzers fester. »Ich verstehe, dass du es lieber nicht tun willst, und wir treffen uns …«

»Ich hör nicht zu, Chevaleresse«, sagte Zosia, die diese Scheiße erwartet hatte und sich trotzdem am Gestank störte. »Ein Geschäft ist ein Geschäft ist ein Geschäft, hier und überall auf dem ganzen Stern oder auch anderswo, soweit ich weiß. Erzähl mir jetzt nicht, dass die Ritter von Raniputri während meiner Abwesenheit angefangen haben, sich nicht mehr an ihre Eide zu halten.«

Die verbarrikadierte Tür erzitterte, allerdings nicht durch eine weitere Bombe. Göttertstatuen wackelten auf ihren Podesten, und die Priesterinnen beteten noch lauter, während sie ihre sich windenden Schlangen emporhoben. Singh versuchte Zosia niederzustarren. Ja, klar.

»Ich schwor, dir zu helfen, nachdem du mir geholfen hattest, und bis wir sicher sein können, dass Thantifax fällt, hast du deinen Teil der Abmachung jedenfalls nicht erfüllt.« Singh schob die Schnurrbartspitzen unter den Kinnriemen ihrer Pickelhaube. »Meine Kinder …«

»Werden diesen Krieg mit ihren eigenen Klingen gewinnen«, sagte Zosia. »Oder ihn verlieren. Mir ist das wirklich gleich. Ich habe die Angriffe wochenlang mit Masood geplant, außerdem deinen Töchtern ihre Gefolgschaft abgeschwatzt, was nicht einmal zu der ursprünglichen Abmachung gehörte.

Ebenso wie die Sprengladungen zu legen oder all diese Gören zusammenzutreiben und sie in dieses sichere Haus zu bringen. Und halte mich ja nicht für beschränkt genug, um nicht zu kapieren, dass wir uns im schlimmsten Loyalistenviertel der verdammten Stadt befinden. Allein die Straße zum Imperium zu erreichen wird viel Blut kosten. Ich habe mich nicht *ein einziges Mal* beschwert, Singh, also wage es ja nicht, mir jetzt mit diesem Scheiß zu kommen, nur damit du dich mit dem Erfolg deiner Brut brüsten kannst.«

»Ich brüste mich nicht«, erwiderte Singh streng, dann aber lenkte sie ein. »Na ja, vielleicht ein bisschen. Es ist nur so schön, die Familie zur Abwechslung mal an einem Strang ziehen zu sehen. Gewähre mir diese Gunst, Zosia, und ich will dafür sorgen, dass uns hundert Reiter zum Scharlachroten Imperium begleiten – das ist doch sicherlich einen weiteren Tag wert? Um das zu tun, was du am besten kannst?«

»Hättest du mich gleich gefragt …«, sagte Zosia und sah Keun-ju an. Der Tugendwächter zuckte mit den Schultern und führte mit zitternden Fingern eine von Singhs Wespen zum Hals. Als sie ihm ihren Traumkuss beibrachte, erbebte er. Noch immer sah er verhärmt von dem Blutbad an diesem Morgen aus. Obwohl er in seiner Heimat ständig Zuckermelonenteufel oder was auch immer bekämpft hatte, war er nicht an das Vergießen von menschlichem Blut gewöhnt. Noch nicht. »Verflucht, ich bin doch eine sentimentale alte Närrin. Zweihundert raniputrische Kavalleristen, Singh, und darunter nicht einen einzigen Buckligen – wo wir hingehen, brauchen wir echte Reiter, keine Faulenzer oder Grünschnäbel, die den rechten Fuß nicht vom linken unterscheiden können.«

»Du hast mich nicht einmal gezwungen zu betteln«, sagte Singh. Die Tür wölbte sich. »Ich hab es ja schon immer gesagt, so weich wie der Bauch eines Kätzchens.«

»Noch weicher, aber nur für dich, Schwester«, erwiderte Zosia und pfiff Lefzenschlecker herbei. Der Hund blickte zu ihr herüber, machte aber keinerlei Anstalten, den Schrein zu verlassen. »Hey, alter Kumpel! Hey! Willst du ein braves Hundchen sein? Vielleicht nicht nur da rumsitzen und zusehen, wie man mir das dritte Mal hintereinander die Scheiße aus dem Leib prügelt?«

Im Einklang mit dem Heulen der die Schlangen schwingenden Priesterinnen klopfte Lefzenschlecker mit dem Schwanz auf den Boden, seine gebleckten schmalen Lefzen entblößten vollständige Reihen schleimiger gelber Zähne.

»Ja, ja, was ist für dich drin?« Zosia schwang ihren Kriegshammer und stolzierte auf die Tür zu, die in ihren Angeln erbebte. »Komm schon, Singh, wenn wir schon nicht sofort aufbrechen, können wir genausogut auch den Hund füttern.«

»Danke, Schwester«, sagte Singh. »In höchstens zwei Tagen sind wir unterwegs.«

»Hast du das gehört, Keun-ju?«, fragte Zosia. »Wenn du deine Prinzessin Kürbis wiedersehen willst, kommst du jetzt mit deinem Arsch hoch, der von Bienen zerstochen ist, und benutzt dein Zwei-Tiger.«

»Vier-Tiger«, erwiderte Keun-ju. Mit der Wespe in sich platzte er jetzt förmlich vor Energie. »Sollen sie mit ihrem schärfsten Stahl und den wildesten Teufeln kommen. Nichts, nicht einmal ihre heidnischen Götter, wird mich davon abhalten, meine Braut wiederzusehen.«

»Klar doch, heidnische Götter haben ihre Möglichkeiten, Liebende wieder zu vereinen, bei denen nicht unbedingt alle Beteiligten lebendig sein müssen«, murmelte Zosia. »Eins nach dem anderen: Wir kämpfen, bis der Kampf vorbei ist, nehmen an der Siegesfeier der Familie der Chevaleresse teil, reiten mit unserer neuen Kavallerie los und bringen dich zu deiner Kleinen. In dieser Reihenfolge.«

Die Tür zersplitterte, ein Arm schlängelte sich durch das Loch und entfernte den Riegel, dann strömten vor Wut rasende Loyalisten noch schneller in den Tempel als das Sonnenlicht, das sie mit sich brachten. Zeit für Zosia, das zu tun, was Zosia am besten tat.

Wären die Thantifax-Loyalisten bei Verstand gewesen und hätten ihren Angriff mit einer Pfeilsalve begonnen oder einfach ein Pulverfass reingerollt, hätten die Dinge vielleicht ein ganz anderes Ende genommen. Um fair zu sein, sie rechneten nur mit einer Schar Priesterinnen und Flüchtlingen, also konnte Zosia ihnen ihre leichtsinnige Taktik vergeben. Die meisten der angreifenden Loyalisten trugen kurze Katare, aber ein paar hatten Khandas, die dem vielfach gezackten Schwert in Singhs Hand ungemein ähnelten.

Aber keiner von ihnen schwang seine Klinge so geschickt wie die Chevaleresse, was überdeutlich wurde, als Singh den ersten Mann energisch abwehrte; ihr Schwert lenkte seine Klinge zur Seite und spaltete dann sauber seinen schön verzierten Helm. Als sich einer seiner Kameraden den Augenblick zunutze machen und in Singhs entblößte Achselhöhle stechen wollte, entdeckte er, dass Keun-jus schmales Vier-Tiger-Schwert zwar vielleicht keinen Bronzehelm zu durchdringen vermochte, gewiss aber in einen Augenschlitz gleiten und einen Schädel durchbohren konnte. Zosia deckte die andere Flanke der Chevaleresse, der unersättliche Dorn auf der Oberseite ihres Hammers durchbohrte einen Brustpanzer und schickte seine Trägerin stolpernd zurück in den Haufen ihrer Kameraden. Trotz ihrer überlegenen Zahl brach sich die Flut der vor Zorn rasenden Loyalisten an den drei Verteidigern und fiel dann wie eine von der Ufermauer abgewiesene Welle zurück.

Diese Krieger waren gut bewaffnet und gepanzert, die meisten von ihnen trugen den dunklen Purpur und das grelle Grün des niederen Adels von Thantifax, und sie stellten sich als bei Weitem nicht so töricht heraus, wie sie ursprünglich erschienen waren – obwohl Zosia und Kameraden ihren Vorteil nutzten, zog sich die Masse der Loyalisten schnell wieder auf die Straße zurück. Ihre toten und sterbenden Mitstreiter hielten Zosia, Keun-ju und Singh lange genug auf, damit ihre Gegner einen Haufen Chakram verteilen konnten. Die drei Rebellen stürmten aus dem Tempeltor und wurden von einem halben Dutzend grinsender Bastarde erwartet, die die breiten, mit rasiermesserscharfen Kanten versehenen Ringe schwangen. Ein besonders übermütiges Miststück wirbelte den ihren sogar um den Finger.

Als die Loyalisten ihre Waffen schleuderten, warfen sich Keun-ju und Singh hinter die zerstörte Tür zurück, aber mit Lefzenschlecker an ihrer Seite blieb Zosia stolz stehen und hob in einer schamlosen Zurschaustellung von Mut die Arme. Warum sollte man sich mit einem Teufel abgeben, wenn man nicht damit prahlen konnte? Die auf Singh und Keun-ju gezielten Chakram gruben sich in den Türrahmen oder sausten weiter in den Tempel hinein, aber noch während Zosia sie von den Wänden des Gebäudes abprallen hörte, flogen die geschleuderten Waffen nur noch ganz langsam auf sie zu. Lefzenschlecker hatte ihnen die Geschwindigkeit genommen. Mit Ausnahme von einer einzigen fielen sie einfach aus der Luft, aber der letzte Chakram schwebte in Zosias Reichweite. Man starrte sie mit offen stehenden Mündern an, was auch nur angebracht war. Sie wechselte den Hammer in die andere Hand und pflückte die tödliche, gemütlich wirbelnde kreisrunde Klinge mit der rechten aus der Luft … aber als sie die Finger darum schloss, entließ Lefzenschlecker die Waffe aus seinem Willen, und sie wurde wieder schnell genug, um Zosia in die Handfläche zu schneiden, bevor sie sie richtig gepackt hatte. Dieser beschissene dreckige Teufel.

»Das ist richtig, Kinder«, rief Zosia und wog das vertraute Gewicht in der Hand. »Diesmal habt ihr euch wirklich mit dem Falschen angelegt.«

Sie schleuderte den Chakram in die Menge zurück, und Lefzenschlecker musste ihm zusätzliche Geschwindigkeit verliehen haben, denn er trennte den Unterarm eines Mädchens ab, das die Hand zur Abwehr hochgerissen hatte, und flog dann weiter, um das Gesicht des Mannes, der hinter ihm stand, in zwei Teile zu schneiden. Darauf folgten Singh und Keun-ju Zosia, die den Angriff anführte. Zwei vernünftige junge Frauen, die hinten standen, ergriffen die Flucht, bevor das Trio die erste Reihe überhaupt erreicht hatte. Stahl traf auf Stahl, und Stahl traf Fleisch, und schon bald rutschten alle am Kampf beteiligten Parteien über die blutigen Pflastersteine. Der Tapferste des Haufens drang mit einem Peitschenschwert auf Zosia ein, das mit ihrer Rüstung kurzen Prozess gemacht hätte, hätte Lefzenschlecker die Waffe nicht auf ihren Träger zurückgeschleudert. Die drei beweglichen Klingen wickelten sich um seinen Hals. Ein hartnäckiges Stück Rückgrat verhinderte seine Enthauptung, allerdings auch das nur knapp.

»Verdammt«, sagte Zosia, während sie und ihre Gefährten daraufhin die Klingen an den Leichen sauber wischten. »Ich hatte fast schon vergessen, wie viel Spaß das machen kann.«

»Fast?«, fragte Singh.

»Fast.« Zosia lächelte.

»Blurgh«, machte Keun-ju und kotzte auf die Straße.

»Komm schon«, sagte Zosia. Mit der verletzten Handfläche tätschelte sie Lefzenschleckers Kopf. »Wo die herkamen, gibt es noch viel mehr.«

Aus dem ganzen Palast hatten sie Tische geholt und sie so auf dem Hof aufgestellt, dass genug Platz für alle da war, von Singhs Familie bis zu den Unberührbaren, die Sprengsätze unter den Mannschaftsunterkünften und Wachhäusern platziert hatten. Es war genauso wie damals bei dem langen Marsch auf Diadem – Adel und Abschaum teilten sich Speisen und Trank unter dem Sternenhimmel. Allerdings aßen sie diesmal bedeutend besser; auf den Tischplatten türmten sich Hunderte kochend heißer Gerichte. Anscheinend war die Revolution in der Königlichen Küche ausgesprochen beliebt.

»Ich nehme alles zurück, was ich über die Küche der Raniputri gesagt habe.« Keun-ju löffelte seine dritte Portion Kokosnussreis mit nichts anderem als Essiggurken auf dem Teller. »Alles. Ich wünschte nur, es gäbe etwas Fisch, Tintenfisch oder *irgendwas* in der Art.«

»Ja, niemand ist wählerischer als ein Bettler«, sagte Zosia und trank ihren Mahua. Der Blumenwein erinnerte sie an ihre ersten Tage mit Singh, bei denen sie nicht mehr als die Schwerter an ihren Gürteln und eine kleine Flasche besessen hatten, die sie sich auf der staubigen Straße hatten teilen müssen. Neben ihr leerte Singhs ältester Sohn Masood ein Trinkhorn aus dem Feuersteinland, das mit samothischem Rotwein gefüllt war, und klopfte ihr auf den Rücken.

»Heute Abend gibt es keine Bettler, ehrenwerte Frau, nur die Maharanis und Maharadschas einer neuen raniputrischen Dynastie!«

»Hm.« Zosia warf seiner Mutter auf der gegenüberliegenden Seite des Tisches einen Blick zu. »Und morgen?«

»Bei Sonnenaufgang sind wir alle Bettler«, sagte Masood. Er unterstrich seine Weisheit mit einem Rülpsen. »Es zählt allein, was wir sind, wenn die Nacht hereinbricht.«

Danke, formte Singh lautlos mit den Lippen. Als Zosia zusah, wie ihre alte Kameradin den Streit mit ihrer Familie bereinigte, war sie froh, geblieben zu sein und geholfen zu haben, den Sieg davonzutragen, statt Singh auf ihr Ehrenwort festzunageln, sofort nach Beginn der Kämpfe aufzubrechen. Die Chevaleresse warf einen Arm um eine ihrer Töchter; Zosia hatte schon wieder vergessen, welche es war. »Erinnere deinen Bruder das nächste Mal an seine Weisheit, wenn sich sein Glück wieder abwendet und er allein mit seiner fetten Zunge als Kopfkissen in einer Gasse schlafen muss.«

»Ich erinnere ihn schon jetzt daran, dass die Stadt ohne meine Soldaten niemals gefallen wäre«, sagte das Mädchen. Es entwand sich der Umarmung seiner Mutter, allerdings nicht nachdrücklich genug, um Zosia täuschen zu können. »Was hast du zu dieser Angelegenheit zu sagen, lieber Masood?«

»Liebste Urbar«, erwiderte Masood, gestikulierte in ihre Richtung und spritzte dabei Wein auf den Tisch und seinen Dhoti. »Ich würde sagen, dass ich lieber allein gegen ein Dutzend Thantifax-Heere kämpfen würde, statt dich zu verärgern, indem ich dich darauf hinweise, was für ein Pfau du doch bist, in der Schlacht Diamanten zu tragen!«

Sie stritten sich weiter, aber durchaus gutmütig, dann ersetzte ein warmer Becher Bhanq Zosias Wein; sie trank ordentlich von dem Gebräu und schwebte bald über dem Tisch. Früher einmal hatte das Zeug dafür gesorgt, allem zu entkommen, aber jetzt sperrte es sie in ihrem eigenen Herzen ein. Die Vorwürfe in ihrem Inneren übertönten das dröhnende Gelächter der Raniputri und das Keun-jus. Warum hatten Leib und sie nicht diesen Weg gewählt und sich in der Öffentlichkeit versteckt, wo ihnen Freunde den Rücken decken konnten, statt in die Berge zu flüchten und so zu tun, als wären sie andere Menschen?

Am Ende hatten sie diese Lüge genauso geglaubt wie all jene, denen sie sie erzählt hatten – ein Junge aus einem kleinen Dorf, der in das malerische Fleckchen Erde seiner Geburt zurückkehrte und eine ausländische Braut mitbrachte. Die die bescheidenen Felder ihrer Nachbarn beackerten, sich um ihr Nutzvieh kümmerten und Wurzeln für den Kochtopf sammelten. Die Bürgermeister wurden, als sich das Leben der alten Bürgermeisterin dem Ende zuneigte – und schließlich bestand diese darauf, dass sie ihre Pflichten übernahmen. Die die Jahre mit Liedern und alltäglichen Sorgen und der jährlichen Pilgerschaft zu den jadegrünen Hügeln verbrachten, um dem Imperium ihre milden Gaben anzubieten. Statt das Leben zu leben, zu dem sie geboren waren – ein Leben, das nicht grün, sondern rot gefärbt war; Blutvergießen im Rot der Morgendämmerung, wie dunkler, am Abend vergossener Wein …

Vielleicht gab es ja in irgendeiner Hölle so einen Tisch, an dem sich Zosia wieder zu ihrem Ehemann und all den anderen gesellen würde, deren Leben ihretwegen auf gewalttätige Weise geendet hatte. Vielleicht würde sie Leibs Becher eines Tages mit geronnenem Blut füllen, und sie würden zwischen den Grüften Asche essen. Vielleicht würden im Grab viele Dinge passieren, wollte man Lefzenschleckers wissendem Blick aus den Schatten neben ihren Knöcheln Glauben schenken. Er war bedeutend fetter als noch an diesem Morgen, sein Fell glänzte, seine Zähne waren wieder so weiß wie der Elfenbeinstecker in Singhs Nase.

Der Hof hallte von Liedern und Prahlereien und Späßen wider, sogar ein paar Tänzen, bis die Morgendämmerung schließlich über die Palastmauern stieg. Aber in dieser Nacht sang Zosia kein Lied, sie prahlte oder lachte auch nicht wieder und beriet sich nur mit dem gesättigten Teufel zu ihren Füßen, starrte stumm in seine dunklen Augen, bis ihr Kopf auf die Tischplatte fiel.

Ihr Ritt führte durch halbdunkle Wüsten und vorbei an hellen Flüssen, durch kühle Wälder und über Hügel, die in der Hitze brüteten und auf denen mit roten Spitzen versehenes Gras wie ein Meer aus brennender Seide wogte. Einst entdeckten sie mitten in einem schwarzen Dschungel die Ruinen eines Turms auf einer weißen Felsnadel; aufgrund von Lefzenschleckers beharrlichem Winseln, sich dort umzusehen, hielt Zosia sie für heimgesucht – von Teufeln –, dachte aber nicht im Traum daran, ihnen nahe genug zu kommen, um das zu bestätigen. Sie ritten weiter über ächzende Brücken, die man erbaut hatte, als das Imperium noch jung gewesen war, und durch Bergpässe, die die Götter selbst in den Felsen gemeißelt hatten, wollte man Singh Glauben schenken … oder es waren eher starke Winde, glaubte man ihren Kindern. Ihre Tochter Udbala und ihr Sohn Sriram begleiteten sie. Jeder von ihnen mit hundert Reitern, und ihr Weg von der Spitze der Raniputri-Domänen ins Herz des Sterns war ein so leichter Ritt, wie Zosia sich nicht erinnern konnte, ihn je erlebt zu haben. Als sie durch die Feldposten der unterbemannten Garnison der Imperiumsgrenze außerhalb von Azgaroth stürmten, verspürte sie die zaghafte Hoffnung, dass es von nun an immer so mühelos sein würde: ein Schlachtruf und ein Jubeln, dann im Galopp vorbei an staunenden jungen Narren zum Sieg!

Als wäre das Leben je so einfach gewesen. Einen halben Tag später entdeckten sie, warum der Grenzposten so wenig Männer gehabt hatte. Ein kürzlich aus der Garnison abgezogenes Regiment lagerte mitten auf der Straße. Der gewaltigen Staubwolke nach zu urteilen, die sie verfolgte, während sie in die Hügel abbogen, um über den nördlichen Pass von Blodtørst zu reiten, verfügte das Regiment über eine beträchtliche Kavallerie. Kein azgarothischer Hengst konnte es mit den thantifaxischen Stuten aufnehmen. Doch obwohl kein sofortiges Gefecht drohte, runzelte Zosia die Stirn; das Scharlachrote Imperium zog bereits seine Streitkräfte zusammen, und sie konnte sich gut vorstellen, zu welchem Zweck. Beziehungsweise für wen. Kobaltblaue Kompanie, also ehrlich, als hätte irgendein Heer das Recht, diesen Namen anzunehmen, ohne dass sie an seiner Spitze stand – diese Prinzessin Ji-hyeon hatte wirklich Nerven, falls Singhs Bericht über den Plan des Mädchens auch nur annähernd zutraf.

Das Dorf Blodtørst lag einen Dreitagesritt von den trügerischen Bergpfaden entfernt am Rand eines spiegelglatten Sees. Es handelte sich um einen Wallfahrtsort sowohl für die Anbeter der Schwarzen Kette als auch für die Ugrakari, und jeden Sommer schwoll das Dorf von mehreren Hundert Bewohnern auf ganze Tausende an. Das Westufer wurde von Stupas gesäumt, am Ostufer erhoben sich auf den Kopf gestellte Kreuze. Die Kavallerie aus Raniputri traf bei Einbruch der Nacht ein und bekam einen Heldenempfang, denn die Blodtørster waren vernünftige Leute und hießen sämtliche marschierenden Heere willkommen, ganz egal welche Flagge sie führten.

»Mädchen, hier herüber.« Singh winkte Zosia zu der Schreinwand im Gemeinschaftsraum der Herberge der Dorfvorsteherin, nachdem sie sich für die Nacht in ihre Zimmer einquartiert hatten. »Hier gibt es etwas, das man in den Domänen nicht so oft zu Gesicht bekommt.«

Die Herberge war so schlicht wie alles andere in Blodtørst, die kompetent errichteten Steinmauern wurden weder durch Fenster unterbrochen noch mit Wandteppichen geschmückt. Da der frühe Winter aber die Saison war, in der die Kettenanbeter keine Feiertage hatten, hatte die Betreiberin die Vorhänge vor ihrem Schrein zurückgezogen. Er bestand aus mehreren einfachen Holzbrettern voller Götterstatuen. Die Ugrakari hatten fast so viele Götter und Teufel wie die Feuersteinstämme legendäre Vorfahren. Singh musterte bedeutungsvoll eine der kleinen Statuen.

Die feminine Gestalt hockte auf einem der oberen Bretter direkt neben dem wilden Kriegsgott der Ugrakari und einer elefantös aussehenden Gestalt, deren Name Zosia zwar auf der Zunge lag, der sich ihr aber verweigerte. Im Gegensatz zu ihren Nachbarn wies sie entschieden menschliche Umrisse auf, hatte weder zusätzliche Gliedmaßen noch tierhafte Gesichtszüge. Mit dem Hammer in ihrer Hand sah sie tatsächlich beinahe so aus wie …

»Im Leben nicht«, flüsterte Zosia. Sie griff nach der Statue, und ein seltsames Gefühl breitete sich in ihrer Brust aus. Die Figur war aus schwerem Holz gestaltet, Bruyere, oder sie wollte keine Pfeifenmacherin sein, und das Haar … das Haar war mit Rotkehlchenblau bemalt. »Du verarschst mich doch. Das ist …«

»Die Eiskalte Kobaltblaue«, sagte die Dorfvorsteherin, stellte ihr Tablett mit dem Tee ab und eilte herbei. »Ich bitte euch respektvoll, stellt sie zurück. Sie wird zornig, wenn man sie anfasst.«

»O ja, und wie«, sagte Singh, hielt die Handflächen in die Höhe und trat noch einen Schritt weiter zurück, um Zosia für das Verbrechen ausdrücklicher verantwortlich zu machen. »Sei besser vorsichtig, Freundin, oder du wirst noch mit einem Fluch belegt, wenn du mit der Blauen Königin verächtlich umgehst.«

»Ich glaube es nicht«, sagte Zosia und betrachtete wieder die Statue, bevor ihr ihre Manieren einfielen und sie sie zurück an Ort und Stelle stellte. »Ich wollte sagen, es tut mir leid, ich wollte Euren Schrein nicht respektlos behandeln.«

»Mich stört das nicht.« Die Dorfvorsteherin schob ein paar störrische graue Haare unter das Kopftuch zurück. »Aber die Königin, sie kann gereizt reagieren, vor allem auf Fremde.«

»Wirklich?«, fragte Zosia. Glücklicherweise hatte Lefzenschlecker ihr gehorcht und war in ihrem Zimmer geblieben. Hätte er das mitbekommen, er hätte sie das nie vergessen lassen. Genauso wenig wie Keun-ju, was das anging – gut, dass ihn der anstrengende Tagesritt bereits ins Bett gebracht hatte. »Ihr wollt mir doch nicht sagen … ich meine, betet Ihr zu ihr?«

»Beten?« Die Dorfvorsteherin stieß ein raues Lachen aus und rieb sich die knorrigen Handgelenke, während sie die Statue anstarrte. »Sie hört nicht zu. Aber das ist nur ein weiterer Grund, sie nicht zu verärgern, was?«

»Sie …« Zosia bemühte sich, nicht zu lächeln. »Ihr … sie ist doch keine Göttin Eures Dorfes, Eures Volkes?«

»Pfui«, erwiderte die Dorfvorsteherin, und da sie während des Essens alle zusammen Chaang getrunken hatten, war ihre Zunge vermutlich etwas lockerer als üblich. »Natürlich nicht! Sie ist nur eine Frau, so wie wir alle. Lediglich ein Narr würde sich vor ihr verneigen … und bloß ein verdammter Narr würde sie Teufel nennen, so wie es die Imperialen tun. Es heißt, sie sei wieder da, wisst Ihr, und die Kobaltblaue Kompanie ist noch größer als früher, aber ich glaube nicht, dass sie wirklich da ist. Das ist unmöglich. Das ist doch die einzige beständige Wahrheit auf dieser Welt: Die Toten bleiben tot, gepriesen sei die Gnade der Götter und die Schwäche der Teufel.«

»Nun, ich würde ja sagen …« Aber was auch immer Singh sagen wollte, es wurde von Zosias scharfem Blick verhindert.

»Ich kannte sie«, sagte die alte Frau traurig, und Zosia verspürte einen Stich der Scham, weil sie noch immer nicht die geringste Vorstellung hatte, wer diese Frau tatsächlich war. Bis sie sagte: »Als junges Mädchen bin ich bei ihr gewesen. Die Kobaltblauen eilten hier durch, schnell, schnell, nur meine Mutter war nicht schnell genug, mich daran zu hindern, mit ihnen wegzulaufen. Ah, was für ein Abenteuer!«

Als junges Mädchen? Zosia schalt sich dafür, dass sie diese Frau für alt gehalten hatte – sie musste sogar ein paar Jahre jünger sein als sie selbst, also wie alt machte das Zosia? Singh warf ihr einen Blick zu und forderte sie stumm auf, sich zu verneigen, aber … drauf geschissen. »Wie viele Menschen sind bei diesem Abenteuer gestorben, was glaubt Ihr?«, fragte Zosia stattdessen. »Ich habe gehört, dass Tausende verhungerten oder vom Wetter ins Grab befördert wurden, und da sind die Kämpfe noch gar nicht mit eingerechnet.«

»Tausende?« Die Dorfvorsteherin setzte sich an einen niedrigen Tisch und schenkte sich Yakbuttertee ein. Sie schob den gusseisernen Kessel in die Richtung ihrer Gäste, die noch standen. Nun lächelte sie nicht mehr. »Wohl eher Zehntausende. Vielleicht sogar die Hälfte unserer Zahl. Ich weiß es nicht. Leute, die ich schon im Krippenhaus kannte, fielen tot wie die Fliegen um mich herum zu Boden. Ich hatte Glück, nur ein paar Zehen zu verlieren. Und diejenigen von uns, die für den Krieg mit den Imperialen nicht kräftig genug waren, haben den Befehl erhalten, Vorräte zu besorgen. Ihr wisst, was das bedeutet? Bauernhöfe auszurauben, die nicht alles, was sie hatten, für die Sache spendeten. Dörfer zu stürmen, die sich nicht besonders von dem hier unterschieden, und zu hoffen, dass sich die Bewohner nicht zusammenrotten, damit wir genug stehlen konnten, um etwas zu essen zu haben. Wir kämpften so energisch wie jeder andere Soldat, das ist die reine Wahrheit, mit Steinen und Stöcken! Nicht einmal ihre Schurken waren so wild wie wir, Bauernmädchen, Bauernjungs und noch so viele andere, die ein Traum berauscht hatte …«

»Ein großartiges Abenteuer«, sagte Zosia. Mit einem Stöhnen ließ sie sich auf der Bank gegenüber von ihr nieder. Ihr Hintern und ihre Oberschenkel hatten den Sattel garantiert nicht vermisst, selbst wenn das für den Rest von ihr galt.

»Ach, aber das war es wirklich!« Die Dorfvorsteherin blies auf ihren Tee. »Ich lernte auf dem Langen Marsch meine Frau kennen, schloss Freundschaften mit Leuten, die noch immer jedes Jahr auf Pilgerfahrt herkommen. Vielleicht war die Kobaltblaue ein Teufel, wie die Imperialen behaupten, und es war ein brutales Geschäft, da gibt es nicht den geringsten Zweifel. Aber sie kämpfte für uns. Für mich, für Euch, und vor allem für die Imperialen selbst, auch wenn viele zu dumm waren, das zu begreifen. Sie wollte die Welt besser machen, die Armen befreien, um …«

»Unsinn«, sagte Zosia gehässiger, als sie sich für fähig gehalten hätte. »Sie war eine Mörderin und dazu noch ein Feigling, genau wie jeder König oder jede Königin vor ihr, und genauso wie jeder nach ihr.«

»Ihr irrt Euch«, beharrte die Dorfvorsteherin. »Sie tötete, das ist richtig, aber sie war stets bemüht, und wie bemüht sie war! – hättet Ihr sie nur jemals zu uns sprechen hören, dann würdet Ihr auch glauben, dass es mehr als die Gier nach Macht oder Reichtum war, das sie antrieb. Wären die Meuchelmörder von Samoth nicht gewesen, hätte sie eine Veränderung gebracht. Die Dinge würden anders sein.«

»Mir ist aufgefallen, dass Ihr keine Statue von Königin Indsorith an der Wand habt.« Singh setzte sich mit einem spöttischen Lächeln neben Zosia und schenkte sich eine Tasse des dicken Tees ein.

»Verwechselt nicht eine Sache mit einer anderen«, erwiderte die Dorfvorsteherin, als wären sie störrische Kinder. »Ich behalte die Scharlachrote Königin in meinem Herzen und ihre Statue über meinem Bett. Weniger … ambitioniert als Königin Zosia? Ja, ja, ja. Aber wenn ihre Soldaten hier durchziehen, benehmen sie sich tadellos, und sie ist es gewesen, die den See von Blodtørst zu einem heiligen Ort erklärte, nicht diese … Kleriker der Schwarzen Kette. Die Dinge sind nicht so gut, wie sie gewesen wären, hätte Zosia überlebt, aber sie sind auch nicht so schlimm, wie sie sein könnten.«

Zosia stand auf. »Ich glaube, ich sollte besser zu Bett gehen. Ich fühle mich schon ganz so, als würde ich träumen. Vielen Dank für Eure Gastfreundschaft, gute Frau, und dass Ihr Eure Geschichten mit uns geteilt habt.«

»Natürlich reiten wir früh«, sagte Singh. »Ich klopfe an der Tür.«

»Möge Eure Zeit bei den Teufeln schnell vergehen«, rief ihr die Dorfvorsteherin hinterher, und Zosia ging steifbeinig in ihr Zimmer. Nach einem Blick zurück durch den dunklen Korridor in den Raum, in dem Singh und die Dorfvorsteherin noch saßen und der nur von einer Kerze erhellt wurde, stieß sie einen langen und traurigen Seufzer aus. Sie würden vor Sonnenaufgang fort sein, aber wenn sie die Kavallerie des Imperiums noch immer verfolgte, würde sie vor dem nächsten Mondaufgang in dieses Dorf kommen. Wenn das geschah, würden sie so respektvoll sein, wie die Dorfvorsteherin glaubte, oder würden sie die hilflose Bevölkerung etwa dafür bestrafen, einer Horde Grenzverletzer geholfen zu haben? Würde man alle töten, um ein Exempel zu statuieren, so wie in Kypck? Hatte sie ein weiteres Dorf zum Untergang verurteilt, nur indem sie da einen Fuß hineingesetzt hatte? Und durch wie viele Dörfer würde sie auf ihrem Ritt nach Diadem noch kommen? Wie viele arme Narren, die sich ihrem Mythos verschrieben hatten, würden noch mit einem idiotischen Grinsen im Gesicht im Krieg oder auf noch grausamere Weise sterben? Nur weil sie glaubten, in Wirklichkeit für etwas anderes als die Ambitionen einer selbstsüchtigen Frau den Märtyrertod zu sterben, für Zosias Überzeugung, als Einzige zu wissen, was die Welt verdiente?

Lefzenschlecker öffnete die Tür mit der Nase und schnüffelte im dunklen Korridor an ihrer Hand. Sie stieß ihn in den dunklen Raum zurück und schloss hinter ihnen die Tür.

Eine Woche nach dem Aufbruch in Blodtørst entdeckten sie die sogenannte Kobaltblaue Kompanie, die gerade einen der scheinbar zahllosen Pässe der Kutumbanberge erklomm. Meilenweit entfernt überquerten Wagen die Gralsbrücke, die den Mordlustgraben überspannte. Von hier oben aus erschien die Kompanie wie eine gewaltige Masse Maden, die über die freigelegten Rippen der Berge schwärmte. Aber dieser Aussichtspunkt zeigte noch eine andere Streitkraft, wenn auch eine kleinere: das imperiale Regiment, dem Zosia an der Grenze entgangen war. Es schien sich nur um Infanterie zu handeln, doch selbst zu Fuß hatten die Imperialen weniger Zeit als Zosias Haufen gebraucht, indem sie den Schwarzteerpass direkt über die ersten Bergränge genommen hatten. Die Soldatenhorde marschierte zwischen Zosias Raniputri-Reitern und der fernen Kompanie auf der sich windenden Hauptstraße durch die Berge. Selbst nachdem Singh die Steigungen und Täler der fernen Straße mit ihrem Falkenglas eine halbe Stunde lang beobachtet hatte, erschien nicht ein einziger Reiter der schweren imperialen Kavallerie … was bedeutete, dass sie sie vermutlich noch immer durch den Blodtørstpass verfolgte. Nicht nur waren Zosia und ihre Krieger von der Kobaltblauen Kompanie abgeschnitten, offenbar wurden sie sogar zwischen die Kavallerie des Imperiums und seine Hauptstreitmacht gedrängt.

»So nahe dran.« Sehnsüchtig starrte Keun-ju zu der Stelle, an der seine Geliebte ihr Heer über die vier Brücken führte.

»Warum gehen wir nicht einfach … ich meine, könnten wir nicht …«

»Die imperialen Reiter so weit in die von den Teufeln geküssten Berge führen, bis wir einen Weg finden, ihre Infanterie zu umgehen?«, sagte Singh und spuckte auf den Felsen. Noch keinen Monat auf dem Feldzug, und sie war schon wieder auf Betel. »Wäre nicht das erste Mal, oder?«

»Nein«, sagte Zosia, »aber wenn wir Glück haben, das letzte Mal.«

Nahm man nicht die schmale Straße, die durch die Kutumbanberge führte, war der Weg zu Fuß sehr mühsam und Reiten so gut wie unmöglich. Viele Bergkämme und Abstiege wurden gemeistert, indem die Raniputri ihre nervösen Tiere am Zaumzeug führten und Stiefel und Hufe im Schnee und auf staubigen Steinen ausrutschten. In den folgenden Wochen fanden sie keine Möglichkeit, die Infanterie zu umgehen, und so konnten die Raniputri erst dann ein Palaver arrangieren, als die Kobaltblauen hinunter auf die Hexenjägerebene zogen. Auf den letzten paar Meilen auf der Grassteppe, bevor sie die hastig errichteten Wachtposten erreichten, fragte sich Zosia, ob ihr ihre Nervosität auch so deutlich anzusehen war wie Keun-ju. Was hatte er denn schon zu schwitzen? Er musste doch nur mit der Liebe seines Lebens wiedervereint werden. Zosia war hier diejenige, die ihr möglicherweise in den Hintern treten musste.

KAPITEL 8

Also diese Ji-hyeon. Mann! Als sich Griesgram in ihrem Zelt zum Kaldi gesetzt hatte, hatten ihn dreizehn Arten der Glückseligkeit aufgewühlt, denen sofort vierzehn Arten der Enttäuschung gefolgt waren, denn ihre erste Frage hatte seinem Haar gegolten. Nicht, dass er nicht auf die nach allen Seiten abstehenden Haare stolz gewesen wäre, die er mit dem alten Kamm seiner Mutter in die Höhe gelockt hatte, bis sie so etwas wie einen kugelförmigen Helm bildeten – und insgeheim entsetzt war, dass er in letzter Zeit nur weiße Haare in dem Kamm gefunden hatte, und nicht mehr die kastanienbraunen Locken seiner Jugend.

Nein, das Problem war, dass seitdem sie die Savanne verlassen hatten, ihn die Fremdländer ständig nach seinem Haar gefragt hatten, und ein paar waren sogar so dreist gewesen und hatten sich erkundigt, ob sie es anfassen durften. Ein paar hatten nicht einmal das getan, bevor sie danach griffen, und in einem Drecksloch in Kvelertakan war es zu einer Kneipenschlägerei gekommen, weil eine Frau am Nebentisch einfach die Hand ausstreckte und völlig grundlos daran zupfte. Darum wäre Griesgram zufriedener als ein Löwe gewesen, der von Babys fett geworden war, wenn er mit der Generalin über alles hätte sprechen können, nur nicht über seine Haare.

»Nee«, erwiderte er, denn genau genommen hatte sie sich erkundigt, ob sie ihn danach fragen dürfe, und zwar auf diese umständliche Weise der Makellosen. Sie erwiderte seinen Blick mit diesen blutdunklen Augen, und er senkte ihn auf die zerbrechliche Kaldischale in seinen Händen. »Ich meine … was ist denn damit?«

»War es immer schon so?«, fragte Ji-hyeon. Aber bevor er die Augen verdrehen konnte, sagte sie etwas, das ihn innehalten ließ. »Ich meine weiß.«

Das ganze Elfenbein im Kamm seiner Mutter. Ohne an die Gesellschaft zu denken, in der er sich befand, griff Griesgram nach oben und zog daran. Die Locke, die er hochhielt, war so weiß wie alles, das er aus dem Kamm fischte. »Äh … nein.«

»Ihr habt es auch betreten, nicht wahr?«, fragte Ji-hyeon. Ihr Eifer war so gar nicht das, was er von einer hartgesottenen Generalin erwartet hätte. Da dieser schleimige Fennec und der Rest aus dem Zelt verbannt worden waren, erschien sie fast schon … mädchenhaft. »Habt Ihr die Augen offen gehalten? Ich nicht. Jetzt wünschte ich, ich hätte es getan. Welches habt Ihr betreten? Wo seid Ihr herausgekommen?«

»Äh …« Wovon bei allen Teufeln sprach sie da überhaupt? »Was?«

»Das ist doch passiert, oder? Mit Eurem Haar? Ihr habt ein *Tor* durchschritten?«

»Nee!« Ein *Tor durchschritten*? Also das war eine Vorstellung, die einem den Schlaf rauben konnte. Aber wann hatte sich sein Haar verändert, und warum hatte Großvater nichts gesagt? Die Gesichtslose Herrin … Griesgram erinnerte sich an den Ausdruck auf Großvaters Gesicht, in Emeritus, als er das Lager betreten und der Alte einfach gewusst hatte, dass etwas Seltsames passiert sein musste. Er teilte sein Haar. »Es … es ist doch nicht überall weiß?«

»Aber klar.« Ji-hyeon hielt die silberne, polierte Kaldipresse hoch. »Genau wie das meine unter dieser ganzen Tönung.«

Selbst in der verschwommenen Spiegelung konnte er es sehen. All sein verdammtes Haar war schneeweiß geworden! Er hätte ausrasten sollen, das war ihm klar, das hätte das Mindeste sein sollen, aber um die Wahrheit zu sagen, seiner Meinung nach sah es ganz schön flink aus. Er blickte von der Presse zur Generalin. »Tönung?«

»Makellose Mädchen kommen nicht mit blauen Haaren zur Welt, Herr Griesgram«, sagte Ji-hyeon, und in seinen Ohren hörte sich das ziemlich sauer an. »Beim Verlassen des *Tores* von Zygnema war jede schwarze Strähne so weiß wie Eure. Hätte aber noch schlimmer sein können, und auf diese Weise haftet das Blau besser. Ich weiß nicht, wie wir es sonst hätten färben können.«

»Also, äh …« Ein Teil von Griesgram wollte es nicht wissen, aber ein anderer Teil musste es erfahren. Er verspürte das gleiche, ihn schummrig machende Entsetzen, das ihn überkam, wenn er ernsthaft über seine Begegnung mit der Gesichtslosen Herrin nachdachte. »Was ist denn auf der anderen Seite des *Tores*? Und wie seid Ihr überhaupt wieder herausgekommen?«

»Ihr wisst doch über die Erste Finsternis Bescheid, oder?«, sagte Ji-hyeon, beugte sich vor und senkte die Stimme wie bei einer Geistergeschichte. »Ich weiß, die Schwarze Kette behauptet, sie sei die Hölle, und viele andere Kulte stimmen ihr da zu, aber ich glaube das nicht. Ich glaube, sie ist … ich glaube, sie ist eine Art geheimer Ozean? Ein lebender, atmender Ozean, und die *Tore* sind seine Küsten? Als wir es betreten haben, fühlte ich mich einfach nur … *seltsam*, so richtig *seltsam*, und es roch wie, keine Ahnung, brennendes Öl, und ich fühlte diese … *Dinge*, viele Dinge …«

Ihre Erzählung verschaffte Griesgram eine Gänsehaut; ihre Augen schlossen sich, weil sie wieder dem nachspürte, was sie an diesem Ort gefühlt hatte. Die Hornwölfe wussten in der Tat alles über die Erste Finsternis, aber sie war mit Sicherheit nicht mit einem Ozean zu vergleichen. Die Erste Finsternis hatte schon existiert, bevor Griesgrams erster Vorfahr zur Welt gekommen war, vor den Alten Wächtern, die ihn erschufen, selbst vor dem Stern – man nannte sie die Erste Finsternis, weil das alles war, was es am Anfang gegeben hatte, Finsternis, und diese Finsternis gebar alle Ungeheuer dieser Welt …

»Wie dem auch sei«, sagte Ji-hyeon, richtete sich wieder auf und schüttelte das Haar. »Wir betraten ein *Tor* auf den Inseln, und ehe ich michs versah, kamen wir in dem auf dem Südwestlichen Zacken wieder heraus. Es war eine … Erfahrung, aber ich werde sie nie wiederholen. Ich halte es nicht für sicher, sie auf diese Weise zu durchqueren. Fennec behauptete, er wüsste, wie man sie benutzen kann, aber wenn man bedenkt, was mit *ihm* geschehen ist, nun, dann bin ich einfach froh, dass nur mein Haar verändert wurde. Es wird nicht schwer sein, es wieder schwarz zu färben.«

»Ich finde, das Blau sieht flink aus, so flink wie ein Fuchs«, platzte Griesgram heraus und bereute das Kompliment schon im nächsten Augenblick – er hatte es sich für den richtigen Moment aufgespart, aber der eben war es bestimmt nicht gewesen. Er war so erregt, stellte sich vor, wie Ji-hyeon in ein *Tor* sprang, und seine plötzlich zitternden Hände verschütteten heißen Kaldi in seinen Schoß. Um das Thema zu wechseln, und zwar schnell, platzte er heraus: »Mein Haar muss sich bei dieser Begegnung mit der Göttin verändert haben.«

Dumm, Griesgram, wirklich dumm. Er wollte nicht angeben, aber wie sollte das denn sonst wirken? Entweder hielt sie ihn für einen Prahlhans oder für einen Verrückten. Oder für beides.

»Welche Göttin?«, wollte Ji-hyeon wissen, trank ihren Kaldi und gab taktvoll vor, nicht bemerkt zu haben, welche Sauerei er mit seinem angestellt hatte.

»Die Gesichtslose Herrin«, antwortete Griesgram und fragte sich, ob er das besser für sich hätte behalten sollen.

»Die Gesichtslose Herrin?« Ji-hyeon runzelte die Stirn. Griesgram fiel erst jetzt auf, dass die Farbe ihrer Augenbrauen nicht zu der ihrer Haare passte. »Ich habe von solchen Geistern gehört, Geistern des Versunkenen Königreichs. Woher wollt

Ihr wissen, dass sie eine Göttin war? Von was ist sie denn die Göttin? Hat sie noch andere Namen?«

Griesgram zuckte mit den Schultern.

»Wo war sie? Wer betet sie an?«

»Das Verlassene Reich.«

»*Das* Verlassene Reich?« Ji-hyeons Tonfall verriet ihm, dass sie nicht überzeugt war. »Dort gibt es nichts mehr. Nichts außer Geistern und Teufeln und Pech.«

»Wir sind dort gewesen«, sagte Griesgram. »Großvater und ich. Da gab es aber keine Geister zu sehen. Glaube ich. Und die einzigen Teufel … die einzigen Teufel tauchten auf, als sie kam. Als sie dann wieder ging, gingen sie mit.«

»Klingt, als hättet Ihr ein schönes Heldenlied zu singen«, meinte Ji-hyeon.

»Äh …?« Griesgram biss sich in die Wange und sah zu, wie die Frau ihre Schale auffüllte. Ihr zu vertrauen war nicht gut. Er sollte keiner wilden Generalin vertrauen, die abgesehen von ihrem Namen in allem der Beschreibung jener Zosia entsprach, deren Pläne er vereiteln sollte … aber er *wollte* ihr vertrauen. Wollte sogar noch eine ganze Menge mehr tun, als ihr zu vertrauen. Wer in der Savanne hätte je geglaubt, dass er fast die Hälfte des Sterns durchqueren würde, damit eine wunderschöne fremde Kriegsherrin ihn bat, ihr ein Lied zu singen, weil sie spürte, dass sein Lied es wert war, gehört zu werden? Aber wenn er eines aus den Sagas gelernt hatte, dann war es, dass man dem Gastgeber die erste Prahlerei überließ. Das gebot schon der Anstand. »Nach Euch, Generalin.«

»Nach mir *was*?« Ji-hyeon neigte die Kaldipresse in die Richtung von Griesgrams Schale. So zittrig er von dem fruchtig säuerlichen Gebräu bereits war, so schnell hielt er sie ihr zum Nachfüllen hin. »Und wenn wir unter uns sind, könnt Ihr Euch das *Generalin* sparen, Griesgram.«

»Ja?« Griesgrams Herz übersprang keinen einzelnen Schlag – es setzte gleich über ein ganzes Dutzend hinweg.

»Ja. *Prinzessin* reicht völlig aus«, sagte Ji-hyeon affektiert, und sollten die bizarren Götter exotischer Reiche Mitleid mit ihm haben, aber er vermochte nicht zu sagen, ob sie es ernst meinte oder scherzte. »Also, was soll ich zuerst tun?«

»Oh. Ich meinte nur, da ich Gast in Eurem Zelt bin, solltet Ihr die erste Geschichte erzählen. Jeder hält Euch für diese Zosia«, sagte Griesgram, und das verhagelte ihr nun wirklich die Stimmung, zweifellos. Aber er fuhr fort. »Großvater und ich haben auf der Suche nach meinem Onkel den ganzen Stern durchwandert und hundert Lieder über sie gehört. Sie hatte Namen wie Zosia, die Eiskalte Kobaltblaue und noch andere. Ihr seht sogar so aus, wie es darin anklang.«

»Genau wie Zosia, hm?«

Ihrer Miene nach zu urteilen hatte er es noch schlimmer gemacht, also fügte er schnell hinzu: »Ich bin froh, dass Ihr nicht sie seid. Ich bin … geradezu entzückt.«

Entzückt? Er vermochte Großvater auf der anderen Lagerseite förmlich kichern zu hören. Aber dieses eine Mal hatte er vielleicht doch das Richtige gesagt, denn Ji-hyeon befreite sich mit einem offensichtlichen Seufzer von der wachsenden Gereiztheit.

»Da seid Ihr aber der Einzige«, sagte sie. »Ihr ahnt ja nicht, was für eine Belastung das ist, immer die Enttäuschung sehen zu müssen, wenn ich das Visier hebe und nicht sie bin, sondern bloß eine Rabaukin von den Inseln, die Aufruhr stiften will.«

»Rabaukin?« Griesgrams Makellos war ganz ordentlich, hätte aber vielleicht besser sein können.

»Ja, das bedeutet so viel wie … eine Schlägerin?«

»Ihr seht doch nicht wie ein Schlägerin aus«, protestierte Griesgram. »Ich kann mir nicht vorstellen, dass Euch jemand als Schlägerin bezeichnen würde.«

»Oh, man nennt mich noch viel Schlimmeres, aber das wollt Ihr vermutlich nicht hören.«

»Nein«, stimmte ihr Griesgram todernst zu. »Das möchte ich nicht.«

Sie lachte, als hätte er etwas Cleveres gesagt, also stimmte er ein. Warum nicht? Etwas musste nicht unbedingt lustig sein, um darüber lachen zu können, solange man in guter Gesellschaft lachte. Und als es so aussah, als könnte es unmöglich noch besser werden, öffnete sie eine Schublade ihres Tisches und holte eine kleine Pfeife hervor, die mit roten Stinktierblüten gestopft war. Sie bot ihm sogar den ersten Zug an.

»Jetzt hört aber auf.« Er nahm die Pfeife entgegen. »Und das, nachdem Ihr mir diesen Blick zugeworfen habt, als ich Euch fragte, ob Ihr nicht mal mit mir eine rauchen wollt?«

»Ich bin mir nicht sicher, welchen Blick Ihr meint.« Und damit schenkte sie ihm *genau denselben Blick*, diesen finsteren Ausdruck, bei dem eine Augenbraue beinahe an ihr Haar stieß. »Nun macht schon, ich will, dass man vor meinem nächsten Treffen nichts mehr riecht. Fennec ist so ein Spaßverderber, behauptet, es würde mein klares Denken beeinträchtigen – im Gegensatz zu dem Apfelwein, den er in sich reinschüttet.«

Griesgram verliebte sich immer mehr in das Mädchen – das konnte unmöglich noch heftiger werden.

»Wie gemütlich!«, ertönte da eine Stimme aus dem hinteren Teil des Zeltes, und eine schreckliche, bekannte Gestalt trat aus den Schatten. Das war ein Albtraum, etwas anderes war unmöglich – bevor Griesgram auf dem bestickten Kissen Platz genommen hatte, hatte er sich unauffällig umgesehen, um sich zu vergewissern, dass sie auch allein waren. Trotzdem stand dort jetzt dieser schreckliche Hexer aus der Steppe. Frostfalle der Berührer.

»Du!« Griesgram ließ die Pfeife fallen und sprang auf. Dabei kippte er um ein Haar den Kalditisch um. »Du …!«

»Der wahre und einzige.« Frostfalle verneigte sich tief. Bei allen Teufeln in der Tiefe und den Göttern im Himmel, der Hexer mochte sogar noch größer sein, als Griesgram ihn in Erinnerung hatte; sein Kopf berührte beinahe die blaue Seidendecke. »Wie schön, dich wiederzusehen, Miesmacher.«

»Sein Name ist Griesgram.« Ji-hyeon warf dem Hexer einen finsteren Blick zu, machte sich aber nicht die Mühe aufzustehen. »Ich habe Euch schon einmal davor gewarnt, hier herumzuschleichen und zu spionieren, Zauberer. Wollt Ihr sterben?«

»Es tut mir *leid.*« Frostfalles Zerknirschung war ungefähr so ernst gemeint wie die eines Hundes, der seinem Herrchen das Essen vom Teller gestohlen hatte. »Ich versichere Euch, meine liebe Generalin, ich hatte weder die Absicht zu schleichen noch zu spionieren. Und in diesem Fall hätte ich wohl kaum meine Anwesenheit verraten, oder? Nein, ich habe etwas Dringendes mit Euch zu besprechen … eine *Privatangelegenheit*, Griesgram, mein Junge.«

»Du …« Griesgrams Blick wechselte ununterbrochen zwischen Frostfalle und der Prinzessin. Es brach ihm das Herz, dass sie diese Kreatur kannte und Umgang mit ihr hatte.

»Ja, ja … das sagtest du bereits«, erwiderte Frostfalle. »Jetzt sei ein braver Welpe und verschwinde, um deinem Großvater den Arsch zu lecken. Die Erwachsenen müssen mal miteinander reden.«

Hätte ein anderer diesen Ton angeschlagen, wäre Griesgram geneigt gewesen, ihm eine Lehre in vernünftigen Umgangsformen zu erteilen. Aber bei Frostfalle war er einfach nur erleichtert, einen Vorwand zum Gehen zu haben. Seine Waffen hatte er in ihrem Zelt zurückgelassen, und Großvater hatte behauptet, dass man einen Hexer nur mit kaltem Eisen besiegen konnte …

»Sprecht noch ein einziges Mal so mit ihm, Zauberer, und ich werde …«

»Mir mit eigenen Händen die Leber rausschneiden, ja, ja, ich weiß.« Frostfalle winkte ab. »Ich entschuldige mich, Meister Griesgram, manchmal wird mein Sinn für Humor nicht richtig verstanden. Aber wir müssen über die Taktik sprechen, meine Liebe – meine kleinen Freunde haben mir erzählt, dass wir im

Westen ein Raniputriproblem haben, zusätzlich zu den möglichen Komplikationen durch die Imperialen, und wir sollten wirklich anfangen …«

»Schon gut, schon gut.« Ji-hyeon brachte das große Ungeheuer mit einer Handbewegung zum Schweigen und sprang dann leichtfüßig auf die Beine. »Griesgram, es tut mir leid, unsere Unterhaltung abkürzen zu müssen. Ein andermal, wenn es die Geister wollen.«

»Zweifellos.« Nicht unter dem heiteren Blick des Hexers zu erröten fiel Griesgram schwer. »Wann auch immer. Ich werde bereit sein.«

»Einen schönen Gruß an deinen Großvater«, sagte Frostfalle. »Ich freue mich darauf, ihn wiederzusehen, sobald Maroto ins Lager zurückkehrt. Diese Wiedervereinigung würde ich nicht für alle Teufel in der Hölle versäumen wollen.«

Offensichtlich wollte ihn der Hexer verunsichern, aber die Erinnerung an ihre letzte Begegnung ließ Griesgram an etwas anderes denken. Er warf einen Blick zu der Zeltstange, in deren Nähe Ji-hyeons Teufel zwischen den Falten der Plane hing. »Passt in seiner Nähe auf Eure Teufel auf. Er frisst sie.«

Ji-hyeon erstarrte mitten in der Verbeugung und richtete sich ruckartig wieder auf. Sie sah … ängstlich aus? Gut, wenn sie sich schon mit einem Hexer abgeben musste. »Wer hat Euch das verraten?«

»Ich habe gesehen, wie er es getan hat, draußen auf der Grassteppe. Eine Eulenfledermaus, genau wie Bestienflügel.«

»Nein, nein, woher wisst Ihr, dass sie ein Teufel ist?«

»Oh, unser Griesgram steckt voller Überraschungen, nicht wahr?«, sagte Frostfalle, und zum ersten Mal lag echte Wut hinter dem üblichen hinterhältigen Lächeln. »Er ist ein Hexengeborener, Generalin, oder sollte Euch das entgangen sein? Und darüber hinaus hat er seit unserer letzten Begegnung in finstere Ecken gespäht, die am besten lichtlos bleiben sollten, oder ich verstehe nichts mehr von all dem Teufelswerk. Ich freu mich auch darauf, zu hören, wie du zu deiner Elfenbeinfrisur gekommen bist, Welpe.«

Plötzlich verspürte Griesgram eine Eiseskälte. »Nenn meine Mama noch einmal eine Hexe. Mich kannst du nennen, was du willst, aber Mama? Nee.«

»Eine wunderbare Frau, da habe ich nicht den geringsten Zweifel«, sagte Frostfalle. »Und wieder machen mir meine unbeholfenen Übersetzungen zu schaffen. Ich meinte schlicht, dass du, oh, wie bezeichnet es dein Volk noch einmal … dass du das Blut der Schamanen in dir hast. Ist es so richtig?«

»Oh!« Jetzt war Griesgram zu verwirrt, um länger wütend bleiben zu können. Zuerst beleidigte der Hexer seine Mutter, jetzt machte er Komplimente. Verrücktes altes Ungeheuer. »Ja. Vielleicht. Kann ich nicht sagen.«

»Ich finde Eure Augen ausnehmend hübsch«, sagte Ji-hyeon an ihn gewandt, was er nun wirklich nie zu hören erwartet hätte. Aus ihrem Munde kommend ließ es ihn feuerrot werden, selbst in Anwesenheit des Hexers, der sie beide überragte. »Und Choi ist auch eine Wildgeborene. Meine Stellvertreterin. Sie begleitet Euren Onkel, aber Ihr werdet sie kennenlernen, sobald sie wieder da ist.«

»Onkel Maroto, richtig?«, sagte Frostfalle. »Und das macht deinen Großvater zu … Nun ja, das hatte ich bereits vermutet, aber bei unserer letzten Begegnung seid ihr beiden ja so schrecklich empfindlich gewesen, was dieses Thema angeht! Ich bin froh, endlich zu wissen, wie das Blut fließt.«

»Außer Choi haben wir noch viele andere Wildgeborene in unseren Reihen«, fuhr die Prinzessin fort und ignorierte Frostfalle, auch wenn es Griesgram störte, wie viel Interesse der Zauberer an seinem Stammbaum zeigte. »Sie haben bessere Gründe als so mancher andere, gegen das Scharlachrote Imperium zu marschieren. Sie gehören zu unseren Besten. Gute Leute, nicht so, wie andere in dieser Kompanie, die bedeutend fragwürdigere Motivationen haben.«

»Ach, wie mich Eure Worte doch treffen!«, rief Frostfalle aus und drückte eine knorrige Hand gegen die Brust. »Aber jetzt ernsthaft, der Kaldi wird nicht heißer, und wir müssen uns um diese lästige Angelegenheit kümmern, einen Krieg zu führen. Darf ich also um Euer Ohr bitten, Generalin?«

Nachdem er Griesgram jetzt ein paar Bemerkungen reingewürgt hatte, blickte Frostfalle nicht einmal mehr in seine Richtung, aber Ji-hyeon bewies Stil, so wie bei fast allem. »Es hat mir Spaß gemacht, Griesgram, bevor wir unterbrochen wurden. Bitte grüßt Euren Großvater von mir, aber richtet ihm aus, dass wir möglicherweise früher als erwartet aufbrechen werden. Sollten wir vor der Rückkehr Eures Onkels losmarschieren, dürft Ihr die Kompanie begleiten, bis er zu uns stößt.«

»Danke!« Griesgram imitierte ihre Verbeugung. »Das ist mein Ernst. Und ich würde Euch ja noch einmal bitten, vorsichtig zu sein, aber Ihr seid klug genug, um das selbst zu wissen, auch ohne dass ich auf dieses tote Maultier einschlage. Ich würde meinen schlimmsten Feind nicht mit ihm allein lassen, wenn ich es verhindern könnte.«

Als Griesgram das Zelt verließ, fragte er sich, ob ihr Lächeln von seinen Worten herrührte oder sich aus Frostfalles offensichtlichem Missfallen darüber ergab. Aber eigentlich war es ihm egal. Schließlich war es diese bestimmte Art Lächeln gewesen.

KAPITEL 9

»Frag mich noch einmal, Wan, und du bekommst eine andere Antwort, das verspreche ich dir. Frag mich einfach. *Bitte.*« Noch nie war Domingo Hjortt in so guter Stimmung gewesen, seit er diesen Prinz der Makellosen an der Grenze Azgaroths umgebracht hatte. Nach den vielen Meilen eines hinternquälenden Ritts durch das schlimmste Terrain, das der Stern zu bieten hatte, den nach ihrer Vereinigung mit den myuranischen Streitkräften nervtötenden Besprechungen mit dem Interimsoberst des Neunten Regiments, der ständig schlechter werdenden Verpflegung und jetzt auch noch der zornerregenden Enthüllung über die Natur der Waffe, die ihm die Schwarze Päpstin mitgegeben hatte, bot die Aussicht, auf dem Anathema herumspringen zu können, einen beinahe schon unwiderstehlichen Reiz. So beharrlich Bruder Wan auf diesem Angebot auch bestand, würde er einem letzten Sticheln widerstehen können? Denn wenn er weiter auf dem Thema herumritt, würde Domingo seinen abscheulichen Tischgefährten ein letztes Mal sticheln, und zwar mit Stahl.

Schließlich konnte die Ordnung nur bewahrt werden, indem man Regeln aufstellte, an die man sich selbst hielt, und der Oberst hatte sich vorgenommen, Bruder Wan nicht zu ermorden, solange der Hexengeborene nicht eine der vielen Grenzen überschritt, die er ihm gesetzt hatte. Bis jetzt hatte sich Wan immer gerade noch bremsen können, aber hier, in diesem erbärmlichen Lager auf den kargen Höhen der Kutumbanberge, wo der Zusammenstoß mit den Kobaltblauen unwiderruflich feststand und der Zeh des Ungeheuers über dieser letzten Grenze schwebte, würde er es vielleicht endlich wagen, diesen allerletzten Schritt zu tun, und dann …

»Vergebt mir, Oberst, ich wollte nicht respektlos sein«, sagte Bruder Wan in einem Tonfall, der eine Menge von dem vermittelte, was er verbal leugnete. Er ließ seinen Grappa im Glas kreisen und die echsenhafte Zunge hineintauchen. »Da Ihr die Waffe der Päpstin Y'Homa III. akzeptiert habt, ging ich naiverweise von der Annahme aus, dass Ihr sie auch einsetzen wolltet. Wieder einmal hat mich meine mangelnde Erfahrung im Kampfesdingen in Verlegenheit gebracht.«

»Ich nahm ihre sogenannte Waffe unter falschen Voraussetzungen mit, genau wie dich, Bruder Wan«, sagte Domingo. »Ich will zugeben, dass ich etwas enttäuscht war, weil mir ein Blick in den Wagen verriet, dass diese offenbar großartige und ach so schreckliche Waffe nichts anderes darstellt als ein paar Tontöpfe mit Öl. Aber egal, dachte ich, Öl kann in einer Schlacht ganz praktisch sein, und vielleicht können wir ja etwas konstruieren, um die Kobaltblauen damit zu bombardieren. Ganz nett. Kaum revolutionär zwar, aber … nett. Den Feind in Brand zu setzen ist eine altehrwürdige Tradition. Aber das hier, *das hier,* das erlaube ich nicht.«

»Dennoch hat dieser Vorschlag etwas für sich, oder nicht?«, fragte Oberst Wheatley noch vorsichtiger als gewöhnlich. So begriffsstutzig der myuranische Oberst auch erschien, er wusste mittlerweile doch zu schätzen, dass die Stellung des zweiten Befehlshabers dieser gemeinsamen Operation lediglich eine ehrenvolle Formalität war, und er würde sich bei militärischen Dingen bedeckt halten. »Ich meine, wir haben das Zeug, also warum es nicht ausprobieren? Könnte gut für die Moral sein, wenn auch sonst nichts.«

»Unerschütterliche Führung fördert die Moral, magische Tränke tun das nicht«, erwiderte Domingo, betrunken genug, um zu predigen, aber nicht zu hinüber, um es zu übertreiben.

»Seit Menschengedenken hat kein Azgarother seinen Soldaten erlaubt, ihre Klingen zu vergiften oder sich mit Kettenschmiere einzureiben, und ich hege nicht die Absicht, der Erste zu sein. Lange bevor wir uns das Fünfzehnte nannten, waren wir edel genug für einen fairen Kampf, selbst gegen weniger ritterliche Gegner. Was für eine Art Ritter wäre ich wohl, würde ich Teufelswerk einsetzen, obwohl wir bereits die Überzahl und sämtliche Vorteile des Terrains haben? Wir werden die Rebellen völlig auslöschen, und das mit nichts anderem als kaltem Stahl und eiserner Entschlossenheit.«

»Ob das Fünfzehnte nun mitmacht oder nicht, ich werde jedem Soldaten des Neunten, der vor der Schlacht mit dem Beistand der Kette gesalbt werden möchte, das ebenfalls gestatten«, sagte Wheatley. Diese plötzliche Zurschaustellung von Rückgrat in dem Befehlszelt war so überraschend, wie etwas ähnlich Festes bei einem Oktopus zu entdecken. Anscheinend repräsentierte die protzige Kette um den Hals des Mannes mehr als nur ein Andenken von einem frommen Onkel oder einer Tante. Genau wie seine übertriebene Ehrerbietung. »Ich danke Euch, Bruder Wan.«

»Ja, ja, vielen Dank dafür, verbrecherische Gedanken in den sonst hohlen Helm eines Grünschnabel zu säen.« Domingo widmete sowohl dem Anathema als auch seinem menschlichen Sympathisanten ein spöttisches Lächeln. »Da Ihr erst kürzlich in Eure Position befördert wurdet, *Oberst* Wheatley, werde ich mal so tun, als hätte ich Euren Vorschlag nicht gehört, dass Eure Soldaten ihre Waffen vor der Feindberührung vergiften sollen. Was ein klarer Verstoß gegen nicht weniger als drei der länderübergreifend anerkannten Kodizes für eine ehrenhafte Kriegsführung ist.«

»Bei einem Krieg gegen einen ehrenhaften Gegner, gewiss«, erwiderte Wheatley so schnell, dass Domingo sein letztes Stück hartes Brot darauf verwettet hätte, dass ihn Bruder Wan auf das Thema vorbereitet hatte. »Aber die Kobaltblaue Kompanie ist keine anerkannte Armee, also gäbe es nicht etwas Spielraum …«

»In meinem Zelt gibt es keinen verfluchten Spielraum«, verkündete Domingo kurz angebunden. »Es erstaunt mich, dass Ihr die Errata im Scharlachroten Kodex über Rebellenfraktionen zu finden in der Lage seid, Wheatley, wo Ihr doch bei der Belagerung von Myura nicht einmal Euer eigenes verfluchtes Kommando finden konntet. Welch ein Glücksfall es doch für uns ist, dass Ihr mit dem Ausheben von Latrinen beschäftigt wart, während die Kobaltblauen jeden anderen Offizier von Rang erwischt haben. Sonst hätten wir noch irgendeinen gemeinen Soldaten mit richtiger militärischer Erfahrung auf den Posten befördern müssen!«

»Ich habe die Unterminierung überwacht«, erwiderte Wheatley. Sein Gesicht hatte die Farbe von Wans bloßgelegtem Zahnfleisch angenommen, während der Anathema an einem Stück Schafskäse nagte und die beiden Obersten betrachtete. »Ich *habe keine Latrinen ausgehoben*! Und der Oberst und die Leutnants – ebenso wie die anderen Hauptmänner – wurden nicht gefangen genommen. Es heißt … es heißt, sie seien verschwunden.«

»Einfach weggezaubert, vielleicht von Geistern oder Teufeln?« Wheatley machte es Domingo schlicht zu leicht – diesen Burschen mit scharfen Worten zurechtzustutzen machte noch mehr Spaß, als es mit dem Säbel zu tun! »Man erwischte sie mit heruntergelassenen Hosen, Wheatley, und das nicht nur einmal, sondern gleich zweimal – schlimm genug, dass die alte Kulpeeper auf den ältesten Trick in den Heldenliedern reinfiel und die ganze Neunte in Myura hinter einem offensichtlichen Ablenkungsmanöver herschickte. Aber dann konnte sie nicht einmal ihre eigene beschissene Stadt zurückerobern. Während Ihr im Dreck herumgewühlt habt, um … um …« – Domingo war bemüht, nicht zu lachen – »... um zu versuchen, ins Schloss Eurer eigenen Obersten reinzukommen, unternahmen die

Kobaltblauen einen Ausfall und metzelten das ganze Kommando hin. Es verschwand spurlos, keine Frage, und zwar in ein namenloses Massengrab irgendwo an der Straße zwischen hier und Myura. Ein weiterer alter Trick der Kobaltblauen – findet man die Leichen deiner Feinde nie, fangen abergläubische Trottel an zu flüstern, dass sie gar nicht getötet wurden, sie sagen …« Domingo senkte die Stimme zu einer ganz passablen Imitation des Jungen und blickte ruckartig zwischen dem stinkwütenden Oberst Wheatley und dem stirnrunzelnden Bruder Wan hin und her. »Sie sagen … sie sagen, sie hätten sich *in Luft aufgelöst.*«

Die Behauptung, das darauf folgende Schweigen sei unbehaglich gewesen, glich in etwa der Äußerung, Wundbrand sei unerfreulich. Es stimmte, traf aber nicht annähernd den Ernst des Zustands. Domingo musterte den am ganzen Leib bebenden Wheatley sehr genau, nämlich für den Fall, dass er über den Tisch hechtete, um ihn mit seiner Gabel anzugreifen. Das hätte er tatsächlich getan, hätte einer seiner Gleichstehenden auf diese Weise mit ihm gesprochen, selbst in seiner Jugend. Sogar erst recht in seiner Jugend.

»Wie ich bereits gesagt habe, fälschlicherweise glaubte ich, Ihr wolltet die Waffe Ihrer Gnaden einsetzen, weil Ihr die Wagenladung Öl den ganzen Weg von Diadem mitgebracht habt, und mich dazu«, sagte Bruder Wan gereizt. Domingo hatte den Hexengeborenen noch nie zuvor so offenkundig wütend gesehen, was man als weitere Feder in seinem bereits mit einem prächtigen Federbusch ausgestatteten Helm betrachten konnte, erst recht wenn man bedachte, wie oft er den Anathema bereits gereizt hatte. »Hättet Ihr ihr Geschenk abgelehnt, hätte ich das Thema niemals zur Sprache gebracht, denn dann hätte ich auch nicht das Vergnügen gehabt, Eure Bekanntschaft zu machen, ganz zu schweigen davon, mit Euch und Eurem Heer durch das ganze Imperium reiten zu können.«

»Guter Stahl gibt etwas nach, und das gilt auch für einen

guten Oberst«, erwiderte Domingo. »Du hast recht, dass ich die Waffe der Schwarzen Päpstin angenommen habe, aber ich habe mich anders entschieden. Das darf ich auch. Eher würde ich das Leben eines jeden Soldaten in diesem Regiment dafür riskieren, die Kobaltblauen auf faire Weise zu bekämpfen, als ihre Seelen mit deiner Schwarzen Magie zu riskieren.«

»Nach Euren vielen Vorträgen über dieses Thema hatte ich angenommen, Ihr würdet nicht an die unsterbliche Seele glauben, Oberst«, sagte Wan rotzfrech.

»Moment mal, die Schwarze Kette praktiziert keine Schwarze Magie!«, protestierte Wheatley.

»Des einen Glauben ist des anderen Häresie«, erwiderte Hjortt, was nicht ganz so clever klang, wie er es sich vorgestellt hatte, aber egal. Er hatte hier das Sagen; da brauchte er nicht clever zu sein.

»Oberst, es gibt keine mächtigere Waffe als den Glauben«, begann Wheatley.

»Unfug! Den Satz höre ich schon mein ganzes Leben lang von irgendwelchen Bekloppten – Glaube ist die stärkste Waffe, die Wahrheit ist eine Waffe, bla bla bla. Trefft Ihr mich mit Eurem Glauben, und ich treffe Euch mit meiner Faust, dann werden wir ja sehen, was von beidem eine Waffe ist!«

»Oberst Hjortt«, sagte Wan mit schlecht verhohlener Frustration, »viele Eurer Soldaten haben meine Brüder bereits gefragt, ob man ihnen erlauben wird, vor dem Kampf den Segen der Kette zu erhalten. Wie wäre es mit einem Kompromiss, und ich salbe nur die Soldaten, die es möchten …«

»Es ist mir scheißegal, worum sie dich gebeten haben, Wan. Ein Soldat wird um genug Bier bitten, um sich vollaufen zu lassen, und genug Käse essen wollen, um eine Woche lang Verstopfung zu haben, aber das bedeutet nicht, dass man ihnen das auch geben sollte«, sagte Domingo und blinzelte Wheatley zu. »Selbst ohne das Dritte, das von Thao rüberkommt, um den Kobaltblauen den Weg abzuschneiden, haben wir mit meinem und Wheatleys Regiment genug harte Finger, um jedes blaue Blümchen der Kompanie zu pflücken. Die Pferde, die ich diesen raniputrischen Reitern hinterhergeschickt habe, müssten jeden Tag wieder zu uns stoßen, und dann, nun ja! Das wird ein Massaker, das ist das einzige passende Wort dafür – sie mögen ja Teufel und Hexer und wer weiß was noch haben, aber unsere kombinierten Streitkräfte sind ihnen fünf zu eins überlegen. Allein das ist von Bedeutung, wenn die Kriegshörner erschallen, und nicht die schreckliche Waffe der Schwarzen Päpstin aus heiligem Schleim und einfältigen Gebeten.«

»Vielen Dank für dieses Abendessen, Oberst«, sagte Wheatley, stand steif auf und warf die Serviette auf seine kaum angerührten Bohnen. »Ich glaube … ich glaube, ich sollte besser mal nachsehen, ob das Kommando, das ich zur Überprüfung dieses seltsamen Signals von den östlichen Kundschaftern losgeschickt habe, inzwischen wieder zurückgekehrt ist.«

»Macht das«, erwiderte Domingo und lehnte sich auf seinem Stuhl zurück, statt aufzustehen. Scheiß auf Oberst Wheatley. »Falls sich herausstellen sollte, dass einer Eurer Kundschafter das Gewehr fallen ließ und all die verdammten Berge über unsere Anwesenheit informierte, dann lasst den Scheißkerl hängen. Glaubt mir, für Eure *Moral* wird das Wunder wirken, niemand im Neunten wird seine Waffe abfeuern, ohne vorher …«

Aber Wheatley hatte sich bereits ohne Gruß abgewandt und war beinahe aus dem Zelt gestürzt. »Nun, Oberst …«, sagte der Hexengeborene. Er füllte Domingos Glas auf. »Falls es nicht infrage kommt, die Reihen zu salben, hoffe ich, dass es keine allzu große Zumutung ist, wenn ich darum bitte, die Heere segnen zu können, wenn die Hörner erschallen? Nur ein paar kurze Worte, um …«

»Es *ist* aber eine Zumutung, Wan, verflucht noch mal. Soweit es das Fünfzehnte betrifft und das Neunte, wird es keinen Kettenunsinn geben, und auch bei keinem Regiment im Umkreis von tausend Meilen in meiner Nähe. Das ist mein letztes Wort. Ich lasse nicht zu, dass du mit deinem Gebetskranz herumfuchtelst und dann sämtliche Verdienste stiehlst, nachdem meine minutiöse Planung und unsere schwer schuftenden Truppen uns den Sieg gebracht haben. Das besonders heilige Öl der Päpstin fährt mit uns nach Diadem zurück, und zwar zusammen mit der Nachricht über unseren ehrlichen Sieg über die Kobaltblauen.« Domingo leerte das Glas mit einem genussvollen Schluck. Dann schmatzte er und teilte den letzten Schlag aus. »Wenn du schon unbedingt ein Gebet für sie sprechen musst, Wan, gebe ich dir die Erlaubnis, dich bei den Latrinen herumzutreiben und ihre lauten Fürze zu segnen. Und jetzt ist Schluss mit dieser Bettelei, sonst riskierst du es noch, von mir diszipliniert zu werden.«

Der Anathema sah aus, als würde er gleich eine Träne vergießen oder, noch besser, die Beherrschung verlieren … Möglicherweise hatte ihn Domingo ja lange genug gereizt, damit er etwas wirklich Dummes von sich gab, und in diesem Fall würde die Pferdepeitsche endlich etwas zu tun bekommen. Und falls doch nicht, die Wärme in Domingos Bauch war der schlagende Beweis dafür, dass eine ordentliche verbale Zurechtweisung noch lohnender sein konnte als die traditionelle Art. Aber als er das Glas abstellte, ertönte ein herzerschütterndes Heulen. Seine Hand zuckte, kippte das Glas um und schleuderte es vom Tisch. Es war an diesem Abend gewiss nicht das erste Heulen, aber es war doch verflucht noch mal wesentlich näher als die letzten paar.

»Nur ein Coyote, nichts weswegen man sich Sorgen machen müsste?«, wiederholte Bruder Wan Domingos frühere Worte zu dessen profundem Ärger. Einen Mann nachzuäffen war nun wirklich primitiv.

»Von wegen Coyote, kein räudiger Bergköter würde sich so nahe an ein Lager wagen«, erwiderte der Oberst und trommelte mit den Fingern auf den Tisch, während er die Möglichkeiten durchdachte. Zuerst Wheatleys Kundschafter auf den westlichen Bergkämmen und ihr mysteriöser einzelner Schuss, und jetzt das … Er stand auf. »Wenn du mich bitte entschuldigst, Bruder, aber ich sehe mir mal an, was bei allen fröhlichen Höllen dort draußen vor sich geht. Offensichtlich kann ich von Wheatley nicht viel erwarten, aber Hauptmann Shea sollte etwas über dieses Gejaule zu berichten haben.«

»Natürlich, Herr«, sagte Bruder Wan, stand ebenfalls auf und salutierte zackig. Was hatte Domingo nur getan, um das zu verdienen? Wenn die Anathemas nun eine bessere Disziplin bewiesen als seine Offiziere? »Soll ich Euch begleiten, oder wollt Ihr eine der Kriegsnonnen zur Seite?«

»Ich glaube, ich bin in meinem eigenen verdammten Lager sicher«, knurrte Hjortt, obwohl ein weiteres, noch näheres Heulen seinem energischen Schritt etwas von seinem Hohn raubte, als er mit einer Hand auf dem Säbelgriff das Zelt verließ. In dem kalten, von Fackeln erhellten Abend herrschte mittlerweile eine gewisse Unruhe. Soldaten eilten ohne offensichtliches Ziel zwischen den Zeltreihen umher. Am Westrand des Lagers ertönten mehrere Schüsse, gefolgt von einer richtigen Salve; Mündungsfeuer blitzte auf den hohen Talwänden auf. Schreie. Rufe. Heulen. Die beiden Kriegsnonnen links vom Zelteingang zeigten weitaus weniger Aufregung als die beiden stämmigen Reingeborenen, die Domingo auf der rechten Seite stationiert hatte. Aber alle vier Wächter sahen ihn fragend an. Als er nicht antwortete, warteten sie auf Befehle.

»Ihr da, sofort stehen bleiben, verflucht!«, rief Hjortt.

Die mitgenommen aussehende Gruppe, die gerade am Befehlszelt vorbeistolperte, war zweifellos ein trauriger Haufen, aber sie gehorchten dem Befehl des Obersten und blieben stehen. Zweifellos waren das Wheatleys Leute – nicht einmal der geringste Pikenjunge des Fünfzehnten würde in einem so erbärmlichen Zustand rumlaufen. Ein Mann wurde unbeholfen von drei seiner Kameraden mitgeschleift, und die beiden anderen Frauen stützten einander und waren von oben bis unten mit Blut und Dreck beschmiert. Aber eine kleine Rangelei war keine Entschuldigung dafür, mit nur zur Hälfte zugeknöpfter Uniform rumzulaufen. »Was in den gelben Höllen ist los?«

Zuerst sprach keiner der zerzausten Dummköpfe, schuldige Blicke wurden ausgetauscht, dann fingen alle auf einmal an zu reden.

»Wölfe!«

»Ein ganzes Rudel!«

»Groß wie Ochsen!«

»Dicht hinter uns!«

»Genug!«, brüllte Domingo. »Wer ist hier der Ranghöchste?«

»Er«, sagten wie aus einem Mund die drei Soldaten, die den großen Mann mit dem blutigen Bein schleppten, und deuteten auf ihre menschliche Fracht. Benommen hob der Mann den Kopf, salutierte, so gut es ging, in Domingos Richtung, während ihn zwei Kameraden bei den Schultern hielten, und sackte dann wieder in die Arme seiner Helfer zurück. Er kam Domingo bekannt vor, aber der Oberst vermochte nicht auf Anhieb zu sagen, welchen von Wheatleys Trupps er anführte …

Egal, der Bursche würde gewiss nicht an der Front stehen, wenn dieser Schlamassel vorbei war. Dafür würde Domingo schon sorgen – dieser Narr mochte wegen Pflichtverletzung und des Nichttragens einer Uniform zum Stallausmisten degradiert werden, und … und …

Irgendetwas rumorte in Domingos Hinterkopf, das mit diesem verletzten Mannschaftsführer zu tun hatte …

»Vergebung, Herr, aber wir müssen ihn zum Feldscher bringen – das Bein wird er sowieso verlieren«, sagte die Jüngere der beiden Frauen, die einander stützten. Domingo sah ihr ins Gesicht, dann warf er einen langen, forschenden Blick auf die andere, die noch seltsamer wirkte – ihre Kapuze wölbte sich nach oben, und unter dem Rand konnte er weiße Haare und das Aufblitzen roter Augen sehen. Was bei allen Höllen dachte sich Wheatley nur dabei, seine Hexengeborenen ganz gewöhnliche Uniformen statt Kettenkutten tragen zu lassen? Man musste auf einen Blick erkennen können, ob jemand ein normaler Soldat oder ein Anathema war, das gebot doch schon der gesunde Menschenverstand!

Ein weiteres Heulen zerrte an Domingos Nerven, es kam direkt von der anderen Seite der Offizierszelte. Er scheuchte die Drückeberger achtlos weg. Bei dem lächerlichen Bürstenhaarschnitt des verstümmelten Mannschaftsführers und der weißhaarigen Anathema würde der Haufen für Disziplinierungsmaßnahmen schnell wiederzufinden sein, wenn sich die Dinge beruhigt hatten. Aber im Augenblick hörte es sich an, als hätten die Bestien tatsächlich sein Lager gestürmt. Er zog den Säbel und gab seinen vier Wächtern mit einer Kopfbewegung zu verstehen, ihn auf die Jagd zu begleiten – noch nie im Leben hatte er etwas derart Absurdes gehört, ein Rudel Wölfe werde ein Lager angreifen …

Nach keinen zwei Schritten in Richtung des Heulens blieb Domingo ruckartig stehen. Die Verletzten schlurften in die andere Richtung weiter. Ihr Salut war schlampig gewesen, aber nicht das hatte ihn stutzig gemacht – das wäre für Wheatleys Leute sogar ziemlich typisch gewesen. Doch nicht einmal der frischgebackene Oberst mochte so schlecht gedrillte Soldaten haben, dass die Hälfte von ihnen mit den rechten blutverschmierten Händen grüßten. Schlecht sitzende Uniformen. Ausweichende Blicke. Nach Osten zu gehen, wo die Zelte der Feldscher im Norden standen. Domingo ließ wirklich nach, dass er es so weit kommen ließ. Aber die plötzliche Einsicht, die so unglaublich war, dass sie ihn bis in die Stiefelspitzen erschütterte, machte die Schlamperei wieder wett. *Dort* hatte er den Mannschaftsführer gesehen. Einfach unfassbar.

Domingo fuhr auf dem Absatz herum und schlenderte gemütlich hinter der Gruppe her. Die würden nirgendwohin gehen, nicht mit ihrem verletzten Anführer belastet und dann auch noch mit einer Anathema, die nur mithilfe der jungen Ugrakari humpeln konnte. Sein Säbel fühlte sich so leicht an wie ein Schlagstock, während er die Distanz zwischen ihm und den flüchtenden Spionen überbrückte. »Ach, noch eine Sache.«

Die Gruppe blieb wieder stehen, aber nicht einer von ihnen sah zurück, um Domingos Blick zu erwidern. »Ja, Sir?«, rief die Ugrakari.

»Ich frage mich, ob ihr wohl so nett wärt, Hauptmann Maroto für mich zu Boden fallen zu lassen, damit ich ihn nicht aus euren Armen schneiden muss.« Nicht schlecht, Domingo, aber tief in seinem Inneren wusste er, dass ihm bestimmt etwas Besseres eingefallen wäre, hätte es ihn nicht so überrascht, einen seiner alten Erzfeinde hier im Lager zu entdecken. Zu seinem weiteren Erstaunen gehorchten die Männer und die Frau, die den großen Burschen trugen, seinem Befehl und ließen den sogenannten Teufelshäuter auf das zertrampelte Gras des Lagers fallen.

Die hexengeborenen Wächterinnen hinter Domingo schrien wie aus einem Mund auf, was eigentlich nicht überraschend war, aber Domingo hatte schon Dinge gesehen, die einen Toten zusammenzucken lassen mochten, und er behielt selbst dann noch die Nerven, als die monströse Silhouette um das andere Ende des Befehlszeltes schlich und den Spionen den Weg versperrte. Sie hatten Maroto fallen gelassen, weil sie ihn zuerst gesehen hatten und dann langsam die Waffen zogen, während der riesige Hornwolf auf sie zupirschte. Das würde ein grandioses Schauspiel werden!

Aber Domingo war viel zu nah dran, darum machte er einen Schritt zurück und stieß gegen eine seiner Wächterinnen. Er warf dem Mädchen einen Blick zu, um sie anzuschnauzen, sich gefälligst zusammenzureißen, und sah, was sie da anstarrte. Aus einer Lücke zwischen den Offizierszelten schnellte ein zweiter Hornwolf hervor und begrub die größere Kriegsnonne unter einer rasenden Woge weißen Fells. Die andere Hexengeborene eilte los, um ihrer Freundin zu helfen, aber selbst mit ihrer Teufelsgeschwindigkeit war sie dem Hornwolf nicht gewachsen. Sein Kopf fuhr herum, um ihren Angriff abzufangen; das geradeste seiner drei Hörner durchbohrte sauber ihre Kutte, dann die Rüstung darunter und schließlich ihren Bauch. Die Bestie stieg auf die Hinterbeine und erreichte die Höhe des höchsten Zeltes, trampelte auf der ersten Hexengeborenen herum, die sie zu Boden geworfen hatte, und trat mit den Vorderhufen gegen die aufgespießte Frau, die schlaff von ihrem Horn baumelte. Der Hufstoß katapultierte sie in die Luft und weiter durch das Dach das Befehlszeltes; sie riss die Plane mit sich in die Tiefe, während die Kreatur wieder auf allen vieren landete.

Der Hornwolf musterte sein nächstes Opfer, und Domingo blickte in das Antlitz des Todes. Marotos Spione lagen falsch; er war nicht so groß wie ein Ochse, er war wesentlich größer. Das riesenhafte Vieh machte einen zögernden Schritt auf die letzten beiden Leibwächter zu – sie schrien um Hilfe, aber ihre Stimmen schienen aus weiter Ferne zu kommen, so fern wie der Lärm hinter dem Oberst, wo der andere Hornwolf gerade Marotos Spione zu Hackfleisch verarbeitete. Das Einzige, das Domingo deutlich hörte, war Efrains Schluchzen wegen des Kätzchens, das ihm sein Vater verweigerte. Dann griff das Ungeheuer an.

Ihn rettete nicht der Mut seiner Wächter, sondern ihre Feigheit. Der Mann und die Frau wollten flüchten, aber sie stießen gegeneinander, und der Hornwolf konnte den hektischen Bewegungen nicht widerstehen und sprang das Paar an. Eines seiner Hörner durchbohrte beide Wächter, aber als das Tier kurz innehielt, um das ärgerliche Hindernis vor seinem Gesicht abzustreifen, machte Domingo einen großen Schritt zur Seite und stach der Kreatur genau ins Auge. Es spielte keine Rolle, ob sie sterblich, ein Teufel oder etwas zwischen beidem war, ein abgelenkter Gegner bedeutete einen toten Gegner, wenn Domingo seinen Säbel in der Hand hatte.

Aber so tief die Klinge auch eindrang, anscheinend kam sie nicht weit genug, um das Ungeheuer auf der Stelle zu töten, denn es bäumte sich auf, riss Domingo die Waffe aus der Hand und brach ihm dabei das Handgelenk. Von der Wucht auf die Knie geworfen blinzelte Domingo überrascht, und bevor er die Augen wieder geöffnet hatte, traf ihn ein Rammbock an der Brust. Er flog durch die Luft, Fackelschein und Sternenlicht wirbelten um ihn herum, dann landete er auf dem Boden. Extremitäten krachten und verloren jedes Gefühl, während er weiter rollte und schließlich rutschend zum Stehen kam. Nur ein Auge wollte sich öffnen, aber als sich die Welt zu drehen aufhörte, sah er, wie der Hornwolf, der ihm den Kopfstoß verpasst hatte, durch die Plane des zusammengebrochenen Befehlszeltes stolperte. Domingos Säbel ragte noch immer aus seinem Auge, beide Wächter hingen an den Hörnern. Ein leise schnappendes Geräusch ertönte, gefolgt von einem zweiten, während zu beiden Seiten des geblendeten Auges schwarze Fontänen aufspritzten. Die Kreatur starb auf der Stelle, und Domingo schloss das Auge und dankte stumm dem Fünfzehnten, diesen braven Kindern Azgaroths, die ihren Vater gerettet hatten, selbst wenn dieser seinen Sohn nicht hatte retten können.

»Oi!« Ein Stock traf seine schmerzende Brust, und er versuchte sich aufzusetzen und seinen Angreifer anzuspringen, schaffte es aber kaum, das Auge wieder zu öffnen. Die Stimme hatte er nicht erkannt, da er den Mann nur auf dem Schlachtfeld gesehen hatte, und während des langen Krieges hatte er nie mit ihm verhandelt und im Frieden auch kein Mal mit ihm gesprochen. Aber es bestand nicht der geringste Zweifel, dass seine Erinnerung stimmte: Der Mann, der da über ihm stand, war Maroto der Mächtige, der Fünfte Schurke der Kobaltblauen. Nun ja, er stand weniger, als dass er auf den Gehstock gestützt schwankte, mit dem er Domingo eben angestoßen hatte. Das schwarz verbundene Knie des Mannes war anscheinend doch keine geschickte Tarnung. »Kenne ich Euch, Freund?«

»Ja … Oberst …«, schaffte Domingo zu sagen – trotz der Rippen, die sicherlich gebrochen waren. Aber dann fehlte ihm doch die nötige Luft. Möglicherweise würde er nie wieder ein Wort sprechen.

»Hm«, machte Maroto und biss sich auf die Unterlippe, während er auf Domingo herunterstarrte. »Nein. Tut mir leid, Freund. Ich erinnere mich nicht.«

»Das Fünfzehnte Regiment aus Azgaroth«, sagte Domingo so klar wie die Lymphe, die jetzt, da der Zorn die Schmerzen überwältigt hatte, aus seinem Körper tropfte. Nachdem sie ihr Geschick während Zosias Krieg gegen das Imperium miteinander gemessen hatten, erinnerte sich dieser Trottel nicht mal mehr an ihn?

»Ah!« Marotos Miene hellte sich beträchtlich auf, dann schnipste er mit den Fingern. »Bei Ensiferum, unmittelbar bevor sich Zosia einschlich und Kaldruut erwischte! Ihr hättet uns mit Sicherheit erwischt, hätte Frostfalle nicht …«

»Das Dreizehnte«, zischte Domingo durch die zusammengebissenen Zähne. »Das Dreizehnte ist gegen euch bei Ensiferum angetreten, wir nicht. Wir kämpften bei …«

»Ich habe es runterbekommen!« Die Ugrakari betrat Domingos schmales Blickfeld, das aus lauter schwarzen Punkten bestand. Anscheinend hielt sie einen riesigen, nassen Teppich in den Händen. Er tropfte Blut auf Domingos Wange. Sie warf einen Blick auf das Namensschild, das seine Schwägerin auf seine Brusttasche genäht hatte, und sagte: »Schlechte Neuigkeiten, Oberst Hjortt – sieht aus, als hätte Euch die Kobaltblaue Kompanie einen ordentlichen Tritt versetzt.«

»Irgendwie haben wir das doch auch, oder?« Maroto beugte sich näher an den dort liegenden Domingo heran und senkte die Stimme. »Sorgt doch bitte dafür, dass die Königin erfährt, dass ich nicht vorhatte, Ihr wisst schon …«

»Zeit zu verschwinden!«, rief einer der Spione.

»Eher schon überfällig!«, meinte ein anderer, und die Ugrakari winkte ihm mit der blutverschmierten Hand zu und eilte los.

»Tut mir leid.« Maroto schenkte Domingo ein entschuldigendes Lächeln. »Mir fällt bestimmt noch ein, wo wir uns schon mal begegnet sind. Vermutlich genau in dem Augenblick, in dem ich weg bin.«

»*Jetzt*, Maroto!«

»Ja, schon gut. Wie gesagt, es tut mir ehrlich leid – Oberst Hjortt, richtig? Ich werde es nicht wieder vergessen, versprochen.«

Domingo schloss das pochende Auge. Er war stets der festen Überzeugung gewesen, seinem Ableben hoch erhobenen Hauptes zu begegnen, aber wo es sich jetzt als derart ehrlos erwiesen hatte, wollte er nichts mehr damit zu tun haben. In den Bergen von einem hungrigen Ungeheuer getötet zu werden, das hätte er durchaus ertragen. Aber die Wahrheit sah nun einmal so aus, dass ihn die Inkompetenz seiner eigenen Soldaten ermordet hatte, die ein Rudel übergroßer Teufelshunde in sein Lager gelassen hatten. Und eine Gruppe offensichtlicher Spione obendrein. Und jetzt würde ihn ein Mann hinrichten, der sich nicht einmal mehr an ihn erinnerte. Er versuchte an seinen ermordeten Sohn zu denken, an seine Frau, die sie beide verlassen hatte, um Botschafterin bei den Usbanern zu werden. Doch er kam einfach nicht über den Gedanken hinweg, wie verflucht schrecklich es doch war, dass er so weit gekommen war, nur um …

»Oberst?« Hjortt öffnete mühsam das Auge und bereute es sofort. So zerschlagen, wie er sich fühlte, würde er die Nacht nicht überleben, und jetzt war Bruder Wans widerwärtiges Gesicht das Letzte, das er jemals zu sehen bekäme. Der Anathema wurde ständig unscharf. »Herr, ich weiß, dass Euch das Sprechen schwerfallen muss, aber wer waren diese Soldaten, die Euch gerettet haben? Komme da, was wolle, ich weiß aber, dass Ihr sie belobigen lassen wollt.«

»Sie sind … tot.« Domingos Zunge fühlte sich schwerer an als sein Lid. *Haltet sie auf! Verhaftet sie! Spione.* Aber in dieser Nacht sollten keine Worte mehr über seine Lippen kommen, und auch nicht während der nächsten Tage. Als er schließlich wieder das Bewusstsein erlangte und Bruder Wan an seiner Bettstatt vorfand, strömten die lange zurückgehaltenen Fragen heraus.

»Hast du sie aufgehalten, Wan? Liegen sie in Ketten? Marotos Spione?«

»Äh …« Eine andere Antwort hatte Bruder Wan nicht, und Domingo gab ein lang gezogenes Stöhnen von sich. Die Schwäche, dass er sich nicht ein paar Augenblicke länger an sein Bewusstsein hatte klammern können, quälte ihn stärker als die pochenden Schmerzen, die den größten Teil seines Körpers heimsuchten. »Darf ich Euch etwas holen, Oberst?«

»Ja«, erwiderte Domingo, versuchte sich aufzusetzen und wurde stattdessen von Krämpfen heimgesucht. »Jeden Tropfen des Giftes der Schwarzen Päpstin. Und wenn du noch Teufel oder Zauber hast, die auch. Beschwöre deinen heidnischen Gott, beschwöre auch den Täuscher, beschwöre jede erdenkliche Macht. Wir werden deine Waffe einsetzen, Wan, und wir werden jeden Kobaltblauen töten, den wir finden können, und wir werden es bestimmt nicht besonders sanft machen.«

KAPITEL 10

Dieser Griesgram. *Verdammt*! Ji-hyeon war sich darüber im Klaren, dass er scharf auf sie war. Jedenfalls ein kleines bisschen. Aber darum ging es eigentlich nicht. So erbärmlich war sie nun auch wieder nicht. Dutzende Leute hatten schon Annäherungsversuche gemacht, erst recht, nachdem aus ihrer kleinen Söldnerschar eine größere geworden war, die am Ende groß genug erschien, um sich Kobaltblaue Kompanie zu nennen. Gab es erst einmal das Kobaltblaue Imperium, würde sie sich ihrer mit dem stumpfen Ende einer Axt erwehren müssen, sogar ihrer Ratgeber. Vor allem ihrer Ratgeber.

Sie war nicht naiv. Sie wusste, dass die meisten dieser Annäherungsversuche keineswegs dem ernsthaften Interesse an ihrem Geist, ihrem Körper oder ihrer Seele entsprangen, obwohl ausreichend viele Freier jede vorstellbare Kombination dieser drei Dinge geltend gemacht hatten. Jeder Idiot konnte erkennen, dass sie nicht mehr als ein Jahr von der entscheidenden Eroberung Samoths entfernt war, und übernahm man Samoth, so übernahm man das Imperium. Das wusste jeder. Und was noch wichtiger war, sie würde es schaffen, ohne vorher so durch die Wildnis ziehen zu müssen wie ihre spirituelle Vorgängerin. Nein, wozu Zosia ein halbes Jahrzehnt gebraucht hatte, das würde Ji-hyeon in weniger als zwei Jahren erreichen, und dabei würden auch nicht Tausende ihrer Anhänger verhungern. Ji-hyeons Sieg war unausweichlich, darum gab es mit Sicherheit auch diese vielen Angriffe auf ihr Liebesleben – sie wollten sich bei ihr einschmeicheln, bevor sie die Königin war, und bevor ihr klar wurde, dass die Leute nur hinter ihrer Macht her waren. Als wäre sie so blöd.

Griesgram war nicht so, aber an ihm weckte mehr als nur seine ernsthafte Aufmerksamkeit ihr Gefallen. Schließlich hatten wohl auch einige der anderen es mit ihrer Zuneigung ernst gemeint. Zum Teil war es sein Benehmen, respektvoll, aber nicht übertrieben respektvoll. Möglicherweise war es auch die schiere Ignoranz des Jungen, wie Fennec bei jeder sich bietenden Gelegenheit betonen musste, aber ihr kam das alles ... echt vor, als hätte sie ihn tatsächlich beeindruckt, ohne es überhaupt versucht zu haben. Gut, vielleicht hatte sie es ja doch ein bisschen versucht, denn anscheinend versuchte sie ständig, jeden zu erstaunen, weil sie in die Fußstapfen einer Frau passen wollte, deren Tod sie von einer Anführerin zu einer Göttin gemacht hatte.

Aber an diesen ruhigen Nachmittagen, in denen sie mit dem stillen Barbaren allein in ihrem Zelt saß und den Kaldi nahm, fühlte sie sich tatsächlich wieder wie sie selbst – nicht wie die zurückgekehrte Zosia, wie es Fennec und der Rest von ihr verlangten, und auch nicht wie die Prinzessin Ji-hyeon Bong von Hwabun, Verlobte von Prinz Byeong-gu von Othean und so weiter, wie es ihr erster Vater gewollt hatte, sondern einfach wie ... Ji-hyeon. Sie betrachtete es zwar nicht gern auf diese Weise, aber etwas an Griesgrams ernstem Interesse an ihren Gefühlen statt an ihren Ambitionen, an ihrer Vergangenheit statt an ihrer Zukunft, erinnerten sie daran, wie die Dinge möglicherweise hätten sein können. Erinnerten sie daran, was sie mit Keun-ju gehabt hatte.

Keun-ju. Mittlerweile tat es fast nicht mehr weh, an ihn zu denken. Nicht, dass sie irgendeine alberne Göre gewesen wäre, die sich in den ersten Jungen verguckte, der ihr unters Kleid fasste, aber sie hatte ihn wirklich geliebt, und selbst jetzt noch ertappte sie sich dabei, sich Erklärungen für sein falsches Spiel einfallen zu lassen, sie erschuf Szenarien, die seine Taten erklärten. Es war nicht so, dass Griesgram vorbeigekommen und Keun-ju plötzlich vergessen war. Das Gegenteil traf zu. Nun dachte sie viel öfter an Keun-ju als früher, und seltsamerweise ermutigte Griesgram sie noch dazu. Als sie ihm von ihrer Beziehung erzählt hatte – und wie er sie an ihren ersten Vater verraten hatte, um damit ihre Flucht aus Hwabun beinahe scheitern zu lassen –, hatte er verständnisvoll genickt und gesagt:

»So was ist übel. Ich wurde von Tieren gebissen, und ich wurde auch von … geliebten Menschen gebissen, doch der Biss geliebter Menschen ist viel schlimmer. Tut mir leid, Ji-hyeon.«

Tut mir leid, Ji-hyeon. Einfach, von Herzen kommend, und so schrecklich willkommen. Sie hatten sich beim Kaldi unterhalten, und selbst wenn die Pfeife in ihren zusammengelegten Händen erkaltet war, hatte er doch nie versucht, mehr aus ihr herauszupressen oder alles schönzureden, so wie es Fennec versucht hätte. Sie konnte nicht erwarten, dass er Choi kennenlernte – wenn das Lakonische und das Knappe aufeinandertrafen, wer vermochte schon zu sagen, was dann ungesagt blieb?

Eine Woche später kam ein weiterer Bericht, dass Keun-ju noch immer keine Nachricht geschickt hatte. Es war die gleiche beschissene Meldung, die sie jede Woche erhalten hatte, seit sie Hwabun mit nur zwei von ihren drei Wächtern verlassen hatte. Nicht zu wissen, wo er war oder was sich tatsächlich zugetragen hatte, machte die Qual, ihn zu vermissen, so viel schlimmer.

»Nee«, sagte Griesgram, nachdem sie ihm das alles auf eine nicht besonders verständliche Weise erzählt hatte. »Schmerzen sind was Gutes. So weiß man, dass man gestochen wurde, aber so weiß man auch, dass man wieder heilen wird. Das Einzige, das nicht wehtut, ist tot zu sein.«

»Bist du dir da sicher?« Ji-hyeon betrachtete ihn skeptisch über ihre Schale mit Roggenfeuer hinweg.

»Bei allen Teufeln, das hoffe ich doch.« Griesgram blies die Wangen auf. »Wenn das Totsein schmerzt, will ich nichts damit zu tun haben.«

Also war er auch noch auf eine mühelose Weise witzig. Aber da war noch etwas anderes, und es ließ sie wie eine sehr oberflächliche Person erscheinen. Na, und wenn schon! Es war schlicht und ergreifend Folgendes: Sie fand Griesgram verdammt süß.

Hochgewachsen war nicht immer ihr Ding, und schlank, aber muskulös war so lala, aber wenn man das mit seinen breiten, markanten Zügen und diesem Helm aus weißem Haar kombinierte? Die Geister mussten ihr helfen, sich zu beherrschen. Und dann waren da noch diese Augen … sie ähnelten eher einer Katze als einem Menschen, hatten tiefschwarze Pupillen, die sich bogenförmig durch die kornblumenblauen Augäpfel zogen; ihre funkelnde Helligkeit bildete einen angenehmen Kontrast zu der dunklen, zedernholzfarbenen Haut und dem wirklich energischen Schwung seines Kiefers. Er hatte ordentlich viele Narben, seine Nase war so oft gebrochen worden, dass sie schief wirkte, und die gewaltige Haarkugel hätte schon etwas Nachschneiden vertragen können. Trotzdem: Der Junge sah verdammt gut aus.

In einer Nacht voller betrunkenem Unsinn hätte sie diese samtenen Lippen beinahe geküsst, aber dann war Fennec mit Neuigkeiten über die Raniputri hereingeplatzt, die ihren Verfolgern seit Wochen auswichen. Also war ihr die schwierige Frage erspart geblieben, was man nach einem ersten Kuss tat. Zumindest für den Augenblick. So die Götter, Teufel und Geister wollten, würde ihr dieses Rätsel nicht mehr lange erspart bleiben. Als Frostfalle sie davon in Kenntnis setzte, dass die raniputrischen Reiter ihr langsam marschierendes Heer noch innerhalb dieser Woche einholen würden und ihm seine Teufel verraten hatten, dass Choi, Maroto und sein adliges Gefolge nur noch wenige Tage von ihnen entfernt waren, entschied Ji-hyeon, dass die Zeit gekommen war. Was Griesgram tun würde, wenn er seinem Onkel gegenüberstand, war unausgesprochen geblieben, ebenso wie die Einzelheiten ihres Aufstiegs zur Macht und seiner Suche nach seinem Onkel – bedachte man, wie viel Zeit vergangen war, seit er in ihr Lager geplatzt war, hatten sie das unterbrochene Thema ihres ersten Gesprächs noch immer nicht wieder aufgegriffen. Auch dafür war es jetzt Zeit. Definitiv.

Vielleicht.

»Hast du ihr einen Namen gegeben?«, fragte Griesgram, während Bestienflügel über Ji-hyeons Oberteil kroch. Die Eulenfledermaus liebte es, sich an sie zu klammern. Erst recht wollte sie über ihre Rüstung klettern, wo sie die winzigen Krallen in die Eisenringe haken konnte.

»Das hat mein Vater getan«, sagte Ji-hyeon. »Früher gehörte sie ihm. Ich nehme an, sie alle banden ihre Teufel zusammen – mein Vater, dein Onkel, Fennec, Frostfalle, die Chevaleresse und Zosia.«

»Mein Onkel... *hat einen Teufel*?« Griesgrams Neugier war schnell zu erregen, aber man musste sich schon Mühe geben, um ihn zu überraschen.

»Jetzt nicht mehr. Oder er versteckt ihn so gut, dass er selbst Frostfalle getäuscht hat. Aber sie haben die Kreaturen alle zusammen eingefangen, bevor sie Samoth eroberten.«

»Hornwölfe binden keine Teufel«, sagte Griesgram düster. »Jedenfalls dürften sie es nicht.«

»Makellose grundsätzlich auch nicht. Die Kaiserfamilie hat ein paar, aber die meisten Leute finden das noch immer respektlos.«

»Das ist ein gutes Wort dafür. Respektlos. Die Schakalleute halten Sklaven, andere Clans auch, aber die Hornwölfe nicht.«

Ji-hyeon streichelte Bestienflügel und entlockte ihrem Schnabel ein kehliges Krächzen. »Ein Teufel ist nicht das Gleiche wie ein Sklave.«

»Dann lass sie doch frei und warte ab, ob sie bleibt«, erwiderte Griesgram, was Ji-hyeon sofort in Wut versetzte.

»Ist ein Pferd also ein Sklave? Was ist mit Rindern oder

anderen Nutztieren? Ich habe nicht vor, Bestienflügel zu essen, also würde ich sagen, sie hat es besser als die meisten anderen Tiere.«

»Huh«, sagte Griesgram. »Du hast recht.«

»Natürlich habe ich recht«, gab die Prinzessin zurück und schenkte ihnen von dem malzigen Alkohol nach.

»Hornwölfe züchten Rinder und Geflügel und tauschen sie gegen Maultiere ein. Wir bezeichnen sie nicht so, aber sie sind Sklaven, ganz so wie du gesagt hast. Das ist kein großer Unterschied zu anderen, auch wenn wir das behaupten. Wir sind so schlimm wie der Rest von euch.«

»Es ist schön, den heiligen Griesgram solche sterblichen Schwächen zugeben zu hören.«

»Was?« Griesgram blinzelte. Manchmal konnte er begriffsstutzig sein, so wie jeder andere auch. »Oh! Ha, nein. Ja. Ich wollte kein Dummkopf sein. Auch ich bin schlecht, Ji-hyeon. Das sind wohl die meisten Leute. Ich habe die Gesetze meines Clans gebrochen. Habe meine eigenen Leute getötet. Ich habe alles falsch gemacht, nur weil ich das Richtige tun wollte. Gutes zu tun ist wirklich nicht einfach.«

Die Vorstellung fiel schwer, dass dieser sanfte, ernsthafte Mann, der ihr da gegenübersaß, jemanden angegriffen haben sollte, vor allem wenn es um das eigene Volk ging. Aber diese Narben und sein weißes Haar hatte er nicht umsonst bekommen. Sosehr sie ihn auch als Rätsel mochte, schon längst war es überfällig, seine Geschichte zu hören. Aber das bedeutete, dass sie anfangen musste.

»Ich habe dir mit Keun-ju in den Ohren gelegen, aber du hast mich nie gefragt, warum ich von zu Hause fortgelaufen bin, was davor geschah und was unmittelbar danach.«

Griesgram rutschte unruhig auf seinem Kissen herum und leerte mit einer Grimasse seine Trinkschale. »Ja … tut mir leid. Ich würde das gern erfahren, wirklich, aber ich wollte dich nicht drängen. Ich hasse es, zu etwas gedrängt zu werden. Ich liebe Großvater, aber er ist penetrant. Sosehr ich in vielerlei Weise sein will wie er, das gehört nicht dazu.«

»Scheiße, ich habe mich doch nicht beklagt! Ganz im Gegenteil.« Ji-hyeon streifte Bestienflügel ab. Der Teufel flatterte zu Griesgram hinüber, und der Barbar streckte einen Finger aus, auf dem er landete. Sie hatte noch nie erlebt, dass ihre Eulenfledermaus auf jemand anderem gelandet war, und wie alles andere auf dieser Welt konnte auch das möglicherweise ein Omen sein. »Ich würde dich als vieles bezeichnen, Griesgram, aber mit Sicherheit nicht als penetrant. Möchtest du es wirklich gern hören?«

»Auf jeden Fall.« Er bot dem Teufel auf seinem Finger einen Zuckerwürfel an.

»Du weißt ja, dass ich eine Prinzessin bin. Hwabun war ein großartiger Ort, um dort aufzuwachsen, auch wenn ich erst, nachdem ich weg war, zu schätzen wusste, was ich dort gehabt hatte. Ist das auch so bei dir mit der Kalten Savanne?«

»Huh? Nein, nicht ganz.« Griesgram kratzte sich an der schiefen Nase. »Aber jetzt, wo ich fort bin, sehe ich es auch anders. Außerdem vermisse ich meine Mama. Und zwar sehr.«

»Ich vermisse meinen ersten Vater, Jun-hwan, obwohl wir uns das ganze letzte Jahr vor meinem Aufbruch nur gestritten haben. Yunjin, meine älteste Schwester, hat gesagt, dass es für sie in meinem Alter genauso gewesen sei. Ständig gibt es Spannungen, vor allem wenn einer deiner Väter dich verheiraten will. Und ich habe dir ja von Keun-ju erzählt, und was er mir bedeutete. Eine der Bedingungen für die Heirat, die mein erster Vater ausgehandelt hatte, besagte, dass mich Keun-ju nicht begleiten durfte – er meinte, es sei unhöflich, meinen Diener in ein schöneres Haus mitzunehmen, und mein Verlobter war der Sohn der Herrscher der Makellosen Inseln. Schönere Häuser gibt es nicht.«

Bestienflügel schaffte es endlich, Griesgrams Zuckerwürfel in den Schnabel zu bekommen, und nahm ihn mit nach oben, auf einen Kreuzbalken der Zeltstange.

»Also sollte ich meinen Lieblingswächter zurücklassen, um diesen Dummkopf zu heiraten, den ich nicht einmal gesehen hatte. Allein die Vorstellung drehte mir den Magen um – ich liebte Keun-ju, obwohl ich nicht einmal wusste, ob er diese Liebe erwiderte, jedenfalls damals noch nicht. Und dann kam der Abend, an dem ich meinen Verlobten kennenlernte. Ich schlich mich davon. Natürlich nicht allein, meine Wächter waren auch dabei – Fennec, den ich damals für einen Kettenmissionar namens Mikal hielt, und Choi, die du hoffentlich bald kennenlernen wirst, und eben Keun-ju. Auf einem Feld suchten wir nach Geistern, in der Nähe des Tempels der Pentakel. Dort befindet sich das Makellose *Tor*, durch das ich floh, als ich einige Monate später abhaute – ich habe dir doch erzählt, wie ich durch das *Tor* ging?«

»Äh, ja.« Griesgram zuckte zusammen und berührte sein Haar. »Also du hast es zumindest erwähnt. Als wir das erste Mal Kaldi tranken, hast du gesagt, es sei so ähnlich, wie im Meer zu schwimmen, nur dass das Meer die Erste Finsternis war.«

»Ha, das habe ich gesagt? Na ja, so ähnlich war es auch. Aber egal, wir waren also ganz in der Nähe des *Tors* auf der Insel, dem Tempel der Pentakel, und plötzlich greift uns dieses Geisterungeheuer an! Auf dem Feld gab es kleinere Geister, in den Kürbissen, aber das hier … das war, als wäre ein Haufen von ihnen miteinander verschmolzen, um etwas Großes, Angsteinflößendes und Gefährliches zu bilden.«

»Das kann ich mir vorstellen.« Nervös befeuchtete sich Griesgram die Lippen. Oh, wenn er an der Reihe war zu erzählen, wie sein Haar weiß geworden war, würde er ein Lied zu singen haben, das wusste sie!

»Also wir kämpften damit, wir vier gegen ein Ungeheuer direkt aus den Gutenachtgeschichten, die uns mein zweiter Vater immer über seine Abenteuer mit Zosia und dem Rest der Schurken erzählte. Und wir gewannen! Es war … Du hast schon gekämpft, also weißt du, wie das ist. Zuerst hat man viel zu viel Angst, sich zu bewegen, und dann übernimmt etwas, die ganze Ausbildung erwacht, und du hältst das Schwert in der Hand, bevor du es überhaupt merkst! Und dann kämpft man, kämpft um sein Leben! Und es ist einfach so … so …«

»Schrecklich.« Griesgram starrte in seine leere Trinkschale.

»Ja! Nein! Ich meine, es macht einem Angst, aber irgendwie ist es auch wunderbar, nicht wahr? In letzter Minute auszuweichen, auf den Feind einzuschlagen, an der Seite deiner Freunde zu kämpfen und zusammenzuarbeiten, als wäre man dazu geboren. Zuschlagen, schlitzen, parieren, wieder zuschlagen! Bei allen Teufeln, allein bei dem Gedanken kribbelt bei mir schon alles.«

»Hast du je mit einem Bader darüber gesprochen?« So, wie er sich üblicherweise verhielt, verriet ihr nur sein durchtriebenes Lächeln, dass er scherzte.

»Ich weiß, dass du das Gefühl kennst, Griesgram, das weiß ich.«

»Nun … vielleicht. Schon.«

»Als alles vorbei und der Geisterkönig erschlagen war, kehrten wir in den Herbstpalast zurück, und danach war alles dermaßen … langweilig. Und nicht einfach so langweilig, wie es zuvor gewesen war, sondern auf eine zersetztende Weise. Danach bin ich wochenlang deprimiert gewesen, und das nicht nur von der Lektion, die ich auf der Schiffsfahrt zurück nach Hwabun von meinem ersten Vater erhielt. Ich glaube, es wäre ihm lieber gewesen, das Ungeheuer hätte mich gefressen, als dass ich in diesem Zustand auf das Fest zurückkehre. Er bezeichnete mich als Peinlichkeit, und als ich fragte, ob es nicht eher peinlich wäre, dass mein anderer Vater so viele Jahre lang einer von Zosias Schurken gewesen ist, sagte er ja, auch das wäre peinlich. Was ist bitte schön daran peinlich, dem Tod mit dem eigenen Schwert sein Leben zurückzukaufen?«

»Hm.« Griesgram widmete der Frage seine ganze Aufmerksamkeit. »Meiner Meinung nach nichts.«

»Das finde ich auch! Also war es eigentlich unausweichlich, dass ich mich dazu entschied, das zu tun, was ich tat, auch ohne dass Fennec mir ständig ins Ohr flüsterte. Jetzt weiß ich, dass er seine eigenen Gründe hatte, mich in dieser Richtung zu beeinflussen, aber ich bin noch immer froh, dass er es tat. Choi wollte nicht einmal mit mir darüber reden, ich meine *kein Wort*. Als ich das Thema zum ersten Mal zur Sprache brachte, sagte sie: ›Ich habe einen Eid geschworen, Euren Kampfbedürfnissen zu dienen, und das werde ich tun, bis ich sterbe. Bittet mich nicht, Euch in anderen Dingen zu beraten, aber bedenkt immer alle Möglichkeiten und lasst Euch immer nur von Eurem eigenen Herzen zu etwas überreden.‹ Das hört sich vielleicht nicht gerade nach viel an, aber ich hatte sie noch nie eine solche Menge auf einmal sagen hören oder mit so deutlichen Worten, weder zuvor noch seitdem. Ich habe es dann sogar sofort niedergeschrieben, weil ich wusste, dass ich es sonst vergessen würde, und ich habe mich gezwungen, es auswendig zu lernen, denn das ist eine ernste Weisheit, nicht wahr?«

»Das ist es«, sagte Griesgram nachdenklich, als verdaute er die Worte noch immer.

»Ich hätte nicht damit gerechnet, dass Choi so ohne Weiteres mitkommt. Und Keun-ju sträubte sich zuerst, aber nachdem ich ihn davon überzeugen konnte, dass das die einzige Möglichkeit war, wie wir zusammen sein konnten, änderte er seine Meinung. *Glaubte ich zumindest.* Es dauert nur wenige Stunden, von Hwabun zum Tempel der Pentakel zu segeln, und von dort nur wenige Sekunden zu jedem Zacken des Sterns, sofern man weiß, wie man das *Tor* benutzen kann. Also hätte es ganz leicht sein sollen zu gehen, bevor jemand unser Verschwinden überhaupt bemerkt hätte.«

»Und wie geht das?«, wollte Griesgram wissen. Um einen Wildgeborenen zu verstören, brauchte es eine ganze Menge, aber jetzt sah der Mann wirklich verstört aus. »Als wir das erste Mal Kaldi tranken, hast du mir erzählt, wie du es durchschritten hast, aber … aber ich kann nicht einmal daran denken, ohne dass mir übel wird.«

»Offensichtlich hätte es nicht funktioniert, hätte ich einfach versucht, ganz allein durchzugehen«, sagte Ji-hyeon. »Wer weiß, wo ich gelandet wäre, vermutlich in einer obskuren Hölle, von der ich noch nie zuvor gehört hatte. Aber lange bevor Fennec nach Hwabun kam, hat er im Austausch für das Geheimnis der *Tore* etwas für Forstfalle getan. Jetzt kann er jedes *Tor* betreten und kommt nach wenigen Schritten aus einem anderen wieder heraus, und er kann jeden mitnehmen, den er mitnehmen möchte. Keine Ahnung, wie das möglich ist. Das hat alles Fennec gemacht … und wenn man so darüber nachdenkt, glaube ich nicht, dass er wirklich der Experte ist, der er zu sein behauptet. Was wirklich merkwürdig ist, denn Choi ist doch nichts passiert – mein Haar verfärbte sich weiß, Fennecs Hände veränderten sich, aber Choi ist noch immer dieselbe. Andererseits hatte sie sowieso Hörner und Reißzähne …«

»Hm«, sagte Griesgram. Es war weniger ein nachdenklicher Laut und eher das unwirsche Geräusch eines Hundes, den man aus dem Schlaf riss.

»Wie dem auch sei, wir waren zum *Tor* unterwegs, da zog Keun-ju diesen Scheiß durch, von dem ich dir erzählt habe«, fuhr Ji-hyeon fort. »Ich sagte mir immer wieder, dass es ein Zufall war und er uns gar nicht verraten hat. Aber von Anfang an hatten wir verabredet, dass – sollte etwas schiefgehen und wir nicht alle zusammen wegkommen würden – der Zurückgebliebene einem gewissen Hauptmann in Linkenstern, der meinem zweiten Vater etwas schuldete, eine kodierte Botschaft zukommen lassen sollte. Seit meinem Aufbruch ist nun aber fast ein Jahr vergangen, und Keun-ju hat bisher nichts geschickt. Also ist es vielleicht Zeit, dass ich endlich die Wahrheit über ihn akzeptiere. Was glaubst du?«

»Die Wahrheit«, sagte Griesgram und schürzte die Lippen, während Ji-hyeon aufstand. Sie holte eine Decke und benutzte dies als Vorwand, um sich bei ihrer Rückkehr neben ihn zu setzen. Ihm gegenüber war es ihr warm vorgekommen, aber hier, neben ihm, als sich ihre Knie berührten, während sie es sich auf dem Kissen bequem machte und die unnötige Decke über die Schulter legte, herrschte eine geradezu schwelende Hitze. »Wo hast du die Wahrheit über Keun-ju erfahren?«

Mit dieser Frage hatte Ji-hyeon nun wirklich nicht gerechnet; sicherlich wäre es doch viel spannender für ihn gewesen, über ihr *Glaubst du nicht, ich sollte über meinen ehemaligen Freund hinwegkommen?* nachzudenken? Es sei denn, sie hatte seine verstohlenen Blicke und das schüchterne Lächeln völlig missverstanden …

»Das habe ich dir doch erzählt, er kam zu spät zum Schiff, obwohl wir den Plan so viele Male durchgesprochen hatten, und dann … dann taucht er mit einem breiten Lächeln am Dock auf und hinter ihm kommt ein jeder Wächter Hwabuns herbeigeschlichen. Hätte Choi sie nicht entdeckt, hätten wir niemals ablegen können. Tatsächlich verfehlte Keun-ju das Schiff nur um Haaresbreite, als er hinter uns hersprang!«

»Ja, aber woher weißt du es? Also das, was er sich dabei gedacht hat? Dass er die Wächter absichtlich mitbrachte?«

Die Erinnerung stank, und Ji-hyeon nahm Griesgrams lauwarme Schale Roggenfeuer, um ihre Nase mit dem heißen Geruch zu reinigen. »Du meinst, abgesehen davon, dass er ›Halt, halt!‹ rief, bevor er vom Pier hinter uns hersprang? Fennec hat gesehen, wie er an diesem Morgen die Gemächer meines ersten Vaters verließ, und in all den Jahren, die er im Haus war, hat er nie auch nur einen Fuß dort hineingesetzt. Später an diesem Tag betete er für mich das Nachmittagsgebet und erwähnte es nicht mit einem Wort, und hätte es nichts damit zu tun gehabt, wäre es ein seltsamer Vorfall gewesen. Wir teilten alles, und er hätte eine Audienz bei meinem Vater nur aus einem einzigen

Grund verschwiegen: Wenn er etwas zu verbergen hatte. Ich wollte es auch nicht glauben, das tue ich noch immer nicht …«

»Dann lass es.« Es klang beinahe so, als würden die Worte Griesgram einerseits verletzen, andererseits musste er sie trotzdem aussprechen. »Ich würde es nicht tun, es sei denn, ich müsste es. Und im Augenblick musst du es nicht.«

»Was meinst du damit?« Ji-hyeon fröstelte, und Griesgram glaubte – zweifellos fälschlicherweise –, ihr sei kalt, denn er schob den Arm langsam über ihren Rücken und drückte die andere Schulter auf eine liebenswert unsichere Weise. Oh, wie sehr sie sich doch wünschte, er werde die Hand dort lassen. Aber er zog sie blitzschnell zurück, wusste dann offensichtlich nicht, was er damit machen sollte, und ließ sie in den Schoß fallen.

»Da gibt es allein Fennecs Wort«, sagte er. Er missverstand ihren Ausdruck, hielt es für Verwirrung, und erklärte dies auch. »Dass Keun-ju deinen Vater besuchte, deinen ersten Vater, und dass der Kaufmann, der wo auch immer lebt, eine Botschaft Keun-jus weiterleiten würde, falls er eine schickt. Bei unserer letzten Unterhaltung hast du mir erzählt, dass sich Keun-ju und Fennec nicht besonders mochten, und so schlau, wie Fennec ist, hat er vielleicht eine Möglichkeit gefunden, ihn wegzubeißen, ohne es zu offensichtlich aussehen zu lassen. Ich will da keine Behauptung in die Welt setzen, nur eben … man macht sich so seine Gedanken. Du scheinst Fennec nicht so zu vertrauen, wie ich von dir erwartet hätte, jemandem zu vertrauen, der so viel Einfluss bei deinen Leuten hat. Also ja, wenn du ihm nicht vorbehaltlos vertraust, dann vertraue ich ihm gar nicht. Erst recht nicht, wenn ich sehe, wie nahe er Forstfalle steht.«

Griesgram verstummte abrupt, vielleicht weil ihm gerade einfiel, dass sie den Zauberer auch um Rat fragte. Vielleicht wurde ihm klar, dass er eben angedeutet hatte, der engste Berater der Generalin hätte sie reingelegt. Oder vielleicht war ihm auch nur peinlich, gerade in einer Minute mehr gesagt zu haben, als sonst an einem ganzen Abend. Was auch immer nun zutraf, er schien sie nicht mehr ansehen zu können, geschweige denn den harten Blick zu erwidern, mit dem sie ihn musterte. Sie war nicht dumm, sie hatte viele Nächte lang mit genau dieser Frage gerungen, sie aber stets für irrational gehalten, höflich ausgedrückt, oder für verflucht paranoid, wenn man es in klaren Worten sagen will. Dass es einem objektiven Zuhörer als die erste Möglichkeit in den Sinn kam, nachdem er nur eine gekürzte Version der Ereignisse gehört hatte, warf in der Tat ein paar heikle Fragen auf.

Obwohl Griesgram die Zeltstange angestrengt musterte, auf der Bestienflügel hockte, musste er gespürt haben, dass Ji-hyeon am ganzen Leib zitterte, denn seine Hand schlich wieder über ihre Schulter. Ohne es eigentlich zu wollen wölbte sich ihr Rücken seinen Fingern entgegen und drückte sich fest in seine vorsichtige Berührung. Diesmal ließ er den Arm dort, nachdem er sie gedrückt hatte, und massierte sanft ihre Schulter. Dabei zog sein Arm etwas an ihren Haaren, aber egal.

»Kannst du Ehrlichkeit gut einschätzen?«, fragte sie, als sie wieder sprechen konnte; ihre Gedanken lieferten sich ein Rennen mit ihrem pochenden Herzen und siegten um Nasenlänge. »Wenn ich mich mit Fennec unterhalte, möchte ich, dass du auf jeden Fall dabei bist. Ich möchte, dass du ihn genau beobachtest, und wenn er nicht ehrlich ist, sollst du mir auf der Stelle sagen, ob du ihn für einen Lügner hältst.«

Griesgrams Hand stellte die kreisende Bewegung ein, sein ganzer Arm erstarrte. Er schluckte, wollte sie aber noch immer nicht ansehen. Plötzlich stand er auf, seine Finger fuhren in aller Eile durch ihr Haar und klatschten dann unbeholfen an seine Seite. »Dann lass ihn uns suchen. Bei einem geborenen Lügner wie ihm wird das nicht einfach sein, aber gemeinsam könnten wir ihn knacken. Das weiß ich.«

»Warte«, sagte Ji-hyeon und ergriff sein Handgelenk, zog

sich daran hoch, während die Decke von ihren Schultern rutschte. Das blaue Kleid mit dem Glockenrock, das sie in ihrem Zelt trug, fühlte sich plötzlich äußerst beengend an, obwohl es doch eigentlich so locker saß, und ausnahmsweise sehnte sie sich nach ihrer aufreizenden, drückenden Rüstung statt nach einer bequemen Kleidung. Noch verwirrter über ihre Gefühle als zu der Zeit, in der sie von Keun-jus Verrat so gut wie überzeugt gewesen war, tat sie, was sie immer getan hatte, wenn sie vor einer Sackgasse stand – sie senkte den Kopf, hoffte auf das Beste und stolperte einfach geradeaus.

In diesem Fall stolperte sie direkt in einen attraktiven Feuersteinländer, hielt mit der einen Hand noch immer sein schlaffes Handgelenk und fuhr mit der anderen über seine gestreifte Tunika. Seine Muskeln zuckten unter ihrer Berührung und spannten sich noch stärker an, als sie mit der Hand nach unten zu seiner Hüfte strich, bis sie ihn energisch zu sich drehen konnte. Albernerweise sah er sie noch immer nicht an, sein Kinn war in die Luft gestreckt und sein Blick fest auf ihren dösenden Teufel gerichtet. Ji-hyeon schluckte und hatte wieder die Angst, alles völlig falsch eingeschätzt zu haben. Also blieb ihr nichts anderes übrig, als zu fragen. »Muss ich an dir wie an einem Baum hochklettern, um einen Kuss zu stehlen?«

Mit einer wunderbaren, schrecklichen Langsamkeit senkte er den Kopf, um ihr in die Augen zu sehen. Bei allen Teufeln in der Tiefe, er sah aus, als fürchtete er um sein Leben! »Du … du musst ihn nicht stehlen. Aber … wenn ich recht habe?«

»Dann sollten wir das besser schnell erledigen, nur für den Fall, dass es sich tatsächlich so verhält«, erwiderte Ji-hyeon und stellte sich auf die Zehen, während sich Griesgram gleichzeitig nach unten beugte. Er schmeckte nach Roggenfeuer und abgestandenem Rauch und war ein genauso mieser Küsser, wie sie es gewesen war, bevor Keun-ju es ihr beigebracht hatte. Scheiße, sie fand es großartig, ihre Hände erforschten begierig seine Brust, und sie fragte sich, was wohl jetzt passieren werde, nachdem sie den ersten Kuss geteilt hatten und bereits am zweiten arbeiteten, am dritten, am vierten. Bei den vergessenen Göttern des Versunkenen Königreichs, was fühlte er sich doch gut an …

Und die Entscheidung wurde ihr abgenommen, denn am Zelteingang räusperte sich jemand. Ji-hyeon löste sich blitzschnell von Griesgram, fuhr herum, wobei sie sich das Schienbein an dem Kalditisch stieß, und holte tief Luft, um Chevaleresse Sasamaso oder eine der anderen Wächterinnen anzubrüllen, weil sie nicht fragten, bevor sie hereinplatzten. Und sah Fennec höchstpersönlich dort stehen, der den Segeltucheingang mit leicht zitternder Hand offen hielt. Er erschien uncharakteristisch nervös, sein Gesicht war gerötet. »Generalin, wir müssen sprechen, sofort …«

»O ja, ja, wir alle müssen miteinander sprechen, und das sofort«, tönte Frostfalle. Der Zauberer schob sich an Fennec vorbei ins Zelt, dessen Augen beim Anblick des alten Riesen noch größer wurden. Hinter ihr hörte Ji-hyeon, wie Griesgram die Finger knacken ließ; sein wärmender Schatten berührte sie, während er über den Kalditisch stieg, um freie Bahn auf den Zauberer zu haben.

»Nachdem du einen guten Blick auf sie werfen konntest«, sagte Frostfalle, »hatte ich mich gefragt, ob du mit der Generalin in die Berge flüchten wolltest, Fennec, alter Junge, und hier habe ich meine Antwort.«

»Rätsel sind in meinem Zelt niemals willkommen, meine Herren.« Ji-hyeon bedachte jeden von ihnen mit ihrem gelungensten finsteren Blick. »Welchem unheiligen Schrecken habe ich es zu verdanken, dass gleich ihr beide auf diese ungehobelte Weise hereinstürmt? Wenn die Sache nicht wirklich todernst ist …«

»Tod ist genau das richtige Wort!«, sagte Frostfalle offensichtlich hocherfreut. »Generalin Ji-hyeon Bong von der Kobaltblauen Kompanie, darf ich Euch die Botschafter der Raniputri vorstellen, die uns seit so vielen Tagen auf den Fersen sind.«

Damit drängten drei vermummte Gestalten ins Zelt, als hätten sie eine Einladung erhalten, und diese Anmaßung ließ Ji-hyeon sogleich die Fäuste ballen. Sie hatte nicht einmal die Zeit, sich eine Weste über ihr schlichtes Kleid zu ziehen, geschweige denn in etwas Formelleres zu wechseln. Ob Botschafter oder Kaiser, Frostfalle und Fennec würden sich für einiges zu verantworten haben, sobald man sich um die Fremden gekümmert hatte. Aber für den Augenblick zwang sie einen erfreuten Ausdruck auf ihr Gesicht, machte eine tiefe Verbeugung und begrüßte die Botschafter auf Hochmakellos.

»Willkommen in meinem Lager, verehrte Gäste! Ich bin Generalin Ji-hyeon Bong von der Kobaltblauen Kompanie und würde gern eure Namen erfahren, einen nach dem anderen, damit wir …«

»Ji-hyeon!« Der kleinste der vermummten Botschafter rief ihren Namen aus und stürmte auf sie zu, und Griesgram warf sich zwischen sie und streckte die Hand aus, als könnte man einen Meuchelmörder so einfach aufhalten. Tatsächlich *blieb* der Mann aber stehen, warf die Kapuze zurück und schenkte Griesgram einen vernichtenden Blick. »Ji-hyeon, ich bin es!«

»Keun-ju?« Keun-ju! In seiner Hast, aus dem Weg zu kommen, stolperte Griesgram über den Kalditisch, und während Ji-hyeon ihren alten Geliebten umarmte, hörte sie den neuen leise fluchen, während er auf einem Fuß herumhüpfte. Keun-ju drückte die Lippen hart auf ihre Wange, dann fühlte sie eine Träne von seinen Lippen auf ihr Kinn tropfen. Er war es wirklich …

»Einfach unfassbar«, sagte eine der Botschafterinnen, und obwohl es Ji-hyeon schmerzte, trat sie schnell von Keun-ju zurück und musterte die beiden älteren Frauen, die ihn begleitet hatten. Beide hatten nun die Kapuzen zurückgeschlagen; die Nationalität der Sprecherin war Ji-hyeon nicht klar, aber die andere war eine Raniputri, die ihr bekannt vorkam. »Du hast nicht einmal vor dem Haar haltgemacht. Nun ja, warum auch nicht, wenn du schon alles andere raubst. Bei den sechs Teufeln, die ich gebunden habe, meine Kleine, für eine Betrügerin siehst du so vollkommen aus wie ein Bild.«

»Ich bin Euch zu Dank verpflichtet, dass Ihr mir meinen Tugendwächter zurückgebracht habt«, stieß Ji-hyeon durch die zusammengebissenen Zähne hervor. Betrügerin war kein Wort, das sich mit der Zeit besser anhörte, und respektlos war die Anrede auch. »Selbst wenn Eure Manieren zu wünschen übrig lassen, Tantchen. Bei wem habe ich die Ehre, mich zu bedanken?«

»Ha!« Etwas verspätet hielt die Raniputri den Panzerhandschuh vor den Mund. »Oh, bei allen Höllen, das ist einfach zu viel!«

»Ji-hyeon«, begann Keun-ju, aber die dröhnende Stimme der Botschafterin mit dem silbergrauen Haar unterbrach ihn. Sie trat einen Schritt vor.

»Wer *ich* bin? Aber Mädchen, ich bin doch die Frau, die deine Väter angeheuert haben, um dich nach Hause zu bringen.«

Ein schneller Blick auf Keun-jus verlegenen Ausdruck reichte aus – also hatte er sie doch verraten! Seltsamerweise machten weder Frostfalle noch Fennec die geringsten Anstalten, die ältere Frau aufzuhalten, und in Ji-hyeon breitete sich nun die Sinnlosigkeit des Ganzen aus. Man hatte sie in eine Falle gelockt, und auf diese Weise endete alles. Aber nicht ohne Kampf. Doch bevor sie die Faust in Keun-jus dummes Gesicht setzen konnte, sagte die Frau noch etwas anderes. Etwas, das Ji-hyeon auf der Stelle erstarren ließ.

»Aber davon abgesehen bin ich *du*, du teufelsverfluchte Göre – oder erkennst du mich etwa nicht? Ich bin die Kobaltblaue Zosia, die aus ihrem beschissenen Grab zurückgekehrt ist.«

Aus dem Augenwinkel konnte Ji-hyeon erkennen, wie Griesgram auf der anderen Zeltseite, auf die er sich zurückgezogen hatte, vollkommen erstarrte. Seine Augen mussten so weit aufgerissen sein wie die ihren. Sie konnte es unmöglich sein, natürlich konnte sie es nicht sein, alle Gesetze der Sterblichen, Götter und sogar Teufel besagten, dass niemand von den Toten zurückkehrte … Aber dann blickte sie in die kalten Augen der Frau, die vor ihr stand.

Und Ji-hyeon glaubte ihr.

KAPITEL 11

Eigentlich hielt sich Zosia keineswegs für einen übermäßig stolzen Menschen, aber Kang-hos Göre zurechtzustutzen fühlte sich unglaublich gut an. Die Ausreißerin entsprach schon dem Bild, keine Frage: Der lang geschnittene Pony ging in eine Lockenkaskade über, die ihr hübsches junges Gesicht in Kobaltblau rahmte. Ihr Kleid – in der Mode der Makellosen gehalten – war so schlicht, wie es nur sein konnte. Also war ihr der ganze Erfolg vielleicht doch noch nicht zu Kopf gestiegen, falls das überhaupt je passieren würde. Und dass sie zu dieser Stunde einen stattlichen weißhaarigen Feuersteinländer in ihrem Zelt hatte, machte sie in der Tat zu einem Mädchen ganz nach Zosias Geschmack.

»Sie ist es wirklich«, beschwor Keun-ju das mit offenem Mund dastehende Mädchen. »Ich bin mir sicher. Sie kam zu Euren Vätern nach Hwabun, und, nun ja, es ist eine lange Geschichte.«

»Königin Zosia«, hauchte Ji-hyeon. Dann ließ sie sich auf ein Knie fallen und senkte den Kopf. »Es ist mir eine Ehre, mich vor Euch zu verneigen.«

»Generalin«, stieß Fennec unverkennbar hektisch hervor. »Dazu besteht doch gewiss keine Notwendigkeit. Als Besucherin verdient Zosia natürlich unsere Gastfreundschaft, aber …«

»Raus, Hauptmann«, sagte Ji-hyeon und schaute auf, blieb aber knien. Auf ihre feingeschnittenen Züge, erkannte man, war die alberne Ernsthaftigkeit der Jungen und Aufrichtigen gestempelt. »Ihr alle, die Königin ausgenommen.«

»Ji-hyeon …«, sagte Keun-ju in klagendem Tonfall, und obwohl Zosia das Mädchen bestenfalls seit zwei Minuten kannte, wusste sie, dass das, was sie betraf, genau der falsche Kurs war.

»Alle raus. Sofort.«

»Generalin, wir sollten uns einen Augenblick Zeit nehmen, bevor wir Entscheidungen treffen«, versuchte es Fennec erneut; der alte Fuchs war so durchtrieben wie immer. Als er Zosia, Keun-ju und Singh entdeckt hatte, die von einem Dutzend Wächter zum Zelt der Generalin geführt wurden, hatte er nicht einmal ihren Blick erwidert. Stattdessen hatte er sich auf dem Absatz umgedreht und war vorausgeeilt, zweifellos um vor ihrer Ankunft mit Ji-hyeon sprechen zu können. Der verrückte Frostfalle hatte wenigstens den Anstand gehabt, sie hereinzubringen und seine übliche absurde Plauderei abzuziehen, obwohl Zosia keineswegs verborgen blieb, dass es selbst ihn erschütterte, sie gesund und munter vor sich zu sehen.

»Habe ich einen Befehl gegeben oder eine Frage gestellt, *Hauptmann* Fennec?«, verlangte Ji-hyeon zu wissen. »Ich sage Bescheid, wenn ich Euch sehen will. Und jetzt wünsche ich mit der Königin zu sprechen. Allein.«

Der sehnige Feuersteinländer stolperte in seiner Hast, von hier zu verschwinden, beinahe über die eigenen Füße; er teilte Fennecs verbissene Bemühungen, Zosia nicht anzusehen. Seltsam – er war mit Sicherheit zu jung, als dass sich ihre Wege hätten kreuzen können, andererseits schien ihr ihr Ruf überall vorauszueilen. Als er an ihr vorbeiging, fiel ihr eine bekannte Tätowierung an seinem Arm auf, und sie schenkte ihm ein Lächeln.

»Schön, auch dich kennenzulernen, Hornwolf«, sagte sie in der Handelssprache der Savanne. »Bist du zufällig mit Maroto verwandt?«

»Griesgram … Neffe«, murmelte er kaum verständlich und verschwand in der Nacht. Was – bei allen Höllen! – war denn ein griesgrämiger Neffe? Vielleicht ein obskurer Gruß des

Hornwolfstammes oder eine Entschuldigung, vielleicht auch etwas anderes, obwohl er genug Ähnlichkeit mit Maroto hatte, um ein Familienangehöriger zu sein.

»Es ist so schön, dass ihr beide wieder da seid«, schnurrte Frostfalle. Er wollte Lefzenschlecker streicheln, aber der Teufel wich ihm winselnd aus und verzog sich mit eingeklemmtem Schwanz in die andere Ecke des geräumigen Zeltes. Man konnte vielleicht nicht viel Gutes über den verrückten alten Zauberer sagen, aber die Angst, die er Lefzenschlecker stets einjagte, brachte ihm bei Zosia Pluspunkte. Jedenfalls versuchte sie sich das einzureden; wenn sie ehrlich war, verunsicherte sie es immer ein bisschen. »Wir haben so viel zu besprechen, sobald du mit unserer furchtlosen Generalin fertig bist. Es ist viel zu lange her, Zosia.«

»Hm, ja«, erwiderte Zosia, stieß die eigene Faust gegen Frostfalles erhobene Faust und wandte sich Fennec zu, während der alte Behemoth das Zelt verließ. Singh begleitete ihn hinaus. »Hey, Fennec! Ich bin es! Deine alte Freundin! Ich freue mich, auch dich zu sehen, du alter Mistkerl!«

Nachdem Fennec beim Klang ihrer lauten Stimme bis jetzt immer zusammengezuckt war, wandte er sich ihr nun endlich zu und lächelte verlegen. »Hätte ich gewusst, dass es dich noch gibt, Kobaltblaue, ich hätte die Dinge gewiss anders gehandhabt. Ganz anders. Es freut mich, dass du noch lebst.«

»Ach was, meinetwegen musst du dich nicht in Wohlgefallen auflösen.« Zosia riss den Mann in eine feste Umarmung. Er hatte ein paar Pfund zugelegt, die Jahre hatten seine verwegenen Züge etwas geglättet, ansonsten aber war er deutlich besser gealtert als Frostfalle, Kang-ho oder selbst Singh. Oder auch sie selbst. Sie klopfte ihm härter auf den Rücken, als ihm vielleicht lieb war, dann ließ sie ihn wieder los. »Und jetzt verschwinde, Ji-hyeon und ich haben einiges zu besprechen, da habe ich nicht den geringsten Zweifel.«

»Ji-hyeon, wenn ich ebenfalls bleiben dürfte und …«, begann Keun-ju, aber die Prinzessin erhob sich steif aus ihrer Verbeugung und gab dem Tugendwächter einen offensichtlich halsbrecherischen Kuss. Fennec hüstelte, klopfte Zosia auf die Schulter und ging ebenfalls. Ji-hyeon löste sich von ihrem Geliebten und rammte dann zwei Finger gegen seine Brust.

»Glaube ja nicht, du könntest hier ohne Erklärung einfach wieder reintanzen«, sagte sie mit dem Hauch eines Zitterns in der Stimme. »An deiner Stelle würde ich schon einmal an einer verdammt guten Lüge arbeiten. Und jetzt verschwinde!«

Keun-ju schenkte Zosia beim Herausgehen ein unsicheres Lächeln; der Junge schwebte förmlich aus dem Zelt. Am besten war, wenn sie von Anfang an für klare Verhältnisse sorgte.

»Sieht aus, als hättest du hier eine hübsche Sache laufen, Ji-hyeon. Man kann ein Schwein in eine Rüstung stecken und es an die Front stellen, aber das bedeutet noch lange nicht, dass es etwas anderes als ein Schinken ist, wenn der Krieg losgeht.«

»Tantchen«, erwiderte das Mädchen. Wo sie jetzt allein waren, war jede Spur von Ergebenheit verschwunden. »Ich muss dich falsch verstanden haben. Es klang gerade so, als hättest du mich als Sau bezeichnet.«

Zosia zuckte mit den Schultern. »Wie man hört, gewinnst du Schlachten. Hast viele Freiwillige gesammelt, und auch Söldner, die du mit der Beute der vielen geplünderten imperialen Städte eingekauft hast. Also verrate mir eines, Mädchen – hat deine, äh, Kobaltblaue Kompanie wegen ihrer brillanten Generalin so viel Erfolg, oder flüstert da ein Haufen alter verstaubter Männer in das Schlappohr eines kleinen Ferkels?«

»Also das ist nicht gerade besonders freundlich«, schnaubte die Kleine, wandte Zosia den Rücken zu und hockte sich vor den niedrigen Tisch des Zeltes. Wie eine Hexe, die einen Zaubertrank zubereiten will, griff sie nach Mörser und Stößel … aber dann hörte Zosia die Kaldibohnen zerbrechen und roch ihr sanftes Bouquet. Sofort kitzelte ein mächtiger Durst ihren Gaumen. Es war einfach zu verdammt lange her, dass sie einen vernünftigen Becher Kaldi getrunken hatte. Die Raniputri zogen hundert verschiedene Teesorten vor. »Schnapp dir ein Kissen, Tantchen«, sagte Ji-hyeon, ohne von ihren Vorbereitungen aufzusehen. »Ich habe genau das Richtige, um deine saure Zunge zu süßen.«

»Nett von dir«, erwiderte Zosia und wollte sich gerade auf das größte, am wenigsten einem Sattel ähnelnde Kissen setzen, da fiel ihr Blick auf etwas, das sie abrupt innehalten ließ. Lefzenschlecker hockte völlig unbeweglich auf dem Hintern, die Vorderbeine gerade durchgedrückt und die Augen auf die kleine Eulenfledermaus gerichtet, die auf der Spitze seiner Schnauze saß und zurückstarrte. »Ist das … das ist doch Bestienflügel, oder?«

»O ja, du kennst sie, nicht wahr?« Ji-hyeon schaute auf, während sie die gemahlten Bohnen in eine Presse kippte. Auf dem Tisch standen bereits drei benutzte. Keine Frage, dieses Mädchen konnte seinen Kaldi vertragen. »Und er ist … Mundlecker?«

»Nah genug dran.« Zosia setzte sich. Teufel beim lautlosen Reden zu beobachten war genauso gruselig, wie vor einem *Tor* zu lagern. »Dein schlechter Vater überließ ihn dir? Das hätte ich nicht erwartet.«

»Nein?« An einem kleinen Fässchen füllte Ji-hyeon einen Kessel, den sie auf den Messingofen stellte, der das Zelt heizte. »Ich frage mich, *was* du erwartet hast, Tantchen. Natürlich abgesehen von dem Schwein in der Rüstung.«

»Hör zu, legen wir die Karten auf den Tisch.« Da sie jetzt mit Prinzessin Ji-hyeon Bong in einem Zelt saß, holten sie die vielen Monate ein. Sie hatte Tausende Meilen zurückgelegt und etliche Leichen angehäuft, nur um in einem erschreckend vertraut erscheinenden Rebellenlager lediglich wenige Hundert Meilen südlich von Kypck zu landen. Da war sie ein ganzes Jahr lang auf dem Stern herumgehüpft und jetzt wieder genau da, wo sie angefangen hatte. »Es ist mir scheißegal, was deine Väter wollen. Und was du willst, interessiert mich sogar noch weniger. Aber ich glaube, dass wir einander im Augenblick helfen können. Und um das zu tun, müssen wir bedeutend ehrlicher zueinander sein, als wir es jemals mit Frostfalle, Fennec oder einem der anderen wären. Einverstanden?«

»Vielleicht.« Ji-hyeon lächelte das erste Mal, während sie es sich gegenüber von Zosia bequem machte. »Ich nehme an, das muss erst noch entschieden werden, oder nicht? Du solltest wissen, Kobaltblaue Zosia, ich weiß alles über dich, was es zu wissen gibt, aber du weißt nicht das Geringste über mich. Also – aus welchem Grund kannst du dir so sicher sein, dass du mir oder meinem Heer etwas zu bieten hast?«

»Ich weiß genug, Prinzessin.« Zosia legte sofort los, nicht zuletzt, um dem Gör das spöttische Grinsen aus dem Gesicht zu wischen. Monatelang auf stürmischen Meeren und zugigen Bergen unterwegs zu sein, brachte durchaus einen Vorteil mit sich. Man hatte viel Zeit zum Nachdenken. »Dein Papi Kang-ho ist von Anfang an Teil dieses Plans gewesen, nicht, dass mir der Scheißkerl das verraten hätte. Mir hat er die gleiche rührselige Geschichte erzählt, die er deinem anderen Papi aufgetischt hat: nämlich dass dich der große böse Fennec verschleppt hat. Übrigens glaube ich nicht, dass Jun-hwan dem mehr Glauben schenkt als ich.«

»Oh«, sagte Ji-hyeon. Dann stellte sie eine Frage, die aufgrund ihres Alters nicht überraschend kam. »Geht es ihm gut? Meinem ersten Vater? Und meinen Schwestern? Es ist doch keiner zu böse, oder? So schäbig, wie sie mich behandelt haben, haben sie auch nicht das geringste Recht dazu … Hey, zündet das hier drin nicht an. Ich möchte nicht, dass mein Zelt nach Tubãq stinkt.«

»Hm?« Zosia warf einen Blick auf die Pfeife, die sie wie selbstverständlich hervorgeholt hatte. »Im Ernst?«

»Im Ernst«, sagte Ji-hyeon.

»Bist du sicher, dass du Kang-hos Tochter bist?«, wollte

Zosia wissen, steckte die Pfeife aber wieder weg. Ji-hyeon stand auf und holte sich eine Kamelhaardecke, die sie sich um die Schultern legte. Der Kessel pfiff. Sobald der Kaldi zog, setzte sie sich wieder, verschränkte Beine und Arme und betrachtete Zosia. Sie wirkte wie ein schwieriges Kind, das auf einer anständigen Gutenachtgeschichte bestand.

»Hast du etwas, das man in den Kaldi tun kann?«, fragte Zosia.

»Ich kann etwas Ghee bringen lassen oder …«

»Nein, nein, Soju oder Kartoffelwein oder so was?«

»Ach so, klar.« Ji-hyeon deutete auf einen Krug, der auf dem Tisch stand. Roggenfeuer, gedankt sei den Teufeln, die uns lieben. Der Krug war zwar fast leer, aber immerhin war es besser als nichts. »Du hattest von meiner Familie gesprochen?«

»O ja. Ihnen kommt die Scheiße aus den Ohren heraus, ihnen allen. Aber das weißt du ja vermutlich. Kang-ho hat dir und Fennec geholfen abzuhauen, zusammen mit … wie heißt sie noch mal, die Andersgeborene?«

»Choi zieht die Bezeichnung *Wildgeborene* vor«, sagte Ji-hyeon, widersprach der Bemerkung über ihre alten Herren aber nicht.

»Richtig, Choi ist deine Kampfwächterin. Wo steckt sie überhaupt? Angeblich soll sie deine Seite doch nie verlassen.«

»Sie ist mit einem anderen von deinen Schurken unterwegs, Maroto. Sie sind auf Erkundung, sollten aber bald zurück sein. Tatsächlich hätten sie schon längst wieder hier sein sollen.«

»Maroto!« Seltsamerweise war Zosia entzückt zu hören, dass er irgendwo herumschlich und im Dienst von Ji-hyeon stand. Danach zu urteilen, wie Kang-ho und Singh über ihn gesprochen hatten, war sie davon ausgegangen, dass er sich zu Tode gestochen hatte oder zumindest so kurz davorstand, dass es keinen Unterschied mehr machte. Gut für ihn, wieder eine ehrliche Arbeit zu haben! »Aber wie dem auch sei, Keun-ju, Fennec und Choi sollten dich begleiten, alle Wächter der Prinzessin zusammen mit ihrer Herrin desertieren. Aber obwohl Keun-ju nicht wusste, dass dein Vater bei den Vorbereitungen zur Flucht geholfen hat, wusste dein Vater mit Sicherheit, dass du mit dem Tugendwächter vögelst.«

Ji-hyeons Wangen wurden so rot wie samothischer Wein. »Na hör mal!«

»Aber sicher tust du das. Jedenfalls hat Kang-ho Fennec dabei geholfen, Keun-ju im letzten Augenblick den Boden unter den Füßen wegzuziehen, und ihn daran gehindert, mit dir abzuhauen. Dann ging er noch einen Schritt weiter und versuchte, deinen Liebhaber hinrichten zu lassen.«

Zosia beobachtete das Mädchen bei diesem Schachzug überaus eingehend. Sobald sich Keun-ju und Ji-hyeon zusammengesetzt und er ihr alles erzählt hatte, würde das nicht lange standhalten, aber jetzt und hier musste sie einen Keil zwischen die Prinzessin und ihren Vater treiben, der so groß wie nur möglich sein sollte. Um später eine Entschuldigung zu haben, zuckte sie mit den Schultern und berichtigte sich. »Oder ins Exil zu schicken oder dergleichen. Worauf es hier ankommt: Dein Vater hat es ihm richtig besorgt – es kann ihm wirklich nicht gefallen haben, dass es sein kleines Mädchen mit einem Sklaven treibt.«

»Er ist kein Sklave«, erwiderte Ji-hyeon mit der übelkeiterregend süßen Naivität der Jungen und Verwöhnten.

»Klar doch. Aber wie dem auch sei, dein anderer Vater muss Keun-ju für unschuldig gehalten haben oder glauben, dass er am Leben und in Griffweite einfach wertvoller ist. Da Junhwan auf Hwabun offensichtlich den Hut trägt, blieb dein Spielzeug im Haus und drehte Däumchen, bis ich vorbei kam. Wie ich bereits sagte, Keun-ju wollte mich verarschen, aber Junhwan ist durchtriebener, als ihn sein Gemahl einschätzt. Also schickte mich dein erster Vater los, um dich zurückzuholen, und Keun-ju gab er mir mit. Natürlich versuchte uns dein zweiter Vater auf dem Weg umbringen zu lassen, aber so leicht erledigt man mich nicht. Also, da bin ich und folge dir bis an diesen Ort.«

Ji-hyeon schenkte den Kaldi ein und dachte offensichtlich über die Bedeutung der neuen Informationen nach, die Zosia preisgegeben hatte. Gut. Ein Huhn musste man füttern, wenn man erwartete, dass es Eier legt. Zosia schnüffelte an ihrer Trinkschale. »Bei deinem Ehrenwort als Adlige und Kriegerin, da ist doch kein Hyänenfischsaft drin?«, fragte sie dann.

»Wie der Vater, so die Tochter? Nein«, antwortete Ji-hyeon. »Ich hasse dieses Zeug, das würde ich nicht mal meinem schlimmsten Feind wünschen. Mein zweiter Vater hat mir diese Algen gegeben, die einen vor der vollen Wirkung dieser Scheiße bewahren. Sie lassen einen seine Geheimnisse bewahren, auch wenn es nach wie vor ein übler Ritt bleibt.«

»Habe schon schlimmere erlebt.« Zosia nahm einen kleinen Schluck des köstlichen schwarzen Gebräus. »Das ist gut. Erdschlitzer?«

»In meine Presse kommen nur die besten usbanischen Bohnen«, sagte die Prinzessin in dem snobistischen Tonfall, den man nur zu hören bekam, wenn jemand über Kaldi, Kunst oder Tubâq sprach. Zosias spöttisches Grinsen ließ sie lediglich mit den Augen rollen und ihre Trinkschale zurück auf den Tisch stellen. »Mal sehen, nachdem du mir deine Verse vorgesungen hast, hättest du wohl gern, dass ich dir meine Seite der Geschichte erzähle, oder? Und alle deine Fragen beantworte?«

»Ach, mach dir nur keine Mühe.« Zosia genoss die offensichtliche Verärgerung des Mädchens. »Das meiste habe ich mir auf dem Schiff zusammengereimt, den Rest beim Ritt aus den Domänen an diesen Ort. Du bist ein ziemlich schlichter Fall, Prinzessin, so viel steckt bei dir gar nicht dahinter.«

»Und das ist die Stelle in der Ballade, an der ich mich offenbare?«, fragte Ji-hyeon. »Du hast mich geschickt geködert, dir alles zu sagen, Tantchen Zosia, lass mich singen, singen, singen!«

»Du glaubst, ich würde bluffen?« Verflucht, dieser Kaldi war wirklich gut!

»Ja.«

»Schön, Prinzessin«, sagte Zosia und ließ sich darauf ein. Natürlich hatte sie etwas übertrieben, da die meisten Teile erst bei Betreten dieses Zeltes an Ort und Stelle gerutscht waren, aber abgesehen von ein paar Einzelheiten stand ihr genug zur Verfügung, um die Hochstaplerin zu beeindrucken. So hoffte sie zumindest. »Fangen wir mit dem Interesse deines zweiten Papas an dieser Angelegenheit an. Ich bin nach Hwabun gereist, um ihn wegen eines persönlichen Unternehmens um Hilfe zu bitten. Ich will dich nicht mit den Einzelheiten langweilen, aber es geht um Königin Indsorith von Samoth, genauer gesagt, um ihren *Arsch*. Als ich zu den Domänen kam und Singh mir erzählte, der gute, alte Kang-ho wolle mich tot sehen, bevor ich dich finden kann, verblüffte mich das. Ich meine, wenn du schon versuchst, es mit dem ganzen Scharlachroten Imperium aufzunehmen und er dich dabei unterstützt, warum mich nicht in Dienst nehmen, um dir zu helfen, so wie er es mit Fennec und dem Rest gemacht hat?«

Ein erfreutes Lächeln des Mädchens verriet Zosia, dass sie an einer Stelle gepfuscht hatte, und sie konnte sich auch vorstellen, wo genau gewesen war.

»Aber vielleicht sind Frostfalle und Maroto auch einfach nur unangekündigt aufgetaucht und aus eigenen Gründen geblieben.« Das war ein Treffer genau ins Schwarze, denn das Lächeln der Göre gefror sofort. »Spielt auch keine Rolle. Dein erster Vater will dich zurück, weil er dich mit irgendeinem örtlichen Prinzen vermählen möchte, und dein anderer Vater half dir wegzulaufen, weil er größere Ambitionen verfolgt … aber sie sind nicht so groß, es mit dem ganzen Scharlachroten Imperium aufzunehmen, selbst wenn es von seinem Streit im Inneren geschwächt ist.«

Und wieder ein Treffer – Generalin Ji-hyeon schmollte wie

eine Prinzessin, versuchte aber noch immer, sich in aller Kühle nichts anmerken zu lassen und ihren Kaldi zu trinken.

»Offensichtlich gibt es auf dem ganzen Stern nur das eine Gesprächsthema, dass ich von den Toten zurückgekehrt bin und meine Kompanie größer und schlimmer ist als je zuvor, da sie es dem Imperium mit beiden Sporen gibt. Fennec und dein Vater haben dich vermutlich zu diesem Weg überredet, um dir sofort einen Ruf zu verschaffen, auch wenn ich es zu schätzen weiß, dass du nicht länger meinen Namen benutzt – deine Leute nennen dich Generalin Ji-hyeon, was mehr ist, als ich erwartet hätte. Ich vermute mal, es hat dir wirklich gereicht, eine blauhaarige hartgesottene Kriegerin zu sein, die ein Heer anführt, das sich mit meinen Schurken verstärkt hat, eh?«

»Hätte ich gewusst, dass du noch lebst, hätte ich nicht …« Das Mädchen wirkte verlegen. »Ich meine, ich habe die Lieder über dich immer geliebt. Aber ich hätte nie mehr als das mit den Haaren gemacht, wäre da nicht … Und ich habe auch nie deinen Namen benutzt, nicht ein einziges Mal, so sehr Fennec auch darauf bestand. Und Haare, Helm und Rüstung gab es auch nur, weil das meiner Meinung nach so verflucht rasant aussah, ehrlich.«

»Rüstung?« Zosia blickte auf ihr staubiges Kettenhemd und die Kniekacheln. »Ich habe zu meiner Zeit die unterschiedlichste Ausrüstung getragen, also was … oh, bei allen Höllen, sag mir bloß nicht, du trägst das!«

Zosia war Ji-hyeons Blick gefolgt und bei dem Büstenhalter und dem Höschen aus Kettenringen gelandet, die auf einem anderen Tisch ausgebreitet lagen. Die Stücke waren so klein, dass sie sie zuvor für Schrott oder eine neue Art von Stahluntersetzer gehalten und darum übersehen hatte. Sie sah das Mädchen wieder an und schüttelte erstaunt den Kopf.

»Ich hätte das nicht für möglich gehalten, aber du tust mir wirklich leid, Kleine«, sagte sie. »Fennec hat dich dazu überredet, das da zu *benutzen*? In der Schlacht?«

»Offensichtlich bietet es nicht so viel Schutz wie eine gewöhnliche Ausrüstung«, sagte Ji-hyeon defensiv und ignorierte Zosias Schnauben. »Aber die Beweglichkeit gestattet …«

Zosia schnaubte nur noch lauter. »Würde nicht der Teufel deines Vaters über dich wachen, wärst du, sobald du dich damit bekleidest, in fünf Minuten tot.«

»Aber ich habe ihn«, erwiderte Ji-hyeon. »Bestienflügel ist besser als eine Plattenrüstung, und ohne das Gewicht kämpfe ich schneller und wilder als jede Chevaleresse.«

»Teufel können auch nicht überall zugleich sein. Glaubst du etwa, ich, dein Vater oder jedes andere Arschloch mit einem Teufel hat seine Narben nur aus der Zeit, bevor wir diese Unholde gebunden hatten? Sobald du gegen jemand anderen mit einem Teufel antrittst, bist du so nackt wie ein Säugling, oder vielleicht lässt sich diese Eulenfledermaus auch einfach nur von einem schmackhaften Häppchen ablenken, und schon hast du einen Pfeil im Bauch stecken. Du kannst alles ignorieren, was ich dir sage, aber spar dir diesen Unsinn für deine Stelldicheins mit Keun-ju oder diesem jungen Feuersteinländer auf und investiere in etwas Vernünftiges für das Schlachtfeld.«

»Was denn, Tantchen, verspüre ich da etwa eine gewisse Eifersucht, dass du selbst dieses Ensemble nicht mehr tragen kannst?« Ji-hyeon grinste hämisch.

»Könnte ich schon, jede Wette, wenn ich Lust hätte, dauernd meinen Busch in einem Kettenpanzer einzuklemmen«, sagte Zosia und schenkte sich Kaldi nach.

»Hast du noch etwas über andere Dinge als meine Garderobe zu sagen, oder sind wir jetzt fertig?«

»Hm.« Zosia trank einen Schluck. »Tatsächlich, ja. Der größte Teil deiner Leute glaubt, du hättest es auf das Scharlachrote Imperium abgesehen, und das auch aus gutem Grund, wenn man bedenkt, was du getan hast. Aber würde das stimmen, hätte Kang-ho versucht, mich mit an Bord zu nehmen und nicht zu verraten – schließlich will ich mich am Imperium rächen, also warum nicht versuchen, ob ich seinem Balg dabei helfe, den Thron an sich zu reißen? Das wäre ein kluger Schachzug und ein sicherer noch dazu, und Kang-ho mag Kluges und Sicheres noch mehr als allen Tubãq aus Azmir.«

Ji-hyeon lächelte wieder, aber Zosia vermochte nicht zu sagen, ob das Mädchen beeindruckt oder voller Verachtung war.

»Demnach ist offensichtlich, dass du in Wirklichkeit gar nicht das tust, wovon alle überzeugt sind. Also was hast du vor?«

»Sag du es mir.«

»Klar. Linkenstern.« Zosia genoss den bockigen Ausdruck des Mädchens noch mehr als den Kaldi. Nun wartete sie, und tatsächlich gab Ji-hyeon nach.

»Wer hat dir das gesagt? Fennec?« Irgendwie war es süß, mit anzusehen, wie die Kleine darauf zu kommen versuchte. »Nein ... Papa und Fennec wollten Singh an Bord holen, aber sie hat sich entschieden, stattdessen dir ihre Lanze zu geben, nicht wahr? Sie hat dir alles erzählt?«

»Nein. Die Ehre einer Chevaleresse verbietet es ihr, mir gegenüber auch nur eine Andeutung fallen zu lassen, selbst wenn sie etwas gewusst hätte. Sie weiß es nicht, und es ist ja auch ganz egal. Wie schon gesagt, ich bin selbst draufgekommen. Du musst wissen, auf meinem Weg nach Hwabun kam ich durch Linkenstern, und meine Eskorte erzählte mir, wie angepisst die Kaufleute darüber sind, dass die Stadt den Inseln angegliedert wurde. Als sie noch zu dem Scharlachroten Imperium gehörte, falls man das überhaupt so bezeichnen will, war sie ein Schmugglerparadies. Linkenstern die Gesetzlose. Jetzt sieht das aber anders aus, und zwar beträchtlich. Selbst wenn ich nicht darauf gekommen wäre, dass Kang-ho vor der Übernahme dort alle möglichen dubiosen Geschäfte laufen hatte, haben mir das einige der Seeleute deiner Familie unmissverständlich erzählt. Seitdem läuft es für Kang-ho schlecht – und es muss beschämend sein, als Hausgemahl aufzuwachen, wenn man an einen gewissen Lebensstil gewöhnt war.«

»Nicht schlecht«, gab Ji-hyeon zu.

»Nicht schlecht!« Zosia hielt die Kaldischale schief. »Ich glaube, das Wort, nach dem du suchst, ist *brillant*. Ich verstehe nur eines nicht. Wie hast du das Makellose *Tor* dazu benutzen können, dich in die Domänen zu bringen? Ich hatte angenommen, dein alter Herr hätte seinem Teufel für diese Fähigkeit die Freiheit gegeben, aber da Bestienflügel hier ist, kann es das nicht sein. Fennecs Teufel?«

»Seit ich ihn kenne, hat er keinen Teufel gehabt«, erwiderte Ji-hyeon. »Aber zur Hälfte hast du recht. Fennec ist derjenige, der weiß, wie man die *Tore* benutzen muss. Allein könnte ich das nicht, und ich werde es auch nicht wieder tun, wenn ich es vermeiden kann.«

»Siehst du, du bist klüger, als ich dir zugestanden hätte.« Die Vorstellung, ein *Tor* zu durchschreiten, ließ Zosia noch immer frösteln. »Was deinen Plan angeht, so muss ich dir das ebenfalls zugestehen. Das Volk aufwiegeln, Samoth einen Schrecken einjagen, dann einen Waffenstillstand anbieten – schaut in die andere Richtung, wenn wir Linkenstern den Makellosen wegnehmen, und tada! Eine Freistadt, die die Prinzessin beherrschen kann. Dein Vater hat wieder sein Geschäft, und es wird besser laufen als je zuvor, da er die Rückgewinnung von Linkenstern in die Wege geleitet hat. Alle seine Händlerkumpel werden der Familie, die ihnen ihre Stadt zurückgab, eine verfluchte Menge schuldig sein.«

»Nah dran«, sagte Ji-hyeon. »Auf jeden Fall nahe genug. Dem Plan zufolge sollen die Imperialen nicht nur zurücktreten, sie sollen beteiligt werden. Der Verlust Linkensterns muss für die Königin ein Ärgernis sein, und im Gegenzug für die Wiederaufnahme des freien Handels mit dem Scharlachroten Imperiums wird sie uns mit Begeisterung ein paar Regimenter leihen. Diese Mauer, die da gebaut wird, ist an der Ostküste noch immer nicht fertig, also reiten wir darum herum und erobern sie von hinten. Sobald die Mauer uns gehört, stellen wir den Bau selbst fertig, einschließlich einer nördlichen Schleife, die Linkenstern vor der Insel beschützt. So leicht haben wir dann eine solide Mauer, und Linkenstern ist sowohl von den Makellosen als auch von dem Imperium isoliert.«

»Du bezeichnest es als ›leicht‹, zahllose Meilen eines vernünftigen Festungswalls zu errichten, bevor sich die geballte Macht der Makellosen Inseln auf euch stürzt? Immer natürlich unter der Voraussetzung, ihr könnt die Mauer erobern. Leicht, sagt sie.«

»Es ist leichter, als du glaubst«, bemerkte Ji-hyeon selbstgefällig. »Wir haben Leute im Heer der Makellosen, die an der Mauer arbeiten, und in Linkenstern haben wir sogar noch mehr – die Kaufleute wollen das noch mehr als wir. Sie haben sich das ganze Jahr vorbereitet, und wenn wir die Mauer nehmen, nehmen wir auch die Stadt. Dann werden sämtliche Bürger Linkensterns bei der Vollendung der Mauer helfen, während meine Koalition aus Kobaltblauen und Imperialen den Bau verteidigen und die Grenze vor den Makellosen halten. Die Mauer wird nächstes Jahr um diese Zeit vollendet sein. Und danach ist Linkenstern dann seine eigene Republik, die von der Kobaltblauen Kompanie beschützt wird, mit Freiheit und Reichtum für alle.«

»Das ist gut«, sagte Zosia beeindruckt. »Wirklich gut. Dein erster Vater dürfte nicht allzu erfreut darüber sein, steht er doch so loyal zu seinem Zacken, wie das nur bei einem Kind von Emigranten möglich ist, aber für einen unverbesserlichen Verräter wie deinen zweiten Vater wird das ein gewaltiger Erfolg sein. Fennec und der Rest verdienen sich einen ordentlichen Schnitt der Profite, also wird sich aus dieser Ecke niemand beschweren, denn die wissen mittlerweile alle, dass ein kleiner Sieg besser ist als ein großer Beinahe-Sieg. Im Nachhinein gesehen war das vielleicht mein Problem – mein Traum war zu groß. Statt auf das Scharlachrote Imperium loszugehen hätte ich mich vielleicht mit einer kleineren Eroberung zufriedengeben sollen, mit der ich dann besser klargekommen wäre.«

»Aber …«, sagte Ji-hyeon und konnte es nicht vermeiden, so dreist wie ihr Vater zu lächeln. Die Familienähnlichkeit war da, zweifellos.

Zosia dachte darüber nach, kam allerdings zu keinem Ergebnis. »Aber was?«

»Aber eine Tochter ist kein Teufel, den man herumkommandieren kann.«

»Nein«, erwiderte Zosia, dachte weiter darüber nach und kam noch immer zu keinem konkreten Ergebnis. »Also was hast du vor? Deinen alten Herren rausdrängen und Linkenstern selbst übernehmen?«

»Ha!« Ji-hyeon schüttelte den Kopf, als wäre sie die klügste Frau im Raum. »Was glaubst du, auf welche Beute eine mächtige Kriegsherrin wohl aus wäre, eine Frau, die von Kindesbeinen an mit den Heldenliedern über die Kobaltblaue Königin groß wurde? Eine Generalin mit einem Heer, das bereit ist, ihr in ein *Tor* zu folgen, wenn sie es darum bittet, und die mit Teufeln und Schwarzer Magie bewaffnet ist, und das zu einem Zeitpunkt, in dem ein aufgeblähtes Imperium durch Bürgerkrieg geschwächt wurde? Was würdest du tun, Zosia, wenn du vor dem Dilemma stündest, dich entweder für familiären Respekt oder für etwas bedeutend Ruhmreicheres zu entscheiden?«

Sieh einer an. Zosia ertappte sich dabei, genauso breit zu grinsen wie das Mädchen, das ihr gegenübersaß. »Samoth.«

»Genau.« Ji-hyeon sah eher wie eine Generalin aus und weniger wie eine Prinzessin, als sie unter den Tisch griff und eine Karte sowie einen weiteren Krug hervorholte. »Und da du selbst etwas mit dem Imperium zu regeln hast, bin ich mehr als nur bereit, dich als Hauptmann aufzunehmen. Du kannst eine von Generalin Ji-hyeons Hauptmännern sein … oder soll ich anfangen, dich und deine Freunde meine Neuen Schurken zu nennen?«

Ihre Wortwahl ärgerte Zosia, aber was nun folgte, war zu wohlschmeckend, um sie nur um des Stolzes willen ausspucken zu lassen.

»Wie auch immer ich dich nenne, Zosia, Königin Indsorith gehört dir, denn ich nehme mal an, dass du noch etwas mit ihr zu regeln hast – aus der Zeit, in der sie dich hinrichtete. Was du sonst noch haben willst, gehört bei diesem Handel dir, ebenso wie andere Kleinigkeiten, die du als angemessen betrachtest. Verschwöre dich meiner Flagge, Zosia, und lass uns diesen feigen Scharlachroten in Erinnerung rufen, aus welchem Grund sie das Kobaltblaue Zwielicht fürchten!«

»Das ist ein ordentliches Angebot«, sagte Zosia, und je länger sie darüber nachdachte, umso mehr nahm ihre Aufregung zu. Das konnte sich für sie beide als verdammt gewinnbringend erweisen. »Scheiße! Solange deine Kettenreizwäsche nicht die vorgeschriebene Uniform ist, bin ich dabei. Wo muss diese in die Jahre gekommene Rekrutin unterschreiben?«

»Stopft Eure Pfeife, Hauptmann Zosia. Und im Beisein der anderen erwarte ich Respekt von Euch«, erklärte Ji-hyeon förmlich. Dann räumte sie den Tisch ab und entrollte die Karte. »Wir hatten geplant, als Nächstes Cockspar zu nehmen, aber sein Regiment hat uns in den Bergen den Weg abgeschnitten, also haben wir uns an diesen Ort hier zurückgezogen.«

»Das Regiment aus Azgaroth, weißt du, wer es anführt?«, fragte Zosia, und ihr Herzschlag beschleunigte sich. Sie konnte ihr Glück einfach nicht fassen.

»Ja, das habe ich hier unten aufgeschrieben.« Ji-hyeon zeigte auf irgendein Gekritzel am unteren Kartenende. »Herz? Nein, Hjortt, Oberst Hjortt – er führt die Azgarother an, aber meinen Kundschaftern zufolge wehen im Lager auch myuranische Flaggen, und ich weiß nicht, wer die anführt.«

»Egal.« Zosia befeuchtete sich die Lippen. Dieser Tag wurde immer besser – sie würde ihren alten Kumpel, den daumenlosen Oberst, viel früher als gehofft wiedersehen, und dieses

Mal würde sie ihren idiotischen Stolz nicht dabei in die Quere kommen lassen, wenn es darum ging, das zu tun, was getan werden musste. Efrain Hjortt war ein toter Mann. »Wie sieht deine Strategie aus?«

»Die imperialen Regimenter können nicht mehr als ein paar Tage hinter uns sein, also will Fennec aufbrechen. Aber ich glaube, die Kompanie sollte nicht länger weglaufen. Allerdings, da bist du die Expertin, also würde ich deine Meinung zu schätzen wissen.«

»Ich halte Fennec für einen Feigling, und ihr seid gut aufgestellt, um den Imperialen im offenen Kampf zu begegnen.« Zosia war bemüht, sich ihre Aufregung nicht anmerken zu lassen. »Du solltest noch ein paar Bohnen holen, denn das wird eine lange Nacht.«

Zosia beugte sich über die Karte und war erleichtert, dass sie Hjortt beim letzten Mal hatte davonkommen lassen, denn so hatte sie jetzt das Vergnügen, ihn zu erwischen. Nur etwas gab es, das ihre Aufregung dämpfte: die beiden Teufel in der Ecke, die einander stumm in die Augen starrten.

KAPITEL 12

Der Krieg zog herauf, doch für diese Erkenntnis brauchte man nicht die Teufelsmilch der Makellosen. Die Anzeichen wurden immer offensichtlicher, nachdem Schwester Portolés und Häretiker die Inseln verlassen hatten und quer durch das Imperium reisten, um die Überlandstraße zu den südlichen Provinzen zu erreichen, in denen die Kobaltblaue Kompanie für so viel Ärger sorgte. Offene Städte, durch die Portolés noch vor einem Jahr mit ihrem imperialen Regiment gezogen war, hatten inzwischen Mauern errichtet; Rasthäuser, die einst jeden Reisenden willkommen geheißen hatten, betrachteten jetzt sogar eine Kriegsnonne aus Diadem mit Misstrauen. Wohin sie mit Häretiker auch kam, überall übten sich zusammengewürfelte Milizen auf brachliegenden Feldern im Drill, statt blühende Felder abzuernten, und ständig fragte man sie nach ihrem Weg und reagierte missmutig, wenn Portolés sämtliche Erkundigungen brüsk zurückwies.

Jun-hwans Behauptung, dass es nicht der Krieg sein würde, mit dem alle rechneten, ließ Portolés ständig grübeln – es war wie eine sündige Versuchung. Bruder Wan nicht mitzunehmen war richtig und gut gewesen. Aber tief in ihrer Seele wusste sie, wie begründet Königin Indsoriths Rat, sogar ihre Brüder und Oberen als potenzielle Saboteure zu betrachten, doch gewesen war. Wenn die Schwarze Kette Sir Hjortt nach Kypck geschickt hatte, um Zosia zu einem Angriff auf das Imperium zu provozieren, würde sie auch ein begründetes Interesse daran haben, dass Portolés sie nicht aufspürte und ihr die Wahrheit sagte.

Diese quälende Möglichkeit wurde noch untermauert, als sie und Häretiker einen grasigen Hügel erklommen, der auf die friedliche Gegend von Herzader hinausblickte. Sie erspähten vier Reiter in schwarzen Kutten, die hinter ihnen über die Straße galoppierten. Sie waren kaum mehr als eine Meile entfernt.

»Hm.« Portolés suchte die Umgebung nach einer Verteidigungsposition ab. Im Bürgerkrieg hatte sie für die Kette gekämpft, und nach der Versöhnung hatte sie sich nicht umsonst das Recht verdient gehabt, beim Fünfzehnten Regiment zu dienen. Ihr Kampf gegen das Imperium – und dann dafür zu arbeiten – hatte ihre natürliche Intelligenz geschärft, wenn es um die Selbsterhaltung ging. Aber die Steigung des Hügels war so sanft, wie sich das ein Pferd nur wünschen konnte, unmittelbar neben der Straße wuchsen ein paar einsame Pappeln, und auf der anderen Hügelseite gab es nur den gemütlichen Weg in ein friedliches Tal. »Sie haben genau den richtigen Augenblick abgepasst – vermutlich werden sie den ganzen Morgen darauf gewartet haben, dass wir den Wald verlassen.«

»Warum?« Häretiker blickte zurück, nach oben, nach unten, nach vorn, in jede Richtung, in die die Nonne den Kopf gewandt hatte. »Was ist?«

»Meine Leute«, sagte Portolés. »Komm schon, machen wir die Pferde an diesen Bäumen dort fest, bevor sie uns erreicht haben.«

»Ich habe mich schon gefragt, wann Ihr zum Gebet anhalten werdet«, sagte Häretiker. »Erwartet Ihr sie, oder ist das ein spontaner Gottesdienst?«

»Häretiker«, sagte Portolés, während sie abstieg, »wie würde dir die Gelegenheit gefallen, ein paar Kleriker zu töten?«

Häretiker blickte über die Schulter zurück. Die breite Hügelkuppe versperrte die Sicht auf die Steigung und ihre Reiter. »Ich bin mir nicht sicher, was ich darauf antworten soll, Schwester Portolés. Würde es Euch überraschen, wenn ich gar kein hartgesottener Mörder wäre, sondern eher ein, äh, sanfter Knappe?«

»Ich habe dich nicht gefragt, ob du getötet hast, sondern ob du töten willst«, erwiderte Portolés und band ihr Pferd und das Lasttier am dicksten Baum fest. »Spring runter, damit ich dir die Fesseln abnehmen kann.«

»Das ist …« Zum ersten Mal, seit sie ihn aus dem Haus der Antworten befreit hatte, sah Häretiker richtig nervös aus. »Ich will ehrlich zu Euch sein, Schwester, falls dies eine Prüfung werden sollte, muss ich versagen. Wenn Ihr also nach einem Vorwand sucht, um mich nach unserer langen gemeinsamen Zeit umzubringen, zöge ich es vor, Ihr blicktet mir in die Augen, wenn Ihr mit diesem Kriegshammer auf meinen Schädel einschlagt.«

»Häretiker?« Portolés band sein Pferd fest. »Wenn du nicht bereit bist, an meiner Seite zu kämpfen, dann mache ich das auch, und zwar jetzt gleich.«

»Kein Grund, so etwas zu übereilen«, erwiderte Häretiker und stieg so schnell ab, dass er beinahe gestürzt wäre. Sie hatte ihn mit ungefesselten Füßen reiten lassen, und im nächsten Augenblick waren auch seine Hände frei. »Ich gehe mal nicht davon aus …«

»Nimm die beiden Armbrüste, die ich in Linkenstern gekauft habe, spanne und lade sie, dann lege sie auf den breiten Baumstumpf dort hinten«, sagte Portolés. »Das Kurzschwert im Bettzeug schien zu deiner Größe zu passen. Los jetzt.«

»Sicher, Schwester.« Häretiker rieb sich die geröteten Handgelenke. »Aber, äh, Ihr werdet doch zuerst mit ihnen reden, oder? Das könnte nützlich sein, oder?«

»Zweifelhaft. In einem Kettenhaus oder in der *Höhle* debattieren wir mit unseren Zungen, aber hier draußen werden wohl die Heiligen das Reden übernehmen.« Portolés wog ihren Kriegshammer in der Hand. »Der heilige Orakulum starb vor dreiunddreißig Jahren bei der Begegnung auf der Gerichteten

Erde. Seine Knochen befeuerten den Schmiedeofen, und sein Geist ist in diesen Stahl gefahren. Er wird für ein mitreißendes Gegenargument sorgen, das jeder Behauptung meiner Brüder entgegentritt.«

»Das hier«, sagte Häretiker, während er eilig die Waffen vom Rücken des Maultiers nahm, »genau das hier ist der Grund dafür, warum die Menschen die Kette fürchten. Wenn ihr eure internen Streitigkeiten schon auf diese Weise regelt, welche Hoffnung besteht dann für die Meinungsverschiedenheiten des einfachen Volkes?«

»Du bist schlauer, als du gezeigt hast«, sagte Portolés. »Ich spreche mit ihnen, aber du wirst schnell genug erkennen, aus welcher Richtung der Wind weht. Die Armbrüste auf den Baumstumpf, das Schwert in die Erde daneben, dann legst du eine Satteldecke darüber, damit man sie nicht sieht, aber mühelos drankommt. Und achte darauf, dass die Sicherung …«

Die Armbrust, die Häretiker mit zittrigen Fingern geladen hatte, ging los, der Bolzen verschwand irgendwo in den raschelnden Ästen der Pappeln. Portolés sparte sich die Mühe nachzusehen, wo er gelandet war.

»Wenn man darüber nachdenkt, du kannst die Decke vergessen. Stell dich vor den Baumstumpf, um ihn mit dem Körper zu verdecken, bis du schießen musst.«

»Ich war immer der Meinung, die Kette würde die Armbrust verbieten, Schwester?«

»Hast du es noch immer nicht kapiert?« Portolés ließ ihn ihre abgefeilten Zähne sehen. »Ich habe selbst etwas von einem Häretiker in mir.«

»Ach ja?« Häretiker wischte sich den Schweiß von der Stirn und ließ dabei beinahe die Armbrust fallen. Das hier schien sich immer mehr zu einem richtigen Märtyrertod zu entwickeln.

»Wenn wir kämpfen, töten wir, und wenn wir einen töten, töten wir sie alle. Kann auch nur einer entkommen, sind sie bald wieder da, mit einer Posse aus der Gegend. Oder auch zwei. Wenn das geschieht, na ja, meine Papiere haben für Analphabeten keine große Bedeutung. Halte dich bereit, auf die ganz hinten zu schießen. Damit reduzierst du das Risiko, dass du mich triffst.«

»Wenn ich … wann weiß ich …«

»Du weißt es«, sagte Portolés, nahm den Hammer und trat auf die breite Straße aus festgetretener Erde. Über ihr trieben fluffige Schäfchenwolken über den nachmittäglichen Himmel. Das sich bräunlich verfärbende Gras in der Straßenmitte unter ihr war von zahllosen Hufen und Füßen niedergetrampelt worden, die erst kürzlich diesen Weg benutzt haben konnten. Vor ihr erklomm ein von einer Kapuze verhüllter Reiter den Kamm und verlangsamte das Tempo, die anderen drei erschienen schnell hinter ihm, zügelten aber ebenfalls die Pferde.

Mit ausreichend Zeit hätte sie ein Seil über die Straße spannen, es auf der einen Seite an einem Felsen festmachen und auf der anderen Seite um einen Baum winden können, damit Häretiker es stramm ziehen und das erste Pferd zu Fall bringen konnte.

Mit ausreichend Zeit hätte sie auch einen Graben ausheben können, um das gleiche Ergebnis zu erzielen.

Mit ausreichend Zeit hätten alle Sünder auf dem Stern Buße tun können, und wenn das Versunkene Königreich aus den Wogen zurückkehrte, würde man keine Hölle mehr benötigen.

Wenn man keine Zeit hatte, blieb einem nichts anderes übrig, als zu handeln und fest daran zu glauben, dass es funktionierte. Hier an diesem kühlen Herbsttag, der so große Ähnlichkeit mit dem in Kypck hatte, glaubte Portolés daran, dass Häretiker ihr nicht in den Rücken schießen würde, nämlich in der Hoffnung, sich bei ihren Verfolgern einschleimen zu können – der Glaube an einen Mann, bei dem sie bei ihrem Aufbruch nicht darauf vertraut hätte, dass er sie nicht im Schlaf ermorden würde. Wie hatte es nur dazu kommen können, einen bekennenden Häretiker und Verräter zu bewaffnen, damit er ihr beim Kampf gegen die eigenen Leute half? Im Verlauf weniger Jahre hatte sie zuerst während des Bürgerkriegs an der Seite ihrer Brüder und Schwestern gegen die Imperialen gekämpft, um dann an der Seite der Scharlachroten zu reiten, und jetzt bereitete sie sich darauf vor, im Dienst der Königin von Samoth gegen andere Kriegskleriker zu kämpfen.

Nun, alles fügt sich.

Fürwahr, das tut es.

Wie erwartet gab es keinen Versuch einer Täuschung. Warum sollte es den zwischen Dienern der Schwarzen Kette auch geben? Die Lobgesänge der Kette warnten vor der möglichen Fähigkeit eines jeden Anathema, in die Gedanken eines anderen schauen zu können, und solange auch nur der Hauch einer Chance bestand, dass Portolés ihre Täuschung riechen konnte, würden sie nicht das Risiko eingehen, von den Pferden zu steigen, um zu reden. Stattdessen versuchten sie sie auf der Straße niederzureiten.

Der Anführer trug die Maske eines Anathemas, ebenso wie zwei der drei Reiter hinter ihm. Über seinem Kopf surrte der ausladende, qualmende Heiligenschein eines sternförmigen Räuchergefäßes in einem tödlichen Wirbel, was erklärte, warum ihm seine Kameraden einen gesunden Vorsprung ließen. Als er sich auf Portolés stürzte, flog ein Armbrustbolzen unter den donnernden Hufen seines Pferdes hindurch, dann verfehlte ein zweiter Reiter und Tier noch deutlicher. So viel zu Portolés' Befehl, auf die hinteren Kleriker zu schießen. Der Angreifer hatte sie fast erreicht, die Kette seiner Waffe durchschnitt noch immer die Luft über ihm.

Sobald Portolés einen Schritt machte, um in eine Richtung auszuweichen, würde er sein Pferd herumreißen, um sie auf der gegenüberliegenden Seite zu passieren und das gewaltige Räuchergefäß aus Eisen auf sie niedersausen zu lassen.

Also wartete sie in der Straßenmitte und zwang ihn, die Entscheidung zu treffen, auf welcher Seite er an ihr vorbeikam. Zwanzig Meter vor ihr scherte das Pferd in die rechte in den Boden eingegrabene Spur zahlloser Wagenräder aus. Bei zehn Metern wandte sich auch Portolés in diese Richtung und setzte über die Kerbe hinweg, während das Tier wie ein Racheteufel auf sie zukam. Sie fuhr auf dem Absatz herum und drehte sich, legte ihre ganze Kraft in die Bewegung, sah einen Augenblick lang nichts als den breiten, leeren Hügel vor sich und kam dann mit dem ausgestreckten Kriegshammer wieder nach vorn. Der zweihändige Hammer traf das heranstürmende Pferd, aber sie vermochte nicht zu sagen, an welcher Stelle, denn der Zusammenstoß katapultierte die Waffe zur Seite, und da sie den Griff nicht loslassen wollte, riss die Bewegung sie mit.

Der erste Aufprall auf dem harten Boden raubte ihr die Sinne, aber schon der zweite weckte sie wieder auf, und der dritte verwandelte sich schließlich in eine Rolle auf dem Gras. Dann war sie wieder auf den Beinen, kippte aber sofort auf den Hintern zurück, denn die Welt drehte sich so wild wie das Rächergefäß des Anathema, dessen Kette sich sowohl um Pferd wie auch Reiter gewickelt hatte, während beide durch ihren Hammer zu Fall gebracht worden waren. Portolés taumelte aufrecht und nahm dieses Wunder in sich auf, der Mönch war zerschlagen und von der langen Kette, die beide eingefangen hatte, an den mächtigen Hals seines Reittieres gefesselt, während sich das qualmende Räuchergefäß zum Teil unter ihm verbarg. Dann umzingelten die anderen drei Reiter sie, und ihre Pferde stampften mit den Hufen auf, während sie zum Schritt verlangsamten. Die Zeit, ein Wunder zu betrachten, war vorbci.

Es war genauso, wie Portolés befürchtet hatte – man wollte sie lebendig gefangen nehmen. Der erste Reiter hatte sie mit seiner langen, stumpfen Waffe bewusstlos schlagen oder entwaffnen wollen, statt sie hinzurichten. Das hatte nicht funktioniert, also glitten die anderen schnell von ihren Pferden. Ein

Anathema rannte auf die Bäume zu, zwischen denen Häretiker lauerte, während sich die anderen beiden Kleriker langsam Portolés näherten. Der maskierte Anathema war schlank, aber wendig, sein Krummsäbel funkelte in der Sonne, und die Schultern des Reingeborenen mit dem unverhüllten Gesicht waren fast so breit wie diejenigen von Portolés und konnten seinen Kriegshammer kräftig schwingen. Bei den Pappeln schrie Häretiker auf. Bald würde aus zwei gegen einen drei gegen einen werden, und Portolés wusste, dass ihre einzige Chance darin bestand, keinen Augenblick länger zu zögern, ob ihr nun schwindlig war oder nicht.

Sie gab vor, den Reingeborenen mit ihrem gewaltigen Hammer anzugreifen, aber als der Anathema sie mit seiner gekrümmten Klinge aufschlitzen wollte, lenkte sie den Schlag in die andere Richtung und brachte den Knauf der Waffe nach oben statt ihren Kopf nach unten. Der lange Hammergriff kollidierte mit der zuschlagenden Klinge und raubte ihr genügend Schwung, dass die Schneide, die den Schaft entlang und in Portolés Handrücken glitt, nur den kleinen Finger und den Ringfinger abschnitt, statt noch mehr Schaden anzurichten.

Portolés ließ die verletzte Hand vorschnellen, ihre verbliebenen Finger packten den Anathema an seinem baumelnden Gebetskranz und rissen ihn zu sich. Ihr Kopf schoss wie ein Komet nach unten und traf den Mann zwischen die Augen. Seine Säbelspitze bohrte sich in ihre Seite und richtete dort Schaden an, während sie ihm noch einen Kopfstoß verpasste. Er erschlaffte, aber mittlerweile hatte sie der Reingeborene mit dem Kriegshammer erreicht. Sie hatte keine Wahl und musste sich zwischen dem zu Boden sackenden Anathema und ihrem Hammer entscheiden. Mit einer verletzten Hand war die leichtere Waffe vorzuziehen, also schleuderte sie den Hammer unbeholfen dem Kriegshammer entgegen, der auf sie niedersauste. Die Waffe des Reingeborenen schlug das schwere Geschoss aus der Luft und vollendete dann ihre Bahn, zerschmetterte die Knochen in Portolés' Unterarm, mit dem sie ihr Gesicht schützte.

Der Schmerz ließ sie schwanken, trotz ihrer Ausbildung und des so vertrauten Gefühls, von ihrer Kirche vernichtet zu werden. Der Daumen und die beiden verbliebenen Finger ihres noch einsatzfähigen Arms krallten sich in die Wollkutte des schlaffen Anathema, der noch immer in ihrem Griff baumelte, dann stemmte sie die Absätze in den Boden und schleuderte ihn herum. Wieder sauste der Kriegshammer schneller, als sie ihn mit den Augen verfolgen konnte, in die Tiefe, aber dieses Mal traf er den benommenen Anathema, den sie zwischen sich und den Reingeborenen stemmte. Der getroffene Mann gab keinen Laut von sich. Statt vor dieser unerwarteten Verteidigung zurückzuweichen, nutzte der Reingeborene seinen Vorteil und wollte seinen Kameraden aus Portolés' Griff schlagen.

Sie stieß den zusammensackenden Körper dem Reingeborenen vor die Füße und folgte ihm mit dem Rest ihres kläglichen Schwungs. Sie schwang den tauben, gebrochenen Arm herum und ließ zugleich den Anathema los, um sich auf den Reingeborenen zu werfen. Der Mann mochte groß sein, aber Portolés war größer; unterstützt vom Gewicht des Anathema stieß sie ihn zu Boden.

Grunzen und ein Stöhnen. Der Reingeborene wollte sich von ihr wegrollen, der blutverschmierte Keil des Anathema zwischen ihnen ließ den Mann schlüpfriger werden als einen tangordrimischen Wels … aber bevor Portolés in den Schoß der Kirche aufgenommen worden war, hatte sie sich und ihre Schwestern mit den Fischen ernährt, die sie mit bloßen Händen unter den Steinen das Tangors hervorgezogen hatte. Die Kirche hatte die Schwestern bei lebendigem Leib verbrannt, denn man betrachtete sie als viel zu nachhaltig von der Sünde zerfressen, um selbst von den kirchlichen Chirurgen errettet werden zu können.

Portolés erwischte den Reingeborenen am Gürtel, während

er sich unter dem Anathema hervorwand, schnellte sich dann auf ihn wie einer der flinkeren Fische auf eine Fliege, die über der Flussoberfläche kreiste, und landete mit dem Bauch auf ihm. Er hatte einen Dolch oder dergleichen und traf sie in Brust und Leib, aber dann war sie auf Höhe seines verzerrten Gesichts und blickte ihm in die Augen … und verfuhr mit ihm wie zuvor mit dem Anathema.

Sein Schädel war härter als der des ersten Mannes. Derjenige von Portolés war allerdings noch härter. Nach dem zweiten Kopfstoß stach sein Messer nicht länger nach ihr, nach dem vierten verdrehte er die Augen; seine zerschlagene Nase fühlte sich auf ihrer Stirn warm an, die sie wieder nach unten schlug. Und wieder. Und wieder. Sie hörte erst auf, als sich ein spitzer Stiefel in ihre Achselhöhle grub und sie von ihm runterrollte. Dann folgte noch eine Reihe von Tritten in ihren zerstochenen Bauch. Die letzte Anathema …

Portolés blinzelte das brennende Blut aus ihren Augen und starrte zu ihrer Meuchelmörderin hinauf. Die letzte Anathema zog die Maske herunter und enthüllte ein Gesicht, das von tiefen Narben entstellt war. Man musste ihr das Fell oder die Schuppen weggekratzt haben.

»Mögen dich sichere Wege an Ihre Brust führen«, sagte die Schwester. Sie hob die Waffe, der silberne Halbmond der Schneide funkelte, und Portolés versuchte sich auf das vorzubereiten, was sie auf der anderen Seite der Axt erwartete. Trotz allem, was sie zu glauben dachte, hatte sie Angst. So viel zu der Annahme, dass man sie lebendig fangen wollte.

Die Anathema stieß einen schrillen Schrei aus und stolperte zurück. Mit zusammengekniffenen Augen starrte Portolés den kleinen Bolzen an, der plötzlich aus der Schulter der Angreiferin ragte. So schnell die Anathema geschwankt war, so schnell verschwand sie aus ihrem Blickfeld – das hohe, sterbende Gras, in dem Portolés auf ihrem Rücken lag, verschleierte alles außer dem Himmel, der sich rot verfärbte. Der Abend brach herein, und bald würden die Schakale über die Hügel streifen. Sie glaubte, eine Armbrust surren zu hören, konnte sich aber nicht sicher sein. Abgesehen von ihrem pfeifenden Atem war es still. Sie zwang sich, sich aufzusetzen, aber glühend heiße Löcher in Seite, Bauch und Brust pochten feucht, ihr Arm zitterte unkontrolliert, und sie fiel wieder zurück. Der Kampfschleier hob sich, dann übersäten die Engel der Qual ihren Körper mit Küssen. Welch schreckliche Weise zu sterben …

Sie döste und zwang sich, an Kypck zu denken. So hielt sie sich immer wach, wenn sie auf der Wache Erschöpfung verspürte. Schuld und Scham hatten so ihre Art, einen wieder munter zu machen. All diese unwissenden Menschen, die niedergemacht wurden, ohne dafür den Grund zu kennen, ihre Schreie, wenn man sie zu ihrem Richtspruch schickte. Portolés gab die Befehle so bedächtig wie bei einem Drill auf dem Paradeplatz. Benutzte ihren Kriegshammer, ein Relikt der Schwarzen Kette und Symbol ihrer Ergebenheit dem Allgemeinwohl gegenüber, um die Schädel der fünf bebenden Azgarother zu zerschmettern, die sich ihrem Befehl verweigerten. Sie selbst tötete nicht einen einzigen Dorfbewohner, als wenn das verhindern könnte, dass sie sich die Hände schmutzig machte, um nicht genauso böse zu erscheinen wie Sir Hjortt.

Stiefel knirschten auf dem steinigen Untergrund der Straße neben ihr, und sie konzentrierte sich auf Hjortt, dessen Gesicht wie das Wachs einer frisch entzündeten Kerze im Beichtstuhl brodelte und dessen Locken wie brennende Papierrollen aufflammten. Sie dachte an Königin Indsorith, deren langes Haar von dem Wind gepeitscht wurde, der der Krone von Diadem für alle Ewigkeit entgegenschlug. Vielleicht hatte sie am Ende ja doch etwas Gutes bewirkt. Vielleicht. Ein lebender Schatten fiel über sie, der Teufel des Todes verdeckte den Himmel, das Versprechen auf Errettung …

»Nun sieh einer an.« Häretiker starrte sie hämisch an. »Ihr scheint in einem schlechten Zustand zu sein, Schwester.«

»Ich blute aus, wenn du mich nicht verbindest.« Die Worte strömten nur so aus Portolés' heraus, obwohl sich ihre Zunge so träge anfühlte. »Auf dem Maultier befindet sich eine Tasche für, für … eine Tasche mit Verbandszeug, einem Topf Salbe. Riechsalz. Du musst meine Wunden verbinden, musst …«

»Ich weiß, wo sie ist«, sagte Häretiker. Für einen Mann, der sich einer Anathema gestellt hatte, sah er bemerkenswert gesund aus.

»Die letzte, die Anathema, sie kommt zurück …«

»Wenn ich das erlebe, konvertiere ich«, sagte Häretiker und richtete die Armbrust in seinen Händen auf Portolés. »Jetzt weiß ich, warum euer Papst diese Dinger mit einem Bann belegt hat. Sie müssen ja böse sein, wenn sie einen stinknormalen Sünder wie mich eines der heiligen Ungeheuer der Kette töten lassen.«

»Du hast gut … gekämpft, Häretiker. Besser, als ich geglaubt hätte.«

»Gekämpft? Sobald diese Hexengeborene auf mich zukam, bin ich gerannt! Ich ließ sie mich jagen, und weil ich so schnell bin, gab sie bald auf und kehrte um. Ich hatte angenommen, sie würde sich ein Pferd besorgen und mich dann mit Sicherheit erwischen, also kehrte ich ebenfalls um, nahm den Hügelrand. Keinen Augenblick zu früh für dich!«

»Und jetzt?« Portolés schluckte Blut und starrte die Armbrust an. »Hör mir zu, Häretiker – ich weiß, dass du den Grund wissen willst.«

»Den Grund?«

»Den Grund für das alles hier. Warum ich dich mitgenommen habe, was wir taten, wo wir hingehen. Warum dieser Kampf. Warum das alles.«

»Wie kommst du auf die Idee, das würde mich interessieren, solange ich frei bin?« Häretiker erschien überglücklich. »Ich bin doch frei, habe Pferde und Beute, die Straßen sind in alle Richtungen frei! Warum, Schwester, sollte ich mich für deine Lieder interessieren?«

»Weil du ein Häretiker bist«, erwiderte Portolés und zitterte auf dem kalten, feuchten Gras. »Und gute Menschen werden zu Häretikern, weil sie neugierig sind.«

»Du glaubst mich zu kennen, was?« Häretiker drückte den Abzug der Armbrust, der Bolzen bohrte sich in die Leiche des Reingeborenen neben ihr. »Du glaubst, du kennst mich, nur weil du mein Traktat gelesen hast? Ich sage dir etwas, Schwester – verkünde jetzt hier auf der Stelle, dass du die Gefallene Mutter hasst und den Täuscher liebst, dann höre ich mir alles an, was du mir sagen willst.«

»Ich hasse die Gefallene Mutter«, sagte Portolés durch die zusammengebissenen Zähne. Nicht das Aussprechen dieser Häresie störte sie, denn ohne Glauben hatten Worte keine Bedeutung. Nein, eher war es Häretikers schreckliche Dummheit. Falls er wirklich etwas hören wollte, sollte er besser aufhören, Zeit zu verschwenden. »Ich liebe den Täuscher. Jetzt kümmere dich um die Wunden, bevor ich verblute.«

»Klar.« Plötzlich erschien Häretiker verlegen. »Natürlich, alles klar. Halte durch, halte durch!«

Statt mit den Verbänden kehrte er mit den Ketten zurück, mit denen sie ihn gefesselt hatte. Mit zitternden Händen und unter vielen Entschuldigungen legte er sie ihr an. Sie wehrte sich nicht, und er sah ihr nicht in die Augen. Erst als ihr gebrochenes Handgelenk an das blutige gekettet war, holte er die Verbandstasche. Danach folgte er ihren Anweisungen. Als er fertig war, lehnte er sie an die Leiche des Reingeborenen und begab sich zu den Pferden. Auf ihrem Braunen sitzend und in der beschmutzten Kutte eines der Anathemas kehrte er schließlich zu ihr zurück.

»Also gut, dann, Schwester«, sagte er mit bebender Stimme. Da er so erschüttert war, hatte er vermutlich noch nie zuvor jemanden getötet. Er schlug das Zeichen der Kette und schenkte ihr dabei ein irres Grinsen. »Ich würde sagen, wir sind jetzt quitt. Warte nicht auf mich.«

Dann war er fort und ließ Portolés mit einem Reingeborenen als Kissen und dem Scharlachroten Himmel als Decke zurück. Das hatte sie verdient, das war ihr klar, aber das Imperium hatte nicht verdient, dass Zosia es wegen der Verbrechen einer übertrieben gehorsamen Kriegsnonne und ihres abtrünnigen Oberst mit Krieg heimsuchte. Da betete sie nicht für sich selbst, sondern für die Welt, dass sie sich lange genug erholen möge, um ihre Suche zu vollenden. Die Farbe blutete aus dem Himmel, ihre Worte wurden undeutlich, und ihre Gebete verstummten. Möglicherweise war sie gestorben, aber vielleicht war es auch nur der Schlaf. Sie konnte den Unterschied kaum benennen, als sie die Augen schloss und in der Ersten Finsternis versank.

KAPITEL 13

Maroto musste es zugeben. Purna sah mit ihrer Hornwolfkapuze richtig flink aus. Choi hatte ihr geholfen, sie aus dem kleinsten Fell zu fertigen, also ragten die vier Hörner in einer Imitation der Hexengeborenen aus dem Kopf des Mädchens, und die schlaffe Schnauze des Hornwolfs hing zwischen Purnas Augen. Diggelby und Hassan hatten aus den anderen Fellen zueinanderpassende Mäntel geschneidert, und Din hatte aus den Zähnen eine Kette hergestellt. Weder Maroto noch Choi hatten von ihrer Begegnung mit den Hornwölfen Trophäen mitgenommen – wenn man einmal von einem Haufen neuer Narben absah. Verglichen damit waren die Wunden, die ihnen der verwirrte imperiale Kundschaftertrupp auf dem Weg vom Pass herüber beigebracht hatte, nur ein paar Kratzer und würden kaum eine bleibende Erinnerung an ihren verrückten Lauf in das Lager des Imperiums hinterlassen.

Wenn Maroto an seine wilden Tage mit Zosia und ihren Schurken zurückdachte, war das endlich eine Tat, die an die Abenteuer der Vergangenheit herankam und sogar eine ganze Menge von ihnen übertraf. Die Imperialen, die diese Nacht überlebt hatten, würden genug Heldenlieder für eine Ewigkeit haben, Balladen, die der Nacht gedachten, in der eine kleine Schar Rebellen ein Rudel Hornwölfe auf ihr Regiment gehetzt hatte …

Was ihn betraf, so sang er nur ein kleines Liedchen mit dem Titel »Gib mir eine Pritsche, eine Flasche und vier Huren«. Als man sie im Lager von Generalin Ji-hyeon wie Helden empfing, schien zur Abwechslung wenigstens einmal eines seiner Lieder zur Wahrheit zu werden. Es gab nichts Vergleichbares, als mit all den Leuten, mit denen man aufgebrochen war, wieder ins Lager zurückzukehren, und dann auch noch mit guten Nachrichten.

So viele Meilen beschwerlichen Geländes Maroto und seine Kundschafter in den vergangenen Wochen auch hinter sich gebracht hatten, die Kobaltblaue Kompanie war nicht besonders weit gekommen. Nach Myura war sie in die Kutumban gestiegen, um die Imperialen abzuschütteln, und hatte sich ein paar Wochen lang in der Geheimen Stadt des Schneeleoparden erholt. Nach Verlassen der freundlichen Nonnen dieses Zufluchtsortes in den Bergen hatten sich die Kobaltblauen auf Azgaroth stürzen wollen, aber dann war das Regiment dieser aufgeblasenen Provinz unerwartet am Horizont erschienen, um sie abzufangen. Die Kompanie hatte die Gralsbrücke überqueren und zurück nach Osten gehen müssen, statt das Risiko einzugehen, sich mit einer größeren Streitmacht anzulegen, die das höhere Gelände hielt.

Hätte die Generalin nur gewusst, dass ihre tapferen Kundschafter genau diesem azgarothischen Regiment das Fürchten beibrachten, hätte sie die Kobaltblauen von hinten heranführen und den Feind überfallen können, während er sich noch immer Wolfszähne aus dem Arsch grub. Aber so war der Krieg nun einmal – die beste Taktik enthüllte sich einem erst im Augenblick der Verzweiflung, statt einem früh genug einzufallen, damit man seine Entchen schön in einer Reihe aufstellen konnte.

Die Kobaltblauen waren nach unten auf die Hexenjägerebene marschiert, keine fünfhundert Meilen von der Stelle entfernt, an der sie angefangen hatten, und Diadem lag noch immer tausend Meilen weit entfernt. Maroto war überrascht, dass die Kompanie kaum zwanzig Meilen nördlich von der Straße, die seine kleine Gruppe aus den Bergen geführt hatte, ein richtiges Lager aufgeschlagen hatte, statt eine größere Distanz zwischen sich und die Azgarother zu legen. Aber die Generalin schien fest entschlossen, nicht dem Beispiel zu folgen, das Zosia zwanzig Jahre zuvor gegeben hatte, indem sie die Imperialen jahrelang angegriffen und den sofortigen Rückzug angetreten hatte. Dabei hatte sie den Horden der Scharlachroten kleine, aber stetige Verluste beigebracht, und die Reihen ihrer Rebellen langsam anschwellen lassen, während sie ihnen von einem Ende des Sterns zum anderen und wieder zurück eine fröhliche Verfolgungsjagd bot. Nein, nach weniger als einem Jahr Aufruhr und kleinen Siegen trug Generalin Ji-hyeon den Kampf direkt zu den Imperialen – es gab keinen anderen Grund, sich an dieser Stelle einzugraben, es sei denn, man wollte sich den Regimentern stellen, die sie durch die Berge verfolgt hatten.

Man konnte es ihr wirklich nicht zum Vorwurf machen, einen gut zu verteidigenden Ort gewählt zu haben, denn Maroto hatte sich endlich daran erinnert, woher er Domingo Hjortt und das Fünfzehnte kannte – das waren die verrückten Bastarde, die die ursprüngliche Kobaltblaue Kompanie über ein Jahr lang verfolgt hatten und jedes Mal, wenn sie anhielt, um Luft zu schnappen, ein Stück von der Rebellenarmee abschnitten. Hjortt musste seine Mannschaft angetrieben haben, wie ein Teufel einen Sterblichen in Versuchung führte. Er musste jeden guten Willen, der sich bei seinen Soldaten möglicherweise angesammelt hatte, dafür geopfert haben, sie Tag für Tag von früh bis spät marschieren zu lassen. Man konnte von einem Haufen Freiwilliger und Söldner einfach nicht erwarten, so viele Stunden zu investieren, was die Azgarother zum schnellsten Heer des Sterns machte.

Selbst wenn sie sich Zeit nahmen, sich von den Wolfsbissen zu erholen, holten sie die Kobaltblauen vermutlich ein, bevor die den Heimgesuchten Wald oder eine andere bevölkerte Region erreichten, in der sie ihre Vorräte aufstocken konnten.

Das war das Problem, wenn man so schnell so erfolgreich war – ehe man sichs versah, hatte man mehr Münder, als man ernähren konnte, und nicht eine Titte für sie frei. Generalin Ji-hyeon hoffte vermutlich, ein paar Eulenfledermäuse mit einem Bogen zu erlegen, indem sie die Azgarother zu einem ernsten Zusammenstoß auf dem Schlachtfeld verführen konnte – so war sie in der Lage, ein weiteres imperiales Regiment von der Liste zu streichen und nach dem Sieg ihre Ausrüstung zu stehlen.

Falls sie den Sieg davontrug. Ging man einmal davon aus, dass die Kompanie in den Kutumban nicht zu viele Köpfe verloren oder dazugewonnen hatte, zählte sie achttausend nur unzureichend gepanzerte Fußsoldaten mit Lanzen, Messern und Schwertern, eintausend Bogenschützen, Armbrustschützen und Gewehrschützen, fünfhundert Chevaleresse, Ritter und andere Leute, die vernünftig reiten konnten und darüber hinaus die dafür nötigen Pferde hatten, ungefähr hundert Hexengeborene mit den verschiedensten Fähigkeiten sowie drei der Fünf Schurken. Selbst wenn man mit einbezog, dass Frostfalle noch immer der gleiche unheilvolle Scheißkerl war wie früher, waren das keineswegs großartige Zahlen.

Erst recht nicht, da die Kirche der Schwarzen Kette allen Berichten zufolge über ein paar eigene Zauberer verfügte, auch wenn man sie als Kardinäle bezeichnete und nicht als Hexer. Ob Domingo Hjortts Kompanie nun einige dieser Furcht einflößenden Gestalten dabeihatte oder nicht, die beiden unheimlichen Kuttenträger, die im imperialen Lager das Schlimmste der Hornwolfangriffe abbekommen hatten, waren definitiv Hexengeborene gewesen, also hatte die Kette, seit Maroto es zum letzten Mal mit ihr zu tun bekommen hatte, offensichtlich damit aufgehört, alle sogenannten Anathema zu verbrennen. Unter König Kaldruut hatte es den Anschein gehabt, als wollten diese Arschlöcher jeden auf dem ganzen verdammten Stern verbrennen; vermutlich war das Teil irgendeines grausamen Rituals, um diese Teufelsmutter zu beschwören, die sie anbeteten – oder irgendein ähnlicher Wahnsinn. Aber vielleicht waren sie ja zu der Einsicht gelangt, dass es besser war, sich den Stern selbst verbrennen zu lassen, und Hexengeborene schwangen Fackeln genauso gut wie jeder andere.

Während ihrer Erkundung hatten Maroto, Choi und die Adligen – bei ihrem Aufbruch hatte Fennec sie Marotos Schnorrer genannt, obwohl er darauf bestanden hatte, dass sie Geckenhunde hießen – genug imperiale Köpfe gezählt, um zu wissen, dass das Kräfteverhältnis auch ohne von der Kette zwangsverpflichtete Hexengeborene sehr ungleich war. Sie hatten gesehen, wie der noch immer beträchtliche Rest des von ihnen bei Myura verprügelten Regiments den Südpass durch die Kutumban genommen hatte, und während sich die Kobaltblauen in der Stadt des Schneeleoparden ausgeruht und ihre Strategie geplant hatten, mussten sich die Myuraner mit den marschierenden Azgarothern vereint haben. Für sich genommen hätten ein paar Tausend myuranische Soldaten keine große Bedrohung bedeutet, aber als Marotos Schnorrer die gereizten Hornwölfe durch das Imperiumslager geführt hatten, hatten sie einen noch nie da gewesenen Blick auf die wahre Macht der vereinigten Regimenter werfen können.

Beinahe dreimal so viele Fußsoldaten wie die Kompanie.

Zweimal so viele Gewehrschützen und Bogenschützen.

Eine Kavallerie, die der der Kobaltblauen entsprach oder sie sogar übertraf.

Rechnete man dazu noch die beiden Kavallerieabteilungen von mindestens zweihundert Reitern, die die Kundschafter bei verschiedenen Gelegenheiten auf fernen Hängen erspäht hatten und die zweifellos unterwegs waren, um die Azgarother zu verstärken, entwickelte sich dies zu einer echten Scheißveranstaltung auf der Steppe.

Nicht, dass das Maroto auch nur einen Funken interessiert hätte; er hatte Purna ihren Spaß haben lassen, hatte einige Zeit als angeheuerter Mörder abgeleistet, und jetzt, da sich der blöde Teil eines jeden Krieges schnell näherte, war es Zeit, sich abzusetzen. Seit ihrem Zusammenstoß mit den Hornwölfen war ihm bewusst geworden, dass Abenteuer doch viel mehr Spaß machten, als er gedacht hatte. Sicher, er hatte ordentlich einstecken müssen – seine Knie hatten sich schon über die verfluchte Marschiererei beschwert, bevor eines von einem Felsen aufgeschlitzt worden war. Aber solange sie sich eine Weile vor ihrem Aufbruch ausruhen konnten, würde er diese dämliche Krücke los sein. Und er mochte sich das ja nur einbilden, aber er war sich ziemlich sicher, dass sein Wanst seit der Pantera-Wüste etwas geschrumpft war, also war das ein so klares Zeichen wie jeder Orakelspruch, dass er auf dem richtigen Weg war. Bei allen Höllen, er würde es sogar Choi vorschlagen und ausloten, ob sie vielleicht bereit war, den Kontrakt aufzukaufen, den sie mit der Generalin hatte. Sie machte einen fraglos unheimlichen Eindruck, so als würde man beim Aufwachen seinen Teufel auf der Brust sitzen sehen, wie er einen im Schlaf beobachtete, so wie es Krümelfänger immer getan hatte. Aber unheimlich konnte auch gut sein … unheimlich konnte sogar verdammt anziehend sein. Er hatte zahllose Liebhaberinnen jeder denkbaren Art gehabt, aber soweit er wusste, hatte er noch nie eine Hexengeborene …

Wildgeborene, erinnerte er sich, nicht Hexengeborene. Zweifellos würde sie das vorziehen, da sie auf den Inseln aufgewachsen war. Er fragte sich, ob es ihr wohl gefiel, an den Hörnern berührt zu werden … natürlich sobald das linke verheilt war. Nach diesem Sturz den Hang hinunter war sie beinahe so schlimm dran gewesen wie er, aber im Vergleich mit ihm war sie bedeutend schneller wieder auf dem Posten. Wie sie über diese Berge getanzt war und sich ohne jede Regung Ungeheuern gestellt hatte, das war schon schwer beeindruckend gewesen. Maroto konnte sich hinter jede Frau stellen, die so gut zu kämpfen vermochte wie sie. Sozusagen.

»Was gibt es da lüstern zu grinsen?«, fragte Purna, während

sie sich den Weg durch den inneren Wächterring salutierten, und Maroto riss sich zusammen. Angeblich konnten einige Hexen – Wildgeborene, Wildgeborene, einige *Wild*geborene – einem Burschen ins Hirn schauen, also Schluss jetzt mit solchen Gedanken. Jedenfalls solange Choi neben ihnen ging, statt eine Meile weit entfernt zu sein.

»Wildbret«, sagte Maroto und leckte sich die Lippen, während er zusah, wie Chois Lederrock beim Erklimmen des Hügels über ihre Kniekehlen strich. Dass sie von der Begegnung mit dem Hornwolf lahmte, war kaum zu sehen. »Ich bin nur hungrig, das ist alles.«

»Ich weiß Bescheid.« Purna folgte seinem Blick. »Ein Freibeuter kann nicht allein von Bohnen leben. Was würde ich dafür geben, in diesen Hintern reinzubeißen …«

»Schnauze«, zischte Maroto. »Sie wird Euch hören.«

»Es gibt Schlimmeres, als ein Mädchen seine Absichten wissen zu lassen«, erwiderte Purna. »Wenn Ihr nichts unternehmt, dann tu ich es.«

»Vorsicht, Barbar.« Diggelby schob sich zwischen sie, Prinz auf dem Arm. Seit sie den Köter am Rand des imperialen Lagers eingeholt hatten, hatte er ihn kaum mal zum Scheißen abgesetzt. »Unsere Purna ist nicht der Typ, der sein Essen teilt, nicht einmal mit einem Verhungernden.«

»Ach, werdet endlich erwachsen, ihr beiden«, sagte Maroto und starrte wieder auf diesen Arsch … aber dann warf Choi einen Blick über die Schulter, und Maroto errötete, während Purna hämisch kicherte.

»Ich erstatte Ji-hyeon Bericht«, verkündete Choi. Ihrem Blick nach zu urteilen hielt sich ihre Belustigung in Grenzen. »Ihr könnt mitkommen oder es auch lassen.«

»Wir lassen es!«, sagten Din und Hassan, die die Nachhut bildeten, wie aus einem Mund. »Heute Abend steigt in unserem Zelt eine Feier, Choi«, fügte Din hinzu. »Kommt vorbei, wenn Ihr fertig seid.«

»Wir haben alle viel nachzuholen, was Trinken und Käfer angeht«, gab Hassan zurück. Gerade hatten sie den letzten Hügel erklommen und schauten auf die Zeltstadt der Kompanie, die sich über die Hälfte des ersten Hangs der Kutumban erstreckte. Die wenigen Grashalme, die nicht niedergetrampelt worden waren, wogten sanft im warmen Tieflandwind. »Ihr von allen am meisten, o unerschöpfliche Anführerin.«

Nach einem nachdenklichen Schweigen nickte Choi einmal; eine helle Haarlocke löste sich hinter ihrem Ohr. »Ja. Ich komme.«

»Hurra!«, riefen die Adligen und Maroto gemeinsam, und Purna schlang den Arm um die Schultern der breiteren Frau, um sie vorgeblich kameradschaftlich zu drücken. Maroto kannte diesen Zug recht gut, hatte ihn selbst schon Hunderte Male benutzt, lächelte nun aber, weil er mittlerweile glaubte, über solchen Dingen zu stehen. Diese Wildgeborene würde einen erfahrenen, respektvollen Liebhaber sicherlich mehr zu schätzen wissen als eine fummelnde Halbwüchsige.

»Ihr solltet zuerst zu den Badern gehen«, sagte Choi. Unbeholfen entzog sie sich Purnas Umarmung. »Die weißen Zelte.«

»Ihr mehr als wir«, sagte Maroto, der sich nicht von einer Welpe wie Purna ausmanövrieren lassen würde. »Ich kann Ji-hyeon über das Grundsätzliche informieren, während Ihr Euch zusammenflicken lasst. Es wäre mir lieber, Ihr ließet Euch behandeln, bevor Ihr Euch mit einem simplen Bericht abplagt, Choi.«

Purna verdrehte die Augen, und Choi sah zu Recht misstrauisch aus. »Mir geht es gut. Wenn Ihr wollt, können wir auch zusammen Bericht erstatten.«

»Das würde mir gefallen«, sagte Maroto – und nickte ernst, während Purna auf Chois anderer Seite finster blickte. »Gehen wir zusammen.«

»Viel Spaß!«, zwitscherte Diggelby. »Ich setze zehn Taels,

dass ich ein Bündel Agonistzigarillos durchhabe, bevor ihr euch aus dem Befehlszeit befreien könnt.«

»Da halte ich gegen«, sagte Hassan. »Ich kann gar nicht erwarten, dass Ihr Euch die Seele aus dem Leib kotzt, nachdem Ihr die Dinger einen Monat lang nicht mehr angefasst habt.«

»Ich bin mit zwanzig dabei«, erklärte Din, und Diggelby runzelte die Stirn, weil Hassan sofort einschlug. »Ihr werdet verlieren, Graf, Diggelby hat sich jeden Morgen seit unserem Aufbruch die Unterhose mit Tubãqblättern ausgestopft.«

»Ihr spioniert einen Adligen während seiner Toilette aus?«, sagte Diggelby beschämt. »Herzogin, Ihr kennt wahrlich keine Scham!«

»Nein, wirklich nicht.« Din spuckte einen braunen Batzen auf die Stiefel ihres Freundes. »Ich habe meinen gekaut, da Choi das Rauchen verboten hat.«

»Das muss doch schrecklich jucken, wenn man es durch sein Schatzkästchen aufnimmt«, meinte Hassan nachdenklich. »Aber ich vermute mal, an dieses Gefühl in seiner Hose ist Diggelby schon lange gewöhnt.«

Choi ging weiter, Purna hielt mit ihr Schritt, und Maroto humpelte schnell hinter ihnen her. »Ihr habt doch sicherlich kein Interesse an einer langweiligen Taktikbesprechung, Tapai Purna?«

»Ganz im Gegenteil.« Purna schob die Kapuze ein Stück zurück. Sie war noch immer viel zu neu, um sie tragen zu können, und der Gestank musste bewirken, dass sich die Nasenhaare der Kleinen kräuselten. »Irgendwo muss man schließlich anfangen, nicht wahr, Maroto? Wartet nur ab, bevor dieser Feldzug gewonnen ist, bin ich eine von Ji-hyeons Schurken!«

»Ha!«, erwiderte Maroto und winkte einer Gruppe rau aussehender Männer zu, die am Lagerrand um ein Frühstücksfeuer hockten. »Tatsächlich wollte ich ein paar Dinge mit euch besprechen, bevor die Pläne für die Zukunft in Stein gemeißelt werden. Das betrifft euch beide.«

Zur willkommenen Abwechslung erschien Choi ebenso neugierig wie Purna. »Und was könnten das für Dinge sein? Ich habe Euch seit dem Tag unseres Aufbruchs gesagt, dass Ihr ein prächtiger Verbündeter seid«, meinte Purna, »aber ich werde nicht das Spielzeug eines reichen Mannes sein. Sosehr Ihr auch behauptet, Choi neben mir auf den Knien haben zu wollen, damit wir uns die Ladung teilen, ich bezweifle doch stark …«

»Bei den Wunden des Täuschers, das habe ich nie gesagt!«, rief Maroto. »Das ist mein Ernst, Purna!«

Chois Ausdruck war unleserlich, aber Maroto hatte jetzt ohne Zweifel ihre volle Aufmerksamkeit. Purna blinzelte ihr zu und sagte: »Nicht, dass ich Euch nicht für ausgesprochen hübsch hielte, Kommandantin Choi, denn das tue ich in der Tat, aber alles, was mit Marotos Spaltenhammer zu tun hat …«

»Purna!« Maroto schloss die Augen. Ein brillanter Schachzug von ihrer Seite, wenn auch … böse. »Bitte.«

»Schön«, sagte Purna. »Worum geht es?«

»Krieg ist nicht gut.« Da Purna ihn nun in Verlegenheit gebracht hatte, war seine sorgfältig vorbereitete Rede vergessen, und er musste improvisieren. »Ich habe genug davon mitgemacht, um das zu wissen, und ich weiß es gut. Darüber hinaus habe ich Königin Indsorith schon vor langer Zeit geschworen, nie wieder die Waffen gegen sie zu erheben. Ich bin mit diesem Versprechen bis jetzt viel zu locker umgegangen, weil ich mich dazu bereit erklärte, Euch zu verteidigen, Purna, aber nach Beginn der Schlacht kann ich nicht länger so tun, als würde ich meinen Schwur nicht brechen. Nicht solange ich bei diesem Heer bin.«

»Der Eid«, sagte Choi. Jetzt war ihr Ausdruck alles andere als unleserlich. »Davon habt Ihr Ji-hyeon nie etwas gesagt.«

»Nein. Aber das geschah nicht, weil ich für das Scharlachrote Arschloch arbeite oder das jemals vorhabe. Scheiß auf Königin Indsorith, und erst recht auf ihr Imperium geschissen! Aber ich schwor bei meinem Teufel einen Eid, und das ist das Ende dieser Angelegenheit – tatsächlich weiß ich nicht, was passieren wird, wenn ich diese Grenze noch einen weiteren Schritt überquere, und ich will es auch nicht herausfinden.«

»Warum?«, wollte Choi wissen. Zum ersten Mal, seit er sie kennengelernt hatte, erschien sie verlegen. »Aber ich entschuldige mich. Das ist Eure Vergangenheit.«

»Nein, nein«, sagte Maroto. Er hatte Chois seltsame Sprechweise nun lange genug erlebt, um zu wissen, dass Vergangenheit für die Wildgeborene Privatangelegenheit bedeutete. »Klar, ich schulde keinem von euch diese Geschichte, aber da wir nun einmal Freunde sind, erzähle ich sie freiwillig. Und weil ich erwarte, dass ihr mir vertraut.«

»Verdammt!« Purna hieb der Wildgeborenen gegen den Arm, was diese allerdings nicht verstand. »Seit der Pantera-Wüste versuche ich diesen Teil des Liedes aus ihm rauszuquetschen. Er muss Euch wirklich an die Wäsche …«

»Purna!«

»Entschuldigung, Entschuldigung, sprecht weiter!«

»Ich mache es kurz, die vollständige Version erzähle ich euch irgendwann einmal abends am Feuer«, sagte Maroto, da sie das Lager bereits betreten hatten und er seinen Zug machen wollte, bevor sie Ji-hyeons Zelt erreicht hatten. »Meine … Zosia, die Blaue Zosia, ihr habt doch von ihr gehört, dass wir …«

»Eure Generalin?«, sagte Choi.

»Genau.« Erneut überkam ihn in diesem blau beflaggten Lager, das ihr hätte gehören müssen, die Verzweiflung über ihren Tod. »Und … ich liebte sie. Wahrhaftig. Wie kein anderer, davor oder danach. Und sie liebte mich auch, das weiß ich. Die Alten Wächter wissen es, ich liebe sie noch immer.«

Eine Weile gingen sie schweigend. Beide Frauen verlangsamten zu Marotos Erleichterung ihren Schritt. Denn auch nach Chois Heilkünsten fühlte sich sein Knie noch immer so an, als werde es – vermutlich wegen des ganzen Herumgehumpels – gleich wieder aufplatzen. Schließlich sagte Purna: »Wegen der Lieder dachte ich immer … Es tut mir leid, Maroto.«

»So staubig sie ist, die Wunde wirkt nach wie vor so … frisch.« Maroto schnaubte. »Darum geht es in solchen Liedern, und das wird euch lehren, solchen Ruhm anzustreben. Die guten Heldenlieder enden für alle außer den Barden mit Tränen. Hätten sie und ich nur etwas mehr Zeit gehabt … Scheiße! Wie dem auch sei, sie ist gestorben. Königin Indsorith tötete sie im Duell und warf ihre Leiche von Schloss Diadem in die Tiefe. Also verdiente sie sich ihre Krone auf die gleiche Weise wie Zosia. Aber das wisst ihr doch alles schon, das sind uralte Geschichten.«

Bei den Zähnen des Alten Schwarz, das war schwerer, als Maroto erwartet hätte. Er räusperte sich. Räusperte sich erneut. »Bei ihrem Duell war ich nicht in Diadem, aber ich kehrte sofort zurück, nachdem ich davon gehört hatte, das könnt ihr mir glauben. Ich wollte den ganzen verfluchten Ort niederreißen, wollte das Schloss ausbluten und die Stadt so lange in Blut ertränken, bis es schließlich wieder den Thronsaal erreichte. Aber Indsorith hatte sich für mich vorbereitet. Machte mir das gleiche Angebot, das Zosia ihr gemacht hatte. Ein Duell, um die Sache zu entscheiden. Faire Bedingungen. Sie wollte mich nicht einmal aus der Stadt werfen, sollte ich sie nicht besiegen können, nur meinen Eid, dass ich ihr keinen Ärger mehr machen würde … und … und ich habe *verloren.*«

Bei allen Teufeln, brach seine Stimme tatsächlich? Sie blieben stehen, und Purna legte ihm die Hand auf die Schulter. Er ließ den Kopf kreisen, bis es in seinem Nacken knackte, dann riss er sich zusammen. »Das ist alles. Die Kurzversion. Warum ich nicht in gutem Glauben bei Generalin Ji-hyeon bleiben kann. Aber ehrlich gesagt, selbst wenn ich könnte, ich würde es nicht tun.«

»So feige wie ein Eichhörnchen«, sagte Purna. Mit ihrer großen Klappe versuchte sie ihm dabei zu helfen, den Kloß in seinem Hals herunterzuwürgen. Maroto wagte einen Blick auf Choi zu werfen und entdeckte weder Misstrauen noch Verachtung in ihren rubinroten Augen. Aber vielleicht war da ja … Mitleid? Dieser Blick traf ihn. Auch wenn er die Wildgeborene bis vor Kurzem noch für äußerst seltsam gehalten hatte, sie unterschied sich doch in nichts von ihm. Sie wusste, dass es nichts Schlimmeres gab, als jene im Stich zu lassen, die man geschworen hatte zu retten. Dann hieb ihm Purna wieder auf die Schulter. »Ihr habt also eine Entschuldigung, das wollt Ihr uns damit sagen, aber selbst wenn Ihr sie nicht hättet, trotzdem hättet Ihr zu viel Angst.«

»Man kann Angst haben, und man kann schlau sein, und auch wenn ich gern zugebe, dass die beiden oft Kameraden sind, geht es hier nicht um die Angst vor einer Prügelei.« Maroto zeigte auf eine Horde Jugendlicher, die auf einer der Lichtungen des Lagers im Schwertkampf gedrillt wurden. »Sobald sich die Imperialen auf uns stürzen, sind die alle tot.«

Dann zeigte er an den übenden Soldaten vorbei auf eines der Küchenzelte, die sich hinter ihnen erhoben. »Sie alle. Und jeder andere auch, *die* da, und *die* da hinten auch. Man muss Ji-hyeon zugestehen, dass es nicht so schlimm sein wird, wie es unter Zosias Führung gewesen ist. Damals sah es wirklich finster aus, denn die Imperialen brannten jedes Dorf nieder, dem sie nicht vertrauten, und am Ende vertrauten sie eigentlich niemandem mehr, also hielten sich in unserem Lager nicht nur Kämpfer auf, sondern auch ihre gesamten Familien. Alt und Jung. Also wird es nicht ganz so schlimm werden … aber schlimm wird es gewiss.«

Sie kamen an den Mädchen und Jungen vorbei, die von einem Ritter aus Usba angeleitet wurden, und Purna sagte: »Also mal im Ernst, so hoffnungslos kann das doch nicht sein! Jeder stirbt? Das glaube ich kaum.«

»Vielleicht nicht jeder«, räumte Maroto ein. »Aber für die

Überlebenden wird es noch schlimmer sein, das könnt Ihr mir glauben. Und selbst wenn wir einen so hohen Preis bezahlen, dass Ji-hyeon ihren Krieg gewinnt, was dann? Glaubt Ihr wirklich, die imperialen Provinzen werden einfach dem nächsten Eroberer ihre Titel und Schlösser überlassen? Glaubt Ihr, das gelingt ihr, ohne noch Hunderttausend mehr töten zu müssen, ob nun Soldaten oder Leibeigene? Selbst nach all dem, was Zosia erreicht oder zu tun versucht hat, sobald sie auf dem Thron saß, es war doch, als gäbe es sie dort nicht einmal. Ihre Befehle wurden falsch übermittelt oder verschwanden auf mysteriöse Weise, ihr Vorhaben, das kaputte System zu reparieren, indem sie die Reichen zur Arbeit auf die Felder schickte, war eine entsetzliche Katastrophe von legendären Ausmaßen. Ihre Reformen brachten mehr Menschen um als der ganze Krieg, schätze ich. Dabei war das nicht einmal allein ihr Fehler: Das gesamte verfluchte Imperium arbeitete gegen sie. Will man ein Land vereinen, muss man ihm einen gemeinsamen Feind geben, und für Kaufleute, Adlige und Politiker war sie genau das. Warum sollte das dieses Mal anders sein? Ich behaupte ja nicht, dass niemand von einem gut geführten Krieg profitiert, aber die Gewinner findet man nur selten innerhalb von hundert Meilen von der Front entfernt.«

Nach dieser Ansprache fühlte sich Maroto völlig ausgetrocknet. Sie hatten die fleißigen Köche erreicht, und er kramte in seinem Geldbeutel nach einer angemessenen Bestechung herum. Choi und Purna warteten, bis er ein Mädchen mit einem Frettchengesicht dazu überredet hatte, ihm einen Weinschlauch mit Retsina zu verkaufen, bevor sie weitergingen. Choi überraschte ihn erneut, indem sie sofort auf den Punkt kam.

»Ihr wollt also, dass wir uns mit Euch zusammen entehren, bevor wir den Imperialen überhaupt Gelegenheit geben, uns das mit den Wölfen heimzuzahlen?« Sie klang weniger aufgebracht als vielmehr … verblüfft.

»Es ist nicht ehrlos, einen sinnlosen Krieg zu vermeiden«,

erklärte Maroto, stürzte die Hälfte des Weinschlauchs hinunter und bot ihn dann Choi an. »Ich schlage ja auch nicht vor, in ein Kloster der Khymsari zu gehen – es gibt mehr Schlachten, als Ihr jemals hoffen könntet zu schlagen. Irgendwo da draußen warten sie auf Euch. Auf uns. Wir arbeiten gut zusammen, das könnt Ihr nicht bestreiten. Wir drei, dann noch Diggelby, Din und Hassan, falls sie interessiert sind, wir könnten die Sechs Kumpel sein oder was auch immer, die auf jedem Zacken des Sterns nach Abenteuern suchen. Ungeheuer und Verrückte, Teufel und noch finsterere Wesen, die in vergessenen Ruinen und Verliesen lauern, und wir könnten …«

»Nein«, sagte Choi, obwohl sie bereitwillig einen Schluck von seinem Wein getrunken hatte, bevor sie ihn an Purna weiterreichte. Dann fügte sie gedankenverloren hinzu: »Danke, Maroto.«

»Ja, ich auch nicht«, sagte Purna entschuldigend. »Das ist … Den Stern wird es immer noch geben, richtig, aber ein Krieg, den gibt es nicht so oft! Ihr habt gut reden, dass das kein Spaß ist, denn Ihr hattet bereits Euer Vergnügen. Ich würde ihn lieber selbst erleben, vielen Dank.«

»Das ist nicht der Grund«, erwiderte Choi, aber ob sie von ihren eigenen Gründen sprach oder von Purnas, das sollte er nie erfahren, denn genau in diesem Augenblick verließ Chevaleresse Sasamaso ein Zelt, blickte zu ihnen herüber, dann noch einmal, als wollte sie sich vergewissern, dass ihr ihre Augen keinen Streich spielten, und eilte auf sie zu.

»Also das ist ein Anblick, der die Götter des Krieges und des Weins erfreut! Welche Neuigkeiten gibt es von unseren Flanken, Freunde?«

»Neuigkeiten, die zuerst Generalin Ji-hyeon erfährt«, erwiderte Choi, und die Rückkehr ihrer Frostigkeit erinnerte Maroto daran, dass für ein paar milde Tage Tauwetter geherrscht hatte. »Wir sind eben erst zurückgekehrt.«

»Wirklich?« Chevaleresse Sasamaso schenkte Maroto ein

durchtriebenes Grinsen. Diese verfluchten Kronenadler, immer ihr entsetzlich *wissender Blick*. »Nun, dann wollen wir keine Zeit verlieren! Ich bringe euch zum Zelt der Generalin; seit wir hier das Lager aufgeschlagen haben, habe ich sie jeden Abend an einen anderen Ort gebracht, genau wie Ihr befahlt, Hauptmann Choi.«

Chevaleresse Sasamaso führte sie im Eiltempo durch das Lager, ohne auch nur die geringste Rücksicht auf die Tatsache zu nehmen, dass Maroto und seine Leute gerade erst einen Monat damit verbracht hatten, ständig herumzulaufen. Weder Choi noch Purna reagierten auf seine häufigen Blicke. So viel zu dem glücklichen Ende an jedem anderen Ort. Was die Sache dann noch schlimmer machte: Bei ihrem Eintreffen an Ji-hyeons Zelt informierten sie die Wächter, dass sie sich noch immer in einer Privataudienz mit einer raniputrischen Botschafterin befand, die am Vorabend eingetroffen war, und dass nicht einmal Choi eintreten dürfe. Wie peinlich!

Chevaleresse Sasamaso bestand darauf, sie zu anderen Würdenträgern zu begleiten, die zu Besuch gekommen waren. Aber Maroto hörte nur mit halbem Ohr zu. Wie immer nach dem spektakulären Scheitern eines Geschäftsvorschlags oder einer Anmache konnte er ausschließlich daran denken, wie er es hinbekam, eine Weile von Choi wegzukommen … aber wenn er sich einmal das Gesamtbild vor Augen führte, was bei allen Teufeln sollte er denn tun? Allein weiterziehen und das Schwert allein schwingen, als wäre er irgendein Halbstarker, der allen seinen Schwanz zeigen musste? Das war ein Spiel für Verlierer, allerdings, und Maroto war kein …

»Hasenfuß!«

Der Ruf ließ Maroto über seinen Stock stolpern. Hektisch blickte er sich zwischen den Zelten um. Dabei kam er sich wie ein Trottel vor. Im Laufe der Jahre hatte sich genau diese Szene mehrmals zugetragen, wenn er in irgendeiner Schenke getrunken oder sich in einem Stechhaus gewunden hatte. Irgendein beliebiger Gast vom Nordöstlichen Zacken beleidigte dann seine Gefährten mit dem Wort, er aber zuckte zusammen, weil er glaubte, jemand hätte ihn erkannt, der aus der Zeit stammte, in der er …

»Bei der Göttin der Teufel«, flüsterte er. Da war sein Vater. Wohlgemerkt sein toter Vater, sein schon seit langer Zeit toter Vater. Zog man in Betracht, dass der alte Bastard seit zwanzig Jahren bei seinen Vorfahren hätte sein müssen, stattdessen aber auf dem Rücken eines maultiergesichtigen Jungen geschnallt über ein halbes Dutzend Fuß in die Luft ragte, konnte man es Maroto wohl nicht zum Vorwurf machen, dass er ihn nicht sofort bemerkt hatte.

»Oh, du wirst dir noch wünschen, sie wäre es und auch nicht dein Papa«, sagte Vater. Sein Lächeln war so hinterhältig wie das der Hornwölfe, die sie die Berge hinuntergejagt hatten. Das Reittier des Alten verließ jetzt den Schatten des Zeltes, und die Kraft des jungen Welpen ließ Maroto anerkennend nicken. Er machte nicht viel her, aber seine lässigen Bewegungen, denen nicht anzumerken war, dass er sich einen bösartigen alten Scheißkerl auf die Schultern geschnallt hatte, deuteten eine gewisse Wildheit an. Dies und sein schneeweißes Haar ließen ihn wirklich flink aussehen. »Hasenfuß, Hasenfuß, Hasenfuß, du hast dich wahrlich gehen lassen, mein Junge! Seht euch diesen Wanst an! Kriegst du ein Kind? Hat eine dieser Frauen dir ein Baby gemacht?«

»Du …« Maroto wischte sich mit dem Handrücken über das Gesicht und blinzelte den Jungen mit der steinernen Miene und seinem Vater auf dem Rücken an. Konnte es sein? Wie konnte es das nicht sein? Wer außer … »Neffe?«

»Griesgram«, sagte Papa, und in der Tat verfinsterte sich die Miene des Jungen noch mehr, während er auf Maroto herabstarrte. Diesen Namen hatte er sich verdient, da bestand kein Zweifel. Papa wurde sich bewusst, dass die Leute in Marotos Begleitung ebenfalls stehen geblieben waren, und wechselte auf

Makellos – vermutlich in dem Versuch, seine Schande noch öffentlicher zu machen. »Er hat getan, was mein eigener Sohn nicht vermochte, da er ein zu großer Hasenfuß war, um es auch nur zu versuchen. Er blieb an meiner Seite, rettete mich, trug mich nach Hause zurück und kümmerte sich um meinen Rücken, wo mir selbst deine Schwester jede Hilfe verweigerte. Zog sich den Zorn eines jeden Hornwolfes zu, um mich durchzubringen. Er ist der Sohn, den ich nie hatte.«

»Verdammt«, stieß Maroto hervor, ohne sich vom Gegeifer seines Vaters auch nur im Mindesten beeindrucken zu lassen. Wie denn auch? War es denn nicht der Beweis dafür, dass das wirklich sein alter Herr war? Dass beide Familienangehörige diesen schrecklichen Tag trotz seiner Feigheit überlebt hatten? Zweifellos hatten sie Lieder füreinander vorbereitet, aber jetzt hob Maroto die Faust, um seinen Neffen abzuschlagen, weil er die Kraft gehabt hatte, das zu tun, was ihm selbst nicht gelungen war. »Du bist entweder dumm oder verrückt, Junge – beide Male, die ich das Clanrecht brach, machte ich mich ganz schnell davon, und trotzdem kam ich kaum mit heiler Haut weg. Ich kann mir gar nicht vorstellen, wie es sein muss, auch nur eine Woche mit diesen Arschlöchern leben zu müssen, wenn man sie sauer gemacht hat. Ganz zu schweigen davon, ins Dorf zurückzukehren und zu bleiben, bis man sich einen Namen verdient hat. Und dann auch noch ein paar Tauzeiten zu bleiben.«

Griesgram sagte kein verdammtes Wort und schlug auch Marotos Faust nicht ab. Ließ ihn einfach wie einen verfluchten Idioten dort stehen. Das hätte bereits ausgereicht, um zwei anständige Hornwölfe kämpfen zu lassen, ob sie nun verwandt waren oder nicht … aber sie waren keine Hornwölfe mehr, jedenfalls keine richtigen. Maroto nahm die Faust herunter, gab dem Welpen einen Knochen und so weiter …

»Es ist eine Ehre, euch beide kennenzulernen«, sagte Purna, die an Marotos Seite trat. »Ich bin Tapai Purna, eine …«

»Verdammte Häretikerin!«, stieß Papa hervor. Zitternd

zeigte sein Finger auf die verräterischen Hörner, die aus Purnas Kapuze stachen. »Wir sind nun alle im Exil, Hasenfuß, aber deine schäbige Geliebte in das Fell deines Volkes zu kleiden? Wo ist dein Anstand geblieben? *Schämst* du dich denn gar nicht?«

»Ich bin nicht seine Geliebte, und nennt mich noch einmal *schäbig*, dann trage ich stattdessen Eure Haut«, sagte Purna genauso freundlich, wie sie sich vorgestellt hatte. Ihre Hände lagen lässig auf dem Griff ihres Kakuri und dem Knauf ihrer Pistole. »Und wenn ich fertig bin, übernehme ich vielleicht das Geschirr Eures großen Jungen – sieht so aus, als könnte man von dort oben einen ganzen Karren Mist reden, schön außer Reichweite irgendwelcher Konsequenzen.«

Griesgrams dicke Finger ballten sich zu Fäusten, aber Papa zeigte nur ein spöttisches Grinsen und klopfte seinem Enkel auf die Schulter. »Genau so einen respektvollen Ton hätte ich von einem Kameraden von Hasenfuß erwartet. Ich habe – glaube ich – irgendwo einmal gehört, dass ein Tapai ein Prinz aus den Fernsten Bergen ist, stimmt das? Sagt mir, Prinz Purna, was hat Euer königlicher Spaßmacher hier Euch für das Fell abgeknöpft?«

»Sie …«, begann Maroto, aber Purna sprach für sich selbst.

»Das habe ich mir selbst genommen, ist keine Woche her. Ich muss zugeben, Euer Sohn hat mir dabei geholfen, und unsere Kameradin Choi hier auch, aber ich war es, die die Bestie zurück in die Erste Finsternis schickte, also bin ich es auch, die ihre Krone trägt. Wenn Ihr mein Volk kennt, dann wisst Ihr, dass wir nichts tragen, was wir nicht auch getötet haben. Also seid Ihr nun bloß ein alter Narr, der einfach nur alles vergessen hat, oder seid Ihr gar ein Arschloch, das sein Gesicht umgestaltet haben will?«

Papa zeigte jetzt jenes Lächeln, nämlich das hungrige, das er immer gezeigt hatte, bevor er einen auffraß. Aber an dieser Stelle war es ausgerechnet Griesgram, der sich einmischte.

»Tapai Purna«, murmelte er. »Großvater hat gesagt, was er musste, Ihr habt gesagt, was Ihr musstet, und jeder, der mit Ohren ausgestattet ist, kennt den Sieger. Lasst es gut sein.«

»Zuerst lässt mich mein nichtsnutziger Sohn für tot zurück, jetzt zündet mein Enkel den Scheiterhaufen an«, murrte Papa. »Also schön, also gut, Friede, Prinz Purna – schließlich kann ich nicht gerade behaupten, dass Griesgram Gelegenheit gehabt hätte, eine solche Beute zu erringen, wie Ihr sie tragt – wie einen Seidenschal am fetten Hals der verwöhnten Frau eines Händlers. Wo wir herkommen, bedeutet dies, dass Ihr mehr Respekt verdient, als ich Euch gezeigt habe. Friede mit Euch, Tapai, wünscht Skrupellos von den Hornwölfen – eines Tages ringen wir alle – wie es sich gehört – in der Met-Halle des Alten Schwarz, wenn ich meine Beine wieder habe.«

Purna war sichtlich freudig erregt, aber glücklicherweise hielt sie den Mund und verneigte sich vor dem alten Windbeutel. Die Familie zu sehen, die Maroto schon vor so langer Zeit für tot gehalten hatte, das war ungefähr so seltsam wie das Lächeln eines Teufels. Aber am seltsamsten von allem war, dass er statt Erleichterung oder Freude zu verspüren einfach nur angepisst war, weil sich Papa jetzt schon wie ein richtiger Scheißkerl benahm und sein Neffe offensichtlich ein paar unerfreuliche Gedanken hegte, und zwar seinetwegen. Da konnte er nur auf das Beste hoffen.

»Papa, Griesgram, ich nehme an, ihr kennt die Kronenadlerin schon, da sie uns hergebracht hat«, sagte er. »Und der Rest meiner Mannschaft wird gerade zusammengeflickt, aber das da ist Choi. Sie ist eine Wildgeborene, so wie du, Griesgram.«

Griesgram spannte sich an, möglicherweise weil er müheloser als normal durchging als die mit Hörnern versehene Makellose und sauer war, weil Maroto ihn so unbedacht vor der Welt bloßgestellt hatte. Der Junge war zusammen mit seinen gewaltigen Tieraugen gewachsen, und sah man nicht genau hin, entging einem womöglich sogar, dass er kein richtiger Mensch war. Choi trat vor und verneigte sich kurz und energisch.

»Choi Bo-yung, Kampfwächterin von Generalin Ji-hyeon«, stellte sie sich vor. Dabei knirschten ihre scharfen kleinen Zähne auf eine Weise, die Maroto langsam richtig gefiel.

»Bin kein Wilder«, sagte Griesgram mürrisch, obwohl er genug Verstand hatte, die Höflichkeit zu erwidern. »Nichts für ungut, aber ich habe Schamanenblut in mir und bin kein Wie-auch-immer-Wilder. Ji-hyeon spricht in höchsten Tönen von Euch, gute Frau. Fühle mich geehrt, mich vor Euch verneigen zu dürfen.«

»Du hast mit der Generalin gesprochen?« Maroto fragte sich sofort, was diese beiden Barbaren Ji-hyeon wohl erzählt hatten … und was sie hier überhaupt zu suchen hatten.

»Oh, die sind ganz eng miteinander«, meinte Papa. »Wenn ich so bedenke, wie lange er immer fort ist, da wird bestimmt nicht viel geredet, hab ich recht, mein Junge? Wenn es der Generalin ebenso ernst damit wäre, dieses Heer zu führen, wie sie um ihn wirbt, dann …«

Und Chois Schwert erschien so lässig in der Hand, wie man einen Stein warf. Griesgram bekam den Mund nicht mehr zu und stand wie erstarrt da. Chevaleresse Sasamaso trat neben sie, und die Spitze ihrer Gleve teilte die Luft und zielte auf Papas hämisches Grinsen. »Alter Wolf, ich habe dir schon beim letzten Mal gesagt, was passieren würde, wenn du unserer zukünftigen Königin nicht den Respekt erweist, der ihr gebührt.«

»Beim letzten Mal?«, wiederholte Choi, und das reichte vollkommen aus – in Chois Nähe behauptete niemand, Ji-hyeons Nachttopf würde nicht wie frisch gebackener Kuchen riechen, jedenfalls niemand, dem sein Leben lieb war. Aber bevor Papa wieder sein böses Maul aufreißen konnte, ertönte schon eine andere Stimme, die Maroto mit Erleichterung erfüllte.

Denn offensichtlich träumte er das alles, und da nichts davon real war, gab es auch nichts, weswegen man sich Sorgen machen musste. Das hätte er wissen sollen, sobald die Geister seines Vaters und seines Neffen erschienen waren. Eigentlich konnte er es auch genießen, bevor er aufwachte, also wandte er sich ihr zu, während sie ihn beiläufig beleidigte.

»Marotos Familientreffen? Es soll ja ein Schicksal geben, das schlimmer ist als der Tod, und jetzt weiß ich, dass dieser alte Spruch tatsächlich zutrifft.«

Wenn Maroto sonst von Zosia geträumt hatte, war sie immer so aufgetreten, wie er sie das letzte Mal gesehen hatte, jung und gesund, wenn auch etwas blass um die Augen, weil ihr der lange Feldzug – der das Ziel hatte, Diadem zu erobern – und dann der noch härtere Feldzug – um nach dem Erringen des Scharlachroten Throns das Imperium zu beherrschen – so viel abverlangt hatten. In seinen Träumen leuchtete ihr Haar wie das Mineral, das ihm seinen Namen gab; es war so dunkelblau und wild wie die Wogen des Bittermeeres, die in die nordöstlichen Fjorde hineindonnerten, und für gewöhnlich trug sie eine ähnliche Kleidung wie dieses Kettenhemdchen, das ihre Nachfolgerin tatsächlich anhatte … wenn nicht sogar bedeutend weniger. Glücklicherweise tauchte Lefzenschlecker nur selten in seinen Träumen auf.

Aber jetzt träumte er Zosia so, wie sie vermutlich einmal ausgesehen hätte, wäre keines der schlimmen Dinge jemals passiert – sie war älter und kantiger, ihr Haar wies die Farbe von geschmolzenem Silber auf anstatt von Kobalt. Die feinen Fältchen um ihre Augen zogen sich nun bis zu ihren Mundwinkeln herunter. Von ihren breiten Schultern hing ein schlichtes Kettenhemd, so wie sie es ganz zu Anfang geschätzt hatte, ihre stämmigen Beine steckten in lose sitzenden Wollhosen im Raniputristil. Und keinen Tag älter als bei ihrer letzten Begegnung stand Lefzenschlecker neben ihr und bellte fröhlich, um sich dann auf ihn zu stürzen.

»Zosia.« Er hauchte den Namen wie ein Gebet, um noch eine Weile länger schlafen zu dürfen. Dabei bekam er kaum mit, dass sich Purna, Choi und Sasamaso bei der Erwähnung ihres Namens jeweils auf ein Knie niederließen. Nur Griesgram war zu dumm, um sich vor ihr zu verneigen. Es fühlte sich so gut an, dass er es sogar wiederholte. »Zosia.«

Sie zuckte mit den Schultern, und ihr kaum unterdrücktes Grinsen wurde breiter. Reflexartig wollte Maroto den schnüffelnden Teufel von seinem Schoß schieben, so als wäre Lefzenschlecker ein echter Hund – und in diesem Augenblick begriff er die ganze Wahrheit. Die Nase des Teufels fühlte sich so kalt an wie ein Grab, der Sabber auf seinen Fingern wirkte so warm wie ein schlagendes Herz. Das fühlte er, das vermochte er alles zu fühlen. Das war kein Traum, nicht einmal der eines Tausendfüßlers konnte so echt sein.

»Willst du tatsächlich den ganzen Tag mit diesem Unhold spielen, oder bekomme ich auch noch eine Umarmung?«, fragte Zosia, und da war dieses wunderbare Lächeln wieder, das in den letzten Jahren ihres Lebens so rar geworden war. Sie stürmte mit ihren schweren Stiefeln auf ihn zu, statt über den Boden zu gleiten. Das war kein Traum. Kein Geist. Zosia. Sie hob die Arme, die Handflächen nach oben gerichtet. *Was will man machen*, drückte diese Geste aus. Maroto holte Luft, was er nicht mehr getan hatte, seit er ihre Stimme zum ersten Mal seit zwanzig Jahren gehört hatte. »Du siehst wirklich scheiße aus, alter Mann, hätte ich nicht …«

Maroto riss sie in die Arme, kippte sie zur Seite, und küsste sie dann so auf den Mund, wie er es schon immer hatte tun wollen. Sie schmeckte nach dem Curry ihres Mittagessens, nach abgestandenem Kaldi und abgestandenem Tubãq. Sie schmeckte lebendig, und er küsste sie noch härter, seine Hände drückten sie so fest, wie er es wagte, genoss diesen köstlichen Augenblick der Überraschung, bevor sich ihr Mund öffnen und ihre Zunge bewegen würde, sie den Kuss erwidern würde, und zwar auf die Weise, wie sie es schon immer gewollt hatte …

Stattdessen biss sie ihn in die Zunge, riss den Kopf zur Seite und rammte ihm das Knie mit voller Wucht in die Eier.

KAPITEL 14

Die Teufel sollten Maroto in die schlimmste Hölle verdammen, und die Teufel sollten Zosia dafür verdammen, dass sie je liebevoll an ihn gedacht hatte! Sie schickte den geilen Bastard zu Boden und gab ihm seine Spucke zurück – und zwar als dicken Klumpen, der in ein frisch verstümmeltes Ohr klatschte. Mit weit aufgerissenen Augen starrte er zu ihr hoch und begriff wie immer ihre Reaktion auf seine unwillkommenen Avancen nicht. Sie hätte ihm die Zähne eingetreten, hätte ein wieselhaftes Mädchen mit einer schrecklich großen Steinschlosspistole nicht die Waffe auf sie gerichtet.

»Fass mich noch mal an, Maroto, und ich bringe dich um«, knurrte Zosia und ignorierte die mit der Pistole herumfuchtelnde Kleine. »Bei den fünf Teufeln, die ich band und den dreien, denen ich die Freiheit gab, das ist mein voller Ernst.«

Weinte er etwa? Maroto richtete den Blick zu Boden, bevor sie sich dessen sicher sein konnte. Bei näherer Betrachtung erschien er in einem schlechten Zustand, bedeutend schlechter jedenfalls als jeder andere Schurke, und kürzlich hatte er Wunden an Bein, Arm und im Gesicht davongetragen. Vielleicht hatte sie ihn ernsthaft verletzt …

Egal, das war schon lange mal fällig gewesen.

»Ihr hättet ihn nicht zu Boden schicken müssen!«, sagte das Mädchen mit der Pistole. »Er freut sich doch nur, Euch zu sehen!«

»Die Entschuldigung funktioniert vielleicht bei Lefzenschlecker, wenn er dein Bein rammelt, aber von einem Zweibeiner erwarte ich mehr«, erwiderte Zosia. Die Bemerkung ließ Lefzenschlecker knurren, und sie atmete erst einmal tief aus. Sie konnte sich nicht erinnern, wann sie das letzte Mal die ganze Nacht aufgeblieben war, um eine Taktik zu planen; in den Domänen hatten sie bei Tageslicht geplant, weil es die Chevaleressen für ehrlos hielten, das zu einer anderen Zeit zu tun. Sie starrte finster auf ihren alten Schurken, der nach wie vor den Dreck unter ihren Stiefeln inspizierte, statt sich zu entschuldigen. »Immer noch derselbe verfluchte Maroto, was? Die Teufel stehen uns bei.«

»Hauptmann«, sagte einer der Wächter, die Ji-hyeon Zosia zugeteilt hatte, »wenn ich Euch Euer Zelt zeigen dürfte, ich glaube, Hauptmann Maroto und Choi müssen der Generalin Bericht erstatten.«

»Klar.« Zosia musterte Marotos Familie. Der unheimliche nordöstliche Junge aus Ji-hyeons Zelt war da und trug einen alten Mann mit bösartigem Gesicht wie einen Rucksack. Da waren auch noch eine Feuersteinländerin, eine Chevaleresse mit einer gestreiften Rüstung, und eine grimmig aussehende Frau, deren Haar noch heller als Zosias war und die kleine schwarze Hörner hatte. Diese Letztere warf Zosia den Teufelsblick zu, was nicht schwerfiel, wenn man von Geburt an rote Augen hatte. Aber keiner von ihnen sagte ein einziges Wort. Sie erwiderte den Blick der Wildgeborenen und sagte: »Ihr seid also Choi? Im Namen meiner Schurken entschuldige ich mich für die Belästigungen, die Ihr während der Patrouille von diesem Schleimbeutel erdulden musstet.«

»Das ist unnötig«, sagte die Frau, ihre spitzen Zähne sahen so scharf aus, wie die Worte klangen.

Na ja, mehr als zu versuchen nett zu sein, konnte man nicht. Zosia wandte ihnen den Rücken zu, und Lefzenschlecker schloss sich ihr und ihren Wächtern an. Eine kühle Pritsche in einem dunklen Zelt – das klang jetzt sogar noch verlockender als zuvor.

»*Hauptmann* Zosia?«, hörte sie das ugrakarische Mädchen murmeln, während es Maroto auf die Beine half. »Die Teufel stehen *uns* bei.«

Zosia wusste etwas Besseres, als länger als ein paar Stunden zu schlafen. Lefzenschlecker weckte sie mit einem klebrigen Schmatzer auf die Wange, und der Position der Sonne und dem Pochen ihres Schädels nach zu urteilen hatte er sich ausnahmsweise einmal an ihre Anweisungen gehalten. Warum sollte er auch nicht in guter Stimmung sein? Das Ungeheuer hatte im letzten Jahr mehr gefressen als in den zwanzig Jahren davor, und da der Krieg unmittelbar bevorstand, würde er in den kommenden Tagen noch viel mehr fressen können. Sie hatte es sich kaum gemütlich gemacht und eine Pfeife gestopft, da rief auch schon der Wächter vor dem Zelt: »Hauptmann, ein Besucher für Euch.«

»Willst du wetten, wer das ist?«, fragte Zosia ihren Hund. »Du benimmst dich nicht wie ein Welpe, also kann es nicht Frostfalle sein. Maroto wird erst einmal etwas trinken müssen, bevor er sich wieder sehen lässt, also bleibt nur Singh, die wissen will, warum ich die ganze Nacht im Zelt der Generalin gewesen bin, oder Fennec, der es ebenfalls unbedingt erfahren muss. Hm. Komm rein!«

Aber als sie die Plane zur Seite zog, war es keiner der Schurken, sondern Marotos Ugrakari. Der Wächter übernahm die Vorstellung, da die Kleine mit dem wilden Blick so gar keine Anstalten dazu machte. »Tapai Purna möchte Euch sprechen, Hauptmann.«

»Adel, der einen unbedeutenden Hauptmann sehen will?« Zosia blinzelte dem Mädchen zu. »Lasst einen Gruß sehen, Euer Hoheit, dann könnt Ihr reinkommen.«

Tapai Purna hob steif die Faust neben ihr frisch gewaschenes Gesicht, und Zosia hielt das Zelt für sie auf. Was reiche Gören anging, so machte sie einen ziemlich flotten Eindruck.

Um die Schultern war ein schlecht gegerbtes Wolfsfell gewickelt, der Rest der Ausrüstung bestand aus einer zusammengewürfelten Mischung aus Kettenrüstung, Bronzekacheln und Lederriemen, die in dieser schönen neuen Welt vermutlich noch als modisch durchgingen. Sie wirkte weniger wie eine Tapai, die Soldatin spielte, als vielmehr wie eine Soldatin, die Tapai spielte. Aus dem Fell ragten hübsche Beine heraus – Maroto hatte einen Blick für Qualität, das musste man dem alten Sauhund lassen. »Welchem Umstand verdanke ich dieses Vergnügen, meine Gute?«

»Ich hoffe, es wird ein Vergnügen«, sagte das Mädchen, ging geradewegs zu Zosias Tisch und stellte dort eine Taschenflasche ab, die sie im Ärmel getragen hatte. »Ich habe Torffeuer der Makellosen und Madrosstäbe mitgebracht, falls Ihr mit mir Korken und Verpackung brechen wollt.«

»Das ist der schnellste Weg, um sich bei mir beliebt zu machen«, erwiderte Zosia. »Ich kann mir schon vorstellen, warum Maroto Euch geschickt hat. Also …«

»Maroto weiß gar nicht, dass ich hier bin.« Die Tapai reichte Zosia eine Zigarre und beschnitt das Ende ihrer eigenen mit der Klinge eines gewaltigen Kakuris. Zosia war fast beeindruckt – diese Generation von Abenteurern schien härter zu sein, als ihre jemals gewesen war. Andererseits mussten sie auch in große Fußstapfen treten. »Wenn er wüsste, dass ich seinetwegen unterwegs bin, würde er sich noch mehr schämen als sonst. Falls Ihr also kein noch größeres, siffigeres Arschloch seid, als alle ohnehin schon glauben, bleibt das hier unter uns.«

»Ihr seid wirklich charmant, Tapai.« Zosia legte ihre gestopfte Pfeife auf den Tisch und nahm die Zigarre.

»Purna«, sagte das Mädchen. »Die Tapai ist meine Mutter – und meine Brüder heißen so. Für Euch bin ich einfach Purna, Hauptmann. Ich habe mir meinen Weg in diese Armee nicht erkauft, ich habe ihn mir verdient. Genau wie Ihr.«

»Genau wie ich?«

»Diese Raniputri, die eben eingetroffen sind, die gehören doch zu Euch, richtig? Wir haben euch seit Wochen auf eurem Weg durch die Berge beobachtet. Hielten euch für eine Söldnervorhut des Imperiums, aber vermutlich haben sie euch nur verfolgt?«

»Das kommt so ungefähr hin, aber ich würde die Raniputri nicht als die meinen bezeichnen. Sollte etwas schiefgehen, werden sie sich auf Singhs Seite schlagen, nicht auf meine.«

»Ich habe mich schon gefragt, ob das die alte Ritterfrau ist.« Purna öffnete die Klappe der von der Decke hängenden Laterne und zündete die Zigarre an. Zosia folgte ihrem Beispiel. »Also fehlt Kang-ho als einziger Schurke«, sagte Purna. »Eine hübsche Zusammenkunft.«

»Ich würde sagen, seine Tochter füllt die Lücke nicht schlecht.« Zosia gab sich alle Mühe zu verschleiern, wie verflucht wundervoll es doch war, eine echte Madros zwischen den Zähnen zu haben. Diese starken, erdigen schwarzen Blätter schmeckten, als würde man wieder zu Hause sein. »Sie ist eine bessere Generalin, als er jemals einen abgeben würde, das ist mal klar. Jetzt sagt mir nicht, dass auch Ihr mit den Liedern über die Kobaltblaue aufgewachsen seid.«

»Ich kann sie in drei Dialekten singen«, erwiderte Purna. Am Rand der harten Fassade des Mädchens blitzten kurz Aufregung und Eifer auf. »Hier ist es warm. Was dagegen, wenn ich mein Fell ablege?«

»Nein.« Zosia nahm den Umhang und warf ihn auf ihre Pritsche. Purna war knabenhaft genug, um Zosia ein hübsches kleines Kribbeln zu versetzen. Ein hübsches kleines Kribbeln jedoch verwandelte sich immer schnell in ausgeprägte Schuldgefühle, wenn sie an Leib dachte. Sie versuchte sich an das Gefühl seiner Hände zu erinnern, sie wirklich zu spüren. Um dann allerdings herausfinden zu müssen, dass ihr auch das wie so vieles andere von ihm langsam, aber sicher verloren ging. Natürlich würde er ihr keinen Flirt zum Vorwurf machen, nicht, wenn er ihr nicht dabei helfen konnte, diese Spannung loszuwerden. Er würde wollen, dass sie ihr Vergnügen fand, ein paar Stunden lang ihre Last vergaß. Aber dieses Wissen ließ sie ihn nur noch mehr vermissen. Davon abgesehen hatte ihr die letzte Person, bei der sie ein hübsches kleines Kribbeln verspürt hatte, ihre Pfeife gestohlen, das Einzige, das von Leib noch übrig war. Und jetzt musste sie sich mit Marotos weggeworfener Bruyerepfeife und einer Zigarre von seiner kleinen Freundin zufriedengeben. »Was wollt Ihr, Purna? Ich bin eine viel beschäftigte Frau.«

Purna lachte. Es klang beinahe überzeugend. »Was ich will, nehme ich mir. Vermutlich glaubt Ihr, ich sei auf Klatsch aus. Wieso lebt die Kobaltblaue Königin noch? Warum sind alle Schurken wieder zusammen? Stehen wir am Beginn eines neuen goldenen Zeitalters?«

»Und Ihr seid kein bisschen neugierig?« Zosia öffnete die Flasche des Mädchens und nahm einen ordentlichen Schluck, nachdem ein Blick auf Lefzenschlecker kein warnendes Bellen zur Folge hatte. Als hätte er sie bei der letzten Vergiftung gewarnt. Ah, rauchige Zigarren und noch rauchigeres Torffeuer zum Frühstück. Ganz wie in den alten Zeiten.

»Meine Dame, ich kann Euch gar nicht sagen, wie scheißegal mir das ist«, sagte Purna. »Natürlich ist das alles schrecklich aufregend, aber ich bin auf keinen Fall gekommen, damit Ihr mit vergangenem Ruhm prahlen könnt oder mir neuen versprecht. Ich bin hier, um über Maroto zu sprechen.«

»Hört zu, Mädchen, ich weiß nicht, was er Euch ins Ohr geflüstert hat …«

»Er hat mir überhaupt nichts ins Ohr geflüstert«, fauchte Purna, nahm einen beruhigenden Zug von der Zigarre und blies Zosia einen vollendeten Rauchring entgegen. »Wir unterhalten uns. Als Freunde. Kameraden. Und ich habe nicht die geringste Ahnung, warum Ihr aus welchem Loch auch immer gekrochen seid, in dem Ihr Euch versteckt hattet, und ich habe auch keine Ahnung, warum sich so viele der Schurken versammelt haben. Aber ich weiß ganz genau, warum Maroto hier ist. Wegen Euch.«

»Das hat er Euch gesagt?« Zosia gab die Flasche zurück, ging zu ihrer Pritsche zurück und setzte sich. Das Reißen in Knien und Rücken ließ sie grunzen. »Das ist ein Haufen Scheiße, Purna. Bis vor meiner Ankunft gestern Abend wusste niemand in diesem Lager, dass ich noch lebe.«

»Ganz genau«, erwiderte Purna, nahm einen Schluck und spülte ihn im Mund herum, bevor sie fortfuhr. »Wir sind weit draußen in diesem beschissenen Niemandsland gewesen, jenseits der Pantera-Wüste, da hörte er in einer Schenke davon, dass Ihr von den Toten zurückgekehrt seid und im Imperium für Aufruhr sorgt. Er fiel auf denselben Köder wie so gut wie alle herein, hielt Generalin Ji-hyeon für die zurückgekehrte Zosia die Schreckliche. Also führte Maroto mich und meine Freunde auf eine Reise über den ganzen verfluchten Stern, um Euch zu finden, nur um sich noch elender zu fühlen, als wir die Kompanie vor ein paar Monaten endlich einholten. Es brach ihm erneut das Herz, und er blieb nur, weil er sonst nirgendwo hinkonnte. Ich aber wollte sehen, wie das Söldnerleben so ist.«

»Und?« Zosia blickte zu dem naiven Mädchen hinauf. »Soll ich jetzt gerührt sein?«

»Und er ist vermutlich der Einzige in diesem Lager, der wirklich froh ist, Euch zu sehen«, erwiderte Purna, was Zosia die Zigarre tatsächlich verleidete. »Die anderen mögen ja begeistert sein, eine lebende Legende im Lager zu haben, weil das gut für die Moral und diese ganze Scheiße ist, aber glaubt Ihr, sonst würde sich jemand etwas aus Euch machen? Er hat Euch schon geliebt, da bin ich noch gar nicht auf der Welt gewesen, und als er Euch endlich wiedersah, ließ er sich hinreißen, und Ihr müsst ihn vor aller Augen niedermachen!«

»Verdammt richtig, und ich würde es wieder tun, ohne auch nur einen einzigen Gedanken daran zu verschwenden.« Zosia fragte sich, wie – bei allen usbanischen Namen für die Hölle! – diese Göre es geschafft hatte, dass sie eine Aufwallung von Schuld verspürte – wegen etwas, das eine eindeutig gerechtfertigte Reaktion gewesen war. »Vielleicht hat er sich ja in jeder Hinsicht verändert, wie das einer Person nur möglich ist, aber von meinem Blickpunkt aus ist er ein noch größeres Arschloch als früher. Ich wollte ihn *umarmen*, wie Euch sicher nicht entgangen ist.«

»Eine Umarmung ist etwas Nettes«, sagte Purna und setzte sich neben Zosia auf die Pritsche. Nah genug, dass eine arme Witwe auf Gedanken kommen konnte. Aber dann warf sie Zosia einen Seitenblick zu, der die meisten dieser Gedanken wieder aus der Gleichung strich. »Habt Ihr Euch nie hinreißen lassen, wolltet etwas so sehr, dass Euch egal war, wer vielleicht zusieht?«

Zosia sah in Lefzenschleckers Richtung, der den Anstand hatte, sich in eine Ecke zu verziehen und sich mit dem Gesicht zur Zeltwand hinzulegen. Verdammt, diese Purna verschwendete wirklich keine Zeit – das war ein willkommener Tempowechsel. Falls sie noch immer über Maroto sprachen, war Zosia eines Teufels Tante. Und falls sie das falsch verstand, war es besser, das gleich aus der Welt zu schaffen, damit sie sich nicht wie bei Bang an der Nase herumführen ließ. Sie warf die Zigarre auf den Boden und tätschelte die Kleine dort, wo sich an der Rüstung zwischen Kniekachel und Kettenhemd eine Lücke bot. Ihre Haut fühlte sich so heiß wie das Torffeuer an.

»Zosia«, sagte Purna, und die Haare fielen ihr in die Augen, da sie sich langsam vorbeugte und ihre Zigarre auch zu Boden warf. »Ich bin nicht hergekommen, um …«

»Wir können das auf die Weise tun, die Ihr wollt, Purna.« Zosia spürte ihr Herz pochen, denn sie roch den sauberen Schweiß des Mädchens, in den sich das rauchige Parfüm der Madros und der Inseln mischte. »Ich kann stundenlang davon erzählen, was für ein Bastard Maroto gewesen ist, der stets ein nettes Wort über meinen Körper hatte und ständig versuchte, mich zu einem Mitleidsfick zu überreden. Oder – Ihr und ich – wir verbringen die Zeit mit etwas anderem, Purna.«

»Ihr …« Sie hatte etwas gesagt, das Purna vom Abgrund weggezogen hatte, und die Kleine nahm einen Schluck aus der Flasche statt von Zosia. Sie wischte sich über den Mund und setzte sich etwas aufrechter hin. Von Zosia fort. Bei allen Teufeln, was hatte sie nur Falsches gesagt? »Ich meine, offensichtlich hattet Ihr und Maroto … gewiss war da mal was. Oder nicht? Selbst wenn Ihr das nicht länger wollt?«

»Also möchtet Ihr lieber über ihn sprechen.« Zosia fragte sich, ob ein Gespräch über diesen Perversen die Atmosphäre reinigen mochte, damit sie wieder damit weitermachen konnten, was beinahe passiert war; sie hoffte es, betete darum und bezweifelte es auch wieder. »Klar gab es da früher mal was – wir waren Freunde. Dann allerdings hat er sich entschieden, dass es ihm wichtiger als so gut wie alles andere war, mich zu ficken. Bei allen Höllen, vielleicht waren wir sogar nicht einmal richtige Freunde.«

Zosia nahm sich wieder die Flasche und leerte sie. »Wisst Ihr, dass er sich nie mit mir im Kampf üben wollte? Niemals. Er meinte, er hätte Angst, mein hübsches Gesicht zu verunstalten. Also sagte ich ihm, ich würde nur mit denjenigen schlafen, die mich im Kampf bezwungen hätten, und schon am nächsten verfluchten Tag kam er mit den stumpfen Schwertern an und zwang mich zu einem Duell. Danach musste ich mit ihm kämpfen, um bloß nicht mit ihm kämpfen zu müssen, wenn Ihr versteht, was ich meine. Aber er hatte nie genug Glück, mich zu schlagen, den Göttern des Stahls sei es gedankt. Und genau das hatten wir – eine ausgesprochen kranke Beziehung, ganz gleich, welche Lügen er erzählt hat.«

»Er hat nie behauptet, dass etwas passiert sei«, meinte Purna. Sie erschien so todunglücklich wie der alte Maroto, der im Staub lag. Nichts ist weniger sexy als Traurigkeit. »Ich hatte einfach angenommen, er sei diskret. Romantisch.«

»Ach, Mädchen«, sagte Zosia reumütig. »Zu seiner Zeit hat man Maroto als vieles bezeichnet, ich und andere haben das getan. Aber ich glaube kaum, dass man ihn jemals beschuldigt hat, diskret oder romantisch zu sein.«

»Scheiße!« Purna sackte etwas in sich zusammen. »Scheiße und verdammt! Ich wollte wirklich … aber egal.«

»Ihr wolltet wirklich *was* tun? Die Dinge zwischen uns kitten? Erstens kann man nichts kitten, das es überhaupt nicht gab, und das daher auch gar nicht zerbrechen konnte. Und wenn Ihr geglaubt habt, mich jemals zu einem Dreier mit Euch und ihm überreden zu können …«

»Igitt, nein!«, rief Purna. »Das will ich selber nicht!«

»Wenn wir also damit fertig sind, über ihn zu sprechen, dann …« Zosia unternahm einen letzten Versuch und legte wieder die Hand auf Purnas Bein. Schließlich konnte man selbst ein niedergebranntes Feuer noch einmal schüren.

»Scheiße, Scheiße, Scheiße«, sagte Purna und sprang auf die Füße. Ihre Wangen waren so rot wie Marotos, als Zosia sich seinem Kuss verweigert hatte. »Scheiße! Versteht mich nicht falsch, ich würde das wirklich gern tun, Ihr seid noch heißer, als ich mir vorgestellt hatte. Aber … Scheiße!«

»Purna«, erwiderte Zosia. »Holt jetzt tief Luft. Das hier muss nichts mit irgendetwas zu tun haben, wir sind einfach nur zwei Frauen, die sich in einem Zelt unterhalten.«

»Wenn Ihr und er … Wenn auch das nur einmal … das wäre eine Sache!«, sagte Purna und schnappte sich ihren Umhang. »Aber ich kann nicht. Nicht jetzt. Natürlich kann er ein schleimiger Mistkerl sein und hundert andere Dinge, aber er ist auch mein bester Freund. Ich kann das nicht tun, so gern ich auch würde. Das könnte ihn umbringen. Scheiße!«

»Ihr schuldet ihm nichts«, sagte Zosia, wusste aber, dass die Kleine schon lange fort war, obwohl sie noch vor ihr stand und den Umhang knetete. »Keiner von uns schuldet ihm was.«

»Nein«, sagte Purna. Ihre Kühnheit war verschwunden.

»Bitte sagt ihm nicht, dass wir überhaupt miteinander … Lebt wohl!«

Und einfach so war Zosia wieder allein in ihrem Zelt. Das wurde wirklich ermüdend – noch nie in ihrem Leben hatte sie solche Probleme gehabt, jemanden ins Bett zu bekommen. Bald war es ein Jahr her. Hatte sie nach dem ersten Mal jemals eine Durststrecke von einem Jahr gehabt? Auch nur einem Monat? Nicht mal eine Woche, wenn sie es vermeiden konnte.

Andererseits war Ji-hyeon zufolge das imperiale Regiment, das die Kompanie verfolgte, kein anderes als das Fünfzehnte aus Azgaroth, das von Oberst Hjortt höchstpersönlich angeführt wurde; was also das Spiel der Vergeltung anging, da hätte Zosia um kein besseres Blatt beten können. Sie konnte es kaum erwarten, den daumenlosen Dummkopf wiederzusehen und ihren Schwur, ihn zu töten, auf eine bis dahin noch nie gekannte Weise in die Tat umzusetzen – ihn und seine ganze Kavallerie, und seine Leibwächterin noch dazu, die große Kriegsnonne. Das Angebot war fast schon zu gut, ein richtiges Treffen aller aus Kypck.

Ob Indsorith ihre Erfüllungsgehilfen als Opfer geschickt hatte, um Zosia zu beschwichtigen, so als wäre sie ein hungriger Teufel, den man sättigen konnte? Zweifelhaft. Es war viel wahrscheinlicher, dass das Fünfzehnte Regiment ein Köder sein sollte, der sie in die Falle lockte – die Scharlachrote Königin von Samoth war nicht die Einzige, die ein Heer für eine persönliche Vendetta opfern würde, und wenn die Kobaltblauen auf dem Schlachtfeld eine schwere Zeit erwartete, war das nur ein kleiner Preis für die Vergeltung an jenen, die Zosias Ehemann und Nachbarn getötet hatten. Und lange nachdem sich der Rauch geklärt hatte und keine Spur mehr von der Eiskalten zu finden war, würde die Königin eines Nachts ganz allein im Thronsaal sitzen und sich ein unerwarteter Gast zu ihr gesellen …

Lefzenschlecker wimmerte, und Zosia griff nach Purnas glühendem Zigarrenstumpen, um damit nach ihm zu werfen. Aber da sah sie den eigentlichen Anlass seines Ausbruchs. In der gegenüberliegenden Ecke des Zeltes war Frostfalle erschienen und lächelte wie ein eben erst befreiter Teufel.

»Und gerade glaubte ich, es könnte nicht noch schlimmer werden«, meinte Zosia. »Sag mir nicht, dass du gelernt hast, aus dem Blauen heraus zu erscheinen.«

»Das wäre schön.« Frostfalle klopfte Staub von der Vorderseite seines Gewandes. »Ich fürchte, ich löste Zeltnägel und quetschte mich unter der Plane durch, wie jeder andere auch. Das Geheimnis liegt darin, es in dem Augenblick zu tun, wenn diejenigen, die sich darin aufhalten, zu beschäftigt sind, es zu bemerken.«

»Also gibt es in der Hölle doch noch Gnade. Ich nehme nicht an, dass du Schnaps herbeizaubern kannst?«

»Also, für den Trick reichen meine Talente durchaus.« Frostfalle zog eine kleine Flasche aus den scheinbar bodenlosen Tiefen seines safrangelben Gewandes. »Dazu auch etwas zu paffen?«

»Warum nicht, schließlich hat das beim letzten Mal ja auch so gut funktioniert«, sagte Zosia. Seufzend betrachtete sie Lefzenschlecker. »Na schön. Hau ab, bis er wieder weg ist, aber wenn ich auch nur einen Muckser darüber höre, dass du Ärger …«

Doch der Teufel wartete den Rest ihrer Verwünschung gar nicht erst ab, sondern schoss, so schnell ihn die Beine trugen, aus dem Zelt – und aus der Gegenwart des Zauberers.

»Ich glaube nicht, dass er mich vermisst hat«, meinte Frostfalle. »Schade, ich habe oft an ihn gedacht, seit ihr beide verschwunden seid.«

»Also schön, Frostfalle.« Mit einer geschmeidigen, pantherhaften Bewegung, an die sie ihre Hüften noch wochenlang erinnern würden, sprang Zosia von ihrer Pritsche. Mit einer Tapferkeit stolzierte sie auf ihn zu, die sich genauso falsch anfühlte wie diejenige Purnas – und von der sie hoffte, dass sie nicht auf sie und Frostfalle zurückfiele. Dieses eine Mal hoffte sie, dass sich Lefzenschlecker nicht zu weit entfernt hatte. »Zum ersten Mal in deinem erbärmlichen Leben musst du jetzt ganz ehrlich zu mir sein. Hast du diese Imperialen in Kypck auf mich gehetzt, oder war das die Königin? Lügst du mich an, wird alles noch viel schlimmer für dich werden.«

»Ich hatte nicht einmal den Verdacht, dass du noch lebst.« Frostfalle klopfte sich auf die Brust. »Das schwöre ich bei allen Teufeln, die ich gefressen habe. Und glaube nur nicht, ich hätte nicht gesucht! Lefzenschlecker hat dich gut versteckt – ist es dir gelungen, ihn ein zweites Mal zu binden, oder hat er es aus Liebe getan?«

»Er hat mich reingelegt«, sagte Zosia. Erleichtert fühlte sie, wie der Kampfeswille aus ihr entwich. »Er hielt mich verborgen, das ist richtig, aber nur so lange, wie es ihm nutzte. Die Frage lässt mir keine Ruhe, warum er fast zwanzig Jahre lang bei mir blieb, nachdem ich ihm einen Ausweg anbot, und jetzt weiß ich es – er lehnte ihn ab. Hast du je davon gehört, dass ein Teufel zu seiner Freiheit Nein sagt?«

»Nein«, erwiderte Frostfalle und kratzte sich an einem Furunkel an seinem dicken Hals. »Wobei ich mich sofort frage, ob dein Wunsch vielleicht nur nicht so formuliert war, dass er ihn erfüllen konnte, ohne dass du es merkst. Dann ist er in der Tat ein freier Teufel. Es gibt Lieder über die Alten in Emeritus, die sich mit Teufeln anfreundeten, statt sie zu binden.«

»Wenn das stimmt, könnte Lefzenschlecker tun, was immer er will, sofern er es will«, meinte Zosia. »*Das* ist doch mal eine nette Vorstellung.«

Mit wallenden Gewändern und inmitten einer Staubwolke setzte sich Frostfalle in der Zeltmitte auf den Boden. Aus einer Innentasche holte er die Pfeife hervor, die Zosia ihm vor dreißig Jahren aus dem schwarzen Ast einer fast versteinerten Eiche geschnitzt hatte, den er ihr zuvor gebracht hatte. Angeblich fand er ihn in einem Sumpf. Es musste ewig gedauert haben, bis die Eiche getrocknet war, und das morastige Bouquet des Sumpfes war auch nie ganz aus dem Holz verschwunden. Aber Frostfalle schien von dem Ergebnis entzückt gewesen zu sein. Die Krümmung des gelben Hornstiels war dort, wo er auf den schwarzen Eichenschaft stieß, mit Intarsien versehen, und das Holz führte noch einen ganzen Zoll weiter nach unten, bevor es sich wieder nach oben zu einem Pfeifenkopf aufschwang, der wie eine zur Hälfte erblühte Tulpe geformt war. Die groben Schichten des ungewöhnlichen Holzes ließen sie weniger wie eine Pfeife, sondern vielmehr wie ein groteskes Schneckenhaus oder einen schwarzen Stinkmorchel aussehen. Er stopfte sie aus einem schäbigen Lederbeutel und sagte: »Wir haben so viel zu besprechen, alte Freundin.«

Zosia nahm die Pfeife vom Tisch, die sie zuvor gefüllt hatte. Sie erinnerte sich, wie gerührt Maroto gewesen war, als sie sie ihm in dem Kaldihaus in Linkenstern gegeben hatte – das hatte sich, nur ein oder zwei Jahre bevor er ihr geholfen hatte, Königin des Scharlachroten Imperiums zu werden, ereignet. »Ein andermal, alter Berührer. Im Moment bin ich ganz leergequatscht. Bist du für ein meditativeres Treffen zugänglich?«

»Aber sicher«, erwiderte Frostfalle jovial. »Du weißt, dass ich nichts mehr liebe, als dazusitzen und dich stundenlang schweigend anzustarren und dabei gelegentlich unheilvoll zu murmeln.«

»Solange du nicht redest.« Zosia hielt die Pfeife schräg, um die schwebende Flamme zu empfangen, die Frostfalle ihr anbot. Anzünden. Paffen. Nachstopfen. Anzünden. Paffen.

In der Reihenfolge.

Was Pläne anging, so funktionierte dieser großartig, und Zosia machte es sich mit einem Stöhnen wieder auf ihrer Pritsche bequem. Was für ein beschissener Tag! Der beste Teil daran war noch, dass sie, obwohl sie die ganze Nacht zusammen mit Ji-hyeon ihre Strategie geplant hatte und ihnen das bessere Terrain zur Verfügung stand, noch immer nicht davon überzeugt war, mit ihrer Taktik eine bedeutend größere Streitmacht mit militärischer Erfahrung bezwingen zu können. Die Imperialen hatten wie immer die Übermacht, und selbst wenn der unerfahrene junge Oberst Hjortt das Kommando hatte, konnte sich die Kompanie auf ein tränenreiches Heldenlied gefasst machen. Trotzdem hatte sie Ji-hyeon den letzten Anstoß gegeben, sich hier und jetzt zu stellen, denn wenn die Kobaltblauen an diesem Tag den Sieg davontrugen, hatte sie sich sowohl an der Kavallerie gerächt, die Kypck massakriert hatte, als auch an dem Oberst, den sie sich dummerweise durch die Finger hatte schlüpfen lassen. Aber falls die Kobaltblauen es nicht schafften, würde das vielleicht einer ihrer letzten Tage auf dieser Welt sein.

Und wie verbrachte sie ihn? Was die geschlechtliche Lust betraf, frustriert, und dazu eine Pfeife rauchend, die sie beim Schnitzen für einzigartig gehalten hatte, aber jetzt als die oberflächliche Arbeit erkannte, die sie in Wahrheit war. Eine Pfeife, die dank der in ihrem Beutel ausgetrockneten Oriorentin-Mischung viel zu heiß brannte. Ihre einzige Gesellschaft bestand aus der größten Personifizierung des Bösen, der sie je begegnet war, und um diese Beleidigung noch zu vertiefen, enthielt seine Flasche Veilchenlikör, und seine Pfeife roch noch blumiger, da sie mit einer Mischung aus beißendem, kräftigem Tambo und irgendwelchen seifigen braunen Flakes gefüllt war, die das ganze Zelt wie die parfümierte Unterwäsche eines senilen Greises stinken ließen. Zosia die Eiskalte, die ehemalige Königin von Samoth: Das hatten ihr ein Jahr harter Arbeit und Herzschmerz eingebracht. Es war genau das, was sie verdiente.

Ohne Frage, so wie in der guten, alten Zeit.

Nach einer beträchtlichen Zeitspanne stinkender Sinnlichkeit brach Frostfalle das versprochene Schweigen. »Hättest du Lust, später noch auf eine Feier zu gehen?«

KAPITEL 15

Es hatte Zeiten gegeben, da hatte Domingo seinen Sohn gehasst. Kein Vater gab so etwas gern zu, aber es war nun einmal die Wahrheit. Wie man es auch drehte oder wendete, das Mark in den Knochen des Jungen hatte aus purer Feigheit bestanden. Efrain Hjortt war nicht nur ein Feigling, er war auch ein Schwächling gewesen. Und ein Jammerlappen. So energisch Domingo auch versucht hatte, dem Jungen dabei zu helfen, dem Haus seiner Mutter Ehre zu machen, so streng die Akademie von Azgaroth auch mit ihm umgesprungen war, anscheinend hatte nichts helfen können – er besaß das Rückgrat eines Aals in Aspik und zeigte zudem den bösartigen Egoismus eines lebenden Vertreters dieser Spezies.

Domingo hatte das Aufwachsen des Jungen nur in großen Abständen miterlebt, war er doch monatelang oder noch länger auf irgendwelchen Feldzügen unterwegs gewesen. Aber diese zeitlichen Sprünge hatten nie einen erkennbaren Nutzen mit sich gebracht. Bei jeder Rückkehr war Efrains hämisches Lächeln – ebenso wie sein Bauch – fetter gewesen. Aber obwohl er schließlich halbwegs vernünftig mit dem Schwert hatte umgehen können, hatte nicht der geringste Zweifel bestanden, dass der faule Halbwüchsige niemals dazu fähig sein würde, etwas Wichtigeres als ein Bankett zu leiten. Domingo hatte seiner Schwägerin Lupitera die Schuld dafür geben wollen, dass Efrains Entwicklung gebremst worden war. Er hatte seine Frau Concilia dafür verantwortlich machen wollen, weil sie der Familie den Rücken gekehrt hatte und nach Trve gezogen war. Aber tief in seinem Herzen hatte er gewusst, dass die Schwächen seines Sohnes weder vom Einfluss seiner Tante noch von der Abwesenheit seiner Mutter herrührten.

Trotzdem hatte er sich immer wieder versichert, dass es sein Sohn schaffen werde, dass er nur diesen einen Stoß noch benötigte, der ihn auf den Sattel befördern würde. Und Domingo Hjortt, hochdekorierter Oberst des Scharlachroten Imperiums, Baron von Azgaroth, durchtriebener Herrscher in Frieden und Krieg, hatte sich geirrt, wie man sich nur irren konnte. Den größten Teil des Lebens dieses Jungen hatte er sich entweder selbst über Efrains Qualitäten belogen oder das Kind dafür verabscheut, dass es keine besaß. Welch eine Verschwendung!

Als Domingo jetzt mit gebrochenen Knochen in einem Wagen lag, der über die scheinbar endlose Bergstraße polterte, schloss er mit den Illusionen über Efrain ab. Und übrig blieb allein der Hass. Efrain war der Grund, aus dem er hier war, also war Efrain auch der Grund, aus dem der Kopfstoß eines Hornwolfes seine linke Hüfte zerschmettert hatte. Efrain war der Grund, aus dem er sämtliches Gefühl im rechten Arm verloren hatte. Efrain war auch der Grund, weswegen die Hälfte seines Gesichts durch den Aufprall auf dem Boden so angeschwollen war, dass er eine ganze Woche nach dem Angriff noch immer nicht aus einem Auge sehen konnte. Efrain war ein Trottel gewesen, dem man nicht einmal das Kommando über eine Feldküche hätte anvertrauen sollen, geschweige denn über ein ganzes Regiment – aber das war keine Entschuldigung, sich in lächerliche Intrigen verstricken und dann deswegen umbringen zu lassen.

Mal ernsthaft, wie schaffte es ein hochrangiger Offizier in diesen Zeiten, sich umbringen zu lassen? Wieder einmal hatte Efrain einen neuen Tiefpunkt erreicht und seinen alten Vater mit sich in den Abgrund gerissen, und wenn Domingo seine Ehre wiederherstellen wollte, blieb ihm nur die Möglichkeit, seinen Sohn zu rächen. Betrachtete man es einmal ganz genau, ließ ihm die Familienpflicht genausowenig etwas anderes übrig, als die Mörder seines Sohnes zu stellen, wie Efrain das Kommando über das Fünfzehnte hatte übernehmen müssen; beide Männer zerstörten sich selbst im Namen des anderen, und das nächste hässliche Schlagloch auf der Straße half Domingo dabei, ein paar Tränen über diese Tragödie zu vergießen. Hätte doch nur Lupitera da sein können, um das alles zu erleben – sie hätte ihm eine stehende Ovation gegeben. Die Vorstellungen auf der Bühne des Iglesia Mendoza kamen nicht einmal annähernd an das Drama der Hjortts heran.

Doch im Gegensatz zu den meisten Tragödien würde dieses überdrehte Schauspiel ein glückliches Ende haben: In Blut getränkt würde der alte Held seine Feinde demaskieren und den größten Teil der Besetzung hinrichten. Wie sich nun herausstellte, war sein Manöver mit dem Prinz der Makellosen völlig unnötig gewesen. Aber ein paar komödiantische Szenen, die alles auflockerten, machten die ernsten Teile nur noch packender.

Man musste sich das nur einmal vorstellen: Da hatte er sich doch ernsthaft Sorgen darüber gemacht, dass sich die Päpstin irrte, dass die Gerüchte nicht stimmten und Zosia so tot war, wie sie es verdiente. Dass diese neue Kobaltblaue Kompanie nichts anderes ein Haufen von Nachahmern war, angeführt von der ausgerissenen Makellosen, der dieser Prinz Byeong-gu hinterhergejagt war. Aber noch witziger war, dass Domingo selbst in seinem derzeitigen Zustand noch erleichtert war, dass die Geplagte Königin tatsächlich den Tod überlistet hatte, dass sie seinen Sohn ermordet hatte und diejenige gewesen war, die den Hornwolfangriff auf sein Lager befohlen hatte. Domingo hätte in dieser verrückten Taktik auch dann Zosias Handschrift erkannt, hätte er ihren Schurken Maroto nicht dabei erwischt, wie er sich an seinem Zelt vorbeischlich – in keinem Heldenlied von heute, morgen oder gestern hätte jemand anders ein so geisteskrankes, selbstmörderisches Manöver gewagt.

Sosehr die Erkenntnis auch schmerzte, von seiner blauhaarigen Erzfeindin konnte er noch etwas lernen – ihr Schachzug hatte sich ausgezahlt. Selbst wenn sie ein paar Soldaten geopfert hatte, um die Ungeheuer aus den Bergen zu locken, das Fünfzehnte hatte über hundert Fußsoldaten, etwa fünfzig Bogenschützen und Gewehrschützen sowie seine beiden besten Hexengeborenen verloren. Und dabei waren nicht einmal die Verluste des Neunten mit eingerechnet, oder die Pferde, die die sich zurückziehenden Wölfe weggeschleppt hatten, nachdem ihr Blutdurst gestillt gewesen war. Oder die Panik, die dieser Angriff verursacht hatte. In dieser Nacht waren weitere fünfzig Soldaten desertiert, und sie aufzuspüren und aufzuhängen hatte einen ganzen Tag gekostet, den sie hätten marschieren sollen. Wie konnte man gegen einen derartigen Wahnsinn Krieg führen? Um Zosia zur Strecke zu bringen und dafür zu sorgen, dass sie dieses Mal auch tot blieb, musste man selbst ein geisteskrankes, teuflisches Manöver durchführen.

Das war die einzige Möglichkeit.

Aber schließlich hatte er ja nichts mehr zu verlieren, er konnte nicht einmal allein reiten und brauchte beim Pinkeln die Hilfe eines Anathema. Als die Schwarze Kette am azgarothischen Hof wie überall immer populärer wurde, hatte man Domingos beharrliches Festhalten an den gottlosen Sitten seiner Vorfahren für zusehends exzentrischer gehalten. Also würde man es zu Hause vermutlich mit großer Erleichterung aufnehmen, dass er die Kobaltblauen mithilfe der Kirche vernichtet hatte.

»Sir?« In seinem tiefen Nest aus Decken und Kissen liegend und unfähig, den Hals ohne Qualen zu bewegen, hielt Domingo den Blick auf das rote Zwielicht gerichtet, das in die um sie aufragenden Gipfel flutete. Aber er wusste auch so, wer da an seine Seite geritten war.

»Was ist, Shea? Ich bin ein viel beschäftigter Mann.«

»Die hexengeborenen Kundschafter? Sie bringen Neuigkeiten.«

Domingo schloss das Auge und sprach mit mehr Geduld, als er zu besitzen glaubte. »Und wie lauten diese Neuigkeiten, Shea?«

»Die Kobaltblaue Kompanie, Sir? Wir haben sie gefunden. Anscheinend befestigen sie ihr Lager?«

»Wo?« Domingos Herz schwebte in den dunkler werdenden Himmel. Er hatte mit einer weiteren qualvollen Verfolgung durch den Stern gerechnet, aber vielleicht hatte die zwanzig Jahre ältere Zosia die Nase von der Flucht genauso voll wie er von der Jagd auf sie.

»Wo die Straße aus den Bergen auf die Ebene stößt? Sie sind nach Norden abgebogen, sobald der Boden für ihre Wagen flach genug war. Ihr Lager befindet sich am Ausläufer dieses berühmten Berges … die Lerchenzunge?«

»Ich bin mal vorbeigeritten«, sagte Domingo und versuchte sich zu erinnern. »Guter Standort. Nicht großartig, aber gut. Wenn sie am Fuß lagern, erheben sich zu beiden Seiten Steilhänge, also können wir sie nicht flankieren, aber das bedeutet auch, dass sie nirgendwohin fliehen können – der Berg ist zu steil, um ihn unversehrt besteigen zu können.« Er dachte nach. »Klüger, als ich gedacht hätte. Die Kompanie verbrennt die Boote, damit die Freiwilligen nicht flüchten können, falls sich das Schlachtenglück wendet. Sie verwandelt ihre kleinen blauen Mäuse zu Ratten, die in die Enge getrieben werden. Und ich dachte schon, ich hätte dich verstanden …«

»Sir?«

»Ich denke nur nach, Shea, ein guter Oberst darf sich nicht davor fürchten, gelegentlich auch mal nachzudenken.« Dass sie sich jetzt schon für den letzten Kampf verschanzte, war nicht richtig. Zosia veränderte sich, also würde er das auch tun müssen, wenn er im Vorteil bleiben wollte. »Wie weit sind wir von ihrem Lager entfernt? Früheste Ankunft?«

»Wenn wir heute Abend die übliche Stunde dranhängen? Die Ebene liegt jetzt vor uns, also sollten wir morgen am späten

Nachmittag dort unten sein, und von den Gebirgsausläufern bringt uns ein guter Tag bis auf Kampfnähe heran. Aber wir warten noch immer auf die Genehmigung aus Diadem, und die letzte Eulenfledermaus von Oberst Waits meldete, dass das Dritte noch fast eine Woche entfernt …«

»Hätte ich wissen wollen, wo sich das Regiment aus Thao befindet, hätte ich danach gefragt, Hauptmann, und was die schriftliche Genehmigung der Königin angeht, den Feind anzugreifen, würde ich sagen, dass es jetzt etwas zu spät dazu ist, sich an jeder Formalität aufzuhängen«, sagte Domingo. Seine Gedanken durchstießen den Nebel aus Zeit und Erinnerungen und näherten sich der Silhouette der Lerchenzunge, die die Hexenjägerebene überblickte. Zosia die Eiskalte war nicht die Einzige, die Teufel mit einem Trick überraschen konnte, und auch wenn er stark hoffte, dass sich die Waffe der Schwarzen Päpstin als so verheerend wie angekündigt erwies, schadete eine kleine Rückversicherung doch nie. »Informiert die Männer, dass wir in einer halben Stunde zum Essen anhalten.«

»Sehr gut, Sir, früh zu Bett zu gehen wird uns …«

»Drei Stunden Ruhe, kalte Rationen, dann marschieren wir die Nacht durch – genau wie früher«, befahl Domingo. Hätte er doch nur den Kopf drehen können, um Sheas Stirnrunzeln zu sehen! Aber er wollte seine Kräfte für ein scheueres Wild aufsparen. »Wir werden die Kompanie nicht mit schnarchenden Soldaten niedermachen, Hauptmann. Und jetzt findet Oberst Wheatley und bringt ihn zum Befehlswagen. Da gibt es eine gewisse selbstmörderisch riskante Taktik, für die ich ihn konsultieren muss.«

»Sir?«

»Da ist die Lerchenzunge mit mir durchgegangen, Hauptmann«, sagte Domingo. Der Wagen machte einen Satz, und sein ganzer Körper geriet in einen Widerstreit – darum, welcher Teil ihm das größte Unbehagen bereiten konnte. »Seid eine brave Offizierin und behaltet das für Euch, damit ich später keine Freiwilligen brauche. Wenn Waits aus Thao herbeigehinkt kommt, haben wir den Kopf eines jeden Kobaltblauen auf eine Pike aufgespießt, nur den von Zosia nicht – die reist in einer Kiste mit zurück nach Azgaroth. Die werde ich über der Gruft meines Sohnes aufstellen.«

»Zosia?« Shea klang so ungläubig, wie sie es immer tat, wenn er die Geplagte Königin erwähnte, so als würde ihr alter Oberst weich in der Birne werden. »Ihr denkt doch wohl nicht, dass die Gerüchte …«

»Ihr solltet nicht denken, wenn Ihr wisst, was gut für Euch ist«, erwiderte Domingo. »Ihr seid doch Soldatin, verflucht, und keine verdammte Philosophin. Und jetzt holt Wheatley und bringt Wan gleich mit – wenn man die Hölle auf einen Haufen Sünder herabregnen lassen will, kann man gar nicht genug Teufel haben, die einem dabei helfen.«

KAPITEL 16

Die Dorfbewohner, die Häretiker in der nächsten Ansiedlung beeindruckt hatte, brachten einen Wagen mit. Portolés und die Leichen der anderen Kleriker landeten auf der Ladefläche, dann führte man sie stromabwärts und fuhr über eine baufällige Brücke. Sie passierten die Hütten, die sich am Flussufer drängten, und verließen darauf die Straße, holperten über ein morastiges Feld, bis sie vor einem großen Holzhaufen anhielten, den die örtlichen Kinder aufgeschichtet hatten. Die Leichen kamen auf den Scheiterhaufen, man übergoss sie mit Öl, und dann verschwand der Morgenhimmel hinter einer schwarzen Rauchwolke. Hinten auf dem Wagen – und nur zur Hälfte bei Bewusstsein – glaubte Portolés, das Versunkene Königreich aus dem Nebel des Heimgesuchten Meeres aufsteigen zu sehen. Aber da teilte ein Windstoß den Rauch, und sie erkannte, dass es sich nur um das Strohdach einer Hütte auf der anderen Seite des Scheiterhaufens handelte.

Während ihre Brüder brannten, führte Häretiker die Dorfbewohner in einem bizarren Tanz um die lodernden Flammen an, die wogende Kutte hing an seiner dürren Gestalt und ließ ihn wie eine lebendige Vogelscheuche aussehen. Portolés hielt es für einen heidnischen Ritus, fand aber später heraus, dass sich Häretiker erfolgreich als Bruder der Schwarzen Kette ausgegeben und den naiven Dörflern erzählt hatte, sie würden ihm bei einem Begräbnisritual für im Kampf gefallene Kleriker helfen. Er fand das bedeutend amüsanter als sie. Das alles erklärte er in einer Hütte an dem mit Weiden bewachsenen Ufer der

Herzader, nachdem der örtliche Schlammgemahl Portolés mit einer großzügigen Mischung aus Medizin, Wundern und Mummenschanz behandelt hatte.

Häretiker hielt diese Täuschung während Portolés' Genesung aufrecht, und damit sie ihn nicht verriet, entfernte er ihren Knebel nur zu den Mahlzeiten. Er erzählte dem Schlammgemahl, sie sei die Anführerin einer Bande abtrünniger Häretiker und müsste geheilt werden, um in Diadem vor Gericht gestellt zu werden. Portolés' einstiger Gefangener hatte viel Spaß, aß und plauderte mit ihrem älteren Gastgeber und seiner Tochter, verschlief die Tage am Fluss mit einer Flasche ihres besten Pflaumenschnapses und lehnte die Bitten, im Dorf Messen zu lesen, mit der Begründung ab, er sei Kriegsmönch und besser für Glaubenstaten geeignet, die für ein friedfertiges Dorf ungeeignet seien. Portolés lag eingesperrt im Rübenkeller, allein mit ihren Gebeten.

»Eigentlich nehme ich nicht an, dass er mir geglaubt hat«, sagte Häretiker am nebligen Morgen ihres Aufbruchs. Sie führten die Pferde um ein gefrorenes Sumpfloch herum. »Bestimmt haben sie mich sofort durchschaut, die Revolution aber gern unterstützt, solange sie es später nur überzeugend abstreiten können.«

Auch ohne Knebel hätte Portolés nichts gesagt. Einerseits wollte sie Häretiker jede Befriedigung verweigern, da er in der Stimmung zu sein schien, sie genauso über seine Absichten im Dunkeln zu lassen wie sie ihn. Andererseits war der Ritt die pure Qual, ein ständiger Stich in ihrer Seite und ein wundes Pochen in ihrem Bauch und ihrer Hand. Die Stichwunden in der Brust schmerzten wie die schlimmste Buße, hatten aber dank der Gefallenen Mutter keine Lunge durchbohrt. Und der gebrochene Arm in der Holzschiene quälte nur bei Bewegung. Alles zusammengenommen fühlte sie sich jetzt schlechter als auf dem Hügel im Zwielicht. Da hatte sie nicht gewusst, ob Häretiker zurückkehren wollte.

»Weißt du, was der alte Dafhaven sagte? Er meinte, du hättest Glück gehabt, dass er sich auch um Tiere kümmert, sonst hätte er nicht gewusst, was er mit dir hätte machen sollen. Meinte, unter der Haut wärst du mehr ein Tier als eine Frau, und das hätte dich gerettet – ein echter Mensch, den man so zugerichtet hätte, dessen Eingeweide wären zu schlimm dran gewesen, um sie behandeln zu können. Die Schwarze Päpstin sei gesegnet, dass du als Ungeheuer geboren wurdest, was?«

Der Knebel saß so fest, dass schon ein Lächeln schmerzte; die Riemen schnitten in Portolés' Mundwinkel. Eine Weile gab es nur das Geräusch der Hufe, die Raureif und vereiste Pfützen bersten ließen. Die Flanken der Tiere zerbrachen gefrorenes Schilfrohr. Auf der anderen Seite des Marschlandes betraten sie wieder die Straße, aber nur so lange, um sie zu überqueren, bevor sie auf der anderen Seite wieder in das kalte, feuchte Waldland ritten. Nach den Geschehnissen auf dem Hügel war Häretiker klug genug, die Überlandstraßen zu meiden, und für den Fall einer Begegnung mit weiteren Beauftragten der Kette ersetzte er ihre Kutten durch einfache Gewänder aus Wolle und Leinen. Portolés hatte sich nie zuvor so nackt und verletzlich gefühlt wie in dem schweren Bauernkittel, den Häretiker ihr gegeben hatte. Aber er rief auch das vertraute Kribbeln des Gotteslästerlichen in ihrer Brust hervor. Sie hatte keine Ahnung, welche Ausrüstung sich noch auf dem Lasttier befand, ob ihre Dokumente sicher waren … aber ihr entging nicht, dass er ihren Kriegshammer gerettet hatte. Ein schönes Omen seiner Absichten. Vielleicht.

»Weißt du, bei unserem ersten Aufbruch habe ich mich gefragt, ob du eine von uns bist«, sagte er am Abend in ihrem Lager auf einem feuchten Hügel, der aus dem nächstbesten elenden Marschland ragte. »In der *Höhle* gibt es mehr Unterstützung als sonst wo in Diadem, wusstest du das? Das mag einer frommen Jungfer wie dir seltsam erscheinen, aber viele deiner Art sind nicht glücklich darüber, Anathema genannt und schlimmer als Teufel behandelt zu werden – von derselben Kirche, die von ihnen erwartet, im Namen der Erlöserin zu sterben. Euer ganzes Leben zu opfern, einer Institution zu dienen, die errichtet wurde, um euch zu unterdrücken … hey, schläfst du eigentlich?«

Portolés lehnte mit dem Rücken an dem Baumstumpf, an den er sie gefesselt hatte, und sie öffnete die Augen und zeigte mit den gefesselten Händen auf den Knebel. Als er sie über das kleine Feuer hinweg angrinste, aber nicht aufstand, schloss sie die Augen wieder. Er konnte zwar reden, aber er konnte sie nicht zwingen zuzuhören – etwas, das er ihr gleich zu Anfang ihrer Bekanntschaft beigebracht hatte. Dann näherten sich plätschernde Schritte, seine schmutzigen Finger zogen den Knebel aus ihrem Mund, aber sie unterdrückte einen Dank.

»Ich bin ziemlich neugierig, wie du es auf dem Hügel schon gesagt hast«, meinte Häretiker und hielt einen Wasserschlauch an ihre Lippen. Sie schmeckte den süßen Gerstenwein der Herzaderprovinz, spuckte ihn aber nicht aus. »Ich stritt es zuerst ab, um dir die Befriedigung nicht zu gönnen. Hatte nicht vor, zu dir zurückzukehren, jedenfalls zunächst noch nicht. Aber dann stieß ich ein paar Meilen weiter auf dieses Dorf am Fluss und konnte nicht anders. Nicht nur, weil du mich aus dem Haus der Antworten gerettet oder gegen die eigenen Leute gekämpft hast, ohne auch nur den Versuch zu unternehmen, mit ihnen zu verhandeln. Aber beides zusammen, nun, das würde wohl jedermanns Interesse wecken. Ich kann die Hochsprache dieser Dokumente, die du zückst, wenn dir jemand dumm kommt, zwar nicht lesen, aber ich erkenne das Königliche Scharlachrote Siegel von den Haftbefehlen, mit denen sie bei meiner Verhaftung herumgefuchtelt haben. Also hinter was bist du her, Schwester Portolés? Was ist deine Mission, rauf zu den Inseln, jetzt quer durch das Imperium? Warum hast du mich aus dem Kerker geholt und mitgenommen, statt loyale Imperiale oder Kettenleute zu nehmen? Bist du wirklich eine von uns?«

»Nimm diesen Knebel endlich weg, und ich verrate es dir«, sagte Portolés. Häretiker dachte darüber nach, dann zuckte er mit den Schultern und schnitt ihn mit demselben Messer durch, das schon Portolés' Brust verletzt hatte. Darauf warf er das verhasste Ding ins Feuer. Der Knebel wand sich in den Flammen wie eine Schlange, ihr Speichel knisterte. »Also gut, Häretiker. Du hast viele Fragen, aber ich will mein Bestes geben, dir ein paar davon zu beantworten.«

»Mein Name ist Boris, verflucht«, sagte Häretiker. »Boris. Nach allem, was wir zusammen durchgemacht haben, könntest du mir wenigstens die Höflichkeit erweisen, mich mit dem Namen anzusprechen, den mir meine Mutter gab.«

»Ich habe dich mitgenommen, weil die Gefallene Mutter dich mir in den Weg stellte«, sagte Portolés. »Ich kämpfte an deiner Seite gegen meine Brüder, weil der Täuscher sie gegen mich aufgebracht hatte. Mein Wille, meine Mission, so wie du es ausdrückst, besteht darin, den Willen der Erlöserin zu erfüllen, ob nun auf den Inseln, im Imperium oder in der Hölle selbst. Und ob ich nun eine von euch bin, wie du sagst, nun, diese Frage werden dir mit Sicherheit allein die Gefallene Mutter und der Täuscher beantworten können – wir alle sind sterbliche Jammergestalten, die geboren wurden, um zu sterben. So ist es, *Häretiker*, und in dieser Hinsicht sage ich von ganzem Herzen Ja: Ich bin eine von euch.«

Häretiker schüttelte den Kopf. Sie hatte ihn noch nie zuvor so frustriert gesehen. »Du ... entweder ist dein Sinn für Humor besser, als ich erwartet hätte, oder du bist noch verrückter als der Rest deines Haufens.«

»Mit *mein Haufen* meinst du Anathemas? Ich sagte es dir doch gerade, Häretiker, ich bin einer von euch.«

»Dein Haufen bedeutet verrückte Kettenanbeter. Es wird besser für dich sein, wenn du hier und jetzt ehrlich zu mir bist, bevor jemand anders darin verstrickt wird.«

»Das klingt schrecklich vertraut.« Zum ersten Mal seit dem

Gefecht auf dem Hügel verspürte Portolés Vergnügen. Trotz seines ganzen erhabenen Getues hatte er sie bei der ersten Gelegenheit schlechter behandelt als sie ihn. »Ich frage mich, wo ich das schon mal gehört habe. Ach ja, im Haus der Antworten – die Befrager sagten Ähnliches zu deinen Freunden. Ich frage mich, wie viele von ihnen wohl gestanden haben. Und was glaubst du, welchen Unterschied hat das am Ende gemacht?«

»Ich versuche freundlich zu sein …« Häretiker schüttelte den Kopf. »Nur um dir zu zeigen, dass ich nicht wie die Imperialen bin – oder Kriegsnonnen, was das angeht. Ich halte mein Wort, was den Knebel betrifft. Aber wenn ich dich ausliefere, wirst du dir wünschen, du hättest mir alles gesagt.«

»Da habe ich nicht den geringsten Zweifel, Befrager Boris«, erwiderte Portolés. Die Befriedigung, ihn zu fragen, an wen er sie denn ausliefern wollte, verweigerte sie ihm. Das zu tun verschaffte ihr eine flüchtige und schwache Erregung. »Und ich danke dir für deine Gnade. Soll ich nun die erste Wache übernehmen, oder hast du noch mehr Fragen an die Beschuldigte?«

Häretiker hatte nicht mehr viel zu sagen, weder an diesem Abend noch an den folgenden, und als sie dem Fluss den Rücken zukehrten und nach Westen ritten, dachte Portolés über den geeignetsten Fluchtweg nach. Vor der Stadt Schwarze Motte gelang es ihr beinahe, denn er ließ sie im Wald an eine Zypresse gekettet zurück, bevor er in die Stadt ritt. Bei seiner Rückkehr mit Proviant hatte sie den Baum bereits ein Stück mit ihrer Kette durchgesägt, und im Licht seiner Laterne tropfte es schwarz von ihren Handgelenken. Er seufzte theatralisch und kettete sie an einen größeren Baum, bevor er sich schlafen legte. Eigentlich war sie davon ausgegangen, dass er sich mit anderen Verrätern getroffen hatte, um Unterwelttypen zu finden, die ein stehendes Kopfgeld auf Offiziere des Imperiums oder der Kette ausgesetzt hatten. Dazu aber kam er viel zu schnell zurück. Was bedeuten musste, dass er – wie gesagt – tatsächlich nur Lebensmittel und Bier gekauft hatte.

»Du bist eine unartige Nonne, keine Frage«, sagte Häretiker. »Weißt du eigentlich, dass man diesen Ort den Heimgesuchten Wald nennt? Ich bin zurückgeeilt, weil ich dich an einem solchen Ort gefesselt zurückgelassen hatte und um deine Sicherheit besorgt war.«

»Mein Retter«, sagte Portolés.

»Den Einzigen, den du in diesen Wäldern finden wirst. Hier, ich nehme an, das interessiert dich.« Er reichte ihr ein zerfleddertes Flugblatt, und im Licht ihres Lagerfeuers erkannte sie zwei vertraute Worte darauf. Selbst jetzt noch lösten sie etwas in ihr aus, das Ehrfurcht schon sehr nahe kam. Sie sah Häretiker in die Augen und sagte: »Du glaubst daran, oder?«

»Ich glaube an das, wofür sie steht.« Häretiker stellte ihren Lagerkessel auf sein Dreibein. »Ich habe dir etwas Gemüse besorgt, da ich weiß, wie sehr du frommes Mädchen das Pökelfleisch hasst, von dem wir gelebt haben.«

»Und wofür steht Zosia?« Portolés glaubte, davon mittlerweile eine recht ordentliche Vorstellung zu haben, aber es konnte nicht schaden, nach weiteren Einzelheiten zu fragen. »Freiheit vom Joch der Unterdrücker? Jedenfalls für deine Kameraden?«

»Freiheit für alle«, antwortete Häretiker. »Keine Götter, Teufel oder andere Sündenböcke. Keine Königinnen, keine Päpste, auch keine anderen Blutsauger. Einfach nur die Menschen, die einander helfen.«

»Und wenn man dafür ein paar Hunderttausend Leute umbringen muss, die euch da widersprechen, dann ist das ein akzeptabler Preis, nicht wahr?« Ehrlich gesagt genoss Portolés diese Rolle; sie konnte verstehen, was er so vergnüglich daran fand, sie ständig herauszufordern. »Öffne doch die Augen, Häretiker, sie war nur eine Despotin mehr, die lediglich die gleiche alte Geschichte unter einem neuen Namen feilhielt. Mehr nicht.«

»Und auch nicht weniger.« Häretiker warf einen Blick nach oben, wo das kümmerliche Licht ihres Feuers in einer Dunkelheit verblich, die viel tiefer war, seit ihre Art das erste Mal eine Flamme entzündet hatte. Als fände er dort die Antwort, in der Nacht. »Die Sache ist die, Schwester, ich frage mich allmählich, ob einige der Narren in unserer Gruppe da vielleicht doch nicht so falschlagen. Die, die behaupten, sie sei noch am Leben. Hier draußen im Imperium glaubt man das tatsächlich, das merkt man den Menschen wirklich an. Vielleicht verfault sie ja in irgendeinem Kerker in Diadem. Vielleicht war Indsorith auch der Meinung, dass der Tod zu gut für sie war. Wenn die Herren anfangen, deine Traktate zu lesen, statt sie nur zu verbrennen, kommt man ins Grübeln ...«

Portolés fragte sich ebenso wie an fast jedem Tag seit ihrem Aufbruch, wie Häretiker wohl reagieren werde, wenn sie ihm die schlichte Wahrheit verriet: Zosia lebte. Dieses Wissen, das sie so mühelos in ihrem besudelten, tierhaften Körper trug, war eine Waffe, dermaßen mächtig, dass sie möglicherweise das Schicksal des Imperiums verändern würde, wenn nicht sogar das Schicksal des ganzen Sterns. Portolés war auf ein Geheimnis gestoßen, auf *das* Geheimnis. Und durch das Vertrauen ihrer Königin war eine gesichtslose Anathema in eine Kraft von unvorstellbarem Einfluss verwandelt worden. Wie alle Waffen konnte man sie zerstören oder zur Seite werfen, aber wenn sie Zosia rechtzeitig erreichen und davon überzeugen konnte, dass die Königin Hjortt nicht den Befehl gegeben hatte, Kypck anzugreifen, war sie in der Lage, einen Krieg zu gewinnen, bevor er überhaupt ausgefochten wurde. Nicht schlecht für eine angekettete Hexengeborene, die noch immer Albträume von schreienden Bauern hatte, die aufgrund ihres Befehls gestorben waren.

»Du hast schon wieder diesen Ausdruck, Portolés«, sagte Häretiker, der sie nicht aus den Augen ließ. »Diesen Ausdruck, als wüsstest du etwas darüber, wovon ich spreche? Dass das womöglich der Grund ist, warum du mit einem Rebellen reiten wolltest, und zwar nicht nur, weil du dich darauf verlassen konntest, dass ich gegen Imperiale oder Kettenanbeter kämpfe, die uns verfolgen. Du wolltest einen Experten, der über die Kobaltblauen Bescheid weiß.«

»Wieso sagst du so was, Häretiker?«

»Du bist die schlechteste Blufferin, die mir je untergekommen ist. Hier ist ein Geständnis für dich, Schwester, und es ist schon lange fällig.« Portolés merkte auf; sie konnte es nicht vermeiden. »Das Buch, von dem du jede Zeile gelesen hast, das du aus dem Haus der Antworten mitgenommen hast …«

»Das du geschrieben hast, Häretiker?« Portolés hungerte nach seiner Enthüllung, wie sie noch immer nach Bruder Wan hungerte. »Dieses Buch?«

»Genau das«, sagte Häretiker. Und wie so viele, die etwas gestehen wollten, erschien er sowohl voller Schadenfreude als auch Ekel. »Ich habe es nicht geschrieben. Ich habe es nicht einmal gelesen. Die Verfasserin war eine alte Krähe aus unserer Gruppe, Eluveitie. Sie befand sich auch dann im Gemach der Fragen, auch wenn ich sie nirgendwo sehen konnte.«

»Die Beichte macht uns frei, damit wir die Gefallene Mutter erblicken können«, sagte Portolés ernst. In diesem Augenblick mochte sie Häretiker mehr als je zuvor. »Hast du das Verdienst dafür auf dich genommen, um ihr die besondere Aufmerksamkeit der Befrager zu ersparen, oder wolltest du einen Ausweg finden?«

»Ich …« Häretiker spuckte aus, was ihr als Antwort reichte. Er kannte sich selbst nicht. »Spielt keine Rolle. Wir beide werden ziemlich bald Antworten bekommen, Schwester. Ein paar Jungs in der Stadt haben mir erzählt, dass sie vor den Kutumban gejagt haben, aber dann sind sie auf die Ebene abgebogen, weil die Kobaltblauen ein Lager vor einem Berg namens Vogelzunge errichteten.«

Portolés fühlte, wie sich die Dunkelheit am Rand ihres Lagerfeuers zusammenzog, als hielte die Nacht selbst den Atem an. Natürlich hatte sie gebetet, lange und inbrünstig gebetet, dass Häretiker sie auf diesen Weg brachte. Er war so neugierig, dass das möglich erschien, aber sie hatte sich verboten, daran zu glauben, nicht bis sie es von seinen eigenen Lippen hörte. Aber jetzt, da er es gesagt hatte, wusste sie, dass es nie infrage gestanden hatte. Was Königin Indsorith in ihr gepflanzt hatte, konnte nur enthüllt werden, wenn sie Zosia gegenüberstand und in ihr die alte Bürgermeisterin erkannte. Dann, und wirklich erst in diesem Augenblick, würde sie von einer viel zu gehorsamen Dienerin und einer zugegeben lausigen Botin zur Retterin zahlloser Leben aufsteigen. Oder zur Vernichterin. Das war alles eine Frage der Perspektive.

Würde Zosia eine Allianz mit Königin Indsorith schließen, um sich auf den wahren Täter zu stürzen, sobald sie gehört hatte, dass Hjortt vermutlich von der Schwarzen Kette ausgeschickt worden war, um ihren Gemahl zu ermorden und ihre Stadt dem Erdboden gleichzumachen? Würde die von Portolés übermittelte Botschaft den kommenden Krieg zwischen der Kobaltblauen Kompanie und dem Scharlachroten Imperium abwenden, dafür aber einen letzten, fatalen Bürgerkrieg zwischen dem Imperium und der Schwarzen Kette auslösen, bei dem die Kobaltblaue Kompanie an der Seite der imperialen Regimenter marschierte? Die Saat kann schließlich nicht vorhersagen, ob Weizen oder Schlangenholz aus ihr wird oder welchen Nutzen man aus ihrer Ernte zieht …

»Alles in Ordnung, Schwester?« Häretiker wirkte besorgt, aber nicht besorgt genug, um seinen dampfenden Topf im Stich zu lassen.

»Mir ging es nie besser«, verkündete Portolés und wischte sich die Tränen von den Wangen. »Du erwähntest die Kobaltblaue Kompanie?«

»Richtig. Ich bin sicher, du kennst diese Geschichten. Ein Heer aus Fleisch und Blut, das von einem blauhaarigen Geist angeführt wird. Jedenfalls wenn man den Legenden glaubt, von denen ich persönlich nicht so überzeugt bin. Aber wer auch immer sie anführt, er wird begeistert sein, wenn man eine Kriegsnonne an seiner Schwelle abliefert, erst recht eine, die in geheimer Mission für Diadem unterwegs ist. Anscheinend haben meine Gleichgesinnten in der Hauptstadt den gleichen Feind und die gleiche Strategie, also warum sich nicht auf die Seite dieser Kobaltblauen schlagen?« Häretiker musterte sie scharf. »Nichts dazu zu sagen?«

Portolés kämpfte darum, sich die Erleichterung nicht anmerken zu lassen. Sie hätte Häretiker auch gleich am Anfang freilassen und ihm zu ihrem Ziel folgen können, sie hätte dieser höheren Macht vertrauen können, die ihn ihr als menschlichen Bluthund gegenüberstellte. Was nun genau geschehen würde, sobald sie Zosia endlich fand, diese Unsicherheit erfüllte sie mit unaussprechlicher Verzückung; die Unsicherheit, ob sie einen wundersamen Frieden brachte oder einen teuflischen Krieg auslöste. Sie erbebte in ihren Fesseln. »Ich sage, du hattest von Anfang an recht, Befrager Boris. Nicht mehr lange, und wir beide werden ein paar Antworten bekommen. Wie wäre es, wenn du jetzt diese Ketten so weit lockerst, damit wir Karten spielen können?«

KAPITEL 17

Marotos Wunden hatten sich nicht entzündet, und er hatte auch keine Knochenbrüche, aber abgesehen von diesem willkommenen Bericht der Bader gab es nicht viel, was ihn fröhlich gestimmt hätte. Obwohl er so viele Höllen durchwatet und so viele Albträume erlebt hatte, war ihm trotzdem niemals etwas so Schreckliches in den Sinn gekommen. Zosia, die wunderschöne, brillante Zosia war am Leben … und sie hasste ihn.

Nun, etwas nüchterner betrachtet stimmte das nicht ganz. Aber es kam dem verflucht noch mal ziemlich nahe. Hätte sie ihn gehasst, hätte sie gelegentlich an ihn gedacht. Das hier war viel schlimmer – zwanzig Jahre lang hatte sie irgendwo gesteckt, und allein die Teufel wussten, was sie getan hatte. So wie die Teufel auch wussten, mit wem sie etwas getan hatte. Und nicht einmal ihm hatte sie einen Fingerzeig gegeben, dass sie noch am Leben war, denn er war es nicht wert gewesen. Wäre er während ihrer Zeit als Kobaltblaue Königin gestorben – oder hätte es zumindest den Anschein gehabt –, hätte sie niemals seiner gedacht. Sie hätte ihn auch nicht jeden Tag vermisst, so wie er sie vermisst hatte. Er war ihr scheißegal … war ihr vermutlich immer scheißegal gewesen.

»Kommt schon, alter Mann, ich war der Meinung, Euer Verwandter dort drüben hieße Griesgram, aber doch nicht Ihr!« Diggelby schwankte vor dem großen Feuer, und hinter ihm zeichneten sich vor der Nacht tanzende Umrisse ab. In der Hand hielt er eine Flasche, und Maroto nahm sie, obwohl er bereits genug getrunken hatte, um einem Dutzend weniger geübten Trinkern die Sinne zu rauben. Auf der anderen Seite des Feuers hockte Griesgram und starrte ihn missmutig an, allerdings hatte der Welpe Papa nicht zur Feier mitgebracht. Maroto wackelte mit der Flasche in seine Richtung, und der Junge spuckte ins Feuer und schaute weg. Es war wirklich Zeit, aus dem Burschen mehr als nur einen finsteren Blick herauszubekommen und herauszufinden, was sein Problem war und wie blutig es sein würde …

»Hey, langsam, Mann!« Diggelby fing Maroto gerade noch auf, dessen unsicherer Schritt ihn beinahe kopfüber ins Feuer stürzen ließ. »Ihr faulen Kerle da, macht einen Platz frei! Tanzt zur Freude eures Hauptmanns oder zahlt den Preis!«

Pflichtschuldig erhoben sich Din und Hassan von einem in der Nähe stehenden Diwan, hieben Maroto auf den Rücken und gaben die Art übertrieben fröhlichen Scheiß von sich, mit dem man immer Leute traktierte, die einem leidtaten. Maroto fragte sich, ob es auch nur einen Lastgaul oder einen Wachhund gab, der noch nicht von seiner Begegnung mit Zosia an diesem Morgen gehört hatte. Er sackte auf dem Diwan zusammen, und Diggelby drückte ihm etwas in die Hand. Etwas, das sich wand.

»Ein Grabwurm, Magica, der Beste!«, flüsterte Diggelby. »Wie geschaffen für das, was Euch zu schaffen macht, Hauptmann. Achtet nur darauf, ihn nicht zu kauen!«

»Ich weiß, was man damit machen muss«, murmelte Maroto. Der alte Hunger war in ihm erwacht, sobald er den Insektenkörper auf der Handfläche gespürt hatte. Seit ungefähr einem Jahr war er nicht mehr gestochen worden, also war ein Grabwurm genau das richtige Krabbeltier, um ihn wieder in die alte Angewohnheit einzuführen. Obwohl, zu seinen besten Zeiten hatte er ein Dutzend davon gleichzeitig hinuntergeschluckt, wenn er keine Bienen oder Tausendfüßler hatte finden können, und dabei kaum etwas gespürt.

»Braver Bursche«, verkündete Diggelby und tänzelte unbeholfen von Maroto fort. »Vergesst nicht, wer ihn Euch gab, wenn Ihr den Gruftkrabbler erst in den Beinen habt und zu Eurem ersten Tanz bereit seid!«

»Hm«, meinte Maroto, öffnete die Hand und betrachtete den Grabwurm, der sich dort wand. Purna stieß gegen Diggelby, tanzte mit weitaus anmutigeren Bewegungen von ihm fort und fiel nach ein paar weiteren Drehungen praktisch auf Maroto drauf.

»Was habt Ihr da, Schnoroto?«, fragte sie, hockte sich auf die Lehne und rieb ihm die Schultern. »Hey, nicht so schnell, Diggelby hat Euch das gegeben? Diese Scheiße ist nicht angebracht, Mann, Ihr habt mir gesagt, dass Ihr für immer von den Käfern weg seid.«

»Ich sagte vieles«, erwiderte Maroto und bewunderte die Weise, auf die die papierhafte Hülle des Insekts das Feuerlicht verschluckte.

»Ja, das habt Ihr«, sagte Purna. »Seht mal, ich weiß … ich weiß schon, dass das übel ist, in Ordnung, aber wegen eines Mädchens Käfer zu vögeln? Das ist nicht Euer Stil, Maroto. Ihr seid besser als das.«

»Besser als was?«, fragte Maroto höhnisch und warf den Grabwurm in den Mund. Er kitzelte seine Zunge, dann schluckte Maroto ihn einfach hinunter und genoss, wie er sich noch immer gegen das Unausweichliche wehrte, während es geschah. Käfer waren genau wie Menschen, sobald man sie näher kannte. Er bereute es schon, bevor sich Purna ruckartig aufrichtete und ihm einen Schlag auf den Hinterkopf versetzte.

»Ich liebe Euch, Mann, aber werdet verflucht noch mal endlich erwachsen«, fauchte sie.

»Das sagt ausgerechnet ein Gör, das Krieg spielen will, weil es Leute umzubringen für ein Spiel hält.« Diese Bemerkung bereute er sogleich, aber sie schlug ihn nicht noch einmal. Wenn überhaupt wurde sie sogar etwas weicher.

»Hört zu. Wenn Ihr morgen keine Lust mehr habt, Euch im

Selbstmitleid zu suhlen, lasst es mich wissen, und wir haben diese Zeitverschwendung noch vor dem Mittagessen hinter uns gelassen. Wir reisen in jeden Zacken, in den Ihr wollt. Aber ich reite nicht mit einem Stechhund. Denkt darüber nach, Maroto – Abenteuer mit mir und der Bande, oder Ihr bringt Euch mit Käfern um, bloß weil Ihr einen Traum nicht loslassen könnt. Ist Eure Entscheidung, Kumpel.«

»Ach ja?« Hier zu verschwinden hörte sich definitiv gut an.

»Ja. Schmeißt Euch heute Nacht in das größte Mitleidsfest, das Ihr je hattet, und morgen gehen wir. Versprochen.« Sie sah aus, wie er aussehen musste, ohne guten Grund todunglücklich. Und sie drückte seine Hand, nahm die Schultern zurück und tanzte auf diese affektierte Weise weiter.

Maroto fühlte sich bereits besser; der Grabwurm wirkte härter, schneller und gemeiner als erwartet. Vermutlich hatte der gute, alte Diggelby einen ganzen Kasten mit Graberde, in dem es von diesen Dingern nur so wimmelte, und wer konnte schon sagen, welche Unterhaltung sie finden mochten, sobald sie die Kompanie weit hinter sich gelassen hatten? Sie konnten über die Berge und in den Domänen irgendwelche Stechhäuser ausnehmen, eine mobile Operation aufbauen … in ein fahrendes Aquarium investieren, wie sie es in der Wüste gehabt hatten, es aber mit Tausendfüßlern bestücken. Oder, oder … oder sie kombinierten das Konzept mit einem Eiswagen, um Eisbienen kühl zu halten, ein verfluchtes Bienenhaus auf Rädern. Nett.

Und da war sie verdammt noch mal schon wieder, erschien zusammen mit Frostfalle neben dem Feuer. Das Miststück wusste genau, wie man die Luft aus einem Fest ließ. Dieses Ungeheuer mitzubringen. Sie entdeckte ihn, und er winkte ihr mit der Flasche zu und ging davon aus, dass sie sich von ihm abwandte und ihm die ganze Nacht die kalte Schulter zeigte. So hatte sie das früher auch immer nach einem freundlichen Wort oder einer Geste seinerseits gemacht, die sie in den falschen

Hals bekommen hatte. Stattdessen kam sie direkt auf ihn zu, und er wuchtete sich mühsam in die Höhe, um ihrem Angriff zu begegnen. Macht euch bereit, ihr Scheißkerle, das Schauspiel des Abends ist da, der nächste alberne, völlig grundlose Kampf …

»Hey«, sagte Zosia und blieb vor dem Diwan stehen. »Ist da noch genug Platz für ein stämmiges Mädchen?«

»Klar«, sagte er. Hatte ihm der Grabwurm Halluzinationen geschickt? Man musste nur genug von den Dingern schlucken, um allen möglichen Scheiß zu sehen. »Ja, klar.«

So steif wie eine Lanze setzte sie sich neben ihn. *Sie* war steif, nicht er … Bei allen Teufeln, aber dieser Wurm war anders als der letzte, den er geschluckt hatte, er konnte seine Gedanken kaum aus dem Mund halten oder seinen Mund aus den … Bei allen Teufeln. Er nahm einen Schluck aus der Flasche, um wieder zu Sinnen zu kommen, schmeckte jede Korn- und Hopfenähre, die in dem blassen Raniputri-Ale verarbeitet worden war, und gab dann ihr die Flasche. Sie nahm einen Schluck, dann noch einen. Schließlich lächelte sie ihn an.

»Tut mir leid, wegen eben«, sagte sie. »Ich bin … ach, Scheiße, Mann.«

»Ja, klar«, wiederholte Maroto und nickte. »Ich will sagen, ich auch. Ich war … Es war großartig, dich zu sehen. Das war alles. Das hatte nichts zu bedeuten.«

Ihr Blick verriet ihm, dass das nicht unbedingt reichte, also gab er sich mehr Mühe und dachte an die Sachen, die Purna ihm früher am Nachmittag in seinem Zelt gesagt hatte.

»Keiner möchte so angefasst werden. Ich jedenfalls nicht, Diggelby hat mich so geküsst. Dass ich froh war, dich zu sehen, ist keine Entschuldigung.«

Da war wieder dieses Lächeln, und sie schmollte auf diese süße Weise, die ihm verriet, dass sie schon jetzt die Versöhnung erreicht hatten – in Rekordzeit. Vielleicht hatte sie ihn ja doch vermisst! »Wer ist Diggelby?«

»Der Stutzer, der mit Purna tanzt.«

»Ja, der sieht schrecklich aus.«

»Diggelby ist in Ordnung. Das sind sie alle. Zuverlässig.«

»Also stimmt es?« Zosia nahm eine Pfeife und einen Beutel aus ihrer Hüfttasche und stopfte sie blind, während sie die Feiernden betrachtete. »Maroto der Mächtige hat einen Haufen Prinzlein unter seine Fittiche genommen?«

»Die Kinderchen haben mir das Leben gerettet, kein Scherz«, sagte er. Hoffentlich fragte sie ihn nicht, was mit der Pfeife passiert war, die sie ihm geschnitzt hatte.

»Ich habe gehört, ihr seid letzte Woche auf ein Rudel Hornwölfe gestiegen und habt sie in ein Imperiumslager geritten. Ist da was Wahres dran?«

Maroto lachte und konnte beinahe nicht aufhören, dann brachte er seinen glücklichen Arsch wieder unter Kontrolle. »Nicht viel. Ist aber ein gutes Lied.«

»Ganz bestimmt«, meinte Zosia. »Bin sofort wieder da, ich muss die hier in Gang setzen. Soll ich dir auch was anzünden?«

Scheiße, Scheiße, Scheiße! Nervös kratzte er sich am Kopf und löste unbeabsichtigt das Zigarillo, das er früher am Abend von Din geschnorrt und sich hinter das Ohr gesteckt hatte. Die Rettung! »Klar, brenn diesen Hund für mich an.«

»Und ich war der Meinung, du würdest nur dann an Stummeln lutschen, wenn man dich dafür bezahlt«, sagte Zosia mit einem Blinzeln und ging zum Feuer. Ihre Beine hatten sich nicht verändert, und ihr Arsch hatte sich hübsch ausgefüllt; noch immer schön fest, war er im Alter breiter geworden. Finstere Gedanken, Maroto, wirklich finster – sie sah heutzutage bedeutend besser aus als er. Als sie zurückkehrte, nahm er den Zigarillo und paffte zufrieden.

»Was ist mit deinem Jungen? Will er sich einen Namen mit mir machen oder was?«

»Mit meinem Jungen?« Maroto folgte ihrer Blickrichtung und sah, dass Griesgram sie noch immer finster anstarrte. Es war kaum vorstellbar, aber jetzt, wo Maroto Gesellschaft hatte, sah der Junge noch gemeiner aus. »Neffe. Und ich bin derjenige, auf den er es abgesehen hat.«

»Tatsächlich? So wie Lefzenschlecker in seine Richtung genickt hat, war ich überzeugt, dass er sauer auf mich ist, aus irgendeinem Grund, den ich schon lange wieder vergessen oder sogar nie gekannt habe. Aber dieser eierleckende Teufel hat dich immer gemocht, also vielleicht geht es doch nur darum. Lefzenschlecker passt auf seinen alten Wurfgefährten auf.« Zosia winkte Griesgram zu ihnen herüber, aber er tat so, als sähe er sie nicht. »Wie süß, er spielt, er wäre schwer zu kriegen. Ich glaube, du überlebst diese Nacht, Maroto.«

»Ein Furcht einflößender, beschissener Wilder wirft mir den Todesblick zu, und sie sagt, ich soll mir keine Sorgen machen.« Maroto schüttelte glücklich den Kopf. Er verspürte nicht übel Lust, Griesgram zu umarmen. »Wo steckt Sabberschnauze überhaupt? Du hast ihn doch früher nie aus den Augen gelassen.«

»Du weißt doch, wie sie sind, wenn Frostfalle in ihrer Nähe ist. Ich hatte es ihm leicht machen wollen.« Die unausgesprochene Frage nach Krümelfänger stand zwischen ihnen im Raum. Sollte sie dort stehen bleiben, bis die niedrigste Hölle zugefroren war. »Wie dem auch sei, was ist aber mit deinem Neffen? War das dein Vater, der auf ihm ritt?«

»Ja, das ist Papa.« Maroto versuchte sich an einem Rauchring und scheiterte. »Mir ist immer noch nicht klar, was ihr Lied ist. Als du dich entschieden hast, es meinem Arsch zu geben, hatte ich gerade erst erfahren, dass sie noch leben. Hatte noch keine zehn Worte mit ihnen gewechselt und seitdem kein einziges.«

»Kein Scheiß?«

»Nicht mal ein Furz«, sagte Maroto. Entzückt sah er, wie seine schlagfertige Erwiderung bewirkte, dass sie grinste und den Kopf schüttelte. »Sie waren der Grund, aus dem ich meinen Stamm das zweite Mal verließ. Habe viel darüber nachgedacht, klar, aber ich wäre nie gegangen, wenn nicht …«

»Das zweite Mal? Du bist zurück?« Sie stieß ihn in die Rippen. »Komm schon, raus damit.«

»Scheiße, wo soll ich da anfangen?« Aber wirklich – wo? Vielleicht mit Zosia, die es ihm so angetan hatte, dass er bei dem Versuch, sie zu rächen, sein ganzes Leben verpfuscht hatte, obwohl sie in Wirklichkeit nicht einmal den Anstand gehabt hatte, auch wirklich zu sterben? Er hatte nicht wenig Lust, sie zuerst singen zu lassen, aber das war gewissermaßen sein Sofa, das ihn zum Gastgeber machte, und Gastgeber übernahmen nun einmal die erste Runde. Manche Regeln konnte man eben nicht beugen. »Äh … gut, ja, also vor einer langen Zeit … ich war irgendwie ausgebrannt wegen, nun, wegen allem, also entschied ich mich zur Rückkehr in die Savanne. Nach Hause zurückkehren, verstehst du? Noch mal von vorn anfangen.«

»Du hast immer behauptet, man würde dich auf der Stelle umbringen, falls sie deine hässliche Visage jemals wiedersehen müssten.« Mit ihren vollkommenen Lippen blies Zosia einen vollkommenen Rauchring.

»Oh, wollten sie auch, und das hätten sie auch getan.« Über die Kluft aus Raum und Zeit fühlte Maroto die finsteren Blicke des Hornwolfrats. »Aber ich habe angenommen, dass mich ein großer Auftritt voller Zerknirschung bei den alten Säcken, die den Clan führen, wieder ins Reine bringt. Einer von der handfesten Sorte, klar? Also brachte ich die Reste meines Notgroschens mit und legte ihn zu ihren Füßen, behauptete, ich hätte, seit ich als Welpe weglief, genug Reichtum angehäuft, um zurückkehren und Wiedergutmachung leisten zu können. Wundersamerweise hat man mich tatsächlich wieder aufgenommen.«

»Manche Dinge sind auf dem ganzen Stern gleich.«

»Das ist wahr. Außerdem musste ich mich mit dem gemeinsten Wolf des Clans duellieren, aber ich glaube, dass Papa es mir leicht machte, also war das keine große Sache.« Wenn man mal von der Narbe an seinem Bauch absah, wo ihn sein Vater in der Ehrengrube beinahe ganz aufgeschlitzt hätte – aber schließlich, welche Familie hinterließ keine Narben? »Und da ich gegangen war, bevor ich mir meinen Namen verdient hatte, musste ich eben den annehmen, den sie mir verliehen.«

»Was für einen?« Das Funkeln in Zosias Augen reizte ihn, sich zu fragen, ob sie ihn bereits kannte.

»Das ist unwichtig. Aber danach war ich wieder ein Hornwolf. Irgendwie war das seltsam, weißt du? Von dem, der ich gewesen war, als ich mit dir ritt und in Palästen schlief, zurück zu einem Lager auf dem Boden, das ich mit Papa und meiner Schwester und ihrem Säugling teilte … Das war dann Griesgram, der da noch ein Knöchelbeißer war. Das süßeste Kind, das mir je unterkam; ich frage mich, was ihn so mürrisch gemacht hat.«

Aber natürlich wusste Maroto das ganz genau. Das war doch seine Schuld. Wessen denn sonst? Je näher er anderen Menschen kam, umso ausgeprägter wurde ihr Stirnrunzeln, und man kam niemandem näher als dem eigenen Blut.

»Ich schätze, dein Ruhestand verlief nicht besser als der meine«, lockte ihn Zosia, wie sie es immer tat, wenn ein Lied gut zu sein schien.

»Ganz bestimmt nicht. Zuerst war es besser als erwartet – ich bemühte mich, mich nicht nur anzupassen, ich wollte der beste Hornwolf im Clan sein. Befolgte jede kleine Regel.« Was sogar stimmte; der Clan hatte sich niemals vorstellen können, dass ein Hornwolf den Arm absichtlich täglich in ein Bienenhaus steckte, also verbot das auch kein Gesetz. Warum sich stechen lassen, wenn der von ihnen gebraute Schneemet einen bedeutend milderen und schöneren Rausch verursachte?

Papa hatte Maroto erzählt, dass früher nur Schamanen ihr Fleisch von den Eisbienen küssen ließen, die ihnen im Frieden Visionen und im Krieg Kraft brachten, also war es das erste Mal einfach ein Experiment gewesen, um zu sehen, ob die Insekten seines Volkes den stechenden Insekten ähnelten, die er während des Kobaltblauen Krieges gelegentlich genutzt hatte, wenn einer der Schurken auf dem Schlachtfeld seine Wunden versorgen lassen musste, ohne dabei etwas fühlen zu wollen …

Wie sich herausstellte, waren die Eisbienen so geschaffen für Maroto wie kaum etwas anderes zuvor. Sie machten die scharfen Erinnerungen an seine ermordete Geliebte und sein Versagen bei dem Versuch, sie zu rächen, zu einem stumpfen Traum und verwandelten einen abgewrackten Verlierer, der ununterbrochen über die Fehler der Vergangenheit nachgrübelte, in einen anständigen Hornwolf, der über absolut nichts nachgrübelte und nur tat, was von ihm erwartet wurde – er trieb wie ein Ertrinkender in den betäubenden eiskalten Tiefen des Meeres durch die Tage und Nächte in der Savanne …

»Immer noch da, Maroto?« Zosia stieß ihn mit der Flasche an.

»Klar, klar«, erwiderte Maroto, nahm das warme Bier und leerte die Hexenpisse. Wann hatte ihn ein verfluchter Grabwurm das letzte Mal so hart geritten – die Jungs in der Hauptstadt mussten bessere Käfer kriegen, als er sich jemals hatte leisten können. »Ich sortiere nur meine Gedanken. Du musst wissen, nach deinem … nachdem ich glaubte, du seist tot, habe ich ein paar ziemlich dämliche Sachen angestellt. Ich fühlte mich recht mies und wollte mir beweisen, dass ich irgendwo noch etwas für jemanden wert sein konnte, und wenn es auch nur der verrückteste Clan auf dem Nordostzacken war. Und ich war sofort wieder voll dabei, was eigentlich so richtig seltsam war, weil ein paar meiner Stammesgenossen seit meiner ersten Flucht konvertiert waren.«

»Wie konvertiert?«

»Die Kette, die Schwarze Kette. Ist diese Scheiße denn zu glauben? Während ich weglief, um jeden Zacken außer dem meinen aufzumischen, schafften es ein paar Missionare, den

Rat zu zermürben und handelten etwas aus, damit direkt hinter der Met-Halle eine Kirche gebaut wurde. Was für ein Wahnsinn!«

»Ich glaube, im Nordosten wird die Konfession etwas anders gehandhabt als in Diadem«, meinte Zosia.

»Nicht so sehr, wie du glaubst! Aber stimmt schon, sie sind nicht den ganzen Weg gegangen, haben noch viele der alten Sitten bewahrt. Was völlig verwirrend war, weil Papa diesen ganzen Scheiß gehasst hat, also lag er mir die ganze Zeit damit in den Ohren, welche Schande ich doch für den Clan sei, während er gleichzeitig den Clan dafür zur Sau machte, weil er die Konvertierungen duldete. Und ich« – war im Dauerrausch – »war nicht so richtig ich selbst, weil ich ein richtiger Hornwolf sein wollte, obwohl ständig darüber gestritten wurde, was das überhaupt noch bedeutete. Und als irgendein Scheiß passierte und ich eine Entscheidung treffen musste, hab ich es versaut. Schlimm. Schlimmer als vorstellbar.«

»Maroto der Mächtige hat einen Fehler gemacht?« Zosia fasste nach etwas unter dem Diwan und fand eine weitere von Diggelbys Flaschen. »Unglaublich.«

»Das war selbst für meine Katastrophen ein Versagen von epischem Ausmaß. Wir kämpften mit einem anderen Clan, ein paar Spinner, die Teufel anbeten, sich Schakalleute nennen und das *Tor* des Nordostens bewachen. Gruselige Bastarde, bleich wie Schnee und doppelt so kalt. Sie hatten ein paar von unseren Leuten entführt und reingeworfen.«

»Verdammt! Das haben sie sich bei den Hornwölfen getraut?«

»Aber nicht mehr als einmal.« Maroto grinste. »Wir haben es ihnen in aller Härte zurückgegeben. Griesgram war der Messerträger seines Vaters. Kann nicht älter als sechs oder sieben gewesen sein. Es wurde blutig, wie der Krieg nun einmal ist, und wir siegten, wie wir es für gewöhnlich immer taten. Aber Griesgrams Vater wurde getötet, und Papa bekam einen Hieb quer über den Rücken, eben von der Art, die langsam tötet. Die Schakalleute fetten ihre Schwerter mit diesem Pfefferöl ein, also ist das noch schlimmer, als es klingt. Das hat einfach seinen Arsch zerstört.«

»Verdammt! Man muss schon ein ganz besonderes Arschloch sein, um vor einer Schlacht die Waffen zu vergiften.«

»Ja. Ich wollte Papa zurücktragen und sehen, ob wir ihn heilen können, aber Hornwölfe … das gibt es bei ihnen nun mal nicht. Also ließen wir ihn zurück, und als mein Neffe nicht von der Seite seines Großvaters weichen wollte, ließen wir auch ihn zurück. Überließen sie den Geisterbären und Schneelöwen und jedem geflohenen Schakalmann, der möglicherweise zurückkehrte.«

»Das ist wirklich eiskalt. Klingt so gar nicht nach deinem Volk«, sagte Zosia. »Klingt jedenfalls nicht nach dir.«

»Hornwölfe sind verfluchte Wilde«, sagte Maroto bitter. »Die Kronenadler, das Walrossvolk, der Schneelöwenstamm, die Orkas und hundert andere Clans sind alle anständig, und ich brauche dir nicht zu sagen, dass die Freistädte auf dem Nordöstlichen Zacken die zivilisiertesten auf dem ganzen Stern sind. Westmastodon ist eine atemberaubende Metropole, die keiner anderen auf den Inseln nachsteht, und die Dichterphilospophen von Reh machen den Raniputri ihren Schierling streitig … Aber die Hornwölfe sind so barbarisch wie die Trolllöwen oder die Schakalleute. Der einzige Unterschied zwischen ihnen besteht darin, dass sie mit den Menschenopfern aufgehört haben. Klar, das war erst letzte Woche, aber sie haben damit aufgehört.«

»Moment mal, dein alter Herr und das Kind wurden *geopfert*?«

»Man hätte es nicht so genannt, aber ja, darum ging es. Es gibt keine alten oder verkrüppelten Hornwölfe – kann man nicht mehr mit dem Rudel mithalten, wird man zurückgelassen. Das ist so verflucht dumm. Und ich rastete aus, so richtig.

Papa schrie sich wegen des Pfeffers im Rückgrat die Seele aus dem Leib. Griesgram starrte mich einfach nur mit seinen hexenhaften Katzenaugen an. Und ich wusste nicht, was ich tun sollte. Ich hatte nicht die geringste beschissene Ahnung. Aber dann verabschiedete sich meine Schwester von ihrem Sohn und ihrem Vater und ging mit dem Rest ihres Stammes zurück. Ich redete mir ein, dass – wenn sie sich schon von ihrem eigenen Kind und dem Vater abwenden konnte, der sie an jedem Tag ihres Lebens pries – ich wohl das Gleiche bei einem Neffen, den ich kaum kannte, und dem alten Herrn schaffen sollte, der kaum einen Atemzug verschwendete, mich niederzumachen. Ich ließ sie zurück, Zosia, ließ sie zum Sterben zurück.«

Selbst ohne den Grabwurm, der ihn gefühlsduselig machte, hätte er jetzt eine Minute für sich gebraucht, und er sah zu, wie Griesgram ihn von der gegenüberliegenden Seite des Festes mit Mordgelüsten in seinen blitzenden Augen anstarrte. Zosia paffte ihre Pfeife und ließ ihm Zeit, statt ihn wie die anderen zu drängen. Bei allen Teufeln, wie er sie doch vermisst hatte!

»Ich kehrte wegen ihnen zurück, Zosia, das tat ich.« Maroto schloss die Augen und biss die Zähne zusammen. »Drei Tage später. So viele Nächte lag ich wach und hörte Papa in meiner Erinnerung schreien, während meine Schwester friedlich wie ein Säugling schlummerte, und so viele Tage, in denen mir die Leute im Dorf endlich Respekt entgegenbrachten, brauchte ich, um herauszufinden, was du schon weißt, seit ich zu erzählen anfing. Was ich bei meiner ersten Flucht bereits wusste. Hornwölfe sind einfach völlig verrückt. Und so verrückt ich in diesem Augenblick auch gewesen sein mochte, ich war doch nicht verrückt genug, um diese Art Schwachsinn jemals zu schlucken. Also verschwand ich. Schon wieder. Für immer. Aber bevor ich das tat, lief ich den ganzen Weg zurück zum Gebiet der Schakalleute.«

Der Zigarillo war zwischen seinen Fingern erloschen, und er schnippte ihn fort.

»Ich wollte mich bei ihnen … entschuldigen, falls sie jetzt tot waren, oder sie mitnehmen, sollten sie noch leben. Ich betete, Zosia, zum ersten und einzigen Mal in meinem ganzen verfluchten Leben betete ich, dass sie diese Nächte überlebt hatten, betete zum Alten Schwarz, meinem Vorfahren, betete zur Gefallenen Mutter, betete zu finsteren Wesen, die am besten namenlos bleiben – zu jedem, der zuhören würde. Ich machte sogar Krümelfänger das Angebot, ihn gehen zu lassen, falls sie auf mich warteten, bot ihm seine Freiheit, selbst wenn auf dem Schlachtfeld nur mein Neffe auf mich wartete, gesund und munter und in der Lage, mich zu begleiten. Als die Ratte nichts von dem Käse wissen wollte, hätte ich wissen sollen, dass es hoffnungslos war, aber ich betete trotzdem weiter.

Die Löwen und Geier hatten sich schon über das Feld hergemacht. Papa und Griesgram waren nicht die Einzigen, deren Leichen verschwunden waren. Und ich wusste, hätte ich nur ein paar Tage früher den Mut aufgebracht, das Richtige zu tun, wären sie noch am Leben. Ich hätte sie retten können. Also sagte ich ein paar leere Worte, vergoss ein paar schuldige Tränen und verabschiedete mich von der Savanne. Ein paar Hornwölfe verfolgten mich in der Nähe zur Grenze und versuchten mich zu töten, damit ich sie nicht zweimal beschämen konnte, indem ich wieder ging, aber sie waren nicht in der Lage, mich einzuholen. Ich erreichte den Rumpf des Sterns und blickte nie zurück.«

Maroto nahm die von Zosia angebotene Flasche und leerte sie. Erst als der Inhalt in seinem Bauch schwamm, fiel ihm auf, dass es Hassans übles saures Ale gewesen war.

»Wer hat sie dann gerettet?«, wollte Zosia wissen. »Weißt du das zufällig?«

»Vermutlich haben sie das selbst getan.« Maroto schenkte Griesgram ein Lächeln, ein ernst gemeintes herzliches Lächeln, aber der Junge stand einfach nur auf und verschwand in der Nacht. »Vermutlich schleifte Griesgram Papa den ganzen Weg zurück ins Dorf, während ich allen Mut sammelte, um zu gehen, und sie trafen direkt nach meinem Aufbruch ein. So groß die Savanne ist, wir sind doch aneinander vorbeigegangen, zwei Reiter, die im Nebel verschiedene Wege beschreiten. Da sie zurückkehrten, konnte ihnen der Stamm schlecht ihren Platz am Feuer verweigern. Schließlich haben sie es aus eigener Kraft geschafft, aber ich nehme mal an, für Griesgram war das nicht die erfreulichste Jugend. Hornwölfe mögen es nicht, wenn man sie Lügen straft. Und jetzt sind sie hier. Mehr weiß ich nicht.«

»Das reicht«, sagte sie, und als er hinter dem Ohr nach dem bereits gerauchten Zigarillo suchte, gab sie ihm ihre Pfeife. Zosia war immer auf diese Weise gut, zu gut für ein Arschloch wie ihn. In seiner Brust explodierte ein weiterer Sturm von Zauberfeuer, als er erkannte, dass ihre Pfeife die gleiche Form hatte wie die, die sie ihm einst geschnitzt hatte, und die er dann verloren oder verkauft oder zerbrochen hatte, während er so fertig gewesen war, dass er sein Arschloch nicht von einem Loch im Herzen unterscheiden konnte – Zosia hatte also zwei gleiche Pfeifen geschnitzt, eine für sich und eine für ihn, etwas, das sie für keinen der anderen Schurken getan hatte. Das war ihm niemals aufgefallen, weil er viel zu sehr damit beschäftigt gewesen war, auf ihre Schenkel oder Titten zu starren statt auf ihre Bruyerepfeife. Sie hatte sich etwas aus ihm gemacht, selbst wenn es nicht auf die Weise gewesen war, die er erhofft hatte. Er hoffte noch immer, wie ihm ihr Ausdruck verriet, als er den schwarzen Stiel an die Lippen führte und beim Geschmack ihres Speichels und dem Biss des Teers am Ende der Pfeife erbebte. In seinem Bauch vollführte der Grabwurm seinen Tanz von einer Tanzstange zur anderen, erst glücklich, dann traurig und schließlich wieder glücklich.

»Du must mit ihnen reden, Maroto. Erzähl es ihnen, wie du es mir erzählt hast, mit keinem falschen Wort, und dir muss ein anderer Name für diesen Jungen einfallen, denn Griesgram wird nicht länger zu ihm passen.«

»Ja, das werde ich auch tun. Morgen, wenn ich wieder einen klaren Kopf habe.« Natürlich würde er einen schrecklichen Kater haben, da er so lange die Finger von den Käfern gelassen hatte, aber ein weiterer von Diggelbys Würmern würde ihm wieder auf die Beine helfen – die einzige Medizin für einen Grabwurm vor dem Zubettgehen war ein weiterer Grabwurm zum Frühstück. Aber danach würde er endgültig damit aufhören. Das hatte er Purna versprochen, und ein Mann musste seine Versprechen halten. »Was ist mit dir, Zee? Ich habe keine Ahnung von deiner Herkunft.«

»Hm«, erwiderte sie und schien dem Thema genauso wenig zugänglich zu sein wie bei den Dutzenden von Gelegenheiten, bei denen er im Laufe der Jahre versucht hatte, es ihr zu entlocken.

»Hey, kein Grund für dieses Gesicht.« Es zu versauen war das Letzte, was er wollte, jetzt, da die Dinge wieder im Aufwind waren. Nach einem letzten Zucken gab er ihr die Pfeife zurück. Seit er ihr Geschenk verloren hatte, hatte er viel Tubãq geraucht, aber niemals aus einer Pfeife – das galt ihm als Buße für seine Dummheit. Das Pfeiferauchen aufzugeben war viel einfacher, als die Käfer aufzugeben, die ihn überhaupt erst dazu verleitet hatten, die geliebte Bruyerepfeife zu verlieren. »Wie wäre es dann mit einem Heldenlied über deine Wiederauferstehung? Was bei allen Teufeln ist passiert, Zosia? Hat man dich in Diadem eingesperrt, statt dich kaltzumachen? Oder warst du von Anfang an bei diesem Plan mit der neuen Kompanie dabei und hast nur abgewartet, um wie die zurückkehrende Allmutter aus den Schatten zu springen? Oder beides?«

Scheiße, das war kein kluger Zug gewesen – jetzt sah sie noch unglücklicher aus, aber nach einem tiefen Seufzer erzählte sie es ihm. »Mich verließ der Mut, Maroto, nach dem ersten Jahr auf dem Thron. Ich habe die *Flucht* ergriffen. Täuschte meinen Tod vor, damit mich keiner verfolgte. Baute mir ein neues Leben auf. Unsere Siege und unser Scheitern, *mein* Scheitern, ich versuchte alles hinter mir zu lassen. Ich hätte wissen sollen, dass es nicht funktionieren wird.«

Sie schwieg, und obwohl Maroto genau wusste, dass sie es in ihrem Tempo erzählen wollte, machte sich sein Mund selbstständig, so wie er es immer tat, wenn er einen Wurm im Bauch hatte. Das war die Schuld des Grabwurms, nicht die seine. »Also was? Du erfuhrst von Fennecs Spielchen und konntest nicht widerstehen, aus dem Ruhestand zu kommen? Die Sache richtigzustellen? Noch ein letztes Abenteuer zu erleben? Glaub mir, das kann ich dir nachfühlen. Selbst nachdem ich herausgefunden habe, dass dieses neue Heer gar nicht von dir angeführt wird, blieb ich wegen meiner Kameradin Purna, und jetzt, wo wir an unsere alten Taten anknüpfen wollen, kommt mein Geschmack für diese Dinge im ganz großen ...«

»Sie haben meinen Gemahl ermordet, Maroto. Unser ganzes Dorf. Kinder. Das Vieh. Alle.«

Scheiße! Scheiße! Scheiße! Kein Wunder, dass sie seinen Kuss nicht willkommen geheißen hatte, sie war in Trauer, sie ...

»Ich glaubte, einer von euch steckte dahinter«, fuhr sie leise fort. »Du natürlich nicht – warst der einzige Schurke, bei dem ich mir sicher war. Und jetzt bin ich sicher, dass es auch keiner der anderen war. Ich hatte von Anfang an recht. Königin Indsorith hielt nicht Wort. Ließ mir genug Zeit, damit ich hoffe, dass es funktioniert, ließ mir genug Zeit, um mich zu entspannen, in einen Ort, in Menschen zu investieren, ließ mich glauben, ich hätte gewonnen ... Und dann machte sie das Gleiche mit mir, was ich mit ihr gemacht habe. Sie muss ein glückliches Leben geführt haben, bevor ich Königin wurde, bevor meine Bemühungen, das System zu reparieren, ihre Familie auslöschten und um ein Haar auch sie töteten. Als sie dann an der Reihe war, Königin zu sein, schenkte sie mir ein glückliches Leben und eine Familie, und dann ... und dann gab sie mir genau das, was ich verdiente. Etwa vor einem Jahr.«

»Warte, was ... die Königin? Sie tat das? Das verstehe ich

nicht.« Maroto suchte nach Worten, gleichgültig welchen. »Aber das muss ich auch nicht. Ich weiß, dass du das nicht verdient hast, das verdient keiner.«

»Nein, das tut keiner«, sagte Zosia leise. In diesem Augenblick sah sie viel älter aus. »Das war eine Lektion, die ich zu spät lernte.«

»Sie hat dich verraten«, sagte Maroto. Der Grabwurm ließ ihn schlauer werden, scharfsinniger. »Du hast ihr die Krone gegeben, damit sie dich in Ruhe lässt, und sie hat dich verraten. Das ist geschehen.«

»Ja«, sagte Zosia. »Das ist es. Eigentlich ganz einfach.«

»Und jetzt schnappst du sie dir, richtig? Jetzt lehrst du sie, welchen verfluchten Lohn die Kobaltblaue Kompanie einem Verräter zahlt, nicht wahr?«

»So sollte es sein.« Zosia kratzte sich in ihrem silbergrauen Haar. »Die Eiskalte kehrt zurück, und ganz Samoth zittert.«

»Der ganze verdammte Stern!«, rief Maroto und stand auf. »Wir werden uns der Welt in Erinnerung bringen! Wir werden die Teufel zurück in ihre Löcher flüchten lassen! Wir treten dem Scharlachroten Imperium die Zähne ein! Einverstanden?«

»Ja«, erwiderte Zosia und stand ebenfalls auf. Sie gab ihm die Pfeife. »Aber erst morgen früh. Ich bin völlig erledigt. Willst du die zu Ende rauchen?«

»Klar, ja.« Gierig griff Maroto danach. Da wurde ihm auf schreckliche Weise etwas Bestimmtes bewusst. »Außer … Scheiße!«

»Scheiße?«

»Scheiße, Scheiße, Scheiße!« Maroto fuhr herum und trat gegen den Diwan, wollte ihn in seinem Zorn zerschmettern. Sein Absatz wurde von dem gefederten Kissen zurückgeschleudert, und er fiel auf den Rücken. Sein verletztes Knie pochte. Ein Dutzend Arschlöcher, die unbedingt den Kopf eingeschlagen haben wollten, wieherten vor Lachen, aber etwas Gutes hatte es doch für Maroto. Er hatte Zosia, die ihm auf die Beine half, wieder zum Lächeln gebracht.

»Alles in Ordnung, o du Eroberer des Ales?«

»Ja. Nein. Hör zu, nachdem ich von deinem Tod erfahren habe, tat ich etwas Dummes. Etwas außerordentlich Dummes.«

»Ich habe gehört, dass du mit der Königin gekämpft hast.« Zosia versuchte nicht einmal, ihr Lächeln zu verbergen. »Obwohl ich den ausdrücklichen Befehl hinterließ, dass meine Schurken ihr an meiner Stelle dienen sollten.«

»Befehle bedeuten gar nichts«, sagte Maroto. »Ich meine, wenn sie von dir kommen, dann natürlich schon, aber wie hätte ich wissen sollen, dass sie nicht gefälscht waren? Wie dem auch sei, ich habe alles falsch angefangen – ich habe Krümelfänger aus der Sache rausgehalten und sie dann dazu gebracht, ein Duell mit mir auszutragen. Siegte ich, dann hätte ich eben gesiegt, und sollte sie siegen, so würde ich schwören, ihr nie wieder Ärger zu bereiten. Und … und …«

»Und das Mädchen kann kämpfen, was?« Zosia stellte sich auf die Zehenspitzen und küsste ihn auf die Wange. Es war das erste Mal, dass ihre Lippen ihn freiwillig berührten, und es fühlte sich besser an als alles, das er je gewonnen oder gestohlen hatte. »Uns fällt schon etwas ein, Maroto, das tut es doch immer.«

»Ja«, sagte er. Es erleichterte ihn, dass er den Diwan nicht zerstört hatte, denn er ließ sich darauf fallen. »Uns fällt immer etwas ein.«

»Oh, und versuch, die nicht wieder zu verlieren.« Zosia blinzelte ihm zu, und Maroto brauchte einen Augenblick, bis er begriff, dass sie von der Pfeife in seiner Hand sprach. Was? Nein, das konnte nicht sein … Aber dann drehte er die Pfeife das erste Mal um, seit sie ihn daraus hatte rauchen lassen, und entdeckte, dass ihr Kopf noch immer die beiden Zeichen trug, die sie vor all den Jahren ins Holz geschnitzt hatte. Ein Z für den Schnitzer und ein M für den beabsichtigten Benutzer.

Seine Hände fingen nun an so schrecklich zu zittern, dass er sie um ein Haar hätte fallen lassen. Mit Augen voller Tränen schaute er zu seiner alten Freundin hoch und fragte sich, wie – bei allen Teufeln – sie die Pfeife gefunden haben konnte, wollte den Zauber aber nicht brechen, indem er sie fragte.

»Ich war ein Narr«, war alles, was er sagen konnte, aber das schien zu reichen.

»Und zwar an jedem Tag, seit ich dich kenne, aber was das betrifft, so … bist du in guter Gesellschaft gewesen.«

»Vielleicht …« Maroto wackelte mit dem Kopf, aber keine Erwiderung wurde freigeschüttelt. »Vielleicht habe ich morgen früh eine bessere Antwort.«

»Es ist wirklich schön, dich zu sehen, Maroto«, sagte Zosia und wandte sich ab. Doch ihre Worte ließen den Grabwurm in seinem Bauch zu Eis erstarren, und die Kälte breitete sich in jeden Teil seines Körpers aus. Ihm war übel. »Schlaf gut, Bruder!«

Er hatte keine Antwort für sie, konnte nichts tun, als sich an der Pfeife festzuklammern, die er nicht verdient hatte, sich auf den Diwan sacken zu lassen und am ganzen Leib zu zittern. Er blickte ihr hinterher, sah zu, wie die Kobaltblaue Zosia, die Frau, die er liebte, zum Feuer ging und ein paar Worte mit Singh und Fennec wechselte, um dann im Lager zu verschwinden. Vielleicht war es der Grabwurm und vielleicht auch nur ein krankes Spiel der Teufel, jetzt, da der Handel abgeschlossen war. Aber nun wusste er ohne den geringsten Zweifel, was ihm Krümelfänger im Austausch für seine Freiheit gegeben hatte. Maroto hockte auf dem Diwan in der Mitte der Kompanie und befand sich gleichzeitig in einem lustmordianischen Stechhaus, wo er – von schlechten Käfern benebelt – die Lippen an das samtige Ohr seines Teufels drückte und die Worte flüsterte, die sie alle verdammt hatten.

»Bring sie zu mir zurück! Lass sie mich wiedersehen, und ich lasse dich gehen. Bitte, bitte, bring sie einfach zu mir zurück!«

Und Krümelfänger hatte ihm den Wunsch gewährt, wie es sich für einen Teufel gehörte. Die Ratte konnte niemanden von den Toten wiederauferstehen lassen – diesen Wunsch vermochte nicht einmal ein Teufel zu gewähren. Aber zwei alte Freunde wieder zusammenzuführen, das würde kein großes Problem für eine Kreatur sein, die in die Zukunft sehen konnte, so wie Sterbliche in die Vergangenheit. Zosia glaubte, Königin Indsorith hätte ihr ihre Soldaten als Teil einer schon lange vor sich hin köchelnden Vergeltung auf den Hals gehetzt. Maroto aber war davon überzeugt, dass sie ihre Meuchelmörder nur darum geschickt hatte, weil Krümelfänger ihr eingeflüstert hatte, dies für eine geniale Idee zu halten. Ob es nun die Königin war oder jemand anders, letztlich war das gleichgültig – wer auch immer entschieden hatte, Zosia und ihre Nachbarn zu einem Ziel zu machen, hatte das nur getan, weil Marotos Teufel sie dazu verlockt hatte.

Schließlich kannte jedermann die Lieder über jene Teufel, die böse Gedanken ins Hirn von Sterblichen pflanzten, und auch wenn ein Teufel einen mal nicht dazu bringen konnte, Dinge zu tun, die nicht in der Natur der betreffenden Person lagen, wimmelte es auf dem Stern doch nur so von Kriegsherren mit blutigen Händen, die lediglich einen kleinen Schubs brauchten, um sich auf ein verletzliches Dorf zu stürzen, die Königin von Samoth eingeschlossen.

Maroto war jetzt fast ein Jahr frei von den Käfern – oder wäre es zumindest gewesen, hätte er heute Abend die Finger von dem Wurm gelassen. Aber hier ging es um Folgendes: Es war im letzten Herbst gewesen, als er eines Morgens nüchtern genug aufgewacht war, um zu entdecken, dass Krümelfänger fort war. Zosia hatte gesagt, dass ihr Gemahl und die Bewohner seines Dorfes um diese Zeit herum ermordet worden waren. Dafür konnte es nur eine Erklärung geben: Krümelfänger hatte sich in den Geist irgendeiner Person gegraben und sie die Entscheidung treffen lassen, Zosias Familie und Nachbarn zu töten … Bei allen Höllen, möglicherweise hatten die Henker sogar nicht einmal gewusst, dass es die Kobaltblaue Zosia war, die sie da ins Visier nahmen.

Zosia war bereit, das Imperium als Rache an Königin Indsorith in Stücke zu reißen, und sie hatte Maroto gerade eben auf die Wange geküsst. Als er seinen Teufel in die Freiheit entlassen hatte, hatte er Zosias Ehemann damit praktisch die Kehle aufgeschlitzt. Er hatte so gut wie jeden anderen niedergemacht, der dabei gestorben war. Er hatte die Welt der Frau vernichtet, die er mehr als sein Leben liebte, und das alles nur, weil ihn die Käfer so kaputt gemacht hatten, dass er einen Wunsch aussprach, den kein geistig gesunder Sterblicher von einem Teufel erbitten würde: Tote wieder zum Leben zu erwecken.

»Bring sie zu mir zurück! Lass sie mich wiedersehen, dann lasse ich dich gehen. Bitte, bitte, bring sie einfach zu mir zurück!«

KAPITEL 18

Großvater behauptete, die Alten Wächter nähmen nur dann Kenntnis von den Menschen, wenn sie sich langweilten oder vergnügen wollten, und aus dem gleichen Grund hätten sich die Sterblichen überhaupt erst mit den Teufeln beschäftigt. Großvater behauptete ebenfalls, es sei die Aufgabe der Schamanen, die Worte des Göttlichen zu deuten, wenn sie sich im Herbst durch das Rascheln der Blätter an den Bäumen und im Frühling durch das frische Gras zum Ausdruck brachten. Oder sie enträtselten das Flüstern der Höllischen aus dem Prasseln eines Waldbrandes in heißen Sommernächten oder lasen an kalten Wintermorgen die Eisschichten auf einem Nachttopf. Großvater behauptete, dass wenn ein Teufel sprach, ein Sterblicher zwar zuhören, aber allein der Schamane antworten konnte. Großvater behauptete auch, dass wenn ein Gott sprach, nur ein Schamane das hören konnte. Und ein kluger würde gar nicht antworten.

Aber Großvater behauptete ebenfalls, dass der schmackhafteste Leckerbissen unter der Sonne Honigdachs in Sahne war, und Griesgram wusste genau, dass dieser Scheiß einfach nur widerwärtig schmeckte. Und Großvater behauptete auch, dass die Lebensart der Hornwölfe von allen die beste war und dass alle anderen Menschen sämtlicher anderen Länder bösartig oder verdorben oder feige oder einfach nur Arschlöcher waren … Aber wenn das stimmte und die Hornwölfe tatsächlich das auserwählte Volk waren, warum hatten sie ihm und Großvater dann so zugesetzt? Was sagte das über die Hornwölfe aus, dass sie die beiden so sehr gehasst hatten, dass sie sie lieber umbringen wollten statt sie einfach ziehen zu lassen?

Und wenn man schon ehrlich war, was drückte es eigentlich über ihn aus, dass er sich Großvater grundsätzlich fügte, obwohl der alte Mann immer häufiger nur Scheiße zu reden schien? Als sie Onkel Hasenfuß endlich gefunden hatten und Großvater die Gelegenheit irgendwie dazu benutzt hatte, Unsinn über Ji-hyeon zu reden und Griesgram gleichzeitig zu ehren, hatte er sich da die Last von seinem Rücken gerissen? Abgesehen von ihrer ersten Nacht im Lager hatte er Großvater nicht einmal eingeschärft, die Frau zu respektieren, der er seine Treue zu Füßen legen wollte, und zwar ganz gleich, wie die Sache mit seinem Onkel ausging. Es war stets als das Einfachste erschienen, seinen launischen Vorfahren schlichtweg zu ignorieren, aber vielleicht hatte er damit auch nur Großvaters Überheblichkeit gefüttert. Was nun auch immer zutraf, er tat sich selbst damit keinen Gefallen, wenn er alles von Großvaters spitzer Zunge vergiften ließ.

Es war Zeit, mal mit dem Alten zu reden. Diesen Entschluss traf Griesgram, während er zu ihrem Zelt zurückkehrte. Großvater hatte ihm aufgetragen, Onkel Hasenfuß an diesem Abend zu verfolgen, um herauszufinden, was für ein Mann dieser »Maroto« tatsächlich war. Seiner Beobachtung zufolge schien er eigentlich genauso wie alle anderen zu sein, noch immer betrübt, weil ihn Zosia beschämt hatte, und von der Hoffnung getrieben, den Heilungsprozess mit viel Alkohol, etwas zu rauchen und Gesellschaft zu beschleunigen. Aber als sich Zosia am Feuer zu Maroto auf seinen Diwan gesetzt hatte, war Griesgram zu dem Schluss gekommen, dass es nun genug gab, worüber er sich in dieser Nacht den Kopf zerbrechen musste.

Seinen zwielichtigen Onkel und die Frau, die ihm eine Göttin befohlen hatte zu töten, zu beschatten, das hatte ihn zumindest von Ji-hyeon und der Rückkehr ihres ansehnlichen Geliebten abgelenkt.

Gut für sie. Gut für sie beide. Schließlich wollte Griesgram doch, dass sie glücklich war. Schließlich war noch nie etwas dabei herausgekommen, wenn ein Wilder eine Prinzessin umgarnte … Obwohl es eine Minute lang so ausgesehen hatte, als hätte die Prinzessin die Absicht, den Wilden zu umgarnen.

Plötzlich wurde sich Griesgram bewusst, dass er sich ihrem Zelt näherte und nicht dem seinen, also wechselte er abrupt die Richtung, so gern er auch daran vorbeigegangen wäre, um zu sehen, ob dort die Lampen brannten. Wäre es besser gewesen, wenn sie es getan hätten und die Laute einer Unterhaltung und Gelächter ertönt wären, oder wenn alles still und dunkel gewesen wäre?

Aber egal, er musste über wichtigere Dinge nachdenken. Zum Beispiel darüber, wie er Zosias Pläne vereiteln konnte. Genau so hatte es die Gesichtslose Herrin ausgedrückt: Vereitle ihre Pläne. Damit konnte so gut wie alles gemeint sein. Es musste kein Mord sein. Andererseits …

Das Problem war nur, dass er jetzt, da er der Frau persönlich begegnet war, keinen großen Antrieb verspürte, überhaupt etwas zu unternehmen. Er hatte einen unwiderstehlichen Drang erwartet, das Verlangen, sie zu Boden zu werfen und – ohne auch nur einen Augenblick lang zu zögern – den Willen der Göttin zu erfüllen. Aber es fiel ihm wirklich schwer, sich deswegen aufzuregen. Natürlich wollte er nicht, dass ein Haufen Kinder starb oder flüssiges Feuer eine ganze Stadt verschlang. Aber wenn er ehrlich war, machte ihn die ganze Situation eher melancholisch, als dass er gerechten Zorn verspürte. Eigentlich wünschte er sich vor allem, Zosia wäre niemals aufgetaucht … und das nicht nur, weil sie Ji-hyeon ihren Geliebten zurückgebracht hatte. Er freute sich für Ji-hyeon. Er war geradezu *entzückt* für sie.

Dann stieß er mit ein paar betrunkenen, schwankenden Soldaten zusammen und murmelte eine Entschuldigung, die er nicht besonders ernst meinte. Was für eine beschissene Nacht! Hier war er den halben Stern von der Savanne entfernt, war so weit wie jeder Held in den Sagen gereist und fühlte sich genauso klein und dumm wie zu Hause. Er konnte hundert Balladen zitieren, konnte genau erzählen, wie der Alte Schwarz den Seeteufel von Zozobra ausgetrickst hatte oder von Höllenstürmers amourösen Abenteuern im Versteck des Minotaurus und wie er aus dem Bett dieses Ungeheuers entkommen war. Aber wenn es um sein eigenes Lied ging, dann war es ganz so, als hätte er die Worte vergessen und die Bedeutungen durcheinandergebracht, hätte keine Ahnung, welcher Canto als Nächstes kam. Seine Vorfahren schienen immer zu wissen, was zu tun war, hatten stets einen lockeren Spruch oder einen Schlag für das richtige Ohr parat. Sie lernten aus ihren Fehlern und überlisteten ihre Feinde.

Aber Griesgram fand kaum den richtigen Ort, um zu scheißen, ohne jemanden in diesem geschäftigen Lager voller exotischer Fremder zu verärgern. Und wenn man schon nicht wusste, wo man ein so grundsätzliches Geschäft erledigen musste, wie sollte man dann die richtigen Herausforderungen bewältigen, die einen erwarteten?

Vielleicht war das ja das Problem – vielleicht steckte Griesgram einfach nur im falschen Lied. Vielleicht war er dazu bestimmt, statt eines großen Kriegers oder Tricksters stets den Deppen zu spielen, der zum Vergnügen der Zuhörer über Probleme stolperte. Das Lied von Griesgram Schwachkopf, dem Hornwolf ohne Verstand im Schädel oder ohne einen Zahn im Mund. Dieses Lied kannte er auswendig, selbst wenn ihm die Worte fehlten …

Großvater saß noch immer nahe bei dem Zelt vor dem kleinen Feuer, das er für den alten Mann entfacht hatte, bevor er hinter seinem Onkel hergeschlichen war. Na großartig!

»Und, mein Junge?«, fragte Großvater, während Griesgram seine Gedanken sammelte und aus den Schatten trat.

»Nichts, Großvater.« Ihm die Meinung zu sagen, das konnte bis morgen früh warten oder auch länger – warum eine wirklich schreckliche Nacht damit ruinieren, Großvater aufzustacheln? Griesgram duckte sich in das Zelt und schloss in ohnmächtiger Verweiflung die Augen, als der alte Mann hinter ihm herrief.

»Komm raus, mein Junge, wir müssen reden. Ich habe eine Bidi fertig.«

Griesgram tastete in dem dunklen Zelt herum, bis er seinen Gurt mit den Sonnenmessern und dann einen Krug mit Wasser und ein Stück Pferdefleisch gefunden hatte. Erst als er es nicht länger herauszögern konnte, ging er wieder nach draußen und ließ sich auf der anderen Seite des Feuers zu Boden sacken.

»Du hast ja heute Nacht eine Laune«, meinte Großvater, während Griesgram einen Schleifstein hervorholte und anfing, die Klingen eines jeden der abzweigenden, angeflanschten Messer zu schärfen.

»Was?« Griesgram kaute auf dem Stück Fleisch herum, ohne von seiner Arbeit aufzuschauen.

»Ich erwarte nicht, all die saftigen Einzelheiten deiner Werbung um dieses Schlitzmädchen zu erfahren und möchte sie auch gar nicht genau wissen, aber wenn du mir sagen willst, was …«

Griesgram stand auf und ließ den Gurt in den Staub fallen. Das Messer hielt er mit weiß verfärbten Knöcheln fest. »Zum letzten Mal, Großvater. Mein Blut oder nicht, zum letzten Mal. Sie hat einen Namen. Und sie verdient Besseres von räudigen alten Hunden, denen sie einen Platz an ihrem Feuer gab.«

Großvater sah Griesgram nur hämisch an, während er den Kopf in den Nacken legte, aber dieses eine Mal sparte er sich eine dumme Antwort und nickte nur knapp. Das würde reichen müssen. Griesgram setzte sich wieder, während Großvater einen Zweig entzündete und an seine Bidi führte.

»Sollen wir dann über deinen Onkel sprechen?« Großvater behielt den Rauch in der Lunge und bot ihm die glühende Tüte an. »Oder über diese Zosia?«

Griesgram lehnte das angebotene Saam ab, sosehr er es auch wollte. Im Augenblick ertrug er es nicht, Großvater noch näher zu kommen. »Wie du willst. Anscheinend haben sie sich versöhnt. Tranken an einem Feuer. Genauso wie du.«

»Na also, so rührend das auch sein mag, mich interessiert hauptsächlich, warum du die beiden umbringen willst«, sagte Großvater und nahm noch einen langen Zug. Seine Finger waren so dunkel und runzelig wie das Blatt zwischen ihnen.

Griesgram wurde es eiskalt, er wusste nichts zu erwidern. »Hä?«

»Hä«, sagte Großvater. »Hä. Für diese weißärschigen Narren bist du ja vielleicht so schwarz wie der Gott der Schakalleute, aber für mich bist du so durchsichtig wie Wasser, Welpe. Seit du sie das erste Mal gesehen hast, hast du sie mit deinen Tigeraugen getötet, so wie du dank deiner Augen etwas ganz anderes mit dieser … mit Generalin Ji-hyeon Bong, Zweite Tochter von Jun-hwan und Kang-ho, zukünftige Königin von Samoth und wie auch immer der Rest heißt, gemacht hast.«

»Glaubst du, nur weil ich ihnen einen Blick zuwarf, bedeutet das schon was?« Es machte Griesgram verlegen, dass Großvater ihn so schnell durchschaut hatte. Er war verlegen, aber vielleicht auch etwas erleichtert. Das war hier draußen von allem das Furchteinflößendste, alles für sich behalten zu müssen, wenn die Dinge kompliziert wurden. »Glaubst du, wenn es so aussieht, als würde ich ihnen einen finsteren Blick zuwerfen, dass das irgendetwas zu bedeuten hat?«

»Hör zu, Griesgram.« Zur Abwechslung klang Großvater versöhnlich statt tadelnd. »Was auch immer sie sein mögen, weder mein Sohn noch seine Freundin sind dumm. Ich habe gesehen, was du dachtest, und du hast es nicht einmal in meine Richtung gedacht. Ich würde dir ja raten, vorsichtig zu sein, aber ich respektiere dich viel zu sehr, um dich wie ein Kind zu behandeln. Du weißt, was du tun willst. Aber ich habe den ganzen Abend hier gesessen und über dein mürrisches Gesicht nachgedacht, mein Junge, und beim Leben deiner Mutter und auch bei meinem Leben, ich komme einfach nicht darauf, warum du ihnen schaden willst.«

»Ist das dein Ernst?« Griesgram hielt inne, sein Messer zu schärfen. »Solange ich mich erinnern kann, hast du ihn schlecht gemacht, und du hast keine Ahnung, warum ich Onkel Hasenfuß in den Arsch treten will? Du und Mama, ihr habt mir schon erzählt, wie dringend er das braucht, da hatte er uns noch nicht einmal verlassen! Vermutlich hast du es schon ihrem Bauch zugeflüstert, bevor ich rausgeschlüpft bin, vielleicht sogar, bevor er überhaupt zurückgekehrt ist.«

»Ahhh«, sagte Großvater und paffte seine Bidi. »Also das ist es. Du bist noch immer sauer auf ihn, weil er gegangen ist, was?«

»Dass er gegangen ist, bedeutet gar nichts.« Griesgram wünschte sich, es gäbe eine Möglichkeit, die Worte stolz klingen zu lassen, und nicht trotzig. »Was soll's! Ich meine, wir sind gegangen, oder nicht? Und wir gingen, weil du der Ansicht warst, dass er das Richtige tat, als er die Hornwölfe das zweite Mal verließ.«

»Ich weiß, was ich über meinen Sohn denke, Griesgram. Ich frage jetzt aber, was *du* über ihn denkst, auch wenn ich mir das vorstellen kann.«

»Das ist aber fix«, meinte Griesgram kopfschüttelnd. »Und was denke ich, da du ja bereits alles weißt?«

»Ich glaube, es geht um die Einzelheiten, wie er es getan hat«, sagte Großvater, und darin lag auch etwas Trost, um den Stich abzuschwächen. Großvater konnte ein schrecklicher Bastard sein, aber er war auch gut, liebevoll und verstand Griesgram auf eine Weise, auf die er sich manchmal selbst nicht verstand. »Er ließ uns zum Sterben auf diesem Schlachtfeld zurück, und das nur, weil er sich auf die Seite der Hornwölfe schlug und nicht auf die seines Neffen. Und nicht auf die seines eigenen Vaters. Wir brauchten ihn unbedingt, brauchten ihn so dringend, wie jemand überhaupt seine Familie gebraucht hätte. Und da hat er uns den Clan vorgezogen. Das ist passiert. Meine Tochter hat das Gleiche getan, woran ich dich bestimmt nicht erinnern muss, oder?«

»Nee, für sie war das was anderes«, erwiderte Griesgram leise. Nach allen diesen Jahren hoffte er noch immer, dass es sich dieses Mal glaubwürdig anhören würde. »Eine ganz andere Sache.«

»Klar war es das«, sagte Großvater auf eine Weise, die Griesgram verriet, dass der alte Mann das genauso gern glauben wollte wie sein Enkel. »Ich schätze, keiner kann es deiner Mutter zum Vorwurf machen, dass sie uns dort zurückgelassen hat und mit ihrem Bruder und dem Rest verschwunden ist. Scheiße, sie ist mehr Hornwölfin als jeder andere in diesem verfluchten Rat, also ist nichts dagegen zu sagen, dass sie sich an die alten Bräuche hielt. Und was es so anders macht, worauf diese ganze Antilopenjagd hinausläuft, das ist die Tatsache, dass sie, nachdem du mich nach der Schlacht nach Hause gezogen hast, noch immer da war, als ein Teil des Clans. Aber dein Onkel hatte sich schon lange verdrückt. Und nach all diesen Jahren bist du noch immer sauer, weil er nicht bei uns geblieben ist – aber er ist doch sowieso abgehauen, warum nicht einen Tag oder drei Tage früher, statt seine Familie wegen eines Prinzips zum Sterben zurückzulassen, dem er ohnehin nie gerecht worden wäre? Kommt das so ungefähr hin?«

Griesgram betrachtete sein funkelndes Spiegelbild in der Klinge, die er in der Hand hielt, und nickte. »So ungefähr.«

»Ja, das habe ich mich auch gefragt«, sagte Großvater. Zu hören, dass der alte Mann zugab, nicht alles zu wissen, war wie ein Guss eiskalten Wassers, um sich den Staub aus dem Gesicht zu waschen. »Jeden Tag, seit es geschah, und jede Minute, seit ich ihm heute Morgen in die Augen sah. *Warum*? Aber ich glaube, mein Junge, dass er das nicht einmal selbst weiß.«

»Das macht es richtig?«

»Bei allen Höllen, nein! Aber weißt du denn immer, warum du etwas tust? Ich weiß es jedenfalls nicht, und ich habe beträchtlich mehr Tauzeiten erlebt als du, bis ich endlich gewusst habe, wer ich bin. Wichtig ist, dass du, ich und er, dass wir alle früher oder später zu der gleichen Erkenntnis kamen, nämlich der, dass die, mit denen wir aufwuchsen und für die wir unser Leben gaben, unserer Liebe nicht wert waren. Darum sind wir alle aus dem ausgebrochen, zu dem die Hornwölfe wurden. Und da wir ihn jetzt endlich aufgespürt haben, schulden wir unserem Blut meiner Meinung nach genug, um ihm diese Frage zu stellen und dann zu sehen, ob er sich jetzt anständiger verhalten kann als damals. Alles, was geschehen ist, als wir noch Hornwölfe waren, hat ebenso viel Wert wie der gestrige Morgenschiss. Wie wir nun weitermachen, darauf kommt es an. Wir sind eine Familie, Griesgram, und wenn das nichts bedeutet, dann sind wir nicht besser als der Rest unseres Clans.«

Nach Großvaters kleiner Ansprache herrschte eine Weile Stille, und Griesgram legte das Messer weg und setzte sich neben den alten Mann. Er nahm die erloschene Bidi, dann zündete er den zur Hälfte verbrannten Saam wieder an und nahm einen tiefen Zug. Behielt ihn in den Lungen und nahm den Rauch zusammen mit den Worten des Alten in sich auf. Also Großvater, der wusste schon ein paar Dinge. Er atmete wieder aus und stieß dabei auch etwas von der schlechten Luft aus, die er den größten Teil seines Lebens in sich behalten hatte. »Willst du jetzt mit ihm sprechen? Ich bringe dich zu ihm.«

»Wir waren nicht die Einzigen, die er für tot gehalten hat«, sagte Großvater. »Wenn auch nur eines dieser Lieder, die wir unterwegs über sie gehört haben, einen ehrlichen Refrain enthält, dann reden sie bis zur Morgendämmerung miteinander. Er und diese Zosia regeln ihre Dinge, und wir lassen sie sie regeln. Hast du sie auf dem Kieker, weil sie das heute Morgen mit deinem Onkel gemacht hat? Hasst du ihn, siehst aber nicht gern, wie dein Blut vor dem halben Lager einen Tritt bekommt?«

»Sie? Das? Nee.« Griesgram nahm noch einen Zug und bewahrte ihn in sich, bis seine Augen tränten. »Sie … das willst du nicht wissen.«

»Den falschen Göttern und den wahren Vorfahren sei Dank, dass ich einen so weisen Enkel habe, der mich besser kennt, als ich mich selbst kenne«, erklärte Großvater und nahm die Tüte wieder entgegen. »Ich möchte gar nicht wissen, was ich getan hätte, hätte ich für mich selbst denken müssen.«

»Nee, Großvater … sie … hör zu, du hast mir gesagt, dass du nicht wissen willst, was die Gesichtslose Herrin, die ich in diesem unheimlichen Riesentempel getroffen habe, zu sagen hatte. Auf dem Südöstlichen Zacken, erinnerst du dich?«

»Hältst du mich für so senil, dass ich nicht mal mehr weiß, wo wir waren, als du einem Gott begegnet bist?« Großvater warf einen Blick auf die Bidi, dann gab er sie zurück, ohne daran gezogen zu haben. »Ich habe mir danach meine Gedanken gemacht. Immer wenn wir seitdem den Namen Zosia hörten, bekamst du diesen hungrigen Blick. Bei allen Höllen, selbst die Hornwölfe wussten von der Kobaltblauen Königin, aber du scheinst dich nie für diese Heldenlieder interessiert zu haben. Bis zu diesem Tempel in Emeritus. Ja, ich habe mir meine Gedanken gemacht.«

»Also soll ich nun auspacken oder nicht?«

»Nein, nein«, sagte Großvater schnell und hob die Hände. »Für diese Ohren ist es immer gut gewesen, dass sie die Worte von Göttern nicht vernommen haben. Aber …«

»Aber?«

»Aber es gibt viele Götter, Griesgram, viel mehr als nur die Alten Wächter, die unsere Vorfahren erschufen. Hier unten auf dem Stern gibt es mehr Götter als Sterne am Himmel, selbst wenn die Kette überall ihren Scheiß mit dem einen wahren Glauben verkündet. Natürlich ist es nicht klug, einen von ihnen zu reizen, aber das bedeutet auch nicht, dass du vor allen auf die Knie gehen musst. Sonst wirst du nie auf den eigenen Beinen stehen.«

»Aber du hast doch immer gesagt, ein Schamane müsse zuhören. Obwohl ich nicht behaupten will, dass ich das bin, aber … Scheiße, Großvater, ich weiß auch nicht.«

»Zuhören ist immer gut.« Großvater starrte am Feuer vorbei in die Dunkelheit zwischen den Zelten. »Aber das ist nicht das Gleiche, als immer zu tun, was man dir sagt. Hättest du das getan, hättest du mich auf diesem Schlachtfeld zurückgelassen und wärst mit deinem Onkel und dem Rest nach Hause zurückgekehrt, und dann wäre keiner von uns jetzt hier.«

Griesgram nickte. Er nickte oft, wenn Großvater sprach. Wie bei allen Teufeln hatten der Alte Schwarz oder Höllenstürmer nur ohne die Hilfe ihrer Vorfahren so weit kommen können? »Also … also was Zosia betrifft, was die Gesichtslose Herrin über sie gesagt hat …«

»Das habe ich dir erzählt, mein Junge, ich weiß es nicht, ich will es auch nicht wissen, und ich beneide dich auch nicht um die Last, mit der du geboren wurdest. Aber wenn die Götter da die Hand im Spiel haben, musst du sehr, sehr vorsichtig sein. Hältst du schon die Hornwölfe für kleinliche, rachsüchtige Mistsäcke? Nun, unser Stamm kommt nicht einmal annähernd an die Götter heran. Und diese Zosia? Sie wird von einem begleitet, oder ich will nichts von Teufeln verstehen.«

»Was?« Griesgram schluckte und hatte eine Befürchtung, wohin diese Unterhaltung führte. »Ihr Kojotenteufel, glaubst du …«

»Da weiß ich es besser, ich muss bei solchen Dingen nicht erst was glauben«, sagte Großvater ernst. »Aber dieses Ding hat so viel Ähnlichkeit mit einem Teufel wie Zosia mit einem Affen aus dem Dschungel von Bal Amon. Wir bezeichnen die Götter unserer Feinde als Teufelskönige. Was auch immer dir also andere Stimmen sagen mögen, hör auf deinen Großvater. Bleib wachsam!«

Der Wind strich durch das Lager und ließ das Feuer prasseln. Griesgram legte den Arm um seinen Großvater. »Ich bin mir ziemlich sicher, dass du mir gesagt hast, du wolltest mich nicht belehren, vorsichtig zu sein, da ich nun einmal kein Kind bin, das auf einen Dolchbaum klettern will.«

»Alte Leute dürfen ihr Wort brechen, Kleiner, und es dann auf Senilität schieben«, erwiderte Großvater. Er befreite sich aus Griesgrams Umarmung. »Ganz einfach, weil man zu alt ist, um sich daran zu erinnern, jemals jung gewesen zu sein!«

Ihr Lachen war nur von kurzer Dauer. Ein bestialisches Heulen an der Seite ihres Zeltes unterbrach es. Ein Schatten löste sich aus der Nacht und trabte auf Beinen, die vom Schlaf unsicher waren, in ihren Feuerschein. Etwas, das die Gestalt eines Hundes hatte, aber kein Hund war. Zosias Teufel. Seine schwarze Zunge schleckte laut über seine Lefzen, während er sie musterte. Die schwarzen Augen verschluckten das Feuerlicht, statt es zu reflektieren. Er bellte einmal, und Griesgram betete, dass es als freundliches Bellen beabsichtigt gewesen sein möge. Dann ging er an ihrem Zelt vorbei und verschwand im schlummernden Lager der Kobaltblauen Kompanie.

Großvater fröstelte. »Lass uns zu Bett gehen. Wenn er schon hier herumschleicht, wer vermag dann zu sagen, was sonst noch in der Nacht unterwegs ist.«

Sie begaben sich ins Zelt, aber trotz der Weisheit in Großvaters Worten blieb der Schlaf für Griesgram so schlüpfrig wie jede Beute, die er auf der Kalten Savanne gejagt hatte.

KAPITEL 19

Ji-hyeon schlief allein. Nun ja, Schlafen war mehr das Ziel als die zutreffende Beschreibung ihres Zustands. Sie warf sich auf ihrem Laken herum und boxte gelegentlich ein Kissen zurecht.

Keun-ju wäre bei ihr geblieben, hätte sie das gewollt, aber nachdem sie eine ganze Nacht lang mit Zosia Pläne geschmiedet hatte – die Frau schien tatsächlich eine so talentierte Taktikerin zu sein, wie es ihr Ruf verkündete –, hatte ein Nickerchen am Morgen sie kaum auf die endlosen Besprechungen mit Choi, Fennec und ihrem anderen neuen Hauptmann Chevaleresse Singh vorbereiten können. Als sie am späten Nachmittag endlich Zeit für Keun-ju gefunden hatte, gähnte sie bereits, und die drei Pressen Kaldi, die sie während ihrer langen, zermürbenden Unterhaltung zu sich genommen hatten, hatten nur noch mehr an ihren bereits angespannten Nerven genagt, aber zu keinerlei Aufmerksamkeit oder gar Durchblick geführt. Nachdem sie sich seine Seite der Geschichte angehört hatte, fühlte sie sich besser. Es war keine große Überraschung, dass Fennec und ihr zweiter Vater Keun-ju daran gehindert hatten, sie zu begleiten, nur weil sie wie typische alte Männer nicht wünschten, dass sie in ihren Tugendwächter verliebt war. Aber ihr einreden zu wollen, dass Keun-ju sie an ihren ersten Vater verraten hatte, das ging dann doch zu weit. Ohne Zosia wäre Keun-ju noch immer auf Hwabun, und sie hätte ihn vermutlich ganz aufgegeben.

Aber selbst nachdem das, was Griesgram bereits gemutmaßt und sie selbst gehofft hatte, die Wahrheit zu sein schien, war ihre Stimmung irgendwie gereizt, auf keinen Fall jedoch fröhlich. Darum hatte sie Keun-ju weggeschickt, obwohl selbst der schwere Schleier sein Schmollen nicht verbergen konnte. Sie brauchte Zeit, das alles zu verdauen. Ein geruhsamer Schlaf würde ihr wieder Erholung verschaffen … falls sie es jemals schaffte einzuschlafen.

Keun-ju. Wie oft hatte sie sich ihr Wiedersehen ausgemalt? In ihrer Vorstellung hatte es dabei stets die hektische Entfernung von Kleidungsstücken gegeben, während sie ihm die Zunge in den Mund rammte, um die Flut herzzerreißender Poesie zu unterbrechen und es dann ordentlich zu treiben. Dem würde eine zweite, gemütliche, völlig entspannte Nummer folgen, wie es ihnen unter dem Dach ihrer Eltern nie möglich gewesen war. Als Generalin der Kobaltblauen Kompanie konnte sie vögeln, mit wem sie wollte, sie konnten in den Armen des anderen einschlafen, ohne dass jemand in der Lage war, sie daran zu hindern. Aber ihre Romanze auf Hwabun schien ein Leben lang her zu sein. Das Lied von der Prinzessin und dem Tugendwächter kannte sie auswendig, aber ihn vor sich stehen zu sehen, denselben alten Keun-ju, der er immer gewesen war, während sie sich in eine ganz und gar andere Frau verwandelt hatte …

Als wäre das die Wahrheit. Sie wälzte sich auf den Rücken und starrte zur dunklen Kuppel ihres Zeltdaches empor, wo Bestienflügel hing. Sosehr es ihr auch widerstrebte, das jemandem gegenüber zugeben zu müssen, sich selbst am allerwenigsten, hatte sie sich in Wahrheit doch gar nicht so sehr verändert. Verbotene Jungs brachten sie noch immer ins Schwärmen, nicht wahr? Wenn sie ehrlich war, bereitete ihr Keun-jus Rückkehr dann nicht darum Kopfschmerzen, weil sie endlich über ihn hinweg war, endlich von jemand anderem Beachtung geschenkt bekam? Und weil sich das so gut anfühlte? Sie liebte Keun-ju. Aber wenn das stimmte, warum lag er dann nicht neben ihr im Bett? Warum fragte sie sich, wie sich wohl Griesgram fühlen mochte? Warum vermisste sie den Jungen, wo sie ihn doch erst am Vortag noch gesehen hatte? Als er Keun-ju erkannt hatte, war er beinahe aus ihrem Zelt geflohen und hatte auch keine Anstalten gemacht, sich mit ihr in Verbindung zu setzen. Auch wenn seitdem nicht viel Zeit vergangen war, trotzdem.

Also was war mit dem Krieg, den sie führte? Was mit den vielen Leben, die von ihr abhingen? Was mit den vielen Leben, die ihr Vorhaben noch kosten konnte? Was war mit all dieser Scheiße? Wieder wälzte sie sich auf den Bauch und dämpfte einen wilden Schrei mit dem Kissen. Sofort fühlte sie sich besser, aber dann rief eine besorgte Stimme vor dem Zelt: »Generalin?«

»Mir geht es gut!«, erwiderte sie und schalt sich dafür, so kindisch gewesen zu sein. Sie konnte von Glück sagen, dass die Wächter nicht ins Zelt gestürmt waren, weil sie mitten in der Nacht einen gedämpften Schrei gehört hatten!

»Dürfen wir eintreten, oder kommt Ihr heraus?«, rief die Wächterin, und Ji-hyeon setzte sich auf ihrem Bett auf und bemühte sich, ihren Zorn auf sich selbst zu konzentrieren statt auf die Leute, die geschworen hatten, ihr Leben zu beschützen.

»Ich komme, ich komme«, sagte sie, tastete in dem dunklen Zelt herum und stieß schließlich auf den dicken Mantel, den Griesgram in seiner Eile hier vergessen hatte. Sie schob die Arme in die gewaltigen Ärmel, fuhr mit den Füßen in irgendwelche Sandalen und trat in die Nacht hinaus.

»Verzeiht, Generalin«, sagte die Wächterin. Schnell schloss sie die Laterne wieder, nachdem sie Ji-hyeon damit geblendet hatte. »Ich glaubte, etwas gehört zu haben. Es tut mir sehr leid.«

»Ja, ja«, murmelte Ji-hyeon. Hoffentlich war die Morgendämmerung nahe genug, damit sie aufbleiben konnte. »Welche Wache ist es?«

»Die zweite, Generalin«, sagte der andere Wächter. »Kurz nach Mitternacht.«

»Hm. Hört zu, ich gehe jetzt spazieren, aber ich möchte nicht, dass ihr beiden mir am Hintern klebt.«

»Natürlich, Generalin«, sagte die erste Wächterin. »Lasst mich nur jemanden von der Hinterseite Eures Zeltes holen, der uns ersetzt.«

Ji-hyeon trat auf der Stelle, um sich warm zu halten. Die eiskalten Sterne am Himmel warfen ein mattes Licht auf das Lager. Irgendwo wurde noch immer gefeiert; aus der Ferne drangen Lieder und Lachen zu ihr, genauso wie einst im Westflügel von Hwabun, wenn ihre Eltern sie vor dem Ende einer Feier ins Bett geschickt hatten. Aber in diesem Quadranten des Lagers war alles still. Die Wächterin kehrte mit zwei weiteren zurück, und Ji-hyeon ging zügig auf einen kleinen, aber steilen Hügel zu, der wie ein Stoßzahn aus einem mit Reißzähnen bewehrten Rachen aus der Masse der Zelte hervorstach. Bestienflügel flatterte über ihr auf und ab und schuf damit ein noch dunkleres Muster im Stoff der mondlosen Nacht.

Ji-hyeon erklomm den Aussichtspunkt, und die Zelte blieben hinter ihr zurück. Lose Steine und feuchtes Gras ließen sie ein paarmal ausrutschen, aber bald schon hatte sie den Hügel erobert. Die Wächter blieben weit genug zurück, um ihr die Illusion von Einsamkeit zu geben. Ihre ständige Anwesenheit war jedoch genauso nervtötend wie auf Hwabun. Je mehr sich die Dinge ändern … was, Generalin?

Die Hügelkuppe wurde von einem Pentakel aus kleinen Steinen geschmückt, aber Ji-hyeon wusste nicht, ob es sich hier um einen uralten Gebetsplatz handelte oder ob fromme Soldaten ihn vielleicht erst kürzlich errichtet hatten. Über ihr ragte die Lerchenzunge unheilvoll in den Himmel; selbst ein niedrig gelegener Bergsattel schien sie und ihren bescheidenen Hügel zu etwas Unbedeutendem zu machen. Alle Kundschafter hatten ihr versichert, dass die anderen Seiten des Berges und sämtliche seiner unmittelbaren Nachbarn sogar noch trügerischer waren als die Vorderseite. Das bedeutete zwar, dass man sie nicht von hinten angreifen konnte, aber es konnte auch heißen, dass ihnen keine Fluchtwege zur Verfügung standen. Zosia hatte unbeirrt darauf hingewiesen, dass allein diese offensichtlich selbst verschuldete Verletzlichkeit das Fünfzehnte Regiment zu einem sofortigen Angriff provozieren würde, statt auf Verstärkung zu warten. Aber der Blick auf die Lerchenzunge flößte Ji-hyeon das unbehagliche Grauen ein, das sich in dem Augenblick zwischen einer Entscheidung und der Enthüllung der Konsequenzen einstellt, die sich daraus ergeben können.

Sie schob die Hände in die Taschen von Griesgrams Mantel und entdeckte freudig eine alte Bidi. Die Entdeckung, dass sie das gleiche Kraut mochte wie er, wenn auch in schwächerer Form, schien ihn angenehm überrascht zu haben – doch vielleicht war es eine andere Sorte oder die Blätter, in die er es einrollte, fügten etwas hinzu. Auf jeden Fall hatte sie seinen Rauch als etwas zu stark empfunden. Aber da sie ihre Pfeife im Zelt vergessen hatte, zog sie einen intensiven Brand überhaupt keinem Brand jederzeit vor. Davon abgesehen verlangte das Nachdenken über eine unmittelbar bevorstehende Schlacht mit einem gewaltigen imperialen Heer vermutlich sogar eine gewisse Intensität. Sie stieg wieder zu ihren Wächtern hinunter, entzündete die Bidi an einer ihrer Laternen und kehrte auf den Hügel zurück. Der Geschmack des würzigen Saams und der bitteren Blätter war gut, das mentale Gewicht Griesgrams wärmte sie bis nach unten, wo ihre nackten Knie aus dem Mantel ragten …

Ji-hyeon spazierte in die Mitte des Steinkreises und drehte sich langsam. Das Lager erstreckte sich auf allen Seiten des Hügels und kroch sogar die Flanken seiner benachbarten Anhöhen hinauf; selbst zu dieser späten Stunde loderten noch Dutzende große Feuer und Aberhunderte kleine Lichter. Tausende Soldaten, die alle bereit waren, aufgrund ihres Befehls zu sterben … oder genauer gesagt, Tausende Söldner, die zu töten bereit waren, um ihr eine Krone zu verschaffen, und das nur für einen oder zwei Tael Silber. Ein paar Freiwillige schluckten ihr Lied und glaubten fest an die Kobaltblaue Sache. Ein paar, aber vermutlich waren das nicht viele. Und ihre Berater konnten sich nur darauf einigen, dass die Imperialen sie jeden Augenblick erreichen würden, und ganz gleich, wie brillant sie auch planen oder kämpfen mochten, Hunderte oder sogar Tausende ihrer Leute würden sterben. Ihr Herzen pochte schneller, und sie bückte sich und drückte die Bidi im Herzen des Steinsymbols aus. Dabei wünschte sie sich, sie könnte an etwas anderes denken als immer nur an das gewaltige Ausmaß ihrer eigenen Verantwortung.

Sie schaute nach Osten, jenseits der Lichter ihres Heeres, wo die Hügel so schwarz und gewaltig wogten wie die nächtliche See nördlich von Hwabun und nur das grelle Gewitterleuchten vermissen ließen, wo das Versunkene Königreich schlummerte. Würde sie diesen Anblick jemals wieder genießen? Und würde sie sich zwischen ihren Vätern auf die Reling stützen, während ihre Schwestern lachend über Deck liefen und die winzigen Becher Kaldi abarbeiteten, die sie hatten trinken dürfen, weil Kang-ho Jun-hwan die Erlaubnis abgerungen hatte?

Die Antwort war offensichtlich. Das Makellose Meer würde sie vermutlich schon wiedersehen, aber niemals auf diese Weise. Sie hatte ihre Familie beiseitegedrängt, und wenn alles vorbei war, würde selbst ihr zweiter Vater zornig auf sie sein. Nicht, dass er es besser verdient hätte. Die Zukunft, die er ihr geboten hatte, hatte auf einem genauso egoistischen Zug beruht, wie das bei ihrem ersten Vater der Fall gewesen war. Wenn man mal genau darüber nachdachte, war Kang-hos Einladung sogar noch selbstsüchtiger als Jun-hwans – wäre sie der Bitte ihres ersten Vaters gefolgt und hätte Prinz Byeong-gu geheiratet, so hätte sie noch immer ihre Familie gehabt und könnte Hwabun besuchen, wann immer sie wollte. Aber in Kang-hos Plan stand außer Frage, jemals wieder auch nur einen Fuß auf die Makellosen Inseln zu setzen, und aller Voraussicht nach würde ihr erster Vater niemals wieder auch nur ein Wort mit ihr sprechen.

Die Kontrolle über die Mauer hinweg zu ergreifen und dann mit den Imperialen zusammenzuarbeiten, um die Befestigungen zum Schutz ihres frisch eroberten Stadtstaats Linkenstern auszubauen, das war nicht nur ein kriegerischer Akt gegen die Inseln, es war der Verrat an ihrem eigenen Volk, an der eigenen Familie. Natürlich hatte Kang-ho das nie so formuliert, er hatte dieses großartige Abenteuer für sein kleines Mädchen daraus gemacht, und war er selbst nicht der lebende Beweis dafür, dass man seiner Familie endlos Schande bereiten konnte, um am Ende dann doch jedermann glücklich zu machen? Es würde ihm recht geschehen, von ihren Plänen enttäuscht zu werden, diesem hinterhältigen …

»Hauptmann Fennec möchte Euch sprechen, Generalin«, rief einer der Wächter. Seine Stimme klang hier oben wie ein kalter Guss.

»Genau der Mann, den ich jetzt sehen möchte«, sagte sie und stand auf, um sich anzuschauen, wie Fennec die letzten Dutzend Schritte auf die Hügelkuppe heraufgeschnauft kam.

»Ihr seid noch spät auf, Generalin«, sagte Fennec. Ein paar weiße Haarsträhnen waren seinem Pferdeschwanz entkommen. Er wischte sie aus seinem schweißfeuchten Gesicht und steckte sie hinter eines seiner Ohren. »Wenn man bedenkt, dass Euer Kriegsrat mit Zosia Euch letzte Nacht wach gehalten hat, hätte ich gedacht, dass Ihr im Bett seid.«

»Habt Ihr mein Zelt beobachtet, Hauptmann?« Ji-hyeon verschränkte die Arme. »Oder ist Euch zufällig in den Sinn gekommen, dass sich die heutige Nacht wunderbar zu einem Spaziergang im Sternenlicht eignet?«

»Frostfalle hat mich geweckt«, erwiderte Fennec. Er ließ sich auf einen breiten Stein am Rand des Pentakels nieder. Da sich ihre Augen an das Sternenlicht gewöhnt hatten, konnte sie die Sorge auf seinem Gesicht bemerken. Hatte sie tatsächlich jemals geglaubt, dieser alte Teufel sähe jung und attraktiv aus? »Er möchte mit Euch sprechen, und da Ihr manchmal etwas gegen seine uneingeladenen Besuche habt, schlug er vor, dass wir zusammen kommen. Ich bat ihn, solange unten am Hügel zu warten, bis ich meinen Spruch aufgesagt und Euch milde gestimmt habe. Dann kann er doch sehen, ob Ihr noch Lust habt, eine weitere Audienz zu gewähren.«

»Verratet mir, Hauptmann, seid Ihr selbst auch so erleichtert gewesen wie ich, dass Keun-ju gesund zu uns gefunden hat?« Selbst in dem schwachen Licht konnte sie sehen, dass er aufgehört hatte, ihr etwas vorzumachen. Er gab sich nicht die geringste Mühe, seine Grimasse zu verbergen.

»Ji-hyeon, Ihr müsst verstehen, dass es zu Eurem Besten war …«

»*Ach, fick dich, Bruder Mikal.* Zu deinem eigenen Besten war es, also zu dem meines zweiten Vaters – dir war doch immer scheißegal, was für mich am besten ist! Und das ist es noch immer!«

»Das interessiert mich sehr wohl«, erwiderte Fennec mit dieser nervtötenden Ehrlichkeit, mit der er einfach jede Lüge schmierte. »Es hat mich immer interessiert. Ich ziehe Eure Gesellschaft der Eures Vaters beträchtlich vor. Beiden von ihnen, was das angeht. Aber ohne Kang-hos Segen wären wir nie von den Inseln fortgekommen. Ich habe ihn auch nicht über Eure Liebschaft ins Bild gesetzt – wärt ihr vorsichtiger gewesen oder hättet bei den Göttern die Geduld gehabt, mit dem Vollzug Eurer Affäre zu warten, bis wir frei sind …«

»Es reicht jetzt.« Sie war froh, dass das Sternenlicht nicht hell genug war, um ihr Erröten zu zeigen. »Fennec, du hast mich angelogen.«

»Das kann ich am besten.« Er zuckte mit den Schultern. »Es hätte nie auf Eure Weise funktioniert. Um Euch von Hwabun wegzuschaffen, musste ich Kang-ho davon überzeugen, dass ich auf seiner Seite bin und nicht auf Eurer, also tat ich genau das.«

»Und dabei glaubte ich die ganze Zeit, wir wären auf derselben Seite.«

»Ich wusste, dass Keun-ju den Weg zu Euch findet, wenn er Euch wirklich liebt.« Fennec zerrte zuerst einen und dann den anderen Handschuh herunter, um seine Klauenhände in der Nachtluft kühlen zu lassen. In den Lederhandschuhen mussten sie schrecklich warm werden. Ji-hyeon sah zu, wie er die mit grauem Fell bewachsenen Finger krümmte, und dankte dann im Stillen, dass ihre Reise durch die Erste Finsternis nur ihre Haarfarbe verändert hatte. Nach dem Verlassen des Raniputri-*Tores* hatte ihr Führer gesehen, was aus seinen Händen geworden war, und er hatte angefangen, panisch zu schluchzen. Offenbar hatte er keineswegs mit einer so drastischen Veränderung seiner Person gerechnet. Doch an Choi hatte sich nichts verändert – einerseits war das seltsam, andererseits passten *seltsam* und *Choi* gut zusammen. Die Wirkung der Bidi setzte jetzt vollständig ein, und Ji-hyeon konnte den Blick nicht von seinen verwandelten Händen wenden; sie fragte sich, was wohl mit ihr geschehen wäre, hätte sie bei dem Treiben zwischen den *Toren* gewagt, die Augen zu öffnen …

Aber dann erwischte er sie dabei, wie sie ihn anstarrte, und er streifte die Handschuhe wieder wortlos über. Bedachte man seine Sticheleien über Chois Herkunft und den Stolz, den er seinem Äußeren entgegenbrachte, so war der Mann offensichtlich nicht von der Vorstellung angetan, ein zufälliger Beobachter könnte ihn nun für einen Wildgeborenen halten. »Aber das ist doch jetzt ohnehin alles ganz irrelevant, oder nicht? Keun-ju ist hier, also wird doch niemandem ein Schaden entstanden sein.«

»Irrelevant? Kein Schaden? Ich habe ihn im letzten Jahr für einen Verräter gehalten, und er hat das ganze letzte Jahr mit dem Versuch verbracht, den Weg zu mir zu finden!«

»Ich war keineswegs davon überzeugt, dass er insgeheim nicht doch für Euren ersten Vater gearbeitet hat, das schwöre ich bei dem Teufel, dem ich die Freiheit gab. Wenn ich ganz und gar ehrlich sein soll, bin ich es noch immer nicht. Euch glauben zu lassen, was Ihr geglaubt habt, war viel sicherer für alle, als wenn Ihr abgelenkt gewesen wärt.«

»Das überzeugt mich sofort.« Ji-hyeon verschränkte die Arme und hasste es, zugeben zu müssen, dass ein Teil von ihr ihm noch immer Glauben schenken wollte. »Wie großzügig von dir.«

»Es war ein selbstsüchtiges Vorgehen, das bestreite ich nicht.« Fennec seufzte und stand wieder auf. »Aber um ehrlich zu sein: Hätte ich Euch sofort nach Verlassen des Raniputri-*Tores* alles gesagt, hättet Ihr dann mit dem Plan weitergemacht? Mit einem Plan, der das Leben zahlloser Menschen drastisch verbessern wird? Oder wärt Ihr auf der Stelle umgekehrt, um zu Keun-ju zu rennen?«

»Ich hätte nicht geglaubt, dass du das Wort Ehrlichkeit kennst.« Ji-hyeon weigerte sich zuzugeben, dass er da möglicherweise nicht unrecht hatte. Zumindest argumentativ.

»Die Schwarze Kette sagt, dass sich alles fügen wird.« Fennec deutete auf das Lager unter ihnen. »Ich habe nie viel von ihrer Lehre gehalten, erst recht nicht, nachdem ich die Kutte eines ihrer Missionare gestohlen habe. Aber da könnten sie möglicherweise auf etwas gestoßen sein. Alles fügt sich. Was auch immer uns an diesen Ort geführt haben mag, wir sind jetzt alle zusammen, Ihr, Keun-ju, Choi und ich. Genau so, wie wir es geplant hatten. Das Leben kommt einem in die Quere, so wie es das immer tut, aber am Ende sind wir hier. Die Einzelheiten sollten einem Haupt, das bereits für das Schicksal Tausender verantwortlich ist, nicht noch zusätzliche Kopfschmerzen bereiten.«

Ji-hyeon klatschte langsam und leise Beifall. Sie war ausreichend berauscht, um amüsiert zu sein, nicht verärgert. »Eine wunderschöne Ansprache, Fennec. Wie dumm von mir, mich noch auf die Einzelheiten zu konzentrieren, wo sie zusammengenommen doch nur den Tatbestand deines Verrats ergeben.«

»Seid nicht melodramatisch.«

»Was willst du eigentlich?« Plötzlich musste sie das unbedingt wissen. Und sie war so durstig. »Das ist mein Ernst. Ich weiß mehr oder weniger, was die anderen wollen, aber was ist mit dir? Was willst du *wirklich*? Was würdest du dir nehmen, würden dir keine … Einzelheiten in die Quere kommen?«

Fennecs schiefes Lächeln wurde breiter, aber er antwortete nicht.

»Was ist mit deinem Teufel passiert?« Das war die persönlichste Frage, die man überhaupt stellen konnte, aber so, wie er sie sich im Laufe der Jahre hatte winden lassen, schuldete er ihr ein kleines eigenes Sich-Winden. »Es war Vaters Wunsch, dass Bestienflügel mir dient und nicht ihm, was eine clevere Weise war, um das zu regeln, aber was ist mit dir? Was wolltest du so verzweifelt, dass du dafür den kostbarsten Schatz aufgegeben hast, den ein Sterblicher besitzen kann?«

Sein Grinsen hatte sich in eine Grimasse verwandelt, auf sein heimisches Usbanisch murmelte er etwas.

»Was war das, Hauptmann?«

»Egal«, erwiderte Fennec. Noch nie zuvor hatte sie ihn so müde klingen gehört. »Behaltet Euren, gleichgültig was passieren mag. Wofür Ihr Bestienflügel auch immer eintauschen würdet, Ihr würdet gewiss herausfinden, dass es ein schlechter Handel war.«

»Also sollte ich nicht ausprobieren, ob sie mir ein Glas Weizenale einbringt? Mein Mund fühlte sich staubiger an als deine Skrupel.«

»Ich würde davon abraten.« Fennec lächelte sie wie früher auf Hwabun an, wenn sie miteinander gescherzt hatten. Plötzlich verspürte Ji-hyeon den Drang, ihn zu umarmen. Dann erstickte sie diesen Drang mit einem Kissen.

»Nicht einmal ein richtig kaltes, mit einem Stück Orange?«

»Nicht einmal dafür. Es ist schon spät, und ich bin nicht mehr so jung wie meine wunderschöne und talentierte Kommandantin, also darf ich Euch vielleicht mit einer oder zwei Sorgen behelligen, die mir zu schaffen machen?«

»Vielleicht, vielleicht auch nicht. Kommt auf die Sorgen an.«

»Zosia«, sagte Fennec sofort. »Ich weiß nicht, worüber ihr euch unterhalten habt, und ich muss es auch nicht wissen, aber …«

»Ah, ich fürchte, das ist ein ›vielleicht nicht‹. Aber keine Sorge, dein Name fiel nicht häufiger als ein- oder zweimal.«

»Es geht nicht um mich, es geht um Euch, und es geht um sie – wenn Ihr auch nur eine Sache beherzigen wollt, die ich Euch gesagt habe, dann …«

»Ich soll ihr nicht vertrauen?«

»Könntet Ihr mich aussprechen lassen?« Es war ein Wunder, dass die Worte zwischen seinen zusammengebissenen Zähnen einen Durchschlupf fanden. »Ihr könnt Zosia vertrauen, aber nur so weit ihre Interessen reichen. Sobald sich ihr jemand in den Weg stellt, müsst Ihr auf Euch aufpassen – es spielt keine Rolle, ob Ihr es seid oder ich oder sämtliche ihrer Schurken zusammen. Wenn Zosia ihren Willen nicht bekommt, steckt derjenige, der ihr widerspricht, in Schwierigkeiten.«

»Dann können wir uns ja glücklich schätzen, dass sie und ich uns einig sind«, gab Ji-hyeon zurück. Dabei fiel ihr wieder ein, wie radikal sich das Benehmen der Frau verändert hatte, nachdem ihr klar geworden war, dass die Prinzessin, die ihren Namen gestohlen hatte, begierig auf ihre Hilfe war, wenn es um ein gemeinsames Ziel ging.

»Im Augenblick. Aber wer weiß schon, was morgen sein wird? Zu mir habt Ihr immer Nein sagen können, oder zu Frostfalle oder Choi oder Chevalresse Sasamaso. Und wir haben Eure Befehle ausgeführt, selbst wenn wir sie für falsch hielten. Zosia ist keine Frau, die man so einfach zurückweisen kann.« Selbst in der Dunkelheit musste Ji-hyeon ihre Gereiztheit anzusehen gewesen sein, denn Fennec hob die Hände, um Frieden bittend. »Ich sage nicht mehr: Es sei denn, Ihr bittet mich darum. Ich könnte Euch Geschichten erzählen …«

»Diese Geschichten kenne ich. Sie macht mir keine Angst.«

»Nein? Sollte sie aber!« Fennec warf einen Blick über die Schulter, als wäre die Kobaltblaue ein Teufel, den man durch Wiederholung ihres Namens herbeibeschwor. »Sie jagt mir Angst ein und den anderen Hauptmännern auch, selbst Frostfalle – eine Frau, die willens ist, sich zwanzig Jahre lang zu verstecken, bevor sie wie ein Heuschreckenteufel wieder auftaucht, um ihre Pläne durchzuführen – ist zu allem fähig. Sie stürzt sich nicht blindlings auf etwas. Sie kam her, kam zu Euch, weil Ihr Teil ihres Plans geworden seid. Und ich weiß aus Erfahrung, dass Zosia alles und jeden zu opfern bereit ist, um das zu bekommen, was sie will.«

»Im Gegensatz zu dir«, sagte Ji-hyeon. »Oder meinem zweiten Vater. Oder Frostfalle. Oder mir.«

»Sie …«

»Sie liegt im Bett und schläft, was du auch tun solltest, *Hauptmann* Fennec – für eine Nacht hast du deine Klappe ganz schön auf- und zuschnappen lassen, sie soll doch auch morgen noch scharf sein.«

»Darf ich Euch vorher noch meine anderen Bedenken mitteilen? Sie sind dringend.«

»Wenn sie tatsächlich so dringend sind, warum hast du dann nicht damit angefangen?«, maulte Ji-hyeon. »Na schön. Aber mach schnell.«

»Ich habe schon vor Tagen damit angefangen und sie seit Errichten dieses Lagers zweimal täglich wiederholt.« Fennec hatte seinen unerträglichen »Nehmt doch Vernunft an«-Tonfall angenommen – sie konnte praktisch jedes Wort vorhersagen, bevor es seinen Mund verlassen hatte. »Wir sollten nicht hier sein, Ji-hyeon. Wir sind in den Bergen auf das Fünfzehnte gestoßen, und sie werden uns in zwei Tagen oder früher erreicht haben. Bei unserem Plan ging es darum, sie aus Cockspar zu locken und dann die Stadttore von meinen Verbündeten in der Stadt öffnen zu lassen. Damit wir den Kampf gegen sie vermeiden können. Haben wir ihre Stadt nicht besetzt, haben wir nichts, womit wir handeln können – warum sollten die Imperialen den Kampf gegen uns einstellen und uns helfen, Linkenstern zu erobern, wenn sie uns in der Falle haben und wir verwundbar sind?«

»Sie hassen die Makellosen mehr als uns und sind sauer, dass die Mauer gebaut wird?«

»Im Augenblick bin ich mir gar nicht so sicher, dass sie andere noch mehr hassen. Und Ihr habt doch Chois Bericht gehört. Als sie und Maroto ein Rudel Ungeheuer ins Imperiumslager lockten, wehten dort die Fahnen des Fünfzehnten *und* des Neunten. Das Neunte ist Myuras Regiment. Daraus folgt, dass sich die Überlebenden der Schlacht vor ihrem Schloss mit dem azgarothischen Regiment zusammengetan haben.« Offenbar zeigte Ji-hyeon bei der zigsten Wiederholung dieses Berichts nicht genug Ehrfurcht, denn sein Tonfall wurde beinahe hektisch.

»Wir sind dabei, dem effektivsten Regiment des Imperiums, dieses verdammten Sterns entgegenzutreten, und es bringt rachsüchtige Myuraner mit. Fügt man dann noch Marotos schlauen Plan dazu, sich von Wölfen direkt in ihr Lager verfolgen zu lassen, wo Eure subtilen Kundschafter anscheinend kein Geheimnis aus ihrer Zugehörigkeit zu den Kobaltblauen machten, haben wir es mit einem sehr wütenden Heer zu tun, das sich auf uns stürzt. Und was genau wollt Ihr denn tun, um unsere heikle Position zu schützen? Zu ihnen reiten und alles erklären? Ihnen sagen, dass wir diese vielen imperialen Soldaten und Bürger eigentlich gar nicht umbringen wollten, sondern nur etwas Übung brauchten, bevor wir nach Linkenstern ziehen? Oder ihnen einen Anteil an der Beute anbieten, für den Fall, dass sie in Zukunft Befehle von Euch annehmen und nicht von der Scharlachroten Königin?«

»Das schien doch eine gute Idee zu sein.« Ji-hyeon versuchte nicht zu lächeln.

»*Wenn* wir ihnen die Hauptstadt von Azgaroth unter dem Hintern weggestohlen hätten, *wenn* unsere Stärke überlegen wäre, *wenn* wir die Imperialen bis jetzt nicht so aufgebracht hätten, dann hätten wir *vielleicht* mit ihnen darüber verhandeln können, dass sie uns bei der Einnahme von Linkenstern helfen. Der Sieg stand nie von vornherein fest, aber jetzt – hier eingesperrt zwischen Hügeln und Bergen – ist nur eines sicher: Wir werden sterben wie die Teufel in einer Falle. Wir hätten hier niemals die Zelte aufstellen dürfen, aber noch ist genug Zeit zum Aufbruch. Ich kann die Offiziere wecken und die Befehle geben, dann sind wir bei Einbruch der Morgendämmerung unterwegs und in Sicherheit. Sind wir dagegen bei der Ankunft der Azgarother noch hier, gibt es eine Katastrophe.«

»Wir brauchen Vorräte. Wenn wir nicht mehr Rationen bekommen, Rationen, die das Fünfzehnte im Übermaß mit sich führt, behalten wir auf dem Marsch nach Linkenstern niemals unsere Kampfstärke – so einfach ist das.«

»Jede Stadt und jeden Bauernhof zwischen diesem Ort und der Mauer der Makellosen zu befreien, das ist einfach! Ein paar Hundert oder vielleicht sogar Tausend durch Hunger und Erschöpfung zu verlieren ist auch einfach, aber der Rest von uns wird lange genug überleben, um sich irgendwo anders neu zu versorgen. Wir schicken unsere Friedensbedingungen an Diadem und das Fünfzehnte, das jeden unserer Schritte verfolgen wird, und wer weiß, vielleicht klappt es ja doch noch. Vielleicht ist die Königin über den Verlust von Linkenstern verbittert genug, dass sie mitspielt. Vielleicht auch nicht, aber so bleiben wir auf jeden Fall am Leben, um uns neu zu sammeln und uns etwas anderes einfallen zu lassen!«

Speichel flog von seinen Lippen, und Ji-hyeon dämmerte endlich, was hier geschah. Natürlich kannte Fennec ihren eigentlichen Plan nicht, aber selbst wenn er ihn gekannt hätte, hätte ihn das keineswegs beruhigt, denn er hatte trotz all seiner Erfahrung und seinem Gepolter Angst. Er war entsetzt. Er hörte sich wie ein zum Tode verurteilter Mann an, der seinen Henker um Vernunft anflehte.

»Wir geben das Lager nicht auf, Hauptmann. Wir bleiben hier, bis das Fünfzehnte eingetroffen ist.«

»Dann sind wir aber völlig *im Arsch*. Das Fünfzehnte wird sich unsere Bedingungen nicht einmal anhören, und sei es auch nur wegen der idiotischen Ritterlichkeit und aus Respekt vor den myuranischen Kameraden. Wir werden gegen sie kämpfen müssen. Und wenn wir mit unserer derzeitigen Stärke gegen sie kämpfen, dann *werden* wir verlieren, und damit wäre das Spiel vorbei, und niemand kehrte nach Hause zurück.«

»Ich bin zu Hause, Hauptmann«, erwiderte Ji-hyeon scharf. »Noch andere Sorgen, oder kann ich meinen Hauptmann in seinen Schönheitsschlaf entlassen, nachdem er sein Gewissen jetzt erleichtert hat?«

»Nichts weiter«, sagte Fennec und spielte nun den enttäuschten Onkel, bevor er sich abwandte und ging. »Bitte, schlaft noch einmal darüber, Prinzessin, und denkt daran, dass Euch jeder in diesem Lager sein Leben anvertraut hat.«

»Es heißt Generalin, nicht *Prinzessin*«, rief Ji-hyeon hinter ihm her, und sie konnte einfach nicht widerstehen hinzuzufügen: »Aber wartet nur ein wenig, dann werdet Ihr mich Königin nennen können.«

Er blieb stehen und sah zu ihr zurück. »Also stimmt es. Ich weiß nicht, wie Frostfalle das macht. Lasst es mich noch einmal wiederholen, falls Ihr mich vorhin nicht verstanden habt. Ich stehe auf Eurer Seite, nicht auf der Eures Vaters. Und einmal angenommen, dass wir am Ende der Woche noch leben, werde ich Euch eine größere Hilfe sein, wenn ich all Eure Absichten kenne. *Generalin.*«

Dann war er nur noch eine Silhouette, die den Hügel hinuntermarschierte, und Ji-hyeon blickte nach oben, wo Bestienflügel sie umkreiste. Dann fühlte sie die Winterluft, die ihren Leichenatem auf die Berge hauchte, durch die sie gestiegen waren, und sie zog Griesgrams Mantel enger um sich. Er roch nach Schweiß, Saam und dem Kaldi, den sie geteilt hatten. Sie atmete alles ein und atmete eigenen Rauch aus, und während Fennec noch etwas mit ihren Leibwächtern besprach, hörte sie hinter sich einen Fuß im Gras knirschen. Sie drehte sich um und verspürte Zufriedenheit, dass sie keine Überraschung zeigte, als sie Frostfalle im Herzen des Pentakles stehen sah, wo sie vor Minuten selbst gestanden hatte.

»Habt Ihr einen Moment Zeit für einen alten Schurken, Generalin?«

»Für Euch, Zauberer?« Ji-hyeon versuchte ein Lächeln zustande zu bringen. »Was immer Ihr wollt.«

»Oh, vorsichtig, vorsichtig.« Er schaukelte einen der Steine mit dem Fuß hin und her. »Man muss immer genau darauf achten, wie man die Dinge formuliert, und erst recht, wenn man jemanden von meiner Art anspricht.«

»Ihr meint Teufel?«

»Nun, wir sind beide übertrieben ehrlich, aber da hört die Ähnlichkeit auch schon auf. Ihr seid hergekommen, um die Ankunft der Imperialen zu sehen, nicht wahr?«

»Wohl kaum«, erwiderte Ji-hyeon. Aber als sie auf die Ebene hinausblickte, überkam sie eine Gänsehaut. Weit draußen auf der erstarrten schwarzen See der von der Nacht eingehüllten Hügel glomm ein rötlicher Schimmer am südöstlichen Horizont. Sie rieb sich die Augen, um sicherzugehen, dass sie nicht nur das Lagerfeuer eines Kundschafters sah. Aber nein – es war zu weit entfernt, und dass sie es aus dieser Entfernung überhaupt sehen konnte, bedeutete doch, dass es sich hier um wesentlich mehr als ein paar Scheite handelte. »Das kann nicht sein … Warum sollten sie ihre Feuer so spät entzünden?«

»Möglicherweise sind sie lange marschiert und haben gerade erst ihr Lager aufgeschlagen.« Frostfalle trat neben Ji-hyeon und spähte nach Süden. »Oder sie marschieren noch immer bei Fackelschein. Früher hatte das Fünfzehnte ein echtes Ungeheuer zum Oberst – er hatte seine Truppen dazu gedrillt, sich mit ein paar Stunden Schlaf am Tag zu begnügen und die finsterste Nacht durchzumarschieren. Das war vielleicht ein Anblick, der sich da der ursprünglichen Kobaltblauen Kompanie bot: Dieser riesige flammende Lindwurm, der einen gnadenlos durch die vom Mond beschienene Welt verfolgte. Ich kann Euch sagen, dies dort zu sehen weckt Erinnerungen. Ich würde wetten, das ist das Fünfzehnte, das aus den Bergen gestiegen ist und nun marschiert.«

Möglicherweise war das nur Einbildung, aber das Licht schien unter ihrem Blick zu schwanken. Jetzt sahen die dunklen Hügel wirklich wie das Heimgesuchte Meer jenseits von Hwabun aus. Die Fackeln in der Nähe vervollständigten das Bild noch. Ji-hyeon verspürte einen Kloß im Hals, als sie auf die Hexensucherebene starrte. Das war es also – die Imperialen waren gekommen, um sie und jeden der Menschen zu töten, die ihr ihre Sicherheit anvertraut hatten … die Menschen, denen sie befohlen hatte, das Lager aufzuschlagen und sich für eine Schlacht einzugraben, zu der es niemals hätte kommen müssen. Jederzeit hätten sie aufbrechen können, Ji-hyeon hätte Zosias Rat ignorieren und diese Konfrontation verschieben können, worauf Fennec und der Rest ohnehin gedrängt hatten. Aber jetzt war es zu spät. Selbst wenn sie den Befehl zum sofortigen Aufbruch gegeben hätte, wären sie erst nach Einbruch der Morgendämmerung so weit gewesen, und wie nah würde das imperiale Regiment dann sein? Zu nah jedenfalls, das war die Antwort.

»Ach, die sind noch Meilen weit entfernt«, sagte Frostfalle, als langweilte ihn das Thema bereits. »Es würde mich überraschen, falls sie vor morgen angreifen.«

»Morgen!« Ji-hyeon spürte Übelkeit aufsteigen. Nachdem sie Myura verlassen und in den Kutumban gelagert hatten, waren die Tage und Nächte so langsam wie arthritische Schnecken vorübergezogen, aber jetzt bewegte sich alles viel zu schnell.

»Sorgt Euch nicht, Generalin, wenn Ihr wieder unten seid, werden sich Eure Kundschafter und Berater garantiert schon vor Eurem Zelt drängen, um eifrig die Nachricht zu verkünden, die Ihr bereits mit eigenen Augen gesehen habt. Warum sprechen wir nicht ...«

»Kommt zur Sache, Frostfalle.« Ji-hyeon riss den Blick von dem hypnotischen Schimmer am Horizont los. Sich vom Leuchtfeuer eines feindlichen Heers ab- und dem milchigen, verunstalteten Gesicht eines gefährlichen und unberechenbaren Teufelfressers zuzuwenden, das war keine großartige Verbesserung.

»Es gibt also Krieg, nicht wahr?« Frostfalles Lächeln war so warm und einladend wie der am weitesten entfernte Stern. »Ihr und Zosia seid viel zu lang im Befehlszelt allein gewesen, als dass es etwas anderes sein könnte.«

»War das nicht immer das Ziel, Hauptmann?« Ji-hyeon musterte den unheimlichen Bastard sorgfältig und fragte sich, ob sie es überhaupt bemerken würde, wenn er etwas von sich preisgab. »Ich meine, Ihr und Maroto, ihr seid doch zufällig in Myura auf uns gestoßen, oder nicht? Also warum solltet Ihr erwarten, dass es um weniger als die Eroberung von Samoth geht? Um die des ganzen Imperiums, wenn die Zeit gekommen ist? Darauf haben wir doch lange hingearbeitet, oder etwa nicht?«

»Nichts könnte mich glücklicher machen als die Erkenntnis, dass Ihr es ehrlich meint, was Eure Absichten mit unseren angeschlagenen Gegnern betrifft.« Frostfalle deutete mit dem Kopf auf das Licht im Süden. »Aber mal abgesehen von Eurem ganzen Gerede über Samoth und das Scharlachrote Imperium, wo fällt die Schwarze Kette in Eurem kleinen Krieg?«

»Sie fällt am härtesten«, sagte Ji-hyeon mit mehr Leidenschaft, als sie preisgeben wollte. Aber wütend zu werden fühlte sich gut an, es ließ ihre Entscheidung gerechtfertigt erscheinen, doch zu bleiben und zu kämpfen. Davon abgesehen, wenn man nicht zu seinem Hexer ehrlich sein konnte, zu wem dann? »Das Imperium ist nur der Überträger, die Kette ist die Krankheit. Die Dinge, die sie den Wildgeborenen antut, den eigenen Leuten, und das alles im Namen einer *höheren Wahrheit*. Und ihre höhere Wahrheit breitet sich aus. Ich bin auf den Inseln aufgewachsen und weiß es aus eigener Erfahrung. Nach dem Aufbruch in Zygnema haben wir ganze Domänen erlebt, die konvertiert sind. Bei allen Höllen, Griesgram erzählte, dass selbst die Stämme des Feuersteinlandes das Knie gebeugt haben. Die Kette ist der wahre Feind, und sie war es schon immer.«

»Eine schöne Ansprache«, meinte Frostfalle mit übertriebenem Ernst. »Ich bin nur erleichtert, dass Ihr nicht eigentlich für sie arbeitet.«

»Für *sie* arbeiten?« Es war schwer zu sagen, ob Frostfalle das ernst meinte, und sie wollte ihre Empörung nicht verschwenden, falls das wieder nur ein Scherz war.

»Oh, Ihr wisst schon, als stiller Partner in Eurem Feldzug gegen das Imperium. Die letzte Rebellion der Kette ist gescheitert, also hat sie sich mit Euch zusammengetan, um Königin Indsorith zu stürzen. Ihr bekommt Samoth, sie das Imperium, das Übliche halt. Nun sagt mir aber nicht, Ihr hättet das nicht einmal in Betracht gezogen?«

»*Nein.*«

»Schön für Euch! Ethische Normen bei der Jugend mögen lobenswert sein, aber sie können tödlich werden, wenn man sie nicht behandelt. Falls die Kette Euch nicht insgeheim unterstützt, steht uns natürlich eine ungemein schlimme Zeit bevor. Das Fünfzehnte wird sich auf uns stürzen wie die Teufel auf eine frische Sünde.«

»Das ist der Plan, seit wir das Lager aufgeschlagen haben.« Es kostete Ji-hyeon Mühe, den Blick auf Frostfalle gerichtet zu halten statt auf die Lichter des Fünfzehnten. »Habt Ihr noch weitere ungewöhnliche Vorhersagen für die Zukunft, o wunderbarer Seher?«

»Ha! Nun, vielleicht eine oder zwei. Würdet Ihr einen Rat annehmen, falls ich ihn anbiete?«

»Zuerst müsste ich ihn hören.«

»Zuhören kann schwieriger sein, als es klingt«, meinte Frostfalle. Ji-hyeon folgte seinem Blick, der nach oben gerichtet war. Betrachtete er ihren Teufel oder den gleichgültigen Himmel über ihnen? »Was glaubt Ihr eigentlich, was sie wollen?«

»Wer, die Imperialen oder die Kette?«, fragte Ji-hyeon. »Oder die Teufel?«

»Natürlich die Teufel. Ich habe sie mein ganzes Leben lang studiert, und die Frage ist natürlich immer die, welche Schätze wir aus ihnen herauspressen können. Jeder will wissen, wie man sie bindet. Und sobald wir das getan haben: Was sollten wir dafür bekommen, wenn wir ihnen wieder die Freiheit geben? Aber da gibt es noch so viel mehr – warum haben sie vor vielen Zeitaltern die *Tore* errichtet? Fraglos als Möglichkeit, von ihrer Welt in die unsere zu kommen, aber zu welchem Zweck? Um Jagd auf Sterbliche zu machen, nur um uns dann jeden Wunsch zu erfüllen, sobald wir sie in Ketten schlagen? Was für eine Art Kreatur gebietet über solche Kräfte und lässt sich doch so leicht von unbeholfenen Sterblichen einfangen? Das ist die Frage unserer Epoche, nicht wahr? Eine Frage, die hinter jedem Glauben und jedem Märchen steckt, hinter allem, was unsere Neugier weckt. Was wollen sie von uns?«

»Die Makellosen sagen, sie wollen in Ruhe gelassen werden«, sagte Ji-hyeon. »Mehr nicht.«

»Oh, die Weisen der Makellosen haben da schon eine ganze Menge mehr zu dieser Angelegenheit zu sagen!« Frostfalle schnalzte mit der Zunge, und nach einem gemurmelten Wort flackerten die Sterne. Was Ji-hyeons Herz zuerst für Hexerei hielt, entpuppte sich dann als etwas viel Wunderbareres und Furchteinflößenderes: Jetzt teilten sich Dutzende anderer Teufel mit Bestienflügel den Nachthimmel und tanzten mit ihrer Eulenfledermaus. Sie vermochte nicht zu sagen, ob sie um ihren Teufel fürchten sollte oder um sich selbst.

»Die Geheimnisse des Verlassenen Reiches und des Versunkenen Königreichs sind gar nicht so geheimnisvoll, wenn man dermaßen viel über das Thema gelesen hat wie ich. Als sie damals noch Emeritus und Jex Thoth hießen, kämpften diese legendären Gegner um die gleichen Einsätze wie wir. Wusstet Ihr, dass die Kalte Savanne niemals Schnee erlebt hatte, bevor sie einander vernichteten? Und dass die Pantera-Wüste eher so etwas wie ein Paradies war und weniger wie eine Höllenlandschaft?«

»Was ist geschehen?«, wollte Ji-hyeon wissen. Sie konnte kaum glauben, dass selbst ein Mann wie Frostfalle wusste, wie das Zeitalter der Wunder zu Ende gegangen war.

»Worüber reden wir die ganze Zeit? Über Krieg, über einen Krieg, der etwas kontrollieren wollte, das man nicht vorhersagen oder kontrollieren kann. Es gibt Dinge, die weitaus größer sind als die Teufel, die Ihr gesehen habt, und die jenseits der *Tore* in der Ersten Finsternis lauern. Entitäten, die sich niemals durch eine so schmale Tür quetschen könnten. Aber mit genug Zeit und Hilfe gibt es andere Wege, um herüberzukommen … und trotz der Machenschaften ihrer Diener gibt es Möglichkeiten, sie in Schach zu halten.«

Ji-hyeon fröstelte, obwohl sie die Kälte der Nacht nicht länger spürte. »Zauberer, es ist spät, und ich muss morgen früh einen Krieg führen. Wenn ihr mit einem interessierten Mitglied der Familie Bong Geistergeschichten austauschen wollt, schlage ich vor, Ihr besucht meinen ersten Vater.«

»Ach, Jun-hwan und ich, wir kennen uns schon lange«, sagte Frostfalle. Da blieb Ji-hyeon stehen, bevor sie zwei Schritte gemacht hatte. Dieses Ungeheuer kannte beide ihrer Väter? »Aber ich spreche zu Euch, *Generalin*, nicht wahr? Euch ist bekannt, wie die Historiker immer über die großen Kriege sprechen, so wie die, die Emeritus und dem Versunkenen Königreich den Untergang brachten? Wenn es um dieses ganze Blutvergießen und Töten geht, kommen sie immer wieder auf einen bestimmten Euphemismus zurück. Könnt Ihr Euch denken, was ich meine?«

Eine Tragödie. Eine Verschwendung. So hatte ihr Vater stets den Krieg bezeichnet, den er mit Zosia der Eiskalten geführt hatte, aber Ji-hyeon glaubte nicht, dass Frostfalle diese Worte meinte, also schüttelte sie einfach nur den Kopf.

»Nein?« Frostfalle grinste breit genug, um sie, die Kompanie, die fernen Feuer der Imperialen und jeden Stern am Himmel verschlingen zu können. »*Opfer bringen*, Generalin, ein Begriff, mit dem Ihr Euch vertraut machen müsst, wenn Ihr Euch die Karneolkrone aufsetzen wollt. Ohne Opfer gibt es keinen Sieg, da könnt ihr jeden erfahrenen Offizier fragen. Und wenn das Opfer groß genug ist, nun, so gewinnt man Kriege. So kauft man zurück, was sonst für alle Ewigkeit verloren gegangen wäre. So demonstriert man seinem Gegner, dass man nicht besiegt werden kann. Mit einem ausreichend großen Opfer lässt sich jedes Hindernis überwinden, ganz gleich, wie die Chancen stehen. Alles ist möglich.«

Wovon auch immer er da sprach, Ji-hyeon war sich sicher, dass er nicht allein die unmittelbar bevorstehende Schlacht an der Lerchenzunge meinte. Sich so verletzlich fühlend wie als Kind bei einem Albtraum, streckte sie die Hand aus und rief ihren Teufel. »Komm her, Bestienflügel. Wir gehen ins Bett.«

Es fiel schwer, ihren Teufel in der Herde auszumachen, und es wurde erst ersichtlich, wer Bestienflügel war, als die anderen schon anfingen, die Eulenfledermaus zu belästigen. Sie versuchte sich von den anderen zu lösen, aber die Teufel nahmen die Verfolgung auf und rempelten sie an, zwangen sie, in die Höhe zu steigen, statt sich einfach auf Ji-hyeons zitternde Hand fallen zu lassen. Verzweifelt sah die Generalin Frostfalle an, und nach einem weiteren Lächeln und Murmeln waren die anderen Teufel verschwunden, und Bestienflügel landete schnell auf Ji-hyeon. Begierig zwängte sich der Teufel in den weiten Ärmel von Griesgrams Mantel und zitterte an ihrem Handgelenk. Wortlos drehte sich Ji-hyeon um und eilte zu ihren Wächtern zurück. Der weit entfernte Schimmer der Imperialen war nun definitiv heller als zuvor. Als sie floh, rief ihr Frostfalle hinterher.

»Keine Sorge, Generalin, wir stehen hier auf derselben Seite. Und wenn der Augenblick kommt, bin ich bereit, *jedes* notwendige Opfer zu bringen.«

KAPITEL 20

Das Fünfzehnte marschierte die Nacht hindurch und schlug im Licht der aufgehenden Sonne sein Lager auf; Domingo verfolgte alles mithilfe seines Falkenglases oben von einem Hügel aus. Lieber hätte er auf dem Wagen gestanden, statt hier wie ein Invalide zu liegen, aber gestützt von seinen Kissen bekam er einen guten Überblick, der ihm verriet, dass er wieder einmal seine Aufgabe erfüllt hatte. Die Hügel der Umgebung waren mit roten Zelten übersät, ein Stück voraus wartete die Lerchenzunge. Die letzten Bodenerhebungen verbargen noch die Sicht auf die Kobaltblauen, aber die Kundschafter hatten ihm bereits versichert, dass der letzte Hügel, der sich nur wenige Meilen weiter westlich befand, in ein lang gezogenes Tal hinabführte, und auf der anderen Seite dieses Tals wartete der Feind. Er hatte sich nicht wie befürchtet im letzten Augenblick zurückgezogen. Domingo musste nur noch den Befehl erteilen, und ihm gehörte der entscheidende Sieg, den ihm Zosia die Eiskalte stets verweigert hatte.

Sobald seine Soldaten etwas geschlafen hatten, würde er diesen Befehl erteilen. Vor der Schlacht hatten sie sich ein wenig Ruhe verdient, ja, das hatten sie. Domingo wusste, das er unter den imperialen Obersten den Ruf genoss, ein Zuchtmeister zu sein, aber keines dieser Klatschmäuler begriff, dass er seine Truppen nicht antrieb, weil er sie nicht zu schätzen wusste oder sie als Lasttiere betrachtete. Er trieb seine Truppen an, weil Azgarother aus härterem Holz geschnitzt waren, wie er nur zu genau wusste. Sie ertrugen so etwas, und wenn sie sich der

Herausforderung wieder einmal gestellt und ihren Mut bewiesen hatten, barst sein Herz vor Stolz. Er liebte sein Regiment, denn es hatte seine Liebe verdient, verflucht noch mal, selbst der Bursche dort unten, der auf einem Schweinskopf hockte und in der Nase bohrte. Mach damit weiter, mein Junge, bohr so viel nach Silber, wie du willst; du hast es dir verdient.

Domingo senkte das Falkenglas vom Auge. Das Instrument war zu schwer, um es lange mit einer Hand halten zu können. Er drehte es um und bewunderte das Funkeln des Sonnenlichts auf der gravierten Oberfläche. Er stieß einen langen, unglücklichen Seufzer aus. Das war alles, was ihm von Efrain geblieben war; die verkohlte, daumenlose Masse, die sie in der Familiengruft beigesetzt hatten, das war nicht sein Sohn gewesen, sondern nur verbranntes Fleisch. Hätte diese Anathema Portolés nicht das Falkenglas zusammen mit seinen sterblichen Überresten zurückgebracht, Domingo hätte jetzt am Ende der Jagd und der Vergeltung, die endlich in Reichweite kam, gar nichts gehabt, das ihn an seinen Jungen erinnerte. Er hatte ihr nie dafür gedankt, dass sie es ihm zurückgebracht hatte …

Was auch richtig war, trug sie doch die Mitschuld an Efrains Ermordung. Das war etwas, das er ins Auge fassen konnte, sobald alle Kobaltblauen tot waren – die hexengeborene Kriegsnonne aufzuspüren und ihr die gleiche Gerechtigkeit zuteilkommen zu lassen, die er Zosia und ihrem Heer geben würde. In Diadem hatte die Schwarze Päpstin Andeutungen gemacht, dass Bruder Wan möglicherweise dabei helfen konnte, Schwester Portolés unterwegs zu finden, da sie vermutlich dasselbe Ziel verfolgten. Aber auch das war nur ein Reinfall gewesen. Nicht, dass er von dem abscheulichen kleinen Mönch ein solches Wunder erwartet hätte; das Imperium war groß, und man begegnete immer nur den Leuten, denen man eigentlich lieber aus dem Weg gegangen wäre.

Eine winzige Bewegung im Norden erregte Domingos Aufmerksamkeit, aber als er das Falkenglas wieder hob, war dort nur ein grasiger Hügel zu sehen. Ah, nein, einer seiner berittenen Kundschafter erschien im Sichtfeld und war dann sofort wieder verschwunden. Er ritt verdammt schnell, und dort kam jetzt sogar noch einer. Die Hügel zwischen ihm und den Reitern verdeckten den größten Teil der Aktion, aber ein Rudel seiner Leute schien zwei dunkle Reiter zu verfolgen und jagte sie auf die Berge im Westen zu. Zweifellos waren das Kobaltblaue Kundschafter, die man dabei erwischt hatte, wie sie einen Blick auf das Lager des Fünfzehnten werfen wollten – na ja, seine Reiter würden es ihnen bald in allen Einzelheiten zeigen!

Wieder hob er das Glas, aber mit nur einer Hand fiel es schwer, die sich schnell bewegenden Reiter aus der Ferne zu verfolgen. Sie bogen nach Südwesten ab. Da fing er noch einen Blick von den verfolgten Kundschaftern ein und hätte fast das Falkenglas fallen lassen. Einen Augenblick lang hatte der hintere Reiter beinahe ausgesehen wie … Aber nein, da spielten ihm nur die Sinne eines alten Mannes einen Streich. Aus dieser Entfernung war das Gesicht, das ihm vertraut erschienen war, nur ein bleicher Umriss, mit dem seine Vorstellungskraft spielte. Der Reiter trug nicht einmal die Kutte eines Kettenanbeters. Trotzdem richtete er das Glas wieder in diese Richtung und hoffte seinen pochenden Herzschlag beruhigen zu können. Aber die Reiter waren hinter einem höheren Hügel verschwunden, und von dort würden sie es entweder ins Lager der Kobaltblauen schaffen oder außerhalb von Domingos Sicht von ihren azgarothischen Verfolgern erwischt werden.

Nicht, dass das einen bedeutsamen Unterschied gemacht hätte – morgen um diese Zeit würden sie ohnehin tot sein, ebenso wie jedes andere Mitglied ihres Rebellenheeres.

Es war ein Anblick geradewegs aus den Lobgesängen der Kette, eine einsame Gläubige und ihr zweifelnder Begleiter galoppierten auf ihr Ziel zu, während sich hinter ihnen die volle Macht eines von der Sünde verdorbenen Heeres wie eine Flutwelle des

Frevels erhob. Möglicherweise wäre es sogar für die Lobgesänge etwas zu übertrieben gewesen, vor allem, nachdem mit Rotkardinalsfedern versehene Pfeile an ihnen vorbeisausten, weil sie sich geweigert hatten, dem letzten Warnruf ihrer Verfolger zu gehorchen. Schwester Portolés hätte um keinen ominöseren Auftritt bitten können.

Sie erreichten die Kuppe eines weiteren der ständig steiler werdenden Hügel. Schweiß strömte die Pferdebeine hinab, weil sie ihre Tiere zuschanden ritten. Dann blickten sie auf das letzte Tal vor dem steilen Aufstieg der Kutumban aus der Ebene in den Himmel. Dort erwartete sie endlich der Anblick, auf den die Kriegsnonne und ihr Gefangenenwärter ihren Glauben gesetzt hatten, ein Lager, das fast so beeindruckend war wie das hinter ihnen, nur dass dort kobaltblaue Flaggen flatterten statt scharlachrote.

Hätte Häretiker in der letzten Stadt nicht den Klatsch für bare Münze genommen, dass die Kobaltblauen aus den Bergen gekommen waren und hier ihr Lager aufgeschlagen hatten, hätten sie sie niemals rechtzeitig gefunden. Hätten sie die Wächter beim Umgehen des imperialen Lagers früher entdeckt, hätte man sie bereits vor einer Stunde erwischt, und sämtliche Gebete der Königin von Samoth würden nicht beantwortet werden. Hätte Häretiker ihr an diesem Morgen nicht die Fußfesseln abgenommen, sodass sie nicht schräg auf dem Sattel hätte reiten müssen, oder wären die Verfolger bessere Schützen gewesen …

»Verflucht sei die Gefallene Mutter!«, rief Portolés. Ein Pfeil hatte sich in ihre Wade gebohrt, was sie das erschöpfte Pferd nur noch härter treten ließ. Das Feuer brannte sich seinen Weg zu ihrem Knie hoch und zu ihrem Knöchel hinunter, und sie konnte nur beten, dass ihr Pferd noch etwas Leben in sich hatte. Dann schrie Häretiker triumphierend auf, und ein Blick zurück zeigte Portolés, dass die Scharlachroten oben auf dem Hügel die Pferde gezügelt und die Jagd aufgegeben hatten. Ein Dutzend der in Blau gehüllten Cousins der Imperialen ritten ihr entgegen, und diese Reiter sahen nicht viel freundlicher aus als die Verfolger, die sie zurückgelassen hatten.

Als man sie vor dem Befehlszelt anhalten ließ, erschien Häretiker beinahe reumütig, das Staunen in seinem Blick verriet Schwester Portolés, dass er niemals damit gerechnet hatte, die Kompanie könnte so gewaltig sein. Sie hatten von der Stelle, an der sie die berittenen Wächter angehalten hatten, über eine Stunde bis ins Herz des Lagers gebraucht – der Zwischenaufenthalt bei einem weißen Zelt, wo man ihr den Pfeil durchs Bein gestoßen und einen Kräuterbeutel auf die Wunde gebunden hatte, hatte keine zehn Minuten in Anspruch genommen; den Rest der Zeit waren sie durch das Zeltlabyrinth stetig hügelaufwärts geritten. Der Gipfel der Lerchenzunge ragte hoch über sie hinaus und bildete eine beeindruckende Verteidigung für den Rücken des Heers.

»Wartet«, sagte die stämmige Chevaleresse, die sie am Rand der Zelte in Empfang genommen, die Reiter zurück auf ihre Posten geschickt und die Gefangenen ins Lager eskortiert hatte. Ohne sich anzukündigen betrat sie dieses unauffällige letzte Befehlszelt, aus dem der Klang leiser Stimmen drang. Häretiker pfiff nervös und rieb jetzt, da der Schweiß getrocknet und die Panik verflogen war, in der morgendlichen Kühle die Hände aneinander. Flankiert von weiteren Wächtern kam die Chevaleresse wieder heraus. »Also gut, diese Jungs hier nehmen euch jetzt sämtliche Waffen ab, dann dürft ihr reinkommen und der Befehlshaberin erzählen, was ihr uns erzählt habt.«

»Kann ich …?« Häretiker warf Portolés einen schuldbewussten Blick zu. »Wartet, lasst mich ihr die Handschellen abnehmen.«

»Du willst deine Gefangene befreien, bevor du sie ins Befehlszelt bringst?« Dies schien die Chevaleresse zu belustigen. »Das glaube ich kaum.«

»Das sollte sie doch nur bis zu unserer Ankunft unter Kontrolle halten«, sagte Häretiker. »Sie ist keine Gefahr.«

»Stimmt das?« Die harten Augen der Chevaleresse suchten Portolés' Blick. »Eine große Frau wie du wäre also keine Gefahr? Dann nehme ich an, dass der Kriegshammer, den wir von deinem Lasttier genommen haben, deinem Frettchen hier gehört?«

»Ihr habt das Frettchen gehört«, erwiderte Portolés. »Ich bin ganz und gar ungefährlich. Der Hammer dient nur dem Beschlagen unserer Pferde.«

»Hört zu …«, setzte Häretiker an, aber die Rittersfrau unterbrach ihn.

»Nein, du hörst jetzt zu, mein Sohn. Ich bin wirklich neugierig darauf, wie ein halb verhungerter Verbrecher wie du einem Brocken wie ihr die Fesseln anlegen konnte. Und ich glaube, du wirst dieses Lied genausogut singen, wenn sie in Ketten liegt. Und jetzt ab ins Zelt.«

Also duckte sich Portolés unter dem Eingang hinweg und betrat das Befehlszelt der Kobaltblauen Kompanie. Karten und andere Papiere waren umgedreht worden, und die ganze verdammte Versammlung stand bei ihrem Eintreten von den Hockern auf, als wäre sie ein ausländischer Würdenträger, den man zu umschmeicheln hoffte, und kein mutmaßlicher Spion oder noch Schlimmeres. Häretiker prallte gegen sie, die Chevaleresse kam zuletzt. Sie und die anderen Wächter hatten jetzt die Schwerter gezogen. Von der anderen Seite des Tisches brachte man zwei Hocker, und die junge Makellose, die hier offensichtlich den Befehl hatte, bedeutete ihnen mit einer Handbewegung, sich zu setzen. Im Licht der Laternen erschien das dunkel getönte Haar des Mädchens durchaus wie Kobaltblau, und Portolés stieß einen unglücklichen Seufzer aus. Wer auch immer dieses Heer anführen mochte, es war jedenfalls nicht die Bürgermeisterin von Kypck. Also war ihre Mission gescheitert, die Waffe, die ihre Königin ihr gegeben hatte, war verschwendet, und man würde sie auf eine sehr, sehr unerfreuliche Weise ficken.

»Nun, Boris von Diadem, das Liedchen, das du meinen Kundschaftern vorgesungen hast, hat mich genug interessiert, um dir eine Audienz zu gewähren«, sagte die junge Makellose. Ihr Mundschenk füllte eine Schale mit heißem Kaldi und bot ihn Häretiker an. »Ich bin Generalin Ji-hyeon Bong, Befehlshaberin der Kobaltblauen Kompanie, und in diesem Augenblick hast du meine volle Aufmerksamkeit.«

Bong? Portolés rutschte auf ihrem Hocker nach vorn und musterte das Mädchen genauer, versuchte eine Familienähnlichkeit zu erkennen. War Bong bei den Makellosen ein weitverbreiteter Nachname? Falls nämlich nicht, falls diese Generalin die Tochter von Kang-ho und Jun-hwan war …

»Äh, ja«, sagte Häretiker nervös, »also sie, Schwester Portolés, ich meine, ich bin Gefangener in Diadem gewesen, aber dann nahm sie mich gefangen. Doch als ich mich befreien konnte, habe ich sie gefangen genommen. Scheiße! Lasst mich noch mal beginnen.«

Portolés setzte sich zurück und betrachtete den Rat der Generalin, während Häretiker weiterstammelte. Eine ältere raniputrische Chevaleresse mit einem beeindruckenden Schnurrbart, ein Mann von grotesker Größe mit einem widerlich süßen Lächeln auf den welken Zügen und ein gut aussehender Usbaner mittleren Alters, dessen Haar so weiß wie das des Riesen neben ihm war. So unscheinbar dieses letzte Mitglied des Befehlsstabes neben dem Rest auch wirkte, sein Harnisch verriet ihn, die tänzelnden Füchse auf der polierten Fläche waren unverkennbar. Hier saßen drei der Fünf Schurken direkt aus den verbotenen Heldenliedern der Geplagten Königin, die alle Befehle von einem Mädchen annahmen, das vermutlich die Tochter eines vierten Schurken war. Interessant …

»Hast du ein Problem, Kettenanbeterin?«, fragte die Generalin. »Oder willst du lieber draußen warten, während dein Wärter uns einen sehr überzeugenden Grund dafür vorträgt, warum wir euch nicht für imperiale Attentäter halten sollten?«

»Halt, hey!« Häretiker sprang so schnell auf, dass er beinahe ein Schwert im Rücken stecken hatte, bevor der Wächter hinter ihm erkannte, dass er nur dumm und nicht gefährlich war. »Das bin ich nicht, natürlich nicht. Auf dem Weg zu euch wurden wir beinahe von den Scharlachroten erwischt – fragt eure Kundschafter oder was die sonst waren, eure Leute, die gesehen haben, wie wir verfolgt wurden. Die würden uns doch nicht umbringen wollen, wenn wir zu ihnen gehörten, oder?«

»Offensichtlich haben sie keine gute Arbeit geleistet«, sagte die Ritterfrau mit dem Schnurrbart, die nur Chevaleresse Singh sein konnte. »Der Verband am Bein der Andersgeborenen sieht frisch aus, aber es ist offensichtlich, dass ihre übrigen Verletzungen mehrere Wochen alt sind.«

»Ich bin auf eurer Seite, das schwöre ich!«, sagte Häretiker. Unwillkürlich fragte sich Portolés, worauf Häretiker wohl schworen. »Ich war ihr Gefangener, aber dann überfielen uns andere Kettenanbeter, und sie bekam bei dem Kampf genug ab, dass ich sie überwältigen konnte. Ich brachte sie zu euch, weil ihr anscheinend für die richtige Sache kämpft, und ich konnte doch wohl kaum das Risiko eingehen, heimlich mit ihr nach Diadem zurückzukehren, oder?«

»Ja, ja«, sagte der Mann, den Portolés für Fennec hielt. »Das sagtest du schon zu den Wächtern, von denen einer vorausritt und uns informierte. Was die Generalin seltsam findet, ist deine Annahme, dass wir – wie du behauptest – auf derselben Seite stehen. Das und der Zeitpunkt deines Erscheinens mit deiner Gefangenen im Schlepptau, direkt vor einem heranrückenden imperialen Regiment. Und die Behauptung, wertvolle Informationen für uns zu haben! Wie wunderbar das doch alles zusammenpasst.«

»Nein, nein, nein, so ist das doch gar nicht!«, beteuerte Häretiker. »Wir kamen aus dem Heimgesuchten Wald von Westen, und als ich in Schwarze Motte Lebensmittel kaufte, hörte ich von ein paar Jägern, dass die Kobaltblaue Kompanie vor diesem großen Berg ein Lager aufschlägt. Sie sagten, sie hätten euch gesehen und noch gerade rechtzeitig abhauen können. Das ist einen Tag her, und diese dummen Arschlöcher behaupteten, die Imperialen aus Thao seien noch ein Stück weit entfernt – ich hätte nun wirklich nicht damit gerechnet, diese Horde auf der Ebene zwischen euch und uns zu entdecken. Wir sind weit nach Norden geritten, um sie zu umgehen, aber ihre Kundschafter …«

»Thao?«, wiederholte die Generalin und wechselte Blicke mit ihren Gefährten. »Du sagst, dass Thaos Regiment bereits in diese Richtung marschiert?«

»Das könnte die Täuschung sein«, murmelte der Riese so laut, dass alle es hören konnten. »Sie sind gekommen, um Euch aufzuscheuchen, damit Ihr als Erste zuckt.«

»Ich weiß, was ich gehört habe, aber ich verbürge mich bestimmt nicht dafür, dass es auch stimmt«, sagte Häretiker. Es war wirklich ein Erlebnis, den Jungen, der seine Unterdrücker im Haus der Antworten verspottet hatte, unter den strengen Blicken seiner Idole zittern zu sehen. »Ich weiß nur, dass – wenn ihr gegen das Imperium kämpft – ich auf eurer Seite bin. So einfach ist das. Wäre ich tatsächlich ein Spion, hätte ich mir dann keine bessere Geschichte einfallen lassen? Vielleicht würde ich ja behaupten, dass ich wüßte, was die Imperialen vorhaben? Ich weiß gar nichts, abgesehen natürlich von dem, was ich euren Leuten bereits gesagt habe, und das ist die Wahrheit der Wahren Königin.«

»Du behauptest, diese Kriegsnonne habe dich in Diadem vor der Folter gerettet und auf dem Weg gegen ihre eigenen Leute gekämpft?«, wollte die Chevaleresse wissen. Sie winkte den Mundschenk heran, um ihre Kaldischale aufzufüllen.

»Das behaupte ich nicht bloß, es ist wahr«, sagte Häretiker, wurde sich aber bewusst, dass er als Einziger am Tisch stand und setzte sich wieder.

»Und du hast meinen Wächtern gesagt, dass deine Informationen für jeden Feind des Imperiums von Wert sein würden, du sie aber nur mit den Befehlshabern teilst«, sagte die Generalin und schaukelte auf ihrem Hocker. »Also … was ist es?«

»Richtig, ja«, sagte Häretiker. »Also, Schwester Portolés hier …«

»Ist das dein Name, Portolés?«, fragte Frostfalle der Berührer. Portolés war sich seiner Identität sicherer als bei jedem der anderen. Schließlich war er allen Berichten zufolge ein Teufelfresser und bekannter Hexer.

Portolés nickte andeutungsweise. Die Dinge wurden hier sehr heiß, und sie fragte sich, wie sie dieses Spiel am besten spielen sollte.

»Also ja, ich weiß nicht, was sie eigentlich will, aber sie arbeitet für die Königin und nicht für die Päpstin, da bin ich mir sicher«, sagte Häretiker. »Jedenfalls ziemlich sicher. Nachdem die anderen Kleriker sie zusammengeschlagen hatten, durchsuchte ich ihre Sachen und entdeckte Papiere mit dem Scharlachroten Siegel. Und außerdem – wie ich vermute – eine Namensliste. Die Namen von Soldaten, deren Ränge, so was.«

»Ah, und das sind die unbezahlbaren militärischen Informationen, über die unser Gast nichts weiter weiß«, sagte Fennec mit einem Gähnen. »Von dem imperialen Kommando werden wir wohl nicht viel zu befürchten haben, wenn sie dergleichen für glaubwürdige Spionage halten.«

»Hört zu, ihr alle … ihr frechen Flegel!«, stieß Häretiker hervor. Nacheinander deutete er mit dem Finger auf jeden der Befehlshaber. Im Augenblick waren diese vier die gefährlichsten Leute auf dem Stern, und Häretiker blökte sie an, als gehörten sie zu seiner albernen Widerstandsbewegung in Diadem. Portolés würde den Jungen vermissen, nachdem man sie beide als feindliche Spione lebendig verbrannt hatte. »Ich bin kein Spion! Und was auch immer die Schwester sein mag, ich halte auch sie für keine Spionin. Soweit ich weiß, hatte sie nie geplant, zu euch zu kommen – nach unserem Aufbruch waren wir direkt zu den Inseln gereist, dann ging es meiner Meinung nach unten zu den Domänen …«

»Die Makellosen Inseln«, unterbrach ihn die Generalin. »Dort brachte sie dich hin? Welche Städte waren das, welche Inseln?«

»Na ja, wir sind durch Linkenstern und dann nach, wie heißt es noch mal … Hwabun, zur Insel Hwabun, aber dann kehrten wir sofort wieder um und …«

»Was habt ihr dort gemacht?«, wollte die Generalin wissen. Häretiker ignorierte sie jetzt. Nun, das beantwortete auf jeden Fall die Frage nach der Herkunft des Mädchens! Portolés bezweifelte, dass mehr als ein finsterer Blick von der Kleinen nötig war, um das Holz unter ihnen zu entzünden. »Von diesem Augenblick an erwarte ich deine vollständige Kooperation, Frau. Wir wissen beide, dass – egal, in welcher königlicher Mission du auch unterwegs gewesen sein magst – sie nun ihr Ende gefunden hat.«

»Hat sie das?« Portolés konnte sich nicht beherrschen; vielleicht war dergleichen immer schon der Versuch gewesen, sich vor weiterem Schaden oder vor Verzweiflung zu schützen, aber wo auch immer das herrührte, es gab einfach kein Kissen oder keinen Stuhl, die sie dem heißen Sitz vorzog. »Bei allem nötigen Respekt, Generalin, ich glaube, ich bin in diesem Raum die Einzige, die mit irgendeiner Autorität über diese Mission sprechen kann.«

»Ah, also bist du nicht stumm!«, sagte die Generalin. »Und so eloquent wie jeder Botschafter scheinst du auch zu sein, muss ich sagen. Bist du eine Botschafterin, Schwester Portolez?«

»Portolés, Schwester Portolés, und vermutlich könnte man sagen, dass ich eine Art Gesandtin bin.« Nicht zu lächeln fiel so schwer, aber ein Blick auf das Vergnügen, das der alte Frostfalle an dieser Unterhaltung hatte, half ihr dabei, ihre Belustigung unter Kontrolle zu halten. »Das Problem, Generalin, besteht darin, dass ich nicht hergeschickt wurde, um mit euch zu verhandeln.«

»Tatsächlich?« Ji-hyeon sah aus, als würde sie ihr gleich die Kaldischale an den Kopf werfen. »Aber man hat dich geschickt, um mit meinen Vätern zu sprechen, oder nicht?«

Ach, das wurde ja immer besser! »Leider verbietet mir eine Klausel meines Auftrags, die Angelegenheit, also Königin Indsoriths Angelegenheit, mit jemand anderem als dem Gegenstand meiner Suche zu besprechen, Generalin. Übrigens schien es Eurem Vater König Jun-hwan ziemlich gut zu gehen – ich fand ihn ausgesprochen kooperativ.«

Das war der letzte benötigte Tropfen, der das Fass zum Überlaufen brachte, obwohl Ji-hyeon es sich im letzten Augenblick anders überlegte und die Schale gegen die Zeltwand warf statt auf Portolés. Gemach, gemach, Generalin.

Chevaleresse Singh räusperte sich. »Ich möchte die Generalin daran erinnern, dass laut den Artikeln von Aghartha sämtliche Gesetze über die Behandlung von Kriegsgefangenen nur für Kombattanten, Helfershelfer und Befehlshaber gelten. Wenn es um mutmaßliche Spione geht, nun, da gibt es weniger Korrekturergänzungen, als man glauben sollte. Ein *unglückliches* Versehen vonseiten der Verfasser. Erlaubt ist, was immer Ihr für nötig haltet, um die Sicherheit Eurer Truppen zu gewährleisten, solange …«

»Die Chevaleresse meint Folter«, sagte Portolés. »Und da wollte mir mein grimmiger Wächter doch weismachen, dass die Kobaltblauen über derart unmoralischen Taktiken stehen.«

»Unmoralisch, Schwester?«, fragte Fennec. »Ich bin davon überzeugt, als du in irgendeinem elenden Kettenhaus als Anathema aufgewachsen bist, wirst du dieses Wort häufig gehört haben. Hast du deine Erlösung schon nach den ersten Bußerunden gefunden oder nach der fünfzigsten?«

Das schmerzte dann doch – wieso wussten immer alle auf Anhieb Bescheid? Portolés hatte weder Flügel noch einen

Schwanz, bei der Erlöserin! Sie lispelte nicht einmal mehr, und das schon seit Jahren, weil sie sich die Worte in ihrer Zelle unablässig zugeflüstert hatte, um jedes einzelne von ihnen richtig hinzubekommen. Und doch wusste man immer sofort auf Anhieb Bescheid, so als stänke ihre Unreinheit nach verfaulten Eiern.

»Nichts zu sagen, du Rassenverräterin?«, provozierte Fennec sie.

»Es ist nicht nötig, jetzt damit anzufangen«, sagte Häretiker wütend. »Angeblich sind wir doch alle gleich, nicht wahr? Ist das der Kobaltblaue Kodex? Oder ist alles, was ich über diese neue Kobaltblaue Kompanie gehört habe, nämlich dass sie genauso ist wie die alte, so falsch wie ihre Generalin?«

Das war ganz entschieden die falsche Bemerkung. Generalin Ji-hyeon wurde so rot wie eine Beichtkerze, und Chevaleresse Singh stand auf, warf anmutig den Umhang zurück und zog ein mächtiges Schwert. Fennec war amüsiert, was er aber recht gut zu verbergen verstand, und Frostfalle war entzückt und gab sich nicht die geringste Mühe, das für sich zu behalten. Gut gemacht, Häretiker, gut gemacht – es waren doch immer die Gläubigen, die die Fahne trugen und sich freiwillig an die Front meldeten, während die Zyniker und Realisten im Befehlszelt blieben.

Aber wenn man mal darüber nachdachte, zu was machte das dann sie?

»Schon gut, tut mir leid, ich bin zu spät«, ertönte da eine vertraute Stimme vom Zelteingang. »Ich wollte Maroto wecken, aber dem ist kotzübel. Ich bin auf direktem Weg hergekommen, traf dann aber unterwegs ein paar erschöpfte Kundschafter und brachte sie direkt mit – ihr müsst sie sofort Bericht erstatten lassen, ihnen zufolge schleicht das Regiment aus Thao keine zwei Tage von hier … bei allen Höllen!«

Schwester Portolés drehte sich zum Eingang um und verspürte beim Anblick der alten Frau aus Kypck eine schwindelerregende Mischung aus Erleichterung und Furcht … der bei ihrem Anblick ebenfalls schlecht zu werden schien. Seit ihrer letzten Begegnung war sie härter geworden, und schon damals war sie alles andere als weich gewesen. Der Hund stand an ihrer Seite, nur dass er jetzt eher ein Welpe zu sein schien und keine Grauschnauze. Mit enthusiastisch wedelndem Schwanz trottete er zu Portolés, um sie zu begrüßen.

Die Kriegsnonne stand auf und verneigte sich, und der Hund leckte ihr Gesicht. Sein Atem roch so schrecklich falsch, Portolés konnte es auf ihrer plötzlich schmerzenden Zunge schmecken – die beiden Seiten des vernarbten Gewebes schienen wieder auseinanderreißen zu wollen. Schnell richtete sie sich auf, um von der Kreatur fortzukommen. Kein Zweifel, sie war ein Teufel, und als Portolés die näher kommende Frau genau musterte, entdeckte sie die gezackte Narbe, die Königin Indosrith erwähnt hatte, an ihrem Kiefer.

Es war genau, wie die Königin befürchtet hatte. Das war nicht irgendeine hinterwäldlerische, wütende Bürgermeisterin, das war Zosia, die Geplagte Königin. Das lange Jahr, das seit der Hinrichtung ihrer Bürger vergangen war, schien ihren Zorn nicht sonderlich gedämpft zu haben. Und sollte die Gefallene Mutter sie beide segnen, Portolés hatte sie noch rechtzeitig gefunden.

»Ehrwürdige Dame Zosia«, hauchte Portolés und schloss die Augen, um den Geschmack der Erlösung besser genießen zu können. »Ehrwürdige Dame Zosia, mich schickt Königin Indsorith, um …«

Der erste Schlag traf sie am Hals, der zweite grub sich in ihren angespannten Bauch. Vor einem Monat hätte sie die Hiebe vielleicht abgeschüttelt oder zumindest die Pein verborgen, die sie ihr zufügten. Aber vor einem Monat hatte sie auch noch keine Stichwunden an Brust, Brustbein und Bauch gehabt. Sie krachte zu Boden und wäre noch härter gelandet, hätte Häretiker sie nicht aufgefangen. Fennec und die Chevaleresse waren über den Tisch gehechtet und zerrten Zosia zurück, aber erst nachdem sie Portolés' Seite noch vier oder fünf weitere schnelle Hiebe versetzt hatte. Bei jedem Schlag fühlte die Anathema weitere Fäden reißen, aber sie schrie weder auf, noch wehrte sie sich. Schließlich war sie dafür hergekommen.

»Loslassen, verflucht!«, fauchte Zosia wie ein Panther und schleuderte Fennec über den Tisch. Im letzten Augenblick riss Frostfalle seinen Kaldi aus dem Weg, stand aber nicht auf, um zu helfen. Chevaleresse Singh glitt hinter die rasende Frau, schlang ein Bein und einen Arm um sie und machte sie dann mit einem Ruck bewegungsunfähig.

Das war schon ein Anblick gewesen! Was in Kypck ein so sanftes, faltig und Willkommen heißendes Gesicht gewesen war, verwandelte sich jetzt in die Maske des Täuschers selbst. Mit bebenden Nasenlöchern fletschte Zosia die Zähne. Unter der ergrimmten Frau, von Häretikers Armen gehalten, vermochte Portolés beinahe die Hitze zu spüren, die von ihr ausging.

»Das reicht!«, bellte Ji-hyeon. »Genug! Wollt Ihr sterben, Zosia? Raus mit Euch, bis Ihr Euch beruhigt habt, und wenn Ihr Euch dann nicht wie eine Erwachsene benehmen könnt, braucht Ihr gar nicht erst zurückzukommen!«

Zu hören, wie die Generalin die Frau mit ihrem Namen ansprach, bescherte Portolés weitere Wogen der Verzückung. Sie hatte also nicht versagt. Dieses Mal nicht. Und jetzt konnte ihr elender, verfluchter Körper endlich etwas Wunderbares tun, konnte endlich so benutzt werden, wie es ihre Königin beabsichtigt hatte. Vielleicht war ihr das als Schicksal bestimmt gewesen, vielleicht hatte es sich auch nur zufällig so ergeben, aber alles fügte sich, und die Scharlachrote Königin von Samoth hatte sie gebeten, jede nur erdenkliche Maßnahme zu ergreifen, damit es das auch tat.

»Was auch immer dieses verfluchte Miststück sagt, vertraut ihr nicht«, rief Zosia, versuchte Portolés zu treten und riss

Singh dabei beinahe zu Boden. »Lass mich los, verflucht, ich bin in Ordnung, das bin ich wirklich. Wir haben eine gemeinsame Geschichte, das ist alles. Eine schlimme, verfluchte Geschichte!«

»Und eine Zukunft«, sagte Portolés. Häretiker half ihr auf die Füße. Auch ohne die Ketten an ihren Handgelenken hätten das die atemberaubenden Schmerzen in Bauch und Seite zu einer mühsamen Aufgabe werden lassen. Unter ihrer Kleidung fühlte es sich feucht an, aber darum konnte sie sich jetzt keine Sorgen machen, nun, da das Ende ihrer Suche bevorstand. Sie musste nur lange genug leben, um den Willen ihrer Königin zu verkünden, und dann würde es keine Schlacht zwischen den auf der Ebene lagernden Imperialen und diesen Söldnern geben, keinen Krieg zwischen den Kobaltblauen und den Scharlachroten. Nun starrten alle im Zelt auf die mitgenommene Kriegsnonne. »Eine kurze, wenn Ihr wollt, aber wir müssen miteinander reden. Sie hat mich zu Euch geschickt. Königin Indsorith.«

»Glaubst du, das weiß ich nicht, Hexe?« Zosia spannte sich wieder an, ebenso wie Singh. »Hältst du mich für so verblödet, dass ich das Sternenlicht auf dem Altar nicht sehe?«

»Nein«, sagte Portolés und wiederholte es dann für ihren rebellierenden Körper. »Nein, nein, nein …«

Die Hitze, die sich in ihr ausgebreitet und die Schmerzen betäubt hatte, kroch nun ihr Rückgrat hinauf, und Portolés bemühte sich, ganz still zu stehen, um dem Schwindel nicht nachgeben zu müssen. Sie schloss die Augen, aber das machte es nur schlimmer. Sie war so nahe dran, konnte die Wärme der Erlösung schon spüren. Aber jetzt kühlte sie ab und trieb davon, ließ sie dampfend im gefrorenen schwarzen Zentrum der Erde zurück, wo nur die Teufel hausten …

»Schwester!«, brüllte Häretiker aus der Höhe. »Schwester!«

»Bei den Göttern in der Tiefe, sie blutet!«, sagte eine andere Stimme, die aus noch größerer Höhe kam. »Was hast du …?«

»So hart habe ich sie gar nicht geschlagen.« Zosias Stimme wurde vom Wasser gedämpft, während Portolés dem Versunkenen Königreich immer tiefer entgegensank. Das Letzte, was sie hörte, waren die gemurmelten Worte der Frau. »Nicht so hart, wie sie es verdient hat.«

KAPITEL 21

Zosia stürmte aus dem Zelt und ignorierte die Rufe des Mädchens, aber sie kam keine zehn Schritte weit, da ergriff Ji-hyeon ihren Arm und riss sie herum. Um ein Haar hätte die kleine Prinzessin eine Faust ans Kinn bekommen, aber Zosia konnte sich gerade noch rechtzeitig beherrschen und ließ den Arm wieder sinken. Was auch gut war, denn erst jetzt – nach einem tiefen Atemzug und einem Blick in die Umgebung – registrierte sie, dass Chevaleresse Sasamaso mit der gezückten Klinge auf sie zielte. Und sie bezweifelte, dass die Frau Schläge auf ihre Generalin tatenlos hinnehmen würde.

»Hauptmann Zosia, in meinem Zelt herrscht Ordnung«, sagte Ji-hyeon. Energisch erwiderte sie Zosias harten Blick. »Was auch immer diese Frau Euch angetan haben mag, sie ist meine Gefangene. Sie weiß etwas, sogar viele Dinge, aber die holen wir nur aus ihr heraus, wenn sie am Leben bleibt. Habt Ihr verstanden?«

Von dem blau gefärbten Kind belehrt zu werden entfachte in Zosia beinahe genauso viel Zorn wie Schwester Portolés' Anblick. »Diese verfluchte Hexengeborene und ich, wir haben etwas zu regeln.«

»Ich habe Euch nicht nach dem Grund gefragt.« Als sie sich frei machen wollte, grub Ji-hyeon die Finger fester in Zosias Arm. »Ich respektiere Euch genug, um das nicht zu tun, so wie ich Euch auch nicht gefragt habe, warum Ihr so *interessiert* ausgesehen habt, als Ihr den Namen des azgarothischen Obersten erfuhrt, der das Fünfzehnte anführt. Erzählt es mir, wann es

Euch beliebt, oder lasst es bleiben, im Augenblick müsst Ihr mir nur sagen, dass Ihr das verstanden habt.«

»Oh, ich verstehe durchaus«. Zosia riss sich endlich los und veranlasste die Ritterin aus dem Feuersteinland, um die Generalin herumzugehen, um falls nötig ohne Hindernis auf sie einstechen zu können. Sie blickte an den beiden Frauen vorbei zu Lefzenschlecker, der angetrottet kam. Falls sie die Chevaleresse entwaffnete und mit dem eigenen Schwert tötete, und gleich danach die Generalin, würde das ihr Leben beträchtlich vereinfachen – wer in der Kompanie hätte nicht die echte Anführerin der Hochstaplerin vorgezogen?

»Gut«, meinte Ji-hyeon und atmete tief aus. »Gut. Ich weiß, dass Ihr nicht grundlos handelt, aber bitte bedenkt meine Position. Diese Frau behauptet, wertvolle Informationen zu haben, aber jetzt ist sie bewusstlos. Das ist ein Problem.«

»Ja, das ist es«, entgegnete Zosia. Sie atmete selbst tief aus. Der finstere Gedanke, der eben noch so vernünftig erschienen war, ließ sie nun erschaudern. Beim Anblick dieser Scheißnonne hatte sie völlig die Beherrschung verloren, aber jetzt hatte sie sich wieder so weit beruhigt, um nicht länger der Ansicht zu sein, dass die Ermordung ihrer neuen Freunde ihrer Situation irgendwie half. Nach der Art und Weise zu urteilen, wie Lefzenschlecker von Generalin Ji-hyeon zu Chevaleresse Sasamaso blickte, war anzunehmen, dass diese brillante Idee ein klein wenig Hilfe dabei gehabt haben musste, durch ihr zugegebenermaßen etwas undichtes Moralsieb zu schlüpfen. »Diese Frau steht im Dienst der Königin und ist persönlich für die Ermordung Hunderter Unschuldiger verantwortlich.«

»Sie hat freimütig zugegeben, auf Befehl der Königin gekommen zu sein, um mit Euch zu sprechen, Zosia, und zwar nur mit Euch allein.« Ji-hyeon rieb sich die Schläfen, und Zosia hatte den Eindruck, dass die Göre versuchte, nicht die Beherrschung zu verlieren – wie war das mal zur Abwechslung? »Ich würde es sehr zu schätzen wissen, wenn Ihr jede sachdienliche

Einzelheit aus ihr herausbekommt, nachdem sie sich erholt hat. Falls sie sich überhaupt erholt.«

»Oh, das hole ich schon aus ihr raus, keine Sorge«, sagte Zosia. »Aber ich kann Euch jetzt schon einiges über sie erzählen. Sie ist Oberst Hjortts Wachhund – Ihr wisst schon, er ist das Arschloch, das das imperiale Heer anführt, das wir angreifen werden?«

»Ihr meint wohl, das *uns* angreifen wird – war das nicht der Plan?«, meinte Ji-hyeon. Und wieder verspürte Zosia Gewissensbisse, weil sie das Mädchen weiterhin ermunterte, dem Fünfzehnten Regiment in offener Feldschlacht gegenüberzutreten. Aber er verging wie ein unwillkommenes Rülpsen. Sobald sie gehört hatte, welches Regiment sich der Lerchenzunge näherte und dass Oberst Hjortt es tatsächlich anführte, war die Versuchung zu groß für sie gewesen, um nicht danach zu greifen – den Jungen in Kypck nur ohne Daumen davonkommen zu lassen war allzu zuversichtlich gewesen, und sie konnte die zweite Chance, die Schuld einzufordern, die er und seine Kavallerie hatten, unmöglich ungenutzt verstreichen lassen. Davon abgesehen würde die Kompanie mit ihrer Hilfe die Azgarother vermutlich schlagen. Vermutlich.

»Gibt es sonst noch etwas?«, wollte Ji-hyeon wissen, und Zosia wurde sich bewusst, dass sie von all den Dingen geträumt hatte, die sie mit Efrain Hjortt anstellen würde, sobald er ihr auf dem Schlachtfeld gegenüberstand.

»Noch nicht«, sagte sie. »Ich verhöre Portolés, sobald sie wieder wach ist.«

»Entzückend. Aber jetzt muss ich dem imperialen Lager, das über Nacht dort entstanden ist, meine Bedingungen übersenden – wenn Ihr mich entschuldigen wollt?«

»Sicher, lasst Euch von mir nicht aufhalten.« Zosia fühlte sich weniger beschämt als vielmehr … durstig. Sowohl die Aussicht auf einen brutalen Kampf bis zum Tod als auch das nagende Schuldgefühl machte sie schrecklich durstig – hatte es immer schon getan. Ein Glas und eine Pfeife, um ihren möglicherweise letzten Tag auf dem Stern zu entspannen, eine Unterhaltung mit dem Miststück, das bei der Ermordung ihrer Leute geholfen hatte, und dann eine ordentliche Nachtruhe, bevor sie den Kampf geradewegs zu ihrem alten Kumpel Oberst Hjortt trug, der offensichtlich gelernt hatte, die Zügel ohne Daumen zu halten. In dieser Reihenfolge.

»Sie haben eine Eulenfledermaus geschickt, Sir?«, sagte Hauptmann Shea, als wäre diese allgemein übliche Praxis das Verrückteste, das sie je gehört hatte.

»Und?« Selbst die normalerweise so angenehme Vorstellung, von seinem gepolsterten Wagen zu springen, um sich auf sie zu stürzen, war jetzt zu schmerzhaft, um sie in Betracht zu ziehen. Einfach nur aufrecht zu sitzen strengte ihn schrecklich an, aber seine Untergebenen hatten nicht versucht, ihn in ein Zelt abzuschieben. Zum Lied marschierender Stiefel zu schlafen war eine Erfahrung, die Domingo zu den wenigen unerwarteten Freuden zählte, die seine Rückkehr zur Befehlsgewalt mit sich brachte. »Die Nachricht besteht doch bestimmt nicht nur aus dem Satz: *Das ist unsere Eulenfledermaus, wir warten auf eure Antwort*?«

»Und sie erbitten Eure Einwilligung, dass wir sie morgen Mittag im Tal treffen für … äh … *einen sowohl fairen wie auch ehrenhaften Kampf*?«

»Diese Reiter, die unseren Kundschaftern entkamen, müssen Neuigkeiten über die Ankunft des Regiments aus Thao gebracht haben«, sagte Bruder Wan vom Kutschbock des kleinen Wagens herab. »Kein Wunder, dass sie uns vor dem Eintreffen der Verstärkung zu einem überstürzten Kampf verlocken wollen. Sie müssen Euch für sehr dumm halten.«

»Wheatleys Männer werden mittlerweile die Rückseite des Berges erreicht haben«, sagte Domingo mehr zu sich selbst als zu dem Kriegsmönch oder der Soldatin. Stirnrunzelnd betrachtete er die Karte, die wie eine Decke auf seinem Schoß und seinen Beinen lag. Dann schaute er nach Westen, wo die Lerchenzunge über seinem Lager und der Umgebung brütete. Bis zu seiner Wiedervereinigung mit Zosia waren es kein Dutzend Meilen, und obwohl man ihn auf einen Hügel gerollt hatte, von dem aus man das ganze Fünfzehnte Regiment überblicken konnte, fuhr ein Frösteln sein gesundes Bein hinauf und ein qualvoller Stich kam das andere herunter. »Einmal vorausgesetzt, Wheatley befolgt meinen schlichten Befehl und schickt uns keine Botschaften, dann können die Kobaltblauen doch unmöglich einen Angriff auf ihre Rückseite vorhersagen. Jedenfalls keinen dieses Ausmaßes.«

»Es sieht vorn beträchtlich steiler aus als an der Flanke«, stimmte Bruder Wan ihm zu. »Falls die Myuraner nicht zu viele Schwierigkeiten haben, sich auf den Bergkämmen an beiden Seiten zurechtzufinden, beginnen sie mit dem Abstieg, wenn sie uns den letzten Hügel ins Tal erklimmen sehen?«

»Dann oder wenn die Signalhörner der Kobaltblauen ertönen. Schlicht und elegant, wie alle guten Strategien«, sagte Domingo. »Diese hier nennt man Wolfsfalle – wir schnappen sie mit unserem stählernen Kiefer, und das schnell. Sobald wir aus dem Tal nach oben strömen und Wheatleys Männer den Berg hinuntereilen, gibt es kein Entkommen mehr.«

»Wolfsfalle …« Shea schien an einem Gedanken wie an einem zähen Fleischfetzen zwischen den Zähnen herumzukauen. Er konnte zusehen, wie sie mit gerunzelter Stirn darüber grübelte. »Ist das nicht das Manöver, das das Rebellenheer der Geplagten Königin in der Schattenwüste gegen das Fünfzehnte eingesetzt hatte, beim Wilden Thron?«

»Das war der Ort.« Domingo erinnerte sich an die Schlacht, wie sie vor etwas mehr als zwanzig Jahren … er erinnerte sich in groben Zügen. Besagte Züge waren nicht hübsch, nicht im Mindesten. *Ungeschliffen*, das war das Wort, das er benutzen würde. Aber wirkungsvoll. »Der Feind ist oft unser bester Lehrer.«

»Lord Freudlos ist der allerbeste, nicht wahr?«, sagte Shea, und zum ersten Mal verspürte Domingo bei seinem Ersten Hauptmann Interesse statt Verzweiflung. »*Eisenfaust* hat eine Poesie, wie ich sie in keiner Ballade gehört habe. Ah, Sir?«

»Gut gesagt, Shea, gut gesagt«, gestand Domingo ihr zu. Also war sie eine Studentin des Krieges, auch wenn sie einer Gelehrten nicht einmal nahe kam, aber alle fingen irgendwo mal an. Trotz Domingos häufiger Prüfungen hatte sich Efrain nie an auch nur ein Wort von Freudlos erinnern können. Aber weder verbale Hiebe noch die traditionellere Sorte hatten das Erinnerungsvermögen des Jungen verbessert oder sein Interesse geweckt, was Domingo so zur Verzweiflung gebracht hatte, dass er sich schließlich hatte fragen müssen, ob Efrain seine Lektionen absichtlich zu einer solchen Katastrophe hatte werden lassen. Doch warum hätte sein Sohn so etwas tun sollen …

»Darf ich noch einen Augenblick Eurer Aufmerksamkeit haben, Sir?« Wan beugte sich von seinem Platz über Domingo – wie ein großer Rabe, der an einem Hundekadaver pickte. Seine Knopfaugen starrten auf die Karte. »Falls wir unser Einverständnis zu diesem Mittagessen mit den Kobaltblauen erklären, was scharfsinnig erscheint, dann sollten wir das meiner Meinung nach ohne jede Verzögerung tun.«

»Bruder Wan, Ihr glaubt also ernsthaft, ihre Bedingungen zu akzeptieren sei *scharfsinnig*?«, fragte Shea. Anscheinend trieb sie der Krümel der Zustimmung, den Domingo ihr zugeworfen hatte, zu einer ernsten Meinungsäußerung.

»Ihr nicht, Shea?« Domingos Frage ließ sie zurückschrecken, also gab er es ihr mit dem Stock, denn Karotten hatte er nie dabei. »Ich weiß, Ihr habt einen Gedanken, also spuckt ihn aus, verflucht noch mal, es sei denn, Ihr glaubt, ein Anathema der Kette würde sich besser in Taktik auskennen als ein Hauptmann des Fünfzehnten …«

»Sir! Selbst mit den Ruhepausen, die wir unterwegs eingelegt haben, ist das Regiment eine ganze Nacht und einen Tag lang marschiert, und da wir dann noch das Lager aufgeschlagen haben, konnten die meisten erst in den frühen Morgenstunden schlafen.« Sheas Augen waren so blutunterlaufen, dass sich Domingo fragte, ob sie überhaupt geruht hatte. »Sie nach weniger als einer vollen Drehung der Sonne auf das Schlachtfeld zu treiben, erscheint … übereilt? Erst recht, da wir abgesehen vom Gelände jeden Vorteil haben, und das Regiment aus Thao nur zwei Tage weit entfernt ist … Sir?«

Und wieder hatte er sie an die Unentschlossenheit verloren, aber wenigstens hatte sie einen Augenblick lang einen Hauch Kompetenz bewiesen. Dieser Hauch war jedoch durch Vernachlässigung kaum wahrnehmbar und flatterte eher wie ein die Kapitulation verkündendes weißes Taschentuch, statt wie eine stolz über einem vorrückenden Heer flatternde Fahne. Aber nachdem Domingo in diese schreckliche, endlose Nacht geraten war, in der sich nichts rührte, nicht einmal das Bedauern eines enttäuschten Vaters, ließ der Hauch einen unerwarteten Funken Zuversicht für Azgaroths Zukunft in ihm aufblitzen …

»Sir?«

»Hm, ja, richtig, richtig. Ausgezeichnetes Argument, Hauptmann«, sagte Domingo. Bestimmt zeigte Shea denselben Ausdruck, den Efrain garantiert an jenem schicksalshaften Geburtstag gehabt hätte, hätte er ein Kätzchen geschenkt bekommen statt scharfen Stahl und eine noch schärfere Lektion. »Wie schade, dass ich es nicht in die Tat umsetzen kann. Akzeptiert ihre Bedingungen, Shea, morgen Mittag ist es so weit.«

Ah, und genau da war Efrains Miene, so, wie sie tatsächlich gewesen war: nichts als Verwirrung und Verbitterung. Sie stand Domingos Erstem Hauptmann genauso wenig, wie sie seinem Sohn gestanden hatte, und er fuchtelte mit seiner einen beweglichen Hand vor dem Gesicht herum, als könnte er sie wie einen schlechten Geruch verscheuchen. Immerhin stellte ihn Shea nicht infrage, was mehr war, als er von Efrain hätte behaupten können, wenn der Junge eine seiner Launen gehabt hatte.

»Wir greifen also am Mittag an«, sagte sie. »Ich informiere die Offiziere, dass sie sich vorbereiten …«

»Wir greifen beim ersten Tageslicht an, Hauptmann«, widersprach Domingo gereizt. »Bei aller Liebe, verbreitet keine Befehle, die ich nicht gegeben habe. Wir sagen den Kobaltblauen, dass wir uns ihnen am Mittag stellen, aber Ihr sagt den Offizieren, sie sollen jeden eine Stunde vor Einbruch der Morgendämmerung losschicken.«

»Eine schöne und verheißungsvolle Stunde«, meinte Bruder Wan, als entstammte Domingos Motivation irgendwelchem Kettenaberglauben und nicht einem gesunden Pragmatismus.

»Ich hielt es für eine frühe Stunde«, sagte Domingo. Und da er nicht wollte, dass Shea in dem Glauben ging, der Kriegsmönch werde auch nur irgendetwas anderes als den Wagen des Obersts steuern, fügte er hinzu: »Ich weiß, das erscheint hinterhältig, aber der Scharlachrote Kodex ist da eindeutig – wir sind mit den Kobaltblauen nicht offiziell im Krieg, was sie zu Aufständischen macht und nicht zu Kombattanten, die unseren üblichen ritterlichen Standard wert sind. So, wie ich Zosia die Eiskalte kenne – und ich kenne sie durchaus –, wird sie die gleiche Idee haben. Ja, wenn ich so darüber nachdenke, Hauptmann, lasst unsere Leute *zwei* Stunden vor Einbruch der Morgendämmerung bereitstehen. Dann *könnten* wir sie überraschen.«

»Mit Eurer Erlaubnis salbe ich das Regiment *drei* Stunden vor Einbruch der Morgendämmerung, Oberst«, sagte Wan, »damit meine Leute ausreichend Zeit haben, die Zeremonie vor unserem Abrücken zu vollenden? Jeder muss das heilige Öl an der Stirn tragen, bevor wir das Ritual durchführen, sonst wäre die Wirkung … katastrophal.«

»Katastrophal?« Dieses Wort wollte Domingo nun wirklich nicht hören, wenn es um die Sicherheit seines Regiments ging.

»Erklärt das vernünftig, damit selbst ein alter Blasphemiker wie ich es verstehen kann. Wenn ihr nicht die Sicherheit meiner Leute garantieren könnt, benutzen wir euer Öl auf gar keinen Fall.«

»Oberst, nicht das Öl ist die Waffe«, sagte Wan geduldig. »Das Öl beschützt unsere Leute, nachdem das Ritual vollendet ist. Der Zorn der Gefallenen Mutter wird sich auf das Feld senken, und jeder, der in diesem Tal nicht das Zeichen Ihrer Gnaden trägt, riskiert, zusammen mit der Kobaltblauen Kompanie davon erfasst zu werden.«

»Hm«, sagte Domingo und sämtliche Zweifel über seinen Plan waren wieder da. Aber die Kundschafter hatten berichtet, dass die Kompanie noch größer war als erwartet, und da sich Wheatley am anderen Ende der Lerchenzunge befand, würde es viel zu gefährlich sein, den Angriff ohne die Waffe der Kette durchzuführen. Ohne sie – und da sich der Feind auf der anderen Talseite in der höheren Stellung eingegraben hatte, würde der Ausgang der Schlacht vollkommen offen sein, erst recht wenn sich Wheatleys Angriff von hinten irgendwie verzögerte.

»Ich versichere Euch, dass Eure Männer völlig sicher sind, solange sie unseren Segen und die Salbung erhalten«, sagte Wan. »Alle meine Brüder werden sie auf das Feld begleiten – ich würde von Euren Soldaten auf keinen Fall verlangen, etwas zu tun, wozu meine Leute nicht bereit sind.«

»Und wenn wir auf Oberst Waits warten?« Ein flehentlicher Unterton lag in Sheas Stimme, und es war gerade dieser nervtötende Zweifel, der Domingo seine Entscheidung fallen ließ.

»Jeder bekommt das Öl«, befahl er. »Heute ruhen wir uns aus, dann salbst du die Truppen drei Stunden vor der Morgendämmerung und hältst deine Zeremonie ab. Wir setzen die Waffe der Kette ein.«

»Sir, ich finde wirklich …«

»Weggetreten, Hauptmann Shea«, sagte Domingo und schaute zur Lerchenzunge, um Wans selbstzufriedenen Ausdruck nicht sehen zu müssen. »Schickt diese Eulenfledermaus so schnell wie möglich zu den Kobaltblauen zurück. Ich darf meine alten Freunde nicht warten lassen.«

Verflucht sei jeder Grabwurm und Diggelby erst recht. Maroto hatte sich schon schlechter gefühlt – bei dem Leben, das er geführt, den Prügeln, die er eingesteckt und den Rauschmitteln, die er genommen hatte, hätten sich die Götter des Zufalls auch kaum mit etwas anderem zufriedengegeben. Aber was auch immer die Götter des Zufalls dazu zu sagen hatten, im Moment konnte er sich nicht an eine derartige Gelegenheit erinnern. Er hielt sich nicht für jemanden, der gern übertrieb, aber er hätte sich allen Ernstes lieber von Macheten zerstückeln lassen, als sich noch einen Augenblick länger so fühlen zu müssen. Und zwar von stumpfen Macheten, die von blinden Kleinkindern geschwungen wurden. Schließlich fand er die Kraft, ein Stöhnen hervorzubringen.

»Hat da jemand zu viel getrunken?« Purna steckte den Kopf ins Zelt, schickte einen Strahl reiner, zersetzender Energie direkt in Marotos Gehirn und ließ dabei seine Augäpfel explodieren. Er riss die vollgeschwitzte Decke über den Kopf, um die Sonne auszusperren.

»Was Falsches gegessen«, erwiderte er. »Mit trinken habe ich keine Probleme, Frau.«

»Klar«, sagte Purna, und durch die dünne Decke bekam er mit, dass sie den Zelteingang zufallen ließ und die verhasste Sonne verbannte. Wieder steckte er den Kopf heraus, während sie einen schwappenden Krug zu dem Nest trug, das er auf dem Boden gemacht hatte. »Ich habe Euch etwas Hirsebier gebracht. Ein altes Ugrakarimittel, der Huf des Yaks, das Euch getreten hat.«

Maroto erschauderte und wollte einfach nicht glauben, dass sie so bösartig sein konnte.

»Geschmolzener Schnee. Genau das Richtige, damit Ihr aufstehen und Euch dem Morgen stellen könnt. Oder dem Nachmittag, was eher zutrifft. Hey, was ist das? Ich glaubte, Ihr würdet keine Pfeife mehr rauchen – sagt mir bloß nicht, Ihr hättet in Eurem Zustand jemanden mitgebracht!«

Pfeife? O ja, die Pfeife!

»Das ist die einzige Bruyerepfeife, die ich je geliebt habe – diejenige, die ich dann verlor«, sagte Maroto, während Purna sie zurück auf den Stapel seiner ausgezogenen Kleidung legte. »Sie hat sie für mich angefertigt, hat eine für jeden von uns gemacht, und irgendwie … irgendwie hat sie sie mir zurückgebracht.«

»Unglaublich, das ist eine von Zosias Pfeifen?« Purna stieß einen Pfiff aus. »Das ist die Mühe beinahe wert, eine zu rauchen. Könnt Ihr es mir beibringen? Kann ich damit auch Moschuskräuter rauchen?«

»Nein«, sagte Maroto. Der Gedanke an Zosia, ein Schatten in seinem schmerzenden Schädel, ließ etwas noch Schlimmeres als selbst den schlimmsten aller Kater aufsteigen. »Ich brauche etwas zu essen, Purna, oder ich sterbe verflucht noch mal.«

Diese Worte brachten den nächsten Kampf hervor; Nahrung war wirklich das Letzte, was er wollte, aber ausreichende Erfahrung hatte ihn gelehrt, dass das ein nötiges Übel war.

»Vielleicht ein schönes Stück Krähe, da ich Euch davor gewarnt habe, diesen Wurm zu essen?« Er musste wirklich erbärmlich aussehen, wenn sie so mitfühlsam wurde. »Choi und Zosia versuchen Euch einen Teller Warmes zu besorgen.«

»Zosia.« Es kam als Stöhnen heraus, die unheilverkündende Wolke am Rand seines Bewusstseins wurde von einem heulenden Sturmwind der Realität zerfetzt. Maroto erinnerte sich wieder an alles. Mühsam setzte er sich auf und nahm den angebotenen Krug mit dem köstlichen kalten Wasser entgegen. Nach ein paar Schlucken bemühte er sich, sich auf Purna zu konzentrieren. »Ist sie hier?«

»Ihr habt sie gerade verpasst, Champion – Ihr seid zu sehr

damit beschäftigt gewesen, Euren Mageninhalt an die Zeltwand zu spucken.« Purna nickte in Richtung des Gestanks, der – wie Maroto erst jetzt bemerkte – nicht nur von seinem verschwitzten Körper ausging. Hey, er hatte sich nicht vollgekotzt, und schon sahen die Dinge freundlicher aus! »Ich vermute, ihr beiden habt euch ausgesprochen?«

»Für den Moment.« Maroto fröstelte. Bei allen heiligen und verfluchten Teufeln, war er wirklich für diesen ganzen Schlamassel verantwortlich? Hatte sein Hirn, das von den Stichen benebelt war, jede schlimme Tat in Gang gesetzt, die Zosia schließlich an diesen Ort geführt hatte? Zweifellos – das stank förmlich nach Krümelfänger. Diese Ratte liebte nichts mehr, als in schlafende Ohren zu flüstern, damit man beim Aufwachen glaubte, den großartigsten aller Einfälle gehabt zu haben oder sich an etwas zu erinnern, das nie geschehen war. Wie den Befehl erhalten zu haben, einen bestimmten ehrenwerten Bürger in einem abgelegenen Bergdorf hinzurichten. Die Teufel sollten ihnen gnädig sein, Zosia hatte davon gesprochen, dass man ihr ganzes Dorf ermordet hatte, einen Ehemann … Das reichte aus, um ihn wieder kotzen zu lassen. Dieses Mal schaffte er es nicht bis zur Zeltseite.

»Ich seh mal nach, wo Choi und dieses Frühstück bleiben«, sagte Purna in dem gestelzten Tonfall von jemandem, der sich alle Mühe gab, nicht durch die Nase zu atmen. »Kann ich Euch noch was bringen?«

»Ja«, stieß Maroto zwischen seinem Würgen hervor. »Diggelbys verfluchten Kopf.«

Griesgram hatte Großvater dreimal zu Marotos Zelt getragen, damit drei Generationen Hornwölfe endlich füreinander singen konnten, und alle dreimal hatte das Mädchen, das das Fell ihres Stammes trug, sie am Eingang weggeschickt. Man nannte sie Purna, Purna irgendwas, und sie war nicht unhöflich, sondern eher ungehalten gewesen, dass ihr Hauptmann einen so schlimmen Kater hatte und den ganzen Tag nur lange genug aus dem Bett gekommen war, um zu kotzen, bevor er wieder zusammenbrach. Aber beim letzten Mal hatte sie nicht einmal von dem Kartenspiel mit ihren Kameraden aufgesehen, die alle Hornwolftrophäen trugen. Stattdessen hatte sie nur abgewinkt und gesagt: »Ich hole euch, sobald er ansprechbar ist. Aber er war nicht länger als fünf Minuten nacheinander auf, also erwartet keine Poesie von dem grünen Burschen.«

»Marotos Poesie, also die würde ich gern hören!«, sagte die Herzogin mit der Tiara aus Hornwolfzähnen oben auf ihrer hohen Perücke.

»Ja, danke«, murmelte Griesgram und trug Großvater zu ihrem Zelt zurück. »Bei unserem Glück kotzt er sich zu Tode, bevor wir seine Seite des Liedes hören können.«

»Das wäre wirklich ein Glück«, erwiderte Großvater. »Wenn er tot umfällt, nehmen wir seine Knochen und zermahlen sie, um dir daraus eine Waffe zu machen, wie sie meine Mutter geschwungen hat. Mit der Asche deiner Vorfahren vermischtes Eisen ist das wichtigste Metall, das es gibt.«

»Ja?« Diese Geschichte kannte Griesgram noch gar nicht. »Urgroßmutter hatte so was?«

»Messer, die aus ihren Müttern gemacht waren«, sagte Großvater. Er beugte sich näher heran, um seinem Enkel ins Ohr flüstern zu können. Als wäre das Lager voller Spione, die nur darauf warteten, einem alten Mann die Geschichten stehlen zu können. »Sie haben nie das Ziel verfehlt, Griesgram. *Nie.*«

»Huh.«

»Huh, sagt er. Huh. Oi, Bursche, siehst du den Berg da?«

Natürlich sah Griesgram ihn. Zum Teil bedeckte das Lager den Fuß eines unheilverkündenden Berges, und bevor es richtig steil wurde und die Zelte aufhörten, ragte ein mit braunem Gras bewachsener Hügel in die Höhe. Die höchste Stelle in der Gegend, solange man nicht den Berg oder einen der beiden Kämme bestieg, die zu beiden Seiten des Lagers wie Mauern abfielen. Ohne weitere Erklärung hielt Griesgram darauf zu, während die Lerchenzunge die untergehende Sonne aufspießte.

»Da sind wir«, sagte Großvater oben auf dem Hügel. Zu ihren Füßen breitete sich ein krudes Steinsymbol aus und jenseits von ihnen eine ganze Welt. »Das wird ein Spektakel. Deine Makellose ist wirklich erledigt!«

Das war sie in der Tat. Vom Lager aus war lediglich der Kamm der grasbewachsenen Erhebung auf der anderen Seite des niedrigen Tals zu sehen, aber von hier oben wirkten die Hügel beinahe so flach wie die Ebene, mit der sie verschmolzen. Griesgram wollte verdammt sein, wenn die Landschaft nicht aussah wie von einem bösartigen Ausschlag befallen. Das Lager des Imperiums war nicht doppelt so groß wie das der Kobaltblauen, aber es war nahe dran. Und von diesen Scharlachroten Zelten konnte es unmöglich länger als ein Marsch von einer Stunde bis zur Talsenke sein; von dort war das erste Zelt der Kobaltblauen nicht einmal halb so weit entfernt.

»Sieht nicht besonders gut aus, was?«, sagte Griesgram traurig. Ihnen blieb kaum noch Zeit; die Schlacht konnte schon morgen beginnen, und was – bei allen Höllen! – würden sie dann tun? Oder, genauer gesagt, was würde er mit Großvater tun? Er konnte doch nicht erwarten, dass der alte Mann sein Verlangen verstünde, in einem Krieg zu kämpfen, der sie nichts anging. Aber genauso wenig konnte er Großvater zurücklassen und allein kämpfen – was würde im Fall seines Todes mit einem Hornwolf passieren, der länger als zehn Jahre nicht mehr auf eigenen Beinen gegangen war? Und nach allem, was sie durchgemacht hatten, sah es nun ganz so aus, als hätten sie ihre einzige Chance auf ein Gespräch mit Maroto am Vortag vertan. Und jetzt war die Schlacht vielleicht da, bevor sie es wieder versuchen konnten. Was bedeutete, dass sie in dieser Nacht in die Berge steigen mussten, falls sie dem Krieg zwischen den Fremdländern entgehen wollten. Aber das bedeutete auch, seinen Onkel zurückzulassen, ohne ihm die Chance zu geben, die

Dinge richtigzustellen. Und Ji-hyeon zurückzulassen, was beinahe noch schlimmer erschien. »Sieht wirklich nicht gut aus.«

»Gut?« Großvater schnaubte. »Das sieht großartig aus, mein Junge! Hätte ich gewusst, dass man hier noch weiß, wie man richtig Krieg führt, wäre ich Maroto schon beim ersten Mal aus der Savanne gefolgt.«

»Ja?« Griesgram konnte sich nicht daran erinnern, dass Großvater seinen Sohn jemals zuvor so genannt hatte.

»Ja«, sagte Großvater. »Ich hatte die Idee ja beinahe schon aufgegeben, aber sieht so aus, als bestünde doch noch Hoffnung für mich, es in die Met-Halle des Alten Schwarz zu schaffen. Wenn mich so viele imperiale Hunde nicht zu den Vorfahren schicken können, dann muss ich wohl noch mal ernsthaft über meine Sterblichkeit nachdenken.«

»Du meinst, wir sollen unsere Waffen der Kobaltblauen Kompanie verschwören?« Einerseits war Griesgram erleichtert, die Sache auf die beste vorstellbare Weise geregelt zu haben. Aber er hatte Ji-hyeon nicht mehr gesehen, seit Zosia ihren Liebhaber mitgebracht hatte – als bräuchte Griesgram noch einen weiteren Grund, um auf die Frau sauer zu sein. Und die Vorstellung, dass er jetzt einen Vorwand hatte, die Generalin zu besuchen, machte ihn beinahe so glücklich wie nervös.

»Wenn dir das ein Lächeln abringt«, sagte Großvater. Er klopfte Griesgram mit den Knöcheln ins Haar. »Wenn es sich bei den beiden Kriegsparteien um die imperialen Hunde handelt, die ihre Kette bis in die Savanne schleifen, und um verdammt noch mal sonst jemanden, dann hebe ich meinen Speer neben verdammt noch mal sonst jemandem. Davon abgesehen möchte dieser weiße Hexer wohl, dass wir gehen, was nur noch ein Grund mehr ist, um zu bleiben.«

»Frostfalle?« Griesgram schluckte. Falls Großvater herausgefunden hat …

»Du hast einen hübschen Tanz aufgeführt, um mir das vorzuenthalten, obwohl ich nie verstehen werde, warum du das tun musstest. Glaubst du, dass ich so wütend über seine Zugehörigkeit zu dieser Mannschaft wäre, dass ich auf dem Bauch hinter ihm herkrieche und nach seinen Knöcheln schnappe?« Großvaters Finger gruben sich in das Haar, das seine Hand aufgehalten hatte, und kratzten liebevoll über Griesgrams Kopfhaut. »Nun ja, vermutlich hätte ich das früher mal. Aber er kam eines Abends vorbei, als du gerade mit dieser blauhaarigen … jungen Dame zu tun hattest. Wir haben uns unterhalten, und das haben wir seitdem noch ein paarmal wiederholt.«

»Verdammt, Großvater!« Wie immer war Griesgram von der unerschütterlichen Ruhe seines Großvaters beeindruckt. »Du hast das die ganze Zeit gewusst? Und ich glaubte so glatt gewesen zu sein.«

»So glatt wie Baumharz.«

»Huh! Und worüber habt ihr gesprochen?«

»Geht dich nichts an«, murmelte Großvater. »Du hast genug Geheimnisse; mir stehen auch ein paar zu. Wichtig ist nur, dass er uns beide weghaben will, und zwar unbedingt, weswegen ich mich entschieden habe zu bleiben. Ich fürchte mich wie jeder Sterbliche, aber ich fürchte mich nicht vor Leuten wie ihm. Und jetzt schwing die Hufe, der Tag ist bald vorbei, und wenn wir morgen schon sterben, möchte ich wenigstens vorher noch *ein*mal gut schlafen.«

Als sie sich zu viert in ihrem Zelt an einen Tisch setzten, konnte Ji-hyeon ein breites Grinsen nicht unterdrücken, obwohl die härteste Schlacht ihres Lebens nicht weiter von ihr entfernt lag, als sie spucken konnte. Das erste Mal seit fast einem Jahr saßen sie wieder alle zusammen, tranken Kaldi und ließen die Wasserpfeife herumgehen, und sosehr sich die Welt auch verändert hatte, sie hatten das nicht getan. Fraglos registrierte sie mehr geringfügige Spannungen, so wie die finsteren Blicke, die Keun-ju Fennec zuwarf und das unverschämte Blinzeln, mit dem dieser reagierte, oder Chois Skepsis über ihre beiden anderen Leibwächter, aber so etwas hatte es auch früher schon gegeben. Da hatte sie es nur nicht bemerkt.

»Seid Ihr sicher, dass Ihr den Rest Eures Rates nicht dabeihaben wollt?« Fennec deutete mit dem Kopf auf die Karte. »Nur damit alle qualifizierten Köpfe die Möglichkeit haben, sich damit vertraut zu machen?«

»Würde sie sich über qualifizierte Köpfe sorgen, Bruder Mikal, hätte sie Euch bestimmt nicht geholt, nicht wahr?«, sagte Keun-ju und schlürfte seinen Kaldi.

»Ich habe in diesem Lager viel mehr Leuten viel mehr Gründe gegeben, mir nur das Schlimmste zu wünschen, Keun-ju, also würde ich an Eurer Stelle nicht so viel Wind deswegen machen«, sagte Fennec. »Ji-hyeon scheint darüber hinweg zu sein, also …«

»Schluss mit dem Gekläffe«, sagte Choi, und da diese Bemerkung von ihr kam, reichte sie aus, um die anderen zum Schweigen zu bringen. »Unsere Generalin erweist uns eine überragende Ehre. Wer außer ihren Leibwächtern muss jede ihrer Bewegungen kennen?«

»Ich habe das oft genug gemacht, um zu wissen, dass das nicht so einfach und es auch nicht damit getan ist, dass wir drei sie im Auge behalten«, sagte Fennec, verzichtete aber glücklicherweise auf den größten Teil seines üblichen Spotts. »Bei einer so großen Schlacht, wenn die Generalin darauf besteht, vom Schlachtfeld aus zu führen – wovon ich noch immer abrate, Schutzteufel oder nicht –, müssen die anderen Hauptmänner wissen, wo sie zu finden ist. Ein wirkungsvolles Heer ist ein geschlossenes Heer, und Pläne, die wir in hundert Stunden Arbeit vervollkommnet haben, können durchaus innerhalb der ersten hundert Herzschläge des Kampfes auseinanderfallen. Wenn das aber geschieht, muss sich das Kommando neu gruppieren, und um das tun zu können, *kann* die Generalin gar nicht zu nahe an der Front sein. Und die anderen Offiziere müssen eine Vorstellung davon haben, wo sie zu finden ist. *Ist das verständlich?*«

»Wenn ihr plärrenden Pfaue mich zu Wort hättet kommen lassen, hätte ich euch gesagt, dass die restlichen Offiziere den Plan bereits durchgegangen sind. Tatsächlich sogar mehrere Male.« Ji-hyeon gähnte. Die kochende Pfeife hatte die Wirkung des Kaldi aufgehoben. »Die Scharlachroten haben eingewilligt, uns am Mittag gegenüberzutreten, also wünsche ich, dass jeder in der Morgendämmerung bereit ist. Nein, sagen wir sogar eine Stunde vor der Morgendämmerung, nur um ganz sicherzugehen. Im Augenblick sollten wir meiner Meinung nach alle am besten davon ausgehen, dass das unsere letzte Nacht auf diesem Stern ist – und wir sollten ein paar Dinge tun, die wir bedauern werden, falls wir den morgigen Tag überleben.«

Fennec verdrehte die Augen, Keun-ju errötete und blickte zur Seite, während Choi einfach nur verwirrt aussah. Je mehr sich die Dinge änderten … Wie auch immer die morgige Schlacht enden mochte, Ji-hyeon war einfach froh, dass diese drei an ihrer Seite kämpfen würden, genau wie in jener schicksalhaften Nacht des Herbstfestes, in der sie ihre Berufung gefunden hatte.

»Generalin«, rief einer der Wächter am Zelteingang. »Die Meister Skrupellos und Griesgram erbitten eine Audienz.«

»Schickt sie rein!« Ji-hyeon wurde sich bewusst, dass sie praktisch gezwitschert hatte und rieb sich in übertriebener Müdigkeit die Augen, um nun ihr Erröten zu überspielen.

»Ist es nicht eigentlich schon zu spät, um sich mit gewöhnlichen Söldnern zu treffen?«, fragte Keun-ju. Ji-hyeon war so lange von ihm getrennt gewesen, dass sie nicht zu sagen vermochte, ob er sie auf den Arm nahm oder tatsächlich eifersüchtig war.

Fennec schenkte ihm ein hämisches Lächeln. »Ach, ich weiß nicht. Eine Generalin sollte für ihre Truppen immer Zeit haben.«

»Ach, ihr!« Insgeheim liebte Ji-hyeon das seltsame Gefühl, ihre Mannschaft aus Hwabun hier zu haben, die nun genauso wie einst bei ihrem alten Leben den Chor für ihr neues Leben bildeten. »Vermutlich wollen sie mir nur sagen, dass sie gehen. Sie haben niemals den Treueid geleistet …«

Ji-hyeon verstummte, denn Griesgrams vertraute Konturen betraten das Befehlszelt, und der Grund für die Verzögerung wurde offensichtlich. Er hatte erst seinen Großvater vom Rücken schnallen müssen, bevor er in das niedrige Zelt eintreten konnte, und jetzt hielt er den alten Mann wie das bösartigste Kindlein des ganzen Sterns in den Armen. Bei der Aufregung der letzten paar Tage hatte Ji-hyeon einfach nicht genug Zeit gehabt, um ihn zu sehen, und jetzt, da er zu ihr kam, wollte er sich da wirklich nur verabschieden? Die beiden waren nur wegen Maroto hier, und wenn sie das erledigt hatten, würde sie ihn vielleicht nie wiedersehen …

»Tut mir leid wegen der Störung, Generalin Ji-hyeon Bong, Generalin der Kobaltblauen Kompanie und Zweite Tochter irgendeines Makellosen, den ich nicht kenne und auch niemals kennenlernen werde«, sagte der Alte, »aber mein Enkel und ich, wir müssen kurz mit Euch reden.«

»Äh. Generalin.« Weder die Anwesenheit seines Großvaters noch Ji-hyeons sitzen gebliebenes Gefolge schien Griesgram seine Nervosität zu nehmen, aber dann klatschte Choi in die Hände und stand auf.

»Wir respektieren eure Geheimnisse«, sagte die Wildgeborene und bedeutete Fennec und Keun-ju, sie nach draußen zu begleiten. Ji-hyeon wusste diese Geste durchaus zu schätzen, aber Chois einzigartiges Vokabular erwies sich als ganz besonders beschämend – was war denn so schlimm an dem Wort *Privatsphäre*? *Geheimnisse* klang dagegen … ziemlich vielversprechend, wo es um Griesgram ging. Aber darum ging es nicht. Choi wandte sich jetzt an den Jungen, ausgerechnet. »Hat Euer Onkel seine Schwäche überwunden?«

»Ich bezweifle, dass er das jemals schafft!«, sagte der Alte, der Chois Formulierung offensichtlich mehr zu schätzen wusste als Ji-hyeon. »Wäre Furcht ein Muskel, wären sie bei meinem Sohn größer als seine Bizeps.«

»Sich gegen einen Kampf zu entscheiden ist nicht das Gleiche, als sich davor zu fürchten«, erwiderte Choi und wählte gegenüber dem vernarbten Alten denselben tadelnden Tonfall, den sie auch immer bei Ji-hyeon benutzte. »Ich habe erlebt, wie geschickt er den Kampf meidet, wie sich seine Augen bewegen, wenn es sein Körper nicht tut, wie schnell er zuschlägt, wenn es keine Alternative gibt. Wenn er sich entscheidet, Blut zu vergießen, wird er meines Erachtens beweisen, dass er Euren Spott nicht verdient. Als ich nach seiner Schwäche fragte, drückte ich mich falsch aus – ich meinte seine Verletzungen.«

Ich drückte mich falsch aus? In ihren vielen gemeinsamen Jahren hatte Ji-hyeon noch nie gehört, dass die Wildgeborene das gesagt hätte – natürlich erklärte oder übersetzte sie Dinge, ansonsten aber ging sie mit ihrer Sprache so sorgfältig und präzise um wie mit dem Schwert. Nach dem Blick zu urteilen, den Fennec und Keun-ju miteinander wechselten, erregte diese Entwicklung ebenfalls ihre Neugier.

Der Alte war weniger beeindruckt. »Der Junge ist in der Tat geschickt darin, Kämpfen aus dem Weg zu gehen, das gestehe ich Euch zu. Ich nehme mal an, dass Euer ganzes Gerede darauf hinausläuft, dass *Maroto der Mächtige* nicht für die große Schlacht unterschrieben hat, oder?«

»Nein, das hat er nicht.« War da eine Spur Melancholie in Chois Stimme? »Aber es ist die Ehre, die ihn behindert, nicht die Furcht. Ihr habt ihn Hasenfuß genannt, aber das ist falsch. Er mag zwar schlicht sein, ist aber stark. Er ist verletzt, aber hoffnungsvoll. Er ist loyal, aber hin- und hergerissen. Er ist voreilig. Zu voreilig. Er hat einen Teufel in sich, aber ich glaube, er kann ihn besiegen. Mit den Stoßzähnen seiner Freunde an der Seite wird er ihm besser gegenübertreten können.«

Sowohl den Alten wie auch Griesgram schien das zu überraschen, dabei hatten sie keine Ahnung, wie selten diese Ansprache gewesen war; um so viele Worte aus Choi herauszuholen, benötigte es für gewöhnlich einen gewaltigen Fehler, der eine komplizierte Korrektur erforderte. Dann nickte ihnen Choi kurz zu und eilte hinaus, aber Keun-ju und Fennec schienen vergessen zu haben, dass sie gehen wollten.

»Also gut, ihr beiden, wenn ihr uns entschuldigt …«, begann Ji-hyeon, doch zum ersten Mal in ihrer Erinnerung unterbrach Griesgram sie.

»Nein, Generalin, sie können bleiben«, fügte er schnell hinzu und blickte überallhin, nur nicht in ihre Richtung. »Wir brauchen nicht mal eine Minute, und es stört mich nicht, wenn Eure Hauptmänner oder Leibwächter hören, was ich zu sagen habe.«

»Also, nun sag schon deinen Spruch auf«, erklärte der fast zahnlose Skrupellos. »Sonst mache ich das.«

»Ich weiß, dass ihr wegen einer Privatangelegenheit zur Kompanie kamt.« Ji-hyeon verneigte sich vor den beiden Barbaren, dabei spürte sie Keun-jus Blick auf sich ruhen. »Ich habe unsere gemeinsame Zeit genossen, aber falls ihr nicht in einen Krieg verwickelt werden wollt, der euch nichts angeht, wäre dies der Augenblick zu gehen. Ich bin … *entzückt*, dass ihr euch verabschiedet.«

»Nee.« Griesgram ließ sich noch immer mit Großvater auf den Armen auf ein Knie herunter. »Er geht mich durchaus etwas an, Generalin Ji-hyeon Bong, Zweite Prinzessin von Hwabun, Tochter von Jun-hwan und Kang-ho. Denn auch Ihr geht mich etwas an. In Eurem Namen stelle ich mich zur Verfügung, denn Ihr seid die erste Person, die mir außerhalb der Savanne begegnet ist, die meinen ganzen Respekt verdient, und zwar mehr, als ich geben kann. Wenn Ihr sagt, dass dieser Krieg den Kampf wert ist, glaube ich Euch.« Jetzt schaute Griesgram auf und erwiderte ihren Blick, und ohne auf Keun-ju oder in einen Spiegel zu schauen, vermochte Ji-hyeon nicht zu sagen, wen diese Proklamation am ehesten verlegen machte, sie, Griesgram oder ihren Tugendwächter. Vermutlich lagen sie da alle dicht nebeneinander. »Falls Ihr meinen Eid akzeptiert, gehöre ich Euch, bis Ihr mich aus der Kobaltblauen Kompanie entlasst.«

Ji-hyeon nickte und tat alles in ihrer Macht Stehende, um das Lächeln in ihrem Mund zu behalten, aber Griesgram musste es entdeckt haben, so wie er es immer tat, denn seine Augen leuchteten auf, während er langsam wieder aufstand. Großvater entrichtete ihr etwas, das möglicherweise als militärischer Gruß gedacht war.

»Ich gehe dorthin, wo auch er hingeht«, sagte er, »also bedeutet dies, dass Ihr auch mein Wort habt.« Er blinzelte ihr zu. »Ich hätte nicht so dick aufgetragen, aber ich bin mit dem Arrangement einverstanden, wenn Ihr versteht … und wenn wir über die Entschädigung sprechen könnten …«

»Ein anderes Mal«, sagte Griesgram schnell. »Wir überlassen Euch Eurer Planung, Generalin, wir wollten nur dafür sorgen, dass alles geklärt ist, da man im Lager hört, dass morgen der große Tag sein wird. Generalin. Äh, Hauptmann Fennec. Hauptmann Keun-ju.«

»Ich bin Tugendwächter, kein Hauptmann.« Keun-ju erwiderte Griesgrams arglosen, freundlichen Blick mit einer heftigen Bewegung seines Schleiers. »Nachdem ich Ji-hyeons Geschichten gehört habe, war es nett, Euch endlich kennenzulernen – ich hoffe, wenn uns der Sieg gehört und wir alle wieder dazu zurückkehren können, uns zivilisiert zu benehmen, werden wir drei zusammen den Kaldi nehmen können. Ich bin sicher, wir haben viel gemeinsam.«

»Zumindest eine Sache«, sagte Griesgram beträchtlich kühner, als Ji-hyeon ihn seit der Nacht, in der er im Lager aufgetaucht war, erlebt hatte. Aber so schnell das Selbstvertrauen da gewesen war, so schnell war es auch wieder verschwunden.

Zweifellos waren dafür das unterdrückte Kichern seines Großvaters und Fennecs lautes Schnauben verantwortlich. »Ich schätze, ich werde euch alle irgendwo dort sehen.«

»Ich glaube auch, das werden wir«, erwiderte Keun-ju, und dann verließ Griesgram das Zelt so schnell, wie ihn seine kräftigen Muskeln antreiben konnten. Keun-ju pfiff leise. »Oh! Also *das* seht Ihr in ihm.«

»Seid Ihr sicher, dass Ihr ihn nicht bei Eurer Leibwache haben wollt?«, fragte Fennec. »Die Art Schutz, die er Euch anbietet, kann man nicht kaufen, die muss aus dem Herzen kommen.«

»Oder von irgendwo tiefer«, sagte Keun-ju. »Was?«

»Raus mit euch beiden«, scheuchte Ji-hyeon sie ins Zwielicht hinaus. »Nach dieser ganzen brillanten Konversation bin ich ziemlich erschöpft, und ich glaube, jetzt kann ich zur Abwechslung einmal gut schlafen. Kommt nur bitte nicht zurück, bevor es eine Stunde vor der Morgendämmerung ist.«

Fennec gehorchte sofort, wie er es für gewöhnlich tat, aber Keun-ju trödelte. Er beugte sich zu ihr, und sein Schleier raschelte in der Brise. »Was ist mit dieser ›Wir könnten morgen sterben‹-Sache?«, flüsterte er. »Herrlich bedauernswerte Entscheidungen zu treffen? Ich habe dich so vermisst …«

»Ich habe dich auch vermisst.« Ji-hyeon gab ihm ein Küsschen auf die vom Spitzenstoff verhüllte Wange. »Und sobald du Griesgram holst und ihn dazu bringst, dass wir zu dritt teilen, können wir damit weitermachen, diese Nacht als unsere letzte zu behandeln.«

Keun-ju schürzte die Lippen und blies den Rand des Schleiers in die Luft. »*Ernsthaft*?«

»Vielleicht für meinen nächsten Geburtstag«, murmelte Ji-hyeon. Wo sie nun so nahe bei ihm stand, vermochte sie sich kaum zu beherrschen. Seit seiner Rückkehr und ihrem Gespräch hatte sie ihn auf Armeslänge gehalten, denn sie hatte noch immer nicht ihre Zweifel abschütteln können, dass seine

Geschichte viel zu plausibel war und er ihr vielleicht nicht die ganze Wahrheit gesagt hatte …

Aber selbst wenn seine Loyalität anderswo im Zweifel stand, wusste sie dennoch, dass sie ihm im Bett vertrauen konnte. Ach, wie sehr hatte sie sich doch an jedem Tag seit ihrem Aufbruch von Hwabun nach ihm gesehnt … Schön, ja, na gut, aber an den meisten Tagen schon.

»Ich sage dir was, Keun-ju – gehen wir wieder rein, dann kannst du mir zeigen, wie sehr du mich vermisst hast.«

Anscheinend hatte er sie genauso vermisst wie sie ihn.

Zosia verbrachte den Nachmittag mit Singh und ihren Kindern, dann aß sie mit Fennec zu Abend und erzählte ihren alten Freunden mindestens genauso viel Mist, wie diese ihr zumuteten. Jeder hatte wegen des kommenden Kampfes seine Zweifel, aber Zosia tat ihr Bestes, sie zu beruhigen – bei Tagesanbruch wollte sie alle Hände am Schwertgriff wissen, und wenn die Leute jetzt schon anfingen, die Nerven zu verlieren, würde ein ohnehin schon riskanter Plan unhaltbar sein. Am Ende musste sich Zosia nur einverstanden erklären, den Söldnern aus Raniputri das Doppelte von dem zu bezahlen, was Ji-hyeon ihnen bereits versprochen hatte. Fennec musste sie sagen, dass falls er jetzt versuchen sollte, die Mannschaft zu wechseln, sie ihn auf ihre Vergeltungsliste setzen würde. Es fühlte sich gut an, dass diese Drohung bei Leuten, die sie von früher kannten, noch immer Gewicht hatte.

Während die Nacht hereinbrach, sah sie nach Maroto, aber dem Gelächter seiner Kumpel nach zu urteilen hatte sich der alte Bastard noch immer nicht von den Exzessen der vorangegangenen Nacht erholt. Diggelby hatte ihm etwas gegeben, das ihm helfen würde, die Nacht durchzuschlafen, also wechselte Zosia noch ein paar Worte mit Purna und ging dann weiter. Da sie sonst eigentlich nichts mehr zu tun hatte, ließ sie sich mit dem Rückweg zu ihrer Pritsche Zeit und folgte gemütlich

Lefzenschlecker, der sich seinen Weg erschnüffelte. Am Morgen würden Tausende Menschen auf schreckliche Weise sterben, nur weil ein paar Narzissten zu wissen glaubten, was für den Stern das Beste war – und weil eine nach Vergeltung dürstende Frau bereit war, sie auszunutzen. Morgen würden möglicherweise alte und auch neue Freunde sterben. Morgen würde dieser Stern möglicherweise ein ganz anderer Ort sein als noch an diesem Abend.

Aber heute Nacht würde Zosia so gut schlafen wie ein zufriedener Stechhund, den sein Lieblings-Tausendfüßler ins Bett gebracht hatte. Warum sollte sie auch nicht? Ließ man das Melodram einmal beiseite, standen die Chancen gut, dass die unmittelbar bevorstehende Schlacht keineswegs das Ende der Angelegenheit markieren würde; es würden sich genug Leute von der einen oder anderen Seite zurückziehen und neue Kräfte sammeln können, indem sie sich über hilflose Dörfer hermachten, die ihnen entweder aus Furcht oder Eifer halfen, und dann würden sie es erneut versuchen. In dieser Reihenfolge. Das war so oft zu wiederholen wie nötig.

Zosia vermochte beinahe zu spüren, wie die Zelte vor nervöser Erwartung summten. Dafür hatten sie alle unterschrieben. Krieg. Aber wenn man den anderen Schurken Glauben schenken wollte und zwischen den Zeilen von Ji-hyeons Prahlerei las, hatten sie es noch nie zuvor mit einer Schlacht dieses Ausmaßes zu tun gehabt. Welche Seite auch immer siegreich sein würde, morgen würden die Teufel mehr zu fressen haben, als sie bewältigen konnten.

Lefzenschlecker schien sie irgendwo hinzuführen, er sah ständig über die Schulter, um sich zu vergewissern, dass sie ihm auch folgte, bevor er weiterging. Sie wollte, dass er sich während der Schlacht gut benahm, also spielte sie mit, statt ihn an die Kandare zu nehmen. Es fühlte sich wie ein Traum an … nein, so war das nicht ganz richtig, es fühlte sich an, als bewegte sie sich durch eine Erinnerung hindurch. So lang ihr diese

Nacht bereits vorkam, sie hätte genauso gut ewig dauern können. Zosia war schon oft am Vorabend einer großen Rauferei durch solche Lager spaziert; vor zwanzig Jahren, vor fünfundzwanzig Jahren, vor dreißig Jahren – und trotz aller Schlachten, die sie gewonnen oder verloren hatte, jetzt war sie wieder hier.

Ah, also das wollte er. Der Hund hatte einem freundlichen Wächter den Hintern zugewandt, damit der ihn vernünftig kraulen konnte. In dem Zelt, das der Junge im Auge behielt, hatte man die Kriegsnonne untergebracht, die sich erholte. Allerdings waren die Feldscher nicht besonders zuversichtlich gewesen, was die Aussichten der Andersgeborenen anging. Das Wissen, dass die Schwester mit nur zur Hälfte verheilten Wunden übersät war, hätte Zosia garantiert nicht davon abgehalten, auf sie loszugehen – das war so überfällig wie wohlverdient gewesen. Trotzdem wurde die anhaltende Bewusstlosigkeit der Kriegsnonne allmählich lästig, denn das Heer ihres Meisters Hjortt würde doch bald angreifen, und man hatte ihr noch immer kein Geständnis entrungen. Zosia war an diesem Tag schon zweimal hier gewesen, um zu sehen, ob Portolés ansprechbar war. Aber was auch immer ihr der Feldscher gegeben hatte, um ihre Schmerzen zu lindern, es hatte sie flachgelegt.

»Ist sie wach?«, fragte Zosia den Wächter, der von Lefzenschlecker aufschaute und hastig salutierte.

»Sie ist aufgewacht und hat etwas Wasser getrunken«, sagte der Mann. »Aber ich glaube, sie schläft jetzt wieder. Doch ich kann sie für Euch wecken, Hauptmann. Es wäre mir ein Vergnügen.«

»Noch nicht«, entschied Zosia, sowohl um Lefzenschlecker eins auszuwischen als auch um der Hexe mehr Zeit zur Erholung zu geben, bevor sie mit ihr sprach. Je nachdem, was sie zu sagen hatte, war es vermutlich besser, wenn sie noch ein paar Schläge einstecken konnte, wenn der Augenblick gekommen war. »Ich sehe bald nach ihr. Danke!«

Lefzenschlecker wollte trotzdem ins Zelt, aber nach einem

scharfen Pfiff schlich er zurück und zeigte ihr die Zähne, gab dabei aber keinen Laut von sich. Zosia salutierte dem Wächter formvollendet, und nach dem Grinsen auf seinem Gesicht zu urteilen hatte sie dem Kleinen damit einen Gefallen getan. Sie schlug den Weg zu ihrem Zelt ein. Lefzenschlecker winselte wieder, was ihm nur ein vorwurfsvolles Kopfschütteln von ihr einbrachte. Gleichgültig, welches Angebot die Königin nun auch immer machen wollte, nachdem sie jetzt wusste, dass ihr Attentatsversuch in Kypck gescheitert war: Nichts konnte Zosia von ihrer Rache abbringen.

In der kühlen Luft ihres Zeltes schlüpfte sie aus den verschwitzten Sachen und sann darüber nach, dass dies vermutlich die wahre Tragödie des Ganzen war. Ganz egal, wie sie sich in dieser Nacht auch alles in ihrem Kopf zurechtgelegt hatte, in Wahrheit war sie nur hier, weil sie die Königin zu Fall bringen wollte. Dabei hätte dieser Krieg auch stattgefunden, wäre sie in Kypck an der Seite von Leib und ihren Bürgern gestorben. Generalin Ji-hyeons Plan gegen das Scharlachrote Imperium war genau das, was sich Zosia gewünscht und geschworen hatte, bis hin zur Farbe der Flagge der Rebellen. Aber am Vorabend der erfolgreichen Vergeltung war sie nur eine weitere Kämpferin unter vielen Tausenden. Sie war zu den am weitesten entfernten Ecken des Sterns gereist, nur um herausfinden zu müssen, dass ihr Mittel zum Zweck auch bestens ohne sie auskam. Bei ihrem eigenen Rachefeldzug war sie überflüssig geworden.

Zosia kroch unter die Decken und stieß einen langen, wehmütigen Seufzer aus. Aus genau diesem Grund hatte sie der Krone von Samoth entsagt, weil sie zu dem Schluss gekommen war, dass es nicht in ihrer Macht lag, die Welt zu verändern. Nun, das – und dann waren da die Schuldgefühle aufgrund der Erkenntnis, dass sie genauso vielen Menschen geschadet hatte wie jeder der Tyrannen vor ihr, obwohl das nie ihre Absicht gewesen war. Jetzt war sie zwanzig Jahre älter und bereit, die gleiche Scheiße wie beim letzten Mal aufzuwühlen, und zwar aus den gleichen offensichtlichen Gründen – weil sie der Überzeugung war, dass die Monarchin des Scharlachroten Imperiums ein Miststück war.

Nur dass sie dieses Mal allein sich selbst dafür verantwortlich machen konnte, denn sie hatte die Krone auf das Haupt der Königin gesetzt. Vielleicht würde sie heute Nacht ja doch keinen Schlaf finden.

KAPITEL 22

Portolés träumte von Bruder Wan. Plötzlich brannten ihre Augen. Aus den Traumbildern stolperte sie in grelles Laternenlicht und wollte sich die juckenden Krusten aus den Augen reiben, aber beide Hände waren an den Rand der Pritsche angekettet. Das träge Gefühl konnte unmöglich nur von der Schläfrigkeit und den Verletzungen kommen, dann erinnerte sie sich an den Biss des Tausendfüßlers, den ihr der Feldscher beim letzten Aufwachen angeboten hatte. Hatte sie angenommen? Der Schwere ihrer Glieder und der Leichtigkeit in ihrem Kopf nach zu urteilen vermutlich ja, allerdings konnte sie mit dieser Art Medizin auf keinerlei persönliche Erfahrungen zurückgreifen. Die Heiligen Bader der Kirche hatten es zur Sünde erklärt, Anathema von der körperlichen Erfahrung seiner Erlösung abzulenken, also hatte sie bei der Korrektur von Zunge, Zähnen und anderen Fehlern jedes Durchziehen des Fadens und jedes Knirschen der Feile gespürt.

»Du siehst gut aus«, sagte Zosia die Eiskalte, dann schleifte die Geplagte Königin einen Hocker zum Bett. Die alte Frau schimmerte, und Portolés schloss die brennenden Augen und betete zur Gefallenen Mutter um Kraft. Als sie die Augen wieder öffnete, hatten sie sich an die Helligkeit des Raumes gewöhnt, und es konnte keinen Zweifel geben, dass die Frau neben ihr aus Fleisch und Blut bestand und kein Traum war. »Vermutlich hätte ich dir noch ein paar Schläge verpassen können, ohne dass es dir geschadet hätte. Einem großen, starken Ungeheuer wie dir.«

»Zosia.« Selbst jetzt noch verschaffte der Name Portolés eine Gänsehaut. »Das ist eine Ehre. Es geschieht nicht oft, dass eine unbedeutende Nonne eine Audienz bei einer Göttin erhält.«

»Ach, das geschieht gar nicht so selten, wie deinesgleichen behauptet.« Zosia schlug die Beine übereinander. »Aber ich glaube nicht, dass dich Indsorith den weiten Weg geschickt hat, um nur über Theologie zu plaudern.«

»Ich habe nicht mehr viel Zeit.« Portolés befeuchtete die Lippen; es erstaunte sie, dass einfaches Sprechen – selbst mit dem Betäubungsmittel – so schmerzhaft sein konnte. Der Knochenflicker, der sich um sie gekümmert hatte, hatte ihr vorgeschlagen, ihren Frieden mit ihrem Erlöser zu machen, aber sie hatte nicht damit gerechnet, dass es so schnell gehen würde. Jetzt fragte sie sich, ob sie schon seit Häretikers Rettung auf dem Hügel starb, ob allein das dringende Verlangen sie so lange am Leben gehalten hatte und sie nun, da ihre Beichtmutter erschienen war, endlich frei sein konnte. »Ich habe Eure Generalin provoziert. Das war unklug. Falls die junge Makellose hier tatsächlich das Kommando hat, und selbst wenn es nur in Eurem Namen geschieht, solltet Ihr sie lieber ebenfalls holen.«

»Die Kleine hat den Befehl, das stimmt«, sagte Zosia. »Aber wie kommst du auf die Idee, dass sie sich für etwas von einer Kettenhexe interessieren könnte?«

»Königin Indsorith möchte einen Krieg verhindern. Ich habe die Autorität, in ihrem Namen einen Frieden zu verhandeln, was die imperialen Regimenter, die hinter euch her sind, nicht haben. Wenn ich Eure Generalin überzeugen kann, wenn *wir* sie überzeugen können, wird es keine Schlacht geben. Es wird keinen *Krieg* geben.«

»Bevor Ji-hyeon auch nur ein Wort von dem hört, was du zu sagen hast, muss man mich überzeugen.« Zosia klang nicht so, als wäre das sehr wahrscheinlich. »Also ist die gute Königin Indsorith irgendwie auf die Idee gekommen, ich würde eine

Rebellion gegen sie anführen? Ich frage mich, wie sie darauf kommt?«

»Der Befehl kam nicht von ihr«, sagte Portolés mit leiser und beherrscheter Stimme. Zog man Zosias Temperament in Betracht, war es von entscheidender Bedeutung, den Zorn der Frau nicht herauszufordern und damit ihre Vernunft außer Kraft zu setzen. Aber wie sollte man jemanden nicht aufregen, wenn man über die Verbrechen sprach, die man an ihm verübt hatte?

»Sie hat Sir Hjortt nicht nach Kypck befohlen, sie gab ihm auch nicht den Befehl, *irgendein* Dorf zum Exempel zu machen. Sie gab ihm ebensowenig den Befehl, jemanden hinzurichten, nicht Euren Geliebten und auch nicht Eure Bürger. Sie tat nichts dergleichen.«

»Oh, dann ist ja alles in Ordnung!« Zosia warf die Hände in die Höhe. »Ich muss zugeben, dass ich deswegen etwas besorgt war, aber da hast du mich jetzt beruhigt. Allerdings bin ich nicht so ganz mit deiner Wortwahl einverstanden. Er war mein *Ehemann*, sie waren meine *Freunde*, und du hast sie *abgeschlachtet.*«

»Ihr habt keinen Grund, mir zu glauben, das weiß ich, aber …«

»Aber was?« Da war dieses Temperament, vor dem man Portolés gewarnt hatte. Ein Temperament, das ein ganzes Imperium in Brand stecken konnte. »Sie hat ihren Zug gemacht, aber sie hat es versaut. Oder vielmehr ihre Attentäter sind das gewesen – das ist wirklich das Einzige, was ein Attentäter zu tun hat: die Zielperson zu ermorden. Und weil sie erkannt hat, dass der Plan schieflief, schickt sie dich als Friedensangebot? Ich soll also glauben, dass ihre Truppen einfach so zufällig abtrünnig wurden, dass sie sich zufällig auf Kypck gestürzt haben statt auf irgendeines von den tausend anderen Hinterwäldlerdörfern des Imperiums? Hält sie mich für eine Vollidiotin?«

»Nein«, sagte Portolés geduldig. »Das tut sie nicht. Das weiß sie besser, nicht wahr? Euch und Euren Leuten ist etwas Schreckliches zugestoßen, und jetzt tut Ihr genau das, was jedermann von Euch erwartet. Und bei Eurer Geschichte ist es offensichtlich, dass Ihr die Königin verdächtigen würdet, selbst wenn die Angreifer keine imperialen Soldaten gewesen wären.«

»Unsere *Geschichte*?« Zosia hob eine Braue. »Was zwischen uns geschah, habe ich niemandem erzählt, nicht einmal nach allem, was in Kypck geschehen ist. Muss ich das so verstehen, dass sie *sämtliche* Schwüre brach, die wir einander gaben?«

Zu den Teufeln mit allen Tausendfüßlern und ihrer einschläfernden Art. Portolés machte das wirklich alles nur noch schlimmer. Genau aus diesem Grund hatte sie der Königin ausreden wollen, sie zu schicken, denn ihre teuflische Zunge fand immer einen Weg, sie zu verraten. Sie biss sich auf das sündige Fleisch, bevor sie es erneut versuchte.

»Bei der Schwere des Verbrechens an Euch und der Bedeutung meiner Mission hielt sie es für notwendig, dass ich alles erfahre. Damit Ihr ohne den geringsten Zweifel wisst, dass ich tatsächlich diejenige bin, die ich zu sein behaupte, und dass ich mit der Autorität spreche, die ich für mich in Anspruch nehme. Würde ich im Auftrag eines anderen sprechen, könnte ich gar nicht wissen, was ich weiß. Ich bin ihre Versicherung gegen jede weitere Täuschung.«

Jetzt hörte Zosia zu, hörte zum ersten Mal richtig zu. »Beweise es.«

»Was soll ich beweisen?« Portolés schindete keine Zeit, sie wusste wirklich nicht, was sie sonst noch sagen sollte, um diese Frau zu überzeugen.

»Erzähl mir die ganze Geschichte, oder vielmehr die Version, die sie dir erzählt hat. Danach können wir uns die zweifellos überzeugenden Argumente anhören, warum ich sie nicht dafür verantwortlich machen sollte.«

»Wenn Ihr darauf besteht, Frau Zosia.« Die Aussicht, dass Zosia das geheime Lied der Königin bestätigte, ließ Portolés' Herz vor Entzücken schneller schlagen. »Als Ihr König Kaldruut getötet und Euch die Karneolkrone aufgesetzt habt, war Königin Indsorith die unbedeutende Tochter eines unbedeutenden Adligen am juniusianischen Hof. Euer erster Befehl als Kobaltblaue Königin lautete, den Reichtum des Imperiums unter dem Volk zu verteilen, und Junius war der Erste, der sich weigerte. Wie alle Provinzen, die Euch nicht gehorchten, erlitten sie eine schnelle Antwort von Euren Soldaten. Die Mitglieder von Indsoriths Familie, die den Angriff überlebten, überstanden die Arbeitslager in Ketzerel nicht lange, in die Ihr sie schicktet – ins Exil. Die Königin entkam erst, nachdem ihr letzter Verwandter in Ketten gestorben war, und sie kam mit einem schlecht geschmiedeten Plan nach Diadem, um Euch zu ermorden.«

»Sie hat das als ›schlecht geplant‹ beschrieben?« Zum ersten Mal lächelte Zosia. »Ich nehme an, das war es auch.«

»Man erwischte sie, noch bevor sie die zweite Etage des Schlosses erreicht hatte, aber Ihr befahlt, dass man sie in Ketten in Euren Thronsaal bringen sollte, statt sie öffentlich hinzurichten. Dann hattet Ihr Eure Privataudienz.« Portolés wartete, denn sie nahm an, dass das reichte, aber Zosia bedeutete ihr fortzufahren, während sie eine gebogene schwarze Pfeife hervorholte und entzündete. »Sie sagte, Ihr hättet … müde ausgesehen. Ihr habt sie gefragt, was sie allein mit einem Schwert und einem Groll bewaffnet ausrichten wollte, und sie erzählte Euch, was mit ihrer Familie geschehen ist. Nicht weil sie um Gnade bitten wollte, sondern um wenigstens einmal vor ihrem Tod gehört zu werden. Allen, selbst einem Adligen des Imperiums war klar gewesen, dass Eure Reformen dem Wunsch entstammten, dem Volk zu helfen, aber dafür mussten zahllose Unschuldige den Preis bezahlen. Statt das Pech zu haben, als Rübenbauer geboren zu werden, hatte man das Pech, als Adliger oder Landbesitzer oder religiöser Mensch geboren zu werden.«

»Deine Kirche war damals genauso korrupt, wie sie es heute ist, Schwester.« Zosia blies Portolés Rauch entgegen. »Ich wünschte nur, ich hätte sämtliche meiner Ratgeber ignoriert und jeden Einzelnen von deinen Klerikern hinrichten lassen. Sie waren nämlich der Ansicht, die Kette würde dabei helfen, dass der Übergang zu einem auf Gleichheit beruhenden Imperium leichter vonstattengeht. Aber diese Geier in ihren schwarzen Kutten verschworen sich mit den Kaufleuten und Adligen, um mich in jeder Hinsicht zu blockieren. Das bedaure ich am meisten: dass ich vor meiner Abdankung nicht jedes Kettenhaus niedergebrannt habe. Aber bitte erzähle weiter, das ist wirklich unterhaltsam.«

»Ja, gut …« Es war kein Wunder, dass die Kirche selbst die Erwähnung des Namens dieser Frau verboten hatte. »Nachdem sie also ihren Spruch aufgesagt hatte, habt Ihr sie darüber belehrt, wie schwierig es ist, über ein Land zu herrschen, erst recht wenn es eines ist, das eine Veränderung so verzweifelt nötig hat. Sie antwortete mit einer Beleidigung, sie sagte irgendetwas darüber, dass es Samoth wirklich schwerfiele, eine schlechtere Herrscherin als Euch zu finden. Da hat sich ihr zufolge Eure Haltung verändert, und Ihr habt sie zum Duell herausgefordert. Und der Rest ist … eben der Rest, aber Ihr müsst mir glauben, dass sie Euch niemals, wirklich niemals …«

»Das Duell«, fauchte Zosia. »Was hat sie dir davon erzählt? Ich befahl dir, mir alles zu sagen.«

»Ich bitte um Vergebung«, sagte Portolés. Der ekelhaft süße Qualm der Pfeife der Frau erfüllte das Zelt. »Ihr … Ihr sagtet ihr, Ihr würdet ihr ihren Wunsch erfüllen, wie es jeder Teufel täte, und nahmt ihr die Ketten ab. Dann habt Ihr ihr befohlen, ihren Plan an Ort und Stelle weiterzuverfolgen, aber Ihr habt sie auch gewarnt, dass euer Duell nur mit Tod oder Exil enden könnte. Dann habt ihr dort im Thronsaal am Rand des Abgrunds gekämpft.«

»Ja, und dann?« Zosia beugte sich vor. Diese Frau war sogar noch stolzer als Portolés und wollte ihren Sieg durch die Worte der Kriegsnonne unbedingt noch einmal erleben.

»Ihr habt sie besiegt – vergebt mir, aber mir fehlt das nötige Ausdrucksvermögen, um die brillante Finte zu beschreiben, mit der Ihr sie zu Boden geschickt habt. Doch als sie entwaffnet dort lag und auf Euren Schwertstich ins Herz wartete oder auf den Tritt, der sie über den Rand befördert hätte, damit sie als Exempel auf Diadem stürzte, ließet Ihr Eure Klinge einfach fallen. Halft ihr vom Boden auf. Habt ihr Eure Krone aufgesetzt und erklärt, was Ihr wünscht. Sie hat dann Eure Bedingungen akzeptiert, obwohl sie sie damals nicht richtig verstanden hat, und da Ihr die Siegerin gewesen seid, musste sie gehorchen.«

Sicherlich reichte das. Aber anscheinend doch nicht. Zosia wartete mit einem gierigen Lächeln hinter dem knochenmarkgelben Pfeifenstiel. Portolés beendete die Geschichte so farbig und schmeichelnd, wie sie konnte.

»Sie sollte aus erster Hand erfahren, ob es so einfach war, wie sie annahm, die Herrschaft über ein Imperium und die Sicherheit und das Glück seiner Untertanen zu gewährleisten. Ihr habt Dokumente aufgesetzt, die die Loyalität Eurer Schurken wie auch die des Rests der von Euch installierten Regierung gewähren sollte, dann seid Ihr aus dem Stern verschwunden. Durchtriebenerweise habt Ihr sogar eine frische Leiche vom Armenfriedhof geholt, und nachdem ihr das Haar der toten Frau gefärbt hattet, damit es wie das Eure aussieht, schleuderte man sie vom Rand des Thronsaals, um die Geschichte Eurer Niederlage zu beweisen – aus dieser Höhe blieb unten auf der Straße nur wenig von ihren Zügen übrig. Da waren lediglich langes kobaltblaues Haar und Eure Kleidung zu sehen. Königin Indsorith hatte viel mehr gewonnen, als sie vorgehabt hatte, und dafür durftet Ihr in der Nacht verschwinden, um nie wieder gesehen zu werden.«

»Jaaaa«, zischte Zosia. Sie genoss diese Geschichte viel mehr, als Portolés es für möglich gehalten hätte. Nach einem unbehaglich langen Schweigen setzte sie sich ruckartig wieder auf ihrem Hocker auf, so als wäre ihr erst jetzt bewusst geworden, um was es hier eigentlich ging, und zeigte mit der Pfeife auf die Nonne. »Und Indsorith wartete geduldig wie ein Teufel ab, und erst nachdem ich schon lange aufgehört hatte, irgendeine Vergeltung zu fürchten, schickte sie euch hinter mir her, um ihre Familie zu rächen. Um mir ebenso alles zu nehmen, so wie ich ihr alles genommen hatte. Der einzige Unterschied besteht darin, dass ich sie nie bewusst hatte verletzen wollen, ich hatte niemanden verletzen wollen. Ich heilte das Imperium, ich schadete ihm nicht.«

Was jeder Tyrann behauptet, dachte Portolés, aber dieses eine Mal verriet ihre Zunge sie nicht. »Das glaubt Ihr.«

»Das glaube ich.« Zosia nickte und stand auf. »Danke, Schwester!«

»Hört mich an«, sagte Portolés, die begriff, dass die arrogante Frau jetzt gehen wollte. »Ich … ich bitte Euch, Zosia, da ich jetzt bewiesen habe, dass ich die Botin bin, hört Euch die Botschaft an. Wenn ich fertig bin, könnt Ihr glauben, was Ihr wollt, aber ich flehe Euch an, hört mich zuvor an, im Namen Eurer ermordeten Freunde.«

»Ich glaube, ich habe schon genug gehört«, erwiderte Zosia. »Vielleicht davon abgesehen, warum Indsorith ausgerechnet dich mit dieser Botschaft schicken sollte. Und warum eine Kriegsnonne der Schwarzen Kette dem Befehl der Scharlachroten Königin folgt statt dem ihrer Schwarzen Päpstin – hast du wirklich auf der Straße gegen die eigenen Leute gekämpft? So gern ich auch die Verantwortung dafür übernehmen würde, stammen die Wunden, an denen du sterben wirst, doch nicht von meiner Hand, sondern von der deiner geliebten Kirche.

Sag mir nicht, dass du einfach keine Lust mehr hattest, von denen, die dich an den Pflug angeschirrt haben, wie ein Tier behandelt zu werden.«

»Es war nicht Indsorith.« Portolés betete darum, dass ihre Ehrlichkeit ihre Teufelszunge und die falsche Ausgeglichenheit des Insektenstichs überkam. »Jeder, der der Königin schaden will, würde Euch gegen sie aufhetzen. Welch bessere Methode gäbe es, ihr zu schaden, euch beiden zu schaden, als Euch einen Grund zu geben, gegen sie in den Krieg zu ziehen? Wollte sie Euch tot sehen, glaubt Ihr dann nicht, sie hätte sich etwas mehr Mühe gegeben? Bitte, Zosia, Ihr seid viel zu klug, um Euch auf diese Weise an der Nase herumführen zu lassen. Ihr wisst doch besser als jeder andere, dass Krieg niemals …«

»Danach habe ich nicht gefragt. Und jetzt sage mir, warum überbringst ausgerechnet du diese Geschichte?«

»Weil ich die Einzige war, die genau wusste, wie Ihr jetzt aussehst.« Portolés schloss die brennenden Augen. »Und um Euch von ihrer Ehrlichkeit zu überzeugen. Ich bin nicht allein gekommen.«

»Nein?«

»Nein.« Portolés blickte zu der von Tränen verschleierten Frau empor. »In meiner Tasche finden sich Dokumente, die mir die uneingeschränkte Autorität verleihen, im Namen der Königin zu handeln. Das sagte ich bereits. Aber da ist noch mehr. Eine Liste der Namen aller Soldaten unter Sir Hjortts Befehl, die bei Kypck dabei waren. Ein Opfer. Sobald ich der Königin berichtet hatte, was sich dort ereignete und wie seltsam das alles war, und nachdem ich Euch und Euren Hund beschrieben hatte, begriff sie, dass hier Verrat im Spiel war.«

»Ein Opfer, was?«

»Ja, Frau Zosia, um einen sinnlosen Krieg zu verhindern. Wir sind als Geschenk für Euch hier, ein Zeichen ihrer Trauer über Euren Verlust. Ich schwöre bei der Gefallenen Mutter, dass ich von dem Tag an, an dem Sir Hjortt den Befehl über das

Fünfzehnte erhielt, an seiner Seite stand, und er erwähnte den Plan zum ersten Mal, nachdem wir Euren Gemahl gefangen nahmen und töteten. Königin Indsorith glaubt, dass es die Schwarze Kette war, darum hat man mir Leute hinterhergeschickt – ich soll Euch die Wahrheit nicht sagen können.«

Zu Portolés' Freude schien Zosia tatsächlich darüber nachzudenken. »Die Kette schickte Hjortt, weil sie wusste, ich würde die Königin dafür verantwortlich machen. Interessant. Darum hat dir deine Schwarze Päpstin Leute hinterhergeschickt, und darum hast du gegen sie gekämpft?«

»Ich weiß nicht genau, warum sie sie ausschickte, aber ich habe gegen sie gekämpft, weil sie mich aufgehalten hätten«, sagte Portolés. »Ich weiß nicht einmal, wie die Kette überhaupt von meiner Mission erfuhr. Ich … ein Bruder im Kettenhaus könnte vielleicht meine Gedanken gelesen haben, nachdem ich bei der Königin war.«

»Also hast du keinen handfesten Beweis dafür, dass die Kette Hjortt befahl, mich und meine Leute anzugreifen?«

»Nicht den geringsten.« Portolés wusste, dass sie nun am Ende ihrer Mission keinen Schritt von dem abweichen durfte, was die Königin ihr befohlen hatte, sie durfte um keinen Preis von der Wahrheit abweichen. Nicht einmal, um Zosia auf bessere Weise zu überzeugen. Außerdem hatte Boris recht. Im Bluffen war sie schrecklich.

»Die Königin hat keinen Beweis, der auf die Kette oder jemand anderen deutet, sie weiß nur, dass sie nichts damit zu tun hat«, fuhr Portolés fort. »Die Allmutter erbarme sich unser, so wie ich Hjortt von meinem Dienst als sein Leibwächter kenne, wollte sich der Trottel einfach nur ein Stück Land unter den Nagel reißen, bevor der Rauch vom Bürgerkrieg verwehte. Vielleicht ist es so einfach. Aber wie er auch auf seinen sündigen Plan verfallen sein mag, die Königin hatte ihn nicht genehmigt. Sie ist nicht Eure Feindin. Und wenn Ihr Eurer Makellosen nicht befehlt aufzuhören oder ihr Vernunft beibringt, falls sie tatsächlich dieses Heer befehligt, wird es einen weiteren Krieg geben, und zwar den schlimmsten Krieg, den es je gegeben hat. Auf dem ganzen Stern wüssten allein Ihr und sie, wie sinnlos ein weiterer Krieg sein würde, so sagt sie – falls Ihr Euch nicht dazu bereit erklärt, meine Papiere zu lesen und demjenigen vorzulegen, wer auch immer das imperiale Heer anführt. Das wird das Töten beenden, bevor es überhaupt angefangen hat. Sie hat mir die mächtigste Waffe auf dem ganzen Stern anvertraut und mich gebeten, sie Euch zu bringen, koste es, was es wolle: die Wahrheit.«

Portolés erschauderte. So lange Ansprachen waren genauso anstrengend, wie jede Treppe in Diadem hochzulaufen.

»Aber das beantwortet nur die Hälfte meiner Frage, Schwester – mir ist klar, dass du das glaubst, das kann ich an dir riechen. Also warum sich gegen die Offiziere deiner Kirche wenden, vor allem, nachdem du entdecken musstest, dass deine Königin ihre Krone durch Verrat und Täuschung erhielt? Sie schloss einen Handel mit einem Teufel ab, Portolés, und dennoch zerrst du an deiner Kette, um ihr zu dienen.«

Da war wieder dieses hungrige Grinsen, während Zosia ihre noch immer qualmende Pfeife einsteckte und sich über die Pritsche beugte. Zweifellos hoffte sie, einen Riss in Portolés' Fassade zu entdecken. Nur gab es keine Fassade, also würde es auch keinen Riss geben. Zum allerersten Mal fasste Portolés den Wurm, der seit Kypck in ihrem Herzen genistet hatte, in Worte. Und es stimmte: Trotz aller Befehle und Heere und all der bösen Pläne der Sterblichen konnte nichts so vernichtend sein wie die Wahrheit.

»Ich kam, weil ich schuldig bin. Ich führte Hjortts Befehle aus. Nachdem ich die Kavallerie des Fünfzehnten zurück zum Regiment geführt hatte, bestrafte man mich, aber nicht wegen des wahren Verbrechens. Die Oberen der Kette versicherten mir, was ich Euch und Euren Nachbarn in Kypck antat, sei keine Sünde gewesen. Nicht im Mindesten. Ich hätte nichts

Falsches getan, denn ich bin ein Gefäß der Gefallenen Mutter, und ich hätte die Seelen heidnischer Bauern gerettet, indem ich sie tötete. Aber Königin Indsorith … in ihrem Thronsaal sagte sie mir unter vier Augen, dass es etwas Böses gewesen sei. Ein Verbrechen, ganz gleich, welche Rechtfertigungen ich dafür hätte. Und sie hat recht.« Portolés weinte stumm, und ihre Augen wurden klebrig. Die Scham über ihre Tat ließ sie erbeben, denn sie erinnerte sich, wie ihr Kriegshammer nicht einmal gezögert hatte, während sie den fünf Azgarothern, die sich ihren Befehlen verweigert hatten, den Schädel einschlug, einem nach dem anderen. Ihr Glaube hatte sie so lange von dieser Qual abgeschirmt, dass es befreiend war, sie endlich in ihrem vollen Ausmaß zu spüren. Dieses Ausmaß war eigentlich schon himmlisch … Sie hatte ihre Pflicht erfüllt und ließ sich von der Trauer erschüttern, und dabei hörte sie Zosia ebenfalls weinen.

Nein. Sie weinte gar nicht. Sie *lachte*.

Portolés konnte den dicken Schleim nicht wegwischen, der ihre Augen überzog, und blinzelte heftig zu Zosia hinauf. Die Frau schien sich wieder unter Kontrolle zu bringen, kniete sich auf der Höhe ihres Kopfes nieder und murmelte ihr zu.

»Schwester Portolés, du hast im Dienst deines Imperiums mit anerkennenswerter Tapferkeit gehandelt, und ich kann dir nicht zum Vorwurf machen, was in Kypck passiert ist. Ich vergebe dir alles.«

Gleichgültig, wie sich die Kriegsnonne das Ende auch vorgestellt hatte, nie hätte sie zu hoffen gewagt, dass Zosia ihr die Absolution erteilte. Bevor sie es verhindern konnte, entfuhr ihr ein unbeabsichtigtes Schluchzen.

»Na, na.« Zosia wischte Portolés' Tränen fort. »Wolltest du noch etwas beichten, solange du ein so mitfühlendes Ohr hast?«

Das gab es. Sie wollte Zosia erzählen, wie gut es sich doch angefühlt hatte, Efrain Hjortt bei lebendigem Leib verbrennen zu sehen, und dass der erste Schritt auf ihrem langen Weg zur Lerchenzunge erfolgt war, weil sie sich dazu entschieden hatte, den kleinen Oberst seinem flammenden Urteil zu überlassen.

Aber da sie nun ihre Pflicht erfüllt hatte, entdeckte sie, dass der Stolz, der ihre Zunge stets beherrscht hatte, endlich verschwunden war. Es genügte, das Richtige getan zu haben, sie musste nicht damit angeben, erst recht nicht gegenüber der Frau, die das Feuer überhaupt erst gelegt hatte. Eigentlich hatte Portolés nur eines getan: Sie hatte trotz der Schreie eines brennenden Sünders überhaupt nichts getan.

»Ich … ich glaubte mehr zu wissen als jeder andere in der Kette, selbst als die Schwarze Päpstin«, sagte sie. Die schwere Last dieser letzten Sünde schwand aus ihrer Brust, als sie endlich das artikulierte, was verborgen in ihrem warmen Herzen so lange ungesagt geblieben war. »Ich rebellierte auf jede Weise, die mir einfiel, sündigte um des Sündigens willen. Ich tat alles, was man von einer Anathema erwartet, weil ich … weil ich beweisen wollte, dass sie sich irrten. Dass mich die Gefallene Mutter liebt, ganz gleich, was auch immer die anderen behaupteten. Dass sich die Mutter mir gegenüber zu erkennen geben würde, falls ich mich einfach nur genug bemühte. Ich wollte Sie bloß sehen, wollte die Wahrheit hinter der Kette erkennen, bevor ich den Lohn empfange, der jenseits dieser Welt auf mich wartet.«

»O ja, es gibt viel Lohn zu verteilen, Schwester, und auch viele Welten.« Zosia lachte wieder, was wie ein bösartiges Bellen klang. »Aber da du so scharf darauf bist, ein paar Wahrheiten zu sehen, kann ich dir vielleicht helfen.«

Die verschwommene Gestalt, die Zosia darstellte, beugte sich vor und riss Schwester Portolés das linke Auge aus. Eine riesige, schwere Hand fiel auf ihren Mund, und so angestrengt sie sich auch bemühte, das rechte Auge geschlossen zu halten, gruben sich dicke Finger hinein. Ein weiteres brennendes Reißen rief ein Keuchen hervor, das aber von der Hand, die ihre Lippen versiegelte, abgewürgt wurde – und von dem Daumen und dem Ringfinger, die ihre Nase zuhielten.

»Alles in Ordnung dort drin, Sir?«, rief eine Stimme vor dem Zelteingang, und eine andere, maskuline Stimme erwiderte:

»Hol besser den Bader, mein Junge, die Nonne scheint einen Anfall zu haben.«

Portolés stemmte sich gegen ihre Ketten, aber man hatte sie zu gut gefesselt. Wieder verschwommen die Konturen des Zeltes, und obwohl sie erstickt wurde, ließ sie die Erkenntnis, dass ihre Augen gar nicht ausgerissen worden waren, vor Erleichterung erschaudern. Brennen taten sie allerdings noch immer, und sie blinzelte den Schleim weg und erkannte, dass sich nicht Zosia über sie beugte, sondern Frostfalle der Berührer. Er erstickte sie und schwenkte zwei funkelnde schwarze Egel mit der freien Hand. Die musste er aus ihren Augen gerissen haben. Er warf den Kopf zurück und warf sie sich in den Mund.

»Ich verrate dir ein kleines Geheimnis, Schwester, wo du doch auch so freimütig mit den deinen warst«, flüsterte er. Sein Mund war voller Blut, während er kaute und sprach. »Teufel gibt es in allen Formen und Größen, und wenn man weiß, was man mit ihnen tun kann, ist jedes Wunder möglich. Der einzige Unterschied zwischen der Kette und meiner Art besteht darin, dass wir Zauberer ehrlich genug sind, unsere Täuschungen zuzugeben, sobald die Vorstellung vorbei und der Beifall verklungen ist. Wäre doch mein Publikum immer angekettet und berauscht, sobald ich mit zwei Brillenegeln komme!«

Portolés wollte ihn beißen, aber ihre Zähne waren zu weit abgeschliffen worden. Die Schmerzen in ihren alten Wunden waren nichts im Vergleich zu der Hitze, die von ihrem Herzen aufstieg, in ihrer Kehle und hinter ihren Augen pochte. Sie erschlaffte und betete, er möge sie loslassen, und sei es auch nur, um noch eine Weile zu prahlen. Stattdessen festigte sich jedoch sein Griff.

»Ich wollte deine kleine rührselige Geschichte nicht unterbrechen, aber nachdem du deine Befehle so eifrig ausgeführt hast, hast du dir meiner Meinung nach etwas Seelenfrieden verdient, was deine Kirche angeht. Ich nehme mal an, dass ihr – du und Indsorith – absolut recht damit habt, dass die Kette Hjortt Zosia auf den Hals gehetzt hat, um diese Scharade in Gang zu setzen. Darum haben deine Leute auch versucht, dich umzubringen, bevor du sie finden konntest. Ganz offensichtlich. Und der simple Grund für all diese Pläne und Intrigen ist ganz einfach der, dass die Schwarze Kette diesen Krieg genauso sehr will wie ich. Euer letzter kleiner Bürgerkrieg hat nicht annähernd genug Leben gefordert, um die Mächte zu beschwören, hinter denen wir beide her sind. Aber dieser nächste verspricht eine Mordssache zu werden – wer weiß schon, was alles geschehen kann, falls das Opfer groß genug ist!«

Schwarze Sterne blühten in Portolés' Sichtfeld auf, und der Mann wich aus ihrer Sicht; nur noch seine Stimme zischte in ihr Ohr.

»Aber kennst du das größte Geheimnis von allen, meine teufelsblütige hexengeborene Freundin? Keine von euch trägt das Blut von Teufeln in sich, und ihr seid auch nicht von Hexen geboren, und das gilt auch für all die anderen Lügen, die man am Lagerfeuer und im Kettenhaus verbreitet. Du und deine Rasse, meine Liebe, ihr seid etwas *Göttliches*. Es gibt einen Grund, warum jedes Jahr mehr von euch da sind, obwohl immer weniger Teufel ihren Weg in unsere Welt finden. Du bist keine degenerierte Hinterlassenschaft eines verdorbenen Vorfahren – du, mein Kind, bist die Zukunft. Unsere Zukunft. Es wird der Tag kommen, an dem deine Art den Stern beherrscht und Lieder über wilde Sterbliche flüstern mag, die großen Unholde längst vergangener Zeiten …«

Portolés krampfte sich zusammen und fühlte, wie etwas in ihrer Brust nachgab, aber seine Finger gruben sich noch tiefer in ihr Fleisch, während seine Lippen ihr verstümmeltes Ohr berührten und sie schon längst auf dem Weg zu den Göttern oder Teufeln war, die ihrer habhaft werden wollten.

»Aber dank der Gefallenen Mutter ist dieser Tag noch weit entfernt.«

KAPITEL 23

Da ein sorgloser Schlaf offensichtlich zu viel verlangt war, hätte sich Zosia schon damit zufriedengegeben, überhaupt schlafen zu können. Aber das sollte nicht sein. Sie hatte ein paar Wachträume, dass Leib neben ihr auf der Pritsche lag und die alten Marschlieder summte, die sie ihm während ihrer sommerlichen Reisen zu dem Eissee auf der anderen Seite der Berge beigebracht hatte, dem einzigen Ort auf dem ganzen Stern, an dem sie sich in der freien Natur vormachen konnte, zusammen mit ihrem Ehemann dem Stern tatsächlich entkommen zu sein und eine Zuflucht gefunden zu haben – sei es auch nur für ein paar Tage. Hätten sie doch nur für alle Ewigkeit dort bleiben können, um im bergkalten Wasser zu schwimmen und sich dann auf dem Gras zu wärmen, statt immer nach Kypck zurückkehren zu müssen, mit geröteter Haut von der hohen Bergsonne und mit neuen Kräften für ihre Pflichten im Dorf versehen.

Ja, das zählte wirklich nicht als Schlaf. Fluche, stoß dir in der Dunkelheit den Zeh, leg die Rüstung beim ersten Mal verkehrt herum an und stolpere eine oder zwei Stunden vor Einbruch der Morgendämmerung aus deinem Zelt. Dann bring den Bader dazu, die hexengeborene Nonne aufzuwecken, und wenn er jeden Käfer in seiner Tasche braucht, um das zu schaffen. In dieser Reihenfolge. Abgesehen vom letzten Auftrag führte sie ihren Plan fehlerlos durch.

Man hatte die Leiche bereits aus dem Zelt geschafft, denn man wusste genau, dass die weißen Pavillons in ein paar Stunden bis zum Bersten gefüllt sein würden, falls die Schlacht wie erwartet verlief. Anscheinend hatte man den Mann, der sie ins Lager gebracht hatte, damit beauftragt, sie wegzuschaffen, damit sie die Luft nicht vorzeitig verpestete. Ji-hyeons Wächter, die für ihn abkommandiert waren, hatten ihm einen Spaten besorgt und ihn den Hang am Lagerrand hinaufbegleitet – für den Fall, dass das ein bizarrer Teil ihres Infiltrierungsplans sein sollte. Zosia dankte dem Bader, der ihr diese enttäuschende Information gegeben hatte, und war zur Abwechslung einmal froh, Lefzenschlecker dabeizuhaben. Der Teufel führte sie bergauf, ohne darum gebeten werden zu müssen.

Sie fanden den Mann bis zu den Knöchel in seiner Arbeit stehen; seine beiden Aufpasser saßen auf dem Hintern, bis einer von ihnen die näher kommende Frau erkannte und beide schnell aufsprangen und Haltung annahmen. Zosia machte sich nicht die Mühe, ihren Gruß zu erwidern oder den Totengräber zur Kenntnis zu nehmen, denn ihre volle Aufmerksamkeit gehörte dem Fleisch in dem Sackleinengewand. Vor der Leiche hockend verspürte sie nicht die geringste Zufriedenheit, sosehr sie sich auch bemühte – vermutlich musste sie sich einfach nur mehr Zeit nehmen. Aber nein, daran lag es nicht. Es lag auch nicht daran, dass die Angelegenheit mit der Kavallerie des Fünfzehnten und ihrem Oberst Hjortt bald erledigt sein würde, eine Angelegenheit, von der Zosia sich und ihrem Gegner geschworen hatte, dass sie viel länger dauern würde …

Rache schmeckte immer am besten, wenn sie heiß vor einem auf dem Teller lag, und man sollte nie darauf hoffen, dass sie noch immer da sein würde, wenn sie etwas abgekühlt war; also hatte Zosia keinesfalls die Absicht, Efrain Hjortt in der Annahme, ihn auch ein drittes Mal erwischen zu können, ein zweites Mal vom Haken zu lassen.

Plötzlich erkannte sie das Problem. Alles ging etwas zu glatt. Da fielen ihr die Kriegsnonne, der Oberst und die Kavallerie, die das Verbrechen in Kypck verübt hatte, einfach in den Schoß, kurz nachdem sie sich einem Heer angeschlossen hatte, das groß genug war, um ihr bei diesem Unternehmen helfen zu können. Zosia glaubte nicht an das Schicksal, aber von Teufelswerk hielt sie eine ganze Menge, also richtete sie die volle Aufmerksamkeit auf Lefzenschlecker, der in den dunklen Morgen starrte, in Richtung der noch von der Nacht verschlungenen Lerchenzunge. War es möglich …

»Ihr seid es wirklich, oder?«, sagte der Gefangene und stützte sich auf seine Schaufel.

»Scher dich wieder an deine Arbeit«, bellte einer der Wächter.

»Schon gut«, sagte Zosia. »Ich möchte mit ihm reden. Ihr beiden verzieht euch ins Lager.«

»Der Spion …«, begann einer der anderen Wächter.

»Ich bin kein verfluchter Spion!«, fauchte der Mann, aber das hätte wohl jeder Spion gesagt.

»Er ist jetzt in meinem Gewahrsam«, sagte Zosia. »Wegtreten. Wenn ich noch *ein* Wort höre, lasse ich euch beide von Ji-hyeon auspeitschen, aber erst dann, wenn mein Handgelenk von der ersten Runde müde geworden ist. Und jetzt verschwindet.«

Der Gefangene sah zu, wie die Wächter den steilen Hügel hinunterschlurften, und erschien jetzt noch unglücklicher als zuvor, wo sie ihm den Arsch aufgerissen hatten. Als er dann in Worte fasste, was ihn bewegte, ergab das durchaus Sinn. »Ich lande zusammen mit ihr hier unten in der Erde, oder?«

»Kommt darauf an.« Zosia kam ein Gedanke, und sie schob die Kapuze des Gewands zurück, um zu sehen … aber nein, das war tatsächlich Schwester Portolés, deren Augen auf ihren Schöpfer starrten oder vielleicht auch ins Leere. Wie sollte man das schon genau sagen können, solange man noch unter den Lebenden war? »Der Bader sprach von einem Anfall?«

»Oh, das bezweifle ich nicht«, sagte der Mann niedergeschlagen. »Frische Verletzungen von einer Verrückten wieder aufgeprügelt zu bekommen, da kriegt doch jeder einen Anfall.

Jemand, der gern wettet, würde bestimmt darauf setzen, dass ich auch einen Anfall erleide, sobald ich das Loch tief genug gegraben habe.«

»Wie ich schon sagte, kommt darauf an«, erwiderte Zosia und wollte sich wieder aufrichten. Da drang der kaum wahrnehmbare Geruch von abgestandenem Rauch in ihre Nase. Sie beugte sich näher heran und schnupperte an der Kleidung der Toten. Ganz besonders widerliches Duftwasser und starker Tubãq, eine Mischung, die sie auch dann erkannt hätte, hätte der Bader nicht erwähnt, dass Frostfalle der Schwester einen Besuch abgestattet hatte, kurz bevor sie vom Stern abtrat. Seine Anwesenheit an ihrem Totenbett fällte bereits ein vernichtendes Urteil, aber dass er sich offensichtlich genug Zeit genommen hatte, das Zelt mit seiner Pfeife zu verpesten, warf noch mehr Fragen auf …

»Was wollte sie mir eigentlich sagen?«

»Wie ich bereits der *Generalin* im Zelt mitgeteilt habe, weiß ich das nicht«, behauptete der Mann. »Nachdem sie so übel zugerichtet worden war, dass ich ihr die Ketten anlegen konnte, fand ich ein paar Papiere bei ihr. Aber ich konnte ihnen nicht viel entnehmen, Schriftstücke mit dem Siegel der Königin und eine Namensliste von Soldaten. Mehr war da nicht. Also wenn Ihr Euren Teufel auf mich hetzt, um die Wahrheit aus mir herauszuholen, macht es schnell und seht selbst, dass ich kein Lügner bin.«

»Teufel?« Zosia richtete sich zu ihrer vollen Größe auf, aber Lefzenschlecker hielt die Aufmerksamkeit auf den unsichtbaren Berg gerichtet und schnupperte in die Dunkelheit hinein, während er ein paar zögernde Schritte den Hang hinauf machte. »Hat sie dir das erzählt?«

»Meine Dame, abgesehen von irgendwelchem Gelaber, das weniger wie das übliche doppelzüngige Gerede der Kettenanbeter klang und mehr wie die halbgaren Traktate, die ich im Juwel verteilen half, hat sie mir einen Scheiß erzählt.« Offensichtlich gehörte der Kerl zu der Sorte, die auch dann auf ihre Höhergestellten schimpfte, wenn sie ihr Leben in der Hand hielt. Möglicherweise dann erst recht. »Das weiß ich, weil ich diese Pamphlete gelesen und mir all die Lieder angehört habe. Die Kobaltblaue hat einen Teufel, der ihr gehorcht, nicht wahr? Oder war das nur ein weiterer Fehldruck, bei dem irgendjemand irgendwann ›Teufel‹ schrieb, wenn er hätte ›Hund‹ schreiben sollen?«

»Wir wissen, welches Regiment dort hinten lagert, also warum ist dir keine bessere Geschichte eingefallen? Die, bei der du mit dem Fünfzehnten geritten bist?« Zosia sprach zu der toten Kriegsnonne, aber der Mann sprach für sie.

»Hey, Eiskalte Zosia, wahre Königin von Samoth?« Sie schaute zu ihm hoch; das schwache Licht der von den Wächtern zurückgelassenen Laterne ließ ihr ohnehin schon hageres, schmutziges Gesicht noch teuflischer aussehen. »Fick dich!«

»*Ich* soll mich ficken?«

»Ja.« Er nickte, als könnte er sich für die Idee erwärmen. »Auf jeden Fall. Ich habe an dich geglaubt. Was alle über deinen Weg sagten, dass er besser ist als der der Kette oder der Krone. Ich habe mein Leben riskiert, um deinen Traum am Leben zu halten – vielleicht gab es da nicht viel zu riskieren, aber es ist das Einzige, das ich habe, und vielleicht war es auch nicht mein Traum, sondern nur etwas, von dem ich aus zweiter Hand gehört habe, aber er bedeutete mir etwas. Die einzige Sache, die ich noch mehr als die Krone hasse, ist die Kette. Also ja, ich konnte an das Lied der Kobaltblauen glauben. Und weißt du was? Ich glaubte daran, bis ich sah, wie du dich auf sie gestürzt hast. Um sie herzubringen, wo sie meiner Meinung nach etwas Gutes tun konnte, musste ich lügen und Intrigen schmieden und mehr Glück als ein Teufel haben, und was macht die weise Zosia? Du hast sie umgebracht, bevor sie überhaupt zu Wort kam!«

»Für einen Sohn Diadems, der sich dem Kobaltblauen Kodex

verpflichtet hat und sich gegen die Kette und das Imperium stellt, scheinst du dich wegen einer toten Andersgeborenen ja schrecklich zu grämen.«

»Ihr Name ist Portolés. Schwester Portolés.« Der Mann starrte auf das Gewand der Kriegsnonne, das jetzt als Leichentuch diente. »Hätte ich gewusst, dass du sie genauso schlimm behandeln würdest, wie es ihre Art mit dir tun würde, hätte ich sie niemals hergebracht. So viel zu der fairen Chance. Und so viel zu der besseren Welt. Du bist nicht besser als die Kette oder die Krone, du trägst nur eine andere Farbe und scheißt auf andere Leute. Verpisst du dich jetzt, damit ich sie begraben kann, oder bringst du mich um? Denn nach den vielen Stunden, die ich für die falsche Erinnerung an eine Tote investiert habe, die nicht einmal tot ist, würde ich die Höflichkeit zu schätzen wissen, mir nicht das eigene Grab schaufeln zu müssen. Überlass mich den Vögeln und Tieren, vielleicht können die ja mehr mit einem willigen Soldaten anfangen, als es einer von eurem Haufen je getan hat.«

Der Schlafmangel musste Zosia eingeholt und ihre Schale ein bisschen gelockert haben, denn sie spürte seine Worte, wie eine Schnecke Salz spürt. Es war nicht die Rede allein, die letzte drohend gereckte Faust eines verzweifelten, erschöpften Mannes, der seinen eigenen drohenden Tod keine fünf Schritte weit entfernt sah. In erster Linie ging es darum, dass er jedes Wort offensichtlich glaubte, und zwar mit eben der Überzeugung, wie sie daran glaubte, dass die Sonne im Osten aufging.

Überall auf dem Stern hatten Menschen, die Zosia nie begegnet waren und von denen sie nie zuvor gehört hatte, für sie und ihre Absichten gekämpft, Menschen, die alles in ihrem Namen riskierten. Und überall auf dem Stern enttäuschte sie sie, denn bei Tageslicht besehen war sie genauso kleinlich und dumm wie sie.

Sie verspürte den Drang, dem Mann zu sagen, er solle in die Dunkelheit flüchten, seinen Verstand von der öligen Schmiere des Idealismus reinigen und noch einmal ganz von vorn anfangen, während sie das Grab für die Frau zu Ende grub, die geholfen hatte, ihre Welt in Schutt und zu Asche zu legen. Außerdem verspürte sie den Drang, ihm die Schaufel aus den Händen zu reißen und ihn damit zu verprügeln, ihm die harte, aber dringend benötigte Lektion einzubläuen, nur keinen Atemzug für das Loblied auf eine Frau zu verschwenden, die man nur aus den Liedern kannte, die zu ihrer Erinnerung gesungen wurden.

Irgendwo unten im Tal, wo die Posten am Vortag den Mann und die Kriegsnonne aufgegriffen hatten, ertönte ein Signalhorn und ersparte ihr, sich entscheiden zu müssen, welchem Drang sie nachgab. Der Mann sah sie an, sie sah ihn ebenfalls an, und dann blickten beide auf die tote Dienerin der Kette, die so weit gereist war, um Zosia zu finden. Lefzenschlecker hielt den Blick auf die Lerchenzunge gerichtet, die allein er sehen konnte. Ganz plötzlich fing er laut genug an zu bellen, um die Toten zu wecken, und trottete nach oben in die Finsternis. Aber die Toten standen nicht auf, und der Mann schaufelte weiter, während Zosia hinter ihrem Teufel hereilte.

Ji-hyeon war nur zur Hälfte bekleidet und nicht einmal halb wach, als sie das erste Horn hörte und Choi und Fennec in das dunkle Zelt geeilt kamen, bevor das zweite ertönte. Fennec nahm sich eine Schale Kaldi, während Keun-ju ihr in den Rest der Rüstung half – den schlichten, aber stabilen Brustpanzer sowie die Beinschienen und Halsberge, die Zosia ihr geholfen hatte auszusuchen. Sie setzte den alten Helm der Kobaltblauen auf und fädelte ihr langes blaues Haar hinten durch die Öffnung, dann griff sie nach der dicken Eisenscheide, die ihre Zwillingsschwerter hielt.

»Wie bereit sind wir?«, fragte sie. Ihre Beine waren ganz wackelig, und das lag nicht nur an der emsigen Nacht, die sie mit Keun-ju verbracht hatte. Vielleicht würde ihr Heer heute den Sieg davontragen, und sie würden noch oft zusammen sein können, aber sie hatte nichts dem Zufall überlassen. »Wie nahe sind sie?«

»Sie werden das Tal zur Hälfte durchquert haben, bevor Singh und ihre Reiter in Position sind, um die Spitze des Rests der Kavallerie zu übernehmen, aber das geht schon in Ordnung.« Fennec klang, als wollte er sich selbst genauso davon überzeugen wie sie. Kein guter Start für diesen Morgen. »Was nützt uns schon die höhere Stellung im Gelände, wenn wir sie aufgeben, um sie zu empfangen?«

»Warum überhaupt kämpfen, bevor es hell genug ist, um den Feind zu sehen?«, meinte Keun-ju schläfrig.

»Sie wollen uns überrennen, bevor unsere Verteidigung richtig steht«, sagte Ji-hyeon. »Gut, dass wir Frühaufsteher sind. Wenn die anderen Hauptmänner nicht in fünf Minuten da sind, reiten wir los und hoffen, dass sie ihre Aufgaben im Kopf haben.«

»Tapai Purnas Abteilung wird Eure Leibwache verstärken, Generalin«, verkündete Choi und hielt den Knochen in die Höhe, den Purna von dem Hornwolf mitgenommen hatte. »Sie bietet dieses Horn als Zeichen dafür, wie sehr sie diese Ehre zu schätzen weiß.«

»Marotos Leute?«, fragte Fennec. »Was taugen denn Kundschafter an der Front?«

»Sie kämpfen bedeutend besser, als sie kundschaften«, sagte Choi. »Zu laut. Zu wild. Sie meldeten sich aus einem bestimmten Grund freiwillig als Kundschafter, aber ohne Maroto haben sie keinen Anlass, sich dem Erringen von Ehre zu entziehen.«

»Also hat Maroto den Diensteid nicht abgelegt?« Ji-hyeon versuchte, nicht zu enttäuscht zu sein. Sicher wäre es großartig gewesen, alle Schurken zu haben, aber wenn schon zwei den Kampf aussitzen mussten, ihren abwesenden Vater und den ergrauten Barbaren würde man nicht im Mindesten vermissen. »Ich hatte gehofft, er würde es sich anders überlegen, vor allem nachdem Griesgram und Großvater …«

»*Großvater?*« Keun-ju zog den letzten Riemen seiner Rüstung fest. »Mir war nicht bewusst, dass ich die Hochzeit versäumt habe!«

»Maroto schwor zu viele Eide und nicht etwa zu wenige«, sagte Choi, was auch immer das bedeuten mochte.

»Generalin, ich glaube, wir müssen Eure Strategie, von der Front aus zu führen, unbedingt überdenken«, sagte Fennec. »Selbst wenn Euch Euer Teufel beschützt, ist es zu gefährlich …«

»Das ist nicht mein erster Tanz«, erwiderte Ji-hyeon. »Ich weiß es besser, als zu tief in die Reihen hineinzuwaten, ich schlage nur ein Loch in ihre Frontreihe und ziehe mich dann zurück. Das wiederhole ich so oft wie nötig. Aber ich muss nahe genug am Kampfgeschehen sein, um zu erkennen, wo man mich am dringendsten braucht, und mich nicht hinten verstecken.«

»In diesem Fall wollt Ihr vielleicht das Horn blasen, Generalin«, sagte Choi.

»Was? Oh! Kommt schon.« Ji-hyeon eilte aus dem Zelt, und ihre Leibwächter folgten ihr. Chevaleresse Sasamaso hielt bereits ihre Pferde. Das Lager strahlte etwas Surreales aus, weil im Fackelschein so viel Lärm herrschte, während an dem dunklen Himmel kurz vor der Morgendämmerung nicht ein einziger Stern zu sehen war. Überall ertönten noch mehr Signalhörner, nicht nur im Lager, sondern im ganzen Tal. Ji-hyeon schob das Visier in die Höhe und klemmte Purnas Geschenk zwischen die Stahlkiefer, bevor sie die Lippen an ihr Horn legte und ein hohes, trauervolles Trällern blies.

Jetzt, wo er ernsthaft angefangen hatte, konnte den Zweiten Kobaltblauen Krieg nichts mehr aufhalten.

»Mich wird nichts davon abhalten, sie zu finden«, verkündete Maroto, obwohl er zugeben musste, dass Purna nicht unrecht hatte, weil er im grellen Laternenlicht seines Zeltes auf unsicheren Beinen schwankte. Er hatte seinen Eid, keine Waffe gegen Königin Indsorith zu erheben, bereits oft genug gebrochen und konnte wirklich nicht riskieren, noch weiter zu gehen. Aber er würde Zosia auf dem Schlachtfeld wohl kaum finden, ohne darauf verzichten zu können. Andererseits konnte er auch nicht riskieren, dass Zosia etwas zustieß, bevor er ihr seinen Wunsch in Bezug auf Krümelfänger gebeichtet hatte – sie würde eine ganze Menge Imperialer töten, nur weil sie ihnen die Schuld für etwas gab, das er blindlings in Gang gesetzt hatte. Vermutlich würde das ihre Pläne für diesen Tag nicht einmal ändern, hatte sie doch noch nie Abstand davon genommen, gegen die Scharlachroten zu kämpfen. Aber sie hatte das Recht, dies zu wissen. Nicht nur um ihrer eigenen Zukunft, sondern um ihrer beider Zukunft willen – er hatte genug Scheiße für zehn Leben gebaut und konnte keinen weiteren Tag mit dem Wissen leben, dass Zosia ihn für einen Freund hielt, obwohl er doch die Quelle ihres ganzen Zorns …

»Noch anwesend, Großer?«, fragte Purna, und Maroto wurde sich bewusst, dass er beinahe ohnmächtig geworden wäre. Schon wieder. Was war nur aus dem unersättlichen Stechhund geworden, dass ihn ein einziger Grabwurm einen ganzen Tag ins Bett verbannte und ihm auch noch am folgenden Morgen zu schaffen machte? Dagegen gab es eigentlich nur eine einzige Sache zu tun.

»Diggelby, ich muss Diggelby sehen. Auf der Stelle.«

»Macht nicht ihn für Eure Gelüste verantwortlich, Maroto«, sagte Purna, schnipste ihm mit dem Finger gegen das Kinn und schickte ihn damit um ein Haar zu Boden. »Ihr müsst Euch in diesem Bett wohlfühlen, da Ihr es so eilig hattet hineinzukriechen. Und jetzt schert Euch wieder rein, damit ich gehen kann – wir reiten mit der Generalin. Ich wollte mich nur verabschieden für den Fall … na ja, ich wünschte, Ihr würdet mitkommen. Das wird ein geradezu *episches* Gemetzel.«

»Das tue ich auch«, entschied Maroto, weil jetzt alles einen

Sinn ergab. Er spielte Purna seine ernsteste Miene vor. »Ich schwor einen Eid, Euch zu beschützen, Tapai Purna, und ich bin kein Eidbrecher.«

»Außer bei der Königin von Samoth?« Purna sah skeptisch aus.

»Nicht einmal bei ihr. Und jetzt helft mir zu Diggelbys Zelt. Von jeder Auseinandersetzung, die wir erlebt haben, schon seit diesem Hinterhalt in der Wüste, hat er Schilde gesammelt. Er will sie in seiner Stube an die Wand hängen, wenn er nach Hause zurückkehrt. Meiner Meinung nach kann er ein paar als Tribut für König Maroto entbehren.«

»Was auch immer, Mann«, erwiderte Purna, wenn sie auch keine besonders gute Schauspielerin war. Das Mädchen schien völlig aus dem Häuschen, dass ihr alter Held entschieden hatte, sein Bett zu verlassen. »Aber wenn Ihr das Zelt nicht aus eigener Kraft verlassen könnt, lasse ich Euch auf gar keinen Fall auf ein Pferd steigen.«

»Macht Euch keine Sorgen um mich«, sagte Maroto, während sie ihm in den Brustpanzer half, den er in den Verpflegungszelten hauptsächlich als Teller benutzt hatte. »Maroto der Mächtige kennt noch immer ein paar Tricks, die selbst Teufel beeindrucken werden.«

Griesgram kroch neben den kalten Überresten ihres Lagerfeuers auf Händen und Knien aus seinen Albträumen und seinem Zelt, während Hörner erschollen und überall Soldaten umhereilten, die verschlafen wirkten. Fackeln schwankten wild in der Dunkelheit umher. Er konzentrierte sich auf die Erde zwischen seinen Fingern und fürchtete sich, in den schwarzen Himmel zu blicken, aus Angst, dort die Gesichtslose Herrin zu erblicken, die zurückgekehrt war, um ihn zu holen, weil er ihren Willen nicht erfüllt hatte. Als er sich aber jeden weiteren Augenblick der Furcht versagte und aufschaute, entdeckte er nur den dunkelsten Purpurschimmer, der der Morgendämmerung vorausgeht. Ein Traum, weiter nichts. Er wischte sich über den Mund und sah die teerartige schwarze Schmiere, die seine Lippen auf seinem Handrücken hinterlassen hatten. Möglicherweise war es ja doch noch zu früh, um das mit dem Traum ganz von der Hand zu weisen.

Eine Soldatin kam um sein Zelt gestürmt und wäre um ein Haar mit ihm zusammengestoßen, bevor sie ihm gerade noch rechtzeitig ausweichen konnte. Es war die andere Frau, mit der sein Onkel unterwegs war, die Herzogin, die in etwas gekleidet war, das wie ein eng anliegendes aufreizendes Kettenhemd aussah. In der Hand hielt sie einen dieser Feiglingsbögen, die Großvater so abgrundtief hasste. Allerdings hatte er einen so großen noch nie zuvor zu Gesicht bekommen. Poliertes Holz und Metallintarsien schimmerten im Licht der Laterne, die ihr Begleiter trug. Hassan hieß der Kerl mit dem Licht, und in seiner anderen Hand hielt er das am bösartigsten aussehende Schwert, das Griesgram je gesehen hatte. Es bestand ausschließlich aus gezackten Schneiden und einer hakenförmigen Spitze. Dabei bot es einen kernigen Kontrast zu der verspielten Rüstung des Mannes – Griesgram hatte gar nicht gewusst, dass man in pinkfarbenem Leder sterben konnte, aber er musste zugeben, dass es dem Mann stand.

»Griesgram!«, sagte die Herzogin. »Genau der Mondkopf, den wir suchen!«

»Mondkopf?« Griesgram berührte die Kugel aus weißem Haar, zu verlegen, um wütend zu sein.

»Euer Onkel Maroto entbietet seinen von ganzem Herzen kommenden Wunsch, dass Ihr und Euer Großvater euch an der Front zu uns gesellt«, sagte Hassan mit einer Verneigung, »wo wir Seite an Seite und Rücken an Rücken kämpfen können.«

»Huh«, erwiderte Griesgram. Er hatte nicht vergessen, was das letzte Mal geschehen war, als er seinem Onkel auf einem Schlachtfeld vertraut hatte, und er war sich nicht sicher, ob er ihm bereits eine zweite Chance geben wollte. Was war, wenn er diesmal derjenige war, der verkrüppelt am Boden lag und Maroto um Hilfe bat?

»Wir sind die persönliche Leibwache von Generalin Ji-hyeon«, sagte die Herzogin. »Das ist die ehrenhafteste …«

»Wir sind in fünf Minuten da.« Griesgram sprang auf die Beine und duckte sich zurück in ihr Zelt, ohne einen weiteren Atemzug zu verschwenden. So dunkel es hier auch war, seine Augen schienen nachts stets schärfer zu werden, und er versetzte Großvater einen Stoß und fing an, seine Ausrüstung anzulegen. Erst als er fertig war und der alte Mann noch immer nicht auf sein geduldiges Gemurmel reagiert hatte, endlich wach zu werden, sah er ihn sich genauer an. Ihm blieb das Herz stehen, und sein »Hoch mit dir, Großvater« verließ niemals seine Lippen.

Nur Großvaters Gesicht schob sich aus der Decke, aber das reichte bereits aus. Die Augen des Alten waren weit aufgerissen, sein Gesicht war zu einer verzerrten Grimasse erstarrt, seine Zunge hing trocken aus dem schlaffen Mund. Irgendwann in der Nacht hatte er …

»Griesgram.« Die Augen seines Großvaters blieben auf einen unsichtbaren Punkt fixiert, sein Kiefer bewegte sich nicht, während seine schwache Stimme ertönte.

»Großvater! Bist du … Was ist los?«

»Ich … kann niicchhtt …«

Und wieder erstarb seine Stimme. Griesgram legte das Ohr an die Lippen des alten Mannes, während ihm Tränen in die Augen schossen. »Was ist, Großvater? Sag es mir doch!«

Großvater räusperte sich mit einem klebrigen, schmatzenden Laut und flüsterte: »Ich fühle meine Beine nicht.«

Griesgram setzte sich langsam zurück und starrte seinen Großvater an. Der Alte konnte sich nicht mehr beherrschen und lachte, bis er husten musste, und dann lachte er weiter. »Gleich wirst du auch deine Arme nicht mehr fühlen können«, murrte Griesgram und lächelte. Der Augenblick war gekommen, um herauszufinden, ob sie für Großvater kein ehrenvolleres Ende finden konnten, als Millionen Meilen von zu Hause entfernt im Schlaf zu sterben. Wie zur Antwort ertönte ein weiteres Hornsignal von der Front.

»Was tun die verfluchten Scheißkerle?«, wollte Domingo von niemand im Besonderen wissen, aber Bruder Wan blickte zu seinem Passagier zurück und beantwortete die rhetorische Frage trotzdem.

»Ich glaube, sie verkünden unseren Angriff, Oberst Hjortt«, sagte der Anathema. Seine Leichenfresserfresse war so bleich, dass man sie selbst an diesem torschwarzen Morgen sehen konnte.

»Das war eines unserer Signalhörner, keines von ihnen«, erwiderte Domingo. »Glaubst du, ich kenne den Unterschied nicht? Irgendein Trottel in den vorderen Reihen verrät unsere Position!«

Ein weiteres imperiales Horn erscholl, diesmal von der linken Flanke statt von der rechten, und bevor Domingo wütend auffahren konnte, ließ die verdammte Kavallerie ein Signal von der Vorhut ertönen. Was ergab es für einen Sinn, sich im Schutz der Dunkelheit anzuschleichen, wenn man unterwegs in die verfluchten Hörner stieß? Hatte Efrain diesen Unsinn bei den Soldaten kultiviert? Falls dem so war, konnte man nur froh sein, einen so schlechten Befehlshaber losgeworden zu sein.

»Vielleicht wollen die Offiziere die Myuraner über den Angriff informieren?«, schlug Bruder Wan vor.

»Welchen Angriff? Es gibt keinen Angriff, jedenfalls nicht, bevor wir etwas sehen … Au!« Eine Unebenheit im Boden jagte einen Stich durch Domingos Knochen und ließ ihn beinahe würgen, was seinem Kommentar ein jähes Ende bereitete. »Halt den Wagen an, Wan, das ist mehr als nahe genug – ich sagte doch, fahr uns ein Stück runter. Weißt du, was ein Stück bedeutet? Bei diesem Tempo sind wir bei Anbruch der Morgendämmerung mitten in dem verfluchten Tal und stoßen auf die Nachhut, aber ich muss das ganze Schlachtfeld überblicken können.«

»Das hätte ich Euch nie versäumen lassen«, erwiderte Bruder Wan und zügelte die Pferde mit einem brutalen Ruck. »Nein, ich will, dass wir beide alles sehen können.«

Hätte Domingos Körper durch die reine Willenskraft geheilt werden können, wäre er von seinem Lager auf der Ladefläche aufgesprungen und hätte Wan auf den lippenlosen Mund geschlagen, und er hätte nicht aufgehört, bevor seine Knöchel voller Splitter von den Holzzähnen des Anathema gewesen wären. Hätte, hätte …

Domingo war bereits nervöser als sonst bei Beginn eines Kampfes. Die Entscheidung, die Waffe der Schwarzen Päpstin einzusetzen, hatte er bereits bereut, obwohl er bis jetzt nur ein enttäuschend alltägliches Gebet gesehen hatte, das man für sein Regiment sprach, während die hexengeborenen Kleriker die Reihen entlangwanderten und die Stirn der Soldaten mit Öl salbten. Nachdem alles vorbei war und sie aufbrachen, hatte er Shea gefragt, ob sie während des Rituals etwas gefühlt habe, worauf sie erwidert hatte, gelangweilt gewesen zu sein. Also machte es anscheinend keinen Unterschied, ob man das Öl angenommen hatte oder nicht. Wan hatte ihn dazu zu überreden versucht, das Zeichen ebenfalls anzuerkennen, aber er hatte nur mit der Bemerkung reagiert, Wan selbst habe behauptet, dass lediglich die Männer auf dem Schlachtfeld einem Risiko ausgesetzt sein würden, und da er nicht vorhabe, auch nur einen Reifen ins Tal zu setzen, gäbe es für ihn überhaupt keinen Anlass, so spät im Leben zur Religion zu finden.

»Es war klug weiterzumarschieren, statt auf die Thaoner zu warten«, meinte Bruder Wan, band die Zügel an der nicht entzündeten Laterne fest und streckte die dürren Arme. »Welch eine Schande wäre es doch gewesen, hätte Oberst Waits darauf bestanden, so lange mit dem Angriff zu warten, bis die Erlaubnis der Königin eingetroffen ist.«

»Waits ist eine verdammt gute Frau, verdammt gut«, erwiderte Domingo, dem es gar nicht gefiel, seine Gedanken von seinem Hexengeborenen wiederholt zu bekommen, ganz gleich, wie vernünftig sie auch gewesen waren. »Ich schätze sie genug, um sie auf keinen Fall in eine schwierige Position bringen zu wollen. Und was habe ich dir darüber gesagt, deine Nase in meine Eier zu stecken, Bruder Wan?«

»Wollt Ihr ein Geheimnis wissen?«, fragte Wan verschwörerisch, drehte sich um und schwang die Beine so über den Kutschbock, dass seine staubigen Sandalen den Rand von Domingos gut gepolstertem Befehlsnest berührten. »Das habe ich noch niemandem verraten, nicht einmal Ihrer Gnaden.«

Domingo brummte etwas Unhörbares. Es gefiel ihm gar nicht, wie vertraulich Wan geworden war, seit er den Angriff des Hornwolfes mit nicht mehr als ein paar blauen Flecken von dem über ihm einstürzenden Zelt überstanden hatte, während der Oberst fast völlig zerschlagen worden war. Offensichtlich hielt Wan den Laut für seine Zustimmung, wie er es mittlerweile meistens tat.

»Wisst Ihr, warum Ihre Gnaden mir diese Mission anvertraut hat, und zwar mir allein?« Der Eifer in der Stimme des Hexengeborenen war beunruhigend, doch die Schwärze, die sie umgab, wich dem grauen Licht des Morgens, was Domingo erlaubte, seine Leibwächter zu sehen.

Aber nachdem er die stechenden Schmerzen im Hals erduldet hatte, um den Kopf zu drehen, war da nichts von den sechs stämmigen reingeborenen Soldaten zu sehen, mit denen er die beiden ersetzt hatte, die dem Angriff der Wölfe zum Opfer gefallen waren. Während das Licht endlich auf den Stern zurückkehrte, war er mit Wan auf dem taufeuchten Hügel allein.

»Neben meiner Ergebenheit für die Schwarze Kette und meiner Fähigkeit, dieses Morgenritual durchzuführen, gab es noch einen weiteren Grund, warum sie mich mit dieser geheiligten Mission gesegnet hat. Könnt Ihr es vielleicht erahnen?«

»Ich habe nicht die geringste Ahnung.« Domingo munterte sich damit auf, dass es an diesem Morgen keinen Nebel gab.

»Weil ich eine … besondere Beziehung mit Schwester Portolés unterhalte.« Bei der Erwähnung der Attentäterin der Königin spuckte Domingo über den Wagenrand. »Nachdem Kardinal Diamont Ihre Gnaden über meine Fähigkeit und natürlich über meine Geschichte mit Portolés informiert hatte, befragte sie mich. Dabei wurde entschieden, dass ich für diese Aufgabe unentbehrlich bin – denn sollten wir Portolés unterwegs fangen, könnte ich ihr sämtliche Geheimnisse entreißen, ganz gleich, wie verbissen sie sie verbergen wollte.«

»Das ist nicht neu.« Domingo fragte sich, wo dieser Unsinn hinführen mochte. Er konnte nun den Hügel ein Stück weiter hinuntersehen, und über den fernen Lagerfeuern der Kobaltblauen kam die Silhouette der Lerchenzunge in Sicht, aber der Talboden entzog sich noch immer seinen Blicken. Doch in der Ferne ertönten Rufe und das Klirren von Eisen, was ihm einen warmen Schauder bescherte, so wie es dieses Konzert bei jedem ordentlichen Oberst tat. »Bei näherer Betrachtung, bring uns etwas näher heran, Wan, wir sind noch immer höher, als ich dachte.«

»Ich bringe uns früh genug nach unten, Oberst.« Die lässige Weigerung, einen ausdrücklichen Befehl zu befolgen, erfüllte Domingo mit einem Abscheu, den nicht einmal ein Zivilist oder selbst ein Sohn zustande gebracht hätte. »Wie ich schon sagte, die Päpstin zog mich einerseits ins Vertrauen, weil sie annahm, ich hätte sowieso Einblick in ihren Geist, und weil sie anderseits davon überzeugt war, ich könnte in Portolés' blicken. Habt Ihr mein Geheimnis schon erraten?«

»Dass du ein unfassbar langweiliger Geschichtenerzähler bist?«, riet Domingo, obwohl sie beide wussten, dass das nicht stimmte; der wahre Grund trat erst langsam zum Vorschein. So wie die heller werdende Landschaft um sie herum Gestalt annahm, obwohl große Teile noch immer jegliche Konturen vermissen ließen.

»Die Wahrheit, Oberst Hjortt, ist dies.« Wan blickte Domingo mit zusammengekniffenen Augen an, murmelte etwas Unverständliches und grinste dann. »Ihr gebt Euch die Schuld an Efrains Tod. Ihr bereut es, ihn nicht besser auf seine Rolle vorbereitet zu haben. Ihr glaubt, indem Ihr jeden bestraft, der einen Anteil daran hatte, ganz gleich wie geringfügig der sein mag, könnt Ihr Euch von der größeren Sünde freisprechen.«

Domingo starrte den Anathema entsetzt an, dann warf er sich vorwärts, um ihn bei seiner Kutte zu packen. Der Schmerz ließ ihn sich zusammenkrümmen. Dabei war er nicht einmal in die Höhe gekommen; die ruckartige Bewegung erzeugte in ihm das Gefühl, eine Säge schneide langsam in sein Kreuz. »Ich habe dir gesagt, was ich tun werde, wenn du in meinen Geist blickst«, schaffte er durch die zusammengebissenen Zähnen hervorzustoßen.

Bruder Wan klapperte mit seinen schrecklichen, unmenschlichen Zähnen. »Und das ist mein Geheimnis, Oberst Hjortt – das habe ich gar nicht getan. Selbst wenn ich es gewollt hätte, ich hätte es nicht einmal tun *können*. Soweit mir bekannt ist, ist dazu kein Hexengeborener imstande. Mein Geheimnis ist das Geheimnis aller Anathemas, wir ersinnen Ausflüchte für die Reingeborenen, damit sie uns mit Respekt behandeln können oder – wenn das scheitert – zumindest mit Vorsicht. Wie die anderen in der *Höhle* verfüge ich über eine ausgezeichnete Intuition. Das haben wir – Ihr und ich – gemeinsam. Aber bei mir kommt auch noch Einfühlungsvermögen hinzu, woran es den meisten Reingeborenen ausgesprochen mangelt. Kein Hexengeborener würde jemals jemandem den Glauben nehmen, dass wir seine tiefsten Gedanken lesen können. Denn damit würden wir nur einen unserer wenigen Vorteile opfern. Aber in Wahrheit sind Anathemas mit meinen angeblichen Kräften nur gute Zuhörer, raten gut und sind geschickt darin, unsere Persönlichkeit zu verändern, um uns bei denen einzuschmeicheln, die wir davon überzeugen wollen. Ich glaube nicht, dass Ihr mich wiedererkannt hättet, hättet Ihr meinen Umgang mit Portolés beobachten können. Warum heißt es, dass sich unsere Fähigkeiten am besten bei jenen entwickeln, die wir intim kennen, was glaubt Ihr wohl?«

»Aber ich habe dich gespürt, wie du in meinem Kopf herumgewühlt hast …«

»Ihr habt nur Eure eigene Paranoia gefühlt, Oberst, nichts weiter.«

»Und warum erzählst du mir dann das alles?« Domingo zerrte sich in eine sitzende Position und lehnte sich gegen die Rückseite des Wagens.

»Versucht es doch«, forderte Wan ihn auf. »Versetzt Euch in meine Position, rechnet alles ein, was Ihr über mich und meine Wünsche wisst. Und *ratet.*«

Domingo hatte den Bader dazu gebracht, die Scheide seines Kavalleriesäbels als Schiene für sein Bein zu benutzen, aber in dieser Position bestand nicht die geringste Hoffnung, die Waffe ziehen zu können. Er erwiderte den viel zu freundlichen Blick des Anathema. »Du glaubst nicht, dass ich lange genug überlebe, um es jemandem zu erzählen.«

Bruder Wan riss die schweineähnlichen Augen in vorgespieltem Erstaunen weit auf und streckte der Morgendämmerung die Arme entgegen. »Sehet, ein Anathema in unserer Mitte! Dieser hexengeborene Gedankenleser gab sich als Baron von Azgaroth aus, aber jetzt zeigt er uns allen sein wahres Gesicht!«

»Wenn du glaubst, du könntest mich überwältigen, Ungeheuer, bin ich für dich bereit«, knurrte Domingo.

Bruder Wan schnalzte nur mit der Zunge, wälzte sich wieder auf dem Kutschbock herum und band die Zügel los. »Vielleicht habt Ihr die Sicht ja doch nicht. Vielleicht ist Euer Verstand auch nur durch das Alter geschwächt. Habt Ihr schon vergessen, dass ich wollte, dass Ihr Zeuge der Schlacht werdet?«

Mit einem Ruck setzte sich der Wagen in Bewegung, und Domingo zuckte zusammen, weil der nächste Krampf durch sein Rückgrat fuhr. »Was für einen verrückten Plan du auch immer ausgeheckt haben magst, Wan, mein Regiment wird dich vielleicht noch überraschen, und sein Oberst erst recht.«

»Ich glaube, Ihr werdet es sein, der eine Überraschung erlebt«, sagte Wan. Der Anathema lenkte den Wagen den langen Hügel hinunter, und das erste Tageslicht leuchtete auf der funkelnden Masse des Fünfzehnten und der Kobaltblauen, die am anderen Talende ihre Posten bezogen. »Bevor es zu spät ist, seid Ihr sicher, dass Ihr nicht gesalbt werden wollt? Noch könnt ihr den Segen der Kette empfangen. So wie Eure Soldaten.«

»Ich komme auch so zurecht«, erwiderte Domingo und widmete seinem ermordeten Sohn eine stumme Entschuldigung. Trotz seiner großen Erfahrung und Wachsamkeit war er in die gleiche Falle wie Efrain getappt. Warum hatte er nur jemals einen Beauftragten der Kette in sein Befehlszelt gelassen? Schon vor langer Zeit hatte er gelernt, aus seinen Fehlern etwas zu lernen, aber von all seinen erfolglosen Plänen war dieser hier der bei Weitem größte Reinfall, und möglicherweise würde er daraus niemals etwas lernen können.

»Das ist der schlechteste Plan, den Ihr je hattet, und das will etwas heißen«, sagte Purna, während Diggelby mit dem Stolz eines frischgebackenen Vaters, der seinen Nachwuchs zur Schau stellt, ein Glas nach dem anderen auf seinem Teetisch aufbaute.

»Das sind meist die besten.« Maroto klopfte gegen den Behälter in seiner Hand, was den fingerlangen Tausendfüßler dazu provozierte, gegen das Glas zu schlagen. »Ich schwöre, Purna, so bin ich zu nichts nutze – die einzige Medizin ist eine Portion des Wurms, der an mir genagt hat. Danach werde ich frischer als neu geboren sein.«

»Bis Ihr wieder davon runterkommt«, sagte Purna. »Wie schlimm wird es das nächste Mal sein, wenn Ihr noch mehr davon nehmt?«

»Schliiimmm«, meinte Diggelby. »Das weiß ich aus Erfahrung.«

»Ich auch«, sagte Maroto. »Ich schwöre es bei meiner Ehre, Purna. Das ist das letzte Mal.«

Sie warf ihm einen Blick zu, den er nur zu gut kannte, und er hätte ihm das Herz gebrochen, wäre es nicht so damit beschäftigt gewesen, bei der Aussicht auf einen weiteren Wurm in eine Raserei zu geraten. Sie wollte ihm so sehr glauben, dass sie es für den Moment tatsächlich auch tat. Oder vielleicht wollte auch er nur, dass sie es glaubte und mitspielte; es kam lediglich auf das Ergebnis an. »Ich schaue mal, wo sie bleiben. Bei allen Höllen, beeilt euch, wir hätten schon längst am Befehlszelt sein müssen.«

Diggelby zerkaute seinen Wurm, verzog dabei das Gesicht und reichte das Kästchen an Maroto weiter. Der dumme Adlige befolgte nicht einmal seinen eigenen Rat; erst kürzlich hatte er dem Barbaren abends noch gesagt, er solle die Dinger nicht zerkauen. Maroto zog eine der Raupen aus dem Stück Bambus, das in dem Kästchen lag, und schluckte sie ganz hinunter, dann nahm er zur Sicherheit noch eine. Und eine dritte; sie waren viel kleiner als die, die Diggelby ihm zuvor gegeben hatte, also musste er genug nehmen, um seinen Kater zu bezwingen.

»Ihr solltet sie wirklich in Friedhofserde halten.« Maroto gab das kleine Kästchen zurück. »Ich wusste gar nicht, dass sie woanders leben können.«

»Ah.« Diggelby nickte mit der Erhabenheit eines Meisters, der einem Novizen seine Weisheit lehrte. »Grabwürmer brauchen solche Erde, aber diese kleinen Burschen findet man nur in diesem gummiartigen Bambus, der in den Domänen wächst, und zwar an der Grenze zwischen …«

»Diggelby«, sagte Maroto konzentrierter, als er sich seit

Menschengedenken gefühlt hatte, und zwar keineswegs infolge des Verspeisens von Käfern. »Diggelby, was habt Ihr mir gerade gegeben? Einen Grabwurm, oder? Nur eine exotische Art?«

»Hm?« Diggelbys Augen bestanden nur aus Pupillen, und Maroto ergriff die Panik. Der Pascha war vollständig von den Raupen benebelt. »O nein! Das hat nicht einmal Ähnlichkeit mit einem Grabwurm. Bambuswürmer sind ...« Er grinste und zeigte Zähne, von denen weißer Glibber tropfte. »Einzigartig.«

»Wie einzigartig?« Maroto hatte nicht die geringste Ahnung, ob sein wild pochendes Herz und der Schweiß auf der Stirn von den Insekten in seinem Bauch herrührten – oder von der Sorge darüber, was sie möglicherweise anrichteten. Unter Umständen hatte er sich gerade selbst die Kehle durchgeschnitten.

»Traumhaft«, sagte Diggelby, fuchtelte mit der Hand herum und kicherte über die Streifen, die sie in der Luft zurückließen. Moment, was? Die Vorfahren sollten ihm beistehen, Maroto fing bereits zu halluzinieren an. »Etwas, um Euch schlafen zu helfen und Dinge zu sehen wie ...«

»Diggelby, Ihr dummer Hund, ich sagte Grabwürmer, *Grabwürmer*!«

»Nein.« Diggelby beugte sich vor und zeigte auf Maroto, dabei klang er ganz nüchtern. »Ihr sagtet, Ihr würdet noch einen der Würmer brauchen, die ich Euch gestern Abend gab. Gestern Abend habe ich Euch einen von denen hier gegeben, weil Ihr den ganzen Tag gekotzt habt, und ich wusste, dass Ihr ohne ihn niemals die Nacht durchschlafen würdet. Der Grabwurm – das war vor *zwei* Nächten. Also macht mich nicht dafür verantwortlich, wenn Ihr Euch nicht so mit Hilfe der Sprache verständigen könnt wie die meisten aufrechten Personen.«

»Warum sollte ich unmittelbar vor einer Schlacht etwas zu schlafen haben wollen?«

»Weil Ihr, wenn Ihr einen Stich von diesem kleinen Kerl hier nehmt, wacher sein werdet als je zuvor in Eurem Leben, und Ihr werdet trotzdem das Traumzeug der Bambuswürmer sehen können.« Diggelby hielt eine leere Weinflasche in die Höhe, in der ein gewaltiger Skorpion wütend auf dem Grund herumkrabbelte. »Als ich ihn dort hineinsteckte, war er winzig, und er wurde zu groß, um dort herauszukommen. Ich weiß nicht, was ich machen werde, wenn sein Stachel nicht mehr durch den Hals passt.« Diggelby steckte den kleinen Finger in den Flaschenhals, und er hatte noch keine zweimal damit gewackelt, da bäumte sich das monströse Spinnentier auf und begrub seinen Stachel in der Fingerspitze. Mit einem Aufschrei riss Diggelby den bleichen Finger zurück, der augenblicklich so blau wurde wie die Streifen auf dem Rücken des Skorpions. »Man muss schnell sein, sonst schwillt der Finger an und man bekommt ihn nie wieder raus.«

Es hatte mal eine Zeit gegeben, in der hätte Maroto versucht die Zunge in den Flaschenhals zu stecken, um diese Erfahrung bis zur Neige auszukosten, aber diese Tage waren gnädigerweise vorbei. Oder auch nicht, denn diese komischen Würmer ließen ihn eine gewisse Steifheit in den Gliedern spüren – und die Vorstellung, die kommende Schlacht zu verschlafen, erschien plötzlich außerordentlich famos, wie Diggelby es bestimmt ausgedrückt hätte. Der Traum der letzten Nacht kam ihm jetzt wieder in den Sinn, dazu noch weit seltsamere Träume, als er je erlebt hatte, und sich jetzt an diesen Ort zurückzubegeben, wäre so schön gewesen …

Nein! Er hatte Eide zu erfüllen, also riss er Diggelby die Flasche aus den Fingern. Zumindest versuchte er es, aber seine gefühllose Hand schlug sie nur weg – so zersplitterte sie auf einem Stahlbolzen, der aus dem Schild zu Marotos Füßen ragte. Einen verzweifelten Augenblick lang bewegte sich niemand, dann taten dies alle gleichzeitig. Der Skorpion krabbelte aus den Glassplittern, und Maroto gelang es gerade noch rechtzeitig, ihm mit seinem sandalenbekleideten Fuß den Weg zu versperren, während Diggelby vorwärtsstürzte, um ihn zu packen, wobei er dem Barbaren unbeabsichtigterweise den Kopf in den

Magen rammte. Die Götter des Unterholzes zeigten Erbarmen, denn der Skorpion stieß seinen Stachel tief in Marotos Knöchel, bevor er quer durch das Zelt schoss und unter Diggelbys Bettzeug verschwand.

»Ich finde dich später!«, rief ihm Diggelby mit verführerischer Stimme hinterher. »Er hat Euch erwischt, oder?«

»Äh«, machte Maroto, dessen ganzer Leib vibrierte. Es fühlte sich an, als hätte er Magma in seinen Knöchel gespritzt. Noch nie zuvor hatte sich bei ihm ein Skorpionstich so angefühlt. Die Schläfrigkeit war definitiv wie weggeblasen, seine Gedanken kamen schneller, als er sie in Worte zu fassen vermochte.

»Wasfüreinbeschissenerskorpionistdasdenndiggelby?«

»Ich kenne den klassischen Namen der Makellosen für diese Spezies nicht«, erwiderte Diggelby nachdenklich. »Ich nenne ihn einfach *dieses Vieh, das ich in der Pantera-Wüste in meinem Schuh fand.*«

Maroto starrte den Adligen an, der wie ein Kugelfisch anzuschwellen schien; kleine Wogen schwappten seinen fleischigen Hals und den dicken Kaftan hinunter. Der Pascha hatte ihn gerade erst mit zwei völlig verschiedenen exotischen Käfern eingenebelt, die nicht einmal ein Kenner mit Marotos Erfahrung je ausprobiert hatte, und von denen einer vermutlich außerhalb der Wildnis sogar unbekannt war. Als Purna ihr schmelzendes Gesicht ins Zelt schob und ihnen befahl, die Ärsche in Bewegung zu setzen, kicherten die beiden Männer noch immer. Maroto schnappte sich die beiden schwersten Schilde in Diggelbys Sammlung und schwebte hinter ihr her. Er hatte Versprechen zu halten, obwohl es doch wesentlich einfacher war, sie zu brechen.

KAPITEL 24

So viel zu ihrer hochverehrten persönlichen Wache. Als sich das erste Tageslicht zeigte, aber niemand von Tapai Purnas Mannschaft, stieg Ji-hyeon auf ihr Schlachtross und gab das letzte Hornsignal. Sie trabte durch das Lager, umgeben von Keun-ju, Fennec, Choi und Chevaleresse Sasamaso, die die zwölf Ritter ihrer Leibwache anführten. Dabei schwang sie ihren mit ihrer Flagge versehenen Speer und sammelte in ihrem Kielwasser zahllose Fußsoldaten ein, während sie den Fuß der Lerchenzunge hinab zu der blutigen Schlacht an seinem Ausläufer ritt. Da die Sonne sich noch immer hinter den Hügeln verbarg, war es dunkel, und Ji-hyeon war erfreut darüber, dass ihr Heer schon bereit gewesen war, sich dem Angreifer zu stellen. Der Initiative des Fünfzehnten Regiments musste sie widerwillig ihre Anerkennung zollen.

Die Kavallerie der Scharlachroten hatte die direkt am Rand des Hanges stationierten Vorposten mit den Pikenträgern durchbrechen wollen, aber bevor sie die Reihen der Infanterie erreicht hatte, waren weitere Signalhörner ertönt, und die Kobaltblauen hatten reagiert. Faaris Kimaera war ein alter Söldner, den Fennec in Nux Vomica aufgetrieben hatte, und der Meisterreiter hatte die bunt zusammengewürfelte Kobaltblaue Kavallerie vom Südkamm nach unten geführt, um die Scharlachroten Reiter abzufangen. Als die Imperialen am Talrand abdrehten, um ihnen zu begegnen, strömten Chevaleresse Singhs Dragoner vom Nordkamm und trafen die gegnerische Kavallerie an der rückwärtigen Flanke. Obwohl an beiden Seiten von Reitern bedrängt und von vorn von den Spießen der Pikenträger, die vom Hügel auf sie einstachen, hielt die imperiale Kavallerie trotzdem stand. Sie verteidigte ihre Flanken, wehrte die Kobaltblauen ab, die in ihre Reihen eindringen wollten, und führte einen harten Vorstoß den Hügel hinauf, begegnete den Stangenwaffen der Rebellen mit schweren Lanzen, durchbrach die Frontreihe und zerschmetterte die dicht gruppierten Verteidiger mit ihren Hufen. Hinter den Reitern griffen die Scharlachroten Fußsoldaten an wie eine Woge aus Blut, die durch das Tal spülte und den Fuß der Lerchenzunge hinaufschäumte.

Ji-hyeon mied den Vorstoß ihrer Hauptinfanterie, denn der Versuch, dort durchzubrechen, hätte mehr Schaden als Nutzen gebracht, und das Leben der hinter ihr hereilenden Soldaten wäre verschwendet worden. Also führte sie ihr Gefolge und die ihnen nachkommenden mehreren Hundert Infanteristen nach Norden, wo die Reihen ihrer Kameraden nicht so stark waren. Vom Lärm der Schlacht schon so gut wie taub, bevor sie überhaupt in den Kampf eingegriffen hatte, erreichte sie Kimaeras Kavallerie und galoppierte an ihrem Rand entlang, immer in der Absicht, die von der anstürmenden Scharlachroten Infanterie unter Druck gesetzte Verteidigungslinie zu unterstützen, während die Kobaltblauen Reiter weiter in die feindlichen Reihen vordrangen, um sich mit Singhs Kontingent zu vereinen und die imperiale Kavallerie zwischen ihnen zu erdrücken.

Die Generalin stieß den Speer noch einmal in die Höhe und schwenkte ein letztes Mal die Flagge, dann senkte sie die Waffe und trieb ihr Schlachtross in die anstürmende Horde hinein, Choi mit ihrem Mondspeer mit seiner gewaltigen halbmondförmigen Klinge zu ihrer Linken und Keun-ju mit einem langen, mit Quasten verzierten Dreizack zu ihrer Rechten. Fennec schien mit Kimaeras Kavallerie zurückgefallen zu sein, aber ihre Ritter und die über hundert keuchenden Fußsoldaten folgten ihr. Bestienflügel kreiste niedrig über ihr, und sie war gleichzeitig darum bemüht, nicht an einen Geier zu denken, während ihr galoppierendes Pferd sie in die erbittertste Schlacht ihres Lebens trug.

Zu beiden Seiten flogen Pfeile durch die Luft, dann krachte Ji-hyeons Hengst in das tobende rote Meer. Ihr Flaggenspeer durchstieß den Harnisch einer brüllenden Frau an der Front, und sie ließ die Waffe gerade noch rechtzeitig fallen, damit ihr der Arm nicht aus dem Gelenk gekugelt wurde, während sie das Pferd tiefer in die Reihen der feindlichen Infanterie trieb. Sie riss an den Zügeln, um auf der Stelle umzukehren und wieder aus der Horde herauszukommen. Aber die Imperialen standen viel zu dicht um sie herum, und noch mehr drängten nach. Was aber noch schlimmer war, die Kobaltblauen, die sie ins Getümmel hatte führen wollen, waren zurückgefallen, und jetzt befand sich die Frontlinie hinter ihr. Dieses Manöver hatte sie bereits ein halbes Dutzend Mal ausgeführt, war dabei aber noch nie so tief in die Reihen des Feindes vorgedrungen.

Scheiße, Scheiße, Scheiße!

Piken stachen nach ihr, Schwerter schrammten über das Kettenhemd ihres Pferdes oder prallten von ihren Beinschienen ab. Ji-hyeon fummelte die beiden Langschwerter aus ihren Scheiden und ließ um ein Haar eine der Klingen fallen, weil ein Pfeil von ihrem Helm abprallte. So gut sie seit dem Aufbruch in Hwabun auch Reiten gelernt hatte, von einem wütenden, bewaffneten und gepanzerten Mob umgeben ein Schwert mit jeder Hand zu schwingen, ließ keine Möglichkeit zu Eleganz oder der Kontrolle ihres Schlachtrosses. Glücklicherweise war das Kriegspferd ein besseres Reittier als Ji-hyeon eine Reiterin; sein kontrolliertes Aufbäumen und Treten verhinderte, dass die Imperialen sie zu Boden zerrten.

Jedenfalls für den Augenblick, denn die feindlichen Soldaten warfen sich mit weit aufgerissenen Augen unter den Rändern ihrer Topfhelme und mit Schaum vor dem Mund auf sie, ohne auf die Hufe ihres Pferdes oder ihre Stahlklingen zu achten. Offensichtlich waren sie verrückt vor Zorn und verhielten sich weniger wie gedrillte Soldaten, sondern eher wie Feuerameisen, die über ihre Beute schwärmen. In der Vergangenheit hatte Jihyeons Auftritt als Legende dem Feind eine deutlich erkennbare Furcht eingeflößt, aber hier zeigten die Soldaten auch nicht den Hauch von Erkennen, nicht einmal eine verständliche Vorsicht, sondern nur wilde Raserei, die umso verstörender war, weil sie ohne Ausnahme alle Gesichter zur Schau stellten. Ein Mann, dessen Gesicht so rot wie sein Wappenrock war, knurrte und spuckte noch immer hinter ihr her, nachdem ihr Schwert ihm den Hals durchstochen hatte, so als würde ihn allein der Hass am Leben erhalten.

Zwei weitere Männer packten ihr Bein auf der anderen Seite, und während sie sich drehte, um sie abzuwehren, sprühte ein Blutnebel auf ihr Visier, weil Chois Mondspeer einem den Kopf abhackte und sich dann in den Hals des anderen grub. Trotzdem klammerte sich der Mann weiter an Ji-hyeons Beinschiene fest und versuchte sie vom Pferd zu reißen. Sie vollendete Chois Werk mit einem Schwerthieb. Ihre Arme schmerzten bereits; sie trat dem Hengst in die linke Flanke, und das gut abgerichtete Tier wandte sich so gut um, wie das in diesem Tumult möglich war. Aber als der Hengst eine Drehung machte und Ji-hyeon Chois Speerklinge durch die Luft sausen sah, um die Scharlachroten zurückzutreiben, wurde ihr bewusst, dass sie in dem Gedränge keine Ahnung mehr hatte, aus welcher Richtung sie eigentlich gekommen waren. Gerade davor hatte Fennec sie warnen wollen; sie hatte etwas schrecklich Dummes getan und befand sich am Rand der Panik, als ein Zirpen Bestienflügels sie veranlasste, nach oben über das Chaos hinauszublicken. Weit zu ihrer Linken erhob sich die Lerchenzunge.

»Zurück!«, rief sie, aber während sie noch den Befehl gab, wurde ihr bewusst, dass sie bei der tobenden Schlacht nicht einmal die eigene Stimme hören konnte, und es waren auch nirgendwo Keun-ju, Chevaleresse Sasamaso oder einer ihrer anderen Ritter in Sicht, sondern nur die stürmischen roten Wogen, in denen Stahl aufblitzte. Und in einer unendlich weiten Ferne war die zerfaserte blaue Reihe ihrer Infanterie zu sehen. Eine Pike zuckte in die Höhe und glitt von ihrer Helmschnauze ab, ein Schwert durchbohrte die Rüstung ihres Hengstes und ließ ihn wild auf die Hinterbeine steigen, wobei sie um ein Haar abgeworfen worden wäre, und Ji-hyeon verfluchte sich als eine der größten Närrinnen, die sich je kopfüber in die Hölle gestürzt hatte.

Als Zosia zurück nach unten ins Lager geeilt war, die hundert verwirrten Infanteristen eingesammelt hatte, über die ihr Ji-hyeon den Befehl gegeben hatte, und eine ähnliche Zahl Bogenschützen aus der in das Tal schießenden Formation hatte abziehen lassen, sah es bereits so aus, als steckten die Kobaltblauen an der Front in ernsten Schwierigkeiten. Aber sollte es ihr nicht gelingen, die Dinge in ihrem Rücken unter Kontrolle zu bringen, steckten sie alle in einem noch größeren Schlamassel, was sie dem die Bogenschützen kommandierenden Leutnant dreimal wiederholen musste, bevor die Frau sie mit hundert dringend benötigten Schützen abrücken ließ. Darauf folgte ein Wettlauf durch das Lager den Hügel hinauf, wobei Zosia den Blick fest auf den freiliegenden Bergsattel gerichtet hielt, der fünfhundert Fuß weiter die Vorderseite des Berges hinauf aus der Lerchenzunge ragte. Jeden Augenblick erwartete sie, die ersten Scharlachroten ihn von der anderen Seite erklimmen und dann den steilen Hang ins Lager hinunterstürmen zu sehen. Doch zwischen den Felsen und Kakteen regte sich nichts. Die Lerchenzunge war bis zum Sattel kahl und von dort bis zum Gipfel so gut wie unbewachsen; die Berge der Umgebung wiesen lediglich ein paar Schneisen mit niedrigen Kiefern auf, aber hätte Lefzenschlecker nicht ein solches Theater gemacht, wäre

Zosia niemals hoch genug gestiegen, um den im Licht der endlich aufgehenden Sonne funkelnden Stahl zu entdecken, der sich um die Bergschulter schob.

Vor den Bergen gab es hier nichts – außer viel unwegsamem Gelände. Und seit das Fünfzehnte die Straße dreißig Meilen weiter südlich verlassen hatte, um der Spur der Kobaltblauen zu folgen, hatten Kundschafter jede seiner Bewegungen überwacht, und niemand hatte berichtet, dass sich Kontingente absetzten, um sie zu flankieren. Das bedeutete, dass der Hinterhalt bereits in die Wege geleitet worden war, bevor Ji-hyeons Heer aus den Bergen gestiegen war, was einen Grad an taktischer Erfahrung verriet, die Zosia Efrain Hjortt niemals zugetraut hätte – seit sie ihm die Daumen abgeschnitten hatte, musste der Junge die Dinge bedeutend ernster nehmen. Für einen so riskanten Weg durch die pfadlose Wildnis konnte er unmöglich eine große Streitmacht entbehrt haben. Aber möglicherweise reichte sie aus, um die Kobaltblauen zu verkrüppeln, falls Zosia nicht eingriff. Sie erkannte ein klassisches Wolfsfallenmanöver, wenn sie es sah, allerdings hatte sie die Imperialen stets in ein solches hineingeführt statt diesen Schachzug um ein bereits existierendes Lager aufzubauen; falls man nicht bereits beide Einheiten in Position hatte, um den Feind dazwischen zu zerschmettern, konnte schrecklich viel schiefgehen, wie sie zu demonstrieren hoffte, indem sie den Sattel als Erste einnahm und auf die Imperialen schoss, während sie auf der anderen Seite ankamen.

Sie hatten gerade den oberen Lagerrand erreicht, da kam der Läufer, den sie losgeschickt hatte, um Ji-hyeon über den Hinterhalt zu informieren, um ein Zelt geschnauft und winkte sie herbei. Er sah nicht so aus, als brächte er gute Nachrichten.

»Lasst mich raten«, rief Zosia, »unsere furchtlose Generalin hat sich entschieden, von der Front aus zu führen?«

»Uh-huh«, keuchte der Läufer. »Aber ich fand die beiden hier vor dem Befehlszelt, sie sahen irgendwie verwirrt aus, also brachte ich sie mit, denn Ihr habt ja befohlen, jeden mitzubringen, der zupacken kann.«

Die größte Gestalt, die Zosia jemals gesehen hatte, holte den Läufer ein und erschien bedeutend weniger atemlos. Zosia grinste zu ihnen hinauf und rief im Dialekt der Feuersteinländer: »Nun, mehr zupacken als vier Hände auf zwei Beinen kann keiner, oder?«

»Äh«, machte Griesgram und mied Zosias Blick. »Ihr seid das.«

»Manieren, Kleiner«, sagte der alte Skrupellos und legte die Hände auf das hohe Haar seines Enkels, als handelte es sich dabei um ein Sattelhorn. »Jeder, der meinen Sohn dermaßen auf Trab gebracht hat, ist einen freundlichen Gruß wert, wenn nicht sogar einen Becher. Wie sollen wir Euch nennen, gute Frau, da wir einander noch nicht formell vorgestellt wurden? Auf dem Weg hierher haben wir viele Titel gehört. Mal sehen, heißt es Zosia die Eiskalte, die Königin, die aufgab, Hauptmann der Kobaltblauen und Totenfee der Klingen, Erste unter …«

»Zosia reicht.« Es war offensichtlich, wo Maroto seine Vorliebe für den Klang der eigenen Stimme geerbt hatte. »Ich nenne euch Skrupellos und Griesgram, da ich hörte, dies seien eure Namen. Einverstanden?«

»Mehr als das«, sagte Skrupellos.

»Was …« Griesgram starrte Lefzenschlecker an, der herangetrabt war und den Kopf am Bein des Mannes rieb. »Wie lautet der Name Eures Teufels?«

»Der wahre Name eines Teufels ist eine mächtige Sache, Griesgram.« Hinter Zosia erklang plötzlich besorgtes Gemurmel, aber es störte sie nicht besonders, dass der Barbar den Unhold bloßgestellt hatte. Wenn sie ihre Anonymität nicht länger genießen konnte, sollte ihr Teufel das auch nicht tun. »Ich nenne ihn einfach Lefzenschlecker.«

»Huh«, machte Griesgram, dann kratzte er das Ungeheuer hinter dem Ohr, was ein zufriedenes Wimmern hervorrief.

»Ich interessiere mich mehr für die Dinge der Sterblichen als mein Enkel«, sagte Skrupellos. »Euer Dienstbote sagte, dass Schwerter gebraucht würden, um einer Horde Feiglinge zu begegnen, die den Hügel hinuntergeschlichen kommen. Ist das ungefähr richtig?«

»Großvater«, sagte Griesgram leise, nahm den Blick von Lefzenschlecker, vermied es aber noch immer, Zosia anzusehen. »Wir sollen an der Seite von Onkel kämpfen und helfen, Ji … Generalin Ji-hyeon helfen.«

»Und sie waren nicht dort, wo sie gesagt haben, dass sie seien«, erwiderte Skrupellos, »und die Dame will einen weiteren Beweis gegen Feigheit. Also was gibt es da zu jammern?«

»Es ist eine große Schlacht, Griesgram«, sagte Zosia. »Ihr tut mehr Gutes für Euren Onkel und seine Freunde, wenn Ihr einen Angriff auf ihren Rücken abwehrt und nicht auf das Schlachtfeld wandert, um zwei Kämpfer unter zwanzigtausend zu finden.«

»So viele?«, sagte Skrupellos vergnügt. »Oh, das sollte ein prächtiger Abschied werden.«

»Ja. Von mir aus.« Griesgram sah so scheu wie eine Jungfrau aus, die der berüchtigtste Frauenheld im Raum zum Tanz aufforderte, und ihn sich winden zu sehen bereitete Zosia ein kleinliches Vergnügen. Was auch immer Maroto von seiner Motivation hielt, für sie war es offensichtlich, dass der Junge sie entweder tot sehen oder ins Bett bekommen wollte. Vielleicht wusste er auch noch nicht, was er eigentlich vorhatte.

Sie konnte einfach nicht widerstehen. »Ich vertraue darauf, dass Ihr mir den Rücken deckt, Griesgram«, sagte sie, und das reichte endlich aus – er erwiderte ihren Blick, und sie bemerkte das Letzte, das sie bei einem abgebrüht wirkenden Hornwolf erwartet hätte: Er hatte Angst vor ihr.

»Ja. Von mir aus.«

»*Ja. Von mir aus*«, äffte ihn sein Großvater nach, griff hinter den Kopf des Jungen und zog eines der sich verzweigenden

Messer, mit denen sich gewisse Stämme des Feuersteinlandes gegenseitig bewarfen. »Wir haben genug gekeift und geknurrt, sehen wir zu, dass unsere Zähne etwas Vernünftiges zu tun bekommen.«

»Dann steigen wir nach oben«, sagte Zosia und hob die Stimme, um die hinter ihr versammelten Bogenschützen und Fußsoldaten anzusprechen. »Für den Ersten von euch, der einen Feind bluten lässt, schnitze ich eine Pfeife!«

Es gab eine Handvoll Hurras und viele verwirrte Blicke. Was war nur aus dem Stern geworden?

»Oder eine Flasche vom besten Schnaps im Lager, eure Entscheidung!« Das entlockte dem ignoranten Lumpenpack einen ordentlichen Jubel, und Zosia stieg den Hügel hinauf und versuchte sich nicht zu sehr darüber zu ärgern, dass die eine Fertigkeit, auf die sie tatsächlich stolz war, so gering geschätzt wurde. Nun ja, an eine Flasche war schneller zu kommen als an Bruyereholz, und sie bedeutete auch weniger Arbeit; in den folgenden Tagen würden ihre Hände auch so schon ausreichend beschäftigt sein.

Zuerst tauchten Griesgram und Großvater nicht vor Diggelbys Zelt auf, dann musste Purna herausfinden, dass Ji-hyeon ohne sie aufgebrochen war. Vorschläge, noch für einen weiteren Schluck zu bleiben, wurden von ihr mit ihrer gemeinsten Miene abgeschmettert. Maroto vermochte nicht zu erkennen, wozu die Eile gut sein sollte, denn die umherwirbelnden blauen und roten Muster, die über den Talboden strömten, zeigten keinerlei Anzeichen nachzulassen. Allerdings konnte Maroto ungefähr zu diesem Zeitpunkt ohnehin keines von Purnas Worten – oder von denen der anderen – hören, denn sein gesundes Ohr war vom Scharren der Insekten unter der Erde und von den Bewegungen der Grabwürmer erfüllt, die von hier bis ans andere Talende zum Fressen an die Oberfläche kamen …

Purna führte sie abwärts, aber Maroto konnte sie nicht länger ansehen; das galt aber auch für Diggelby, Hassan oder Din. Denn wenn er es tat, sah er direkt durch die grelle Schminke und die Haut darunter hindurch bis zu ihren klappernden Schädeln. Er richtete die ganze Aufmerksamkeit auf Prinz, denn Diggelby-Schoßhund schaute die ganze Zeit mit diesem seltsamen kleinen Lächeln zu ihm hoch, während er neben der Mannschaft herlief, und auch wenn er kaum noch wie ein Hund aussah, sah er zumindest nicht wie eine wandelnde Leiche aus, deren Gesicht von Aasfressern zerfressen war. Beim lockeren Zahn des Alten Schwarz hatte noch kein Stich Maroto jemals so schlimm berauscht. Er war völlig durch den Wind.

»Hört endlich auf damit!«, sagte Purna. Maroto blickte von Prinz hoch und erkannte erleichtert, dass der knirschende Radau in seinem Ohr aufgehört und vom guten altmodischen Lärm zahlloser Leute ersetzt worden war, die sich gerade gegenseitig umbrachten. »Vielen Dank.«

»Was?« Aber er hatte noch nicht zu Ende gesprochen, da kehrte das Geräusch auch schon zurück, und Purnas Schädel fauchte ihn wieder an, während ein geschwärzter Skelettfinger auf seinen Mund zeigte. »Oh!«

Maroto hörte auf, mit den Zähnen zu knirschen, und der Laut verstummte ebenfalls. Schon seltsam, wie das glückte. Er schloss die Augen und sagte sich, dass die Welt wieder normal sein würde, wenn er sie nun öffnete. Er versuchte es und sah, dass sie den Hügel hinuntergestiegen und nun keine hundert Schritte mehr von der Rückseite des Gedränges entfernt waren. Überall lagen Leichen herum, Leute wanderten umher und hielten sich die Glieder oder schützten die Stellen, an denen eben noch die Glieder gewesen waren, weinten oder starben und manchmal auch beides zugleich, Blut quoll aus dem Erdboden, und Purna gab ihm eine Ohrfeige, als hätte das jemals funktioniert – außer in Liedern.

»Maroto!« Der Schädel unter der Hornwolfhaube klang genauso wie Purna.

»Dasbinich«, sagte er und hoffte, überzeugend zu klingen.

»Ein paar Leute haben sie hier herumreiten sehen, aber es wird schon schwer werden, an unseren Leuten vorbei zur Front zu kommen – Ihr wartet genau hier, bis wir mit Ji-hyeon zurückkommen, in Ordnung? *Rührt Euch nicht von der Stelle.*«

Purna gestikulierte in die vor ihnen schwebende Wolke aus klirrenden Waffen und spritzendem Blut. Maroto kniff die Augen zusammen, und plötzlich war ihm, als glaubte sich sein verwirrter Geist bereits mitten im Getümmel zu befinden, denn alles wurde genau so, wie es das tat, wenn er tatsächlich in Schwierigkeiten steckte. Der zusammenhanglose Schemen der Schlacht verschmolz zu hunderttausend kristallklaren Bildern. Eine Axt trennte einen Arm ab. Eine Frau hob den Schild zu langsam, um den Speer abzufangen, der ihr Herz durchbohren würde. Ein Kriegshammer schlug einem Pferd den Schädel ein. Der Reiter hieb sein Schwert in einen anderen Mann, bevor sein Pferd überhaupt registriert hatte, dass es tot war.

»In Ordnung, gut. *Bleibt.* Wenn Ihr Euch rühren müsst, geht zurück zum Zelt«, sagte Purna. Sie wandte sich ab, war aber noch keinen Schritt weit weg, da schoss schon ein Pfeil heran, der zweihundert Meter entfernt im Getümmel abgeschossen worden war, um ihr Gesicht in zwei Teile zu spalten. Nun gut, *geschossen* war vielleicht etwas übertrieben, irgendwie schwebte er eher nach unten, als hätte er nicht eine einzige Sorge auf der Welt, und dabei hinterließ er eine funkelnde Spur in der Luft. Also hatte es auch Maroto nicht besonders eilig. Er stieß einfach Hassan zur Seite und entschuldigte sich dafür, und dann brachte ihn ein langer Schritt neben Purna, während er einen seiner Schilde hob, um den Pfeil sauber abzufangen, bevor er die Tapai töten konnte. Die Spitze bebte auf seiner Seite des Schildes, denn sie hatte sowohl Stahl als auch Holz direkt über seinem verschwitzten Griff durchschlagen. Das hätte er unmöglich besser planen können; einen Zoll tiefer, und das Geschoss wäre direkt durch seine Hand gegangen! Er würde vorsichtiger sein müssen.

Die menschlichen Augen in Purnas Totenschädel schwabbelten in seine Richtung, Hassan keuchte in verspätetem Entsetzen auf, und Din sagte: »Die Gefallene Mutter erbarme sich unser, ich habe noch nie gesehen, dass sich ein Sterblicher so schnell bewegt.«

»Ichbineinerderschurkenjaicherwarbmeinenrufnichtdurchkarawanenindieverfluchtepanterawüste«, sagte Maroto, und Diggelby konnte sich nicht mehr beruhigen vor Lachen, während er Prinz auf einen Arm nahm und mit der anderen Hand mit seinem Entermesser herumfuchtelte wie dieser Schauspieler, mit dem Maroto seinerzeit durchs Land gezogen war, der ständig diesen verrückten Piraten gespielt hatte, und Purna klopfte ihm auf die Schulter und klang leicht verstört, während sie sich bei ihm bedankte. Aber sie versuchte nicht mehr, ihn dazu zu bewegen zurückzubleiben, und dann liefen sie alle auf ein Viertel der weltumfassenden Schlacht zu, das besser zu sein versprach als der Rest. Die Adligen wussten doch immer, wo die beste Feier stattfand.

»Frage«, zischte Maroto Diggelby zu, während sie sich einen Weg durch das Gedränge suchten. Er wollte die anderen nicht alarmieren. »Wirsinddieblauenundsiedierotenrichtig?«

Diggelby lachte noch immer, als ein weiterer Pfeil aus dem klaren Morgenhimmel sauste, selbst für Maroto zu schnell. Er zog eine bösartige schwarze Spur hinter sich durch die Luft, und es war schon seltsam, einen lachenden Freund anzusehen und zu wissen, dass er tot war, bevor er es tatsächlich war, ihn lebendig und gesund zu sehen, aber zu wissen, dass er ein Geist war und es nur noch nicht erkannt hatte. Doch statt den spitzenbedeckten Hals des Stutzers zu durchschlagen, wurde der Pfeil noch im letzten Augenblick von einem Windstoß zur Seite gedrückt und traf irgendeinen armen Bastard hinter ihnen, löschte den Freund eines Fremden aus statt Marotos. Der Barbar fiel in Diggelbys Lachen ein, denn betrachtete man es einmal genau, gab es nichts, das so lächerlich zufällig war wie der Krieg.

Griesgram hatte sich gegen den Strom im Lager gestemmt, und eine Flut eifriger, ängstlicher und resignierter Gesichter war an ihm vorbeigeeilt, während er auf das Zelt seines Onkels zugehalten hatte. Es hatte leer gestanden, und als nach ein paar Minuten noch immer keiner da gewesen war, hatte er Großvater zu Ji-hyeons Zelt gebracht. Aber er verpasste auch sie. Es erschien am klügsten, dort zu warten, bis jemand kam und ihm sagte, was er tun sollte, obwohl Großvater ihm damit in den Ohren lag, einfach mit dem Rest der Kobaltblauen den Hügel hinunterzulaufen und zu sehen, was sie dort finden würden. Doch in Wahrheit konnte Griesgram den Gedanken einfach nicht ertragen, das Befehlszelt zu verlassen, nur damit Ji-hyeon oder vielleicht auch Onkel Maroto gerade in diesem Augenblick zurückkamen. Also rang er Großvater das Versprechen ab, zehn Minuten zu warten, denn die im Tal aufeinanderprallenden Heere würden nirgendwo hingehen.

Und wieder einmal hätte er auf Großvater hören sollen, denn der verschwitzte Kerl, der angelaufen gekommen war, den Kopf ins Zelt gesteckt und dann Griesgram befohlen hatte, ihm nach hinten zu folgen, wo irgendein Kampf ausbrechen würde, hatte ihn direkt zu Zosia gebracht. Und jetzt hatte er ihr versprochen, ihr den Rücken zu decken, also war er in die nächste Dummheit reingeschlittert – nachdem er sein Wort gegeben hatte, würde es sich nicht gut anfühlen, den Willen der Gesichtslosen Herrin zu erfüllen. Zumindest nicht heute. Also war das vielleicht doch eine gute Sache, schließlich musste er sich über ein Problem weniger den Kopf zerbrechen. Es sei denn natürlich, Zosia hatte irgendwie herausgefunden, dass er geschickt worden war, um ihr ein Ende zu bereiten, und sie wollte die Verwirrung der Schlacht nutzen, um sich gegen ihn zu wenden, bevor er sich gegen sie wandte. Möglicherweise.

»Passt du auf diesen Rücken auf?«, flüsterte Großvater, während Griesgram den steilen Hang hinaufeilte, der vom Geröll rutschig war. Über ihnen wölbte sich die Kammlinie – die die anderen als »Sattel« bezeichneten – wie der Bierbauch des Berges hervor. Aber ihnen stand noch immer ein Aufstieg bevor, wenn sie ihn erreichen wollten. Zosia war ein paar Längen voraus, und richtig, wenn er ehrlich war, hatte er ihre Rückseite eine Weile betrachtet; von diesem Winkel aus fiel es schwer, das nicht zu tun, denn die Lederhose schmiegte sich fest an ihren Hintern.

»Klappe, Großvater.« Aber das musste die Frage des Alten beantwortet haben, denn er wieherte vor Lachen.

Griesgram warf einen Blick zurück, stieß sich prompt den Zeh und fiel auf ein Knie, das von einer scharfen Steinkante aufgeschlitzt wurde. Er bemerkte es kaum, denn er starrte auf das Tal jenseits des Lagers. So groß das Heer der Kobaltblauen auch erschienen war, das des Imperiums war fast doppelt so groß – nachdem er und Großvater in den Bergen zu Ji-hyeon gestoßen waren, hatte er immer nur einen kurzen Blick auf die Scharlachroten werfen können, wenn die Kobaltblauen einen erhöhten Punkt erreichten, von dem aus sie zu den Verfolgern zurückblicken konnten, und diese flüchtigen Ausblicke hatten ihre Zahl nur andeuten können.

Beide Heere waren direkt am Fuß des Berges aufeinandergeprallt und hatten Staub aufgewirbelt. Auch wenn bis jetzt anscheinend noch kein Gelände aufgegeben worden war, füllte die Masse der rot gekleideten Soldaten das ganze Tal, von der Front bis zum gegenüberliegenden Hügel.

So beeindruckend der Anblick von hier oben aus auch sein mochte, was seinen Mund wirklich offen stehen ließ war der Schatten, der dem Vorstoß der Imperialen rasend schnell folgte, ein Schatten, der auch noch Bestand hatte, nachdem die aufsteigende Sonne von den Staubwolken verhüllt wurde.

Teufel. Die körperlose Sorte; trotzdem war es eine schreckliche Horde, und Griesgram betete zum Alten Schwarz und Kühner Gang, dass es sich bei ihnen nur um Aasfresser handelte, die auf eine einfache Mahlzeit aus waren. So viele von ihnen auf einem Haufen hatte er nur in dem Moment gesehen, in dem die Gesichtslose Herrin sie als Tür in die Welt der Sterblichen benutzt hatte. Und ein schrecklicher Gedanke ließ sein Herz doppelt so schnell schlagen. Was war, wenn sie gekommen war, um Vergeltung zu fordern, um ihn dafür zu bestrafen, dass er sich auf Zosias Seite geschlagen hatte, statt den Wunsch der Göttin zu erfüllen? Allerdings schienen die Teufel nicht miteinander zu verschmelzen, also war es vielleicht doch nicht so schlimm …

Ein Tumult unmittelbar unter ihm erinnerte ihn an die dringlicheren Probleme. Fußsoldaten und Bogenschützen drängten sich um und hinter ihm auf dem mit Felsblöcken und Kakteen übersäten Hang in Gruppen, schweißfeuchte Gesichter starrten ihn nervös an …

Nein, sie starrten an ihm vorbei zum Rand des Sattels, der jetzt den Rest des Berges verdeckte. Zosia hatte ihren Aufstieg ebenfalls unterbrochen und lag unmittelbar darunter flach auf dem Bauch, während ihr Teufel sich mit entschieden nicht hündischer Anmut an der Kante entlangschob. Griesgram stemmte die Sandalen in den rutschigen Felsstaub und stieg neben sie, während sie sich den Männern zuwandte, die ihnen folgten, und einen Finger an die Lippen legte, bevor sie sie weiterwinkte.

»Sie sind da«, flüsterte sie Griesgram und Großvater zu, ihre Augen funkelten in der kalten Wintersonne wie ihr Haar. »Die sind jeden Moment über uns. Wenn uns ihre Bogenschützen in dieser Position erwischen, sind wir alle tot. Seid ihr bereit?«

»Äh«, sagte Griesgram und versuchte an etwas Nettes zu denken, schließlich war das möglicherweise sein letzter Gedanke. Er versuchte sich Ji-hyeons gerissenes Lächeln vorzustellen, aber sie verwandelte sich in die Gesichtslose Herrin. »Ja. In Ordnung.«

Unter ihnen rutschte ein Soldat aus und trat einen Stein los, der den ganzen Weg bis nach unten ins Lager polterte. Über ihnen regte sich nichts; die meisten der feindlichen Soldaten befanden sich noch mindestens in einem Abstand, der Minuten angestrengtes Klettern nötig machte.

»Bist du bereit, deinen Vorfahren gegenüberzutreten, Großvater?«, flüsterte Griesgram über die Schulter, während Zosia einen Pfeil in ihren Bogen hakte. Ihr Kriegshammer war auf ihren Rücken geschnallt.

»Bei allen Höllen, nein!«, murmelte Großvater. »Also achte darauf, dass deine wertlose Melone zwischen mir und den Pfeilen bleibt – du bist der einzige Schutz, den ich habe.«

»Hornwölfe tragen keine Rüstung, Großvater«, sagte Griesgram. Ein Blick auf ihre Schatten, die sich auf dem Hang abzeichneten, verriet ihm, dass der Alte in jeder Hand ein Sonnenmesser hielt.

»Hornwölfe? Falls es dir nicht aufgefallen sein sollte, mein Junge, seit über zwölf Tauzeiten sind du und ich Beutelrattenleute gewesen – und jetzt beweg deinen Beutel, mein Junge, damit wir diesen Imperialen zeigen können, wie es gemacht wird!«

Stürmt man einen Hügel, ist da diese schreckliche Ungewissheit, wo und wann genau einen die Krümmung des Geländes denen enthüllen mag, die die günstigere Stellung einnehmen. Das Schlüsselwort ist hier *günstigere Stellung*; die höhere Position war aus gutem Grund stets umkämpft. Als sich Zosia mit bereit gehaltenem Bogen langsam aufrichtete, wurde aus der zuvor so steil erschienenen Kante über ihr eine sanfte Böschung; die Spitzen von ein paar Kiefern kamen in Sicht. Griesgram blieb geduckt, machte jene letzten unsicheren Schritte bis zu der Stelle, an der der Untergrund flacher wurde; sein Großvater verdrehte den Hals, um aus seiner persönlichen erhöhten Stellung einen Blick riskieren zu können.

Ein Stück weiter den grasigen und mit moosbewachsenen Steinen übersäten Bergsattel hinauf erhob sich eine Baumgruppe aus Kiefern. Zosia atmete auf und entspannte die Bogensehne. Keine Imperialen. Noch nicht.

Sie winkte ihre Leute nach oben. Bei ihrem Signal ertönte zwischen den Kiefern ein Ruf, gefolgt von einem halben Dutzend Pfeilen – Griesgram rannte bereits hakenschlagend auf die Bäume zu, darum zischten sie an ihm vorbei. Das eine Geschoss, das sich in Zosias Bein gebohrt hätte, schlug dank Lefzenschlecker vor ihren Füßen in die Erde. Zosia spannte den Bogen und schoss auf eine der Silhouetten, die aus dem Schutz der Bäume getreten war. Wenn sich ein Teufel um seine Interessen kümmerte, konnte man leicht den Harten spielen, aber Griesgram und sein Großvater schienen sich den Vorteil nicht entgehen zu lassen; beide Männer stießen ein Heulen aus, während sie den schmalen Bergsattel schnell überquerten.

»Hoch und schießen, hoch und schießen!«, rief Zosia. Lefzenschlecker winselte und trabte vor sie, um weitere Pfeile abzufangen, die möglicherweise in ihre Richtung flogen. Es kamen auch noch ein paar, während Zosias Truppe den Berg stürmte, aber ein Bellen des Hundes ließ sie irgendwo landen. Einer traf einen Jungen aus Rawonam, der Zosia erzählt hatte, er habe seinen eigenen Jagdbogen mitgebracht. Er starb schreiend auf dem Boden, während sich seine Kameraden auf dem Kamm ausbreiteten und auf die Imperialen zielten, die sich zwischen den Dutzend Krüppelkiefern in der Sattelmitte verbargen.

Der vorauslaufende Griesgram erschwerte ihre Arbeit beträchtlich, denn er erreichte die Bäume und stürzte sich wie ein zu lange eingesperrter Panther, den man jetzt auf eine Herde Rotwild losließ, auf die imperialen Bogenschützen. Ein Panther mit einem wilden, bewaffneten Affen auf dem Rücken. Der

Speer des Jungen tauchte wie ein feuchter rötlicher Schemen zwischen die Bäume, und der alte Mann schleuderte ein riesiges, aus mehreren Klingen bestehendes Messer auf die überraschten Soldaten. Die beiden Männer ähnelten einem der ugrakarischen Götter, die Zosia auf dem Schrein der alten Dorfvorsteherin in Blodtørst gesehen hatte, einer vierarmigen, massigen Geißel alles Bösen.

Aber in einem Kampf gegen Bögen konnten Klingen allein kaum bestehen, und während Zosias Pfeil einen Imperialen in den Unterleib traf, flogen ein weiteres Dutzend Pfeile ihrer Kobaltblauen durch die Luft und verwandelten einen eigentlich recht malerischen Hain in einen äußerst hässlichen Ort. Sie eilte los und bedeutete ihren Soldaten, ihr zu folgen.

Griesgram und sein Großvater schienen zwar verwirrt, aber noch am Leben und unverletzt zu sein, während sich die letzte Bogenschützin schreiend und mit einem Sonnenmesser im Bauch am Boden wand. Der junge Barbar erledigte sie mit seinem Speer, bevor er das Wurfmesser des alten Mannes zurückholte und ihm reichte.

Als Zosia das Gehölz betrat, rauschte der Wind durch die Äste, und plötzlich erinnerte sie sich an den Geruch von Leibs Haar, gerade in dem Augenblick, in dem dieser schreckliche azgarothische Ritter seinen Kopf auf den Tisch geworfen hatte, an dem sie fast zwanzig Jahre lang so gut wie jede Mahlzeit zu sich genommen hatten. Darauf stolperte sie und musste sich an einem Baum festhalten. Sie würgte und schlug Lefzenschlecker weg, der so fröhlich wie einer von Marotos Stutzerfreunden um ihre Beine herumscharwenzelte.

Das schwindelerregende Gefühl von Déjà-vu verschwand, so schnell und überwältigend es auch gekommen war. Sie schaute auf. Gerade schnitt einer ihrer Bogenschützen dem wimmernden Jungen die Kehle durch, dessen Unterleib sie getroffen hatte, und sie stieß sich von dem Baum ab, richtete sich auf, schüttelte die Gliedmaßen und spuckte aus. Es war nicht nett, es war auch nicht sauber, aber es musste gemacht werden. Die jungen Imperialen mit den leuchtenden Augen, die diesem Arschloch von Oberst geholfen hatten, ihren Mann und ihr Dorf zu ermorden, hatten auch keine Tränen vergossen, und sie würde das ebenfalls nicht tun. Falls jemand es wert war, mit gesenktem Kopf betrauert zu werden, dann war es Pao Kuhhirt, der Junge, den Lefzenschlecker den ganzen Weg von Kypck in die Berge geschleppt hatte, damit er an ihrem Feuer sterben konnte, und nicht dieser gut bewaffnete Abschaum.

»Danke!«, sagte Griesgram, der erleichtert wirkte. Nun, warum auch nicht? Er lebte doch. »Wir schulden Euch etwas.«

»War mir ein Vergnügen«, erwiderte Zosia und versuchte es auch so zu meinen.

»Ich weiß, dass Ihr nicht den ganzen Weg hier raufgekommen seid, um es einer Handvoll Feiglingen zu geben«, sagte der blutverschmierte alte Mann. Er sah aus wie ein Vampir aus den Heldenliedern, der sich an sein Opfer klammerte. »Also wo ist die Jagd?«

»Huh!« Zosia versuchte sich zusammenzureißen. Hier waren Leute, die sich darauf verließen, dass sie für ihre Sicherheit sorgte. Wenn das nicht der größte Scherz von allen war …

»Seht ihr das Wappen auf diesem Wappenrock da? Ein einhändiger Mann mit einem Langschwert ist das Siegel von Myura. Die Kundschafter Eures Onkels haben über tausend von ihnen in den Bergen entdeckt, und sie sahen ihr Banner noch einmal, als sie die Hornwölfe in das Imperiumslager führten.«

»Dieses Lied kenne ich gar nicht!«, sagte Skrupellos. »Maroto hat *was* mit Hornwölfen gemacht?«

»Das soll er Euch selbst erzählen«, sagte Zosia. »Später. Das hier sind nur ein paar von ihnen, darum geht es, Kundschafter, die vorausgeschickt wurden, um den Sattel zu sichern. Was bedeutet …«

»Juhu!« Die hohe Stimme kam aus der Höhe. Bis auf Zosia, die den Gruß erkannte, fraßen alle Staub. *Und* bis auf Griesgram, der einfach hinter einen Baum glitt. Zosia folgte dem Klang der Stimme. Jenseits der Bäume führte ein Steilhang zu einem weiteren, höheren Bergsattel, hinter dem sich der Gipfel anschloss. Auf dem oberen Kamm drängten sich ein Haufen roter Umrisse, die sich in Bewegung setzten und den kaum erkennbaren Wildpfad hinuntermarschierten, der die beiden Bergsättel miteinander verband.

»Alles in Ordnung«, rief Zosia ihren Männern zu, dann wandte sie sich an ihren winselnden, nervösen Teufel. »Glaube ich zumindest.«

Die Kobaltblauen verfolgten mit gespannten Bögen, wie das Regiment aus Myura in einer lang gezogenen Reihe von dem oberen Sattel nach unten stieg, und nicht ein einziger Soldat nahm die Hände vom Kopf, selbst wenn einer auf dem steilen Weg stürzte. Zosia zählte ungefähr dreihundert Imperiale, die sich ergeben hatten, und als der erste am ganzen Leib zitternde, gefangene Myuraner die Bäume erreichte, schloss sich eine riesenhafte Gestalt dem Ende der Reihe an.

»Reiht sie am Rand des Sattels auf«, befahl Zosia ihren überraschten Soldaten. »Falls sie runter ins Lager laufen, erschießt sie. Jeder ohne Bogen wartet hier und eskortiert Gefangene zu den Bogenschützen.«

»Ist das …« Griesgram sah nicht mehr so erleichtert aus.

»Oi, er ist es«, sagte sein Großvater. Er spukte über Griesgrams Schulter. »Falls es Euch nicht stört, Zosia, gehen wir wieder nach unten zu dem richtigen Kampf.«

»Klar. Ich mag ihn auch nicht besonders«, erwiderte Zosia. »Gut, dass die Imperialen nicht die Einzigen waren, die auf die Idee mit einem Angriff auf die Rückseite kamen, sonst hätten wir echte Probleme bekommen. Ich habe gelernt, dass jeder Teufel seinen Nutzen hat.«

Skrupellos belohnte das mit einem zustimmenden Nicken, dann trug ihn sein Enkel fort, aber der Blick, den Griesgram Zosia über die Schulter zuwarf, ließ viele Deutungen zu. Auf die eine oder andere Weise würde sie ihn bald knacken und herausfinden müssen, ob der Junge eine Perle für sie hatte oder etwas weniger Angenehmes.

»Die Wölfe haben nicht auf mich gewartet?«, sagte Frostfalle, der seinen letzten Gefangenen heranführte. Die Myuraner schienen begeistert zu sein, hartgesottenen feindlichen Soldaten übergeben zu werden. »Nun, ich hole sie ein anderes Mal ein.«

»Tausend Myuraner gegen einen alten Schleimbeutel?« Zosia ging zusammen mit ihrem unglücklich aussehenden Teufel, dem Unglück bringenden Zauberer und dem letzten, verstört aussehenden Imperialen, einem jungen Mann mit Eisen auf der Brust – aber nicht im Schritt –, über den Sattel zurück. »Was ist mit dem Rest passiert?«

»Mich trifft keine Schuld, das schwöre ich!«, sagte Frostfalle. Der stolpernde Gefangene erschauderte bei den Worten, machte aber keinerlei Anstalten, der Behauptung zu widersprechen. »Sie haben die Hälfte ihrer Gruppe auf dem Weg hierher verloren; trügerische Flussüberquerungen, steile Pässe und dann war da doch noch irgendwas mit einer Lawine, oder, Wheatley?«

Der gefangene Offizier nickte knapp.

»Beim Letzten hatte ich vielleicht die Hand im Spiel, muss ich zugeben«, flüsterte Frostfalle laut genug, dass Wheatley es auch hören konnte. Zosia verdrehte die Augen – wenn er dafür die Verantwortung übernahm, hatte er vermutlich nichts damit zu tun gehabt. »Wir *haben* durchaus auf diesem letzten Pass zum Sattel dort oben ein paar verloren, aber ich bin davon uberzeugt, dass Zosia die Eiskalte fair mit dem myuranischen Regiment umgehen wird, das sich ergeben hat.«

Das brachte Wheatley endlich dazu, den Blick zu heben. Zosia hätte nicht für möglich gehalten, dass er noch ängstlicher aussehen konnte, aber so konnte man sich irren. »Ihr … Ihr seid das?«

»Hjortt hat Euch von mir erzählt?«, fragte Zosia.

Er nickte einmal, und seine Augen wurden noch größer.

»Gut.« Ein tiefer Seufzer der Erleichterung vertrieb endgültig ihre momentane Schwäche; Ji-hyeons Mitteilungen waren korrekt gewesen, und Oberst Hjortt führte noch immer das Fünfzehnte an. Sie war begierig, zur Hauptveranstaltung zu kommen und beschleunigte ihre Schritte. Auch Frostfalle ging schneller, was Wheatley zwang, ebenfalls energisch auszuschreiten. Sie kamen zum Rand des Bergsattels, wo der Rest der Gefangenen saß. Sie hielten sich noch immer die Köpfe.

»Falls ich nur um eine Sache bitten dürfte …«, begann Wheatley, aber Zosia unterbrach ihn und schaute auf das Lager und das Schlachtfeld hinaus.

»Könnt Ihr nicht. Ich bin eine viel beschäftigte Frau, und Hjortt hat Euch bestimmt davor gewarnt, mich zu verärgern.«

»Das ist … interessant«, meinte Frostfalle. Wie Zosia zu ihrem Unmut erkennen musste, war er genauso verblüfft über den Anblick wie sie; seine wurstähnlichen Finger trommelten auf seine Unterlippe.

»Interessant?« Zosia richtete die Aufmerksamkeit wieder auf das Schlachtfeld. Die zerlumpte Frontlinie hielt noch stand, wenn auch nur mit ein paar zähen Fäden, aber jenseits davon schien die große Masse der Scharlachroten Infanterie einer hektischen Aktivität verfallen zu sein, einer seltsamen Umtriebigkeit. Beinahe sah es so aus, als würden sie … »Das ist bestimmt nicht dein Werk?«

»Ich wäre sehr viel glücklicher, wenn es so wäre. Wir steigen besser dort hinunter und ziehen unsere Leute zurück.« Ein seltenes nervöses Beben lag in Frostfalles Stimme, während er in die Tiefe starrte. »Oder die Dinge werden sehr bald noch viel interessanter werden. Und das gewiss nicht auf die gute Weise, die du dir wünschst.«

Zur – ebenfalls seltenen – Abwechslung verbesserte sich Lefzenschleckers Stimmung beträchtlich, und das trotz der Anwesenheit des verhassten Zauberers. Zosia war sich nicht sicher, welches der beiden Omen beunruhigender war. Sie befahl ihren Leuten, die Gefangenen ins Lager zu schaffen, und eilte nach unten, um zu sehen, was bei allen verfluchten Höllen dort vor sich ging.

KAPITEL 25

»Was für eine Ausdrucksweise!« Wan schnalzte in Domingos Ohr. Nachdem er sie zu einer grasartigen Bodenerhebung gebracht hatte, die sich etwa auf halber Höhe des letzten Hügels vor der Lerchenzunge erhob, hatte der Bruder das Pferd abgeschirrt, damit es grasen konnte, und war neben Domingo auf die Ladefläche gekrochen, damit sie sich Schulter an Schulter an die Rückseite anlehnen und auf das Tal hinaussehen konnten. Dort sollte eine Schlacht stattfinden, aber stattdessen … stattdessen passierte *das da.*

Domingo senkte das schwere Falkenglas mit zitternder Hand und trockenem Mund; der lahme Arm und das zerschmetterte Bein waren vergessen. Mit dem Daumen fuhr er den auf dem Silberreifen eingravierten Namen seines Sohnes entlang. Da verließ ihn der größte Teil seiner Widerstandskraft. Bis jetzt hatte er noch immer gehofft, Shea oder ein anderer Offizier wäre zur Berichterstattung zurückgekehrt, oder aber es würde ihm trotz seiner ungünstigen Position auf der Ladefläche des Wagens gelingen, den Säbel zu ziehen. Nachdem er nun allerdings das Schlachtfeld gesehen hatte …

Doch der Anathema hatte ihn an jeder Abzweigung überlistet und ins Leere laufen lassen, und nicht einer der Azgarother, die er an diesen Ort geführt hatte, würde kommen und ihn retten, denn sie waren alle viel zu sehr damit beschäftigt, den Verstand zu verlieren und scharenweise zu sterben.

»Ich verrate dir ein letztes Geheimnis, Domingo«, sagte Wan, warf seinen dürren Arm um Hjortt und drückte ihn kameradschaftlich. »Ich hatte so meine Zweifel, dass etwas passiert. Oder dass es nur zur Hälfte funktioniert und dann …. puff, nichts mehr. Aber dieser Qualm, den du selbst ohne dein Glas sehen kannst, der verrät doch, dass das Ritual so verläuft, wie Ihre Gnaden es sagte.«

»Das … *das* ist die Waffe der Päpstin?« Domingo versuchte sich an die Einzelheiten der Zeremonie zu erinnern, die er sich alle Mühe gegeben hatte zu ignorieren. »Dieser ganze Gesang über Opfer, dass das Königreich der Gefallenen Mutter kommt … verflucht, du hast meine Leute vergiftet.«

»Sie vergiftet? Wir haben sie *gerettet*, Domingo. Vielleicht bin ich hier oder da nicht so ganz ehrlich gewesen, als ich dich davon zu überzeugen versuchte, das Ritual durchzuführen, aber es war mein voller Ernst, als ich sagte, es sei die höchste aller Ehren, von der Gefallenen Mutter gezeichnet zu werden. Sie werden die Märtyrer sein, die den Krieg beenden.«

»Ich … ich habe ihnen das angetan. Ich ließ dich …« Domingo konnte kein Wort mehr hervorbringen, seine Zunge war so schwer wie sein Herz. Seine Soldaten hatten ihm vertraut, und er hatte sie alle in den Untergang geführt.

»Du hast das Richtige getan«, sagte Wan in dem gleichen bevormundenden, herablassenden Tonfall, dessen sich Domingos Frau auch dann befleißigt hatte, wenn Efrain auch nur in den richtigen Topf gepisst hatte. »Selbst nachdem du dich damit einverstanden erklärt hattest, mich und das Öl mitzunehmen, bestand die Sorge, du würdest … *säkulare Einwände* gegen die Salbung deiner Soldaten erheben. Darum schlug ich vor, es stattdessen als Gift für ihre Klingen zu benutzen. Das schien mehr deinem pragmatisch disziplinierten Blutdurst zu entsprechen. Als du dann sowohl den Segen wie auch das Gift ablehntest, wusste ich nicht, wie ich weitermachen sollte, aber schließlich brachten diese Rebellen ihre Ungeheuer auf dein selbstgerechtes Haupt herab, und eine Wolfszunge überzeugte dich von dem, was meine nicht zu schaffen vermochte.«

»Du hast dieselbe Scheiße auf die Stirn meiner Soldaten geschmiert, die du auch auf ihre Klingen getan hast?« Domingo zitterte noch immer am ganzen Leib, aber das entstammte nicht länger der Furcht und dem Abscheu über das, was mit seinen Leuten geschah, was sie einander antaten – oder wegen der Erde, die unter den Füßen seiner Soldaten qualmte. Er zitterte, weil er noch nie zuvor in seinem ganzen Leben ein derart heftiges Verlangen verspürt hatte, jemanden oder etwas zu töten, wie er diesen Anathema töten wollte, der dort gemütlich neben ihm saß.

»Tatsächlich ist das meiste auf ihrer Stirn gelandet und nicht an den Schwertern. Wir konnten nicht annähernd genug für beides mitbringen, und wenn man nur eine Waffe weihen kann, nun … Es hat Jahre gedauert, um genug Öl aus den Bienenstöcken der Kette für einen weiteren Versuch zu sammeln. Beim letzten Mal reichte es nicht aus, oder etwas ging schief. Ich weiß es nicht. Das war vor meiner Zeit, als Shanatu noch Papst war, und zwar ein junger Papst.«

»Windhand«, hauchte Domingo. Er umklammerte das Falkenglas fester.

»Ach, warst du dabei?« Wan nahm den Arm von Domingos Schulter und setzte sich neugierig auf. »Wie war das? Lief es so ab wie hier? Was war anders?«

»Ich war nicht dabei – das war das Vierte, aus Boleskine. Aber ich habe Geschichten gehört«, sagte Domingo. Er hatte keine Furcht vor dem Sterben, eigentlich fürchtete er sich so gut wie vor gar nichts, aber die Entdeckung, dass die Welt eine sogar noch schlimmere Hölle war, als er immer geglaubt hatte, widerte ihn an. Dort unten im Tal waren Soldaten, mit denen er seit Jahren marschiert war, nicht zu vergessen eine Menge frisches Blut, das während Efrains kurzem Kommando hineingeflossen war, und jetzt wurden sie alle …

»*Was* für Geschichten?« Wan wollte es unbedingt wissen. Domingo schenkte seinem Feind ein höhnisches Lächeln; hier war endlich ein kleiner Sieg, den er für sich beanspruchen konnte. Aber dann stieg der Anathema wie ein Kind, das von seinen Eltern ein Schlaflied verlangte, auf seine Beine, und das Gewicht des schmalen Mönchs auf dem gebrochenen Bein raubte Domingo alle Luft. »Schnell raus damit, alter Mann, ich will zusehen können, wenn es passiert. Nicht einmal die Päpstin oder die Kardinäle wissen genau, was hier geschehen wird oder was bei Windhand geschehen ist, obwohl sie am Tisch darüber sprachen, bevor sie mich losschickten. Dort haben wir alle verloren.«

»Soldaten wandten sich gegeneinander«, keuchte Domingo durch die Schmerzen in seinem Bein hervor. »Brachten sich gegenseitig um. Schlimmer noch. Sie fraßen einander bei lebendigem Leib. Noch schlimmer. So wie … so wie sie es dort vorn tun.«

»Oh!« Wan war enttäuscht. »Nun, dieses Mal wird es gelingen. Wir haben die Leuchtfeuer entzündet und die Opfer vorbereitet, und zu Hause in Diadem wird der Heilige Stuhl noch mächtigere Riten vollzogen haben. Sie wird uns ihre Gunst erweisen. Der Tag des Wandels ist gekommen, o ihr elendigen Zweifler, und ich erlaube selbst dir, davon Zeuge zu werden. So sehr liebt Sie dich, Domingo – sogar nach all deiner kindischen Blasphemie, obwohl du Ihren Segen verweigert hast, darfst du für die Schwarze Kette ein Märtyrer sein. Heiliger oder Sünder, Reingeborener oder Anathema, die Gefallene Mutter liebt uns alle!«

Trotz ihrer Ausbildung, trotz ihrer Jugend, trotz ihrer Fertigkeiten, selbst trotz ihres Teufels war Ji-hyeon eine tote Frau, so tot wie ihr Pferd, so tot wie ihre Leibwächter – in der wogenden Flut aus klirrendem Eisen hatte sie nur einen von ihnen wiedergefunden, und das auch nur, weil sie über eine bekannte Leiche gestolpert war. Sie vermochte kaum das eine Schwert zu heben, das sie noch ihr Eigen nannte, und obwohl Bestienflügel an einem solchen Ort nach Herzenslust fressen konnte, war der

Teufel ebenfalls erschöpft und flatterte trunken über dem Nahkampf. Ohne Frostfalles Trick, die Imperialen in den Wahnsinn zu treiben, wäre sie bereits gefallen, aber obwohl sich die Infanteristen mit Irrsinn im Blick genauso selbst umbrachten, wie sie sie angriffen, gab es einfach zu viele von ihnen.

Der Mob war beträchtlich ausgedünnt worden, trotzdem war Ji-hyeon noch immer von allen Seiten von Feinden umgeben. Gerade hatte sie eine Frau getötet, da blickte eine zweite von der Stelle auf, an der sie über einer gefallenen Kameradin hockte. Blut strömte vom Kinn der Frau, und nach dem triefenden Stück zu urteilen, das sie mit der Hand umklammerte … Ji-hyeon stolperte rückwärts und begriff, was die Frau dort tat, konnte es aber unmöglich akzeptieren.

Eine Hand vergrub sich in dem Haar, das hinten aus ihrem Helm wogte, und riss sie aus dem Gleichgewicht. Sie wollte sich umdrehen und zustechen, aber die Hand hielt zu fest, und dann krachte etwas in ihr Kreuz und ließ Ringe ihres Kettenhemdes zerplatzen, ein Büschel Haare wurde ihr ausgerissen, weil sie kopfüber in den Matsch stürzte. Sämtliche ihrer Freunde waren fort, und wenn Bestienflügel sie nicht länger beschützte, konnte das nur bedeuten, dass sie auch ihren Teufel verloren hatte … und das war allein ihre Schuld.

Ji-hyeon wollte sich umdrehen und auf die Beine springen, ihr Schwert zwischen sich und den Gegner bringen, aber ihr Körper schien schon mit allem abgeschlossen zu haben; ihre Kopfhaut brannte, ihre Ohren dröhnten, ihre Sicht verschwamm und die Welt engte sich zu einem winzigen Fenster im stählernen Kiefer ihres Helms ein. Zwei miteinander ringende Männer stolperten über sie und stürzten neben ihr zu Boden, sie versuchten sich gegenseitig ins Gesicht zu beißen. Aus der schwarzen, blutigen Erde zwischen ihr und den miteinander kämpfenden Soldaten stieg Dampf auf … Aber nein, es war schwarzer Rauch, der sich beim Aufstieg zu geisterhaften Formen kräuselte. Die Erde erwärmte das Eisen ihrer Rüstung, und Ji-hyeon sah zu, wie die Schwaden dichter wurden. Sie wusste zwar, dass sie unbedingt aufstehen musste, aber sie wollte so gern liegen bleiben, nur noch eine kleine Weile.

Gerade aus diesem Grund hatten Fennec und all ihre anderen Ratgeber – ausgenommen Zosia – ihr auszureden versucht, den Angriff zu führen. Was bei allen Inseln hatte sie sich nur dabei gedacht, jeden außer einer berüchtigten Verrückten zu ignorieren? Man gab doch keine Befehle von der Front oder schüchterte dort seine Feinde ein oder rief das Heer zusammen. An der Front starb man. Unmittelbar vor ihr stürzte eine schreiende wildgeborene Kriegsnonne zu Boden, dann explodierte das tierhafte Antlitz der Frau, weil ein Kriegshammer sie für alle Ewigkeit zum Schweigen brachte. Ji-hyeon schloss die Augen, denn sie musste sich nur ausruhen, musste nur ihren Mumm wiederfinden, und dann, dann würde sie erneut in den Krieg ziehen …

Sie spürte schon, wie sie anfing, in die schwarze Erde zu schmelzen; es ließ ihre Haut kribbeln und machte ihren Mund ganz wässrig, genau wie damals bei dem Durchgang durch das *Tor*; ihr ganzer Körper wurde auf eine Weise lebendig, wie sie es nie zuvor oder danach erlebt hatte.

Dann zog ihr jemand den Panzerhandschuh von der linken Hand, und nachdem sie in der Rüstung gebraten hatte, fühlte sich die Winterluft auf ihrer Haut so erfrischend an, dass Ji-hyeon wohlig stöhnte. Sie versuchte zu erkennen, wer ihr da aus ihrer Ausrüstung half, aber der Helm war so schwer, dass sie den Kopf nicht heben konnte. Dann schloss sich ein Mund liebevoll um Mittelfinger und Zeigefinger und saugte an den verschwitzten Gliedern. Es fühlte sich gut an, ließ sie wissen, dass der Traum, in dem sie versank, garantiert schön werden würde. Dann bissen die Zähne kräftig zu und brachen die Knochen, während sie noch an den Fingern kauten.

Ji-hyeon schrie auf, wälzte sich herum und überraschte die imperiale Kannibalin damit so sehr, dass sie wieder aufsprang.

Dabei nahm sie beide Finger der Generalin mit. Das gab verdammt noch mal den Ausschlag – Ji-hyeon packte ihr Schwert fester und stach es der Frau erst in den Unterleib und dann in den Bauch. Die Kannibalin stürzte zu Boden, und Ji-hyeon stand auf; ihre schweren Stiefel fühlten sich jetzt wie Seidenslipper an, während sie der Frau in das schreckliche, diebische Gesicht trat.

»Du nimmst meine Finger?!« Sie fuchtelte mit der schmerzenden, nassen Ruine ihrer Hand vor der Kannibalin herum, während sie auf sie eintrat. »Du nimmst meine *verfluchten* Finger? Dann gebe ich dir auch meine verfluchten Zehen!«

Neben ihr stürzte sich ein Mann wie ein Adler auf eine Forelle aus dem Miasma, und Ji-hyeon wandte sich aus seinem Weg, während ihr Rückhandschlag ihm beim Passieren die Kehle aufschlitzte.

»Ihr *fresst* verflucht noch mal Menschen?«, schrie Ji-hyeon die Menge an. »Ihr fresst verflucht noch mal *mich*? *Wollt* ihr alle sterben?«

Eine Frau blickte von ihrem blutigen Mahl auf, um Ji-hyeons Klinge an die Schläfe zu bekommen; ihr Schädel öffnete sich wie ein zu Boden gefallener Kürbis.

»Dann kommt her! Beißt mich!«

Zwei schreiende Soldaten, die so blutbesudelt waren, dass die Generalin nicht zu sagen vermochte, für welche Seite sie kämpften, rannten an ihr vorbei und fuchtelten dabei wild mit den Waffen herum, zerteilten aber nicht mehr als den Rauch um Ji-hyeons Kopf. Sie durchtrennte den Knöchel des einen, während die Männer zurück ins Chaos flohen. Dann durchbohrte sie während seines Sturzes seinen Rücken und stach noch einmal härter auf ihn ein, bis schwarzer Glibber aus den Löchern quoll, die sie in sein dünnes Lederwams gestoßen hatte, während sie nach dem nächsten Herausforderer Ausschau hielt und die Welt jenseits des gezackten Rachens ihres Wolfshelms endlich wieder anfing, einen Sinn zu ergeben.

»Ich! Töte! Euch! Alle!«

Überall um sie herum schimmerten Umrisse in der Rauchwolke; die wie Weihrauch stinkenden Dämpfe verfestigten sich, dann näherte sich ihr eine geduckte dunkle Silhouette. Unter einem wilden Aufschrei schlug sie mit dem Schwert zu …

Und riss es im letzten Augenblick zur Seite, weil sie Keun-ju erkannte. In dem schlechten Licht hätte sie ihm beinahe den Kopf abgetrennt. Er stolperte aus den Rauchschwaden. Er war in Blut getränkt, in seiner linken Schulter steckte zwar ein abgebrochener Speer, doch er hielt noch immer das Vier-Tiger-Schwert, das sie ihm geschenkt hatte. Keun-ju lebte noch, und er war da. Und dann erschien Choi hinter ihm, die Wildgeborene sah sogar noch schlimmer aus als er und blutete am ganzen Körper. In der Armbeuge trug sie die zitternde Bestienflügel.

Ji-hyeon wollte sie begrüßen, aber aus der Tiermaske ihres Helms drang nur ein schreckliches Lachen.

»Wir müssen hier weg!«, schrie ihr Keun-ju ins Gesicht, als wäre sie taub, andererseits war das nun wirklich ein Gedanke, der nach einer energischen Äußerung verlangte. Und während ihre Füße durch die Sohlen ihrer Stiefel hindurch wärmer wurden, schnitten sich Ji-hyeon, ihr Tugendwächter und ihre Kampfwächterin einen Weg durch Rauch und Fleisch, als wäre das alles dasselbe.

»Hast du es gesehen?«, fragte Griesgram Großvater, als sie den oberen Rand des Lagers erreichten und die Säule aus Teufeln noch immer über dem Schlachtfeld schwebte. Nach wie vor hoffte er, dass das nur wilde Teufel waren und nichts Materielleres … wie zum Beispiel eine wütende Göttin. Rauch stieg in die Höhe, um sich mit dem Schwarm zu vereinen, aber dann erreichten sie die Zelte, und Griesgram verlor das Tal völlig aus der Sicht. Er konnte nicht sagen, ob die schwarzen Dämpfe von einem Feuer oder sogar von etwas verursacht wurden, das noch weniger willkommen war.

»Was?«, sagte Großvater. Das war Antwort genug. »Der Rauch?«

»Nee, Großvater, ich …«, setzte Griesgram an, aber sie umrundeten gerade ein Zelt und rannten einen Jungen mit blauem Stirnband beinahe über den Haufen. Der Junge schrie auf, stolperte zurück und schoss dann seine Armbrust auf sie ab. Der Bolzen verschwand im Himmel, gesegnet sei Höllenstürmer für das Glück, das er für seine Nachkommen stahl, und Griesgram kam rutschend vor dem Burschen zum Stehen. »Bei allen Höllen, Kind, wir sind auf deiner Seite! Wenn du einfach so mit Feiglingsbögen herumschießt, könntest du ernsthaft jemanden verletzen!«

Der Junge starrte noch immer entsetzt in die Höhe, und Griesgram folgte seinem Blick und sah die Reihe der myuranischen Gefangenen, die vom Berg herunterstiegen. Das war die Erklärung, der Kleine glaubte, das Lager würde überfallen werden, und hatte sich auf den ersten großen Schatten gestürzt. »Wir haben sie gefangen genommen, Junge, wir …«

Aber der Junge betrachtete den Hügel hinter ihnen gar nicht. Der Junge schaute zu Großvater hoch, der angesichts einer solchen Scheiße viel zu still gewesen war, und dann durchdrangen die ersten warmen Tropfen Griesgrams Haar und kitzelten seine Kopfhaut.

»O nein, nein, nein«, stöhnte er und fummelte an den Riemen des Geschirrs herum. Aber bevor er den ersten gelöst hatte, wusste er schon, dass Großvater viel zu schlaff war; ein Arm schwang gegen sein Gesicht, während er den alten Mann auf den Boden legte. Griesgram hatte gewusst, dass das geschehen werde, seit er gewusst hatte, was der Tod war. Aber es hätte nicht auf diese Weise geschehen dürfen, nicht bei dem Mann, der ihm alles Wissenswerte beigebracht hatte und sogar noch ein paar Dinge mehr. »Oh, *Großvater*.«

Aus Großvaters geöffnetem Mund ragten ein paar Federn, der Rest des Bolzens steckte in Gaumen und Schädel, die funkelnde Spitze durchstieß die Schädeldecke. Er roch bereits, als wäre er schon seit Wochen tot.

Von einem der Feiglingsbögen erledigt, die er so verabscheut hatte. Erledigt von einem Jungen, dessen Leben sie gerade eben erst auf dem Berg zurückgekauft hatten, bevor Großvater überhaupt Gelegenheit gehabt hatte, zu seinem Sohn zu singen.

»Es tut mir leid!«, quiekte der Kleine, und Griesgram schaute hoch und sah, dass der Junge fast so sehr weinte wie er selbst. Er ließ die Waffe fallen, während sich Griesgram zu seiner vollen Größe aufrichtete. Dann fuhr er herum, um wegzulaufen, war aber nicht schnell genug. Griesgram warf sich auf ihn, stieß ihn zu Boden und beugte sich – eine Hand fest um seinen Hals gelegt – über ihn. Er drückte zu, und der Junge machte sich in die Hose, während Griesgram aufhören wollte. Er wollte ihn gehen lassen, hatte sogar mehr Angst vor dem, was er dort tat, als sein Herz wegen Großvater schmerzte. Aber seine Hand drückte einfach fester zu, während er flüsterte:

»Mir tut es auch leid.«

Gerade als Maroto glaubte, die Wirkung der Würmer nähme ab, wurde die Scheiße wieder völlig verrückt und immer tiefer; die Scharlachrote Infanterie sah nun einen Tick menschlicher aus, verhielt sich aber noch teuflischer. Während Purna ihren Kakuri aus dem Schlüsselbein eines Soldaten riss und Maroto den Stich eines anderen Mannes abwehrte, der seinen Schützling sonst durchbohrt hätte, sah er, dass die ein Stück weiter entfernten Soldaten anscheinend den Kampf eingestellt, dafür aber angefangen hatten, die Toten zu essen. Nichts erschien mehr witzig, jedenfalls nicht auf die gute Weise, und Maroto schwor sich, sich nie wieder stechen zu lassen. Wie er es für gewöhnlich zu diesem Zeitpunkt eines Stechrausches sagte, wenn die Dinge unheimlich wurden. Wo auch immer er hintrat, schien Rauch aus dem Boden zu quellen, der wie brennendes Haar und würziger Samen roch, und er brachte den Schild kaum rechtzeitig genug in die Höhe, um eine Pike abzuwehren, die Purna gefällt hätte.

»Wir müssen uns zurückziehen«, keuchte sie. »In diesem Nebel werden wir Generalin Ji-hyeon niemals finden. Habt Ihr die anderen gesehen?«

»Nee«, antwortete Maroto, dessen Zunge sich wieder wie immer bewegen ließ, nachdem er etwas von dem Skorpion ausgeschwitzt hatte. Drei vor Zorn rasende Imperiale warfen sich aus dem Rauch auf sie, und Maroto vollführte den kompliziertesten Tanz seines Lebens; hätte er ihnen einfach guten Gewissens mit seinem Schild die Schädel einschlagen können, wäre es ganz leicht gewesen, aber er wollte seinen Schwur nicht noch mehr strapazieren, als er es ohnehin schon getan hatte. Also schob er sich zwischen Purna und die rasenden Soldaten, riss den Schild nach oben, nach unten und zur Seite. Das Mädchen tänzelte durch seine Öffnungen und kümmerte sich um die Gegner. In der ganzen Aufregung trug er ein paar oberflächliche Schnittwunden und Prellungen davon. Aber Ehre, wem Ehre gebührte – als er sich aus dem Weg wälzte und Purna nach vorn stürzte, um dem letzten Mann ihren Krummdolch ins Gesicht zu hacken, sah er, dass sie nicht einen Kratzer davongetragen hatte. Da fing er wieder an zu kichern und lachte, während sie sich durch den Rauchvorhang schoben, um die Bühne zu betreten, denn er hatte endlich herausgefunden, welche Rolle er in diesem seltsamen neuen Drama spielte.

Er war Purnas Teufel.

Zosia eilte hinter Frostfalle durch das Lager, in der Seite ein Stechen von der Größe des agrimoniaschen Grabens. Selbst das Lagervolk, das sich während des Kampfes normalerweise zurückzog, um nicht von einem verirrten Pfeil getroffen zu werden, war jetzt hervorgekommen, um den verwirrenden Anblick in der Tiefe zu betrachten, und ein paar hatten sich schwere Bündel aufgeladen und flohen den Hang hinauf, um sich aus dem Staub zu machen, bevor die Dinge noch verrückter wurden. Zosia konnte es ihnen nachfühlen; noch nie zuvor hatte sie Lefzenschlecker so glücklich oder Frostfalle so nervös gesehen.

Als die Zelte im tiefer gelegenen Teil des Lagers weniger wurden und sie sich an den Vorposten vorbeizwängten, sah Zosia, dass die von dem Schlachtfeld aufsteigende Rauchsäule einen vollendeten Zylinder bildete und sich so hoch in den Himmel erstreckte, wie das Auge sehen konnte. Im Herzen der Säule erschienen plötzlich wogende Lichter, und Zosia erkannte endlich den Geruch in der Luft, über den sie schon den ganzen Weg vom Bergsattel hinunter gegrübelt hatte. Bei einem Ausflug mit Leib vor einem Dutzend Jahren war sie im Hochland von einem Orkan überrascht worden, und ein Blitz hatte einen Felsen in solcher Nähe zerschmettert, dass sie seinen heißen Geruch hatten riechen können und seine Energie auf ihren Zungen kribbelte.

Die Zylinderwolke bedeckte fast das ganze Tal und erstreckte sich weit genug, um die Frontlinien einzuhüllen. Zosia entging nicht, dass die hinten stationierte Kobaltblaue Infanterie die schwarze Säule ehrfürchtig anstarrte und die Waffen nur schlaff in den Händen hielt – wenn überhaupt. Frostfalle fluchte wild genug, um die Toten zu wecken, und Zosia hätte sich ihm angeschlossen, hätte sie die nötige Luft gehabt – das war das schlimmste Teufelswerk, das sie in dreißig Jahren Unruhestiften je erlebt hatte. Die Kettenhexen der imperialen Armee hatten etwas herbeigerufen, das kein Sterblicher hoffen konnte zu besiegen … und sie lief genau darauf zu.

Dann blieb Frostfalle so abrupt stehen, dass sie beinahe in ihn hineingelaufen wäre; der Zauberer verharrte unmittelbar am Fuß der Lerchenzunge. Zwischen ihnen und der wirbelnden Säule reihten sich die schlaffen Schultern der Nachhut, der Feldchirurgen und der Offiziere und des Rests der Kompanie auf. Lefzenschlecker setzte sich und heulte so laut er konnte, sein Schwanz trommelte auf den Boden und wirbelte den Staub um sie herum auf, und dann …

Ein Knall. Kein lauter Knall wie von einer dieser Schusswaffen, sondern eher so wie der Laut und das Gefühl, wenn man nach einem langen Aufenthalt in den Bergen ins Tiefland kam. Und die wogende Säule aus tintiger Schwärze und flackerndem Licht wurde einfach in das Schlachtfeld gezogen, wie Rauch, der durch eine Pfeife eingesogen wird. Doch als die Säulenkrone aus dem Himmel nach unten stürzte, musste sich etwas auf dem Schlachtfeld verändert haben, denn statt in den Erdboden gezogen zu werden, wogte der übrig gebliebene Rauch durch das ganze Tal, ließ Zosias Augen brennen und Frostfalle husten.

»Das reicht endgültig«, schaffte der Zauberer hervorzustoßen. »Nicht einer der Teufel in meiner Tasche wird für dieses Versäumnis meinem Zorn entgehen. Einer davon wusste, dass das hier kommen werde, denk an meine Worte, jemand roch es im Wind, hielt aber den Mund.«

»Was war *das*?«, fragte Zosia. Lefzenschlecker bellte fröhlich zur Erwiderung und stieß mit dem Kopf gegen ihren Hintern, damit sie sich in Bewegung setzte.

»Ich habe da so eine Ahnung«, erwiderte Frostfalle. »Aber finden wir es heraus.«

»Diese Scheißteufel.« Zosia sah auf Lefzenschlecker herunter. »Finden wir zuerst unsere Freunde. Bist du bereit, mich zu Maroto und den anderen zu bringen?«

Lefzenschlecker trottete in die dichten Rauchwolken, die aus dem Tal emporwallten, und Zosia folgte ihm nach unten. Für einen Rundgang durch eine neue Hölle gab es nun einmal keinen besseren Führer, als es der eigene persönliche Teufel war.

»*Sieh. Es. Dir. An*«, hauchte Bruder Wan. Noch immer hockte er rittlings auf Domingo, starrte aber auf die Stelle, an der der Turm aus Schwärze wieder zusammengebrochen war.

Domingo roch es, bevor die die Talseiten emporwogenden Rauchwolken sie erreichten; seine Augen tränten, als seine Nase das orangefarbene Salbeiöl erkannte, das Concilia stets dem Badewasser des kleinen Efrain zugemischt hatte, während Domingo seine Frau noch mit etwas anderem als Verzweiflung und seinen Sohn mit etwas mehr als Enttäuschung hatte ansehen können. Das graue Leichentuch erstickte die Welt, und selbst der Anathema auf ihm erschien so harmlos und weit entfernt wie eine Erinnerung an vergangenes Scheitern.

»Und der Krieg ist vorbei«, verkündete Wan leise. »Was in den Lobgesängen prophezeit wurde, ist geschehen.«

»Was hast du getan?«, fragte Domingo genauso leise, und da es für Selbsttäuschungen mittlerweise wirklich zu spät war, korrigierte er sich. »Was haben *wir* getan?«

»Wir haben den Stern gerettet, Domingo.« Milchige Tränen tropften von Wans Kinn auf die rote Uniform des Obersten. »*Du* hast den Stern gerettet, indem du an die Kette geglaubt hast. Ihre Gnaden bezeichnete es als Waffe, weil du das nur so verstehen konntest, aber in Wahrheit war es nie eine Waffe. Es war ein Geschenk, ein Geschenk an alle Sterblichen.«

»Ich habe dich gefragt, was ich da verflucht noch mal getan habe, du widerwärtiges Ungeheuer!« Domingos Stimme brach. »Hör mit diesen Kettenwahnsinn auf und *sag* es mir. Bitte! *Was habe ich getan?*«

»Wahnsinn?« Die flüchtige Sanftheit auf Wans Gesicht verschwand, und seine Wangen trockneten. »Du zweifelst noch immer an ihr, trotz allem, was du gesehen hast. Nach allem, was du getan hast.«

»Ich will es nur wissen.« Domingo ließ sich auf sein verschwitztes Kissen zurücksacken, und das Ungeheuer, das rittlings auf ihm saß, blickte verächtlich auf ihn herab. »Ich möchte es nur wissen.«

»Nein, das möchtest du nicht«, sagte der Mönch. »Du wolltest es niemals wissen. Du hast deine ganze Existenz damit verbracht, die Wahrheit mit dem einen Atemzug zu verneinen und mit dem nächsten Antworten zu verlangen. Ich wollte es dir zeigen, ich wollte dich mitnehmen und hindurchführen … Aber du bist dessen nicht würdig.«

»Du weißt es nicht, oder?« Domingo musste genauso verrückt sein wie Wan, denn es fiel so unendlich schwer, dieses wahnsinnige, traurige kleine Ungeheuer, das glaubte, das ganze Spiel begriffen zu haben, nicht auszulachen. »Du wirst es mir nicht sagen, weil du gar nicht weißt, was du da getan hast!«

»Ich habe die Welt gerettet, und jetzt gehe ich auf die andere Seite und erhalte meine Belohnung«, sagte Wan. »Aber zuerst werde ich dir weitere Qualen ersparen. Für die zurückgelassenen Sünder wird es … unerfreulich werden, und ich glaube, du hast in diesem Leben bereits genug gelitten. Du magst mich verabscheuen, Domingo, aber ich verspüre nichts als Mitleid für dich.«

Der hagere Hexengeborene verlagerte das Gewicht, und Domingo stöhnte, denn die veränderte Haltung schickte weitere Schmerzwellen durch sein gebrochenes Bein. Bruder Wan zog das schwarze Messer aus der Kutte, das der Oberst an der Grenze Azgaroths nicht angenommen hatte, nachdem er den Prinz der Makellosen getötet hatte. Wie lange das doch her zu sein schien, damals, als die Eroberung Linkensterns durch die Makellosen wie ein Verbrechen erschienen war, für das es sich zu töten lohnte, als er noch mehr Ambitionen gehabt hatte außer der einen, besser zu sterben, als er es gleich tun würde, jetzt, da seine Zeit gekommen war. Domingo fragte sich, ob die Familie des ausländischen Prinzen auf die Nachricht vom grausamen Tod ihres Kindes genauso reagieren würde wie er, mit wildem Zorn statt mit Trauer …

»Mögen dich sichere Wege an ihre Brust führen«, sagte Bruder Wan. So ungeschickt er den Dolch hielt, hatte Domingo nicht viel Hoffnung auf ein schnelles Ende. »Es ist Zeit, dass dich die Engel holen, Oberst.«

»Ich bezweifle, dass einer von uns irgendwelche Engel sehen wird«, erwiderte Domingo und spannte jede Faser seines zerstörten Körpers an, während sich Bruder Wan nach unten beugte, um ihm die Kehle durchzuschneiden.

Der Hexengeborene kam so dicht wie ein Geliebter heran, und Domingo schlug das Falkenglas aus Messing gegen seine weiche Schläfe. Wan schwankte und hieb blindlings mit dem Dolch zu. Er traf Domingos Wange. Die Klinge fuhr den Knochen entlang und schnitt ins Ohr. Das war gerade der kleine Ansporn, den Domingo brauchte, und er schlug ein zweites Mal nach dem Anathema, diesmal nur härter, und das Glas der Messingröhre explodierte als Kristallschauer. Bruder Wan sackte auf ihm zusammen, und ihre Stirnen kollidierten schmerzhaft miteinander.

»Ein kluger General verlässt niemals das Schlachtfeld«, knurrte Domingo dem erschlafften Mönch zu. »Und ich habe dem Jungen nie etwas gegeben, das er nicht als Waffe hätte benutzen können.«

Als Bruder Wan das Bewusstsein verloren hatte, hatte er das Messer über den Wagenrand fallen lassen, also brauchte der Oberst mit dem gebrochenen Bein und dem lahmen Arm etwas mehr Zeit und Hingabe, um zu tun, was getan werden musste, vor allem mit seinem ausgerenkten Hals. Man hätte es nicht glauben sollen, aber das war das Schlimmste; tausend Dornen schienen sich in Domingos Rückgrat zu bohren, während er den Anathema von sich herunterwälzte und sich dann auf der Ladefläche in die Höhe zog. Die Schwaden waren nun viel dichter, so wie damals, wenn er sich in das mit Dampf erfüllte Badehaus geschlichen hatte, um von Concilia einen Kuss zu stehlen, während Efrain in der Wanne herumplantschte und das helle, scharfe Lachen eines Kindes lachte – ein Laut, mit dem Domingo niemals etwas hatte anfangen können.

Er hätte sein Bettzeug in Streifen reißen und Bruder Wan damit fesseln sollen, bevor der Mönch aufwachte. Ihn verhören sollen, wenn er wieder bei Bewusstsein war, mit dem Einsatz von Methoden, die nur für Verräter der Krone reserviert waren. Eine vernünftige Antwort aus dem unvernünftigen Mann herausholen sollen. Aber aus Domingos aufgeschlitztem Gesicht strömte schrecklich viel Blut, und wer vermochte schon zu sagen, wie lange er noch bei Bewusstsein blieb? Wer vermochte schon zu sagen, wie lange er noch am Leben blieb? Also tat Oberst Domingo Hjortt das einzig Gescheite, das ihm einfiel: Er prügelte so lange auf Bruder Wans Hinterkopf ein, bis er keine Kraft mehr hatte, das zerbrochene Falkenglas zu heben. Dann sackte er auf die blutverschmierte, verdreckte Ladefläche zurück, zischte die Lieder an, die sein zerstörter Körper für ihn sang, und starrte nach oben in den dunstigen Himmel. In der Hoffnung, dass sich der Rauch klären werde und er ein letztes Mal die Sonne sehen konnte, bevor er in dem endete, was die Abergläubischen die Erste Finsternis nannten, von dem er aber wusste, dass es nicht mehr und nicht weniger als der kalte, kalte Boden war.

KAPITEL 26

Griesgram hielt einen Jungen, der kaum weniger als zwölf Tauzeiten alt sein konnte, am Boden fest und würgte ihn mit einer Hand zu Tode. Er roch Pisse und Scheiße, Blut und hohes Alter, aber das Letztere wurde mit jedem Atemzug schwächer, und als es völlig verblasst war, drückte er noch fester zu. Die Augen des Jungen quollen hervor, seine Beine zuckten, und die schwachen Finger klammerten sich an Griesgrams Handgelenk. Es war eine finstere Aufgabe, aber sie musste erledigt werden, denn Großvater war völlig grundlos getötet worden, war auf eine Weise ermordet worden, die die Vorfahren beschämen würde. Die Vergeltung musste erfolgen, und Griesgram verstärkte den Griff und schaute zur Seite, denn er fand kein Vergnügen darin.

»Nein.« Er ließ den Jungen wie eine zufällig ergriffene Schlange fallen und hockte sich auf dem staubigen Pfad zwischen den Zelten auf die Fersen. Der Junge keuchte, ein trockener, hässlicher Laut, der sich schmerzhaft anhörte. Und Griesgram wiederholte es nur noch lauter, damit es auch dabei blieb. »Nein!«

Sie hatten die Savanne nur aus einem einzigen Grund verlassen: doch um etwas Besseres als die alten Sitten zu finden, oder? Tötete man zu Hause jemanden, bezahlte man seine Familie oder kämpfte gegen den, der Vergeltung wollte. Ganz einfach … nur dass nichts mehr einfach erschien. Was hätte er davon gehabt, diesen dummen Jungen zu töten? Welchen Sinn hätte das überhaupt gehabt?

»Es tut mir leid«, wiederholte der Junge und hustete die

Wörter hervor, während er rückwärts auf dem Hintern wegzukriechen versuchte. Als Griesgram diese wertlosen Worte hörte, wollte er sie ihm wieder zurück in den Hals rammen. Er sprang auf die Füße und ging auf ihn zu.

»Glaubst du, es würde mich auch nur einen Scheiß interessieren, ob es dir leidtut? Du hast meinen Großvater getötet! Ich schleppte ihn den ganzen Weg hierher, überredete ihn, euch zu helfen, deinem Volk, und so dankst du es ihm? Mit einem verfluchten *Feiglingsbogen*?« Er hob den Fuß, um den sich zusammenduckenden Jungen zu treten, aber dann beherrschte er sich wieder und stampfte stattdessen auf den Boden. »Was mache ich jetzt, hä? Ihn einfach hierlassen, nach allem, was er für mich getan hat? Dich abhauen lassen, nach dem, was du gemacht hast?«

»Bitte … bitte … bitte«, stammelte der Junge.

»Ich habe dir eine verfluchte Frage gestellt!«, brüllte Griesgram. Er hatte das Gefühl, gleich werde ihm das Gehirn aus den Ohren brodeln. Ein- oder zweimal hatte er den Verstand verloren, und es hatte immer zu einem schlimmen Ergebnis geführt, aber noch nie zuvor hatte er die Teufel auf diese Weise in sich gehabt. »Ich habe sonst niemanden mehr, den ich fragen kann! Denn du hast ihn umgebracht! *Also was tue ich jetzt*?«

»M-Makellos?«, stammelte der Junge, und Griesgram begriff, dass er in der Wahren Sprache gebrüllt hatte, und ganz gleich, wo dieses Kind herkam, es war nicht der Nordöstliche Zacken. Das machte aber nichts. Griesgram konnte auch in anderen Sprachen wüten, obwohl die Suche nach den richtigen Worten ihm einiges von seinem Schwung raubte.

»Du hast meinen Großvater ermordet«, sagte er. »Du hast ihn ermordet, weil … weil du ein dummes, beschissenes Arschloch bist. Also was soll ich jetzt tun? Wie kann ich dich gehen lassen, wo du ihm das angetan hast? Wie soll ich ihm oder meinen Vorfahren gegenübertreten, wenn ich am Tor der Met-Halle des Alten Schwarz stehe? Wie?«

»Bitte.« Mehr brachte der Kleine nicht hervor, was Griesgram auf die Frage brachte, ob hier wirklich die Sprache das Problem gewesen war, oder ob dieser Junge nicht einfach nur zurückgeblieben war. Er warf noch einmal einen Blick auf Großvaters schlaffen Körper im Staub und hoffte, dass er selbst im Tod noch für Weisheit sorgen werde, aber alles, was er anzubieten hatte, war ein appetitliches Mal für die Fliegen, die um seinen blutigen Mund summten.

»Also gut.« Griesgram schloss die Augen und sagte sich, dass er schließlich gewusst hatte, dass dieser Tag kommen werde. Aber etwas vorherzusehen und dafür bereit zu sein, das war nicht das Gleiche, und zwar nicht einmal annähernd. In seiner Vorstellung war Großvater immer gestorben, um ihn zu retten, oder vielleicht eine wertvollere Person – sodass sich der alte Mann für die größere Ehre opferte. Dass er es mit hundert Feinden aufnahm und sie schwer für einen grauen Wolf bezahlen ließe, der nicht einmal auf den eigenen Beinen stehen konnte. Dass er mit seinem letzten Atemzug prahlte oder einen Scherz riss oder sich vielleicht einfach nur von seinem Enkel verabschiedete. So hätte sich das in den Sagen abgespielt. Aber doch nicht so. Was für ein trauriges, enttäuschendes Lied gab das denn ab?

Das Problem war nur: Im Augenblick ging eine Menge mehr vor als nur das, was mit Großvater geschehen war. Viel mehr. Das hier war kein verfluchtes Lied, bei dem Großvaters Tod das dramatische Ende der Abendunterhaltung war; Kriege hörten nicht wegen eines alten Mannes auf … Oder doch? Jetzt, wo Griesgram hinhörte, war der Lärm unten im Tal tatsächlich verklungen, und der leichte Duft nach Holzkohle und süßem Reis erreichte seine Nase, kurz bevor eine graue Rauchwolke von unten durch das Lager flutete. Obwohl er sich den Hals verdrehte, konnte er keinen der geisterhaften Teufel sehen, die sich über dem Schlachtfeld versammelt hatten, er konnte nicht einmal das Tal sehen. Irgendwo dort unten war Ji-hyeon, ebenso wie Onkel Maroto, und auch wenn seine Motive, die beiden am

Leben zu halten, nicht unterschiedlicher hätten sein können, wollte er sie trotzdem lebendig wissen.

»Also gut.«

»Alllso gut?« Der Junge versuchte aufzustehen, aber seine Arme und Beine zitterten zu sehr.

»Ja, also gut«, sagte Griesgram und hielt an seiner Entscheidung fest, da es keinen gab, der ihm eine bessere Idee hätte vorschlagen können. »Großvater da vorn? Den trägst du den Hügel hinauf. Auf deinem Rücken. Zu dem Bergsattel oben. Du bereitest ihm ein Bett aus Ästen und Gras. Legst ihn hinein. Die Füße in Richtung Ebene, den Kopf zum Berg. Dann bleibst du dort, bis ich zu dir komme. Tust du das, so töte ich dich nicht.«

Der Junge nickte ruckartig.

»Tust du es nicht, steige ich auf diesen Bergsattel und finde keinen von euch …« Griesgram wollte den Rest eigentlich ungesagt lassen, aber da dieses verfluchte Stück Scheiße zu blöd war, um die ehrlichen Leute *nicht* zu ermorden, die als Freiwillige seinem Heer helfen wollten, erklärte er es ihm in allen Einzelheiten. »Tust du das nicht, finde ich dich, ganz gleich, wo du dich versteckst, und ich mache dich so tot wie Großvater dort drüben. Nur mit dem Unterschied, dass das nicht schnell gehen wird. Es wird auch nicht leicht sein. Du wirst deine Götter dafür anflehen, dass ich endlich damit fertig werde, dich sterben zu lassen. Alles klar? Gut.«

Und da Griesgram den Lebenden nicht helfen konnte, wenn er die Toten betrachtete, lief er ohne einen weiteren Blick auf den Jungen oder das Fleisch, das sein Großvater getragen hatte, los. Dabei versuchte er mit aller Kraft zu ignorieren, wie leicht und frei er sich doch fühlte, wie geschmeidig er sich ohne das Gewicht des Alten auf seinem Rücken bewegte.

»Heilige … Heilige.« Purna starrte gespannt in den wogenden Rauch. Sie hatten sich einem weiteren knurrenden Feindsoldaten zugewandt, nur um beobachten zu müssen, wie er zusammen mit einem dicken Teil Wolke winselnd vom Erdboden verschluckt wurde. Maroto hatte gehofft, dass das nur das letzte Aufbäumen seiner Würmer gewesen war, die ihm ein paar letzte Halluzinationen bescherten, aber anscheinend wohl doch nicht. »Was … was …?«

»Verfluchte Käfer«, meinte er. Mit zusammengekniffenen Augen spähte er in den fauligen Nebel. Vor ihnen befand sich keine einzige Person, weder aufrecht noch tot am Boden liegend. Nach dem Lärm der epischen Schlacht brüllte die unheimliche Stille des Tals förmlich in seinem gesunden Ohr. Es war, als hätte er es an eine Einsiedlerspinnenhülle gehalten. »Also ist das tatsächlich passiert, oder?«

»Was …«, sagte Purna schon wieder und hoffte vielleicht auf eine bessere Antwort. »Was?«

Ein grimmiges, kaltes Gefühl breitete sich in Marotos Bauch aus. Er starrte auf das Feld, wo all diese Menschen, ob lebend oder tot, gerade einfach verschwunden waren, so als wäre die Welt eben erst den Käfern zum Opfer gefallen. Hinter ihnen und an den Seiten gab es noch genug Leichen, und er wusste aus langer Erfahrung, dass es immer besser war, sein Glück bei den gewöhnlichen Toten zu versuchen statt bei dem teuflischen Geheimnisvollen. Er schleuderte einen seiner verbeulten Schilde von sich und wischte sich Schweiß und Dreck vom Gesicht. »Der Kampf ist vorbei, auf die eine oder andere Weise. Hauen wir ab.«

Auf dem Weg durch die dünner werdenden Rauchschwaden hielt er angestrengt nach ihren Freunden Ausschau, sowohl bei den betäubten Gestalten, die durch die Dunstschleier stolperten, als auch bei denen am Boden. Kurz bevor sie im Gewühl voneinander getrennt worden waren, hatte er gesehen, wie Hassan einen bösen Hammerschlag im Rücken davongetragen hatte. Aber dann war der Mann von dem verschwimmenden Kampf verschluckt worden. Was mit Din oder Diggelby passiert war, hatte er nicht sehen können …

Aber man musste nur von den Teufeln sprechen, um sie aufsteigen zu sehen, denn da stolperte Diggelby auch schon durch den Qualm!

»Diggie!«, rief Purna heiser. »Habt Ihr diesen verrückten Scheiß gesehen?«

»Den Rauch?«

»Nein, du Dummkopf, die verdammten Imperialen!«

»Was ist damit?«

»Sie sind fort!« Purnas Stimme wies den zerrütteten Unterton von jemandem auf, der gerade seinen ersten richtigen Teufel gesehen hatte. Andererseits hatte Maroto in seiner Laufbahn eine Menge Teufel gesehen, und was auch immer dort hinten geschehen sein mochte, es raubte ihm noch immer den Verstand. »Sie alle! Oder zumindest alle dort hinten – sie sind direkt vor unseren Augen *verschwunden*, und soweit wir sehen konnten, ist das ganze verdammte Heer davon erfasst worden!«

»Zauberei«, meinte Diggelby in einem Tonfall, der verkündete, dass das ja *so* was von passé war. Er winkte sie zu sich. »Seht euch das an.«

Sie gesellten sich zu ihrem Freund. Diggelbys gepanzerter Kaftan hatte den größten Teil seiner Polsterung verloren und war an einigen Stellen bis zur Haut zerfetzt worden. Doch abgesehen von einer Menge Blut, das an seinem Körper klebte, schien der Mann alles gut überstanden zu haben. In einer zitternden Hand hielt er eine Taschenflasche, im anderen Arm hielt er Prinz. Der Spaniel sah noch schlimmer aus als sein Herrchen. Ein blutiges Vorderbein zuckte krampfhaft, an der Schnauze klaffte ein Schnitt, und das Halsband war auch verschwunden.

»Ein Kriegsmönch?« Purna blickte auf den halb toten Mann in einer Kutte herab, der zusammengekrümmt zu Diggelbys Füßen lag. Sein Atem ging stoßweise, aus seinem Bauch ragte ein Speer. »Und was soll das beweisen?«

»Wir stellen ihm ein paar Fragen«. Diggelby reichte dem dankbaren Maroto die Flasche. »Finden wir heraus, worum es geht. Man bezeichnet sie als ›Kettenhexer‹, also weiß er vielleicht etwas über diese offensichtliche Hexerei.«

»Nein«, sagte Maroto sowohl zu Diggelbys Vorschlag wie auch zu Purnas Versuch, ihm die Flasche aus der Hand zu nehmen, bevor er einen zweiten Schluck nehmen konnte. »Warum bei allen Teufeln sollten sie etwas tun, das die eigenen Leute auslöscht – uns aber nicht? Purna und ich waren dabei, als dieser Wahnsinn losbrach, und die Scharlachroten bekamen bei weitem das meiste davon ab.«

»Fragen kann nicht schaden«, meinte Purna, warf Diggelby die Taschenflasche zu und stemmte einen Stiefel gegen den Kriegsmönch, um ihn auf den Rücken zu rollen.

»Vorsicht, Hexengeborene …« Bei dem Gedanken an Chois schmales Lächeln verbesserte sich Maroto. »Scheiße, ich meinte Wildgeborene, *Wildgeborene* können …«

»Maroto«, sagte Diggelby verdrossen, als wäre ihm das erst jetzt aufgefallen. »Maroto, wo ist mein anderer Schild?«

»Hä?« Maroto warf einen Blick auf den Schild, den er noch hatte und der keineswegs in einem Zustand gewesen wäre, um an der Wand des Adligen aufgehängt zu werden, sobald der Krieg gewonnen war. »Ach, Mist, Diggelby, das habe ich völlig vergessen und …«

»Verfluchter Bastard!«, schrie Purna auf, stolperte von dem am Boden liegenden Kettenanbeter fort, der mit einem Dolch nach ihr gestochen hatte. Sie belastete das linke Bein und stöhnte auf.

»Ich sagte Euch doch, Ihr sollt vorsichtig sein«, bemerkte Maroto, trat dem Kriegsmönch das Messer aus der Hand und schnappte sich Diggelbys Taschenflasche. »Kummert Ihr Euch um ihn, und ich sehe nach Purna. Kommt schon, Mädchen, wo hat er Euch erwischt?«

»Mir geht es gut, mir geht es gut.« Purna schwankte, versuchte einen Blick auf die Hinterseite ihres Beines zu werfen und kippte plötzlich um. Maroto hörte Diggelby etwas murmeln, während er sein Kristallschwert zog, gefolgt von einem Grunzen und Gurgeln des Kriegsmönchs. Aber er schaute nicht zurück, denn seine ganze Aufmerksamkeit wurde von der riesigen Menge Rot in Beschlag genommen, die aus dem gepolsterten Beinkleid zwischen dem Rand ihres Kettenhemdes und der schützenden Stahlkachel an ihrem Knie aus der Rückseite von Purnas Oberschenkel strömte. Er warf sich neben sie auf die Knie, drehte sie auf die Seite und schlug die Hand auf den schmalen Schnitt. Aber so heiß sich ihr Blut auch auf seiner Haut anfühlte, in seiner Brust breitete sich Eis aus – der Druck unter seiner Hand war schlimm, so schlimm, wie es nur möglich war. Sie war gestochen und nicht aufgeschlitzt worden, und falls es ihre Arterie erwischt hatte, würde sie in wenigen Minuten tot sein. Vielleicht sogar früher.

»Diggelby!« Er schrie und bemühte sich, das Entsetzen aus seiner Stimme zu halten, damit sie es nicht mitbekam. »Euren Gürtel, Diggelby, sofort, verflucht!«

»Mir geht es gut, wirklich«, sagte Purna, versuchte sich mit einem Ellbogen in die Höhe zu stemmen, sackte aber sofort wieder zurück. Das Blut zwischen Marotos Fingern floss nun schneller. »Der Scheißkerl hat mich bloß ... Verdammt!«

»Immer wollt Ihr meinen Gürtel haben, Barbar ...«, setzte Diggelby an, hielt aber sofort die Klappe, als er sah, was dort geschah. Stumm warf er sich an Purnas anderer Seite auf die Knie. Ein stiller Diggelby war kein beruhigendes Omen. Der Stutzer schob seinen Gürtel mit der Geschicklichkeit eines Süchtigen unter ihren Oberschenkel und zerrte ihn dann so fest, wie er nur konnte. Der Druck ließ kaum nach.

»Ich kann aufstehen«, sagte Purna und versuchte zu sehen, was die beiden dort taten. Ihre Stimme zitterte. »Mir geht ... es gut.«

Purna starb schnell, und sie konnten verflucht noch mal nichts dagegen ausrichten.

»Hey, was ist passiert?«, rief Zosia. Lefzenschlecker hatte sie geradewegs zu einer freien Stelle in dem Tal geführt, das vom Rauch erfüllt war. Möglicherweise hatte er Hintergedanken gehabt, wenn man in Betracht zog, mit welchem Interesse ihr Teufel am Hinterteil eines blutigen Spaniels schnupperte, der sich unerklärlicherweise auf dem Feld der Verwüstung befand. Jenseits des verletzten Hundes und dem Wesen, das nur vorgab, ein Hund zu sein, knieten Maroto und einer seiner adligen Freunde, Diggelby, über einer gefallenen Kameradin. Purna, Marotos süße, vorlaute Schülerin – Zosia hatte sie im ersten Moment überhaupt nicht erkannt, weil das Mädchen inmitten des ganzen Blutes, das sie und ihre Freunde bedeckte, viel zu blass war. »Scheiße, kann ich irgendwie helfen?«

Maroto schaute ängstlicher zu ihr auf, als sie ihn je erlebt hatte, und dann erhellte ein rüpelhaftes Grinsen sein dunkles, heimgesuchtes Gesicht – als hätte er erkannt, dass das alles nur ein Albtraum war und er bald aufwachen würde, um seine Freundin unbeschadet vorzufinden. Zosia legte die letzten paar Schritte über das niedergetrampelte Gras zurück und hatte nicht die geringste Ahnung, wie er auch nur die geringste Hilfe aus ihrer Anwesenheit ziehen konnte. In Schlachtfeldchirurgie war sie noch schlechter als er, und das am ganzen Leib zitternde Mädchen in seinen Armen würde bald genauso tot sein wie die zahllosen namenlosen Leichen, über die sie drübersteigen musste, um zu ihnen zu gelangen.

»Zosia!« Noch nie zuvor hatte sie ihn so gebrochen gehört, was in der Tat viel aussagte. »Oh, jedem Teufel sei gedankt! Hier, haltet das, Diggelby, alles kommt wieder in Ordnung.«

»Maroto, was soll der Scheiß!« Diggelby hatte Mühe, die bedeutend kleineren Hände gegen Purnas glitschigen roten Oberschenkel zu drücken. Denn Maroto sprang auf, verließ seinen Posten, stürmte heran und packte mit den blutigen Händen Zosias Schultern. Ihre Gesichter berührten sich beinahe, während sich seine Augen mit Tränen füllten. Er sprach mit der mühsamen Selbstbeherrschung eines Käferveterans, der einen zugeknöpften Fremden davon überzeugen wollte, ihm etwas Silber zu leihen.

»Scheiße, Zosia, Purna geht es wirklich schlecht, das siehst du ja.« Mit der Zunge fuhr er sich über die aufgesprungenen Lippen und drückte sanft ihre Schultern. »Ich weiß, das ist viel verlangt, richtig viel, mehr als ich oder sonst jemand das Recht hat zu verlangen, ja, aber sie wird sterben, Zee, sie wird hier und jetzt verflucht noch mal sterben, wenn du ihr nicht hilfst.«

Zosia begriff, worauf er hinauswollte, und ihr Magen verkrampfte sich; obwohl es Maroto gelang, den Blick auf sie gerichtet zu halten statt auf Lefzenschlecker, gab es nicht viel anderes, das er möglicherweise von ihr bekommen wollte.

»Und ich schwöre, ich schwöre wirklich, ich werde alles tun, um es bei dir wiedergutzumachen, ich breche meinen Eid für die Königin, helfe dir, einen anderen zu binden, noch zwanzig weitere zu binden, wenn du möchtest, Frostfalle würde helfen, das weiß ich, also wenn du nur …«

»Ich wünschte, ich könnte.« Zosia wählte ihre Worte so präzise wie nur möglich. »Ich kann aber nicht.«

Und er wurde gefährlich, einfach so, die freundlichen Hände auf ihren Schultern drückten stärker zu, das falsche Lächeln verwandelte sich in ein echtes Knurren. »Zee, ich weiß, dass es viel verlangt ist, und sie ist nur eine von Tausenden, die es heute erwischt hat, *ja, natürlich*, aber du musst das tun. Bitte. Ich *flehe* dich verflucht noch mal an.«

»Und ich sage dir, es geht nicht darum, dass ich nicht will, sondern dass ich nicht *kann*«, erwiderte sie und versuchte angesicht seiner Heftigkeit eine kühle Miene zu bewahren. »Er will nicht gehen. Vor langer Zeit bot ich ihm einen Ausweg, aber er lehnte das Angebot ab. Er ist nicht wie andere Teufel, er …«

»Dann versuch es noch einmal, versuch es jetzt.« Marotos Stimme brach. »Sag ihm, wenn er sie rettet, lässt du ihn frei.

Ein Versuch kann ja nicht schaden, oder? Vielleicht konnte er es zuvor einfach nicht, aber jetzt, aber jetzt ...«

Wäre das nicht ein Scherz gewesen, bei dem ihr Gelächter selbst die schlafenden Götter des Versunkenen Königreichs geweckt hätte? Nämlich wenn sich Lefzenschlecker im Austausch für seine Freiheit geweigert hätte, Leibs und ihr Leben zu beschützen, ihr Angebot aber nun für das Leben irgendeines dummen Huhns annahm, mit dem sie genau einmal in ihrem Leben ein paar Worte gewechselt hatte? Allein schon Marotos Vorschlag war absurd; selbst wenn sich Lefzenschlecker einverstanden erklärte und es bis zum Ende durchzog, wäre die Welt um eine Halbstarke mit großer Klappe reicher, die sich sowieso schnellstmöglich umbringen würde, und Zosia hätte die größte Macht verloren, die Sterblichen bekann war. Weise benutzt, konnte der Wunsch an einen Teufel das Schicksal von ganzen Weltreichen verändern, und der Barbar erwartete von ihr, ihr Schicksal für ein Mädchen zu verschwenden, auf das er scharf war?

»Es tut mir leid, Maroto, könnte ich deiner Freundin helfen ...«

»Versuch es!«, brüllte er. Dann wurde er sich bewusst, dass er sie geschüttelt hatte, ließ ihre Schultern los und versuchte das Blut abzuwischen, mit dem er ihr Gewand beschmiert hatte. »Bitte, Zosia, sie ist nicht mein Mädchen, so ist das überhaupt nicht, sie ist ... sie ist meine Freundin. Sie ist meine einzige echte Freundin.«

Maroto flennte jetzt, und Zosia warf einen Blick auf das am Boden liegende Mädchen, dessen Wunde der Stutzer zu verschließen versuchte, dann auf ihren hinterhältigen Teufel, der jetzt den Schoßhund ansah, als würde er ihn in einem unbeobachteten Augenblick auffressen. Leise sagte sie: »Ich bin deine Freundin, Maroto, und ich weiß, wie schwer es ist loszulassen, aber ...«

»Du glaubst also, du bist noch immer meine *Freundin*?« Er

schnaubte höhnisch. »Du hast mich mein Leben für dich wegwerfen lassen. Hast mich glauben machen, meine *Freundin* wäre ermordet worden. Hast mich glauben machen, meine *Freundin* bräuchte jemanden, der sie rächt und ihre Erinnerung am Leben erhält. Tot warst du eine bessere Freundin als jemals im Leben.«

Ein Teil davon traf sie, anderes war aus allen möglichen Gründen nur ein Haufen Scheiße. Aber die Worte hatten ihren Mund verlassen, bevor sie sich zurückhalten konnte. Vielleicht sagte sie es, weil sie trotz all seiner Probleme tatsächlich seine Freundin war, vielleicht wollte sie ihm aber auch einfach nur beweisen, dass sie ihm die Wahrheit gesagt hatte.

»Lefzenschlecker. Du rettest Tapai Purna, machst sie wieder gesund und heil, ohne irgendwelche hinterhältigen Schliche bei dem Handel, und ich entlasse dich aus unserem Bund. Ein einmaliges Angebot, nimm es an oder lass es vorübergehen.«

Lefzenschlecker wandte den Kopf in ihre Richtung, und Zosia hielt den Atem an.

Dann gähnte der Teufel und kümmerte sich wieder darum, dem Schoßhund den harten Burschen vorzuspielen. Enttäuscht und erleichtert zugleich zu sein, das war ein seltsames Gefühl, vor allem, wenn man sich außerdem noch für seine eigenen unkontrollierbaren Gefühle hasste.

»Siehst du?« Zosia griff nach Marotos Schulter. »Ich wünschte, ich könnte …«

»Was für ein Haufen Scheiße!« Maroto wich ihrer Berührung aus. So hässlich hatte sie ihn noch nie zuvor gesehen. »Du musst es auch *wollen*, Zee.«

»Entschuldigung?« Jetzt spürte auch Zosia ihr Temperament – er war offensichtlich verstört, aber es gab Grenzen, wie viel sie bereit war durchgehen zu lassen.

»Du wolltest es nicht, also hat es nicht funktioniert«, sagte Maroto. »Es weiß doch jeder, dass man es wollen muss, *vor allem* der Teufel. Also warum willst du sie nicht retten?«

»Ich will es doch«, sagte Zosia. Zumindest hoffte sie, dass dies die Wahrheit war, war sich aber nicht mehr so sicher – und wenn Lefzenschlecker ihre Vorbehalte gespürt und sie mit in Betracht gezogen hatte? Wenn er in ihr selbstsüchtiges Herz geblickt und gewusst hatte, dass es sich dabei keineswegs um ihren einen wahren Wunsch handelte? Und wenn er bei der Bitte, auf ihren Gemahl aufzupassen, ähnliche Zweifel in ihr gespürt hatte? Wenn das alles ihre Schuld und doch nicht die seine war?

»Lügnerin. Du beschissene Lügnerin.« Maroto schüttelte den Kopf, sein schmutziges Gesicht war voller Tränen und Rotz. Dann wurden seine Augen so finster wie die *Tore* und genauso warm, und er stieß mit dem Finger gegen ihre Brust. »Wir sind fertig miteinander, du und ich. Ich habe mein Leben aufgegeben, um dir zu helfen, und du willst nicht einmal einen verdammten Hund aufgeben, um meiner Freundin zu helfen? In Ordnung, Eiskalte Zosia, aber nachdem ich Purna begraben habe, komme ich zu dir, und dann wird dir nicht einmal mehr dein Teufel helfen können. Du bist eine verfluchte – tote – Frau.«

Maroto war nicht ganz bei Verstand, und er hatte ein paar Dinge gesagt, die man vielleicht gelten lassen konnte – so beschissen es auch war, das zugeben zu müssen. Aber der Tag, an dem irgendein Arschloch auf diese Weise mit ihr sprach, nachdem sie versucht hatte, ihrem Teufel die Freiheit zu geben um ihm zu helfen, das war der Tag gewesen, an dem sie für das Grab bereit war. Sie biss sich auf die Unterlippe, nickte, als dächte sie über seine Drohung nach, und dann warf sie sich vor und rammte ihm den Kopf gegen das Kinn. Er stolperte zurück und wäre fast über seine sterbende Freundin gestolpert, dann jedoch warf er sich auf Zosia – nur um von einer Gestalt von den Füßen gerissen zu werden, die aus dem Qualm geschossen kam. Es war einer der wenigen Männer, die den Feuersteinländer klein erscheinen ließen. Frostfalle stemmte Maroto von hinten fest umklammert in die Höhe, warf Zosia einen Blick zu und rief:

»Ich helfe ihm zurück ins Lager, du kümmerst dich um die Kinder hier.«

»Verfluchter Scheißbastard!« Maroto wehrte sich vergeblich, während Frostfalle ihn unbeholfen in den Rauch hineinschleppte. Nachdem der Barbar nun nur noch ein wütendes Echo im Miasma war, blickte Zosia Lefzenschlecker stirnrunzelnd an und erkannte, dass sie Maroto noch nie zuvor so verstört gesehen hatte. Ihr ganzer Zorn verrauchte und hinterließ eine noch nie gekannte Leere. Jetzt konnte sie – für ihren alten Freund – nur noch dabei zusehen, wie jemand, den er gern hatte, völlig grundlos im Dreck verblutete. Also tat sie genau das.

Zumindest wollte sie es tun. Sie wandte sich Purnas bleichem Körper zu und sah, dass sich Diggelby von ihr abgewandt hatte und lieber mit roten Händen sein Schoßtier streichelte, statt gegen das Unausweichliche zu kämpfen. Noch immer rieselte Blut aus Purnas Oberschenkel, und ihre Brust hob und senkte sich hektisch, aber ihr Leben näherte sich schnell seinem Ende. Dann riss Diggelby die Hände mit einem kleinen Aufschrei zurück und kippte auf seinen Hintern zurück, während sein Hund zu zucken anfing. Lefzenschlecker leckte Zosias Hand und ließ sich mit einem Winseln neben ihren Füßen zu Boden fallen, wo er genau zusah, wie sich Diggelbys Schoßhund wand und zitterte.

»Verflucht, was hast du mit seinem Köter gemacht?«, wollte Zosia wissen, deren Geduld mit ihrem Teufel so ziemlich erschöpft war. Aber dann schrie Diggelby erneut auf, und ein schier unvorstellbarer Gestank überwältigte das Bouquet aus Blut, Eisen, Scheiße und Weihrauch, das von dem geisterhaften Schlachtfeld ausging. Grüne Flammen schossen aus dem Schoßtier des Stutzers, das sich schüttelte; brennendes Fell löste sich in stinkenden Klumpen und schwebte fauligen Funken gleich durch die Luft. Was Zosia für das Kreischen des armen Tieres gehalten hatte, waren in Wirklichkeit die wie ein Teekessel pfeifenden kochenden Eingeweide, während die geschwärzte Haut von innen nach außen geröstet wurde. Dann sickerte die schreckliche Masse in den Boden und gab dabei leuchtende Dämpfe ab. Dämpfe, die durch die Luft glitten und in Purnas Nase und Mund verschwanden.

Die Wirkung trat augenblicklich ein. Purna bäumte sich auf, ein ohrenbetäubend schriller Schrei schoss aus ihrem Mund, während sie die Augen verdrehte. Das Blut auf ihrem Bein fing an zu kochen, ein schwarzes Sekret sprudelte aus dem Boden unter ihr und schob sich in schlängelnden Strömen ihren Oberschenkel hinauf, um die Wunde zu verstopfen. Nein, nicht zu verstopfen – es floss in sie *hinein*, und der Strom wurde nur noch stärker, während sie sich immer wieder aufbäumte. In den Gestank von verbranntem Haar mischte sich nun auch noch der von nassem Hundefell, und Purnas nächster Schrei verwandelte sich in ein Heulen. Eine unwahrscheinlich lange, schwarze Zunge glitt kurz aus ihrem Mund.

Dann erschlaffte ihr Körper und zitterte, aber ihre Brust hob und senkte sich regelmäßig, und ihre Haut hatte wieder Farbe angenommen. Als sich Diggelby ihr vorsichtig näherte, um seine provisorische Aderpresse zu entfernen, entdeckten er und Zosia, dass die Wunde geheilt war und anstelle einer Narbe dort ein Stück schneeweißes Fell wuchs.

»Ihr habt sie gerettet.« Zosia konnte es kaum glauben, obwohl sie es doch mit eigenen Augen gesehen hatte. »Euer Hund war ein Teufel?«

»Ich vermute schon«, erwiderte Diggelby traurig und musterte den giftigen Flecken auf dem flachgetretenen Gras, wo er aus der Welt der Sterblichen zurück in die Erste Finsternis verschwunden war. »Mein Vater hat Prinz für mich gekauft. Er hat immer behauptet, er sei ein Teufel, aber ich habe es nie wirklich geglaubt; Prinz war ein solcher Engel! Und Papa glaubt derart vollmundige Behauptungen schnell, also habe ich angenommen … Aber als ich euch dann beide über Teufel und Wünsche streiten hörte, dachte ich mir, warum es nicht einmal versuchen, und … Sagt doch!« Seine Miene hellte sich auf, und er zeigte auf Lefzenschlecker. »Verkauft Ihr mir Euren? Ich zahle Euch einen mehr als angemessenen Preis, und da ich plötzlich der Käufer bin …«

»Eigentlich keine schlechte Idee«, bemerkte Zosia, was ihr von Lefzenschlecker einen vorwurfsvollen Blick einbrachte. »Aber ich hätte von dem Handel mehr – falls Ihr es nicht bemerkt habt, er ist kaputt. Lasst uns das Wundermädchen hier zurück ins Lager schaffen, bevor Maroto noch verrückter wird.«

Es war nicht wie in den Liedern, die Ji-hyeons zweiter Vater zu singen pflegte. Eher war es wie etwas aus den Sutras ihres ersten Vaters über die vielen verschiedenen Arten der Höllen. So intensiv und bizarr alles während des Kampfes geworden war, es nahm nach der Explosion – oder was auch immer sich über dem Tal ausgebreitet hatte – einen ätherischen Schimmer an, und ohne ihren schmerzenden Rücken und die noch viel schlimmer schmerzende Hand hätte sie sich einreden können, dass alles nur ein Albtraum gewesen war, und sei der auch nur ein paar Minuten lang. Sie hätte sich einreden können, dass das alles nicht ihre Schuld gewesen war.

Als diese Bombe oder der Trick oder der Zauber losgegangen war, hatten sie sich nahe genug am äußeren Rand befunden, um zu hören, wie tausend wütende Stimmen plötzlich wie abgeschnitten verstummten, und die folgende Stille war sogar noch seltsamer, als zuvor die Schreie und der andächtige Singsang gewesen waren. Während Choi sie stur weiterführte, kamen immer weniger der Scharlachroten aus dem Rauch, bis ihnen nur noch Kobaltblaue begegneten. Allerdings machte das keinen großen Unterschied, denn beide Heere hatten den

Kampfeswillen verloren, was für sich genommen entmutigend wirkte – wenn die geheimnisvolle Waffe von keiner Seite gezündet worden war, wie war sie dann ins Spiel gekommen? Und wenn es wirklich eine Explosion gewesen war, warum hatte Ji-hyeon dann nicht mehr als ein fernes Ploppen gehört?

Die einzige Erklärung, die halbwegs einen Sinn ergab, war Forstfalles Einmischung. Aber bevor ihn Ji-hyeon damit konfrontieren wollte, ohne ihre Erlaubnis auf ihrem Schlachtfeld Experimente zu veranstalten, brauchte sie etwas zu trinken und vielleicht ein zehn Jahre langes Schläfchen. Bei dem Blick auf ihre mitgenommenen Leibwächter regte sich allerdings ihr schlechtes Gewissen. Auch wenn sie aufrecht gingen, konnte Ji-hyeon dennoch erkennen, dass weder Keun-ju noch Choi das Zelt der Feldscher möglicherweise wieder verlassen würden. Selbst Bestienflügel, die ihre letzte Kraft dafür eingesetzt hatte, Ji-hyeons Freunde im Kampfgetümmel zu finden und die Wildgeborene zu ihrer Herrin zu führen, lag nun leise zirpend in der Beuge ihres verletzten Arms und war zu schwach zum Fliegen. Und was hatte Ji-hyeon das alles gekostet? Ein paar Finger.

Als sie durch die zerstörten Vorposten humpelten und die Böschung zum Lager in Angriff nahmen, warf die Generalin einen Blick zurück zu der Stelle, an der der Kampf am schlimmsten getobt hatte. Eine Lücke im Rauch enthüllte, dass sich im Lerchenzungental eine neue Topografie gebildet hatte. So weit sie in dem Nebel sehen konnte, bildeten die aufgeschichteten Toten breite Hügel und Senken. Am Boden lag mehr Rot als Blau, und es standen auch mehr Blaue als Rote aufrecht, die mechanisch versuchten, die Imperialen aufzureihen, die sich ergeben hatten, nachdem ihr Kommando und der größte Teil ihres Heeres in einer Rauchwolke verschwunden waren.

»Ji-hyeon, war das …?«, begann Keun-ju, der ihrem Blick durch das mit Rauchschwaden gefüllte Tal folgte. »Hast du bei deinen Feldzügen mit den Kobaltblauen so etwas schon zuvor gesehen?«

Ji-hyeon schüttelte den Kopf, aber das stimmte nicht so ganz. Die einzelnen Leute, die wie betäubt umherwanderten und zu viel Angst hatten, um zu denken … *das* hatte sie schon bei den Bürgern vieler der Städte erlebt, die sie geplündert hatten. Und der Rauch, der jedem in den Augen und den Lungen brannte, den hatte sie in Geminides verursacht, als sie die Schlossmauer untergruben, um einen Durchbruch zu schaffen. In Myura hatte Frostfalle Teufelswerk und schwarze Magie benutzt, um die feindlichen Offiziere verschwinden zu lassen. Allerdings waren das nur eine Handvoll gewesen. Und natürlich war von allen Elementen dieses Wandteppichs, bei dessen Stickerei Ji-hyeon geholfen hatte, die eine Konstante wie immer dabei: der Tod. Tote Freunde, tote Feinde, tote Tiere, ein totes Land, das mit totem Blut getränkt war, das von totem Metall vergossen worden war. Also ja, das alles hatte sie schon zuvor gesehen, allerdings noch nie auf *diese Weise*, noch nie alles zusammen.

Und hätte sie besser geplant, hätte sie auf Fennec gehört und sie abziehen lassen. Dann wäre nichts davon passiert und keine Schlacht veranstaltet worden. Was bei allen Höllen hatte sie denn sowieso hier im Herz des Sterns verloren, warum spielte sie Soldatin, nur mit echten Menschen statt mit ihren Spielzeugen? Warum hatte sie den Rat ihrer Berater verworfen und sich an die Front gestürzt, wo die meisten ihrer Leibwächter bei dem Schutz ihrer Kindgeneralin massakriert worden waren? Seit ihrem idiotischen Ritt ins dichteste Kampfgetümmel hatte sie Chevaleresse Sasamaso nicht mehr gesehen, und auch den Rest ihres Gefolges nicht …

»Das ist nicht allein Eure Schande«, sagte Choi. Dabei musterte sie Ji-hyeon so genau, als könnte sie tatsächlich die Gedanken ihres Schützlings lesen, wie Fennec immer behauptet hatte. »Jemand hat das angerichtet. Ihr nicht. Wir werden die Wahrheit jagen.«

»Natürlich werden wir das«, erwiderte Ji-hyeon, stand etwas aufrechter und fühlte es von dem Gänseei, das sich auf ihrem

Rücken bildete, bis nach unten zu dem tropfenden Fetzen, den Keun-ju um ihre gebissene Hand gewickelt hatte. »Zuerst finden wir heraus, wo sich Fennec versteckt hat, da er während unseres Sturmangriffs nicht aufgetaucht ist, und dann … dann …«

Ji-hyeon starrte hinauf zu den blauen Zelten auf dem Hügel über ihr und versuchte sich zu erinnern, was wichtig war und was nicht, versuchte alles zu verstehen, was gerade geschehen war, und wie es nun weitergehen sollte, dabei konnte sie nur an die entfesselte Hemmungslosigkeit in den Augen der Imperialen denken, die ihr die Finger abgebissen hatte …

Aber das war wenigstens etwas, auf das man sich konzentrieren konnte, und Ji-hyeon zeigte mit ihrer verstümmelten Hand auf das nächste weiße Pavillon. »Zuerst lassen wir uns von den Feldschern behandeln. Sobald wir dort sind, lassen wir die Offiziere antreten und versuchen herauszufinden, was geschehen ist, wie viele Leute wir verloren haben, welche Möglichkeiten wir haben, da dieses andere imperiale Regiment nicht weniger als ein paar Tage von uns entfernt ist. Schickt Leute rüber in das Lager der Scharlachroten und konfisziert ihre Vorräte. Fennec kann warten.«

»Das ist gut«, erwiderte Choi, und so hinkten sie zu den fleißig beschäftigten Feldschern. Dabei warf Ji-hyeon noch einen Blick auf das schlammige Feld und fragte sich, wie viele der Menschen, die ihr vertraut hatten, als an diesem Morgen die Dämmerung hereingebrochen war, niemals wieder aus diesem Rauch hervorkommen würden.

KAPITEL 27

»Frostfalle, du verdammtes Stück Scheiße, lass mich verdammt noch mal sofort los, oder ich widme mein ganzes Leben der Aufgabe, auch dich fertigzumachen! Ich bin verflucht noch mal nicht mehr verrückt!«

»Was für eine beruhigende Behauptung.« Der Zauberer fasste Maroto nur fester an. »Wahrhaftig nicht die Art Sache, die ein herumbrüllender Verrückter seinem Fänger sagen würde.«

»Wer hat hier wen gefangen?«, sagte Maroto durchtrieben. Er konnte nicht verhindern, sich vor lautlosem Gelächter zu schütteln. Die Käfer waren auf jeden Fall noch immer in ihm, aber selbst mit ihrer Hilfe fühlte er sich zu erschöpft, um gegen Frostfalle zu kämpfen, er war zu ausgelaugt davon, zwei Schilde herumgeschleppt und Purnas undankbaren Hintern beschützt zu haben. Aber der Gedanke erinnerte ihn daran, was ihr passiert war, und er fing wieder an, sich zu winden. »Lass mich sie einfach sehen! Lass mich sie einfach sehen, bevor ihr meine einzige Freundin ermordet!«

»Niemand ermordet hier irgend jemanden. Jedenfalls noch nicht«, murmelte Frostfalle schließlich.

»Sie hat es herausgefunden, darum, richtig?« Und da war sie, die lodernde Einsicht in Zosias böses Herz. »Sie hat herausgefunden, dass ich ihren Ehemann getötet habe, also rächt sie sich an mir.«

»Ihren Ehemann, sagst du.« Allerdings klang Frostfalle nicht gerade interessiert oder so, als glaubte er auch nur ein Wort, sondern eher, als würde er sich nur die Zeit vertreiben wollen, während er seine schwere Last durch die geisterhafte Landschaft aus Toten und zerbrochenen Waffen und aus der Erde ragenden Pfeilen schleppte. Die faulige schwarze Luft hüllte alles in ihrer unmittelbaren Umgebung ein. Normalerweise wären auf einem so reifen Schlachtfeld überall Aasfresser gewesen, es wären Menschen gekommen, um die Ausrüstung zu bergen und vielleicht Leichenteile an Medizinstudenten zu verkaufen, während Tiere und Teufel sich zur Mahlzeit versammelt hätten. Aber in der trostlosen Ödnis summte nicht einmal eine Fliege. »Welchen Ehemann hast du getötet, Maroto?«

»Ich habe ihn nicht getötet«, stöhnte er. Reue, Zorn und eine ganze Menge schlechter Käfer bereiteten ihm Übelkeit. »Ich wollte es nicht, wirklich nicht, aber du weißt ja, wie sie sind, sie nehmen das, was man sagt, und dann versauen sie es, sie nehmen eine gute Sache und machen eine schlimme daraus, sie finden eine Möglichkeit, es einem heimzuzahlen, obwohl man ihnen doch nur die Freiheit gab!«

»Hm«, meinte Frostfalle und verlangsamte seine Schritte. »Krümelfänger hat das getan?«

»Wer sonst!« Maroto vermisste seine Ratte so schrecklich, vor allen Dingen in diesem Augenblick; hätte er sie behalten, hätte er Purna retten können. »Ich wollte sie doch nur wiedersehen, das war alles, ich wusste doch nicht, dass er auf diese schlimme Weise dafür sorgen würde. Und ich wollte es ihr sagen, das wollte ich wirklich, darum suchte ich nach ihr, aber sie weiß es bereits, sie muss es wissen, warum sollte sie sonst so kalt sein? Warum sollte sie meine Freundin sonst ermorden? Sie zahlt es mir heim, und ich verdiene es auch, aber nicht Purna! Doch nicht sie!«

»Ach je«, sagte Frostfalle, blieb stehen und blickte sich um, als könnte nicht einmal er sich in diesem untergegangenen Tal orientieren. »Das ist ja eine tolle Geschichte. Bist du dir sicher, dass das alles stimmt und kein Albtraum ist, den dir irgendein Käfer ins Gehirn gelegt hat?«

»Nenn mich einen verfluchten Lügner, Frostfalle, nenn mich einen Lügner, und du wirst sehen, was passiert!« Maroto spannte sich an, dann dachte er ernsthaft über Frostfalles Frage nach. Jetzt, da sie gestellt worden war, musste er nach dem Nebel dieses Schlachtfelds und den Würmern und dem Stich und allem anderen darüber nachgrübeln ... »Ich bin mir sicher, dass es mein Fehler ist, wegen dem, was ich Krümelfänger zu tun bat. Ich bin mir aber nicht sicher, ob Zee weiß, dass ich es war, denn ich wollte es ihr sagen, will es ihr immer noch sagen, denn sie muss wissen, dass es nicht die Königin oder die Kette oder sonst jemand war, sondern ihr alter Freund Maroto. Aber ich bekam keine Gelegenheit dazu, und jetzt ... jetzt ist Purna tot, nicht wahr?«

»Hast du ihr von den Bedingungen für Krümelfängers Freiheit erzählt, also Purna oder sonst jemandem? Jemand anderem im Lager, von dem sie es gehört haben könnte?« Der gute, alte Frostfalle wusste doch immer, wie man Maroto wieder beschwichtigen konnte, wenn er sich viel zu sehr in etwas hineingesteigert hatte; man musste es einfach nur aus allen Blickrichtungen betrachten, und manchmal erkannte man, dass es gar nichts gab, über das man sich aufregen konnte.

»Du bist der Erste, dem ich das je erzählt habe.« Es erleichterte Maroto, dass Zosia es nicht wissen konnte. Dann aber fühlte er sich wegen der Erleichterung schuldig. »Sie konnte es unmöglich wissen. Also ließ sie Purna nicht aus Rache sterben, sie ließ sie ausbluten, weil sie einfach ein selbstsüchtiges altes Miststück ist, das sich ausschließlich für sich selbst interessiert. Ich hätte nicht übel Lust, ihr gar nichts zu sagen. Soll sie sich doch bei dem Versuch verrückt machen, herauszufinden, wer die Mörder geschickt hat, obwohl es doch die ganze Zeit – hey, warum die Eile?«

»Ich habe dort drüben etwas gefunden, das ich dir zeigen will«, grunzte Frostfalle und marschierte in eine andere Richtung. Durch eine Lücke im Rauch sah Maroto die Lerchenzunge direkt hinter ihnen, aber als er den Kurs des alten Zauberers korrigieren wollte, fiel ihm wieder ein, dass es im Zentrum des Tals etwas zu sehen gab. Was auch immer es sein mochte, er bezweifelte, dass es die Mühe wert war; er fing an, ganz schön abzustürzen, aber als sie Frostfalles Ziel erreichten, wurde er so schnell wieder nüchtern, wie ein Teufel Luft holte.

Sie traten aus dem Rauch heraus, und Frostfalle setzte ihn ab. Maroto betrachtete die manifestierte Unmöglichkeit, während seine Knie beinahe nachgaben. Das Miasma überquerte die Grenze der gewaltigen kreisförmigen Lichtung nicht, also gab es hier in der einstmals genauen Mitte des Schlachtfeldes einen vollendeten Kreis aus frischer Luft, und darunter, wo zertrampeltes Gras, zerwühlte Erde und ein ordentlicher Haufen Leichen hätten liegen sollen, erstreckte sich ein *Tor*. Auf dem Stern gab es nur sechs *Tore*, eins für jeden Zacken und das letzte in Diadem, das wusste jeder … aber hier war das siebte, und es war breiter als alle anderen sechs zusammengenommen.

»Das war heute Morgen aber verflucht noch mal nicht da«, hauchte Maroto. Wie selbstverständlich trat er einen Schritt von dem Rand zurück, an dem das zertrampelte Schlachtfeld dem absoluten verfluchten Nichts wich. Dem so nahe zu sein bereitete ihm Übelkeit, sein Knöchel juckte mächtig. Ein Blick nach unten zeigte ihm, dass aus dem Skorpionstich grauer Schleim auf seinen Fuß sickerte. Tropfen lösten sich von seiner Haut und flogen seitlich in das *Tor* hinein. »Wo kommt das denn her?«

»Da habe ich eine Theorie.« Frostfalle ließ die Knöchel knacken. »Aber ich glaube nicht, dass sie dir gefallen wird.«

»Weißt du was, sag es mir nicht. Ich habe mir genug blaue Augen bei dem Versuch geholt, zu weit zu sehen. Wenn du es für schlimm hältst, werde ich bestimmt nicht …«

Aber dann überrumpelte Frostfalle Maroto das zweite Mal an diesem Tag und trug sie beide über die Grenze in das *Tor*.

Es fühlte sich falsch an, Großvaters tröstliches Gewicht nicht mehr auf den eigenen Schultern zu spüren, aber Griesgram würde sich an Falsches gewöhnen müssen. Er näherte sich dem Rand des Lagers und ging etwas langsamer, denn er wollte nicht riskieren, dass ihm ein weiterer überraschter Junge jetzt, wo immer mehr zerschundene Soldaten zwischen den Zelten auftauchten, den Arsch wegschoss. Mehr als einer der Männer warf Griesgram einen finsteren Blick zu, und er vergewisserte sich, dass er das kobaltblaue Tuch an sein Bandelier geknotet hatte, damit jeder seine Zugehörigkeit sehen konnte. Es ertönte bedeutend weniger Gesang, als er bei zurückkehrenden Siegern erwartet hätte, und zog man in Betracht, wie gemütlich sie alle den Hügel heraufkamen, mussten sie gesiegt haben oder zumindest nahe genug dran gewesen sein – die Kämpfe hatten aufgehört, und sie wurden nicht von den Imperialen überrannt. Also hätte das doch zumindest ein Lächeln wert sein sollen, wenigstens bei einigen …

Aber da war nichts. Griesgram verließ das Lager und passierte auf dem Weg nach unten die weißen Pavillons, aus denen die meisten Schreie ertönten. Da fiel sein Blick auf das Tal. Noch immer lag es in Rauch gehüllt, der so hoch stieg, dass Griesgram die Hügel auf der anderen Seite, von denen die Scharlachroten gekommen waren, nicht sehen konnte. Er fragte sich, ob die Dinge auf der anderen Talseite wohl genauso grimmig waren.

»Griesgram!« Ji-hyeon. So schnell sich die Erleichterung beim Klang ihrer Stimme einstellte, so schnell verwelkte sie auch wieder bei ihrem verletzten Anblick. Sie sah aus, als hätte man sie in den riesigen Kessel mit Fischködern aus der Ballade von Graf Rabe und dem Seekönig getaucht, von den Stiefelspitzen bis zur Stirn klebten Blut und verkohlte Hautfetzen an ihrem Körper. Die Frau mit dem Schamanenblut und den Hörnern trug Ji-hyeons Helm für sie und sah noch mitgenommener aus als ihre Herrin. Die Generalin wurde von Keun-ju gestützt, das hübsche Gesicht des Jungen war voller Blut, aus seiner Rüstung ragten ein paar Pfeile. Sie hatten es alle geschafft, nur darauf kam es an, und Griesgram lief zu den dreien, die unter dem Eingang eines Feldscherzeltes standen. »Griesgram, ich bin so froh, dass es dir gut geht!«

»Oi«, erwiderte Griesgram, wollte sie umarmen, aber vermutlich wäre das auch in dem Fall nicht angebracht gewesen, wenn ihr Geliebter nicht danebengestanden hätte. Der musterte ihn ohnehin von Kopf bis Fuß wie ein Metzger, der sich nicht entscheiden konnte, ob das vor ihm stehende Tier überhaupt zum Verzehr geeignet war. Griesgram wollte Ji-hyeon sofort von Großvater erzählen, aber da diese beiden unfreundlichen Fremden ihn anstarrten, brachte er es einfach nicht über die Lippen. »Äh, seid Ihr in Ordnung? Ihr alle? Ich schätze, ich habe Euren Aufbruch kurz verpasst. Tut mir leid, dass ich nicht helfen konnte.«

»Eure Anwesenheit wäre nützlich für uns gewesen«, sagte Choi. Sie klang weder wütend noch gehässig, beschränkte sich einfach nur auf die Fakten.

»Ihr habt die ganze Schlacht verpasst, was?«, meinte Keun-ju, und da Griesgram nicht zu sagen vermochte, ob in dem Hohn, den er in den Worten zu spüren glaubte, eine Absicht lag oder nicht, behandelte er sie als ehrliche Frage.

»Nee, sie, äh, Zosia ließ uns den Berg rauflaufen, zu dem Bergsattel dort oben? Diese … Myuraner, so nennen sie sich wohl, dieses Regiment aus Myura hatte sich von hinten angeschlichen und wollte uns in den Rücken fallen, also, ihr wisst schon. Wir haben sie aufgehalten.«

»Muss ja ein wilder Kampf gewesen sein«, sagte Keun-ju, und Griesgram begriff endlich, worauf der Bursche hinauswollte; im Gegensatz zu jedem anderen, der ihm auf dem Weg begegnet war, hatte er nicht einen einzigen Kratzer vorzuweisen; an seiner Kleidung gab es weder Blut, Dreck noch den rauchigen Geruch, der den Rest der Kobaltblauen umgab. Das erklärte die Blicke der Soldaten unterwegs. »Gab es dabei viele Verluste?«

Griesgram fühlte, wie sich die Riemen von Großvaters Geschirr an seiner Brust spannten, obwohl er es doch abgelegt und bei seinen Überresten gelassen hatte, und er machte den ersten der drei Schritte, die ihn zu diesem großmäuligen Arschloch bringen würden.

»Es reicht, Keun-ju«, sagte Ji-hyeon und lächelte Griesgram müde an. Ihre Augen waren glasig, außerdem zitterte sie noch schlimmer als die meisten der anderen Soldaten, die ihm auf dem Weg nach unten begegnet waren. »Das ist schön, Griesgram. Ich hatte mich schon gefragt, wo die Myuraner abgeblieben sind, da sie nicht beim Fünfzehnten waren. Ich werde mir von Hauptmann Zosia ausführlich Bericht erstatten lassen, also braucht Ihr es jetzt nicht zu erzählen. Ich muss … ich muss mich zuerst noch um ein paar andere Dinge kümmern.«

Sie hob die bandagierte Hand, und da sah er den blutig tropfenden Stoff. Bestienflügel lag in ihrer Armbeuge, die schwarze Eulenfledermaus wirkte nun grau und irgendwie kleiner, aber der Teufel würde sich mit der Zeit schon erholen. Er nährte sich von etwas nicht Greifbarem, das von Ji-hyeon ausging, das wusste Griesgram irgendwoher, und sobald das Tier wieder genug Kraft hatte, um sich erneut in die Lüfte zu erheben, würde es an diesem Ort genug zu fressen finden.

»Ja, auf jeden Fall, lasst Euch behandeln«, sagte Griesgram. »Kann ich etwas tun? Nicht hier, sondern nur … irgendwas?«

»Oh sicher, eine ganze Menge sogar«, erwiderte Ji-hyeon, aber dann starrte sie einfach nur mit geschürzten Lippen an ihm vorbei ins Leere.

»Heute Morgen traf nicht einer von Marotos Trupp am Befehlszelt ein«, sagte Choi. »Die Generalin befiehlt, dass sich jeder Offizier, der dazu in der Lage ist, hier einfindet und Bericht erstattet, also solltet Ihr wissen, wo Euer Onkel ist. Könnt Ihr ihm das ausrichten?«

Wusste er, wo sein Onkel war? Die ewige Frage. Jedes Mal, wenn Griesgram daran dachte, wie sein Onkel den Stamm verlassen, aber ihm und Großvater nicht versucht hatte zu helfen, bildete sich ein trauriges, unbehagliches Gefühl in seinem Bauch, und sein Herzschlag beschleunigte sich auf unerfreuliche Weise. Er fühlte jetzt die alten Symptome, ignorierte sie aber – er hatte sich auch nicht rechtzeitig bei Ji-hyeon und ihren Leuten am Befehlszelt gemeldet, und so groß wie das Lager war und so groß auch der Kampf gewesen war, Maroto hatte sie vermutlich ebenso wie er um Haaresbreite verpasst. Sein Onkel war hier irgendwo in der Nähe, er würde nicht einfach verschwinden, sobald Gewalt drohte …

Das würde er Griesgram nicht noch einmal antun, nicht jetzt, wo er ihn endlich aufgespürt hatte, und sie würden seine Erklärung hören, genauso wie es Großvater immer gewollt hatte. Also war der alte Mann schließlich doch für etwas gestorben: um Griesgram diese Gelegenheit zu geben. »Ich finde ihn. Darin bin ich geschickt.«

Keun-ju murmelte etwas darüber, worin er geschickt war, und er war froh, dass er es nicht verstanden hatte, denn Ji-hyeon schien allem Anschein nach auch so schon einen schweren Tag gehabt zu haben, ohne dass er ihren Freund windelweich prügelte.

»Ja, das wäre hilfreich«, sagte sie und sackte in Keun-jus Armen etwas zusammen. »Danke, Griesgram.«

»Es ist mir eine Ehre, Generalin«, erwiderte Griesgram, der eine Verabschiedung erkannte, wenn er sie hörte, und er wünschte sich, dass er auch noch für andere Dinge gut war, als nur hinter seinem nichtsnutzigen Onkel herzujagen. »Ich hoffe, Ihr werdet Euch bald besser fühlen.«

»Danke, Griesgram«, sagte sie erneut, aber ihr Blick war schon wieder ins Nichts gerichtet. »Und dankt Eurem Großvater in meinem Namen.«

Griesgram setzte sich so schnell in Bewegung, wie er konnte, damit sie sein Gesicht nicht sehen konnte – und nicht sehen *musste*, wie ein frostkalter Junge aus der Kalten Savanne nicht an Großvater denken konnte, ohne auseinanderzufallen. Er eiste sich wieder zusammen, indem er sich auf die bevorstehende Aufgabe konzentrierte, was sich manchmal wie die einzige Aufgabe anfühlte, die er überhaupt je gekannt hatte. Auch wenn ihm sein Bauchgefühl sagte, im rückwärtigen Teil des Lagers nach seinem Onkel zu suchen, wo er sich in seinem Zelt versteckte, entschied er sich, ihm ein letztes Mal etwas zuzugestehen, und er begann mit seiner Suche unten auf dem rauchverhangenen Schlachtfeld.

Statt darauf zu warten, dass Frostfalle und Maroto hineinstürzten, wogte das *Tor* in die Höhe, um sie einzufangen, und Maroto schloss instinktiv die Augen, als die strukturierte Schwärze ihre glitschige, kühle Membran gegen sein Gesicht und seine Brust drückte. Sie akzeptierte ihn, und er versank in einer dichten Masse. Farnwedel oder feine Härchen strichen über ihn und stießen ihn weiter, zogen ihn in die Höhe, und er überlegte gerade, ob er lieber mit geschlossenen oder geöffneten Augen in Teufelswerk ertrinken wollte, da knackte es auch schon in seinen Ohren, und er fühlte wieder festen Boden unter den Füßen und die kühle Luft auf der Haut.

Nach dem *Tor* fühlten sich alle Empfindungen falsch an, *er* fühlte sich falsch an, jedes Gleichgewicht fehlte ihm, und obwohl er langsam auf allen vieren zu gehen versuchte, um einen Sturz zu vermeiden, tat er doch genau das und stolperte über einen großen Stein. Er riss die Augen auf und streckte die Hände aus, um den Sturz abzufangen. Aber er konnte nicht einmal den Boden sehen, da die Schwaden hier noch dichter waren. Frostfalle fing einen seiner rudernden Arme und riss ihn zur Seite, also landete er nicht auf den Händen, sondern stieß sich die Rippen an spitzen Steinen. Eine echte Verbesserung. Maroto wollte sich von dem verräterischen Zauberer wegrollen und aufspringen, damit er es ihm heimzahlen konnte, ihn in ein verfluchtes *Tor* gestoßen zu haben, als wäre so etwas jemals akzeptabel gewesen. Aber da peitschte direkt vor ihm ein rauer Wind über den Boden und nahm etwas von dem Rauch mit sich …

Kein Rauch. Nebel. Meeresnebel, um genau zu sein, was die smaragdgrünen Wellen bewiesen, die in der Tiefe gegen die dunklen Felsen der Klippe anspülten, die er um ein Haar hinabgestürzt wäre. Vorsichtig schob er sich von dem unebenen Abgrund zurück, auf dem er wie eine Katze auf einer Fensterbank lag, und er erhob sich erst auf die Knie, um nach Frostfalle Ausschau zu halten, nachdem er ein paar ordentliche Fuß zwischen sich und die Klippe gebracht hatte. Der Zauberer war nicht weit entfernt. Er untersuchte die aufgedunsenen Eukalyptusbäume und die irgendwie fettig aussehenden Büsche, die den winzigen Felsen über dem Meer einrahmten.

Wo auch immer sie sich befanden, es musste recht weit von der Lerchenzunge entfernt sein. Vielleicht der Dschungel von Bal Amon. Hoffentlich. Maroto wusste, wie er aus Bal Amon zurückkommen würde, nachdem er Frostfalle von der Klippe geworfen hatte. Aber der Versuch aufzustehen scheiterte, sein Gleichgewichtssinn gab sich noch immer alle Mühe, ihn ins Meer zu rollen. Uff!

»Es fällt schwer, nicht beeindruckt zu sein«, bemerkte Frostfalle. Dann wandte er sich wieder Maroto zu.

»Nun, ich versuche es trotzdem. Wo bei den blutenden Löchern, mit denen ich dein Gesicht verzieren werde, sind wir?«

»In deinem neuen Zuhause«, erwiderte Frostfalle, kramte in seinem schweren Gewand herum und zog einen ungefähr einen Fuß langen Tausendfüßler heraus, der irgendwo in der Nähe seines Unterleibs geruht hatte. Wenn Maroto auf Sauftour war, war schon einiges dazu nötig, ihn davon abzubringen, um einen Käferstich zu bitten, aber das hätte jederzeit ausgereicht. Frostfalle hielt das erstaunlich friedliche Insekt in die Höhe und hob dann die andere Hand in die Luft. Er schien bereit zu sein, noch mehr von seinem Hexenscheiß abzuziehen, aber dann hielt er inne und schenkte Maroto ein niedergeschlagenes Lächeln. »Ich wünschte, das alles hätte sich anders entwickelt, Maroto. Du bist immer mein Favorit gewesen.«

»Bringst du mich um, geht es darum?« Schwankend kam Maroto auf die Beine und kippte sofort wieder auf ein Knie. »Du hast es versprochen, du verräterischer Schwanzlutscher. Damals in Emeritus, als dieser ganze verrückte Scheiß mit der Gesichtslosen Herrin geschah, wer hat da seinen Hals riskiert, um dich zu retten? Und das ist jetzt der Dank?«

»Ja, Maroto, das ist der Dank, den du erhältst.« Frostfalle schüttelte den Tausendfüßler in seine Richtung. »Das ist mehr, als ich für die meisten tun würde. Ich habe geschworen, ich würde dich niemals töten, und ich nehme meine Schwüre genauso ernst wie du. Du hast nichts von mir zu befürchten. An deiner Stelle würde ich mir Sorgen um die Kreaturen machen, die in den Meereshöhlen und im Dschungel hausen.«

Maroto betrachtete seine verdreckte, in Mitleidenschaft gezogene Rüstung, die einzelne Sandale, die leere Messerscheide, und dann hob er ungläubig die Hände. »Du brichst deinen Eid, Frostfalle. Das ist Mord.«

»Ach, Unsinn.« Frostfalle zerdrückte den Tausendfüßler. »Du bist ein einfallsreicher Junge. Ich bin sicher, du wirst im Handumdrehen wieder da sein, um mir Ärger zu bereiten.«

Maroto schnellte aus seiner geduckten Haltung in die Höhe und hoffte, Frostfalle zu Boden reißen zu können, wo sein lädierter Gleichgewichtssinn kein so großer Nachteil sein würde, aber er war sogar außerstande, sich in die richtige Richtung zu bewegen. Statt mit dem Zauberer zusammenzustoßen, landete er knapp neben ihm in einem großen Busch. Als er sich endlich daraus befreit hatte, war Frostfalle fort; nur eine kreisrunde Stelle aus geschwärztem Felsen und Vegetation zeigte, wo er verschwunden war.

Selbst als sein Gleichgewicht endlich wieder bestand, nahm Maroto davon Abstand, direkt in den fremden Dschungel zu gehen. Er befand sich in diesem seltsam nüchternen Zustand, wie man ihn nach einer mächtigen Sauftour und vor einem genauso mächtigen Kater erlebte, und er wollte sich nicht blindlings in etwas stürzen. Stattdessen begab er sich an den Rand der Klippe, ließ die Beine dort baumeln und dachte an Purna, dass sie in diesem Augenblick tot war, tot, obwohl sie sich doch nichts Weiteres als ein bisschen Ruhm gewünscht und auf ihn vertraut hatte, ihr den Weg dorthin zu zeigen. Eine lange Zeit saß er da, fühlte den von der Sonne erwärmten Stein unter den Beinen und sah zu, wie der Nebel dichter wurde, trauerte um sie und vermisste sie jetzt schon. Dann stand er müde auf und nahm sich vor, jede einzelne Person umzubringen, die irgendwie für sein Exil in dieser weit entfernten Meereslandschaft mitverantwortlich war und ebenso für den Tod seiner liebsten Freundin. Keine Entschuldigungen, keine zweiten Chancen. Kein Teufel in der Hölle war so schlimm wie Maroto der Mächtige, jetzt, da er Vergeltung für Tapai Purna suchte.

»Das ist, äh, Tapai Purna, oder?«, sagte Griesgram. Er blieb vor den beiden bekannten Gestalten stehen, die zwischen sich eine dritte den Hügel zum Lager hinaufschleppten. »Ist sie …?«

»Sie ist *etwas*«, sagte Zosia. »Aber der Tod gehört nicht dazu.«

»Ich würde das Wort *robust* wählen«, grunzte das einzige andere Mitglied von Marotos Trupp, der Kerl, der immer so glatt und weich ausgesehen hatte und nicht rau und vernarbt. Diggelby, das war sein Name, richtig; ein derartiger Name wäre Griesgram niemals selbst eingefallen. Jetzt sah er nicht mehr so glatt und weich aus, und der kleine Teufelshund, den er immer mit sich herumgeschleppt hatte, war auch nirgendwo zu sehen. »Robust oder, uff, gut gebaut … das klingt netter als *so schwer wie Eisenkugeln*. Seid ein guter Kamerad und helft uns?«

»Geht nicht, ich habe den Befehl, meinen Onkel zu Ji-hyeon zu bringen«, erwiderte Griesgram. Als er Zosias amüsierten Gesichtsausdruck sah, korrigierte er sich. »Ich meine, ich soll Maroto oder seine Leute zur Generalin bringen, damit sie Bericht erstatten. Außerdem möchte sie, dass Ihr ihr erzählt, wie wir den Bergsattel nahmen, edle Frau.«

»*Edle Frau*?« Zosia ignorierte den schnaubenden Laut ihres Teufels. »Wolltet Ihr nicht Hauptmann Zosia sagen?«

»Das meinte ich«, sagte Griesgram schnell, denn er hatte es eilig, hier zu verschwinden. Ihm gefiel noch immer nicht, wie sie ihn ansah, und ohne dass Großvater ihm buchstäblich den Rücken deckte, kam er sich ungeschützter vor als je zuvor. »Ich sollte mich besser auf den Weg machen – habt ihr ihn irgendwo in der Nähe gesehen?«

»Er verschwand mit Frostfalle im Rauch.« Diggelby blickte zurück und nach unten auf das höllische Schlachtfeld. »Falls sie noch nicht wieder da sind, müssen sie irgendwo dort draußen sein.«

»Danke«, sagte Griesgram. Er wollte so schnell wie möglich von Zosia weg. Sich aus dieser Nähe von ihr mustern zu lassen fühlte sich wie der augenlose Blick der Gesichtslosen Herrin an; dass er in die Fehde zwischen den beiden rätselhaften Mächten gestolpert war, die viel zu sehr an ihm interessiert waren, das war eine Tragödie, die Stoff für die Sänger geboten hätte. »Ich spüre ihn dann auf. In der Zwischenzeit möchte die Generalin, dass ihr alle Offiziere, die noch dazu fähig sind, im Feldscherzelt Bericht erstatten. Also könntet ihr beiden das, äh, tun.«

»Griesgram?« Diggelby schien zum ersten Mal, seit Griesgram den Mann kennengelernt hatte, deprimiert zu sein.

»Ja?«

»Falls Ihr Herzogin Din und Graf Hassan begegnen solltet … wir haben uns aus den Augen verloren, und ich weiß nicht, ob sie zu den Zelten zurückkehren oder …«

»Ich halte nach ihnen Ausschau«, versprach Griesgram. Als dieser schreckliche Tag seinen Anfang genommen hatte, wäre einer von Marotos Spießgesellen ungefähr die letzte Person gewesen, deren Gefühle er sich hätte vorstellen können nachzuempfinden.

»Und wenn Ihr Maroto findet, richtet ihm etwas aus«, sagte Zosia.

»Klar«, sagte Griesgram. Vielleicht hätte er ja doch, wie von Großvater verlangt, die Schrift der Makellosen erlernen sollen, denn dann hätte er jetzt eine Liste anfertigen können.

»Sagt ihm, er soll aufhören, sich wie eine verängstigte Heulsuse zu benehmen, und zurück ins Lager kommen. Ich habe eine Überraschung für ihn.«

»Äh … klar.«

Zosia und Diggelby schleppten das bewusstlose Mädchen weiter den Hügel hinauf, und der Teufelshund der grauhaarigen Frau warf Griesgram einen Seitenblick zu. Purna schien nicht einmal eine Schramme davongetragen zu haben, wie er sehen konnte, als sie sie an ihm vorbeitrugen. Also musste sie einen Schlag auf den Kopf bekommen haben. Zuvor war Griesgram gar nicht aufgefallen, dass das Mädchen ebenfalls das Blut von Schamanen in sich trug, und er fragte sich, wie er etwas so Offensichtliches hatte übersehen können. Wenn er allein überleben wollte, musste er seinen dicken Schädel endlich hinter sich lassen und alles aufmerksam betrachten, statt darauf zu warten, dass Großvater ihm erklärte, was was war.

Ein Stück weiter südlich den Hügel hinunter hockten ein paar Leute mit roten Wappenröcken, Schilden oder anderen Abzeichen des Scharlachroten Imperiums auf dem Boden und wurden von Soldaten in Blau bewacht. Einer der vielen Hauptmänner der Kobaltblauen, dem Griesgram nie zuvor begegnet war, unterhielt sich mit ihnen. Er fragte sich, was man wohl mit ihnen machen würde oder mit den Myuranern, die sie oben auf dem Berg gefangen genommen hatten. Er ertappte sich bei der

Hoffnung, dass man ihnen ordentlich ins Gewissen redete und sie dann gehen ließ, so wie er es mit den namenlosen Welpen getan hatte, die bei dem Angriff auf Großvater und ihn bei Verlassen der Savanne geholfen hatten. Aber irgendwie bezweifelte er, dass sich das so abspielen würde.

Er kam zu der Stelle, an der der Hügel noch einmal steiler abfiel, bevor er in das flache Tal überging. Vermutlich hatte der Kampf hier am schlimmsten getobt. Es gab es zu viele Tote, um sie zählen zu können, und die Lebenden sahen auch nicht viel besser aus. Manche standen einfach dort und blinzelten in den Rauch hinein, oder sie saßen auf Leichen, die möglicherweise ihre Freunde gewesen waren, und hatten den Kopf in den Händen vergraben. Am schlimmsten waren diejenigen, die lachten. Ihr angestrengtes Gewieher war an diesem ernsten Ort noch weniger willkommen als das Stöhnen und die Schreie und das Schluchzen. Hier unten wehte der Rauch in dichten Strömungen, und Griesgram blieb stehen und musterte nachdenklich das verschleierte Tal, aus dem düstere Gestalten wie Teufel aus der Dunkelheit traten. Er kam sich wie Höllenstürmer vor, nachdem er dem Sterblichenfresser entkommen war, indem er sich im Land der Feigen Toten versteckt und dabei zugesehen hatte, wie die blinden Geister auf ihrem ewigwährenden Rückzug von der Ehre des Schlachtfeldes an ihm vorbeimarschiert waren …

Aber das alles war doch nur ein großer Haufen Scheiße, oder? Griesgram hatte mittlerweile genug Kämpfe erlebt, um zu wissen, dass ein Schlachtfeld der letzte Ort auf dem Stern war, wo man Ehre finden konnte, sondern nur Herzschmerz und Schrecken, was kaum das Gleiche war. Und was den Rest anging, auch das war Scheiße. Höllenstürmer und der Alte Schwarz, Kühner Gang und Graf Rabe, der ganze stinkende Haufen. Das waren alles nur Lieder, die die Hornwölfe sich hatten einfallen lassen, um prahlen zu können, wie toll sie doch in der Vergangenheit gewesen waren – all diese Orte, an denen ihre Vorfahren gewesen waren, all die von ihnen begangenen Heldentaten, die den Stern in den Grundfesten erschüttert hatten, warum hatte außerhalb der Savanne keiner davon gehört? Wo sie auch hingekommen waren, Griesgram hatte danach gefragt, hatte gehofft, dass sie ihre Reisen am Altar der Seuchen oder dem Königreich der Fresser der Vergesslichkeit vorbeiführten. Aber selbst nachdem er das Scharlachrot endlich gemeistert hatte, hatte ihn jeder wie einen verfluchten Narren angesehen. *Sind wir in der Nähe des Satsumosees? Irgendwo dort gibt es eine Gruft, in der mein Vorfahre den Alten Trübsal und sein Kind zur Ruhe gelegt hat … Nein?*

Natürlich nicht. Denn nichts davon war wirklich, alles war nur ein Eintopf aus Halbwahrheiten und Lügen, den die Barden austeilten, um ungezogene Bälger zu beruhigen und die Fantasie von solchen Kindern wie Griesgram zu füttern, die einfach nicht erwachsen werden wollten. Er konnte hundert Sagas aufsagen, wusste aber nicht genug über die wirkliche Welt, um auch nur einer einzigen Person von Nutzen zu sein. Hätte er mehr Zeit damit verbracht, die Dinge so zu sehen, wie sie waren, statt sich den Kopf über ihre geheime Bedeutung zu zerbrechen oder wie sie in die Lieder seiner Zeit passten, wäre sein Leben in der Savanne möglicherweise beträchtlich leichter gewesen. Vielleicht wäre Großvater sogar noch immer unter ihnen. Vielleicht hätte er dann Ji-hyeon gesagt, wie er zu ihr stand, bevor Keun-ju aufgetaucht war oder vielleicht sogar noch danach – statt ihr aus dem Weg zu gehen und die ganze Zeit über zu hoffen, dass sie zu ihm kam. Vielleicht hätte er Zosia einfach zur Rede gestellt und gefragt, ob sie wirklich eine ganze Stadt mit flüssigem Feuer verbrennen wollte. Vielleicht wäre er dann nicht allein, jedenfalls nicht völlig allein, denn ihn würde keine einzige Seele vermissen, falls er nicht wieder in das Lager zurückkehrte, niemals in die Savanne zurückkehrte, niemals irgendwohin ging als in den Graben neben Großvater.

Griesgram betrachtete die wogende Wand aus grauem Nebel

vor sich und fühlte sich so hilflos wie nie zuvor – wo beginnen, das war immer die Frage. Was sollte er mit sich anstellen, wenn seine ganze verfluchte Existenz auf den Versuch hinauslief, in einer Welt aus Rauch und Schatten festen Boden unter den Füßen zu finden? Ihm blieb nichts übrig, als das zu tun, was er immer tat, den Kopf runterzunehmen und einfach geradeaus zu gehen – in der Hoffnung, dass er entweder Glück hatte oder jemand auftauchen werde, der ihm den Weg zeigte. Genauso wie die Gesichtslose Herrin – sie hatte ihm gesagt, wo er seinen Onkel finden würde, und ohne diese Begegnung würde er noch immer mit Großvater im Schlepptau auf dem Stern umherwandern.

Der farblose Dunst und die unnatürliche Stille des Ortes ließen ihn in der Tat an Emeritus denken; was wie ein Traum erschienen war, war wieder so hart und wirklich wie der Schmerz in seiner Brust und das Schluchzen, das noch immer in seinem Hals feststeckte. An diesem Ort hatten sie ein paar gute Tage verbracht, er und Großvater hatten ein Reich erforscht, das die alten Lieder beinahe plausibel erschienen ließ. Hier auf diesem unirdischen Schlachtfeld verspürte er das gleiche Gefühl schwindelerregender Ungewissheit, an einem Ort zwischen der realen Welt und der der Helden zu sein, und es hätte ihn kaum überrascht, wäre die Gesichtslose Herrin hinter der nächsten Rauchwolke erschienen. Wäre das nicht ein Ende gewesen, das jedem Geschichtenerzähler gefallen hätte, wenn nämlich seine instinktive Furcht beim Blick von dem Hügel auf den Teufelsschwarm gerechtfertigt gewesen wäre? Wenn das ganze Pandämonium und diese ihm folgende unheilvolle Stille das Werk einer rachsüchtigen Göttin gewesen wäre, die ihn nur bestrafen wollte, weil er seine Suche nicht zu Ende gebracht hatte und weil er Speer und Messer an Zosias Seite erhoben hatte statt gegen sie?

»Hör auf damit«, befahl er sich, weil er schon wieder in seine alten Angewohnheiten verfallen war. »Das hier ist kein Heldenlied, Griesgram.«

»Oh, dabei ist doch der ganze Stern ein einziges Lied, nicht wahr?«, ertönte da die melodische Stimme von Frostfalle. Der Zauberer stieg auf ein totes Pferd und verneigte sich, dabei strömte Rauch aus seinem Gewand. »Vorsicht, mein Junge! Wie ich gehört habe, wimmelt dieses Schlachtfeld von Hornwölfen.«

»Nenn mich nicht so«, sagte Griesgram. Er verfluchte sich für den unvorsichtigen Wunsch, jemand solle kommen und ihm helfen. »Jemand« – das konnte vieles bedeuten, und Großvater hatte immer gesagt, dass die Trickster als einzige Götter zuhörten. »Wo ist mein Onkel, Hexer? Ich weiß doch, dass er bei dir war.«

»Und ich weiß, dass mein guter Freund Skrupellos das letzte Mal, als ich ihn sah, bei *dir* gewesen ist, und er ist jetzt auch fort.« Frostfalle blickte auf die leere Stelle hinter Griesgrams Schulter. Oh, wie es schmerzte, dass auf dem ganzen Weg durch das Lager an diesen Ort der Hexer der Einzige war, der Großvaters Abwesenheit ansprach – Ji-hyeon war in schlechter Verfassung gewesen, das galt zwar für sie alle, trotzdem … »Vielleicht sind sie zusammen fort und unterhalten sich in einem lange überfälligen Vater-und-Sohn-Gespräch?«

»Er …« Griesgram schloss die Augen und schluckte die stinkende Luft, vergiftete das Schluchzen, bevor es schlüpfen konnte. Frostfalle versuchte ihn abzulenken, und er öffnete die Augen wieder. Sie waren klar. »Mein Onkel Maroto war bei dir, Hexer. Bestreitest du das?«

»Natürlich nicht! Er ist in meiner Gesellschaft gewesen, ja, das ist er«, sagte Frostfalle, sprang von seinem Aussichtspunkt auf dem Pferdekadaver herunter und legte eine Hand auf die Brust. »Ich fürchte, Maroto der Mächtige ist weg, Griesgram vom Clan der Hornwölfe.«

»*Weg*?« Und da riss die letzte verfluchte Naht, die Griesgram noch zusammenhielt. »Du meinst, er ist tot, oder meinst du, er ist *gegangen*? Wenn er nämlich tot ist, will ich seine Leiche sehen, *sofort*. Wenn … wenn … wenn er …«

»Man sollte beinahe glauben, dir wäre lieber, er wäre tot!«, meinte Frostfalle.

»Das ist auch verflucht richtig!« Griesgram schnappte sich Frostfalle, bevor der Hexer seine Teufel oder seinen Mut rufen konnte, und hätte er Antworten nicht dringender gebraucht als eine Befriedigung, so hätte er dem Riesen beide Arme ausgerissen, statt nur die Scheiße aus ihm herauszuschütteln. »Wo? Warum? Wo? *Warum*?«

»Lass. Mich. Los!«, brüllte Frostfalle. Dass der Hexer seine Ruhe verlor, und wenn auch nur einen Augenblick lang, ließ eine böse Wärme in Griesgrams Brust aufsteigen. Er tat wie gebeten, nahm die Hände von den breiten Schultern des Mannes, wich aber keinen Zoll zurück. Frostfalle wich ebenfalls nicht zurück; sein abgestandener Atem fühlte sich auf Griesgrams Gesicht heiß an. »Schon gut, schon gut, aber ich kenne nur seine Beweggründe, nicht sein Ziel.«

»Sprich.«

»Mach ich ja«, sagte Frostfalle hochmütig, trat um Griesgram herum, stieß dabei gegen seine Schulter und zwang ihn, an seiner Seite zu gehen, um ihm nicht wie ein gehorsamer Teufel zu folgen. »Du kennst doch Purna, Marotos Schülerin?«

»Ich habe Zosia und Diggelby sie gerade nach oben zu den Feldschern bringen sehen. Was ist mit ihr?«

»Du meinst, sie ist durchgekommen?« Frostfalles Kichern klang so echt wie unangebracht. »Gut für sie, aber das hat sie nicht deinem Onkel zu verdanken. Sie wurde in der Schlacht schwer verletzt, aber als sie Marotos Hilfe brauchte, kehrte er ihr den Rücken zu. Dein Onkel kann ausgesprochen … *vorsichtig* sein, und ich vermute, seine niederen Instinkte überwältigten ihn – keiner von uns weiß genau, was geschehen ist. Überall dieser Rauch, und dann diese Imperialen, die einfach verschwunden sind – allein die Teufel wissen, wohin. Das könnte jeden durcheinanderbringen, und sie zu tragen würde ihn zu langsam werden lassen, meinte er.«

Griesgram versuchte zu atmen, aber nichts ging rein oder raus. Da war kein Platz für etwas anderes, nicht einmal für Luft, so viel Zorn war in ihm.

»Mit Zosia hatte er deswegen Streit, direkt dort, wo Purna zu ihren Füßen starb. Zum Glück für alle Beteiligten konnte ich Maroto überwältigen und von diesem Ort eskortieren, was Zosia und dem Pascha wohl erlaubte, Purna in Sicherheit zu bringen. Ich begleitete ihn ein Stück, dann sagte er mir, er sei mit uns allen fertig – er hatte bereits geschworen, Zosia zu töten. Frag sie, wenn du mir nicht glaubst. Ich hätte ihn aufhalten können, aber wegen einer Sache, die vor langer Zeit geschehen ist, schulde ich ihm mein Leben – und hätte mich niemals dazu überwinden können, ihm zu schaden. Mittlerweile ist er schon weit weg, und er nannte mir kein Ziel.«

Schweigend gingen sie weiter. Erst als Griesgram sich sicher war, keinen Wutschrei auszustoßen, sagte er mit leiser Stimme: »Du weißt nicht, wo er hinwollte. Aber du hast ihn schon zuvor aufgespürt. Du wirst mir helfen, ihn zu finden.«

»Ach ja, werde ich das?«, erwiderte Frostfalle. Doch ein Blick von Griesgram reichte aus, dass er diese Haltung fallen ließ. »Natürlich werde ich das, Griesgram, aber natürlich. Was du allerdings nie über deinen Onkel vergessen darfst: Manchmal benimmt er sich eben so und lässt seine Freunde in der Klemme stecken. Aber er kommt immer mit eingeklemmtem Schwanz zurück, und wir lassen das durchgehen, weil wir ehrlich gesagt nicht mehr von ihm erwarten. Ich glaube, wenn du einen oder mehrere Tage abwartest, kommt er von selbst ins Lager zurückgeschlichen. Er wird sich für sein schlechtes Benehmen entschuldigen und versprechen, sich zu bessern, wird Schlupflöcher in den Eiden finden, die er in einem leidenschaftlichen Augenblick gegen uns schwor … Das Übliche eben.«

»Drei Tage«, sagte Griesgram, als sich der Rauch vor ihnen teilte und er die Lerchenzunge hoch über ihnen erblickte. Zu ihren Knien erhob sich das Lager der Kobaltblauen, und da war der Bergsattel, auf dem hoffentlich der Leichnam seines Großvaters auf ihn wartete, falls dieser Junge nicht vor dem Mondaufgang ausgeweidet werden wollte. Es hatte den Anschein, als wäre der Nebel in ihm ebenfalls weggebrannt worden, und zwar von der unwahrscheinlichsten aller Sonnen; dank Frostfalle dem Berührer hatte Griesgram endlich ein sinnvolles Ziel gefunden, etwas, dem er, ohne zu zweifeln und ohne zu zögern, bis zum Ende folgen konnte. Was wegen Zosia und der Gefallenen Herrin zu tun war, wegen Ji-hyeon, das alles konnte warten, bis er das getan hatte, was von allen Dingen auf der Welt am dringendsten erledigt werden musste. »Wenn er nicht in drei Tagen zurück ist, jage ich ihn. Kommt er früher zurück, regeln wir es dann. Es werden keine Lieder ausgetauscht. Schluss mit seinem Verrat. Onkel Hasenfuß ist vor seinem letzten Kampf geflohen.«

KAPITEL 28

Nach dem dritten oder vielleicht auch vierten höflichen Flüstern der Wächter, die vor dem Zelt stationiert waren, setzte sich Ji-hyeon mit pochenden Schläfen auf. Noch ein Flüstern ertönte, und sie löste sich vorsichtig aus Keun-jus verbundenen Armen und Beinen und machte eine Bestandsaufnahme ihres Zeltes. Der Kaldiwärmer, den sie hatte brennen lassen, zeigte achtlos verteilte Kleidung, verbeulte Rüstungsteile und Dutzende blutiger Lappen und Waschlappen, wo sie sich am Nachmittag gegenseitig die Verbände gewechselt hatten, bevor sie ins Bett gefallen waren. Der Kräuterbeutel an ihrer verstümmelten Hand musste schon wieder gewechselt werden, und allein der Blick an die Stelle, wo ihre Finger sich hätten befinden sollen, ließ Übelkeit in ihr aufsteigen.

»Generalin!«, ertönte erneut das Flüstern. Fennec. Endlich. »Generalin! Ein Gesandter ist eingetroffen, um Euch zu sehen!«

»Ich komme«, antwortete sie, zog ihr am wenigsten verdrecktes Gewand an und stöhnte, weil ihr pochendes Kreuz und die gebissene Hand protestierten. Entweder ließ die Wirkung der Käfer, die man ihr gegen die Schmerzen gegeben hatte, bereits nach, oder sie befand sich in einem, noch schlechteren Zustand als gedacht. Sie raffte ihr Haar zu einem wie sie hoffte schräg liegenden Zopf zusammen, blickte sich noch einmal in dem Raum um und entschied, dass er ihr gleichgültig war. Falls ihr Besucher der Gesandte war, der seine Ankunft während ihres Aufenthalts im Feldscherzelt mit einer Eulenfledermaus angekündigt hatte, konnte er von ihr aus an seiner Entrüstung ersticken.

Aber dann blieb sie vor dem Eingang stehen und änderte ihre Meinung. Ganz egal, was das auch aussagen würde und wie wenig sie der Scheiß auch interessierte, es war einfach zu peinlich. Alte Angewohnheiten und so weiter. Sie stieg in ihre Slipper, eilte zu dem Kaldi-Wärmer und blies ihn aus. Dann schlüpfte sie lautlos aus dem Zelt und achtete darauf, dass das Licht von der Laterne des Wächters nicht an ihr vorbeifiel. Es war dunkel, aber das war auch schon alles, was sie wusste; es konnte jeder Augenblick zwischen Sonnenuntergang und Sonnenaufgang sein.

»Ah, Generalin«, sagte Fennec, der die behandschuhten Pfoten aneinanderrieb. »Falls wir uns drinnen unterhalten könnten, es ist eine Angelegenheit von …«

»Wir unterhalten uns bei einem Spaziergang, meine Herren.« Sie griff auf ihren rotzigsten Ton zurück, um Fennec und den Gesandten des Imperiums neben ihm anzusprechen; die Wächter dahinter tauschten verwirrte Blicke. »Ich brauche etwas Bewegung.«

Was der Wahrheit entsprach. Ihre Beine fühlten sich an, als wären sie von Bauern mit einer persönlichen Vendetta gegen Weizen gedroschen worden, und ein Spaziergang würde hoffentlich helfen.

»Ich glaube, du kannst dich später bewegen, Ji-hyeon«, sagte der Gesandte und schob das Visier seines wie eine Eulenfledermaus geformten Helms nach oben. »Ich muss mich setzen und eine rauchen, und dein Zelt …«

»Ist im Augenblick etwas unordentlich, Vater«, erwiderte sie, und so wütend sie auch auf ihn war, es tat dennoch gut, sein Gesicht zu sehen. Sie umarmte ihn, die Nieten seiner Rüstung fühlten sich durch ihren Hanbok kalt an. »Ich hatte mich schon gefragt, ob dir deine alte Ausrüstung noch passt!«

»Möglicherweise habe ich sie etwas weiter machen lassen«,

gestand ihr zweiter Vater und streichelte ihr Haar. Der offensichtliche Stolz auf seinem Gesicht besänftigte sie etwas über seinen Verrat … aber nur ein wenig. »Ich will verflucht sein, wenn du nicht genau richtig aussiehst. Fennec sagt, dass du eine echte Handvoll warst, sowohl für ihn wie auch für die Imperialen!«

»Da wette ich sofort, dass er das tat«, erwiderte Ji-hyeon, ohne zu sehr darüber verstimmt zu sein – sie wussten beide, dass Fennecs Brot am besten von dem gebuttert wurde, der gerade am nächsten an der Butterdose stand. »Willst du deine Pfeife anzünden, bevor wir gehen? Es gibt da einen Aussichtspunkt, den ich dir gern zeigen würde.«

»Du lässt mich wirklich keine fünf Minuten sitzen?« Hatte sie diesen zänkischen Tonfall tatsächlich vermisst? »Ich habe doch Nachricht geschickt, damit du dich auf mich vorbereiten kannst – hast du sie nicht erhalten?«

»Oh, die haben wir bekommen.« Ji-hyeon winkte ihm mit der verbundenen Hand zu; die Tränen dieser bereits geringen Anstrengung blinzelte sie weg. »Ich war einfach nur zu sehr damit beschäftigt, deinen beschissenen Krieg zu führen, um wie ein braves kleines Mädchen für dich den Kaldi zu wärmen.«

»Ach, Ji«, sagte er leise und wollte schon nach ihrer Hand greifen, besann sich dann aber. »Fennec sagte es mir, doch … Was bei allen Teufeln hattest du dort überhaupt zu suchen? Ich habe es dir einmal gesagt, ich habe es dir hundertmal gesagt, ein General führt von hinten, von hinten! Bestienflügels Schutz ist keine magische Blase, in die du steigen und dann in einen Vulkan springen kannst! Solltest du *jemals* …«

Ji-hyeon stieß ihn mit der guten Hand gegen die Brust, stellte sich dicht vor ihn und sagte: »Solltest du je noch einmal so vor meinen Truppen mit mir sprechen, lasse ich dich aus dem Lager jagen, und alle zukünftigen Verhandlungen sind vorbei. Ist das klar, Kang-ho?«

»Also wirklich, das ist zu viel«, blies er sich auf und schob die Hand von seiner Rüstung. Einer ihrer Wächter trat einen Schritt hinter ihn.

»Generalin?«

»Schon gut, Soldat, der Gesandte kommt aus einem fremden Land, und seine Sitten sind seltsam. Wir werden ihn schon früh genug mit der Disziplin der Kobaltblauen vertraut machen.« Ji-hyeon strahlte dem ungläubigen Gesichtsausdruck ihres Vaters entgegen. »Nun, o du willkommener Gesandter, ich kann es kaum erwarten, das Angebot des Imperiums zu hören. Zum Aussichtspunkt geht es hier entlang, wenn du so nett wärst?«

»Hier, Kang-ho, meine ist bereits gestopft«, sagte Fennec, wie immer der Friedensstifter. In seiner behandschuhten Pranke hielt er die gerade Bruyerepfeife, auf die er so stolz war, deren Kombination aus gerader Maserung und Vogelaugenahorn die Seite des Kopfes wie zwei verzweigte Äste aussehen ließ. »Ich glaube, Ihr und die Generalin habt viel zu besprechen, also je früher wir aufhören, über den Ort zu debattieren, umso besser.«

»Hm«, sagte ihr Vater. »Wie ich sehe, hast du sie wirklich gut unter Kontrolle gehalten.«

»Ich lebe, um meiner Generalin zu dienen«, erwiderte Fennec mit einer Verbeugung, und als ihm Kang-ho die Pfeife aus der Hand riss, erwischte ihn Ji-hyeon dabei, wie er ihr zublinzelte. Wenn der alte Fuchs glaubte, dass ihm etwas Arschkriecherei später schwere Vorwürfe wegen seiner Desertation aus der Leibwache der Generalin während der Schlacht an der Lerchenzunge ersparen würde, konnte er sich auf eine noch größere Überraschung gefasst machen, als ihr zweiter Vater sie erlebt hatte. Na gut, vielleicht nicht ganz so groß …

»Ich hoffe, ich habe dich nicht warten lassen«, sagte Frostfalle und schnippte wie immer der Kavalier mit den Fingern, und schon flammte die dunkle Laterne auf. In der Dunkelheit des Zeltes blendete das Licht Zosia. »Hätte ich gewusst, meine

Liebe, dass du auf Publikum wartest, ich hätte nicht getrödelt. Oh, und du hast ja mein Lieblingshündchen mitgebracht!«

Zosia sah erfreut, dass ihr kleines, aufmunterndes Gespräch seinen Zweck erfüllte, denn Lefzenschlecker zuckte nicht, sondern lag neben ihrem Hocker am Boden und beobachtete den Zauberer so ungezwungen wie jeden anderen Sterblichen auch. Sie zog an der Maiskolbenpfeife, die sie einem alten Mann früher am Abend abgekauft hatte, da sie dumm genug gewesen war, das Richtige zu tun und Maroto seine Pfeife zurückzugegeben. Eines Tages würde sie sich ein Prachtstück schnitzen, aber im Augenblick musste sie sich wieder mit geborgten Pfeifen zufriedengeben.

»Ich habe es nicht eilig, Frostfalle, ich muss heute Abend nur noch einen Besuch machen.«

»Und ich dachte schon, diese hübsche Aufmachung wäre für mich gedacht gewesen.« Sehnsüchtig betrachtete Frostfalle ihr Dirndl. »Ah, aber du hast die Schürze falsch gebunden! Wenn der Knoten auf diese Weise auf dem Rücken ist, hält dich doch jeder für eine Witwe, Zosia. Schieben wir ihn nach vorn, damit die Freier wissen, dass du noch zu haben bist.«

»Würde ich ihn vorn tragen, hielten sie mich für eine Jungfrau.« Zosia versuchte sich ihren Ärger über Frostfalles verfluchte Aufmerksamkeit nicht anmerken zu lassen. »Da, wo er sitzt, sitzt er gut.«

»Was auch immer dein Status sein mag, in einem Kleid siehst du noch immer gut aus, alte Freundin. Viel besser als ich in deinem Alter.«

»Oh, ich bin sicher, deine Waden sind heute genauso schön wie früher«, meinte Zosia. »Und falls du keine weiteren Schönheitstipps mehr für mich hast, warum nimmst du dir keinen Hocker, stopfst dir eine Pfeife, und dann plaudern wir, genau wie du es letztens vorgeschlagen hast. Ich möchte über Teufel und Geheimnisse sprechen.«

»Ich habe gehört, was mit Diggelbys Schoßtier und der guten

Tapai Purna passiert ist – hast du eigentlich zum ersten Mal gesehen, wie einer freigelassen wird?« Es fiel Frostfalle schwer, den Blick von Lefzenschlecker zu nehmen, wenn der Teufel in der Nähe war. Das wurde Zosia jetzt klar. »Ich vermute, kein hübscher Anblick, aber die Passage von einer Welt zur anderen ist das ja nie – Tod, Geburt, andere Wege …«

»Nicht hübsch, aber wirkungsvoll. Sie ist so gut wie neu. Mehr oder weniger.«

»Ich würde sagen *verbessert*. Mehr oder weniger.« Frostfalle setzte sich nicht, was ebenfalls gut war – sie machte ihn nervös. »Denkst du jetzt über deine Möglichkeiten bei unserem gemeinsamen Freund nach, nachdem du erlebt hast, was der Wunsch an einen Teufel alles bewirken kann?«

»Ist mir nicht in den Sinn gekommen«, erwiderte Zosia, und Lefzenschlecker klopfte mit dem Schwanz auf den Zeltboden. »Nicht, dass er zuhören würde, wenn ich es täte.«

Das ließ den Teufel bellen und Frostfalle kichern. »Ja, ja, ich erinnere mich an deine Schwierigkeiten in dieser Hinsicht. Ich habe auch darüber nachgedacht, und ich frage mich, ob er nicht eine ganz besondere Art Kreatur ist, wie ich immer schon sagte.«

»Eine besondere Warze an deiner Möse ist immer noch nur eine Warze an deiner Möse«, sagte Zosia und hatte plötzlich heiße Asche im Mund. Sie würde niemals lernen, wie man eine Maiskolbenpfeife rauchen muss.

»Weißt du, es gibt noch andere Möglichkeiten, das zu bekommen, was man will, als jemanden herumzukommandieren.« Die Pfeife, die sie für Frostfalle angefertigt hatte, erschien in seiner Hand und qualmte bereits mit dem bekannten Aroma aus billigem Parfüm und brennendem Müll. »Höflich fragen. Bitten. Etwas über die üblichen Bedingungen hinaus anbieten.«

»Und ich dachte schon, du würdest sie einfach verschlingen«, sagte Zosia, und Lefzenschlecker knurrte den lachenden Magier an.

»Ich hatte nie das Glück, ein so prächtiges Exemplar wie deinen zu finden«, erwiderte Frostfalle. Mit Paffen brachte er seine Pfeife zu neuem Leben. »Aber ich habe mich mal für die Weitergabe von Teufeln interessiert. Unsere geliebte Generalin und ihr Vater haben mich auf das Thema gebracht. Falls du interessiert bist, ich glaube, ich habe einen Weg gefunden, dir diesen lästigen Unhold im Austausch für einen gehorsameren Teufel abzunehmen. Vielleicht sogar für mehrere.«

Lefzenschleckers kalte Nase stupste drängend gegen Zosias baumelnde Hand, und dann rieb sie seine Schnauze, bevor sie die feuchte Handfläche an der karierten Schürze abwischte. »Du hast schon immer gern geholfen, nicht wahr?«

»Es gibt nichts, was ich nicht für einen Freund tun würde.« Frostfalle blies Lefzenschlecker einen Rauchring entgegen. Der Teufel schnappte danach.

»Und ich frage mich, was du mit ihm machen würdest? Irgendeinen Braten?«

»Zosia, Zosia, Zosia«, sagte Frostfalle. »Ich würde natürlich den Krieg gewinnen.«

»Alles, um Ji-hyeon zu helfen, den Scharlachroten Thron zu erringen? Eines Tages wird dich dieser altruistische Zug noch in Schwierigkeiten stürzen.«

»Um uns allen zu helfen. Der ganze Stern ist in Gefahr, ist dir das nicht aufgefallen? Die Schwarze Kette ist zu stark, ihre Ambitionen sind zu groß. Hast du eine Ahnung, was sie heute Morgen herunterbeschworen haben, was ihr Ritual ermöglicht hat? Es ist zu absurd, um es laut auszusprechen.«

»Ich habe mich schon gefragt, wo Ji-hyeon ihre Verachtung für die Kirche herhat.« Zosias Neugier war geweckt, obwohl sie sich eigentlich nicht in Frostfalles Pläne verwickeln lassen wollte. »Hast du darum die Kriegsnonne ermordet, bevor ich mit ihr sprechen konnte? Um mir die Gefahr einer Audienz bei einer gefesselten Andersgeborenen zu ersparen?«

»Ich *wusste* doch, dass dich das auffrisst! Es nicht zu wissen!«, frohlockte Frostfalle. »Nach all diesen Jahren hast du endlich dein Temperament unter Kontrolle gebracht, aber ich ahnte, dass du es wissen willst!«

Zosia zuckte mit den Schultern. »Was mir das auch immer genützt hat, etwas zu wissen. Aber lass trotzdem mal hören.«

»Sagen wir einfach, sie war gefährlich, und du bist ohne sie besser dran«, sagte Frostfalle. »Um jedoch zu dem weitaus interessanteren Thema des Abends zurückzukommen, ich konnte einen Blick hinter den Schleier werfen, und diese verrückten Kettenanbeter haben …«

»Lefzenschlecker«, sagte Zosia. Was sie gleich tun würde, ließ ihr Herz wild pochen. So viel konnte schiefgehen … »Lefzenschlecker, ich möchte, dass Frostfalle mir die Wahrheit darüber erzählt, warum Schwester Portolés herkam, und was sie mir unbedingt mitteilen wollte. Ich möchte dies so sehr, dass wenn er es mir jetzt nicht auf der Stelle freiwillig sagt, ich dir die Freiheit schenke, um im Gegenzug die Tatsachen zu erfahren! Und es ist mir egal, was du dazu tun musst.«

Im Zelt wurde es so still wie in dem verrauchten Tal. Frostfalle vermochte sein Erstaunen nicht gut zu verbergen. Aber dann schüttelte er den Kopf und kicherte. Zosias Schachzug war gescheitert, so wie sie das alle taten, wenn ihr nutzloser, ungehorsamer Teufel mit im Spiel war. Und sie würde von jetzt an bis zum Ende des Sterns Frostfalle nie wieder mit der Drohung eines entfesselten Lefzenschleckers die Daumenschrauben ansetzen können.

»Oh, Zosia, du hältst mein Interesse an dir wach!«, sagte Frostfalle. »Eine kluge List, aber so funktionieren Teufel nun mal nicht. Ich wünschte nur, diese arme Nonne hätte mir etwas gesagt, das du interessant finden würdest, dann …«

Die Lampe erlosch, und ihr Glaszylinder explodierte in dem dunklen Zelt. Der Missklang tausend brechender und zersplitternder Knochen erfüllte die Luft, der Geruch von Blitzen vermengte sich mit dem Duft frisch umgegrabener Erde, und

Zosia fühlte einen eiskalten Luftzug an sich vorbeibrausen, ihre Wangen und zitternden Hände wurden von tausend tastenden Fäden gekitzelt, und dann …

»Ich sage es, ich sage es«, kreischte Frostfalle. »Ruf ihn zurück!«

Dann erfüllte wieder Stille das Zelt, obwohl Zosia auch weiterhin das kaum wahrnehmbare Kribbeln auf der Haut spürte. Nach ein paar zittrigen Atemzügen versuchte Frostfalle eine Beschwörung, stolperte aber ein paarmal über die Worte, bevor er sich weit genug beruhigt hatte, um sie richtig auszusprechen. Als er sie schließlich vollendete, kehrte das Licht in der scheinbaren Gestalt einer phosphoreszierenden Qualle zurück, die zwischen ihnen in der Luft schwebte. Frostfalle starrte Lefzenschlecker entsetzt an, und Zosia folgte seinem Blick. Es war derselbe Hund wie zuvor, aber seine Lippen hatten sich in der ungewöhnlichen Annäherung an ein menschliches Lächeln zurückgezogen. Hundehaare schwebten durch die Luft und setzten sich an allem fest. Zosia strich sie sich vom Kleid und versuchte ihr rasendes Herz zu beruhigen.

»Was wolltest du sagen?«, fragte sie, doch es kam als Krächzen heraus. Sie konnte es nicht länger ertragen, Lefzenschlecker anzusehen, ihre Beine zitterten, als hätte sie beim Erklettern einer Klippe einen Halt verpasst, und sie konnte sie nicht unter Kontrolle bringen. Es hatte nicht viel gefehlt, und sie hätte den Teufel tatsächlich freigelassen.

»Ja, ja, ich war dabei. Ich werde es. Sofort«, flüsterte Frostfalle. Noch immer starrte er ihren Teufel an. Ihn so verstört zu sehen war ebenso aufregend wie unheilverkündend. Was wäre mit dem alten Zauberer geschehen, hätte er sich nicht entschieden, mit der Wahrheit herauszurücken, bevor ihn Lefzenschlecker dazu zwang?

»Dann lass mal hören«, sagte Zosia. »Fang mit Portolés an und allem, was sie dir sagte, und du hörst mit dem Teufelswerk auf, das sich hier auf dem Schlachtfeld abgespielt hat.«

»Wie du wünschst«, sagte Frostfalle. Dann setzte er sich endlich.

Nachdem Ji-hyeon Kang-ho nach der Familie gefragt hatte, wurde er etwas zugänglicher, und auf dem Weg durch das dunkle Lager überfiel sie unerwartet ein starkes Heimweh. Was auch immer der kommende Krieg bringen würde, wenn jede Schlacht in solchem Chaos wie diesem hier endete, Hwabun würde dem allen fernbleiben und am Ende der Makellosen Inseln vor jedem Schaden sicher sein. Das verlieh ihr Kraft, während sie den Hügel erklommen, auf dem sie vor einigen Nächten noch mit Fennec und Frostfalle gesprochen hatte. Aber sobald die Wächter die Hügelkuppe erreicht und sich außer Hörweite begeben hatten, nahm ihr Vater keine Rücksicht mehr.

»Also gut, Ji-hyeon, du hattest deinen Spaß.« Aufgeregt paffte er aus seiner geliehenen Pfeife. »Was bei allen Teufeln hat das zu bedeuten? Du solltest mit meinem Silber eine Mannschaft anheuern, die groß genug ist, die Aufmerksamkeit von einem oder zwei Regimentern zu erregen, nicht vom ganzen Scharlachroten Imperium! Und jetzt dieser … dieser Wahnsinn, das azgarothische Regiment zu einem offenen Krieg zu reizen? Du kannst dich glücklich schätzen, dass Frostfalle hier war, um dir zu helfen, sonst hättest du das nie geschafft.«

»Frostfalle hatte nichts damit zu tun.« Ji-hyeon bemühte sich, nicht die Beherrschung zu verlieren; je lauter sie sprach, umso schlimmer schmerzte ihre Hand. »Wir versuchen noch immer zu ergründen, was geschehen ist – anscheinend ist eine List der Imperialen direkt nach hinten losgegangen. Ich habe den Befehl gegeben, dass niemand dieses Schlachtfeld betritt, bis sich dieser Rauch verzogen hat und wir sehen können, was dort passierte. Mitten in der Schlacht trat Totenstille ein, und mir liegen Berichte von Soldaten vor, die ganz in der Nähe waren. Der Erdboden habe sich aufgetan und das ganze verdammte Regiment verschlungen. Keiner der von uns gefangenen Azgarother oder Myuraner redet, falls sie überhaupt wissen, was es war. Aber in diesem Augenblick verhört einer meiner besten Hauptmänner den azgarothischen Oberst.«

»Du hast ihren Oberst gefangen genommen?« Obwohl sich ihr Vater alle Mühe gab, es nicht zu sein, klang er doch beeindruckt. »Wie ist dir das gelungen?«

»Er führte von hinten. Als meine Leute das imperiale Lager auflösen wollten, fanden sie ihn auf der anderen Talseite, wo er sich in einem Wagen verbarg.«

»Nun.« Kang-ho versuchte wieder seinen Zorn anzufachen. »Trotzdem klingt es noch immer so, als wäre die Schlacht vom Zufall entschieden worden, und so wie es aussieht, hast du bedeutend mehr verloren als gewonnen. Wie hoch sind die Verluste?«

»Zu hoch«, sagte Ji-hyeon leise. »Viel zu hoch.«

»Du hast Glück, Tochter, riesengroßes Glück, dass ich rechtzeitig eingetroffen bin, und es ist ein noch größeres Glück, dass meine alte Freundin Waits das Regiment von Thao anführt. Sie glaubt noch immer, dass wir etwas aushandeln können.«

»Glaubt sie das?« Ji-hyeon spähte in den nebelhaften Dunst, der noch immer nicht aus dem Tal verschwunden war. Sie fragte sich, ob das wohl jemals geschähe oder ob sie wohl Kundschafter losschicken musste, um die Wahrheit hinter dem Rauch zu ergründen. »Nun, dann werdet ihr wohl beide enttäuscht sein. Ich fürchte, da hat es eine Planänderung gegeben.«

Das trieb ihm das Blut ins Gesicht, keine Frage, und einen Augenblick lang starrte er Fennec einfach nur finster an. Der zuckte mit den Schultern. »Ihr habt immer behauptet, sie käme nach Euch«, sagte der Schurke.

»Ji-hyeon …« Als ihr Vater gerade ansetzte, ertönte aus der Richtung des Befehlszeltes ein Hornsignal, zwei lange Töne, die die Ankunft eines Boten verkündeten. Sie schickte Fennec los, um die Nachricht zu holen, und nachdem er gegangen war, versuchte es ihr Vater erneut, diesmal nur in sanfterem Tonfall. »Ji-hyeon, hör mir zu. Du hattest deinen Spaß, aber es ist nun einmal die Realität, dass du dich in eine Sackgasse manövriert hast, und wenn du es bis morgen Mittag nicht mit einem unaufhaltsamen Krieg zu tun haben möchtest, musst du jetzt klug sein, und … und... o nein. Nein, nein, nein, Ji-hyeon, du bist doch klüger als das!«

Offensichtlich verbarg sie ihre Aufregung doch nicht so gut wie gedacht. »Es ist zu spät, Papa. Du hast mir eine Rolle angeboten, wofür ich dir danke, aber ich nehme doch die bessere an.«

»Ji-hyeon, ich hätte dich niemals gehen lassen, hätte ich geglaubt, du wärst wirklich in Gefahr«, sagte ihr Vater und schaute auf ihre fehlenden Finger. »Das ist kein Spiel mehr, das ist …«

Sie rammte ihm die Faust gegen das Kinn, bevor sie sich überhaupt darüber bewusst war, was sie da eigentlich tat. Er stolperte zurück, mehr aus Überraschung als durch den Schlag. Sie eilte auf ihn zu, hielt ihr Gesicht unmittelbar vor das seine und fauchte:

»Du und Fennec, ihr liebt es, das zu sagen, aber das war nie ein Spiel! Niemals! Menschen sind gestorben, viele Menschen. Ein paar von ihnen kannte ich, andere auch nicht, aber es war von Anfang an ausgeschlossen, dass dein Plan aufgeht, ohne dass Hunderte, ach bei allen Höllen, es waren *Tausende* von Menschen, unschuldige Menschen, in ihren Gräbern enden. Ich habe Menschen getötet. Ich habe Freunde verloren, und du belehrst mich darüber, wie man ein *Spiel* spielt? Fick dich, Kang-ho! Fick dich!«

Er wirkte beschämt – und nickte. Ging in die Hocke, um die fallen gelassene Pfeife aufzuheben. »Bitte nenn mich nicht so«, sagte er dann leise. »Ich hoffe, ich bin noch immer dein Freund, aber ich bin auch einer deiner Väter. Nenn mich, wie du willst, solange ›Papa‹ immer noch dabei ist.«

»Ugh!« Sie schloss die Augen, atmete tief durch, und als sie sie öffnete, winkte sie die Wächter fort, die langsam näher kamen. »In Ordnung, *Papa*. Aber seien wir doch mal realistisch. Wir wissen beide, wie hoch der Einsatz war. Und jetzt erhöhe ich ihn. Und zwar beträchtlich.«

»Ich bitte dich, hör mir zu«, sagte er in diesem flehenden Tonfall, der ihrem ersten Vater stets so unter die Haut ging. »Lasst mich einen Waffenstillstand mit dem Imperium aushandeln. Du hast gesagt, du wüsstest, dass das kein Spiel ist, und ich glaube dir, also weißt du auch, dass mein Plan für jeden daran Beteiligten ein bedeutend geringeres Risiko beinhaltete. Bedeutend weniger Tod. Bedeutend weniger Schmerzen. Wenn wir schnell handeln und das, was hier geschah, als unprovozierte Aggression des Fünfzehnten darstellen, kann ich meine Leute im Imperium wieder an Bord bringen. Wir können Linkenstern noch immer erobern, was bedeutet, dass du dich noch immer dafür entscheiden kannst, für die meisten Menschen etwas wirklich Gutes zu tun.«

»Wir wissen beide, dass ich keine Wahl mehr habe«, sagte sie in der Hoffnung, dass Vernunft durch seine Emotionen zu ihm durchdrang. »Selbst wenn das Imperium bereit wäre, für das hier – so wie für jedes andere von mir verübte Verbrechen gegen die Scharlachrote Krone – hinwegzusehen, muss ich mich um mein eigenes Haus sorgen. Wenn ich mich jetzt auf den Rücken wälze und den Truppen erzähle, dass wir uns mit den Imperialen zusammentun, gegen die sie das ganze Jahr gekämpft haben – und das nur, um irgendeine beschissene Grenzstadt der Makellosen zu besetzen –, wird die Hälfte von ihnen gehen. Die gute Hälfte.«

»Es sind Söldner, Ji-hyeon, sie tun, wofür du sie bezahlst.« Ihr Vater lächelte wissend. »Reich die Verantwortung nicht weiter – du planst das Imperium angreifen, weil du jung und ehrgeizig und naiv genug bist, um zu glauben, du könntest das schaffen. Weiter nichts.«

»Da gibt es noch viel mehr«, erwiderte Ji-hyeon ärgerlich. »Das Scharlachrote Imperium ist auf diesem Stern eine Plage, und …«

»O bitte!«

»Das ist es, und das weißt du auch verflucht noch mal! Nach ihrem letzten Bürgerkrieg herrscht die Schwarze Päpstin, selbst wenn es nur hinter den Kulissen stattfindet, und was glaubst du, was das prophezeit? Ihre Missionare nagen an jedem Zacken des Sterns, und sobald sich das Imperium von dem Streit im Inneren erholt hat, gibt es keine Macht auf der Welt, die es aufhalten kann. Sie haben einen neuen Weg gefunden, Kriege zu gewinnen, Papa – sie führen sie einfach nicht. Man braucht nur genug Konvertiten, und schon bald wird sich der ganze Stern vor Diadem verneigen. Das könnte für alle die letzte Chance sein, sie noch aufzuhalten!«

»Gesprochen wie eine echte Gläubige.« Kang-ho schüttelte den Kopf. »Jun-hwan wird mir nie vergeben, dass ich dir all die alten Lieder vorgesungen habe.«

»Hör mir zu, Papa, hör mir dieses eine Mal zu! Würde ich die Dinge auf deine Weise tun, hätten wir Linkenstern, eine Freistatt, eine Bastion der Freiheit. Aber für wie lange, bevor Diadem und all die anderen konvertierten Makellosen zu dem Schluss kommen, dass wir nur ein weiteres Versunkenes Königreich sind, das unbedingt eine spirituelle Reinigung braucht? Wenn wir dem jetzt den Rücken zuwenden, wo der Kampf doch hart, aber nicht unmöglich zu gewinnen ist, werden wir nie wieder eine zweite Chance bekommen. Niemals!«

»Beim Gott des Meeres, ich habe mich wirklich in dir geirrt«, sagte Kang-ho. Dann teilte er den größten Tiefschlag aus, der noch nicht ausgeteilt worden war. »Du bist *genauso* wie dein anderer Vater.«

»Ja, eines muss man ihm aber lassen, er hat nie versucht, meinen Freund umbringen zu lassen.« Ji-hyeon verschränkte die Arme.

»Deinen was?« Ihr Vater schien aufrichtig verwirrt.

»Keun-ju! Du hast verhindert, dass er mich begleitet, und hätte Papa dich nicht aufgehalten, hättest du ihn hinrichten lassen!«

Und da *war* die Bestätigung, nach der sie Ausschau gehalten hatte. Kang-ho zog an der Pfeife, um Zeit zu schinden, versuchte sich vermutlich zwischen zerknirscht oder überlegen zu entscheiden. Zu seinem Glück entschied er sich für das Letztere; Ji-hyeon hatte ihren zweiten Vater lieber als ehrliches Arschloch statt als hinterhältigen Charmeur. »Also hat Fennec den Reis ausgepackt, was? Nun, was dir der Fuchs auch immer erzählt haben mag, ja, ich habe Keun-ju auf Hwabun festgehalten, aber ich hatte nie die Absicht, ihm etwas anzutun. Ganz zu schweigen davon, ihn hinrichten zu lassen! Klingt das wirklich nach mir?«

Ji-hyeon antwortete nicht.

»Also wenn du auf die Vernunft hörst und die Dinge auf meine Weise tust, kannst du ihn selbst fragen. Sobald wir uns alle wieder auf dem Territorium der Makellosen befinden, schicke ich nach ihm, damit er uns in Linkenstern trifft. Dann könnt ihr so weitermachen, wie auch immer ihr wollt. Es ist mir doch egal, wenn du auf fünfhundert Jahre Tradition pissen und dich mit deinem Tugendwächter einlassen willst. Junhwan wird dir möglicherweise niemals vergeben, dass du unser Haus auf diese Weise entehrst, aber *ich* werde dich immer lieben.«

»Also ist er noch immer sicher auf Hwabun?« Da war er, der letzte Strohhalm, wenn ihr Vater sie noch einmal anlog …

»Na ja. Nein, nein, das ist er nicht«, sagte Kang-ho schuldbewusst. »Aber er ist sicher, das verspreche ich, er wird von der besten Schwertkämpferin begleitet, die es auf dem Stern je gab.«

»Zosia?« Ihr Vater schluckte nur, und sie stieß hart genug gegen seine Rüstung, um die Eisenplatten unter dem Mantel zu spüren. »Die Frau, für deren Mord du Chevaleresse Singh bezahlen wolltest? Ich frage mich, welchen Befehl du ihr für Zosias Begleiter gegeben hast?«

»Wie … sollen mir die Götter ins Gesicht scheißen, sie ist nicht …?«

»Sie gehört jetzt zu meinen Hauptleuten. Sie freut sich bestimmt, dich wiederzusehen und über alte Zeiten zu plaudern.«

Er blickte sich um, als würde ihn jeden Augenblick der Geist von Zosia der Eiskalten aus der Finsternis anspringen, und als er sich ihr wieder zuwandte, funkelten Tränen in seinen Augen. »Du brichst mir das Herz, Ji-hyeon.«

»So wie du Großvaters Herz gebrochen hast, wenn man deinem Lied Glauben schenkt.«

»Sie wird mich ermorden, Ji-hyeon, sie wird mich verflucht noch mal auf der Stelle niedermachen, direkt vor deinen Augen!« In diesem Augenblick verspürte sie Mitleid mit ihrem zweiten Vater, und das trotz der ganzen Scheiße, die er abgezogen hatte. Also klopfte sie ihm auf die Schulter.

»Nein, das wird sie nicht. Nicht ohne meinen Befehl, und auch wenn du ein Riesenarsch warst, ich bin doch kein Ungeheuer.« Sie hoffte, dass sich beide Teile ihrer Behauptung als wahr erwiesen, bevor das alles vorbei war. »Du wartest hier und denkst darüber nach, ob du zusammen mit uns gegen Samoth reiten oder dich wieder auf dein Pferd schwingen und aus meinem Lager verschwinden möchtest. Aber solltest du mir den Rücken zuwenden, Papa, kann ich nichts versprechen. Und wenn du mich jetzt entschuldigen würdest, mein Hauptmann hat eine Botschaft für mich.«

Es wäre nett gewesen, hätte er etwas Aufmunterndes gesagt, zum Beispiel, dass es ihn wenigstens ein kleines bisschen beeindruckte, welch erstaunliche Generalin sie doch war, irgendetwas in der Art. Aber stattdessen starrte er sie nur wortlos an. Dann würde das eben für den Moment reichen müssen – Fennec sah aus, als würde er gleich umkippen, weil er den Hügel so schnell hinaufgelaufen war. Ihr Vater blieb stehen und sah ihr hinterher, aber als ihr Fennec den Bericht ins Ohr flüsterte und ihn dann noch einmal wiederholte, als sie mit überraschend ruhiger Stimme ihre Befehle gab, war sie doch froh, dass er nicht gegangen war.

Langsam kehrte sie zu ihm zurück, dabei entfuhr ihr ein wildes Kichern; jeder Schmerz in ihrem Körper war vergessen, und die schreckliche Schlacht dieses Tages erschien plötzlich unbedeutend. Ihre Miene musste etwas vom Tenor der Nachricht verraten haben, denn ihr Vater sah so besorgt aus, als wären ihr beide Arme abgefallen.

»Was ist?«, fragte er. »Was ist passiert?«

Sie wollte sprechen, aber ihre Stimme brach, denn obwohl sie dem Mann nur eine Handvoll Male begegnet war und nicht zuletzt aus dem Grund von den Inseln geflohen war, um ihm zu entkommen, hätte sie ihm doch abgesehen von der Schmach der Zurückweisung niemals etwas Schlechtes gewünscht. Wer hätte auch so etwas tun können? Natürlich abgesehen von ihr.

»Ji-hyeon, du machst mir Angst. Was ist geschehen?«

»Ich …« Schrecklicherweise kam ein weiteres Kichern heraus. »Ich …«

»Was? Was hast du getan?«

»Ich habe meinen Verlobten umgebracht.« Ji-hyeon versuchte sich daran zu erinnern, wie Prinz Byeong-gu überhaupt ausgesehen hatte. Sie rezitierte den Rest genau so, wie man es ihr aufgetragen hatte. »Ich habe ihn getötet, dann habe ich ihm den Kopf abgeschnitten und ihm schließlich den weißen Schal, den er aus Trauer um mich trug, in den Mund gestopft. Danach habe ich das alles in eine meiner kobaltblauen Fahnen gewickelt und es im Schutz der Dunkelheit bei der Garnison von Linkenstern hinterlassen.«

Ihr Vater öffnete und schloss mehrmals den Mund. Als aber nichts herauskam, beantwortete sie die nicht gestellte Frage.

»Das war ich nicht. Natürlich nicht. Nein. Aber erzähl das

mal Kaiserin Ryuki; sie hat der Kobaltblauen Kompanie gerade den Krieg erklärt. Ach ja, und sie hat jedem, der ihr meinen Kopf bringt, die Statthalterschaft über Linkenstern angeboten. So ist das.«

Wenn sie es laut sagte, klang es ganz einfach, so wie alles andere von ihrem Abenteuer im Scharlachroten Imperium. Statt sie wie erwartet anzubrüllen, trat ihr zweiter Vater auf sie zu und nahm sie in den Arm. Und obwohl ihre Hand plötzlich schlimmer als je zuvor schmerzte und ihr Rücken bei seiner Umarmung wild pochte, schloss sie sich Kang-ho nicht dabei an, Tränen zu vergießen. Sie war viel zu sehr damit beschäftigt, zu planen, was als Nächstes zu tun war.

Nach ihrer Begegnung mit Frostfalle hatte Zosia das dringende Bedürfnis, eine Weile von Lefzenschlecker getrennt zu sein, also blieb sie in der Dunkelheit zwischen den Lagerfeuern stehen, bevor sie das Zelt des Gefangenen betrat. Sie ging auf die Knie, kraulte das Ungeheuer hinter den Ohren, kraulte es so eindringlich, wie sie es noch nie zuvor gekrault hatte. Er ächzte glücklich und leckte ihre zitternde Hand.

»Uns verbindet eine lange Zeit, alter Teufel«, sagte sie zu ihm. »Ich hoffe, unsere Zukunft verläuft für uns beide besser. Und jetzt geh und hol dir was zum Naschen, solange es keinem Sterblichen schadet.«

Wie ein Pfeil schoss er los und verabschiedete sich nicht einmal mit einem Bellen. Augenblicklich bereute Zosia ihre Sorglosigkeit – was würde er sich nur zum Naschen holen? Wie weit würde er sich aus ihrem Lager entfernen, um es zu bekommen?

Seit fast fünfundzwanzig Jahren hatte sie den Teufel an sich gebunden, und nach dieser ganzen Zeit wusste sie kaum mehr über ihn als am Anfang. In Zukunft würde sie bedeutend präziser sein müssen mit dem, was sie ihm – so wie eben in Frostfalles Zelt – anbot. Stundenlang hatte sie über ihre Wortwahl nachgegrübelt, bevor sie sie auszusprechen wagte, und wenn man überlegte, wie gut das funktioniert hatte, war das eine Lektion gewesen, wenn auch eine offensichtliche. Bei Teufeln sollte man nichts übereilt tun.

Während sie dort stand, schnitt die Kühle des drohenden Winters durch das Dirndl, das sie nicht mehr getragen hatte, seit Efrain Hjortt sie mit seinem Besuch beehrt hatte. Das Kleid passte nicht mehr so richtig; die Frau, die es mithilfe ihres Gemahls genäht hatte, hatte etwas mehr Fleisch auf den Knochen und erst recht auf dem Herzen mit sich herumgeschleppt. Sie versuchte sich daran zu erinnern, was Leib bei der Arbeit im Licht ihres Kamins zu ihr gesagt hatte – und was genau sie so sehr hatte auflachen lassen, dass sie sich mit der Nadel gestochen hatte …

Sie konnte sich nicht mehr daran erinnern.

Konnte sich kaum noch an den Klang seiner Stimme erinnern, obwohl nicht einmal ein Jahr vergangen war, seit man ihn ihr genommen hatte. Ermordet hatte. In der ganzen Zeit hatte Zosia weitaus mehr Stunden damit verbracht, absichtlich *nicht* mehr an ihn zu denken, um sich den Schmerz zu ersparen, statt die guten Erinnerungen zu hegen und zu pflegen. Das erschien kaum richtig. Und jetzt hatte sie verflucht noch mal nicht einmal mehr die geringste Ahnung, warum er eigentlich gestorben war; falls Portolés Frostfalle die Wahrheit gesagt und Königin Indsorith nichts damit zu tun gehabt hatte, warum bei allen Höllen führte sie dann überhaupt Krieg gegen das Scharlachrote Imperium? All ihre Anstrengungen des vergangenen Jahres hatten sich doch darum gedreht, Vorbereitungen zu treffen, ihn zu rächen, oder nicht?

Aber anscheinend hatte sie getan, was sie am besten konnte: Viele Menschen ohne einen vernünftigen Grund in den Tod zu befördern.

Die Wächter salutierten ihr, als sie sich dem Zelt näherte. Vermutlich hatten sie sie bereits früher an diesem Abend erwartet. Beim Anblick der dunklen Zeltplane des Eingangs wäre sie beinahe umgedreht und zurück in ihr eigenes Zelt gegangen. Nachdem der in Frostfalles Zelt erfolgte Schock allmählich wich, fühlte sie sich völlig leer. Was für ein entsetzlicher Tag! Auf Berge zu klettern, gegen Imperiale zu kämpfen, mit ihren Freunden zu streiten, mit Teufeln Umgang zu pflegen und dann zur Krönung von allem auch noch mit Enthüllungen konfrontiert zu werden, die jede Glaubwürdigkeit einer schweren Probe unterzogen. Dass sich direkt zu ihren Füßen das erste neue *Tor* seit Beginn der Geschichtsschreibung geöffnet hatte, war schon schlimm genug – ein Vorzeichen, dass Kräfte, die mächtiger waren, als sie es sich vorstellen konnte, bewusst versuchten, die Welt neu zu gestalten. Aber der andere Teil der Zeremonie, nämlich das, was Frostfalle für den wahren Zweck der imperialen Opferung hielt: dass die Öffnung des *Tores* nur ein Teil des Preises war, den sie bezahlt hatten, um das Ritual zu vollenden … war so etwas überhaupt möglich? Sollte sie das glauben?

Ja, entschied sie, sie musste es sogar. Als ihr Frostfalle alles erzählt hatte, hatte er um mehr als nur sein Leben gefürchtet. Wenn er glaubte, dass das geschehen war, dann war es das auch.

Was doch bedeutete, dass der Stern von heute keinerlei Ähnlichkeit mit dem vorherigen Stern hatte, und das rückblickend seit fünfhundert Jahren. Die Welt konnte niemals wieder so sein wie noch an diesem Morgen, als Zosia mit einem überzeugten Häretiker Worte gewechselt hatte, der ein Grab für eine Schwester der Kette grub. Die Nachricht von dem Wunder, das sich an diesem Morgen zugetragen hatte, würde sich schnell verbreiten, und dann würde der ganze Stern vor der überlegenen Hexerei der Schwarzen Kette erzittern. Jeder würde zu einem Gläubigen werden. Was hatte Frostfalle gesagt, wie nannten es die Kettenanbeter? Den Tag des Wandels?

Beinahe ließ es das, was mit Leib und allen anderen in Kypck geschehen war, unwichtig erscheinen. Beinahe ließ es sie in Betracht ziehen nachzusehen, ob Maroto seine Wunden leckend ins Lager zurückgekrochen war. Sie wollte sein Gesicht sehen, wenn er entdeckte, dass Purna noch am Leben war, und das auch nur, weil irgendein verwöhnter Stutzer aus der alten Hauptstadt freundlicher zu seinem Hund gewesen war als sie zu ihrem. Beinahe ließ es sie zu ihrem Zelt zurückstolpern, damit sie den Kopf in ihrem Kissen vergraben, ein paar Tage lang schlafen und sich in Träume flüchten konnte, die unmöglich so verrückt sein konnten wie die wache Welt.

Beinahe. Aber als Zosia das letzte Mal das Verhör einer Gefangenen, die angeblich nur mit ihr sprechen wollte, verschoben hatte, war die Frau der Kette in dieser Nacht ermordet worden. Es war höchste Zeit, die Wahrheit aus Efrain Hjortt herauszuholen. Einmal angenommen, Portolés hatte recht gehabt und Königin Indsorith hatte ihn gar nicht nach Kypck geschickt, wer denn dann? Frostfalle verdächtigte die Schwarze Kette, aber Zosia hatte die Nase voll von Mutmaßungen. Sie war bereit, Tatsachen zu hören. Als sich das *Tor* unter dem imperialen Heer geöffnet hatte, war die ganze Fünfzehnte Kavallerie zusammen mit dem größten Teil seines Regiments verschwunden, was bedeutete, dass Hjortt der Einzige war, der von allen, die an dem Tag vor einem Jahr dabei gewesen waren, noch unter den Lebenden weilte. Einmal abgesehen von ihr.

Es war kein Tag vergangen, an dem sie sich nicht dafür verflucht hatte, das Werk nicht zu Ende zu bringen, Hjortts Leuten Gelegenheit zu geben, ihn vor dem Feuer zu retten. Aber jetzt dankte sie den Sternen am Himmel und den Teufeln unter ihnen, dass sie ihn für einen anderen Tag aufgespart hatte. Je nachdem, was er ihr sagte, würde sie ihn vielleicht sogar nicht einmal töten – wäre das nicht großartig gewesen, wenn Efrain Hjortt jedes Mal, wenn sie ihn gefangen nahm, ein neues Geheimnis enthüllte, damit sie ihn an einem anderen Tag wieder laufen ließ?

»Guten Abend, Hauptmann Zosia«, sagte einer der Wächter, während sie ihre Gedanken abschüttelte und die angebotene Laterne nahm. »Er ist in schlechter Verfassung, der Feldscher ist sich nicht einmal sicher, ob er die Nacht überleben wird. Er scheint sich nicht viel bewegen zu können, aber wir haben ihn sicherheitshalber trotzdem angekettet.«

So wie sie anscheinend auch Schwester Portolés angekettet hatten; da stellte sich einem Mädchen doch unwillkürlich die Frage, ob es wohl jemanden gab, der sie ganz besonders mochte, entweder oben oder unten. Alles fügt sich, wie die Kette stets verkündete, und vielleicht war sie da ja einer Sache auf der Spur. »Danke! Ich brauche nicht lange.«

Hjortt stöhnte, als das Licht von Zosias Laterne den Fuß seiner Pritsche erreichte, und so erschöpft sie auch war, sosehr sie auch glaubte, sich im Verlauf des vergangenen Jahres verändert zu haben, seine Schmerzenslaute brachten ein Lächeln auf ihr Gesicht.

»Guten Abend, Oberst Hjortt«, sagte sie und ließ sich Zeit, den Raum zu durchqueren. Das war ein alter Trick, um das Herz eines Gefangenen in Schwung zu bringen, bevor man überhaupt angefangen hatte. »Es ist eine Weile her, nicht wahr? Und doch scheint es erst gestern gewesen zu sein.«

»Eine sehr lange Zeit, aber doch nicht lange genug«, erwiderte er. Seine Stimme klang überhaupt nicht so, wie sie sie in Erinnerung hatte. »Ich habe mich gefragt, wie das möglich sein sollte … obwohl ich nach alldem unbedingt wollte, dass es die Wahrheit ist, hatte ich meine Zweifel. Aber … Ihr seid es wirklich.«

Zosia war froh, dass sie das Dirndl für ihn verwahrt hatte. Das Licht erreichte den oberen Deckenrand, der grelle Schein ließ den Gefangenen die Augen zukneifen – und Zosia hätte um ein Haar die Laterne fallen gelassen. Wer auch immer dieser übel zugerichtete alte Mann sein mochte, er war nicht Efrain Hjortt. Sie trat näher heran, hielt die Laterne hoch, als könnte sie seine Wachsmaske zerschmelzen und ihren Erzfeind enthüllen. Trotz des Verbandes auf seiner Wange konnte sie, was die Nase betraf, eine gewisse Ähnlichkeit erkennen. Aber dann war sie einfach nur verwirrt, denn sie kannte ihn. Sie hatte ihn aber schon so lange nicht mehr gesehen, dass sie ihn einfach nicht richtig zuordnen konnte …

Das Fünfzehnte. Natürlich. Das verfluchte Fünfzehnte Regiment aus dem verfluchten Azgaroth.

»Gut gemacht, Cavalera«, sagte sie, setzte sich auf den Rand der Pritsche und schloss die Laterne ein Stück, damit er wieder die Augen öffnen konnte. So groß die Enttäuschung auch war, dass man sie hereingelegt hatte, die Gelassenheit ihres Gegenspielers musste sie doch respektieren. »Also hat man Euch aus dem Ruhestand gezerrt, um mich anzulocken, wie? Die Desinformation war eine hübsche Note; irgendwann hätte ich mich bestimmt der Fünfzehnten Kavallerie angenommen, aber wenn ich glaube, dass dieser schreckliche Junge noch immer das Kommando hat, wie hätte ich da widerstehen sollen?«

Langsam schlug er die blutunterlaufenen Augen auf, die nass vor Tränen waren. Er sah so alt aus. »Ihr … Ihr erinnert Euch an mich?«

»Mich an Euch erinnern? Verfluchte Scheiße, Ihr habt mir schlimmer zugesetzt als alle anderen Regimenter zusammen! Was glaubt denn Ihr, warum ich mich am Ende auf diese idiotische Selbstmordmission mit dem Sturm auf Diadem einließ? Ihr hättet uns noch jahrelang im Hochland festgehalten, und wir hätten es niemals geschafft, König Kaldruut selbst anzugreifen.« Erstaunt schüttelte Zosia den Kopf. Vor fünfundzwanzig Jahren hatte sie ihn fast genauso verflucht wie den König, dem er diente, aber nun erkannte sie, dass auch er einfach nur seine Rolle gespielt hatte, genau wie sie. Und er hatte auch immer fair gekämpft, was mehr war, als man von den meisten seiner Zeitgenossen sagen konnte. »Domingo Cavalera, der Oberst des Fünfzehnten Regiments von Azgaroth. Unter diesen Umständen könnte ich verstehen, wenn Ihr mir nicht glaubt. Aber bei den sechs Teufeln, die ich band, es tut verdammt gut, ein altbekanntes Gesicht zu sehen.«

»Vergebt mir, wenn ich Eure Empfindung nicht teile«, knurrte er. Blut drang durch den Verband auf seinem Gesicht.

»Scheiße, lasst mich das machen.« Zosia stand auf und tupfte mit dem Ärmel sein Kinn ab. Sie konnte nicht aufhören zu lächeln. Was hätte sie damals nicht alles dafür gegeben, ihn auf diese Weise erledigt zu sehen. Aber jetzt … jetzt tat er ihr einfach nur leid. Er war genau wie sie, das Relikt eines längst vergangenen Zeitalters, das man für eine letzte Aufgabe hervorgekramt hatte. »Das ist doch lächerlich, Euch in Eurem Zustand in Ketten zu legen. Ich lasse sie sofort entfernen. Darf ich Euch sonst etwas bringen lassen, Oberst Cavalera? Etwas zu essen, etwas zu trinken, etwas zu rauchen? Einen Käfer gegen die Schmerzen? Egal was, ich hole es persönlich.«

»Ja«, sagte er, und die Worte fielen so hart wie ein Hammer, der ein Schwert schmiedete. »Ihr könnt mir die Daumen meines Sohnes zurückgeben.«

Zosia erstarrte. »*Was*?«

»Seine Daumen, Frau – ihr habt sie doch mitgenommen, oder etwa nicht? Schlimm genug, dass Ihr ihn wie einen Hexer verbrannt habt, aber er musste auch noch mit dem Aussehen eines verfluchten Diebes in die Gruft.«

Zosia starrte ihren alten Gegner an und wollte etwas sagen, brachte aber keinen Ton hervor.

»Und es muss nun heißen: Hjortt, Domingo Hjortt. Ich habe den Namen meiner Frau behalten, selbst nachdem sie mich verlassen hatte.«

»Oberst … Hjortt?« Zosia setzte sich wieder und schien noch weiter zu sinken, den ganzen Weg hinab in die lichtlosen Gebiete unter der Erde, wo den Feuersteinländern zufolge die Erste Finsternis sämtliche Ungeheuer und Teufel der Welt gebar, von denen man die schlimmsten Sterbliche nannte. Sie konnte die Augen nicht öffnen, konnte nichts als einen langen, gequälten Seufzer von sich geben. Also hatte sie Efrain Hjortt doch getötet, hatte ihn gleich zu Anfang getötet und es nicht einmal gewusst. Und da der Augenblick jetzt gekommen war, brachte es Zosia nicht über sich, das Versprechen einzuhalten, das sie ihm damals in Kypck gegeben hatte – keine einzige Träne fiel, um den Tod des jungen Obersten, der sie auf diese blutgetränkte Straße geführt hatte, zu würdigen. Der Weg, der vor einem Jahr so offensichtlich erschienen war, hatte sich nun in den Schatten verloren.

Und jetzt war sie die Einzige von allen Beteiligten an diesem Tag in Kypck, die noch am Leben war, und sie hatte nicht mehr Antworten als am Anfang. Niemals würde sie aus Efrain Hjortts Mund hören, wer ihn geschickt hatte, denn sie war so sehr davon überzeugt gewesen, es zu wissen, dass sie ihn nicht einmal danach gefragt hatte, bevor sie ihm die Daumen abgeschnitten und ihn angezündet hatte. Mochte Leib ihr vergeben, sie war ein genauso verrücktes Ungeheuer, wie ihre Feinde das immer behauptet hatten. Es spielte keine Rolle, ob es um ein Imperium oder ein Dorf ging, alles, was Zosia anrührte, wurde zerstört.

Und selbst wenn der junge Hjortt hier gewesen wäre, um ihr eine Antwort zu geben, dahinter hätte sich ja doch nur die tiefere Wahrheit verborgen, dass ihr Ehemann und der Rest ihres Dorfes allein wegen ihr getötet worden waren. Wäre sie niemals mit Leib fortgegangen, nachdem sie dem Scharlachroten Thron entsagt hatte, hätte sie ihren Mann niemals dazu überredet, sich zusammen mit ihr im Dorf seiner Kindheit zur Ruhe zu setzen, er und jeder der anderen Dorfbewohner, die bei dem Massaker gestorben waren, wären noch immer am Leben. Aus diesem Grund hatten sich die sechs Teufel überhaupt erst von ihr angezogen gefühlt, bevor sie und ihre Fünf Schurken sie gebunden hatten. Denn ganz gleich, wo Zosia hinging oder was sie zu tun versuchte, sie säte regelmäßig Elend und Tod.

Jetzt starrte sie in die Dunkelheit der Zeltecke und begriff endlich, warum Lefzenschlecker ihr vor all diesen Jahren nicht den Wunsch erfüllt hatte, sie und Leib zu beschützen. Nicht einmal ein Teufel kann einen vor sich selbst schützen.

»Verratet Ihr mir etwas?«, fragte Domingo. Er hörte sich genauso müde und untröstlich an wie sie. Zur Erwiderung zuckte sie lediglich mit ihren schweren Schultern.

»Auf dem Schlachtfeld … was ist da passiert? Was habe ich entfesselt, weil ich diese Kettenanbeter ihr Ritual vollziehen ließ?«

»Ach das?« Zosia richtete den Blick auf Domingo und sah, wie sich ihre Trauer und Schuld auf seinen zerfurchten Zügen widerspiegelten. Wenigstens würde es in der Hölle nicht einsam sein. »Ach, nicht viel. Nur das Ende der Welt.«

»Oh«, erwiderte Domingo ganz so, als hätte er zwar nichts anderes erwartet, hörte es aber trotzdem nicht gern. »Und wie geht es mit einem reuelosen alten Sünder dann weiter?«

»Was glaubt Ihr?«, fragte Zosia die Eiskalte, weil nur eine Richtung übrig blieb und es nur einen Weg gab, um dorthin zu gelangen. »Kämpfend gehen wir unter.«

EPILOG

Die Schaluppe durchschnitt den Nebel, und keiner an Bord gab auch nur den geringsten Laut von sich, damit sich die Schildkrötenschiffe der Makellosen in dem bleichen Miasma nicht auf sie stürzten. Um als Zollbeamter anzuheuern, musste man so skrupellos wie ein Pirat und mindestens doppelt so gierig sein. Also war es eigentlich keine Überraschung, dass die beiden Schildkröten die Jagd nicht aufgegeben hatten, selbst nachdem offensichtlich geworden war, in welche Richtung die Schmuggler flohen. Dass die Makellosen ihnen dann aber doch in die ewige Nebelbank hinein gefolgt waren, die an der Stelle über dem Meer schwebte, an der das Versunkene Königreich vor so vielen Hunderten von Jahren verschwunden war, überraschte die Kapitänin des zu *Königinnendieb* umgetauften Schiffes allerdings dann doch. Für gewöhnlich wurden Schiffe der Makellosen zu ängstlich geführt, um sich auch nur in die Nähe der endlosen Stürme auf dem Heimgesuchten Meer zu begeben. Andererseits waren allerdings auch die meisten Schmuggler schlauer, als dieses Risiko einzugehen.

Es machte keinen großen Unterschied, ob es im Herzen des Regens und des Nebels tatsächlich einen Kontinente verschlingenden Mahlstrom gab, wie die alten Seebären behaupteten, denn bereits eine Meile in den Nebel hinein wurde die See so rau, dass selbst ein größeres Schiff als die *Königinnendieb* bald kentern würde. Das wusste die Kapitänin, denn sie war schon einmal unter ähnlichen Umständen an diesen Ort geflohen, nur um ihre Verfolger abzuschütteln, sobald der Seegang etwas stärker geworden war. Wie als Warnung vor zukünftigen Grenzverletzungen hatte sich der Nebel damals gerade lange genug gehoben, um ihr zu zeigen, wie eine gewaltige Welle das Zollschiff kentern ließ. Und die Schreie seiner Mannschaft wurden von dem entfesselten Meer und dem Tosen der unglaublichen Blitze verschluckt. Aber die Kapitänin gehörte nicht zu der abergläubischen Sorte. Also hatte sie den gleichen Trick ein zweites Mal angewandt. Nur um entdecken zu müssen, dass die Makellosen dicht hinter ihr waren und das Heimgesuchte Meer unter all diesem Nebel so ruhig wie ein berauschtes Faultier dalag.

»Käpt'n Bang«, zischte der Ausguck vom Krähennest herab. »Ich konnte bei der Brise eben etwas durch das Fernrohr sehen. Sie kommen von beiden Seiten. Es besteht nicht die geringste Hoffnung, rechtzeitig zu drehen.«

»Bei allen Höllen«, sagte Bang, die auf ihrer Pfeife herumkaute. »Ist im Norden was zu sehen?«

»Im Norden?« Das Gesicht von Dong-won, ihrem Bootsmann, nahm die Farbe des Nebels an. »Käpt'n, ich weiß, alles sieht ruhig aus, aber …«

»Näh dir Knöpfe an den Hintern, Bootsmann«, sagte Bang mit mehr Mut, als sie verspürte. »Zeig mir eine freie See, und ich segle, ohne Fragen zu stellen. Ist es dort klar, Hae-il?«

Der Ausguck schwieg, aber sein Falkenglas fiel von dem Krähennest, das vom Nebel verhüllt wurde, in die Tiefe. Bang fing es geschickt auf und schob es sich unter den Gürtel. Sie versuchte, nicht so sehr von sich überzeugt auszusehen, wie sie sich fühlte, und zischte: »Hae-il! Hae-il!«

Als der Ausguck nicht reagierte, deutete Bang mit dem Kopf auf das Krähennest. Dong-won trat einen Schritt zurück und hob beide Hände, aber mit einem weiteren energischen Nicken in Richtung Mast überredete Bang ihn dazu hinaufzuklettern. Dabei versetzte sie ihm einen Schlag auf den Hintern, damit er sich beim nächsten Befehl daran erinnerte, wer hier das Sagen hatte.

»Er ist ohnmächtig geworden, Käpt'n«, meldete Dong-won einen Augenblick später.

»Na, das ist ja ein willkommenes Omen«, murmelte Bang. »Was sehen deine hungrigen Möwenaugen, Bootsmann?«

»Sehen? Nicht viel. Der Nebel hat sich wieder geschlossen. Vielleicht bekomme ich ihn ja noch einmal wach«, sagte Dong-won.

»Aber hurtig, Bootsmann, hurtig!« Bang nahm einen weiteren langen Zug aus der Pfeife, die sie der Kobaltblauen Zosia höchstpersönlich gestohlen hatte. Nun ja, zog man in Betracht, welchen Preis die vielen Jahre gefordert hatten, hätte man sie heutzutage eigentlich die Silbergraue Zosia nennen müssen. Aber Ehre, wem Ehre gebührte – die Seemannspfeife ließ sich besser rauchen als jede Pfeife, die Bang jemals an die Lippen gehalten hatte. »Bootsmann?«

»Ach du Scheiße«, stöhnte Dong-won. »O Scheiße, o Scheiße, o Scheiße!«

»Und noch ein willkommenes Omen«, sagte Bang und versuchte sich durch die Sardinenschuppen durchzubluffen, die sich in ihrem Nacken aufstellten. »Wie lautet das Lied, Bootsmann? Ein Seeungeheuer? Ein Mahlstrom? Was?«

»Äh«, sagte Dong-won. Dem ließ er etwas folgen, das verdächtig nach einem Gebet an den Meeresgott klang. Bong mochte es gar nicht, wenn auf ihrem Schiff gebetet wurde, denn so was brachte einem nur Ärger mit den Göttern ein, die man nicht erwähnt hatte. Da sie wusste, dass das Krähennest mit zwei Leuten ein enger Ort war, bahnte sie sich ihren Weg vorbei an ihrer nervösen Mannschaft bis zum Vorderdeck. Sie riss das Falkenglas aus dem Gürtel und spähte wie in einer Imitation der Galionsfigur unter ihr, die einen Kranich darstellte, über den Bug.

So dicht der Nebel eben noch gewesen war, Bang wurde in dem Augenblick, in dem sie das Falkenglas ansetzte, von Sonnenlicht geblendet, das von feuchtem Felsen oder Metall reflektiert wurde. Gereizt nahm sie das Instrument herunter und rieb sich das Auge. Dann schaute sie wieder auf, um zu sehen, welche verfluchte Felsspitze denn jetzt ihr Schiff bedrohte … und verlor um ein Haar ihren Halt am Bug. Ihr Mund klaffte so weit auf wie die Tasche eines Zollbeamten. Zosias Pfeife fiel herunter, aber so ein geschätzter Besitz eine Seemannspfeife auch war, Bang bemerkte es nicht einmal.

Die *Königinnendieb* brach durch die letzten Nebelschwaden, und statt eines Sturms oder des Mahlstroms im Herzen des Heimgesuchten Meeres erhob sich dort eine ganze Küstenlinie. Sie waren gefährlich nahe an die Klippen herangekommen, die sich tausend Fuß in die Höhe erstreckten. Die Insel dampfte im hellen Sonnenschein und in der leichten Brise. So beeindruckend das alles auch sein mochte, was Bang aber einen richtigen Schlag aufs Maul versetzte, das waren die gewaltigen Höhlen, die in den Klippen aufklafften, Höhlen, aus denen riesige, vielbeinige Kreaturen schwärmten, wie sie sie sich nicht einmal in ihren schlimmsten Albträumen hätte vorstellen können. Die Ungeheuer tauchten in das ruhige Meer ein, und dabei kamen einige nahe genug heran, um die Kapitänin mit einem Schwall Wasser zu übergießen, der sie aus ihrer Starre riss.

»Wenden!«, jaulte Bang, rannte über ihr Schiff zurück und schlug dabei nach jedem verblüfften Besatzungsmitglied, das in Reichweite war. »Wenden, ihr Feiglinge, wenden, wenden, wenden! Schafft uns hier weg!«

Aber Bang hörte bereits, wie etwas beharrlich am Rumpf kratzte …

Nach all diesen Jahrhunderten war das Versunkene Königreich wieder aufgetaucht, und es war nicht allein zurückgekommen. Ein ungestümer Wasserschwall stieß Zosias Pfeife vom Steuerbordbug, worauf sie in der geschäftigen Dunkelheit versank.